DEUTSCHER KLASSIKER VERLAG
IM TASCHENBUCH
BAND 22

GOTTHOLD EPHRAIM LESSING

LAOKOON

BRIEFE, ANTIQUARISCHEN INHALTS

Herausgegeben von
Wilfried Barner

DEUTSCHER
KLASSIKER
VERLAG

Dieser Titel entspricht Band 5/2, herausgegeben von Wilfried Barner, der Edition *Gotthold Ephraim Lessing, Werke und Briefe in zwölf Bänden*, Frankfurt am Main 1990

Umschlag-Abb.: Laokoon und seine Söhne, Vatikanische Sammlungen

Deutscher Klassiker Verlag
im Taschenbuch · Band 22

Vertrieb durch den Suhrkamp Taschenbuch Verlag
Satz: pagina GmbH, Tübingen
Druck: Ebner & Spiegel, Ulm
Printed in Germany
ISBN 978-3-618-68022-2

1 2 3 4 5 6 – 12 11 10 09 08 07

WERKE
1766-1769

INHALT

Laokoon: oder über die Grenzen der Malerei und Poesie
Erster Teil 11
Paralipomena 207
Entwürfe im Umkreis des Laokoon 323
Briefe, antiquarischen Inhalts
Erster Teil 353
Zweiter Teil 465
Paralipomena 583

Kommentar 619

Inhaltsverzeichnis 1215

LAOKOON

LAOKOON:

ODER
ÜBER DIE GRENZEN
DER MALEREI UND POESIE

Υλῃ και τροποις μιμησεως διαφερουσι.
Πλουτ. ποτ. Αϑ. κατα Π. ἢ κατα Σ. ἐνδ.

Mit beiläufigen Erläuterungen verschiedener Punkte
der alten Kunstgeschichte

ERSTER TEIL

VORREDE.

Der erste, welcher die Malerei und Poesie mit einander verglich, war ein Mann von feinem Gefühle, der von beiden Künsten eine ähnliche Wirkung auf sich verspürte. Beide, empfand er, stellen uns abwesende Dinge als gegenwärtig, den Schein als Wirklichkeit vor; beide täuschen, und beider Täuschung gefällt.

Ein zweiter suchte in das Innere dieses Gefallens einzudringen, und entdeckte, daß es bei beiden aus einerlei Quelle fließe. Die Schönheit, deren Begriff wir zuerst von körperlichen Gegenständen abziehen, hat allgemeine Regeln, die sich auf mehrere Dinge anwenden lassen; auf Handlungen, auf Gedanken, sowohl als auf Formen.

Ein dritter, welcher über den Wert und über die Verteilung dieser allgemeinen Regeln nachdachte, bemerkte, daß einige mehr in der Malerei, andere mehr in der Poesie herrschten; daß also bei diesen die Poesie der Malerei, bei jenen die Malerei der Poesie mit Erläuterungen und Beispielen aushelfen könne.

Das erste war der Liebhaber; das zweite der Philosoph; das dritte der Kunstrichter.

Jene beiden konnten nicht leicht, weder von ihrem Gefühl, noch von ihren Schlüssen, einen unrechten Gebrauch machen. Hingegen bei den Bemerkungen des Kunstrichters beruhet das Meiste in der Richtigkeit der Anwendung auf den einzeln Fall; und es wäre ein Wunder, da es gegen Einen scharfsinnigen Kunstrichter funfzig witzige gegeben hat, wenn diese Anwendung jederzeit mit aller der Vorsicht wäre gemacht worden, welche die Waage zwischen beiden Künsten gleich erhalten muß.

Falls Apelles und Protogenes, in ihren verlornen Schriften von der Malerei, die Regeln derselben durch die bereits festgesetzten Regeln der Poesie bestätiget und erläutert haben, so darf man sicherlich glauben, daß es mit der Mäßigung und Genauigkeit wird geschehen sein, mit welcher wir noch itzt den Aristoteles, Cicero, Horaz, Quintilian, in ihren Werken, die Grundsätze und Erfahrungen der Malerei auf die Beredsamkeit und Dichtkunst anwenden sehen. Es ist das Vorrecht der Alten, keiner Sache weder zu viel noch zu wenig zu tun.

Aber wir Neuern haben in mehrern Stücken geglaubt, uns weit über sie weg zu setzen, wenn wir ihre kleinen Lustwege in Landstraßen verwandelten; sollten auch die kürzern und sichrern Landstraßen darüber zu Pfaden eingehen, wie sie durch Wildnisse führen.

Die blendende Antithese des griechischen Voltaire, daß die Malerei eine stumme Poesie, und die Poesie eine redende Malerei sei, stand wohl in keinem Lehrbuche. Es war ein Einfall, wie Simonides mehrere hatte; dessen wahrer Teil so einleuchtend ist, daß man das Unbestimmte und Falsche, welches er mit sich führet, übersehen zu müssen glaubet.

Gleichwohl übersahen es die Alten nicht. Sondern indem sie den Ausspruch des Simonides auf die Wirkung der beiden Künste einschränkten, vergaßen sie nicht einzuschärfen, daß, ohngeachtet der vollkommenen Ähnlichkeit dieser Wirkung, sie dennoch, sowohl in den Gegenständen als in der Art ihrer Nachahmung, (Υλῃ και τροποις μιμησεως) verschieden wären.

Völlig aber, als ob sich gar keine solche Verschiedenheit fände, haben viele der neuesten Kunstrichter aus jener Übereinstimmung der Malerei und Poesie die crudesten Dinge von der Welt geschlossen. Bald zwingen sie die Poesie in die engern Schranken der Malerei; bald lassen sie die Malerei die ganze weite Sphäre der Poesie füllen. Alles was der einen Recht ist, soll auch der andern vergönnt sein; alles was in der einen gefällt oder mißfällt, soll notwendig auch in der andern gefallen oder mißfallen; und voll von dieser Idee, sprechen sie in dem zuversichtlichsten Tone die seichtesten

Urteile, wenn sie, in den Werken des Dichters und Malers über einerlei Vorwurf, die darin bemerkten Abweichungen von einander zu Fehlern machen, die sie dem einen oder dem andern, nach dem sie entweder mehr Geschmack an der Dichtkunst oder an der Malerei haben, zur Last legen.

Ja diese Aftercritik hat zum Teil die Virtuosen selbst verführet. Sie hat in der Poesie die Schilderungssucht, und in der Malerei die Allegoristerei erzeuget; indem man jene zu einem redenden Gemälde machen wollen, ohne eigentlich zu wissen, was sie malen könne und solle, und diese zu einem stummen Gedichte, ohne überlegt zu haben, in welchem Maße sie allgemeine Begriffe ausdrücken könne, ohne sich von ihrer Bestimmung zu entfernen, und zu einer willkürlichen Schriftart zu werden.

Diesem falschen Geschmacke, und jenen ungegründeten Urteilen entgegen zu arbeiten, ist die vornehmste Absicht folgender Aufsätze.

Sie sind zufälliger Weise entstanden, und mehr nach der Folge meiner Lectüre, als durch die methodische Entwickelung allgemeiner Grundsätze angewachsen. Es sind also mehr unordentliche Collectanea zu einem Buche, als ein Buch.

Doch schmeichle ich mir, daß sie auch als solche nicht ganz zu verachten sein werden. An systematischen Büchern haben wir Deutschen überhaupt keinen Mangel. Aus ein Paar angenommenen Worterklärungen in der schönsten Ordnung alles, was wir nur wollen, herzuleiten, darauf verstehen wir uns, Trotz einer Nation in der Welt.

Baumgarten bekannte, einen großen Teil der Beispiele in seiner Aesthetik, Gesners Wörterbuche schuldig zu sein. Wenn mein Raisonnement nicht so bündig ist als das Baumgartensche, so werden doch meine Beispiele mehr nach der Quelle schmecken.

Da ich von dem Laokoon gleichsam aussetzte, und mehrmals auf ihn zurückkomme, so habe ich ihm auch einen Anteil an der Aufschrift lassen wollen. Andere kleine Ausschweifungen über verschiedene Punkte der alten Kunstgeschichte, tragen weniger zu meiner Absicht bei, und sie stehen nur da, weil ich ihnen niemals einen bessern Platz zu geben hoffen kann.

Noch erinnere ich, daß ich unter dem Namen der Malerei, die bildenden Künste überhaupt begreife; so wie ich nicht dafür stehe, daß ich nicht unter dem Namen der Poesie, auch auf die übrigen Künste, deren Nachahmung fortschreitend ist, einige Rücksicht nehmen dürfte.

I.

Das allgemeine vorzügliche Kennzeichen der griechischen Meisterstücke in der Malerei und Bildhauerkunst, setzet Herr Winkelmann in eine edele Einfalt und stille Größe, sowohl in der Stellung als im Ausdrucke. »So wie die Tiefe des Meeres«, sagt er,[1] »allezeit ruhig bleibt, die Oberfläche mag auch noch so wüten, eben so zeiget der Ausdruck in den Figuren der Griechen bei allen Leidenschaften eine große und gesetzte Seele.

Diese Seele schildert sich in dem Gesichte des Laokoons, und nicht in dem Gesichte allein, bei dem heftigsten Leiden. Der Schmerz, welcher sich in allen Muskeln und Sehnen des Körpers entdecket, und den man ganz allein, ohne das Gesicht und andere Teile zu betrachten, an dem schmerzlich eingezogenen Unterleibe bei nahe selbst zu empfinden glaubt; dieser Schmerz, sage ich, äußert sich dennoch mit keiner Wut in dem Gesichte und in der ganzen Stellung. Er erhebt kein schreckliches Geschrei, wie Virgil von seinem Laokoon singet; die Öffnung des Mundes gestattet es nicht: es ist vielmehr ein ängstliches und beklemmtes Seufzen, wie es Sadolet beschreibet. Der Schmerz des Körpers und die Größe der Seele sind durch den ganzen Bau der Figur mit gleicher Stärke ausgeteilet, und gleichsam abgewogen. Laokoon leidet, aber er leidet wie des Sophokles Philoktet: sein Elend gehet uns bis an die Seele; aber wir wünschten, wie dieser große Mann das Elend ertragen zu können.

Der Ausdruck einer so großen Seele geht weit über die Bildung der schönen Natur. Der Künstler mußte die Stärke des Geistes in sich selbst fühlen, welche er seinem Marmor einprägte. Griechenland hatte Künstler und Weltweise in

1 Von der Nachahmung der griechischen Werke in der Malerei und Bildhauerkunst. S. 21. 22.

einer Person, und mehr als einen Metrodor. Die Weisheit reichte der Kunst die Hand, und blies den Figuren derselben mehr als gemeine Seelen ein, u. s. w.«

Die Bemerkung, welche hier zum Grunde liegt, daß der Schmerz sich in dem Gesichte des Laokoon mit derjenigen Wut nicht zeige, welche man bei der Heftigkeit desselben vermuten sollte, ist vollkommen richtig. Auch das ist unstreitig, daß eben hierin, wo ein Halbkenner den Künstler unter der Natur geblieben zu sein, das wahre Pathetische des Schmerzes nicht erreicht zu haben, urteilen dürfte; daß, sage ich, eben hierin die Weisheit desselben ganz besonders hervorleuchtet.

Nur in dem Grunde, welchen Herr Winkelmann dieser Weisheit giebt, in der Allgemeinheit der Regel, die er aus diesem Grunde herleitet, wage ich es, anderer Meinung zu sein.

Ich bekenne, daß der mißbilligende Seitenblick, welchen er auf den Virgil wirft, mich zuerst stutzig gemacht hat; und nächst dem die Vergleichung mit dem Philoktet. Von hier will ich ausgehen, und meine Gedanken in eben der Ordnung niederschreiben, in welcher sie sich bei mir entwickelt.

»Laokoon leidet, wie des Sophokles Philoktet.« Wie leidet dieser? Es ist sonderbar, daß sein Leiden so verschiedene Eindrücke bei uns zurückgelassen. – Die Klagen, das Geschrei, die wilden Verwünschungen, mit welchen sein Schmerz das Lager erfüllte, und alle Opfer, alle heilige Handlungen störte, erschollen nicht minder schrecklich durch das öde Eiland, und sie waren es, die ihn dahin verbannten. Welche Töne des Unmuts, des Jammers, der Verzweiflung, von welchen auch der Dichter in der Nachahmung das Theater durchhallen ließ. – Man hat den dritten Aufzug dieses Stücks ungleich kürzer, als die übrigen gefunden. Hieraus sieht man, sagen die Kunstrichter,[2] daß es den Alten um die gleiche Länge der Aufzüge wenig zu tun gewesen. Das glaube ich auch; aber ich wollte mich desfalls lieber auf ein

2 Brumoy Theat. des Grecs T. II. p. 89.

ander Exempel gründen, als auf dieses. Die jammervollen Ausrufungen, das Winseln, die abgebrochenen ἆ, ἆ, φευ, ἀτατται, ὢ μοι, μοι! die ganzen Zeilen voller παπα, παπα, aus welchen dieser Aufzug bestehet, und die mit ganz andern Dehnungen und Absetzungen declamieret werden mußten, als bei einer zusammenhangenden Rede nötig sind, haben in der Vorstellung diesen Aufzug ohne Zweifel ziemlich eben so lange dauren lassen, als die andern. Er scheinet dem Leser weit kürzer auf dem Papiere, als er den Zuhörern wird vorgekommen sein.

Schreien ist der natürliche Ausdruck des körperlichen Schmerzes. Homers verwundete Krieger fallen nicht selten mit Geschrei zu Boden. Die geritzte Venus schreiet laut;[3] nicht um sie durch dieses Geschrei als die weichliche Göttin der Wollust zu schildern, vielmehr um der leidenden Natur ihr Recht zu geben. Denn selbst der eherne Mars, als er die Lanze des Diomedes fühlet, schreiet so gräßlich, als schrieen zehn tausend wütende Krieger zugleich, daß beide Heere sich entsetzen.[4]

So weit auch Homer sonst seine Helden über die menschliche Natur erhebt, so treu bleiben sie ihr doch stets, wenn es auf das Gefühl der Schmerzen und Beleidigungen, wenn es auf die Äußerung dieses Gefühls durch Schreien, oder durch Tränen, oder durch Scheltworte ankömmt. Nach ihren Taten sind es Geschöpfe höherer Art; nach ihren Empfindungen wahre Menschen.

Ich weiß es, wir feinern Europäer einer klügern Nachwelt, wissen über unsern Mund und über unsere Augen besser zu herrschen. Höflichkeit und Anstand verbieten Geschrei und Tränen. Die tätige Tapferkeit des ersten rauhen Weltalters hat sich bei uns in eine leidende verwandelt. Doch selbst unsere Ureltern waren in dieser größer, als in jener. Aber unsere Ureltern waren Barbaren. Alle Schmerzen verbeißen, dem Streiche des Todes mit unverwandtem Auge entgegen

3 Iliad. E v. 343. Η δε μεγα ἰαχουσα –

4 Iliad. E v. 859.

sehen, unter den Bissen der Nattern lachend sterben, weder seine Sünde noch den Verlust seines liebsten Freundes beweinen, sind Züge des alten Nordischen Heldenmuts.[5] Palnatoko gab seinen Jomsburgern das Gesetz, nichts zu fürchten, und das Wort Furcht auch nicht einmal zu nennen.

Nicht so der Grieche! Er fühlte und furchte sich; er äußerte seine Schmerzen und seinen Kummer; er schämte sich keiner der menschlichen Schwachheiten; keine mußte ihn aber auf dem Wege nach Ehre, und von Erfüllung seiner Pflicht zurückhalten. Was bei dem Barbaren aus Wildheit und Verhärtung entsprang, das wirkten bei ihm Grundsätze. Bei ihm war der Heroismus wie die verborgenen Funken im Kiesel, die ruhig schlafen, so lange keine äußere Gewalt sie wecket, und dem Steine weder seine Klarheit noch seine Kälte nehmen. Bei dem Barbaren war der Heroismus eine helle fressende Flamme, die immer tobte, und jede andere gute Eigenschaft in ihm verzehrte, wenigstens schwärzte. – Wenn Homer die Trojaner mit wildem Geschrei, die Griechen hingegen in entschloßner Stille zur Schlacht führet, so merken die Ausleger sehr wohl an, daß der Dichter hierdurch jene als Barbaren, diese als gesittete Völker schildern wollen. Mich wundert, daß sie an einer andern Stelle eine ähnliche charakteristische Entgegensetzung nicht bemerket haben.[6] Die feindlichen Heere haben einen Waffenstillestand getroffen; sie sind mit Verbrennung ihrer Toten beschäftiget, welches auf beiden Teilen nicht ohne heiße Tränen abgehet; δακρυα θερμα χεοντες. Aber Priamus verbietet seinen Trojanern zu weinen; ὀυδ ἐια κλαιειν Πριαμος μεγας. Er verbietet ihnen zu weinen, sagt die Dacier, weil er besorgt, sie möchten sich zu sehr erweichen, und morgen mit weniger Mut an den Streit gehen. Wohl; doch frage ich: warum muß nur Priamus dieses besorgen? Warum erteilet nicht auch Agamemnon seinen Griechen das nemliche Verbot? Der

5 Th. Bartholinus de causis contemptae a Danis adhuc gentilibus mortis, cap. I.

6 Iliad. H. v. 421.

Sinn des Dichters geht tiefer. Er will uns lehren, daß nur der gesittete Grieche zugleich weinen und tapfer sein könne; indem der ungesittete Trojaner, um es zu sein, alle Menschlichkeit vorher ersticken müsse. Νεμεσσωμαι γε μεν όυδεν κλαιειν, läßt er an einem andern Orte[7] den verständigen Sohn des weisen Nestors sagen.

Es ist merkwürdig, daß unter den wenigen Trauerspielen, die aus dem Altertume auf uns gekommen sind, sich zwei Stücke finden, in welchen der körperliche Schmerz nicht der kleinste Teil des Unglücks ist, das den leidenden Helden trifft. Außer dem Philoktet, der sterbende Herkules. Und auch diesen läßt Sophokles klagen, winseln, weinen und schreien. Dank sei unsern artigen Nachbarn, diesen Meistern des Anständigen, daß nunmehr ein winselnder Philoktet, ein schreiender Herkules, die lächerlichsten unerträglichsten Personen auf der Bühne sein würden. Zwar hat sich einer ihrer neuesten Dichter[8] an den Philoktet gewagt. Aber durfte er es wagen, ihnen den wahren Philoktet zu zeigen?

Selbst ein Laokoon findet sich unter den verlornen Stücken des Sophokles. Wenn uns das Schicksal doch auch diesen Laokoon gegönnet hätte! Aus den leichten Erwähnungen, die seiner einige alte Grammatiker tun, läßt sich nicht schließen, wie der Dichter diesen Stoff behandelt habe. So viel bin ich versichert, daß er den Laokoon nicht stoischer als den Philoktet und Herkules, wird geschildert haben. Alles Stoische ist untheatralisch; und unser Mitleiden ist allezeit dem Leiden gleichmäßig, welches der interessierende Gegenstand äußert. Sieht man ihn sein Elend mit großer Seele ertragen, so wird diese große Seele zwar unsere Bewunderung erwecken, aber die Bewunderung ist ein kalter Affekt, dessen untätiges Staunen jede andere wärmere Leidenschaft, so wie jede andere deutliche Vorstellung, ausschließet.

Und nunmehr komme ich zu meiner Folgerung. Wenn es wahr ist, daß das Schreien bei Empfindung körperlichen

7 Odyss. Δ. 195.
8 Chataubrun.

Schmerzes, besonders nach der alten griechischen Denkungsart, gar wohl mit einer großen Seele bestehen kann: so kann der Ausdruck einer solchen Seele die Ursache nicht sein, warum dem ohngeachtet der Künstler in seinem Marmor dieses Schreien nicht nachahmen wollen; sondern es muß einen andern Grund haben, warum er hier von seinem Nebenbuhler, dem Dichter, abgehet, der dieses Geschrei mit bestem Vorsatze ausdrücket.

II.

Es sei Fabel oder Geschichte, daß die Liebe den ersten Versuch in den bildenden Künsten gemacht habe: so viel ist gewiß, daß sie den großen alten Meistern die Hand zu führen nicht müde geworden. Denn wird itzt die Malerei überhaupt als die Kunst, welche Körper auf Flächen nachahmet, in ihrem ganzen Umfange betrieben: so hatte der weise Grieche ihr weit engere Grenzen gesetzet, und sie bloß auf die Nachahmung schöner Körper eingeschränket. Sein Künstler schilderte nichts als das Schöne; selbst das gemeine Schöne, das Schöne niedrer Gattungen, war nur sein zufälliger Vorwurf, seine Übung, seine Erholung. Die Vollkommenheit des Gegenstandes selbst mußte in seinem Werke entzücken; er war zu groß von seinen Betrachtern zu verlangen, daß sie sich mit dem bloßen kalten Vergnügen, welches aus der getroffenen Ähnlichkeit, aus der Erwägung seiner Geschicklichkeit entspringet, begnügen sollten; an seiner Kunst war ihm nichts lieber, dünkte ihm nichts edler, als der Endzweck der Kunst.

»Wer wird dich malen wollen, da dich niemand sehen will,« sagt ein alter Epigrammatist[1] über einen höchst ungestaltenen Menschen. Mancher neuere Künstler würde sagen: »Sei

---

1 Antiochus. (Antholog. lib. II. cap. 43) Harduin über den Plinius (lib. 35. sect. 36. p. m. 698.) legt dieses Epigramm einem Piso bei. Es findet sich aber unter allen griechischen Epigrammatisten keiner dieses Namens.

so ungestalten, wie möglich; ich will dich doch malen. Mag dich schon niemand gern sehen: so soll man doch mein Gemälde gern sehen; nicht in so fern es dich vorstellt, sondern in so fern es ein Beweis meiner Kunst ist, die ein solches Scheusal so ähnlich nachzubilden weiß.«

Freilich ist der Hang zu dieser üppigen Prahlerei mit leidigen Geschicklichkeiten, die durch den Wert ihrer Gegenstände nicht geadelt werden, zu natürlich, als daß nicht auch die Griechen ihren Pauson, ihren Pyreicus sollten gehabt haben. Sie hatten sie; aber sie ließen ihnen strenge Gerechtigkeit widerfahren. Pauson, der sich noch unter dem Schönen der gemeinen Natur hielt, dessen niedriger Geschmack das Fehlerhafte und Häßliche an der menschlichen Bildung am liebsten ausdrückte,[2] lebte in der verächtlichsten

2 Jungen Leuten, befiehlt daher Aristoteles, muß man seine Gemälde nicht zeigen, um ihre Einbildungskraft, so viel möglich, von allen Bildern des Häßlichen rein zu halten. (Polit. lib. VIII. cap. 5. p. 526. Edit. Conring.) Herr Boden will zwar in dieser Stelle anstatt Pauson, Pausanias gelesen wissen, weil von diesem bekannt sei, daß er unzüchtige Figuren gemalt habe. (de Umbra poetica, Comment. I. p. XIII.) Als ob man es erst von einem philosophischen Gesetzgeber lernen müßte, die Jugend von dergleichen Reizungen der Wollust zu entfernen. Er hätte die bekannte Stelle in der Dichtkunst (cap. II.) nur in Vergleichung ziehen dürfen, um seine Vermutung zurück zu behalten. Es giebt Ausleger (z. E. Kühn, über den Aelian Var. Hist. lib. IV. cap. 3.) welche den Unterschied, den Aristoteles daselbst zwischen dem Polygnotus, Dionysius und Pauson angiebt, darin setzen, daß Polygnotus Götter und Helden, Dionysius Menschen, und Pauson Tiere gemalt habe. Sie malten allesamt menschliche Figuren; und daß Pauson einmal ein Pferd malte, beweiset noch nicht, daß er ein Tiermaler gewesen, wofür ihn Hr. Boden hält. Ihren Rang bestimmten die Grade des Schönen, die sie ihren menschlichen Figuren gaben, und Dionysius konnte nur deswegen nichts als Menschen malen, und hieß nur darum vor allen andern der Anthropograph, weil er der Natur zu sklavisch folgte, und sich nicht bis zum Ideal erheben konnte, unter welchem Götter und Helden zu malen, ein Religionsverbrechen gewesen wäre.

Armut.[3] Und Pyreicus, der Barbierstuben, schmutzige Werkstätte, Esel und Küchenkräuter, mit allem dem Fleiße eines niederländischen Künstlers malte, als ob dergleichen Dinge in der Natur so viel Reiz hätten, und so selten zu erblicken wären, bekam den Zunamen des Rhyparographen,[4] des Kotmalers; obgleich der wollüstige Reiche seine Werke mit Gold aufwog, um ihrer Nichtigkeit auch durch diesen eingebildeten Wert zu Hülfe zu kommen.

Die Obrigkeit selbst hielt es ihrer Aufmerksamkeit nicht für unwürdig, den Künstler mit Gewalt in seiner wahren Sphäre zu erhalten. Das Gesetz der Thebaner, welches ihm die Nachahmung ins Schönere befahl, und die Nachahmung ins Häßlichere bei Strafe verbot, ist bekannt. Es war kein Gesetz wider den Stümper, wofür es gemeiniglich, und selbst vom Junius,[5] gehalten wird. Es verdammte die griechischen Ghezzi; den unwürdigen Kunstgriff, die Ähnlichkeit durch Übertreibung der häßlichern Teile des Urbildes zu erreichen; mit einem Worte, die Carricatur.

Aus eben dem Geiste des Schönen war auch das Gesetz der Hellanodiken geflossen. Jeder Olympische Sieger erhielt eine Statue; aber nur dem dreimaligen Sieger, ward eine Ikonische gesetzet.[6] Der mittelmäßigen Portraits sollten unter den Kunstwerken nicht zu viel werden. Denn obschon auch das Portrait ein Ideal zuläßt, so muß doch die Ähnlichkeit darüber herrschen; es ist das Ideal eines gewissen Menschen, nicht das Ideal eines Menschen überhaupt.

Wir lachen, wenn wir hören, daß bei den Alten auch die Künste bürgerlichen Gesetzen unterworfen gewesen. Aber wir haben nicht immer Recht, wenn wir lachen. Unstreitig müssen sich die Gesetze über die Wissenschaften keine Gewalt anmaßen; denn der Endzweck der Wissenschaften ist

3 Aristophanes Plut. v. 602. et Acharnens. v. 854.
4 Plinius lib XXXV. sect. 37. Edit. Hard.
5 De Pictura vet. lib. II. cap. IV. §. 1.
6 Plinius lib. XXXIV. sect. 9.

Wahrheit. Wahrheit ist der Seele notwendig; und es wird Tyrannei, ihr in Befriedigung dieses wesentlichen Bedürfnisses den geringsten Zwang anzutun. Der Endzweck der Künste hingegen ist Vergnügen; und das Vergnügen ist entbehrlich. Also darf es allerdings von dem Gesetzgeber abhangen, welche Art von Vergnügen, und in welchem Maße er jede Art desselben verstatten will.

Die bildenden Künste insbesondere, außer dem unfehlbaren Einflusse, den sie auf den Charakter der Nation haben, sind einer Wirkung fähig, welche die nähere Aufsicht des Gesetzes heischet. Erzeigten schöne Menschen schöne Bildsäulen, so wirkten diese hinwiederum auf jene zurück, und der Staat hatte schönen Bildsäulen schöne Menschen mit zu verdanken. Bei uns scheinet sich die zarte Einbildungskraft der Mütter nur in Ungeheuern zu äußern.

Aus diesem Gesichtspunkte glaube ich in gewissen alten Erzehlungen, die man gerade zu als Lügen verwirft, etwas wahres zu erblicken. Den Müttern des Aristomenes, des Aristodamas, Alexanders des Großen, des Scipio, des Augustus, des Galerius, träumte in ihrer Schwangerschaft allen, als ob sie mit einer Schlange zu tun hätten. Die Schlange war ein Zeichen der Gottheit;[7] und die schönen Bildsäulen und Gemälde eines Bacchus, eines Apollo, eines Merkurius, eines Herkules, waren selten ohne eine Schlange. Die ehrlichen Weiber hatten des Tages ihre Augen an dem Gotte geweidet, und der verwirrende Traum erweckte das Bild des Tieres. So rette ich den Traum, und gebe die Auslegung Preis, welche der Stolz ihrer Söhne und die Unverschämtheit des

7 Man irret sich, wenn man die Schlange nur für das Kennzeichen einer medicinischen Gottheit hält, wie Spence, Polymetis p. 132. Justinus Martyr (Apolog. II. p. 55. Edit. Sylburg.) sagt ausdrücklich: παρα παντι των νομιζομενων παρ' ὑμιν θεων, ὀφις συμβολον μεγα και μυστηριον ἀναγραφεται; und es wäre leicht eine Reihe von Monumenten anzuführen, wo die Schlange Gottheiten begleitet, welche nicht die geringste Beziehung auf die Gesundheit haben.

Schmeichlers davon machten. Denn eine Ursache mußte es wohl haben, warum die ehebrecherische Phantasie nur immer eine Schlange war.

Doch ich gerate aus meinem Wege. Ich wollte bloß festsetzen, daß bei den Alten die Schönheit das höchste Gesetz der bildenden Künste gewesen sei.

Und dieses festgesetzt, folget notwendig, daß alles andere, worauf sich die bildenden Künste zugleich mit erstrecken können, wenn es sich mit der Schönheit nicht verträgt, ihr gänzlich weichen, und wenn es sich mit ihr verträgt, ihr wenigstens untergeordnet sein müssen.

Ich will bei dem Ausdrucke stehen bleiben. Es gibt Leidenschaften und Grade von Leidenschaften, die sich in dem Gesichte durch die häßlichsten Verzerrungen äußern, und den ganzen Körper in so gewaltsame Stellungen setzen, daß alle die schönen Linien, die ihn in einem ruhigern Stande umschreiben, verloren gehen. Dieser enthielten sich also die alten Künstler entweder ganz und gar, oder setzten sie auf geringere Grade herunter, in welchen sie eines Maßes von Schönheit fähig sind.

Wut und Verzweiflung schändete keines von ihren Werken. Ich darf behaupten, daß sie nie eine Furie gebildet haben.[8]

---

8 Man gehe alle die Kunstwerke durch, deren Plinius und Pausanias und andere gedenken; man übersehe die noch itzt vorhandenen alten Statuen, Basreliefs, Gemälde: und man wird nirgends eine Furie finden. Ich nehme diejenigen Figuren aus, die mehr zur Bildersprache, als zur Kunst gehören, dergleichen die auf den Münzen vornehmlich sind. Indes hätte Spence, da er Furien haben mußte, sie doch lieber von den Münzen erborgen sollen, (Seguini Numis. p. 178. Spanhem. de Praest. Numism. Dissert. XIII. p. 639. Les Cesars de Julien, par Spanheim p. 48.) als daß er sie durch einen witzigen Einfall in ein Werk bringen will, in welchem sie ganz gewiß nicht sind. Er sagt in seinem Polymetis (Dial. XVI. p. 272.) »Obschon die Furien in den Werken der alten Künstler etwas sehr seltenes sind, so findet sich doch eine Geschichte, in der sie durchgängig von ihnen angebracht

Zorn setzten sie auf Ernst herab. Bei dem Dichter war es der zornige Jupiter, welcher den Blitz schleuderte; bei dem Künstler nur der ernste.

Jammer ward in Betrübnis gemildert. Und wo diese Milderung nicht statt finden konnte, wo der Jammer eben so

---

werden. Ich meine den Tod des Meleager, als in dessen Vorstellung auf Basreliefs sie öfters die Althäa aufmuntern und antreiben, den unglücklichen Brand, von welchem das Leben ihres einzigen Sohnes abhing, dem Feuer zu übergeben. Denn auch ein Weib wurde in ihrer Rache so weit nicht gegangen sein, hätte der Teufel nicht ein wenig zugeschüret. In einem von diesen Basreliefs, bei dem Bellori (in den Admirandis) sieht man zwei Weiber, die mit der Althäa am Altare stehen, und allem Ansehen nach Furien sein sollen. Denn wer sonst als Furien, hätte einer solchen Handlung beiwohnen wollen? Daß sie für diesen Charakter nicht schrecklich genug sind, liegt ohne Zweifel an der Abzeichnung. Das Merkwürdigste aber auf diesem Werke ist die runde Scheibe, unten gegen die Mitte, auf welcher sich offenbar der Kopf einer Furie zeiget. Vielleicht war es die Furie, an die Althäa, so oft sie eine üble Tat vornahm, ihr Gebet richtete, und vornehmlich itzt zu richten, alle Ursache hatte etc.« – Durch solche Wendungen kann man aus allem alles machen. Wer sonst, fragt Spence, als Furien, hätte einer solchen Handlung beiwohnen wollen? Ich antworte: Die Mägde der Althäa, welche das Feuer anzünden und unterhalten mußten. Ovid sagt: (Metamorph. VIII. v. 460. 461.)

Protulit hunc (stipitem) genitrix, taedasque in fragmina poni
Imperat, et positis inimicos admovet ignes.

Dergleichen »taedas«, lange Stücke von Kien, welche die Alten zu Fackeln brauchten, haben auch wirklich beide Personen in den Händen, und die eine hat eben ein solches Stück zerbrochen, wie ihre Stellung anzeigt. Auf der Scheibe, gegen die Mitte des Werks, erkenne ich die Furie eben so wenig. Es ist ein Gesicht, welches einen heftigen Schmerz ausdrückt. Ohne Zweifel soll es der Kopf des Meleagers selbst sein. (Metamorph. l. c. v. 515.)

Inscius atque absens flamma Meleagros in illa
Uritur: et caecis torreri viscera sentit
Ignibus: et magnos superat virtute dolores.

verkleinernd als entstellend gewesen wäre, – was tat da Timanthes? Sein Gemälde von der Opferung der Iphigenia, in welchem er allen Umstehenden den ihnen eigentümlich zukommenden Grad der Traurigkeit erteilte, das Gesicht des Vaters aber, welches den allerhöchsten hätte zeigen sollen, verhüllete, ist bekannt, und es sind viel artige Dinge darüber gesagt worden. Er hatte sich, sagt dieser,[9] in den traurigen Physiognomien so erschöpft, daß er dem Vater eine noch traurigere geben zu können verzweifelte. Er bekannte dadurch, sagt jener,[10] daß der Schmerz eines Vaters bei dergleichen Vorfällen über allen Ausdruck sei. Ich für mein Teil sehe hier weder die Unvermögenheit des Künstlers, noch die Unvermögenheit der Kunst. Mit dem Grade des Affects verstärken sich auch die ihm entsprechenden Züge des Gesichts; der höchste Grad hat die allerentschiedensten Züge,

---

Der Künstler brauchte ihn gleichsam zum Übergange in den folgenden Zeitpunkt der nemlichen Geschichte, welcher den sterbenden Meleager gleich darneben zeigt. Was Spence zu Furien macht, hält Montfaucon für Parzen, (Antiq. expl. T. l. p. 162.) den Kopf auf der Scheibe ausgenommen, den er gleichfalls für eine Furie ausgiebt. Bellori selbst (Admirand. Tab. 77.) läßt es unentschieden, ob es Parzen oder Furien sind. Ein Oder, welches genugsam zeiget, daß sie weder das eine noch das andere sind. Auch Montfaucons übrige Auslegung sollte genauer sein. Die Weibsperson, welche neben dem Bette sich auf den Ellebogen stützet, hätte er Cassandra und nicht Atalanta nennen sollen. Atalanta ist die, welche mit dem Rücken gegen das Bette gekehret, in einer traurigen Stellung sitzet. Der Künstler hat sie mit vielem Verstande von der Familie abgewendet, weil sie nur die Geliebte, nicht die Gemahlin des Meleagers war, und ihre Betrübnis über ein Unglück, das sie selbst unschuldiger Weise veranlasset hatte, die Anverwandten erbittern mußte.

9 Plinius lib. XXXV. sect. 36. Cum moestos pinxisset omnes, praecipue patruum, et tristitiae omnem imaginem consumpsisset, patris ipsius vultum velavit, quem digne non poterat ostendere.

10 Summi moeroris acerbitatem arte exprimi non posse confessus est. Valerius Maximus lib. VIII. cap. 11.

und nichts ist der Kunst leichter, als diese auszudrücken. Aber Timanthes kannte die Grenzen, welche die Grazien seiner Kunst setzen. Er wußte, daß sich der Jammer, welcher dem Agamemnon als Vater zukam, durch Verzerrungen äußert, die allezeit häßlich sind. So weit sich Schönheit und Würde mit dem Ausdrucke verbinden ließ, so weit trieb er ihn. Das Häßliche wäre er gern übergangen, hätte er gern gelindert; aber da ihm seine Composition beides nicht erlaubte, was blieb ihm anders übrig, als es zu verhüllen? – Was er nicht malen durfte, ließ er erraten. Kurz, diese Verhüllung ist ein Opfer, das der Künstler der Schönheit brachte. Sie ist ein Beispiel, nicht wie man den Ausdruck über die Schranken der Kunst treiben, sondern wie man ihn dem ersten Gesetze der Kunst, dem Gesetze der Schönheit, unterwerfen soll.

Und dieses nun auf den Laokoon angewendet, so ist die Ursache klar, die ich suche. Der Meister arbeitete auf die höchste Schönheit, unter den angenommenen Umständen des körperlichen Schmerzes. Dieser, in aller seiner entstellenden Heftigkeit, war mit jener nicht zu verbinden. Er mußte ihn also herab setzen; er mußte Schreien in Seufzen mildern; nicht weil das Schreien eine unedle Seele verrät, sondern weil es das Gesicht auf eine ekelhafte Weise verstellet. Denn man reiße dem Laokoon in Gedanken nur den Mund auf, und urteile. Man lasse ihn schreien, und sehe. Es war eine Bildung, die Mitleid einflößte, weil sie Schönheit und Schmerz zugleich zeigte; nun ist es eine häßliche, eine abscheuliche Bildung geworden, von der man gern sein Gesicht verwendet, weil der Anblick des Schmerzes Unlust erregt, ohne daß die Schönheit des leidenden Gegenstandes diese Unlust in das süße Gefühl des Mitleids verwandeln kann.

Die bloße weite Öffnung des Mundes, – bei Seite gesetzt, wie gewaltsam und ekel auch die übrigen Teile des Gesichts dadurch verzerret und verschoben werden, – ist in der Malerei ein Fleck und in der Bildhauerei eine Vertiefung, welche die widrigste Wirkung von der Welt tut. Montfaucon bewies wenig Geschmack, als er einen alten bärtigen Kopf, mit aufgerissenem Munde, für einen Orakel erteilenden Jupiter ausgab.[11] Muß ein Gott schreien, wenn er die Zukunft eröffnet? Würde ein gefälliger Umriß des Mundes seine Rede verdächtig machen? Auch glaube ich es dem Valerius nicht, daß Ajax in dem nur gedachten Gemälde des Timanthes sollte geschrieen haben.[12] Weit schlechtere Meister aus den Zeiten der schon verfallenen Kunst, lassen auch nicht einmal die wildesten Barbaren, wenn sie unter dem Schwerte des Siegers Schrecken und Todesangst ergreift, den Mund bis zum Schreien öffnen.[13]

Es ist gewiß, daß diese Herabsetzung des äußersten körperlichen Schmerzes auf einen niedrigern Grad von Gefühl, an mehrern alten Kunstwerken sichtbar gewesen. Der leidende Herkules in dem vergifteten Gewande, von der Hand eines alten unbekannten Meisters, war nicht der Sophokleische, der so gräßlich schrie, daß die Lokrischen Felsen, und die Euböischen Vorgebirge davon ertönten. Er war mehr finster, als wild.[14] Der Philoktet des Pythagoras Leontinus schien dem Betrachter seinen Schmerz mitzuteilen, welche Wirkung der geringste gräßliche Zug verhindert hätte. Man dürfte fragen, woher ich wisse, daß dieser Meister eine Bildsäule des Philoktet gemacht habe? Aus einer Stelle des Plinius, die meine Verbesserung nicht erwartet haben sollte, so offenbar verfälscht oder verstümmelt ist sie.[15]

---

11 Antiquit. expl. T. I. p. 50.

12 Er giebt nemlich die von dem Timanthes wirklich ausgedrückten Grade der Traurigkeit so an: »Calchantem tristem, moestum Ulyssem, clamantem Ajacem, lamentantem Menelaum.« – Der Schreier Ajax müßte eine häßliche Figur gewesen sein; und da weder Cicero noch Quintilian in ihren Beschreibungen dieses Gemäldes seiner gedenken, so werde ich ihn um so viel eher für einen Zusatz halten dürfen, mit dem es Valerius aus seinem Kopfe bereichern wollen.

13 Bellorii Admiranda Tab. 11. 12.

14 Plinius libr. XXXIV. sect. 19.

15 »Eundem«, nemlich den Myro, lieset man bei dem Plinius, (libr. XXXIV. sect. 19.) »vicit et Pythagoras Leontinus, qui fecit sta-

III.

Aber, wie schon gedacht, die Kunst hat in den neuern Zeiten ungleich weitere Grenzen erhalten. Ihre Nachahmung, sagt man, erstrecke sich auf die ganze sichtbare Natur, von welcher das Schöne nur ein kleiner Teil ist. Wahrheit und Ausdruck sei ihr erstes Gesetz; und wie die Natur selbst die Schönheit höhern Absichten jederzeit aufopfere, so müsse sie auch der Künstler seiner allgemeinen Bestimmung unterordnen, und ihr nicht weiter nachgehen, als es Wahrheit und Ausdruck erlauben. Genug, daß durch Wahrheit und Ausdruck das Häßlichste der Natur in ein Schönes der Kunst verwandelt werde.

Gesetzt, man wollte diese Begriffe vors erste unbestritten in ihrem Werte oder Unwerte lassen: sollten nicht andere von ihnen unabhängige Betrachtungen zu machen sein, warum dem ohngeachtet der Künstler in dem Ausdrucke Maß halten, und ihn nie aus dem höchsten Punkte der Handlung nehmen müsse.

Ich glaube, der einzige Augenblick, an den die materiellen

---

diodromen Astylon, qui Olympiae ostenditur: et Libyn puerum tenentem tabulam, eodem loco, et mala ferentem nudum. Syracusis autem claudicantem: cuius hulceris dolorem sentire etiam spectantes videntur.« Man erwäge die letzten Worte etwas genauer. Wird nicht darin offenbar von einer Person gesprochen, die wegen eines schmerzhaften Geschwieres überall bekannt ist? »Cuius hulceris« u. s. w. Und dieses »cuius« sollte auf das bloße »claudicantem«, und das »claudicantem« vielleicht auf das noch entferntere »puerum« gehen? Niemand hatte mehr Recht, wegen eines solchen Geschwieres bekannter zu sein als Philoktet. Ich lese also anstatt »claudicantem«, »Philoctetem«, oder hatte wenigstens dafür, daß das letztere durch das erstere gleichlautende Wort verdrungen worden, und man beides zusammen »Philoctetem claudicantem« lesen müsse. Sophokles läßt ihn στιβον κατ' ἀναγκαν ἑρπειν, und es mußte ein Hinken verursachen, daß er auf den kranken Fuß weniger herzhaft auftreten konnte.

Schranken der Kunst alle ihre Nachahmungen binden, wird auf dergleichen Betrachtungen leiten.

Kann der Künstler von der immer veränderlichen Natur nie mehr als einen einzigen Augenblick, und der Maler insbesondere diesen einzigen Augenblick auch nur aus einem einzigen Gesichtspunkte, brauchen; sind aber ihre Werke gemacht, nicht bloß erblickt, sondern betrachtet zu werden, lange und wiederholter maßen betrachtet zu werden: so ist es gewiß, daß jener einzige Augenblick und einzige Gesichtspunkt dieses einzigen Augenblickes, nicht fruchtbar genug gewählet werden kann. Dasjenige aber nur allein ist fruchtbar, was der Einbildungskraft freies Spiel läßt. Je mehr wir sehen, desto mehr müssen wir hinzu denken können. Je mehr wir darzu denken, desto mehr müssen wir zu sehen glauben. In dem ganzen Verfolge eines Affects ist aber kein Augenblick der diesen Vorteil weniger hat, als die höchste Staffel desselben. Über ihr ist weiter nichts, und dem Auge das Äußerste zeigen, heißt der Phantasie die Flügel binden, und sie nötigen, da sie über den sinnlichen Eindruck nicht hinaus kann, sich unter ihm mit schwächern Bildern zu beschäftigen, über die sie die sichtbare Fülle des Ausdrucks als ihre Grenzen scheuet. Wenn Laokoon also seufzet, so kann ihn die Einbildungskraft schreien hören; wenn er aber schreiet, so kann sie von dieser Vorstellung weder eine Stufe höher, noch eine Stufe tiefer steigen, ohne ihn in einem leidlichern, folglich uninteressantern Zustande zu erblicken. Sie hört ihn erst ächzen, oder sie sieht ihn schon tot.

Ferner. Erhält dieser einzige Augenblick durch die Kunst eine unveränderliche Dauer: so muß er nichts ausdrücken, was sich nicht anders als transitorisch denken läßt. Alle Erscheinungen, zu deren Wesen wir es nach unsern Begriffen rechnen, daß sie plötzlich ausbrechen und plötzlich verschwinden, daß sie das, was sie sind, nur einen Augenblick sein können; alle solche Erscheinungen, sie mögen angenehm oder schrecklich sein, erhalten durch die Verlängerung der Kunst ein so widernatürliches Ansehen, daß mit jeder wiederholten Erblickung der Eindruck schwächer wird, und uns endlich vor dem ganzen Gegenstande ekelt oder grauet. La Mettrie, der sich als einen zweiten Demokrit malen und stechen lassen, lacht nur die ersten male, die man ihn sieht. Betrachtet ihn öftrer, und er wird aus einem Philosophen ein Geck; aus seinem Lachen wird ein Grinsen. So auch mit dem Schreien. Der heftige Schmerz, welcher das Schreien auspresset, läßt entweder bald nach, oder zerstöret das leidende Subject. Wann also auch der geduldigste standhafteste Mann schreiet, so schreiet er doch nicht unablässlich. Und nur dieses scheinbare Unablässliche in der materiellen Nachahmung der Kunst ist es, was sein Schreien zu weibischem Unvermögen, zu kindischer Unleidlichkeit machen würde. Dieses wenigstens mußte der Künstler des Laokoons vermeiden, hätte schon das Schreien der Schönheit nicht geschadet, wäre es auch seiner Kunst schon erlaubt gewesen, Leiden ohne Schönheit auszudrücken.

Unter den alten Malern scheinet Timomachus Vorwürfe des äußersten Affekts am liebsten gewählet zu haben. Sein rasender Ajax, seine Kindermörderin Medea, waren berühmte Gemälde. Aber aus den Beschreibungen, die wir von ihnen haben, erhellet, daß er jenen Punkt, in welchem der Betrachter das Äußerste nicht sowohl erblickt, als hinzu denkt, jene Erscheinung, mit der wir den Begriff des Transitorischen nicht so notwendig verbinden, daß uns die Verlängerung derselben in der Kunst mißfallen sollte, vortrefflich verstanden und mit einander zu verbinden gewußt hat. Die Medea hatte er nicht in dem Augenblicke genommen, in welchem sie ihre Kinder wirklich ermordet; sondern einige Augenblicke zuvor, da die mütterliche Liebe noch mit der Eifersucht kämpfet. Wir sehen das Ende dieses Kampfes voraus. Wir zittern voraus, nun bald bloß die grausame Medea zu erblicken, und unsere Einbildungskraft gehet weit über alles hinweg, was uns der Maler in diesem schrecklichen Augenblicke zeigen könnte. Aber eben darum beleidiget uns die in der Kunst fortdauernde Unentschlossenheit der Medea so wenig, daß wir vielmehr wünschen, es wäre in der Natur selbst dabei geblieben, der Streit der Leidenschaften hätte sich nie entschieden, oder hätte wenigstens so lange angehalten, bis Zeit und Überlegung die Wut entkräften und den mütterlichen Empfindungen den Sieg versichern können. Auch hat dem Timomachus diese seine Weisheit große und häufige Lobsprüche zugezogen, und ihn weit über einen andern unbekannten Maler erhoben, der unverständig genug gewesen war, die Medea in ihrer höchsten Raserei zu zeigen, und so diesem flüchtig überhingehenden Grade der äußersten Raserei eine Dauer zu geben, die alle Natur empöret. Der Dichter,[1] der ihn desfalls tadelt, sagt daher sehr sinnreich, indem er das Bild selbst anredet: »Durstest du denn beständig nach dem Blute deiner Kinder? Ist denn immer ein neuer Jason, immer eine neue Creusa da, die dich unaufhörlich erbittern? – Zum Henker mit dir auch im Gemälde!« setzt er voller Verdruß hinzu.

Von dem rasenden Ajax des Timomachus läßt sich aus der Nachricht des Philostrats urteilen.[2] Ajax erschien nicht, wie er unter den Herden wütet, und Rinder und Böcke für Menschen fesselt und mordet. Sondern der Meister zeigte ihn, wie er nach diesen wahnwitzigen Heldentaten ermattet da sitzt, und den Anschlag fasset, sich selbst umzubringen. Und das ist wirklich der rasende Ajax; nicht weil er eben itzt raset, sondern weil man siehet, daß er geraset hat; weil man die Größe seiner Raserei am lebhaftesten aus der verzweiflungsvollen Scham abnimmt, die er nun selbst darüber empfindet. Man siehet den Sturm in den Trümmern und Leichen, die er an das Land geworfen.

1 Philippus (Anthol. lib. IV. cap. 9. ep. 10.)
Ἀιει γαρ διψᾳς βρεφεων φονον. ἠ τις Ιησων
Δευτερος, ἠ Γλαυκη τις παλι σοι προφασις;
Ερῤῥε και ἐν κηρῳ παιδοκτονε –

2 Vita Apoll. lib. II. cap. 22.

IV.

Ich übersehe die angeführten Ursachen, warum der Meister des Laokoon in dem Ausdrucke des körperlichen Schmerzes Maß halten müssen, und finde, daß sie allesamt von der eigenen Beschaffenheit der Kunst, und von derselben notwendigen Schranken und Bedürfnissen hergenommen sind. Schwerlich dürfte sich also wohl irgend eine derselben auf die Poesie anwenden lassen.

Ohne hier zu untersuchen, wie weit es dem Dichter gelingen kann, körperliche Schönheit zu schildern: so ist so viel unstreitig, daß, da das ganze unermeßliche Reich der Vollkommenheit seiner Nachahmung offen stehet, diese sichtbare Hülle, unter welcher Vollkommenheit zu Schönheit wird, nur eines von den geringsten Mitteln sein kann, durch die er uns für seine Personen zu interessieren weiß. Oft vernachlässiget er dieses Mittel gänzlich; versichert, daß wenn sein Held unsere Gewogenheit gewonnen, uns dessen edlere Eigenschaften entweder so beschäftigen, daß wir an die körperliche Gestalt gar nicht denken, oder, wenn wir daran denken, uns so bestechen, daß wir ihm von selbst wo nicht eine schöne, doch eine gleichgültige erteilen. Am wenigsten wird er bei jedem einzeln Zuge, der nicht ausdrücklich für das Gesicht bestimmet ist, seine Rücksicht dennoch auf diesen Sinn nehmen dürfen. Wenn Virgils Laokoon schreiet, wem fällt es dabei ein, daß ein großes Maul zum Schreien nötig ist, und daß dieses große Maul häßlich läßt? Genug, daß »clamores horrendos ad sidera tollit« ein erhabner Zug für das Gehör ist, mag er doch für das Gesicht sein, was er will. Wer hier ein schönes Bild verlangt, auf den hat der Dichter seinen ganzen Eindruck verfehlt.

Nichts nötiget hiernächst den Dichter sein Gemälde in einen einzigen Augenblick zu concentrieren. Er nimmt jede seiner Handlungen, wenn er will, bei ihrem Ursprunge auf, und führet sie durch alle mögliche Abänderungen bis zu ihrer Endschaft. Jede dieser Abänderungen, die dem Künstler ein ganzes besonderes Stück kosten würde, kostet ihm einen einzigen Zug; und würde dieser Zug, für sich betrachtet, die Einbildung des Zuhörers beleidigen, so war er entweder durch das Vorhergehende so vorbereitet, oder wird durch das Folgende so gemildert und vergütet, daß er seinen einzeln Eindruck verlieret, und in der Verbindung die trefflichste Wirkung von der Welt tut. Wäre es also auch wirklich einem Manne unanständig, in der Heftigkeit des Schmerzes zu schreien; was kann diese kleine überhingehende Unanständigkeit demjenigen bei uns für Nachteil bringen, dessen andere Tugenden uns schon für ihn eingenommen haben? Virgils Laokoon schreiet, aber dieser schreiende Laokoon ist eben derjenige, den wir bereits als den vorsichtigsten Patrioten, als den wärmsten Vater kennen und lieben. Wir beziehen sein Schreien nicht auf seinen Charakter, sondern lediglich auf sein unerträgliches Leiden. Dieses allein hören wir in seinem Schreien; und der Dichter konnte es uns durch dieses Schreien allein sinnlich machen.

Wer tadelt ihn also noch? Wer muß nicht vielmehr bekennen: wenn der Künstler wohl tat, daß er den Laokoon nicht schreien ließ, so tat der Dichter eben so wohl, daß er ihn schreien ließ?

Aber Virgil ist hier bloß ein erzehlender Dichter. Wird in seiner Rechtfertigung auch der dramatische Dichter mit begriffen sein? Einen andern Eindruck macht die Erzehlung von jemands Geschrei; einen andern dieses Geschrei selbst. Das Drama, welches für die lebendige Malerei des Schauspielers bestimmt ist, dürfte vielleicht eben deswegen sich an die Gesetze der materiellen Malerei strenger halten müssen. In ihm glauben wir nicht bloß einen schreienden Philoktet zu sehen und zu hören; wir hören und sehen wirklich schreien. Je näher der Schauspieler der Natur kömmt, desto empfindlicher müssen unsere Augen und Ohren beleidiget werden; denn es ist unwidersprechlich, daß sie es in der Natur werden, wenn wir so laute und heftige Äußerungen des Schmerzes vernehmen. Zudem ist der körperliche Schmerz überhaupt des Mitleidens nicht fähig, welches andere Übel erwecken. Unsere Einbildung kann zu wenig in ihm unterscheiden, als daß die bloße Erblickung desselben etwas von einem gleichmäßigen Gefühl in uns hervor zu bringen vermöchte. Sophokles könnte daher leicht nicht einen bloß willkürlichen, sondern in dem Wesen unserer Empfindungen selbst gegründeten Anstand übertreten haben, wenn er den Philoktet und Herkules so winseln und weinen, so schreien und brüllen läßt. Die Umstehenden können unmöglich so viel Anteil an ihrem Leiden nehmen, als diese ungemäßigten Ausbrüche zu erfordern scheinen. Sie werden uns Zuschauern vergleichungsweise kalt vorkommen, und dennoch können wir ihr Mitleiden nicht wohl anders, als wie das Maß des unsrigen betrachten. Hierzu füge man, daß der Schauspieler die Vorstellung des körperlichen Schmerzes schwerlich oder gar nicht bis zur Illusion treiben kann: und wer weiß, ob die neuern dramatischen Dichter nicht eher zu loben, als zu tadeln sind, daß sie diese Klippe entweder ganz und gar vermieden, oder doch nur mit einem leichten Kahne umfahren haben.

Wie manches würde in der Theorie unwidersprechlich scheinen, wenn es dem Genie nicht gelungen wäre, das Widerspiel durch die Tat zu erweisen. Alle diese Betrachtungen sind nicht ungegründet, und doch bleibet Philoktet eines von den Meisterstücken der Bühne. Denn ein Teil derselben trifft den Sophokles nicht eigentlich, und nur indem er sich über den andern Teil hinwegsetzet, hat er Schönheiten erreicht, von welchen dem furchtsamen Kunstrichter, ohne dieses Beispiel, nie träumen würde. Folgende Anmerkungen werden es näher zeigen.

1. Wie wunderbar hat der Dichter die Idee des körperlichen Schmerzes zu verstärken und zu erweitern gewußt! Er wählte eine Wunde – (denn auch die Umstände der Geschichte kann man betrachten, als ob sie von seiner Wahl abgehangen hätten, in so fern er nemlich die ganze Geschichte, eben dieser ihm vorteilhaften Umstände wegen, wählte) – er wählte, sage ich, eine Wunde und nicht eine innerliche Krankheit; weil sich von jener eine lebhaftere

Vorstellung machen läßt, als von dieser, wenn sie auch noch so schmerzlich ist. Die innere sympathetische Glut, welche den Meleager verzehrte, als ihn seine Mutter in dem fatalen Brande ihrer schwesterlichen Wut aufopferte, würde daher weniger theatralisch sein, als eine Wunde. Und diese Wunde war ein göttliches Strafgericht. Ein mehr als natürliches Gift tobte unaufhörlich darin, und nur ein stärkerer Anfall von Schmerzen hatte seine gesetzte Zeit, nach welchem jedesmal der Unglückliche in einen betäubenden Schlaf verfiel, in welchem sich seine erschöpfte Natur erholen mußte, den nemlichen Weg des Leidens wieder antreten zu können. Chataubrun läßt ihn bloß von dem vergifteten Pfeile eines Trojaners verwundet sein. Was kann man sich von einem so gewöhnlichen Zufalle außerordentliches versprechen? Ihm war in den alten Kriegen ein jeder ausgesetzt; wie kam es, daß er nur bei dem Philoktet so schreckliche Folgen hatte? Ein natürliches Gift, das neun ganzer Jahre wirket, ohne zu töten, ist noch dazu weit unwahrscheinlicher, als alle das fabelhafte Wunderbare, womit es der Grieche ausgerüstet hat.

2. So groß und schrecklich er aber auch die körperlichen Schmerzen seines Helden machte, so fühlte er es doch sehr wohl, daß sie allein nicht hinreichend wären, einen merklichen Grad des Mitleids zu erregen. Er verband sie daher mit andern Übeln, die gleichfalls für sich betrachtet nicht besonders rühren konnten, die aber durch diese Verbindung einen eben so melancholischen Anstrich erhielten, als sie den körperlichen Schmerzen hinwiederum mitteilten. Diese Übel waren, völlige Beraubung der menschlichen Gesellschaft, Hunger und alle Unbequemlichkeiten des Lebens, welchen man unter einem rauhen Himmel in jener Beraubung ausgesetzt ist.[1] Man denke sich einen Menschen in diesen Um-

1 Wenn der Chor das Elend des Philoktet in dieser Verbindung betrachtet, so scheinet ihn die hülflose Einsamkeit desselben ganz besonders zu rühren. In jedem Worte hören wir den geselligen Griechen. Über eine von den hieher gehörigen Stellen habe ich indes meinen Zweifel. Sie ist die: (v. 701-705.)

ständen, man gebe ihm aber Gesundheit, und Kräfte, und Industrie, und es ist ein Robinson Crusoe, der auf unser Mitleid wenig Anspruch macht, ob uns gleich sein Schicksal sonst gar nicht gleichgültig ist. Denn wir sind selten mit der menschlichen Gesellschaft so zufrieden, daß uns die Ruhe,

---

Ἰν' ἀυτος ἠν προσουρος, ὀυκ ἐχων βασιν,
Ουδε τιν' ἐγχωρων,
Κακογειτονα παρ' ᾧ στονον ἀντιτυπον
Βαρυβρωτ' ἀποκλαυ-
σειεν ἁιματηρον.

Die gemeine Winshemsche Übersetzung giebt dieses so:

Ventis expositus et pedibus captus
Nullum cohabitatorem
Nec vicinum ullum saltem malum habens, apud quem
gemitum mutuum
Gravemque ac cruentum
Ederet.

Hiervon weicht die interpolierte Übersetzung des Th. Johnson nur in den Worten ab:

Ubi ipse ventis erat expositus, firmum gradum non habens,
Nec quenquam indigenarum,
Nec malum vicinum, apud quem ploraret
Vehementer edacem
Sanguineum morbum, mutuo gemitu.

Man sollte glauben, er habe diese veränderten Worte aus der gebundenen Übersetzung des Thomas Naogeorgus entlehnet. Denn dieser (sein Werk ist sehr selten, und Fabricius selbst hat es nur aus dem Oporinschen Bücherverzeichnisse gekannt) drückt sich so aus:

– ubi expositus fuit
Ventis ipse, gradum firmum haud habens,
Nec quenquam indigenam, nec vel malum
Vicinum, ploraret apud quem
Vehementer edacem atque cruentum
Morbum mutuo.

Wenn diese Übersetzungen ihre Richtigkeit haben, so sagt der Chor das Stärkste, was man nur immer zum Lobe der menschlichen Gesellschaft sagen kann: Der Elende hat keinen Menschen um sich; er weiß von keinem freundlichen Nachbar; zu glücklich,

die wir außer derselben genießen, nicht sehr reizend dünken sollte, besonders unter der Vorstellung, welche jedes Individuum schmeichelt, daß es fremden Beistandes nach und nach kann entbehren lernen. Auf der andern Seite gebe man einem Menschen die schmerzlichste unheilbarste Krankheit,

---

wenn er auch nur einen bösen Nachbar hätte! Thomson würde sodann diese Stelle vielleicht vor Augen gehabt haben, wenn er den gleichfalls in eine wüste Insel von Bösewichtern ausgesetzten Melisander sagen läßt:

Cast on the wildest of the Cyclad Isles
Where never human foot had marked the shore
These Ruffians left me – yet believe me, Arcas,
Such is the rooted love we bear mankind,
All ruffians as they were, I never heard
A sound so dismal as their parting oars.

Auch ihm wäre die Gesellschaft von Bösewichtern lieber gewesen, als gar keine. Ein großer vortrefflicher Sinn! Wenn es nur gewiß wäre, daß Sophokles auch wirklich so etwas gesagt hätte. Aber ich muß ungern bekennen, daß ich nichts dergleichen bei ihm finde; es wäre denn, daß ich lieber mit den Augen des alten Scholiasten, als mit meinen eigenen sehen wollte, welcher die Worte des Dichters so umschreibt: Ου μονον ὁπου καλον ὀυκ ἐιχε τινα των ἐγχωριων γειτονα, ἀλλα ὀυδε κακον, παρ' ὁυ ἀμοιβαιον λογον στεναζων ἀκουσειε. Wie dieser Auslegung die angeführten Übersetzer gefolgt sind, so hat sich auch eben so wohl Brumoy, als unser neuer deutscher Übersetzer daran gehalten. Jener sagt, »sans societé, meme importune«; und dieser »jeder Gesellschaft, auch der beschwerlichsten beraubet.« Meine Gründe, warum ich von ihnen allen abgehen muß, sind diese. Erstlich ist es offenbar, daß wenn κακογειτονα von τιν' ἐγχωρων getrennet werden, und ein besonders Glied ausmachen sollte, die Partikel ὀυδε vor κακογειτονα notwendig wiederholt sein müßte. Da sie es aber nicht ist, so ist es eben so offenbar, daß κακογειτονα zu τινα gehöret, und das Komma nach ἐγχωρων wegfallen muß. Dieses Komma hat sich aus der Übersetzung eingeschlichen, wie ich denn wirklich finde, daß es einige ganz griechische Ausgaben (z. E. die Wittenbergische von 1585 in 8, welche dem Fabricius völlig unbekannt geblieben) auch gar nicht haben, und es erst, wie gehörig, nach κακογειτονα setzen. Zweitens, ist das wohl ein

aber man denke ihn zugleich von gefälligen Freunden umgeben, die ihn an nichts Mangel leiden lassen, die sein Übel, so viel in ihren Kräften stehet, erleichtern, gegen die er unverhohlen klagen und jammern darf: unstreitig werden wir Mitleid mit ihm haben, aber dieses Mitleid dauert nicht in die Länge, endlich zucken wir die Achsel und verweisen ihn zur Geduld. Nur wenn beide Fälle zusammen kommen, wenn der Einsame auch seines Körpers nicht mächtig ist, wenn dem Kranken eben so wenig jemand anders hilft, als er sich selbst helfen kann, und seine Klagen in der öden Luft verfliegen: alsdann sehen wir alles Elend, was die menschliche Natur treffen kann, über den Unglücklichen zusammen schlagen, und jeder flüchtige Gedanke, mit dem wir uns an

---

böser Nachbar, von dem wir uns στονον ἀντιτυπον, ἀμοιβαιον wie es der Scholiast erklärt, versprechen können? Wechselsweise mit uns seufzen, ist die Eigenschaft eines Freundes, nicht aber eines Feindes. Kurz also: man hat das Wort κακογειτονα unrecht verstanden; man hat angenommen, daß es aus dem Adjectivo κακος zusammen gesetzt sei, und es ist aus dem Substantivo το κακον zusammen gesetzt; man hat es durch einen bösen Nachbar erklärt, und hätte es durch einen Nachbar des Bösen erklären sollen. So wie κακομαντις nicht einen bösen, das ist, falschen, unwahren Propheten, sondern einen Propheten des Bösen, κακοτεχνος nicht einen bösen, ungeschickten Künstler, sondern einen Künstler im Bösen bedeuten. Unter einem Nachbar des Bösen versteht der Dichter aber denjenigen, welcher entweder mit gleichen Unfällen, als wir, behaftet ist, oder aus Freundschaft an unsern Unfällen Anteil nimmt; so daß die ganzen Worte οὐδ' ἐχων τιν' ἐγχωρων κακογειτονα bloß durch »neque quenquam indigenarum mali socium habens« zu übersetzen sind. Der neue Englische Übersetzer des Sophokles, Thomas Franklin, kann nicht anders als meiner Meinung gewesen sein, indem er den bösen Nachbar in κακογειτων auch nicht findet, sondern es bloß durch »fellow-mourner« übersetzet:

Expos'd to the inclement skies,
Deserted and forlorn he lyes,
No friend nor fellow-mourner there,
To sooth his sorrow, and divide his care.

seiner Stelle denken, erreget Schaudern und Entsetzen. Wir erblicken nichts als die Verzweiflung in ihrer schrecklichsten Gestalt vor uns, und kein Mitleid ist stärker, keines zerschmelzet mehr die ganze Seele, als das, welches sich mit Vorstellungen der Verzweiflung mischet. Von dieser Art ist das Mitleid, welches wir für den Philoktet empfinden, und in dem Augenblicke am stärksten empfinden, wenn wir ihn auch seines Bogens beraubt sehen, des einzigen, was ihm sein kümmerliches Leben erhalten mußte. – O des Franzosen, der keinen Verstand, dieses zu überlegen, kein Herz, dieses zu fühlen, gehabt hat! Oder wann er es gehabt hat, der klein genug war, dem armseligen Geschmacke seiner Nation alles dieses aufzuopfern. Chataubrun giebt dem Philoktet Gesellschaft. Er läßt eine Prinzessin Tochter zu ihm in die wüste Insel kommen. Und auch diese ist nicht allein, sondern hat ihre Hofmeisterin bei sich; ein Ding, von dem ich nicht weiß, ob es die Prinzessin oder der Dichter nötiger gebraucht hat. Das ganze vortreffliche Spiel mit dem Bogen hat er weggelassen. Dafür läßt er schöne Augen spielen. Freilich würden Pfeil und Bogen der französischen Heldenjugend sehr lustig vorgekommen sein. Nichts hingegen ist ernsthafter als der Zorn schöner Augen. Der Grieche martert uns mit der greulichen Besorgung, der arme Philoktet werde ohne seinem Bogen auf der wüsten Insel bleiben und elendiglich umkommen müssen. Der Franzose weiß einen gewissern Weg zu unsern Herzen: er läßt uns fürchten, der Sohn des Achilles werde ohne seine Prinzessin abziehen müssen. Dieses hießen denn auch die Pariser Kunstrichter, über die Alten triumphieren, und einer schlug vor, das Chataubrunsche Stück »la Difficulté vaincue« zu benennen.[2]

3. Nach der Wirkung des Ganzen betrachte man die einzeln Scenen, in welchen Philoktet nicht mehr der verlassene Kranke ist; wo er Hoffnung hat, nun bald die trostlose Einöde zu verlassen und wieder in sein Reich zu gelangen; wo sich also sein ganzes Unglück auf die schmerzliche

2 Mercure de France, Avril 1755. p. 177.

Wunde einschränkt. Er wimmert, er schreiet, er bekömmt die gräßlichsten Zuckungen. Hierwider gehet eigentlich der Einwurf des beleidigten Anstandes. Es ist ein Engländer, welcher diesen Einwurf macht; ein Mann also, bei welchem man nicht leicht eine falsche Delicatesse argwohnen darf. Wie schon berührt, so giebt er ihm auch einen sehr guten Grund. Alle Empfindungen und Leidenschaften, sagt er, mit welchen andere nur sehr wenig sympathisieren können, werden anstößig, wenn man sie zu heftig ausdrückt.[3] »Aus diesem Grunde ist nichts unanständiger, und einem Manne unwürdiger, als wenn er den Schmerz, auch den allerheftigsten, nicht mit Geduld ertragen kann, sondern weinet und schreiet. Zwar giebt es eine Sympathie mit dem körperlichen Schmerze. Wenn wir sehen, daß jemand einen Schlag auf den Arm oder das Schienbein bekommen soll, so fahren wir natürlicher Weise zusammen, und ziehen unsern eigenen Arm, oder Schienbein, zurück; und wenn der Schlag wirklich geschieht, so empfinden wir ihn gewissermaßen eben sowohl, als der, den er getroffen. Gleichwohl aber ist es gewiß, daß das Übel, welches wir fühlen, gar nicht beträchtlich ist; wenn der Geschlagene daher ein heftiges Geschrei erregt, so ermangeln wir nicht ihn zu verachten, weil wir in der Verfassung nicht sind, eben so heftig schreien zu können, als er.« – Nichts ist betrüglicher als allgemeine Gesetze für unsere Empfindungen. Ihr Gewebe ist so fein und verwickelt, daß es auch der behutsamsten Speculation kaum möglich ist, einen einzeln Faden rein aufzufassen und durch alle Kreuzfäden zu verfolgen. Gelingt es ihr aber auch schon, was für Nutzen hat es? Es giebt in der Natur keine einzelne reine Empfindung; mit einer jeden entstehen tausend andere zugleich, deren geringste die Grundempfindung gänzlich verändert, so daß Ausnahmen über Ausnahmen erwachsen, die das vermeintlich allgemeine Gesetz endlich selbst auf eine bloße Erfahrung in wenig einzeln Fällen einschränken. – Wir

3 The Theory of Moral Sentiments, by Adam Smith. Part I. sect. 2. chap. 1. p. 41. (London 1761.)

verachten denjenigen, sagt der Engländer, den wir unter körperlichen Schmerzen heftig schreien hören. Aber nicht immer: nicht zum erstenmale; nicht, wenn wir sehen, daß der Leidende alles mögliche anwendet, seinen Schmerz zu verbeißen; nicht, wenn wir ihn sonst als einen Mann von Standhaftigkeit kennen; noch weniger, wenn wir ihn selbst unter dem Leiden Proben von seiner Standhaftigkeit ablegen sehen, wenn wir sehen, daß ihn der Schmerz zwar zum Schreien, aber auch zu weiter nichts zwingen kann, daß er sich lieber der längern Fortdauer dieses Schmerzes unterwirft, als das geringste in seiner Denkungsart, in seinen Entschlüssen ändert, ob er schon in dieser Veränderung die gänzliche Endschaft seines Schmerzes hoffen darf. Das alles findet sich bei dem Philoktet. Die moralische Größe bestand bei den alten Griechen in einer ebenso unveränderlichen Liebe gegen seine Freunde, als unwandelbarem Hasse gegen seine Feinde. Diese Größe behält Philoktet bei allen seinen Martern. Sein Schmerz hat seine Augen nicht so vertrocknet, daß sie ihm keine Tränen über das Schicksal seiner alten Freunde gewähren könnten. Sein Schmerz hat ihn so mürbe nicht gemacht, daß er, um ihn los zu werden, seinen Feinden vergeben, und sich gern zu allen ihren eigennützigen Absichten brauchen lassen möchte. Und diesen Felsen von einem Manne hätten die Athenienser verachten sollen, weil die Wellen, die ihn nicht erschüttern können, ihn wenigstens ertönen machen? – Ich bekenne, daß ich an der Philosophie des Cicero überhaupt wenig Geschmack finde; am allerwenigsten aber an der, die er in dem zweiten Buche seiner Tusculanischen Fragen über die Erduldung des körperlichen Schmerzes auskramet. Man sollte glauben, er wolle einen Gladiator abrichten, so sehr eifert er wider den äußerlichen Ausdruck des Schmerzes. In diesem scheinet er allein die Ungeduld zu finden, ohne zu überlegen, daß er oft nichts weniger als freiwillig ist, die wahre Tapferkeit aber sich nur in freiwilligen Handlungen zeigen kann. Er hört bei dem Sophokles den Philoktet nur klagen und schreien, und übersieht sein übriges standhaftes Betragen gänzlich. Wo hätte er auch sonst die Gelegenheit zu seinem rhetorischen Ausfalle wider die Dichter hergenommen? »Sie sollen uns weichlich machen, weil sie die tapfersten Männer klagend einführen.« Sie müssen sie klagen lassen; denn ein Theater ist keine Arena. Dem verdammten oder feilen Fechter kam es zu, alles mit Anstand zu tun und zu leiden. Von ihm mußte kein kläglicher Laut gehöret, keine schmerzliche Zuckung erblickt werden. Denn da seine Wunden, sein Tod, die Zuschauer ergötzen sollten: so mußte die Kunst alles Gefühl verbergen lehren. Die geringste Äußerung desselben hätte Mitleiden erweckt, und öfters erregtes Mitleiden würde diesen frostig grausamen Schauspielen bald ein Ende gemacht haben. Was aber hier nicht erregt werden sollte, ist die einzige Absicht der tragischen Bühne, und fodert daher ein gerade entgegen gesetztes Betragen. Ihre Helden müssen Gefühl zeigen, müssen ihre Schmerzen äußern, und die bloße Natur in sich wirken lassen. Verraten sie Abrichtung und Zwang, so lassen sie unser Herz kalt, und Klopfechter im Cothurne können höchstens nur bewundert werden. Diese Benennung verdienen alle Personen der sogenannten Senecaschen Tragödien, und ich bin der festen Meinung, daß die Gladiatorischen Spiele die vornehmste Ursache gewesen, warum die Römer in dem Tragischen noch so weit unter dem Mittelmäßigen geblieben sind. Die Zuschauer lernten in dem blutigen Amphitheater alle Natur verkennen, wo allenfalls ein Ktesias seine Kunst studieren konnte, aber nimmermehr ein Sophokles. Das tragischste Genie, an diese künstliche Todesscenen gewöhnet, mußte auf Bombast und Rodomontaden verfallen. Aber so wenig als solche Rodomontaden wahren Heldenmut einflößen können, eben so wenig können Philoktetische Klagen weichlich machen. Die Klagen sind eines Menschen, aber die Handlungen eines Helden. Beide machen den menschlichen Helden, der weder weichlich noch verhärtet ist, sondern bald dieses bald jenes scheinet, so wie ihn itzt Natur, itzt Grundsätze und Pflicht verlangen. Er ist das Höchste, was die Weisheit hervorbringen, und die Kunst nachahmen kann.

4. Nicht genug, daß Sophokles seinen empfindlichen Philoktet vor der Verachtung gesichert hat; er hat auch allem andern weislich vorgebauet, was man sonst aus der Anmerkung des Engländers wider ihn erinnern könnte. Denn verachten wir schon denjenigen nicht immer, der bei körperlichen Schmerzen schreiet, so ist doch dieses unwidersprechlich, daß wir nicht so viel Mitleiden für ihn empfinden, als dieses Geschrei zu erfordern scheinet. Wie sollen sich also diejenigen verhalten, die mit dem schreienden Philoktet zu tun haben? Sollen sie sich in einem hohen Grade gerührt stellen? Es ist wider die Natur. Sollen sie sich so kalt und verlegen bezeigen, als man wirklich bei dergleichen Fällen zu sein pflegt? Das würde die widrigste Dissonanz für den Zuschauer hervorbringen. Aber, wie gesagt, auch diesem hat Sophokles vorgebauet. Dadurch nemlich, daß die Nebenpersonen ihr eigenes Interesse haben; daß der Eindruck, welchen das Schreien des Philoktet auf sie macht, nicht das einzige ist, was sie beschäftiget, und der Zuschauer daher nicht so wohl auf die Disproportion ihres Mitleids mit diesem Geschrei, als vielmehr auf die Veränderung Acht giebt, die in ihren eigenen Gesinnungen und Anschlägen durch das Mitleid, es sei so schwach oder so stark es will, entstehet, oder entstehen sollte. Neoptolem und der Chor haben den unglücklichen Philoktet hintergangen; sie erkennen, in welche Verzweiflung ihn ihr Betrug stürzen werde; nun bekömmt er seinen schrecklichen Zufall vor ihren Augen; kann dieser Zufall keine merkliche sympathetische Empfindung in ihnen erregen, so kann er sie doch antreiben, in sich zu gehen, gegen so viel Elend Achtung zu haben, und es durch Verräterei nicht häufen zu wollen. Dieses erwartet der Zuschauer, und seine Erwartung findet sich von dem edelmütigen Neoptolem nicht getäuscht. Philoktet, seiner Schmerzen Meister, würde den Neoptolem bei seiner Verstellung erhalten haben. Philoktet, den sein Schmerz aller Verstellung unfähig macht, so höchst nötig sie ihm auch scheinet, damit seinen künftigen Reisegefährten das Versprechen, ihn mit sich zu nehmen, nicht zu bald gereue; Philoktet, der ganz

Natur ist, bringt auch den Neoptolem zu seiner Natur wieder zurück. Diese Umkehr ist vortrefflich, und um so viel rührender, da sie von der bloßen Menschlichkeit bewirket wird. Bei dem Franzosen haben wiederum die schönen Augen ihren Teil daran.[4] Doch ich will an diese Parodie nicht mehr denken. – Des nemlichen Kunstgriffs, mit dem Mitleiden, welches das Geschrei über körperliche Schmerzen hervorbringen sollte, in den Umstehenden einen andern Affect zu verbinden, hat sich Sophokles auch in den Trachinerinnen bedient. Der Schmerz des Herkules ist kein ermattender Schmerz; er treibt ihn bis zur Raserei, in der er nach nichts als nach Rache schnaubet. Schon hatte er in dieser Wut den Lichas ergriffen, und an dem Felsen zerschmettert. Der Chor ist weiblich; um so viel natürlicher muß sich Furcht und Entsetzen seiner bemeistern. Dieses, und die Erwartung, ob noch ein Gott dem Herkules zu Hülfe eilen, oder Herkules unter diesem Übel erliegen werde, macht hier das eigentliche allgemeine Interesse, welches von dem Mitleiden nur eine geringe Schattierung erhält. Sobald der Ausgang durch die Zusammenhaltung der Orakel entschieden ist, wird Herkules ruhig, und die Bewunderung über seinen letzten Entschluß tritt an die Stelle aller andern Empfindungen. Überhaupt aber muß man bei der Vergleichung des leidenden Herkules mit dem leidenden Philoktet nicht vergessen, daß jener ein Halbgott, und dieser nur ein Mensch ist. Der Mensch schämt sich seiner Klagen nie; aber der Halbgott schämt sich, daß sein sterblicher Teil über den unsterblichen so viel vermocht habe, daß er wie ein Mädchen weinen und winseln müssen.[5] Wir Neuern glauben keine Halbgötter, aber der geringste Held soll bei uns wie ein Halbgott empfinden, und handeln.

---

4 Act. II. Sc. III. »De mes deguisemens que penseroit Sophie?« Sagt der Sohn des Achilles.

5 Trach. v. 1088. 89

– – ὁστις ὡστε παρϑενος

Βεβρυχα κλαιων – –

Ob der Schauspieler das Geschrei und die Verzuckungen des Schmerzes bis zur Illusion bringen könne, will ich weder zu verneinen noch zu bejaen wagen. Wenn ich fände, daß es unsere Schauspieler nicht könnten, so müßte ich erst wissen, ob es auch ein Garrik nicht vermögend wäre: und wenn es auch diesem nicht gelänge, so würde ich mir noch immer die Skävopoeie und Declamation der Alten in einer Vollkommenheit denken dürfen, von der wir heut zu Tage gar keinen Begriff haben.

V.

Es giebt Kenner des Altertums, welche die Gruppe Laokoon zwar für ein Werk griechischer Meister, aber aus der Zeit der Kaiser halten, weil sie glauben, daß der Virgilische Laokoon dabei zum Vorbilde gedienet habe. Ich will von den ältern Gelehrten, die dieser Meinung gewesen sind, nur den Bartholomäus Marliani,[1] und von den neuern, den Montfaucon[2] nennen. Sie fanden ohne Zweifel zwischen dem Kunstwerke und der Beschreibung des Dichters eine so besondere Übereinstimmung, daß es ihnen unmöglich dünkte, daß beide von ohngefehr auf einerlei Umstände sollten gefallen sein, die sich nichts weniger, als von selbst darbieten. Dabei setzten sie voraus, daß wenn es auf die Ehre der Erfindung und des ersten Gedankens ankomme, die Wahrscheinlichkeit für den Dichter ungleich größer sei, als für den Künstler.

Nur scheinen sie vergessen zu haben, daß ein dritter Fall möglich sei. Denn vielleicht hat der Dichter eben so wenig

1 Topographiae Urbis Romae libr. IV. cap. 14. Et quanquam hi (Agesander et Polydorus et Athenodorus Rhodii) ex Virgilii descriptione statuam hanc formavisse videntur etc.

2 Suppl. aux Ant. Expliq. T. I. p. 242. Il semble qu'Agesandre, Polydore et Athenodore, qui en furent les ouvriers, ayent travaillé comme à l'envi, pour laisser un monument, qui repondoit à l'incomparable description qu'a fait Virgile de Laocoon etc.

den Künstler, als der Künstler den Dichter nachgeahmt, sondern beide haben aus einerlei älteren Quelle geschöpft. Nach dem Macrobius würde Pisander diese ältere Quelle sein können.[3] Denn als die Werke dieses griechischen Dichters noch vorhanden waren, war es schulkundig, »pueris decantatum«, daß der Römer die ganze Eroberung und Zerstörung Iliums, sein ganzes zweites Buch, aus ihm nicht so wohl nachgeahmet, als treulich übersetzt habe. Wäre nun also Pisander auch in der Geschichte des Laokoon Virgils Vorgänger gewesen, so brauchten die griechischen Künstler ihre Anleitung nicht aus einem lateinischen Dichter zu holen, und die Mutmaßung von ihrem Zeitalter gründet sich auf nichts.

Indes wenn ich notwendig die Meinung des Marliani und Montfaucon behaupten müßte, so würde ich ihnen folgende Ausflucht leihen. Pisanders Gedichte sind verloren; wie die Geschichte des Laokoon von ihm erzehlet worden, läßt sich mit Gewißheit nicht sagen; es ist aber wahrscheinlich, daß es mit eben den Umständen geschehen sei, von welchen wir noch itzt bei griechischen Schriftstellern Spuren finden. Nun kommen aber diese mit der Erzehlung des Virgils im geringsten nicht überein, sondern der römische Dichter muß die

3 Saturnal. lib. V. cap. 2. Quae Virgilius traxit a Graecis, dicturumne me putetis quae vulgo nota sunt? quod Theocritum sibi fecerit pastoralis operis autorem, ruralis Hesiodum? et quod in ipsis Georgicis, tempestatis serenitatisque signa de Arati Phaenomenis traxerit? vel quod eversionem Trojae, cum Sinone suo, et equo ligneo, caeterisque omnibus, quae librum secundum faciunt, a Pisandro pene ad verbum transcripserit? qui inter Graecos poetas eminet opere, quod a nuptiis Jovis et Junonis incipiens universas historias, quae mediis omnibus saeculis usque ad aetatem ipsius Pisandri contigerunt, in unam seriem coactas redegerit, et unum ex diversis hiatibus temporum corpus effecerit? in quo opere inter historias caeteras interitus quoque Trojae in hunc modum relatus est. Quae fideliter Maro interpretando. fabricatus est sibi Iliacae urbis ruinam. Sed et haec et talia ut pueris decantata praetereo.

griechische Tradition völlig nach seinem Gutdünken umgeschmolzen haben. Wie er das Unglück des Laokoon erzehlet, so ist es seine eigene Erfindung; folglich, wenn die Künstler in ihrer Vorstellung mit ihm harmonieren, so können sie nicht wohl anders als nach seiner Zeit gelebt, und nach seinem Vorbilde gearbeitet haben.

Quintus Calaber läßt zwar den Laokoon einen gleichen Verdacht, wie Virgil, wider das hölzerne Pferd bezeigen; allein der Zorn der Minerva, welchen sich dieser dadurch zuziehet, äußert sich bei ihm ganz anders. Die Erde erbebt unter dem warnenden Trojaner; Schrecken und Angst überfallen ihn; ein brennender Schmerz tobet in seinen Augen; sein Gehirn leidet; er raset; er verblindet. Erst, da er blind noch nicht aufhört, die Verbrennung des hölzernen Pferdes anzuraten, sendet Minerva zwei schreckliche Drachen, die aber bloß die Kinder des Laokoon ergreifen. Umsonst strecken diese die Hände nach ihrem Vater aus; der arme blinde Mann kann ihnen nicht helfen; sie werden zerfleischt, und die Schlangen schlupfen in die Erde. Dem Laokoon selbst geschieht von ihnen nichts; und daß dieser Umstand dem Quintus[4] nicht eigen, sondern vielmehr allgemein angenommen müsse gewesen sein, bezeiget eine Stelle des Lykophron, wo diese Schlangen[5] das Beiwort der Kinderfresser führen.

War er aber, dieser Umstand, bei den Griechen allgemein angenommen, so würden sich griechische Künstler schwerlich erkühnt haben, von ihm abzuweichen, und schwerlich würde es sich getroffen haben, daß sie auf eben die Art wie ein römischer Dichter abgewichen wären, wenn sie diesen Dichter nicht gekannt hätten, wenn sie vielleicht nicht den ausdrücklichen Auftrag gehabt hätten, nach ihm zu arbeiten. Auf diesem Punkte, meine ich, müßte man bestehen, wenn

4 Paralip. lib. XII. v. 398-408. et v. 439-474.

5 Oder vielmehr, Schlange; denn Lykophron scheinet nur eine angenommen zu haben:

Και παιδοβρωτος πορκεως νησους διπλας.

man den Marliani und Montfaucon verteidigen wollte. Virgil ist der erste und einzige,[6] welcher sowohl Vater als Kinder von den Schlangen umbringen läßt; die Bildhauer tun dieses gleichfalls, da sie es doch als Griechen nicht hätten tun sollen: also ist es wahrscheinlich, daß sie es auf Veranlassung des Virgils getan haben.

---

6 Ich erinnere mich, daß man das Gemälde hierwider anführen könnte, welches Eumolp bei dem Petron auslegt. Es stellte die Zerstörung von Troja, und besonders die Geschichte des Laokoon, vollkommen so vor, als sie Virgil erzehlet; und da in der nemlichen Gallerie zu Neapel, in der es stand, andere alte Gemälde vom Zeuxis, Protogenes, Apelles waren, so ließe sich vermuten, daß es gleichfalls ein altes griechisches Gemälde gewesen sei. Allein man erlaube mir, einen Romandichter für keinen Historicus halten zu dürfen. Diese Gallerie, und dieses Gemälde, und dieser Eumolp haben, allem Ansehen nach, nirgends als in der Phantasie des Petrons existieret. Nichts verrät ihre gänzliche Erdichtung deutlicher, als die offenbaren Spuren einer bei nahe schülermäßigen Nachahmung der Virgilischen Beschreibung. Es wird sich der Mühe verlohnen, die Vergleichung anzustellen. So Virgil: (Aeneid. lib. II. 199-224.)

Hic aliud majus miseris multoque tremendum
Objicitur magis, atque improvida pectora turbat.
Laocoon, ductus Neptuno sorte sacerdos,
Sollemnis taurum ingentem mactabat ad aras.
Ecce autem gemini a Tenedo tranquilla per alta
(Horresco referens) immensis orbibus angues
Incumbunt pelago, pariterque ad litora tendunt:
Pectora quorum inter fluctus arrecta, jubaeque
Sanguineae exsuperant undas; pars cetera pontum
Pone legit, sinuatque immensa volumine terga.
Fit sonitus, spumante salo: jamque arva tenebant,
Ardentesque oculos suffecti sanguine et igni
Sibila lambebant linguis vibrantibus ora.
Diffugimus visu exsangues. Illi agmine certo
Laocoonta petunt, et primum parva duorum
Corpora natorum serpens amplexus uterque
Implicat, et miseros morsu depascitur artus.
Post ipsum, auxilio subeuntem ac tela ferentem,

Ich empfinde sehr wohl, wie viel dieser Wahrscheinlichkeit zur historischen Gewißheit mangelt. Aber da ich auch nichts Historisches weiter daraus schließen will, so glaube ich wenigstens, daß man sie als eine Hypothesis kann gelten lassen, nach welcher der Critikus seine Betrachtungen an-

---

Corripiunt, spirisque ligant ingentibus: et jam
Bis medium amplexi, bis collo squamea circum
Terga dati, superant capite et cervicibus altis.
Ille simul manibus tendit divellere nodos,
Perfusus sanie vittas atroque veneno:
Clamores simul horrendos ad sidera tollit.
Quales mugitus, fugit cum saucius aram
Taurus et incertam excussit cervice securim.

Und so Eumolp: (von dem man sagen könnte, daß es ihm wie allen Poeten aus dem Stegreife ergangen sei; ihr Gedächtnis hat immer an ihren Versen eben so viel Anteil, als ihre Einbildung.)

Ecce alia monstra. Celsa qua Tenedos mare
Dorso repellit, tumida consurgunt freta,
Undaque resultat scissa tranquillo minor.
Qualis silenti nocte remorum sonus
Longe refertur, cum premunt classes mare,
Pulsumque marmor abiete imposita gemit.
Respicimus, angues orbibus geminis ferunt
Ad saxa fluctus: tumida quorum pectora
Rates ut altae, lateribus spumas agunt:
Dant caudae sonitum; liberae ponto jubae
Coruscant luminibus, fulmineum jubar
Incendit aequor, sibilisque undae tremunt.
Stupuere mentes. Infulis stabant sacri
Phrygioque cultu gemina nati pignora
Laocoonte, quos repente tergoribus ligant
Angues corusci: parvulas illi manus
Ad ora referunt: neuter auxilio sibi,
Uterque fratri transtulit pias vices,
Morsque ipsa miseros mutuo perdit metu.
Accumulat ecce liberûm funus Parens,
Infirmus auxiliator; invadunt virum
Iam morte pasti, membraque ad terram trahunt.
Iacet sacerdos inter aras victima.

stellen darf. Bewiesen oder nicht bewiesen, daß die Bildhauer dem Virgil nachgearbeitet haben; ich will es bloß annehmen, um zu sehen, wie sie ihm sodann nachgearbeitet hätten. Über das Geschrei habe ich mich schon erklärt. Vielleicht, daß mich die weitere Vergleichung auf nicht weniger unterrichtende Bemerkungen leitet.

Die Hauptzüge sind in beiden Stellen eben dieselben, und verschiedenes ist mit den nemlichen Worten ausgedrückt. Doch das sind Kleinigkeiten, die von selbst in die Augen fallen. Es giebt andere Kennzeichen der Nachahmung die feiner, aber nicht weniger sicher sind. Ist der Nachahmer ein Mann, der sich etwas zutrauet, so ahmet er selten nach, ohne verschönern zu wollen; und wenn ihm dieses Verschönern, nach seiner Meinung, geglückt ist, so ist er Fuchs genug, seine Fußtapfen, die den Weg, welchen er hergekommen, verraten würden, mit dem Schwanze zuzukehren. Aber eben diese eitle Begierde zu verschönern, und diese Behutsamkeit Original zu scheinen, entdeckt ihn. Denn sein Verschönern ist nichts als Übertreibung und unnatürliches Raffinieren. Virgil sagt, »sanguineae jubae«: Petron, »liberae jubae luminibus coruscant«. Virgil, »ardentes oculos suffecti sanguine et igni«: Petron, »fulmineum jubar incendit aequor«. Virgil, »fit sonitus spumante salo«: Petron, »sibilis undae tremunt.« So geht der Nachahmer immer aus dem Großen ins Ungeheuere; aus dem Wunderbaren ins Unmögliche. Die von den Schlangen umwundene Knaben sind dem Virgil ein Parergon, das er mit wenigen bedeutenden Strichen hinsetzt, in welchen man nichts als ihr Unvermögen und ihren Jammer erkennet. Petron malt dieses Nebenwerk aus, und macht aus den Knaben ein Paar heldenmütige Seelen,

– – – – neuter auxilio sibi
Uterque fratri transtulit pias vices
Morsque ipsa miseros mutuo perdit metu.

Wer erwartet von Menschen, von Kindern, diese Selbstverleugnung? Wie viel besser kannte der Grieche die Natur, (Quintus Calaber lib. XII. v. 459-61.) welcher bei Erscheinung der schrecklichen Schlangen, sogar die Mütter ihrer Kinder vergessen läßt, so sehr war jedes nur auf seine eigene Erhaltung bedacht.

– – – – ἐνθα γυναικες
Ὀιμωξον, και που τις ἑων ἐπελησατο τεκνων,
Ἀυτη ἀλευομενη στυγερον μορον – –

Der Einfall, den Vater mit seinen beiden Söhnen durch die mördrischen Schlangen in einen Knoten zu schürzen, ist ohnstreitig ein sehr glücklicher Einfall, der von einer ungemein malerischen Phantasie zeuget. Wem gehört er? Dem Dichter, oder den Künstlern? Montfaucon will ihn bei dem Dichter nicht finden.[7] Aber ich meine, Montfaucon hat den Dichter nicht aufmerksam genug gelesen.

– – – illi agmine certo
Laocoonta petunt, et primum parva duorum
Corpora natorum serpens amplexus uterque
Implicat et miseros morsu depascitur artus.
Post ipsum, auxilio subeuntem et tela ferentem
Corripiunt, spirisque ligant ingentibus – –

Zu verbergen sucht sich der Nachahmer gemeiniglich dadurch, daß er den Gegenständen eine andere Beleuchtung giebt, die Schatten des Originals heraus, und die Lichter zurücktreibt. Virgil giebt sich Mühe, die Größe der Schlangen recht sichtbar zu machen, weil von dieser Größe die Wahrscheinlichkeit der folgenden Erscheinung abhängt; das Geräusche, welches sie verursachen, ist nur eine Nebenidee, und bestimmt, den Begriff der Größe auch dadurch lebhafter zu machen. Petron hingegen macht diese Nebenidee zur Hauptsache, beschreibt das Geräusch mit aller möglichen Üppigkeit, und vergißt die Schilderung der Größe so sehr, daß wir sie nur fast aus dem Geräusche schließen müssen. Es ist schwerlich zu glauben, daß er in diese Unschicklichkeit verfallen wäre, wenn er bloß aus seiner Einbildung geschildert, und kein Muster vor sich gehabt hätte, dem er nachzeichnen, dem er aber nachgezeichnet zu haben, nicht verraten wollen. So kann man zuverlässig jedes poetische Gemälde, das in kleinen Zügen überladen, und in den großen fehlerhaft ist, für eine verunglückte Nachahmung halten, es mag sonst so viele kleine Schönheiten haben als es will, und das Original mag sich lassen angeben können oder nicht.

7 Suppl. aux Antiq. Expl. T. I. p. 243. Il y a quelque petite difference entre ce que dit Virgile, et ce que le marbre represente. Il semble, selon ce que dit le poete, que les serpens quitterent les deux enfans pour venir entortiller le pere, au lieu que dans ce marbre ils lient en meme tems les enfans et leur pere.

Der Dichter hat die Schlangen von einer wunderbaren Länge geschildert. Sie haben die Knaben umstrickt, und da der Vater ihnen zu Hülfe kömmt, ergreifen sie auch ihn. (»corripiunt«) Nach ihrer Größe konnten sie sich nicht auf einmal von den Knaben loswinden; es mußte also einen Augenblick geben, da sie den Vater mit ihren Köpfen und Vorderteilen schon angefallen hatten, und mit ihren Hinterteilen die Knaben noch verschlungen hielten. Dieser Augenblick ist in der Fortschreitung des poetischen Gemäldes notwendig; der Dichter läßt ihn sattsam empfinden; nur ihn auszumalen, dazu war itzt die Zeit nicht. Daß ihn die alten Ausleger auch wirklich empfunden haben, scheinet eine Stelle des Donatus[8] zu bezeigen. Wie viel weniger wird er den Künstlern entwischt sein, in deren verständiges Auge, alles was ihnen vorteilhaft werden kann, so schnell und deutlich einleuchtet?

In den Windungen selbst, mit welchen der Dichter die Schlangen um den Laokoon führet, vermeidet er sehr sorgfältig die Arme, um den Händen alle ihre Wirksamkeit zu lassen.

Ille simul manibus tendit divellere nodos.

Hierin mußten ihm die Künstler notwendig folgen. Nichts giebt mehr Ausdruck und Leben, als die Bewegung der Hände; im Affecte besonders, ist das sprechendste Gesicht ohne sie unbedeutend. Ärme, durch die Ringe der Schlangen fest an den Körper geschlossen, würden Frost und Tod über

8 Donatus ad v. 227. lib. II. Aeneid. Mirandum non est, clypeo et simulachri vestigiis tegi potuisse, quos supra et longos et validos dixit, et multiplici ambitu circumdedisse Laocoontis corpus ac liberorum, et fuisse supertuam partem. Mich dünkt übrigens, daß in dieser Stelle aus den Worten »mirandum non est«, entweder das »non« wegfallen muß, oder am Ende der ganze Nachsatz mangelt. Denn da die Schlangen so außerordentlich groß waren, so ist es allerdings zu verwundern, daß sie sich unter dem Schilde der Göttin verbergen können, wenn dieses Schild nicht selbst sehr groß war, und zu einer kolossalischen Figur gehörte. Und die Versicherung hievon mußte der mangelnde Nachsatz sein; oder das »non« hat keinen Sinn.

die ganze Gruppe verbreitet haben. Also sehen wir sie, an der Hauptfigur so wohl als an den Nebenfiguren, in völliger Tätigkeit, und da am meisten beschäftiget, wo gegenwärtig der heftigste Schmerz ist.

Weiter aber auch nichts, als diese Freiheit der Arme, fanden die Künstler zuträglich, in Ansehung der Verstrickung der Schlangen, von dem Dichter zu entlehnen. Virgil läßt die Schlangen doppelt um den Leib, und doppelt um den Hals des Laokoon sich winden, und hoch mit ihren Köpfen über ihn herausragen.

Bis medium amplexi, bis collo squamea circum
Terga dati, superant capite et cervicibus altis.

Dieses Bild füllet unsere Einbildungskraft vortrefflich; die edelsten Teile sind bis zum Ersticken gepreßt, und das Gift gehet gerade nach dem Gesichte. Dem ohngeachtet war es kein Bild für Künstler, welche die Wirkungen des Giftes und des Schmerzes in dem Körper zeigen wollten. Denn um diese bemerken zu können, mußten die Hauptteile so frei sein als möglich, und durchaus mußte kein äußrer Druck auf sie wirken, welcher das Spiel der leidenden Nerven und arbeitenden Muskeln verändern und schwächen könnte. Die doppelten Windungen der Schlangen würden den ganzen Leib verdeckt haben, und jene schmerzliche Einziehung des Unterleibes, welche so sehr ausdrückend ist, würde unsichtbar geblieben sein. Was man über, oder unter, oder zwischen den Windungen, von dem Leibe noch erblickt hätte, würde unter Pressungen und Aufschwellungen erschienen sein, die nicht von dem innern Schmerze, sondern von der äußern Last gewirket worden. Der eben so oft umschlungene Hals würde die pyramidalische Zuspitzung der Gruppe, welche dem Auge so angenehm ist, gänzlich verdorben haben; und die aus dieser Wulst ins Freie hinausragende spitze Schlangenköpfe hätten einen so plötzlichen Abfall von Mensur gemacht, daß die Form des Ganzen äußerst anstößig geworden wäre. Es giebt Zeichner, welche unverständig genug gewesen sind, sich demohngeachtet an den Dichter zu binden. Was denn aber auch daraus geworden, läßt sich unter andern aus einem Blatte des Franz Cleyn[9] mit Abscheu erkennen. Die alten Bildhauer übersahen es mit einem Blicke, daß ihre Kunst hier eine gänzliche Abänderung erfordere. Sie verlegten alle Windungen von dem Leibe und Halse, um die Schenkel und Füße. Hier konnten diese Windungen, dem Ausdrucke unbeschadet, so viel decken und pressen, als nötig war. Hier erregten sie zugleich die Idee der gehemmten Flucht und einer Art von Unbeweglichkeit, die der künstlichen Fortdauer des nemlichen Zustandes sehr vorteilhaft ist.

Ich weiß nicht, wie es gekommen, daß die Kunstrichter diese Verschiedenheit, welche sich in den Windungen der Schlangen zwischen dem Kunstwerke und der Beschreibung des Dichters so deutlich zeiget, gänzlich mit Stillschweigen übergangen haben. Sie erhebet die Weisheit der Künstler eben so sehr als die andre, auf die sie alle fallen, die sie aber nicht sowohl anzupreisen wagen, als vielmehr nur zu entschuldigen suchen. Ich meine die Verschiedenheit in der Bekleidung. Virgils Laokoon ist in seinem priesterlichen Ornate, und in der Gruppe erscheint er, mit beiden seinen Söhnen, völlig nackend. Man sagt, es gebe Leute, welche eine große Ungereimtheit darin fänden, daß ein Königssohn, ein Priester, bei einem Opfer, nackend vorgestellet werde. Und diesen Leuten antworten Kenner der Kunst in allem Ernste, daß es allerdings ein Fehler wider das Übliche sei, daß aber die Künstler dazu gezwungen worden, weil sie ihren Figuren keine anständige Kleidung geben können. Die Bildhauerei, sagen sie, könne keine Stoffe nachahmen; dicke Falten machten eine üble Wirkung; aus zwei Unbequemlichkeiten habe man also die geringste wählen, und lieber gegen

9 In der prächtigen Ausgabe von Drydens englischem Virgil. (London 1697, in groß Folio.) Und doch hat auch dieser die Windungen der Schlangen um den Leib nur einfach, und um den Hals fast gar nicht geführt. Wenn ein so mittelmäßiger Künstler anders eine Entschuldigung verdient, so könnte ihm nur die zu statten kommen, daß Kupfer zu einem Buche als bloße Erläuterungen, nicht aber als für sich bestehende Kunstwerke zu betrachten sind.

die Wahrheit selbst verstoßen, als in den Gewändern tadelhaft werden müssen.[10] Wenn die alten Artisten bei dem Einwurfe lachen würden, so weiß ich nicht, was sie zu der Beantwortung sagen dürften. Man kann die Kunst nicht tiefer herabsetzen, als es dadurch geschiehet. Denn gesetzt, die Skulptur könnte die verschiednen Stoffe eben so gut nachahmen, als die Malerei: würde sodann Laokoon notwendig bekleidet sein müssen? Würden wir unter dieser Bekleidung nichts verlieren? Hat ein Gewand, das Werk sklavischer Hände, eben so viel Schönheit als das Werk der ewigen Weisheit, ein organisierter Körper? Erfordert es einerlei Fähigkeiten, ist es einerlei Verdienst, bringt es einerlei Ehre, jenes oder diesen nachzuahmen? Wollen unsere Augen nur getäuscht sein, und ist es ihnen gleich viel, womit sie getäuscht werden?

Bei dem Dichter ist ein Gewand kein Gewand; es verdeckt

---

10 So urteilet selbst De Piles in seinen Anmerkungen über den Du Fresnoy v. 210. »Remarqués, s'il vous plait, que les Draperies tendres et legeres n'etant données qu'au sexe feminin, les anciens Sculpteurs ont evité autant qu'ils ont pû, d'habiller les figures d'hommes; parce qu'ils ont pensé, comme nous l'avons dejà dit, qu'en Sculpture on ne pouvoit imiter les etoffes et que les gros plis faisoient un mauvais effet. Il y a presque autant d'exemples de cette verité, qu'il y a parmi les antiques de figures d'hommes nuds. Je rapporterai seulement celui du Laocoon, lequel selon la vraisemblance devroit etre vetu. En effet, quelle apparence y a-t-il qu'un fils de Roi, qu'un Pretre d'Apollon se trouvat tout nud dans la ceremonie actuelle d'un sacrifice; car les serpents passerent de l'isle de Tenedos au rivage de Troye, et surprirent Laocoon et ses fils dans le tems meme qu'il sacrifioit à Neptune sur le bord de la mer, comme le marque Virgile dans le second livre de son ›Eneide‹. Cependant les Artistes, qui sont les Auteurs de ce bel ouvrage ont bien vû, qu'ils ne pouvoient pas leur donner de vetemens convenables à leur qualité, sans faire comme un amas de pierres, dont la masse ressembleroit à un rocher, au lieu des trois admirables figures, qui ont été et qui sont toujours l'admiration des siecles. C'est pour cela que de deux inconvéniens, ils ont jugé celui des Draperies beaucoup plus facheux, que celui d'aller contre la verité même.«

nichts; unsere Einbildungskraft sieht überall hindurch. Laokoon habe es bei dem Virgil, oder habe es nicht, sein Leiden ist ihr an jedem Teile seines Körpers einmal so sichtbar, wie das andere. Die Stirne ist mit der priesterlichen Binde für sie umbunden, aber nicht umhüllet. Ja sie hindert nicht allein nicht, diese Binde; sie verstärkt auch noch den Begriff, den wir uns von dem Unglücke des Leidenden machen.

Perfusus sanie vittas atroque veneno.

Nichts hilft ihm seine priesterliche Würde; selbst das Zeichen derselben, das ihm überall Ansehen und Verehrung verschafft, wird von dem giftigen Geifer durchnetzt und entheiliget.

Aber diesen Nebenbegriff mußte der Artist aufgeben, wenn das Hauptwerk nicht leiden sollte. Hätte er dem Laokoon auch nur diese Binde gelassen, so würde er den Ausdruck um ein großes geschwächt haben. Die Stirne wäre zum Teil verdeckt worden, und die Stirne ist der Sitz des Ausdruckes. Wie er also dort, bei dem Schreien, den Ausdruck der Schönheit aufopferte, so opferte er hier das Übliche dem Ausdrucke auf. Überhaupt war das Übliche bei den Alten eine sehr geringschätzige Sache. Sie fühlten, daß die höchste Bestimmung ihrer Kunst sie auf die völlige Entbehrung desselben führte. Schönheit ist diese höchste Bestimmung; Not erfand die Kleider, und was hat die Kunst mit der Not zu tun? Ich gebe es zu, daß es auch eine Schönheit der Bekleidung giebt; aber was ist sie, gegen die Schönheit der menschlichen Form? Und wird der, der das Größere erreichen kann, sich mit dem Kleinern begnügen? Ich fürchte sehr, der vollkommenste Meister in Gewändern, zeigt durch diese Geschicklichkeit selbst, woran es ihm fehlt.

VI.

Meine Voraussetzung, daß die Künstler dem Dichter nachgeahmet haben, gereicht ihnen nicht zur Verkleinerung. Ihre Weisheit erscheinet vielmehr durch diese Nachahmung in dem schönsten Lichte. Sie folgten dem Dichter, ohne sich in der geringsten Kleinigkeit von ihm verführen zu lassen. Sie hatten ein Vorbild, aber da sie dieses Vorbild aus einer Kunst in die andere hinüber tragen mußten, so fanden sie genug Gelegenheit selbst zu denken. Und diese ihre eigenen Gedanken, welche sich in den Abweichungen von ihrem Vorbilde zeigen, beweisen, daß sie in ihrer Kunst eben so groß gewesen sind, als er in der seinigen.

Nun will ich die Voraussetzung umkehren: der Dichter soll den Künstlern nachgeahmet haben. Es giebt Gelehrte, die diese Voraussetzung als eine Wahrheit behaupten.[1] Daß sie historische Gründe dazu haben könnten, wüßte ich nicht. Aber, da sie das Kunstwerk so überschwenglich schön fanden, so konnten sie sich nicht bereden, daß es aus so später Zeit sein sollte. Es mußte aus der Zeit sein, da die Kunst in ihrer vollkommensten Blüte war, weil es daraus zu sein verdiente.

Es hat sich gezeigt, daß, so vortrefflich das Gemälde des Virgils ist, die Künstler dennoch verschiedene Züge desselben nicht brauchen können. Der Satz leidet also seine Einschränkung, daß eine gute poetische Schilderung auch ein gutes wirkliches Gemälde geben müsse, und daß der Dichter nur in so weit gut geschildert habe, als ihm der Artist in allen Zügen folgen könne. Man ist geneigt diese Einschränkung zu vermuten, noch ehe man sie durch Beispiele erhärtet sieht; bloß aus Erwägung der weitern Sphäre der Poesie, aus dem unendlichen Felde unserer Einbildungskraft, aus der Geistigkeit ihrer Bilder, die in größter Menge und Mannigfaltigkeit neben einander stehen können, ohne daß eines das andere deckt oder schändet, wie es wohl die Dinge selbst,

1 Maffei, Richardson, und noch neuerlich der Herr von Hagedorn (Betrachtungen über die Malerei S. 37. Richardson, Traité de la Peinture. Tome III. p. 513). De Fontaines verdient es wohl nicht, daß ich ihn diesen Männern beifüge. Er hält zwar, in den Anmerkungen zu seiner Übersetzung des Virgils gleichfalls dafür, daß der Dichter die Gruppe in Augen gehabt habe; er ist aber so unwissend, daß er sie für ein Werk des Phidias ausgiebt.

oder die natürlichen Zeichen derselben in den engen Schranken des Raumes oder der Zeit tun würden.

Wenn aber das Kleinere das Größere nicht fassen kann, so kann das Kleinere in dem Größern enthalten sein. Ich will sagen; wenn nicht jeder Zug, den der malende Dichter braucht, eben die gute Wirkung auf der Fläche oder in dem Marmor haben kann: so möchte vielleicht jeder Zug, dessen sich der Artist bedienet, in dem Werke des Dichters von eben so guter Wirkung sein können? Ohnstreitig; denn was wir in einem Kunstwerke schön finden, das findet nicht unser Auge, sondern unsere Einbildungskraft, durch das Auge, schön. Das nemliche Bild mag also in unserer Einbildungskraft durch willkürliche oder natürliche Zeichen wieder erregt werden, so muß auch jederzeit das nemliche Wohlgefallen, ob schon nicht in dem nemlichen Grade, wieder entstehen.

Dieses aber eingestanden, muß ich bekennen, daß mir die Voraussetzung, Virgil habe die Künstler nachgeahmet, weit unbegreiflicher wird, als mir das Widerspiel derselben geworden ist. Wenn die Künstler dem Dichter gefolgt sind, so kann ich mir von allen ihren Abweichungen Rede und Antwort geben. Sie mußten abweichen, weil die nemlichen Züge des Dichters in ihrem Werke Unbequemlichkeiten verursacht haben würden, die sich bei ihm nicht äußern. Aber warum mußte der Dichter abweichen? Wann er der Gruppe in allen und jeden Stücken treulich nachgegangen wäre, würde er uns nicht immer noch ein vortreffliches Gemälde geliefert haben?[2] Ich begreife wohl, wie seine vor sich selbst

---

2 Ich kann mich desfalls auf nichts entscheidenderes berufen, als auf das Gedichte des Sadolet. Es ist eines alten Dichters würdig, und da es sehr wohl die Stelle eines Kupfers vertreten kann, so glaube ich es hier ganz einrücken zu dürfen.

DE LAOCOONTIS STATUA

IACOBI SADOLETI CARMEN.

Ecce alto terrae e cumulo, ingentisque ruinae
Visceribus, iterum reducem longinqua reduxit

arbeitende Phantasie ihn auf diesen und jenen Zug bringen können; aber die Ursachen, warum seine Beurteilungskraft schöne Züge, die er vor Augen gehabt, in diese andere Züge verwandeln zu müssen glaubte, diese wollen mir nirgends einleuchten.

Laocoonta dies: aulis regalibus olim
Qui stetit, atque tuos ornabat, Tite, penates.
Divinae simulacrum artis, nec docta vetustas
Nobilius spectabat opus, nunc celsa revisit
Exemptum tenebris redivivae moenia Romae.
Quid primum summumve loquar? miserumne parentem
Et prolem geminam? an sinuatos flexibus angues
Terribili aspectus? caudasque irasque draconum
Vulneraque et veros, saxo moriente, dolores?
Horret ad haec animus, mutaque ab imagine pulsat
Pectora, non parvo pietas commixta tremori.
Prolixum bini spiris glomerantur in orbem
Ardentes colubri, et sinuosis orbibus errant,
Ternaque multiplici constringunt corpora nexu.
Vix oculi sufferre valent, crudele tuendo
Exitium, casusque feros: micat alter, et ipsum
Laocoonta petit, totumque infraque supraque
Implicat et rabido tendem ferit ilia morsu.
Connexum refugit corpus, torquentia sese
Membra, latusque retro sinuatum a vulnere cernas.
Ille dolore acri, et laniatu impulsus acerbo,
Dat gemitum ingentem, crudosque evellere dentes
Connixus, laevam impatiens ad terga Chelydri
Obiicit: intendunt nervi, collectaque ab omni
Corpore vis frustra summis conatibus instat.
Ferre nequit rabiem, et de vulnere murmur anhelum est.
At serpens lapsu crebro reduente subintrat
Lubricus, intortoque ligat genua infima nodo.
Absistunt surae, spirisque prementibus arctum
Crus tumet, obsepto turgent vitalia pulsu,
Liventesque atro distendunt sanguine venas.
Nec minus in natos eadem vis effera saevit
Implexuque angit rapido, miserandaque membra
Dilacerat: jamque alterius depasta cruentum

Mich dünket sogar, wenn Virgil die Gruppe zu seinem Vorbilde gehabt hätte, daß er sich schwerlich würde haben mäßigen können, die Verstrickung aller drei Körper in einen Knoten gleichsam nur erraten zu lassen. Sie würde sein Auge zu lebhaft gerührt haben, er würde eine zu treffliche Wirkung von ihr empfunden haben, als daß sie nicht auch in seiner Beschreibung mehr vorstechen sollte. Ich habe gesagt: es war itzt die Zeit nicht, diese Verstrickung auszumalen. Nein; aber ein einziges Wort mehr, würde ihr in dem Schatten, worin sie der Dichter lassen mußte, einen sehr entscheidenden Druck

---

Pectus, suprema genitorem voce cientis,
Circumiectu orbis, validoque volumine fulcit.
Alter adhuc nullo violatus corpora morsu,
Dum parat adducta caudam divellere planta,
Horret ad adspectum miseri patris, haeret in illo,
Et jam jam ingentes fletus, lachrymasque cadentes
Anceps in dubio retinet timor. Ergo perenni
Qui tantum statuistis opus jam laude nitentes,
Artifices magni (quamquam et melioribus actis
Quaeritur aeternum nomen, multoque licebat
Clarius ingenium venturae tradere famae)
Attamen ad laudem quaecunque oblata facultas
Egregium hanc rapere, et summa ad fastigia niti.
Vos rigidum lapidem vivis animare figuris
Eximii, et vivos spiranti in marmore sensus
Inserere, aspicimus motumque iramque doloremque,
Et pene audimus gemitus: vos extulit olim
Clara Rhodos, vestrae jacuerunt artis honores
Tempore ab immenso, quos rursum in luce secunda
Roma videt, celebratque frequens: operisque vetusti
Gratia parta recens. Quanto praestantius ergo est
Ingenio, aut quovis extendere fata labore,
Quam fastus et opes et inanem extendere luxum.

(v. Leodegarii a Quercu Farrago Poematum T. II. p. 64.) Auch Gruter hat dieses Gedicht, nebst andern des Sadolets, seiner bekannten Sammlung (Delic. Poet. Italorum Parte alt. p. 582.) mit einverleibet, allein sehr fehlerhaft. Für »bini« (v. 14.) lieset er »vivi«; für »errant« (v. 15.) »oram«, u. s. w.

vielleicht gegeben haben. Was der Artist, ohne dieses Wort entdecken konnte, würde der Dichter, wenn er es bei den Artisten gesehen hätte, nicht ohne dasselbe gelassen haben.

Der Artist hatte die dringendsten Ursachen, das Leiden des Laokoon nicht in Geschrei ausbrechen zu lassen. Wenn aber der Dichter die so rührende Verbindung von Schmerz und Schönheit in dem Kunstwerke vor sich gehabt hätte, was hätte ihn eben so unvermeidlich nötigen können, die Idee von männlichem Anstande und großmütiger Geduld, welche aus dieser Verbindung des Schmerzes und der Schönheit entspringt, so völlig unangedeutet zu lassen, und uns auf einmal mit dem gräßlichen Geschrei seines Laokoons zu schrecken? Richardson sagt: Virgils Laokoon muß schreien, weil der Dichter nicht sowohl Mitleid für ihn, als Schrecken und Entsetzen bei den Trojanern, erregen will. Ich will es zugeben, obgleich Richardson nicht erwogen zu haben scheinet, daß der Dichter die Beschreibung nicht in seiner eignen Person macht, sondern sie den Aeneas machen läßt, und gegen die Dido machen läßt, deren Mitleid Aeneas nicht genug bestürmen konnte. Allein mich befremdet nicht das Geschrei, sondern der Mangel aller Gradation bis zu diesem Geschrei, auf welche das Kunstwerk den Dichter natürlicher Weise hätte bringen müssen, wann er es, wie wir voraussetzen, zu seinem Vorbilde gehabt hätte. Richardson füget hinzu:[3] die Geschichte des Laokoon solle bloß zu der pathetischen Beschreibung der endlichen Zerstörung leiten; der Dichter habe sie also nicht interessanter machen dürfen, um unsere Aufmerksamkeit, welche diese letzte schreckliche

3 De la Peinture, Tome III. p. 516. C'est l'horreur que les Troïens ont conçue contre Laocoon, qui etoit necessaire à Virgile pour la conduite de son Poeme; et cela le mene à cette Description patétique de la Destruction de la patrie de son Heros. Aussi Virgile n'avoit garde de diviser l'attention sur la derniere nuit, pour une grande ville entiere, par la peinture d'un petit malheur d'un Particulier.

Nacht ganz fordere, durch das Unglück eines einzeln Bürgers nicht zu zerstreuen. Allein das heißt die Sache aus einem malerischen Augenpunkte betrachten wollen, aus welchem sie gar nicht betrachtet werden kann. Das Unglück des Laokoon und die Zerstörung sind bei dem Dichter keine Gemälde neben einander; sie machen beide kein Ganzes aus, das unser Auge auf einmal übersehen könnte oder sollte; und nur in diesem Falle wäre es zu besorgen, daß unsere Blicke mehr auf den Laokoon, als auf die brennende Stadt fallen dürften. Beider Beschreibungen folgen auf einander, und ich sehe nicht, welchen Nachteil es der folgenden bringen könnte, wenn uns die vorhergehende auch noch so sehr gerührt hätte. Es sei denn, daß die folgende an sich selbst nicht rührend genug wäre.

Noch weniger Ursache würde der Dichter gehabt haben, die Windungen der Schlangen zu verändern. Sie beschäftigen in dem Kunstwerke die Hände, und verstricken die Füße. So sehr dem Auge diese Verteilung gefällt, so lebhaft ist das Bild, welches in der Einbildung davon zurück bleibt. Es ist so deutlich und rein, daß es sich durch Worte nicht viel schwächer darstellen läßt, als durch natürliche Zeichen.

– – – – micat alter, et ipsum
Laocoonta petit, totumque infraque supraque
Implicat et rabido tandem ferit ilia morsu
– – – – – – – – –
At serpens lapsu crebro redeunte subintrat
Lubricus, intortoque ligat genua infima nodo.

Das sind die Zeilen des Sadolet, die von dem Virgil ohne Zweifel noch malerischer gekommen wären, wenn ein sichtbares Vorbild seine Phantasie befeuert hätte, und die alsdann gewiß besser gewesen wären, als was er uns itzt dafür giebt:

Bis medium amplexi, bis collo squamea circum
Terga dati, superant capite et cervicibus altis.

Diese Züge füllen unsere Einbildungskraft allerdings; aber sie muß nicht dabei verweilen, sie muß sie nicht aufs reine zu bringen suchen, sie muß itzt nur die Schlangen, itzt nur den

Laokoon sehen, sie muß sich nicht vorstellen wollen, welche Figur beide zusammen machen. Sobald sie hierauf verfällt, fängt ihr das Virgilische Bild an zu mißfallen, und sie findet es höchst unmalerisch.

Wären aber auch schon die Veränderungen, welche Virgil mit dem ihm geliehenen Vorbilde gemacht hätte, nicht unglücklich, so wären sie doch bloß willkürlich. Man ahmet nach, um ähnlich zu werden; kann man aber ähnlich werden, wenn man über die Not verändert? Vielmehr, wenn man dieses tut, ist der Vorsatz klar, daß man nicht ähnlich werden wollen, daß man also nicht nachgeahmet habe.

Nicht das Ganze, könnte man einwenden, aber wohl diesen und jenen Teil. Gut; doch welches sind denn diese einzeln Teile, die in der Beschreibung und in dem Kunstwerke so genau übereinstimmen, daß sie der Dichter aus diesem entlehnet zu haben scheinen könnte? Den Vater, die Kinder, die Schlangen, das alles gab dem Dichter sowohl als dem Artisten, die Geschichte. Außer dem Historischen kommen sie in nichts überein, als darin, daß sie Kinder und Vater in einen einzigen Schlangenknoten verstricken. Allein der Einfall hierzu entsprang aus dem veränderten Umstande, daß den Vater eben dasselbe Unglück betroffen habe, als die Kinder. Diese Veränderung aber, wie oben erwähnt worden, scheinet Virgil gemacht zu haben; denn die griechische Tradition sagt ganz etwas anders. Folglich, wenn in Ansehung jener gemeinschaftlichen Verstrickung, auf einer oder der andern Seite Nachahmung sein soll, so ist sie wahrscheinlicher auf der Seite der Künstler, als des Dichters zu vermuten. In allem übrigen weicht einer von dem andern ab; nur mit dem Unterschiede, daß wenn es der Künstler ist, der die Abweichungen gemacht hat, der Vorsatz den Dichter nachzuahmen noch dabei bestehen kann, indem ihn die Bestimmung und die Schranken seiner Kunst dazu nötigten; ist es hingegen der Dichter, welcher dem Künstler nachgeahmet haben soll, so sind alle die berührten Abweichungen ein Beweis wider diese vermeintliche Nachahmung, und diejenigen, welche sie dem ohngeachtet behaupten, können weiter nichts damit wollen, als daß das Kunstwerk älter sei, als die poetische Beschreibung.

VII.

Wenn man sagt, der Künstler ahme dem Dichter, oder der Dichter ahme dem Künstler nach, so kann dieses zweierlei bedeuten. Entweder der eine macht das Werk des andern zu dem wirklichen Gegenstande seiner Nachahmung, oder sie haben beide einerlei Gegenstände der Nachahmung, und der eine entlehnet von dem andern die Art und Weise es nachzuahmen.

Wenn Virgil das Schild des Aeneas beschreibet, so ahmet er dem Künstler, welcher dieses Schild gemacht hat, in der ersten Bedeutung nach. Das Kunstwerk, nicht das was auf dem Kunstwerke vorgestellet worden, ist der Gegenstand seiner Nachahmung; und wenn er auch schon das mit beschreibt, was man darauf vorgestellet sieht, so beschreibt er es doch nur als ein Teil des Schildes, und nicht als die Sache selbst. Wenn Virgil hingegen die Gruppe Laokoon nachgeahmet hätte, so würde dieses eine Nachahmung von der zweiten Gattung sein. Denn er würde nicht diese Gruppe, sondern das, was diese Gruppe vorstellet, nachgeahmet, und nur die Züge seiner Nachahmung von ihr entlehnt haben.

Bei der ersten Nachahmung ist der Dichter Original, bei der andern ist er Copist. Jene ist ein Teil der allgemeinen Nachahmung, welche das Wesen seiner Kunst ausmacht, und er arbeitet als Genie, sein Vorwurf mag ein Werk anderer Künste, oder der Natur sein. Diese hingegen setzt ihn gänzlich von seiner Würde herab; anstatt der Dinge selbst ahmet er ihre Nachahmungen nach, und giebt uns kalte Erinnerungen von Zügen eines fremden Genies, für ursprüngliche Züge seines eigenen.

Wenn indes Dichter und Künstler diejenigen Gegenstände, die sie mit einander gemein haben, nicht selten aus dem nemlichen Gesichtspunkte betrachten müssen: so kann es nicht fehlen, daß ihre Nachahmungen nicht in vielen Stücken übereinstimmen sollten, ohne daß zwischen ihnen selbst die geringste Nachahmung oder Beeiferung gewesen. Diese Übereinstimmungen können bei zeitverwandten Künstlern und Dichtern, über Dinge, welche nicht mehr vorhanden sind, zu wechselsweisen Erläuterungen führen; allein dergleichen Erläuterungen dadurch aufzustutzen suchen, daß man aus dem Zufalle Vorsatz macht, und besonders dem Poeten bei jeder Kleinigkeit ein Augenmerk auf diese Statue, oder auf jenes Gemälde andichtet, heißt ihm einen sehr zweideutigen Dienst erweisen. Und nicht allein ihm, sondern auch dem Leser, dem man die schönste Stelle dadurch, wenn Gott will, sehr deutlich, aber auch trefflich frostig macht.

Dieses ist die Absicht und der Fehler eines berühmten englischen Werks. Spence schrieb seinen Polymetis[1] mit vieler klassischen Gelehrsamkeit, und in einer sehr vertrauten Bekanntschaft mit den übergebliebenen Werken der alten Kunst. Seinen Vorsatz, aus diesen die römischen Dichter zu erklären, und aus den Dichtern hinwiederum Aufschlüsse für noch unerklärte alte Kunstwerke herzuholen, hat er öfters glücklich erreicht. Aber dem ohngeachtet behaupte ich, daß sein Buch für jeden Leser von Geschmack ein ganz unerträgliches Buch sein muß.

Es ist natürlich, daß wenn Valerius Flaccus den geflügelten Blitz auf den römischen Schildern beschreibt,

(Nec primus radios, miles Romane, corusci
Fulminis et rutilas scutis diffuderis alas)

mir diese Beschreibung weit deutlicher wird, wenn ich die Abbildung eines solchen Schildes auf einem alten Denkmale

1 Die erste Ausgabe ist von 1747; die zweite von 1755 und führet den Titel: Polymetis, or an Enquiry concerning the Agreement between the Works of the Roman Poets, and the Remains of the antient Artists, being an Attempt to illustrate them mutually from one another. In ten Books, by the Revd. Mr. Spence. London, printed for Dodsley. fol. Auch ein Auszug, welchen N. Tindal aus diesem Werke gemacht hat, ist bereits mehr als einmal gedruckt worden.

erblicke.[2] Es kann sein, daß Mars in eben der schwebenden Stellung, in welcher ihn Addison über der Rhea auf einer Münze zu sehen glaubte,[3] auch von den alten Waffenschmieden auf den Helmen und Schilden vorgestellet wurde, und daß Juvenal einen solchen Helm oder Schild in Gedanken

2 Val. Flaccus lib. VI. v. 55.-56. Polymetis Dial. VI. p. 50.

3 Ich sage es kann sein. Doch wollte ich zehne gegen eins wetten, daß es nicht ist. – Juvenal redet von den ersten Zeiten der Republik, als man noch von keiner Pracht und Üppigkeit wußte, und der Soldat das erbeutete Gold und Silber nur auf das Geschirr seines Pferdes und auf seine Waffen verwandte. (Sat. XI. v. 100-107.)

Tunc rudis et Grajas mirari nescius artes
Urbibus eversis praedarum in parte reperta
Magnorum artificum frangebat pocula miles,
Ut phaleris gauderet equus, caelataque cassis
Romuleae simulacra ferae mansuescere jussae
Imperii fato, geminos sub rupe Quirinos,
Ac nudam effigiem clypeo fulgentis et hasta,
Pendentisque dei perituro ostenderet hosti.

Der Soldat zerbrach die kostbarsten Becher, die Meisterstücke großer Künstler, um eine Wölfin, einen kleinen Romulus und Remus daraus arbeiten zu lassen, womit er seinen Helm ausschmückte. Alles ist verständlich, bis auf die letzten zwei Zeilen, in welchen der Dichter fortfährt, noch ein solches getriebenes Bild auf den Helmen der alten Soldaten zu beschreiben. So viel sieht man wohl, daß dieses Bild der Gott Mars sein soll; aber was soll das Beiwort »pendentis«, welches er ihm giebt, bedeuten? Rigaltius fand eine alte Glosse, die es durch »quasi ad ictum se inclinantis« erklärt. Lubinus meinet, das Bild sei auf dem Schilde gewesen, und da das Schild an dem Arme hänge, so habe der Dichter auch das Bild hängend nennen können. Allein dieses ist wider die Construction; denn das zu »ostenderet« gehörige Subjectum ist nicht »miles« sondern »cassis«. Britannicus will, alles was hoch in der Luft stehe, könne hangend heißen, und also auch dieses Bild über oder auf dem Helme. Einige wollen gar »perdentis« dafür lesen, um einen Gegensatz mit dem folgenden »perituro« zu machen, den aber nur sie allein schön finden dürften. Was sagt nun Addison bei dieser Ungewißheit? Die Ausleger,

hatte, als er mit einem Worte darauf anspielte, welches bis auf den Addison ein Rätsel für alle Ausleger gewesen. Mich dünkt selbst, daß ich die Stelle des Ovids, wo der ermattete Cephalus den kühlenden Lüften ruft:

Aura – – – venias – –

---

sagt er, irren sich alle, und die wahre Meinung ist ganz gewiß diese. (S. dessen Reisen deut. Übers. Seite 249.) »Da die römischen Soldaten sich nicht wenig auf den Stifter und kriegerischen Geist ihrer Republik einbildeten, so waren sie gewohnt auf ihren Helmen die erste Geschichte des Romulus zu tragen, wie er von einem Gotte erzeugt, und von einer Wölfin gesäuget worden. Die Figur des Gottes war vorgestellt, wie er sich auf die Priesterin Ilia, oder wie sie andere nennen, Rhea Sylvia, herabläßt, und in diesem Herablassen schien sie über der Jungfrau in der Luft zu schweben, welches denn durch das Wort ›pendentis‹ sehr eigentlich und poetisch ausgedruckt wird. Außer dem alten Basrelief beim Bellori, welches mich zuerst auf diese Auslegung brachte, habe ich seitdem die nemliche Figur auf einer Münze gefunden, die unter der Zeit des Antoninus Pius geschlagen worden.« – Da Spence diese Entdeckung des Addison so außerordentlich glücklich findet, daß er sie als ein Muster in ihrer Art, und als das stärkste Beispiel anführet, wie nützlich die Werke der alten Artisten zur Erklärung der klassischen römischen Dichter gebraucht werden können: so kann ich mich nicht enthalten, sie ein wenig genauer zu betrachten. (Polymetis Dial. VII. p. 77.) – Vors erste muß ich anmerken, daß bloß das Basrelief und die Münze dem Addison wohl schwerlich die Stelle des Juvenals in die Gedanken gebracht haben würde, wenn er sich nicht zugleich erinnert hätte, bei dem alten Scholiasten, der in der letzten ohne eine Zeile anstatt »fulgentis«, »venientis« gefunden, die Glosse gelesen zu haben: »Martis ad Iliam venientis ut concumberet«. Nun nehme man aber diese Lesart des Scholiasten nicht an, sondern man nehme die an, welche Addison selbst annimmt, und sage, ob man sodann die geringste Spur findet, daß der Dichter die Rhea in Gedanken gehabt habe? Man sage, ob es nicht ein wahres Hysteronproteron von ihm sein würde, daß er von der Wölfin und den jungen Knaben rede, und sodann erst von dem Abenteuer, dem sie ihr Dasein zu danken haben? Die Rhea ist noch nicht Mutter, und die Kinder liegen schon unter

Meque juves, intresque sinus, gratissima, nostros!

und seine Procris diese »Aura« für den Namen einer Nebenbuhlerin hält, daß ich, sage ich, diese Stelle natürlicher finde, wenn ich aus den Kunstwerken der Alten ersehe, daß sie wirklich die sanften Lüfte personifieret, und eine Art weib-

---

dem Felsen. Man sage, ob eine Schäferstunde wohl ein schickliches Emblema auf dem Helme eines römischen Soldaten gewesen wäre? Der Soldat war auf den göttlichen Ursprung seines Stifters stolz; das zeigten die Wölfin und die Kinder genugsam; mußte er auch noch den Mars im Begriffe einer Handlung zeigen, in der er nichts weniger als der fürchterliche Mars war? Seine Überraschung der Rhea mag auf noch so viel alten Marmorn und Münzen zu finden sein, paßt sie darum auf das Stück einer Rüstung? Und welches sind denn die Marmor und Münzen auf welchen sie Addison fand, und wo er den Mars in dieser schwebenden Stellung sahe? Das alte Basrelief, worauf er sich beruft, soll Bellori haben. Aber die Admiranda, welches seine Sammlung der schönsten alten Basreliefs ist, wird man vergebens darnach durchblättern. Ich habe es nicht gefunden, und auch Spence muß es weder da, noch sonst wo gefunden haben, weil er es gänzlich mit Stillschweigen übergeht. Alles kömmt also auf die Münze an. Nun betrachte man diese bei dem Addison selbst. Ich erblicke eine liegende Rhea; und da dem Stempelschneider der Raum nicht erlaubte, die Figur des Mars mit ihr auf gleichem Boden zu stellen, so stehet er ein wenig höher. Das ist es alles; schwebendes hat sie außer diesem nicht das geringste. Es ist wahr, in der Abbildung die Spence davon giebt, ist das Schweben sehr stark ausgedruckt; die Figur fällt mit dem Oberteile weit vor; und man sieht deutlich, daß es kein stehender Körper ist, sondern daß, wenn es kein fallender Körper sein soll, es notwendig ein schwebender sein muß. Spence sagt, er besitze diese Münze selbst. Es wäre hart, obschon in einer Kleinigkeit, die Aufrichtigkeit eines Mannes in Zweifel zu ziehen. Allein ein gefaßtes Vorurteil kann auch auf unsre Augen Einfluß haben; zu dem konnte er es zum Besten seiner Leser für erlaubt halten, den Ausdruck, welchen er zu sehen glaubte, durch seinen Künstler so verstärken zu lassen, daß uns eben so wenig Zweifel desfalls übrig bliebe, als ihm selbst. So viel ist gewiß, daß Spence und Addison eben dieselbe Münze meinen, und daß sie sonach entweder bei diesem sehr

licher Sylphen, unter dem Namen »Aurae«, verehret haben.[4] Ich gebe es zu, daß wenn Juvenal einen vornehmen Taugenichts mit einer Hermessäule vergleicht, man das ähnliche in dieser Vergleichung schwerlich finden dürfte, ohne eine solche Säule zu sehen, ohne zu wissen, daß es ein schlechter

verstellt, oder bei jenem sehr verschönert sein muß. Doch ich habe noch eine andere Anmerkung wider dieses vermeintliche Schweben des Mars. Diese nemlich: daß ein schwebender Körper, ohne eine scheinbare Ursache, durch welche die Wirkung seiner Schwere verhindert wird, eine Ungereimtheit ist, von der man in den alten Kunstwerken kein Exempel findet. Auch die neue Malerei erlaubet sich dieselbe nie, sondern wenn ein Körper in der Luft hangen soll, so müssen ihn entweder Flügel halten, oder er muß auf etwas zu ruhen scheinen, und sollte es auch nur eine bloße Wolke sein. Wenn Homer die Thetis von dem Gestade sich zu Fuße in den Olymp erheben läßt, Την μεν ἀρ' 'Ουλυμπονδε ποδες φερον (Iliad. Σ v. 148) so verstehet der Graf Caylus die Bedürfnisse der Kunst zu wohl, als daß er dem Maler raten sollte, die Göttin so frei die Luft durchschreiten zu lassen. Sie muß ihren Weg auf einer Wolke nehmen, (Tableaux tirés de l'Iliade p. 91.) so wie er sie ein andermal auf einen Wagen setzt, (p. 131.) obgleich der Dichter das Gegenteil von ihr sagt. Wie kann es auch wohl anders sein? Ob uns schon der Dichter die Göttin ebenfalls unter einer menschlichen Figur denken läßt, so hat er doch alle Begriffe eines groben und schweren Stoffes davon entfernet, und ihren menschenähnlichen Körper mit einer Kraft belebt, die ihn von den Gesetzen unserer Bewegung ausnimmt. Wodurch aber könnte die Malerei die körperliche Figur einer Gottheit von der körperlichen Figur eines Menschen so vorzüglich unterscheiden, daß unser Auge nicht beleidiget würde, wenn es bei der einen ganz andere Regeln der Bewegung, der Schwere, des Gleichgewichts beobachtet fände, als bei der andern? Wodurch anders als durch verabredete Zeichen? In der Tat sind ein Paar Flügel, eine Wolke auch nichts anders, als dergleichen Zeichen. Doch von diesem ein mehreres an einem andern Orte. Hier ist es genug, von den Verteidigern der Addisonschen Meinung zu verlangen, mir eine andere ähnliche Figur auf alten Denkmälern zu zeigen, die so frei und bloß in der Luft hange. Sollte dieser Mars die einzige in ihrer Art sein? Und warum? Hatte vielleicht die Tra-

Pfeiler ist, der bloß das Haupt, höchstens mit dem Rumpfe, des Gottes trägt, und weil wir weder Hände noch Füße daran erblicken, den Begriff der Untätigkeit erwecket.[5] – Erläuterungen von dieser Art sind nicht zu verachten, wenn sie auch schon weder allezeit notwendig, noch allezeit hinlänglich

---

dition einen Umstand überliefert, der ein dergleichen Schweben in diesem Falle notwendig macht? Beim Ovid (Fast. lib. 3.) läßt sich nicht die geringste Spur davon entdecken. Vielmehr kann man zeigen, daß es keinen solchen Umstand könne gegeben haben. Denn es finden sich andere alte Kunstwerke, welche die nemliche Geschichte vorstellen, und wo Mars offenbar nicht schwebet, sondern gehet. Man betrachte das Basrelief beim Montfaucon, (Suppl. T. I. p. 183.) das sich, wenn ich nicht irre, zu Rom in dem Pallast der Mellini befindet. Die schlafende Rhea liegt unter einem Baume, und Mars nähert sich ihr mit leisen Schritten, und mit der bedeutenden Zurückstreckung der rechten Hand, mit der wir denen hinter uns, entweder zurückzubleiben, oder sachte zu folgen, befehlen. Es ist vollkommen die nemliche Stellung in der er auf der Münze erscheinet, nur daß er hier die Lanze in der rechten und dort in der linken Hand führet. Man findet öftrer berühmte Statuen und Basreliefe auf alten Münzen copieret, als daß es auch nicht hier könnte geschehen sein, wo der Stempelschneider den Ausdruck der zurückgewandten rechten Hand vielleicht nicht fühlte, und sie daher besser mit der Lanze füllen zu können glaubte. – Alles dieses nun zusammen genommen, wie viel Wahrscheinlichkeit bleibet dem Addison noch übrig? Schwerlich mehr, als so viel deren die bloße Möglichkeit hat. Doch woher eine bessere Erklärung, wenn diese nicht taugt? Es kann sein, daß sich schon eine bessere unter den vom Addison verworfnen Erklärungen findet. Findet sich aber auch keine, was mehr? Die Stelle des Dichters ist verdorben; sie mag es bleiben. Und sie wird es bleiben, wenn man auch noch zwanzig neue Vermutungen darüber auskramen wollte. Dergleichen könnte, z. E. diese sein, daß »pendentis« in seiner figürlichen Bedeutung genommen werden müsse, nach welcher es so viel als ungewiß, unentschlossen, unentschieden, heißet. »Mars pendens« wäre alsdenn so viel als »Mars incertus« oder »Mars communis«. »Dii communes sunt«, sagt Servius, (ad v. 118. lib. XII. Aeneid.) »Mars, Bellona, Victoria, quia hi in

sein sollten. Der Dichter hatte das Kunstwerk als ein für sich bestehendes Ding, und nicht als Nachahmung, vor Augen; oder Künstler und Dichter hatten einerlei angenommene Begriffe, dem zu Folge sich auch Übereinstimmung in ihren Vorstellungen zeigen mußte, aus welcher sich auf die Allgemeinheit jener Begriffe zurückschließen läßt.

---

bello utrique parti favere possunt«. Und die ganze Zeile,

Pendentisque Dei (effigiem) perituro ostenderet hosti,

würde diesen Sinn haben, daß der alte römische Soldat das Bildnis des gemeinschaftlichen Gottes seinem demohngeachtet bald unterliegenden Feinde unter die Augen zu tragen gewohnt gewesen sei. Ein sehr feiner Zug, der die Siege der alten Römer mehr zur Wirkung ihrer eignen Tapferkeit, als zur Frucht des parteiischen Beistandes ihres Stammvaters macht. Dem ohngeachtet: non liquet.

4 »Ehe ich«, sagt Spence (Polymetis Dialogue XIII. p. 208.) »mit diesen Aurae, Luftnymphen, bekannt ward, wußte ich mich in die Geschichte von Cephalus und Procris, beim Ovid, gar nicht zu finden. Ich konnte auf keine Weise begreifen, wie Cephalus durch seine Ausrufung, ›Aura venias‹, sie mochte auch in einem noch so zärtlichen schmachtenden Tone erschollen sein, jemanden auf den Argwohn bringen können, daß er seiner Procris untreu sei. Da ich gewohnt war, unter dem Worte ›Aura‹, nichts als die Luft überhaupt, oder einen sanften Wind insbesondere, zu verstehen, so kam mir die Eifersucht der Procris noch weit ungegründeter vor, als auch die aller ausschweifendste gemeiniglich zu sein pflegt. Als ich aber einmal gefunden hatte, daß ›Aura‹ eben sowohl ein schönes junges Mädgen, als die Luft bedeuten könnte, so bekam die Sache ein ganz anderes Ansehen, und die Geschichte dünkte mich eine ziemlich vernünftige Wendung zu bekommen.« Ich will den Beifall, den ich dieser Entdeckung, mit der sich Spence so sehr schmeichelt, in dem Texte erteile, in der Note nicht wieder zurücknehmen. Ich kann aber doch nicht unangemerkt lassen, daß auch ohne sie die Stelle des Dichters ganz natürlich und begreiflich ist. Man darf nemlich nur wissen, daß »Aura« bei den Alten ein ganz gewöhnlicher Name für Frauenzimmer war. So heißt z. E. beim Nonnus (Dionys. lib. XLVIII.) die Nymphe aus dem Gefolge der Diana, die, weil sie sich einer männlichern Schönheit rühmte, als selbst der Göttin

Allein wenn Tibull die Gestalt des Apollo malet, wie er ihm im Traum erschienen: – Der schönste Jüngling, die Schläfe mit dem keuschen Lorbeer umwunden; syrische Gerüche duften aus dem güldenen Haare, das um den langen Nacken schwimmet; glänzendes Weiß und Purpurröte mi-

---

ihre war, zur Strafe für ihre Vermessenheit, schlafend den Umarmungen des Bacchus Preis gegeben ward.

Iuvenalis Satyr. VIII. v. 52-55.

– – – – At tu
Nil nisi Cecropides; truncoque simillimus Hermae:
Nullo quippe alio vincis discrimine, quam quod
Illi marmoreum caput est, tua vivit imago.

Wenn Spence die griechischen Schriftsteller mit in seinen Plan gezogen gehabt hätte, so würde ihm vielleicht, vielleicht aber auch nicht, eine alte Aesopische Fabel beigefallen sein, die aus der Bildung einer solchen Hermessäule ein noch weit schöneres und zu ihrem Verständnisse weit unentbehrlicheres Licht erhält, als diese Stelle des Juvenals. »Merkur«, erzehlet Aesopus, »wollte gern erfahren, in welchem Ansehen er bei den Menschen stünde. Er verbarg seine Gottheit, und kam zu einem Bildhauer. Hier erblickte er die Statue des Jupiters, und fragte den Künstler, wie teuer er sie halte? Eine Drachme: war die Antwort. Merkur lächelte: und diese Juno? fragte er weiter. Ohngefehr eben so viel. Indem ward er sein eigenes Bild gewahr, und dachte bei sich selbst: ich bin der Bote der Götter; von mir kömmt aller Gewinn; mich müssen die Menschen notwendig weit höher schätzen. Aber hier dieser Gott? (Er wies auf sein Bild.) Wie teuer möchte wohl der sein? Dieser? antwortete der Künstler. O, wenn Ihr mir jene beide abkauft, so sollt Ihr diesen oben drein haben.« Merkur war abgeführt. Allein der Bildhauer kannte ihn nicht, und konnte also auch nicht die Absicht haben, seine Eigenliebe zu kränken, sondern es mußte in der Beschaffenheit der Statuen selbst gegründet sein, warum er die letztere so geringschätzig hielt, daß er sie zur Zugabe bestimmte. Die geringere Würde des Gottes, welchen sie vorstellte, konnte dabei nichts tun, denn der Künstler schätzet seine Werke nach der Geschicklichkeit, dem Fleiße und der Arbeit, welche sie erfordern, und nicht nach dem Range und dem Werte der Wesen, welche sie ausdrücken. Die Statue des Merkurs mußte weniger Geschicklichkeit, weniger

schen sich auf dem ganzen Körper, wie auf der zarten Wange der Braut, die itzt ihrem Geliebten zugeführet wird: – warum müssen diese Züge von alten berühmten Gemälden erborgt sein? Echions »nova nupta verecundia notabilis« mag in Rom gewesen sein, mag tausend- und tausendmal sein copieret worden, war darum die bräutliche Scham selbst aus der Welt verschwunden? Seit sie der Maler gesehen hatte, war sie für keinen Dichter mehr zu sehen, als in der Nachahmung des Malers?[6] Oder wenn ein anderer Dichter den Vulkan ermüdet, und sein vor der Esse erhitztes Gesicht rot, brennend nennet: mußte er es erst aus dem Werke eines Malers lernen, daß Arbeit ermattet und Hitze rötet?[7] Oder wenn Lucrez den Wechsel der Jahreszeiten beschreibet, und sie, mit dem ganzen Gefolge ihrer Wirkungen in der Luft und auf der Erde, in

Fleiß und Arbeit verlangen, wenn sie weniger kosten sollte, als eine Statue des Jupiters oder der Juno. Und so war es hier wirklich. Die Statuen des Jupiters und der Juno zeigten die völlige Person dieser Götter; die Statue des Merkurs hingegen war ein schlechter viereckigter Pfeiler, mit dem bloßen Brustbilde desselben. Was Wunder also, daß sie oben drein gehen konnte? Merkur übersahe diesen Umstand, weil er sein vermeintliches überwiegendes Verdienst nur allein vor Augen hatte, und so war seine Demütigung eben so natürlich, als verdient. Man wird sich vergebens bei den Auslegern und Übersetzern und Nachahmern der Fabeln des Aesopus nach der geringsten Spur von dieser Erklärung umsehen; wohl aber könnte ich ihrer eine ganze Reihe anführen, wenn es sich der Mühe lohnte, die das Märchen gerade zu verstanden, das ist, ganz und gar nicht verstanden haben. Sie haben die Ungereimtheit, welche darin liegt, wenn man die Statuen alle für Werke von einerlei Ausführung annimmt, entweder nicht gefühlt, oder wohl noch gar übertrieben. Was sonst in dieser Fabel anstößig sein könnte, wäre vielleicht der Preis, welchen der Künstler seinem Jupiter setzet. Für eine Drachma kann ja wohl auch kein Töpfer eine Puppe machen. Eine Drachma muß also hier überhaupt für etwas sehr geringes stehen. (Fab. Aesop. 90. Edit. Haupt. p. 70.)

6 Tibullus Eleg. 4. lib. III. Polymetis Dial. VIII. p. 84.

7 Statius lib. I. Sylv. 5. v. 8. Polymetis Dial. VII. p. 81.

ihrer natürlichen Ordnung vorüber führet: war Lucrez ein Ephemeron, hatte er kein ganzes Jahr durchlebet, um alle die Veränderungen selbst erfahren zu haben, daß er sie nach einer Procession schildern mußte, in welcher ihre Statuen herumgetragen wurden? Mußte er erst von diesen Statuen den alten poetischen Kunstgriff lernen, dergleichen Abstracta zu wirklichen Wesen zu machen?[8] Oder Virgils »pon-

---

8 Lucretius de R. N. lib. V. v. 736-747.

It Ver, et Venus, et Veneris praenuntius ante
Pinnatus graditur Zephyrus; vestigia propter
Flora quibus mater praespargens ante viai
Cuncta coloribus egregiis et odoribus opplet.
Inde loci sequitur Calor aridus, et comes una
Pulverulenta Ceres; et Etesia flabra Aquilonum.
Inde Autumnus adit; graditur simul Evius Evan:
Inde aliae tempestates ventique sequuntur,
Altitonans Volturnus et Auster fulmine pollens.
Tandem Bruma nives adfert, pigrumque rigorem
Reddit, Hyems sequitur, crepitans ac dentibus Algus.

Spence erkennet diese Stelle für eine von den schönsten in dem ganzen Gedichte des Lucrez. Wenigstens ist sie eine von denen, auf welche sich die Ehre des Lucrez als Dichter gründet. Aber wahrlich, es heißt ihm diese Ehre schmälern, ihn völlig darum bringen wollen, wenn man sagt: Diese ganze Beschreibung scheinet nach einer alten Procession der vergötterten Jahreszeiten, nebst ihrem Gefolge, gemacht zu sein. Und warum das? »Darum«, sagt der Engländer, »weil bei den Römern ehedem dergleichen Processionen mit ihren Göttern überhaupt, eben so gewöhnlich waren, als noch itzt in gewissen Ländern die Processionen sind, die man den Heiligen zu Ehren anstellet; und weil hiernächst alle Ausdrücke, welche der Dichter hier braucht, auf eine Procession recht sehr wohl passen.« (come in very aptly, if applied to a procession). Treffliche Gründe! Und wie vieles wäre gegen den letztern noch einzuwenden. Schon die Beiwörter, welche der Dichter den personifierten Abstrakten giebt, »Calor aridus«, »Ceres pulverulenta«, »Volturnus altitonans«, »fulmine pollens Auster«, »Algus dentibus crepitans«, zeigen, daß sie das Wesen von ihm, und nicht von dem Künstler haben, der sie ganz anders hätte charakterisieren müssen. Spence scheinet übrigens

tem indignatus Araxes«, dieses vortreffliche poetische Bild eines über seine Ufer sich ergießenden Flusses, wie er die über ihn geschlagene Brücke zerreißt, verliert es nicht seine ganze Schönheit, wenn der Dichter auf ein Kunstwerk damit angespielet hat, in welchem dieser Flußgott als wirklich eine Brücke zerbrechend vorgestellet wird?[9] – Was sollen wir mit dergleichen Erläuterungen, die aus der klärsten Stelle den Dichter verdrängen, um den Einfall eines Künstlers durchschimmern zu lassen?

Ich betaure, daß ein so nützliches Buch, als Polymetis sonst sein könnte, durch diese geschmacklose Grille, den alten Dichtern statt eigentümlicher Phantasie, Bekanntschaft mit fremder unter zu schieben, so ekel, und den classischen Schriftstellern weit nachteiliger geworden ist, als ihnen die wäßrigen Auslegungen der schalsten Wortforscher nimmermehr sein können. Noch mehr betauere ich, daß Spencen selbst Addison hierin vorgegangen, der aus löblicher Begierde, die Kenntnis der alten Kunstwerke zu einem Auslegungsmittel zu erheben, die Fälle eben so wenig unterschieden hat, in welchen die Nachahmung des Künstlers dem Dichter anständig, in welchen sie ihm verkleinerlich ist.[10]

---

auf diesen Einfall von einer Procession durch Abraham Preigern gekommen zu sein, welcher in seinen Anmerkungen über die Stelle des Dichters sagt: »Ordo est quasi Pompae cujusdam, Ver et Venus, Zephyrus et Flora« etc. Allein dabei hätte es auch Spence nur sollen bewenden lassen. Der Dichter führet die Jahreszeiten gleichsam in einer Procession auf; das ist gut. Aber er hat es von einer Procession gelernt, sie so aufzuführen; das ist sehr abgeschmackt.

9 Aeneid. Lib. VIII. v. 725. Polymetis Dial. XIV. p. 230.

10 In verschiedenen Stellen seiner Reisen und seines Gespräches über die alten Münzen.

VIII.

Von der Ähnlichkeit, welche die Poesie und Malerei mit einander haben, macht sich Spence die allerseltsamsten Begriffe. Er glaubet, daß beide Künste bei den Alten so genau verbunden gewesen, daß sie beständig Hand in Hand gegangen, und der Dichter nie den Maler, der Maler nie den Dichter aus den Augen verloren habe. Daß die Poesie die weitere Kunst ist; daß ihr Schönheiten zu Gebote stehen, welche die Malerei nicht zu erreichen vermag; daß sie öfters Ursachen haben kann, die unmalerischen Schönheiten den malerischen vor zu ziehen: daran scheinet er gar nicht gedacht zu haben, und ist daher bei dem geringsten Unterschiede, den er unter den alten Dichtern und Artisten bemerkt, in einer Verlegenheit, die ihn auf die wunderlichsten Ausflüchte von der Welt bringt.

Die alten Dichter geben dem Bacchus meistenteils Hörner. Es ist also doch wunderbar, sagt Spence, daß man diese Hörner an seinen Statuen so selten erblickt.[1] Er fällt auf diese, er fällt auf eine andere Ursache; auf die Unwissenheit der Antiquare, auf die Kleinheit der Hörner selbst, die sich unter den Trauben und Epheublättern, dem beständigen Kopfputze des Gottes, möchten verkrochen haben. Er windet sich um die wahre Ursache herum, ohne sie zu argwohnen. Die Hörner des Bacchus waren keine natürliche Hörner, wie sie es an den Faunen und Satyren waren. Sie waren ein Stirnschmuck, den er aufsetzen und ablegen konnte.

– Tibi, cum sine cornibus adstas
Virgineum caput est: – –

heißt es in der feierlichen Anrufung des Bacchus beim Ovid.[2] Er konnte sich also auch ohne Hörner zeigen; und zeigte sich ohne Hörner, wenn er in seiner jungfräulichen Schönheit erscheinen wollte. In dieser wollten ihn nun auch

1 Polymetis Dial. IX. p. 129.
2 Metamorph. lib. IV. v. 19. 20

die Künstler darstellen, und mußten daher alle Zusätze von übler Wirkung an ihm vermeiden. Ein solcher Zusatz wären die Hörner gewesen, die an dem Diadem befestiget waren, wie man an einem Kopfe in dem Königl. Cabinet zu Berlin sehen kann.[3] Ein solcher Zusatz war das Diadem selbst, welches die schöne Stirne verdeckte, und daher an den Statuen des Bacchus eben so selten vorkömmt, als die Hörner, ob es ihm schon, als seinem Erfinder, von den Dichtern eben so oft beigeleget wird. Dem Dichter gaben die Hörner und das Diadem feine Anspielungen auf die Taten und den Charakter des Gottes: dem Künstler hingegen wurden sie Hinderungen größere Schönheiten zu zeigen; und wenn Bacchus, wie ich glaube, eben darum den Beinamen Biformis, Διμορφος, hatte, weil er sich sowohl schön als schrecklich zeigen konnte, so war es wohl natürlich, daß der Künstler diejenige von seiner Gestalt am liebsten wählte, die der Bestimmung seiner Kunst am meisten entsprach.

Minerva und Juno schleidern bei den römischen Dichtern öfters den Blitz. Aber warum nicht auch in ihren Abbildungen? fragt Spence.[4] Er antwortet: es war ein besonderes Vorrecht dieser zwei Göttinnen, wovon man den Grund vielleicht erst in den Samothracischen Geheimnissen erfuhr; weil aber die Artisten bei den alten Römern als gemeine Leute betrachtet, und daher zu diesen Geheimnissen selten zugelassen wurden, so wußten sie ohne Zweifel nichts davon, und was sie nicht wußten, konnten sie nicht vorstellen. Ich möchte Spencen dagegen fragen: arbeiteten diese gemeinen Leute vor ihren Kopf oder auf Befehl Vornehmerer, die von den Geheimnissen unterrichtet sein konnten? Stunden die Artisten auch bei den Griechen in dieser Verachtung? Waren die römischen Artisten nicht mehrenteils geborene Griechen? Und so weiter.

Statius und Valerius Flaccus schildern eine erzürnte Venus, und mit so schrecklichen Zügen, daß man sie in diesem

3 Begeri Thes. Brandenb. Vol. III. p. 240.
4 Polymetis Dial. VI. p. 63.

Augenblicke eher für eine Furie, als für die Göttin der Liebe halten sollte. Spence siehet sich in den alten Kunstwerken vergebens nach einer solchen Venus um. Was schließt er daraus? Daß dem Dichter mehr erlaubt ist als dem Bildhauer und Maler? Das hätte er daraus schließen sollen; aber er hat es einmal für allemal als einen Grundsatz angenommen, daß in einer poetischen Beschreibung nichts gut sei, was unschicklich sein würde, wenn man es in einem Gemälde, oder an einer Statue vorstellte.[5] Folglich müssen die Dichter gefehlt haben. »Statius und Valerius sind aus einer Zeit, da die römische Poesie schon in ihrem Verfalle war. Sie zeigen auch hierin ihren verderbten Geschmack, und ihre schlechte Beurteilungskraft. Bei den Dichtern aus einer bessern Zeit wird man dergleichen Verstoßungen wider den malerischen Ausdruck nicht finden.«[6]

So etwas zu sagen, braucht es wahrlich wenig Unterscheidungskraft. Ich will indes mich weder des Statius noch des Valerius in diesem Fall annehmen, sondern nur eine allgemeine Anmerkung machen. Die Götter und geistigen Wesen, wie sie der Künstler vorstellet, sind nicht völlig ebendieselben, welche der Dichter braucht. Bei dem Künstler sind sie personifierte Abstracta, die beständig die ähnliche Charakterisierung behalten müssen, wenn sie erkenntlich sein sollen. Bei dem Dichter hingegen sind sie wirkliche handelnde Wesen, die über ihren allgemeinen Charakter noch andere Eigenschaften und Affecten haben, welche nach Gelegenheit der Umstände vor jenen vorstechen können. Venus ist dem Bildhauer nichts als die Liebe; er muß ihr also alle die sittsame, verschämte Schönheit, alle die holden Reize geben, die uns an geliebten Gegenständen entzücken, und die wir daher mit in den abgesonderten Begriff der Liebe bringen. Die geringste Abweichung von diesem Ideal läßt

5 Polymetis Dialogue XX. p. 311. Scarce any thing can be good in a poetical description, which would appear absurd, if represented in a statue or picture.

6 Polymetis Dial. VII. p. 74.

uns sein Bild verkennen. Schönheit, aber mit mehr Majestät als Scham, ist schon keine Venus, sondern eine Juno. Reize, aber mehr gebieterische, männliche, als holde Reize, geben eine Minerva statt einer Venus. Vollends eine zürnende Venus, eine Venus von Rache und Wut getrieben, ist dem Bildhauer ein wahrer Widerspruch; denn die Liebe, als Liebe, zürnet nie, rächet sich nie. Bei dem Dichter hingegen ist Venus zwar auch die Liebe, aber die Göttin der Liebe, die außer diesem Charakter, ihre eigne Individualität hat, und folglich der Triebe des Abscheues eben so fähig sein muß, als der Zuneigung. Was Wunder also, daß sie bei ihm in Zorn und Wut entbrennet, besonders wenn es die beleidigte Liebe selbst ist, die sie darein versetzet?

Es ist zwar wahr, daß auch der Künstler in zusammengesetzten Werken, die Venus, oder jede andere Gottheit, außer ihrem Charakter, als ein wirklich handelndes Wesen, so gut wie der Dichter, einführen kann. Aber alsdenn müssen wenigstens ihre Handlungen ihrem Charakter nicht widersprechen, wenn sie schon keine unmittelbare Folgen desselben sind. Venus übergiebt ihrem Sohne die göttlichen Waffen: diese Handlung kann der Künstler, sowohl als der Dichter, vorstellen. Hier hindert ihn nichts, der Venus alle die Anmut und Schönheit zu geben, die ihr als Göttin der Liebe zukommen; vielmehr wird sie eben dadurch in seinem Werke um so viel kenntlicher. Allein wenn sich Venus an ihren Verächtern, den Männern zu Lemnos rächen will, in vergrößerter wilder Gestalt, mit fleckigten Wangen, in verwirrtem Haare, die Pechfackel ergreift, ein schwarzes Gewand um sich wirft, und auf einer finstern Wolke stürmisch herabfährt: so ist das kein Augenblick für den Künstler, weil er sie durch nichts in diesem Augenblicke kenntlich machen kann. Es ist nur ein Augenblick für den Dichter, weil dieser das Vorrecht hat, einen andern, in welchem die Göttin ganz Venus ist, so nahe, so genau damit zu verbinden, daß wir die Venus auch in der Furie nicht aus den Augen verlieren. Dieses tut Flaccus:

– – Neque enim alma videri
Iam tumet; aut tereti crinem subnectitur auro,
Sidereos diffusa sinus. Eadem effera et ingens
Et maculis suffecta genas; pinumque sonantem
Virginibus Stygiis, nigramque simillima pallam.[7]

Eben dieses tut Statius:

Illa Paphon veterem centumque altaria linquens,
Nec vultu nec crine prior, solvisse jugalem
Ceston, et Idalias procul ablegasse volucres
Fertur. Erant certe, media qui noctis in umbra
Divam, alios ignes majoraque tela gerentem,
Tartarias inter thalamis volitasse sorores
Vulgarent: utque implicitis arcana domorum
Anguibus, et saeva formidine cuncta replerit
Limina.[8]

Oder man kann sagen: der Dichter allein besitzet das Kunststück, mit negativen Zügen zu schildern, und durch Vermischung dieser negativen mit positiven Zügen, zwei Erscheinungen in eine zu bringen. Nicht mehr die holde Venus; nicht mehr das Haar mit goldenen Spangen geheftet; von keinem azurnen Gewande umflattert; ohne ihren Gürtel; mit andern Flammen, mit größern Pfeilen bewaffnet; in Gesellschaft ihr ähnlicher Furien. Aber weil der Artist dieses Kunststückes entbehren muß, soll sich seiner darum auch der Dichter enthalten? Wenn die Malerei die Schwester der Dichtkunst sein will: so sei sie wenigstens keine eifersüchtige Schwester; und die jüngere untersage der älteren nicht alle den Putz, der sie selbst nicht kleidet.

IX.

Wenn man in einzeln Fällen den Maler und Dichter mit einander vergleichen will, so muß man vor allen Dingen

7 Argonaut. Lib. II. v. 102-106.
8 Thebaid. Lib. V. 61-69.

wohl zusehen, ob sie beide ihre völlige Freiheit gehabt haben, ob sie ohne allen äußerlichen Zwang auf die höchste Wirkung ihrer Kunst haben arbeiten können.

Ein solcher äußerlicher Zwang war dem alten Künstler öfters die Religion. Sein Werk zur Verehrung und Anbetung bestimmt, konnte nicht allezeit so vollkommen sein, als wenn er einzig das Vergnügen des Betrachters dabei zur Absicht gehabt hätte. Der Aberglaube überladete die Götter mit Sinnbildern, und die schönsten von ihnen wurden nicht überall als die schönsten verehret.

Bacchus stand in seinem Tempel zu Lemnos, aus welchem die fromme Hypsipyle ihren Vater unter der Gestalt des Gottes rettete,[1] mit Hörnern, und so erschien er ohne Zweifel in allen seinen Tempeln, denn die Hörner waren ein Sinnbild, welches sein Wesen mit bezeichnete. Nur der freie Künstler, der seinen Bacchus für keinen Tempel arbeitete, ließ dieses Sinnbild weg; und wenn wir unter den noch übrigen Statuen von ihm keine mit Hörnern finden,[2] so ist

---

1 Valerius Flaccus Lib. II. Argonaut. v. 265-273.

Serta patri, juvenisque comam vestesque Lyaei
Induit, et medium curru locat; aeraque circum
Tympanaque et plenas tacita formidine cistas.
Ipsa sinus hederisque ligat famularibus artus:
Pampineamque quatit ventosis ictibus hastam,
Respiciens; teneat virides velatus habenas
Ut pater, et nivea tumeant ut cornua mitra,
Et sacer ut Bacchum referat scyphus.

Das Wort »tumeant«, in der letzten ohn einen Zeile, scheinet übrigens anzuzeigen, daß man die Hörner des Bacchus nicht so klein gemacht, als sich Spence einbildet.

2 Der so genannte Bacchus in dem Mediceischen Garten zu Rom (beim Montfaucon Suppl. aux Ant. Expl. T. I. p. 154) hat kleine aus der Stirne hervorsprossende Hörner; aber es giebt Kenner, die ihn eben darum lieber zu einem Faune machen wollen. In der Tat sind solche natürliche Hörner eine Schändung der menschlichen Gestalt, und können nur Wesen geziemen, denen man eine Art von Mittelgestalt zwischen Menschen und Tier erteilte. Auch ist die Stellung, der lüsterne Blick nach der über sich gehaltenen

dieses vielleicht ein Beweis, daß es keine von den geheiligten sind, in welchen er wirklich verehret worden. Es ist ohnedem höchst wahrscheinlich, daß auf diese letzten die Wut der frommen Zerstörer in den ersten Jahrhunderten des Christentums vornehmlich gefallen ist, die nur hier und da ein Kunstwerk schonte, welches durch keine Anbetung verunreiniget war.

Da indes unter den aufgegrabenen Antiken sich Stücke sowohl von der einen als von der andern Art finden, so wünschte ich, daß man den Namen der Kunstwerke nur denjenigen beilegen möchte, in welchen sich der Künstler wirklich als Künstler zeigen können, bei welchen die Schönheit seine erste und letzte Absicht gewesen. Alles andere, woran sich zu merkliche Spuren gottesdienstlicher Verabredungen zeigen, verdienet diesen Namen nicht, weil die Kunst hier nicht um ihrer selbst willen gearbeitet, sondern ein bloßes Hülfsmittel der Religion war, die bei den sinnlichen Vorstellungen, die sie ihr aufgab, mehr auf das Bedeutende als auf das Schöne sahe; ob ich schon dadurch nicht sagen will, daß sie nicht auch öfters alles Bedeutende in das Schöne gesetzt, oder aus Nachsicht für die Kunst und den feinern Geschmack des Jahrhunderts, von jenem so viel nachgelassen habe, daß dieses allein zu herrschen scheinen können.

Macht man keinen solchen Unterschied, so werden der Kenner und der Antiquar beständig mit einander im Streite liegen, weil sie einander nicht verstehen. Wenn jener, nach

Traube, einem Begleiter des Weingottes anständiger, als dem Gotte selbst. Ich erinnere mich hier, was Clemens Alexandrinus von Alexander dem Großen sagt (Protrept. p. 48. Edit. Pott.) Εβουλετο δε και Αλεξανδρος Αμμωνος ὑιος ἐιναι δοκειν, και κερασφορος ἀναπλαττεσθαι προς των ἀγαλματοποιων, το καλον ἀνθρωπου ὑβρισαι σπευδων κερατι. Es war Alexanders ausdrücklicher Wille, daß ihn der Bildhauer mit Hörnern vorstellen sollte: er war es gern zufrieden, daß die menschliche Schönheit in ihm mit Hörnern beschimpft ward, wenn man ihn nur eines göttlichen Ursprunges zu sein glaubte.

seiner Einsicht in die Bestimmung der Kunst, behauptet, daß dieses oder jenes der alte Künstler nie gemacht habe, nemlich als Künstler nicht, freiwillig nicht: so wird dieser es dahin ausdehnen, daß es auch weder die Religion, noch sonst eine außer dem Gebiete der Kunst liegende Ursache, von dem Künstler habe machen lassen, von dem Künstler nemlich als Handarbeiter. Er wird also mit der ersten mit der besten Figur den Kenner widerlegen zu können glauben, die dieser ohne Bedenken, aber zu großem Ärgernisse der gelehrten Welt, wieder zu dem Schutte verdammet, woraus sie gezogen worden.[3]

---

3 Als ich oben behauptete, daß die alten Künstler keine Furien gebildet hätten, war es mir nicht entfallen, daß die Furien mehr als einen Tempel gehabt, die ohne ihre Statuen gewiß nicht gewesen sind. In dem zu Cerynea fand Pausanias dergleichen von Holz; sie waren weder groß, noch sonst besonders merkwürdig; es schien, daß die Kunst, die sich nicht an ihnen zeigen können, es an den Bildsäulen ihrer Priesterinnen, die in der Halle des Tempels standen, einbringen wollen, als welche von Stein und von sehr schöner Arbeit waren. (Pausanias Achaic. cap. XXV. p. 589. Edit. Kuhn.) Ich hatte eben so wenig vergessen, daß man Köpfe von ihnen auf einem Abraxas, den Chiffletius bekannt gemacht, und auf einer Lampe beim Licetus zu sehen glaube. (Dissertat. sur les Furies par Bannier, Memoires de l'Academie des Inscript. T. V. p. 48.) Auch sogar die Urne von hetrurischer Arbeit beim Gorius (Tab. 151 Musei Etrusci) auf welcher Orestes und Pylades erscheinen, wie ihnen zwei Furien mit Fackeln zusetzen, war mir nicht unbekannt. Allein ich redete von Kunstwerken, von welchen ich alle diese Stücke ausschließen zu können glaubte. Und wäre auch das letztere nicht so wohl als die übrigen davon auszuschließen, so dienet es von einer andern Seite, mehr meine Meinung zu bestärken, als zu widerlegen. Denn so wenig auch die hetrurischen Künstler überhaupt auf das Schöne gearbeitet, so scheinen sie doch auch die Furien nicht so wohl durch schreckliche Gesichtszüge, als vielmehr durch ihre Tracht und Attributa ausgedrückt zu haben. Diese stoßen mit so ruhigem Gesichte dem Orestes und Pylades ihre Fackeln unter die Augen, daß sie fast scheinen, sie nur im Scherze erschrecken

Gegenteils kann man sich aber auch den Einfluß der Religion auf die Kunst zu groß vorstellen. Spence giebt hiervon ein sonderbares Beispiel. Er fand beim Ovid, daß Vesta in ihrem Tempel unter keinem persönlichen Bilde verehret worden; und dieses dünkte ihm genug, daraus zu

---

zu wollen. Wie fürchterlich sie dem Orestes und Pylades vorgekommen, läßt sich nur aus ihrer Furcht, keinesweges aber aus der Bildung der Furien selbst abnehmen. Es sind also Furien, und sind auch keine, sie verrichten das Amt der Furien, aber nicht in der Verstellung von Grimm und Wut, welche wir mit ihrem Namen zu verbinden gewohnt sind; nicht mit der Stirne, die wie Catull sagt, »expirantis praeportat pectoris iras«. – Noch kürzlich glaubte Herr Winkelmann, auf einem Carniole in dem Stoßischen Cabinette, eine Furie im Laufe mit fliegendem Rocke und Haaren, und einem Dolche in der Hand gefunden zu haben. (Bibliothek der sch. Wiss. V. Band S. 30.) Der Herr von Hagedorn riet hierauf auch den Künstlern schon an, sich diese Anzeige zu Nutze zu machen, und die Furien in ihren Gemälden so vorzustellen. (Betrachtungen über die Malerei S. 222.) Allein Herr Winkelmann hat hernach diese seine Entdeckung selbst wiederum ungewiß gemacht, weil er nicht gefunden, daß die Furien, anstatt mit Fackeln, auch mit Dolchen von den Alten bewaffnet worden. (Descript. des Pierres gravées p. 84.) Ohne Zweifel erkennt er also die Figuren, auf Münzen der Städte Lyrba und Massaura, die Spanheim für Furien ausgiebt (Les Cesars de Julien p. 44.) nicht dafür, sondern für eine Hecate triformis; denn sonst fände sich allerdings hier eine Furie, die in jeder Hand einen Dolch führet, und es ist sonderbar, daß eben diese auch in bloßen ungebundenen Haaren erscheint, die an den andern mit einem Schleier bedeckt sind. Doch gesetzt auch, es wäre wirklich so, wie es dem Herrn Winkelmann zuerst vorgekommen: so würde es auch mit diesem geschnittenen Steine eben die Bewandtnis haben, die es mit der Hetrurischen Urne hat, es wäre denn, daß sich wegen Kleinheit der Arbeit gar keine Gesichtszüge erkennen ließen. Überdem gehören auch die geschnittenen Steine überhaupt, wegen ihres Gebrauchs als Siegel, schon mit zur Bildersprache, und ihre Figuren mögen öfterer eigensinnige Symbola der Besitzer, als freiwillige Werke der Künstler sein.

schließen, daß es überhaupt keine Bildsäulen von dieser Göttin gegeben habe, und daß alles, was man bisher dafür gehalten, nicht die Vesta, sondern eine Vestalin, vorstelle.[4] Eine seltsame Folge! Verlor der Künstler darum sein Recht, ein Wesen, dem die Dichter eine bestimmte Persönlichkeit geben, das sie zur Tochter des Saturnus und der Ops machen, das sie in Gefahr kommen lassen, unter die Mißhandlungen des Priapus zu fallen, und was sie sonst von ihr erzehlen, verlor er, sage ich, darum sein Recht, dieses Wesen auch nach seiner Art zu personifieren, weil es in Einem Tempel nur unter dem Sinnbilde des Feuers verehret ward? Denn Spence begehet dabei noch diesen Fehler, daß er das, was Ovid nur von einem gewissen Tempel der Vesta, nemlich von dem zu Rom sagt,[5] auf alle Tempel dieser Göttin ohne Unterschied, und auf ihre Verehrung überhaupt, ausdehnet. Wie sie in diesem Tempel zu Rom verehret ward, so ward sie nicht überall verehret, so war sie selbst nicht in Italien verehret worden, ehe ihn Numa erbaute. Numa wollte keine Gottheit in menschlicher oder tierischer Gestalt vorgestellet wissen; und darin bestand ohne Zweifel die Verbesserung, die er in dem Dienste der Vesta machte, daß er alle persönliche Vorstellung von ihr daraus verbannte. Ovid selbst lehret uns, daß es vor den Zeiten des Numa, Bildsäulen der Vesta in ihrem Tempel gegeben habe, die, als ihre Priesterin Sylvia Mutter ward, vor Scham die jungfräulichen Hände vor die Augen hoben.[6] Daß sogar in den Tempeln, welche die Göttin

4 Polymetis Dial. VII. p. 81.

5 Fast. lib. VI. v. 295-98.

Esse diu stultus Vestae simulacra putavi:
Mox didici curvo nulla subesse tholo.
Ignis inexstinctus templo celatur in illo.
Effigiem nullam Vesta, nec ignis habet.

Ovid redet nur von dem Gottesdienste der Vesta in Rom, nur von dem Tempel, den ihr Numa daselbst erbauet hatte, von dem er kurz zuvor (v. 259. 60) sagt:

Regis opus placidi, quo non metuentius ullum
Numinis ingenium terra Sabina tulit.

6 Fast. lib. III. v. 45. 46.

außer der Stadt in den römischen Provinzen hatte, ihre Verehrung nicht völlig von der Art gewesen, als sie Numa verordnet, scheinen verschiedne alte Inschriften zu beweisen, in welchen eines Pontificis Vestae gedacht wird.[7] Auch zu Corinth war ein Tempel der Vesta ohne alle Bildsäule, mit einem bloßen Altare, worauf der Göttin geopfert ward.[8] Aber hatten die Griechen darum gar keine Statuen der Vesta? Zu Athen war eine im Prytaneo, neben der Statue des Friedens.[9] Die Jasseer rühmten von einer, die bei ihnen unter freiem Himmel stand, daß weder Schnee noch Regen jemals auf sie falle.[10] Plinius gedenkt einer sitzenden, von der Hand des Scopas, die sich zu seiner Zeit in den Servilianischen Gärten zu Rom befand.[11] Zugegeben, daß es uns itzt schwer

---

Sylvia fit mater: Vestae simulacra feruntur
Virgineas oculis opposuisse manus.

Auf diese Weise hätte Spence den Ovid mit sich selbst vergleichen sollen. Der Dichter redet von verschiedenen Zeiten. Hier von den Zeiten vor dem Numa, dort von den Zeiten nach ihm. In jenen ward sie in Italien unter persönlichen Vorstellungen verehret, so wie sie in Troja war verehret worden, von wannen Aeneas ihren Gottesdienst mit herüber gebracht hatte.

– – Manibus vittas Vestamque potentem,
Aeternumque adytis effert penetralibus ignem:

sagt Virgil von dem Geiste des Hektors, nachdem er dem Aeneas zur Flucht geraten. Hier wird das ewige Feuer von der Vesta selbst, oder ihrer Bildsäule, ausdrücklich unterschieden. Spence muß die römischen Dichter zu seinem Behufe doch noch nicht aufmerksam genug durchgelesen haben, weil ihm diese Stelle entwischt ist.

7 Lipsius de Vesta et Vestalibus cap. 13.

8 Pausanias Corinth. cap. XXXV. p. 194. Edit. Kuh.

9 Idem Attic. cap. XVIII. p. 41.

10 Polyb. Hist. lib. XVI. §. 11. Op. T. II. p. 443. Edit. Ernest.

11 Plinius lib. XXXVI. sect. 4. p. 727. Edit. Hard. Scopas fecit – Vestam sedentem laudatam in Servilianis hortis. Diese Stelle muß Lipsius in Gedanken gehabt haben, als er (de Vesta cap. 3.) schrieb: »Plinius Vestam sedentem effingi solitam ostendit, a sta-

wird, eine bloße Vestalin von einer Vesta selbst zu unterscheiden, beweiset dieses, daß sie auch die Alten nicht unterscheiden können, oder wohl gar nicht unterscheiden wollen? Gewisse Kennzeichen sprechen offenbar mehr für die eine, als für die andere. Das Scepter, die Fackel, das Palladium, lassen sich nur in der Hand der Göttin vermuten. Das Tympanum, welches ihr Codinus beileget, kömmt ihr vielleicht nur als der Erde zu; oder Codinus wußte selbst nicht recht, was er sahe.[12]

---

bilitate.« Allein was Plinius von einem einzeln Stücke des Scopas sagt, hätte er nicht für einen allgemein angenommenen Charakter ausgeben sollen. Er merkt selbst an, daß auf den Münzen die Vesta eben so oft stehend als sitzend erscheine. Allein er verbessert dadurch nicht den Plinius, sondern seine eigne falsche Einbildung.

12 Georg. Codinus de Originib. Constant. Edit. Venet. p. 12. Την γην λεγουσιν Εστιαν, και πλαττουσι ἀυτην γυναικα, τυμπανον βασταζουσαν, ἐπειδη τους ἀνεμους ἡ γη ὑφ' ἑαυτην συγκλειει. Svidas, aus ihm, oder beide aus einem ältern, sagt unter dem Worte Εστια eben dieses. »Die Erde wird unter dem Namen Vesta als eine Frau gebildet, welche ein Tympanon trägt, weil sie die Winde in sich verschlossen hält.« Die Ursache ist ein wenig abgeschmackt. Es würde sich eher haben hören lassen, wenn er gesagt hätte, daß ihr deswegen ein Tympanon beigegeben werde, weil die Alten zum Teil geglaubt, daß ihre Figur damit übereinkomme; σχημα ἀυτης τυμπανοειδες ἐιναι. (Plutarchus de placitis Philos. cap. 10. id. de facie in orbe Lunae.) Wo sich aber Codinus nur nicht entweder in der Figur, oder in dem Namen, oder gar in beiden geirret hat. Er wußte vielleicht, was er die Vesta tragen sahe, nicht besser zu nennen, als ein Tympanum; oder hörte es ein Tympanum nennen, und konnte sich nichts anders dabei gedenken, als das Instrument, welches wir eine Heerpauke nennen. Tympana waren aber auch eine Art von Rädern:

Hinc radios trivere rotis, hinc tympana plaustris
Agricolae –

(Virgilius Georgic. lib. II. v. 444.) Und einem solchen Rade scheinet mir das, was sich an der Vesta des Fabretti zeiget, (Ad Tabulam Iliadis p. 339.) und dieser Gelehrte für eine Handmühle hält, sehr ähnlich zu sein.

X.

Ich merke noch eine Befremdung des Spence an, welche deutlich zeiget, wie wenig er über die Grenzen der Poesie und Malerei muß nachgedacht haben.

»Was die Musen überhaupt betrifft«, sagt er, »so ist es doch sonderbar, daß die Dichter in Beschreibung derselben so sparsam sind, weit sparsamer, als man es bei Göttinnen, denen sie so große Verbindlichkeit haben, erwarten sollte.«[1]

Was heißt das anders, als sich wundern, daß wenn die Dichter von ihnen reden, sie es nicht in der stummen Sprache der Maler tun? Urania ist den Dichtern die Muse der Sternkunst; aus ihrem Namen, aus ihren Verrichtungen erkennen wir ihr Amt. Der Künstler, um es kenntlich zu machen, muß sie mit einem Stabe auf eine Himmelskugel weisen lassen; dieser Stab, diese Himmelskugel, diese ihre Stellung sind seine Buchstaben, aus welchen er uns den Namen Urania zusammensetzen läßt. Aber wenn der Dichter sagen will: Urania hatte seinen Tod längst aus den Sternen vorhergesehen;

> Ipsa diu positis lethum praedixerat astris
> Uranie –[2]

warum soll er, in Rücksicht auf den Maler, darzusetzen: Urania, den Radius in der Hand, die Himmelskugel vor sich? Wäre es nicht, als ob ein Mensch, der laut reden kann und darf, sich noch zugleich der Zeichen bedienen sollte, welche die Stummen im Serraglio des Türken, aus Mangel der Stimme, unter sich erfunden haben?

Eben dieselbe Befremdung äußert Spence nochmals bei den moralischen Wesen, oder denjenigen Gottheiten, welche die Alten den Tugenden und der Führung des menschlichen Lebens vorsetzten.[3] »Es verdient angemerkt zu werden«,

1 Polymetis Dial. VIII. p. 91.
2 Statius Theb. VIII. v. 551.
3 Polym. Dial. X. p. 137.

sagt er, »daß die römischen Dichter von den besten dieser moralischen Wesen weit weniger sagen, als man erwarten sollte. Die Artisten sind in diesem Stücke viel reicher, und wer wissen will, was jedes derselben für einen Aufzug gemacht, darf nur die Münzen der römischen Kaiser zu Rate ziehen. -[4] Die Dichter sprechen von diesen Wesen zwar öfters, als von Personen; überhaupt aber sagen sie von ihren Attributen, ihrer Kleidung und übrigem Ansehen sehr wenig.« –

Wenn der Dichter Abstracta personifieret, so sind sie durch den Namen, und durch das, was er sie tun läßt, genugsam charakterisieret.

Dem Künstler fehlen diese Mittel. Er muß also seinen personifierten Abstractis Sinnbilder zugeben, durch welche sie kenntlich werden. Diese Sinnbilder, weil sie etwas anders sind und etwas anders bedeuten, machen sie zu allegorischen Figuren.

Eine Frauensperson mit einem Zaum in der Hand; eine andere an eine Säule gelehnet, sind in der Kunst allegorische Wesen. Allein die Mäßigung, die Standhaftigkeit bei dem Dichter, sind keine allegorische Wesen, sondern bloß personifierte Abstracta.

Die Sinnbilder dieser Wesen bei dem Künstler hat die Not erfunden. Denn er kann sich durch nichts anders verständlich machen, was diese oder jene Figur bedeuten soll. Wozu aber den Künstler die Not treibet, warum soll sich das der Dichter aufdringen lassen, der von dieser Not nichts weiß?

Was Spencen so sehr befremdet, verdienet den Dichtern als eine Regel vorgeschrieben zu werden. Sie müssen die Bedürfnisse der Malerei nicht zu ihrem Reichtume machen. Sie müssen die Mittel, welche die Kunst erfunden hat, um der Poesie nachzukommen, nicht als Vollkommenheiten betrachten, auf die sie neidisch zu sein Ursache hätten. Wenn der Künstler eine Figur mit Sinnbildern auszieret, so erhebt er eine bloße Figur zu einem höhern Wesen. Bedienet sich

4 Ibid. p. 139.

aber der Dichter dieser malerischen Ausstaffierungen, so macht er aus einem höhern Wesen eine Puppe.

So wie diese Regel durch die Befolgung der Alten bewähret ist, so ist die geflissentliche Übertretung derselben ein Lieblingsfehler der neuen Dichter. Alle ihre Wesen der Einbildung gehen in Maske, und die sich auf diese Maskeraden am besten verstehen, verstehen sich meistenteils auf das Hauptwerk am wenigsten: nemlich, ihre Wesen handeln zu lassen, und sie durch die Handlungen derselben zu charakterisieren.

Doch giebt es unter den Attributen, mit welchen die Künstler ihre Abstracta bezeichnen, eine Art, die des poetischen Gebrauchs fähiger und würdiger ist. Ich meine diejenigen, welche eigentlich nichts allegorisches haben, sondern als Werkzeuge zu betrachten sind, deren sich die Wesen, welchen sie beigeleget werden, falls sie als wirkliche Personen handeln sollten, bedienen würden oder könnten. Der Zaum in der Hand der Mäßigung, die Säule, an welche sich die Standhaftigkeit lehnet, sind lediglich allegorisch, für den Dichter also von keinem Nutzen. Die Waage in der Hand der Gerechtigkeit, ist es schon weniger, weil der rechte Gebrauch der Waage wirklich ein Stücke der Gerechtigkeit ist. Die Leier oder Flöte aber in der Hand einer Muse, die Lanze in der Hand des Mars, Hammer und Zange in den Händen des Vulcans, sind ganz und gar keine Sinnbilder, sind bloße Instrumente, ohne welche diese Wesen die Wirkungen, die wir ihnen zuschreiben, nicht hervorbringen können. Von dieser Art sind die Attribute, welche die alten Dichter in ihre Beschreibungen etwa noch einflechten, und die ich deswegen zum Unterschiede jener allegorischen, die poetischen nennen möchte. Diese bedeuten die Sache selbst, jene nur etwas ähnliches.[5]

---

5 Man mag in dem Gemälde, welches Horaz von der Notwendigkeit macht, und welches vielleicht das an Attributen reichste Gemälde bei allen alten Dichtern ist: (Lib. I. Od. 35.)

Te semper anteit saeva Necessitas:

XI.

Auch der Graf Caylus scheinet zu verlangen, daß der Dichter seine Wesen der Einbildung mit allegorischen Attributen

---

Clavos trabales et cuneos manu
Gestans ahenea; nec severus
Uncus abest liquidumque plumbum –

man mag, sage ich, in diesem Gemälde die Nägel, die Klammern, das fließende Blei, für Mittel der Befestigung oder für Werkzeuge der Bestrafung annehmen, so gehören sie doch immer mehr zu den poetischen, als allegorischen Attributen. Aber auch als solche sind sie zu sehr gehäuft, und die Stelle ist eine von den frostigsten des Horaz. Sanadon sagt: »J'ose dire que ce tableau pris dans le detail seroit plus beau sur la toile que dans une ode heroique. Je ne puis souffrir cet attirail patibulaire de clous, de coins, de crocs, et de plomb fondu. J'ai cru en devoir décharger la traduction, en substituant les idées generales aux idées singulières. C'est dommage que le Poete ait eu besoin de ce correctif.« Sanadon hatte ein feines und richtiges Gefühl, nur der Grund, womit er es bewähren will, ist nicht der rechte. Nicht weil die gebrauchten Attributa ein »Attirail patibulaire« sind; denn es stand nur bei ihm, die andere Auslegung anzunehmen, und das Galgengeräte in die festesten Bindemittel der Baukunst zu verwandeln: sondern, weil alle Attributa eigentlich für das Auge, und nicht für das Gehör gemacht sind, und alle Begriffe, die wir durch das Auge erhalten sollten, wenn man sie uns durch das Gehör beibringen will, eine größere Anstrengung erfordern, und einer geringern Klarheit fähig sind. – Der Verfolg von der angeführten Strophe des Horaz erinnert mich übrigens an ein Paar Versehen des Spence, die von der Genauigkeit, mit welcher er die angezogenen Stellen der alten Dichter will erwogen haben, nicht den vorteilhaftesten Begriff erwecken. Er redet von dem Bilde, unter welchem die Römer die Treue oder Ehrlichkeit vorstellten. (Dial. X. p. 145.) »Die Römer«, sagt er, »nannten sie Fides; und wenn sie sie Sola Fides nannten, so scheinen sie den hohen Grad dieser Eigenschaft, den wir durch grundehrlich (im Englischen »downright honesty«) ausdrücken, darunter verstanden zu haben. Sie wird mit einer freien offenen Gesichtsbildung

ausschmücken solle.[1] Der Graf verstand sich besser auf die Malerei, als auf die Poesie.

Doch ich habe in seinem Werke, in welchem er dieses Verlangen äußert, Anlaß zu erheblichern Betrachtungen ge-

und in nichts als einem dünnen Kleide vorgestellet, welches so fein ist, daß es für durchsichtig gelten kann. Horaz nennet sie daher, in einer von seinen Oden, dünnbekleidet; und in einer andern, durchsichtig.« In dieser kleinen Stelle sind nicht mehr als drei ziemlich grobe Fehler. Erstlich ist es falsch, daß »Sola« ein besonderes Beiwort sei, welches die Römer der Göttin Fides gegeben. In den beiden Stellen des Livius, die er desfalls zum Beweise anführt, (Lib. I. c. 21 Lib. II. c. 3.) bedeutet es weiter nichts, als was es überall bedeutet, die Ausschließung alles übrigen. In der einen Stelle scheinet den Criticis das »soli« sogar verdächtig und durch einen Schreibefehler, der durch das gleich daneben stehende »solenne« veranlasset worden, in den Text gekommen zu sein. In der andern aber ist nicht von der Treue, sondern von der Unschuld, der Unsträflichkeit, »Innocentia«, die Rede. Zweitens: Horaz soll in einer seiner Oden, der Treue das Beiwort dünnbekleidet geben; nemlich in der oben angezogenen fünf und dreißigsten des ersten Buchs:

Te spes, et albo rara fides colit
Velata panno.

Es ist wahr, »rarus« heißt auch dünne; aber hier heißt es bloß selten, was wenig vorkömmt, und ist das Beiwort der Treue selbst, und nicht ihrer Bekleidung. Spence würde Recht haben, wenn der Dichter gesagt hätte: »Fides raro velata panno.« Drittens: an einem andern Orte soll Horaz die Treue oder Redlichkeit durchsichtig nennen; um eben das damit anzudeuten, was wir in unsern gewöhnlichen Freundschaftsversicherungen zu sagen pflegen: ich wünschte, Sie könnten mein Herz sehen. Und dieser Ort soll die Zeile der achtzehnten Ode des ersten Buchs sein:

Arcanique Fides prodiga, pellucidior vitro.

Wie kann man sich aber von einem bloßen Worte so verführen lassen? Heißt denn »Fides arcani prodiga« die Treue? Oder heißt es nicht vielmehr, die Treulosigkeit? Von dieser sagt Horaz, und nicht von der Treue, daß sie durchsichtig wie Glas sei, weil sie die ihr anvertrauten Geheimnisse eines jeden Blicke bloßstellet.

1 Apollo übergiebt den gereinigten und balsamierten Leichnam

funden, wovon ich das Wesentlichste, zu besserer Erwägung, hier anmerke.

Der Künstler, ist des Grafen Absicht, soll sich mit dem größten malerischen Dichter, mit dem Homer, mit dieser zweiten Natur, näher bekannt machen. Er zeigt ihm, wel-

---

des Sarpedon dem Tode und dem Schlafe, ihn nach seinem Vaterlande zu bringen. (Il. π. v. 681. 82.)

Πεμπε δε μιν πομποισιν ἁμα κραιπνοισι φερεσθαι
Ὑπνῳ και θανατῳ διδυμαοσιν.

Caylus empfiehlt diese Erdichtung dem Maler, fügt aber hinzu: »Il est facheux, qu'Homere ne nous ait rien laissé sur les attributs qu'on donnoit de son tems au Sommeil: nous ne connoissons, pour caracteriser ce Dieu, que son action même, et nous le couronnons de pavots. Ces idées sont modernes: la premiere est d'un mediocre service, mais elle ne peut être employée dans le cas present, ou même les fleurs me paroissent deplaceés, sur tout pour une figure qui groupe avec la mort.« (S. Tableaux tirés de l'Iliade, de l'Odyssée d'Homere et de l'Eneide de Virgile, avec des observations generales sur le Costume, à Paris 1757. 8.) Das heißt von dem Homer eine von den kleinen Zieraten verlangen, die am meisten mit seiner großen Manier streiten. Die sinnreichsten Attributa, die er dem Schlafe hätte geben können, würden ihn bei weitem nicht so vollkommen charakterisieret, bei weitem kein so lebhaftes Bild bei uns erregt haben, als der einzige Zug, durch den er ihn zum Zwillingsbruder des Todes macht. Diesen Zug suche der Künstler auszudrücken, und er wird alle Attributa entbehren können. Die alten Künstler haben auch wirklich den Tod und den Schlaf mit der Ähnlichkeit unter sich vorgestellet, die wir an Zwillingen so natürlich erwarten. Auf einer Kiste von Zedernholz in dem Tempel der Juno zu Elis, ruhten sie beide als Knaben in den Armen der Nacht. Nur war der eine weiß, der andere schwarz; jener schlief, dieser schien zu schlafen; beide mit übereinander geschlagenen Füßen. Denn so wollte ich die Worte des Pausanias (Eliac. cap. XVIII. p. 422. Edit. Kuh.) ἀμφοτερους διεστραμμενους τους ποδας, lieber übersetzen, als mit krummen Füßen, oder wie es Gedoyn in seiner Sprache gegeben hat: »les pieds contrefaits«. Was sollten die krummen Füße hier ausdrücken? Übereinander geschlagene Füße hingegen sind die gewöhnliche Lage der Schlafenden, und

chen reichen noch nie genutzten Stoff zu den trefflichsten Schildereien die von dem Griechen behandelte Geschichte darbiete, und wie so viel vollkommner ihm die Ausführung gelingen müsse, je genauer er sich an die kleinsten von dem Dichter bemerkten Umstände halten könne.

In diesem Vorschlage vermischt sich also die oben getrennte doppelte Nachahmung. Der Maler soll nicht allein das nachahmen, was der Dichter nachgeahmet hat, sondern er soll es auch mit den nemlichen Zügen nachahmen; er soll den Dichter nicht bloß als Erzehler, er soll ihn als Dichter nutzen.

Diese zweite Art der Nachahmung aber, die für den Dichter so verkleinerlich ist, warum ist sie es nicht auch für den Künstler? Wenn vor dem Homer eine solche Folge von Gemälden, als der Graf Caylus aus ihm angiebt, vorhanden gewesen wäre, und wir wüßten, daß der Dichter aus diesen Gemälden sein Werk genommen hätte: würde er nicht von unserer Bewunderung unendlich verlieren? Wie kömmt

---

der Schlaf beim Maffei (Raccol. Pl. 151.) liegt nicht anders. Die neuen Artisten sind von dieser Ähnlichkeit, welche Schlaf und Tod bei den Alten miteinander haben, gänzlich abgegangen, und der Gebrauch ist allgemein worden, den Tod als ein Skelett, höchstens als ein mit Haut bekleidetes Skelett vorzustellen. Vor allen Dingen hätte Caylus dem Künstler also hier raten müssen, ob er in Vorstellung des Todes dem alten oder dem neuen Gebrauche folgen solle. Doch er scheinet sich für den neuern zu erklären, da er den Tod als eine Figur betrachtet, gegen die eine andere mit Blumen gekrönet, nicht wohl gruppieren möchte. Hat er aber hierbei auch bedacht, wie unschicklich diese moderne Idee in einem homerischen Gemälde sein dürfte? Und wie hat ihm das Ekelhafte derselben nicht anstößig sein können? Ich kann mich nicht bereden, daß das kleine metallene Bild in der Herzoglichen Gallerie zu Florenz, welches ein liegendes Skelett vorstellet, das mit dem einen Arme auf einem Aschenkruge ruhet, (Spence's Polymetis Tab. XLI.) eine wirkliche Antike sei. Den Tod überhaupt kann es wenigstens nicht vorstellen sollen, weil ihn die Alten anders vorstellten. Selbst ihre Dichter haben ihn unter diesem widerlichen Bilde nie gedacht.

es, daß wir dem Künstler nichts von unserer Hochachtung entziehen, wenn er schon weiter nichts tut, als daß er die Worte des Dichters mit Figuren und Farben ausdrücket?

Die Ursach scheinet diese zu sein. Bei dem Artisten dünket uns die Ausführung schwerer, als die Erfindung; bei dem Dichter hingegen ist es umgekehrt, und seine Ausführung dünket uns gegen die Erfindung das Leichtere. Hätte Virgil die Verstrickung des Laokoon und seiner Kinder von der Gruppe genommen, so würde ihm das Verdienst, welches wir bei diesem seinem Bilde für das schwerere und größere halten, fehlen, und nur das geringere übrig bleiben. Denn diese Verstrickung in der Einbildungskraft erst schaffen, ist weit wichtiger, als sie in Worten ausdrücken. Hätte hingegen der Künstler diese Verstrickung von dem Dichter entlehnet, so würde er in unsern Gedanken doch noch immer Verdienst genug behalten, ob ihm schon das Verdienst der Erfindung abgehet. Denn der Ausdruck in Marmor ist unendlich schwerer als der Ausdruck in Worten; und wenn wir Erfindung und Darstellung gegen einander abwägen, so sind wir jederzeit geneigt, dem Meister an der einen so viel wiederum zu erlassen, als wir an der andern zu viel erhalten zu haben meinen.

Es giebt sogar Fälle, wo es für den Künstler ein größeres Verdienst ist, die Natur durch das Medium der Nachahmung des Dichters nachgeahmet zu haben, als ohne dasselbe. Der Maler, der nach der Beschreibung eines Thomsons eine schöne Landschaft darstellet, hat mehr getan, als der sie gerade von der Natur copieret. Dieser siehet sein Urbild vor sich; jener muß erst seine Einbildungskraft so anstrengen, bis er es vor sich zu sehen glaubet. Dieser macht aus lebhaften sinnlichen Eindrücken etwas Schönes; jener aus schwanken und schwachen Vorstellungen willkürlicher Zeichen.

So natürlich aber die Bereitwilligkeit ist, dem Künstler das Verdienst der Erfindung zu erlassen, eben so natürlich hat daraus die Lauigkeit gegen dasselbe bei ihm entspringen müssen. Denn da er sahe, daß die Erfindung seine glänzende

Seite nie werden könne, daß sein größtes Lob von der Ausführung abhange, so ward es ihm gleich viel, ob jene alt oder neu, einmal oder unzähligmal gebraucht sei, ob sie ihm oder einem anderen zugehöre. Er blieb in dem engen Bezirke weniger, ihm und dem Publico geläufig gewordener Vorwürfe, und ließ seine ganze Erfindsamkeit auf die bloße Veränderung in dem Bekannten gehen, auf neue Zusammensetzungen alter Gegenstände. Das ist auch wirklich die Idee, welche die Lehrbücher der Malerei mit dem Worte Erfindung verbinden. Denn ob sie dieselbe schon sogar in malerische und dichterische einteilen, so gehet doch auch die dichterische nicht auf die Hervorbringung des Vorwurfs selbst, sondern lediglich auf die Anordnung oder den Ausdruck.[2] Es ist Erfindung, aber nicht Erfindung des Ganzen, sondern einzelner Teile, und ihrer Lage unter einander. Es ist Erfindung, aber von jener geringern Gattung, die Horaz seinem tragischen Dichter anriet:

– – – Tuque
Rectius Iliacum carmen deducis in actus,
Quam si proferres ignota indictaque primus.[3]

Anriet, sage ich, aber nicht befahl. Anriet, als für ihn leichter, bequemer, zuträglicher; aber nicht befahl, als besser und edler an sich selbst.

In der Tat hat der Dichter einen großen Schritt voraus, welcher eine bekannte Geschichte, bekannte Charaktere behandelt. Hundert frostige Kleinigkeiten, die sonst zum Verständnisse des Ganzen unentbehrlich sein würden, kann er übergehen; und je geschwinder er seinen Zuhörern verständlich wird, desto geschwinder kann er sie interessieren. Diesen Vorteil hat auch der Maler, wenn uns sein Vorwurf nicht fremd ist, wenn wir mit dem ersten Blicke die Absicht und Meinung seiner ganzen Composition erkennen, wenn wir auf eins, seine Personen nicht bloß sprechen sehen, sondern auch hören, was sie sprechen. Von dem ersten Blicke hangt

2 v. Hagedorn, Betrachtungen über die Malerei S. 159 u. f.
3 Ad Pisones v. 128-30.

die größte Wirkung ab, und wenn uns dieser zu mühsamen Nachsinnen und Raten nötiget, so erkaltet unsere Begierde, gerühret zu werden; um uns an dem unverständlichen Künstler zu rächen, verhärten wir uns gegen den Ausdruck, und weh ihm, wann er die Schönheit dem Ausdrucke aufgeopfert hat! Wir finden sodann gar nichts, was uns reizen könnte, vor seinem Werke zu verweilen; was wir sehen gefällt uns nicht, und was wir dabei denken sollen, wissen wir nicht.

Nun nehme man beides zusammen; einmal, daß die Erfindung und Neuheit des Vorwurfs das vornehmste bei weitem nicht ist, was wir von dem Maler verlangen; zweitens, daß ein bekannter Vorwurf die Wirkung seiner Kunst befödert und erleichtert: und ich meine, man wird die Ursache, warum er sich so selten zu neuen Vorwürfen entschließt, nicht mit den Grafen Caylus, in seiner Bequemlichkeit, in seiner Unwissenheit, in der Schwierigkeit des mechanischen Teiles der Kunst, welche allen seinen Fleiß, alle seine Zeit erfordert, suchen dürfen; sondern man wird sie tiefer gegründet finden, und vielleicht gar, was Anfangs Einschränkung der Kunst, Verkümmerung unsers Vergnügens, zu sein scheinet, als eine weise und uns selbst nützliche Enthaltsamkeit an dem Artisten zu loben geneigt sein. Ich fürchte auch nicht, daß mich die Erfahrung widerlegen werde. Die Maler werden dem Grafen für seinen guten Willen danken, aber ihn schwerlich so allgemein nutzen, als er es erwartet. Geschähe es jedoch: so würde über hundert Jahr ein neuer Caylus nötig sein, der die alten Vorwürfe wieder ins Gedächtnis brächte, und den Künstler in das Feld zurückführte, wo andere vor ihm so unsterbliche Lorbeeren gebrochen haben. Oder verlangt man, daß das Publicum so gelehrt sein soll, als der Kenner aus seinen Büchern ist? Daß ihm alle Scenen der Geschichte und der Fabel, die ein schönes Gemälde geben können, bekannt und geläufig sein sollen? Ich gebe es zu, daß die Künstler besser getan hätten, wenn sie seit Raphaels Zeiten, anstatt des Ovids, den Homer zu ihrem Handbuche gemacht hätten. Aber da es nun einmal nicht geschehen ist, so lasse man das Publicum in seinem Gleise, und mache ihm sein Vergnügen nicht saurer, als ein Vergnügen zu stehen kommen muß, um das zu sein, was es sein soll.

Protogenes hatte die Mutter des Aristoteles gemalt. Ich weiß nicht, wie viel ihm der Philosoph dafür bezahlte. Aber entweder anstatt der Bezahlung, oder noch über die Bezahlung, erteilte er ihm einen Rat, der mehr als die Bezahlung wert war. Denn ich kann mir nicht einbilden, daß sein Rat eine bloße Schmeichelei gewesen sei. Sondern vornehmlich weil er das Bedürfnis der Kunst erwog, allen verständlich zu sein, riet er ihm, die Taten des Alexanders zu malen; Taten, von welchen damals alle Welt sprach, und von welchen er voraus sehen konnte, daß sie auch der Nachwelt unvergeßlich sein würden. Doch Protogenes war nicht gesetzt genug, diesem Rate zu folgen; »impetus animi«, sagt Plinius, »et quaedam artis libido«,[4] ein gewisser Übermut der Kunst, eine gewisse Lüsternheit nach dem Sonderbaren und Unbekannten, trieben ihn zu ganz andern Vorwürfen. Er malte lieber die Geschichte eines Jalysus,[5] einer Cydippe und der-

4 Lib. XXXV. sect. 36. p. 700. Edit. Hard.

5 Richardson nennet dieses Werk, wenn er die Regel erläutern will, daß in einem Gemälde die Aufmerksamkeit des Betrachters durch nichts, es möge auch noch so vortrefflich sein, von der Hauptfigur abgezogen werden müsse. »Protogenes«, sagt er, »hatte in seinem berühmten Gemälde Ialysus ein Rebhuhn mit angebracht, und es mit so vieler Kunst ausgemalet, daß es zu leben schien, und von ganz Griechenland bewundert ward; weil es aber aller Augen, zum Nachteil des Hauptwerks, zu sehr an sich zog, so löschte er es gänzlich wieder aus«. (Traité de la Peinture T. I. p. 46.) Richardson hat sich geirret. Dieses Rebhuhn war nicht in dem Ialysus, sondern in einem andern Gemälde des Protogenes gewesen, welches der ruhende oder müßige Satyr, Σατυρος ἀναπαυομενος, hieß. Ich würde diesen Fehler, welcher aus einer mißverstandenen Stelle des Plinius entsprungen ist, kaum anmerken, wenn ich ihn nicht auch beim Meursius fände: (Rhodi lib. I. cap. 14. p. 38.) »In eadem, tabula sc. in qua Ialysus, Satyrus erat, quem dicebant Anapavomenon,

gleichen, von welchen man itzt auch nicht einmal mehr erraten kann, was sie vorgestellet haben.

XII.

Homer bearbeitet eine doppelte Gattung von Wesen und Handlungen; sichtbare und unsichtbare. Diesen Unterschied kann die Malerei nicht angeben: bei ihr ist alles sichtbar; und auf einerlei Art sichtbar.

Wenn also der Graf Caylus die Gemälde der unsichtbaren Handlungen in unzertrennter Folge mit den sichtbaren fortlaufen läßt; wenn er in den Gemälden der vermischten Handlungen, an welchen sichtbare und unsichtbare Wesen Teil nehmen, nicht angiebt, und vielleicht nicht angeben kann, wie die letztern, welche nur wir, die wir das Gemälde betrachten, darin entdecken sollten, so anzubringen sind, daß die Personen des Gemäldes sie nicht sehen, wenigstens sie nicht notwendig sehen zu müssen scheinen können: so muß notwendig sowohl die ganze Folge, als auch manches einzelne Stück dadurch äußerst verwirrt, unbegreiflich und widersprechend werden.

Doch diesem Fehler wäre, mit dem Buche in der Hand, noch endlich abzuhelfen. Das schlimmste dabei ist nur dieses,

---

tibias tenens.« Desgleichen bei dem Herrn Winkelmann selbst. (Von der Nachahm. der Gr. W. in der Mal. und Bildh. S. 56.) Strabo ist der eigentliche Währmann dieses Histörchens mit dem Rebhuhne, und dieser unterscheidet den Ialysus, und den an eine Säule sich lehnenden Satyr, auf welcher das Rebhuhn saß, ausdrücklich. (Lib. XIV. p. 750. Edit. Xyl.) Die Stelle des Plinius (Lib. XXXV. sect. et. p. 699.) haben Meursius und Richardson und Winkelmann deswegen falsch verstanden, weil sie nicht Acht gegeben, daß von zwei verschiedenen Gemälden daselbst die Rede ist: dem einen, dessenwegen Demetrius die Stadt nicht überkam, weil er den Ort nicht angreifen wollte, wo es stand; und dem andern, welches Protogenes, während dieser Belagerung malte. Jenes war der Ialysus, und dieses der Satyr.

daß durch die malerische Aufhebung des Unterschiedes der sichtbaren und unsichtbaren Wesen, zugleich alle die charakteristischen Züge verloren gehen, durch welche sich diese höhere Gattung über jene geringere erhebet.

Z. E. Wenn endlich die über das Schicksal der Trojaner geteilten Götter unter sich selbst handgemein werden: so gehet bei dem Dichter[1] dieser ganze Kampf unsichtbar vor, und diese Unsichtbarkeit erlaubet der Einbildungskraft die Scene zu erweitern, und läßt ihr freies Spiel, sich die Personen der Götter und ihre Handlungen so groß, und über das gemeine Menschliche so weit erhaben zu denken, als sie nur immer will. Die Malerei aber muß eine sichtbare Scene annehmen, deren verschiedene notwendige Teile der Maßstab für die darauf handelnden Personen werden; ein Maßstab, den das Auge gleich darneben hat, und dessen Unproportion gegen die höhern Wesen, diese höhern Wesen, die bei dem Dichter groß waren, auf der Fläche des Künstlers ungeheuer macht.

Minerva, auf welche Mars in diesem Kampfe den ersten Angriff waget, tritt zurück, und fasset mit mächtiger Hand von dem Boden einen schwarzen, rauhen, großen Stein auf, den vor alten Zeiten vereinigte Männerhände zum Grenzsteine hingewälzet hatten.

Η δ' ἀναχασσαμενη λιθον ἑιλετο χειρι παχειῃ,
Κειμενον ἐν πεδιῳ, μελανα, τρηχυν τε, μεγαν τε,
Τον ῥ' ἀνδρες προτεροι θεσαν ἐμμεναι ὀυρον ἀρουρης.

Um die Größe dieses Steins gehörig zu schätzen, erinnere man sich, daß Homer seine Helden noch einmal so stark macht, als die stärksten Männer seiner Zeit, jene aber von den Männern, wie sie Nestor in seiner Jugend gekannt hatte, noch weit an Stärke übertreffen läßt. Nun frage ich, wenn Minerva einen Stein, den nicht Ein Mann, den Männer aus Nestors Jugendjahren zum Grenzsteine aufgerichtet hatten, wenn Minerva einen solchen Stein gegen den Mars schleidert, von welcher Statur soll die Göttin sein? Soll ihre Statur

1 Iliad. Φ v. 385. et s.

der Größe des Steins proportioniert sein, so fällt das Wunderbare weg. Ein Mensch, der dreimal größer ist als ich, muß natürlicher Weise auch einen dreimal größern Stein schleidern können. Soll aber die Statur der Göttin der Größe des Steins nicht angemessen sein, so entstehet eine anschauliche Unwahrscheinlichkeit in dem Gemälde, deren Anstößigkeit durch die kalte Überlegung, daß eine Göttin übermenschliche Stärke haben müsse, nicht gehoben wird. Wo ich eine größere Wirkung sehe, will ich auch größere Werkzeuge wahrnehmen.

Und Mars, von diesem gewaltigen Steine niedergeworfen,

Επτα δ' ἐπεσχε πελεϑρα – –

bedeckte sieben Hufen. Unmöglich kann der Maler dem Gotte diese außerordentliche Größe geben. Giebt er sie ihm aber nicht, so liegt nicht Mars zu Boden, nicht der Homerische Mars, sondern ein gemeiner Krieger.[2]

---

2 Diesen unsichtbaren Kampf der Götter hat Quintus Calaber in seinem zwölften Buche (v. 158-185.) nachgeahmet, mit der nicht undeutlichen Absicht, sein Vorbild zu verbessern. Es scheinet nemlich, der Grammatiker habe es unanständig gefunden, daß ein Gott mit einem Steine zu Boden geworfen werde. Er läßt also zwar auch die Götter große Felsenstücke, die sie von dem Ida abreißen, gegeneinander schleidern; aber diese Felsen zerschellen an den unsterblichen Gliedern der Götter, und stieben wie Sand um sie her:

– – – Οι δε κολωνας
Χερσιν ἀπορρηξαντες ἀπ' ὀυδεος Ιδαιοιο
Βαλλον ἐπ' ἀλληλους· ἁι δε ψαμαϑοισι ὁμοιαι
Ρεια διεσκιδναντο· ϑεων περι δ' ἀσχετα γυια
Ρηγνυμεναι δια τυτϑα – –

Eine Künstelei, welche die Hauptsache verdirbt. Sie erhöhet unsern Begriff von den Körpern der Götter, und macht die Waffen, welche sie gegen einander brauchen, lächerlich. Wenn Götter einander mit Steinen werfen, so müssen diese Steine auch die Götter beschädigen können, oder wir glauben mutwillige Buben zu sehen, die sich mit Erdklößen werfen. So bleibt der alte Homer immer der Weisere, und aller Tadel, mit dem ihn der kalte Kunstrichter belegt, aller Wettstreit, in welchen sich geringere Genies

Longin sagt, es komme ihm öfters vor, als habe Homer seine Menschen zu Göttern erheben, und seine Götter zu Menschen herabsetzen wollen. Die Malerei vollführet diese Herabsetzung. In ihr verschwindet vollends alles, was bei dem Dichter die Götter noch über die göttlichen Menschen setzet. Größe, Stärke, Schnelligkeit, wovon Homer noch immer einen höhern, wunderbarern Grad für seine Götter in Vorrat hat, als er seinen vorzüglichsten Helden beileget,[3]

---

mit ihm einlassen, dienen zu weiter nichts, als seine Weisheit in ihr bestes Licht zu setzen. Indes will ich nicht leugnen, daß in der Nachahmung des Quintus nicht auch sehr treffliche Züge vorkommen, und die ihm eigen sind. Doch sind es Züge, die nicht sowohl der bescheidenen Größe des Homers geziemen, als dem stürmischen Feuer eines neuern Dichters Ehre machen würden. Daß das Geschrei der Götter, welches hoch bis in den Himmel und tief bis in den Abgrund ertönet, welches den Berg und die Stadt und die Flotte erschüttert, von den Menschen nicht gehöret wird, dünket mich eine sehr vielbedeutende Wendung zu sein. Das Geschrei war größer, als daß es die kleinen Werkzeuge des menschlichen Gehörs fassen konnten.

3 In Ansehung der Stärke und Schnelligkeit wird niemand, der den Homer auch nur ein einzigesmal flüchtig durchlaufen hat, dieser Assertion in Abrede sein. Nur dürfte er sich vielleicht der Exempel nicht gleich erinnern, aus welchen es erhellet, daß der Dichter seinen Göttern auch eine körperliche Größe gegeben, die alle natürliche Maße weit übersteiget. Ich verweise ihn also, außer der angezognen Stelle von dem zu Boden geworfnen Mars, der sieben Hufen bedecket, auf den Helm der Minerva, (Κυνεην ἑκατον πολεων πρυλεεσσ' ἀραρυιαν. Iliad. E. v. 744.) unter welchem sich so viel Streiter, als hundert Städte in das Feld zu stellen vermögen, verbergen können; auf die Schritte des Neptunus; (Iliad. *N*. v. 20.) vornehmlich aber auf die Zeilen aus der Beschreibung des Schildes, wo Mars und Minerva die Truppen der belagerten Stadt anführen: (Iliad. Σ. v. 516-19.)

– – Ηρχε δ' ἀρα σφιν Αρης και Παλλας Αθηνη
Αμφω χρυσειω, χρυσεια δε ἑιματα ἑσθην
Καλω και μεγαλω συν τευχεσιν, ὡς τε θεω περ,
Αμφις ἀριζηλω· λαοι δ' ὑπολιζονες ἠσαν.

Selbst Ausleger des Homers, alte sowohl als neue, scheinen sich

müssen in dem Gemälde auf das gemeine Maß der Menschheit herabsinken, und Jupiter und Agamemnon, Apollo und Achilles, Ajax und Mars, werden vollkommen einerlei Wesen, die weiter an nichts als an äußerlichen verabredeten Merkmalen zu kennen sind.

Das Mittel, dessen sich die Malerei bedienet, uns zu verstehen zu geben, daß in ihren Compositionen dieses oder jenes als unsichtbar betrachtet werden müsse, ist eine dünne Wolke, in welche sie es von der Seite der mithandelnden Personen einhüllet. Diese Wolke scheinet aus dem Homer selbst entlehnet zu sein. Denn wenn im Getümmel der Schlacht einer von den wichtigern Helden in Gefahr kömmt, aus der ihn keine andere, als göttliche Macht retten kann: so läßt der Dichter ihn von der schützenden Gottheit in einen dicken Nebel, oder in Nacht verhüllen, und so davon führen; als den Paris von der Venus,[4] den Idäus vom Neptun,[5] den Hektor vom Apollo.[6] Und diesen Nebel, diese Wolke, wird

---

nicht allezeit dieser wunderbaren Statur seiner Götter genugsam erinnert zu haben; welches aus den lindernden Erklärungen abzunehmen, die sie über den großen Helm der Minerva geben zu müssen glauben. (S. die Clarkisch-Ernestische Ausgabe des Homers in der angezogenen Stelle.) Man verliert aber von der Seite des Erhabenen unendlich viel, wenn man sich die Homerischen Götter nur immer in der gewöhnlichen Größe denkt, in welcher man sie, in Gesellschaft der Sterblichen, auf der Leinewand zu sehen verwöhnet wird. Ist es indes schon nicht der Malerei vergönnet, sie in diesen übersteigenden Dimensionen darzustellen, so darf es doch die Bildhauerei gewissermaßen tun; und ich bin überzeugt, daß die alten Meister, so wie die Bildung der Götter überhaupt, also auch das Kolossalische, das sie öfters ihren Statuen erteilten, aus dem Homer entlehnet haben. (Herodot. lib. II. p. 130. Edit. Wessel.) Verschiedene Anmerkungen über dieses Kolossalische insbesondere, und warum es in der Bildhauerei von so großer, in der Malerei aber von gar keiner Wirkung ist, verspare ich auf einen andern Ort.

4 Iliad. Γ. v. 381.

5 Iliad. E. v. 23.

6 Iliad. Y. v. 444.

Caylus nie vergessen, dem Künstler bestens zu empfehlen, wenn er ihm die Gemälde von dergleichen Begebenheiten vorzeichnet. Wer sieht aber nicht, daß bei dem Dichter das Einhüllen in Nebel und Nacht weiter nichts, als eine poetische Redensart für unsichtbar machen, sein soll? Es hat mich daher jederzeit befremdet, diesen poetischen Ausdruck realisieret, und eine wirkliche Wolke in dem Gemälde angebracht zu finden, hinter welcher der Held, wie hinter einer spanischen Wand, vor seinem Feinde verborgen stehet. Das war nicht die Meinung des Dichters. Das heißt aus den Grenzen der Malerei herausgehen; denn diese Wolke ist hier eine wahre Hieroglyphe, ein bloßes symbolisches Zeichen, das den befreiten Held nicht unsichtbar macht, sondern den Betrachtern zuruft: ihr müßt ihn euch als unsichtbar vorstellen. Sie ist hier nichts besser, als die beschriebenen Zettelchen, die auf alten gotischen Gemälden den Personen aus dem Munde gehen.

Es ist wahr, Homer läßt den Achilles, indem ihm Apollo den Hektor entrücket, noch dreimal nach den dücken Nebel mit der Lanze stoßen: τρις δ' ἠερα τυψε βαθειαν.[7] Allein auch das heißt in der Sprache des Dichters weiter nichts, als daß Achilles so wütend gewesen, daß er noch dreimal gestoßen, ehe er es gemerkt, daß er seinen Feind nicht mehr vor sich habe. Keinen wirklichen Nebel sahe Achilles nicht, und das ganze Kunststück, womit die Götter unsichtbar machten, bestand auch nicht in dem Nebel, sondern in der schnellen Entrückung. Nur um zugleich mit anzuzeigen, daß die Entrückung so schnell geschehen, daß kein menschliches Auge dem entrückten Körper nachfolgen können, hüllet ihn der Dichter vorher in Nebel ein; nicht weil man anstatt des entrückten Körpers einen Nebel gesehen, sondern weil wir das, was in einem Nebel ist, als nicht sichtbar denken. Daher kehrt er es auch bisweilen um, und läßt, anstatt das Object unsichtbar zu machen, das Subject mit Blindheit geschlagen werden. So verfinstert Neptun die Augen des Achilles, wenn

7 Ibid. v. 446.

er den Aeneas aus seinen mörderischen Händen errettet, den er mit einem Rucke mitten aus dem Gewühle auf einmal in das Hintertreffen versetzt.[8] In der Tat aber sind des Achilles Augen hier eben so wenig verfinstert, als dort die entrückten Helden in Nebel gehüllet; sondern der Dichter setzt das eine und das andere nur bloß hinzu, um die äußerste Schnelligkeit der Entrückung, welche wir das Verschwinden nennen, dadurch sinnlicher zu machen.

Den Homerischen Nebel aber haben sich die Maler nicht bloß in den Fällen zu eigen gemacht, wo ihn Homer selbst gebraucht hat, oder gebraucht haben würde; bei Unsichtbarwerdungen, bei Verschwindungen: sondern überall, wo der Betrachter etwas in dem Gemälde erkennen soll, was die Personen des Gemäldes entweder alle, oder zum Teil, nicht erkennen. Minerva ward dem Achilles nur allein sichtbar, als sie ihn zurückhielt, sich mit Tätigkeiten gegen den Agamemnon zu vergehen. Dieses auszudrücken, sagt Caylus, weiß ich keinen andern Rat, als daß man sie von der Seite der übrigen Ratsversammlung in eine Wolke verhüllet. Ganz wider den Geist des Dichters. Unsichtbar sein, ist der natürliche Zustand seiner Götter; es bedarf keiner Blendung, keiner Abschneidung der Lichtstrahlen, daß sie nicht gesehen werden;[9] sondern es bedarf einer Erleuchtung, einer Erhöhung

8 Iliad. Y. v. 321.

9 Zwar läßt Homer auch Gottheiten sich dann und wann in eine Wolke hüllen, aber nur alsdenn, wenn sie von andern Gottheiten nicht wollen gesehen werden. Z. E. Iliad. Ξ. v. 282. wo Juno und der Schlaf ἠερα ἑσσαμενω sich nach dem Ida verfügen, war es der schlauen Göttin höchste Sorge, von der Venus nicht entdeckt zu werden, die ihr, nur unter dem Vorwande einer ganz andern Reise, ihren Gürtel geliehen hatte. In eben dem Buche (v. 344.) muß eine güldene Wolke den wollusttrunkenen Jupiter mit seiner Gemahlin umgeben, um ihren züchtigen Weigerungen abzuhelfen:

Πως κ' ἑοι, ἑιτις νωϊ θεων ἀιειγενεταων
Ευδοντ' ἀϑρησειε; – – –

Sie furchte sich nicht von den Menschen gesehen zu werden; sondes sterblichen Gesichts, wenn sie gesehen werden sollen. Nicht genug also, daß die Wolke ein willkürliches, und kein natürliches Zeichen bei den Malern ist; dieses willkürliche Zeichen hat auch nicht einmal die bestimmte Deutlichkeit, die es als ein solches haben könnte; denn sie brauchen es eben sowohl, um das Sichtbare unsichtbar, als um das Unsichtbare sichtbar zu machen.

XIII.

Wenn Homers Werke gänzlich verloren wären, wenn wir von seiner Ilias und Odyssee nichts übrig hätten, als eine ähnliche Folge von Gemälden, dergleichen Caylus daraus vorgeschlagen: würden wir wohl aus diesen Gemälden, – sie sollen von der Hand des vollkommensten Meisters sein, – ich will nicht sagen, von dem ganzen Dichter, sondern bloß von seinem malerischen Talente, uns den Begriff bilden können, den wir itzt von ihm haben?

Man mache einen Versuch mit dem ersten dem besten Stücke. Es sei das Gemälde der Pest.[1] Was erblicken wir auf

---

dern von den Göttern. Und wenn schon Homer den Jupiter einige Zeilen darauf sagen läßt:

Ηρη, μητε θεων τογε δειδιθι, μητε τιν' ἀνδρων
Οψεσθαι· τοιον τοι ἐγω νεφος ἀμφικαλυψω
Χρυσεον·

so folgt doch daraus nicht, daß sie erst diese Wolke vor den Augen der Menschen würde verborgen haben; sondern es will nur so viel, daß sie in dieser Wolke eben so unsichtbar den Göttern werden solle, als sie es nur immer den Menschen sei. So auch, wenn Minerva sich den Helm des Pluto aufsetzet, (Iliad. E. v. 845.) welches mit dem Verhüllen in eine Wolke einerlei Wirkung hatte, geschieht es nicht, um von den Trojanern nicht gesehen zu werden, die sie entweder gar nicht, oder unter der Gestalt des Sthenelus erblicken, sondern lediglich, damit sie Mars nicht erkennen möge.

1 Iliad. A. v. 44-53. Tableaux tirés de l'Iliade p. 7.

der Fläche des Künstlers? Tote Leichname, brennende Scheiterhaufen, Sterbende mit Gestorbenen beschäftiget, den erzürnten Gott auf einer Wolke, seine Pfeile abdrückend. Der größte Reichtum dieses Gemäldes, ist Armut des Dichters. Denn sollte man den Homer aus diesem Gemälde wieder herstellen: was könnte man ihn sagen lassen? »Hierauf ergrimmte Apollo, und schoß seine Pfeile unter das Heere der Griechen. Viele Griechen sturben und ihre Leichname wurden verbrannt.« Nun lese man den Homer selbst:

Βη δε κατ' ὀυλυμποιο καρηνων χωομενος κηρ.
Τοξ' ὠμοισιν ἐχων, ἀμφηρεφεα τε φαρετρην.
Εκλαγξαν δ' ἀρ' ὀϊστοι ἐπ' ὠμων χωομενοιο
Αυτου κινηθεντος· ὁ δ' ἠϊε νυκτα ἐοικως·
Εξετ' ἐπειτ' ἀπανευθε νεων, μετα δ' ἰον ἑηκε·
Δεινη δε κλαγγη γενετ' ἀργυρεοιο βιοιο.
Ουρηας μεν πρωτον ἐπῳχετο, και κυνας ἀργους·
Αυταρ ἐπειτ' ἀυτοισι βελος ἐχεπευκες ἐφιεις
Βαλλ'· ἀιει δε πυραι νεκυων καιοντο θαμειαι.

So weit das Leben über das Gemälde ist, so weit ist der Dichter hier über den Maler. Ergrimmt, mit Bogen und Köcher, steiget Apollo von den Zinnen des Olympus. Ich sehe ihn nicht allein herabsteigen, ich höre ihn. Mit jedem Tritte erklingen die Pfeile um die Schultern des Zornigen. Er gehet einher, gleich der Nacht. Nun sitzt er gegen den Schiffen über, und schnellet – fürchterlich erklingt der silberne Bogen – den ersten Pfeil auf die Maultiere und Hunde. Sodann faßt er mit dem giftigern Pfeile die Menschen selbst; und überall lodern unaufhörlich Holzstöße mit Leichnamen. – Es ist unmöglich die musikalische Malerei, welche die Worte des Dichters mit hören lassen, in eine andere Sprache überzutragen. Es ist eben so unmöglich, sie aus dem materiellen Gemälde zu vermuten, ob sie schon nur der allerkleineste Vorzug ist, den das poetische Gemälde vor selbigem hat. Der Hauptvorzug ist dieser, daß uns der Dichter zu dem, was das materielle Gemälde aus ihm zeiget, durch eine ganze Gallerie von Gemälden führet.

Aber vielleicht ist die Pest kein vorteilhafter Vorwurf für

die Malerei. Hier ist ein anderer, der mehr Reize für das Auge hat. Die ratpflegenden trinkenden Götter.[2] Ein goldner offener Pallast, willkürliche Gruppen der schönsten und verehrungswürdigsten Gestalten, den Pocal in der Hand, von Heben, der ewigen Jugend, bedienet. Welche Architektur, welche Massen von Licht und Schatten, welche Contraste, welche Mannigfaltigkeit des Ausdruckes! Wo fange ich an, wo höre ich auf, mein Auge zu weiden? Wann mich der Maler so bezaubert, wie vielmehr wird es der Dichter tun! Ich schlage ihn auf, und ich finde – mich betrogen. Ich finde vier gute plane Zeilen, die zur Unterschrift eines Gemäldes dienen können, in welchen der Stoff zu einem Gemälde liegt, aber die selbst kein Gemälde sind.

Οι δε θεοι παρ Ζηνι καθημενοι ἠγοροωντο
Χρυσεῳ ἐν δαπεδῳ, μετα δε σφισι ποτνια Ἡβη
Νεκταρ ἐῳνοχοει· τοι δε χρυσεοις δεπαεσσι
Δειδεχατ' ἀλληλους, Τρωων πολιν ἐισοροωντες.

Das würde ein Apollonius, oder ein noch mittelmäßigerer Dichter, nicht schlechter gesagt haben; und Homer bleibt hier eben so weit unter dem Maler, als der Maler dort unter ihm blieb.

Noch dazu findet Caylus in dem ganzen vierten Buche der Ilias sonst kein einziges Gemälde, als nur eben in diesen vier Zeilen. So sehr sich, sagt er, das vierte Buch durch die mannigfaltigen Ermunterungen zum Angriffe, durch die Fruchtbarkeit glänzender und abstechender Charaktere, und durch die Kunst ausnimmt, mit welcher uns der Dichter die Menge, die er in Bewegung setzen will, zeiget: so ist es doch für die Malerei gänzlich unbrauchbar. Er hätte dazu setzen können: so reich es auch sonst an dem ist, was man poetische Gemälde nennet. Denn wahrlich, es kommen derer in dem vierten Buche so häufige und so vollkommene vor, als nur in irgend einem andern. Wo ist ein ausgeführteres, täuschenderes Gemälde als das vom Pandarus, wie er auf Anreizen der Minerva den Waffenstillestand bricht, und seinen

2 Iliad. Δ. v. 1-4. Tableaux tirés de l'Iliade p. 30.

Pfeil auf den Menelaus losdrückt? Als das, von dem Anrücken des griechischen Heeres? Als das, von dem beiderseitigen Angriffe? Als das, von der Tat des Ulysses, durch die er den Tod seines Leucus rächet?

Was folgt aber hieraus, daß nicht wenige der schönsten Gemälde des Homers keine Gemälde für den Artisten geben? daß der Artist Gemälde aus ihm ziehen kann, wo er selbst keine hat? daß die, welche er hat, und der Artist gebrauchen kann, nur sehr armselige Gemälde sein würden, wenn sie nicht mehr zeigten, als der Artist zeiget? Was sonst, als die Verneinung meiner obigen Frage? Daß aus den materiellen Gemälden, zu welchen die Gedichte des Homers Stoff geben, wann ihrer auch noch so viele, wann sie auch noch so vortrefflich wären, sich dennoch auf das malerische Talent des Dichters nichts schließen läßt.

XIV.

Ist dem aber so, und kann ein Gedicht sehr ergiebig für den Maler, dennoch aber selbst nicht malerisch, hinwiederum ein anderes sehr malerisch, und dennoch nicht ergiebig für den Maler sein: so ist es auch um den Einfall des Grafen Caylus getan, welcher die Brauchbarkeit für den Maler zum Probiersteine der Dichter machen, und ihre Rangordnung nach der Anzahl der Gemälde, die sie dem Artisten darbieten, bestimmen wollen.[1]

Fern sei es, diesem Einfalle, auch nur durch unser

---

1 Tableaux tirés de l'Iliade, Avert. p. V. On est toujours convenu, que plus un Poëme fournissoit d'images et d'actions, plus il avoit de superiorité en Poësie. Cette reflexion m'avoit conduit à penser que le calcul des differens Tableaux, qu'offrent les Poëmes, pouvoit servir à comparer le merite respectif des Poëmes et des Poëtes. Le nombre et le genre des Tableaux que presentent ces grands ouvrages, auroient été une espece de pierre de touche, ou plutôt une balance certaine du merite de ces Poëmes et du genie de leurs Auteurs.

Stillschweigen, das Ansehen einer Regel gewinnen zu lassen. Milton würde als das erste unschuldige Opfer derselben fallen. Denn es scheinet wirklich, daß das verächtliche Urteil, welches Caylus über ihn spricht, nicht sowohl Nationalgeschmack, als eine Folge seiner vermeinten Regel gewesen. Der Verlust des Gesichts, sagt er, mag wohl die größte Ähnlichkeit sein, die Milton mit dem Homer gehabt hat. Freilich kann Milton keine Gallerieen füllen. Aber müßte, solange ich das leibliche Auge hätte, die Sphäre desselben auch die Sphäre meines innern Auges sein, so würde ich, um von dieser Einschränkung frei zu werden, einen großen Wert auf den Verlust des erstern legen.

Das verlorne Paradies ist darum nicht weniger die erste Epopee nach dem Homer, weil es wenig Gemälde liefert, als die Leidensgeschichte Christi deswegen ein Poem ist, weil man kaum den Kopf einer Nadel in sie setzen kann, ohne auf eine Stelle zu treffen, die nicht eine Menge der größten Artisten beschäftiget hätte. Die Evangelisten erzehlen das Factum mit aller möglichen trockenen Einfalt, und der Artist nutzet die mannigfaltigen Teile desselben, ohne daß sie ihrer Seits den geringsten Funken von malerischem Genie dabei gezeigt haben. Es giebt malbare und unmalbare Facta, und der Geschichtschreiber kann die malbarsten eben so unmalerisch erzehlen, als der Dichter die unmalbarsten malerisch darzustellen vermögend ist.

Man läßt sich bloß von der Zweideutigkeit des Wortes verführen, wenn man die Sache anders nimmt. Ein poetisches Gemälde ist nicht notwendig das, was in ein materielles Gemälde zu verwandeln ist; sondern jeder Zug, jede Verbindung mehrerer Züge, durch die uns der Dichter seinen Gegenstand so sinnlich macht, daß wir uns dieses Gegenstandes deutlicher bewußt werden, als seiner Worte, heißt malerisch, heißt ein Gemälde, weil es uns dem Grade der Illusion näher bringt, dessen das materielle Gemälde besonders fähig ist, der sich von dem materiellen Gemälde am ersten und leichtesten abstrahieren lassen.[2]

2 Was wir poetische Gemälde nennen, nannten die Alten Phanta-

XV.

Nun kann der Dichter zu diesem Grade der Illusion, wie die Erfahrung zeiget, auch die Vorstellungen anderer, als sichtbarer Gegenstände erheben. Folglich müssen notwendig dem Artisten ganze Classen von Gemälden abgehen, die der Dichter vor ihm voraus hat. Drydens Ode auf den Cäcilienstag ist voller musikalischen Gemälde, die den Pinsel müßig lassen. Doch ich will mich in dergleichen Exempel nicht verlieren, aus welchen man am Ende doch wohl nicht viel mehr lernet, als daß die Farben keine Töne, und die Ohren keine Augen sind.

Ich will bei den Gemälden bloß sichtbarer Gegenstände stehen bleiben, die dem Dichter und Maler gemein sind. Woran liegt es, daß manche poetische Gemälde von dieser Art, für den Maler unbrauchbar sind, und hinwiederum manche eigentliche Gemälde unter der Behandlung des Dichters den größten Teil ihrer Wirkung verlieren?

Exempel mögen mich leiten. Ich wiederhole es: das Gemälde des Pandarus im vierten Buche der Ilias ist eines von den ausgeführtesten, täuschendsten im ganzen Homer. Von

---

sieen, wie man sich aus dem Longin erinnern wird. Und was wir die Illusion, das Täuschende dieser Gemälde heißen, hieß bei ihnen die Enargie. Daher hatte einer, wie Plutarchus meldet, (Erot. T. II. Edit. Henr. Steph. p. 1351.) gesagt: die poetischen Phantasieen wären, wegen ihrer Enargie, Träume der Wachenden; Αι ποιητικαι φαντασιαι δια την ἐναργειαν ἐγρηγοροτων ἐνυπνια ἐισιν. Ich wünschte sehr, die neuern Lehrbücher der Dichtkunst hätten sich dieser Benennung bedienen, und des Worts Gemälde gänzlich enthalten wollen. Sie würden uns eine Menge halbwahrer Regeln erspart haben, derer vornehmster Grund die Übereinstimmung eines willkürlichen Namens ist. Poetische Phantasieen würde kein Mensch so leicht den Schranken eines materiellen Gemäldes unterworfen haben; aber sobald man die Phantasieen poetische Gemälde nannte, so war der Grund zur Verführung gelegt.

dem Ergreifen des Bogens bis zu dem Fluge des Pfeiles ist jeder Augenblick gemalt, und alle diese Augenblicke sind so nahe und doch so unterschieden angenommen, daß, wenn man nicht wüßte, wie mit dem Bogen umzugehen wäre, man es aus diesem Gemälde allein lernen könnte.[1] Pandarus zieht seinen Bogen hervor, legt die Senne an, öffnet den Köcher, wählet einen noch ungebrauchten wohlbefiederten Pfeil, setzt den Pfeil an die Senne, zieht die Senne mit samt dem Pfeile unten an dem Einschnitte zurück, die Senne nahet sich der Brust, die eiserne Spitze des Pfeiles dem Bogen, der große geründete Bogen schlägt tönend auseinander, die Senne schwirret, ab sprang der Pfeil, und gierig fliegt er nach seinem Ziele.

Übersehen kann Caylus dieses vortreffliche Gemälde nicht haben. Was fand er also darin, warum er es für unfähig achtete, seinen Artisten zu beschäftigen? Und was war es, warum ihm die Versammlung der ratpflegenden zechenden Götter zu dieser Absicht tauglicher dünkte? Hier sowohl als dort sind sichtbare Vorwürfe, und was braucht der Maler mehr, als sichtbare Vorwürfe, um seine Fläche zu füllen?

Der Knoten muß dieser sein. Ob schon beide Vorwürfe, als sichtbar, der eigentlichen Malerei gleich fähig sind: so findet sich doch dieser wesentliche Unterschied unter ihnen, daß jener eine sichtbare fortschreitende Handlung ist, deren verschiedene Teile sich nach und nach, in der Folge der Zeit,

---

1 Iliad. Δ. v. 105.
Αυτιϰ' ἐσυλα τοξον ἐΰξοον – – – –
Και το μεν ἐυ ϰατεϑηϰε τανυσσαμενος, ποτι γαιῃ
Αγϰλινας – – – – – – – –
Αυταρ ὁ συλα πωμα φαρετρης· ἐϰ δ' ἑλετ' ἰον
Αβλητα, πτεροεντα, μελαινων ἑρμ' ὀδυναων,
Αιψα δ' ἐπι νευρῃ ϰατεϰοσμει πιϰρον ὀϊστον – –
Ελϰε δ' ὁμου γλυφιδας τε λαβων, ϰαι νευρα βοεια.
Νευρην μεν μαζῳ πελασεν, τοξῳ δε σιδηρον.
Αυταρ ἐπειδη ϰυϰλοτερες μεγα τοξον ἐτεινε,
Αιγξε βιος, νευρη δε μεγ' ἰαχεν, ἁλτο δ' ὀϊστος
Οξυβελης, ϰαϑ' ὁμιλον ἐπιπτεσϑαι μενεαινων.

eräugnen, dieser hingegen eine sichtbare stehende Handlung, deren verschiedene Teile sich neben einander im Raume entwickeln. Wenn nun aber die Malerei, vermöge ihrer Zeichen oder der Mittel ihrer Nachahmung, die sie nur im Raume verbinden kann, der Zeit gänzlich entsagen muß: so können fortschreitende Handlungen, als fortschreitend, unter ihre Gegenstände nicht gehören, sondern sie muß sich mit Handlungen neben einander, oder mit bloßen Körpern, die durch ihre Stellungen eine Handlung vermuten lassen, begnügen. Die Poesie hingegen – –

XVI.

Doch ich will versuchen, die Sache aus ihren ersten Gründen herzuleiten.

Ich schließe so. Wenn es wahr ist, daß die Malerei zu ihren Nachahmungen ganz andere Mittel, oder Zeichen gebrauchet, als die Poesie; jene nemlich Figuren und Farben in dem Raume, diese aber artikulierte Töne in der Zeit; wenn unstreitig die Zeichen ein bequemes Verhältnis zu dem Bezeichneten haben müssen: So können neben einander geordnete Zeichen, auch nur Gegenstände, die neben einander, oder deren Teile neben einander existieren, auf einander folgende Zeichen aber, auch nur Gegenstände ausdrücken, die auf einander, oder deren Teile auf einander folgen.

Gegenstände, die neben einander oder deren Teile neben einander existieren, heißen Körper. Folglich sind Körper mit ihren sichtbaren Eigenschaften, die eigentlichen Gegenstände der Malerei.

Gegenstände, die auf einander, oder deren Teile auf einander folgen, heißen überhaupt Handlungen. Folglich sind Handlungen der eigentliche Gegenstand der Poesie.

Doch alle Körper existieren nicht allein in dem Raume, sondern auch in der Zeit. Sie dauern fort, und können in jedem Augenblicke ihrer Dauer anders erscheinen, und in anderer Verbindung stehen. Jede dieser augenblicklichen

Erscheinungen und Verbindungen ist die Wirkung einer vorhergehenden, und kann die Ursache einer folgenden, und sonach gleichsam das Centrum einer Handlung sein. Folglich kann die Malerei auch Handlungen nachahmen, aber nur andeutungsweise durch Körper.

Auf der andern Seite können Handlungen nicht für sich selbst bestehen, sondern müssen gewissen Wesen anhängen. In so fern nun diese Wesen Körper sind, oder als Körper betrachtet werden, schildert die Poesie auch Körper, aber nur andeutungsweise durch Handlungen.

Die Malerei kann in ihren coexistierenden Compositionen nur einen einzigen Augenblick der Handlung nutzen, und muß daher den prägnantesten wählen, aus welchem das Vorhergehende und Folgende am begreiflichsten wird.

Eben so kann auch die Poesie in ihren fortschreitenden Nachahmungen nur eine einzige Eigenschaft der Körper nutzen, und muß daher diejenige wählen, welche das sinnlichste Bild des Körpers von der Seite erwecket, von welcher sie ihn braucht.

Hieraus fließt die Regel von der Einheit der malerischen Beiwörter, und der Sparsamkeit in den Schilderungen körperlicher Gegenstände.

Ich würde in diese trockene Schlußkette weniger Vertrauen setzen, wenn ich sie nicht durch die Praxis des Homers vollkommen bestätiget fände, oder wenn es nicht vielmehr die Praxis des Homers selbst wäre, die mich darauf gebracht hätte. Nur aus diesen Grundsätzen läßt sich die große Manier des Griechen bestimmen und erklären, so wie der entgegen gesetzten Manier so vieler neuern Dichter ihr Recht erteilen, die in einem Stücke mit dem Maler wetteifern wollen, in welchem sie notwendig von ihm überwunden werden müssen.

Ich finde, Homer malet nichts als fortschreitende Handlungen, und alle Körper, alle einzelne Dinge malet er nur durch ihren Anteil an diesen Handlungen, gemeiniglich nur mit Einem Zuge. Was Wunder also, daß der Maler, da wo Homer malet, wenig oder nichts für sich zu tun siehet, und daß seine Ernte nur da ist, wo die Geschichte eine Menge schöner Körper, in schönen Stellungen, in einem der Kunst vorteilhaften Raume zusammenbringt, der Dichter selbst mag diese Körper, diese Stellungen, diesen Raum so wenig malen, als er will? Man gehe die ganze Folge der Gemälde, wie sie Caylus aus ihm vorschlägt, Stück vor Stück durch, und man wird in jedem den Beweis von dieser Anmerkung finden.

Ich lasse also hier den Grafen, der den Farbenstein des Malers zum Probiersteine des Dichters machen will, um die Manier des Homers näher zu erklären.

Für Ein Ding, sage ich, hat Homer gemeiniglich nur Einen Zug. Ein Schiff ist ihm bald das schwarze Schiff, bald das hohle Schiff, bald das schnelle Schiff, höchstens das wohlberuderte schwarze Schiff. Weiter läßt er sich in die Malerei des Schiffes nicht ein. Aber wohl das Schiffen, das Abfahren, das Anlanden des Schiffes, macht er zu einem ausführlichen Gemälde, zu einem Gemälde, aus welchem der Maler fünf, sechs besondere Gemälde machen müßte, wenn er es ganz auf seine Leinewand bringen wollte.

Zwingen den Homer ja besondere Umstände, unsern Blick auf einen einzelnen körperlichen Gegenstand länger zu heften: so wird dem ohngeachtet kein Gemälde daraus, dem der Maler mit dem Pinsel folgen könnte; sondern er weiß durch unzählige Kunstgriffe diesen einzeln Gegenstand in eine Folge von Augenblicken zu setzen, in deren jedem er anders erscheinet, und in deren letztem ihn der Maler erwarten muß, um uns entstanden zu zeigen, was wir bei dem Dichter entstehen sehn. Z. E. Will Homer uns den Wagen der Juno sehen lassen, so muß ihn Hebe vor unsern Augen Stück vor Stück zusammen setzen. Wir sehen die Räder, die Achsen, den Sitz, die Deichsel und Riemen und Stränge, nicht sowohl wie es beisammen ist, als wie es unter den Händen der Hebe zusammen kömmt. Auf die Räder allein verwendet der Dichter mehr als einen Zug, und weiset uns die ehernen acht Speichen, die goldenen Felgen, die Schienen von Erzt, die silberne Nabe, alles insbesondere. Man sollte sagen: da der Räder mehr als eines war, so mußte in der Beschreibung eben so viel Zeit mehr auf sie gehen, als ihre besondere Anlegung deren in der Natur selbst mehr erforderte.[1]

Ἡβη δ' ἀμφ' ὀχεεσσι θοως βαλε καμπυλα κυκλα,
Χαλκεα ὀκτακνημα, σιδηρεῳ ἀξονι ἀμφις·
Των ἠτοι χρυσεη ἰτυς ἀφθιτος, ἀυταρ ὑπερθεν
Χαλκε' ἐπισσωτρα, προσαρηροτα, θαυμα ἰδεσθαι·
Πλημναι δ' ἀργυρου ἐισι περιδρομοι ἀμφοτερωθεν·
Διφρος δε χρυσεοισι και ἀργυρεοισιν ἱμασιν
Εντεταται· δοιαι δε περιδρομοι ἀντυγες ἐισι·
Του δ' ἐξ ἀργυρεος ρυμος πελεν· ἀυταρ ἐπ' ἀκρῳ
Δησε χρυσειον καλον ζυγον, ἐν δε λεπαδνα
Καλ' ἐβαλε, χρυσεια. – – – –

Will uns Homer zeigen, wie Agamemnon bekleidet gewesen, so muß sich der König vor unsern Augen seine völlige Kleidung Stück vor Stück umtun; das weiche Unterkleid, den großen Mantel, die schönen Halbstiefeln, den Degen; und so ist er fertig, und ergreift das Scepter. Wir sehen die Kleider, indem der Dichter die Handlung des Bekleidens malet; ein anderer würde die Kleider bis auf die geringste Franze gemalet haben, und nur von der Handlung hätten wir nichts zu sehen bekommen.[2]

– – – Μαλακον δ' ἐνδυνε χιτωνα,
Καλον, νηγαιεον, περι δ' ἀυ μεγα βαλλετο φαρος·
Ποσσι δ' ὑπαι λιπαροισιν ἐδησατο καλα πεδιλα.
Αμφι δ' ἀρ' ὠμοισιν βαλετο ξιφος ἀργυροηλον,
Ειλετο δε σκηπτρον πατρωϊον, ἀφθιτον ἀιει

Und wenn wir von diesem Scepter, welches hier bloß das väterliche, unvergängliche Scepter heißt, so wie ein ähnliches ihm an einem andern Orte bloß χρυσειοις ἡλοισι πεπαρμενον, das mit goldenen Stiften beschlagene Scepter ist, wenn wir, sage ich, von diesem wichtigen Scepter ein vollständigeres, genaueres Bild haben sollen: was tut sodann

1 Iliad. E. v. 722-31.
2 Iliad. B. v. 43-47.

Homer? Malt er uns, außer den goldenen Nägeln, nun auch das Holz, den geschnitzten Knopf? Ja, wenn die Beschreibung in eine Heraldik sollte, damit einmal in den folgenden Zeiten ein anderes genau darnach gemacht werden könne. Und doch bin ich gewiß, daß mancher neuere Dichter eine solche Wappenkönigsbeschreibung daraus würde gemacht haben, in der treuherzigen Meinung, daß er wirklich selber gemalt habe, weil der Maler ihm nachmalen kann. Was bekümmert sich aber Homer, wie weit er den Maler hinter sich läßt? Statt einer Abbildung giebt er uns die Geschichte des Scepters: erst ist es unter der Arbeit des Vulkans; nun glänzt es in den Händen des Jupiters; nun bemerkt es die Würde Merkurs; nun ist es der Commandostab des kriegerischen Pelops; nun der Hirtenstab des friedlichen Atreus, u. s. w.

– Σκηπτρον ἐχων· το μεν Ηφαιστος καμε τευχων·
Ηφαιστος μεν δωκε Διϊ Κρονιωνι ἀνακτι·
Αυταρ ἀρα Ζευς δωκε διακτορῳ Αργειφοντῃ·
Ερμειας δε ἀναξ δωκεν Πελοπι πληξιππῳ·
Αυταρ ὁ ἀυτε Πελοψ δωκ' Ἀτρεϊ, ποιμενι λαων·
Ατρευς δε θνησκων ἐλιπε πολυαρνι θυεστῃ·
Αυταρ ὁ ἀυτε θυεστ' Αγαμεμνονι λειπε φορηναι,
Πολλῃσι νησοισι και Αργεϊ παντι ἀνασσειν.[3]

So kenne ich endlich dieses Scepter besser, als mir es der Maler vor Augen legen, oder ein zweiter Vulkan in die Hände liefern könnte. – Es würde mich nicht befremden, wenn ich fände, daß einer von den alten Auslegern des Homers diese Stelle als die vollkommenste Allegorie von dem Ursprunge, dem Fortgange, der Befestigung und endlichen Beerbfolgung der königlichen Gewalt unter den Menschen bewundert hätte. Ich würde zwar lächeln, wenn ich läse, daß Vulkan, welcher das Scepter gearbeitet, als das Feuer, als das, was dem Menschen zu seiner Erhaltung das unentbehrlichste ist, die Abstellung der Bedürfnisse überhaupt anzeige, welche die ersten Menschen, sich einem ein-

3 Iliad. B. v. 101-108.

zigen zu unterwerfen, bewogen; daß der erste König ein Sohn der Zeit, (Ζευς Κρονιων) ein ehrwürdiger Alte gewesen sei, welcher seine Macht mit einem beredten klugen Manne, mit einem Merkur, (Διακτορῳ Ἀργειφοντῃ) teilen, oder gänzlich auf ihn übertragen wollen; daß der kluge Redner zur Zeit, als der junge Staat von auswärtigen Feinden bedrohet worden, seine oberste Gewalt dem tapfersten Krieger (Πελοπι πληξιππῳ) überlassen habe; daß der tapfere Krieger, nachdem er die Feinde gedämpfet und das Reich gesichert, es seinem Sohne in die Hände spielen können, welcher als ein friedliebender Regent, als ein wohltätiger Hirte seiner Völker, (ποιμην λαων) sie mit Wohlleben und Überfluß bekannt gemacht habe, wodurch nach seinem Tode dem reichsten seiner Anverwandten (πολυαρνι θυεστῃ) der Weg gebahnet worden, das was bisher das Vertrauen erteilet und das Verdienst mehr für eine Bürde als Würde gehalten hatte, durch Geschenke und Bestechungen an sich zu bringen, und es hernach als ein gleichsam erkauftes Gut seiner Familie auf immer zu versichern. Ich würde lächeln, ich würde aber dem ohngeachtet in meiner Achtung für den Dichter bestärket werden, dem man so vieles leihen kann. – Doch dieses liegt außer meinem Wege, und ich betrachte itzt die Geschichte des Scepters bloß als einen Kunstgriff, uns bei einem einzeln Dinge verweilen zu machen, ohne sich in die frostige Beschreibung seiner Teile einzulassen. Auch wenn Achilles bei seinem Scepter schwöret, die Geringschätzung, mit welcher ihm Agamemnon begegnet, zu rächen, giebt uns Homer die Geschichte dieses Scepters. Wir sehen ihn auf den Bergen grünen, das Eisen trennet ihn von dem Stamme, entblättert und entrindet ihn, und macht ihn bequem, den Richtern des Volkes zum Zeichen ihrer göttlichen Würde zu dienen.[4]

Ναι μα τοδε σκηπτρον, το μεν ὀυποτε φυλλα και ὀζους
Φυσει, ἐπειδη πρωτα τομην ἐν ὀρεσσι λελοιπεν,
Ουδ' ἀναθηλησει· περι γαρ ῥα ἑ χαλκος ἐλεψε

4 Iliad. A. v. 234-239.

Φυλλα τε και φλοιον; νυν ἀυτε μιν ὑιες Αχαιων
Εν παλαμῃς φορευσι δικασπολοι, ὁι τε θεμιστας
Προς Διος ἐιρυαται – – – –

Dem Homer war nicht sowohl daran gelegen, zwei Stäbe von verschiedener Materie und Figur zu schildern, als uns von der Verschiedenheit der Macht, deren Zeichen diese Stäbe waren, ein sinnliches Bild zu machen. Jener, ein Werk des Vulkans; dieser, von einer unbekannten Hand auf den Bergen geschnitten: jener der alte Besitz eines edeln Hauses; dieser bestimmt, die erste die beste Faust zu füllen: jener, von einem Monarchen über viele Inseln und über ganz Argos erstrecket; dieser, von einem aus dem Mittel der Griechen geführet, dem man nebst andern die Bewahrung der Gesetze anvertrauet hatte. Dieses war wirklich der Abstand, in welchem sich Agamemnon und Achill von einander befanden; ein Abstand, den Achill selbst, bei allem seinem blinden Zorne, einzugestehen, nicht umhin konnte.

Doch nicht bloß da, wo Homer mit seinen Beschreibungen dergleichen weitere Absichten verbindet, sondern auch da, wo es ihm um das bloße Bild zu tun ist, wird er dieses Bild in eine Art von Geschichte des Gegenstandes verstreuen, um die Teile desselben, die wir in der Natur neben einander sehen, in seinem Gemälde eben so natürlich auf einander folgen, und mit dem Flusse der Rede gleichsam Schritt halten zu lassen. Z. E. Er will uns den Bogen des Pandarus malen; einen Bogen von Horn, von der und der Länge, wohl polieret, und an beiden Spitzen mit Goldblech beschlagen. Was tut er? Zählt er uns alle diese Eigenschaften so trocken eine nach der andern vor? Mit nichten; das würde einen solchen Bogen angeben, vorschreiben, aber nicht malen heißen. Er fängt mit der Jagd des Steinbockes an, aus dessen Hörnern der Bogen gemacht worden; Pandarus hatte ihm in den Felsen aufgepaßt, und ihn erlegt; die Hörner waren von außerordentlicher Größe, deswegen bestimmte er sie zu einem Bogen; sie kommen in die Arbeit, der Künstler verbindet sie, polieret sie, beschlägt sie. Und so, wie gesagt, sehen wir bei dem

Dichter entstehen, was wir bei dem Maler nicht anders als entstanden sehen können.[5]

– – – Τοξον ἐΰξοον, ἰξαλου ἀιγος
Αγριου, ὁν ρα ποτ' ἀυτος, ὑπο στερνοιο τυχησας,
Πετρης ἐκβαινοντα δεδεγμενος ἐν προδοκῃσι
Βεβληκει προς στηθος· ὁ δ' ὑπτιος ἐμπεσε πετρῃ·
Του κερα ἐκ κεφαλης ἑκκαιδεκαδωρα πεφυκει·
Και τα μεν ἀσκησας κεραοξοος ἠραρε τεκτων,
Παν δ' ἐυ λειηνας, χρυσεην ἐπεθηκε κορωνην.

Ich würde nicht fertig werden, wenn ich alle Exempel dieser Art ausschreiben wollte. Sie werden jedem, der seinen Homer inne hat, in Menge beifallen.

XVII.

Aber, wird man einwenden, die Zeichen der Poesie sind nicht bloß auf einander folgend, sie sind auch willkürlich; und als willkürliche Zeichen sind sie allerdings fähig, Körper, so wie sie im Raume existieren, auszudrücken. In dem Homer selbst fänden sich hiervon Exempel, an dessen Schild des Achilles man sich nur erinnern dürfe, um das entscheidendste Beispiel zu haben, wie weitläufig und doch poetisch, man ein einzelnes Ding nach seinen Teilen neben einander schildern könne.

Ich will auf diesen doppelten Einwurf antworten. Ich nenne ihn doppelt, weil ein richtiger Schluß auch ohne Exempel gelten muß, und Gegenteils das Exempel des Homers bei mir von Wichtigkeit ist, auch wenn ich es noch durch keinen Schluß zu rechtfertigen weiß.

Es ist wahr; da die Zeichen der Rede willkürlich sind, so ist es gar wohl möglich, daß man durch sie die Teile eines Körpers eben so wohl auf einander folgen lassen kann, als sie in der Natur neben einander befindlich sind. Allein dieses ist eine Eigenschaft der Rede und ihrer Zeichen überhaupt, nicht aber in so ferne sie der Absicht der Poesie am bequem-

5 Iliad. Δ. v. 105-111.

sten sind. Der Poet will nicht bloß verständlich werden, seine Vorstellungen sollen nicht bloß klar und deutlich sein; hiermit begnügt sich der Prosaist. Sondern er will die Ideen, die er in uns erwecket, so lebhaft machen, daß wir in der Geschwindigkeit die wahren sinnlichen Eindrücke ihrer Gegenstände zu empfinden glauben, und in diesem Augenblicke der Täuschung, uns der Mittel, die er dazu anwendet, seiner Worte bewußt zu sein aufhören. Hierauf lief oben die Erklärung des poetischen Gemäldes hinaus. Aber der Dichter soll immer malen, und nun wollen wir sehen, in wie ferne Körper nach ihren Teilen neben einander sich zu dieser Malerei schicken.

Wie gelangen wir zu der deutlichen Vorstellung eines Dinges im Raume? Erst betrachten wir die Teile desselben einzeln, hierauf die Verbindung dieser Teile, und endlich das Ganze. Unsere Sinne verrichten diese verschiedene Operationen mit einer so erstaunlichen Schnelligkeit, daß sie uns nur eine einzige zu sein bedünken, und diese Schnelligkeit ist unumgänglich notwendig, wann wir einen Begriff von dem Ganzen, welcher nichts mehr als das Resultat von den Begriffen der Teile und ihrer Verbindung ist, bekommen sollen. Gesetzt nun also auch, der Dichter führe uns in der schönsten Ordnung von einem Teile des Gegenstandes zu dem andern; gesetzt, er wisse uns die Verbindung dieser Teile auch noch so klar zu machen: wie viel Zeit gebraucht er dazu? Was das Auge mit einmal übersiehet, zählt er uns merklich langsam nach und nach zu, und oft geschieht es, daß wir bei dem letzten Zuge den ersten schon wiederum vergessen haben. Jedennoch sollen wir uns aus diesen Zügen ein Ganzes bilden. Dem Auge bleiben die betrachteten Teile beständig gegenwärtig; es kann sie abermals und abermals überlaufen: für das Ohr hingegen sind die vernommenen Teile verloren, wann sie nicht in dem Gedächtnisse zurückbleiben. Und bleiben sie schon da zurück: welche Mühe, welche Anstrengung kostet es, ihre Eindrücke alle in eben der Ordnung so lebhaft zu erneuern, sie nur mit einer mäßigen Geschwindigkeit auf einmal zu überdenken, um zu einem etwanigen Begriffe des Ganzen zu gelangen!

Man versuche es an einem Beispiele, welches ein Meisterstück in seiner Art heißen kann.[1]

Dort ragt das hohe Haupt vom edeln Enziane
Weit übern niedern Chor der Pöbelkräuter hin,
Ein ganzes Blumenvolk dient unter seiner Fahne,
Sein blauer Bruder selbst bückt sich, und ehret ihn.
Der Blumen helles Gold, in Strahlen umgebogen,
Türmt sich am Stengel auf, und krönt sein grau Gewand,
Der Blätter glattes Weiß, mit tiefem Grün durchzogen,
Strahlt von dem bunten Blitz von feuchtem Diamant.
Gerechtestes Gesetz! daß Kraft sich Zier vermähle,
In einem schönen Leib wohnt eine schönre Seele.

Hier kriecht ein niedrig Kraut, gleich einem grauen Nebel,
Dem die Natur sein Blatt im Kreuze hingelegt;
Die holde Blume zeigt die zwei vergöldten Schnäbel,
Die ein von Amethyst gebildter Vogel trägt.
Dort wirft ein glänzend Blatt, in Finger ausgekerbet,
Auf einen hellen Bach den grünen Widerschein;
Der Blumen zarten Schnee, den matter Purpur färbet,
Schließt ein gestreifter Stern in weiße Strahlen ein.
Smaragd und Rosen blühn auch auf zertretner Heide,
Und Felsen decken sich mit einem Purpurkleide.

Es sind Kräuter und Blumen, welche der gelehrte Dichter mit großer Kunst und nach der Natur malet. Malet, aber ohne alle Täuschung malet. Ich will nicht sagen, daß wer diese Kräuter und Blumen nie gesehen, sich auch aus seinem Gemälde so gut als gar keine Vorstellung davon machen könne. Es mag sein, daß alle poetische Gemälde eine vorläufige Bekanntschaft mit ihren Gegenständen erfordern. Ich will auch nicht leugnen, daß demjenigen, dem eine solche Bekanntschaft hier zu statten kömmt, der Dichter nicht von einigen Teilen eine lebhaftere Idee erwecken könnte. Ich

1 S. des Herrn v. Hallers Alpen.

frage ihn nur, wie steht es um den Begriff des Ganzen? Wenn auch dieser lebhafter sein soll, so müssen keine einzelne Teile darin vorstechen, sondern das höhere Licht muß auf alle gleich verteilet scheinen; unsere Einbildungskraft muß alle gleich schnell überlaufen können, um sich das aus ihnen mit eins zusammen zu setzen, was in der Natur mit eins gesehen wird. Ist dieses hier der Fall? Und ist er es nicht, wie hat man sagen können, »daß die ähnlichste Zeichnung eines Malers gegen diese poetische Schilderei ganz matt und düster sein würde?«[2] Sie bleibet unendlich unter dem, was Linien und Farben auf der Fläche ausdrücken können, und der Kunstrichter, der ihr dieses übertriebene Lob erteilet, muß sie aus einem ganz falschen Gesichtspunkte betrachtet haben; er muß mehr auf die fremden Zierraten, die der Dichter darein verwäbet hat, auf die Erhöhung über das vegetative Leben, auf die Entwickelung der innern Vollkommenheiten, welchen die äußere Schönheit nur zur Schale dienet, als auf diese Schönheit selbst, und auf den Grad der Lebhaftigkeit und Ähnlichkeit des Bildes, welches uns der Maler, und welches uns der Dichter davon gewähren kann, gesehen haben. Gleichwohl kömmt es hier lediglich nur auf das letztere an, und wer da sagt, daß die bloßen Zeilen:

Der Blumen helles Gold in Strahlen umgebogen,
Türmt sich am Stengel auf, und krönt sein grau Gewand,
Der Blätter glattes Weiß mit tiefem Grün durchzogen,
Strahlt von dem bunten Blitz von feichtem Diamant –

daß diese Zeilen, in Ansehung ihres Eindrucks, mit der Nachahmung eines Huysum wetteifern können, muß seine Empfindung nie befragt haben, oder sie vorsätzlich verleugnen wollen. Sie mögen sich, wenn man die Blume selbst in der Hand hat, sehr schön dagegen recitieren lassen; nur vor sich allein sagen sie wenig oder nichts. Ich höre in jedem Worte den arbeitenden Dichter, aber das Ding selbst bin ich weit entfernet zu sehen.

2 Breitingers Critische Dichtkunst T. II. S. 807.

Nochmals also: ich spreche nicht der Rede überhaupt das Vermögen ab, ein körperliches Ganze nach seinen Teilen zu schildern; sie kann es, weil ihre Zeichen, ob sie schon auf einander folgen, dennoch willkürliche Zeichen sind: sondern ich spreche es der Rede als dem Mittel der Poesie ab, weil dergleichen wörtlichen Schilderungen der Körper das Täuschende gebricht, worauf die Poesie vornehmlich gehet; und dieses Täuschende, sage ich, muß ihnen darum gebrechen, weil das Coexistierende des Körpers mit dem Consecutiven der Rede dabei in Collision kömmt, und indem jenes in dieses aufgelöset wird, uns die Zergliederung des Ganzen in seine Teile zwar erleichtert, aber die endliche Wiederzusammensetzung dieser Teile in das Ganze ungemein schwer, und nicht selten unmöglich gemacht wird.

Überall, wo es daher auf das Täuschende nicht ankömmt, wo man nur mit dem Verstande seiner Leser zu tun hat, und nur auf deutliche und so viel möglich vollständige Begriffe gehet: können diese aus der Poesie ausgeschlossene Schilderungen der Körper gar wohl Platz haben, und nicht allein der Prosaist, sondern auch der dogmatische Dichter (denn da wo er dogmatisieret, ist er kein Dichter), können sich ihrer mit vielem Nutzen bedienen. So schildert z. E. Virgil in seinem Gedichte vom Landbaue eine zur Zucht tüchtige Kuh:

– – – Optima torvae
Forma bovis, cui turpe caput, cui plurima cervix,
Et crurum tenus a mento palearia pendent.
Tum longo nullus lateri modus: omnia magna:
Pes etiam, et camuris hirtae sub cornibus aures.
Nec mihi despliceat maculis insignis et albo,
Aut juga detractans interdumque aspera cornu,
Et faciem tauro propior; quaeque ardua tota,
Et gradiens ima verrit vestigia cauda.

Oder ein schönes Füllen:

– – – – Illi ardua cervix
Argutumque caput, brevis alvus, obesaque terga:
Luxuriatque toris animosum pectus etc.[3]

---

3 Georg. lib. III. v. 51. & 79.

Denn wer sieht nicht, daß dem Dichter hier mehr an der Auseinandersetzung der Teile, als an dem Ganzen gelegen gewesen? Er will uns die Kennzeichen eines schönen Füllens, einer tüchtigen Kuh zuzählen, um uns in den Stand zu setzen, nach dem wir deren mehrere oder wenigere antreffen, von der Güte der einen oder des andern urteilen zu können; ob sich aber alle diese Kennzeichen in ein lebhaftes Bild leicht zusammen fassen lassen, oder nicht, das konnte ihm sehr gleichgültig sein.

Außer diesem Gebrauche sind die ausführlichen Gemälde körperlicher Gegenstände, ohne den oben erwähnten Homerischen Kunstgriff, das Coexistierende derselben in ein wirkliches Successives zu verwandeln, jederzeit von den feinsten Richtern für ein frostiges Spielwerk erkannt worden, zu welchem wenig oder gar kein Genie gehöret. Wenn der poetische Stümper, sagt Horaz, nicht weiter kann, so fängt er an, einen Hain, einen Altar, einen durch anmutige Fluren sich schlängelnden Bach, einen rauschenden Strom, einen Regenbogen zu malen:

– – – – Lucus et ara Dianae,
Et properantis aquae per amoenos ambitus agros,
Aut flumen Rhenum, aut pluvius describitur arcus.[4]

Der männliche Pope sahe auf die malerischen Versuche seiner poetischen Kindheit mit großer Geringschätzung zurück. Er verlangte ausdrücklich, daß wer den Namen eines Dichters nicht unwürdig führen wolle, der Schilderungssucht so früh wie möglich entsagen müsse, und erklärte ein bloß malendes Gedichte für ein Gastgebot auf lauter Brühen.[5] Von dem

4 De A. P. v. 16.

5 Prologue to the Satires. v. 340.

That not in Fancy's maze he wander'd long
But stoop'd to Truth, and moraliz'd his song.

Ibid. v. 148.

– – – – who could take offence,
While pure Description held the place of Sense?

Die Anmerkung, welche Warburton über die letzte Stelle macht, kann für eine authentische Erklärung des Dichters selbst gelten.

Herrn von Kleist kann ich versichern, daß er sich auf seinen Frühling das wenigste einbildete. Hätte er länger gelebt, so würde er ihm eine ganz andere Gestalt gegeben haben. Er dachte darauf, einen Plan hinein zu legen, und sann auf Mittel, wie er die Menge von Bildern, die er aus dem unendlichen Raume der verjüngten Schöpfung, auf Geratewohl, bald hier bald da, gerissen zu haben schien, in einer natürlichen Ordnung vor seinen Augen entstehen und auf einander folgen lassen wolle. Er würde zugleich das getan haben, was Marmontel, ohne Zweifel mit auf Veranlassung seiner Eklogen, mehrern deutschen Dichtern geraten hat; er würde aus einer mit Empfindungen nur sparsam durchwebten Reihe von Bildern, eine mit Bildern nur sparsam durchflochtene Folge von Empfindungen gemacht haben.[6]

»He uses PURE equivocally, to signify either chaste or empty; and has given in this line what he esteemed the true Character of descriptive Poetry, as it is called. A composition, in his opinion, as absurd as a feast made up of sauces. The use of a pictoresque imagination is to brighten and adorn good sense; so that to employ it only in Description, is like childrens delighting in a prism for the sake of its gaudy colours; which when frugally managed, and artifully disposed, might be made to represent and illustrate the noblest objects in nature.« Sowohl der Dichter als Commentator scheinen zwar die Sache mehr auf der moralischen, als kunstmäßigen Seite betrachtet zu haben. Doch desto besser, daß sie von der einen eben so nichtig als von der andern erscheinet.

6 Poetique Francoise T. II. p. 501. J'écrivois ces reflexions avant que les essais des Allemands dans ce genre (l'Eglogue) fussent connus parmi nous. Ils ont exécuté ce que j'avois conçu; et s'ils parviennent à donner plus au moral et moins au detail des peintures physiques, ils excelleront dans ce genre, plus riche, plus vaste, plus fecond, et infiniment plus naturel et plus moral que celui de la galanterie champetre.

XVIII.

Und dennoch sollte selbst Homer in diese frostigen Ausmalungen körperlicher Gegenstände verfallen sein? –

Ich will hoffen, daß es nur sehr wenige Stellen sind, auf die man sich desfalls berufen kann; und ich bin versichert, daß auch diese wenige Stellen von der Art sind, daß sie die Regel, von der sie eine Ausnahme zu sein scheinen, vielmehr bestätigen.

Es bleibt dabei: die Zeitfolge ist das Gebiete des Dichters, so wie der Raum das Gebiete des Malers.

Zwei notwendig entfernte Zeitpunkte in ein und eben dasselbe Gemälde bringen, so wie Fr. Mazzuoli den Raub der Sabinischen Jungfrauen, und derselben Aussöhnung ihrer Ehemänner mit ihren Anverwandten; oder wie Titian die ganze Geschichte des verlornen Sohnes, sein lüderliches Leben und sein Elend und seine Reue: heißt ein Eingriff des Malers in das Gebiete des Dichters, den der gute Geschmack nie billigen wird.

Mehrere Teile oder Dinge, die ich notwendig in der Natur auf einmal übersehen muß, wenn sie ein Ganzes hervorbringen sollen, dem Leser nach und nach zuzählen, um ihm dadurch ein Bild von dem Ganzen machen zu wollen: heißt ein Eingriff des Dichters in das Gebiete des Malers, wobei der Dichter viel Imagination ohne allen Nutzen verschwendet.

Doch, so wie zwei billige freundschaftliche Nachbarn zwar nicht verstatten, daß sich einer in des andern innerstem Reiche ungeziemende Freiheiten herausnehme, wohl aber auf den äußersten Grenzen eine wechselseitige Nachsicht herrschen lassen, welche die kleinen Eingriffe, die der eine in des andern Gerechtsame in der Geschwindigkeit sich durch seine Umstände zu tun genötiget siehet, friedlich von beiden Teilen compensieret: so auch die Malerei und Poesie.

Ich will in dieser Absicht nicht anführen, daß in großen historischen Gemälden, der einzige Augenblick fast immer um etwas erweitert ist, und daß sich vielleicht kein einziges an Figuren sehr reiches Stück findet, in welchem jede Figur vollkommen die Bewegung und Stellung hat, die sie in dem Augenblicke der Haupthandlung haben sollte; die eine hat eine etwas frühere, die andere eine etwas spätere. Es ist dieses eine Freiheit, die der Meister durch gewisse Feinheiten in der Anordnung rechtfertigen muß, durch die Verwendung oder Entfernung seiner Personen, die ihnen an dem was vorgehet, einen mehr oder weniger augenblicklichen Anteil zu nehmen erlaubet. Ich will mich bloß einer Anmerkung bedienen, welche Herr Mengs über die Drapperie des Raphaels macht.[1] »Alle Falten«, sagt er, »haben bei ihm ihre Ursachen, es sei durch ihr eigen Gewichte, oder durch die Ziehung der Glieder. Manchmal siehet man in ihnen, wie sie vorher gewesen; Raphael hat auch sogar in diesem Bedeutung gesucht. Man siehet an den Falten, ob ein Bein oder Arm vor dieser Regung, vor oder hinten gestanden, ob das Glied von Krümme zur Ausstreckung gegangen, oder gehet, oder ob es ausgestreckt gewesen, und sich krümmet.« Es ist unstreitig, daß der Künstler in diesem Falle zwei verschiedene Augenblicke in einen einzigen zusammen bringt. Denn da dem Fuße, welcher hinten gestanden und sich vor bewegt, der Teil des Gewands, welches auf ihm liegt, unmittelbar folget, das Gewand wäre denn von sehr steifem Zeuge, der aber eben darum zur Malerei ganz unbequem ist: so giebt es keinen Augenblick, in welchem das Gewand im geringsten eine andere Falte machte, als es der itzige Stand des Gliedes erfodert; sondern läßt man es eine andere Falte machen, so ist es der vorige Augenblick des Gewandes und der itzige des Gliedes. Dem ohngeachtet, wer wird es mit dem Artisten so genau nehmen, der seinen Vorteil dabei findet, uns diese beiden Augenblicke zugleich zu zeigen? Wer wird ihn nicht vielmehr rühmen, daß er den Verstand und das Herz gehabt hat, einen solchen geringen Fehler zu begehen, um eine größere Vollkommenheit des Ausdruckes zu erreichen?

1 Gedanken über die Schönheit und über den Geschmack in der Malerei. S. 69.

Gleiche Nachsicht verdienet der Dichter. Seine fortschreitende Nachahmung erlaubet ihm eigentlich, auf einmal nur eine einzige Seite, eine einzige Eigenschaft seiner körperlichen Gegenstände zu berühren. Aber wenn die glückliche Einrichtung seiner Sprache ihm dieses mit einem einzigen Worte zu tun verstattet; warum sollte er nicht auch dann und wann, ein zweites solches Wort hinzufügen dürfen? Warum nicht auch, wann es der Mühe verlohnet, ein drittes? Oder wohl gar ein viertes? Ich habe gesagt, dem Homer sei z. E. ein Schiff, entweder nur das schwarze Schiff, oder das hohle Schiff, oder das schnelle Schiff, höchstens das wohlberuderte schwarze Schiff. Zu verstehen von seiner Manier überhaupt. Hier und da findet sich eine Stelle, wo er das dritte malende Epitheton hinzusetzet: Καμπυλα κυκλα, χαλκεα, ὀκτακνημα,[2] runde, eherne, achtspeichigte Räder. Auch das vierte: ἀσπιδα παντοσε ἰσην, καλην, χαλκειην, ἐξηλατον,[3] ein überall glattes, schönes, ehernes, getriebenes Schild. Wer wird ihn darum tadeln? Wer wird ihm diese kleine Üppigkeit nicht vielmehr Dank wissen, wenn er empfindet, welche gute Wirkung sie an wenigen schicklichen Stellen haben kann?

Des Dichters sowohl als des Malers eigentliche Rechtfertigung hierüber, will ich aber nicht aus dem vorangeschickten Gleichnisse von zwei freundschaftlichen Nachbarn hergeleitet wissen. Ein bloßes Gleichnis beweiset und rechtfertiget nichts. Sondern dieses muß sie rechtfertigen: so wie dort bei dem Maler die zwei verschiednen Augenblicke so nahe und unmittelbar an einander grenzen, daß sie ohne Anstoß für einen einzigen gelten können; so folgen auch hier bei dem Dichter die mehrern Züge für die verschiednen Teile und Eigenschaften im Raume in einer solchen gedrängten Kürze so schnell auf einander, daß wir sie alle auf einmal zu hören glauben.

---

2 Iliad. E. v. 722.

3 Iliad. M. v. 294.

Und hierin, sage ich, kömmt dem Homer seine vortreffliche Sprache ungemein zu statten. Sie läßt ihm nicht allein alle mögliche Freiheit in Häufung und Zusammensetzung der Beiwörter, sondern sie hat auch für diese gehäufte Beiwörter eine so glückliche Ordnung, daß der nachteiligen Suspension ihrer Beziehung dadurch abgeholfen wird. An einer oder mehreren dieser Bequemlichkeiten fehlt es den neuern Sprachen durchgängig. Diejenigen, als die Französische, welche z. E. jenes Καμπυλα κυκλα, χαλκεα, ὀκτακνημα umschreiben müssen: »die runden Räder, welche von Erzt waren und acht Speichen hatten«, drücken den Sinn aus, aber vernichten das Gemälde. Gleichwohl ist der Sinn hier nichts, das Gemälde alles; und jener ohne dieses macht den lebhaftesten Dichter zum langweiligsten Schwätzer. Ein Schicksal, das den guten Homer unter der Feder der gewissenhaften Frau Dacier oft betroffen hat. Unsere deutsche Sprache hingegen kann zwar die Homerischen Beiwörter meistens in eben so kurze gleichgeltende Beiwörter verwandeln, aber die vorteilhafte Ordnung derselben kann sie der Griechischen nicht nachmachen. Wir sagen zwar »die runden, ehernen, achtspeichigten« – – aber »Räder« schleppt hinten nach. Wer empfindet nicht, daß drei verschiedne Prädicate, ehe wir das Subject erfahren, nur ein schwankes, verwirrtes Bild machen können? Der Grieche verbindet das Subject gleich mit dem ersten Prädicate, und läßt die andern nachfolgen; er sagt: »runde Räder, eherne, achtspeichigte.« So wissen wir mit eins wovon er redet, und werden, der natürlichen Ordnung des Denkens gemäß, erst mit dem Dinge, und dann mit seinen Zufälligkeiten bekannt. Diesen Vorteil hat unsere Sprache nicht. Oder soll ich sagen, sie hat ihn, und kann ihn nur selten ohne Zweideutigkeit nutzen? Beides ist eins. Denn wenn wir Beiwörter hintennach setzen wollen, so müssen sie im statu absoluto, stehen; wir müssen sagen: runde Räder, ehern und achtspeichigt. Allein in diesem statu kommen unsere Adjectiva völlig mit den Adverbiis überein, und müssen, wenn man sie als solche zu dem nächsten Zeitworte, das von dem Dinge prädicieret wird, ziehet, nicht selten einen ganz falschen, allezeit aber einen sehr schielenden Sinn verursachen.

Doch ich halte mich bei Kleinigkeiten auf, und scheine das Schild vergessen zu wollen, das Schild des Achilles; dieses berühmte Gemälde, in dessen Rücksicht vornehmlich, Homer vor Alters als ein Lehrer der Malerei[4] betrachtet wurde. Ein Schild, wird man sagen, ist doch wohl ein einzelner körperlicher Gegenstand, dessen Beschreibung nach seinen Teilen neben einander, dem Dichter nicht vergönnet sein soll? Und dieses Schild hat Homer, in mehr als hundert prächtigen Versen, nach seiner Materie, nach seiner Form, nach allen Figuren, welche die ungeheure Fläche desselben füllten, so umständlich, so genau beschrieben, daß es neuern Künstlern nicht schwer gefallen, eine in allen Stücken übereinstimmende Zeichnung darnach zu machen.

Ich antworte auf diesen besondern Einwurf, – daß ich bereits darauf geantwortet habe. Homer malet nemlich das Schild nicht als ein fertiges vollendetes, sondern als ein werdendes Schild. Er hat also auch hier sich des gepriesenen Kunstgriffes bedienet, das Coexistierende seines Vorwurfs in ein Consecutives zu verwandeln, und dadurch aus der langweiligen Malerei eines Körpers, das lebendige Gemälde einer Handlung zu machen. Wir sehen nicht das Schild, sondern den göttlichen Meister, wie er das Schild verfertiget. Er tritt mit Hammer und Zange vor seinen Amboß, und nachdem er die Platten aus dem gröbsten geschmiedet, schwellen die Bilder, die er zu dessen Auszierung bestimmet, vor unsern Augen, eines nach dem andern, unter seinen feinern Schlägen aus dem Erzte hervor. Eher verlieren wir ihn nicht wieder aus dem Gesichte, bis alles fertig ist. Nun ist es fertig, und wir erstaunen über das Werk, aber mit dem gläubigen Erstaunen eines Augenzeugens, der es machen sehen.

Dieses läßt sich von dem Schilde des Aeneas beim Virgil nicht sagen. Der römische Dichter empfand entweder die

---

4 Dionysius Halicarnass. in Vita Homeri apud Th. Gale in Opusc. Mythol. p. 401.

Feinheit seines Musters hier nicht, oder die Dinge, die er auf sein Schild bringen wollte, schienen ihm von der Art zu sein, daß sie die Ausführung vor unsern Augen nicht wohl verstatteten. Es waren Prophezeiungen, von welchen es freilich unschicklich gewesen wäre, wenn sie der Gott in unserer Gegenwart eben so deutlich geäußert hätte, als sie der Dichter hernach ausleget. Prophezeiungen, als Prophezeiungen, verlangen eine dunkele Sprache, in welche die eigentlichen Namen der Personen aus der Zukunft, die sie betreffen, nicht passen. Gleichwohl lag an diesen wahrhaften Namen, allem Ansehen nach, dem Dichter und Hofmanne hier das meiste.[5]

---

5 Ich finde, daß Servius dem Virgil eine andere Entschuldigung leihet. Denn auch Servius hat den Unterschied, der zwischen beiden Schilden ist, bemerkt: »Sane interest inter hunc et Homeri Clypeum: illic enim singula dum fiunt narrantur; hic vero perfecto opere noscuntur: nam et hic arma prius accipit Aeneas, quam spectaret; ibi postquam omnia narrata sunt, sic a Thetide deferuntur ad Achillem« (ad v. 625. lib. VIII. Aeneid.). Und warum dieses? Darum, meinet Servius, weil auf dem Schilde des Aeneas, nicht bloß die wenigen Begebenheiten, die der Dichter anführet, sondern,

– – – – genus omne futurae
Stirpis ab Ascanio, pugnataque in ordine bella

abgebildet waren. Wie wäre es also möglich gewesen, daß mit eben der Geschwindigkeit, in welcher Vulkan das Schild arbeiten mußte, der Dichter die ganze lange Reihe von Nachkommen hätte namhaft machen, und alle von ihnen nach der Ordnung geführte Kriege hätte erwähnen können? Dieses ist der Verstand der etwas dunkeln Worte des Servius: »Opportune ergo Virgilius, quia non videtur simul et narrationis celeritas potuisse connecti, et opus tam velociter expediri, ut ad verbum posset occurrere.« Da Virgil nur etwas weniges von dem »non enarrabili texto Clypei« beibringen konnte, so konnte er es nicht während der Arbeit des Vulkanus selbst tun; sondern er mußte es versparen, bis alles fertig war. Ich wünschte für den Virgil sehr, dieses Raisonnement des Servius wäre ganz ohne Grund; meine Entschuldigung würde ihm weit rühmlicher sein. Denn wer hieß ihm, die ganze römische Geschichte auf ein Schild bringen? Mit

Wenn ihn aber dieses entschuldiget, so hebt es darum nicht auch die üble Wirkung auf, welche seine Abweichung von dem Homerischen Wege hat. Leser von einem feinern Geschmacke, werden mir Recht geben. Die Anstalten, welche Vulkan zu seiner Arbeit macht, sind bei dem Virgil ungefehr eben die, welche ihn Homer machen läßt. Aber anstatt daß wir bei dem Homer nicht bloß die Anstalten zur Arbeit, sondern auch die Arbeit selbst zu sehen bekommen, läßt Virgil, nachdem er uns nur den geschäftigen Gott mit seinen Cyklopen überhaupt gezeiget,

> Ingentem Clypeum informant – –
> – – Alii ventosis follibus auras
> Accipiunt, redduntque: alii stridentia tingunt
> Aera lacu. Gemit impositis incudibus antrum.
> Illi inter sese multa vi brachia tollunt
> In numerum, versantque tenaci forcipe massam.[6]

den Vorhang auf einmal niederfallen, und versetzt uns in eine ganz andere Scene, von da er uns allmälig in das Tal bringt, in welchem die Venus mit den indes fertig gewordenen Waffen bei dem Aeneas anlangt. Sie lehnet sie an den Stamm einer Eiche, und nachdem sie der Held genug begaffet, und bestaunet, und betastet, und versuchet, hebt sich die Beschreibung, oder das Gemälde des Schildes an, welches durch das ewige: Hier ist, und Da ist, Nahe dabei stehet, und Nicht weit davon siehet man – so kalt und langweilig wird, daß alle der poetische Schmuck, den ihm ein Virgil geben konnte, nötig war, um es uns nicht unerträglich finden zu lassen. Da dieses Gemälde hiernächst nicht Aeneas macht, als welcher sich an den bloßen Figuren ergötzet und von der Bedeutung derselben nichts weiß,

---

wenig Gemälden machte Homer sein Schild zu einem Inbegriffe von allem, was in der Welt vorgehet. Scheinet es nicht, als ob Virgil, da er den Griechen nicht in den Vorwürfen und in der Ausführung der Gemälde übertreffen können, ihn wenigstens in der Anzahl derselben übertreffen wollen? Und was wäre kindischer gewesen?

6 Aeneid. lib. VIII. v. 447-54.

– – rerumque ignarus imagine gaudet;

auch nicht Venus, ob sie schon von den künftigen Schicksalen ihrer lieben Enkel vermutlich eben so viel wissen mußte, als der gutwillige Ehemann; sondern da es aus dem eigenen Munde des Dichters kömmt: so bleibet die Handlung offenbar während demselben stehen. Keine einzige von seinen Personen nimmt daran teil; es hat auch auf das Folgende nicht den geringsten Einfluß, ob auf dem Schilde dieses, oder etwas anders, vorgestellet ist; der witzige Hofmann leuchtet überall durch, der mit allerlei schmeichelhaften Anspielungen seine Materie aufstutzet, aber nicht das große Genie, das sich auf die eigene innere Stärke seines Werks verläßt, und alle äußere Mittel, interessant zu werden, verachtet. Das Schild des Aeneas ist folglich ein wahres Einschiebsel, einzig und allein bestimmt, dem Nationalstolze der Römer zu schmeicheln; ein fremdes Bächlein, das der Dichter in seinen Strom leitet, um ihn etwas reger zu machen. Das Schild des Achilles hingegen ist Zuwachs des eigenen fruchtbaren Bodens; denn ein Schild mußte gemacht werden, und da das Notwendige aus der Hand der Gottheit nie ohne Anmut kömmt; so mußte das Schild auch Verzierungen haben. Aber die Kunst war, diese Verzierungen als bloße Verzierungen zu behandeln, sie in den Stoff einzuweben, um sie uns nur bei Gelegenheit des Stoffes zu zeigen; und dieses ließ sich allein in der Manier des Homers tun. Homer läßt den Vulkan Zierraten künsteln, weil und indem er ein Schild machen soll, das seiner würdig ist. Virgil hingegen scheinet ihn das Schild wegen der Zierraten machen zu lassen, da er die Zierraten für wichtig genug hält, um sie besonders zu beschreiben, nachdem das Schild lange fertig ist.

XIX.

Die Einwürfe, welche der ältere Skaliger, Perrault, Terrasson und andere gegen das Schild des Homers machen, sind bekannt. Eben so bekannt ist das, was Dacier, Boivin und Pope darauf antworten. Mich dünkt aber, daß diese letztern sich manchmal zu weit einlassen, und in Zuversicht auf ihre gute Sache, Dinge behaupten, die eben so unrichtig sind, als wenig sie zur Rechtfertigung des Dichters beitragen.

Um dem Haupteinwurfe zu begegnen, daß Homer das Schild mit einer Menge Figuren anfülle, die auf dem Umfange desselben unmöglich Raum haben könnten, unternahm Boivin, es mit Bemerkung der erforderlichen Maße zeichnen zu lassen. Sein Einfall mit den verschiedenen concentrischen Zirkeln ist sehr sinnreich, obschon die Worte des Dichters nicht den geringsten Anlaß dazu geben, auch sich sonst keine Spur findet, daß die Alten auf diese Art abgeteilte Schilder gehabt haben. Da es Homer selbst σακος παντοσε δεδαιδαλμενον, ein auf allen Seiten künstlich ausgearbeitetes Schild nennet, so würde ich lieber, um mehr Raum auszusparen, die concave Fläche mit zu Hülfe genommen haben; denn es ist bekannt, daß die alten Künstler diese nicht leer ließen, wie das Schild der Minerva vom Phidias beweiset.[1] Doch nicht genug, daß sich Boivin dieses Vorteils nicht bedienen wollte; er vermehrte auch ohne Not die Vorstellungen selbst, denen er auf dem sonach um die Hälfte verringerten Raume Platz verschaffen mußte, indem er das, was bei dem Dichter offenbar nur ein einziges Bild ist, in zwei bis drei besondere Bilder zerteilte. Ich weiß wohl, was ihn dazu bewog; aber es hätte ihn nicht bewegen sollen: sondern, anstatt daß er sich bemühte, den Foderungen seiner Gegner ein Gnüge zu leisten, hätte er ihnen zeigen sollen, daß ihre Foderungen unrechtmäßig wären.

1 – Scuto ejus, in quo Amazonum praelium caelavit intumescente ambitu parmae; ejusdem concava parte Deorum et Gigantum dimicationem. Plinius lib. XXXVI. Sect. 4. p. 726. Edit. Hard.

Ich werde mich an einem Beispiele faßlicher erklären können. Wenn Homer von der einen Stadt sagt:[2]

Λαοι δ' ἐιν ἀγορῃ ἐσαν ἀϑροοι· ἐνϑα δε νειχος
Ωρωρει· δυο δ' ἀνδρες ἐνειχεον ἑινεχα ποινης
Ανδρος ἀποφϑιμενου· ὁ μεν ἐυχετο, παντ' ἀποδουναι.
Δημῳ πιφαυσχων· ὁ δ' ἀναινετο, μηδεν ἑλεσϑαι·
Αμφω δ' ἱεσϑην ἐπι ἱστορι πειραρ ἑλεσϑαι.
Λαοι δ' ἀμφοτεροισιν ἐπηπυον, ἀμφις ἀρωγοι·
Κηρυχες δ' ἀρα λαον ἐρητυον· ὁι δε γεροντες
Σχηπτρα δε χηρυχων ἐν χερσ' ἐχον ἠεροφωνων.
Τοισιν ἐπειτ' ἠϊσσον, ἀμοιβηδις δ' ἐδιχαζον.
Κειτο δ' ἀρ' ἐν μεσσοισι δυο χρυσοιο ταλαντα –

so, glaube ich, hat er nicht mehr als ein einziges Gemälde angeben wollen: das Gemälde eines öffentlichen Rechtshandels über die streitige Erlegung einer ansehnlichen Geldbuße für einen verübten Totschlag. Der Künstler, der diesen Vorwurf ausführen soll, kann sich auf einmal nicht mehr als einen einzigen Augenblick desselben zu Nutze machen; entweder den Augenblick der Anklage, oder der Abhörung der Zeugen, oder des Urteilspruches, oder welchen er sonst, vor oder nach, oder zwischen diesen Augenblicken, für den bequemsten hält. Diesen einzigen Augenblick macht er so prägnant wie möglich, und führt ihn mit allen den Täuschungen aus, welche die Kunst in Darstellung sichtbarer Gegenstände vor der Poesie voraus hat. Von dieser Seite aber unendlich zurückgelassen, was kann der Dichter, der eben diesen Vorwurf mit Worten malen soll, und nicht gänzlich verunglücken will, anders tun, als daß er sich gleichfalls seiner eigentümlichen Vorteile bedienet? Und welches sind diese? Die Freiheit sich sowohl über das Vergangene als über das Folgende des einzigen Augenblickes in dem Kunstwerke auszubreiten, und das Vermögen, sonach uns nicht allein das zu zeigen, was uns der Künstler zeiget, sondern auch das, was uns dieser nur kann erraten lassen. Durch diese Freiheit, durch dieses Vermögen allein, kömmt der Dichter dem

2 Iliad. Σ. v. 497-508.

Künstler wieder bei, und ihre Werke werden einander alsdenn am ähnlichsten, wenn die Wirkung derselben gleich lebhaft ist; nicht aber, wenn das eine der Seele durch das Ohr nicht mehr oder weniger beibringet, als das andere dem Auge darstellen kann. Nach diesem Grundsatze hätte Boivin die Stelle des Homers beurteilen sollen, und er würde nicht so viel besondere Gemälde daraus gemacht haben, als verschiedene Zeitpunkte er darin zu bemerken glaubte. Es ist wahr, es konnte nicht wohl alles, was Homer sagt, in einem einzigen Gemälde verbunden sein; die Beschuldigung und Ableugnung, die Darstellung der Zeugen und der Zuruf des geteilten Volkes, das Bestreben der Herolde den Tumult zu stillen und die Äußerungen der Schiedesrichter sind Dinge, die auf einander folgen, und nicht neben einander bestehen können. Doch was, um mich mit der Schule auszudrücken, nicht actu in dem Gemälde enthalten war, das lag virtute darin, und die einzige wahre Art, ein materielles Gemälde mit Worten nachzuschildern ist die, daß man das Letztere mit dem wirklich Sichtbaren verbindet, und sich nicht in den Schranken der Kunst hält, innerhalb welchen der Dichter zwar die Data zu einem Gemälde herzählen, aber nimmermehr ein Gemälde selbst hervorbringen kann.

Gleicherweise zerteilt Boivin das Gemälde der belagerten Stadt[3] in drei verschiedene Gemälde. Er hätte es eben so wohl in zwölfe teilen können, als in drei. Denn da er den Geist des Dichters einmal nicht faßte und von ihm verlangte, daß er den Einheiten des materiellen Gemäldes sich unterwerfen müsse: so hätte er weit mehr Übertretungen dieser Einheiten finden können, daß es fast nötig gewesen wäre, jedem besondern Zuge des Dichters ein besonderes Feld auf dem Schilde zu bestimmen. Meines Erachtens aber hat Homer überhaupt nicht mehr als zehn verschiedene Gemälde auf dem ganzen Schilde; deren jedes er mit einem ἐν μεν ἐτευξε, oder ἐν δε ποιησε, oder ἐν δ' ἐτιϑει, oder ἐν δε ποικιλλε Αμφιγυηεις anfängt.[4] Wo diese Eingangsworte

3 v. 509-540.

4 Das erste fängt an mit der 483ten Zeile, und gehet bis zur 489ten;

nicht stehen, hat man kein Recht, ein besonderes Gemälde anzunehmen; im Gegenteil muß alles, was sie verbinden, als ein einziges betrachtet werden, dem nur bloß die willkürliche Concentration in einen einzigen Zeitpunkt mangelt, als welchen der Dichter mit anzugeben, keinesweges gehalten war. Vielmehr, hätte er ihn angegeben, hätte er sich genau daran gehalten, hätte er nicht den geringsten Zug einfließen lassen, der in der wirklichen Ausführung nicht damit zu verbinden wäre; mit einem Worte, hätte er so verfahren, wie seine Tadler es verlangen: es ist wahr, so würden diese Herren hier an ihm nichts auszusetzen, aber in der Tat auch kein Mensch von Geschmack etwas zu bewundern gefunden haben.

Pope ließ sich die Einteilung und Zeichnung des Boivin nicht allein gefallen, sondern glaubte noch etwas ganz besonders zu tun, wenn er nunmehr auch zeigte, daß ein jedes dieser so zerstückten Gemälde nach den strengsten Regeln der heutiges Tages üblichen Malerei angegeben sei. Contrast, Perspectiv, die drei Einheiten; alles fand er darin auf das beste beobachtet. Und ob er schon gar wohl wußte, daß zu Folge guter glaubwürdiger Zeugnisse, die Malerei zu den Zeiten des Trojanischen Krieges noch in der Wiege gewesen, so mußte doch entweder Homer, vermöge seines göttlichen Genies, sich nicht sowohl an das, was die Malerei damals oder zu seiner Zeit leisten konnte, gehalten, als vielmehr das erraten haben, was sie überhaupt zu leisten im Stande sei; oder auch jene Zeugnisse selbst mußten so glaubwürdig nicht sein, daß ihnen die augenscheinliche Aussage des künstlichen Schildes nicht vorgezogen zu werden verdiene.

---

das zweite von 490-509; das dritte von 510-540; das vierte von 541-549; das fünfte von 550-560; das sechste von 561-572; das siebende von 573-586; das achte von 587-589; das neunte von 590-605; und das zehnte von 606-608. Bloß das dritte Gemälde hat die angegebenen Eingangsworte nicht; es ist aber aus den bei dem zweiten, ἐν δε δυω ποιησε πολεις, und aus der Beschaffenheit der Sache selbst, deutlich genug, daß es ein besonders Gemälde sein muß.

Jenes mag annehmen, wer da will; dieses wenigstens wird sich niemand überreden lassen, der aus der Geschichte der Kunst etwas mehr, als die bloßen Data der Historienschreiber weiß. Denn daß die Malerei zu Homers Zeiten noch in ihrer Kindheit gewesen, glaubt er nicht bloß deswegen, weil es ein Plinius oder so einer sagt, sondern vornehmlich weil er aus den Kunstwerken, deren die Alten gedenken, urteilet, daß sie viele Jahrhunderte nachher noch nicht viel weiter gekommen, und z. E. die Gemälde eines Polygnotus noch lange die Probe nicht aushalten, welche Pope die Gemälde des Homerischen Schildes bestehen zu können glaubt. Die zwei großen Stücke dieses Meisters zu Delphi, von welchen uns Pausanias eine so umständliche Beschreibung hinterlassen,[5] waren offenbar ohne alle Perspectiv. Dieser Teil der Kunst ist den Alten gänzlich abzusprechen, und was Pope beibringt, um zu beweisen, daß Homer schon einen Begriff davon gehabt habe, beweiset weiter nichts, als daß ihm selbst nur ein sehr unvollständiger Begriff davon beigewohnet.[6] »Homer«, sagt er, »kann kein Fremdling in der Perspectiv gewesen sein, weil er die Entfernung eines Gegenstandes von dem andern ausdrücklich angiebt. Er bemerkt, z. E. daß die Kundschafter ein wenig weiter als die andern Figuren gelegen, und daß die Eiche, unter welcher den Schnittern das

---

5 Phocic. cap. XXV-XXXI.

6 Um zu zeigen, daß dieses nicht zu viel von Popen gesagt ist, will ich den Anfang der folgenden aus ihm angeführten Stelle (Iliad. Vol. V. Obs. p. 61) in der Grundsprache anführen: »That he was no stranger to aerial Perspective, appears in his expresly marking the distance of object from object: he tells us« etc. Ich sage, hier hat Pope den Ausdruck »aerial Perspective«, die Luftperspectiv, (Perspective aerienne) ganz unrichtig gebraucht, als welche mit den nach Maßgebung der Entfernung verminderten Größen gar nichts zu tun hat, sondern unter der man lediglich die Schwächung und Abänderung der Farben nach Beschaffenheit der Luft oder des Medii, durch welches wir sie sehen, verstehet. Wer diesen Fehler machen konnte, dem war es erlaubt, von der ganzen Sache nichts zu wissen.

Mahl zubereitet worden, bei Seite gestanden. Was er von dem mit Herden und Hütten und Ställen übersäeten Tale sagt, ist augenscheinlich die Beschreibung einer großen perspectivischen Gegend. Ein allgemeiner Beweisgrund dafür kann auch schon aus der Menge der Figuren auf dem Schilde gezogen werden, die nicht alle in ihrer vollen Größe ausgedruckt werden konnten; woraus es denn gewissermaßen unstreitig, daß die Kunst, sie nach der Perspectiv zu verkleinern, damaliger Zeit schon bekannt gewesen.« Die bloße Beobachtung der optischen Erfahrung, daß ein Ding in der Ferne kleiner erscheinet, als in der Nähe, macht ein Gemälde noch lange nicht perspectivisch. Die Perspectiv erfordert einen einzigen Augenpunkt, einen bestimmten natürlichen Gesichtskreis, und dieses war es was den alten Gemälden fehlte. Die Grundfläche in den Gemälden des Polygnotus war nicht horizontal, sondern nach hinten zu so gewaltig in die Höhe gezogen, daß die Figuren, welche hinter einander zu stehen scheinen sollten, über einander zu stehen schienen. Und wenn diese Stellung der verschiednen Figuren und ihrer Gruppen allgemein gewesen, wie aus den alten Basreliefs, wo die hintersten allezeit höher stehen als die vodersten, und über sie wegsehen, sich schließen läßt: so ist es natürlich, daß man sie auch in der Beschreibung des Homers annimmt, und diejenigen von seinen Bildern, die sich nach selbiger in Ein Gemälde verbinden lassen, nicht unnötiger Weise trennet. Die doppelte Scene der friedfertigen Stadt, durch deren Straßen der fröhliche Aufzug einer Hochzeitfeier ging, indem auf dem Markte ein wichtiger Prozeß entschieden ward, erfordert diesem zu Folge kein doppeltes Gemälde, und Homer hat es gar wohl als ein einziges denken können, indem er sich die ganze Stadt aus einem so hohen Augenpunkte vorstellte, daß er die freie Aussicht zugleich in die Straßen und auf den Markt dadurch erhielt.

Ich bin der Meinung, daß man auf das eigentliche Perspectivische in den Gemälden nur gelegentlich durch die Scenenmalerei gekommen ist; und auch als diese schon in ihrer Vollkommenheit war, muß es noch nicht so leicht gewesen sein, die Regeln derselben auf eine einzige Fläche anzuwenden, indem sich noch in den spätern Gemälden unter den Altertümern des Herculanums so häufige und mannigfaltige Fehler gegen die Perspectiv finden, als man itzo kaum einem Lehrlinge vergeben würde.[7]

Doch ich entlasse mich der Mühe, meine zerstreuten Anmerkungen über einen Punkt zu sammeln, über welchen ich in des Herrn Winkelmanns versprochener Geschichte der Kunst die völligste Befriedigung zu erhalten hoffen darf.[8]

XX.

Ich lenke mich vielmehr wieder in meinen Weg, wenn ein Spaziergänger anders einen Weg hat.

Was ich von körperlichen Gegenständen überhaupt gesagt habe, das gilt von körperlichen schönen Gegenständen um so viel mehr.

Körperliche Schönheit entspringt aus der übereinstimmenden Wirkung mannigfaltiger Teile, die sich auf einmal übersehen lassen. Sie erfodert also, daß diese Teile neben einander liegen müssen; und da Dinge, deren Teile neben einander liegen, der eigentliche Gegenstand der Malerei sind; so kann sie, und nur sie allein, körperliche Schönheit nachahmen.

Der Dichter der die Elemente der Schönheit nur nach einander zeigen könnte, enthält sich daher der Schilderung körperlicher Schönheit, als Schönheit, gänzlich. Er fühlt es, daß diese Elemente nach einander geordnet, unmöglich die Wirkung haben können, die sie, neben einander geordnet, haben; daß der concentrierende Blick, den wir nach ihrer Enumeration auf sie zugleich zurück senden wollen, uns doch kein übereinstimmendes Bild gewähret; daß es über die menschliche Einbildung gehet, sich vorzustellen, was dieser

7 Betracht. über die Malerei S. 185.

8 Geschrieben im Jahr 1763.

Mund, und diese Nase, und diese Augen zusammen für einen Effect haben, wenn man sich nicht aus der Natur oder Kunst einer ähnlichen Composition solcher Teile erinnern kann.

Und auch hier ist Homer das Muster aller Muster. Er sagt: Nireus war schön; Achilles war noch schöner; Helena besaß eine göttliche Schönheit. Aber nirgends läßt er sich in die umständlichere Schilderung dieser Schönheiten ein. Gleichwohl ist das ganze Gedicht auf die Schönheit der Helena gebauet. Wie sehr würde ein neuerer Dichter darüber luxuriert haben!

Schon ein Constantinus Manasses wollte seine kahle Chronike mit einem Gemälde der Helena auszieren. Ich muß ihn für seinen Versuch danken. Denn ich wüßte wirklich nicht, wo ich sonst ein Exempel auftreiben sollte, aus welchem augenscheinlicher erhelle, wie törigt es sei, etwas zu wagen, das Homer so weislich unterlassen hat. Wenn ich bei ihm lese:[1]

---

1 Constantinus Manasses Compend. Chron. p. 20. Edit. Venet. Die Fr. Dacier war mit diesem Portrait des Manasses, bis auf die Tautologieen, sehr wohl zufrieden: »De Helenae pulchritudine omnium optime Constantinus Manasses, nisi in eo tautologiam reprehendas.« (Ad Dictyn Cretensem lib. I. cap. 3. p. 5.) Sie führet nach dem Mezeriac (Comment. sur les Epitres d'Ovide T. II. p. 361.) auch die Beschreibungen an, welche Dares Phrygius und Cedrenus von der Schönheit der Helena geben. In der erstern kömmt ein Zug vor, der ein wenig seltsam klingt. Dares sagt nemlich von der Helena, sie habe ein Mal zwischen den Augenbraunen gehabt: »notam inter duo supercilia habentem«. Das war doch wohl nichts schönes? Ich wollte, daß die Französin ihre Meinung darüber gesagt hätte. Meines Teiles halte ich das Wort »nota« hier für verfälscht, und glaube, daß Dares von dem reden wollen, was bei den Griechen μεσοφρυον und bei den Lateinern glabella hieß. Die Augenbraunen der Helena, will er sagen, liefen nicht zusammen, sondern waren durch einen kleinen Zwischenraum abgesondert. Der Geschmack der Alten war in diesem Punkte verschieden. Einigen gefiel ein solcher Zwischenraum, andern nicht. (Junius de Pictura Vet. lib. III. cap. 9. p. 245.) Anakreon hielt die Mittelstraße; die Augenbraunen seines geliebten

Ην ἡ γυνη περικαλλης, ἐυοφρυς, ἐυχρουστατη,
Ευπαρειος, ἐυπροσωπος, βοωπις, χιονοχρους,
Ελικοβλεφαρος, ἁβρα, χαριτων γεμον ἀλσος,
Λευκοβραχιων, τρυφερα, καλλος ἀντικρυς ἐμπνουν,
Το προσωπον καταλευκον, ἡ παρεια ῥοδοχρους,
Το προσωπον ἐπιχαρι, το βλεφαρον ὡραιον,
Καλλος ἀνεπιτηδευτον, ἀβαπτιστον, ἀυτοχρουν,

Mädchens waren weder merklich getrennet, noch völlig in einander verwachsen, sie verliefen sich sanft in einem einzigen Punkte. Er sagt zu dem Künstler, welcher sie malen sollte (Od. 28.):

Το μεσοφρυον δε μη μοι
Διακοπτε, μητε μισγε,
Εχετω δ' ὁπως ἐκεινη
Τι λεληθοτως συνοφρυν
Βλεφαρων ἰτυν κελαινην.

Nach der Lesart des Pauw, ob schon auch ohne sie der Verstand der nemliche ist, und von Henr. Stephano nicht verfehlet worden:

Supercilii nigrantes
Discrimina nec arcus,
Confundito nec illos:
Sed junge sic ut anceps
Divortium relinquas,
Quale esse cernis ipsi.

Wenn ich aber den Sinn des Dares getroffen hätte, was müßte man wohl sodann, anstatt des Wortes »notam«, lesen? Vielleicht »moram«? Denn so viel ist gewiß, daß »mora« nicht allein den Verlauf der Zeit ehe etwas geschieht, sondern auch die Hinderung, den Zwischenraum von einem zum andern, bedeutet.

Ego inquieta montium jaceam mora,

wünschet sich der rasende Herkules beim Seneca, (v. 1215.) welche Stelle Gronovius sehr wohl erklärt: »Optat se medium jacere inter duas Symplegades, illarum velut moram, impedimentum, obicem; qui eas moretur, vetet aut satis arcte conjungi, aut rursus distrahi.« So heißen auch bei eben demselben Dichter »lacertorum morae«, soviel als »juncturae«. (Schroederus ad. v. 762. Thyest.)

Εβαπτε την λευκοτητα ροδοχρια πυρινη,
Ως ἐι τις τον ἐλεφαντα βαψει λαμπρᾳ πορφυρᾳ.
Δειρη μακρα, καταλευκος, ὁϑεν ἐμυϑουργηϑη
Κυκνογενη την ἐυοπτον Ελενην χρηματιζειν. – –

so dünkt mich, ich sehe Steine auf einen Berg wälzen, aus welchen auf der Spitze desselben ein prächtiges Gebäude aufgeführet werden soll, die aber alle von der andern Seite von selbst wieder herabrollen. Was für ein Bild hinterläßt er, dieser Schwall von Worten? Wie sahe Helena nun aus? Werden nicht, wenn tausend Menschen dieses lesen, sich alle tausend eine eigene Vorstellung von ihr machen?

Doch es ist wahr, politische Verse eines Mönches sind keine Poesie. Man höre also den Ariost, wenn er seine bezaubernde Alcina schildert:[2]

---

2 Orlando Furioso, Canto VII. St. 11-15. »Die Bildung ihrer Gestalt war so reizend, als nur künstliche Maler sie dichten können. Gegen ihr blondes, langes, aufgeknüpftes Haar ist kein Gold, das nicht seinen Glanz verliere. Über ihre zarten Wangen verbreitete sich die vermischte Farbe der Rosen und der Lilien. Ihre fröhliche Stirn, in die gehörigen Schranken geschlossen, war von glattem Helfenbein. Unter zween schwarzen, äußerst feinen Bögen glänzen zwei schwarze Augen, oder vielmehr zwo leuchtende Sonnen, die mit Holdseligkeit um sich blickten und sich langsam drehten. Rings um sie her schien Amor zu spielen und zu fliegen; von da schien er seinen ganzen Köcher abzuschießen, und die Herzen sichtbar zu rauben. Weiter hinab steigt die Nase mitten durch das Gesicht, an welcher selbst der Neid nichts zu bessern findet. Unter ihr zeigt sich der Mund, wie zwischen zwei kleinen Tälern, mit seinem eigentümlichen Zinnober bedeckt; hier stehen zwo Reihen auserlesener Perlen, die eine schöne sanfte Lippe verschließt und öffnet. Hieraus kommen die holdseligen Worte, die jedes rauhe, schändliche Herz erweichen; hier wird jenes liebliche Lächeln gebildet, welches für sich schon ein Paradies auf Erden eröffnet. Weißer Schnee ist der schöne Hals, und Milch die Brust, der Hals rund, die Brust voll und breit. Zwo zarte, von Helfenbein geründete Kugeln wallen sanft auf und nieder, wie die Wellen am äußersten Rande des Ufers, wenn ein spielender Zephyr die See bestreitet.« (Die übrigen Teile würde Argus

Di persona era tanto ben formata,
Quanto mai finger san Pittori industri:
Con bionda chioma, lunga e annodata,
Oro non è, che piu risplenda, e lustri,
Spargeasi per la guancia delicata
Misto color di rose e di ligustri.
Di terso avorio era la fronte lieta,
Che lo spazio finia con giusta meta.

Sotto due negri, e sottilissimi archi
Son due negri occhi, anzi due chiari soli,
Pietosi a riguardar, à mover parchi,
Intorno a cui par ch'Amor scherzi, e voli,
E ch' indi tutta la faretra scarchi,
E che visibilmente i cori involi.
Quindi il naso per mezo il viso scende
Che non trova l'invidia ove l'emende.

Sotto quel sta, quasi fra due vallette,
La bocca sparsa di natio cinabro,
Quivi due filze son di perle elette,
Che chiude, ed apre un bello e dolce labro;
Quindi escon le cortesi parolette,
Da render molle ogni cor rozo e scabro;
Quivi si forma quel soave riso,
Ch' apre a sua posta in terra il paradiso.

---

selbst nicht haben sehen können. Doch war leicht zu urteilen, daß das, was versteckt lag, mit dem, was dem Auge bloß stand, übereinstimme.) »Die Arme zeigen sich in ihrer gehörigen Länge, die weiße Hand etwas länglich, und schmal in ihrer Breite, durchaus eben, keine Ader tritt über ihre glatte Fläche. Am Ende dieser herrlichen Gestalt sieht man den kleinen, trocknen, geründeten Fuß. Die englischen Mienen, die aus dem Himmel stammen, kann kein Schleier verbergen.« – (Nach der Übersetzung des Herrn Meinhardt in dem Versuche über den Charakter und die Werke der besten Ital. Dicht. B. II. S. 228.)

Bianca neve è il bel collo, e'l petto latte,
Il collo è tondo, il petto colmo e largo;
Due pome acerbe, e pur d'avorio fatte,
Vengono, e van, come onda al primo margo,
Quando piacevole aura il mar combatte.
Non potria l'altre parti veder Argo,
Ben si può giudicar, che corrisponde,
A quel ch' appar di fuor, quel che s'asconde.

Monstran le braccia sua misura giusta,
Et la candida man spesso si vede,
Lunghetta alquanto, e di larghezza angusta,
Dove nè nodo appar, nè vena eccede.
Si vede al fin de la persona augusta,
Il breve, asciutto, e ritondetto piede.
Gli angelici sembianti nati in cielo
Non si ponno celar sotto alcun velo.

Milton sagt bei Gelegenheit des Pandämoniums: einige lobten das Werk, andere den Meister des Werks. Das Lob des einen ist also nicht allezeit auch das Lob des andern. Ein Kunstwerk kann allen Beifall verdienen, ohne daß sich zum Ruhme des Künstlers viel besonders sagen läßt. Wiederum kann ein Künstler mit Recht unsere Bewunderung verlangen, auch wenn sein Werk uns die völlige Gnüge nicht tut. Dieses vergesse man nie, und es werden sich öfters ganz widersprechende Urteile vergleichen lassen. Eben wie hier. Dolce, in seinem Gespräche von der Malerei, läßt den Aretino von den angeführten Stanzen des Ariost ein außerordentliches Aufheben machen;[3] ich hingegen, wähle sie

3 (Dialogo della Pittura, intitolato l'Aretino, Firenze 1735. p. 178.) Se vogliono i Pittori senza fatica trovare un perfetto esempio di bella Donna, leggano quelle Stanze dell' Ariosto, nelle quali egli discrive mirabilmente le bellezze della Fata Alcina: e vedranno parimente, quanto i buoni Poeti siano ancora essi Pittori. –

als ein Exempel eines Gemäldes ohne Gemälde. Wir haben beide Recht. Dolce bewundert darin die Kenntnisse, welche der Dichter von der körperlichen Schönheit zu haben zeiget; ich aber sehe bloß auf die Wirkung, welche diese Kenntnisse, in Worte ausgedrückt, auf meine Einbildungskraft haben können. Dolce schließt aus jenen Kenntnissen, daß gute Dichter nicht minder gute Maler sind; und ich aus dieser Wirkung, daß sich das, was die Maler durch Linien und Farben am besten ausdrücken können, durch Worte grade am schlechtesten ausdrücken läßt. Dolce empfiehlet die Schilderung des Ariost allen Malern als das vollkommenste Vorbild einer schönen Frau; und ich empfehle es allen Dichtern als die lehrreichste Warnung, was einem Ariost mißlingen müssen, nicht noch unglücklicher zu versuchen. Es mag sein, daß wenn Ariost sagt:

Di persona era tanto ben formata,
Quanto mai finger san Pittori industri,

er die Lehre von den Proportionen, so wie sie nur immer der fleißigste Künstler in der Natur und aus den Antiken studieret, vollkommen verstanden zu haben, dadurch beweiset.[4] Er mag sich immer hin, in den bloßen Worten:

Spargeasi per la guancia delicata
Misto color di rose e di ligustri,

als den vollkommensten Coloristen, als einen Titian, zeigen.[5] Man mag daraus, daß er das Haar der Alcina nur mit dem Golde vergleicht, nicht aber güldenes Haar nennet, noch so deutlich schließen, daß er den Gebrauch des wirklichen Goldes in der Farbengebung gemißbilliget.[6] Man mag

4 (Ibid.) Ecco, che, quanto alla proportione, l'ingeniosissimo Ariosto assegna la migliore, che sappiano formar le mani de' piu eccellenti Pittori, usando questa voce industri, per dinotar la diligenza, che conviene al buono artefice.

5 (Ibid. p. 182.) Qui l'Ariosto colorisce, e in questo suo colorire dimostra essere un Titiano.

6 (Ibid. p. 180.) Poteva l'Ariosto nella guisa, che ha detto chioma bionda, dir chioma d'oro: ma gli parve forse, che havrebbe ha-

sogar in seiner herabsteigenden Nase,

Quindi il naso per mezo il viso scende,

das Profil jener alten griechischen, und von griechischen Künstlern auch Römern geliehenen Nasen finden.[7] Was nutzt alle diese Gelehrsamkeit und Einsicht uns Lesern, die wir eine schöne Frau zu sehen glauben wollen, die wir etwas von der sanften Wallung des Geblüts dabei empfinden wollen, die den wirklichen Anblick der Schönheit begleitet? Wenn der Dichter weiß, aus welchen Verhältnissen eine schöne Gestalt entspringet, wissen wir es darum auch? Und wenn wir es auch wüßten, läßt er uns hier diese Verhältnisse sehen? Oder erleichtert er uns auch nur im geringsten die Mühe, uns ihrer auf eine lebhafte anschauende Art zu erinnern? Eine Stirn, in die gehörigen Schranken geschlossen, »la fronte«,

Che lo spazio finia con giusta meta;

eine Nase, an welcher selbst der Neid nichts zu bessern findet,

Che non trova l'invidia, ove l'emende;

eine Hand, etwas länglich und schmal in ihrer Breite,

Lunghetta alquanto, e di larghezza angusta:

was für ein Bild geben diese allgemeine Formeln? In dem Munde eines Zeichenmeisters, der seine Schüler auf die Schönheiten des akademischen Modells aufmerksam machen will, möchten sie noch etwas sagen; denn ein Blick auf dieses Modell, und sie sehen die gehörigen Schranken der fröhlichen Stirne, sie sehen den schönsten Schnitt der Nase, die schmale Breite der niedlichen Hand. Aber bei dem Dichter

---

vuto troppo del Poetico. Da che si puo ritrar, che 'l Pittore dee imitar l'oro, e non metterlo (come fanno i Miniatori) nelle sue Pitture, in modo, che si possa dire, que' capelli non sono d'oro, ma par che risplendano, come l'oro. Was Dolce, in dem Nachfolgenden, aus dem Athenäus anführet, ist merkwürdig, nur daß es sich nicht völlig so daselbst findet. Ich rede an einem andern Orte davon.

7 (Ibid. p. 182.) Il naso, che discende giu, havendo peraventura la consideratione a quelle forme de' nasi, che si veggono ne' ritratti delle belle Romane antiche.

sehe ich nichts, und empfinde mit Verdruß die Vergeblichkeit meiner besten Anstrengung, etwas sehen zu wollen.

In diesem Punkte, in welchem Virgil dem Homer durch Nichtstun nachahmen können, ist auch Virgil ziemlich glücklich gewesen. Auch seine Dido ist ihm weiter nichts als »pulcherrima Dido«. Wenn er ja umständlicher etwas an ihr beschreibet, so ist es ihr reicher Putz, ihr prächtiger Aufzug:

Tandem progreditur – – – –
Sidoniam picto chlamydem circumdata limbo:
Cui pharetra ex auro, crines nodantur in aurum,
Aurea purpuream subnectit fibula vestem.[8]

Wollte man darum auf ihn anwenden, was jener alte Künstler zu einem Lehrlinge sagte, der eine sehr geschmückte Helena gemalt hatte, »da du sie nicht schön malen können, hast du sie reich gemalt:« so würde Virgil antworten, »es liegt nicht an mir, daß ich sie nicht schön malen können; der Tadel trifft die Schranken meiner Kunst; mein Lob sei, mich innerhalb diesen Schranken gehalten zu haben.«

Ich darf hier die beiden Lieder des Anakreons nicht vergessen, in welchen er uns die Schönheit seines Mädchens und seines Bathylls zergliedert.[9] Die Wendung, die er dabei nimmt, macht alles gut. Er glaubt einen Maler vor sich zu haben, und läßt ihn unter seinen Augen arbeiten. So, sagt er, mache mir das Haar, so die Stirne, so die Augen, so den Mund, so Hals und Busen, so Hüft und Hände! Was der Künstler nur Teilweise zusammen setzen kann, konnte ihm der Dichter auch nur Teilweise vorschreiben. Seine Absicht ist nicht, daß wir in dieser mündlichen Direction des Malers, die ganze Schönheit der geliebten Gegenstände erkennen und fühlen sollen; er selbst empfindet die Unfähigkeit des wörtlichen Ausdrucks, und nimmt eben daher den Ausdruck der Kunst zu Hülfe, deren Täuschung er so sehr erhebet, daß das ganze Lied mehr ein Lobgedicht auf die Kunst, als auf sein Mädchen zu sein scheinet. Er sieht nicht das Bild, er sieht

8 Aeneid. IV. v. 136.
9 Od. XXVIII. XXIX.

sie selbst, und glaubt, daß es nun eben den Mund zum Reden eröffnen werde:

Απεχει· βλεπω γαρ ἀυτην.
Ταχα, κηρε, και λαλησεις.

Auch in der Angabe des Bathylls, ist die Anpreisung des schönen Knabens mit der Anpreisung der Kunst und des Künstlers so in einander geflochten, daß es zweifelhaft wird, wem zu Ehren Anakreon das Lied eigentlich bestimmt habe. Er sammelt die schönsten Teile aus verschiednen Gemälden, an welchen eben die vorzügliche Schönheit dieser Teile das Charakteristische war; den Hals nimmt er von einem Adonis, Brust und Hände von einem Merkur, die Hüfte von einem Pollux, den Bauch von einem Bacchus; bis er den ganzen Bathyll in einem vollendeten Apollo des Künstlers erblickt.

Μεια δε προσωπον ἐστω,
Τον Αδωνιδος παρελθων.
Ελεφαντινος τραχηλος·
Μειαμαζιον δε ποιει
Διδυμας τε χειρας Ερμου.
Πολυδευκεος δε μηρους.
Διονυσιην δε νηδυν – –
Τον Απολλωνα δε τουτον
Καθελων, ποιει Βαθυλλον.

So weiß auch Lucian von der Schönheit der Panthea anders keinen Begriff zu machen, als durch Verweisung auf die schönsten weiblichen Bildsäulen alter Künstler.[10] Was heißt aber dieses sonst, als bekennen, daß die Sprache vor sich selbst hier ohne Kraft ist; daß die Poesie stammelt und die Beredsamkeit verstummet, wenn ihnen nicht die Kunst noch einigermaßen zur Dolmetscherin dienet?

10 Εικονες §. 3. T. II. p. 461. Edit. Reitz.

XXI.

Aber verliert die Poesie nicht zu viel, wenn man ihr alle Bilder körperlicher Schönheit nehmen will? – Wer will ihr die nehmen? Wenn man ihr einen einzigen Weg zu verleiden sucht, auf welchen sie zu solchen Bildern zu gelangen gedenket, indem sie die Fußtapfen einer verschwisterten Kunst aufsucht, in denen sie ängstlich herumirret, ohne jemals mit ihr das gleiche Ziel zu erreichen: verschließt man ihr darum auch jeden andern Weg, wo die Kunst hinwiederum ihr nachsehen muß?

Eben der Homer, welcher sich aller stückweisen Schilderung körperlicher Schönheiten so geflissentlich enthält, von dem wir kaum einmal im Vorbeigehen erfahren, daß Helena weiße Arme[1] und schönes Haar[2] gehabt; eben der Dichter weiß dem ohngeachtet uns von ihrer Schönheit einen Begriff zu machen, der alles weit übersteiget, was die Kunst in dieser Absicht zu leisten im Stande ist. Man erinnere sich der Stelle, wo Helena in die Versammlung der Ältesten des Trojanischen Volkes tritt. Die ehrwürdigen Greise sehen sie, und einer sprach zu den andern:[3]

Ου νεμεσις, Τρωας και ἐϋκνημιδας Αχαιους
Τοιηδ' ἀμφι γυναικι πολυν χρονον ἀλγεα πασχειν·
Αινως ἀθανατησι θεης ἐις ὠπα ἐοικεν.

Was kann eine lebhaftere Idee von Schönheit gewähren, als das kalte Alter sie des Krieges wohl wert erkennen lassen, der so viel Blut und so viele Tränen kostet?

Was Homer nicht nach seinen Bestandteilen beschreiben konnte, läßt er uns in seiner Wirkung erkennen. Malet uns, Dichter, das Wohlgefallen, die Zuneigung, die Liebe, das Entzücken, welches die Schönheit verursachet, und ihr habt die Schönheit selbst gemalet. Wer kann sich den geliebten

1 Iliad. Γ. v. 121.
2 Ibid. v. 329.
3 Ibid. v. 156-58.

Gegenstand der Sappho, bei dessen Erblickung sie Sinne und Gedanken zu verlieren bekennet, als häßlich denken? Wer glaubt nicht die schönste vollkommenste Gestalt zu sehen, sobald er mit dem Gefühle sympathisieret, welches nur eine solche Gestalt erregen kann? Nicht weil uns Ovid den schönen Körper seiner Lesbia Teil vor Teil zeiget:

Quos humeros, quales vidi tetigique lacertos!
Forma papillarum quam fuit apta premi!
Quam castigato planus sub pectore venter!
Quantum et quale latus! quam juvenile femur!

sondern weil er es mit der wollüstigen Trunkenheit tut, nach der unsere Sehnsucht so leicht zu erwecken ist, glauben wir eben des Anblickes zu genießen, den er genoß.

Ein andrer Weg, auf welchem die Poesie die Kunst in Schilderung körperlicher Schönheit wiederum einholet, ist dieser, daß sie Schönheit in Reiz verwandelt. Reiz ist Schönheit in Bewegung, und eben darum dem Maler weniger bequem als dem Dichter. Der Maler kann die Bewegung nur erraten lassen, in der Tat aber sind seine Figuren ohne Bewegung. Folglich wird der Reiz bei ihm zur Grimasse. Aber in der Poesie bleibt er, was er ist; ein transitorisches Schönes, das wir wiederholt zu sehen wünschen. Es kömmt und geht; und da wir uns überhaupt einer Bewegung leichter und lebhafter erinnern können, als bloßer Formen oder Farben: so muß der Reiz in dem nemlichen Verhältnisse stärker auf uns wirken, als die Schönheit. Alles was noch in dem Gemälde der Alcina gefällt und rühret, ist Reiz. Der Eindruck, den ihre Augen machen, kömmt nicht daher, daß sie schwarz und feurig sind, sondern daher, daß sie,

Pietosi à riguardar, à mover parchi,

mit Holdseligkeit um sich blicken, und sich langsam drehen; daß Amor sie umflattert und seinen ganzen Köcher aus ihnen abschießt. Ihr Mund entzücket, nicht weil von eigentümlichem Zinnober bedeckte Lippen zwei Reihen auserlesener Perlen verschließen; sondern weil hier das liebliche Lächeln gebildet wird, welches, für sich schon, ein Paradies auf Erden eröfnet; weil er es ist, aus dem die freundlichen Worte tönen, die jedes rauhe Herz erweichen. Ihr Busen bezaubert, weniger weil Milch und Helfenbein und Äpfel, uns seine Weiße und niedliche Figur vorbilden, als vielmehr weil wir ihn sanft auf und nieder wallen sehen, wie die Wellen am äußersten Rande des Ufers, wenn ein spielender Zephyr die See bestreitet:

Due pome acerbe, e pur d'avorio fatte,
Vengono e van, come onda al primo margo,
Quando piacevole aura il mar combatte.

Ich bin versichert, daß lauter solche Züge des Reizes in eine oder zwei Stanzen zusammen gedränget, weit mehr tun würden, als die fünfe alle, in welche sie Ariost zerstreuet und mit kalten Zügen der schönen Form, viel zu gelehrt für unsere Empfindungen, durchflochten hat.

Selbst Anakreon wollte lieber in die anscheinende Unschicklichkeit verfallen, eine Untulichkeit von dem Maler zu verlangen, als das Bild seines Mädchens nicht mit Reiz beleben.

Τρυφερου δ'εσω γενειου,
Περι λυγδινῳ τραχηλῳ
Χαριτες πετοιντο πασαι.

Ihr sanftes Kinn, befiehlt er dem Künstler, ihren marmornen Nacken laß alle Grazien umflattern! Wie das? Nach dem genauesten Wortverstande? Der ist keiner malerischen Ausführung fähig. Der Maler konnte dem Kinne die schönste Ründung, das schönste Grübchen, »Amoris digitulo impressum«, (denn das ἔσω scheinet mir ein Grübchen andeuten zu wollen) – er konnte dem Halse die schönste Carnation geben; aber weiter konnte er nichts. Die Wendungen dieses schönen Halses, das Spiel der Muskeln, durch das jenes Grübchen bald mehr bald weniger sichtbar wird, der eigentliche Reiz, war über seine Kräfte. Der Dichter sagte das Höchste, wodurch uns seine Kunst die Schönheit sinnlich zu machen vermag, damit auch der Maler den höchsten Ausdruck in seiner Kunst suchen möge. Ein neues Beispiel zu der obigen Anmerkung, daß der Dichter, auch wenn er von Kunstwerken redet, dennoch nicht verbunden ist, sich mit seiner Beschreibung in den Schranken der Kunst zu halten.

XXII.

Zeuxis malte eine Helena, und hatte das Herz, jene berühmten Zeilen des Homers, in welchen die entzückten Greise ihre Empfindung bekennen, darunter zu setzen. Nie sind Malerei und Poesie in einen gleichern Wettstreit gezogen worden. Der Sieg blieb unentschieden, und beide verdienten gekrönet zu werden.

Denn so wie der weise Dichter uns die Schönheit, die er nach ihren Bestandteilen nicht schildern zu können fühlte, bloß in ihrer Wirkung zeigte: so zeigte der nicht minder weise Maler uns die Schönheit nach nichts als ihren Bestandteilen, und hielt es seiner Kunst für unanständig, zu irgend einem andern Hülfsmittel Zuflucht zu nehmen. Sein Gemälde bestand aus der einzigen Figur der Helena, die nackend da stand. Denn es ist wahrscheinlich, daß es eben die Helena war, welche er für die zu Crotona malte.[1]

Man vergleiche hiermit, Wundershalber, das Gemälde, welches Caylus dem neuern Künstler aus jenen Zeilen des Homers vorzeichnet: »Helena, mit einem weißen Schleier bedeckt, erscheinet mitten unter verschiedenen alten Männern, in deren Zahl sich auch Priamus befindet, der an den Zeichen seiner königlichen Würde zu erkennen ist. Der Artist muß sich besonders angelegen sein lassen, uns den Triumph der Schönheit in den gierigen Blicken und in allen den Äußerungen einer staunenden Bewunderung auf den Gesichtern dieser kalten Greise, empfinden zu lassen. Die Scene ist über einem von den Toren der Stadt. Die Vertiefung des Gemäldes kann sich in den freien Himmel, oder gegen höhere Gebäude der Stadt verlieren; jenes würde kühner lassen, eines aber ist so schicklich wie das andere.«

Man denke sich dieses Gemälde von dem größten Meister unsrer Zeit ausgeführet, und stelle es gegen das Werk des

1 Val. Maximus lib. III. cap. 7. Dionysius Halicarnass. Art. Rhet. cap. 12. περι λογων ἐξετασεως.

Zeuxis. Welches wird den wahren Triumph der Schönheit zeigen? Dieses, wo ich ihn selbst fühle, oder jenes, wo ich ihn aus den Grimassen gerührter Graubärte schließen soll? »Turpe senilis amor«; ein gieriger Blick macht das ehrwürdigste Gesicht lächerlich, und ein Greis der jugendliche Begierden verrät, ist sogar ein ekler Gegenstand. Den Homerischen Greisen ist dieser Vorwurf nicht zu machen; denn der Affect den sie empfinden, ist ein augenblicklicher Funke, den ihre Weisheit sogleich erstickt; nur bestimmt, der Helena Ehre zu machen, aber nicht, sie selbst zu schänden. Sie bekennen ihr Gefühl, und fügen sogleich hinzu:

Αλλα και ὡς, τοιη περ ἐουσ', ἐν νηυσι νεεσθω,
Μηδ' ἡμιν τεκεεσσι τ' ὀπισσω πημα λιποιτο.

Ohne diesen Entschluß wären es alte Gecke; wären sie das, was sie in dem Gemälde des Caylus erscheinen. Und worauf richten sie denn da ihre gierigen Blicke? Auf eine vermumte, verschleierte Figur. Das ist Helena? Es ist mir unbegreiflich, wie ihr Caylus hier den Schleier lassen können. Zwar Homer giebt ihr denselben ausdrücklich:

Αυτικα δ' ἀργεννῃσι καλυψαμενη ὀθονῃσιν
Ὡρματ' ἐκ θαλαμοιο – –

aber, um über die Straßen damit zu gehen; und wenn auch schon bei ihm die Alten ihre Bewunderung zeigen, noch ehe sie den Schleier wieder abgenommen oder zurückgeworfen zu haben scheinet, so war es nicht das erstemal, daß sie die Alten sahen; ihr Bekenntnis durfte also nicht aus dem itzigen augenblicklichen Anschauen entstehen, sondern sie konnten schon oft empfunden haben, was sie zu empfinden, bei dieser Gelegenheit nur zum erstenmal bekannten. In dem Gemälde findet so etwas nicht Statt. Wenn ich hier entzückte Alte sehe, so will ich auch zugleich sehen, was sie in Entzückung setzt; und ich werde äußerst betroffen, wenn ich weiter nichts, als, wie gesagt, eine vermumte, verschleierte Figur wahrnehme, die sie brünstig angaffen. Was hat dieses Ding von der Helena? Ihren weißen Schleier, und etwas von ihrem proportionierten Umrisse, so weit Umriß unter Gewändern sichtbar werden kann. Doch vielleicht war es auch des Grafen

Meinung nicht daß ihr Gesicht verdeckt sein sollte, und er nennet den Schleier bloß als ein Stück ihres Anzuges. Ist dieses (seine Worte sind einer solchen Auslegung nicht wohl fähig: »Helene couverte d'un voile blanc«) so entstehet eine andere Verwunderung bei mir: er empfiehlt dem Artisten so sorgfältig den Ausdruck auf den Gesichtern der Alten; nur über die Schönheit in dem Gesichte der Helena verliert er kein Wort. Diese sittsame Schönheit, im Auge den feuchten Schimmer einer reuenden Träne, furchtsam sich nähernd – Wie? Ist die höchste Schönheit unsern Künstlern so etwas Geläufiges, daß sie auch nicht daran erinnert zu werden brauchen? Oder ist Ausdruck mehr als Schönheit? Und sind wir auch in Gemälden schon gewohnt, so wie auf der Bühne, die häßlichste Schauspielerin für eine entzückende Prinzessin gelten zu lassen, wenn ihr Prinz nur recht warme Liebe gegen sie zu empfinden äußert?

In Wahrheit; das Gemälde des Caylus würde sich gegen das Gemälde des Zeuxis, wie Pantomime zur erhabensten Poesie verhalten.

Homer ward vor Alters ohnstreitig fleißiger gelesen, als itzt. Dennoch findet man sogar vieler Gemälde nicht erwähnet, welche die alten Künstler aus ihm gezogen hätten.[2] Nur den Fingerzeig des Dichters auf besondere körperliche Schönheiten, scheinen sie fleißig genutzt zu haben; diese malten sie; und in diesen Gegenständen, fühlten sie wohl, war es ihnen allein vergönnet, mit dem Dichter wetteifern zu wollen. Außer der Helena, hatte Zeuxis auch die Penelope gemalt; und des Apelles Diana war die Homerische in Begleitung ihrer Nymphen. Bei dieser Gelegenheit will ich erinnern, daß die Stelle des Plinius, in welcher von der letztern die Rede ist, einer Verbesserung bedarf.[3] Handlun-

2 Fabricii Biblioth. Graec. Lib. II. cap. 6. p. 345.

3 Plinius sagt von dem Apelles: (Libr. XXXV. sect. 36. p. 698. Edit. Hard.) »Fecit et Dianam sacrificantium virginum choro mixtam: quibus vicisse Homeri versus videtur id ipsum describentis.« Nichts kann wahrer, als dieser Lobspruch gewesen sein.

gen aber aus dem Homer zu malen, bloß weil sie eine reiche Composition, vorzügliche Contraste, künstliche Beleuchtungen darbieten, schien der alten Artisten ihr Geschmack nicht zu sein; und konnte es nicht sein, so lange sich noch die Kunst in den engern Grenzen ihrer höchsten Bestimmung

---

Schöne Nymphen um eine schöne Göttin her, die mit der ganzen majestätischen Stirne über sie hervorragt, sind freilich ein Vorwurf, der der Malerei angemessener ist, als der Poesie. Das »sacrificantium« nur, ist mir höchst verdächtig. Was macht die Göttin unter opfernden Jungfrauen? Und ist dieses die Beschäftigung, die Homer den Gespielinnen der Diana giebt? Mit nichten; sie durchstreifen mit ihr Berge und Wälder, sie jagen, sie spielen, sie tanzen: (Odyss. Z. v. 102-106.)

Οιη δ' Αρτεμις ἐισι κατ' ὀυρεος ἰοχεαιρα
Η κατα Τηΰγετον περιμηκετον, ἠ Ερυμανθον
Τερπομενη καπροισι και ὠκειῃς ἐλαφοισι·
Τη δε θ' ἁμα Νυμφαι, κουραι Διος Αιγιοχοιο,
Αγρονομοι παιζουσιν· – – – –

Plinius wird also nicht »sacrificantium«, er wird »venantium«, oder etwas ähnliches geschrieben haben; vielleicht »sylvis vagantium«, welche Verbesserung die Anzahl der veränderten Buchstaben ohngefehr hätte. Dem παιζουσι beim Homer würde »saltantium« am nächsten kommen, und auch Virgil läßt in seiner Nachahmung dieser Stelle, die Diana mit ihren Nymphen tanzen: (Aeneid. I. v. 497-98.)

Qualis in Eurotae ripis, aut per juga Cynthi
Exercet Diana choros – –

Spence hat hierbei einen seltsamen Einfall: (Polymetis Dial. VIII. p. 102.) »This Diana«, sagt er, »both in the picture and in the descriptions, was the Diana Venatrix, tho' she was not represented either by Virgil, or Apelles, or Homer, as hunting with her Nymphs; but as employed with them in that sort of dances, which of old were regarded as very solemn acts of devotion.« In einer Anmerkung fügt er hinzu: »The expression of παιζειν, used by Homer on this occasion, is scarce proper for hunting; as that of, Choros exercere, in Virgil, should be understood of the religious dances of old, because dancing, in the old Roman idea of it, was indecent even for men, in public; unless it were the sort of dances used in Honour of Mars, or Bacchus, or

hielt. Sie nährten sich dafür mit dem Geiste des Dichters; sie füllten ihre Einbildungskraft mit seinen erhabensten Zügen; das Feuer seines Enthusiasmus entflammte den ihrigen; sie sahen und empfanden wie er: und so wurden ihre Werke Abdrücke der Homerischen, nicht in dem Verhältnisse eines Porträts zu seinem Originale, sondern in dem Verhältnisse eines Sohnes zu seinem Vater; ähnlich aber verschieden. Die Ähnlichkeit liegt öfters nur in einem einzigen Zuge; die übrigen alle haben unter sich nichts gleiches, als daß sie mit dem ähnlichen Zuge, in dem einen sowohl als in dem andern harmonieren.

Da übrigens die Homerischen Meisterstücke der Poesie älter waren, als irgend ein Meisterstück der Kunst, da Homer die Natur eher mit einem malerischen Auge betrachtet hatte, als ein Phidias und Apelles: so ist es nicht zu verwundern, daß die Artisten verschiedene ihnen besonders nützliche

---

some other of their gods.« Spence will nemlich jene feierliche Tänze verstanden wissen, welche bei den Alten mit unter die gottesdienstlichen Handlungen gerechnet wurden. Und daher, meinet er, brauche denn auch Plinius das Wort »sacrificare«: »It is in consequence of this that Pliny, in speaking of Diana's Nymphs on this very occasion, uses the word, sacrificare, of them; which quite determines these dances of theirs to have been of the religious kind.« Er vergißt, daß bei dem Virgil die Diana selbst mit tanzet: »exercet Diana choros«. Sollte nun dieser Tanz ein gottesdienstlicher Tanz sein: zu wessen Verehrung tanzte ihn die Diana? Zu ihrer eignen? Oder zur Verehrung einer andern Gottheit? Beides ist widersinnig. Und wenn die alten Römer das Tanzen überhaupt einer ernsthaften Person nicht für sehr anständig hielten, mußten darum ihre Dichter die Gravität ihres Volkes auch in die Sitten der Götter übertragen, die von den ältern griechischen Dichtern ganz anders festgesetzet waren? Wenn Horaz von der Venus sagt: (Od. IV. lib. I.)

Iam Cytherea choros ducit Venus, imminente luna:
Iunctaeque Nymphis Gratiae decentes
Alterno terram quatiunt pede – –

waren dieses auch heilige gottesdienstliche Tänze? Ich verliere zu viele Worte über eine solche Grille.

Bemerkungen, ehe sie Zeit hatten, sie in der Natur selbst zu machen, schon bei dem Homer gemacht fanden, wo sie dieselben begierig ergriffen, um durch den Homer die Natur nachzuahmen. Phidias bekannte, daß die Zeilen:[4]

Η, και κυανεῃσιν ἐπ' ὀφρυσι νευσε Κρονιων·
Αμβροσιαι δ' ἀρα χαιται ἐπερρωσαντο ἀνακτος,
Κρατος ἀπ' ἀθανατοιο· μεγαν δ' ἐλελιξεν Ολυμπον·

ihm bei seinem Olympischen Jupiter zum Vorbilde gedienet, und daß ihm nur durch ihre Hülfe ein göttliches Antlitz, »propemodum ex ipso coelo petitum«, gelungen sei. Wem dieses nichts mehr gesagt heißt, als daß die Phantasie des Künstlers durch das erhabene Bild des Dichters befeuert, und eben so erhabener Vorstellungen fähig gemacht worden, der, dünkt mich, übersieht das Wesentliche, und begnügt sich mit etwas ganz allgemeinem, wo sich, zu einer weit gründlichern Befriedigung, etwas sehr specielles angeben läßt. So viel ich urteile, bekannte Phidias zugleich, daß er in dieser Stelle zuerst bemerkt habe, wie viel Ausdruck in den Augenbraunen liege, »quanta pars animi«[5] sich in ihnen zeige. Vielleicht, daß sie ihn auch auf das Haar mehr Fleiß zu wenden bewegte, um das einigermaßen auszudrücken, was Homer ambrosisches Haar nennet. Denn es ist gewiß, daß die alten Künstler vor dem Phidias das Sprechende und Bedeutende der Mienen wenig verstanden, und besonders das Haar sehr vernachlässiget hatten. Noch Myron war in beiden Stücken tadelhaft, wie Plinius anmerkt,[6] und nach eben demselben, war Pythagoras Leontinus der erste, der sich durch ein zierliches Haar hervortat.[7] Was Phidias aus

4 Iliad. A. v. 528. Valerius Maximus lib. III. cap. 7.

5 Plinius lib. XI. sect. 51. p. 616. Edit. Hard.

6 Idem lib. XXXIV. sect. 19. p. 651. Ipse tamen corporum tenus curiosus, animi sensus non expressisse videtur, capillum quoque et pubem non emendatius fecisse, quam rudis antiquitas instituisset.

7 Ibid. Hic primus nervos et venas expressit, capillumque diligentius.

dem Homer lernte, lernten die andern Künstler aus den Werken des Phidias.

Ich will noch ein Beispiel dieser Art anführen, welches mich allezeit sehr vergnügt hat. Man erinnere sich, was Hogarth über den Apollo zu Belvedere anmerkt.[8] »Dieser Apollo«, sagt er, »und der Antinous sind beide in eben demselben Pallaste zu Rom zu sehen. Wenn aber Antinous den Zuschauer mit Verwunderung erfüllet, so setzet ihn der Apollo in Erstaunen; und zwar, wie sich die Reisenden ausdrücken, durch einen Anblick, welcher etwas mehr als menschliches zeiget, welches sie gemeiniglich gar nicht zu beschreiben im Stande sind. Und diese Wirkung ist, sagen sie, um desto bewundernswürdiger, da, wenn man es untersucht, das Unproportionierliche daran auch einem gemeinen Auge klar ist. Einer der besten Bildhauer, welche wir in England haben, der neulich dahin reisete, diese Bildsäule zu sehen, bekräftigte mir das, was itzo gesagt worden, besonders, daß die Füße und Schenkel, in Ansehung der obern Teile, zu lang und zu breit sind. Und Andreas Sacchi, einer der größten Italiänischen Maler, scheinet eben dieser Meinung gewesen zu sein, sonst würde er schwerlich (in einem berühmten Gemälde, welches itzo in England ist) seinem Apollo, wie er den Tonkünstler Pasquilini krönet, das völlige Verhältnis des Antinous gegeben haben, da er übrigens wirklich eine Copie von dem Apollo zu sein scheinet. Ob wir gleich an sehr großen Werken oft sehen, daß ein geringerer Teil aus der Acht gelassen worden, so kann dieses doch hier der Fall nicht sein. Denn an einer schönen Bildsäule ist ein richtiges Verhältnis eine von ihren wesentlichen Schönheiten. Daher ist zu schließen, daß diese Glieder mit Fleiß müssen sein verlängert worden, sonst würde es leicht haben können vermieden werden. Wenn wir also die Schönheiten dieser Figur durch und durch untersuchen, so werden wir mit Grunde urteilen, daß das, was man bisher für unbeschreiblich vortrefflich an ihrem allgemeinen Anblicke ge-

8 Zergliederung der Schönheit. S. 47. Berl. Ausg.

halten, von dem hergerühret hat, was ein Fehler in einem Teile derselben zu sein geschienen.« – Alles dieses ist sehr einleuchtend; und schon Homer, füge ich hinzu, hat es empfunden und angedeutet, daß es ein erhabenes Ansehen giebt, welches bloß aus diesem Zusatze von Größe in den Abmessungen der Füße und Schenkel entspringet. Denn wenn Antenor die Gestalt des Ulysses mit der Gestalt des Menelaus vergleichen will, so läßt er ihn sagen:[9]

Σταντων μεν, Μενελαος ὑπειρεχεν ἐυρεας ὠμους,
Αμφω δ' ἑζομενω, γεραρωτερος ἠεν Οδυσσευς.

»Wann beide standen, so ragte Menelaus mit den breiten Schultern hoch hervor; wann aber beide saßen, war Ulysses der ansehnlichere.« Da Ulysses also das Ansehen im Sitzen gewann, welches Menelaus im Sitzen verlor, so ist das Verhältnis leicht zu bestimmen, welches beider Oberleib zu den Füßen und Schenkeln gehabt. Ulysses hatte einen Zusatz von Größe in den Proportionen des erstern, Menelaus in den Proportionen der letztern.

XXIII.

Ein einziger unschicklicher Teil kann die übereinstimmende Wirkung vieler zur Schönheit stören. Doch wird der Gegenstand darum noch nicht häßlich. Auch die Häßlichkeit erfodert mehrere unschickliche Teile, die wir ebenfalls auf einmal müssen übersehen können, wenn wir dabei das Gegenteil von dem empfinden sollen, was uns die Schönheit empfinden läßt.

Sonach würde auch die Häßlichkeit, ihrem Wesen nach, kein Vorwurf der Poesie sein können; und dennoch hat Homer die äußerste Häßlichkeit in dem Thersites geschildert, und sie nach ihren Teilen neben einander geschildert. Warum war ihm bei der Häßlichkeit vergönnet, was er bei der Schönheit so einsichtsvoll sich selbst untersagte? Wird

9 Iliad. Γ. v. 210. 11.

die Wirkung der Häßlichkeit, durch die aufeinanderfolgende Enumeration ihrer Elemente, nicht eben sowohl gehindert, als die Wirkung der Schönheit durch die ähnliche Enumeration ihrer Elemente vereitelt wird?

Allerdings wird sie das; aber hierin liegt auch die Rechtfertigung des Homers. Eben weil die Häßlichkeit in der Schilderung des Dichters zu einer minder widerwärtigen Erscheinung körperlicher Unvollkommenheiten wird, und gleichsam, von der Seite ihrer Wirkung, Häßlichkeit zu sein aufhöret, wird sie dem Dichter brauchbar; und was er vor sich selbst nicht nutzen kann, nutzt er als ein Ingrediens, um gewisse vermischte Empfindungen hervorzubringen und zu verstärken, mit welchen er uns, in Ermangelung reinangenehmer Empfindungen, unterhalten muß.

Diese vermischte Empfindungen sind das Lächerliche, und das Schreckliche.

Homer macht den Thersites häßlich, um ihn lächerlich zu machen. Er wird aber nicht durch seine bloße Häßlichkeit lächerlich; denn Häßlichkeit ist Unvollkommenheit, und zu dem Lächerlichen wird ein Contrast von Vollkommenheiten und Unvollkommenheiten erfodert.[1] Dieses ist die Erklärung meines Freundes, zu der ich hinzusetzen möchte, daß dieser Contrast nicht zu krall und zu schneidend sein muß, daß die Opposita, um in der Sprache der Maler fortzufahren, von der Art sein müssen, daß sie sich in einander verschmelzen lassen. Der weise und rechtschaffene Äsop wird dadurch, daß man ihm die Häßlichkeit des Thersites gegeben, nicht lächerlich. Es war eine alberne Mönchsfratze, das Γελοιον seiner lehrreichen Märchen, vermittelst der Ungestaltheit auch in seine Person verlegen zu wollen. Denn ein mißgebildeter Körper und eine schöne Seele, sind wie Öl und Essig, die wenn man sie schon in einander schlägt, für den Geschmack doch immer getrennet bleiben. Sie gewähren kein Drittes; der Körper erweckt Verdruß, die Seele Wohlgefallen; jedes das Seine für sich. Nur wenn der mißgebildete

1 Philos. Schriften des Hrn. Moses Mendelssohn T. II. S. 23.

Körper zugleich gebrechlich und kränklich ist, wenn er die Seele in ihren Wirkungen hindert, wenn er die Quelle nachteiliger Vorurteile gegen sie wird: alsdenn fließen Verdruß und Wohlgefallen in einander; aber die neue daraus entspringende Erscheinung ist nicht Lachen, sondern Mitleid, und der Gegenstand, den wir ohne dieses nur hochgeachtet hätten, wird interessant. Der mißgebildete gebrechliche Pope mußte seinen Freunden weit interessanter sein, als der schöne und gesunde Wicherley den seinen. – So wenig aber Thersites durch die bloße Häßlichkeit lächerlich wird, eben so wenig würde er es ohne dieselbe sein. Die Häßlichkeit; die Übereinstimmung dieser Häßlichkeit mit seinem Charakter; der Widerspruch, den beide mit der Idee machen, die er von seiner eigenen Wichtigkeit heget; die unschädliche, ihn allein demütigende Wirkung seines boshaften Geschwätzes: alles muß zusammen zu diesem Zwecke wirken. Der letztere Umstand ist das Ου φϑαρτικον, welches Aristoteles[2] unumgänglich zu dem Lächerlichen verlanget; so wie es auch mein Freund zu einer notwendigen Bedingung macht, daß jener Contrast von keiner Wichtigkeit sein, und uns nicht sehr interessieren müsse. Denn man nehme auch nur an, daß dem Thersites selbst seine hämische Verkleinerung des Agamemnons teurer zu stehen gekommen wäre, daß er sie, anstatt mit ein Paar blutigen Schwielen, mit dem Leben bezahlen müssen: und wir würden aufhören, über ihn zu lachen. Denn dieses Scheusal von einem Menschen ist doch ein Mensch, dessen Vernichtung uns stets ein größeres Übel scheinet, als alle seine Gebrechen und Laster. Um die Erfahrung hiervon zu machen, lese man sein Ende bei dem Quintus Calaber.[3] Achilles betauert die Penthesilea getötet zu haben: die Schönheit in ihrem Blute, so tapfer vergossen, fodert die Hochachtung und das Mitleid des Helden; und Hochachtung und Mitleid werden Liebe. Aber der schmähsüchtige Thersites macht ihm diese Liebe zu einem Verbrechen. Er eifert

2 De Poetica cap. V.

3 Paralipom. lib. I. v. 720-775.

wider die Wollust, die auch den wackersten Mann zu Unsinnigkeiten verleite,

– – – ἡτ' ἀφρονα φωτα τιϑησι
Και πινυτον περ ἐοντα. – – – –

Achilles ergrimmt, und ohne ein Wort zu versetzen, schlägt er ihn so unsanft zwischen Back und Ohr, daß ihm Zähne, und Blut und Seele mit eins aus dem Halse stürzen. Zu grausam! Der jachzornige mörderische Achilles wird mir verhaßter, als der tückische knurrende Thersites; das Freudengeschrei, welches die Griechen über diese Tat erheben, beleidiget mich; ich trete auf die Seite des Diomedes, der schon das Schwert zucket, seinen Anverwandten an dem Mörder zu rächen: denn ich empfinde es, daß Thersites auch mein Anverwandter ist, ein Mensch.

Gesetzt aber gar, die Verhetzungen des Thersites wären in Meuterei ausgebrochen, das aufrührerische Volk wäre wirklich zu Schiffe gegangen und hätte seine Heerführer verräterisch zurückgelassen, die Heerführer wären hier einem rachsüchtigen Feinde in die Hände gefallen, und dort hätte ein göttliches Strafgerichte über Flotte und Volk ein gänzliches Verderben verhangen: wie würde uns alsdenn die Häßlichkeit des Thersites erscheinen? Wenn unschädliche Häßlichkeit lächerlich werden kann, so ist schädliche Häßlichkeit allezeit schrecklich. Ich weiß dieses nicht besser zu erläutern, als mit ein Paar vortrefflichen Stellen des Shakespear. Edmund, der Bastard des Grafen von Gloster, im König Lear, ist kein geringerer Bösewicht, als Richard, Herzog von Glocester, der sich durch die abscheulichsten Verbrechen den Weg zum Throne bahnte, den er unter dem Namen, Richard der Dritte, bestieg. Aber wie kömmt es, daß jener bei weitem nicht so viel Schaudern und Entsetzen erwecket, als dieser? Wenn ich den Bastard sagen höre:[4]

Thou, Nature, art my Goddess, to thy Law
My services ar bound; wherefore should I
Stand in the Plage of Custom, and permit

4 King Lear. Act. I. Sc. II.

The curtesie of Nations to deprive me,
For that I am some twelve, or fourteen Moonshines
Lag of a Brother? Why Bastard? wherefore base?
When my dimensions are as well compact,
My mind as gen'rous, and my shape as true
As honest Madam's Issue? Why brand they thus
With base? with baseness? bastardy? base? base?
Who, in the lusty stealth of Nature, take
More composition and fierce quality,
Than doth, within a dull, stale, tired Bed,
Go to creating a whole tribe of Fops,
Got 'tween a-sleep and wake?

so höre ich einen Teufel, aber ich sehe ihn in der Gestalt eines Engels des Lichts. Höre ich hingegen den Grafen von Glocester sagen:[5]

But I, that am not shap'd for sportive Tricks,
Nor made to court an am'rous looking-glass,
I, that am rudely stampt, and want Love's Majesty,
To strut before a wanton, ambling Nymph;
I, that am curtail'd of this fair proportion,
Cheated of feature by dissembling nature,
Deform'd, unfinish'd, sent before my time
Into this breathing world, scarce half made up,
And that so lamely and unfashionably,
That dogs bark at me, as I halt by them:
Why I (in this weak piping time of Peace)
Have no delight to pass away the time;
Unless to spy my shadow in the sun
And descant on mine own deformity.
And therefore, since I cannot prove a Lover,
To entertain these fair well-spoken days,
I am determined, to prove a Villain!

so höre ich einen Teufel, und sehe einen Teufel; in einer Gestalt, die der Teufel allein haben sollte.

5 The Life and Death of Richard III. Act. I. Sc. I.

XXIV.

So nutzt der Dichter die Häßlichkeit der Formen: welchen Gebrauch ist dem Maler davon zu machen vergönnet?

Die Malerei, als nachahmende Fertigkeit, kann die Häßlichkeit ausdrücken: die Malerei, als schöne Kunst, will sie nicht ausdrücken. Als jener, gehören ihr alle sichtbaren Gegenstände zu: als diese, schließt sie sich nur auf diejenigen sichtbaren Gegenstände ein, welche angenehme Empfindungen erwecken.

Aber gefallen nicht auch die unangenehmen Empfindungen in der Nachahmung? Nicht alle. Ein scharfsinniger Kunstrichter[1] hat dieses bereits von dem Ekel bemerkt. »Die Vorstellungen der Furcht«, sagt er, »der Traurigkeit, des Schreckens, des Mitleids u. s. w. können nur Unlust erregen, in so weit wir das Übel für wirklich halten. Diese können also durch die Erinnerung, daß es ein künstlicher Betrug sei, in angenehme Empfindungen aufgelöset werden. Die widrige Empfindung des Ekels aber erfolgt, vermöge des Gesetzes der Einbildungskraft auf die bloße Vorstellung in der Seele, der Gegenstand mag für wirklich gehalten werden, oder nicht. Was hilfts dem beleidigten Gemüte also, wenn sich die Kunst der Nachahmung noch so sehr verrät? Ihre Unlust entsprang nicht aus der Voraussetzung, daß das Übel wirklich sei, sondern aus der bloßen Vorstellung desselben, und diese ist wirklich da. Die Empfindungen des Ekels sind also allezeit Natur, niemals Nachahmung.«

Eben dieses gilt von der Häßlichkeit der Formen. Diese Häßlichkeit beleidiget unser Gesichte, widerstehet unserm Geschmacke an Ordnung und Übereinstimmung, und erwecket Abscheu, ohne Rücksicht auf die wirkliche Existenz des Gegenstandes, an welchem wir sie wahrnehmen. Wir mögen den Thersites weder in der Natur noch im Bilde sehen; und wenn schon sein Bild weniger mißfällt, so ge-

1 Briefe die neueste Litteratur betreffend, T. V. S. 102.

schieht dieses doch nicht deswegen, weil die Häßlichkeit seiner Form in der Nachahmung Häßlichkeit zu sein aufhöret, sondern weil wir das Vermögen besitzen, von dieser Häßlichkeit zu abstrahieren, und uns bloß an der Kunst des Malers zu vergnügen. Aber auch dieses Vergnügen wird alle Augenblicke durch die Überlegung unterbrochen, wie übel die Kunst angewendet worden, und diese Überlegung wird selten fehlen, die Geringschätzung des Künstlers nach sich zu ziehen.

Aristoteles giebt eine andere Ursache an,[2] warum Dinge, die wir in der Natur mit Widerwillen erblicken, auch in der getreuesten Abbildung Vergnügen gewähren: die allgemeine Wißbegierde des Menschen. Wir freuen uns, wenn wir entweder aus der Abbildung lernen können, τι ἑκαστον, was ein jedes Ding ist, oder wenn wir daraus schließen können, ὁτι ὁυτος ἐκεινος, daß es dieses oder jenes ist. Allein auch hieraus folget, zum Besten der Häßlichkeit in der Nachahmung, nichts. Das Vergnügen, welches aus der Befriedigung unserer Wißbegierde entspringt, ist momentan, und dem Gegenstande, über welchen sie befriediget wird, nur zufällig: das Mißvergnügen hingegen, welches den Anblick der Häßlichkeit begleitet, permanent, und dem Gegenstande, der es erweckt, wesentlich. Wie kann also jenes diesem das Gleichgewicht halten? Noch weniger kann die kleine angenehme Beschäftigung, welche uns die Bemerkung der Ähnlichkeit macht, die unangenehme Wirkung der Häßlichkeit besiegen. Je genauer ich das häßliche Nachbild mit dem häßlichen Urbilde vergleiche, desto mehr stelle ich mich dieser Wirkung bloß, so daß das Vergnügen der Vergleichung gar bald verschwindet, und mir nichts als der widrige Eindruck der verdoppelten Häßlichkeit übrig bleibet. Nach den Beispielen, welche Aristoteles giebt, zu urteilen, scheinet es, als habe er auch selbst die Häßlichkeit der Formen nicht mit zu den mißfälligen Gegenständen rechnen wollen, die in der Nachahmung gefallen können. Diese Beispiele sind, reißende

2 De Poetica cap. IV.

Tiere und Leichname. Reißende Tiere erregen Schrecken, wenn sie auch nicht häßlich sind; und dieses Schrecken, nicht ihre Häßlichkeit, ist es, was durch die Nachahmung in angenehme Empfindung aufgelöset wird. So auch mit den Leichnamen; das schärfere Gefühl des Mitleids, die schreckliche Erinnerung an unsere eigene Vernichtung ist es, welche uns einen Leichnam in der Natur zu einem widrigen Gegenstande macht; in der Nachahmung aber verlieret jenes Mitleid, durch die Überzeugung des Betrugs, das Schneidende, und von dieser fatalen Erinnerung kann uns ein Zusatz von schmeichelhaften Umständen entweder gänzlich abziehen, oder sich so unzertrennlich mit ihr vereinen, daß wir mehr wünschenswürdiges als schreckliches darin zu bemerken glauben.

Da also die Häßlichkeit der Formen, weil die Empfindung, welche sie erregt, unangenehm, und doch nicht von derjenigen Art unangenehmer Empfindungen ist, welche sich durch die Nachahmung in angenehme verwandeln, an und vor sich selbst kein Vorwurf der Malerei, als schöner Kunst, sein kann: so käme es noch darauf an, ob sie ihr, nicht eben so wohl wie der Poesie, als Ingrediens, um andere Empfindungen zu verstärken, nützlich sein könne.

Darf die Malerei, zu Erreichung des Lächerlichen und Schrecklichen, sich häßlicher Formen bedienen?

Ich will es nicht wagen, so grade zu, mit Nein hierauf zu antworten. Es ist unleugbar, daß unschädliche Häßlichkeit auch in der Malerei lächerlich werden kann; besonders wenn eine Affectation nach Reiz und Ansehen damit verbunden wird. Es ist eben so unstreitig, daß schädliche Häßlichkeit, so wie in der Natur, also auch im Gemälde Schrecken erwecket; und daß jenes Lächerliche und dieses Schreckliche, welches schon vor sich vermischte Empfindungen sind, durch die Nachahmung einen neuen Grad von Anzüglichkeit und Vergnügung erlangen.

Ich muß aber zu bedenken geben, daß demohngeachtet sich die Malerei hier nicht völlig mit der Poesie in gleichem Falle befindet. In der Poesie, wie ich angemerket, verlieret die Häßlichkeit der Form, durch die Veränderung ihrer coexistierenden Teile in successive, ihre widrige Wirkung fast gänzlich; sie höret von dieser Seite gleichsam auf, Häßlichkeit zu sein, und kann sich daher mit andern Erscheinungen desto inniger verbinden, um eine neue besondere Wirkung hervorzubringen. In der Malerei hingegen hat die Häßlichkeit alle ihre Kräfte beisammen, und wirket nicht viel schwächer, als in der Natur selbst. Unschädliche Häßlichkeit kann folglich nicht wohl lange lächerlich bleiben; die unangenehme Empfindung gewinnet die Oberhand, und was in den ersten Augenblicken possierlich war, wird in der Folge bloß abscheulich. Nicht anders gehet es mit der schädlichen Häßlichkeit; das Schreckliche verliert sich nach und nach, und das Unförmliche bleibt allein und unveränderlich zurück.

Dieses überlegt, hatte der Graf Caylus vollkommen Recht, die Episode des Thersites aus der Reihe seiner Homerischen Gemälde wegzulassen. Aber hat man darum auch Recht, sie aus dem Homer selbst wegzuwünschen? Ich finde ungern, daß ein Gelehrter, von sonst sehr richtigem und feinem Geschmacke, dieser Meinung ist.[3] Ich verspare es auf einen andern Ort, mich weitläuftiger darüber zu erklären.

XXV.

Auch der zweite Unterschied, welchen der angeführte Kunstrichter, zwischen dem Ekel und andern unangenehmen Leidenschaften der Seele findet, äußert sich bei der Unlust, welche die Häßlichkeit der Formen in uns erwecket.

»Andere unangenehme Leidenschaften«, sagt er,[1] »können auch außer der Nachahmung, in der Natur selbst, dem Gemüte öfters schmeicheln; indem sie niemals reine Unlust erregen, sondern ihre Bitterkeit allezeit mit Wollust vermi-

3 Klotzii Epistolae Homericae, p. 33. et seq.

1 Eben daselbst S. 103.

schen. Unsere Furcht ist selten von aller Hoffnung entblößt; der Schrecken belebt alle unsere Kräfte, der Gefahr auszuweichen; der Zorn ist mit der Begierde sich zu rächen, die Traurigkeit mit der angenehmen Vorstellung der vorigen Glückseligkeit verknüpft, und das Mitleiden ist von den zärtlichen Empfindungen der Liebe und Zuneigung unzertrennlich. Die Seele hat die Freiheit, sich bald bei dem vergnüglichen, bald bei dem widrigen Teile einer Leidenschaft zu verweilen, und sich eine Vermischung von Lust und Unlust selbst zu schaffen, die reizender ist, als das lauterste Vergnügen. Es braucht nur sehr wenig Achtsamkeit auf sich selber, um dieses vielfältig beobachtet zu haben; und woher käme es denn sonst, daß dem Zornigen sein Zorn, dem Traurigen seine Unmut lieber ist, als alle freudige Vorstellungen, dadurch man ihn zu beruhigen gedenket? Ganz anders aber verhält es sich mit dem Ekel und den ihm verwandten Empfindungen. Die Seele erkennet in demselben keine merkliche Vermischung von Lust. Das Mißvergnügen gewinnet die Oberhand, und daher ist kein Zustand, weder in der Natur noch in der Nachahmung zu erdenken, in welchem das Gemüt nicht von diesen Vorstellungen mit Widerwillen zurückweichen sollte.«

Vollkommen richtig; aber da der Kunstrichter selbst, noch andere mit dem Ekel verwandten Empfindungen erkennet, die gleichfalls nichts als Unlust gewähren, welche kann ihm näher verwandt sein, als die Empfindung des Häßlichen in den Formen? Auch diese ist in der Natur ohne die geringste Mischung von Lust; und da sie deren eben so wenig durch die Nachahmung fähig wird, so ist auch von ihr kein Zustand zu erdenken, in welchem das Gemüt von ihrer Vorstellung nicht mit Widerwillen zurückweichen sollte.

Ja dieser Widerwille, wenn ich anders mein Gefühl sorgfältig genug untersucht habe, ist gänzlich von der Natur des Ekels. Die Empfindung, welche die Häßlichkeit der Form begleitet, ist Ekel, nur in einem geringern Grade. Dieses streitet zwar mit einer andern Anmerkung des Kunstrichters, nach welcher er nur die allerdunkelsten Sinne, den

Geschmack, den Geruch und das Gefühl, dem Ekel ausgesetzet zu sein glaubet. »Jene beide«, sagt er, »durch eine übermäßige Süßigkeit, und dieses durch eine allzugroße Weichheit der Körper, die den berührenden Fibern nicht genugsam widerstehen. Diese Gegenstände werden sodann auch dem Gesichte unerträglich, aber bloß durch die Association der Begriffe, indem wir uns des Widerwillens erinnern, den sie dem Geschmacke, dem Geruche oder dem Gefühle verursachen. Denn eigentlich zu reden, giebt es keine Gegenstände des Ekels für das Gesicht.« Doch mich dünkt, es lassen sich dergleichen allerdings nennen. Ein Feuermal in dem Gesichte, eine Hasenscharte, eine gepletschte Nase mit vorragenden Löchern, ein gänzlicher Mangel der Augenbraunen, sind Häßlichkeiten, die weder dem Geruche, noch dem Geschmacke, noch dem Gefühle zuwider sein können. Gleichwohl ist es gewiß, daß wir etwas dabei empfinden, welches dem Ekel schon viel näher kömmt, als das, was uns andere Unförmlichkeiten des Körpers, ein krummer Fuß, ein hoher Rücken, empfinden lassen; je zärtlicher das Temperament ist, desto mehr werden wir von den Bewegungen in dem Körper dabei fühlen, welche vor dem Erbrechen vorhergehen. Nur daß diese Bewegungen sich sehr bald wieder verlieren, und schwerlich ein wirkliches Erbrechen erfolgen kann; wovon man allerdings die Ursache darin zu suchen hat, daß es Gegenstände des Gesichts sind, welches in ihnen, und mit ihnen zugleich, eine Menge Realitäten wahrnimmt, durch deren angenehme Vorstellungen jene unangenehme so geschwächt und verdunkelt wird, daß sie keinen merklichen Einfluß auf den Körper haben kann. Die dunkeln Sinne hingegen, der Geschmack, der Geruch, das Gefühl, können dergleichen Realitäten, indem sie von etwas Widerwärtigen gerühret werden, nicht mit bemerken; das Widerwärtige wirkt folglich allein und in seiner ganzen Stärke, und kann nicht anders als auch in dem Körper von einer weit heftigern Erschütterung begleitet sein.

Übrigens verhält sich auch zur Nachahmung das Ekelhafte vollkommen so, wie das Häßliche. Ja, da seine unangenehme

Wirkung die heftigere ist, so kann es noch weniger als das Häßliche an und vor sich selbst ein Gegenstand weder der Poesie, noch der Malerei werden. Nur weil es ebenfalls durch den wörtlichen Ausdruck sehr gemildert wird, getrauete ich mich doch wohl zu behaupten, daß der Dichter, wenigstens einige ekelhafte Züge, als ein Ingrediens zu den nemlichen vermischten Empfindungen brauchen könne, die er durch das Häßliche mit so gutem Erfolge verstärket.

Das Ekelhafte kann das Lächerliche vermehren; oder Vorstellungen der Würde, des Anstandes, mit dem Ekelhaften in Contrast gesetzet, werden lächerlich. Exempel hiervon lassen sich bei dem Aristophanes in Menge finden. Das Wiesel fällt mir ein, welches den guten Sokrates in seinen astronomischen Beschauungen unterbrach.[2]

ΜΑϑ. Πρωην δε γε γνωμην μεγαλην ἀφῃρεϑη
Υπ' ἀσκαλαβωτου. ΣΤΡ. Τινα τροπον; κατειπε μοι.
ΜΑϑ. Ζητουντος ἀυτου της σεληνης τας ὁδους
Και τας περιφορας, ἐιτ' ἀνω κεχηνοτος
Απο της ὀροφης νυκτωρ γαλεωτης κατεχεσεν.
ΣΤΡ. Ησϑην γαλεωτῃ καταχεσαντι Σωκρατους.

Man lasse es nicht ekelhaft sein, was ihm in den offenen Mund fällt, und das Lächerliche ist verschwunden. Die drolligsten Züge von dieser Art hat die Hottentottische Erzehlung: Tquassouw und Knonmquaiha, in dem Kenner, einer Englischen Wochenschrift voller Laune, die man dem Lord Chesterfield zuschreibet. Man weiß, wie schmutzig die Hottentotten sind; und wie vieles sie für schön und zierlich und heilig halten, was uns Ekel und Abscheu erwecket. Ein gequetschter Knorpel von Nase, schlappe bis auf den Nabel herabhangende Brüste, den ganzen Körper mit einer Schminke aus Ziegenfett und Ruß an der Sonne durchbeizet, die Haarlocken von Schmeer triefend, Füße und Arme mit frischem Gedärme umwunden: dies denke man sich an dem Gegenstande einer feurigen, ehrfurchtsvollen, zärtlichen Liebe; dies höre man in der edeln Sprache des Ernstes und

2 Nubes v. 169-174.

der Bewunderung ausgedrückt, und enthalte sich des Lachens![3]

Mit dem Schrecklichen scheinet sich das Ekelhafte noch inniger vermischen zu können. Was wir das Gräßliche nennen, ist nichts als ein ekelhaftes Schreckliche. Dem Longin[4] mißfällt zwar in dem Bilde der Traurigkeit beim Hesiodus,[5] das Της ἐκ μεν ρινων μυξαι ρεον; doch mich dünkt, nicht sowohl weil es ein ekler Zug ist, als weil es ein bloß ekler Zug ist, der zum Schrecklichen nichts beiträgt. Denn die langen

3 The Connoisseur, Vol. I. No. 21. Von der Schönheit des Knonmquaiha heißt es: »He was struck with the glossy hue of her complexion, which shone like the jetty down on the black hogs of Hessaqua; he was ravished with the prest gristle of her nose; and his eys dwelt with admiration on the flaccid beauties of her breasts, which descended to her navel.« Und was trug die Kunst bei, so viel Reize in ihr vorteilhaftes Licht zu setzen? »She made a varnish of the fat of goats mixed with soot, with which she anointed her whole body, as she stood beneath the rays of the sun: her locks were clotted with melted grease, and powdered with the yellow dust of Buchu: her face, which shone like the polished ebony, was beautifully varied with spots of red earth, and appeared like the sable curtain of the night bespangled with stars: she sprinkled her limbs with wood-ashes, and perfumed them with the dung of Stinkbingsem. Her arms and legs were entwined with the shining entrails of an heifer: from her neck there hung a pouch composed of the stomach of a kid: the wings of an ostrich overshadowed the fleshy promontoryes behind; and before she wore an apron formed of the shaggy ears of a lion.« Ich füge noch die Ceremonie der Zusammengebung des verliebten Paares hinzu: »The Surri or Chief Priest approached them, and in a deep voice chanted the nuptial rites to the melodious grumbling of the Gom-Gom; and at the same time (according to the manner of Caffraria) bedewed them plentifully with the urinary benediction. The bride and bridegroom rubbed in the precious stream with extasy; while the briny drops trickled from their bodies; like the oozy surge from the rocks of Chirigriqua.«

4 Περι Υψους, τμημα ή, p. 18. edit. T. Fabri.

5 Scut. Hercul. v. 266.

über die Finger hervorragenden Nägel (μακροι δ'ὀνυχες χειρεσσιν ὑπησαν) scheinet er nicht tadeln zu wollen. Gleichwohl sind lange Nägel nicht viel weniger ekel, als eine fließende Nase. Aber die langen Nägel sind zugleich schrecklich; denn sie sind es, welche die Wangen zerfleischen, daß das Blut davon auf die Erde rinnet:

– – – – – ἐκ δε παρειων
Αιμ' ἀπελειβετ' ἐραζε – – –

Hingegen eine fließende Nase, ist weiter nichts als eine fließende Nase; und ich rate der Traurigkeit nur, das Maul zuzumachen. Man lese bei dem Sophokles die Beschreibung der öden Höhle des unglücklichen Philoktet. Da ist nichts von Lebensmitteln, nichts von Bequemlichkeiten zu sehen; außer eine zertretene Streu von dürren Blättern, ein unförmlicher hölzerner Becher, ein Feuergerät. Der ganze Reichtum des kranken verlassenen Mannes! Wie vollendet der Dichter dieses traurige fürchterliche Gemälde? Mit einem Zusatze von Ekel. »Ha!« fährt Neoptolem auf einmal zusammen, »hier trockenen zerrissene Lappen, voll Blut und Eiter!«[6]

ΝΕ. Ορω κενην ὀικησιν ἀνθρωπων διχα.
ΟΔ. Ουδ' ἐνδον ὀικοποιος ἐστι τις τροφη;
ΝΕ. Στειπτη γε φυλλας ὡς ἐναυλιζοντι τῳ.
ΟΔ. Τα δ' ἀλλ' ἐρημα, κὀυδεν ἐσθ' ὑποστεγον;
ΝΕ. Αυτοξυλον γ' ἐκπωμα, φαυλουργου τινος
Τεχνηματ' ἀνδρος, και πυρει' ὁμου ταδε.
ΟΔ. Κεινου το θησαυρισμα σημαινεις ταδε.
ΝΕ. Ιου, ἰου· και ταυτα γ' ἀλλα θαλπεται
Ρακη, βαρειας του νοσηλειας πλεα.

So wird auch beim Homer der geschleifte Hektor, durch das von Blut und Staub entstellte Gesicht, und zusammenverklebte Haar,

Squallentem barbam et concretos sanguine crines,

(wie es Virgil ausdrückt[7]) ein ekler Gegenstand, aber eben dadurch um so viel schrecklicher, um so viel rührender. Wer

6 Philoct. v. 31-39.
7 Aeneid. lib. II. v. 277.

kann die Strafe des Marsyas, beim Ovid, sich ohne Empfindung des Ekels denken?[8]

Clamanti cutis est summos derepta per artus:
Nec quidquam, nisi vulnus erat: cruor undique manat:
Detectique patent nervi: trepidaeque sine ulla
Pelle micant venae: salientia viscera possis,
Et perlucentes numerare in pectore fibras.

Aber wer empfindet auch nicht, daß das Ekelhafte hier an seiner Stelle ist? Es macht das Schreckliche gräßlich; und das Gräßliche ist selbst in der Natur, wenn unser Mitleid dabei interessieret wird, nicht ganz unangenehm; wie viel weniger in der Nachahmung? Ich will die Exempel nicht häufen. Doch dieses muß ich noch anmerken, daß es eine Art von Schrecklichem giebt, zu dem der Weg dem Dichter fast einzig und allein durch das Ekelhafte offen stehet. Es ist das Schreckliche des Hungers. Selbst im gemeinen Leben drucken wir die äußerste Hungersnot nicht anders als durch Erzehlungen aller der unnahrhaften, ungesunden und besonders ekeln Dinge aus, mit welchen der Magen befriediget werden müssen. Da die Nachahmung nichts von dem Gefühle des Hungers selbst in uns erregen kann, so nimmt sie zu einem andern unangenehmen Gefühle ihre Zuflucht, welches wir im Falle des empfindlichsten Hungers für das kleinere Übel erkennen. Dieses sucht sie zu erregen, um uns aus der Unlust desselben schließen zu lassen, wie stark jene Unlust sein müsse, bei der wir die gegenwärtige gern aus der Acht schlagen würden. Ovid sagt von der Oreade, welche Ceres an den Hunger abschickte:[9]

Hanc (famem) procul ut vidit – –
– refert mandata deae; paulumque morata,
Quanquam aberat longe, quanquam modo venerat illuc,
Visa tamen sensisse famem – – –

Eine unnatürliche Übertreibung! Der Anblick eines Hungrigen, und wenn es auch der Hunger selbst wäre, hat diese

8 Metamorph. VI. v. 387.
9 Ibid. lib. VIII. v. 809.

ansteckende Kraft nicht; Erbarmen, und Greul, und Ekel, kann er empfinden lassen, aber keinen Hunger. Diesen Greul hat Ovid in dem Gemälde der Fames nicht gesparet, und in dem Hunger des Eresichthons sind, sowohl bei ihm, als bei dem Kallimachus,[10] die ekelhaften Züge die stärksten. Nachdem Eresichthon alles aufgezehret, und auch der Opferkuh nicht verschonet hatte, die seine Mutter der Vesta auffütterte, läßt ihn Kallimachus über Pferde und Katzen herfallen, und auf den Straßen die Brocken und schmutzigen Überbleibsel von fremden Tischen betteln:

Και ταν βων ἐφαγεν, ταν Εστιᾳ ἐτρεφε ματηρ,
Και τον ἀεθλοφορον και τον πολεμηιον ἱππον,
Και ταν ἀιλουρον, ταν ἐτρεμε θηρια μικκα –
Και τοθ' ὁ τω βασιληος ἐνι τριοδοισι καθηστο
Αιτιζων ἀκολως τε και ἐκβολα λυματα δαιτος –

Und Ovid läßt ihn zuletzt die Zähne in seine eigene Glieder setzen, um seinen Leib mit seinem Leibe zu nähren.

Vis tamen illa mali postquam consumserat omnem
Materiam – – – – –
Ipse suos artus lacero divellere morsu
Coepit; et infelix minuendo corpus alebat.

Nur darum waren die häßlichen Harpyen so stinkend, so unflätig, daß der Hunger, welchen ihre Entführung der Speisen bewirken sollte, desto schrecklicher würde. Man höre die Klage des Phineus, beim Apollonius:[11]

Τυτθον δ' ἠν ἀρα δη ποτ' ἐδητυος ἀμμι λιπωσι,
Πνει τοδε μυδαλεον τε και ὀυ τλητον μενος ὀδμης.
Ου κε τις ὀυδε μινυνθα βροτων ἀνσχοιτο πελασσας,
Ουδ' ἐι ὁι ἀδαμαντος ἐληλαμενον κεαρ ἐιη.
Αλλα με πικρη δητα κε δαιτος ἐπισχει ἀναγκη
Μιμνειν, και μιμνοντα κακῃ ἐν γαστερι θεσθαι.

Ich möchte gern aus diesem Gesichtspunkte die ekele Einführung der Harpyen beim Virgil entschuldigen; aber es ist kein wirklicher gegenwärtiger Hunger, den sie verursachen,

10 Hym. in Cererem v. 111. 116.
11 Argonaut. lib. II. v. 228-33.

sondern nur ein instehender, den sie prophezeien; und noch dazu löset sich die ganze Prophezeiung endlich in ein Wortspiel auf. Auch Dante bereitet uns nicht nur auf die Geschichte von der Verhungerung des Ugolino, durch die ekelhafteste, gräßlichste Stellung, in die er ihn mit seinem ehemaligen Verfolger in der Hölle setzet; sondern auch die Verhungerung selbst ist nicht ohne Züge des Ekels, der uns besonders da sehr merklich überfällt, wo sich die Söhne selbst dem Vater zur Speise anbieten. In der Note will ich noch eine Stelle aus einem Schauspiele von Beaumont und Fletcher anführen, die statt aller andern Beispiele hätte sein können, wenn ich sie nicht für ein wenig zu übertrieben erkennen müßte.[12]

---

12 The Sea-Voyage Act. III. Sc. I. Ein französischer Seeräuber wird mit seinem Schiffe an eine wüste Insel verschlagen. Habsucht und Neid entzweien seine Leute, und schaffen ein Paar Elenden, welche auf dieser Insel geraume Zeit der äußersten Not ausgesetzt gewesen, Gelegenheit, mit dem Schiffe in die See zu stechen. Alles Vorrates von Lebensmitteln sonach auf einmal beraubet, sehen jene Nichtswürdige gar bald den schmähligsten Tod vor Augen, und einer drückt gegen den andern seinen Hunger und seine Verzweiflung folgendergestalt aus:

LAMURE Oh, what a Tempest have I in my Stomach!
How my empty Guts cry out! My wounds ake,
Would they would bleed again, that I might get
Something to quench my thirst.
FRANVILLE O Lamure, the Happiness my dogs had
When I kept house at home! they had a storehouse,
A storehouse of most blessed bones and crusts,
Happy crusts. Oh, how sharp Hunger pinches me! –
LAMURE How now, what news?
MORILLAR Hast any Meat yet?
FRANVILLE Not a bit that I can see;
Here be goodly quarries, but they be cruel hard
To gnaw: I ha' got some mud, we'll eat it with spoons,
Very good thick mud; but it stinks damnably.
There's old rotten trunks of trees too,
But not a leaf nor blossom in all the island.

Ich komme auf die ekelhaften Gegenstände in der Malerei. Wenn es auch schon ganz unstreitig wäre, daß es eigentlich gar keine ekelhafte Gegenstände für das Gesicht gäbe, von welchen es sich von sich selbst verstünde, daß die Malerei, als schöne Kunst, ihrer entsagen würde: so müßte sie dennoch

---

LAMURE How it looks!
MORILLAR It stincks too.
LAMURE It may be poison.
FRANVILLE Let it be any thing;
So I can get it down. Why Man,
Poison's a princely dish.
MORILLAR Hast thou no bisket?
No crumbs left in thy pocket? Here ist my doublet,
Give me but three small crumbs.
FRANVILLE Not for three Kingdoms,
If I were Master of 'em. Oh, Lamure,
But one poor joint of Mutton, we ha' scorn'd, Man.
LAMURE Thou speak'st of Paradise.
FRANVILLE Or but the snuffs of those Healths,
We have lewdly at midnight flang away.
MORILLAR Ah! but to lick the glasses!

Doch alles dieses ist noch nichts gegen den folgenden Auftritt, wo der Schiffschirurgus dazu kömmt.

FRANVILLE Here comes the Surgeon. What
Hast thou discover'd? Smile, smile and comfort us.
SURGEON I am expiring,
Smile they that can. I can find nothing, Gentlemen,
Here 's nothing can be meat, without a miracle.
Oh that I had my boxes and my lints now,
My stupes, my tents, and those sweet helps of Nature,
What dainty dishes could I make of 'em.
MORILLAR Hast ne'er an old suppository?
SURGEON Oh would I had, Sir.
LAMURE Or but the paper where such a cordial
Potion, or pills hath been entomb'd.
FRANVILLE Or the best bladder where a cooling – glister.
MORILLAR Hast thou no searcloths left?
Nor any old pultesses?
FRANVILLE We care not to what it hath been ministred.

die ekelhaften Gegenstände überhaupt vermeiden, weil die Verbindung der Begriffe sie auch dem Gesichte ekel macht. Pordenone läßt, in einem Gemälde von dem Begräbnisse Christi, einen von den Anwesenden die Nase sich zuhalten. Richardson mißbilliget dieses deswegen,[13] weil Christus noch nicht so lange tot gewesen, daß sein Leichnam in Fäulung übergehen können. Bei der Auferweckung des Lazarus hingegen, glaubt er, sei es dem Maler erlaubt, von den Umstehenden einige so zu zeigen, weil es die Geschichte ausdrücklich sage, daß sein Körper schon gerochen habe. Mich dünkt diese Vorstellung auch hier unerträglich; denn nicht bloß der wirkliche Gestank, auch schon die Idee des Gestankes erwecket Ekel. Wir fliehen stinkende Orte, wenn wir schon den Schnupfen haben. Doch die Malerei will das Ekelhafte, nicht des Ekelhaften wegen; sie will es, so wie die Poesie, um das Lächerliche und Schreckliche dadurch zu verstärken. Auf ihre Gefahr! Was ich aber von dem Häßlichen in diesem Falle angemerkt habe, gilt von dem Ekelhaften um so viel mehr. Es verlieret in einer sichtbaren Nachahmung von seiner Wirkung ungleich weniger, als in einer hörbaren; es kann sich also auch dort mit den Bestandteilen des Lächerlichen und Schrecklichen weniger innig vermischen, als hier; sobald die Überraschung vorbei, sobald der erste gierige Blick gesättiget, trennet es sich wiederum gänzlich, und liegt in seiner eigenen cruden Gestalt da.

SURGEON Sure I have none of these dainties, Gentlemen.
FRANVILLE Where's the great wen
Thou cut'st from Hugh the sailer's shoulder?
That would serve now for a most princely Banquet.
SURGEON Ay if we had it, Gentlemen.
I flung it over-bord, Slave that I was.
LAMURE A most improvident Villain.

13 Richardson de la Peinture T. I. p. 74.

XXVI.

Des Herrn Winkelmanns Geschichte der Kunst des Altertums, ist erschienen. Ich wage keinen Schritt weiter, ohne dieses Werk gelesen zu haben. Bloß aus allgemeinen Begriffen über die Kunst vernünfteln, kann zu Grillen verführen, die man über lang oder kurz, zu seiner Beschämung, in den Werken der Kunst widerlegt findet. Auch die Alten kannten die Bande, welche die Malerei und Poesie mit einander verknüpfen, und sie werden sie nicht enger zugezogen haben, als es beiden zuträglich ist. Was ihre Künstler getan, wird mich lehren, was die Künstler überhaupt tun sollen; und wo so ein Mann die Fackel der Geschichte vorträgt, kann die Speculation kühnlich nachtreten.

Man pfleget in einem wichtigen Werke zu blättern, ehe man es ernstlich zu lesen anfängt. Meine Neugierde war, vor allen Dingen des Verfassers Meinung von dem Laokoon zu wissen; nicht zwar von der Kunst des Werkes, über welche er sich schon anderwärts erkläret hat, als nur von dem Alter desselben. Wem tritt er darüber bei? Denen, welchen Virgil die Gruppe vor Augen gehabt zu haben scheinet? Oder denen, welche die Künstler dem Dichter nacharbeiten lassen?

Es ist sehr nach meinem Geschmacke, daß er von einer gegenseitigen Nachahmung gänzlich schweiget. Wo ist die absolute Notwendigkeit derselben? Es ist gar nicht unmöglich, daß die Ähnlichkeiten, die ich oben zwischen dem poetischen Gemälde und dem Kunstwerke in Erwägung gezogen habe, zufällige und nicht vorsetzliche Ähnlichkeiten sind; und daß das eine so wenig das Vorbild des andern gewesen, daß sie auch nicht einmal beide einerlei Vorbild gehabt zu haben brauchen. Hätte indes auch ihn ein Schein dieser Nachahmung geblendet, so würde er sich für die erstern haben erklären müssen. Denn er nimmt an, daß der Laokoon aus den Zeiten sei, da sich die Kunst unter den Griechen auf dem höchsten Gipfel ihrer Vollkommenheit befunden habe; aus den Zeiten Alexanders des Großen.

»Das gütige Schicksal«, sagt er,[1] »welches auch über die Künste bei ihrer Vertilgung noch gewachet, hat aller Welt zum Wunder ein Werk aus dieser Zeit der Kunst erhalten, zum Beweise von der Wahrheit der Geschichte von der Herrlichkeit so vieler vernichteten Meisterstücke. Laokoon, nebst seinen beiden Söhnen, vom Agesander, Apollodorus[2] und Athenodorus aus Rhodus gearbeitet, ist nach aller Wahrscheinlichkeit aus dieser Zeit, ob man gleich dieselbe nicht bestimmen, und wie einige getan haben, die Olympias, in welcher diese Künstler geblühet haben, angeben kann.«

In einer Anmerkung setzet er hinzu: »Plinius meldet kein Wort von der Zeit, in welcher Agesander und die Gehülfen an seinem Werke gelebet haben; Maffei aber, in der Erklärung alter Statuen, hat wissen wollen, daß diese Künstler in der acht und achtzigsten Olympias geblühet haben, und auf dessen Wort haben andere, als Richardson, nachgeschrieben. Jener hat, wie ich glaube, einen Athenodorus unter des Polycletus Schülern, für einen von unsern Künstlern genommen, und da Polycletus in der sieben und achtzigsten Olympias geblühet, so hat man seinen vermeinten Schüler eine Olympias später gesetzet: andere Gründe kann Maffei nicht haben.«

Er konnte ganz gewiß keine andere haben. Aber warum läßt es Herr Winkelmann dabei bewenden, diesen vermeinten Grund des Maffei bloß anzuführen? Widerlegt er sich von sich selbst? Nicht so ganz. Denn wenn er auch schon von keinen andern Gründen unterstützt ist, so macht er doch schon für sich selbst eine kleine Wahrscheinlichkeit, wo man nicht sonst zeigen kann, daß Athenodorus, des Polyklets

1 Geschichte der Kunst S. 347.

2 Nicht Apollodorus, sondern Polydorus. Plinius ist der einzige, der diese Künstler nennet, und ich wüßte nicht, daß die Handschriften in diesem Namen von einander abgingen. Harduin würde es gewiß sonst angemerkt haben. Auch die ältern Ausgaben lesen alle, Polydorus. Herr Winkelmann muß sich in dieser Kleinigkeit bloß verschrieben haben.

Schüler, und Athenodorus der Gehülfe des Agesander und Polydorus, unmöglich eine und eben dieselbe Person können gewesen sein. Zum Glücke läßt sich dieses zeigen, und zwar aus ihrem verschiedenen Vaterlande. Der erste Athenodorus war, nach dem ausdrücklichen Zeugnisse des Pausanias,[3] aus Klitor in Arkadien; der andere hingegen, nach dem Zeugnisse des Plinius, aus Rhodus gebürtig.

Herr Winkelmann kann keine Absicht dabei gehabt haben, daß er das Vorgeben des Maffei, durch Beifügung dieses Umstandes, nicht unwidersprechlich widerlegen wollen. Vielmehr müssen ihm die Gründe, die er aus der Kunst des Werks, nach seiner unstreitigen Kenntnis, ziehet, von solcher Wichtigkeit geschienen haben, daß er sich unbekümmert gelassen, ob die Meinung des Maffei noch einige Wahrscheinlichkeit behalte oder nicht. Er erkennet, ohne Zweifel, in dem Laokoon zu viele von den »argutiis«,[4] die dem Lysippus so eigen waren, mit welchen dieser Meister die Kunst zuerst bereicherte, als daß er ihn für ein Werk vor desselben Zeit halten sollte.

Allein, wenn es erwiesen ist, daß der Laokoon nicht älter sein kann, als Lysippus, ist dadurch auch zugleich erwiesen, daß er ungefehr aus seiner Zeit sein müsse? daß er unmöglich ein weit späteres Werk sein könne? Damit ich die Zeiten, in welchen die Kunst in Griechenland, bis zum Anfange der römischen Monarchie, ihr Haupt bald wiederum emporhob, bald wiederum sinken ließ, übergehe: warum hätte nicht Laokoon die glückliche Frucht des Wetteifers sein können, welchen die verschwenderische Pracht der ersten Kaiser unter den Künstlern entzünden mußte? Warum könnten nicht Agesander und seine Gehülfen die Zeitverwandten eines Strongylion, eines Arcesilaus, eines Pasiteles, eines Posidonius, eines Diogenes sein? Wurden nicht die Werke auch dieser Meister zum Teil dem Besten, was die Kunst jemals her-

3 Αϑηνοδωρος δε και Δαμιας – ὁυτοι δε Αρκαδες ἐισιν ἐκ Κλειτορος. Phoc. cap. 9. p. 819. Edit. Kuh.

4 Plinius lib. XXXIV. sect. 19. p. 653. Edit. Hard.

vorgebracht hatte, gleich geschätzet? Und wann noch ungezweifelte Stücke von selbigen vorhanden wären, das Alter ihrer Urheber aber wäre unbekannt, und ließe sich aus nichts schließen, als aus ihrer Kunst, welche göttliche Eingebung müßte den Kenner verwahren, daß er sie nicht eben so wohl in jene Zeiten setzen zu müssen glaubte, die Herr Winkelmann allein des Laokoons würdig zu sein achtet?

Es ist wahr, Plinius bemerkt die Zeit, in welcher die Künstler des Laokoons gelebt haben, ausdrücklich nicht. Doch wenn ich aus dem Zusammenhange der ganzen Stelle schließen sollte, ob er sie mehr unter die alten oder unter die neuern Artisten gerechnet wissen wollen: so bekenne ich, daß ich für das letztere eine größere Wahrscheinlichkeit darin zu bemerken glaube. Man urteile.

Nachdem Plinius von den ältesten und größten Meistern in der Bildhauerkunst, dem Phidias, dem Praxiteles, dem Scopas, etwas ausführlicher gesprochen, und hierauf die übrigen, besonders solche, von deren Werken in Rom etwas vorhanden war, ohne alle chronologische Ordnung namhaft gemacht: so fährt er folgender Gestalt fort:[5] »Nec multo plurium fama est, quorundam claritati in operibus eximiis obstante numero artificum, quoniam nec unus occupat gloriam, nec plures pariter nuncupari possunt, sicut in Laocoonte, qui est in Titi Imperatoris domo, opus omnibus et picturae et statuariae artis praeponendum. Ex uno lapide eum et liberos draconumque mirabiles nexus de consilii sententia fecere summi artifices, Agesander et Polydorus et Athenodorus Rhodii. Similiter Palatinas domus Caesarum replevere probatissimis signis Craterus cum Pythodoro, Polydectes cum Hermolao, Pythodorus alius cum Artemone, et singularis Aphrodisius Trallianus. Agrippae Pantheum decoravit Diogenes Atheniensis, et Caryatides in columnis templi ejus probantur inter pauca operum: sicut in fastigio posita signa, sed propter altitudinem loci minus celebrata.«

5 Libr. XXXVI. sect. 4. p. 730.

Von allen den Künstlern, welche in dieser Stelle genennet werden, ist Diogenes von Athen derjenige, dessen Zeitalter am unwidersprechlichsten bestimmt ist. Er hat das Pantheum des Agrippa ausgezieret; er hat also unter dem Augustus gelebt. Doch man erwäge die Worte des Plinius etwas genauer, und ich denke, man wird auch das Zeitalter des Craterus und Pythodorus, des Polydektes und Hermolaus, des zweiten Pythodorus und Artemons, so wie des Aphrodisius Trallianus, eben so unwidersprechlich bestimmt finden. Er sagt von ihnen: »Palatinas domus Caesarum replevere probatissimis signis«. Ich frage: kann dieses wohl nur so viel heißen, daß von ihren vortrefflichen Werken die Palläste der Kaiser angefüllet gewesen? In dem Verstande nemlich, daß die Kaiser sie überall zusammen suchen, und nach Rom in ihre Wohnungen versetzen lassen? Gewiß nicht. Sondern sie müssen ihre Werke ausdrücklich für diese Palläste der Kaiser gearbeitet, sie müssen zu den Zeiten dieser Kaiser gelebt haben. Daß es späte Künstler gewesen, die nur in Italien gearbeitet, läßt sich auch schon daher schließen, weil man ihrer sonst nirgends gedacht findet. Hätten sie in Griechenland in frühern Zeiten gearbeitet, so würde Pausanias ein oder das andere Werk von ihnen gesehen, und ihr Andenken uns aufbehalten haben. Ein Pythodorus kömmt zwar bei ihm vor,[6] allein Harduin hat sehr Unrecht, ihn für den Pythodorus in der Stelle des Plinius zu halten. Denn Pausanias nennet die Bildsäule der Juno, die er von der Arbeit des erstern zu Koronea in Boeotien sahe, ἀγαλμα ἀρχαιον, welche Benennung er nur den Werken derjenigen Meister giebet, die in den allerersten und rauhesten Zeiten der Kunst, lange vor einem Phidias und Praxiteles, gelebt hatten. Und mit Werken solcher Art werden die Kaiser gewiß nicht ihre Palläste ausgezieret haben. Noch weniger ist auf die andere Vermutung des Harduins zu achten, daß Artemon vielleicht der Maler gleiches Namens sei, dessen Plinius an einer andern Stelle gedenket. Name und Name

6 Boeotic. cap. XXXIV. p. 778. Edit. Kuh.

geben nur eine sehr geringe Wahrscheinlichkeit, derenwegen man noch lange nicht befugt ist, der natürlichen Auslegung einer unverfälschten Stelle Gewalt anzutun.

Ist es aber sonach außer allem Zweifel, daß Craterus und Pythodorus, daß Polydektes und Hermolaus, mit den übrigen, unter den Kaisern gelebet, deren Palläste sie mit ihren trefflichen Werken angefüllet: so dünkt mich, kann man auch denjenigen Künstlern kein ander Zeitalter geben, von welchen Plinius auf jene durch ein »Similiter« übergehet. Und dieses sind die Meister des Laokoon. Man überlege es nur: wären Agesander, Polydorus und Athenodorus so alte Meister, als wofür sie Herr Winkelmann hält; wie unschicklich würde ein Schriftsteller, dem die Präcision des Ausdruckes keine Kleinigkeit ist, wenn er von ihnen auf einmal auf die allerneuesten Meister springen müßte, diesen Sprung mit einem Gleichergestalt tun?

Doch man wird einwenden, daß sich dieses »Similiter« nicht auf die Verwandtschaft in Ansehung des Zeitalters, sondern auf einen andern Umstand beziehe, welchen diese in Betrachtung der Zeit so unähnliche Meister, miteinander gemein gehabt hätten. Plinius rede nemlich von solchen Künstlern, die in Gemeinschaft gearbeitet, und wegen dieser Gemeinschaft unbekannter geblieben wären, als sie verdienten. Denn da keiner sich die Ehre des gemeinschaftlichen Werks allein anmaßen können, alle aber, die daran Teil gehabt, jederzeit zu nennen, zu weitläuftig gewesen wäre: (»quoniam nec unus occupat gloriam, nec plures pariter nuncupari possunt«) so wären ihre sämtliche Namen darüber vernachlässiget worden. Dieses sei den Meistern des Laokoons, dieses sei so manchen andern Meistern widerfahren, welche die Kaiser für ihre Palläste beschäftiget hätten.

Ich gebe dieses zu. Aber auch so noch ist es höchst wahrscheinlich, daß Plinius nur von neuern Künstlern sprechen wollen, die in Gemeinschaft gearbeitet. Denn hätte er auch von älteren reden wollen, warum hätte er nur allein der Meister des Laokoons erwähnet? Warum nicht auch anderer? Eines Onatas und Kalliteles; eines Timokles und Timarchides, oder der Söhne dieses Timarchides, von welchen ein gemeinschaftlich gearbeiteter Jupiter in Rom war.[7] Herr Winkelmann sagt selbst, daß man von dergleichen älteren Werken, die mehr als einen Vater gehabt, ein langes Verzeichnis machen könne.[8] Und Plinius sollte sich nur auf die einzigen Agesander, Polydorus und Athenodorus besonnen haben, wenn er sich nicht ausdrücklich nur auf die neuesten Zeiten hätte einschränken wollen?

Wird übrigens eine Vermutung um so viel wahrscheinlicher, je mehrere und größere Unbegreiflichkeiten sich daraus erklären lassen, so ist es die, daß die Meister des Laokoons unter den ersten Kaisern geblühet haben, gewiß in einem sehr hohem Grade. Denn hätten sie in Griechenland zu den Zeiten, in welche sie Herr Winkelmann setzet, gearbeitet; hätte der Laokoon selbst in Griechenland ehedem gestanden: so müßte das tiefe Stillschweigen, welches die Griechen von einem solchen Werke (»opere omnibus et picturae et statuariae artis praeponendo«) beobachtet hätten, äußerst befremden. Es müßte äußerst befremden, wenn so große Meister weiter gar nichts gearbeitet hätten, oder wenn Pausanias von ihren übrigen Werken in ganz Griechenland, eben so wenig wie von dem Laokoon, zu sehen bekommen hätte. In Rom hingegen konnte das größte Meisterstück lange im Verborgenen bleiben, und wenn Laokoon auch bereits unter dem Augustus wäre verfertiget worden, so dürfte es doch gar nicht sonderbar scheinen, daß erst Plinius seiner gedacht, seiner zuerst und zuletzt gedacht. Denn man erinnere sich nur, was er von einer Venus des Scopas sagt,[9] die zu Rom in einem Tempel des Mars stand, »quemcunque alium locum nobilitatura. Romae quidem magnitudo operum eam obliterat, ac magni officiorum negotiorumque acervi omnes a contemplatione talium abducunt: quoniam otiosorum et in magno loci silentio apta admiratio talis est.«

7 Plinius lib. XXXVI. sect. 4. p. 730.

8 Geschichte der Kunst T. II. S. 332.

9 Plinius l. c. p. 727.

Diejenigen, welche in der Gruppe Laokoon so gern eine Nachahmung des Virgilischen Laokoons sehen wollen, werden, was ich bisher gesagt, mit Vergnügen ergreifen. Noch fiele mir eine Mutmaßung bei, die sie gleichfalls nicht sehr mißbilligen dürften. Vielleicht, könnten sie denken, war es Asinius Pollio, der den Laokoon des Virgils durch griechische Künstler ausführen ließ. Pollio war ein besonderer Freund des Dichters, überlebte den Dichter, und scheinet sogar ein eigenes Werk über die Aeneis geschrieben zu haben. Denn wo sonst, als in einem eigenen Werke über dieses Gedicht, können so leicht die einzeln Anmerkungen gestanden haben, die Servius aus ihm anführt?[10] Zugleich war Pollio ein Liebhaber und Kenner der Kunst, besaß eine reiche Sammlung der trefflichsten alten Kunstwerke, ließ von Künstlern seiner Zeit neue fertigen, und dem Geschmacke, den er in seiner Wahl zeigte, war ein so kühnes Stück als Laokoon, vollkommen angemessen:[11] »ut fuit acris vehementiae sic quoque spectari monumenta sua voluit.« Doch da das Cabinet des Pollio, zu den Zeiten des Plinius, als Laokoon in dem Pallaste des Titus stand, noch ganz unzertrennet an einem besondern Orte beisammen gewesen zu sein scheinet: so möchte diese Mutmaßung von ihrer Wahrscheinlichkeit wiederum etwas verlieren. Und warum könnte es nicht Titus selbst getan haben, was wir dem Pollio zuschreiben wollen?

XXVII.

Ich werde in meiner Meinung, daß die Meister des Laokoons unter den ersten Kaisern gearbeitet haben, wenigstens so alt

10 Ad ver. 7. lib. II. Aeneid. und besonders ad ver. 183 lib. XI. Man dürfte also wohl nicht Unrecht tun, wenn man das Verzeichnis der verlornen Schriften dieses Mannes mit einem solchen Werke vermehrte.

11 Plinius lib. XXXVI. sect. 4. p. 729.

gewiß nicht sein können, als sie Herr Winkelmann ausgiebt, durch eine kleine Nachricht bestärket, die er selbst zuerst bekannt macht. Sie ist diese:[1]

»Zu Nettuno, ehemals Antium, hat der Herr Cardinal Alexander Albani, im Jahr 1717, in einem großen Gewölbe, welches im Meere versunken lag, eine Base entdecket, welche von schwarz gräulichem Marmor ist, den man itzo Bigio nennet, in welche die Figur eingefüget war; auf derselben befindet sich folgende Inschrift:

ΑΘΑΝΟΔΩΡΟΣ ΑΓΗΣΑΝΔΡΟΥ
ΡΟΔΙΟΣ ΕΠΟΙΗΣΕ

Athanodorus, des Agesanders Sohn, aus Rhodus, hat es gemacht. Wir lernen aus dieser Inschrift, daß Vater und Sohn am Laokoon gearbeitet haben, und vermutlich war auch Apollodorus (Polydorus) des Agesanders Sohn: denn dieser Athanodorus kann kein anderer sein, als der, welchen Plinius nennet. Es beweiset ferner diese Inschrift, daß sich mehr Werke der Kunst, als nur allein drei, wie Plinius will, gefunden haben auf welche die Künstler das Wort, Gemacht, in vollendeter und bestimmter Zeit gesetzet, nemlich ἐποιησε, fecit: er berichtet, daß die übrigen Künstler aus Bescheidenheit sich in unbestimmter Zeit ausgedrücket, ἐποιει, faciebat.«

Darin wird Herr Winkelmann wenig Widerspruch finden, daß der Athanodorus in dieser Inschrift kein anderer, als der Athenodorus sein könne, dessen Plinius unter den Meistern des Laokoons gedenket. Athanodorus und Athenodorus ist auch völlig ein Name; denn die Rhodier bedienten sich des Dorischen Dialekts. Allein über das, was er sonst daraus folgern will, muß ich einige Anmerkungen machen.

Das erste, daß Athenodorus ein Sohn des Agesanders gewesen sei, mag hingehen. Es ist sehr wahrscheinlich, nur nicht unwidersprechlich. Denn es ist bekannt, daß es alte Künstler gegeben, die, anstatt sich nach ihrem Vater zu nennen, sich lieber nach ihrem Lehrmeister nennen wollen.

1 Geschichte der Kunst T. II. S. 347.

Was Plinius von den Gebrüdern Apollonius und Tauriscus saget, leidet nicht wohl eine andere Auslegung.[2]

Aber wie? Diese Inschrift soll zugleich das Vorgeben des Plinius widerlegen, daß sich nicht mehr als drei Kunstwerke gefunden, zu welchen sich ihre Meister in der vollendeten Zeit, (anstatt des ἐποιει, durch ἐποιησε) bekannt hätten? Diese Inschrift? Warum sollen wir erst aus dieser Inschrift lernen, was wir längst aus vielen andern hätten lernen können? Hat man nicht schon auf der Statue des Germanicus Κλεομενης – ἐποιησε gefunden? Auf der sogenannten Vergötterung des Homers, Ἀρχελαος ἐποιησε? Auf der bekannten Vase zu Gaeta Σαλπιων ἐποιησε?[3] u. s. w.

Herr Winkelmann kann sagen: »Wer weiß dieses besser als ich? Aber«, wird er hinzusetzen, »desto schlimmer für den Plinius. Seinem Vorgeben ist also um so öfterer widersprochen; es ist um so gewisser widerlegt.«

Noch nicht. Denn wie, wenn Herr Winkelmann den Plinius mehr sagen ließe, als er wirklich sagen wollen? Wenn also die angeführten Beispiele, nicht das Vorgeben des Plinius, sondern bloß das Mehrere, welches Herr Winkelmann in dieses Vorgeben hineingetragen, widerlegten? Und so ist es wirklich. Ich muß die ganze Stelle anführen. Plinius will, in seiner Zueignungsschrift an den Titus, von seinem Werke mit der Bescheidenheit eines Mannes sprechen, der es selbst am besten weiß, wie viel demselben zur Vollkommenheit noch fehle. Er findet ein merkwürdiges Exempel einer solchen Bescheidenheit bei den Griechen, über deren prahlende, vielversprechende Büchertitel, (»inscriptiones, propter quas vadimonium deseri possit«) er sich vorher ein wenig aufgehalten, und sagt:[4] »Et ne in totum videar Graecos insectari,

2 Libr. XXXVI. sect. 4. p. 730.

3 Man sehe das Verzeichnis der Aufschriften alter Kunstwerke beim Mar. Gudius, (ad Phaedri fab. 1. lib. V) und ziehe zugleich die Berichtigung desselben vom Gronov (Praef. ad Tom. IX. Thesauri Antiqu. Graec.) zu Rate.

4 Libr. I. p. 5. Edit. Hard.

ex illis nos velim intelligi pingendi fingendique conditoribus, quos in libellis his invenies, absoluta opera, et illa quoque quae mirando non satiamur, pendenti titulo inscripsisse: ut APPELLES FACIEBAT, aut POLYCLETüS: tanquam inchoata semper arte et imperfecta: ut contra judiciorum varietates superesset artifici regressus ad veniam, velut emendaturo quidquid desideraretur, si non esset interceptus. Quare plenum verecundiae illud est, quod omnia opera tanquam novissima inscripsere, et tamquam singulis fato adempti. Tria non amplius, ut opinor, absolute traduntur inscripta, ILLE FECIT, quae suis locis reddam: quo apparuit, summam artis securitatem auctori placuisse, et ob id magna invidia fuere omnia ea.« Ich bitte auf die Worte des Plinius, »pingendi fingendique conditoribus«, aufmerksam zu sein. Plinius sagt nicht, daß die Gewohnheit in der unvollendeten Zeit sich zu seinem Werke zu bekennen, allgemein gewesen; daß sie von allen Künstlern, zu allen Zeiten beobachtet worden: er sagt ausdrücklich, daß nur die ersten alten Meister, jene Schöpfer der bildenden Künste, »pingendi fingendique conditores«, ein Apelles, ein Polyklet, und ihre Zeitverwandte, diese kluge Bescheidenheit gehabt hätten; und da er diese nur allein nennet, so giebt er stillschweigend, aber deutlich genug, zu verstehen, daß ihre Nachfolger, besonders in den spätern Zeiten, mehr Zuversicht auf sich selber geäußert.

Dieses aber angenommen, wie man es annehmen muß, so kann die entdeckte Aufschrift von dem einen der drei Künstler des Laokoons, ihre völlige Richtigkeit haben, und es kann dem ohngeachtet wahr sein, daß, wie Plinius sagt, nur etwa drei Werke vorhanden gewesen, in deren Aufschriften sich ihre Urheber der vollendeten Zeit bedienet; nemlich unter den ältern Werken, aus den Zeiten des Apelles, des Polyklets, des Nicias, des Lysippus. Aber das kann sodann seine Richtigkeit nicht haben, daß Athenodorus und seine Gehülfen, Zeitverwandte des Apelles und Lysippus gewesen sind, zu welchen sie Herr Winkelmann machen will. Man muß vielmehr so schließen; Wenn es wahr ist, daß unter den Werken der ältern Künstler, eines Apelles, eines Polyklets und der übrigen aus dieser Classe, nur etwa drei gewesen sind, in deren Aufschriften die vollendete Zeit von ihnen gebraucht worden; wenn es wahr ist, daß Plinius diese drei Werke selbst namhaft gemacht hat:[5] so kann Athenodorus, von dem kei-

5 Er verspricht wenigstens ausdrücklich, es zu tun: »quae suis locis reddam.« Wenn er es aber nicht gänzlich vergessen, so hat er es doch sehr im Vorbeigehen und gar nicht auf eine Art getan, als man nach einem solchen Versprechen erwartet. Wenn er z. E. schreibet: (Lib. XXXV. sect. 39.) »Lysippus quoque Aeginae picturae suae inscripsit, ἐνεκαυσεν: quod profecto non fecisset, nisi encaustica inventa«: so ist es offenbar, daß er dieses ἐνεκαυσεν zum Beweise einer ganz andern Sache braucht. Hat er aber, wie Harduin glaubt, auch zugleich das eine von den Werken dadurch angeben wollen, deren Aufschrift in dem Aoristo abgefaßt gewesen: so hätte es sich wohl der Mühe verlohnet, ein Wort davon mit einfließen zu lassen. Die andern zwei Werke dieser Art, findet Harduin in folgender Stelle: »Idem (Divus Augustus) in Curia quoque, quam in comitio consecrabat, duas tabulas impressit parieti: Nemeam sedentem supra leonem, palmigeram ipsam, adstante cum baculo sene, cujus supra caput tabula bigae dependet. Nicias scripsit se inussisse: tali enim usus est verbo. Alterius tabulae admiratio est, puberem filium seni patri similem esse, salva aetatis differentia, supervolante aquila draconem complexa. Philochares hoc suum opus esse testatus est.« (Lib. XXXV. sect. 10.) Hier werden zwei verschiedene Gemälde beschrieben, welche Augustus in dem neuerbauten Rathause aufstellen lassen. Das zweite ist vom Philochares, das erste vom Nicias. Was von jenem gesagt wird, ist klar und deutlich. Aber bei diesem finden sich Schwierigkeiten. Es stellte die Nemea vor, auf einem Löwen sitzend, einen Palmenzweig in der Hand, neben ihr ein alter Mann mit einem Stabe; »cujus supra caput tabula bigae dependet«. Was heißt das? Über dessen Haupte eine Tafel hing, worauf ein zweispänniger Wagen gemalt war? Das ist noch der einzige Sinn, den man diesen Worten geben kann. Also war auf das Hauptgemälde noch ein anderes kleineres Gemälde gehangen? Und beide waren von dem Nicias? So muß es Harduin genommen haben. Denn wo wären hier sonst zwei Gemälde des Nicias, da das andere ausdrücklich dem Philochares

nes dieser drei Werke ist, und der sich dem ohngeachtet auf seinen Werken der vollendeten Zeit bedienet, zu jenen alten Künstlern nicht gehören; er kann kein Zeitverwandter des Apelles, des Lysippus sein, sondern er muß in spätere Zeiten gesetzt werden.

---

zugeschrieben wird? »Inscripsit Nicias igitur geminae huic tabulae suum nomen in hunc modum: Ο ΝΙΚΙΑΣ ΕΝΕΚΑΥΣΕΝ; atque adeo e tribus operibus, quae absolute fuisse inscripta, ILLE FECIT, indicavit Praefatio ad Titum, duo haec sunt Niciae.« Ich möchte den Harduin fragen: wenn Nicias nicht den Aoristum, sondern wirklich das Imperfectum gebraucht hätte, Plinius aber hätte bloß bemerken wollen, daß der Meister, anstatt des γραφειν, ἐνκαιειν gebraucht hätte; würde er in seiner Sprache auch nicht noch alsdenn haben sagen müssen, »Nicias scripsit se inussisse«? Doch ich will hierauf nicht bestehen; es mag wirklich des Plinius Wille gewesen sein, eines von den Werken, wovon die Rede ist, dadurch anzudeuten. Wer aber wird sich das doppelte Gemälde einreden lassen, deren eines über dem andern gehangen? Ich mir nimmermehr. Die Worte »cujus supra caput tabula bigae dependet«, können also nicht anders als verfälscht sein. »Tabula bigae«, ein Gemälde, worauf ein zweispänniger Wagen gemalet, klingt nicht sehr Plinianisch, wenn auch Plinius schon sonst den Singularem von »bigae« braucht. Und was für ein zweispänniger Wagen? Etwan, dergleichen zu den Wettrennen in den Nemeäischen Spielen gebraucht wurden; so daß dieses kleinere Gemälde in Ansehung dessen, was es vorstellte, zu dem Hauptgemälde gehort hatte? Das kann nicht sein; denn in den Nemeäischen Spielen waren nicht zweispännige, sondern vierspännige Wagen gewöhnlich. (Schmidius in Prol. ad. Nemeonicas, p. 2.) Einsmals kam ich auf die Gedanken, daß Plinius anstatt des »bigae« vielleicht ein griechisches Wort geschrieben, welches die Abschreiber nicht verstanden, ich meine πτυχιον. Wir wissen nemlich aus einer Stelle des Antigonus Carystius, beim Zenobius, (conf. Gronovius T. IX. Antiquit. Graec. Praef. p. 8.) daß die alten Künstler nicht immer ihre Namen auf ihre Werke selbst, sondern auch wohl auf besondere Täfelchen gesetzet, welche dem Gemälde, oder der Statue angehangen wurden. Und ein solches Täfelchen hieß πτυχιον. Dieses Griechische Wort fand sich vielleicht in einer Handschrift durch die Glosse »tabula, tabella«

Kurz; ich glaube, es ließe sich als ein sehr zuverlässiges Kriterium angeben, daß alle Künstler, die das ἐποιησε gebraucht, lange nach den Zeiten Alexanders des Großen, kurz vor oder unter den Kaisern, geblühet haben. Von dem Kleomenes ist es unstreitig; von dem Archelaus ist es höchst wahrscheinlich; und von dem Salpion kann wenigstens das Gegenteil auf keine Weise erwiesen werden. Und so von den übrigen; den Athanodorus nicht ausgeschlossen.

Herr Winkelmann selbst mag hierüber Richter sein! Doch protestiere ich gleich im voraus wider den umgekehrten Satz. Wenn alle Künstler, welche ἐποιησε gebraucht, unter die späten gehören: so gehören darum nicht alle, die sich des ἐποιει bedienet, unter die ältern. Auch unter den spätern Künstlern können einige diese einem großen Manne so wohl anstehende Bescheidenheit wirklich besessen, und andere sie zu besitzen sich gestellet haben.

---

erkläret; und das »tabula« kam endlich mit in den Text. Aus πτυχιον ward »bigae«; und so entstand das »tabula bigae«. Nichts kann zu dem Folgenden besser passen, als dieses πτυχιον; denn das Folgende eben ist es, was darauf stand. Die ganze Stelle wäre also zu lesen: »cujus supra caput πτυχιον dependet, quo Nicias scripsit se inussisse«. Doch diese Correctur, ich bekenne es, ist ein wenig kühn. Muß man denn auch alles verbessern können, was man verfälscht zu sein beweisen kann? Ich begnüge mich, das letztere hier geleistet zu haben, und überlasse das erstere einer geschicktern Hand. Doch nunmehr wiederum zur Sache zurück zu kommen; wenn Plinius also nur von einem Gemälde des Nicias redet, dessen Aufschrift im Aoristo abgefaßt gewesen, und das zweite Gemälde dieser Art das obige des Lysippus ist: welches ist denn nun das dritte? Das weiß ich nicht. Wenn ich es bei einem andern alten Schriftsteller finden dürfte, als bei dem Plinius, so würde ich nicht sehr verlegen sein. Aber es soll bei dem Plinius gefunden werden; und noch einmal: bei diesem weiß ich es nicht zu finden.

XXVIII.

Nach dem Laokoon war ich auf nichts neugieriger, als auf das, was Herr Winkelmann von dem sogenannten Borghesischen Fechter sagen möchte. Ich glaube eine Entdeckung über diese Statue gemacht zu haben, auf die ich mir alles einbilde, was man sich auf dergleichen Entdeckungen einbilden kann.

Ich besorgte schon, Herr Winkelmann würde mir damit zuvor gekommen sein. Aber ich finde nichts dergleichen bei ihm; und wenn nunmehr mich etwas mißtrauisch in ihre Richtigkeit machen könnte, so würde es eben das sein, daß meine Besorgnis nicht eingetroffen.

»Einige«, sagt Herr Winkelmann,[1] »machen aus dieser Statue einen Discobolus, das ist, der mit dem Disco, oder mit einer Scheibe von Metall, wirft, und dieses war die Meinung des berühmten Herrn von Stosch in einem Schreiben an mich, aber ohne genugsame Betrachtung des Standes, worin dergleichen Figur will gesetzt sein. Denn derjenige, welcher etwas werfen will, muß sich mit dem Leibe hinterwärts zurückziehen, und indem der Wurf geschehen soll, liegt die Kraft auf dem nächsten Schenkel, und das linke Bein ist müßig: hier aber ist das Gegenteil. Die ganze Figur ist vorwärts geworfen, und ruhet auf dem linken Schenkel, und das rechte Bein ist hinterwärts auf das äußerste ausgestrecket. Der rechte Arm ist neu, und man hat ihm in die Hand ein Stück von einer Lanze gegeben; auf dem linken Arme sieht man den Riem von dem Schilde, welchen er gehalten hat. Betrachtet man, daß der Kopf und die Augen aufwärts gerichtet sind, und daß die Figur sich mit dem Schilde vor etwas, das von oben her kommt, zu verwahren scheint, so könnte man diese Statue mit mehrerem Rechte für eine Vorstellung eines Soldaten halten, welcher sich in einem gefährlichen Stande besonders verdient gemacht hat: denn

1 Gesch. der Kunst T. II. S. 394.

Fechtern in Schauspielen ist die Ehre einer Statue unter den Griechen vermutlich niemals widerfahren: und dieses Werk scheinet älter als die Einführung der Fechter unter den Griechen zu sein.«

Man kann nicht richtiger urteilen. Diese Statue ist eben so wenig ein Fechter, als ein Discobolus; es ist wirklich die Vorstellung eines Kriegers, der sich in einer solchen Stellung bei einer gefährlichen Gelegenheit hervortat. Da Herr Winkelmann aber dieses so glücklich erriet: wie konnte er hier stehen bleiben? Wie konnte ihm der Krieger nicht beifallen, der vollkommen in dieser nemlichen Stellung die völlige Niederlage eines Heeres abwandte, und dem sein erkenntliches Vaterland eine Statue vollkommen in der nemlichen Stellung setzen ließ?

Mit einem Worte: Die Statue ist Chabrias.

Der Beweis ist folgende Stelle des Nepos in dem Leben dieses Feldherrn.[2] »Hic quoque in summis habitus est ducibus: resque multas memoria dignas gessit. Sed ex his elucet maxime inventum ejus in proelio, quod apud Thebas fecit, quum Boeotiis subsidio venisset. Namque in eo victoriae fidente summo duce Agesilao, fugatis jam ab eo conductitiis catervis, reliquam phalangem loco vetuit cedere, obnixoque genu scuto, projectaque hasta impetum excipere hostium docuit. Id novum Agesilaus contuens, progredi non est ausus, suosque iam incurrentes tuba revocavit. Hoc usque eo tota Graecia fama celebratum est, ut illo statu Chabrias sibi statuam fieri voluerit, quae publice ei ab Atheniensibus in foro constituta est. Ex quo factum est, ut postea athletae, ceterique artifices his statibus in statuis ponendis uterentur, in quibus victoriam essent adepti.«

Ich weiß es, man wird noch einen Augenblick anstehen, mir Beifall zu geben; aber ich hoffe, auch wirklich nur einen Augenblick. Die Stellung des Chabrias scheinet nicht vollkommen die nemliche zu sein, in welcher wir die Borghesische Statue erblicken. Die vorgeworfene Lanze, »projecta

2 Cap. I.

hasta«, ist beiden gemein, aber das »obnixo genu scuto« erklären die Ausleger durch »obnixo in scutum, obfirmato genu ad scutum«: Chabrias wies seinen Soldaten, wie sie sich mit dem Kniee gegen das Schild stemmen, und hinter demselben den Feind abwarten sollten; die Statue hingegen hält das Schild hoch. Aber wie, wenn die Ausleger sich irrten? Wie, wenn die Worte »obnixo genu scuto« nicht zusammen gehörten, und man »obnixo genu« besonders, und »scuto« besonders, oder mit dem darauf folgendem »projectaque hasta« zusammen lesen müßte? Man mache ein einziges Komma, und die Gleichheit ist nunmehr so vollkommen als möglich. Die Statue ist ein Soldat, »qui obnixo genu,[3] scuto projectaque hasta impetum hostis excipit«: sie zeigt, was Chabrias tat, und ist die Statue des Chabrias. Daß das Komma wirklich fehle, beweiset das dem »projecta« angehängte »que«, welches, wenn »obnixo genu scuto« zusammen gehörten, überflüssig sein würde, wie es denn auch wirklich einige Ausgaben daher weglassen.

Mit dem hohen Alter, welches dieser Statue sonach zukäme, stimmet die Form der Buchstaben in der darauf befindlichen Aufschrift des Meisters vollkommen überein; und Herr Winkelmann selbst hat aus derselben geschlossen, daß es die älteste von den gegenwärtigen Statuen in Rom sei, auf welchen sich der Meister angegeben hat. Seinem scharfsichtigen Blicke überlasse ich es, ob er sonst in Ansehung der Kunst etwas daran bemerket, welches mit meiner Meinung streiten könnte. Sollte er sie seines Beifalles würdigen, so

3 So sagt Statius »obnixa pectora« (Thebaid. lib. VI. v. 863.)

– – – – rumpunt obnixa furentes
Pectora

welches der alte Glossator des Barths durch »summa vi contra nitentia« erklärt. So sagt Ovid (Halievt. v. 11) »obnixa fronte«, wenn er von der Meerbramse (Scaro) spricht, die sich nicht mit dem Kopfe, sondern mit dem Schwanze durch die Reisen zu arbeiten sucht:

Non audet radiis obnixa occurrere fronte.

dürfte ich mich schmeicheln, ein besseres Exempel gegeben zu haben, wie glücklich sich die klassischen Schriftsteller durch die alten Kunstwerke, und diese hinwiederum aus jenen aufklären lassen, als in dem ganzen Folianten des Spence zu finden ist.

XXIX.

Bei der unermeßlichen Belesenheit, bei den ausgebreitetesten feinsten Kenntnissen der Kunst, mit welchen sich Herr Winkelmann an sein Werk machte, hat er mit der edeln Zuversicht der alten Artisten gearbeitet, die allen ihren Fleiß auf die Hauptsache verwandten, und was Nebendinge waren, entweder mit einer gleichsam vorsätzlichen Nachlässigkeit behandelten, oder gänzlich der ersten der besten fremden Hand überließen.

Es ist kein geringes Lob, nur solche Fehler begangen zu haben, die ein jeder hätte vermeiden können. Sie stoßen bei der ersten flüchtigen Lektüre auf, und wenn man sie anmerken darf, so muß es nur in der Absicht geschehen, um gewisse Leute, welche allein Augen zu haben glauben, zu erinnern, daß sie nicht angemerkt zu werden verdienen.

Schon in seinen Schriften über die Nachahmung der Griechischen Kunstwerke ist Herr Winkelmann einigemal durch den Junius verführt worden. Junius ist ein sehr verfänglicher Autor; sein ganzes Werk ist ein Cento, und da er immer mit den Worten der Alten reden will, so wendet er nicht selten Stellen aus ihnen auf die Malerei an, die an ihrem Orte von nichts weniger als von der Malerei handeln. Wenn z. E. Herr Winkelmann lehren will, daß sich durch die bloße Nachahmung der Natur das Höchste in der Kunst, eben so wenig wie in der Poesie erreichen lasse, daß sowohl Dichter als Maler lieber das Unmögliche, welches wahrscheinlich ist, als das bloß mögliche wählen müsse: so setzt er hinzu: »die Möglichkeit und Wahrheit, welche Longin von einem Maler im Gegensatze des Unglaublichen bei dem Dichter fodert, kann hiermit sehr wohl bestehen.« Allein dieser Zusatz wäre besser weggeblieben; denn er zeiget die zwei größten Kunstrichter in einem Widerspruche, der ganz ohne Grund ist. Es ist falsch, daß Longin so etwas jemals gesagt hat. Er sagt etwas ähnliches von der Beredsamkeit und Dichtkunst, aber keineswegs von der Dichtkunst und Malerei. Ὡς δ' ἑτερον τι ἡ ῥητορικη φαντασια βουλεται, και ἑτερον ἡ παρα ποιηταις, ὀυκ ἀν λαθοι σε, schreibt er an seinen Terentian;[1] ὀυδ' ὁτι της μεν ἐν ποιησει τελος ἐστιν ἐκπληξις, της δ' ἐν λογοις ἐναργεια. Und wiederum: Ου μην ἀλλα τα μεν παρα τοις ποιηταις μυθικωτεραν ἐχει την ὑπερεκπτωσιν, και παντῃ το πιστον ὑπεραιρουσαν· της δε ρητορικης φαντασιας, καλλιστον ἀει το ἐμπρακτον και ἐναληθες. Nur Junius schiebt, anstatt der Beredsamkeit, die Malerei hier unter; und bei ihm war es, nicht bei dem Longin, wo Herr Winkelmann gelesen hatte:[2] »Praesertim cum Poeticae phantasiae finis sit ἐκπληξις, Pictoriae vero, ἐναργεια. Και τα μεν παρα τοις ποιηταις, ut loquitur idem Longinus«, u. s. w. Sehr wohl; Longins Worte, aber nicht Longins Sinn!

Mit folgender Anmerkung muß es ihm eben so gegangen sein: »Alle Handlungen«, sagt er,[3] »und Stellungen der griechischen Figuren, die mit dem Charakter der Weisheit nicht bezeichnet, sondern gar zu feurig und zu wild waren, verfielen in einen Fehler, den die alten Künstler Parenthyrsus nannten.« Die alten Künstler? Das dürfte nur aus dem Junius zu erweisen sein. Denn Parenthyrsus war ein rhetorisches Kunstwort, und vielleicht, wie die Stelle des Longins zu verstehen zu geben scheinet, auch nur dem einzigen Theodor eigen.[4] Τουτῳ παρακειται τριτον τι κακιας ἐιδος ἐν τοις παθητικοις, ὁπερ ὁ θεοδωρος παρενθυρσον ἐκαλει· ἐστι δε παθος ἀκαιρον και κενον, ἐνθα μη δει παθους· ἡ ἀμετρον, ἐνθα μετριου δει. Ja ich zweifle sogar, ob sich überhaupt

1 Περι Υψους, τμημα ιδ. Edit. T. Fabri p. 36. 39.

2 De Pictura Vet. lib. I. cap. 4. p. 33.

3 Von der Nachahmung der griech. Werke etc. S. 23.

4 Τμημα β'.

dieses Wort in die Malerei übertragen läßt. Denn in der Beredsamkeit und Poesie giebt es ein Pathos, das so hoch getrieben werden kann als möglich, ohne Parenthyrsus zu werden; und nur das höchste Pathos an der unrechten Stelle, ist Parenthyrsus. In der Malerei aber würde das höchste Pathos allezeit Parenthyrsus sein, wenn es auch durch die Umstände der Person, die es äußert, noch so wohl entschuldigt werden könnte.

Dem Ansehen nach werden also auch verschiedene Unrichtigkeiten in der Geschichte der Kunst bloß daher entstanden sein, weil Herr Winkelmann in der Geschwindigkeit nur den Junius und nicht die Quellen selbst zu Rate ziehen wollen. Z. E. Wenn er durch Beispiele zeigen will, daß bei den Griechen alles Vorzügliche in allerlei Kunst und Arbeit besonders geschätzet worden, und der beste Arbeiter in der geringsten Sache zur Verewigung seines Namens gelangen können: so führet er unter anderm auch dieses an:[5] »Wir wissen den Namen eines Arbeiters von sehr richtigen Waagen, oder Waageschalen; er hieß Parthenius.« Herr Winkelmann muß die Worte des Juvenals, auf die er sich desfalls beruft, »Lances Parthenio factas«, nur in dem Catalogo des Junius gelesen haben. Denn hätte er den Juvenal selbst nachgesehen, so würde er sich nicht von der Zweideutigkeit des Wortes »lanx« haben verführen lassen, sondern sogleich aus dem Zusammenhange erkannt haben, daß der Dichter nicht Waagen oder Waageschalen, sondern Teller und Schüsseln meine. Juvenal rühmt nemlich den Catullus, daß er es bei einem gefährlichen Sturme zur See wie der Biber gemacht, welcher sich die Geilen abbeißt, um das Leben davon zu bringen; daß er seine kostbarsten Sachen ins Meer werfen lassen, um nicht mit samt dem Schiffe unter zu gehen. Diese kostbaren Sachen beschreibt er, und sagt unter andern:

Ille nec argentum dubitabat mittere, lances
Parthenio factas, urnae cratera capacem
Et dignum sitiente Pholo, vel conjuge Fusci.

---

5 Geschichte der Kunst T. I. S. 136.

Adde et bascaudas et mille escaria, multum
Caelati, biberet quo callidus emtor Olynthi.

»Lances«, die hier mitten unter Bechern und Schwenkkesseln stehen, was können es anders sein, als Teller und Schüsseln? Und was will Juvenal anders sagen, als daß Catull sein ganzes silbernes Eßgeschirr, unter welchem sich auch Teller von getriebener Arbeit des Parthenius befanden, ins Meer werfen lassen. »Parthenius«, sagt der alte Scholiast, »caelatoris nomen«. Wenn aber Grangäus, in seinen Anmerkungen, zu diesem Namen hinzusetzt: »sculptor, de quo Plinius«, so muß er dieses wohl nur auf gutes Glück hingeschrieben haben; denn Plinius gedenkt keines Künstlers dieses Namens.

»Ja«, fährt Herr Winkelmann fort, »es hat sich der Name des Sattlers, wie wir ihn nennen würden, erhalten, der den Schild des Ajax von Leder machte.« Aber auch dieses kann er nicht daher genommen haben, wohin er seine Leser verweiset; aus dem Leben des Homers vom Herodotus. Denn hier werden zwar die Zeilen aus der Iliade angeführet, in welchen der Dichter diesem Lederarbeiter den Namen Tychius beilegt; es wird aber auch zugleich ausdrücklich gesagt, daß eigentlich ein Lederarbeiter von des Homers Bekanntschaft so geheißen, dem er durch Einschaltung seines Namens seine Freundschaft und Erkenntlichkeit bezeigen wollen:[6] Απεδωκε δε χαριν και Τυχιῳ τῳ σκυτει, ὁς ἐδεξατο ἀυτον ἐν τῳ Νεῳ τειχει, προσελθοντα προς το σκυτειον, ἐν τοις ἐπεσι καταζευξας ἐν τῃ Ιλιαδι τοισδε.

Αιας δ' ἐγγυθεν ἠλθε, φερων σακος ἠυτε πυργον,
Χαλκεον, ἑπταβοειον· ὁ ὁι Τυχιος καμε τευχων
Σκυτοτομων ὀχ' ἀριστος, Ὑλῃ ἐνι ὀικια ναιων.

Es ist also grade das Gegenteil von dem, was uns Herr Winkelmann versichern will; der Name des Sattlers, welcher das Schild des Ajax gemacht hatte, war schon zu des Homers Zeiten so vergessen, daß der Dichter die Freiheit hatte, einen ganz fremden Namen dafür unterzuschieben.

6 Herodotus de Vita Homeri, p. 756. Edit. Wessel.

Verschiedene kleine Fehler, sind bloße Fehler des Gedächtnisses, oder betreffen Dinge, die er nur als beiläufige Erläuterungen anbringt,

Es war Herkules, und nicht Bacchus, von welchem sich Parrhasius rühmte, daß er ihm in der Gestalt erschienen sei, in welcher er ihn gemalt.[7]

Tauriscus war nicht aus Rhodus, sondern aus Tralles in Lydien.[8]

Die Antigone ist nicht die erste Tragödie des Sophokles.[9]

---

7 Gesch. der Kunst T. I. S. 167. Plinius lib. XXXV. sect. 36. Athenaeus lib. XII. p. 543.

8 Gesch. der Kunst T. II. S. 353. Plinius lib. XXXVI. sect. 4. p. 729. l. 17.

9 Gesch. der Kunst T. II. S. 328. »Er führte die Antigone, sein erstes Trauerspiel, im dritten Jahre der sieben und siebenzigsten Olympias auf.« Die Zeit ist ungefehr richtig, aber daß dieses erste Trauerspiel die Antigone gewesen sei, das ist ganz unrichtig. Samuel Petit, den Herr Winkelmann in der Note anführt, hat dieses auch gar nicht gesagt; sondern die Antigone ausdrücklich in das dritte Jahr der vier und achtzigsten Olympias gesetzt. Sophokles ging das Jahr darauf mit dem Perikles nach Samos, und das Jahr dieser Expedition kann zuverlässig bestimmt werden. Ich zeige in meinem Leben des Sophokles aus der Vergleichung mit einer Stelle des ältern Plinius, daß das erste Trauerspiel dieses Dichters, wahrscheinlicher Weise, Triptolemus gewesen. Plinius redet nemlich (Libr. XVIII. sect. 12. p. 107. Edit. Hard.) von der verschiedenen Güte des Getreides in verschiednen Ländern, und schließt: »Hae fuere sententiae, Alexandro magno regnante, cum clarissima fuit Graecia, atque in toto terrarum orbe potentissima; ita tamen ut ante mortem ejus annis fere CXLV Sophocles poeta in fabula Triptolemo frumentum italicum ante cuncta laudaverit, ad verbum translata sententia:

Et fortunatam Italiam frumento canêre candido.«

Nun ist zwar hier nicht ausdrücklich von dem ersten Trauerspiele des Sophokles die Rede; allein es stimmt die Epoche desselben, welche Plutarch und der Scholiast und die Arundelschen Denkmäler einstimmig in die sieben und siebzigste Olympias setzen, mit der Zeit, in welche Plinius den Triptolemus setzet, so genau

Doch ich enthalte mich, dergleichen Kleinigkeiten auf einen Haufen zu tragen. Tadelsucht könnte es zwar nicht scheinen; aber wer meine Hochachtung für den Herrn Winkelmann kennet, dürfte es für Krokylegmus halten.

überein, daß man nicht wohl anders als diesen Triptolemus selbst für das erste Trauerspiel des Sophokles erkennen kann. Die Berechnung ist gleich geschehen. Alexander starb in der hundert und vierzehnten Olympias; hundert und fünf und vierzig Jahr betragen sechs und dreißig Olympiaden und ein Jahr, und diese Summe von jener abgerechnet, giebt sieben und siebzig. In die sieben und siebzigste Olympias fällt also der Triptolemus des Sophokles, und da in eben diese Olympias, und zwar, wie ich beweise, in das letzte Jahr derselben, auch das erste Trauerspiel desselben fällt: so ist der Schluß ganz natürlich, daß beide Trauerspiele eines sind. Ich zeige zugleich eben daselbst, daß Petit die ganze Hälfte des Kapitels seiner Miscellaneorum (XVIII. lib. III. eben dasselbe, welches Herr Winkelmann anführt) sich hätte ersparen können. Es ist unnötig in der Stelle des Plutarchs, die er daselbst verbessern will, den Archon Aphepsion, in Demotion, oder ἀνεψιος zu verwandeln. Er hätte aus dem dritten Jahr der 77ten Olympias nur in das vierte derselben gehen dürfen, und er würde gefunden haben, daß der Archon dieses Jahres von den alten Schriftstellern eben so oft, wo nicht noch öftrer, Aphepsion, als Phädon genennet wird. Phädon nennet ihn Diodorus Siculus, Dionysius Halicarnasseus und der Ungenannte in seinem Verzeichnisse der Olympiaden. Aphepsion hingegen nennen ihn die Arundelschen Marmor, Apollodorus, und der diesen anführt, Diogenes Laertius. Plutarchus aber nennet ihn auf beide Weise; im Leben des Theseus Phädon, und in dem Leben des Cimons, Aphepsion. Es ist also wahrscheinlich, wie Palmerius vermutet, »Aphepsionem et Phaedonem Archontas fuisse eponymos; scilicet uno in magistratu mortuo, suffectus fuit alter.« (Exercit. p. 452.) – Vom Sophokles, erinnere ich noch gelegentlich, hatte Herr Winkelmann auch schon in seiner ersten Schrift von der Nachahmung der griechischen Kunstwerke (S. 8.) eine Unrichtigkeit einfließen lassen. »Die schönsten jungen Leute, tanzten unbekleidet auf dem Theater und Sophokles, der große Sophokles, war der erste, der in seiner Jugend dieses Schauspiel seinen Bürgern gab.« Auf dem Theater hat Sophokles nie nackend getanzt; sondern um die Tropäen nach dem Salaminischen Siege, und auch nur nach einigen nackend, nach andern aber bekleidet (Athen. lib. I. p. m. 20.) Sophokles war nemlich unter den Knaben, die man nach Salamis in Sicherheit gebracht hatte; und hier auf dieser Insul war es, wo es damals der tragischen Muse, alle ihre drei Lieblinge, in einer vorbildenden Gradation zu versammeln beliebte. Der kühne Aeschylus half siegen; der blühende Sophokles tanzte um die Tropäen, und Euripides ward an eben dem Tage des Sieges, auf eben der glücklichen Insel geboren.

Ende des ersten Teiles.

⟨PARALIPOMENA ZUM LAOKOON⟩

⟨ZUM ERSTEN TEIL⟩

⟨1.⟩

Die Ähnlichkeit und Übereinstimmung der Poesie und Malerei ist oft genug berührt und ausgeführt worden; aber nicht immer mit derjenigen Genauigkeit, die allen übeln Einflüssen auf die eine oder auf die andere hätte vorbauen können. Diese übeln Einflüsse haben sich in der Poesie durch die *Schilderungssucht*; in der Malerei durch die *Allegoristerei* geäußert; indem man jene zu einem *redenden Gemälde* machen wollen, ohne eigentlich zu wissen, was sie malen könne und solle; und diese zu einem *stummen Gedichte* machen wollen, ohne eigentlich zu wissen, ob und was für Gedanken sie malen müsse.

Diese Fehler würde man vermieden haben, wenn man auch die Unähnlichkeit und Abweichung beider in die gehörige Erwägung gezogen hätte.

Es ist wahr, beides sind nachahmende Künste; und sie haben alle die Regeln gemein, welche aus dem Begriffe der Nachahmung zu folgern. Allein sie brauchen ganz verschiedne Mittel zu ihrer Nachahmung, und aus dieser Verschiedenheit fließen die besondern Regeln für eine jede.

Die *Malerei* brauchet Figuren und Farben in dem *Raume.*

Die *Dichtkunst* artikulierte Töne in der *Zeit.*

Jener Zeichen sind *natürlich*, dieser ihre sind *willkürlich.*

Und dieses sind die beiden Quellen aus welchen die besondern Regeln für eine jede herzuleiten.

Nachahmende Zeichen neben einander können auch nur Gegenstände ausdrücken, die neben einander, oder deren Teile neben einander existieren. Solche Gegenstände heißen *Körper.* Folglich sind Körper, und ihre sinnlichen Eigenschaften der eigentliche Gegenstand der Malerei.

Nachahmende Zeichen auf einander können auch nur Gegenstände ausdrücken, die auf einander, oder deren Teile auf einander folgen. Solche Gegenstände heißen überhaupt *Handlungen.* Folglich sind Handlungen der eigentliche Gegenstand der Poesie.

Doch alle Körper existieren nicht allein in dem Raume, sondern auch in der Zeit. Sie dauern fort und können in jedem Augenblicke ihrer Dauer, selbst anders erscheinen und in andrer Verbindung stehen. Jede dieser augenblicklichen Erscheinungen und Verbindungen ist die Wirkung einer vorhergehenden und kann die Ursache einer folgenden und so nach gleichsam das Centrum einer *Handlung* sein. Folglich kann die Malerei auch *Handlungen* nachahmen, aber nur *andeutungsweise durch Körper.*

Auf der andern Seite können Handlungen nicht an sich selbst bestehen, sondern müssen gewissen Wesen anhängen. In so fern und diese Wesen Körper seien, schildert die Poesie auch *Körper*, aber nur *andeutungsweise durch Handlungen.*

Die Malerei kann in ihren coexistierenden Compositionen nur einen einzigen Augenblick der Handlung nutzen, und muß daher den prägnantsten wehlen, aus welchem das vorhergehende und vergangne am begreiflichsten wird.

Eben so kann auch die Poesie in ihren fortschreitenden Nachahmungen nur eine einzige Eigenschaft der Körper nutzen, und muß daher diejenige wählen, welche das sinnlichste Bild des Körpers von der Seite erweckt, von welcher sie ihn braucht.

Hieraus fließt die Regel von der Einheit der malerischen Beiwörter, und der Sparsamkeit in den Schilderungen körperlicher Gegenstände. In dieser besteht die große Manier des Homers, und der entgegengesetzte Fehler ist die Schwachheit der meisten neuern Dichter, die in einem Stücke mit dem Maler wetteifern wollen, in welchem sie notwendig von ihm überwunden werden müssen.

Der Dichter der einen Gegenstand so schildert, daß ihm der Maler mit dem Pinsel folgen kann, verleugnet die eigentümlichen Vorrechte seiner Kunst, und unterwirft sie

Schranken, in welchen sie ihrem Mitbuhlenden unendlich nachstehet.

Da Figuren und Farben natürliche Zeichen sind, die Worte hingegen, durch welche wir Figuren und Farben ausdrücken nicht, so müssen die Wirkungen der Kunst, welche jene braucht unendlich geschwinder und lebhafter sein, als die einer, die sich mit diesen begnügen muß.

Bewegungen können durch Worte lebhafter ausgedrückt werden, als Farben und Figuren; folglich wird der Dichter seine körperlichen Gegenstände mehr durch jene als durch diese sinnlich zu machen suchen.

Tisiphone canos, ut erat, turbata capillos
Movit: *et obstantes rejecit ab ore* colubras.
Ovid. Metam. IV. 474.

Carceris ante fores clausas adamante sedebant
Deque suis atros *pectebant* crinibus angues.
ibid. 452, 53.

Cum subito juvenis, *pedibus tellure repulsa*,
Arduus in nubes abiit. –
ibid. 710.

Homerische Beiwörter, die er fast immer braucht
die *hohlen* Schiffe – κοιλῃς παρα νηυσι
den Scepter σκηπτρον χρυσειοις ἥλοισι πεπαρμενον.
α. 244.

I. Homer hat die Häßlichkeit in dem Thersites, aber nirgends die Schönheit gemalt; er sagt bloß, Nireus war schön, Achilles noch schöner; Helena besaß eine göttliche Schönheit; aber nirgends läßt er sich in die nähere Schilderung dieser Schönheiten ein. Es verlohnet sich der Mühe die Ursachen hiervon zu untersuchen. Ich glaube sie sind die:

1. Der Begriff der Schönheit ist unbestimmter als der Begriff der Häßlichkeit. Von jener macht sich ein jeder ein eignes Ideal, was von dem höchsten wahren Ideale mehr oder weniger entfernt ist. Die einzeln Züge also die der Dichter von ihr anbringen würde, könnten unmöglich auf alle Leser einerlei Wirkung haben; und dennoch will er bei

allen einerlei Begriff erwecken. Er läßt also die Einbildung eines jeden sein eigen Spiel haben, und begnügt sich bloß aus den Wirkungen auf die Gewalt der Ursache schließen zu lassen. Als bei der Helena, deren Schönheit wir nicht sowohl sehn, als in der Wirkung welche sie auf die Alten hat, empfinden.

2. Gesetzt auch daß alle Menschen einerlei Züge und Ebenmaße für gleich schön hielten; so ist es doch ganz etwas anders diese Züge mit einmal neben einander übersehen, und ganz etwas anders sie nach einander zugezehlet bekommen. Jenes kann der Maler tun, und die Schönheit ist daher sein eigentümlicher Gegenstand. Auf dieses aber allein ist der Dichter eingeschränkt, und die vollzähligste Erzehlung der schönsten Züge und Ebenmaße hat nicht halb die Wirkung, welche das mittelmäßigste Gemälde hat. Seine Beschreibung wird sich gegen das Gemälde nicht anders verhalten, als die Tabelle, in welcher alle Glieder einer prächtigen Säule nach ihrer Höhe und Auslauf verzeichnet sind, gegen diese Säule in der Natur, oder in den nachahmenden Zügen des Zeichners.

3. In dem Begriffe der Häßlichkeit hingegen kommen die Menschen mehr überein, und durch die Auflösung der partialen Begriffe aus welchen er bestehet, gewinnt er mehr als er verliert.

II. Wenn Homer ja einen schönen oder erhabnen Gegenstand durch die Beschreibung seiner einzeln Teile neben einander schildert, so bedienet er sich dabei eines sehr merkwürdigen Kunstgriffes; nemlich er füget so fort ein Gleichnis bei, in welchem wir den zergliederten Gegenstand wieder beisammen erblicken, welcher den erlangten deutlichen Begriff wieder verwischt und dem Gegenstande nichts als eine sinnliche Klarheit läßt.

Beispiel die Schilderung des Agamemnon, β, v. 478-81, welche Pope ganz und gar verdorben hat, indem er diesen Kunstgriff nicht gefühlt, und das Gleichnis voran nimmt.

Iliad. λ. 750. wo Neptun ein Paar in dicken Nebel hüllet.
– π. 789.90, wo Phoebus unsichtbar dem Patroclus entgegenkömmt, wo der Dichter gleichfalls sagt, daß er in vielen Nebel verborgen gewesen. Kann dieser Nebel sichtbar gewesen sein?

Iliad. 19. Cayl. p. 104. Thetis bringt die Waffen. Sie kann sie nicht allein gebracht haben, ihre Nymphen müssen sie tragen.
– v. 38. 39. Caylus glaubt, daß die Beschäftigung der Thetis, den Körper des Patroklus auf eine Zeit unverweslich zu machen, so ausgedrückt werden könne, wie sie der Poet beschreibt. Der Poet bei der *Dacier*, die den Nektar und Ambrosia in die Wunden gießen läßt. Homer hingegen läßt beides durch die Nasenlöcher des Leichnams eintröpfeln:

Πατροκλῳ δ' ἀυτ' ἀμβροσιην και νεκταρ ἐρυθρον
Σταξε κατα ρινων, ἱνα ὁι χρως ἐμπεδος ἐιη.

Doch lesen hier einige codices κατα ρινου, per cutem omnem. Dieses durch die Nase scheinet mir indes doch beizubehalten zu sein; um die Feinheit dieser göttlichen Nahrung anzudeuten. In eben diesem Buche v. 353. treufelt Minerva es ihm in die Brust ἐνι στηθεσσι, damit er in der Schlacht nicht ermüden möge.

⟨2.⟩

Der Verf. Vermutung, daß Virgil mit den Zeilen »Felix qui potuit« den Lucrez gemeinet. p. 14. n. 48.

Es heißt den Virgil von seiner dichterischen Würde gewaltig heruntersetzen, wenn man ihm mit dem Verfasser p. 19. 20. politische Absichten bei seiner Aeneis beimißt. Ich gebe es zu, daß er gelegentlich auf die damalige Neue Staatsverfassung einen gefälligen Seitenblick geworfen, um sich durch schmeichelhafte Anspielungen des Beifalls des Augustus so mehr zu versichern. Allein dergleichen Zufälligkeiten zu seinem Hauptendzweck machen, ist sehr seltsam, und heißt einen Baumeister einen prächtigen kostbaren Turm aufführen lassen, bloß in der Absicht, um in den Grundstein desselben ich weiß nicht welche geheime Nachrichten verschließen zu können, die nicht eher als mit dem gänzlichen Umstürzen des Turmes wieder zur Wissenschaft der Welt gelangen können.

Des Verf. nicht ungegründete Vermutung, daß sich Horaz selbst das Leben verkürzet. p. 21. n. 22.

Des Verf. Rangordnung unter den Werken des Ovidius. p. 23. Die er aber mehr nach seinem Gebrauche, als nach dem innern poetischen Werte gemacht zu haben scheinet, indem er die »libros fastorum« allen andern vorziehet, welches doch gewiß die unpoetischsten sind.

Was der Verf. von der »Juno sospita« p. 56 sagt, ist ein wenig gezwungen, und ich sehe nicht, warum Virgil bei seiner Beschreibung nicht auf diese ihre Abbildung könnte ein Auge gehabt haben. Er hat den Servius über die Stelle des Dichters nicht zu Rate gezogen (lib. I. Aen. v. 21) welcher sagt: »Habere Junonem currus certum est. Sic autem esse etiam in sacris Tiburtibus constat, ubi sic precatur: Juno curulis, tuo curru clypeoque tuere meos curiae vernulas sane.« Ohne Zweifel war diese »Juno curulis« mit der »Sospita« einerlei: aber was waren das für »Sacra Tiburtia«?

Die Grazie mit drei Paar Händen, woraus der Verfasser nicht weiß was er machen soll, ist vielleicht ein bloßes Mißverständnis. Statius braucht den Singularem für den Pluralem, p. 72. n. 51.

p. 74

Der Verf. giebt seine Mißbilligung zu verstehen, daß Statius und Flaccus die schreckliche Venus geschildert haben, und glaubt daß man schwerlich dergleichen bei Dichtern aus einem bessern Zeitalter finden dürfte, wie denn auch die Künstler sich weislich enthalten hätten, eine solche Liebesgöttin, die man für eine Alekto würde gehalten haben zu schildern.

Allein sein System hat ihn verführt, wenn er das, was die bildenden Künste aus Unvermögen, unterlassen, auch von dem Dichter will unterlassen wissen. Freilich eine zornige wütende Venus, in schwarzem Gewande, mit der brennenden Fackel in der Hand, ist in der Nachahmung des Künstlers keine Venus, sondern eine Furie; weil er sie uns nur in einem und eben demselben Augenblicke zeigen kann, ohne uns an die holde Venus in ruhigen Augenblicken zuvor oder hernach zugleich mit erinnern zu können. Der Dichter hingegen kann und darf diese überhingehende Wut der Liebesgöttin gar wohl schildern, weil er uns in seiner Nachahmung auch die bessere Venus zugleich mit zeigen kann: so wie es Flaccus vortrefflich tut.

– neque enim alma videri
Jam tumet, aut tereti crinem subnectitur auro
Sidereos diffusa sinus. Eadem effera et ingens etc.

Der Zorn der Venus war zufällig; die Kunst aber kann keine Zufälligkeiten zeigen, die mit dem einmal angenommenen Character streiten.

p. 95

Der Verf. scheint mit dem bestraften Marsyas als Sujet zur Malerei nicht zufrieden zu sein. Diese Geschichte übrigens, wie sie Ovid beschreibt (Meta. lib. VI. v. 383 u. f.), beweist, daß ekle Züge sich mit dem Gräßlichen und Schrecklichen gar wohl vertragen, und solches vermehren.

Ob das, was der Verf. p. 94. Not. 67, von dem seltsamen Apoll sagt, nicht vielleicht zu Erläuterung derjenigen Figuren dienen dürfte, in welchen die Alten drei verschiedne Gottheiten zusammen setzten; und ob dieser Apoll nicht so eine dreifache Gottheit ist?

p. 102, n. 99

Wegen meiner Verbeßrung des »Sacrificantium« in der Stelle des Plinius. Ich möchte aber nur fragen, zu wessen Ehren tanzte denn Diana? zu ihren eignen? Und wie ungewöhnlich würde dieses Wort in der eigentlichen Bedeutung sein.

p. 115. n. 10

Die Erklärung der Stelle des Horaz »invicti Glyconis« ist höchst unwahrscheinlich. War diese Statue des Glyco schon zu des Horaz Zeiten so berühmt, so wäre es sehr seltsam, daß Plinius dieses Meisters nicht sollte gedacht haben.

Die den Peripatetiker Glyco oder vielmehr Lyco darunter verstehen, weil dieser zuletzt am Podagra gestorben, haben eben so wenig Grund vor sich. Oder vielmehr eben der Umstand, daß dieser Glyco am Podagra gestorben, würde zu einem ganz andern Schlusse Gelegenheit geben: nemlich »was helfen mir die starken Glieder des Glyco, wenn ich doch dem Podagra nicht ausweichen kann.«

p. 116

Das Exempel vom Herkules der den Löwen zerreißt oder erdrückt, ist sehr dienlich den Vorzug der poetischen Malerei vor der würklichen zu zeigen. Jene braucht einen einzigen Zug und läßt die andern unbestimmt; diese muß sie alle bestimmen, und wird daher auch oft zu welchen genötiget, welche den Hauptzug schwächen, ja ihm gar widersprechen. Wenn ich lese

– rabidi cum colla minantia monstri
Angeret: et tumidos animam angustaret in artus

so sehe ich bloß die Stärke des Herkules und das Ersticken des Löwen. Aber sehe ich eben dieses von dem bildenden Künstler ausgeführt, so sehe ich zugleich, wie der Löwe ihm die Hüfte zerfleischt, und die Klauen in die Lende schlägt. Ich sehe also zugleich den leidenden Herkules und sollte nur den unüberwindlichen sehen.

p. 126. n. 71

Der Verf. macht es sehr wahrscheinlich, daß der Hercules Bibax beim Stosch, der kleine Herkules des Lysippus, Epitrapezios, ist, auf den Statius das Gedicht gemacht etc.

p. 137

Die Figur auf dem alten Sarge im Capitolio, wo außer den neun Musen, sich Homer mit seiner eigenen Muse unterhält; kann zur Erläuterung dessen dienen, was ich in der sogenannten Apotheos des Homer, von den Musen des Antimachus und Homers sage.

p. 311

Wo Spence ausdrücklich sagt, »scarce any thing can be good in a poetical description; which would appear absurd, if represented in a statue, or picture.«

p. 80

Ein Basrelief vom Vulcan, ein verdächtiges Stück aus dem Polignacschen Cabinet.

〈3.〉

〈1〉.

Die Ähnlichkeit und Übereinstimmung der Poesie und Malerei ist oft genug berührt und ausgeführt worden; aber, wie mich dünket, nie mit derjenigen Genauigkeit, die allen übeln Einflüssen auf die eine oder auf die andere hätte vorbauen können.

Diese übeln Einflüsse haben sich in der Poesie durch die *Schilderungssucht*, und in der Malerei durch die *Allegoristerei* geäußert; indem man jene zu einem *redenden Gemälde* machen wollen, ohne eigentlich zu wissen, was sie malen könne, und solle; und diese zu einem *stummen Gedichte*, ohne überlegt zu haben, in welchem Maße sie deutliche[1] Begriffe erregen kön-

1 *allgemeine*, denn deutlich sind alle Begriffe der Malerei. [*Mendelssohn.*]

ne, ohne sich von ihrer eigentlichen Bestimmung zu entfernen und zu einer willkürlichen *Schriftart* zu werden.

Außer diesen Verleitungen der Dichter und Künstler selbst, haben die seichten Parallelen der Poesie und Malerei auch den Criticus öfters zu ungegründeten Urteilen verführet, wenn er in den Werken des Dichters und Malers über einerlei Vorwurf, die darin bemerkten Abweichungen von einander zu Fehlern machen wollen, die er dem einen oder dem andern, nach dem er entweder mehr Geschmack an der Dichtkunst oder Malerei hat, zur Last geleget.

Und diesen ungegründeten Urteilen wenigstens abzuhelfen, dürfte es sich wohl der Mühe verlohnen, die Medaille auch einmal umzukehren, und die Verschiedenheit zu erwägen, die sich zwischen der Dichtkunst und Malerei findet, um zu sehen, ob aus dieser Verschiedenheit nicht Gesetze folgen, die der einen und der andern eigentümlich sind, und die eine öfters nötigen, einen ganz andern Weg zu betreten, als ihre Schwester betritt, wenn sie wirklich den Titel einer Schwester behaupten, und nicht in eine eifersüchtige nachäffende Nebenbuhlerin ausarten will.

Ob der Virtuose selbst aus diesen Untersuchungen einigen Nutzen ziehen kann, die ihn das nur deutlich denken lehren, worauf ihn sein bloßes Gefühl bei der Arbeit unbewußt führen muß: dieses will ich nicht entscheiden.[2] Wir sind darin

---

2 Die Grenzen der Künste können, ohne dem Feuer des Genies Eintrag zu tun, von der deutlichsten Erkenntnis abgeteilet werden, denn sie zeigen dem Virtuosen nur wovon er zu abstrahieren hat. Es sind also bloß negative Regeln, die gar wohl ein Werk der Kunst sein können. [*Mendelssohn.*]

Recht. Ich möchte die Kritik wie die Psychologie in rationalem et empyricam abteilen; und gerade bei dieser Materie die Grenzen zweier Künste abzuteilen, wird die Erfahrung, die Rücksicht auf das was alle Künstler getan haben, unumgänglich nötig sein. In Nordamerika hatten die Franzosen und Engländer unter der Hand ihre Grenzen erweitert; Nun erinnern Sie sich was für Unordnungen itzt daraus entstanden sind, weil die Minister zu Utrecht keine rechte *Landcharten* hatten, als sie abteilten. [*Nicolai.*]

einig, daß die Critik für sich eine Wissenschaft ist, die alle Cultur verdienet; gesetzt, daß die dem Genie auch zu gar nichts helfen sollte.

⟨II.⟩

Poesie und Malerei, beide sind nachahmende Künste, beider Endzweck ist, von ihren Vorwürfen die lebhaftesten sinnlichsten Vorstellungen in uns zu erwecken. Sie haben folglich alle die Regeln gemein, die aus dem Begriffe der Nachahmung, aus diesem Endzwecke entspringen.

Allein sie bedienen sich ganz verschiedner Mittel zu ihrer Nachahmung; und aus der Verschiedenheit dieser Mittel müssen die besondern Regeln für eine jede hergeleitet werden.

Die *Malerei* braucht Figuren und Farben in dem *Raume.*

Die *Dichtkunst* artikulierte Töne in der *Zeit.*

Jener Zeichen sind *natürlich.* Dieser ihre sind *willkürlich.*[3]

⟨III.⟩

Nachahmende[4] Zeichen *neben einander* können auch nur Gegenstände ausdrücken, die neben einander, oder deren Teile neben einander existieren. Solche Gegenstände heißen *Körper.* Folglich sind Körper, mit ihren sichtbaren Eigenschaften die eigentlichen Gegenstände der Malerei.

Nachahmende Zeichen *auf einander* können auch nur Gegenstände ausdrücken, die auf einander, oder deren Teile auf einander folgen.[5] Solche Gegenstände heißen überhaupt

3 Diese Opposition zeigt sich deutlicher in Ansehung der Musik und Malerei. Jene bedienet sich gleichfalls natürlicher Zeichen, ahmet aber nur durch die Bewegung nach. Die Poesie hat einige Eigenschaften mit der Musik, und einige mit der Malerei gemein. Ihre Zeichen sind von willkürlicher Bedeutung, daher drücken sie auch zuweilen neben einander existierende Dinge aus, ohne deswegen einen Eingriff in das Gebiete der Malerei zu tun, jedoch hiervon in der Folge ein mehreres. [*Mendelssohn.*]

4 natürliche [*Mendelssohn.*]

5 Nein! sie drücken auch neben einander existierende Dinge aus, wenn sie von willkürlicher Bedeutung sind. [*Mendelssohn.*]

Handlungen.[6] Folglich sind Handlungen der eigentliche Gegenstand der *Poesie.*

Doch alle Körper existieren nicht allein in dem *Raume,* sondern auch in der *Zeit.* Sie dauern fort, und können in jedem Augenblicke ihrer Dauer anders erscheinen und in andrer Verbindung stehen. Jede dieser augenblicklichen Erscheinungen und Verbindungen ist die Wirkung einer vorhergehenden, und kann die Ursache einer folgenden, und so nach gleichsam das *Centrum einer Handlung* sein. Folglich kann die *Malerei auch Handlungen* nachahmen, aber nur *andeutungsweise durch Körper.*

Auf der andern Seite können *Handlungen* nicht vor sich selbst bestehen, sondern müssen gewissen Wesen anhängen. In so fern nun diese Wesen Körper sind, schildert die *Poesie auch Körper,* aber nur *andeutungsweise durch Handlungen.*[7]

---

6 *Bewegungen* heißen sie eigentlich, denn es giebt Handlungen, die aus nebeneinander existierenden Teilen bestehen, und diese sind malerisch. Aber die Bewegung bestehet bloß aus Teilen, die auf einander folgen. Wir haben also *Bewegungen* und *Handlungen.* Die Musik drückt Handlung durch die Bewegung und die Malerei Bewegung durch die Handlung aus. Jene vermittelst natürlicher Töne, diese vermittelst der Räume. Die Poesie hat Bewegungen und Handlungen vermittelst der willkürlichen Zeichen. Die Poesie hat aber auch unbewegliche Handlungen, diese sind vollkommen malerisch. Z. B. das homerische Gleichnis, da die Hirtenknaben vor der Herde stehen, und dem grimmigen Löwen brennende Fackeln entgegen halten. Der sterbende Adonis, die Entführung der Europa sind Folgen von Schilderungen, da stehende und bewegliche Handlungen mit einander abwechseln. [*Mendelssohn.*]

7 Die Poesie kann gar wohl Körper schildern, aber sie hat folgende Grenzen nicht zu überschreiten. Wenn wir ein im Raume befindliches Ganze uns deutlich vorstellen wollen; so betrachten wir 1) die Teile einzeln, 2) ihre Verbindung, 3) das Ganze. Unsere Sinne verrichten dieses mit einer so erstaunlichen Geschwindigkeit, daß wir alle diese Operationen zu gleicher Zeit zu verrichten glauben. Wenn uns daher alle einzelne Teile eines im Raume sich befindenden Gegenstandes durch willkürliche Zeichen angedeu-

⟨IV.⟩

Die *Malerei* kann in ihren coexistierenden Compositionen *nur einen einzigen Augenblick* der Handlung nutzen, und muß daher *den prägnantesten* wählen, aus welchem das vorhergehende und folgende am begreiflichsten wird.

Eben so kann auch die *Poesie* in ihren fortschreitenden Nachahmungen *nur eine einzige Eigenschaft* der Körper nutzen, und muß daher diejenige wählen, welche das sinnlichste Bild des Körpers von der Seite erweckt, von welcher sie ihn braucht.[8]

Hieraus fließt die Regel von der Einheit der malerischen Beiwörter, und der Sparsamkeit in den Schilderungen körperlicher Gegenstände. In dieser besteht die große Manier des *Homers*; und der entgegengesetzte Fehler ist die Schwachheit vieler neuern, besonders der *Thompsonschen* Dichter, die in einem Stücke mit dem Maler wetteifern wollen, in welchem sie notwendig von ihm überwunden werden müssen.

Homer hat für Ein Ding nur Einen Zug. Ein Schiff ist ihm bald das *schwarze* Schiff, bald das *hohle* Schiff, bald das *schnelle* Schiff, höchstens das *wohlberuderte schwarze* Schiff. Weiter läßt er sich in die Schilderung *des Schiffes* nicht ein. Aber wohl *das Schiffen, das Abfahren, das Anlanden* des Schiffes macht er zu einem ausführlichen Gemälde; zu einem Gemälde, aus wel-

---

tet werden; so wird uns die dritte Operation, das Zusammen halten aller Teile, allzu beschwerlich. Wir müssen unsere Einbildungskraft allzusehr anstrengen, wenn sie so zertrennte Stücke in ein raumerfüllendes Ganze zusammenfassen soll. [*Mendelssohn.*]

8 Der Dichter suchet allzeit Handlung und Bewegung zu verbinden, daher er sich selten bei einem Augenblicke der Zeit lange verweilet. Da ihm eine größere Mannigfaltigkeit zu Diensten ist; so schränkt er sich nicht gern auf eine kleinere ein. Daher vermeidet er stehende Handlungen, wenn er sie in bewegliche verwandeln kann. Die folgenden wohl ausgesuchten Beispiele passen auf diese Lehre vollkommen. Sie beweisen aber keine gänzliche Ausschließung aller stehenden Handlungen. [*Mendelssohn.*]

chem der Maler fünf, sechs besondere Gemälde machen müßte, wenn er es ganz auf seine Leinewand bringen wollte.

Zwingen den *Homer* ja besondere Umstände, unsere Blicke auf einen einzeln körperlichen Gegenstand länger zu heften: so wird dem ohngeachtet kein Gemälde daraus, dem der Maler mit dem Pinsel folgen könnte; sondern er weiß durch unzählige Kunstgriffe diesen einzeln Gegenstand in eine Folge von Augenblicken zu setzen, in deren jedem er anders erscheinet, und in deren letztem ihn der Maler erwarten muß, um uns *Entstanden* zu zeigen, was wir bei dem Dichter *entstehen* sehen. Z. E. Will *Homer* uns den Wagen der Juno sehen lassen, so muß ihn Hebe vor unsern Augen Stück vor Stück zusammen setzen. (Iliad. E. 720.) Will er uns zeigen, wie Agamemnon bekleidet gewesen, so muß sich der König vor unsern Augen Stück vor Stück seine völlige Kleidung anlegen. (Iliad. B. 41-46) Sein Scepter ist χρυσειοις ἥλοισι πεπαρμενον ; aber wir wollen von diesem wichtigen Scepter eine umständlichere lebhaftere Idee haben: was tut also Homer? Malt er uns, außer den goldenen Nägeln, nun auch das Holz, den geschnitzten Knopf? Ja, wenn die Beschreibung in eine Heraldik sollte, damit einmal in den folgenden Zeiten ein andrer genau darnach gemacht werden könnte. Und doch bin ich gewiß, daß mancher von unsern neuern Dichtern eine solche Wappenkönigsbeschreibung daraus würde gemacht haben, in der treuherzigsten Meinung, daß er wirklich selber gemalt habe, weil der Maler ihm nachmalen kann. Was bekümmert sich aber Homer, wie weit er den Maler hinter sich läßt? Statt einer Abbildung giebt er uns die Geschichte des Scepters; erst ist er unter der Arbeit des Vulkans; nun glänzt er in den Händen des Jupiters; nun bemerkt er die Würde Merkurs; nun ist er der Commandostab des kriegerischen Pelops; nun der Hirtenstab des friedlichen Atreus[9] etc. Und so kenne ich endlich den Scepter besser, als mir ihn der Maler vor Augen legen, oder der Drechsler in die Hände geben kann.

9 Iliad. B. 101.

Hierher gehören verschiedne Betrachtungen über das Homerische Schild des Achilles. Weit gefehlt, daß sich *Homer* bei Beschreibung der darauf vorgestellten Handlungen, an den einzigen Augenblick, in welchem sie der göttliche Künstler genommen, gehalten; er hat vielmehr diesen Augenblick unter allen am wenigsten berühret, und sich über vorhergehende oder folgende ausgebreitet, die der Künstler bloß mußte erraten lassen. Er unterwarf sich nicht den engen Schranken einer materiellen Kunst; er bemächtigte sich der Gedanken des Künstlers, ohne sich daran zu kehren, wie weit ihm die Bedürfnisse seiner Kunst solche auszudrücken erlauben wollen; er druckte sie aus, wie sie Vulkan ausdrücken zu können gewünscht hätte.

Seichte Kunstrichter haben ihn deswegen getadelt; und was verleitete sie zu diesem Tadel anders, als ihre unrichtigen Begriffe von der poetischen Malerei?

⟨V.⟩

Körperliche Schönheit entspringt aus der übereinstimmenden Wirkung mannigfaltiger Teile, die sich auf einmal übersehen lassen. Sie erfodert also, daß diese Teile neben einander liegen müssen, und da Dinge, deren Teile neben einander liegen, der eigentliche Gegenstand der Malerei sind, so kann sie, und nur sie allein, körperliche Schönheit nachahmen.

Der Dichter, der die Elemente der Schönheit nur nach einander zeigen könnte, enthält sich daher der Schilderung körperlicher Schönheiten gänzlich.[10] Er fühlt es, daß diese

10 Wenn wir die Malerei völlig aus der Poesie verbannen; so verdammen wir manche treffliche Stelle aus alten Dichtern. Das Lied Anakreons an seinen Maler ist eine pittoreske Beschreibung der Schönheit. Pindar sogar hat Malereien im eigentlichen Verstande. Sein Vogel Jupiters, der auf dem Zepter des Weltbeherrschers schläft, ist eine ausführliche Malerei. Homer scheint dergleichen Schilderungen nicht geliebt zu haben, das ist wahr. Allein wie hat er die Häßlichkeit des Thersites malen können, ohne nebeneinander seiende Teile sehen zu lassen, die nicht übereinstimmen? Konnte dieses in Ansehung der Häßlichkeit gesche-

Elemente nach einander geordnet, unmöglich die Wirkung haben können, die sie neben einander geordnet haben; und daß der concentrierende Blick, den ich nach ihrer Enumeration auf sie zugleich zurücksenden will, mir doch kein übereinstimmendes Bild gewähret, und es über die menschliche Einbildung gehet, sich vorzustellen was dieser Mund, und diese Nase, und diese Augen zusammen für einen Effect haben, wenn man sich nicht aus der Natur oder Kunst einer ähnlichen Composition solcher Teile erinnern kann.

Die Praxis des *Homers* stimmet hiermit völlig überein. Er sagt *Nireus* war schön; *Achilles* war noch schöner, *Helena* besaß eine göttliche Schönheit; aber nirgends läßt er sich in eine umständlichere Schilderung dieser Schönheiten ein. Und doch ist das ganze Gedichte auf die Schönheit der *Helena* gebauet. Wie sehr würde ein neurer Dichter darüber luxurieret haben![11]

Bleibet aber darum *Homer* in diesem Stücke hinter dem Maler? Keinesweges. Er weiß einen *doppelten* Weg ihn auch hier wieder einzuholen.

Einmal, durch die Verwandlung der *Schönheit* in *Reiz*. Reiz ist die Schönheit in Bewegung, und eben darum dem Maler weniger bequem, als dem Dichter. Der Maler kann die Bewegung nur erraten lassen; in der Tat sind seine Figuren ohne Bewegung. Folglich wird der *Reiz* bei ihm zur *Grimasse*. Und das ist die wahre Ursache, warum die Alten für ihre schönsten Statuen den Stand der Ruhe wählten. Ihre Dichter, aber nicht ihre Bildhauer, lassen die Venus lä-

---

hen, warum nicht auch in Ansehung der Schönheit? [*Mendelssohn.*]

11 Aus ganz andern Gründen könnte sich begreifen lassen, warum *Homer* dergleichen ausführliche Schilderungen hier nicht machen mußte (ob sie gleich auch bei ihm und andern Dichtern zu finden sind). Das Gedicht war auf die Schönheit der Helena *gebauet*, deswegen sollte man den *Grund* nicht sehen.

Ich bin hier mit vielem einzelnen nicht zufrieden, aber weil ich mich nicht deutlich ausdrücken kann, so schreibe ich nur was seichtes nieder. [*Nicolai.*]

cheln.[12] Eine marmorne Venus, die da lächelt, lächelt immer; und was ist anstößiger, als das Transitorische der Natur in ein Fortdauerndes der Kunst zu verwandeln?

Zweitens, er schildert die Schönheit durch ihre *Wirkung*. Man erinnere sich der vortrefflichen Stelle beim Homer, wo Helena in die Versammlung der Alten tritt. Was empfanden die ehrwürdigen Greise! Und was kann eine lebhaftere Idee von Schönheit gewähren, als das kalte Alter die des Krieges wohl wert erkennen lassen, der so viel Blut und so viel Tränen kostet.

⟨VI.⟩

Ein einziger unschicklicher Teil kann die übereinstimmende Wirkung vieler zur Schönheit, stören. Doch wird der Gegenstand darum noch nicht häßlich. Auch die Häßlichkeit erfodert mehrere unschickliche Teile, die ich eben falls auf einmal muß übersehen können, wenn wir das Gegenteil dabei von dem empfinden sollen, was uns die Schönheit empfinden läßt.

Folglich könnte die Häßlichkeit wohl, in Ansehung ihres Wesens, unter die Gegenstände der Malerei gehören; da aber ihre Wirkung eine unangenehme Empfindung ist, und das Vergnügen der erste Zweck aller schönen Künste sein soll, so muß sie gänzlich davon ausgeschlossen bleiben.[13]

---

12 Ihre Dichter lassen die Venus, so viel ich mich erinnere, nicht lächeln, sondern das *Lächeln lieben*, das heißt, freundlich sein, und dieses tun auch die Maler und Bildhauer. Wenn sie aber die Venus maleten, wie sie aus dem Meer kömmt, haben sie sie nicht die Augen schamhaft niederschlagen lassen? War denn dieses auch Grimasse? So wohl Dichter als Maler scheinen sich vielmehr diese Regel vorgeschrieben zu haben; eine Person allein und in Ruhe muß einen fortdauernden Anstand, in Verbindung oder Handlung aber, eine transitorische Attitude haben. Die Venus in Ruhe liebt das Lächeln; wenn sie aber ihren Amor liebkoset, oder die Bildsäule des Pygmalions belebt; so lächelt sie würklich. [*Mendelssohn.*]

13 abermals nicht allgemein. Sie kann durch den Contrast die

Hingegen würde die Häßlichkeit, in Ansehung ihres Wesens, kein eigentlicher Gegenstand der Poesie sein, wenn die unangenehme Empfindung, welche sie erregt, ihr Endzweck sein könnte oder sollte. Da aber durch die auf einander folgende Enumeration der Elemente der Häßlichkeit, ihre Wirkung eben so wohl gehindert wird, als die Wirkung der Schönheit durch die ähnliche Enumeration ihrer Elemente vereitelt wird; da also die Häßlichkeit in der Schilderung des Dichters Häßlichkeit zu sein aufhöret: so dürfte leicht eben dadurch die Häßlichkeit dem Dichter dennoch nützlich werden können.

Und wird es wirklich – Wann er sie nemlich von der Seite ihrer Folgen zeiget.

Unschädliche Häßlichkeit ist *lächerlich.* Erklärung des *Aristoteles.*

Schädliche Häßlichkeit ist *schrecklich*, folglich *erhaben.*[14]

Beide Mittel, das Häßliche sonach gleichsam zu adoucieren, fehlen dem Maler. *Thersites* ist auf der Leinewand *nur* häßlich; bei dem *Homer* ist er lächerlich. *Caylus* hat folglich Recht, ihn aus der Folge seiner Homerischen Gemälde heraus zu lassen. *Klotz* aber hat Unrecht, wenn er ihn auch aus dem Homer wegwünscht.[15]

Schönheit erhöhen. Die Satyrn, Silenen Faunen die den Wagen des Bacchus und der Ariadne ziehen. Pluto der die Proserpina entführt. Der Grund, den Sie anführen, beweiset nichts. Das Vergnügen ist der höchste Zweck der schönen Künste, aber nicht die reinen angenehmen Empfindungen. Die vermischten sind davon nicht ausgeschlossen. [*Mendelssohn.*]

14 schreckliche Schönheit ist erhaben. Medusa ist erhabener als Alecto, ja diese verdienet den Namen des Erhabenen vielleicht so wenig als der Tod und die Sünde des Miltons. Nicht alles Schreckliche erregt die Empfindung der Erhabenheit. Der Glanz, der aus den Augen der Götter leuchtet, ist nicht so schrecklich, aber weit erhabener als die brennende Fackel der Furien. [*Mendelssohn.*]

15 Unschädliche Häßlichkeit ist auch für den Maler eine Quelle des Lächerlichen. Erinnern Sie sich des Hogarthschen Tanzes. Alle

Auch das Häßliche als Schrecklich kann der Maler nicht brauchen, wenn er uns nicht zwei unangenehme Empfindungen für eine erregen will; indem beides uns in seiner Composition viel zu lebhaft rühret, als daß es erhaben sein könnte.

⟨VII.⟩

Gleichwohl, wird man einwenden, haben es keine von den geringsten Dichtern gewagt, körperliche Schönheiten nach ihren Teilen zu schildern. Gleichwohl finden sich Maler, die widrige häßliche Gegenstände unter ihren Pinsel genommen. Und beide haben Beifall und Bewunderung erworben.

Ich gebe es zu. Wenn aber dergleichen Werke gefallen, so gefällt bloß das Genie, die Geschicklichkeit des Dichters und Malers in ihnen; die glückliche *Nachahmung* gefällt, aber nicht das *Nachgeahmte.*

Und dieses ist die allgemeine Veränderung, welche die schönen Künste und Wissenschaften insgesamt, mit dem Fortgange der Zeit, erlitten: Nach ihrem Ursprunge waren sie bestimmt, den Schönheiten der körperlichen und geistigen Natur eine neue Schöpfung zu geben, durch die sie uns beständig zur Hand blieben, um uns nach Belieben an ihnen zu ergötzen; ihr größter Ruhm war, diese Schönheiten erreicht zu haben.

Bald aber ward der Virtuose müde, nur immer einerlei zu erreichen; und gleichsam nur durch die Schönheit seines Vorwurfs zu gefallen. Er glaubte es müsse ihm rühmlicher

---

häßliche Figuren in demselben sind lächerlich. Dr. Slop, Sancho, Don Quixote u. s. w. Thersites würde auch in der Malerei lächerlich sein. Da er aber mit dem Ernsthaften der übrigen Personen beständig contrastieren würde, indem der Maler die bewegliche Handlung desselben in eine stehende verwandeln müßte; so kann ihn der Maler in keinem ernsthaften Sujet anbringen, ohne einen Widerspruch der Empfindungen zu erregen, und die Einheit der Wirkung zu unterbrechen. In dem transitorischen Gemälde der Dichtkunst tut er keine so schlimme Wirkung. [*Mendelssohn.*]

sein, bloß durch die Erreichung zu gefallen, ohne daß die Schönheit des Vorwurfs dabei in Rechnung käme. Daher die wahllosen Nachahmungen der ersten der besten Gegenstände; schön oder häßlich, edel oder niedrig; alles ist gleich viel, wann der Zuschauer nur illudieret wird.

⟨VIII.⟩

Die *Zeitfolge* ist das Gebiete des Dichters; der *Raum* das Gebiete des Malers.

Zwei notwendig entfernte Zeitpunkte in ein und eben dasselbe Gemälde bringen, so wie der *Parmisano* den Raub der Sabinischen Jungfrauen und die Aussöhnung derselben zwischen ihren Anverwandten und neuen Männern: heißt ein *Eingriff des Malers in das Gebiete des Dichters*, den der gute Geschmack nie billigen wird.

Mehrere Teile oder Dinge, die ich notwendig in der Natur auf einmal übersehen muß, wenn sie ein gewisses schönes Ganze hervorbringen sollen, dem Leser nach und nach zuzehlen; heißt ein *Eingriff des Dichters in das Gebiete des Malers*, wobei der Dichter viel Imagination ohne allen Nutzen verschwendet.

Doch so wie zwei billige, freundschaftliche Nachbarn, zwar nicht verstatten, daß sich einer in des andern innerstem Reiche ungeziemende Freiheiten herausnehme; wohl aber auf den äußersten Grenzen eine wechselseitige Nachsicht herrschen lassen, welche die kleinen Eingriffe, die der eine in des andern Gerechtsame in der Geschwindigkeit sich durch seine Umstände zu tun genötiget siehet, friedlich von beiden Teilen compensieret: so auch die Malerei und Dichtkunst.

Zwei, drei Teile, oder sichtbare Eigenschaften eines Dinges, durch Beiwörter, Adverbia, Participia, so geschickt zusammenpressen, daß man sie fast eben so auf einmal zu hören glaubt, als man sie in der Natur auf einmal sieht: ist ein *dergleichen kleiner* vergönnter Eingriff des Dichters in die Malerei, dessen öftrer Gebrauch ihn eben dazu macht, was man *gemeiniglich* einen *Malerischen Dichter* nennet, und in welchem Verstande *Thompson* mehr Maler ist, als *Homer*.

Dafür ist dem Maler vergönnt, in großen historischen Gemälden seinen einzigen Augenblick auch um etwas zu erweitern; eine Freiheit deren sich die größten Meister bedienet haben.[16] Ja, ich glaube nicht, daß sich ein einziges an Figuren sehr reiches Stück findet, in welchem jede Figur vollkommen die Bewegung und Stellung hat, die sie in dem Augenblicke der Haupthandlung haben sollte; der eine hat eine etwas frühere, der andere eine etwas spätere. Und dieses läßt man so willig gelten, daß vielmehr eben dadurch öfters ein Gemälde so viel *redender* so viel *dichterischer heißt*.[17]

Wie aber der *weisere* Maler dergleichen Eingriffe in die benachbarten Augenblicke, wenn sie etwas merklich entfernt sind, durch einen Kunstgriff vor allem Anstößigen zu retten weiß, welcher darin bestehet, daß er diejenigen Figuren, z. E. die eine spätere Bewegung machen, als der Augenblick der Haupthandlung erfordert, von der Haupthandlung wegwendet, oder sie so stellet, daß sie die itzige Haupthandlung nicht sehen kann, folglich sie in der Rührung läßt, welche der vorhergehende Augenblick, den sie mit angesehen, auf sie getan: so muß auch der *weisere* Dichter einen ähnlichen

16 Die Malerei und Dichtkunst befinden sich nicht völlig in eben den Umständen. Bei dem Maler ist die geringste Veränderung des Augenblicks eine Übertretung der Grenzen, die man sich nicht ohne Not erlauben darf. Hingegen hat der Dichter auch einiges Recht auf das Nebeneinanderexistierende, wenn nur die Zeichen, deren er sich bedienet, nicht von größerm Umfange sind, als die Begriffe, die zum sichtbaren Ganzen gehören, in welchem Falle die Imagination zu sehr arbeiten muß, aus den Teilen ein Ganzes zusammen zu setzen. Die Musik ist hierin der Malerei, wie oben erinnert worden, schnurstracks entgegengesetzt. Allein sie erlaubet nicht den geringsten Eingriff in das Gebiete des Raumes, man müßte denn die Harmonie einen solchen Eingriff nennen. [*Mendelssohn.*]

Auch die Harmonie ziehe ich nicht hieher! [*Nicolai.*]

17 sehr richtig und ein sehr fruchtbarer Satz in der Malerei, welches (im Vorbeigehen) durch das Batteuxsche System nicht kann erklärt werden, [*Nicolai.*]

Kunstgriff bei seinen Eingriffen in die benachbarten coexistierenden Erscheinungen, anwenden. Und welcher ist dieses?

Der Maler bei seinem Kunstgriffe nimmt gleichsam mehrere Raume, mehrere Flächen an; wir sehen seine Figuren zwar alle auf einer Fläche, aber sie stehen nicht alle auf einer Fläche; mit einem Worte sein Kunstgriff liegt in der *Perspectiv.*[18]

Was ist also die *Perspectiv des Dichters*? Sie besteht darin, daß er die Zeitfolge, in welcher seine Nachahmung fortschreitet dann und wann unterbricht, und in andere Zeitfolgen übergehet, in welchen sich die Gegenstände, die er schildern will, ehedem befunden, bis er den Faden seiner eignen Zeitfolge wieder ergreift.

Und in diesem Kunstgriffe ist *Homer* Meister. Alle seine *Einschaltungen* sind perspectivisch, und besonders sind seine *Gleichnisse* alle perspectivisch ausgeführet, welches ihnen eben das Leben giebet, das so sehr rühret, und den Kunstrichtern so schwer zu erklären ist.[19]

---

18 Der Maler kann den Kunstgriff daß verschiedene Figuren Bewegungen machen, die sich auf den vorigen und folgenden Augenblick beziehen, auch ohne Beihülfe der Perspectiv brauchen – Es können auf der andern Seite Personen die in Perspectiv stehen, Bewegungen machen die in eben den Augenblick gehören. Auch Personen die auf eben demselben Grunde stehen können einer die Haupthandl. sehen und die andern nicht – in sofern sie aber auf einem Grunde stehen, stehen sie nicht in Perspectiv – Z. E. auf einem antiquen Basrelief – Also fehlt mir an der Anwendung immer etwas. [*Nicolai.*]

19 Diese ganze Betrachtung über die Perspektive will mir nicht so recht in den Sinn. Die Perspektive ist eine Nachahmung der Natur in Ansehung der Distanzen. Die Natur drückt die Distanzen aus durch die relative 1) Größe, 2) Deutlichkeit und Lauterkeit der Farben. Der Maler malet seine Gegenstände kleiner, undeutlicher und mit geschwächten Farben, und wir glauben sie seien entfernter. Endlich bedienet er sich dieser Entfernungen um seine stehenden Bilder etwas beweglicher zu machen. Dieses ist

⟨IX.⟩

Da jede nachahmende Kunst vornehmlich durch die eigene Trefflichkeit des nachgeahmten Gegenstandes gefallen und rühren soll; da Körper der eigentliche Vorwurf der Malerei sind, und der malerische Wert der Körper in ihrer Schönheit bestehet:[20] so ist es offenbar daß die Malerei ihre Körper nicht schön genug wählen kann. Daher das *idealische Schöne*. Und da das idealische Schöne sich mit keinem gewaltsamen Stande des Affects verträgt: so muß der Maler diesen Stand vermeiden. Daher die *Ruhe*, *die stille Größe*, in Stellung und Ausdruck. Die rohe unverständige Übertragung dieses malerischen Grundsatzes in die Dichtkunst, vermute ich, hat die falsche Regel von den *vollkommnen moralischen Charakteren*, wo nicht veranlasset, doch bestärkt. Zwar gehet auch der Dichter einem idealischen Schönen nach; aber sein idealisches Schöne erfordert keine Ruhe; sondern grade das Gegenteil von Ruhe. Denn er malt Handlungen und nicht Körper; und Handlungen sind um so viel vollkommner, je mehrere, je verschiednere, und wider einander selbst arbeitende Triebfedern darin wirksam sind.

---

ein Nutzen, den der Virtuose von der Perspektive ziehet, sie machet aber keineswegs das Wesen der Perspektive aus. Auch in der Dichtkunst giebt es einen Inbegriff sinnlicher Vorstellungen, die vermöge ihrer Situation den stärksten Eindruck machen sollen, diese machen, wenn ich mich so ausdrücken kann, den Hauptgrund aus. Andere Begriffe sind mit diesen teils mittelbar, teils unmittelbar verbunden, und müssen daher nach Maßgebung ihrer Entfernungen auch desto schwächer würken. Dieses entspräche also der Perspektive der Maler. Ob aber dieses schwächere Licht nach Maßgebung der Entfernung, dem Dichter so nützlich sein mag, als dem Maler seine Perspektive, wage ich nicht zu entscheiden. [*Mendelssohn.*]

Ich auch nicht, aber ich neige stark zum negativen. [*Nicolai.*]

20 Dieser Schritt ist mir zu kühn. Die Schönheit der Formen macht vielleicht nicht den ganzen malerischen Wert der Körper aus, denn, wie es scheinet, gehöret die Rühmung mit dazu. [*Mendelssohn.*]

Der vollkommne moralische Charakter kann daher höchstens nur eine zweite Rolle in diesen Handlungen spielen; so daß wenn ihn der Dichter unglücklicher Weise auch zur ersten bestimmt hat, der schlimmere Charakter, welcher mehr Anteil an der Handlung nimmt, als dem vollkommnen seine Seelenruhe und festen Grundsätze zu nehmen erlauben, ihn allezeit ausstechen wird. Daher der Vorwurf, den man dem *Milton* gemacht hat, daß der Teufel sein Held sei.[21] Und das kömmt nicht daher, weil er den Teufel zu groß, zu mächtig, zu verwegen geschildert; der Fehler liegt tiefer. Es kömmt daher, weil der Allmächtige die Anstrengung nicht braucht, die der Teufel zu Erreichung seiner Absicht anwenden muß, und er mitten unter den gewaltigsten Bewegungen und Anstalten seines Feindes ruhig bleibet, welche Ruhe zwar seiner Hoheit gemäß, aber keinesweges poetisch ist.

〈x.〉

Die *Poesie* zeiget uns die Körper nur von einer Seite, nur in einer Stellung, nur nach einer Eigenschaft, und läßt alles übrige derselben unbestimmt.

Die Malerei kann dieses nicht. Bei ihr ziehet ein Teil den andern, eine Eigenschaft die andere nach; sie muß alles bestimmen.

Daher kann bei dem Dichter ein Zug sehr sinnlich, sehr malerisch sein; in der Malerei selbst aber es zu sein aufhören, weil er durch die übrigen dazu kommenden Bestimmungen geschwächt, oder wohl gar in Widerspruch gesetzt wird.

Z. E. Bei dem Dichter ist Herkules

– rabidi cum colla minantia monstri
Angeret, et tumidos animam angustaret in artus,

ein vortreffliches Bild. Ich sehe die ganze Stärke des Helden; ich sehe den rasenden Löwen in seiner Beängstigung, wie der verschloßne Atem ihn aufschwellt. Aber nun lasse man dem Maler oder Bildhauer dieses ausführen. Der Löwe hat einen Rachen, er hat Klauen, die er wo einschlagen kann, die er

21 so wie im Canut Ulfo der Held ist. [*Mendelssohn.*]

nach dem Widerstande, den er seinem Sieger entgegen setzet, wo einschlagen muß; und Herkules ist unüberwindlich, aber nicht unverwundlich. So sehe ich ihn nunmehro zugleich leiden, wo ich ihn nur siegen sehen soll. (Siehe den geschnittenen Stein beim *Spence* Tab. XVII. 3.)[22]

Die Regel bedarf also einer großen Einschränkung, *daß nur das bei dem Dichter malerisch sei, was auch wirklich auf der Leinewand oder in Marmor einen guten Effect haben könne.* Es ist wahr, der Zug des Dichters muß sich zeichnen, muß sich sichtbar darstellen lassen können; aber der Dichter braucht für die Wirkung nicht gut zu sein, die er in der materiellen Ausbildung des Künstlers tut, der notwendig andere Züge damit verbinden mußte, von welchen das Auge nicht abstrahieren kann, von welchen aber wohl die Einbildungskraft bei dem Dichter abstrahieren konnte.

⟨XI.⟩

Und eben daher, weil der Dichter seine Wesen nur mit einem Zuge schildert, kann er Wesen schildern, die nicht bestimmt sind, bloße Wesen der Einbildung. Durch diesen einzigen Zug können sie uns sinnlich werden; aber der Maler braucht mehr Züge sie uns sinnlich zu machen.

Folglich ist es auch kein Einwurf wider das Malerische eines Dichters, daß seine Wesen lauter unkörperliche geistige Wesen sind; und *Milton* ist seinen geistigen Wesen ungeachtet einer der größten Maler nach dem *Homer.*[23]

---

22 Ich getraue mich nicht hier einen Ausspruch zu wagen, aber mich dünkt, ich würde dem Künstler Dank wissen, daß er mir nicht den siegenden, sondern den kämpfenden Herkules zeigt. Es wäre ihm vielleicht nicht schwer geworden, einen spätern Augenblick zu wählen, in welchem der nunmehr erstickende Löwe sich krümmet und windet, und die Klauen convulsivisch an sich ziehet; allein wir sollten den Löwen Widerstand tun sehen, und aus diesem Widerstande auf die Stärke des Herkules schließen. Die Anmerkung ist meines Erachtens, gar wohl gegründet, aber das Exempel nicht glückl. gewählt. [*Mendelssohn.*]

23 gut! aber der Dichter ist desto vollkommener, je bestimmter

Daß aber der Maler bei dem *Homer* ungleich mehr zu tun findet, als bei dem *Milton*, rühret nicht aus dem minder malerischen Genie des Engländers, sondern aus den engen Schranken der materiellen Kunst her.

Die Berechnung des *Caylus* der Gemälde in den epischen Dichtern, ist der Maßstab der *Brauchbarkeit* eines jeden *für den Maler*, aber kein Maßstab des *Vorzuges* der Dichter selbst.

Wenigstens nicht ihres Vorzuges in dem *Malerischen* Teile. Sondern wenn ja diese größere Nützlichkeit für den Maler ein Vorzug sein soll, so entspringt dieser Vorzug bloß aus dem Reichtume und der Mannigfaltigkeit der Handlung, die der Inhalt des Gedichtes ist; welchen Vorzug der Dichter aber sehr oft mit dem elendesten Geschichtschreiber gemein haben kann.[24]

Z. E. Die Leidensgeschichte Christi ist in dem Neuen Testamente sehr armselig und elend beschrieben. Dem ohn-

---

seine Bilder sind, je leichter es der Imagination wird, die ausgelassene Züge hinzu zu denken, und sich von den erdichteten Wesen nette und ausführliche Begriffe zu machen. Homer und Virgil haben sich nur wenige solche Bilder erlaubt, die sich der Imagination nicht ausführlich darstellen. Aber alle erdichtete Wesen des Milton sind von dieser Beschaffenheit. Die Gewalt, die wir anwenden, sie uns in ihrer Vollständigkeit vorzustellen, scheinet unsere Einbildungskraft zu ermüden. Ihr erster Anblick frappiert ungemein, und erregt eine Art Erstaunen, die dem Erhabenen eigen ist. Aber ihre Wirkung ist so anhaltend nicht; denn so bald wir uns erholen, und mit unserer Einbildungskraft geschäftig zu sein anfangen; so fühlen wir das Unvermögen sie auszubilden nur gar zu deutlich, und sie fangen an unangenehm zu werden. Milton wird das erste Mal mehr frappieren. Homer aber desto öfter gelesen werden. [*Mendelssohn.*]

24 Der Satz läßt sich freulich nicht umkehren. Eine jede Erzehlung, die dem Maler reichen Stoff darbietet, ist nicht deswegen poetisch schön. Aber so viel ist richtig. Jede Begebenheit die fruchtbaren Stoff für den Pinsel enthält, wird auch für den Dichter kein unglückliches Sujet sein, wird dem Dichter weit bequemer sein, als eine Begebenheit, von welcher der Maler gar keinen Gebrauch machen kann. [*Mendelssohn.*]

geachtet hat sie Stoff genug zu den vortrefflichsten Gemälden gehabt. Das macht sie ist sehr mannigfaltig. Ihre Scribenten aber waren darum nichts weniger als Maler. Sie erzehlen die simpeln Facta, und diese Facta weiß der Maler zu nutzen, ohne daß sie ihres Teiles den geringsten Funken von malerischem Genie dabei gezeiget haben. Denn diese Facta sind entweder wahr, oder von ihnen erfunden. Sind sie wahr, so haben sie gar kein Verdienst darum; sind sie aber erfunden, so ist Facta zu erfinden, ein ganz anderes Talent, als Facta malen.

Aber Homer, wird man sagen, hat seine Facta nicht allein erfunden, er hat sie auch selbst geschildert, und in seiner fortschreitenden Schilderung werden immer ein oder mehrere Züge sein, welche für die materielle Malerei ausdrücklich gemacht zu sein scheinen.

Wenn es so ist: desto besser. Aber es ist nur zufälliger Weise so; und diejenigen von seinen Schilderungen in welchen sich dergleichen für die materielle Malerei brauchbare Züge gar nicht befinden, sind darum nicht schlechter, sondern nicht selten in ihrer Art auch wohl noch vollkommner.

Z. E. das *vierte* Buch der Ilias liefert dem Graf *Caylus* nur ein einziges Gemälde. Und noch dazu, was für eines! Die Versammlung der ratschlagenden und zechenden Götter; die der Dichter in den ersten Zeilen dieses Buches beschreibt:

> Ὁι δε θεοι παρ Ζηνι καθημενοι ἠγοροωντο
> Χρυσεῳ ἐν δαπεδῳ, μετα δε σφισι ποτνια Ἡβη
> Νεκταρ ἐῳνοχοει· τοι δε χρυσεοις δεπαεσσι
> Δειδεχατ' ἀλληλους, Τρωων πολιν ἐισοροωντες.

Ein güldener Pallast, willkürliche Gruppen schöner und majestätischer Götter, von Hebe bedienet und sich zum Trunke ermunternd: lauter Gegenstände, die auf der Leinewand eine sehr vortreffliche Wirkung haben können; ob ich gleich gern wissen möchte, wie der Maler die Götter, wie sie einander zutrinken, und Troja doch nicht aus den Augen verlieren, ausdrücken wollte. Denn läßt er sie bloß trinken; so beratschlagen sie sich nicht; läßt er sie sich bloß beratschlagen, so trinken sie nicht: bei dem Homer aber tun sie beides. Will er auch einen Teil trinken, einen Teil sich beratschlagen lassen: so ist es wieder nicht, was Homer sagt, nach dem sie alle zugleich ratschlagen und trinken sollen. *Piccart*, der dieses Gemälde gezeichnet, noch ehe es *Caylus* vorgeschlagen, zeiget die Götter alle in der tiefsten und lebhaftesten Beratschlagung; und Hebe knieet bloß auf der Seite und gießt den Nektar aus einer Urne in ein Trinkgeschirr. Aber grade so viel hätte *Piccart* tun müssen, wenn es bloß darauf angesehen gewesen wäre, die *Hebe* zu charakterisieren etc.

Doch alles dieses bei Seite gesetzt und angenommen, der Maler könne den ganzen Sinn des Dichters ausdrücken, und ein Meisterstück seiner Kunst aus diesem Sujet machen: ist es darum auch ein poetisches Gemälde? Ist es eines, so ist es gewiß von den kahlsten, und ein weit schlechterer Dichter hätte es eben so gut machen können.

Man halte dagegen die Stelle,[25] wo *Pandarus*, auf Anreizen der Minerva den Waffenstillstand bricht, und seinen Pfeil auf den Menelaus losdrückt. Schwerlich wird man bei einem Dichter in der Welt ein vortrefflicheres ausgeführteres Gemälde finden. Von dem Ergreifen des Bogens bis zu dem Fluge des Pfeiles ist jeder Augenblick gemalet, und alle diese Augenblicke sind so nahe und doch so unterschieden angenommen, daß wenn man nicht wüßte wie mit dem Bogen umzugehen wäre, man es aus diesem Gemälde allein lernen könnte.

Und dieses Gemälde – was soll man hierzu sagen? – ist in dem nemlichen Buche, welches Caylus an allen Gemälden so unfruchtbar findet. Übersehen hat er es schwerlich; aber ohne Zweifel den Bedürfnissen der heutigen Kunst nicht angemessen genug gefunden. Gott weiß, was für Schwierigkeiten in der Ordonnanz, in der Verteilung Lichts und Schattens, ihn bewogen haben, das *malerischste* Stück des Dichters für *unmalbar* zu halten.[26]

---

25 Iliad. Δ. 105-126.

26 Ein poetisches Gemälde, dessen Schönheit bloß in einer Folge von Veränderungen bestehet, kann nur getanzt, nicht gemalt

Ist dem so: so, dünkt mich, ist unsere heutige Malerei grade auf dem Punkte, auf welchem unsere heutige Musik ist, und es geht dem Malerischen des Dichters, wie seinem Wohlklange. Er sei nur recht malerisch, so wird man seine Gemälde gewiß ungemalt lassen; er sei nur recht wohlklingend, und man wird ihn gewiß nicht componieren. Das Meisterstück des dichterischen Wohlklanges, der Hexameter, die lyrischen Sylbenmaße des *Horaz*, sind viel zu musikalisch, um dem Componisten brauchbar zu sein; er will nichts, als ohne Anstoß fließende Folgen lieblicher Worte, viel a und e; was drüber ist, ist vom übel. So auch der Maler; erzehle was du willst, erzehle wie du willst; gieb ihm aber nur Gelegenheit zu reichen Verzierungen, zu gelehrten Verteilungen des Schattens, zu Contrasten, zu Verkürzungen; gieb ihm Gelegenheit nur *seine* Kunst recht zu zeigen, und je mehr du *deine* Kunst, als *poetischer* Maler, sparest, desto mehr wirst du sein Mann sein.[27]

---

werden. Die alte Malerei kann hierin keinen Vorzug vor der Neuren gehabt haben. Denn sobald in dieser Folge von Veränderungen kein wichtiger Augenblick zu finden, der das Vorhergehende und Folgende erraten läßt; so ist das Sujet an und für sich selbst *unmalbar*. [*Mendelssohn.*]

27 Diesen Punkt zu entscheiden, wollen wir uns die Künste in ihrer Verbindung vorstellen. Die Musik kann geradezu mit der Poesie verbunden werden, ja ihrer ersten Bestimmung nach soll sie eigentlich nur der Poesie zur Unterstützung dienen. Daher muß die Kunst der Musik niemals so sehr übertrieben werden, daß sie der Poesie zum Nachteil gereiche, und wir tadeln die neuere Musik mit Recht, daß ihre Künsteleien sich mit keiner wohlklingenden Poesie vertragen. Die Malerei aber kann mit der Poesie nicht unmittelbar verbunden werden, wohl aber vermittelst der Tanzkunst, denn diese verbindet die Schönheit der Formen und der Anordnung mit der Schönheit der Bewegungen und Handlungen. Jede Poesie kann getanzt werden. Findet sich nun in dieser Folge von Bewegungen eine Anordnung und Stellung, die einzeln genommen, schön und bedeutend ist; so kann sie gemalt werden. Alle Bewegungen des Pandarus können nach der Angabe des Dichters getanzt werden; da aber kein einziger Au-

⟨XII.⟩

In diesem Geschmacke, nach diesen Absichten hat *Caylus* offenbar seine Gemälde des *Homers* gewählet. Was Homer selbst malet ist fast immer übergangen; und er wählet bloß die Augenblicke, in die der Maler die meisten sichtbaren Gegenstände zusammenbringen, über die er die meiste mechanische Kunst verbreiten kann; ob sie schon bei dem Dichter gerade die leeresten, die unmalerischsten sind, in welchen er bloß Geschichtschreiber ist, und dergleichen, wie gesagt auch bei dem elendesten Geschichtschreiber in Menge zu finden.

Und wie viel Gewalt tut er öfters dem Dichter an, dem Maler diese Augenblicke auszusparen! Endlich, wenn er sie ihm nun ausgesparet hat, so trifft es sich nicht selten, daß die, welche den Homer nicht gelesen haben, aus dem Gemälde etwas schließen, das der Meinung des Dichters schnurstracks zuwider ist.

Z. E. Wenn ein vorzüglicher Held im Getümmel der Schlacht in Gefahr gerät, aus der ihn keine andere als göttliche Macht retten kann: so läßt der Dichter ihn von der schützenden Gottheit in einen *dücken Nebel*, ἠερι πολλῃ oder in *Nacht* νυκτι verhüllen, und davon führen. So *Venus* den *Paris* Iliad. γ. 381.; so *Neptun* den *Idäus* Iliad. ε 23.; so *Apollo* den *Hektor* υ., 444. In allen diesen Stellen ist dieses *Einhüllen in Nebel und Nacht* nichts als eine poetische Redensart für *unsichtbar machen.* Allein diesen poetischen Ausdruck realisieren, und auf dem Gemälde eine *wirkliche* Wolke anbringen, hinter welcher nunmehr der Held, wie hinter einer spani-

genblick in der ganzen Folge einzeln betrachtet, wichtig und bedeutend genug ist; so enthält der ganze Tanz keine malerische Situation. Der Götterschmaus muß auch getanzt werden können, und er enthält verschiedene Augenblicke, die auch einzeln betrachtet, schön sind, aber keinen der das Mannichfaltige des Zechens und Beratschlagens verbindet, denn diese müssen in verschiedenen Augenblicken auf einander folgen, das heißt, getanzt werden. [*Mendelssohn.*]

schen Wand, vor seinem Feinde verborgen stehet, ist wider die Meinung des Dichters, und heißt aus den Grenzen der Malerei herausschreiten, indem diese Wolke eine wahre Hieroglyphe, ein symbolisches Zeichen ist, und den befreiten Held nicht *unsichtbar macht*, sondern den Zuschauern zuruft, *ihr müßt ihn euch als unsichtbar vorstellen.*[28] Kurz diese Wolke ist hier nichts besser, als die beschriebnen Zettelchen die auf alten gotischen Gemälden den Figuren aus dem Munde gehen. Gleichwohl dürften sich die Maler diese Wolke sehr ungern nehmen lassen. Sie giebt zu so schönen Brechungen des Lichts Gelegenheit, zu so sehr gelehrten Beleuchtungen der um sie gestellten Gruppen, sie kann mit den angebrachten großen Massen von Schatten so trefflich contrastieren.

Es ist wahr Homer läßt den *Achilles* indem ihm Apoll den Hektor entrückt, noch dreimal nach dem dücken Nebel mit der Lanze stoßen τρις δ'ἠερα τυψε βαθειαν;[29] allein auch das heißt in der Sprache des Dichters weiter nichts, als daß

---

28 Wenn vom körperlichen Sehen die Rede ist, kann die Wolke, wo ich nicht irre, gar wohl ein natürliches Zeichen sein. Der Dichter verwandelt das metaphysische *unsichtbar machen*, in eine physische Handlung. Ja, es scheinet, als wenn die Untergötter niemals die Macht gehabt hätten, körperliche Dinge, ohne physische Mittel, unsichtbar zu machen. Sich selbst hingegen konnten sie gar wohl diesem sichtbar jenem unsichtbar machen. Daher läßt Homer die Minerva, wenn sie nur dem Achilles allein erscheinen will, sich in keine Wolke einhüllen. Wäre diese Wolke ein bloß symbolisches Zeichen; so hätte es Homer auch bei dieser Gelegenheit gebraucht. Daß der Maler die eingehüllte Person dem Zuschauer zeigen muß, tut zur Sache nichts. Der Zuschauer befindet sich außer der Scene, und man kann ihm gar wohl zeigen, was die spielende Personen nicht sehen sollen; so wie etwa die Personen auf der Bühne allein sein können, ob sie gleich von einem ganzen Volke von Zuschauern beobachtet werden. Nur muß der Künstler die Wolke so anbringen, daß es begreifl. wird, wie die eingehüllten Körper auf der Scene unsichtbar, vom Zuschauer aber dennoch bemerkt werden. [*Mendelssohn.*]

29 Iliad. Y. v. 446.

Achilles so wütend gewesen, daß er noch dreimal gestoßen, ehe er es gemerkt, daß er seinen Feind nicht mehr vor sich habe. Nichts ist malerischer als diese Stelle bei dem Dichter; aber sie wird kindisch und widersprechend in der Ausführung des Malers.

Auch bei dem Zorne des Achilles[30] rät Caylus eine dergleichen Wolke an, um die Minerva, welche allein von dem Achilles gesehen wurde, vor der übrigen Versammlung unsichtbar zu machen. Aber heißt dieses malen? Und ist es erlaubt unter die natürlichen Zeichen der Kunst ein so willkürliches zu mischen, das dem, welcher das Geheimnis nicht davon weiß, und es gleichfalls für ein natürliches Zeichen hält, das ganze Gemälde zu einem Rätsel machen muß? – Aber wenn man nun die Unsichtbarkeit in der Malerei nicht anders andeuten kann, als durch eine Wolke? – So soll man, was man nicht sehen *soll*, auch nicht malen. Und wenn, wie *Caylus* selbst anführt, ein neuer französischer Künstler in der einzeln Bildsäule des Achilles, den Zorn des Helden als von einer Göttin gemäßiget, ohne Beihülfe der Figur dieser Göttin, ausdrücken konnte; warum rät er nicht lieber dem Maler auch aus *seiner* Composition die Göttin ganz wegzulassen? Warum nicht? Weil die Composition alsdann so reich nicht sein würde. Der Maler muß mehr Kunst zeigen können; wenn auch schon das ganze Sujet darüber verstümmelt würde.

Der Einfall überhaupt, aus den Werken des Homers eine zusammenhangende Folge von Gemälden machen zu wollen, war der seltsamste von der Welt. *Caylus* überlegte nicht, daß der Dichter eine doppelte Gattung von Wesen und Handlungen bearbeitet; sichtbare und unsichtbare. Diesen Unterschied kann die Malerei nicht angeben; bei ihr ist alles sichtbar und auf einerlei Art sichtbar. Es muß aber notwendig die äußerste Verwirrung entspringen, wenn dieser Unterschied aufgehoben wird, durch dessen Aufhebung zugleich alle die charakteristischen Züge verloren gehen, durch welche sich jene höhere Gattung über die niedrige erhebt.

30 Tabl. V. Iliad. 1.

Wenn endlich die Götter selbst mit einander handgemein werden,[31] so gehet bei dem Dichter dieser ganze Kampf unsichtbar vor, und diese Unsichtbarkeit erlaubt der Einbildungskraft die Scene zu erweitern, und läßt ihr freies Spiel, sich die Personen der Götter und ihre Handlungen so groß, und über das gemeine Menschliche so weit erhaben zu denken, als sie nur immer will. Die Malerei aber muß eine sichtbare Scene annehmen, deren verschiedne notwendige Teile der Maßstab für die darauf handelnden Personen werden; ein Maßstab den das Auge gleich darneben hat, und dessen Unproportion gegen die höhern Wesen, diese höhere Wesen, die bei dem Dichter *groß* waren, auf der Fläche des Künstlers *ungeheuer* macht.

Z. E. Minerva schleidert einen großen Stein gegen den Mars:

Τον ρ' ἀνδρες προτεροι θεσαν ἐμμεναι ὀυρον ἀρουρης.

Um sich die Größe dieses Steines recht zu denken, erinnere man sich, daß Homer die Trojanischen Helden noch einmal so stark macht, als die stärksten Männer seiner Zeit,[32] und daß *Nestor* mehr als einmal zu verstehen giebt, daß die Helden vor seiner Zeit noch stärker gewesen, als sie. Und ein Mann, nicht Ein Mann, *Männer* aus dieser Zeit, waren es, die diesen Stein zu einem Grenzsteine aufgerichtet hatten. Nun frage ich, wenn *Minerva* diesen Stein schleidert, von welcher Statur soll die Göttin sein? Soll ihre Statur der Größe dieses Steines proportioniert sein; so fällt das Wunderbare weg. Ein Mann der dreimal größer ist, als ich, muß natürlicher Weise auch einen dreimal größern Stein schleidern können, als ich. Soll aber die Statur der Göttin der Größe des Steines nicht angemessen sein: so entstehet eine *anschauliche* Unwahrscheinlichkeit in dem Gemälde, deren Anstößigkeit durch den symbolischen Schluß, daß eine Göttin übermenschliche Stärke haben müsse, nicht gehoben wird. Wo ich eine größere Wirkung sehe, will ich auch größere Werkzeuge wahrnehmen.

31 Iliad. φ. v. 385 u. f.

32 Iliad. ε. 303.

Kurz, was die materielle Kunst hiervon malen kann, wird vielleicht ein schönes Gemälde werden können, aber doch nie den Geist des Dichters haben; und man ist sehr gutherzig, dem ohngeachtet dergleichen Gemälde für Homerische Gemälde gelten zu lassen.

⟨XIII.⟩

Die alten Maler, finde ich, brauchten und studierten den *Homer* ganz anders, als *Caylus* es unsern Malern zu tun anrät.

Sie brauchten ihn; nicht daß sie die Handlungen aus ihm gemalet hätten, die eine reiche Composition, vorzügliche Contraste, künstliche Beleichtungen darbieten; sie nutzten bloß seinen Fingerzeig auf besondere körperliche Schönheiten; diese malten sie; und in diesen Gegenständen, fühlten sie wohl, war es ihnen allein vergönnet, mit dem Dichter wetteifern zu wollen.

So malte Z. E. *Apelles*, nach dem Plinus,[33] »Dianam *sacrificantium* virginum choro mistam, quibus vicisse Homeri versus[34] videtur, id ipsum describentis.« – (Anstatt »*sacrificantium*« muß man hier lesen »saltantium«, oder »venantium« oder »sylvis vagantium«; denn *Homer* läßt die Gespielinnen der Diana nicht *opfern*, sondern Berge und Wälder mit ihr durchstreifen, jagen, spielen und hüpfen.)

So malte *Zeuxis* die Helena, und wahr kühn genug die berühmten Zeilen des *Homers* Iliad. γ v. 156 darunter zu setzen.[35] Laßt ihn aber auch das höchste Ideal der weiblichen Schönheit gemalt haben: so ist es doch gewiß, daß sein Gemälde die allgemeine Wirkung nicht kann gehabt haben, die man der Beschreibung des Dichters zugestehen muß.

Als *Nicostratus*[36] voller Erstaunen vor diesem Bilde des *Zeuxis* stand, stand neben ihm ein anderer, der ganz kalt blieb, und gar nicht begreifen konnte, was denn *Nicostratus*

---

33 libr. 35 sect. 36.
34 Odyss. ζ. v. 102.
35 Valerius Maximus lib. III. cap. 7.
36 Aelianus lib. 14.47.

eigentlich so wunderbares darin entdeckte. *Wann du meine Augen hättest!* sagte dieser. Aber *Nicostratus* war selbst ein Maler; und ist denn die Schönheit nur für die Kunstverwandten? Doch es lag nicht an der Kunst; denn die Kunst kann nicht mehr tun, als die Natur selbst, und das schönste Gesicht in der Natur selbst, wird nicht aller Menschen Beifall in einerlei Grade haben. Homers *Helena* ist und bleibet die einzige, an der niemand etwas auszusetzen findet, die alle Menschen gleich stark entzücket.

Und wie die alten Künstler den *Homer studieret*, läßt sich unter andern aus dem Exempel des *Phidias* lernen. Sie nährten sich mit dem Geiste des Dichters, sie füllten ihre Einbildungskraft mit seinen erhabensten Zügen, das Feuer seines Enthusiasmus entflammte den ihrigen, sie sahen und empfanden wie er, und so wurden ihre Werke Abdrücke der Homerischen, nicht in dem Verhältnisse eines Portraits zu seinem Originale, sondern in dem Verhältnisse eines Sohnes zu seinem Vater; ähnlich aber verschieden. Die Ähnlichkeit liegt öfters nur in einem einzigen Zuge; die übrigen alle haben unter sich nichts gleiches, als daß sie mit dem ähnlichen Zuge, in dem einen sowohl, als in dem andern, harmonieren. *Phidias* gestand, daß er durch die Zeilen:[37]

Ἠ και κυανεῃσιν ἐπ' ὀφρυσι νευσε Κρονιων·
Ἀμβροσιαι δ' ἀρα χαιται ἐπερρωσαντο ἀνακτος·
Κρατος ἀπ' ἀθανατοιο· μεγαν δ' ἐλελιξεν ὀλυμπον.

bei Bildung seines Olympischen Jupiters begeistert worden, und daß nur durch ihre Hülfe er seinem Bilde ein Gesicht gegeben »propemodum ex ipso coelo petitum«. *Caylus* sagt von diesen Zeilen: »cette grande idée est impossible à rendre en peinture, mais un Artiste ne peut l'avoir trop presente à l'esprit; c'est un moyen de croitre son ouvrage« etc. Er schränkt den Nutzen, den sie dem Künstler geleistet, und noch leisten können, auf die sympathetische Erhöhung unsrer Einbildungskraft ein. Indes, glaube ich, ist hier noch etwas specielleres zu sagen. Nemlich:

---

37 Iliad. α. 528. Valerius Maximus lib. III. cap. 7.

Klopstocks Zeilen:[38] wo er Gott sagen läßt:

»– Ich breite mein Haupt durch die Himmel,
Meinen Arm durch die Unendlichkeit aus, und sag:
Ich bin ewig! Sag und schwör dir, Sohn:
Ich will die Sünde vergeben!«

sind unstreitig eben so erhaben, als jene Zeilen des *Homers*, und dem höchsten Wesen gewiß anständiger. Gleichwohl glaube ich schwerlich, daß sie auf einen Künstler einen großen Eindruck machen werden, wenigstens keinen, der ihn bei seiner Arbeit leiten und unterstützen könnte. Und warum nicht? Sie sind aus keinem malerischen Gesichtspunkte genommen; es ist nicht der geringste Zug darin, den der Maler eben so wohl brauchen könnte, als ihn der Dichter gebraucht hat. Dergleichen Zug aber ist in des Homers Gemälde;[39] und ohne Zweifel lernte Phidias zuerst aus ihm,

---

38 Erster Gesang 141.

39 Der Unterschied ist hier offenbar dieser. Homer hat ein nettes Bild, ein ausführliches Gemälde in Gedanken gehabt, als er diese Zeilen gedichtet. Wie er aber, ohne den Eindruck zu schwächen, nicht alle einzelne Züge beschreiben konnte; so wählte er diejenigen, die auf seinen Gegenstand das erhabenste Licht werfen. Der Maler kann, durch die schöpferische Züge begeistert, sich das nemliche nette und vollständige Gemälde vorstellen, das dem Dichter vor Augen geschwebt, und es nach dem Bedürfnisse seiner Kunst ausführen. Klopstok hat bei seiner Beschreibung gar kein nettes Gemälde vor Augen gehabt. Die Teile des Bildes, die er nicht beschreibet, sind so vague, so dunkel, daß sie gar nicht hinzu gedacht werden können. Und so verhält es sich fast mit allen miltonischen und Kloppstokischen Malereien. Was sie nicht schildern, muß fast allezeit in der Einbildungskraft des Lesers so unbestimmt bleiben, als es der Dichter in seiner Beschreibung gelassen, daher sind sie nicht malerisch. Wenn aber der Leser in den Stand gesetzt worden, das Gemälde in der Einbildungskraft zu vollenden; so läßt es sich auch malen.

Die Figur des Kloppst. beziehet sich auf die Stelle im 5 B. Mose. *Ich hebe meine Hand in die Himmel und sage ich lebe ewiglich* oder *so wahr* ich ewiglich lebe, wenn ich mein Schwert wetze etc. Das Aufheben der Hand ist ein Zeichen des Eides. Kloppstoks Zu-

daß die Augenbraunen derjenige Teil des Gesichtes sind, in welchem sich der stärkste Ausdruck der Majestät äußert. Einteilung, welche die nachherigen Kunstlehrer von dem menschlichen Gesichte gegeben haben.

---

satz will mir nicht sonderlich gefallen; er scheinet die Idee etwas giganteske zu machen. *Ich breite mein Haupt durch die Himmel.* Wir müssen dieses Bild ja nicht näher betrachten, sonst verliert es seinen Wert. Ein Haupt, das durch die Himmel ausgebreitet werden kann, ist kein Haupt, und wozu wird es ausgebreitet? Was hat dieses Zeichen zu bedeuten? – aber wer wird so zergliedern? Gut! ich zergliedere nichts, und sage die Stelle ist erhaben. Vergleichen Sie mir nur nicht diese *wilde* und unbestimmte Idee, mit der wohlgedachten, und der gesunden Vernunft gemäßen Idee des Homers. Sie sagen jene Vorstellung ist der Majestät Gottes angemessener. Es kann sein. Vielleicht deswegen, weil sie alles Körperliche sogleich durch einen Widerspruch aufhebt, und gleichsam verschwinden läßt. Ein Haupt, das durch die Himmel; ein Arm, der durch die Unendlichkeit gehet. Sinnlicher konnte der Dichter das ungereimte Ding, eine unendliche Figur, nicht beschreiben, als wenn er die Merkmale selbst sich einander widersprechen läßt. Wollen wir aber diese Begriffe malerisch nennen? Lachen Sie nicht, ich finde hier nichts als eine Antithese, so wie wenn Young vom Menschen sagt, *Ein Wurm, ein Gott u. s. w.*, oder wie Pope den Stier beschreibet, der hier mit Staub und Schweiß bedeckt, mühsame Furchen zieht, und dort mit Blumen bekränzt, Völker vor sich knien läßt. Alles dieses sind Antithesen, und Antithesen können nicht malerisch sein.

Ich berufe mich abermals auf die Tanzkunst. Die Beschreibung des Homers kann getanzt werden. Die Miene, die der majestätische Saltator annimmt, indem er der schönen Thetis das göttliche Zeichen giebt, muß malerisch sein, und kann durch das Ideal erhöhet, das erhabenste Bild werden, das die Kunst hervorgebracht. Aber die Beschreibung des Kloppst. muß vom Declamator notwendig gelesen werden, wie eine Sentenz, das heißt, sie läßt sich so wenig tanzen, als malen.

Lassen Sie mich hier eine Reflexion hersetzen, die vielleicht nirgends anders Platz finden wird. Die orientalische Poesie unterscheidet sich vornehmlich, wo ich nicht irre, durch folgende Kennzeichen, 1) sie ist unregelmäßig im Ganzen, und 2) kühn

⟨4.⟩

Eines von den *perspectivischsten* Gleichnissen ist das, wo Homer[40] das Schild des Achilles, oder vielmehr dessen Glanz mit dem Glanze eines Feuers vergleicht, das von einsamen Ber-

---

aber unmalerisch in der Ausbildung. Eine ähnliche Beschaffenheit hat es mit den Werken aller großen Geister, die in ungebildeten und musenlosen Zeiten gelebt. Ich stelle mir vor, daß die Regelmäßigkeit und Schönheit des Ganzen Ideen sind, auf welche man in der Poesie nicht geraten kann, wenn wir sie nicht von der Malerei und Bildhauerkunst entlehnen, und auf die Dichtkunst anwenden; denn da die Begriffe in der Dichtkunst auf einander folgen; so sehen wir so leicht die Notwendigkeit nicht ein, diese mannigfaltigen Teile zusammen als ein schönes Ganze zu betrachten, und in ihrer Verbindung zu übersehen. Hingegen ist bei der Malerei und Bildhauerkunst, die die Begriffe zusammen als ein Ganzes darstellen, das Ganze auch immer das erste, worauf wir sehen. Allhier haben also die Regeln von der Schönheit des Ganzen gar leicht erfunden, und hernach per Principium reductionis auf Poesie und Beredsamkeit angewandt werden können. Es folget hieraus, daß Völker und Zeiten, bei und in welchen die Malerei und Bildhauerkunst nicht in Aufnahme ist, auch in der Poesie und Beredsamkeit von der Schönheit des Ganzen sehr schwache Begriffe haben müssen. Die Hebräer konnten, vermöge ihrer Religion, weder Malerei noch Bildhauerkunst haben. Auch haben ihre Poeten und Redner keine richtigen Begriffe von Plan, Anordnung, Verteilung des Lichts und Schattens, u. s. w. aber die Griechen – ?

Eine ähnliche Beschaffenheit hat es mit dem Malerischen in der Ausführung. Wer an keine Verbindung der Künste denkt, und die Poesie ganz allein vor Augen hat, wird in einer Schilderung Züge vereinigen, die sich einander sehr fremde sind. Er wird den Pfeil trunken vom Blute sein lassen, er wird das Schwert Gottes anreden, kehre in die Scheide zurück! raste allda! Er wird dadurch kühn, aber unmalerisch werden. Seine Seele hat die Fertigkeit nicht, ihre Erdichtungen sich in netten und ausführlichen Bildern vor zu stellen, denn diese Fertigkeit erlangt man nur durch die Bekanntschaft mit den Meisterstücken der Bildhauer-

gen im Sturm behafteten Seefahrern leichtet. Doch sind hier mehr die Örter als die Zeitfolgen hinter einander gestellet.

– ἀυταρ ἐπειτα σακος μεγα τε, στιβαρον τε,
Ἑιλετο, του δ' ἀπανευθε σελας γενετ', ἠυτε μηνης.
Ὡς δ' ὁταν ἐκ ποντοιο σελας ναυτῃσι φανειῃ

---

kunst und Malerei, wo jede Erdichtung von allen Seiten bestimmt sein muß. Mich dünkt, die neuren Dichter haben das Kühne und Unbestimmte in ihren Erdichtungen von den Orientaliern entlehnt. Unsere Tänzer, Bildhauer und Dichter behandeln verschiedene Sujets. Es ist kein Wetteifer unter ihnen, die nemliche Handlung durch verschiedene Mittel nachzuahmen. Daher die Künste sich einander kein Licht mitteilen. Endlich verlieren sich unsere Dichter ganz und gar in das Unsichtbare, in das Reich der Spekulation, wohin ihnen keine andere Kunst folgen kann, wo nur Schattenbilder vor unsern Augen scherzen, und verschwinden, bevor wir ihre wahre Gestalt erkennen, wo wir uns also begnügen müssen nur einige Züge zu berühren, und alles übrige wie in einen Aether zerfließen, und unkenntbar werden zu lassen: – Wollen wir eine solche Poesie malerisch nennen? [*Mendelssohn.*]

I.

Einem jeden endlichen Dinge kömmt eine dreifache Form zu. Eine in dem Geiste des Künstlers, der es hervorbringen will, die zwote in der Natur der Dinge, allwo sie mit der Materie verbunden ist, und die *Letzte* in dem Geiste des Betrachtenden. – Die *erste Form* ist allezeit die vollkommenste, und sie macht das Ideal des Künstlers, oder das subjective Ideal aus.

Das objective Ideal ist das maximum der Schönheit. Die Natur hat es im ganzen Weltall erreichet, und eben deswegen in allen ihren Teilen nicht erreichen können. Auch war die *Schönheit* nicht ihre Hauptabsicht, und sie hat sehr oft der Vollkommenheit, oder dem Guten und Nützlichen weichen müssen.

Des Künstlers Absicht gehet bloß auf die Schönheit, und zwar nicht weiter als auf die Schönheit eines isolierten Teils. Daher muß er dem Ideal näher kommen, als selbst die Natur. Er muß z. E. die Figur einer jugendlichen Person so vorstellen, wie sie von der Natur hervorgebracht worden wäre, wenn die Schönheit dieser einzelnen Person ihre Hauptabsicht gewesen wäre.

Καιομενοιο πυρος, το δε καιεται ὑψοθ' ὀρεσφι,
Σταθμῳ ἐν διοπολῳ· τους δ' ὀυκ ἐθελοντας ἀελλαι
Ποντον ἐπ' ἰχθυοεντα φιλων ἀπανευθε φερουσιν.

Der Glanz des Schildes, der Vorgrund; der Glanz den die Schiffer erblicken, der zweite; das Feuer auf den Bergen,

---

Je zusammengesetzter eine Schönheit ist, desto weniger kann jedes von ihren Teilen das Ideal erreichen, das ihnen zukommen würde, wenn sie isoliert wären. Eine einzige Linie erreichet das Ideal, wenn sie die Windung der Wellenlinie hat; in zusammengesetzten Figuren hingegen muß die Anordnung des Ganzen eine solche Wellenlinie ausmachen, aber jede einzelne Linie entweder mehr, oder weniger gewunden sein. Das Ideal kömmt, wie die Schönheit überhaupt, vorzüglich nur den Formen körperlicher Dinge zu, transcendentaliter hingegen haben auch Gedanken, Farben, Töne, Bewegung und jeder Ausdruck innerlicher Empfindungen ihre Schönheit, und folglich ihr Ideal.

II.

Es kömmt in den schönen Künsten nicht wenig darauf an, ob die *letzte Form* solche Bilder sind, die leicht in das Gedächtnis zurück kommen. Die Phantasmata scheinen in folgender Ordnung an Deutlichkeit abzunehmen. 1) Umrisse der Figuren und Körper, oder überhaupt körperl. Forme. 2) Gedanken. 3) Bewegung. 4) Farbe. 5) Schall. 6) Energie unserer innern Kräfte. (Schmerz, Wollust, Begierde, Leidenschaft u. s. w.) 7) sinnliches Gefühl. 8) Geruch. 9) Geschmack.

Die *Schönheit* kömmt, der ersten und ursprünglichen Bedeutung nach, nur den körperlichen Formen zu. Da die Bewegung der Körper durch Linien geschiehet; so war es natürlich auch der Bewegung Schönheit zu zuschreiben. Man läßt indessen auch den Gedanken, den Farben und endlich auch dem Schalle, wenn er einen Ton angiebt, Schönheit zu kommen. Hingegen ist die Schönheit des Tones schon etwas ungewöhnliches. Von der Energie unserer innern Kräfte sagen wir nur, daß sie moralisch schön oder häßlich sind; 7. 8. 9 aber können 7 sanft und rauh, 8. 9 aber angenehm und widrig, aber nicht schön oder häßlich sein.

Mit dem Reize ist man so verschwenderisch nicht gewesen. Reizend ist nur die *Schönheit der Forme in Bewegung*, denn diese erregt in uns das Verlangen sie wiederholt zu sehen, *reizt* uns zur

welches diesen Glanz verursacht der dritte; die Freunde von welchen sie fern auf dem Meere herum getrieben werden, der vierte.

Aufmerksamkeit. Es giebt auch einen *sinnlichen Reiz*, der nicht aus der Schönheit entspringt, und dieser kömmt so gar dem Geschmack zu.

III.

Die Schönheit, in so weit sie transcendental ist, hat allgemeine Regeln, in welchen Forme, Gedanken, Bewegung, Töne und Farben übereinkommen. Diese sind Mannigf., Einheit, Wohlgereimtheit, Ordnung, Neuheit, Lebhaftigkeit u. s. w. Diese allgemeine Regeln lassen sich auf alle schönen Künste und W. anwenden, und können aus einer in die andere übertragen werden.

Hingegen sind sie unterschieden 1) vermittelst der bezeichneten Sachen, 2) vermittelst der Zeichen. Die bezeichnete Sachen sind entweder Forme, die leicht ins Gedächtnis zurück kommen, als Gedanken Figur und Bewegung, oder nicht leicht, als Farbe und Schall, sie sind entweder zugleichseiend oder aufeinanderfolgend. Die Zeichen sind natürlich, oder willkürl. zugleichseiend oder aufeinanderfolgend, täuschend (indem sie uns den Schein als eine Wirklichkeit vorstellen) oder nicht täuschend, drücken auch Handlungen, Mienen und Gebärden, oder nur Empfindungen aus, und diese Empfindungen sind entweder Neigungen und Leidenschaften, oder bloß sinnliche Vorstellungen, endlich sind die Zeichen auch mehr oder weniger lebhaft.

Die Dichtkunst bedienet sich auf einander folgender Zeichen. Da sie aber willkürlich und mit Gedanken verbunden sind; so kommen ihre Forme leicht in das Gedächtnis zurück, und sie verbindet alle gute Eigenschaften des Schönen. Sie kann körperliche Forme und Bewegung ausdrücken, ist der Illusion fähig, drückt Handlungen, Mienen, Gebärden und alle Arten von Empf. aus. Die Lebhaftigkeit der Eindrücke erhält sie durch Musik und Tanzkunst.

Die Malerei hat körperliche Forme, und einen gewissen Anschein der Bewegung zu ihrem Gegenstande. Ihre Zeichen sind zugleichseiend natürlich, täuschend, drücken auch Handlungen, Mienen und Gebärden, und vermittelst dieser Leidenschaften aus.

⟨5.⟩

Nach dem, was wir in unsern mündlichen Unterredungen ausgemacht haben, verbessere ich meine Einteilung der Gegenstände der poetischen und der eigentlichen Malerei folgendergestalt.

Die *Malerei* schildert Körper, und andeutungsweise durch Körper, Bewegungen.

Die *Poesie* schildert Bewegungen, und andeutungs Weise durch Bewegungen, Körper.

Die Baukunst hat nur körperl. Forme zum Gegenstande. Die Zeichen sind natürlich, zugleichseiend, nicht täuschend, drücken nur sinnliche Begriffe, ohne Neigung und Empfindung aus.

Musik. Der Gegenstand ist vorübergehend und läßt keine deutliche Phantasmata zurück. Die Zeichen sind natürlich, aufeinander folgend, keiner Täuschung fähig, können aber die Illusion der Dichtkunst und Tanzkunst, durch die vermehrte Lebhaftigkeit der Empf. unterstützen; drücken weder Handlungen noch Mienen und Gebärden, sondern bloß Empfindungen, und zwar so wohl sinnliche Begriffe, als Neigungen und Leidenschaften aus, besitzen den höchsten Grad der Lebhaftigkeit.

Die Tanzkunst hat die Forme in Bewegung zum Gegenstande. Ihre Zeichen sind natürlich, zugleichseiend und aufeinander folgend, wie ihr Gegenstand, können täuschen, drücken Handlungen, Mienen, Gebärden und vermittelst dieser Neigungen und Leidenschaften aus. Da ihre Forme aber vorübergehend und ihre Zeichen natürlich sind; so läßt sie keine so deutliche Phantasmata zurück, als Malerei und Dichtkunst, stehet auch an Lebhaftigkeit der Empfindung der Musik nach, und bedient sich ihrer Hülfe.

Die Farbenkunst kömmt mit der Musik überein, nur daß ihr Gegenstand fortdauernd ist, und sie keine Empfindungen, sondern nur sinnliche Begriffe erregen. Ob sie gleich selbst nicht täuschen; so unterstützen sie die Illusion der Malerei.

Die Bildhauerkunst hat mit der Malerei vieles gemein, nur muß sie ohne Hülfe der Farben täuschen, und den geringsten Schein von Bewegung vermeiden. [*Mendelssohn.*]

40 Iliad. τ. v. 373 u. f.

Eine Reihe von Bewegungen, die auf einen Endzweck abzielen, heißet eine *Handlung.*

Diese Reihe von Bewegungen, ist entweder in eben demselben Körper, oder in verschiedene Körper verteilet. Ist sie in eben demselben Körper, so will ich es eine *einfache Handlung* nennen; und eine *collective Handlung*, wenn sie in mehrere Körper verteilet ist.

Da eine Reihe von Bewegungen in eben demselben Körper, sich in der Zeit eräugnen muß; so ist es klar, daß die Malerei auf die *einfachen Handlungen* gar keinen Anspruch machen kann. Sie verbleiben der Poesie einzig und allein.

Da hingegen die verschiednen Körper, in welche die Reihe von Bewegungen verteilet ist, neben einander in dem Raume existieren müssen; der Raum aber das eigentliche Gebiete der Malerei ist; so gehören die *collectiven Handlungen* notwendig zu ihren Vorwürfen.

Aber werden diese *collective Handlungen*, deswegen weil sie in dem Raume erfolgen, aus den Vorwürfen der *poetischen* Malerei auszuschließen sein?

Nein. Denn obschon diese *collectiven* Handlungen im *Raume* geschehen; so erfolget doch die Wirkung auf den Zuschauer in der *Zeit.* Das ist; da der Raum, den wir auf einmal zu übersehen fähig sind, seine Schranken hat; da wir unter mannigfaltigen Teilen neben einander uns nur der wenigsten auf einmal lebhaft bewußt sein können: so wird Zeit dazu erfordert, diesen größern Raum durchzugehen und uns dieser reichern Mannigfaltigkeit nach und nach bewußt zu werden.

Folglich kann der Dichter ebensowohl das *nach und nach beschreiben*, was ich bei dem Maler nur *nach und nach sehen* kann; so daß die *collectiven* Handlungen das eigentliche gemeinschaftliche Gebiete der Malerei und Poesie sind.

Sie sind, sage ich, ihr gemeinschaftliches Gebiete, das sie aber nicht auf einerlei Art bebauen können.

Gesetzt auch, daß die Betrachtung der einzeln Teile in der Poesie eben so geschwind geschehen könnte, als in der Malerei: so fällt doch ihre Verbindung in jener weit schwerer als in dieser, und das *Ganze* kann folglich in der Poesie von der Wirkung nicht sein, als es in der Malerei ist.

Was sie daher im Ganzen verlieret, muß sie an den Teilen zu gewinnen suchen, und nicht leicht eine *collective* Handlung schildern, in der nicht jeder Teil für sich betrachtet schön ist.

Diese Regel braucht die Malerei nicht. Sondern da bei ihr die Verbindung der erst einzeln betrachteten Teile so geschwind geschehen kann, daß wir wirklich das Ganze auf einmal zu übersehen glauben: so muß sie vielmehr sich eher in den Teilen als in dem Ganzen vernachlässigen; und es ist ihr eben so erlaubt als zuträglich, unter diese Teile auch minder schöne und gleichgültige Teile zu mengen, sobald sie zu der Wirkung des ganzen etwas beitragen können.

Diese doppelte Regel, nemlich, daß der Maler bei Vorstellung collectiver Handlungen mehr auf die Schönheit des Ganzen; der Dichter hingegen mehr darauf sehen muß, daß so viel möglich jeder einzelne Teil schön sei, spricht das Urteil über eine Menge Gemälde des Künstlers und des Dichters, und kann beide in der Wahl ihrer Vorwürfe sicher leiten.

Z. E. *Angelo* hätte ihr zu Folge kein jüngstes Gericht malen sollen. Nicht zu gedenken, wieviel dieses Gemälde, durch die verjüngten Dimensionen von der Seite des Erhabenen verlieren muß; da das allergrößte doch noch immer ein Jüngstesgericht en mignature ist: so ist es gar keiner schönen Anordnung fähig, die auf einmal ins Auge fallen könnte; und die allzuvielen Figuren, so gelehrt und kunstreich auch eine jede für sich selbst ist, verwirren, und ermüden das Auge.

Der *sterbende Adonis* ist bei dem *Bion* ein vortreffliches Gemälde. Allein ich zweifle, daß es einer schönen Anordnung unter der Hand des Malers fähig ist, wenn er, ich will nicht sagen alle, sondern nur die meisten Züge des Dichters beibehalten will. Die um ihn heulenden Hunde, ein so rührender Zug bei dem Dichter, würden unter den Liebesgöttern und Nymphen, dünkt mich, einen schlechten Effect tun.

⟨6.⟩

Von der Schönheit ohne Gemütsgaben. p. 127. CVII.

γερας bei Teilung der Beute, was den Königen bei Seite gesetzt war p. 146. CXXX.

Vom Schwung des Haars bei den Griechen, zu Erläuterung der Stelle bei den Griechen p. 314. VI.

Von den Fehlern des Choerilus in Ansehung der Gleichnisse. p. 334. XXXVII.

Von dem unpassenden der Homerischen Gleichnisse. p. 336. XL.

Von einem Zunamen der Sokratiker. p. 391. CXI.

Antwort des Alexanders – – p. 479. CXCVII.

Von dem andern Dictionario Oratorio p. 496. CCXI.

T. II

Von der Blindheit des Thamyris. p. 633.

Von dem Nireus in Ansehung der Abmalung ⟨?⟩ von ihm und dem Thersites. 678.

Von der Erdichtung mit dem Protesilaus und Achilles. p. 695.

Von dem Geschrei des Philoktets. p. 706.

Von den Pygmäen mit den Lilliputern des Schwift zu vergleichen. p. 811.

⟨7.⟩

1. Abschnitt.

Winkelmanns Text. p. 22.

Anmerkung über des Sophokles *Philoktet.* –

1) Dieses Geschrei ist eine historische Wahrheit. Sagen daß »clamor Philocteteus« zu einem sprichwörtlichen Ausdrucke geworden. v. Eust. T. II. p. 706.

2) Sophokles läßt ihn auch in seiner Tragödie so schreien. Anmerkung über die Kürze des dritten Akts.

3) Schreien war bei den Alten der Ausdruck der leidenden Natur, und kein Zeichen einer weibischen Unleidlichkeit. Beim Homer schreien die größten Helden, Venus und selbst Mars schreien.

Ein gleiches vom Weinen. Meine Vermutung warum Priamus den seinigen bei dem Begräbnisse zu weinen verbietet.

4) Diese Unterdrückung der Natur ist ein Kennzeichen der Barbaren; ein Zeichen des Heldenmuts der nordischen Völker; Exempel aus dem Borrichius.

Rettung des *Virgils.*

Folglich hatte Virgil die Natur und den Homer vor sich, wenn er seinen Laocoon jenes erschreckliche Geschrei erheben läßt.

Der Bildhauer indes läßt ihn keins erheben; das ist wahr. Und nun entstehet die Frage, welcher hat die schönere Natur gezeichnet?

Beide; und man hat nicht aus der Beobachtung des Bildhauers den Dichter, oder aus der Beobachtung des Dichters den Bildhauer zu verdammen.

Es ist wahr beide und beider Künste haben viel Ähnlichkeit. Aber auch viel Unähnliches; und weil man dieses nicht gehörig erwägt hat, weil man jene allgemein machen wollen, sind viel ungesunde Critiken entstanden. Jeder hat seine besondern höhern Regeln, die er nie aus den Augen setzen muß, und die ihm in dem Besondern ganz verschiedne Wege treten lassen.

Regeln des Bildhauers:

1. Die Erreichung des Sichtbar Schönen und Erhabnen. – Erläuterung durch die Opferung der Iphigenia des Timanthes.
2. Die Beobachtung eines Punktes über welchen die Einbildung noch hinausgehen kann.

   Erläuterung dieses Punktes aus den Gemälden des Timomachus.

Vermutung in welchem Punkte Laocoon genommen worden.

Da Virgil diesen Punkt nicht beobachten dürfen, da er auf keine Erreichung des sichtbaren Schönen mit sehen dürfen, so durfte er und mußte er jene »clamores horrendos« mit ausdrücken.

2. Abschnitt.

Von den Meistern dieses Werks.

Die Zeit in welcher sie gelebt ist unbekannt.

Meine Vermutung, daß sie den Virgil nachgeahmt haben können, und also unter den ersten Kaisern gearbeitet.

1. Plinius setzet sie mit solchen neuern Künstlern in eine Classe.
2. Sie stellen den Laocoon vor anders als ihn die griechischen Dichter schildern; anders als Lycophron, anders als Quintus Calaber.
3. Sie folgen einem Umstande, welcher eine eigne Erfindung des Virgils zu sein scheinet.

Ich abstrahiere von der historischen Wahrheit dieser Vermutung, die W. in s. G. d. Kunst vermutlich aufklären wird. Ich will sie bloß aus einer Voraussetzung beleuchten, um den Dichter und Bildhauer in einerlei Gegenstande vergleichen zu können.

1. Worin der Bildhauer dem Virgil gefolgt.
2. Worin er von ihm abgegangen.
3. Erläuterung aus neuen Kupfern, die bei dem Virgil genau geblieben.
4. Gedanken wie überhaupt dergleichen Kupfer einzurichten.

3. Abschnitt.

I. Herr Wink. selbst hat es in sr. Ge. der Kunst eingesehen, daß der Bildhauer zu dieser Ruhe wegen der beizubehaltenden Schönheit verbunden gewesen, und daß diese kein Gesetz für den Dichter p. 167. besonders 169. Bei Gelegenheit seine Vermutung von Philoktet p. 170. meine Verbeßrung des Plinius.

II. Hierin sind wir einig, aber desto weniger wegen der Zeit der Künstler des Laocoon. Erörterung meiner Meinung. Die Seine gründet sich weiter auf nichts als auf die Vortrefflichkeit des Werks.
Vermutung aus dem ἐποιησε.

4. 5. Abschnitt.

Weitere Erörterung daß dem Dichter weit mehr erlaubt sei als dem Maler:

4. in Ansehung der Häßlichkeit und des Lächerlichen. Exempel des Thersites.
5. in Ansehung des Ekels; Exempel des Philoktet, nebst der Scene der Hungrigen beim Beaumont.
Tadel der Harpyen des Virgils.

6. Absch.

Völlige Gerechtigkeit scheint W. indes doch nicht dem Dichter widerfahren zu lassen. Wenn er z. E. 170. sagt, sie werden ihn mehr nach den Grundsätzen der Weisheit, als nach dem Bilde der Dichter vorgestellet haben –

Ausleg: es muß hier wenigstens nur die Bildhauerische Weisheit zu verstehn sein.

p. 25. 28 scheint er auf der Seite des Caylus zu sein, daß der Wert der Dichter nach der Zahl ihrer Gemälde zu bestimmen.

Widerlegung dieser Meinung;

Daß Dinge in der Phantasie einen vortrefflichen Effect machen, die auf der Leinwand oder im Stein einen widrigen haben.

In welchem Verstande Homer der größte Maler sei; und daß Milton nach ihm der größte.

⟨8.⟩

Erster Abschnitt.

I.

Laocoon; Widerlegung der Winkelmannischen Anmerkung. Wahre Ursache, aus dem Gesetze der Schönheit. Beweis, daß die Schönheit das höchste Gesetz der alten Kunst gewesen.

II.

Zweite Ursache; aus der Verwandlung des Transitorischen, in das Beständige. Der äußerste Augenblick ist der unfruchtbarste.

III.

Die Statue wird mit dem Gemälde des Dichters weiter verglichen. Worin und warum weiter beide von einander abgehen.

IV.

Beider Übereinstimmung. Wahrscheinliche Vermutung aus dieser Übereinstimmung, daß der eine den andern vor Augen gehabt. Die Griechen erzehlen diese Begebenheit ganz anders; woraus wahrscheinlich wird, daß der Künstler den Virgil nachgeahmet.

V.

Ein Spence dürfte schwerlich meiner Meinung sein. Sein seltsames System, bei welchem alles Verdienst des Dichters verloren geht. Beweise wie wenig er von dem besondern Gebiete der Malerei und Dichtkunst verstanden 1. an der wütenden Venus 2. an den allegorischen Wesen.

VI.

Ein Caylus hat den Dichtern mehr Gerechtigkeit widerfahren lassen. Er bekennt es, daß die Künstler den Dichtern viel zu danken haben, und noch mehr zu danken haben können. Seine Gemälde des Homers. Einwurf wider die zusammenhangende Folge derselben, aus den unsichtbaren Scenen des Dichters.

VII.

Mißdeutung, welcher die Rangordnung unterworfen, die Caylus unter den Dichtern nach der Menge ihrer Gemälde machen will. Er hat nicht unterschieden, was bei dem Dichter ein Gemälde, und was für den Maler brauchbar ist. Er nimmt nur immer dieses; und jenes bleibt immer weg wornach die Rangordnung doch nur einzig geschehen müßte. Beweise aus dem vierten Buche der Iliade.

VIII.

Ursache, warum das Gemälde des Dichters nur selten ein Gemälde des Malers werden kann. Jener malet fortschreitende Handlungen, und dieser für sich bestehende Wesen. Exempel wie Homer diese Wesen in Handlungen zu verwandeln weiß.

IX.

Beantwortung der Einwürfe wider das Homerische Schild, aus diesem Gesichtspunkte. Der Dichter malet das aus, was der Künstler intendieret hat, und läßt sich nicht in die Schranken der materiellen Kunst einschließen.

Zweiter Abschnitt.

I.

Winkelmanns Geschichte der Kunst ist indes erschienen. Lob derselben. Wie er das Alter des Laocoon angegeben. Er hat nicht den geringsten historischen Grund für sich; er urteilet bloß aus der Kunst. Plinius scheinet da, wo er des Laocoon gedenkt, von lauter neuern Künstlern zu reden. Widerlegung der Maffeischen Meinung, die Winkelmann nur nicht ganz zu Schanden machen wollen; und warum.

II.

Beweis aus dem ἐποιει und ἐποιησε, daß der Laocoon kein so altes Werk ist. Umständliche Erklärung dieser Stelle des Plinius.

III.

Ist er indes nicht aus der Zeit, in welche ihn Winkelmann setzt; so verdient er es doch daraus zu sein, und das ist genug für eine Kunstgeschichte, die unsern Geschmack bilden soll. Übrigens hat sich Winkelmann wegen der Ruhe des Laocoon näher erklärt, und er ist meiner Meinung, daß die Schönheit diese Ruhe veranlaßt habe.

IV.

Sein Ausspruch, daß die neuern Dichter jenseit den Alpen mehr Bilder haben, und weniger Bilder geben. Commentar über diese Worte zu wünschen. Woher der Unterschied der poetischen und materiellen Bilder entspringe. Aus der Verschiedenheit der Zeichen, deren sich die Malerei und Poesie bedienen. Jene im Raume und natürlich; diese in der Zeit und willkürlich.

V.

In dem Raume und in der Zeit. Folglich jene Körper, und diese Bewegungen. Jene Bewegungen andeutungsweise durch Körper. Diese Körper andeutungsweise durch Bewegungen. Ausdrückliche Schilderungen von Körpern sind daher der Poesie versagt. Und warum sie es tut so tut sie es nicht als nachahmende Kunst, sondern als Mittel der Erklärung. So wie die Malerei nicht nachahmende Kunst, sondern ein bloßes Mittel der Erklärung ist, wann sie verschiedne Zeiten auf einem Raume vorstellet.

VI.

Schönheit insbesondere ist kein Vorwurf der Poesie, sondern der eigentliche aller bildenden Künste. Homer hat die Helena nicht geschildert. Aber die alten Maler haben sich jeden seiner Fingerzeige auf die Schönheit zu Nutze gemacht. Des Zeuxis Helena.

VII.

Von der Häßlichkeit. Verteidigung des Thersites; in einem Gedichte. Verwerfung desselben in der Malerei. Caylus hatte Recht ihn auszulassen; la Motte nicht. Einführung des Thersites in die Epigoniade. Nireus war nicht der schönste unter den Griechen. Daher ist Clarks Anmerkung falsch, in den Briefen der Litteratur.

N. B. *Vom Ekel.* Die Discordia beim Petron.

VIII.

Schönheit der malerische Wert der Körper. Folglich kommen wir hier von selbst auf die Regel der Alten, daß der Ausdruck der Schönheit untergeordnet sein müsse. Ideal der Schönheit in der Malerei hat vielleicht das Ideal der moralischen Vollkommenheit in der Poesie veranlaßt. Da man dafür auf ein Ideal in den Handlungen denken sollen. Das Ideal der Handlungen bestehet 1) in der Verkürzung der Zeit 2) in der Erhöhung der Triebfedern, und Ausschließung des Zufalls. 3) in der Erregung der Leidenschaften.

IX.

Leblose Schönheiten um so mehr dem Dichter versagt zu schildern. Verdammung der Thomsonschen Malerei. Von den Landschaftsmalern; ob es ein Ideal in der Schönheit der Landschaften gebe. Wird verneinet. Daher der geringere Wert der Landschaftsmaler. Die Griechen und Italiäner haben keine. Beweis aus dem umgekehrten Pferde des Pausanias, daß sie auch nicht einmal untergeordnete Landschaften gemalt. Vermutung daß die ganze perspectivische Malerei, aus der Scenenmalerei entstanden.

X.

Die Poesie schildert Körper nur andeutungsweise durch Bewegungen. Kunststück der Dichter sichtliche Eigenschaften in Bewegungen aufzulösen. Exempel von der Höhe eines Baumes. Von der Größe einer Schlange. Von der Bewegung in der Malerei. Warum sie Menschen und keine Tiere darin empfinden.

Von der Schnelligkeit.

XI.

Folglich schildert die Poesie die Körper auch nur mit einem oder zwei Zügen. Schwierigkeit in der sich oft die Malerei befindet diese Züge auszumalen. Unterschied der poetischen Gemälde, wo sich diese Züge leicht und gut ausmalen lassen, und wo nicht. Jenes sind die Homerischen Gemälde, dieses die Miltonschen und Klopstockschen.

XII.

Vermutung daß die Blindheit des Milton auf seine Art zu schildern einen Einfluß gehabt. Beweis Z. E. aus der sichtbaren Dunkelheit.

XIII.

Die erste Veranlassung war indes der Orientalische Styl. Moses Vermutung; aus dem Mangel der Malerei. Daß das nicht schön sein muß, was biblisch ist. Wenn der Grammatiker eine schlechte Sprache in der Bibel finden kann; so darf der Kunstrichter auch schlechte Bilder darin finden. Der h. Geist hat sich in beiden Fällen nach dem leidenden Subjecte gerichtet; und wann die Offenbarung in den nordischen Ländern geschehen wäre, so würde sie in einem ganz andern Style und unter ganz andern Bildern geschehn sein.

XIV.

Homer hat nur wenige Miltonsche Bilder. Sie frappieren aber sie attachieren nicht. Und eben deswegen bleibt Homer der größte Maler. Er hat sich jedes Bild ganz und nett gedacht. Und selbst auch in der Ordnung ein malerisches Auge gezeigt. Anmerkung über die Gruppen die sich bei ihm nie über drei Personen erstrecken.

XV.

Von den *collectiven Handlungen*, als welche der Poesie und Malerei gemein sind.

Dritter Abschnitt.

I.

Aus dem Unterschiede der natürlichen und willkürlichen Zeichen. Die Zeichen der Malerei sind nicht alle natürlich; und die natürlichen Kennzeichen willkürlicher Dinge können nicht so natürlich sein, als die natürlichen Kennzeichen natürlicher Dinge. Es ist auch noch sonst viel Convention darunter. Exempel von der Wolke.

II.

Sie hören auf natürliche zu sein, durch Veränderung der Dimensionen. Notwendigkeit des Malers, sich der Lebensgröße zu bedienen. Abfall der Kunst in den erhabnen Landschaften. Schwindel kann die Poesie aber nicht die Malerei erwecken.

III.

Die Zeichen der Poesie nicht lediglich willkürlich. Ihre Worte als Töne betrachtet können hörbare Gegenstände natürlich nachahmen. Welches bekannt. Aber ihre Worte als unter sich verschiedner Stellen fähig, können dadurch die verschiedne Reihe der Dinge auf einander und neben einander schildern. Exempel hiervon. Auch sogar die Bewegung der Organen kann die Bewegung der Dinge ausdrücken. Exempel davon.

IV.

Einführung mehrerer willkürlichen Zeichen durch die Allegorie. Billigung der Allegorie in so fern die Kunst dadurch auf den Geschmack der Schönheit zurückgeführet, und von dem wilden Ausdrucke abgehalten werden kann.

V.

Mißbilligung allzu weitläuftiger Allegorieen, welche allzeit dunkel sind. Erläuterung aus Raphaels Schule von Athen; und besonders aus der Vergötterung Homers.

VI.

Nützlichkeit der willkürlichen Zeichen in der Tanzkunst. Daß eben dadurch die Tanzkunst der Alten die Neuere so weit übertroffen.

VII.

Der Gebrauch der willkürlichen Zeichen in der Musik. Versuch das Wunderbare und den Wert der alten Musik daraus zu erklären. Von der Macht die sich daher der Gesetzgeber darüber anmaßte.

VIII.

Notwendigkeit alle schöne Künste einzuschränken, und ihnen nicht alle mögliche Erweiterungen und Verbesserungen zu verstatten. Weil durch diese Erweiterungen sie von ihrem Zwecke abgelenkt werden, und ihren Eindruck verlieren. Eulers Entdeckung in der Musik.

IX.

Von der Erweiterung in der Malerei der neuern Zeiten. Wodurch die Kunst unendlich schwer geworden; und es sehr wahrscheinlich wird, daß alle unsere Künstler mittelmäßig bleiben müssen. Einfluß den Fehler in Nebenteilen, z. E. in Licht und Schatten und Perspectiv, auf das ganze haben. Da uns hingegen die gänzliche Weglassung aller dieser Teile nicht anstößig sein würde.

X.

Ermunterung die bildenden Künstler aus den alten Zeiten zurückzurufen, und sie mit Begebenheiten unsrer itzigen Zeit zu beschäftigen. Aristoteles Rat, die Taten Alexanders zu malen.

⟨Anhang⟩

I.

Zerstreute Anmerkungen über einige Stellen in Winkelmanns Geschichte, wo er nicht genau genug gewesen. Antigone des Sophokles. Die Teller des Parthenius. Der Meister des Schildes vom Ajax etc.

II.

Von dem Borghesischen Fechter.

III.

Von dem Cupido des Praxiteles.

IV.

Von der Kunst in Erzt zu gießen. Daß sie zu den Zeiten des Nero nicht verloren gewesen.

V.

Vermutung über das Netze p. 203.

VI.

Von den Schulen der alten Malerei, und von den Asiatischen Künstlern.

⟨9.⟩

Polycletus – hic etiam primus excogitavit ut uno crure signa insisterent. Lud. Demontiosius »De Caelatura« lib. I. cap. 1. Nachzusehn im Plinius.

Eben dieser Demontiosius l. c. wenn er von dem Farnesischen Ochsen gesprochen, setzet hinzu: »Ejusdem etiam Apollonii exstat in Vaticano corpus, capite, brachiis, et tibiis truncatum, ex marmore: quod fragmentum nulli cedit operum Antiquorum, quae extant hodie Romae. Basi nomen Autoris inscriptum est«.

Wenn dieses der Torso des Herkules ist, so irrt sich D., denn dieses Meister war aus Athen, jener Apollonius aber aus *Tralles.*

Pomponius Gauricus (cap. II. de Sculptura) teilet die ganze Länge des Körpers in neun Teile, jede von einer Gesichts Länge. Die Gesichtslänge selbst teilt er wiederum in 3 Teile: »constat autem ipsa tribus pariter dimensionibus. Una erit ab summa fronte qua capilli nascuntur, heic ad intercilia. Altera heinc ad imas nares. Ultima ab naribus heic ad mentum. Prima sapientiae, secunda pulchritudinis, tertia bonitatis sedes.«

Gudius ad Phaedri fab. l. lib. V
Zenobius Centur. V. n. 82

In dem Mosaischen Werke bei Kircher, (Monumentum vetustissimum in Praenestinis Primigeniae Fortunae templi ruderibus adhuc superst.) finde ich kein Conopeum wie Gronow will. Ich hoffe doch nimmermehr daß er die Lauben oder Bogen am Gitterwerk dafür angesehen.

⟨10.⟩

Laocoontis signum e marmore mira arte factum in Pontificis viridario Romae, non quale a Virgilio ac Plinio, sed cujusmodi a graecis describitur.

⟨11.⟩

Zu lesen.

Im Guardian von einem Gemälde des Raphaels.

Im Zuschauer von dem Vergnügen aus unsrer Einbildungskraft vom 411. Stücke an.

⟨12.⟩

Von den Flügeln.

Daß sie keiner menschlichen Form zukommen können, und mit dem ganzen Baue des Menschen streiten: Arist. de incessu animal. cap. XI. Wo der Philosoph zur Erläuterung anführt, daß die Liebesgötter geflügelt gemalt werden. Man würde daraus nicht unrecht schließen, daß die Griechen sonst keinen andern Göttern Flügel beigelegt.

⟨13.⟩

Gerard [41] glaubt, wider meine Meinung, daß die Malerei auch das Erhabene ausdrücken könne, welches mit der Größe der Dimensionen verbunden ist. Denn sagt er, ob sie gleich diese Dimensionen nicht selbst beibehalten kann, so läßt sie ihnen doch ihre comparative Größe, und diese ist hinlänglich das Erhabene hervorzubringen. Er irrt sich: diese ist hinlänglich, um mir zu erkennen zu geben, daß dergleichen comparative große Gegenstände in der Natur erhaben sein müssen, aber nicht vermögend, die Empfindung selbst hervorzubringen, die sie in der Natur erwecken würden. Ein großer majestätischer Tempel, den ich unmöglich mit einem Blicke übersehen kann, wird eben dadurch erhaben, daß ich meinen Blick darauf herum reisen lassen kann, daß ich überall, wo ich damit stille stehe, ähnliche Teile von der nemlichen Größe, Festigkeit und Einfalt bemerke.[42] Aber eben dieser Tempel, auf den kleinen Raum einer Kupferplatte gebracht, hört auf erhaben zu sein, das ist, meine Bewunderung zu erregen,

41 On Taste. London. 1759. p. 24.

42 Aber in den menschlichen Figuren kann der Künstler eine Art der Erhabenheit erreichen, wenn er gewisse Glieder über die Proportion vergrößert. S. was Hogarth von dem Apollo Belvedere sagt, und Gerard p. 147 vom Parmigiano.

eben deswegen, weil ich ihn auf einmal übersehen kann. Wenn ich mir ihn schon nach allen drei gehörigen Dimensionen ausgeführt denke, so empfinde ich nur, daß ich mich alsdann verwundern würde, ihn so ausgeführt zu sehn, aber noch verwundere ich mich nicht. Zwar kann ich mich über seine Figur, über seine edle Einfalt verwundern, aber dieses ist eine Verwunderung welche aus dem Anschauen der Geschicklichkeit des Künstlers, nicht aber aus dem Anschauen der Dimensionen entstehet.

S. Hagedorn p. 335. Von dem Erhabenen der Landschaften. Was er von dem Lairesse anführet, scheinet nichts zu sein, und gerade gegen den Wert der Landschaften. Eben weil mehr mechanisches dabei ist, konnte er mehr davon schreiben.

Pope verlangt von einem wahren Dichter[43]

That not in Fancy's maze he wander'd long
But stoop'd to truth, and moraliz'd his song.

Auch K. führte seine Empfindung hierauf, aber nur später. Er wollte s. Frühling, welcher nichts als eine Kette von Phantasien und Bildern ist, darnach umarbeiten.

Pope hat überhaupt von der beschreibenden oder malenden Poesie wenig gehalten, welches Warburton bei aller Gelegenheit versichert. S. seine Anmerkung über die Zeile in eben demselben Prologo

– – – who could take offence
While pure description held the place of sence.

»pure« sagt er kann hier armselig und rein heißen. Doch jenes sei der Meinung des Dichters gemäßer, als welcher ein bloß malendes Gedichte ein Gastgebot von lauter Brühen genannt habe.

An einem andern Orte[44] sagt Warburton: »Descriptive Poetry ist the lowest work of a Genius.«

43 Prologue to the satires v. 340.

44 Über den 319 Vers der Nachahmung des Horazischen Briefes an den August.

Cibbers Kritik einer Stelle des *Nat. Lee*, die er für Nonsens erklärt, weil sie kein Gemälde geben könne. Und was Warburton dagegen erinnert. S. die angezogne Epistel v. 121. Ich halte mit Warburton die Stelle gleichfalls für schön. Aber Cibber hat auch Recht, daß sie sich nicht malen läßt. Was folgt also daraus? Daß die Probe unrecht ist; und daß es allerdings poetische Gemälde giebt, die sich nur schlecht malen lassen.

Der Kunstrichter muß nicht bloß das Vermögen, er muß vornehmlich die Bestimmung der Kunst vor Augen haben. Nicht alles, was die Kunst vermag, soll sie vermögen. Nur daher, weil wir diesen Grundsatz vergessen, sind unsere Künste weitläuftiger und schwerer, aber auch von desto weniger Wirkung geworden.

Observations sur l'Italie. Tom. II. p. 30. An dem Tage des h. Rochus haben die Maler zu Venedig die öffentliche Aussetzung ihrer Gemälde dans la *Scuola* de S. Roch. Cette Scuola, l'une des premieres de Venise, est remplie de sujets du N. T. de la main de Tintoret, de la plus grande force de ce Maitre. Je fus singulierement frappé de celui qui represente l'Annonciation. Le mur qui ferme la chambre de la Vierge du cote de la campagne, s'ecroule et l'ange entre de plein vol par la breche.

Dieser Einfall ist vortrefflich. Da der Maler das Geistige Wesen des Engels nicht ausdrücken konnte, welches alle Körper ohne sie zu zerstören durchdringen kann, so drückt er seine Macht aus. Am Ende erweckt es auch die nemliche Idee, daß nemlich ein solches Wesen von nichts ausgeschlossen, von nichts abgehalten wird; es mag nun durch seine Geistigkeit oder durch seine Macht sein.

Ibid. p. 71. Die antiquen Löwen vor dem Zeughause in Venedig. Von dem einen, dem kolossalischen, welcher auf den Hinterfüßen sitzet, sagt der V. »il a presque la secheresse et la roideur de ces Lions du vieux Japon, que l'on conserve dans quelques cabinets: *non est in toto corpore mica salis.* En lui comparant le moindre petit Lion moderne, on voit avec etonnement à quel point nos Artistes se sont eloignés de l'antique simplicité, et combien ils prodiguent l'esprit, ou les Grecs croyoient le devoir économiser.«

Plinius lib. 35. cap. 10. vom Arellius: »Flagitio insigni corrupit artem, Deas pingens, sub Dilectarum imagine.« Er portraitierte sie, anstatt sie nach dem Ideale zu malen. Das nemliche haben verschiedne neue Maler mit der h. Jungfrau getan, z. E. Carl Maratti, welcher das Vorbild dazu von s. Frau nahm.

ibid. p. 462. Le fameux distique du Cardinal Bembe sur Raphael

Hic ille est Raphael, timuit quo sospite vinci
Rerum magna parens, et moriente mori.

J'ignore si Mr. Rollin ou le Pere Bouhours ont mis au creuset ce distique sonore: je doute qu'il sortit avec avantage de cette epreuve.

Der jüngere Plinius lib. 3. an den Sever: »De illis judico quantum ego sapio, qui fortassis in omni re, in hac certe perquam exiguum sapio.«

Auch das ist beim Virgil ein ekler Zug. »Aeneid.« lib. II. v. 277 Wo Hektor dem Aeneas im Schlafe erscheinet:

Squallentem barbam et concretos sanguine crines.

Spence[45] Zweifel, ob die Statuen welche die Vesta vorstellen sollen, sie wirklich vorstellen, ist nichtig. Die Stelle des Ovids, daß die Göttin kein Bildnis gehabt, bezieht sich bloß auf ihren Tempel in Rom, wo sie unter keinem besondern Bilde, sondern bloß unter der Gestalt des Feuers verehrt wurde. Daß sie aber, außer diesem geheimen Gottesdienste von den Künstlern nicht persönlich vorgestellt worden, ist

45 p. 81.

daraus gar nicht zu schließen. Numa ist nicht der Erfinder des Vestalischen Gottesdienstes, sondern nur der Verbeßrer. Und vielleicht daß seine Verbeßrung eben darin bestand, daß er das Bildnis der Vesta aus dem Tempel schaffte, und sie bloß unter dem Feuer verehren ließ. Denn schon die Trojaner verehrten die Vesta, und Aeneas brachte ihren Gottesdienst nach Italien und auf die Römer. Daß aber die Trojaner außer dem Feuer wirklich ein Bildnis von ihr gehabt haben, bezeigt die Stelle des Virgils Aeneid. lib. II. v. 296.

et manibus vittas, Vestamque potentem,
Aeternumque adytis affert penetralibus ignem.

Hier wird das Bildnis der Vesta von dem Feuer welches sie vorstellte, ausdrücklich unterschieden. Vor Erbauung Roms ward sie in Rom gleichfalls noch unter einem Bildnisse verehrt, welches Ovid bezeigt (Fast. lib. III. v. 45.) wenn er sagt, daß als die Sylvia Mutter geworden,

– Vestae simulacra feruntur
Virgineas oculis opposuisse manus.

Spence will diese Stelle so erklären, als ob durch das »feruntur« die »simulacra« ungewiß gemacht würden, da es doch auf die Sache selbst geht.

Kurz, Spence bedenkt nicht, daß sich das Gebiete der alten Künstler weiter erstreckt habe, als die Religiösen Gebräuche. So gut die Dichter aus der Vesta ein wirkliches Wesen machten, die die Tochter des Saturnus und der Ops war, die einmal in Gefahr kam, durch den Priap ihre Jungfrauschaft zu verlieren, und was sie sonst von ihr erzehlen: eben so gut konnten ihr auch die Bildhauer nach ihrer Art die persönliche Existens erteilen, ob sie schon unter keinem Bilde in ihren Tempeln verehret wurde.

Daß auch die Griechen Bildnisse von der Vesta gehabt, bezeigt die Statue des Scopas beim Plinius. Denn daß dieses keine Vestalin sein kann, ist daher klar, weil die Vesta bei den Griechen nicht Jungfrauen zu Priesterinnen hatte etc.

Beim jüngern Burmann in der Anthologie[46] findet sich ein Epigramma auf den Laocoon, in welchem ihm die Zeile

46 p. 90.

Hinc tolerasse ferunt saeva venena virum

wegen des »tolerasse« verdächtig ist. Wenn dieses Epigramm, wie es scheinet auf die Statue gemacht ist, so hat er nicht nötig das »tolerasse« zu verändern; sondern der Dichter könnte damit zugleich mit auf die Geduld gesehen haben, mit welcher Laocoon in selbiger sein Leiden erträgt.

Augustinus de Musica libri sex. lib. I. cap. 2. Nam quasi serviunt omnia, quae non sibi sunt, sed ad aliquid aliud referuntur.

cap. 4. Omnes pene artes periclitari videntur, imitatione sublata.

Richardson Traité de la Peinture T. I. p. 9. Après avoir lû Milton, on decouvre la Nature avec des yeux plus clairvoians qu'auparavant; on y remarque des beautés auxquelles on n'auroit point fait attention.

Und dieses ist auch der einzige wahre Nutzen, den die Künstler aus den Dichtern ziehn sollten. Gedichte sollen für sie gleichsam unendliche Augen mehr, und eine Art von Vergrößerungsgläsern sein, durch welche sie Dinge bemerken lernen, die sie mit ihren eigenen bloßen Augen nicht würden unterschieden haben.

p. 12. Betrachtet Richardson die bildenden Künste von der Cammeral-Seite, in wie ferne sie die Reichtümer eines Landes vermehren. Es ist wahr der Künstler verarbeitet sehr wenig, und eben nicht kostbare Materialien, und macht etwas daraus was unendlich mehr wert wird.

Allein wenn sich dadurch die Cammeralisten wollten verleiten lassen, die Malerei Fabriken mäßig zu unterstützen und betreiben zu lassen, so wäre der Verfall der Kunst und die Verderbnis des Geschmacks nicht allein unvermeidlich, sondern am Ende würde auch die Arbeit nicht einmal so viel wert sein, als die verarbeiteten Materialien.

p. 38. Exempel, wo sich Raphael so wohl von der natürlichen, als historischen Wahrheit entfernt hat. Von jener in einem von s. Cartons in Hamptoncour, wo er den wunderbaren Fischzug vorstellt, und die Barke für die Menge der darauf befindlichen Personen viel zu klein macht. Von dieser gleichfalls in einem Carton von dem von Petro und Johanne curierten Gichtbrüchigen vor der Türe des Tempels, genannt die Schöne, wo er figurierte Säulen angebracht hat.

Allein es ist zwischen beiden Abweichungen ein großer Unterschied; diese vermehrt die gute Wirkung, jene verringert sie. Nemlich in einem bloß natürlichen Auge. Jene ist allen Menschen anstößig, diese nur den Gelehrten.

p. 43. Es hat, sogar große, Maler gegeben, welche in ein einziges Gemälde die ganze Folge einer Geschichte zu bringen gesucht haben. Wie Z. E. Titian selbst, die ganze Geschichte des verlornen Sohnes, von der Verlassung seines väterlichen Hauses, bis zu seinem Elende. Richardson sagt, diese Ungereimtheit sei dem Fehler gleich, welchen schlechte dramatische Dichter begehen, wenn sie die Einheit der Zeit übertreten, und ganze Jahre ein einziges Stück daueren lassen.

Allein der Fehler des Malers ist unendlich ungereimter als der Fehler des Dichters. Denn

1. hat der Maler die Mittel nicht, welche der Dichter hat, unsrer Einbildungskraft in Ansehung der beleidigten Einheit der Zeit und des Ortes zu Hülfe zu kommen. Das Mittel der Perspectiv ist dazu nicht hinreichend.
2. Der Fehler des Dichters behält noch immer eine gewisse Proportion mit der Wahrheit. Wenn wir in dem ersten Acte in Rom und in dem zweiten in Aegypten sind, so sind wir doch an diesen beiden Orten nur nach und nach: Wenn der Held im ersten Acte heiratet, und im zweiten schon erwachsene Kinder hat, so bleibt doch noch immer zwischen beiden eine Zwischenzeit: anstatt daß bei dem Maler notwendig alle verschiedne Orte in einen Ort, und alle verschiedne Zeiten in einen Zeit-

punkt zusammen fließen, weil wir alles in ihm auf einmal übersehen.

3. Welches das vornehmste ist: weil in dem Gemälde die Einheit des Helden verloren geht. Denn da ich alles auf einmal darin übersehe, so sehe ich den Helden zugleich mehr wie einmal, welches einen höchst unnatürlichen Eindruck macht.

p. 37. Raphael hat in einem von s. Gemäldern im Vatican, welches die wunderbare Befreiung des h. Petrus aus dem Gefängnisse vorstellet, ein dreifaches Licht angebracht. Das eine ist ein Ausfluß von dem Engel, das zweite ist die Wirkung einer Fackel, und das dritte ist der Schein des Mondes. Alle diese drei Lichter haben jedes seine ihm eigentümlich zukommende Scheine und Widerscheine, und machen zusammen einen wunderbaren Effect.

Diese Schönheit ist vermutlich eine von denen, auf die Raphael von ungefehr gekommen ist. Als eine solche verdient sie alles Lob. Seine vornehmste Absicht war sie wohl nicht; und sie wird auch daher weder die erste, noch die einzige Schönheit in seinem Stücke sein.

p. 46. Richardson erläutert die Regel, daß in einem Gemälde die Aufmerksamkeit des Betrachters durch nichts, es möge auch noch so vortrefflich sein, von der Hauptfigur abgezogen werden müsse, durch ein Werk des Protogenes. »Protogenes«, sagt er, in seinem berühmten Gemälde, Jalysus, »hat ein Rebhuhn mit so vieler Kunst gemalt, daß es zu leben schien und von ganz Griechenland bewundert ward; weil es aber die Aufmerksamkeit allzu sehr an sich zog, so löschte er es ganz aus.«

Richardson irrt sich. Dieses Rebhuhn war nicht in dem Jalysus des Protogenes, sondern in einem andern Gemälde, welches der *ruhende Satyr* hieß. Ich würde diesen Fehler, welcher aus einer mißverstandenen Stelle des Plinius[47] ent-

47 libr. 35. sect. 36. p. 700.

sprungen, nicht anmerken, wenn ich nicht fände, daß ihn auch Joh. Meursius hat. Rhodi libr. I. cap. 14. p. 38: In eadem (tabula sc. in qua Jalysus) Satyrus erat, quem dicebant Anapauomenon, tibias tenens.

Strabo ist der eigentliche Währmann dieses Histörchens mit dem Rebhuhne. Libr. XIV. p. 652. Und dieser unterscheidet den Jalysus, und das Gemälde mit dem an eine Säule sich anlehnenden Satyr, auf welcher Säule das Rebhuhn war, ausdrücklich.

Die Stelle des Plinius haben Meursius und Richardson deswegen nicht verstanden, weil sie nicht Acht gegeben, daß von zwei verschiedenen Gemälden daselbst die Rede ist. Dem einen, weswegen Demetrius die Stadt nicht einbekam, weil er den Ort nicht angreifen wollte, wo es stand. Und das andere, welches Protogenes, während dieser Belagerung malte. Jenes war der Jalysus, und dieses der Satyr.

p. 49. *Hannibal Caraccio* wollte in einem Gemälde nicht über zwölf Figuren verstatten.

p. 50. Richardson hat eine Zeichnung von Polydoro gesehen, von dem sterbenden Cato, wo ihm der Maler die Eingeweide aus dem Leibe hängen lassen. Höchst ekel.

p. 69. Eine Pieta (Pietà) heißt eine Mutter Maria mit dem toten Körper des Heilandes.

p. 74. Pardenone hat in einem Gemälde von dem Begräbnisse Christi einen von den Anwesenden die Nase sich zuhalten lassen. Richardson mißbilliget dieses deswegen, weil er noch nicht so lange tot gewesen, daß er hätte riechen können. Bei der Auferstehung des Lazarus hingegen glaubt er, daß es dem Maler erlaubt sei, von den Umstehenden welche so zu zeigen, weil es die Geschichte ausdrücklich sage, daß s. Körper schon gerochen habe.[48]

48 Nubes v. 170-74.

Allein diese Vorstellung ist weder in dem einen noch in dem andern Falle zu dulden, weil sie sich auf etwas ekelhaftes gründet, welches der Maler durchaus vermeiden muß.

Rubens in s. Auferstehung des Lazarus in Sans Souci hat den Augenblick genommen, da Lazarus schon lebendig aus dem Grabe herauskömmt. Ich glaube auch daß dieses der eigentliche ist, und fällt dabei die Notwendigkeit, sich die Nase zuzuhalten, weg: denn mit dem, daß Lazarus lebendig wird, muß auch der Gestank nicht mehr vorhanden sein.

p. 89. Exempel, daß selbst Raphael und Hannibal Caraccio der Schrift in ihren Gemälden nicht ganz entbehren können. Zum Beweise wie sehr sich die Malerei vor allen Zusammensetzungen, die sie nicht durch sich selbst verständlich machen kann, zu hüten habe. Indes ist es ohne Zweifel noch immer ein sehr großer Unterschied, wenn Raphael oder Caraccio schreibt, und wenn es ein andrer tut. Ohne die Schrift wird man zwar die eigentliche Geschichte des Raphaels nicht verstehen, aber sein Gemälde wird doch noch immer als Gemälde eine vortreffliche Wirkung tun. Anstatt daß die meisten andern Geschichtmaler bloß das Verdienst haben, die Geschichte ausgedrückt zu haben.

p. 93. *Michael Angelo* soll seinen Charon aus einer Stelle des Dantes genommen haben

Caron, Demonion con occhi di bragia,

Batte col remo qualcunque s'adagia.

In dem Kupfer vom jüngsten Gerichte läßt sich nur die Action, welche in dem letzten Verse ausgedruckt ist, erkennen, ob Angelo aber auch die Augen von glühenden Kohlen ausgedrückt hat?

p. 95. Von der Wirkung welche ein Gemälde auf das Auge von ferne machen soll, noch ehe dieses die Gegenstände desselben unterscheiden kann. Dieses ist es, was Coypel mit dem Exordio einer Rede vergleicht.

p. 97. Ich kann in der Notte del Corregio, in welcher sich alles Licht von dem gebornen Heilande ausbreitet, nicht mit Richardson einerlei Meinung sein, daß der Maler deswegen den vollen Mond hätte weglassen sollen, weil er nicht leuchtet. Eben dieses nicht leuchten ist hier ein sinnreicher Gedanke des Malers, der sich darauf gründet, daß das große Licht das kleinre verdunkeln müsse. Dieser Gedanke ist mehr wert, als der kleine Anstoß den das Auge dabei hat, welcher Anstoß noch dazu uns eben auf die Sache aufmerksam macht.

p. 120. Was Richardson p. 120 u. f. von der Vortrefflichkeit der Handzeichnungen sagt, ist sehr dienlich, den Wert der Coloristen zu bestimmen. Wenn es wahr ist, daß der Künstler, wenn ihn die Schwierigkeiten der Färbung nicht zerstreuen, mit aller Freiheit der Gedanken gerade auf seinen Zweck gehen kann; wenn es wahr ist, daß man in den Zeichnungen der besten Maler einen Geist, ein Leben, eine Freiheit, eine Zärtlichkeit findet, die man in ihren Malereien vermißt; wenn es wahr ist, daß die Feder und der Stift Dinge machen können, welche dem Pinsel zu machen unmöglich sind; wenn es wahr ist, daß der Pinsel mit einem einzigen Liquido Dinge ausführen kann, die der, welcher mehrere Farben, besonders in Öl, zu menagieren hat, nicht erreichen kann: So frage ich, ob wohl der bewundernswürdigste Coloriste uns für allen diesen Verlust schadlos halten kann? Ja ich möchte fragen, ob es nicht zu wünschen wäre, die Kunst mit Ölfarben zu malen, möchte gar nicht sein erfunden worden.

p. 212. Ist es wohl wahrscheinlich, daß die Hoffnung, welche Richardson hier äußert, dürfte erfüllet werden? daß ein Maler aufstehen werde, welcher den Raphael überträfe, indem er den Contour der Alten mit dem besten Colorite der Neuern verbände? Es ist wahr, ich sehe keine Unmöglichkeit, warum sich diese beiden Stücke nicht sollten verbinden lassen, und warum eines das andere ausschließen müßte. Es ist aber eine andere Frage, ob ein menschliches Alter, ein menschlicher

Fleiß, hinreichend sind, diese Verbindung zur Vollkommenheit zu bringen. Was von den Handzeichnungen angemerkt worden, scheinet diese Frage zu verneinen. Ist sie aber nicht anders, als zu verneinen, wird jeder Meister je weiter er es in dem einen Teile gebracht hat, desto weiter in dem andern notwendig zurückbleiben: so fragt sich nur noch, in welchem wir ihn vortrefflicher zu sein wünschen werden? etc. Wegen Vortrefflichkeit der Zeichnungen kömmt p. 26 Sur l'Art de critiquer en fait de Peinture, noch eine schöne Stelle vor.

⟨14.⟩

Montfaucon Antiquité Expliquée. Premiere partie. Seconde Edit. de Paris 1722

p. 50

Hält einen Kopf mit einem Barte, und weit geöffnetem Munde, den er in seinem eignen Cabinete gehabt, für einen Jupiter »qui rend des oracles«. Höchst abgeschmackt. Der Kopf ist offenbar eine Larve. Die weite Öffnung des Mundes für einen redenden Gott würde nichts weniger, als nach dem alten Geschmacke sein.

p. 52

Auf dem geschnittnen Steine aus dem Maffei n. 5. Tab. XIX, welcher die Entführung der Europa vorstellet, läßt der Künstler den Stier nicht schwimmen, sondern auf der Fläche des Wassers, wie auf dem Eise laufen. So schön dieses Bild in der Poesie ist, wo man sich die äußerste Geschwindigkeit dazu denken kann; so anstößig ist es auf einem Kunstwerke, weil der Begriff den die materielle Kunst von der Geschwindigkeit geben kann, nur sehr schwach, die Schwere des Stieres dagegen zu sichtlich ist.

p. 64

Die Tuccia Vestalis mit dem Siebe, eine kleine Statue beim Montfaucon Tab. XXVIII. 1. hat keinen Schleier; auch nicht einmal infulam; sie ist in ihren freien natürlichen Haaren: ein Beweis, daß die Alten auch das Costume der Schönheit nachsetzten.

p. 76

Der Minotaurus war nach der Fabel ein ordentlicher Mensch, nur mit einem Ochsenkopfe. Doch man wird wenig alte Monumente finden, wo er so abgebildet. Die Figur ist nicht schön; und die Künstler machten eine Art von Centaurus daraus, welches zwar eine schönre, aber eine weit abgeschmacktere Figur ist, indem sie nunmehr zwei Bäuche, zwei Werkstätt der animalischen Oekonomie hat, welches eine offenbare Absurdität ist.

p. 96

Von dem Hinken des Vulkans; in den noch übrigen Bildsäulen von ihm, die Montfaucon gesehen, erscheinet er nicht hinkend. Die alten Künstler indes die ihn hinkend machten, taten es ohne Nachteil der Schönheit: Cicero de Natura Deorum – I. sagt: »Athenis laudamus Vulcanum quem fecit Alcamenes, in quo stante atque vestito apparet claudicatio non deformis.«

p. 125

Montfaucon hält die Figuren, die beim Stosch für Diomedes gelten, für Bellonarios, welches mir sehr wahrscheinlich ist. Doch giebt er p. 145. Tab. LXXXVI. 1. eine dergleichen Figur selbst für einen Diomedes aus.

p. 194

Montfaucon bringt einen geschnittnen Stein bei, auf dem ein Herkules mit der Keule, und der auf den Rücken geworfnen Löwenhaut, mit der Umschrift »Anteros«. Er nimmt »Anteros« für Gegenliebe. »Une autre image d'Anteros est si extraordinaire, qu'on ne la prendroit jamais pour telle si l'inscription Anteros n'en faisoit foi. Cette image ressemble parfaitement a un Hercule barbu, qui porte la massue sur l'epaule. La peau de bete qui pend derriere, paroit d'etre non pas d'un lion, comme on la voit dans Hercule, mais d'un sanglier. La petitesse de la pierre qui est une cornaline, certainement antique, ne permet pas de la bien distinguer. Cette figure est si eloignée de l'idée qu'on a ordinairement d'Anteros, que plusieurs aimeront mieux croire que c'est le nom d'ouvrier, et que la figure representée est un Hercule.« Und so ist es auch; denn Stosch führt einen andern geschnittnen Stein, mit diesem Worte an.

p. 221

Der Name des Glycon findet sich auch auf einem Basrelief beim Boissard, woraus es Montfaucon, Pl. CXXXV. anführt. Es stellt den Herkules mit der Keule vor, an der sich ein Cupido hält, und hinter der er vor einem vorstehenden Adler mit dem Blitze in den Klauen, Schutz suchet. ΘΕΩΙ ΑΛΕΞΙΚΑΚΩΙ ΓΛΥΚΩΝ.

Die Büste des Bacchus Pl. CXLVIII, aus des *Begers* Brandenb. Cabinete öffnet den Mund, daß die unterste Reihe Zähne zu sehen. Um die Trunkenheit auszudrücken.

Auch eine größre Öffnung des Mundes haben die Bacchantinnen, als die Nr. 4 Pl. CLXI.

Desgleichen der lachende Faun, aus dem Beger PL. CLXXIII. 4.

p. 293

Die kleine Statue mit einem Fuße auf einer Kugel, in der einen Hand einen zerbrochnen Degen, die Montfaucon für die Göttin Rom ausgiebt, ist vielleicht ein *Sphäromachus*.

p. 359

Was Tab. CCXII. Maffei für die »Pudicitiam« ausgiebt, scheint mir Ariadne zu sein. Die andern beiden Figuren scheinen Bacchus und einer von seinem Gefolge zu sein, welcher letztere den Gott abziehen will, bei der Ariadne länger zu verweilen; so wie auf dem geschnitt. Steine aus dem Königl. Cabinete Tab. CL. 1.

Clemens Alexandrinus, wenn er von den Bildsäulen der heidnischen Götter und ihren charakteristischen Kennzeichen spricht (Cohort. ad Gentes p. 50 Edit. Potteri) sagt unter andern daß Ceres, so wie Vulkanus aus den Werkzeugen seiner Kunst, Neptun aus dem Dreizack, ἀπο της συμφορας erkannt werden müsse. Dieses giebt *Potter*, in seiner neuen Übersetzung desjenigen Stückes, worin es sich befindet, durch »calamitatis descriptione«. Was heißt das? Was ist das für eine Landplage, aus deren Beschreibung Ceres zu erkennen sei? Es müßte die Unfruchtbarkeit sein. Aber wie kann die Unfruchtbarkeit an einer Statue so deutlich angedeutet werden, daß sie zu einem Kennzeichen der Göttin werden kann? *Potter* hat ein unverständliches Wort eben so unverständlich übersetzt. Denn es ist wirklich nicht einzusehen, was *Clemens* mit seiner συμφορα will. Es wäre denn daß συμφορα, als ein vocabulum μεσον, eben so wohl die Fruchtbarkeit als Unfruchtbarkeit bedeuten könne, und daß er also das Bezeichnete für das Zeichen, die Fruchtbarkeit für die Kornehren, mit welchen *Ceres* gebildet wird, gesetzt hätte. Oder συμφορα, da es auch für συμβολη gebraucht wird, und überhaupt etwas *zusammengebrachtes* anzeiget, müßte den Strauß von verschiednen Kornehren- und Mohnköpfen, den ihr der Künstler in die Hand zu geben pflegt bedeuten können, wovon sich aber schwerlich eine ähnliche Stelle dürfte anführen lassen. Hat keine von beiden Vermutungen Statt, so bleibts nichts übrig, als das συμφορα für verfälscht zu halten; und vielleicht hat man σιτοφοριας, oder wenn man von dem Zuge der Buchstaben doch weiter abgehen darf, λικνοφοριας oder κανηφοριας dafür zu lesen. Denn der Korb, λικνον, κανης, war allerdings das Kennzeichen der Ceres; selbst ihr Kopfputz war öfters ein kleiner Korb, wie *Spanheim* (ad Callimachi Hym. in Cerer. p. 735 Edit. Ern.) aus

Münzen zeiget. Beim Montfaucon soll die eine Ceres aus den Handzeichnungen des *Le Brun* (Tab. XLIII. 4.) vermutlich einen dergleichen Korb auf dem Kopfe haben. Weil er aber ohne Zweifel nicht deutlich genug gezeichnet war, so wußte Montfaucon selbst nicht, was er daraus machen sollte; »Quarta galerum singularem capite gestat; la quatrieme a un bonnet extraordinaire«. Und in dem deutschen Montfaucon ist aus diesem »galero« gar ein *sonderbarer Helm* geworden. Ob das, was neben der Ceres aus dem *Boissard* (Tab. XLII. 2.) stehet, eben ein Bienenkorb ist, wofür es Montfaucon ausgiebt, weiß ich nicht; es kann der bloße Korb sein, der bei feierlichen Aufzügen der Göttin vorgetragen wurde (Callimachus in Cerer. v. 1. 3.) denn ich finde nicht, daß der Ceres die Erfindung der Bienenzucht, so wie des Ackerbaues zugeschrieben werde.

〈15.〉

11.

Der körperliche Schmerz verstellet am meisten. Das Schreien allein zerstöret alle Symmetrie des Gesichts. Ein schönes Gesicht ist am schönsten in seiner Ruhe, mit verschlossenem Munde. Polygnotus war der erste, der den Mund seiner Figuren ein klein wenig öffnete, um eine Schönheit mehr, die Zähne sichtbar zu machen. »instituit os adaperire, dentes ostendere«. Plinius lib. XXXV. sect. 35.

〈16.〉

Vielleicht war es Pollio Asinius der den Laocoon des Virgils durch einen Griechischen Künstler nachahmen ließ. Pollio war ein besondrer Freund des Dichters, überlebte den Dichter und scheinet sogar ein eignes Werk über die Aeneis geschrieben zu haben. (Denn wo sonst als in einem eignen Werke über dieses Gedichte könnten die einzeln Anmerkungen gestanden haben, die Servius aus ihm anführt. ad vers. 7. Libr. II. und besonders ad vers. 183. lib. XI. Man dürfte also wohl nicht unrecht tun, das Verzeichnis der verlornen Schriften dieses Römers mit einem solchen Werke zu vermehren.) Zugleich war Pollio ein Liebhaber und Kenner der Kunst, besaß eine reiche Sammlung der trefflichsten alten Kunstwerke, ließ von Künstlern seiner Zeit neue fertigen, und dem Geschmacke den er in seiner Wahl zeigte, war ein so kühnes Stück als Laocoon vollkommen angemessen: »ut fuit acris vehementiae, sic quoque spectari monumenta sua voluit«. (Plinius l. 36, sect. 4.)

Eben itzt finde ich mit vielem Vergnügen, daß ich in meiner Meinung von dem Alter des Laocoon, und den Vorbildern welche sich die Meister desselben dabei gewehlet, einen Vorgänger habe, dessen Spuren ich unwissender Weise betreten. Es ist dieses *Barthol. Marliani*; ein Gelehrter welcher um die Zeit, da Laocoon um den Anfang des sechzehnten Jahrhunderts entdeckt ward, lebte; und ich darf vermuten, daß mehrere damalige Gelehrten mit ihm übereingestimmt haben werden. So schreibt er: »Et quamquam hi«, nämlich Ages. Poly. und Atha., »ex Virgilii descriptione statuam hanc formavisse videntur, non tamen illam in omnibus sunt imitati, quod viderent multa auribus, non item oculis convenire et placere.«[49] Ich sollte fast selbst glauben, ich hätte über diese Worte einen Commentar schreiben wollen.

**Oder vielmehr, die Schlange; denn Lykophron scheinet nur eine angenommen zu haben.

Και παιδοβρωτος πορκεως νησους διπλας.

49 Topographia Urbis Romae lib. IV. cap. 14. Wenn aber *Marliani* hinzusetzt: »Haec statua in Vaticano nunc est collocata: quam diligenter expressam hic subjecimus«: so muß ich erinnern, daß sich dieses Bild, so wie *Graevius* das Werk des Marliani (Th. Antiq. Rom. T. III) nachdrucken lassen, nicht dabei befindet. Vielleicht daß ihn die erste Ausgabe hat.

Ich erinnere mich, daß man das Gemälde hierwider anführen könnte, welches Eumolp bei dem Petron auslegt. Es stellt die Zerstörung von Troja, und die Geschichte des Laocoon vollkommen so vor, als Virgil erzehlet; und da in der nemlichen Gallerie zu Neapel, in der es stand, andere alte Gemälde von Zeuxis, Protogenes, Apelles waren, so ließe sich vermuten, daß es gleichfalls ein altes griechisches Gemälde gewesen sei. Allein man erlaube mir einen Romandichter für keinen Historicus halten zu dürfen. Diese Gallerie, und dieses Gemälde und dieser Eumolp haben allem Ansehen nach nirgend als in der Phantasie des Petrons existieret. Nichts verrät ihre Erdichtung deutlicher, als die offenbare Spuren einer beinahe schülermäßigen Nachahmung der Virgilischen Beschreibung. Es wird sich der Mühe verlohnen die Vergleichung anzustellen. So Virgil.

⟨17.⟩

Allegorie.

Eine von den schönsten kurzgefaßten allegorischen Fictionen, ist beim Milton, (Paradise lost Book III. 686) wo Satan den Uriel hintergeht

– oft though wisdom wake, suspicion sleeps
At wisdom's gate, and to simplicity
Resigns her charge, while goodness thinks no ill
Where no ill seems –

»Oft, wenn gleich die Weisheit wacht, schläft der Argwohn an ihrer Türe, und giebt sein Amt der Einfalt, maßen die Güte nichts Böses vermutet, wo nichts Böses hervorblickt.«

Und so gefallen mir die allegorischen Fictionen; aber sie weitläuftig ausbilden, die erdichteten Wesen nach allen ihren Attributen der Malerei beschreiben, und auf diese eine ganze Folge von mancherlei Vorfällen gründen, dünkt mich ein kindischer, gotischer, mönchischer Witz.

Die einzige Weise indes, wie eine weitläuftigere allegorische Fiction noch erträglich zu machen ist, ist von dem Cebes gebraucht worden: er erzehlt nicht die bloße Fiction, sondern so wie sie von einem Maler behandelt worden.

Blindheit des Milton.

Ich bin der Meinung, daß die Blindheit des Miltons auf seine Art zu schildern und sichtliche Gegenstände zu beschreiben einen Einfluß gehabt hat.

Außer dem Exempel, welches ich bereits von den Flammen, welche Finsternis von sich strahlen, angemerkt habe, finde ich eines, (Paradise lost B. III. 722) welches vielleicht gleichfalls hieher gezogen werden kann. – Uriel will dem in einen Engel des Lichts verstellten Satan, den Erdball die Wohnung des Menschen zeigen, und sagt:

Look downward on that globe, whose hither side
With light from hence, though but reflected, shines.

»Siehe auf jenen Ball nieder, dessen Seite, die nach uns gewandt ist, mit Lichte scheinet, das von hier entlehnet ist.« – Man merke, daß beider Gesichtspunkt in der Sonne war, von da aus sie nicht mehr von dem Erdballe sehen konnten, als eben die Seite, welche der Sonne zugekehret war. Aus den Worten des Dichters aber sollte es scheinen, als ob sie auch von daher die andere unerleuchtete Hälfte hätten erblicken können, welches unmöglich ist. An dem Monde können wir zwar öfters die eine erleuchtete und die andere unerleuchtete Hälfte erblicken; aber das macht weil wir uns an einem dritten Orte befinden, und nicht in dem Punkte, von welchem die Erleuchtung ausgeht.

Die allgemeine Wirkung seiner Blindheit aber scheinet die geflissentliche Ausmalung sichtbarer Gegenstände zu sein. Homer malt dergleichen selten mehr, als durch ein einziges Beiwort; weil eine einzige Eigenschaft eines sichtbarn Gegenstandes hinlänglich ist, uns die andern auf einmal erinnerlich zu machen, indem wir sie alle Tage beisammen vor Augen haben. Ein Blinder hingegen, bei dem die Eindrücke der sichtbaren Gegenstände mit der Zeit immer schwächer und schwächer werden müssen, bei dem eine einzige Eigenschaft eines Dinges die Bilder der übrigen nicht so geschwind und lebhaft hervorbringen kann, weil er sie öfters beisammen zu sehen die Gelegenheit verloren: Ein Blinder, muß natürlicher Weise auf den Einfall kommen, die Eigenschaften zu häufen, um sich durch die Erinnerung mehrerer Kennzeichen, das Bild des Ganzen lebhafter zu machen. Wenn Moses z. E. Gott sagen läßt: es werde Licht, und es ward Licht: so drückt sich Moses wie ein Sehender gegen Sehende aus. Nur einem Blinden kann es einkommen, dieses Licht zu beschreiben; denn da die Erinnerung des Eindrucks, welchen das Licht auf ihn gemacht hat, sehr schwach geworden, so sucht er es durch alles zu verstärken, was er bei dem Lichte so gedacht oder empfunden hat. (P. L. Book VII. v. 243. 44):

Let there be light, said God, and forthwith light
Ethereal, first of things, quintessence pure,
Sprung from the deep, and from her native east
To journey through the airy gloom began.

Gemälde beim Milton.

I. Von progressivischen Gemälden, von welchen uns Homer so vortreffliche Beispiele giebt, finden sich auch sehr schöne beim Milton. Als

α) das Erheben des Satans aus dem brennenden Pfuhle P. L. B. I. v. 221-228.

β) die erste Eröffnung der Höllenpforten durch die Sünde. B. II. v. 871-883.

γ) die Entstehung der Welt. B. III. v. 708-718.

δ) der Sprung des Satans in das Paradies. B. IV. v. 181-183.

ε) der Flug des Raphaels zur Erde. B. V. v. 246-277.

ζ) der erste Aufbruch des himmlischen Heeres wider die rebellischen Engel. B. VI. v. 56-78.

η) die Annäherung der Schlange zur Eva. IX. 509 –

θ) die Erbauung der Brücke von der Hölle zur Erde, von der Sünde und dem Tode. X. 285.

ι) Satans Zurückkunft zur Hölle und unsichtbare Besteigung seines Thrones. X. 414 –
ϰ) Die Verwandlung des Satans in eine Schlange. X. 510.

Auch die Schönheit der Form hat Milton, nach des Homers Manier, nicht sowohl nach ihren Bestandteilen, als nach ihrer Wirkung geschildert. Man sehe die Stelle von der Wirkung, welche die Schönheit der Eva auf den Satan selbst hat. Book IX. 455-66.

II. Auch an solchen Gemälden, die wirklich von der Malerei behandelt werden können, ist Milton weit reicher, als ihn Caylus und Winkelmann glaubt; ob schon Richardson, der sie ausdrücklich auszeichnen wollen, in ihrer Wahl oft sehr unglücklich und unverständig gewesen ist. Z. E.

1. Richardson hält den Raphael mit seinen drei Paar Flügeln (B. V. 277.) für einen schönen Gegenstand der Malerei; und es ist offenbar, daß er eben dieser sechs Flügel wegen ein sehr untauglicher ist. Ob schon das Bild aus dem Jesaias genommen ist, so ist es doch darum nichts malerischer. Die Gestalt der Cherubins ist eben so unmalerisch. XI. 129.
2. Desgleichen das Bild der aufrechts einhergehenden Schlange. B. IX. 496., welches wider alle Ponderation in der Malerei sein würde; ob es schon bei dem Dichter sehr gefällt.

Von den notwendigen Fehlern.

Dieses Kapitel der Aristotelischen Dichtkunst ist bisher noch am wenigsten commentieret worden.

Ich nenne notwendige Fehler solche, ohne welche vorzügliche Schönheiten nicht sein würden; denen man nicht anders als mit Verlust dieser Schönheiten abhelfen kann.

So ist im Milton ein notwendiger Fehler, der Gebrauch der Sprache in allem dem weiten Umfange, welcher Kenntnisse voraussetzt, die Adam noch nicht haben konnte. Es ist wahr, Adam konnte so und so nicht reden, man konnte mit ihm so und so nicht reden: aber laßt ihn reden, wie er hätte reden müssen, so fällt zugleich das große vortreffliche Bild weg, welches der Dichter seinen Lesern macht. Und es ist ohnstreitig die höhere Absicht des Dichters, die Phantasie seiner Leser mit schönen und großen Bildern zu füllen, als überall adäquat zu sein. Z. E. B. V. 588. von den Fahnen und Standarten der Engel – –

Desgleichen gehören seine theologischen Fehler hierher; oder dasjenige was mit den genauern Begriffen, die wir uns von den Geheimnissen der Religion zu machen haben, zu streiten scheinet, ohne welches er aber das in keiner uns sinnlich zu machenden Zeitfolge hätte erzehlen können, was vor der Zeit geschahe. Z. E. wenn er den Allmächtigen (B. V. 604) zu seinen Engeln sagen läßt

This day I have begot whom I declare
My only son, and on this holy hill
Him have anointed, whom ye now behold
At my right hand; your head I him appoint

Heute mag hier immer heißen von Ewigkeit; Gott hatte den Sohn von Ewigkeit gezeugt; gut: aber dieser Sohn war doch nicht von Ewigkeit das was er sein sollte, oder er ward wenigstens nicht dafür erkannt. Es gab eine Zeit, da die Engel nichts von ihm wußten, da sie ihn nicht zur Rechten des Vaters sahen, da er noch nicht für ihren Herrn erklärt war. Und das ist nach unserer Orthodoxie falsch. Will man sagen, Gott hatte bis dahin die Engel in der Unwissenheit von dem Geheimnisse seiner Dreieinigkeit gelassen: so würden eine Menge abgeschmackte und unverdauliche Dinge daraus folgen. Die wahre Entschuldigung des Milton ist diese, daß er notwendig diesen Fehler begehen mußte, daß dieser Fehler auf keine Weise auszuweichen ist, wenn er das nach einer uns verständlichen Zeitfolge erzehlen will, was in keiner solchen Zeitfolge geschehen ist. Soll die Ursache des Falles der bösen Engel ihre Beneidung der höhern Würde des Sohnes sein, so muß man sich vorstellen, daß diese Beneidung eben so von Ewigkeit erfolgt, als die Geburt des

Sohnes etc. Allein ich denke überhaupt, daß Milton eine beßre Ursache hätte erdenken sollen, als diese, welche nicht in der Schrift, sondern nur bloß in den Vorstellungen einiger Kirchenväter gegründet ist.

〈18.〉

p. 396

»*Plinius*«, sagt H. W. »berichtet, daß man unter dem Nero nicht mehr verstanden in Erzt zu gießen, und er beruft sich auf die colossalische Statue dieses Kaisers vom *Zenodorus*, dem es bei aller seiner Kunst in dieser Arbeit nicht gelingen wollen. Es ist aber hieraus, wie *Donati* und *Nardini* wollen, nicht zu schließen, daß diese Statue von Marmor gewesen.«

Es ist gewiß, daß *Donati* und *Nardini* die Stelle des Plinius, auf die es hier ankömmt, nicht verstanden haben und eine Unwahrheit daraus geschlossen haben. Aber auch Herr W. muß sie mit der gehörigen Aufmerksamkeit nicht erwogen haben, oder hätte er sich anders ausgedrückt. Es soll dem *Zenodorus* mit dieser Statue nicht geglückt sein? Wo sagt dieses Plinius? Er rühmt vielmehr von ihm, daß er in seiner Kunst keinem Alten nachzusetzen gewesen, daß sein Werk eine ungemeine Ähnlichkeit gehabt, daß er schon vorher seine Geschicklichkeit durch Gießung eines Colossalischen Merkurs bewährt. Und die Bewetteiferung der folgenden Kaiser, dem Nero keinen Anteil der Ehre an dieser Statue zu lassen, sie der Sonne zu weihen, den Neronischen Kopf mit Köpfen ihrer Bildung zu vertauschen, sie mit unermeßlicher Mühe von ihrem Orte wegbringen und anderwo aufrichten zu lassen: was kann man anders daraus schließen, als daß es ein Werk von ganz besonderm Werte gewesen sein müsse? Plinius sagt zwar: »Ea statua indicavit interiisse fundendi aeris scientiam.« Allein diese Worte sind es eben, die man mißdeutet. Man findet darin den Verlust der Kunst in Metall zu gießen, da nichts darin liegt als der Verlust der Kunst, diesem Metalle eine gewisse Mischung (»temperaturam aeris«) zu geben, welche man in den alten Kunstwerken dieser

Art zu sein glaubte. Es fehlte dem *Zenodorus* an einem chymischen Geheimnisse; nicht an der plastischen Geschicklichkeit. Und zwar bestand dieses chymische Geheimnis darin, daß die Alten das Kupfer aus welchem sie ihre Bildsäulen gossen mit Gold und Silber sollen gemischet haben: »quondam aes confusum auro argentoque miscebatur«.[50] Dieses Geheimnis war verloren gegangen, und zur Mischung des Kupfers, deren sich die damaligen Künstler bedienten, kam nichts wie Blei; wie Plinius selbst diese Mischung deutlich erzehlet.[51] Nunmehr lese man die obige Stelle ganz: »Ea statua indicavit interisse fundendi aeris scientiam, cum et *Nero largiri aurum argentumque* paratus esset, et Zenodorus scientia fingendi caelandique nulli veterum postponeretur.«[52] Umsonst wollte der verschwendrische Nero Silber und Gold dazu geben; der Künstler konnte es nicht brauchen; er verstand nur eine weit geringere Temperatur; aber der geringere Wert des Metalles, worin er arbeitete hatte keinen Einfluß auf seine Kunst; in dieser wich er keinem Alten; Plinius sagt es; Plinius hatte sein Werk; ihm müssen wir glauben.

»Der schöne Seneca in Erzt«, sagt H. W. in einer neuern Schrift,[53] »den man erst kürzlich im Herkulano entdeckt, könnte allein ein Zeugnis wider den Plinius geben, welcher vorgiebt, daß man unter dem Nero nicht mehr verstanden habe, in Erzt zu gießen« – Wem können wir, wegen der Schönheit dieses Werks sichrer trauen als ihm? Aber, wie ich gezeigt habe, er streitet mit einem Schatten; Plinius sagt das nicht, was er ihn sagen läßt. Ich weiß den Ort zwar wohl, auf den sich H. W. noch berufen könnte; wo nemlich Plinius von der kostbaren Mischung des alten Erztes redet und hinzusetzt, »et tamen ars pretiosior erat: nunc incertum est pejor haec sit, an materia.«

50 Plin. lib. 34. sect. 3. Ed. Hard.
51 l. c. se. c. sect. 18.
52 l. c. sect. 20.
53 Nachrichten von den neuesten Herculanischen Entdeckungen S. 35.

Aber er spricht vergleichungsweise, und man muß ihn von den meisten, nicht von allen Werken seiner Zeit verstehen; weil er selbst dem *Zenodorus* ein beßres Zeugnis erteilet, und der Meister des erwehnten Seneka gleichfalls ein beßeres verdienet.

⟨19.⟩

II. TEIL.

XXX.

H. Winkelmann hat sich in der Geschichte der Kunst näher erklärt. Auch er bekennet, daß die Ruhe eine Folge der Schönheit ist.

Notwendigkeit sich über dergleichen Dinge so präcis auszudrücken als möglich. Ein falscher Grund ist schlimmer als gar kein Grund.

XXXI.

H. Winkelmann scheint dieses höchste Gesetz bloß aus den alten Kunstwerken abstrahiert zu haben. Man kann aber eben so unfehlbar durch bloße Schlüsse darauf kommen. Denn da die bildenden Künste allein vermögend sind, die Schönheit der Form hervorzubringen, da sie hierzu der Hülfe keiner andern Kunst bedürfen, da andere Künste gänzlich darauf Verzicht tun müssen: so ist es wohl unstreitig, daß diese Schönheit nicht anders als ihre Bestimmung sein kann.

XXXII.

Allein zur körperlichen Schönheit gehöret mehr, als Schönheit der Form. Es gehört auch dazu die Schönheit der Farben, und die Schönheit des Ausdrucks.

Unterschied in Ansehung der Schönheit der Farben zwischen Carnation und Colorierung. Carnation ist die Colorierung solcher Gegenstände, welche eine bestimmte Schönheit der Form haben, also vornehmlich des menschlichen Körpers. Colorierung ist der Gebrauch der Local Farben überhaupt.

Unterschied in Ansehung der Schönheit des Ausdrucks, zwischen transitorischen und permanenten. Jener ist gewaltsam und folglich nie schön. Dieser ist die Folge von der öftern Wiederholung des erstern, verträgt sich nicht allein mit der Schönheit sondern bringt auch mehr Verschiedenheit in die Schönheit selbst.

XXXIII.

Ideal der körperlichen Schönheit. Was es ist? Es bestehet in dem Ideale der Form vornehmlich, doch auch mit in dem Ideale der Carnation und des permanenten Ausdrucks.

Die bloße Colorierung und der transitorische Ausdruck haben kein Ideal: weil die Natur selbst sich nichts bestimmtes darin vorgesetzt hat.

XXXIV.

Falsche Übertragung des malerischen Ideals in die Poesie. Dort ist es ein Ideal der Körper, hier muß es ein Ideal der Handlungen sein. Dryden in s. Vorrede zum Fresnoy. Baco beim Lowth.

XXXV.

Noch übertriebner würde es sein, wenn man nicht bloß von dem Dichter vollkommene moralische Wesen, sondern wohl gar vollkommene schöne körperliche Wesen erwarten und verlangen wollte. Gleichwohl tut dieses H. Winkelmann in seinem Urteile vom Milton. Pag. 28. G. d. K.

Winkelmann scheinet den Milton wenig gelesen zu haben; sonst würde er wissen, daß man schon längst angemerkt, nur er habe Teufel zu schildern gewußt, ohne zu der Häßlichkeit der Form seine Zuflucht zu nehmen.

Ein solches verfeinerte Bild der teuflischen Häßlichkeit hatte vielleicht Guido Reni im Kopfe (v. Dryden's Preface to the Art of Painting p. IX.). Aber weder er noch sonst einer hat es ausgeführt.

Miltons häßliche Bilder aber, als die Sünde und der Tod gehören gar nicht zur Handlung sondern füllen bloß Episoden.

Miltons Kunstgriff auf diese Art in der Person des Teufels den Peiniger und den Gepeinigten zu trennen, welche nach dem gemeinen Begriffe in ihm verbunden werden.

XXXVI.

Aber auch von den Haupthandlungen des Milton lassen sich die wenigsten malen. Wohl; aber daraus folgt nicht, daß sie bei dem Milton nicht gemalet sind.

Die Poesie malt durch einen einzigen Zug: die Malerei muß alle übrige hinzutun. In jener also kann etwas sehr malerisch sein, was sich durch diese gar nicht ausführen läßt.

XXXVII.

Folglich liegt es nicht an dem vorzüglichen Genie des Homers, daß bei ihm alles zu malen ist; sondern lediglich an der Wahl der Materie. Beweise hiervon. *Erster Beweis*, aus verschiednen unsichtbaren Gegenständen, welche Homer eben so unmalerisch behandelt hat, als Milton, z. E. die Zwietracht etc.

XXXVIII.

Zweiter Beweis; aus den sichtbaren Gegenständen, welche Milton vortrefflich behandelt hat. Die Liebe im Paradiese. Die Einfältigkeit und Armut der Maler über dieses Subject. Der gegenseitige Reichtum des Milton.

XXXIX.

Stärke des Milton in successiven Gemälden. Exempel davon aus allen Büchern des Verlornen Paradieses.

XL.

Miltons Malerei einzelner sinnlicher Gegenstände. In dieser würde er dem Homer überlegen sein, wenn wir nicht schon erwiesen hätten, daß sie nicht für die Poesie gehöret.

Meine Meinung,

daß diese Malerei eine Folge seiner Blindheit war. Spuren dieser s. Blindheit in verschiednen einzeln Stellen.

Entgegengesetzter Beweis, daß Homer nicht blind gewesen.

XLI.

Neue Bestärkung, daß sich Homer nur auf successive Gemälde eingelassen, durch die Widerlegung einiger Einwürfe, als von der Beschreibung des Pallastes in der Iliade. Er wollte bloß den Begriff der Größe dadurch erwecken. Beschreibung der Gärten des Alcinous;[54] auch diese beschreibt er nicht als schöne Gegenstände, die auf einmal als schön in die Augen fallen, welches sie in der Natur selbst nicht sind.

XLII.

Selbst bei dem Ovid sind die successiven Gemälde die häufigsten und schönsten; und grade dasjenige was nie gemalet worden, und nie gemalet werden kann.

XLIII.

Unter den Gemälden der Handlung giebt es eine Gattung, wo die Handlung nicht in einem einzigen Körper sich nach und nach äußert, sondern wo sie in verschiedne Körper neben einander verteilt ist: diese nenne ich collective Handlungen, und sind diejenige, welche der Malerei und Poesie gemein sind. Doch mit verschiednen Einschränkungen.

XLIV.

Wie der Dichter Körper nur andeutungsweise durch Bewegungen schildert: so sucht er auch sichtliche Eigenschaften

---

54 Odyss. VII. welche Beschreibung Pope sich aussuchte, und in den Guardian übersetzt einrückte, ehe er noch das übrige übersetzte.

Eben so berühmt wie bei den Alten die Gärten des Adonis; deren Beschreibung bei dem Marino Canto VI. Vergleichung dieser Beschreibung mit des Homers.

Die Beschreibung des Paradieses beim Milton: Book IX. v. 439. desgleichen IV. 268 –

des Körpers in Bewegungen aufzulösen. Als Z. E. die Größe. Beispiel von der Höhe eines Baumes. Von der Breite der Pyramiden. Von der Größe der Schlange.

XLV.

Von der Bewegung in der Malerei; warum sie nur Menschen und keine Tiere darin empfinden.

XLVI.

Von der Schnelligkeit; und den verschiednen Mitteln des Dichters sie auszudrücken.

Die Stelle beim Milton B. X. v. 90. Die allgemeine Reflexion über die Schnelligkeit der Götter, ist bei weiten von der Wirkung nicht, als das Bild würde gewesen sein, welches uns Homer auf eine oder die andere Art davon gemacht hätte. Vielleicht würde er, anstatt »er stieg sogleich herab« gesagt haben: Er war herabgestiegen.

⟨20.⟩

Die eigentliche Bestimmung einer schönen Kunst kann nur dasjenige sein, was sie ohne Beihülfe einer andern hervorzubringen im Stande ist.

Dieses ist bei der Malerei die *körperliche Schönheit*.

Um körperliche Schönheiten von mehr als einer Art zusammenbringen zu können, fiel man auf das *Historienmalen*.

Der Ausdruck, die Vorstellung der Historie, war nicht die letzte Absicht des Malers. Die Historie war bloß ein Mittel seine letzte Absicht, *mannichfaltige Schönheit*, zu erreichen.

Die neuen Maler machen offenbar das Mittel zur Absicht. Sie malen Historie, um Historie zu malen, und bedenken nicht, daß sie dadurch ihre Kunst nur zu einer Hülfe andrer Künste und Wissenschaften machen oder wenigstens sich die Hülfe der andern Künste und Wissenschaften so unentbehrlich machen, daß ihre Kunst den Wert einer primitiven Kunst gänzlich dadurch verlieret.

Der Ausdruck körperlicher Schönheit ist die Bestimmung der Malerei.

Die höchste körperliche Schönheit also, ihre höchste Bestimmung.

Die höchste körperliche Schönheit existieret nur in dem Menschen, und auch nur in diesem vermöge des Ideals.

Dieses Ideal findet bei den Tieren schon weniger, in der vegetabilischen und leblosen Natur aber gar nicht Statt.

Dieses ist es, was dem Blumen- und Landschafts-Maler seinen Rang anweiset.

Er ahmet Schönheiten nach, die keines Ideals fähig sind; er arbeitet also bloß mit dem Auge und mit der Hand; und das Genie hat an seinem Werke wenig oder gar keinen Anteil.

Doch ziehe ich noch immer den Landschaftsmaler demjenigen Historienmaler vor, der ohne seine Hauptabsicht auf die Schönheit zu richten, nur Klumpen Personen malt, um seine Geschicklichkeit in dem *bloßen* Ausdrucke, und nicht in dem der Schönheit untergeordneten Ausdrucke, zu zeigen.

〈21.〉

Den Schranken der bildenden Künste zu Folge, sind alle ihre Figuren unbeweglich. Das Leben der Bewegung welche sie zu haben scheinen, ist der Zusatz unsrer Einbildung; die Kunst tut nichts als daß sie unsere Einbildung in Bewegung setzt. – Zeuxis, erzehlt man, malte einen Knaben, welcher Trauben trug, und in diesen war die Kunst der Natur so nahe gekommen, daß die Vögel darnach flogen. Aber dieses machte den Zeuxis auf sich selbst unwillig. Ich habe, sagte er, die Trauben besser gemalt als den Knaben; denn hätt ich auch diesen gehörig vollendet, so hätten sich die Vögel vor ihm scheuen müssen. – Wie sich doch ein bescheidner Mann oft selbst chiquanieret! Ich muß mich des Zeuxis wider den Zeuxis annehmen. Und hättest du, lieber Meister, den Knaben auch noch so vollendet, er würde die Vögel doch nicht abgeschrecket haben, nach seinen Trauben zu fliegen. Tierische Augen sind schwerer zu täuschen als menschliche; sie sehn nichts, als was sie sehen; uns hingegen verführet die Einbildung daß wir auch das zu sehen glauben, was wir nicht sehen.

⟨22.⟩

Die Schnelligkeit ist eine Erscheinung zugleich im Raume, als in der Zeit. Sie ist das Product von der Länge des erstern, und der Kürze der letztern.

Sie selbst also kann kein Vorwurf der Malerei sein; und wenn *Caylus*[55] dem Künstler bei allen Gelegenheiten, wo schneller Pferde gedacht wird, sorgfältig empfiehlt, alle seine Kunst anzuwenden, diese Schnelligkeit auszudrücken: so kann man sich leicht einbilden, daß man bloß die Ursache derselben, das Anstrengen der Pferde, und den Anfang derselben, den ersten Satz der Pferde, zu sehen bekommen würde.[56]

Hingegen können die Dichter diese Schnelligkeit, auf

---

55 Tabl. VII. et XII. Lib. V de l'Iliade.

56 Ich erinnere mich indes hier einer Anmerkung, die ich bei Gelegenheit eines der alten Gemälde aus dem Nasonischen Grabmale gemacht habe. (vid. Bellorius Tab. XII.) Es stellet den Raub der Proserpine vor. Pluto führet sie auf seinem vierspännigen Wagen davon, und ist bereits an dem Eingange des Avernus. Merkur leitet die Rosse, deren egale Schnelligkeit sehr wohl ausgedrückt ist. Aber durch einen ganz besondern Kunstgriff, hat der Künstler selbst in den Wagen etwas zu legen gewußt, welches uns seine Bewegung, auch ohne auf die Pferde zu sehen, sehr sinnlich macht. Er zeigt die Räder nemlich etwas von der Seite und verschoben, durch welche Verschiebung ihre Cirkelmäßige Figur in ein Oval verwandelt wird; und indem er dieses Oval ein wenig außer seiner Perpendikul Linie gegen den Ort zu, wohin die Bewegung geschehen soll, stellet, so erregt er dadurch den Begriff des Umfallens, mit welchem Umfallen des Rades die Bewegung notwendig verbunden ist.

mehr als eine Weise, ungemein sinnlich ausdrucken, nachdem sie 1) entweder, wenn die Länge des Raums bekannt ist, vornehmlich auf die Kürze der Zeit unsere Einbildungskraft heften; 2) oder einen sonderbaren ungeheuren Maßstab des Raumes annehmen; 3) oder auch, weder der Zeit noch des Raumes erwähnen, sondern bloß die Schnelligkeit aus den Spuren schließen lassen, die der bewegte Körper auf seinem Wege zurück läßt.

1) Wenn die verwundete Venus[57] auf dem Wagen des Mars von dem Schlachtfelde in den Olymp zurückfährt: so ergreift Iris den Zügel, treibet die Pferde an, die Pferde fliegen willig und sogleich sind sie da.

Παρ δε δι Ιρις ἐβαινε, και ἡνια λαζετο χερσι
Μαστιξεν δ' ἐλααν, τω δ' ὀυκ ἀκοντε πετεσθην,
Αιψα δ' ἐπειθ' ἱκοντο θεων ἑδος, ἀιπυν Ολυμπον.

Die Zeit, in welcher die Pferde von dem Schlachtfelde in dem Olymp anlangen, erscheinet hier nicht größer als die Zeit zwischen dem Aufsteigen der Iris und dem Ergreifen der Zügel, zwischen dem Ergreifen der Zügel und dem Antreiben; zwischen dem Antreiben und der Willigkeit der Pferde. – Ein andrer griechischer Dichter läßt die Zeit, so zu reden, noch sichtbarer verschwinden. *Antipater* sagt von dem Wettläufer *Arias*:[58]

Η γαρ ἐφ' ὑσπληγγων, ἡ τερματος ἐιδε τις ἀκρου
'Ηιθεον, μεσσῳ δ' ὀυποτ' ἐνι σταδιῳ·.

Man sahe den Jüngling entweder noch in den Schranken, oder schon am Ziele; in der Mitte der Laufbahn sahe man ihn nie.

2) Wenn Juno mit Minerven herabfähret um dem Blutvergießen des Mars zu steuern:[59]

Ὀσσον δ' ἠεροειδες ἀνηρ ἰδεν ὀφθαλμοισιν
Ἡμενος ἐν σκοπιῃ, λευσσων ἐπι ὀινοπα ποντον,
Τοσσον ἐπιθρωσκουσι θεων ὑψηχεες ἱπποι.

57 Iliad. ε. 365.
58 Anthol. lib. I.
59 Iliad. ε. 770.

Welch ein Raum; und dieser Raum ist nur ein Sprung! Und ist nur die Elle des ganzen Weges; an dessen Ende die Göttinnen schon gleich in der folgenden Zeile sind. – *Scipio Gentili* in seinen Anmerkungen über den *Tasso*,[60] sagt daß ein großer damals lebender Kunstrichter den *Virgil* getadelt habe, daß er den Merkur,[61] indem er von dem Olympe nach Carthago flieget, unter Wegens auf dem Berge Atlas ruhen lasse; »quasi che non si convenga ad uno Dio lo stancarsi«. »Allein«, fährt er fort, »ich verstehe diesen Einwurf nicht«; und ohne Zweifel, daß ihn *Tasso* eben so wenig verstand, welcher sich kein Bedenken macht, den Virgil in diesem Stücke nachzuahmen. Denn Tasso läßt den *Gabriel*, als er von Gott zum *Gottfried* herabgeschickt wird, auf dem *Libanus* ruhen,[62] – Wie *Tasso* den *Virgil* hier nachgeahmet, so ist *Virgil* dem *Homere* gefolgt; welcher den Merkur, als er von dem Jupiter zur Calypso gesendet wird, auf dem *Pierius* Station halten läßt.[63] Meiner Meinung nach hätte *Gentili* dem Kunstrichter sagen sollen: »Ihr müßt dieses Anhalten auf dem *Atlas* nicht als ein Zeichen der Ermüdung des Gottes betrachten; als ein solches würde es allerdings unanständig sein. Sondern die Absicht des Dichters dabei ist diese: er will euch eine lebhaftere Idee von der Weite des Weges machen, und zerlegt ihn also in zwei Hälften, und läßt euch aus der bekannten Größe der einen kleinern Hälfte, auf die unbekannte Größe der andern Hälfte schließen.« Von dem innersten Olymp bis auf den *Pierius*, oder *Atlas*; und von diesen Bergen, bis in die Insel *Ogygia* oder bis nach *Carthago*; und so wird mir die Weite des Weges sinnlicher, als wenn es bloß hieße, aus dem Olymp nach *Ogygia* oder *Carthago*. – *Tasso* bleibt gewisser Maßen nur darin hinter den alten Dichtern zurück, daß er einen Berg nimmt, welcher dem Orte, wohin der Engel geschickt wird, zu nahe liegt. Von *Tortosa* bis zum *Libanus* ist ein zu kleiner

60 p. 7.
61 Aeneid. lib. IV. 252.
62 Canto I. st. 14.
63 Odyss. ε. 50.

Weg, als daß er mich, den Weg von dem Libanus bis in den Himmel mir besonders weit vorzustellen, veranlassen könnte.

3) Von dieser dritten Art ist die Beschreibung Homers von den Stutten des *Erichthonius*[64]

Ἀι δ' ὅτε μεν σκιρτῳεν ἐπι ζειδωρον ἀρουραν
Ακρον ἐπ' ἀνθερικων καρπον θεον, ὀυδε κατεκλων·
Αλλ' ὅτε δη σκιρτῳεν ἐπ' ἐυρεα νωτα θαλασσης,
Ακρον ἐπι ρηγμινος ἁλος πολιοιο θεεσκον.

»Sie liefen über die Spitzen der Ähren, ohne sie zu beugen, und liefen auf der schäumenden Fläche des Meeres einher.« – Es ist philosophisch richtig, daß die äußerste Geschwindigkeit, den Körpern über welche sie geschieht, keine Zeit läßt, irgend einen Eindruck anzunehmen; in dem Augenblicke in welchem der Druck auf die Ähre geschiehet, höret er auch schon wieder auf; und die Ähre muß sich also in eben demselben Augenblicke beugen und wieder aufrichten; das ist, sie muß sich gar nicht beugen. – Die *Dacier* welche das erste θεον durch »marchoient« übersetzt, ohne Zweifel aus der kleinen nichtswürdigen Ursache, nicht zweimal »couroient« sagen zu dürfen, verdirbt die ganze Schönheit der Stelle. Denn dieses »marchoient« involvieret eine gewisse Langsamkeit, mit welcher jene Erscheinung unmöglich bestehen kann.

Indes, kann man sagen, muß dieses auch noch so schnelle Aufsetzen auf die unterliegenden Körper, dennoch die Bewegung in etwas langsamer machen, wie dieses etwas auch schon noch so unendlich, noch so unmerklich ist. Und daher läßt Homer seine Götter, wenn er ihnen die allermöglichste Schnelligkeit geben will, gar nicht aufsetzen, den Boden gar nicht berühren, sondern über den Boden dahin streichen; und zwar ohne Fortsetzung der Füße, mit an einander geschlossenen Beinen, weil schon die wechselsweise Bewegung derselben Verzögerung und Aufenthalt zu erfodern scheinet.[65] Diese seinen Göttern eigentümliche Bewegung ver-

64 Iliad. XX. v. 226.

65 NB. de gressu Deorum v. Comment. in Virgil. v. 405. lib. I. Aeneid. *Et vera incessu patuit Dea.* Et Woverius cap. I de Umbra.

gleicht der Dichter mit dem Fluge der Tauben: als wenn er von der Juno und Minerva sagt:[66]

Ἁι δε βατην τρηρωσι πελειασιν ἰθμαθ' ὁμοιαι.

Denn alsdenn ist der Flug der Tauben am schnellsten, wenn sie mit unbeweglichen Flügeln dahin schießen, wie Virgil sagt:

Radit iter liquidum, celeres neque commovet alas.

Eustathius zwar meint, daß sie hier den Tauben verglichen werden, weil die Alten geglaubt, daß die Fußtapfen der Tauben nicht zu sehen wären. Aus der Bewegung mit geschlossenen Füßen wird auch Neptun von Ajax erkannt, Iliad. XIII. 71, nach der Auslegung des Heliodorus; Aeth. lib. III. p. 147. Edit. Commel.

Und diesen Stand mit geschlossenen Beinen, weil er ein Bild der Schnelligkeit sei, sagt Heliodorus, hätten die Aegyptier daher auch den Bildsäulen ihrer Götter gegeben.

Mir fiel hierbei ein, daß man auch den senkrechten Hang der Arme in den Aegyptischen Formen, auf diese Schnelligkeit ziehen könnte; denn »demissis manibus fugere«, sagten die Alten, für so geschwind als möglich fliehen, und Aristoteles merkt ausdrücklich an,[67] ὁτι ὁι θεοντες θαττον θεουσι παρασειοντες τας χειρας etc.

Doch dieser senkrechte Hang der Arme, dieser geschlossene Stand der Beine war nicht den Aegyptischen Gottheiten besonders, sondern ihren menschlichen Figuren überhaupt gemein.

Woher dieses? Die natürlichste Stellung ist es gewiß nicht; denn ob es schon die einfältigste zu sein scheint, so ist es doch gewiß, daß sich der Mensch am seltensten darin befindet: weshalb ich nicht begreifen kann, wie, nach H. W. (p. 8) der Anfang der Kunst selbst auf die Aegyptischen Formen führen können.

Vielleicht dürfte man sagen: es ist der Stand der völligen

66 Iliad. E. 778.

67 Aristot. de incessu animalium, et Erasm. Adagia p. 600. Edit. Francof. 1646.

Ruhe, und nur diesen hielten die Aegyptischen Künstler ihren unbeweglichen Nachahmungen für anständig und zuträglich.

Doch so früh resonnieret man in der Kunst nicht, und die ersten Bestimmungen erhält die Kunst mehr durch äußerliche Veranlassungen, als durch Überlegungen.

Meine Meinung ist also diese: die ersten Aegyptischen Figuren standen mit senkrechten Armen, und mit zusammengeschlossenen Füßen. Man tue noch das dritte Kennzeichen hinzu »mit zugeschlossenen Augen« und man hat offenbar die Stellung eines Leichnames. Nun erinnere man sich, welche Sorgfalt die alten Aegyptier auf die Leichname wandten, wie viel Kunst und Kosten sie anwandten, selbige unverweslich zu erhalten, und es ist natürlich, daß sie auch das Ansehen des Verstorbenen werden zu erhalten gesucht haben. Dieses brachte sie auf die Malerei und bildenden Künste überhaupt. Sie machten über das Gesicht des Leichnams eine Art von Larve, auf welche sie die Gesichtszüge des Verstorbenen nach der Ähnlichkeit ausdrückten. Eine solche Larve, ist die »Persona Aegyptiaca« bei dem Beger T. III. p. 402., welche H. Winkelmann unrichtig eine Mumie nennt (S. 32. n. 2.). Doch nicht allein das Gesicht, der ganze Körper ward in eine Art von hölzern Maske eingefaßt, welche die Gestalt desselben ausdrückte, daher sie Herodotus[68] ausdrücklich ξυλινον τυπον ἀνθρωποειδεα nennet.

Herr Winkelmann will es zwar leugnen, daß die ältesten menschlichen Figuren mit zugeschloßnen Augen gewesen; und erkläret das μεμυκοτα beim Diodorus durch »nictantia« (S. 8. Anm.).[69] Allein die vornehmste Ursache, warum er diese Auslegung macht, fällt weg, wenn man den Diodorus selbst nachsiehet. Diodorus sagt nicht, daß die Bildsäulen des Dädalus mit zugeschloßnen Augen gewesen, wie H. W. vorgiebt; sondern er sagt grade das Gegenteil: die Bildsäulen

68 lib. II. p. 143. Edit. Wesseling.

69 So hat es auch schon Marsham übersetzt Can Chron. p. 292. Edit. Lips.

vor dem Dädalus hatten zugeschloßne Augen, aber Dädalus öffnete sie ihnen, so wie er die Beine ihnen aus einander setzte, und die Arme lüftete.

Aus meiner Erklärung von dem Ursprunge der Aegyptischen Kunst, läßt sich auch noch erklären, warum die ältesten Aegyptischen Figuren mit dem Rücken an einer Säule anliegen. Es war der Gebrauch der Aegyptier die nach der Figur des Leichnams gearbeiteten Särge an die Mauer zu lehnen: und das erste hölzerne oder steinerne Bild war nichts als die grobe Nachahmung eines solchen Sarges.

Was vor dem Dädalus also in Aegypten nichts als ein religiöser Gebrauch war, ein bloßes Hülfsmittel des Gedächtnis, erhob Dädalus zur Kunst, indem der die Nachahmungen toter Körper zu Nachahmungen lebendiger Körper machte; und daher alle das Fabelhafte, was man von s. Werken erdichtete.

Doch die Aegyptischen Künstler selbst müssen diesen Schritt des Dädalus bald nachgetan haben. Denn nach dem Diodorus (lib. I) ist Dädalus selbst in Aegypten gewesen, und hat sich auch da durch seine Kunst einen unsterblichen Ruhm erworben. »Parallel dicht zusammenstehende Füße, wie sie einige alte Scribenten anzudeuten scheinen«, sagt H. W., »hat keine einzige übrig gebliebene Aegyptische Figur.« (S. 39) Ich möchte das Vorgeben dieser alten Scribenten, welches zu einmütig und zu ausdrücklich ist, nicht verdächtig machen. Man darf nur erwägen, daß die ältesten Werke der Sculptur besonders bei den Aegyptiern sowohl *als Griechen* von Holz waren: (Pausanias Corinth. cap. XIX. p. 152. Edit. Kuh.) so fällt die Verwunderung größtenteils weg, daß sich keins davon erhalten. Genug daß wir den parallelen Stand der Füße auf andern Werken der alten Aegyptischen Kunst, als auf der Tabula Isiaca noch erblicken.

Die Aegyptier blieben bei den ersten Verbesserungen des Dädalus stehen: die Griechen erhoben sie weiter bis zur Vollkommenheit.

⟨ZUM DRITTEN TEIL⟩

⟨23.⟩

Die Malerei sagt man, bedienet sich natürlicher Zeichen. Dieses ist überhaupt zu reden wahr. Nur muß man sich nicht vorstellen, daß sie sich gar keiner willkürlichen Zeichen bediene; wovon an einem andern Orte.

Und hiernächst lasse man sich belehren, daß selbst ihre natürlichen Zeichen unter gewissen Umständen, es völlig zu sein aufhören können.

Ich meine nemlich so: unter diesen natürlichen Zeichen sind die vornehmsten, Linien, und aus diesen zusammengesetzte Figuren. Nun ist es aber nicht genug, daß diese Linien unter sich eben das Verhältnis haben, welches sie in der Natur haben; eine jede derselben muß auch die nemliche, und nicht bloß verjüngte Dimension haben, die sie in der Natur hat, oder in demjenigen Gesichtspunkte haben würde, aus welchem das Gemälde betrachtet werden soll.

Derjenige Maler also, welcher sich vollkommen natürlicher Zeichen bedienen will, muß in Lebensgröße, oder wenigstens nicht merklich unter Lebensgröße malen. Derjenige welcher zu weit unter diesem Maße bleibt, der Verfertiger kleiner Cabinetstücken, der Minaturmaler, kann zwar im Grunde eben derselbe große Künstler sein, nur muß er nicht verlangen, daß seine Werke eben die Wahrheit haben, eben die Wirkung tun sollen, welche jenes Werke haben und tun.

Eine menschliche Figur von einer Spanne, von einem Zolle, ist zwar das Bild eines Menschen; aber es ist doch schon gewissermaßen ein symbolisches Bild; ich bin mir der Zeichen dabei bewußter, als der bezeichneten Sache; ich muß die verjüngte Figur in meiner Einbildungskraft erst wieder zu ihrer wahren Größe erheben, und diese Verrichtung meiner Seele, sie mag noch so geschwind, noch so leicht sein, verhindert doch immer, daß die Intuition des Bezeichneten nicht zugleich mit der Intuition des Zeichens erfolgen kann.

Man dürfte vielleicht einwenden: »Die Dimensionen der sichtbaren Dinge, sofern sie gesehen werden, sind wandelbar; sie hängen von der Entfernung ab, und es giebt Entfernungen, in welchen eine menschliche Figur nur eine Spanne, einen Zoll groß zu sein scheinet; welchem nach man auch nur anzunehmen braucht, daß diese verjüngte Figur aus dieser Entfernung genommen, um die Zeichen für vollkommen natürlich gelten zu lassen.«

Allein ich antworte: in der Entfernung, in welcher eine menschliche Figur nur von der Größe einer Spanne oder eines Zolles zu sein scheinet, erscheinet sie auch undeutlicher: das ist aber bei den verjüngten Figuren in dem Vorgrunde kleiner Gemälde nicht, und die Deutlichkeit ihrer Teile widerspricht der annehmlichen Entfernung, und erinnert uns zu lebhaft, daß die Figuren verjüngt und nicht entfernt sind.

Es ist hiernächst bekannt, wie viel die Größe der Dimensionen zu dem Erhabnen beiträgt. Dieses Erhabene verliert sich durch die Verjüngung in der Malerei gänzlich. Ihre größten Türme, ihre schroffesten rauhesten Abstürze, ihre noch so überhangende Felsen, werden auch nicht einen Schatten von dem Schrecken und dem Schwindel erregen, den sie in der Natur erregen, und den sie auch in der Poesie in einem ziemlichen Grade erregen können.

Welch ein Gemälde beim *Shakespear*, wo *Edgar* den *Gloster* auf die äußerste Spitze des Hügels führt, von welcher er sich herabstürzen will![70]

– – – Come on, Sir,
Here's the place; stand still. How fearful
And dizzy 'tis to cast ones Eyes so low!
The Crows and Choughs, that wing the midway air,
Shew scarce so gross as Beetles. Half way down

70 King Lear Act. IV, Sc. 6.

Hangs one that gathers Samphire; dreadful trade!
Methinks he seems no bigger than his head.
The Fisher-men that walk upon the beach
Appear like Mice; and yond rall anchoring bark
Diminish'd to her Cock; her Cock, a Buoy
Almost too small for sight. The murmuring Surge,
That on the unnumbred idle Pebbles chafes
Cannot be heard so high. I'll look no more,
Lest my brain turn, and the deficient Sight
Topple down headlong – –

Mit dieser Stelle des Shakespear zu vergleichen die Stelle beim Milton. B. VII. v. 210., wo der Sohn Gottes in das Grundlose Chaos herabsieht. Diese Tiefe ist bei weitem die größere; gleichwohl tut die Beschreibung derselben keine Wirkung, weil sie uns durch nichts anschauend gemacht wird; welches bei dem Shakespear so vortrefflich durch die allmälige Verkleinerung der Gegenstände geschieht.

⟨24.⟩

Die verjüngten Dimensionen schwächen die Wirkung in der Malerei.

Ein schönes Bild in Mignatur kann unmöglich eben dasselbe Wohlgefallen erwecken, welches dieses Bild in seiner wahren Größe erwecken würde.

Wo die Dimensionen aber nicht beibehalten werden können, so will der Betrachter sie wenigstens aus der Vergleichung mit gewissen bekannten und bestimmten Größen schließen und beurteilen können.

Die bekannteste und bestimmteste Größe ist die menschliche Gestalt. Daher sind auch fast alle Längenmaße von der menschlichen Gestalt, oder einzeln Teilen derselben hergenommen worden. Eine Elle, ein Fuß, eine Klafter, ein Schritt, ein Zoll, Mannshoch etc.

So nach glaube ich, daß die menschlichen Figuren dem Landschaftsmaler, auch außer dem höhern Leben, das sie in sein Stück bringen, noch den wichtigen Dienst leisten, daß sie das Maß aller übrigen Gegenstände und ihrer Entfernungen unter einander, darin werden.

Läßt er sie weg, so muß er diesen Mangel eines gewissen Maßes, durch Anbringung anderer Dinge ersetzen, welche der Mensch zu seinem Gebrauche oder Bequemlichkeit gemacht, und daher nach seiner Größe eingerichtet hat. Ein Haus, eine Hütte, ein Zaun, eine Brücke, ein Steig, können diesen Dienst verrichten etc.

Und will der Künstler eine ganze unbebaute, wüste, verlassene Gegend, ohne alle Menschen und menschlichen Spuren schildern, so muß er wenigstens Tiere von bekannter Größe hineinsetzen, aus deren Verhältnisse zu den übrigen Gegenständen man auf ihre eigentliche Dimensionen schließen kann.

Der Mangel eines bestimmten und bekannten Maßes, kann auch in historischen, und nicht bloß in Landschaftstücken, von übler Wirkung sein. »Die dichterische Erfindung«, sagt der H. v. Hagedorn,[71] »sobald sie der bloßen Einbildungskraft überlassen ist, leidet Zwerge und Riesen beisammen, aber die malerische Erfindung oder die Verteilung ist nicht so gutwillig und biegsam.« Er erläutert s. Meinung durch ein berühmtes Gemälde des Altertums, den schlafenden Cyclopen des Timanthes. Dieses Riesen ungeheuere Größe auszudrücken, hat der Künstler dessen Daumen durch darneben gestellte Satyren mit einem Thyrsus ausmessen lassen. Er findet den Einfall sinnreich, aber in einer malerischen Zusammensetzung sowohl mit den ersten Begriffen von Gruppieren und unsern itzigen Ideen vom Helldunkeln streitend, als auch dem ungezwungenen Gleichgewichte des Gemäldes nachteilig. Man kann es dem H. von Hagedorn auf s. Wort glauben, daß dieser Gegenstand alle die bemerkten Unbequemlichkeiten hat. Allein es sind dieses nur Unbequemlichkeiten für das Auge des verwöhnten Kenners; ich füge, aus dem was ich von den Di-

71 Von der Malerei S. 169.

mensionen gesagt habe, eine andere hinzu, die er für jedes Auge hat, und für das ungeübtere am meisten.

Wenn mir der Dichter den Riesen und den Zwerg nennet, so weiß ich es aus den Worten, daß er die zwei Extrema meinet, zu welchen die menschliche Gestalt, von ihrer gewöhnlichen Größe abweichen kann. Allein wenn der Maler eine große und eine kleine Figur verbindet, woher weiß ich, daß es jene Extrema sein sollen? Ich kann wechselsweise sowohl die kleine als die große für die Figur von der gewöhnlichen Größe annehmen. Nehme ich die kleine dafür an, so ist die große ein Colossus; nehme ich die große dafür an, so wird die kleine ein Lilliputer. Ich kann mir in diesem Falle noch eine größere und in jenem noch eine kleinere gedenken. Es bleibt also unentschieden, ob der Maler einen Zwerg oder einen Riesen, oder ob er beides vorstellen wollen.

Julius Romanus ist es nicht allein, welcher den Einfall des Timanthes nachgeahmt hat;[72] auch *Francis Floris* hat ihn in seinem Herkules unter den Pygmäen, gebraucht.[73] Ich zweifle aber, ob sehr glücklich. Da er nemlich die Pygmäen nicht als verwachsene und bartichte Zwerge, sondern als in allen ihren Verhältnissen wohlgewachsene kleine Menschen vorstellet, so würde ich nicht wissen, ob es nicht Menschen von ordentlicher Größe, und der unter der Eiche schlafende Herkules nicht ein Riese sein sollte, wenn ich nicht den Herkules an s. Keule und Löwenhaut erkennte, und es schon wüßte, daß das Altertum den Herkules zwar als einen großen aber als keinen ungeheuern Mann vorgestellet. Timanthes läßt einen Satyr den Daumen des Cyklopen mit einem Thyrsus messen; Floris einen Pygmäen die Fußsohle des Herkules mit einem Stabe. Es ist wahr, Herkules ist in Betrachtung der Pygmäen, sogut Riese, als der Cyklope in der Betrachtung der Satyren. Dem ohngeachtet tut die ähnliche Ausmessung hier nicht auch die ähnliche Wirkung. Die

---

72 Richardson Trait. de la Peint. T. I. p. 84.

73 In einer Zeichnung, die H. Cock 1563 gestochen hat.

Satyre waren an ihrer Gestalt kenntlich, und ihre Größe war die gewöhnliche Menschliche Größe. Wenn sie also den Daum des Cyklopen messen, so erkennen wir klar daraus, wie viel der Cyklope größer als der Satyr sei. So auch bei dem Pygmäen; das Messen des Pygmäen erweckt die Idee von der Größe des Herkules; gleichwohl ist es aber hier nicht auf die Größe des Herkules, sondern auf die Kleinheit der Pygmäen angesehen, und die Idee von dieser hätte Floris am lebhaftesten machen sollen. Dieses aber konnte nicht wohl anders geschehen, als wenn er den Zwergen auch außer ihrer Kleinheit, noch andere Eigenschaften, die wir dabei zu denken gewohnt sind, gegeben hätte; die Ungestaltheit nemlich, oder das vergrößerte Verhältnis ihrer Breite gegen ihre Länge. Er hätte sie den Figuren in concaven oder convexen Spiegeln, mit welchen sie Aristoteles vergleicht ähnlicher machen sollen.[74]

⟨25.⟩

Daß die Malerei sich natürlicher Zeichen bedienet, muß ihr allerdings einen großen Vorzug vor der Poesie gewähren, welche sich nur willkürlicher Zeichen bedienen kann.

Indes sind beide auch hierin nicht so weit aus einander, als es dem ersten Ansehen nach scheinen sollte, und die Poesie hat nicht nur wirklich auch natürliche Zeichen, sondern auch Mittel, ihre willkürlichen zu der Würde und Kraft der natürlichen zu erhöhen.

Anfangs ist es gewiß, daß die ersten Sprachen aus der Onomatopöie entstanden sind, und daß die ersten erfundnen Wörter gewisse Ähnlichkeiten mit den auszudrückenden Sachen gehabt haben. Dergleichen Wörter finden sich auch noch itzt in allen Sprachen, mehr oder weniger, nach dem die Sprache selbst mehr oder weniger von ihrem ersten Ur-

74 Aristoteles Probl. Sect. X. nach der Verbesserung des Vossius ad Pomponium Melam lib. III. cap. 8. p. 587.

sprunge entfernt ist. Aus dem klugen Gebrauche dieser Wörter entstehet das was man den musikalischen Ausdruck in der Poesie nennet, von welchem öfters und vielfältig Exempel angeführt werden.

So weit indes die verschiednen Sprachen größtenteils in ihren einzeln Worten von einander abgehen, so viel ähnliches haben sie indes noch in denjenigen Fällen, in welchen allem Ansehen nach die ersten Menschen die ersten Töne von sich hören ließen. Ich meine bei dem Ausdrucke der Leidenschaften. Die kleinen Wörter, mit welchen wir unsere Verwunderung, unsere Freude, unsern Schmerz, ausdrücken, mit einem Worte die Interjectiones sind in allen Sprachen ziemlich einerlei und verdienen daher als natürliche Zeichen betrachtet zu werden. Ein großer Reichtum an dergleichen Partikeln ist daher allerdings eine Vollkommenheit einer Sprache, und ob ich schon weiß, welchen Mißbrauch elende Köpfe davon machen können, so bin ich doch auch gar nicht mit der frostigen Anständigkeit zufrieden, welche sie beinahe gänzlich verbannen will. Man sehe, mit welcher Mannichfaltigkeit und Menge von Interjectionen Philoktet bei dem Sophokles seinen Schmerz ausdrückt. Ein Übersetzer in neuere Sprachen muß sehr verlegen sein, was er dafür substituieren soll.

Die Poesie bedient sich ferner nicht bloß einzelner Wörter, sondern dieser Wörter in einer gewissen Folge. Wenn also auch schon nicht die Wörter natürliche Zeichen sind, so kann doch ihre Folge die Kraft eines natürlichen Zeichens haben. Wenn nemlich alle die Worte vollkommen so aufeinander folgen, als die Dinge selbst welche sie ausdrucken. Dieses ist ein andrer poetischer Kunstgriff, der noch nie gehörig berührt worden, und eine eigene Erläuterung durch Exempel verdienet.

Das bisherige erweiset, daß es der Poesie nicht ganz und gar an natürlichen Zeichen mangelt. Sie hat aber auch ein Mittel ihre willkürliche Zeichen zu dem Werte der natürlichen zu erheben, nemlich die Metapher. Da nemlich die Kraft der natürlichen Zeichen in ihrer Ähnlichkeit mit den Dingen besteht, so führet sie anstatt dieser Ähnlichkeit, welche sie nicht hat, eine andere Ähnlichkeit ein, welche das bezeichnete Ding mit einem andern hat, dessen Begriff leichter und lebhafter erneuert werden kann.

Zu diesem Gebrauche der Metaphern gehören auch die Gleichnisse. Denn das Gleichnis ist im Grunde nichts als eine ausgemalte Metapher, oder die Metapher nichts als ein zusammengezogenes Gleichnis.

Die Unmöglichkeit, in der sich die Malerei befindet, sich dieses Mittels zu bedienen, giebt der Poesie einen großen Vorzug, indem sie sonach eine Art von Zeichen hat, welche die Kraft der natürlichen haben, nur daß sie diese Zeichen selbst hinwiederum durch willkürliche ausdrücken muß.

⟨26.⟩

Nicht jeder Gebrauch der willkürlichen auf einander folgenden hörbaren Zeichen ist Poesie; Warum soll jeder Gebrauch natürlicher neben einander stehender sichtbarer Zeichen Malerei sein, in so fern Malerei für die Schwester der Poesie angenommen wird?

So gut es von jenen einen Gebrauch giebt, der nicht eigentlich auf die Täuschung gehet, durch den man mehr zu belehren, als zu vergnügen, mehr sich verständlich zu machen, als mit sich fortzureißen sucht; das ist, so gut die Sprache ihre Prosa hat, so gut muß auch die Malerei dergleichen haben.

Es giebt also poetische und prosaische Maler.

Prosaische Maler sind diejenigen, welche die Dinge die sie nachahmen wollen, nicht dem Wesen ihrer Zeichen anmessen.

1. Ihre Zeichen sind neben einander stehend; welche folglich Dinge, die auf einander folgen damit vorstellen,
2. ihre Zeichen sind natürlich, welche folglich sie mit willkürlichen vermischen. Die Allegoristen.
3. ihre Zeichen sind sichtbar, welche folglich nicht durch

das sichtbare, sondern das Hörbare oder Gegenstände anderer Sinne vorstellen wollen. Erläuterung the enraged Musician vom Hogarth.

⟨27.⟩

Von der Verschiedenheit der Zeichen, deren sich die schönen Künste bedienen, hanget auch die Möglichkeit und Leichtigkeit ab, mehrere derselben mit einander zu einer gemeinschaftlichen Wirkung zu verbinden.

Die Verschiedenheit zwar, nach welcher sich ein Teil der schönen Künste willkürlicher und der andere natürlicher Zeichen bedienet, kann bei dieser Verbindung nicht besonders in Betrachtung kommen. Da die willkürlichen Zeichen, eben deswegen weil sie willkürlich sind, alle mögliche Dinge in allen ihren möglichen Verbindungen ausdrücken können, so ist von dieser Seite ihre Verbindung mit den natürlichen Zeichen ohne Ausnahme möglich.

Allein da diese willkürliche Zeichen zugleich auf einander folgende Zeichen sind, die natürlichen Zeichen aber nicht alle auf einander folgen, sondern eine Art derselben neben einander geordnet werden müssen: so folget von selbst, daß die willkürlichen Zeichen sich mit diesen beiden Arten natürlicher Zeichen nicht gleich leicht und gleich intim werden vereinigen lassen.

Daß willkürliche auf einander folgende Zeichen mit natürlichen auf einander folgenden Zeichen sich leichter und intimer werden vereinigen lassen, als mit natürlichen nebeneinandergeordneten Zeichen, ist klar. Da aber auf beiden Teilen noch der Unterschied hinzukommen kann, daß es entweder Zeichen für einerlei oder für verschiedne Sinne sind, so kann diese intime Verbindung wiederum ihre Grade haben.

1. Die Vereinigung willkürlicher, aufeinander folgender hörbarer Zeichen, mit natürlichen, aufeinanderfolgenden hörbaren Zeichen ist unstreitig unter allen möglichen die

vollkommenste, besonders wenn noch dieses hinzukömmt, daß beiderlei Zeichen nicht allein für einerlei Sinn sind, sondern auch von eben demselben Organo zu gleicher Zeit gefaßt und hervorgebracht werden können.

Von dieser Art ist die Verbindung der Poesie und Musik, so daß die Natur selbst sie nicht sowohl zur Verbindung, als vielmehr zu einer und eben derselben Kunst bestimmt zu haben scheinet.

Es hat auch wirklich eine Zeit gegeben, wo sie beide zusammen nur eine Kunst ausmachten. Ich will indes nicht leugnen, daß die Trennung nicht natürlich erfolgt sei, noch weniger will ich die Ausübung der einen ohne die andere tadeln, aber ich darf doch betauern, daß durch diese Trennung man an die Verbindung fast gar nicht mehr denkt, oder wenn man ja noch daran denkt, man die eine Kunst nur zu einer Hilfskunst der andern macht, und von einer gemeinschaftlichen Wirkung, welche beide zu gleichen Teilen hervorbringen, gar nichts mehr weiß. Hernach ist noch auch dieses zu erinnern, daß man nur eine Verbindung ausübet, in welcher die Dichtkunst die helfende Kunst ist, nemlich in der Oper, die Verbindung aber, wo die Musik die helfende Kunst wäre, noch unbearbeitet gelassen hat.[75] Oder sollte ich

75 Vielleicht ließe sich hieraus ein wesentliches Unterscheidungszeichen zwischen der Französischen und Italienischen Oper festsetzen.

In der Französischen Oper ist die Poesie weniger die Hülfkunst; und es ist natürlich, daß die Musik derselben so nach nicht so brillant werden können.

In der italiänischen hingegen ist alles der Musik untergeordnet. Dieses sieht man selbst aus der Einrichtung der Opern des Metastasio; aus der unnötigen Häufung der Personen z. E. in der Zenobia, welche noch weit verwickelter ist, als Crebillions; aus der übeln Gewohnheit jede Scene, auch die aller passionierteste mit einer Arie zu schließen. (Der Sänger will beim Abgehen für seine Cadence geklatscht sein.)

Man müßte in dieser Absicht die besten französischen Opern, als Atys, und Armide gegen die besten des Metastasio untersuchen.

sagen, daß man in der Oper auf beide Verbindung gedacht habe; nemlich auf die Verbindung wo die Poesie die helfende Kunst ist, in der Arie; und auf die Verbindung, wo die Musik die helfende Kunst ist, im Recitative? Es scheinet so. Nur dürfte die Frage dabei sein, ob diese vermischte Verbindung, wo um die Reihe die eine Kunst der andern subservieret, in einem und eben demselben Ganzen natürlich sei, und ob die wollüstigere, welches ohnstreitig die ist, wo die Poesie der Musik subservieret, nicht der andern schadet, und unser Ohr zu sehr vergnüget, als daß es das wenigere Vergnügen bei der andern nicht zu matt und schläfrig finden sollte.

Dieses Subservieren unter den beiden Künsten, bestehet darin, daß die eine vor der andern zum Hauptwerke gemacht wird, nicht aber darin, daß sich die eine bloß nach der andern richtet, und wenn ihre verschiedne Regeln in Collision kommen, daß die eine der andern so viel nachgiebt als möglich. Denn dieses ist auch in der alten Verbindung geschehen.

Aber woher diese verschiedne Regeln, wenn es wahr ist, daß beider Zeichen einer so intimen Verbindung fähig sind? Daher, daß beider Zeichen zwar in der Folge der Zeit wirken, aber das Maß der Zeit welches den Zeichen der einen und den Zeichen der andern entspricht, nicht einerlei ist. Die einzeln Töne in der Musik sind keine Zeichen, sie bedeuten nichts und drucken nichts aus; sondern ihre Zeichen sind die Folgen der Töne, welche Leidenschaft erregen und bedeuten können. Die willkürlichen Zeichen der Worte hingegen bedeuten vor sich selbst etwas, und ein einziger Laut als willkürliches Zeichen kann so viel ausdrücken, als die Musik nicht anders als in einer langen Folge von Tönen empfindlich machen kann. Hieraus entspringt die Regel, daß die Poesie welche mit Musik verbunden werden soll, nicht von der gedrungenen Art sein muß, daß es bei ihr keine Schönheit ist, den besten Gedanken in so wenig als mögliche Worte zu bringen, sondern daß sie vielmehr jedem Gedanken durch die längsten geschmeidigsten Worte so viel Ausdehnung geben muß, als die Musik braucht, etwas ähnliches hervorbringen zu können. Man hat den Componisten vorgeworfen, daß ihnen die schlechteste Poesie die beste wäre, und sie dadurch lächerlich zu machen geglaubt. Aber sie ist ihnen nicht deswegen die liebste, weil sie schlecht ist, sondern weil die schlechte nicht gedrängt und gepreßt ist. Es ist aber darum nicht jede Poesie, welche nicht gedrängt und gepreßt ist, schlecht; sie kann vielmehr sehr gut sein, ob sie gleich freilich, als bloße Poesie betrachtet, nachdrücklicher und schöner sein könnte. Allein sie soll auch nicht als bloße Poesie betrachtet werden.

Daß eine Sprache vor der andern zur Musik geschickt sei, ist wohl unstreitig, nur will gern kein Volk das wenigere auf seine Sprache kommen lassen. Die Unschicklichkeit beruht aber nicht bloß in der rauhen und harten Aussprache, sondern auch, zu Folge der gemachten Anmerkung in der Kürze der Wörter, und zwar dieses nicht weil die kurzen Wörter auch meistenteils hart sind und sich schwer unter einander verbinden lassen, sondern auch schon deswegen, weil sie kurz sind, weil sie zu wenig Zeit brauchen, als daß ihnen die Musik mit ihren Zeichen gleichen Schritts folgen könnte.

Völlig kann keine Sprache von der Beschaffenheit sein, daß ihre Zeichen eben so viel Zeit erfoderten, als die Zeichen der Musik, und ich glaube, dieses ist der natürliche Anlaß gewesen, ganze Passagen auf eine Sylbe zu legen.

2. Nach dieser vollkommensten Vereinigung der Poesie und Musik folget die Vereinigung willkürlicher auf einander folgender hörbarer Zeichen, mit willkürlichen auf einander folgenden sichtbarn Zeichen, das ist die Verbindung der Musik mit der Tanzkunst, der Poesie mit der Tanzkunst, und der vereinigten Musik und Poesie mit der Tanzkunst.

Unter diesen drei Verbindungen, von welchen allen wir bei den Alten Exempel finden, ist wiederum die Verbindung der Musik mit der Tanzkunst die vollkommnere. Denn obschon hörbare mit sichtbaren Zeichen verbunden werden, so fällt doch dafür hinwiederum der Unterschied des Zeitraumes den diese Zeichen nötig haben weg, welcher in der Verbindung der Poesie mit der Tanzkunst, oder der vereinigten Poesie und Musik mit der Tanzkunst bleibet.

3. Wie es eine Verbindung willkürlich aufeinanderfolgender hörbarer Zeichen mit natürlich auf einander folgenden hörbaren Zeichen giebt: sollte es nicht auch eine Verbindung willkürlicher aufeinanderfolgender sichtbarer Zeichen, mit natürlichen aufeinanderfolgenden sichtbaren Zeichen geben? Ich glaube dieses war die Pantomine der Alten, wenn wir sie außer ihrer Verbindung mit der Musik betrachten.[76] Denn es ist gewiß daß die Pantomine nicht aus bloß natürlichen Bewegungen und Stellungen bestand, sondern, daß sie auch willkürliche zu Hülfe nahm, deren Bedeutung von der Convention abhing.

Dieses muß man annehmen um die Vollkommenheit der alten Pantomine wahrscheinlich zu finden, zu welcher noch ihre Verbindung mit der Poesie vieles beitrug. Dieses war aber eine Verbindung von einer besondern Art, indem nicht Zeichen und Zeichen mit einander verbunden wurden, sondern bloß die Folge der einen nach der Folge der andern eingerichtet, bei der Ausführung diese letztere aber unterdrückt ward.

II. Dieses waren die vollkommnen Verbindungen, die unvollkommnen sind diejenigen, da willkürliche aufeinander folgende Zeichen mit natürlichen neben einander geordneten Zeichen verbunden werden, deren vornehmste die Verbindung der Malerei mit der Poesie sein würde. Wegen des Unterschiedes, daß die Zeichen der einen im Raume und die Zeichen der andern in der Zeit auf einander folgen kann keine vollkommne Verbindung entstehen, woraus eine gemeinschaftliche Wirkung entspränge, sondern nur eine Verbindung bei welcher die eine der andern untergeordnet ist.

Erstlich also die Verbindung, wo die Malerei der Dichtkunst untergeordnet ist. Hieher gehört der Gebrauch der Bänkelsänger, den Inhalt ihrer Lieder malen zu lassen, und darauf zu weisen.

76 Die einfache Kunst, welche sich willkürlich auf einander folgender sichtbarer Zeichen bedient, würde die Sprache der Stummen sein.

Die Verbindung, welche Caylus angiebt, ist mehr von der Art, wie die alte Pantomine mit der Poesie verbunden war. Diese ist die Folge der Zeichen der einen durch die Folge der Zeichen der andern zu bestimmen.

⟨28.⟩

In den Gemälden in der Vaticanischen Handschrift des Virgils, welche *Bartoli* bereits stechen lassen, und *Antonio Ambrogi* in s. mehr prächtigen als schönen Ausgabe des Virgils (Roma 1764 in 3 fol.) nach ihm, erscheinet Laokoon gleichfalls mit beiden Kindern zugleich umschlungen, zum Beweise, daß man auch damals den Virgil nicht anders verstanden als ich sage.

Laokoon ist in diesem Gemälde nackend, bis auf einen kurzen Mantel, welchen der Wind über das Gesichte wehet. Auch die Windungen der Schlangen sind nicht die Virgilischen, sie gehn zwar zweimal um den Leib, aber kreuzweis, und um den Hals gar nicht.

Auch der P. Catrou in s. Virgil hält dafür, daß der Dichter seine Beschreibung nach der Gruppe gemacht habe; die er wie Fontain für ein Werk des Phidias hält. Dieses führt Ambrogi aus ihm an, ohne ihn zu widerlegen. Und Ambrogi lebt doch in Rom.

Unter den übrigen Kupfern, welche Ambrogi seiner Ausgabe beigefüget, sind auch einige von sogenannten alten Gemälden aus dem Kircherschen Musäo, deren eins (Tom. III. p. 23) die Juno vorstellet, wie sie die Alekto aus der Hölle ruft. Juno sitzet auf einer Wolke an dem Eingange einer Höhle, und vor ihr stehen zwei Figuren, die ekel und abscheulich sein. Ich halte dieses Gemälde nicht für alt.

⟨29.⟩

Laocoon.

Nach dem Petit müßte notwendig das Kunstwerk später sein als die Beschreibung des Virgils: denn er will, daß die ganze Episode des Laocoon eine Erfindung des Virgils sei. (Lib. IV. Miscell. Obs. cap. XIII) »Tametsi Servius re vera hoc Laocoonti accidisse ex Euphorione refert: quod piaculum contraxisset, coeundo cum uxore ante simulacrum numinis, verisimilius tamen est, a Marone hoc totum fuisse inventum, ac pro machina inductum, qua dignum vindice nodum explicaret, quomodo videlicet ausi sint Trojani tam enormem et concavam simulacri compagem transferre in urbem« etc. Allein diese Meinung des Petit ist leicht zu widerlegen; indem der Spuren der nemlichen Geschichte des Laokoon bei früheren, und zwar griechischen Scribenten, eben so viele als klare und deutliche sind.

Laokoon, siehe vorhergehende Seite.

Einzelne Gedanken zur Fortsetzung meines Werks.

Ich behaupte, daß nur das die Bestimmung einer Kunst sein kann, wozu sie einzig und allein geschickt ist, und nicht das, was andere Künste eben so gut, wo nicht besser leisten können, als sie. Ich finde bei dem Plutarch ein Gleichnis, das dieses sehr wohl erläutert. Wer, sagt er (de Audit. p. 43. edit. Xyl.), mit dem Schlüssel Holz spellen und mit der Axt die Türen öffnen will, verdierbt nicht so wohl beide Werkzeuge, als daß er sich selbst des Nutzens beider Werkzeuge beraubt.

⟨30.⟩

PREFACE

Celui, qui compara le premier la Peinture et la Poesie, etoit un homme sensible qui s'appercevoit que les deux arts faisoient sur lui des impressions semblables. Tout les deux, se disoit il, nous representent des choses absentes comme presentes, l'apparence comme realité; tout les deux font illusion, et cette illusion plait. (nous fait plaisir)

Un second tacha de penetrer dans l'interieur de ce plaisir, et fit la decouverte, (remarqua, decouvrit,) qu'il decouloit dans l'un et dans l'autre de la meme source. La beauté, l'idée de la quelle s'abstrait (nous vient) origineremement d'objets corporels, a des regles universelles, qui se laissent appliquer à plusieurs autres choses; à des actions, à des pensées, aussi bien qu'à des formes.

Un troisieme, faisant attention au prix et à l'emploi different de ces regles generales, remarqua, que les unes dominoient le plus dans la Peinture, et les autres dans la Poesie; par consequent qu'à l'egard de celles-la la Peinture scauroit fournir des explications et des exemples à la Poesie, comme à l'egard de celles-ci la Poesie à la Peinture.

Le premier c'etoit l'Amateur; le second le Philosophe; le troisieme le Critique.

Les deux premiers ne pouvoient pas aisement faire un mauvais usage, ni de leurs sensations ni de leur conclusions. Mais quant aux observations du Critique, le principal consiste dans la justesse de l'application sur tel ou tel cas particulier: et comme de tout tems le nombre des Critiques ingenieux a surpassé de beaucoup celui des judicieux, ce seroit un vrai miracle, si cette application s'etoit tousjours faite avec toute la precaution exquise pour tenir la balance juste entre les deux arts.

Si Apelle et Protogene ont confirmé et eclairci dans leurs ecrits maintenant perdus sur la peinture, les regles de det art par les regles de la Poesie deja etablies, on peut etre sur, qu'ils l'auront fait avec toute la moderation et toute la precision, avec laquelle nous voyons encore aujourd'hui, qu'Aristote, Cicero, Horace, Quintilien cherchent à appliquer dans leurs ouvrages les principes et les experiences de la Peinture sur l'Eloquence et la Poesie. Car ne faire jamais ni trop, ni trop peu, voila le privilege des Anciens.

Mais nous autres modernes nous sommes flatté, de les devancer de bien loin en changeant leurs petites allées en des grands chemins: dussent meme les grands chemins par la, malgré leur avantage d'etre plus courts et plus surs, devenir des sentiers tout aussi peu battus que ceux qui menent par les deserts.

Apparement que l'Antithese brilliante de Simonide, que la Peinture ne soit qu'une Poesie muette, et la Poesie une Peinture parlante, ne se trouva point dans un ouvrage dogmatique. C'etoit un trait d'esprit, come ce Poete en avoit d'autres, qui en partie sont d'une verité si frappante, qu'on ne prend pas garde à ce que le reste en a de vague et de faux.

Les Anciens pourtant ne s'y abusèrent point. Car admettant pleinement la sentence de Simonide quant à l'impression des deux arts, ils n'oublierent point de nous bien imprimer dans l'esprit, que malgré la parfaite resemblence de cette impression, ils differoient encore beaucoup tant à l'egard des objets qu'à l'egard de la maniere de leur imitation. (ὓλη και τροποις μιμησεως)

Ce ne sont que les Critiques modernes, qui, tout comme si une telle difference etoit absolument imaginaire, ou n'importoit point du tout, ont conclû de ce que la Poesie et la Peinture se resemblent en partie, des choses bien cruës. Tantot ils releguent la Poesie dans les bornes estroits de la Peinture, tantot ils donnent à remplir à la Peinture toute la vaste sphere de la Poesie: tout ce qui n'est pas defendu à l'une, doit aussi etre permis à l'autre: tout ce qui plait ou deplait dans l'une, doit de necessité aussi plaire ou deplaire dans l'autre: et pleins de cette idée ils prononcent avec le ton le plus imposant les jugements les plus superficiels, lorsqu'en remarquant, dans les ouvrages du Poete et du Peintre sur le meme sujet, de ces points, ou l'un s'est eloigné de l'autre, ils en font un crime ou à l'un ou à l'autre, selon que leur gout les porte le plus ou vers la poesie ou vers la peinture.

Cette fausse critique a egaré en partie les *Virtuosos* meme. Elle a fait naitre dans la Poesie la rage de vouloir peindre tout, et dans la Peinture celle des allegories; le tout dans la pleine et pure intention, de faire de l'une un tableau parlant, sans savoir proprement ce qu'elle peut et doit peindre, et de l'autre un Poeme muët, sans avoir consideré, jusqu'à quel point elle peut exprimer des idée generales sans s'egarer de leur destination et degenerer en une espece d'ecriture de simple convention.

D'aller à l'encontre de ce gout manqué, de combattre les jugements trop peu approfondis des Critiques, c'est la le dessein principale des discours suivants.

Ils ne se sont formés qu'occasionellement, et plus selon la suite de ma lecture, que selon le developpement methodique de principes generaux. Ce sont donc plutot des materiaux sans ordre pour en faire un livre, qu'un livre.

Il y a quelques années que j'en ai donné le commencement en Alemand. Je vais le rediger de nouveau et d'en donner la suite en Francois, cette langue m'etant dans ces matieres tout au moins aussi familiere que l'autre. La langue allemande, quoique elle ne lui cede en rien etant manié comme il faut, est pourtant encore à former, à creer meme, pour plusieurs genres de composition, dont celui-ci n'est pas le moindre. Mais à quoi bon se donner cette peine, au risque meme de n'y reussir pas au gout de ses compatriots? Voila la langue francoise deja toute creée, toute formée: risquons donc le paquet. Et qu'y a-t-il à risquer? Tout delicats que les Francois sont sur le chapitre de leur langue: je les connois d'assez bonne composition à l'egard d'un etranger, qui n'y pretend à rien, qu'à etre clair et precis.

⟨ENTWÜRFE IM UMKREIS DES LAOKOON⟩

⟨ÜBER KARL WILHELM RAMLERS ODEN⟩

Berlin. Karl Wilhelm Ramlers Oden, bei Christian Friedrich Voß. 8. 1767. 114 – Seit. Nur wenig Lesern wird der Name eines *Ramlers* unbekannt sein. Die Welt kennet in ihm einen eben so großen Poeten als Kunstrichter, und Deutschland kann auf seinen Landsmann stolz sein. Wir können ihn, ohne Schmeichelei, unsern Pindar, unsern Horaz nennen, und alle unsre Nachbarn auffodern, uns einen Mann darzustellen, der ihm gleiche. – Auch konnte *Ramler* in keinem glücklichern Zeitpuncte geboren werden. Große Helden haben allezeit große Dichter gefunden, und kein König ist vielleicht jemals schöner besungen worden. Seine *Ode an den König*:

Friedrich! du dem ein Gott das für die Sterblichen
Zu gefährliche Los eines Monarchen gab,
Und, o Wunder! der du glorreich dein Los erfüllst,
Siehe! deiner von Ruhm trunkenen Tage sind
Zwanzig tausend entflohn! *u. s. w.*

Die Wiederkunft des Königs, *An die Muse*, *An die Stadt Berlin*, und mehrere sind mit den prächtigsten Oden des Horaz, »Descende caelo« etc. »Caelo tonantem« etc. in einer Reihe zu setzen. *Ptolomäus und Berenice* ist wenigstens eben so zärtlich, eben so vortrefflich *amöbäisiert*, als »donec gratus eram« etc. *Auf ein Geschütz* ist eine Nachahmung von »Ille et nefasto« etc. Und dieser Dichter ist, wenn er reimt, eben so gedrungen, als er in dem Alcäischen Sylbenmaße harmonisch ist. Der öftere Gebrauch der Götterlehre würde bei jedem andern zu tadeln sein, für ihn scheint die Mythologie erfunden. Möchten doch gewisse feindselige Züge, die im Kriege gemacht sind, der Nachwelt kein Denkmal von der Stärke unsers Hasses überliefern! Eine Ode von einem sanftern Inhalte nehme hier den übrigen Raum ein:

An Hymen

Lyäens und Cytheren Sohn
Im schönsten Rausch geboren,
Gott Hymen, der du dir zum Thron
Das Hochzeitbett erkoren.

Dir fleht der sorgenvolle Greis:
»O Stifter der Geschlechter,
Nimm, was ich nicht zu schützen weiß,
Nimm mir die großen Töchter!«

Dir schmückt das fromme Mädchen sich
Bei seinem Morgenliede;
Der weise Jüngling hofft auf dich,
Des falschen Amors müde.

Dich rufen junge Wittben an
Im hochbetrübten Schleier;
Im Flor bekennt der Trauermann
Dir sein gewaltig Feuer.

Du mehr als andre Götter wert,
Dir flehen auch die Prinzen:
»Erfülle, was der Krieg geleert,
Erfüll uns die Provinzen.«

O! wenn dich noch ein Opferschmaus
Herab vom Himmel ziehet:
So komm in meines Leukons Haus,
Der am Altare kniet!

O komm! zwei Ring an einer Hand,
Und um die Schläfe Myrten,
Und um den Arm ein goldnes Band,
Das Knie der Braut zu gürten.

Die, wann von Wein und Liebe voll,
Ein Gast zu viel begehret,
Und sie doch etwas wissen soll,
Am liebsten Band entbehret.

Die Schar der trunknen Räuber teilt
Sich in die goldne Beute:
Sie flieht indes, – der Liebling eilt,
Und gibt ihr das Geleite.

ÜBER DIE AHNENBILDER DER ALTEN RÖMER.

Der H. Grat. *Klotz* glaubt über die Ahnenbilder der alten Römer eine ganz neue Entdeckung gemacht zu haben. Da er indes weiß, daß dergleichen Entdeckungen keines apodiktischen Erweises fähig sind, so begnügt er sich, ihr den Namen einer Mutmaßung zu geben, der es an einer schmeichelhaften Wahrscheinlichkeit nicht mangle, und empfiehlt sie der Prüfung der Gelehrten.

Ich denke, daß ich diese Prüfung vornehmen darf, ohne mich eben einer großen Eitelkeit schuldig zu machen. Ich bin ein Schulmann, dessen Pflicht es ist, in dergleichen Dingen ein wenig bewandert zu sein.

»Es ist bekannt«, schreibt er in seiner Vorrede zu den verdeutschten Abhandlungen des Grafen von Caylus, »daß die Verwaltung der höhern obrigkeitlichen Ämter den römischen Edelleuten das Recht gab, die Bilder ihrer Vorfahren in ihren Vorsälen aufzustellen. (Spanheim de Us. et Praest. Num. Dissert. X. p. 3)[1] Es wurden dieselben ›imagines‹ und von den Dichtern oft ›Cerae‹ genannt. Man hat bisher allgemein diese Bilder für aus Wachs bossierte Bilder angesehen, und ich habe keinen Schriftsteller gefunden, welcher sich eine andere Vorstellung davon gemacht hätte. Gleichwohl glaube ich, daß man nach einer genauen Über-

1 Ich weiß nicht warum H. Klotz hier den Spanheim citiert. Wenn er einen neuern citieren wollen, so hätte es Sigonius oder Lipsius sein müssen. Wollte er aber durchaus den Spanheim citieren, so hätte er nicht sowohl diese, als eine andre Stelle (Dissert. I. p. 50) wenigstens diese nicht ohne jene anführen müssen, weil nicht in dieser sondern in jener andern der Hauptort des Cicero angeführt wird, worauf sich die ganze Meinung gründet, daß das Jus imaginum den höhern obrigkeitlichen Personen eigen gewesen.

legung der Umstände sie für nichts anders, als für Werke der enkaustischen Malerei halten könne. Hier sind die Gründe meiner Mutmaßung.«

– Ehe ich zu diesen fortgehe, finde ich einige Kleinigkeiten zu erinnern. – Sollte es wohl eben so unstreitig sein, als es allgemein angenommen ist, daß nur deren Bildnisse in den Vorsälen aufgestellet werden dürfen, die sich in den curulischen Würden um den Staat verdient gemacht? Es scheint ein wenig sonderbar, daß es einem freien edlen Römer nicht sollte erlaubt gewesen sein, auch die Bildnisse derjenigen von seinen Voreltern, welche in geringern oder auch gar keinen Ehrenämtern gestanden, in dem Vorsaale *seines eignen* Hauses aufzustellen? Wir wissen, daß die aufgestellten Bilder durch Zweige und Laubwerk nach den Graden ihrer Verwandtschaft verbunden, einen eigentlichen Stammbaum formierten. Wie viel kahle Flecke hätte es in vielen solchen Stammbäumen geben müssen, was für einen sonderbaren Anblick müßten sie gemacht haben, wenn diejenigen, welche curulische Ämter begleitet, nach ihren wahren Bildnissen, die andern aber nach ihren bloßen Namen darauf gestanden hätten? H. *Klotz* giebt uns den *Spanheim* zum Währmanne; aber *Spanheim* sagt an dem angezogenen Orte bloß, daß das Recht, sein Bild auf die Nachwelt bringen zu dürfen, ein ganz besonderes Vorrecht gewesen, und beruft sich desfalls auf eine Stelle des *Cicero*, auf die er sich weniger hätte berufen sollen, als auf eine andere, aus der es ohne diese andere, schwerlich zu erweisen sein dürfte, daß ein solches Vorrecht nur mit den curulischen Ehrenämtern verbunden gewesen. Diese andere Stelle findet sich in der fünften Rede wider den Verres; aber auch in dieser liegt für die gemeine Meinung ausdrücklich nichts. Vielleicht tut man ihr Gewalt an, wenn man das Jus imaginis ad posteritatem prodendae, welches *Cicero* erst durch seine Ernennung zum Aedilis erhalten zu haben sagt, mit auf die Vorsäle der Privathäuser erstrecket. Vielleicht ging das Absehen bloß auf die öffentlichen Örter, und auf das öffentliche Vortragen dieser Bilder bei den Leichenbestattungen. Vielleicht – und wie höchst wahrscheinlich ist dieses Vielleicht! – war es einem jeden Römer vergönnt, das Bild eines jeden von seinen Voraltern in seinem Hause zu haben, aber nur einigen war es verstattet, sie auf freien Plätzen, sie in der Halle öffentlicher Tempel und Gebäude aufzustellen, und dem Volk zur Schau zu geben.[2]

Doch ich bestehe hierauf nicht weiter. Denn das ist es eigentlich nicht, was ich wider den H. Klotz zu erinnern habe. Es war ihm vergönnt, der alten Leier zu folgen; aber er hätte ihr nur auch recht folgen sollen. »Die Verwaltung der höhern obrigkeitlichen Ämter«, sagt er, »gab den römischen Edelleuten das Recht, die Bilder ihrer Vorfahren in ihren Vorsälen aufzustellen.« Man kann sich nicht schielender ausdrücken! Aller ihrer Vorfahren? Und nur ihrer Vorfahren? Nicht auch ihre eignen Bilder. Wenn sich H. Klotz aus den einzeln Stellen der Alten keinen richtigen Begriff formieren konnte, so hätte ihm ein neuer Schriftsteller[3] die Sache deutlicher machen können. Und nur die römischen Edelleute, worunter Herr Klotz ohne Zweifel die Patricios versteht, erhielten durch die Verwaltung der hohen curulischen obrigkeitlichen Ämter dieses Recht? Ganz falsch. Auch hierin hätte ihn ein Neurer[4] besser unterrichten können, und er würde sich bestimmter ausgedrückt haben.

Aber noch gehört das eigentlich nicht zur Sache. Hat sich Herr Klotz schon schielend und falsch ausgedruckt, so kann man doch erraten wovon er reden will: nemlich von den

2 Ein unumstößlicher Beweis aus der Stelle des Cicero contra Pisonem, cap. 1. Er nennt den Piso »Syrum nescio quem de grege novitiorum«, also einen Mann der unter seinen Ahnen keinen zehlte, der curulische Ehrenämter verwaltet; gleichwohl aber sagt er, er sei »commendatione fumosarum imaginum« zu dieser Ehrenstelle gelangt: Er hatte also in seinem Hause »imagines fumosas«, und das Recht »imaginis ad posteritatem tradendae« muß nicht das Recht gewesen sein, sein Bild diesen Bildern beizufügen, in seinem Hause, sondern es öffentlich aufzustellen und bei der Bahre vortragen zu lassen.

3 Chladenius de Gentilitate veterum Romanor. cap. III. p. 31.

4 Lipsius Elect. lib. I. cap. XXIX.

Ahnenbildern der alten Römer, die sie in ihren Vorsälen aufstellten, und von diesen will er erweisen, daß sie nicht in Wachs bossierte Bilder, sondern Werke der enkaustischen Malerei gewesen sind. Aus welchen Gründen? Diese wollen wir nun hören.

»Erstlich: wie kann man glauben, daß die Römer gerade unter allen Materien, woraus sich Bilder verfertigen lassen, diejenige erwählet haben sollten, welche der Vergänglichkeit am meisten unterworfen ist? Es war ihnen daran gelegen, daß die Bilder ihrer Vorfahren erhalten würden, und viele Jahre hinter einander ihre Vorsäle zierten. Würden sie nicht lieber Marmor oder Erzt genommen haben, als das zerbrechliche und weiche Wachs, wenn sie nicht eine andre Art Bilder gekannt hätten, die bei der Dauerhaftigkeit und Feste des Marmors und Erztes, gleichwohl die wegen gewisser Umstände nötige Leichtigkeit der bossierten Bilder besaßen.«

Man verschießt die stumpfsten Pfeile zuerst. – Wachs ist allerdings vergänglicher als Marmor und Erzt. Aber wie, wenn es den Römern bei ihren Ahnenbildern, außer der so lang als möglichen Dauer, noch um eine andre Eigenschaft wäre zu tun gewesen, außer der diese Dauer von keinem Werte ist, und die sich nur allein an dem Wachse, und weder an dem Erzte noch an dem Marmor findet? Diese Eigenschaft, wird H. Klotz glauben, sei die Leichtigkeit, weil die Ahnenbilder bei Leichenbestattungen vorgetragen würden? Nichts weniger; ob einer oder vier, oder zwölfe an einem solchen Bilde trügen, das hätte bei einem vornehmen Römer, der Sklaven zu hunderten hatte, wenig verschlagen können. Es verschlug auch wirklich so wenig, daß in der Tat nicht selten dergleichen Bilder von Erzt und Marmor, anstatt der Wächsernen vorgetragen wurden. Ehe ich dieses näher erkläre, mag Herr Klotz ausreden.

»Zweitens: die alten Schriftsteller melden uns, daß diese Bilder nicht allein sehr lange sich erhalten haben (Cic. in Pison. c. 1. Ov. Amor. I. 8. Juv. Sat. VIII. 18. Senec. ep. 44. ›non facit nobilem atrium plenum fumosis imaginibus‹) sondern auch bei Begräbnissen der Verwandten öffentlich sind vorgetragen worden. (v. Meursius de Funere, c. 19) Wie kann man dieses von bossierten Bildern behaupten, die der Regen, der Wind und die Sonnenhitze gar bald würde haben zernichten müssen? Hingegen die enkaustische Malerei widerstand allen Widerwärtigkeiten der Zeit, der Luft und des Ungewitters, und konnte weder von der Sonne noch von dem Meersalze beschädiget werden (Plinius XXXV. c. 11. ›quae pictura in navibus nec sole, nec sale ventisque corrumpitur‹) Man berichtet uns auch von den neuern Werken dieser Malerei, daß die Farben sehr sicher und dauerhaft sind; daß sie sich sogar waschen lassen, und noch folgende Eigenschaft haben. Nemlich man hat diese Gemälde an Örtern, wo üble Ausdünstungen sind, oder auch vom Rauche der Kamine anlaufen lassen. Wenn man sie aber wieder in den Tau gesetzt, so sind sie so rein und glänzend worden, als ob sie aus der Hand des Malers kämen. Dergleichen Bilder waren also jene mit Rauch bedeckte (›fumosae imagines‹) und bei den Begräbnissen gebrauchte Bilder. Ich sollte glauben, der einzige Umstand von dem öffentlichen Herumtragen dieser Bilder hätte auch jede Vermutung, daß es bossierte Bilder gewesen wären, verhindern sollen.«

Dieser zweite Grund sagt nicht vielmehr als der erste. Sie gründen sich beide auf die Dauer und Leichtigkeit, welche die Ahnenbilder gehabt, und haben müssen; zwei Eigenschaften, die sich nicht an in Wachs bossierten Bildern wohl aber an enkaustischen Gemälden finden können. So meint Herr Klotz. Aber, wie ich schon gesagt habe, die Dauer war weder das einzige noch das erste, was die Römer an ihren Ahnenbildern verlangten. Sie verlangten etwas, das die enkaustischen Gemälde eben so wenig gewähren konnten, als die Bilder in Marmor und Erzt. An dieses hat Herr Klotz gar nicht gedacht, und scheint auch nicht den geringsten Begriff zu haben, wie und wodurch es zu erlangen. Man soll es bald hören. Beiläufig nur noch ein Wort von den Beweisstellen des H. Klotz. »Die alten Schriftsteller«, sagt er, »melden uns, daß diese Bilder sich sehr lange erhalten haben.« Welche Schriftsteller? wo? zwei davon, Cicero und Seneca, nennen diese Bilder »fumosas imagines«, und die andern zwei, Ovidius und Juvenal, »veteres ceras«. Als ob nicht auch in Wachs bossierte Bilder so lange dauern könnten, bis sie räuchricht würden? Das heißt sich auch die Weichheit und Vergänglichkeit des Wachses gar zu groß vorstellen, wenn man glaubt daß keine bossierte Figuren derselben so lange dauern konnten, daß sie das Beiwort »veteres« verdienten. Woher weiß H. Klotz ob die Alten nicht die Kunst verstanden haben, dem Wachse durch gewisse Zusätze eine größere Festigkeit zu geben. Und sie haben sie allerdings gehabt. Bedienten sie sich nicht des Wachses, die Gefäße, in welchen sie Flüssigkeiten aufbewahrten, besonders ihre Ölgefäße, damit zu verwahren?[5] Bedienten sie sich nicht des Wachses, ihre Gemälde damit zu überziehen, um sie vor dem Nachteile, den sie durch Luft und Wetter leiden könnten, zu schützen?[6] Hätten sie also nicht auch ihre in Wachs bossierte Bilder so zurichten können, daß die Wirkung der Feuchtigkeit und der Hitze auf sie eben nicht besonders gewesen wäre? Sie wurden ja noch dazu in besondern Schränken verwahret, die nur bei Feierlichkeiten eröffnet wurden, und unter freien Himmel kamen sie ja gar nur bei großen Leichenbestattungen. Freilich drang der Rauch, welcher in den Atriis war, wo die Alten ihren Herd hatten, durch diese Schränke, und legte sich an die Bilder an. Ja er legte sich so stark und fest an, daß er nicht wohl davon abzubringen war; weil die Dichter sie sonst schwerlich »fumosas imagines« würden genannt haben. Er blieb darauf und entstellte die Bilder. Und dennoch, was schließt H. Klotz aus diesem Rauche? Nach einer ganz sonderbaren Logik, dünkt mich, gerade das Gegenteil von dem, was er daraus hätte schließen sollen. Weil er gelesen, daß die Werke der neuern Enkaustik, wenn sie vom Rauche angelaufen, sehr leicht wieder zu reinigen sind, daß sie also mit leichter Mühe immer glänzend zu erhalten sind: so müssen ihm die Ahnenbilder der Alten, die sehr oft das

5 Columella XII. 50.
6 Plin. H. N. XXXIII. 7.

Beiwort der *berauchten* führen, auch dergleichen Werke gewesen sein. Ich, gewiß, hätte nimmermehr so scharfsinnig geschlossen: vielmehr, eben weil diese Bilder gewöhnlicher Weise berauchte Bilder heißen, so hätte ich geschlossen, daß sie von dem Rauche schwerlich oder gar nicht zu reinigen gewesen, daß sie also keine Werke der Enkaustik gewesen, von denen uns noch itzt die Erfahrung überzeugen kann, daß ihnen der Rauch nichts schadet. – Oder vielmehr, ich hätte Rauch Rauch sein lassen, und gar nichts daraus geschlossen. – H. Klotz sahe aus diesem Rauche eine schöne Flamme hervorbrechen: er ruft seht doch, seht doch! aber ehe wir noch hinsehen können, hat der Rauch die schöne Flamme schon wiederum erstickt. Geduld! der hellste Glanz steht uns ohne Zweifel noch bevor. Denn Herr Klotz fährt fort:

»Drittens: ich habe alle Stellen der Alten, welche von diesen Bildern handeln, nachgeschlagen und geprüft. Keine einzige giebt auch nur eine dunkle Nachricht von bossierten Bildern.« –

Erlauben Sie mir, Herr geheimte Rat, Ihnen in die Rede zu fallen. Ich will es vors erste auf Ihr Wort glauben, daß Sie alle Stellen nachgeschlagen und alle geprüft haben. Aber warum wollten Sie durchaus bossierte Bilder darin finden? Kennt denn ein Mann, wie Sie, keine andre Art von Wachsarbeit, als das Bossieren? – Aber nun weiter –

»Denn das Wort ›cerae‹ brauchen die alten Scribenten auch von den Werken der Wachsmalerei. (v. c. Statius Sylv. lib. III. ›te similem doctae referet mihi linea cerae‹. Und ›Tot scripto viventes lumine ceras fixisti‹. Vid. Jul. Caes. Bulengerus de pictura, plastice lib. l. c. 6)«

Mit Erlaubnis, mein H. Geheimterat – Diese beiden Stellen des Statius haben Sie wohl schwerlich selbst nachgeschlagen, sondern bloß aus den Bulenger abgeschrieben. Denn warum würden Sie sie nicht sonst ein wenig genauer angeführt haben als sie Bulenger anführt? Sie stehen beide in dem dritten Buche der Wälder des Statius, aber dieses Buch enthält mehr als ein Gedicht. Sie würden uns eine kleine Mühe erspart haben, wenn Sie uns sie näher, als es Bulenger getan, nachgewiesen hätten. Die erste derselben, stehet in dem dritten, Zeile 201. und die zweite in dem ersten Z. 95. Vielleicht wäre gegen beide noch etwas zu erinnern. Aber es sei, »cerae« mögen da immerhin Werke der Enkaustischen Malerei bedeuten. Müssen sie es darum überall bedeuten? Können sie nicht anderwärts auch plastische Werke bedeuten? – Fahren Sie nur fort:

»Keine hingegen bedient sich eines Worts, wodurch in der lateinischen Sprache Figuren, Brustbilder oder kleine Statuen angedeutet werden.«[7]

Keine? Sie brauchen das Wort »imago«? Aber H. Klotz wird doch nicht leugnen wollen, daß »imago« auch sowohl von ganz runden als halb runden Kunstwerken gebraucht wird? Und zwar brauchen sie »imago«, weil dieses Wort mehr die Ähnlichkeit, als die Materie, woraus diese Ähnlichkeit gemacht ist, andeutet. Doch brauchen sie auch andre, z. E. »formas«. Cicero nennet sie (Pro Milone cap. 32) »Clarissimorum virorum formas«. Sollte dieses »formae« hier nicht mehr etwas anzeigen? als bloße Gemälde? Ich erinnere mich keiner Stelle, wo es von Gemälden gebraucht würde, und wenn es oft so viel als Risse, Muster, architektonische Zeichnungen bedeutet, so ist es nur deswegen, weil dergleichen Zeichnungen die Sache von allen Seiten vorstellen, und nicht bloß von einer, wie Gemälde. Haben denn der H. Geheimterat auch die Griechen nachgesehen, welche von der römischen Geschichte geschrieben, und gelegentlich dieser gedenken? Haben der H. Geheimterat auch geprüft was diese für ein Wort brauchen – Ich erwarte keine Antwort – verfolgen Sie Ihre Rede –

»Die Schriftsteller lassen sich in gar keine Erklärung ein, weil sie die Sache als bekannt voraussetzen konnten. Der einzige *Plinius*« –

Und noch einer; den der H. Geheimterat gewiß kennen, aber mit Fleiß vergessen. Doch, ich unterbreche Sie zu oft. –

7 aber auch keine eines Worts, wodurch ein Gemälde und eine Nachbildung durch Linien und Farben auf einer Fläche ausgedrückt würde, als »tabula« oder »pictura«.

»Der einzige Plinius, dem wir so viel Nachrichten von Dingen schuldig sind, die uns sonst ganz unbekannt sein würden, redet weitläuftiger von ihnen, und seine Nachricht ist so beschaffen, daß ich mich nicht genug über die Sorglosigkeit der Ausleger verwundern kann, die diese Stelle nicht ganz übersehen haben. Seine Worte sind (Hist. Nat. XXXV. 2) ›Apud majores in Atriis erant imagines, quae spectarentur, non signa externorum artificum, nec aera, aut marmora. Expressi cera vultus singulis disponebantur armariis, ut essent imagines, quae comitarentur gentilitia funera, semperque defuncto aliquo totus aderat familiae ejus, qui unquam fuerat, populus. Stemmata vero lineis discurrebant ad imagines pictas.‹ Wir wollen diese Stelle genauer betrachten. Erstlich ›expressi cera vultus‹: man hat sich also kein Bild des ganzen Körpers vorzustellen, sondern ein bloßes Portrait: ein Umstand der für denjenigen vorteilhafter ist, welcher Gemälde darunter versteht, als wer sich die Bilder als Figuren vorstellt.« –

Ich wüßte nicht, wie und warum? Wenn man sich unter den Worten »expressi cera vultus«, kein Bild des ganzen Körpers vorstellen kann, müssen sie darum ein bloßes Portrait bedeuten? Kein einziger Ausleger, so viel ich weiß, hat sich dabei auch einen ganzen Körper gedacht, sondern alle haben sich ein Brustbild vorgestellt. Meint aber Herr Klotz, daß »vultus« auch nicht einmal ein körperliches von allen Seiten bearbeitetes Brustbild bedeuten könne? Ich glaube es auch. Aber auch dann noch folgt es nicht, daß die Nachahmung dieses Antlitzes nichts anders als ein Gemälde könne gewesen sein. Könnte es nicht gleichsam ein Mittel zwischen beiden geben? – Aber wir wollen ihn aushören.

»Ferner bemerkt man, daß diese Bilder oft mit Aufschriften versehen waren. Die Römer schrieben nicht bloß die Namen, sondern auch die Titel, die Ehrenstellen dazu, (Val. Max. V. 8. ›Effigies majorum cum titulis suis‹ etc. Add. Seneca de Beneficiis. Liv. X. 7. ›Cujus imaginis titulo‹ etc.) und gaben auch wohl noch andre Nachrichten. (v. Val. Max. II. 9. Tibull. L. IV. 1. 30.) Wie kann dieses bei wächsern

Figuren geschehen sein? Hingegen konnte alles dieses den gemalten Bildern beigefüget werden.«

Freilich; aber doch sollte ich meinen, eben sowohl auch den wächsern Bildern. Denn warum hätten sie nicht ein klein Postament haben können, auf welchem jene Nachrichten geschrieben waren? Ist es bei großen Statuen denn anders? Wenn des H. Geheimtenrats Art zu schließen gelten sollte, so würde man jede Statue, die irgend eine weitläuftige Unterschrift gehabt in ein Gemälde verwandeln müssen. Ich kann mir nichts armseligers denken, es wäre denn was nun folgt –

»Endlich: ›imagines pictas‹. Sagt denn Plinius hier nicht mit den deutlichsten Worten, daß diese Bilder *gemalt*, nicht bossiert gewesen sind? Hiemit kommt eine Stelle des Juvenals sehr genau überein (Sat. VIII. 1.)

Stemmata quid faciunt? etc.

Die Altertumsforscher haben also des Plinius Stelle entweder nicht recht angesehen, oder weil sie sich einmal die Idee von wächsern Bildern eingeprägt hatten, und die enkaustische Malerei lange Zeit ein Geheimnis gewesen, nicht recht verstehen können. Gleichwohl ist die Beschreibung selbst sehr deutlich.«

Kaum weiß ich, in welchem Tone ich mich hierüber ausdrücken soll. Unmöglich kann der H. Geh. Rat Klotz so unwissend sein, als er hier erscheint, oder sich hier stellt? Freilich wenn das Beiwort »pictas« nichts anders hieße noch heißen könnte, als was H. Klotz darunter versteht, müßte man über die Sorglosigkeit der Ausleger erstaunen, die es so übersehen können. Aber so erstaune ich über H. Klotz, – heißt denn pingere bloß malen? Heißt es denn nicht auch *bemalen, illuminieren?* mit Farben anstreichen? Hat denn H. Klotz nie gehört, daß die Alten nicht allein an ungebildeten Stein und Marmor, sondern auch an gebildete malten? daß sie ihre Statuen und Gipsbilder colorierten? »Imagines cerae pictae« brauchen also gar nicht Wachsgemälde zu sein, sondern es können gar wohl plastische Gemälde aus Wachs mit natürlichen Farben übermalt gewesen sein. Ist es möglich, daß H. Klotz dieses nicht gewußt hat? Lieber möchte ich hier an seiner bona fide zweifeln, als an seiner Gelehrsamkeit. Er hat es gewußt; aber er tut, als ob so was gar nicht in der Welt existiert habe, bloß um seine unreifen Gedanken durchzusetzen. Er macht es, wie er es ohngefehr in folgendem mit einer Stelle des Polybius macht.

»Ich darf«, schließt er, »unterdessen es nicht verschweigen, daß eine weitläuftige Stelle des Polybius von diesen Bildern (Libr. VI. cap. 51., p. 74) meiner Meinung entgegen zu stehen scheint. Sie ist zu lang als daß ich sie abschreiben könnte. Ich glaube aber doch, daß sie eine Meinung, die durch Zeugnisse sowohl als durch die Erfahrung bestätiget wird, nicht widerlegen könne. Vielleicht redet Polybius von einer ganz andern Gattung von Bildern, welche weder mit denen von welchen ich geredet habe zu verwechseln sind, noch so allgemein gebräuchlich gewesen sind als jene.«

Nachdem ich gezeigt wie kläglich es mit den Zeugnissen und der Erfahrung aussieht, welche die Meinung des H. Gehn. Rats Klotz bestätigen sollen, so soll mich die Länge der Stelle des *Polybius* nicht abhalten, sie ganz anzuführen. *Polybius* hatte in seinem sechsten Buche von den verschiedenen Regierungsformen, ihren Vorzügen, ihren natürlichen Verwickelungen der einen in der andern gehandelt, und gezeigt wie vortrefflich in der römischen Regierungsform alles zur Erreichung einer weit ausgebreiteten allgemeinen Herrschaft abzwecke, indem sie nicht allein die Natur mit vorzüglicher Stärke des Leibes und Kühnheit des Gemüts begabt, sondern auch ihre Erziehung einzig dahin abzwecke, die Jugend in beiden zu bilden und zu befestigen. »Nur ein Stück«,[8] sagt er will ich melden etc.

8 Hist. lib. VI. c. 51. Edit. Ec. Urs. II. p. 74.

Ἑν δε ρηθεν ἱκανον ἐσται σημειον της του πολιτευματος σπουδης, ἡν ποιει περι το τοιουτους ἀποτελειν ἀνδρας, ὡστε παν ὑπομενειν χαριν του τυχειν ἐν τη πατριδι της ἐπ᾽ ἀρετη φημης.

Ὁταν γαρ μεταλλαξη τις παρ᾽ ἀυτοις των ἐπιφανων ἀνδρων, συντελουμενης της ἐκφορας, κομιζεται μετα του λοιπου κοσμου προς τους καλουμενους Εμβολους ἐις την ἀγοραν, ποτε μεν ἑστως

Ja wohl ist diese Stelle dem H. K. so schnurgerade entgegen, daß er sie nur hätte anführen dürfen, um sich mit seiner Mutmaßung lächerlich zu machen. Wie klug also daß er sie nicht anführte, und es darauf ankommen ließ, wieviele von seinen Bewunderern sich die Mühe nehmen würden, sie nachzusehen. Indes hat er sich mit einem *Vielleicht* dagegen bewaffnet; »vielleicht redet Polybius von einer ganz andern Gattung von Bildern.« Aber dieses Vielleicht ist so viel wie Nichts; und es ist unwidersprechlich zu erweisen, daß Polybius von eben den Bildern redet, von welchen die angeführte Stelle des *Plinius* und andere Stellen lateinischer Scribenten handeln, von denen H. Klotz nicht leugnet, noch leugnen wird, daß sie von eben den Bildern reden, von welchen er redet. Die Übereinstimmung ist klar.

1. *Polybius* sagt daß diese Bilder ἐις ἐπιφανεστατον τοπον της ὀικιας an den scheinbarsten Ort des Hauses aufgestellt wurden: *Plinius* sagt »in atriis erant imagines quae spectarentur.«

ἐναργης, σπανιως δε κατακεκλιμενος. Περιξ δε παντος του δημου σταντος, ἀναβας ἐπι τους Εμβολους, ἀν μεν ὑιος ἐν ἡλικιᾳ καταλειπηται, και τυχῃ παρων, ὀυτος ἐι δε μη, των ἀλλων ἐι τις ἀπο γενους ὑπαρχει, λεγει περι του τετελευτηκοτος τας ἀρετας, και τας ἐπιτετευγμενας ἐν τῳ ζῃν πραξεις.

Unum ex his commemorare satis fuerit, ut hoc velut signo omnes intelligant, quanta sit Romanis cura, quo juventus in viros evadat, omnia paratos perpeti dum modo praeclarum in patria nomen consequantur.

Nam quoties aliquis vir illustris apud illos migravit e vita; is cum funus effertur, praeter reliquos honores, quibus ornatur, in forum ad rostra, ut vocant solet efferri, stans interdum, ut sit omnibus conspicuus, rarius jacens. Ibi populi totius corona circumstante, aut filius, si contingat filium aetate adultum ab eo esse relictum, atque ille praesens adsit: si minus, e sanguine junctis aliquis rostra conscendit, defunctique, laudes commemorat, et si quae dum viveret, feliciter ab eo fuerint gesta. Unde evenit, ut populus rediens in memoriam actorum, et ob oculos sibi ea ponens, sic afficiatur, non illi dumtaxat, qui gerendis

2. *Polybius* sagt, daß diese Bilder an diesem scheinbarsten Orte in einem hölzern Häuschen eingeschlossen wurden, ξυλινα ναϊδια; dieses Häuschen hieß bei den Römern »armarium«, und Plinius sagt »expressi cera vultus singulis disponebantur armariis.«

3. Polybius beschreibt dieses Bild durch προσωπον keine ganze Figur, nicht mit einem ganzen Kopf, sondern nur bloß ein *Anlitz*;[9] *Plinius* sagt »vultus«.

4. Polybius sagt, daß die Schränke, worin diese Bilder gestanden, bei öffentlichen Feierlichkeiten eröffnet und diese sorgfältig geschmückt wurden ἐν τε ταις δημοτελεσι etc. Und *Plinius*: »ut essent imagines, quae comitarentur gentilitia funera; semperque defuncto aliquo, totus aderat familiae ejus, qui unquam fuerat, populus.«

5. Polybius sagt, daß diese Bilder bei Leichenbestattungen vorgetragen worden: ἀγουσιν ἐις την ἐκφοραν. Plinius sagt »ut essent imagines quae comitarentur gentilitia funera« etc.

Wenn es nun aber hieraus gewiß ist, daß Polybius von eben den Ahnenbildern redet, so ist es eben so gewiß, daß sie die Mutmaßung des H. Klotz gänzlich vernichtet, und diese Bilder unmöglich bloße flache Gemälde können gewesen sein. Denn vors Erste sagt Polybius, daß man diesen Bildern bei öffentlichen Vortragungen den übrigen Körper beigefügt, und diesem Kleider des Verstorbenen angelegt habe, um sie auch in Ansehung der Größe desto ähnlicher und in Betrachtung des Übrigen desto kenntlicher zu machen.

Zweitens sagt es Polybius ausdrücklich κατα την πλασιν και κατα την ὑπογραφην. Es waren also plastische Gemälde und gemalte plastische Gemälde.

Aber mußten sie darum bossierte Bilder sein? Und nun komme ich auf die eigentl. Unwissenheit des H. Klotz.

9 Welches die äußerste Ähnlichkeit habe, und Plinius »quam maxime similes figuras« in dem vorhergehenden, welches dazu gezogen werden muß.

VON DEN AHNENBILDERN DER ALTEN RÖMER

Der Herr Geheimterat *Klotz* glaubet über die Ahnenbilder der alten Römer eine ganz neue Entdeckung gemacht zu haben. Da er indes weiß, daß dergleichen Entdeckungen nicht leicht eines apodiktischen Erweises fähig sind: so begnügt er sich, ihr den Namen einer Mutmaßung zu geben, der es an einer schmeichelhaften Wahrscheinlichkeit nicht mangle, und empfiehlt sie der Prüfung der Gelehrten.

Ich denke, daß ich diese Prüfung vornehmen kann, ohne mich einer großen Eitelkeit schuldig zu machen. Ich bin ein Schulmann, dessen Pflicht es ist, in dergleichen Dingen ein wenig bewandert zu sein.

»Es ist bekannt«, schreibt Herr *Klotz* in seiner Vorrede zu den verdeutschten Abhandlungen des Grafen von Caylus,[1] »daß die Verwaltung der höhern obrigkeitlichen Ämter den römischen Edelleuten das Recht gab, die Bilder ihrer Vorfahren in ihren Vorsälen aufzustellen. (Spanheim de Us. et Praest. Num. Dissert. X. p. 3.) Es wurden dieselben« –

Doch, nicht weiter! »Cantherius in limine«: – Herr Klotz strauchelt bei dem ersten Schritte, den er über die Schwelle tut.

Ich will nicht fragen: wenn die Sache bekannt ist, was bedarf sie eines Währmannes? – Eine Anführung zu viel, ist besser als eine zu wenig! – Aber ich frage: warum ist *Spanheim* hier der Währmann? *Spanheim* ist in dieser Materie weder der erste noch der ausführlichste Schriftsteller. Wenn H. *Klotz* einen Neuren citieren wollte, so hätte es *Sigonius* oder *Lipsius* sein müssen.

Ich halte viel von einem Gelehrten, der mich gleich vor die rechte Schmiede weiset.

1 Erster Band, Altenburg 1768 in 4.

Und wenn Herr *Klotz* nun den *Spanheim* für die rechte hielt? – Sodann hätte er nicht sowohl diese, als eine andere Stelle aus ihm, (nemlich Dissert. I. p. 49) wenigstens diese nicht ohne jene, anführen müssen; weil wir nicht in dieser, sondern in jener auf den Hauptort des Cicero[2] verwiesen werden, aus dem es allein erhellet, daß das Jus imaginum den höhern obrigkeitlichen Personen eigen gewesen.

Ich mache Ihnen dieses Vorrecht nicht streitig; aber ich glaube behaupten zu dürfen, daß man es zu weit ausdehne, wenn man auch die Vorsäle der Privathäuser darunter begreift.

Ich meine: das »Jus imaginis ad memoriam posteritatemque prodendae«, welches Cicero erst durch seine Erhebung zum *Aedilis* erhalten zu haben sagt, ging bloß auf öffentliche Örter, und erstreckte sich auf das Wohnhaus des Bürgers nicht. Dort, auf den Straßen und freien Plätzen, in Tempeln und Gebäuden für das Gemeinewesen, hatten nur die das Recht, ihre Bilder aufzustellen, welche sich in curulischen Würden um den Staat verdient machten. Aber wo findet man die geringste Spur, daß es allen andern Römern benommen gewesen, ihr eignes Bildnis innerhalb ihren vier Pfählen zu haben?

Auch ist weder *Sigonius*, noch *Lipsius* (den *Gutherius*[3] hier für den Ausschreiber des *Sigonius* nicht ohne Grund hält) so weit gegangen; keiner von ihnen hat in der Stelle des *Cicero* die Ahnenbilder in den Vorsälen der Privathäuser gefunden; sondern es ist die Herde ihrer Nachfolger, welche die Sache vollends aufs reine zu bringen glaubten, wenn sie auch diese, und vornehmlich diese Bilder zu denen zählten, auf welche allein der curulische Stuhl berechtigte.

Ich will mich in die nähern Beweise hiervon itzt nicht einlassen. Denn was tut alles das gegen den Hn. *Klotz*? Dem Herrn *Klotz* war es vergönnt, der gewöhnlichen Leier zu folgen. Nur hätte er ihr auch recht folgen, und unerwiesene Dinge mit eignen Fehlern nicht noch mehr verstellen sollen.

---

2 Verr. V. c. 14.

3 De Jure Manium, cap. 22 Libri I.

»Die Verwaltung der höhern obrigkeitlichen Ämter«, sagt er, »gab den römischen Edelleuten das Recht, die Bilder ihrer Vorfahren in ihren Vorsälen aufzustellen.«

Die Bilder ihrer Vorfahren? Aller ihrer Vorfahren? Und nur ihrer Vorfahren? Nicht auch ihre eigene? – Man kann sich nicht schielender ausdrucken. Wenn sich Herr *Klotz* aus den einzeln Stellen der Alten keinen richtigen Begriff formieren konnte: so hätte ihm der erste der beste neuere Altertumskundige die Sache deutlicher machen können.[4] Der, welcher in einer Familie zuerst ein curulisches Ehrenamt bekleidete, erhielt das Recht, *sein* Bild auf die Nachwelt zu bringen, nicht *seiner Väter* Bild, als welche dergleichen Würden nicht bekleidet hatten. Folgte ihm der Sohn in einer solchen Würde, so fügte der Sohn sein Bild dem Bilde des Vaters bei; der Enkel, unter gleicher Bedingung, seines den ihrigen; und so weiter, von Glied auf Glied. Das ist die gemeine Meinung, aber liegt die in den Worten des H. *Klotz*?

Und den römischen Edelleuten gaben jene Ämter dieses Recht? Wen versteht H. *Klotz* unter dem Worte Edelleute? Entweder Patricios, oder Nobiles. Aber er verstehe diese oder jene, er hat in beiden Fällen, entweder eine Ungereimtheit oder eine Falschheit gesagt. Eine Ungereimtheit, wenn er Nobiles darunter versteht: denn die Nobiles erhielten nicht dieses Recht, sondern wer dieses Recht erhielt, ward erst, eben durch dieses Recht, nobilis. Eine Falschheit, wenn er Patricios damit meinet: denn nicht die Patricii allein ver-

4 *Chladenius, de Gentilitate veterum Romanorum, cap. III.* § 2. Inter praecipua personarum, sella curuli conspicuarum, jura illud potissimum referebatur, ut suam cuique in celebriore domus parte, atrium intellige, collocare liceret imaginem. Ceteri enim, qui sella curuli non erant insignes, ab hoc jure arcebantur. Quod si ergo, magistratu curuli mortuo, ad filium transiret patris imago, ille si ipse magistratu fungeretur, addebat suam, utramque in atrio domus suae sollicite adservans, donec, hoc iterum defuncto, ad nepotem, ejusque prosapiam, eorundem cura atque custodia, addita cujuslibet, qui sellam curulem esset adeptus, effigie, transiret.

walteten curulische Ehrenämter, sondern es kam bald die Zeit, als sie diese mit den Plebejis teilen mußten; auch Plebeji erhielten also das Recht der Bilder, und wurden durch dieses Recht Nobiles.[5]

Doch, was halte ich mich hierbei auf? So unbestimmt sich Herr *Klotz* auch ausdrückt, so leicht ist es doch zu erraten, von was für Bildern er reden will. Er weiß zwar nicht recht, wen diese Bilder eigentlich vorgestellt: denn er nennt sie Bilder, welche die, die in curulischen Ehrenämtern standen, ihren Vorfahren aufrichten durften; und es waren die Bilder dieser obrigkeitlichen Personen selbst. Er weiß zwar nicht recht, wem es erlaubt war, diese Bilder aufzustellen: denn er sagt, den römischen Edelleuten, welche dergleichen Ämter bekleidet, und er hätte sagen sollen, allen und jeden Römern, die zu solchen Ämtern gelangten. Aber das ist es auch nicht, was Er uns von diesen Bildern lehren will. Was Er von diesen Bildern weiß, und was bis auf ihn kein Mensch in der Welt gewußt noch vermutet hat, betrifft das Materielle derselben; ist etwas, das in die Geschichte der Kunst näher einschlägt; und die Kunst, die Kunst ist es einzig, die so einem Antiquar am Herzen liegt! – O, das muß jeden Mann von Geschmack freuen! Da stehn wir mit offnem Munde, voller Erwartung!

»Es wurden diese Bilder,« fährt H. *Klotz* fort, »imagines, und von den Dichtern oft cerae genennt. Man hat sie bisher allgemein für aus Wachs bossierte Bilder angesehen, und ich habe keinen Schriftsteller gefunden, welcher sich eine andere Vorstellung davon gemacht hätte. Gleichwohl glaube ich, daß man nach einer genauen Überlegung der Umstände sie für nichts anders, als für Werke der enkaustischen Malerei halten könne. Hier sind die Gründe meiner Mutmaßung.«

---

5 *v. e. Lipsius, Electorum libro I. cap. 29.* Regum temporibus, et post Regifugium aliquot annis, penes solos Patricios magistratus erant: ideo et nobilitas. Postea per contentiones Tribunicias, communicati cum plebe honores: simulque nobilitas et imagines. Imo non raro ex eo, plebeius quispiam nobilis ante patricium: ut Claudii Marcelli, ut Decii, Flaminii, Luctatii, et quae aliae e plebe familiae plenae honorum.

Ein Wort, ehe wir uns durch diese Gründe überzeugen lassen. Es ist falsch, daß man diese Bilder bisher allgemein für aus Wachs bossierte Bilder angesehen habe: für wächserne Bilder wohl, aber nicht für aus Wachs bossierte. H. *Klotz* hat keinen Schriftsteller gefunden, der sich eine andere Vorstellung davon gemacht hätte; aber ich wohl. Beides wird sich weisen. Nun zu den Gründen!

»Erstlich: wie kann man glauben, daß die Römer gerade unter allen Materien, woraus sich Bilder verfertigen lassen, diejenige erwählt haben sollten, welche der Vergänglichkeit am meisten unterworfen ist. Es war ihnen daran gelegen, daß die Bilder ihrer Vorfahren erhalten würden, und viele Jahre hinter einander ihre Vorsäle zierten. Würden sie nicht lieber Marmor oder Erzt genommen haben, als das zerbrechliche und weiche Wachs, wenn sie nicht eine andere Art Bilder gekannt hätten, die bei der Dauerhaftigkeit und Feste des Marmors und Erztes, gleichwohl die wegen gewisser Umstände nötige Leichtigkeit der bossierten Bilder besaßen.«

Man verschießt die stumpfsten Pfeile zu erst. – Wachs bestehet allerdings aus trennbaren Teilen und ist daher in seinen Formen vergänglicher, als Marmor und Erzt. Bildet sich aber H. Klotz dem ohngeachtet die Vergänglichkeit des Wachses nicht weit größer ein, als sie wirklich ist? Und wie wenn es den Römern bei ihren Ahnenbildern, außer der so lang als möglichen Dauer, noch um eine andere Eigenschaft wäre zu tun gewesen, außer der diese Dauer von keinem Werte ist, und die sich vorzüglich an dem Wachse, weit weniger an dem Erzte, und an dem Marmor ganz und gar nicht findet? Diese Eigenschaft, wird H. *Klotz* glauben, sei die Leichtigkeit. Nichts weniger. Doch ich muß ihn seinen zweiten Grund vortragen lassen, ehe ich mich umständlicher über das alles erklären kann.

»Zweitens: die alten Schriftsteller melden uns, daß diese Bilder nicht allein sehr lange sich erhalten haben, (Cic. in Pison. cap. 1. Ov. Amor. I. 8. Juv. Sat. VIII. 18. Seneca, ep. 44. ›non facit nobilem atrium plenum *fumosis* imaginibus‹) sondern auch bei Begräbnissen der Verwandten öffentlich sind vorgetragen worden. (v. Meursius de Funere, c. 19) Wie kann man dieses von bossierten Bildern behaupten, die der Regen, der Wind und die Sonnenhitze gar bald würde haben vernichten müssen? Hingegen die enkaustische Malerei widerstand allen Widerwärtigkeiten der Zeit, der Luft und des Ungewitters, und konnte weder von der Sonne noch von dem Meersalze beschädiget werden. (Plinius XXXV. c. 11. ›quae pictura in navibus, nec sole nec sale ventisque corrumpitur.‹) Man berichtet uns auch von den neuern Werken dieser Malerei, daß die Farben sehr sicher und dauerhaft sind; daß sie sich sogar waschen lassen, und noch folgende Eigenschaft haben. Nemlich man hat diese Gemälde an Örtern, wo üble Ausdünstungen sind, oder auch vom Rauche der Kamine anlaufen lassen. Wenn man sie aber wieder in den Tau gesetzt, so sind sie so rein und glänzend worden, als ob sie aus der Hand des Malers kämen. Dergleichen Bilder waren also jene mit Rauch bedeckte (›fumosae imagines‹) und bei den Begräbnissen gebrauchte Bilder. Ich sollte glauben, der einzige Umstand von dem öffentlichen Herumtragen dieser Bilder hätte auch jede Vermutung, daß es bossierte Bilder gewesen wären, verhindern sollen.«

⟨ÜBER MEUSELS APOLLODOR⟩

Hamburg. Bibliothek des Apollodors. Aus dem Griechischen übersetzt von J. G. *Meusel.* Nebst einer Vorrede von Herrn *Klotz.* Halle, bei Curt. 1768. in 8. 13 Bogen.«

»Alles«, belieben der Herr geheime Rat *Klotz* sich gleich zu Anfange Ihrer Vorrede auszudrücken, »alles, was ich von der Güte und Treue dieser Übersetzung sagen könnte, wird durch die eigenen Schriften ihres Verfassers unnötig gemacht. Diese sind wegen ihrer starken Empfehlungen, die sie von der Belesenheit, dem Geschmack und der Beurteilungskraft erhalten, auch für den Wert dieser Arbeit Bürge.« Gewiß, wir müssen uns schämen, öffentlich zu bekennen, daß uns die eigenen Schriften des Herrn *Meusels* ganz und gar nicht bekannt sind. Wäre es doch dem Herrn geheimen Rat gefällig gewesen, für den Ruhm seines Freundes und für unsere Unwissenheit ein wenig mehr zu sorgen! Hätte er uns doch nur einige von diesen Schriften namhaft gemacht! Wir rechnen viel zu sehr auf sein Wort, als daß wir würden angestanden haben, die gegenwärtige Übersetzung lediglich nach diesen Schriften zu beurteilen. So aber haben wir sie nur aus sich selbst beurteilen können, und befinden uns dadurch in der äußersten Verlegenheit, unser Urteil mit seinem zu vereinigen – Nur gleich eine Probe: Auf der 10ten Seite dieses verdeutschten Apollodors heißt es von dem Orion: »Er kam hierauf nach Chios, und vermählte sich mit der *Merope*, einer Tochter des *Oenopions.* Der betrunkene Oenopion blendete ihn im Schlafe, und warf ihn an das Ufer, worauf er in eine Schmiede gieng, einen Knaben raubte, ihn auf seine Schultern setzte, und ihm befahl, ihn gegen der Sonne Aufgang hinzuführen. Als er dahin gekommen war, erlangte er, von den Sonnenstrahlen erhitzt, sein Gesicht wieder, und kam eilends wieder zum *Oenopion.*« Aus der

Übersetzung ist, ohne Zuziehung des Originals, unmöglich klug zu werden. *Orion*, mit der *Merope* vermählt, wird von seinem betrunkenen Schwiegervater geblendet, worauf er in eine Schmiede geht – man weiß nicht, ob *Orion*, oder *Oenopion*, bis man es am Ende ungefähr errät. Doch, das schielende, nachlässige Deutsch ist der geringste Fehler. So leicht *Apollodor* schreibt, (man erklärt ihn in vielen Schulen den Anfängern der griechischen Sprache mit zuerst) so wenig hat ihn Hr. *Meusel* doch öfters verstanden; und diese einzige kleine Stelle hat nicht mehr als drei recht plumpe Schnitzer. 1) *Apollodor* sagt nicht, daß *Orion* sich mit der *Merope* vermählt habe: ἐμνηστευσατο heißt bloß, er hielt um sie an, er suchte sie zur Frau. 2) Nicht der betrunkene *Oenopion* blendete den *Orion*: wozu hätte sich *Oenopion* dazu erst betrinken müssen? sondern *Oenopion* machte den *Orion* betrunken; und so blendete er ihn; μεθυσας ist hier von μεθυσκω, *ich mache betrunken*, nicht von μεθυω, *ich bin betrunken*; und Herr *Meusel* hätte wohl wissen können, daß jenes Tempora von diesem entlehnet. 3) Nachdem *Orion* das Gesicht wieder erlangt hatte, kam er nicht bloß eilends wieder zum *Oenopion*, sondern *Apollodor* sagt, ἐπι τον Οινοπιωνα ἐσπευδεν, er eilte *wider* den *Oenopion*, d. i. er eilte, sich an ihm zu rächen – Wir konnten, wie gesagt, die Übersetzung des Herrn *Meusel* nicht nach seinen eignen Schriften beurteilen: wehe ihm, wenn man seine eigne Schriften nach dieser Übersetzung beurteilen darf! – Von der Vorrede des Herrn geheimen Rat *Klotz* insbesondere etwas zu erwähnen, ist nicht nötig. Sie ist wie alles, was dieser große Gelehrte schreibt, voll eigentümlicher Beurteilungen. Z. E. Wo er betauert, daß die zwölf Bücher des *Apollodors* über das Homerische Verzeichnis der Schiffe verloren gegangen, setzt er hinzu: »Ich stelle mir vor (wer in der Welt hätte sich so etwas vorstellen können, als der Herr geheime Rat *Klotz*!) als ob die alte Erdbeschreibung dadurch gewonnen haben würde.« Voller Bewunderung rufen wir aus: »Rem acu tetigisti, Vir celeberrime!« denn daß *Apollodor* die verschiedene Bauart aller der Schiffe so viel verschiedener Völker in seinem Werke untersucht, und etwa aus alten geschnittenen Steinen erläutert haben sollte, das ist uns selbst nie wahrscheinlich vorgekommen; ob wir schon dabei bekennen, daß wir uns schwerlich getrauet haben dürften, eben dieselbe kühne Vermutung zu äußern, mit welcher der Herr geheime Rat seine Leser überrascht.

BRIEFE, ANTIQUARISCHEN INHALTS

BRIEFE, ANTIQUARISCHEN INHALTS:

Αγωνισμα μαλλον ἐς το παραχρημα
ἀκουειν ἠ κτημα ἐς ἀει –

ERSTER TEIL

VORBERICHT.

Diese Briefe waren Anfangs nur bestimmt, einem wöchentlichen Blatte einverleibet zu werden. Denn man glaubte; daß ihr Inhalt keine andere, als eine beiläufige Lesung verdiene.

Aber es wurden ihrer für diese Bestimmung zu viel; und da die Folge den Inhalt selbst wichtiger zu machen schien, als es bloße Zänkereien über mißverstandene Meinungen dem Publico zu sein pflegen: so ward geurteilet, daß sie als ein eigenes Buch schon mit unterlaufen dürften.

Die Ausschweifungen, welche der Verfasser mit seiner Rechtfertigung verbunden, werden wenigstens zeigen, daß er nicht erst seit gestern mit den Gegenständen derselben bekannt ist. In der Fortsetzung, welche der Titel verspricht, hofft er noch mehr einzelne Anmerkungen los zu werden, von denen es immer gut sein wird, daß sie einmal gemacht worden.

Wem sie allzu klein, allzu unerheblich vorkommen sollten, für den, dünkt ihn, ist wohl das ganze Fach nicht, in welches sie gehören.

Noch erwartet man vielleicht, daß er sich über den Ton erkläre, den er in diesen Briefen genommen. – »Vide quam sim antiquorum hominum!« antwortete Cicero dem lauen Atticus, der ihm vorwarf, daß er sich über etwas wärmer, rauher und bitterer ausgedrücket habe, als man von seinen Sitten erwarten können.

Der schleichende, süße Komplimentierton schickte sich weder zu dem Vorwurfe, noch zu der Einkleidung. Auch liebt ihn der Verfasser überhaupt nicht, der mehr das Lob der Bescheidenheit, als der Höflichkeit sucht. Die Bescheidenheit richtet sich genau nach dem Verdienste, das sie vor sich hat; sie giebt jedem, was jedem gebühret. Aber die schlaue

Höflichkeit giebt allen alles, um von allen alles wieder zu erhalten.

Die Alten kannten das Ding nicht, was wir Höflichkeit nennen. Ihre Urbanität war von ihr eben so weit, als von der Grobheit entfernt.

Der Neidische, der Hämische, der Rangsüchtige, der Verhetzer, ist der wahre Grobe; er mag sich noch so höflich ausdrücken.

Doch es sei, daß jene gotische Höflichkeit eine unentbehrliche Tugend des heutigen Umganges ist. Soll sie darum unsere Schriften eben so schal und falsch machen, als unsern Umgang? –

ERSTER BRIEF.

Mein Herr,

Wenn es Ihnen gleichviel ist, ob Sie den Platz, den Sie in Ihren Blättern gelehrten Sachen bestimmen, mit einer guten Critik, oder mit der Widerlegung einer verunglückten füllen: so haben Sie die Güte, Folgendes einzurücken.

Herr *Klotz* soll mich eines unverzeihlichen Fehlers in seinem Buche von *den alten geschnittenen Steinen* überwiesen haben. Das hat ein Recensent dieses Buches[1] für nötig gehalten, mit anzumerken.

Mich eines Fehlers? das kann sehr leicht sein. Aber eines unverzeihlichen? das sollte mir Leid tun. Zwar nicht sowohl meinetwegen, der ich ihn begangen hätte: als derentwegen, die ihn mir nicht verzeihen wollten.

Denn es wäre ja doch nur ein Fehler. Fehler schließen Vorsatz und Tücke aus; und daher müssen alle Fehler allen zu verzeihen sein.

Doch, gewisse Recensenten haben ihre eigene Sprache. Unverzeihlich heißt bei ihnen alles, worüber sie sich nicht enthalten können, die Zähne zu fletschen.

1 Beitrag zum Reichspostreuter St. 45.

Wenn es weiter nichts ist! – Aber dem ohngeachtet: worin besteht er denn nun, dieser unverzeihliche Fehler?

Herr *Klotz* schreibt: »Wie hat es einem unsrer besten Kunstrichter« (dem Verfasser des Laokoon) »einfallen können, zu sagen, daß man so gar vieler Gemälde nicht erwähnt finde, die die alten Maler aus dem Homer gezogen hätten, und daß es nicht der alten Artisten Geschmack gewesen zu sein scheine, Handlungen aus diesem Dichter zu malen? Die Homerischen Gedichte waren ja gleichsam das Lehrbuch der alten Künstler, und sie borgten ihm ihre Gegenstände am liebsten ab. Erinnerte sich Hr. Lessing nicht an das große Homerische Gemälde des Polygnotus, welches zu unsern Tagen gleichsam wieder neu geschaffen worden ist? Unter denen vom Philostratus beschriebenen Gemälden sind drei Homerische, und die vom Plinius kurz angezeigten kann jeder leicht finden. Unter den Herculanischen Gemälden ist eines, welches den Ulysses vorstellt, der zur Penelope kömmt. Von halb erhabnen Werken will ich nur die merkwürdigsten anführen, u. s. w.«

Ich könnte zu dem Recensenten sagen: Hier sehe ich bloß, daß Herr *Klotz* nicht meiner Meinung ist, daß ihn meine Meinung befremdet; aber er sagt nichts von Fehler, noch weniger von einem unverzeihlichen Fehler.

Doch, der Recensent könnte antworten: Was Herr *Klotz* keinen unverzeihlichen Fehler nennt, das beschreibt er doch als einen solchen; ich habe also dem Kinde nur seinen rechten Namen gegeben.

Der Recensent hätte fast Recht. Ich muß mich also nicht an ihn, sondern an den Herrn *Klotz* selbst wenden. Und was kann ich diesem antworten?

Nur das: daß er mich nicht verstanden hat; daß er mich etwas sagen läßt, woran ich nicht gedacht habe.

Herr *Klotz* beliebe zu überlegen, daß es zwei ganz verschiedne Dinge sind: Gegenstände malen, die Homer behandelt hat, und diese Gegenstände so malen, *wie* sie Homer behandelt hat. Es ist meine Schuld nicht, wenn er diesen Unterschied nicht begreift; wenn er ihn in meinem Laokoon nicht gefunden hat. Alles bezieht sich darauf.

Daß die alten Artisten sehr gern Personen und Handlungen aus der Trojanischen Epoche gemalt haben: das weiß ich, und wer weiß es nicht? Will man alle solche Gemälde Homerische Gemälde nennen, weil Homer die vornehmste Quelle der Begebenheiten dieser Epoche ist: meinetwegen. Aber was haben die Homerischen Gemälde in diesem Verstande, mit denen zu tun, von welchen ich rede; mit denen, dergleichen der Graf von Caylus den neuern Künstlern vorgeschlagen hat?

Die Beispiele, welche Herr *Klotz* mir vorhält, sind mir alle so bekannt gewesen, daß ich mich würde geschämet haben, sie Herr *Klotzen* vorzuhalten. Ich würde mich geschämet haben, zu verstehen zu geben, Herr *Klotz* habe sie entweder gar nicht, oder doch nicht so gut gekannt, daß sie ihm da beifallen können, wo sie ihm so nützlich gewesen wären.

Was das sonderbarste ist: ich habe diese Beispiele fast alle selbst angeführt, und an dem nemlichen Orte meines Laokoon angeführt, den Hr. *Klotz* bestreitet. Er hätte sie aus meiner eigenen Anführung lernen können, wenn er sie nicht schon gewußt hätte. Und gleichwohl – Ich denke, das heißt, mit dem Sprichworte zu reden, einen mit seinem eigenen Fette beträufen wollen.

Ich sage, daß ich sie fast alle selbst angeführet habe; und füge hinzu: *außer ihnen noch weit mehrere*; indem ich nemlich meine Leser auf den Fabricius[2] verwiesen. Denn ich mache nicht gern zehn Allegata, wo ich mit einem davon kommen kann.

Folglich; habe ich diese Beispiele, und noch weit mehrere ihrer Art gekannt: so ist es ja wohl deutlich, daß, wenn ich dem ohngeachtet gesagt, »es scheine nicht der Geschmack der alten Artisten gewesen zu sein, Handlungen aus dem Homer zu malen,« ich ganz etwas anders damit muß gemeinet haben, als das, was diese Beispiele widerlegen.

Ich habe damit gemeinet, und meine es noch, daß so sehr die alten Artisten den Homer auch genutzt, sie ihn doch nicht

2 Bibl. Graec. Lib. II. c. VI. p. 345.

auf die Weise genutzt haben, wie Caylus will, daß ihn unsere Artisten nutzen sollen. Caylus will, sie sollen nicht allein Handlungen aus dem Homer malen, sondern sie sollen sie auch vollkommen so malen, wie sie ihnen Homer vormalt; sie sollen nicht so wohl eben die Gegenstände malen, welche Homer malt, als vielmehr das Gemälde selbst nachmalen, welches Homer von diesen Gegenständen macht; mit Beibehaltung der Ordonnanz des Dichters, mit Beibehaltung aller von ihm angezeigten Localumstände u. s. w.

Das, sage ich, scheinen die alten Artisten nicht getan zu haben, so viel oder so wenig Homerische Gegenstände sie auch sonst mögen gemalt haben. Ihre Gemälde waren Homerische Gemälde, weil sie den Stoff dazu aus dem Homer entlehnten, den sie nach den Bedürfnissen ihrer eignen Kunst, nicht nach dem Beispiele einer fremden, behandelten: aber es waren keine Gemälde *zum* Homer.

Hingegen die Gemälde, welche Caylus vorschlägt, sind mehr Gemälde *zum* Homer, als Homerische Gemälde, als Gemälde in dem Geiste des Homers und so angegeben, wie sie Homer selbst würde ausgeführt haben, wenn er anstatt mit Worten, mit dem Pinsel gemalt hätte.

Deutlicher kann ich mich nicht erklären. Wer das nicht begreift, für den ist der Laokoon nicht geschrieben. Wer es aber für falsch hält, dessen Widerlegung soll mir willkommen sein; nur, sieht man wohl, muß sie von einer andern Art sein, als die Klotzische.

Herr *Klotz* hat in seinem Buche mir viermal die Ehre erwiesen, mich anzuführen, um mich viermal eines Bessern zu belehren. Ich wollte nicht gern, daß ein Mensch in der Welt wäre, der sich lieber belehren ließe, als ich. Aber –

So viel ist gewiß, er streitet alle viermal nicht mit mir, sondern ich weiß selbst nicht mit wem. Mit einem, dem er meinen Namen giebt, den er zu einem großen Ignoranten und zugleich zu einem unsrer besten Kunstrichter macht.

Wahrhaftig, ich kenne mich zu gut, als daß ich mich für das eine, oder für das andere halten sollte.

ZWEITER BRIEF.

Sie meinen, es lohne sich allerdings der Mühe, auch von den übrigen Bestreitungen des Herrn *Klotz* ein Wort zu sagen, weil sie gar zu sonderbar sind, und *Klotz* ein gar zu berühmter Name geworden. Es sei so, wie Sie meinen!

Aber ich muß bei der ersten wieder anfangen. Herr *Klotz* fragt: »Erinnerte sich Lessing nicht an das große Homerische Gemälde des Polygnotus?«

In der Lesche zu Delphi waren zwei große Gemälde des Polygnotus. Welches meinet Herr *Klotz*? das im Hereintreten rechter, oder linker Hand? Nach seinem Allegate[1] muß er das erstere meinen, welches die Zerstörung von Troja und die Rückkehr der Griechen vorstellte. Beide Vorwürfe liegen außer dem Plane des Homer; von beiden hat er nur einzelne Züge in die Odyssee einstreuen können. Aber die Griechen besaßen eine Menge andere Dichter, welche diese Vorwürfe ausdrücklich behandelt hatten; und diesen, nicht dem Homer, ist Polygnotus in seinem Gemälde gefolgt; einem Lescheus, einem Stesichorus. Wie kann es also Herr *Klotz* ein Homerisches Gemälde nennen?

Doch er mag das zweite, linker Hand, gemeinet haben, welches den opfernden Ulysses im Reiche der Schatten vorstellte. Das ist zwar der Stoff eines ganzen Buches der Odyssee: aber dennoch ist es klar, daß Polygnotus auch in Anordnung dieses Gemäldes nicht sowohl der Odyssee, als vielleicht den Gedichten *Minyas* und *Nosti* gefolgt ist. Denn er hat weder die Homerische Scene angenommen, noch sich mit den vom Homer eingeführten Personen begnügt. Folglich müßte auch dieses kein Homerisches Gemälde heißen; und ich könnte antworten: es wäre besser gewesen, Herr *Klotz* hätte sich gewisser Dinge gar nicht erinnert, als falsch.

In beiden Gemälden hat Polygnotus sich bald an diesen, bald an jenen Dichter und Geschichtschreiber gehalten; ohne

1 Pausanias Libr. X. p. 859.

sich ein Gewissen zu machen, auch Dinge von seiner eignen Erfindung mit einzumischen. Eine Freiheit, deren sich auch andere alte Artisten bedienten, wenn sie Vorstellungen aus der Trojanischen Epoche wählten!

Zwar habe ich schon gesagt, daß Herr *Klotz* diese Vorstellungen alle, meinetwegen immerhin Homerische Vorstellungen und Gemälde nennen mag. Aber noch einmal: was haben diese Gemälde, welche ihm Homerische zu nennen beliebt, weil ihre Vorwürfe aus eben der Geschichte genommen sind, aus welcher Homer die seinigen gewählt hatte, mit den Homerischen Gemälden zu tun, wie sie Caylus haben will?

Ich dünke mich über den Gebrauch, den die alten Artisten von dem Homer machten, verständlichere Dinge gesagt zu haben, als irgend ein Schriftsteller über diese Materie. Ich habe mich nicht mit den schwanken, nichts lehrenden Ausdrücken von Erhitzung der Einbildungskraft, von Begeisterung, begnügt: ich habe in Beispielen gezeigt, was für malerische Bemerkungen die alten Artisten schon in dem Homer gemacht fanden, ehe sie Zeit hatten, sie in der Natur selbst zu machen.[2] Ich habe mich nicht begnügt, sie bloß darum zu loben, daß sie ihre Vorwürfe aus ihm entlehnten: – welcher Stümper kann das nicht? – ich habe an Beispielen gewiesen, wie sie es anfingen, in den nemlichen Vorwürfen mit ihm zu wetteifern, und mit ihm zu dem nemlichen Ziele der Täuschung auf einem ganz verschiedenen Wege zu gelangen;[3] auf einem Wege, von dem sich Caylus nichts träumen lassen. –

Notwehr entschuldiget Selbstlob. –

2 Laokoon S. 227-231.
3 Laokoon S. 219-223.

DRITTER BRIEF.

Ich komme also zu der zweiten Bestreitung des Herrn *Klotz*. Er fähret fort: »auch die Einwürfe, welche Herr Lessing von der Schwierigkeit hernimmt, die Homerischen Fabeln zu malen, sind leicht zu heben, obgleich diese Widerlegung deutlicher durch den Pinsel selbst, als durch meine Feder werden würde.«

Ich glaube es sehr gern, daß Herr *Klotz* vieles ungemein leicht findet, was ich für ungemein schwer halte. Dieses kömmt von der Verschiedenheit, entweder unserer beiderseitigen Kräfte, oder unsers beiderseitigen Zutrauens auf uns selbst. Doch, das ist hier nicht die Sache.

Meine Einwürfe, von der Schwierigkeit hergenommen, die Homerischen Fabeln zu malen: was betreffen sie? Die Homerischen Fabeln überhaupt; oder nur einige derselben? Diese und jene einzeln genommen; oder alle zusammen in ihrer unzertrennlichen Folge bei dem Dichter?

Caylus schlug nicht bloß den neuern Artisten vor, ihren Stoff fleißiger aus dem Homer, mit Beibehaltung der dichterischen Umstände, zu entlehnen: er wünschte den ganzen Homer so gemalt zu wissen; wünschte, daß ein mächtiger Prinz eigene Gallerien dazu bauen wollte.[1]

Das hätte er immer wünschen können! Weil er sich aber dabei einbildete, daß eine solche zusammenhängende Reihe von Gemälden ein wirkliches Heldengedicht in Gemälden sein würde; daß sich der ganze malerische Geist des Dichters darin zeigen müsse; daß sie, statt des Probiersteins, zur Schätzung, in welchem Verhältnisse ein epischer Dichter vor dem andern das malerische Talent besitze, dienen könne: so glaubte ich einige Einwendungen dagegen machen zu dürfen.

Vors erste wendete ich ein:[2] daß Homer eine doppelte

1 Tableaux tirés de l'Iliade. Avert. p. 26. 27.
2 Laokoon XII.

Gattung von Wesen und Handlungen bearbeite, sichtbare und unsichtbare; daß aber die Malerei diesen Unterschied nicht angeben könne, daß bei ihr alles sichtbar und auf einerlei Art sichtbar sei; daß folglich, – wenn in den Gemälden des Caylus das Sichtbare mit dem Unsichtbaren ohne unterscheidende Abänderung mit einander wechsele, ohne eigentümliche Merkmale sich mit einander vermische, – notwendig sowohl die ganze Reihe, als auch manches einzelne Stück, dadurch äußerst verwirrt, unbegreiflich und widersprechend werden müsse.

Was antwortet Herr *Klotz* auf diese Schwierigkeit? Wie schon angeführt: – daß sie leicht zu heben sei. – Wahrhaftig? Aber wie denn? Darüber hat Herr *Klotz* nicht Zeit, sich einzulassen; genug, daß meine Widerlegung deutlicher durch den Pinsel selbst, als durch seine Feder werden würde. –

Ewig Schade, daß Herr *Klotz* den Pinsel nicht führet! Er würde ihn ohne Zweifel eben so meisterhaft führen, als die Feder. Oder vielmehr, noch unendlich meisterhafter. Denn das geringste wäre, daß er Unmöglichkeiten damit möglich machte!

Bis er ihn führen lernet, bitte ich indes seine Feder, mich in die Schule zu nehmen. Seine fertige Feder sei so gütig, und belehre mich, – (wenn sie es schon nicht ganz deutlich kann; ich bin auch mit einer halbdeutlichen Belehrung zufrieden,) – und belehre mich nur einigermaßen, wie man es einem Gemälde ansehen kann, daß das, was man darin sieht, nicht zu sehen sein sollte; – und belehre mich, was für Mittel ungefehr der Pinsel brauchen könnte, um gewisse Personen in einem Gemälde mit sehenden Augen so blind, oder mit blinden Augen so sehend zu malen, daß sie von zwei oder mehrern Gegenständen, die sie alle gleich nahe, gleich deutlich vor oder neben sich haben, die einen zu sehen und die andern nicht zu sehen, scheinen können. Sie belehre mich; nur beliebe sie unter diese Mittel keine Wolken zu rechnen, von welchen ich das Unmalerische erwiesen habe.

Sie wird mehr zu belehren bekommen. Denn zweitens wendete ich ein: daß, durch die Aufhebung des Unsichtbaren in den Homerischen Handlungen, zugleich alle die charakteristischen Züge verloren gehen müßten, durch welche sich bei dem Dichter die Götter über die Menschen auszeichnen.

Auch dieses ist leicht zu beantworten? Und am besten mit dem Pinsel? – Abermals Schade, daß Herr *Klotz* den Pinsel nicht führet: schweigend würde er ihn ergreifen, mit der Palette vor die Leinewand treten, und spielend meine Widerlegung dahin croquieren. Doch meine ganze Einbildungskraft ist zu seinen Diensten; er setze seine Feder dafür an; ich will mich bemühen, in den Beschreibungen derselben zu finden, was mir, leider, keine Gemälde von ihm zeigen können. – Indes sinne ich bei mir selbst nach, welche Dimension seine Feder den Homerischen Göttern auf der Leinewand anweisen wird; sinne nach, welches das Verhältnis sein dürfte, das sie dem Steine, mit dem Minerva den Mars zu Boden wirft, zur Statur der Göttin, oder der Statur zu diesem Steine, bestimmen wird, damit unser Erstaunen zwar erregt, gleichwohl aber über keine anscheinende Unmöglichkeit erregt werde; sinne nach, in welcher Größe sie entscheiden wird, daß der zu Boden geworfne Mars da liegen soll, um die Homerische Größe zu haben, und dennoch gegen die übrigen Ausbildungen der Scene nicht ungeheuer und brobdingnakisch zu erscheinen; sinne nach – Nein; ich würde mich zu Schanden sinnen; ich muß lediglich abwarten, was das Orakel unter den Federn mir darüber zu offenbaren belieben wird.

Drittens wendete ich ein: daß die Gemälde, an welchen Homer am reichsten, in welchen Homer am meisten Homer sei, progressive Gemälde wären; die eigentliche Malerei aber auf das Progressive keinen Anspruch machen könne.

Ich Dummkopf, der ich noch itzt diese Einwendung für unwidersprechlich halte, bloß weil sie auf das Wesen der verschiedenen Künste gegründet ist! Herr *Klotz* muß über mich lachen; und wenn Herr *Klotz* vollends den Pinsel führte! – Nichts würde ihm leichter sein, als den Pandarus, von dem Ergreifen des Bogens bis zu dem Fluge des Pfeils, in jedem Augenblicke, auf einem und eben demselben Gemälde darzustellen.[1] – Seiner Feder dürfte es freilich schwerer werden, mich zu belehren, wie und wodurch dem Pinsel dieses Wunder gelingen müsse. Doch er versuch es nur; am Ende ist seiner Feder nichts zu schwer; ich kenne keine Feder, die alles so leicht, so deutlich zu machen weiß! –

VIERTER BRIEF.

Sie haben Recht: mein voriger Brief fiel in das Höhnische. – Glauben Sie, daß es so leicht ist, sich gegen einen stolzen und kahlen Entscheider des höhnischen Tones zu enthalten?

Aber Sie urteilen: daß ich zur Unzeit höhne; daß Herr *Klotz* unmöglich diese Einwendungen gegen die Homerischen Gemälde, könne gemeinet haben.

Und gleichwohl habe ich keine andere jemals gemacht.

Ja auch diese – merken Sie das wohl – habe ich keinesweges gegen die Ausführung der vom Caylus vorgeschlagnen, oder in seinem Geiste vorzuschlagenden, Homerischen Gemälde gemacht; habe ich keinesweges in der Meinung gemacht, daß diese Ausführung notwendig mißlingen müsse.

Wenn dem Maler nicht jeder Gebrauch willkürlicher Zeichen untersagt ist; wenn er mit Recht von uns verlangen kann, daß wir ihm gewisse Voraussetzungen erlauben, gewisse Dinge ihm zu Gefallen annehmen, andere ihm zu Gefallen vergessen: warum sollte er nicht, wenn er sonst ein braver Meister ist, aus jenen Entwürfen zu Homerischen Gemälden sehr schätzbare Kunstwerke darstellen können?

Ich wüßte nicht, wo ich meinen Verstand müßte gehabt haben, wenn ich dieses jemals geleugnet hätte.

Meine Einwendungen sollten lediglich die Folgerungen entkräften oder einschränken, welche Caylus aus dem Malbaren der Dichter aus ihrer größern oder geringern Schicklichkeit, in materielle Gemälde gebracht zu werden, wider

1 Laokoon XV.

einige dieser Dichter, zum Nachteile der Dichtkunst selbst, macht.

FÜNFTER BRIEF.

Sie bestehen darauf, daß Herr *Klotz* diese Einwendungen nicht könne gemeint haben; das Beispiel, worauf er sich beziehe, zeige es deutlich.

Gut, daß Sie auf dieses Beispiel kommen. Lassen Sie uns den Mann hören.

»Nur Ein Beispiel«, sagt Herr *Klotz*, »anzuführen: so verwirft Lessing des Grafen Caylus Vorschlag, die Bewunderung der trojanischen Greise über Helenens Schönheit, aus dem dritten Buche der Iliade, zu malen. Er nennt diese Episode einen ekeln Gegenstand. Ich frage hier alle, welche die von Rubens gemalte Susanna, nebst den beiden verliebten Alten gesehen, ob ihnen dieser Anblick ekelhaft gewesen, und widrige Empfindungen in ihrer Seele erzeigt habe. Kann man denn keinen alten Mann vorstellen, ohne ihm dürre Beine, einen kahlen Kopf, und ein eingefallenes Gesicht zu geben? Malt der Künstler einen solchen Greis verliebt, so ist das lächerliche Bild fertig. Aber Balthasar Denner und Bartholomäus van der Helst belehren uns, daß auch der Kopf eines alten Mannes gefallen könne. Überhaupt ist das, was Herr Lessing von den jugendlichen Begierden und Caylus von gierigen Blicken sagt, eine Idee, die sie dem Homer aufdringen. Ich finde keine Spur davon bei dem Griechen, und der alte Künstler würde sie ohne Zweifel auch nicht gefunden haben.«

Vortrefflich! Wenn einem Unwahrheiten andichten, und diesen angedichteten Unwahrheiten die aller trivialsten Dinge entgegen setzen, einen widerlegen heißt: so versteht sich in der Welt niemand besser auf das Widerlegen, als Herr *Klotz*.

Es ist nicht wahr, daß ich jenen Vorschlag des Grafen Caylus verworfen habe.

Es ist nicht wahr, daß ich diese Episode einen ekeln Gegenstand genannt habe.

Es ist nicht wahr, daß ich dem Homer die Idee von jugendlichen Begierden aufgedrungen habe.

Nur drei Unwahrheiten in einer Stelle, die groß genug wäre, sieben zu enthalten: das ist bei alle dem doch nicht viel! Lassen Sie uns eine nach der andern vornehmen.

Es ist nicht wahr, daß ich jenen Vorschlag des Grafen Caylus verworfen habe. Denn verwirft man einen Vorschlag, wenn man bloß einige zugleich mit vorgeschlagne Mittel, diesen Vorschlag auszuführen, verwirft? Wo habe ich gesagt, daß der Eindruck, den die Schönheit der Helena auf die trojanischen Greise machte, gar nicht gemalet werden könne, oder müsse? Ich habe bloß gemißbilliget, daß Caylus in einem solchen Gemälde der Helena noch ihren Schleier lassen, und uns ihre ganze Schönheit einzig und allein in den Wirkungen auf die sie betrachtenden Greise zeigen will. Ja auch so hab ich nicht geleugnet, daß ein guter Meister noch immer ein schätzbares Stück daraus machen könne. Ich habe nur behauptet, daß dieses Stück nicht der Triumph der Schönheit sein würde, so wie ihn Zeuxis in der Stelle des Homers erkannte. Ich habe nur behauptet, daß dieses Stück sich gegen das Gemälde des Zeuxis, wie Pantomime zur erhabensten Poesie verhalten würde; weil wir dort erst aus Zeichen erraten müßten, was wir hier unmittelbar fühlen. Ich habe nur durch dieses Beispiel zeigen wollen, welcher Unterschied es sei, in dem Geiste des Homers malen, und den Homer malen. Der Artist des Caylus hätte den Homer gemalt: aber Zeuxis malte in dem Geiste des Homer. Jener wäre knechtisch innerhalb den Schranken geblieben, welche dem Dichter das Wesen seiner Kunst hier setzet: anstatt daß Zeuxis diese Schranken nicht für seine Schranken erkannte, und indem er den höchsten Ausdruck der Dichtkunst nicht bloß nachahmte, sondern in den höchsten Ausdruck seiner Kunst verwandelte, eben durch diese Verwandlung in dem höhern Verstande Homerisch ward. – Habe ich daran Recht, oder Unrecht? Es entscheide wer da will: aber er verstehe mich nur erst. Ich will nichts außerordentliches gesagt haben: aber er lasse mich nur auch nichts abgeschmacktes sagen. – Doch weiter. –

Es ist nicht wahr, daß ich diese Episode einen ekeln Gegenstand genannt habe. Nicht diese Episode, sondern die Art des Ausdruckes, mit der Caylus sie gemalt wissen wollen, habe ich ekel genannt. Caylus will, daß sich der Artist bestreben soll, uns den Triumph der Schönheit in den gierigen Blicken und in allen den Äußerungen einer staunenden Bewunderung auf den Gesichtern der kalten Greise, empfinden zu lassen. Hierwider, nicht wider den Homer, habe ich gesagt, daß ein gieriger Blick auch das ehrwürdigste Gesicht lächerlich mache, und ein Greis, der jugendliche Begierden verrate, so gar ein ekler Gegenstand sei. Ist er das nicht? Ich denke noch, daß er es ist; Herr Klotz mag mir von einer Susanna des Rubens schwatzen, was er will, die weder ich noch er gesehen haben. Aber ich habe mehr Susannen gesehen; auch selbst eine vom Rubens, in der Gallerie zu Sans-Souci; und selten habe ich mich enthalten können, bei Erblickung der verliebten Greise, bei mir auszurufen: o über die alten Böcke! Was war dieser Ausruf, als Ekel? Ich weiß es, die Kunst kann diesen Ekel mindern; sie kann durch Nebenschönheiten ihn fast unmerklich machen: aber ist ein Ingredienz deswegen gar nicht in einer Mischung, weil es nicht vorschmeckt? Nicht die dürren Beine, nicht der kahle Kopf, nicht das eingefallene Gesicht machen den verliebten Alten zu einem ekeln Gegenstande; sondern die Liebe selbst. Man gebe ihm alle Schönheiten, die mit seinem Alter bestehen können; aber man male ihn verliebt, man lasse ihn jugendliche Begierden verraten, und er ist ekel, Trotz jenen Schönheiten allen.

Das sage ich von den Trojanischen Greisen des Caylus: aber wo habe ich es von den Greisen des Homer gesagt? Wo habe ich diesen, jugendliche Begierden aufgedrungen? – Und das ist die dritte Unwahrheit, welche Herr Klotz sich auf meine Rechnung erlaubt. Vielmehr habe ich ausdrücklich gesagt[1] »den Homerischen Greisen ist dieser Vorwurf (nemlich des Lächerlichen und Ekelhaften) nicht zu machen; denn

1 Laokoon S. 221.

der Affekt, den sie empfinden, ist ein augenblicklicher Funke, den ihre Weisheit sogleich erstickt; nur bestimmt der Helena Ehre zu machen, aber nicht sie selbst zu schänden.«

Nun sagen Sie mir, mein Freund, was ich von dem Herrn Klotz denken soll? was er darunter suchen mag, daß ihm gerade mein Name gut genug ist, unter demselben sich einen Strohmann aufzustellen, an dem er seine Fechterstreiche zeigen könne? warum gerade ich der Blödsinnige sein muß, dem er Dinge vordocieret, die das Auge von selbst lernet, die zu begreifen schlechterdings nicht mehr Menschenverstand erfodert wird, als um von eins bis auf drei zu zählen? »Kann man denn keinen alten Mann vorstellen ohne ihm dürre Beine, einen kahlen Kopf, und ein eingefallnes Gesicht zu geben?« Welch eine Frage! und in welchem Tone getan! und in welchem Tone sich selbst beantwortet! »Aber Balthasar Denner und Bartholomäus van der Helst belehren uns, daß auch der Kopf eines alten Mannes gefallen könne.« Also bis auf Balthasar Dennern, bis auf Bartholomäus van der Helst, wußte das in der Welt niemand? Und wen es nicht dieser Balthasar und dieser Bartholomäus gelehrt hat, der weiß es noch nicht? Ich bin wirklich so eitel und glaube, daß ich es auch ohne diese Meister wissen würde; ja ohne alle Meister in der Welt.

SECHSTER BRIEF.

Sie entschuldigen den Herrn Klotz: er habe zu seinem Buche so vieles nachschlagen müssen, daß es kein Wunder sei, wenn er nicht alles auf das genaueste behalten; mein Laokoon sei auch das Werk nicht, das er verbunden gewesen, so eigentlich zu studieren; indes zeigten seine Einwürfe selbst, daß er es zu lesen gewürdiget; er habe es auch anderwärts mit Lobsprüchen überhäuft.

So würde ich ihn gern selbst entschuldigen; wenn er nicht in mehrern Stücken eine allzuausdrückliche Gefliessenheit verriete, seine Leser wider mich einzunehmen.

In diesem Lichte sollen Sie sogleich auch seine übrigen Bestreitungen erblicken, die ich in diesem Briefe zusammen fassen will.

An einem Orte schreibt Herr Klotz:[1] »Ich gebe es Herr Lessingen gern zu, daß wenn Dichter und Künstler die Gegenstände, welche sie mit einander gemein haben, nicht selten aus dem nemlichen Gesichtspunkte betrachten müssen, ihre Nachahmungen oft in vielen Stücken übereinstimmen können, ohne daß zwischen ihnen selbst die geringste Nachahmung oder Beeiferung gewesen. Aber ich möchte diesen Satz nicht allzu sehr ausgedehnt haben.« Bin ichs, der ihn allzu sehr ausgedehnet hat? Wozu mein Name hier, wenn er dieses nicht zu verstehen geben will? Der Satz enthält eine Bemerkung, die ich wahrlich nicht zuerst gemacht habe, und auf die ich mich im Laokoon bloß gegen Spencen bezog, der das Gegenteil viel zu weit ausdehnet.

Doch ich will meinen Namen hier gar nicht gesehen haben. Auch in der Anmerkung will ich ihn nicht gefunden haben,[2] wo Herr Klotz sagt, daß er sich einer Münze des Antoninus Pius gegen mich angenommen. Ich habe nie diese Münze, sondern bloß die Erklärung bestritten, welche Addison von einer Zeile des Juvenals aus ihr herholen wollen; und habe sie bestritten, nicht um meine Erklärung dafür annehmlicher zu machen, sondern lediglich das bescheidene »Non liquet« auch hier wiederum in seine Rechte zu setzen.

Aber nicht genug wundern kann ich mich, wie ich zu der Ehre komme, das Werk des Herrn Klotz durch mich gekrönet zu sehen. Er hat einige Steine zu seinem Buche in Kupfer stechen lassen, wovon der letzte meinem Unterrichte ganz besonders gewidmet ist. »Dieser Stein«, schreibt er, »ist gleichfalls aus der Sammlung des Hrn. Casanova, und auch von ihm gezeichnet. Er stellt eine Furie vor, und ich habe ihn meinem Buche beigefügt, um Herr Lessingen zu überzeugen, daß die alten Künstler wirklich Furien gebildet haben: welches er leugnet.«

1 S. 170.
2 S. 203.

Welches er leugnet! Als ob ich es so schlechterdings, so völlig ohne alle Ausnahme geleugnet hätte, daß ich durch das erste das beste Beispiel widerlegt werden könnte!

Er stellt eine Furie vor, dieser Stein! – Ganz gewiß? Ich erkenne bloß einen Kopf im Profil mit wildem auffliegenden Haare, zweideutigen Geschlechts. Muß ein solcher Kopf notwendig der Kopf einer Furie sein? Der Ausdruck des Gesichts, wird Herr Klotz sagen, macht ihn dazu. Auch dieser Ausdruck ist sehr zweideutig; ich finde mehr Verachtung, als Wut darin.

Doch es mag eine Furie sein. Was mehr? Was liegt mir daran? Wäre es doch eine Furie auf einem geschnittenen Steine: und die geschnittenen Steine habe ich ausdrücklich ausgenommen.

Ausdrücklich ausgenommen? Ausdrücklich; denn es war mir gar nichts Unbekanntes, daß man auf geschnittenen Steinen, Furien und Furienköpfe sehen wollen.

Sie können dieses kaum glauben, mein Freund; und fragen: wie es, bei dieser Ausnahme, dem ohngeachtet dem Herrn Klotz einfallen können, mich mit einem geschnittenen Steine zu widerlegen?

Ja das frag' ich Sie! Lesen Sie indes nur die Stellen meines Laokoon. –

SIEBENDER BRIEF.

Vergessen hatte Herr Klotz meine Einschränkungen wohl nicht: aber er verschwieg sie seinem Leser mit Fleiß. Und er mußte wohl; denn allerdings würde es ein wenig kindisch geklungen haben, wenn er aufrichtig genug gewesen wäre, zu schreiben: »Ungeachtet Lessing, wenn er behauptet, daß die alten Artisten keine Furien gebildet, die geschnittenen Steine ausnimmt, so will ich ihn dennoch mit einem geschnittenen Steine augenscheinlich hier widerlegen.« Lieber also schlecht weg: Lessing leugnet gebildete Furien; hier ist eine!

Ich weiß wohl, daß meine Assertion von den Furien mehrere befremdet hat. Das Allgemeine scheinet uns in allen Anmerkungen anstößig zu sein. Kaum hören wir eine Verneinung oder Bejahung dieser Art: sogleich zieht unsere Einbildungskraft dagegen zu Felde; und selten oder nie wird es ihr mißlingen, einzelne Fälle und Dinge dagegen aufzutreiben. Aber nur der Einfältigere wird sich bereden, daß durch diese einzelne Ausnahmen der allgemeine Satz wahr zu sein aufhöre. Der Verständigere untersucht die Ausnahmen, und wenn er findet, daß sie aus der Collision mit einem andern allgemeinen Satze entspringen, so erkennt er sie für Bestätigungen beider.

Der Mythologist hatte es längst vor mir angemerkt, daß man auf alten Denkmälern wenig oder nichts von Abbildungen der Furien finde. Was der Mythologist aber dem bloßen Zufalle zuschrieb, glaubte ich aus einem Grundsatze der Kunst herleiten zu dürfen. Der Artist soll nur das Schöne zu bilden *wählen*: folglich wird der alte Artist, der dem Schönen so vorzüglich treu blieb, keine Furien zu bilden *gewählt* haben; und daher der Mangel ihrer Abbildungen.

Aber eben der Artist, welcher nur das Schöne zu bilden wählen sollte, muß alles bilden *können*. Wen verleitet sein Können, nicht öfters über sein Sollen hinaus? Zudem arbeitet der Artist meistens für andere, von denen er nicht fodern kann, daß sie seiner Geschicklichkeit sich nur zur höchsten Bestimmung der Kunst bedienen sollen, so lange es noch mehr Dinge giebt, zu welchen sie ihnen gleichfalls nützlich sein kann. Und folglich? Folglich ist es moralisch unmöglich, daß es keinem Menschen vor Alters sollte eingefallen sein, eine Furie zu bilden, oder sich bilden zu lassen. Es hat vielen einfallen können: und ist vielen eingefallen.

Leugne ich dieses, wenn ich jenes behaupte? Nur der Antiquar, der nichts als Antiquar ist, dem es an jedem Funken von Philosophie fehlet, kann mich so verstehen.

Ich tat alles, was ich tun konnte, diesem Mißverständnisse vorzubauen. Ich schlug vor, den Namen der Kunstwerke nicht allen Antiken ohne Unterschied zu geben, sondern nur denen, in welchen sich der Künstler wirklich als Künstler zeigen können, bei welchen die Schönheit seine erste und letzte Absicht gewesen. »Macht man«, schrieb ich,[1] »keinen solchen Unterschied, so werden der Kenner und der Antiquar beständig mit einander im Streit liegen, weil sie einander nicht verstehen. Wenn jener, nach seiner Einsicht in die Bestimmung der Kunst, behauptet, daß dieses oder jenes der alte Künstler nie gemacht habe, nemlich als Künstler nicht, freiwillig nicht: so wird dieser es dahin ausdehnen, daß es auch weder die Religion, noch sonst eine außer dem Gebiete der Kunst liegende Ursache, von dem Künstler habe machen lassen, von dem Künstler als Handarbeiter. Er wird also mit der ersten mit der besten Figur den Kenner widerlegen zu können glauben« u. s. w.

Das ist keine itzt ersonnene Ausflucht, da ich mich in die Enge getrieben sehe; das schrieb ich schon damals, als mir noch niemand widersprach; das schrieb ich, um allen eiteln, das rechte Ziel verfehlenden Widersprüchen vorzukommen: aber was kümmert das Herr Klotzen, und seines gleichen? Er tut dennoch gerade das, was ich verbeten; um zu zeigen, daß er ein Paar armselige Beispiele mehr weiß, als ich wissen mag. Ich gönne ihm diesen Vorzug recht gern; es sei aber, daß ich sie gekannt oder nicht gekannt habe: sie haben ihre Abfertigung mit der ganzen Classe erhalten, in die sie gehören.

Welches Jucken, seine Belesenheit so sehr auf Unkosten seiner Überlegung zu zeigen!

Wenn Herr Klotz noch erst den Unterschied bestritten hätte, den ich unter den Antiken zu machen vorschlage! Aber stillschweigend diesen Unterschied zugeben, und nur immer mit einzeln Beispielen auf mich ein stürmen, die nach diesem Unterschiede von gar keiner Folge für mich sind: wahrlich, das ist eine Art zu streiten – eine Art, für die ich gar kein Beiwort weiß.

Als ich behauptete, daß die alten Artisten keine Furien gebildet, fügte ich unmittelbar hinzu:[2] »Ich nehme diejenigen

1 Laokoon S. 105.
2 Laokoon S. 16.

Figuren aus, die mehr zur Bildersprache, als zur Kunst gehören, dergleichen die auf den Münzen vornehmlich sind.« Dem ohngeachtet kömmt Herr Klotz, mich zu widerlegen, mit ein Paar Münzen aufgezogen, auf welchen Caylus Furien bemerkt habe. Ich kannte dergleichen Münzen schon selbst: was liegt an der Mehrheit?

Die Figuren auf den Münzen, sagte ich, gehören *vornehmlich* zur Bildersprache. Aber nicht allein: die geschnittenen Steine gehören, wegen ihres Gebrauchs als Siegel, gleichfalls dahin.[3] Wenn wir also auf geschnittenen Steinen Furien zu sehen glauben, so sind wir berechtiget, sie mehr für eigensinnige Symbola der Besitzer, als für freiwillige Werke der Künstler zu halten. Ich kannte dergleichen Steine: aber Herr Klotz kennt einen mehr! Ei, welche Freude! So freuet sich ein Kind, das bunte Kiesel am Ufer findet, und einen nach dem andern mit Jauchzen der Mutter in den Schoß bringt; die Mutter lächelt, und schüttet sie, wenn das Kind nun müde ist, alle mit eins wieder in den Sand.

ACHTER BRIEF.

Noch hundert solche Steine, noch hundert solche Münzen: und meine Meinung bleibt, wie sie war. Es ist vergebens, die Einschränkungen, die ich ihr selbst gesetzt, zu Widerlegungen machen zu wollen.

Aber Herr *Riedel*, wie Herr *Klotz* sagt,[1] soll bereits diese meine Meinung mit guten Gründen widerlegt haben.

Ich habe Herr Riedeln aus seinem Buche als einen jungen Mann kennen lernen, der einen trefflichen Denker verspricht; verspricht, indem er sich in vielen Stücken bereits als einen solchen zeigt. Ich traue ihm zu, daß er in den folgenden Teilen ganz Wort halten wird, wo er auf Materien stoßen muß, in welchen er weniger vorgearbeitet findet.

---

3 Laokoon S. 108.

1 S. 242.

Doch hier habe ich ihn nicht zu loben, sondern auf seine Widerlegung zu merken.

Er gedenkt meiner Assertion von den Furien an zwei Orten. An dem erstern[2] giebt er ihr völligen Beifall. Er nimmt sich sogar ihrer gegen den Herrn Klotz selbst an, indem er hinzusetzt: »Herr Klotz hat zwar unter den alten Denkmälern der Kunst Furien gefunden.[3] Allein Herr Lessing hat schon diejenigen Figuren ausgenommen, die mehr zur Bildersprache, als zur Kunst gehören, und von dieser Art scheinen die Beispiele des Herrn Klotz zu sein.«

Diese Stelle führt Herr Klotz sehr weislich nicht an. Er durfte sie vielleicht auch nicht anführen, wenn es wahr ist, daß Herr Riedel an der zweiten völlig anderes Sinnes geworden.

Sie lautet so:[4] »Herr Lessing behauptet, daß die alten Künstler keine Furien gebildet, welches ich selbst oben zugegeben habe. Itzt muß ich ihm, nachdem ich eine kleine Entdeckung gemacht habe, widersprechen, aber aus einem andern Grunde, als Herr Klotz. Es ist hier dem Hrn. Lessing eben das begegnet, was er vom Hrn. Winkelmann sagt; er ist durch den Junius verführt worden. Vermutlich hat er, in dem Register der alten Kunstwerke, unter dem Titel *Furien* gesucht und nichts gefunden. Ich schlage nach, Eumenides; und finde, daß Scopas deren zwei und Calos die dritte zu Athen gebildet. Man kann den Beweis im Clemens Alexandrinus selbst nachlesen.«

Ich wundere mich nicht, daß Herr Riedeln die kleine Entdeckung, wie er sie selbst nennt, so glücklich geschienen, daß er geglaubt, seinen Beifall zurück nehmen zu müssen. Aber ich werde mich wundern, wenn er das, was ich dagegen zu sagen habe, nicht auch ein wenig glücklich findet.

Vorläufig muß ich ihn versichern, daß ich nicht durch den Junius verführt worden. Denn ich erinnere mich überhaupt

2 Theorie der schönen Künste und Wissenschaften S. 45.

3 S. Acta litter. Vol. III. p. 289.

4 S. 136.

nicht, den Junius der Furien wegen nachgeschlagen zu haben. Nicht weil, in dieses Schriftstellers Verzeichnisse der alten Kunstwerke, unter dem Titel Furien keiner Furien gedacht wird; sondern weil ich die schon erwähnte Bemerkung der Mythologisten, namentlich des Bannier,[5] im Kopfe hatte, daß sich gegenwärtig keine alte Abbildungen von diesen Göttinnen fänden: kam ich auf den Gedanken, daß vielleicht die alten Artisten dergleichen nie gemacht, und ward in diesem Gedanken durch die Beispiele selbst bestärket, die bei dem ersten Anblicke dagegen zu sein scheinen.

Hätte ich den Junius nachgeschlagen, so hätte mir sehr leicht begegnen können, was Hr. *Riedel* vermutet: sehr leicht aber auch nicht; denn daß die Furien mehr als einen Namen haben, ist ja so gar unbekannt nicht. Und gesetzt, es wäre mir nicht begegnet; gesetzt, ich wäre auf die Furien gestoßen, die Herr Riedel darin gefunden: was mehr? Würde ich meine Meinung eben so geschwind zurückgenommen haben, als er seinen Beifall? Gewiß nicht.

Der ganze Zusammenhang beim Clemens Alexandrinus zeigt es, daß er von Statuen redet, die der Verehrung gewidmet waren, und in ihren Tempeln standen. Da nun Herr Riedel gegen meine Ausnahme aller mehr zur Bildersprache, als zur Kunst, gehörigen Figuren nichts zu erinnern hatte; da er selbst urteilte, daß eben wegen dieser Ausnahme, die vom Herrn Klotz gegen mich angeführten Beispiele in keine Betrachtung kämen: wie konnte es Hr. Riedeln nicht einfallen, daß keine Figuren gerade mehr zur Bildersprache gehören, als eben die, welche der Anbetung öffentlich aufgestellet waren?

Nicht genug, daß ich, in einem eigenen Abschnitte meines Laokoon, ausdrücklich hierauf dringe; ich gedenke sogar insbesondere der Statuen, welche die Furien in ihren Tempeln nicht anders als gehabt haben könnten; ich führe namentlich die in dem Tempel zu Cerynea an. Aber auch diese,

---

5 Nous n'avons point à présent de figures antiques de ces Deesses. *Memoires de l'Acad. des Inscr. T. V. p. 48.*

statt aller: denn was hätte es helfen können, wenn ich einen Tempel nach dem andern durchgegangen wäre? Was ich von den Statuen des einen sagte, hätte ich von den Statuen aller sagen müssen.

Und also, dächte ich, wäre dem Einwurfe des Herrn Riedel genugsam begegnet, wenn ich ihm antwortete: die Furien, die Sie mir entgegen setzen, gehören zu den Kunstwerken nicht, von welchen ich rede; es sind Werke wie sie die Religion befohlen hatte, die bei den sinnlichen Vorstellungen, welche sie der Kunst aufgiebt, mehr auf das Bedeutende, als auf das Schöne zu sehen pflegt.

Doch ich habe noch etwas wichtigeres zu erwidern. Die Furien vom Scopas und Calos,[6] die Junius Herr Riedeln bei dem Clemens Alexandrinus nachwies, sind unstreitig die, welche in ihrem Tempel zu Athen standen, und von welchen Pausanias ausdrücklich versichert,[7] daß sie durchaus nichts Schreckliches, ὀυδεν φοβερον, an sich gehabt. Nun sage mir Herr Riedel, ob Furien, welche nichts von Furien an sich haben, solche Furien sind, deren Abbildung ich auf die alten Artisten nicht will kommen lassen? Ich schreibe im Laokoon: »Wut und Verzweiflung schändeten keines von ihren Werken; ich darf behaupten, daß sie nie eine Furie gebildet haben.« Aus der unmittelbaren Verbindung dieser zwei Sätze, ist es ja wohl klar, was für Furien ich meine; Furien, die in jedem Gesichtszuge, in Stellung und Gebärden, verraten, was sie sein sollen. Waren die Furien des Scopas und Calos dieser Art? Es waren Furien, und waren auch keine: sie stellten die Göttinnen der Rache vor, aber nicht so vor, wie wir sie itzt bei dem Namen der Furien denken.

---

6 Bei Herr Riedeln heißt er Calas. Ein unstreitiger Druckfehler; so wie in der Citation des Clemens p. 47 anstatt 41. (Aber wenn Herr Klotz, nicht bloß an einem Orte, nicht bloß in einem und eben demselben Buche, immer und ewig Zeuxes schreibt: so scheint es wohl etwas mehr als ein Druckfehler zu sein, und er kann es nicht übelnehmen, wenn man ihn beiläufig erinnert, daß dieser Maler nicht Zeuxes, sondern Zeuxis geheißen.)

7 Lib. I. cap. 28. p. 68. Edit. Kuh.

Sie bestärken also meinen Satz vielmehr, als daß sie ihn im geringsten zweifelhaft machen sollten. Denn wenn die Alten auch nicht einmal an ihren gottesdienstlichen Vorstellungen, da, wo das Bedeutende ihnen mehr galt, als das Schöne; wenn sie auch nicht einmal da duldeten, wenigstens nicht verlangten, daß die Göttinnen der Rache durch die häßlichen, schändenden Kennzeichen des menschlichen Affekts entstellt und erniedriget würden: was sollte ihre Artisten, die in willkürlichen Werken den Ausdruck der Schönheit stets unterordneten, zu so scheußlichen Fratzengesichtern haben verleiten können? Selbst die Hetrurischen Künstler, die der Schönheit weit weniger opferten als die Griechischen, wenn sie Furien bilden mußten, bildeten sie nicht als Furien; wie ich an einer Urne beim Gorius gezeigt habe, von welcher ich schon damals anmerkte, daß sie den Worten, aber nicht dem Geiste meiner Assertion widerspreche.

Ich darf es nicht bergen, daß es Herr Klotz selbst ist, welcher mir die unschrecklichen Furien zu Athen nachgewiesen.[8] Sie schwebten mir in den Gedanken, aber im Nachschlagen geriet ich auf die zu Cerynea.

Und nun, was meinen Sie, mein Freund? Sie sehen: Herr Riedel widerlegt die Einwürfe des Herrn Klotz, und Herr Klotz giebt mir Waffen wider Herr Riedeln. Sie drängen von entgegen gesetzten Seiten in mich; beide wollen mich umstürzen: aber da ich dem einen gerade dahin fallen soll, wo mich der andere nicht will hinfallen lassen, so heben sich ihre Kräfte gegen einander auf, und ich bleibe stehn. Ich dächte, ich schiede gänzlich aus: so liegen sie einander selbst in den Haaren. Doch dafür werden sie sich wohl hüten. Vielmehr sehe ich sie schon im voraus in ihrer Deutschen Bibliothek so nahe zusammenrücken, daß ich doch küppen muß; ich mag wollen oder nicht: geben Sie nur Acht!

---

8 Acta litt. Vol. III. Pars III. pag. 289.

NEUNTER BRIEF.

Ich denke nicht, daß ich mir zuviel herausnehme, wenn ich mich auch noch an einem Orte von Herr Klotzen gemeint glaube, wo er mich nicht nennt: denn er nennt mich dafür anderwärts, wo er den nemlichen Kampf kämpfet.

Er will durchaus nicht leiden, daß man den alten Artisten die Perspektiv abspricht.

Im Laokoon hatte ich es getan: obschon gar nicht in der Absicht, wie Perrault und andere, denen es damit auf die Verkleinerung der Alten angesehen ist. Doch da Herr Klotz mich so selten verstanden: wie konnte ich verlangen, daß er mich hier erraten sollte? Er warf mich also mit den Perraults in eine Classe, und nahm sich, in seinem *Beitrage zur Geschichte des Geschmacks und der Kunst aus Münzen,*[1] der Alten gegen mich an, die es wahrhaftig nie nötig haben, daß man sich ihrer gegen *mich* annimmt.

Seitdem hat er neue Hülfsvölker angeworben, mit denen er in seinem Buche *von geschnittenen Steinen*[2] zum zweiten auf dem Plane erscheinet. »Mein Eifer«, sagt er, »für den Ruhm der Alten, denen ich große Dankbarkeit schuldig zu sein glaube, erlaubt mir nicht, eine Anmerkung hier zu unterdrücken.« Und diese Anmerkung läuft dahin aus, daß nunmehr durch Einen geschnittenen Stein aus Tausenden; durch eine gewisse Abhandlung des Grafen Caylus, und durch eine bisher unbemerkte Stelle des Philostratus, der Alten ihre Kenntnis und Ausübung der Perspektiv außer allem Zweifel gesetzt sei.

Ich wünschte sehr, daß sich der Eifer des Herrn Klotz für den Ruhm der Alten mehr auf Einsicht, als auf Dankbarkeit gründen möchte! Die Dankbarkeit ist eine schöne Tugend, aber ohn ein feines Gefühl dringt sie dem Wohltäter oft Dinge auf, die er nicht haben mag, und wobei er sich besser

1 S. 179.
2 S. 92.

befindet, sie nicht zu haben, als zu haben. Meinem Bedünken nach, ist die Dankbarkeit des Herr Klotz gänzlich in diesem Falle. Doch davon an einem andern Orte. Itzt lassen Sie uns sehen, was Herr Klotz von der Perspektiv überhaupt weiß, und mit welchen ihm eigenen Gründen, er sie den Alten zusprechen zu müssen glaubt.

Herr Klotz erkläret die Perspektiv, in so fern sie in dem Künstler ist, durch »die Geschicklichkeit,[3] die Gegenstände auf einer Oberfläche so vorzustellen, wie sie sich unserm Auge in einem gewissen Abstande zeigen.« Diese Erklärung ist von Wort zu Wort aus dem deutschen Pernety abgeschrieben, welches das abgeschmackte *Oberfläche* beweiset. Fläche ist für die Malerei Fläche, sie mag oben, oder unten, oder auf der Seite sein.

Doch abgeschrieben, oder nicht abgeschrieben: wenn sie nur richtig ist. – Richtig ist die Erklärung allerdings; aber dabei viel zu weitläuftig, als daß sie bei Entscheidung der vorhabenden Streitsache im geringsten zu brauchen sei.

Denn ist die Perspektiv weiter nichts als die Wissenschaft, Gegenstände auf einer Fläche so vorzustellen, wie sie sich in einem gewissen Abstande unserm Auge zeigen: so ist die Perspektiv kein Teil der Zeichenkunst, sondern die Zeichenkunst selbst. Was tut die Zeichenkunst anders, was tut sie im geringsten mehr, als was nach dieser Erklärung die Perspektiv tut? Auch sie stellt die Gegenstände auf einer Fläche vor; auch sie stellt sie vor, nicht wie sie sind, sondern wie sie dem Auge erscheinen, und ihm in einem gewissen Abstande erscheinen. Folglich kann sie nie ohne Perspektiv sein, und das geringste, was der Zeichner vorstellt, kann er nicht anders als perspektivisch vorstellen.

Den Alten in diesem Verstande die Perspektiv absprechen, würde wahrer Unsinn sein. Denn es würde ihnen nicht die Perspektiv, sondern die ganze Zeichenkunst absprechen heißen, in der sie so große Meister waren.

3 Beitrag zur Gesch. der Kunst aus Münzen S. 178.

Das hat niemanden einkommen können. Sondern wenn man den Alten die Perspektiv streitig macht, so geschieht es in dem engern Verstande, in welchem die Künstler dieses Wort nehmen. Die Künstler aber verstehen darunter die Wissenschaft, mehrere Gegenstände mit einem Teile des Raums, in welchem sie sich befinden, so vorzustellen, wie diese Gegenstände, auf verschiedne Plane des Raums verstreuet, mit samt dem Raume, dem Auge aus einem und eben demselben Standorte erscheinen würden.

Diese Erklärung ist mit jener im Grunde eins: nur daß jene, die mathematische, sich auf einen einzeln Gegenstand beziehet; diese aber auf mehrere geht, welche zusammen aus dem nemlichen Gesichtspunkte, jedoch in verschiedner Entfernung von diesem gemeinschaftlichen Gesichtspunkte, betrachtet werden. Nach jener können einzelne Teile in einem Gemälde vollkommen perspektivisch sein, ohne daß es, nach dieser, das ganze Gemälde ist, indem es ihm an der Einheit des Gesichtspunkts fehlet und die verschiednen Teile desselben verschiedne Gesichtspunkte haben.

Herr Klotz scheinet von diesem Fehler gar nichts zu verstehen. Er spricht nur immer von der verhältnismäßigen Verkleinerung der Figuren, und der Verminderung der Tinten: und bildet sich ein, daß damit in der Perspektiv alles getan sei. Aber er sollte wissen, daß ein Gemälde beide diese Stücke gut genug haben, und dennoch sehr unperspektivisch sein kann.

Die bloße Beobachtung der optischen Erfahrung, sage ich im Laokoon,[4] daß ein Ding in der Ferne kleiner erscheinet, als in der Nähe, macht ein Gemälde noch lange nicht perspektivisch. Ich brauche also diese Beobachtung den alten Artisten gar nicht abzusprechen; die Natur lehrt sie; ja, es würde mir unbegreiflich sein, wenn nicht gleich die allerersten darauf gefallen wären. Ob sie aber die mathematische Genauigkeit dabei angebracht, die wir bei unsern auch sehr mittelmäßigen Malern gewohnt sind, ob sie sich nicht mit

4 S. 198.

einem ungefehren Augenmaße begnügt: das ist eine andere Frage, die durch bloße Schriftstellen zum Besten der Alten nicht entschieden werden kann, besonders da so unzählige alte Kunstwerke einer solchen Entscheidung keinesweges günstig sind.

Eben so natürlich ist eine etwanige Verminderung der Tinten: denn eben die tägliche Erfahrung, welche uns lehret, daß ein Ding in der Entfernung kleiner erscheinet, lehret uns auch, daß die Farben der entfernten Dinge immer mehr und mehr ermatten und schwinden, in einander verfließen und in einander sich verwandeln. Folglich können und müssen die alten Gemälde auch hiervon gezeigt haben; und die, welche ungleich mehr als andere davon zeigten, werden mehr als andere deshalb sein gepriesen worden.

Dieses beantwortet die Frage des Herrn Klotz: »konnten die alten Schriftsteller von einer Sache reden, die nicht da war, und eine Eigenschaft an einem Gemälde rühmen, die niemand sahe?« Sie lobten was sie sahen; daß sie aber etwas sahen, was auch wir sehr lobenswürdig finden würden, beweiset ihr Lob nicht.

Doch indes zugegeben, daß die alten Gemälde in beiden Stücken eben so vollkommen waren, als die besten Gemälde neuerer Zeit: waren sie darum auch eben so perspektivisch? Konnten sie den Fehler darum nicht haben, von dem ich sage, daß Herr Klotz nichts verstehen muß?

Er sieht es nicht gern,[5] daß man sich bei dieser Streitigkeit immer auf die Herkulanischen Gemälde beruft. – In seinem Tone zu bleiben; ob er mir schon freilich so wohl nicht lassen wird: – ich seh es auch nicht gern. Aber unser beider nicht gern Sehen, hat ganz verschiedene Ursachen. Herr Klotz sieht es nicht gern, weil unstreitig der blühende Zeitpunkt der Kunst vorbei war, als die Herkulanischen Gemälde verfertiget wurden: und ich sehe es nicht gern, weil, obschon dieser Zeitpunkt vorbei war, dennoch die Meister der Herkulanischen Gemälde von der Perspektiv gar wohl mehr

5 S. 96.

verstehen konnten, als die Meister aus jenem Zeitpunkte, an den wir vornehmlich denken, wenn wir von der Kunst der Alten sprechen. Denn die Perspektiv ist keine Sache des Genies; sie beruht auf Regeln und Handgriffen, die, wenn sie einmal festgesetzt und bekannt sind, der Stümper eben so leicht befolgen und ausüben kann, als das größte Genie.

Aber wenn es Herr Klotz nicht gern sieht, daß wir uns auf die Herkulanischen Gemälde berufen: auf welche will er denn, daß wir uns berufen sollen? Aus dem blühenden Zeitpunkte der Kunst, ist schlechterdings kein einziges von den noch vorhandenen alten Gemälden. Wir müssen also diese überhaupt aufgeben, und uns auf die Beschreibungen einschränken, die wir in den Schriften der Alten von einigen der berühmtesten Stücke aus diesem Zeitpunkte finden.

Ich wählte hierzu, im Laokoon, die Beschreibungen des Pausanias von den zwei großen Gemälden des Polygnotus in der Lesche zu Delphi, und urteilte, daß diese offenbar ohne alle Perspektiv gewesen. Eines derselben, höre ich von Herr Klotzen,[6] »soll zu unsern Tagen gleichsam wieder neu sein geschaffen worden.« Ich weiß nicht, welches; von dem Werke auf das er mich verweiset, habe ich nur die ersten Bände, und ich befinde mich gerade an einem Orte, wo ich wenig andere Bücher brauchen kann, als die ich selbst besitze. Aber es sei das eine oder das andere: wenn es in der neuen Schöpfung Perspektiv bekommen hat, so ist es sicherlich nicht das Gemälde des Polygnotus; sondern ein Gemälde, ungefehr des nemlichen Vorwurfs.

Der Hauptfehler, welcher sich in diesen Gemälden des Polygnotus wider die Perspektiv fand, ist klar und unwidersprechlich. Um sich Platz für so viele Figuren zu machen, hatte Polygnotus einen sehr hohen Gesichtspunkt angenommen, aus welchem der ganze weite Raum vom Ufer, wo das Schiff des Menelaus liegt, bis hinein in die verheerte Stadt, zu übersehen sei. Aber dieser Gesichtspunkt war bloß für die Grundfläche, ohne es zugleich mit für die Figuren zu sein.

6 S. 140.

Denn weil aus einem so hohen Gesichtspunkte, besonders die Figuren des Vordergrundes von oben herab sehr verkürzt und verschoben hätten erscheinen müssen, wodurch alle Schönheit und ein großer Teil des wahren Ausdrucks verloren gegangen wäre: so gieng er davon ab, und zeichnete die Figuren aus dem natürlichen ihrer Höhe ungefehr gleichen Gesichtspunkte. Ja auch diesen behielt er nicht, nach Maßgebung der vordern Figuren, für alle die entferntern Figuren gleich und einerlei. Denn da, zu Folge der aus einem sehr hohen Gesichtspunkte genommenen Grundfläche, die Figuren, welche hintereinander stehen sollten, übereinander zu stehen kamen (welches beim Pausanias aus dem öftern ἀνωθεν, ἀνωτερω und dergleichen erhellet:) so würden diese entfernter oder höher stehende Figuren, wenn er sie aus dem Gesichtspunkte der Figuren des Vordergrundes hätte zeichnen wollen, von unten hinauf verschoben und verkürzt werden müssen, welches der Grundfläche das Ansehen einer Berg an laufenden Fläche gegeben hätte, da es doch nur eine perspektivisch verlängerte Fläche sein sollte. Folglich mußte er für jede Figur, für jede Gruppe von Figuren, einen neuen, ihrer besondern natürlichen Höhe gleichen Gesichtspunkt annehmen: das ist, er zeichnete sie alle so, als ob wir gerade vor ihnen stünden, da wir sie doch alle von oben herab sehen sollten.

Es ist schwer, sich in dergleichen Dingen verständlich auszudrücken, ohne wortreich zu werden. Man kann aber auch noch so wortreich sein, und gewisse Leute werden uns doch nicht verstehen; solche nemlich, denen es an den ersten Begriffen der Sache, wovon die Rede ist, fehlet. Und an diesen fehlet es dem Herrn Klotz in der Perspektiv gänzlich: denn er versteht sich ja auch nicht einmal auf ihre Terminologie.

»Die gewöhnliche Perspektiv der Alten«, sagt er, »ist die von uns so genannte Militarperspektiv von oben herein« – Nicht jede Perspektiv von oben herein, ist Militarperspektiv. Bei dieser werden zugleich die wahren Maße der Gegenstände überall beibehalten, und nichts wird nach Erfordernis der Entfernung verkleinert. Folglich ist die Militarperspektiv eigentlich gar keine Perspektiv, sondern ein bloßes technisches Hülfsmittel gewisse Dinge vors Auge zu bringen, die aus einem niedrigen Gesichtspunkt nicht zu sehen sein würden, und sie so vors Auge zu bringen, wie sie wirklich sind, nicht wie sie ihm bloß erscheinen. In diesem Verstande also von den Alten sagen, daß ihre gewöhnliche Perspektiv die Militarperspektiv gewesen, heißt ihnen in den gewöhnlichen Fällen schlechterdings alle Perspektiv absprechen. Nur diejenige Perspektiv aus einem hohen Gesichtspunkte ist wahre Perspektiv, die alles und jedes nach Maßgebung der Höhe und Entfernung dieses Gesichtspunkts, verkleinert, verkürzt und verschiebt; welches die Militarperspektiv aber nicht tut, und welches auch in den Gemälden des Polygnotus nicht geschehen war.

Eben so wenig wird es in den Münzen geschehen sein, welche Hr. Klotz zum Beweise anführt, wie gut sich die Alten auf die ihm so genannte Militarperspektiv verstanden! Ich mag mir nicht einmal die Mühe nehmen, sie nachzusehen. Gleichwohl darf er, in dem ihm eignen Tone hinzusetzen: »Sollten diese Zeugnisse nicht einmal die ewigen Anklagen der Alten, wegen der Unwissenheit der Perspektiv vermindern?« Allerdings sollten sie nicht: sondern Herr Klotz sollte erst lernen, was Perspektiv sei, ehe er einen so entscheidenden Ton sich anmaßt.

»Die Alten«, fährt er fort, »haben zugleich den Plan von ihren Gebäuden gewiesen, und wenn sie den Augenpunkt sehr scharf hätten nehmen wollen, so würden sie ein allzu hohes Relief gebraucht haben. Hätten sie das Relief flach gehalten, so würde die Münze ohne Geschmack, Gotisch oder nach der Art unserer neuen Münzen ausgefallen sein.«

O schön! o schön! Kauderwelscher könnte Crispin in der Komödie, wenn er sich für einen Maler ausgiebt, die Kunstwörter nicht unter einander werfen, als hier geschehen ist. –

»Die Alten haben zugleich den Plan von ihren Gebäuden gewiesen.« Wie zugleich? Zugleich mit den Außenseiten? Wie machten sie das? Zeichneten sie, wie wir in unsern architek-

tonischen Rissen, etwa den Grundriß neben die Fasade? Oder wie? – *»Wenn sie den Augenpunkt zu scharf hätten nehmen wollen;«* Was heißt das, den Augenpunkt zu scharf nehmen? Heißt das, sich zu scharf an die Einheit des Augenpunkts halten? oder was heißt es? – *»So würden sie ein allzuhohes Relief gebraucht haben.«* Was hat der Augenpunkt mit dem Relief zu tun? Bestimmt der Augenpunkt, wie hoch oder wie flach das Relief sein soll? – *»Hätten sie das Relief flach gehalten;«* – Nun, was denn? was wäre alsdenn geworden? – *»so würde die Münze ohne Geschmack, gotisch oder nach der Art unserer neuen Münzen ausgefallen sein.«* O Logik, und alle Musen! Ein Mann, der so schließen kann, untersteht sich von der Kunst zu schreiben? Also ist eine Münze von flachem Relief notwendig ohne Geschmack und Gotisch? Also ist es nicht möglich, daß wir in einem flachen Relief eben so viel erkennen können, als in einem hohen? Also kann in einem flachen Relief nicht eben so viel, ja wohl noch mehr Kunst sein, als in einem hohen? O Logik, und alle Musen! Der Mann hat lauten hören, aber nicht zusammen schlagen. Weil man das hohe Relief auf Münzen vorzieht, aus Ursache, daß es Münzen sind, daß es Werke sind, die sich sehr abnutzen; weil man aus dieser Ursache das flache Relief an cursierenden Münzen mißbilliget: daraus schließt er, daß das flache Relief überhaupt ohne Geschmack und Gotisch ist? O Logik, und alle Musen!

ZEHNTER BRIEF.

Ich sagte in meinem Vorigen, daß ein Gemälde die verhältnismäßige Verkleinerung der Figuren und die Verminderung der Tinten gut genug haben, und dennoch nicht perspektivisch sein könne; Falls ihm die Einheit des Gesichtspunkts fehle.

Gut genug; Sie wissen, was man gut genug heißt. Lassen Sie mich mit diesem *gut genug* ja nicht mehr sagen, als ich sagen will. Gut genug, wenn man das recht Gute dagegen stellt, ist nicht viel mehr als ziemlich schlecht.

Denn wie in der Natur alle Phänomena des Gesichts, die Erscheinung der Größe, die Erscheinung der Formen, die Erscheinung des Lichts und der Farben, und die daraus entspringende Erscheinung der Entfernung, unzertrennlich verbunden sind: so auch in der Malerei. Man kann in keiner den geringsten Fehler begehen, ohne daß sie nicht zugleich alle zweideutig und falsch werden.

Hatte das Gemälde des Polygnotus einen vielfachen Gesichtspunkt: so hatte es notwendig mehr Fehler gegen die Perspektiv, oder vielmehr kein Stück derselben konnte seine eigentliche Richtigkeit haben; es konnte von allen nur so etwas da sein, als genug war ein ungelehrtes Auge zu befriedigen. Hier nenne ich es ein ungelehrtes Auge: an einem andern Orte werde ich es ein unverzärteltes Auge, ein Auge nennen, das noch nicht verwöhnet ist, sich durch den Mangel zufälliger Schönheiten in dem Genusse der wesentlichen stören zu lassen. Rätsel! wird Hr. Klotz rufen. Ich mache keinen Anspruch mehr darauf, von ihm verstanden zu werden.

Ein vielfacher Gesichtspunkt hebt nicht allein die Einheit in der Erscheinung der Formen, sondern auch die Einheit der Beleuchtung schlechterdings auf. Was kann aber, ohne Einheit der Beleuchtung, für eine perspektivische Behandlung der Tinten Statt finden? Die wahre gewiß nicht; und jede andere als diese, ist im Grunde so gut als keine; ob sie schon immer auf den einigen Eindruck machen kann, der die wahre nirgends gesehen. In einem etwanigen Abfalle von Farben, in Ansehung ihrer Lebhaftigkeit und Reinigkeit, mochte die ganze Luftperspektiv des Polygnotus bestehen.

Selbst die verhältnismäßige Verkleinerung der Figuren, kann in dem Gemälde des Polygnotus nicht gewesen sein; sondern ungefehr so etwas ihr ähnliches. Denn man erwäge den Raum von dem Ufer, wo die Flotte der Griechen lag, bis hinein in die verheerte Stadt: und urteile, von welcher colossalischen Größe die Figuren des Vordergrundes angelegt sein müßten, wenn, nach den wahren perspektivischen Verhältnissen, die Figuren des hintersten Grundes im geringsten erkenntlich sein sollten.

Eben das hätte sich *Moor* fragen müssen, und er würde lieber von gar keiner Perspektiv in dem allegorischen Gemälde des Cebes gesprochen haben. Ich biete dem größten Zeichner Trotz, etwas daraus zu machen, was die Probe halte. Alle bisherige Versuche sind gerade so geraten, wie sie ungefehr Kinder befriedigen können. Der erträglichste ist der von dem jüngern *Merian*, welcher ganz von den Worten des Cebes abgieng, indem er die verschiedenen Umzäunungen in einen schroffen Felsen mit eben so vielen Absätzen verwandelte, und dennoch nichts Perspektivisches herausbringen konnte. Seine Figuren verjüngen sich von unten bis oben: aber perspektivisch? So wie sich die in dem Gemälde des Polygnotus mögen verjüngt haben: wo man, von dem Schiffe des Menelaus bis hinein in die Stadt, noch das Parderfell erkannte, welches Antenor über die Türe seines Hauses, zum Zeichen der Verschonung, aufgehangen hatte.

EILFTER BRIEF.

Es würde eine sehr undankbare Arbeit sein, alle Stellen und Beispiele zu prüfen, die Herr Klotz zum Behuf seiner guten Meinung von der Perspektiv der Alten, dem Caylus abborgt, oder aus den Schätzen seiner eigenen Belesenheit beizubringen vorgiebt. Nur von einigen, ein Wort.

Was für eine perspektivische Anordnung kann Caylus in der Aldrovandinischen Hochzeit gefunden haben? Sie hat höchstens keine Fehler gegen die Perspektiv: weil sich der Meister keine Gelegenheit gemacht hatte, dergleichen zu begehen. Er hat alle seine Personen nach der Schnur neben einander gestellt; sie stehen alle auf einem und eben demselben Grunde; wenigstens nicht auf so verschiednen Gründen, daß die geringste Verjüngung unter ihnen nötig wäre.

Das, was Plinius von dem Ochsen des Pausias sagt, zu Perspektiv machen: heißt mit dem Worte tändeln. Es war Perspektiv in dem weitläuftigen Verstande, in welchem sie, wie ich schon erinnert, kein Mensch den Alten abgesprochen hat, noch absprechen kann.

Lauter Wind, wenn Herr Klotz versichert, »daß Lucian von der perspektivischen Anordnung in einem Gemälde des Zeuxis so weitläuftig rede, daß diese Stelle bei dieser Streitigkeit notwendig geprüft werden müsse!« Er nennt sie ungemein entscheidend, und sie entscheidet schlechterdings nichts. Ἀποτειναι τας γραμμας ἐς το ἐυθυτατον, was ist es anders, als ein correkter Contour? was die ἀκριβης κρασις, die ἐυκαιρος ἐπιβολη των χρωματων anders, als die schickliche Verbindung und fleißige Verschmelzung der Localfarben? Das σκιασαι ἐς δεον, ist die gute Verteilung von Licht und Schatten; mit einem Worte, das Helldunkle. Der λογος του μεγεθους, ist nicht das Verhältnis der scheinbaren Größen, in Absicht der Entfernung, sondern das Verhältnis an Größe wirklich verschiedener Körper; namentlich in dem Gemälde, wovon die Rede ist, das Verhältnis der jungen Centauren gegen die alten. Die ἰσοτης των μερων [1] προς το ὁλον, die ἁρμονια, ist das Ebenmaß der Teile zu dem Ganzen,

1 Herr Klotz muß sich einbilden, daß er seinen Lesern weis machen kann, was ihm beliebt, und daß sie ihm auf sein Wort glauben müssen, was er will. »Einige Ausgaben«, sagt er, »haben των μετρων: welche Lesart mir richtiger scheinet, obgleich jene sich auch verteidigen läßt.« Nicht einige, sondern die meisten Ausgaben und Handschriften lesen μετρων: der Verstand aber duldet dieses μετρων, wie Grävius erwiesen hat, so wenig, daß es lächerlich ist zu sagen, es scheine die richtigere Lesart zu sein, wenn man sie noch dazu für die ungewöhnlichere ausgiebt. Die Mehrheit der Handschriften und Ausgaben ist das einzige, was sie vor sich hat: und ich möchte doch wissen, wie sie Herr Klotz sonst verteidigen wollte. Er zieht sie bloß vor, um etwas von Mensuren in der Stelle zu finden, die er auf die Verhältnisse der Perspektiv deuten könnte. – Sonst muß ich noch erinnern, daß Lucian nicht in seinem Herodotus, wie Hr. Klotz citieret, sondern im Zeuxis dieses Gemälde beschreibt; und daß, wenn Herr Klotz sagt, »die Kopie desselben sei in Rom gewesen, da das Original, welches Sulla nach Rom schicken wollen, im Schiffbruch untergegangen,« es das erstemal für Rom, Athen heißen muß. Von dergleichen Fehlern, welche die Eilfertigkeit des Schreibers verraten, wimmelt das Buch.

der Glieder zu dem Körper, die Übereinstimmung des Verschiednen. Und nun frage ich: welches von diesen Stücken bezieht sich notwendig auf die Perspektiv? Keines; jedes derselben ist ohne Unterschied allen Gemälden, auch denen, in welchen gar keine Perspektiv angebracht worden, den Gemälden eines einzeln Gegenstandes, dem bloßen Portrait, wenn es schön und vollkommen sein soll, unentbehrlich. Es sind Eigenschaften eines guten Gemäldes überhaupt, bei welchen das Perspektivische sein und nicht sein kann.

Mich dünkt sogar, es aus einem Zuge des Lucians selbst beweisen zu können, daß dieses Gemälde des Zeuxis von der Seite der Perspektiv sehr mangelhaft gewesen. Denn wenn er den alten Centaur beschreiben will, so sagt er: ἀνω δε της ἐικονος, διον ἀπο τινος σκοπης Ἱπποκενταυρος τις ἐπικυπτει γελων: er sei oben an dem Bilde zu sehen gewesen, und habe sich von da, gleichsam wie von einer Warte, gegen seine Jungen lachend herabgeneigt. Dieses *gleichsam wie von einer Warte*, scheinet mir nicht undeutlich anzuzeigen, daß Lucian selbst nicht gewiß gewesen, ob die Figur nur rückwärts oder auch zugleich höher gestanden. Ich glaube die Anordnungen des alten Basreliefs zu erkennen, wo die hintersten Figuren immer über die vordersten wegsehn, nicht weil sie wirklich höher stehen, sondern bloß, weil sie weiter hinten zu stehen scheinen sollen. Jedoch will ich damit nicht sagen, daß die Stellung der Figuren, so wie sie Lucian beschreibt, nicht einer völlig richtig perspektivischen Behandlung fähig wäre: sondern ich will nur sagen, daß wenn Lucian eine dergleichen Behandlung vor sich gehabt hätte, er sich schwerlich darüber so dürfte ausgedruckt haben.

Endlich auf die bisher unbemerkte Stelle des Philostratus zu kommen: so weiß ich nicht, welches die größere Armseligkeit ist, sie eine bisher unbemerkte Stelle zu nennen, oder Perspektiv in ihr finden zu wollen. Philostratus rühmt an den Gemälden des Zeuxis, des Polygnotus, des Euphranor, το ἐυσκιον, die gute Schattierung; το ἐυπνουν, das Lebende; und το ἐισεχον και ἐξεχον, das Herausspringende und Zurückweichende. Was haben diese Eigenschaften mit der Perspektiv zu tun? Sie können alle in einem Gemälde sein, wo gar keine Perspektiv angebracht, wo sie mit den gröbsten Fehlern angebracht ist. Sie beziehen sich insgesamt auf die kräftige Wirkung des Schattens, durch welchen allein wir die tiefern Teile eines Körpers von den hervorragenden unterscheiden; welcher allein es macht, daß die Figur sich rundet, aus der Tafel oder dem Tuche gleichsam hervortritt, und nicht das bloße Bild des Dinges, sondern das Ding selbst zu sein scheinet. Mußte des Apelles Alexander, mit dem Blitze in der Hand, von welchem Plinius sagt, »digiti eminere videbantur, et fulmen extra tabulam esse«, mußte er darum, weil er das ἐισεχον und ἔξεχον in so hohem Grade hatte, notwendig auch ein Werk sein, welches Perspektiv, und eine richtige Perspektiv zeigte? Und dennoch darf Hr. Klotz von der Stelle des Philostratus sagen: »sie kann von nichts anders handeln, als von der Kunst des Malers, gewisse Dinge auf dem Vordergrunde und andere auf dem Hintergrunde des Gemäldes erscheinen zu lassen, andere zu entfernen und andere dem Auge zu nähern.« Nein, kahler und zugleich positiver kann sich kein Mensch ausdrücken, als Hr. Klotz! Sie kann von nichts anders handeln? Und gleichwohl handelt sie von etwas anderm. Wenn sie aber auch wirklich davon handelte, wovon Hr. Klotz sagt, wäre dadurch die Perspektiv der alten Gemälde erwiesen? Wer hat denn in der Welt, indem er ihnen die Perspektiv abgesprochen, ihnen zugleich alle verschiedene Gründe, alle Entfernungen absprechen wollen? »Ist aber dieses Verschießen«, fährt Hr. Klotz fort, »diese Schwächung, oder stufenweise Verringerung des Lichts und der Farbe, nicht eine Folge einer wohlbeobachteten Perspektiv?« Was steht von alle dem in der Stelle des Philostratus? Kein Wort. Und wie schielend heißt es sich ausdrucken, das, wodurch eine Sache wirklich wird, zu einer Folge dieser Sache zu machen? Denn nicht die stufenweise Verringerung des Lichts und der Farbe ist eine Folge der wohlbeobachteten Perspektiv, sondern diese ist vielmehr eine Folge von jener. Doch das Schielende ist der eigentliche Charakter des Klotzischen Stils, und es steht in keines Menschen Macht, von einer Sache, die er nicht versteht, anders als schielend zu sprechen.

Wenn er denn nur bescheiden spricht, im Fall er sich gezwungen sieht, von einer solchen Sache zu sprechen! Aber zugleich den Ton eines Mannes annehmen, von dem man neue Entdeckungen darin erwarten darf, ungefehr wie dieser: *»Ich will noch eine andere bisher unbemerkte Stelle aus dem Philostratus herschreiben:«* was dünkt Ihnen davon, mein Freund? Eine bisher unbemerkte, und folglich von Hr. Klotzen zuerst, von ihm allein bemerkte Stelle! Ist sie das, diese Stelle des Philostratus? Nichts weniger. Er selbst findet sie bereits vom Junius und Scheffer genutzt: aber freilich mag es weder Junius noch Scheffer sein, dem er ihre erste Nachweisung zu danken hat. Ich denke ich kenne den rechten, dem Hr. Klotz seinen kleinen Dank hier schuldig bleibt. Es ist ohnstreitig *Du Soul*: denn als er in der Reitzischen Ausgabe des Lucians jene Beschreibung von dem Gemälde des Zeuxis nachlas, fand er in den Anmerkungen dieses Gelehrten, bei dem σκιασαι ἐς δεον nicht allein einen Ausfall wider die Perraults, als Verächter der alten Malerei, sondern auch die nemliche Stelle des Philostratus dabei angeführt.[2] Nun schlug Hr. Klotz selbst nach, und weil er das, was Du Soul nur der Seite nach citiert hatte, auch nach dem Kapitel citieren zu können, für sich aufbehalten sahe: so glaubte er Recht zu haben, etwas, das Er bisher noch nicht bemerkt hatte, überhaupt bisher unbemerkt nennen zu dürfen. Der Unterschied mag wohl so groß nicht sein: ich fürchte nur, es wird ein dritter kommen, der auch Hr. Klotzen die erste Bemerkung durch eine noch genauere Citation streitig macht. Denn so wie Hr. Klotz die Anführung des Du Soul, Philost. p. 71. durch Philost. Vit. Apollon. c. 20. p. 71 berichtiget, so läßt sich seine Anführung, durch Einschiebung Lib. II. gleichfalls noch mehr berichtigen. Denn das Leben des Apollonius hat acht Bücher und es wäre schlimm, wenn

2 At, si Perraltos audias, hoc pictoribus antiquis ne in mentem quidem venerat. *Vid. Philost.* p. 71. et Junius De Pict. Vet. III. 3.

der, welcher die Ausgabe des Olearius nicht hat, in allen acht Büchern darnach suchen müßte. –

Sie lachen über mich, daß ich mich bei solchen Kleinigkeiten aufhalten kann. – Ja wohl Kleinigkeiten! Wenn man denn nun aber einen Mann vor sich hat, der sich auf solche Kleinigkeiten brüstet? – *Bisher unbemerket! Von mir zuerst bemerkt!* – Ist es nicht gut, daß man diesem Manne zum Zeitvertreibe einmal weiset, daß er auch in solchen Kleinigkeiten das nicht ist, was er sich zu sein einbildet? –

Sogar *Webb* hat diese Stelle des Philostratus gebraucht.[3]

ZWÖLFTER BRIEF.

Wahrhaftig, Sie haben Recht: das hätte ich bedenken sollen. Allerdings ist Hr. Klotz der erste, welcher die Stelle des Philostratus bemerkt hat; nicht zwar nach ihren Worten, aber doch nach ihrem geheimen Sinne. Denn wem ist es vor ihm eingekommen, das geringste von Perspektiv darin zu finden? Junius, Scheffer, Du Soul, Webb, haben sie alle bloß von der Schattierung verstanden. Die guten Leute! Von der Perspektiv ist sie zu verstehen: Hr. Klotz ist der erste der dieses sagt, – und auch der letzte, hoff ich.

Aber lassen Sie mich nicht vergessen, bei welcher Gelegenheit Hr. Klotz die Ausschweifung über die Perspektiv der Alten, in seinem Buche macht. Ohne Zweifel bei der großen Menge geschnittener Steine, welche sie unwidersprechlich beweisen! Ja wohl: und wie viele meinen Sie, daß er deren anführt? In allen, Summa Summarum, richtig gerechnet, – einen. Und dieser eine ist gerade der, von welchem Hr. Lippert, aus dem er ihn anführt, ausdrücklich sagt, »daß er gewiß glaube, er sei der einzige in seiner Art; denn unter so vielen Tausenden, die er gesehen, hab er nichts ähnliches angetroffen, wo die Perspektiv so wäre beobachtet worden«.

3 S. 100 deut. Übers.

»Überhaupt«, sagt Hr. Lippert,[1] »ist die Perspektiv bei den Alten sehr geringe. Es hat aber doch Leute gegeben, die solche als ein Wunderwerk an ihnen gelobt. Aber wie weit kann die Liebhaberei einen nicht treiben? Wenn ich die Beschreibung oder Erklärung eines alten Werks etwa in einem Buche gelesen, worinnen von dessen schöner Perspektiv etwas gesagt worden, habe ich auch allemal lachen müssen; denn das sonst accurate Kupfer hat mir allemal das Gegenteil gezeigt. Denn ich konnte an dem Bilde nicht einen einzigen Zug, der nach den Regeln dieser Wissenschaft gewesen wäre, erkennen, aber wohl solche Fehler, die man auch einem Anfänger in dieser Wissenschaft nicht vergeben würde. Die Alten ahmeten die Dinge so ungefehr nach, wie sie sich dem Auge darstellten, ohne die Regeln und Ursachen zu wissen, warum die entfernten Dinge im Auge verkürzt oder kleiner erscheinen. Es ist aber etwas sehr gemeines, daß man von Sachen urteilet, wovon man doch nichts versteht.«

Wie kömmt es, da Hr. Klotz sonst sich die Einsichten des Hrn. Lippert so frei zu Nutze gemacht, daß er es nicht auch in diesem Punkte getan? Hr. Lippert sagt nichts mehr, als was alle Künstler sagen. Er nicht allein, sie alle lachen, wenn ihnen der Gelehrte in den alten Kunstwerken Perspektiv zeigen will. Aber Hr. Klotz hatte bereits seinen Entschluß genommen; seine Ehre war einmal verpfändet; er hält bei der Stange. Der Künstler, denkt er, sind so wenige; laß sie lachen! Sie können dich doch nicht um dein Ansehn lachen, das sich auf den Beifall ganz anderer Leute gründet! –

Und hat er nicht seinen Caylus zum Rückenhalter? Auch noch Einen solchen Mann möchte er sich gern dazu aussparen. Aber ich fürchte, daß ihn dieser im Stiche läßt: denn dieser fand in der Folge das Perspektivische in den Herkulanischen Gemälden nicht, welches er sich damals darin zu finden versprach, als er nicht so gar unverhörter Sache die Alten desfalls verdammt wissen wollte.[2]

1 Daktyl. Vorbericht. S. XVIII.

2 Bibl. der sch. Wissensch. und der fr. K. B. IV. Stück 2. S. 676. verglichen mit S. 185. der Betrachtung über die Malerei.

Daß solches auch mehr geschehen zu sein schien, als wirklich geschehen war, zeigt sich nunmehr in den *Nachrichten von Künstlern und Kunstsachen*,[3] deren Verfasser gewiß nicht proletarische Kenntnisse von beiden besitzt. Ich hätte daher gern den Hn. Klotz an diesen Schriftsteller verwiesen. Aber seine *Deutsche Bibliothek* ist mir zuvor gekommen,[4] und hat diesen Schriftsteller bereits an Hr. Klotzen verwiesen. Diesen Schriftsteller an Hr. Klotzen! Nun das ist wahr: die *Deutsche Bibliothek* versteht sich darauf, welcher Gelehrte von dem andern noch etwas lernen könnte. Welch ein unwissender Mann ist dieser Schriftsteller, der uns auf einen Daniel Barbaro, auf einen Lomazzo, auf einen Fonseca, ja gar auf den pedantischen Commentator eines wunderlichen Poeten, wegen der Perspektiv der Alten verweiset, und gerade die beiden Hauptabhandlungen des Sallier und Caylus, in den grundgelehrten Werken der französischen Akademie der Inschriften, aus welchen Hr. Klotz seine Weisheit, wie aus der Quelle, geschöpft, gar nicht zu kennen scheinet!

Freilich ist das arg: aber doch, dächte ich, stellt sich die Deutsche Bibliothek diesen Schriftsteller ein wenig gar zu unwissend vor. Weil er in das Verzeichnis der Kupferstiche nach dem Michel Angelo, auch ein Blatt von dem so genannten Petschaftringe dieses Meisters bringt: so möchte sie lieber gar argwohnen, »er habe geglaubt, Michel Angelo sei der Verfertiger davon gewesen.« Nein, das kann er wohl nicht geglaubet haben; denn drei Zeilen darauf führt er den Titel einer Schrift an, wo dieser Petschaftring ausdrücklich »une Cornaline antique, nommée le cachet de Michelange«, heißt. Und so viel Französisch mag er doch wohl verstehen!

3 S. 183.
4 Fünftes Stück S. 132.

DREIZEHNTER BRIEF.

Warum sollte der Liebhaber die Abbildung eines alten geschnittenen Steines, den Michel Angelo so wert hielt, der mit unter die Antiken gehöret, nach welchen Michel Angelo studierte, aus welchem Michel Angelo sogar Figuren entlehnte, nicht in eben das Portefeuille mit legen dürfen, in welchem er die Kupfer nach diesem Meister aufhebt? Sind doch die Kupfer der ganzen ersten Classe, welche die Bildnisse desselben vorstellen, eben so wenig Kupfer nach Gemälden von ihm. Genug, daß sie eine so genaue Beziehung auf ihn haben.

Das fühlt jeder: nur ein Kritikaster wie F. will es nicht fühlen. Denn hier, oder nirgends, kann er einen Brocken Weisheit wieder auskramen, den er sich selbst erst gestern oder ehegestern einbettelte. »*Wie kömmt*«, fragt er, »*unter das Verzeichnis der Arbeiten dieses Künstlers das berühmte Cachet de Michelange?*« Hat der Schriftsteller, den er zu hofmeistern denkt, ein Verzeichnis der Arbeiten dieses Künstlers liefern wollen? Ich denke, bloß ein Verzeichnis der Kupferstiche von verschiednen Arbeiten desselben: und es fehlt viel, daß sie alle gestochen sein sollten. *Der Verfasser*, fährt er fort, *wird doch nicht geglaubt haben, daß er der Verfertiger desselben gewesen.* Nun ja; ein Mann, der das Leben dieses Künstlers aus dem Condivi und Gori, aus dem Vasari und Bottari sich bekannt gemacht hat, kann freilich so viel nicht wissen, als Hr. F. der den Artikel im Füeßlin von ihm gelesen. Von so einem Manne, kann man freilich ohne Bedenken schreiben: *Überhaupt muß er dieses berühmte Werk der Steinschneiderkunst gar nicht kennen.* Und warum denn nicht? Hören Sie doch den schönen Grund! Weil er hinzugesetzt hat: »*Die Abdrücke ohne Buchstaben sind schön und rar.*« *Dieses versteh ich nicht!* ruft Hr. F. – Nicht? Hr. F. hat doch wohl nicht das auf die Abdrücke des Steins gezogen, was der Verfasser von den Abdrücken der Piccartschen Platte sagt!

Und solches Zeug in den Tag hinein schreiben, nennen die

Herren kritisieren. War es nicht auch eben dieser F. welcher in einem von den vorhergehenden Stücken der Bibliothek einem Schriftsteller, den er doch ja von weitem erst möchte nachdenken lernen, ehe er das geringste an ihm aussetzt, Schuld gab, er habe nicht gewußt, was ein Torso sei?

Wie glauben Sie, daß dem armen Schriftsteller zu Mute werden muß, wenn er sich so etwas gerade auf den Kopf zugesagt findet? Nur neulich ward es mir auch so gut, eine kleine Erfahrung davon zu machen.

Ich lese eine Recension von dem neuesten Werke des Hrn. Winkelmanns,[1] und auf einmal stoße ich auf folgende Stelle: »Beim Laokoon gedenkt Hr. Winkelmann Hrn. Lessings als eines einsichtsvollen und gelehrten Schriftstellers, bleibt aber dabei, es wahrscheinlicher zu finden, daß die Künstler des Laokoon in die schönsten Zeiten gehören; nicht zwar nach Widerlegung des Lessingschen Grundes, der aus der Zusammenstellung dieser Künstler mit jüngern beim Plinius, und aus dem ganzen Zusammenhange genommen ist, sondern durch Anführung zwo neuer Gründe, von denen der eine das Alter der Buchstabenzüge auf der zu Nettuno gefundenen Steinschrift, mit dem Namen des Athanodors, Agesanders Sohns, der andere die Arbeit an der Gruppe selbst, ist. Denn diese kömmt an den Köpfen der beiden Söhne vollkommen mit den beiden Ringern zu Florenz, in welchen Hr. W. Söhne der Niobe entdeckt hat, überein. Da hier Hr. W. seines Landsmannes Erwähnung tut, so dürfte es jemanden wundern, warum er nicht beim Borghesischen Fechter eben desselben Deutung dieses Fechters auf den Chabrias angeführt hat; allein diese Vorbeilassung gereicht dem Hn. Winkelmann zur Ehre; er hätte Hr. Lessingen sagen müssen, daß er jenen Fechter mit einer Statue in Florenz verwechselt hat, welche im *Museum Florent.* Tab. 77, unter dem Namen *Miles Veles* steht, und einen ähnlichen Ausfall tut, aber doch nicht obnixo genu scuto.«

---

1 Göttingische Anzeigen 22. u. 23. Stück dieses Jahres.

Wer vom Himmel fiel, das war ich! Du hast nicht recht gelesen! sagt ich mir. Ich las nochmals, und nochmals: je öfter ich las, je betäubter ward ich. Noch itzt weiß ich nicht, was ich anders aus der letzten Hälfte dieser Stelle machen soll, als ein christliches Präservativ, über den Anfang derselben nicht allzu stolz zu werden.

Verwechselt soll ich den Borghesischen Fechter, und mit einer Statue in Florenz verwechselt haben? Aus Großmut soll mir Herr Winkelmann diese Verwechslung nicht aufgemutzet haben? Aber der Recensent ist so großmütig nicht: er mutzt mir sie auf. Bei allem was mir wert ist! ich wollte diesem für seine Aufrichtigkeit, so sehr sie mich auch beschämen möchte, unendlich verbundner sein, als dem Hrn. Winkelmann für seine Großmut, die mich lieber nicht belehren, als beschämen will! Aber wie kann ich?

Hr. Winkelmann konnte mich schlechterdings nicht beschämen, ohne sich selbst zu beschämen. Denn wenn ich den Borghesischen Fechter verwechselt habe, so hat auch Er ihn verwechselt. Ich habe keine andere Statue gemeinet, als die Er unter diesem Namen meinet; keine andere, als die Ihm der Herr von *Stosch* für einen Discobolus einreden wollte; keine andere, als die Er eben so wenig für einen Fechter als für einen Discobolus, sondern für einen Soldaten erkennet, der sich in einem gefährlichen Stande besonders verdient gemacht hatte. Diese, diese Statue habe ich auf den Chabrias gedeutet; und ist diese Statue nicht der Borghesische Fechter, ist sie der Miles Veles in dem Florentinischen Museo: wie gesagt, so hat beide diese Werke Hr. Winkelmann selbst, und zuerst verwechselt; seine Verwechslung hat die meinige veranlaßt.

Kein Mensch wird das von Hr. Winkelmannen glauben wollen: aber dem ohngeachtet wohl von mir. Denn ich, ich bin nicht in Italien gewesen; ich habe den Fechter nicht selbst gesehen! – Was tut das? Was kömmt hier auf das *selbst Sehen* an? Ich spreche ja nicht von der Kunst; ich nehme ja alles an, was die, die ihn selbst gesehen, an ihm bemerkt haben; ich gründe ja meine Deutung auf nichts, was ich allein daran bemerkt haben wollte.

Und habe ich denn nicht Kupfer vor mir gehabt, in welchen die ganze Welt den Borghesischen Fechter erkennet? Oder ist es nicht der Borghesische Fechter, welcher bei dem Perrier (Taf. 26. 27. 28. 29.) von vier Seiten, bei dem Maffei (Taf. 75. 76.) von zwei Seiten, und in dem lateinischen Sandrart (S. 68.) gleichfalls von zwei Seiten erscheinet? Diese Blätter, erinnere ich mich, vor mir gehabt zu haben; den Miles Veles in dem Florentinischen Museo hingegen nicht: wie ist es möglich, daß ich beide Figuren dem ohngeachtet verwechseln können?

Endlich, worin habe ich sie denn verwechselt? Man verwechselt zwei Dinge, wenn man dem einen Eigenschaften beilegt, die nur dem andern zukommen. Welches ist denn das Eigene des Miles Veles, das ich dem Borghesischen Fechter angedichtet hätte? Weil beide einen ähnlichen Ausfall tun: so hätte ich sie verwechseln können; aber muß ich sie darum verwechselt haben?

Ich werde die erste Gelegenheit ergreifen, den Göttingischen Gelehrten inständigst um eine nähere Erklärung zu bitten.

Was noch überhaupt gegen meine Deutung jenes sogenannten Fechters bisher erinnert worden, ist nicht von der geringsten Erheblichkeit. Man hätte mir etwas ganz anders einwenden können: und die Wahrheit zu sagen, nur diese Einwendung erwarte ich, um sodann entweder das letzte Siegel auf meine Mutmaßung zu drucken, oder sie gänzlich zurück zu nehmen.

VIERZEHNTER BRIEF.

Und nun fragen Sie mich: was ich von dem Buche des Hrn. Klotz überhaupt urteile?

Wollen Sie auch glauben, daß ich ohne Groll urteile? daß ich nicht anders urteilen würde, wenn er mich eben so oft darin gerühmt hätte, als er mich getadelt hat?

So urteile ich: daß das Buch des Hrn. Klotz *»über den*

Nutzen und Gebrauch der alten geschnittnen Steine und ihrer Abdrücke« ein ganz nützliches Buch für den sein kann, welcher von der darin abgehandelten Materie ganz und gar nichts weiß, und sich in der Geschwindigkeit eine Menge Ideen davon machen will, ohne daß ihm an der Deutlichkeit und Richtigkeit dieser Ideen viel gelegen ist.

Wenn Mariette, wenn Caylus, wenn die Ausleger und Beschreiber der verschiednen Daktyliotheken, wenn Winkelmann und Lippert das ihrige zurück nehmen, so stehet die Krähe wieder da!

Hätte Hr. Klotz bloß aus fremden, seltnen Büchern zusammen getragen: so könnten wir ihm noch Dank wissen. Was ein Deutscher einem Ausländer abnimmt, sei immer gute Prise. Aber sollte er seine eigene Landsleute plündern? – Erlauben Sie mir, Ihnen die nähern Erörterungen hierüber nach und nach zukommen zu lassen.

FUNFZEHNTER BRIEF.

Sie scheinen, zur Entschuldigung des Hrn. Klotz, zu glauben, daß man in dergleichen Dingen nichts anders tun könne, als zusammen tragen.

Doch wohl! – Und wenigstens kann man als ein denkender Kopf zusammen tragen. –

Hr. Klotz hat auch selbst geglaubt, daß sich etwas mehr dabei tun lasse; und hat sich sogar geschmeichelt, etwas mehr getan zu haben. »Der Gebrauch der Quellen«, sagte er,[1] »die Anordnung der Sachen, und einige eigene Bemerkungen werden diesen Aufsatz gegen den Vorwurf der Compilation schützen.«

Einige eigene Bemerkungen? klingt bescheiden genug! Aber welches diese eigene Bemerkungen sind, kann man nicht eher sagen, als bis man die fremden und geborgten davon abgesondert hat. Was übrig bleibt, ist freilich sein!

1 Seite 16.

Die Anordnung der Sachen? – Mit dieser ist es nicht bloß getan, um aus einem Compilator ein Autor zu werden. Seine eigene Ordnung hat jeder Compilator.

Der Gebrauch der Quellen? – Auch der Compilator sollte diese, wenigstens verificieren. –

Und ist es auch wahr, daß sie Hr. Klotz immer gebraucht hat? Lassen Sie uns doch eine Seite, wie sie mir in die Hand fällt, untersuchen.

»Die geschnittenen Steine«, schreibt Hr. Klotz,[2] »machten noch einen andern Teil des Schmuckes aus. Das Frauenzimmer suchte verschiedentlich ihrem Putze dadurch einen größern Glanz zu verschaffen. Hierzu nahm man die erhaben geschnittenen Steine, und eine gute Vereinigung dieser vortrefflichen Werke mit dem übrigen Schmucke, mußte in den Augen der Zuschauer eine ungemein schöne Wirkung tun.«

Hierüber führt Hr. Klotz den Bartholinus an.[3] Den Bartholinus! Ist Bartholinus eine Quelle? Er hätte die entscheidendste von den Stellen der Alten anführen sollen, auf die sich Bartholinus gründet.

Hr. Klotz fährt fort: »Auch das männliche Geschlecht besetzte die Kleidung mit Steinen;« und beruft sich desfalls auf den Claudian.[4] Aber dort, bei dem Claudian, ist nicht die geringste Spur von geschnittenen Steinen; der Dichter redet bloß von Togen, von Harnischen, von Helmen, von Gehenken und Heften, von Kronen, mit Edelsteinen besetzt; es kann wohl sein, daß unter diesen auch geschnittene waren; aber das ist nur zu vermuten und von dieser Vermutung muß Claudian nicht Gewähr leisten sollen.

»Caligula«, fügt Hr. Klotz hinzu, »ahmte in diesem Stücke der Verschwendung des weiblichen Geschlechts nach.« Und das soll Svetonius[5] versichern. Aber das Zeugnis des Svetonius ist hier gedoppelt gemißbraucht. Denn einmal redet

2 S. 22.
3 De Armillis veter. p. 13. et 35.
4 De Laudib. Stil. Lib. II. v. 89.
5 In Calig. c. 52.

Svetonius gleichfalls bloß von Edelsteinen, die Caligula sogar auf seinen Reise- und Regenkleidern getragen (»gemmatas indutus paenulas«) und daß es geschnittene Edelsteine gewesen, ist der Zusatz des Hrn. Klotz. Zweitens sagt auch Sveton nicht, daß Caligula hierin der Verschwendung des weiblichen Geschlechts nachgeahmt: denn er sagt weder, daß das weibliche Geschlecht sich einer solchen Verschwendung in geschnittenen Steinen schuldig gemacht, noch daß es Caligula ihm darin nachgetan. Der »vestitus non virilis«, den Sveton dem Caligula zur Last legt, bezieht sich nicht auf den Gebrauch der Edelsteine, sondern anderer Kleidungsstücke, die dem weiblichen Geschlechte eigen waren; auf die Cyklas, auf den Soccus.

Nun sagen Sie mir, heißt das Quellen brauchen? Ist es genug, um dieses von sich zu versichern, daß man den untersten Rand des Blattes mit Namen klassischer Schriftsteller umzäunt? Oder muß man diese Schriftsteller auch selbst nachgesehen haben, und gewiß sein, daß sie wirklich das sagen, was man sie sagen läßt?

Einige Seiten vorher, schreibt Hr. Klotz: »um den Ring des Prometheus, von welchem man den Ursprung der in Ringe gefaßten Steine hergeleitet hat, bekümmere ich mich nicht.« Sehr wohl! Aber warum führt er dieses Rings wegen den Isidorus an? Man muß den Isidorus oft anführen, weil er nicht selten Bücher gebraucht hat, die hernach verloren gegangen. Aber warum hier? Hier ist Isidorus der wörtliche Ausschreiber des ältern Plinius; Plinius ist hier die Quelle,[6] und diesen hätte Hr. Klotz anführen müssen.

Es ist ein seltsamer Kniff mehrerer Gelehrten, über die bekannteste Sache gerade den unbekanntesten Schriftsteller anzuführen; damit sie ihre Nachrichten ja aus recht besondern Quellen zu haben scheinen.

Ein anderer ist dieser: daß sie, anstatt den Hauptort anzuführen, wo von der Sache, die sie erörtern wollen, geflissentlich und umständlich gehandelt wird, sich auf Stellen

6 Lib. XXXIII. Sect. 4. et Libr. XXXVII. Sect. 1.

beziehen, wo man dieser Sache nur im Vorbeigehen gedenkt, um ihre Scharfsichtigkeit bewundern zu lassen, der auch nicht der geringste Nebenzug entwische.

Z. E. um zu beweisen, »daß man in Rom so gar die Bildsäulen mit Ringen gezieret,« würde der gute einfältige Gelehrte gerade zu den Plinius anführen,[7] wo dieser ausdrücklich von den Ringen handelt und sich wundert, daß unter den Bildsäulen der römischen Könige im Capitol nur Numa und Servius Tullius einen Ring habe. Aber nicht so Hr. Klotz, und seines gleichen: sie führen lieber eine Stelle des Cicero an,[8] wo unter verschiedenen Merkmalen, aus welchen erhelle, daß eine gewisse Statue eben so wohl die Statue des Scipio Africanus sei, als eine andere dafür erkannte, auch mit des Ringes gedacht wird.

Doch Hr. Klotz habe es hiermit halten können, wie er gewollt: wenn ich nur sonst seinen Scharfsinn weniger dabei vermißte! Weder die Stelle des Cicero, noch die ausdrücklichere des Plinius beweisen, daß es wirkliche Ringe gewesen, welche diese Bildsäulen gehabt; es werden, allem Ansehen nach, nur durch die Sculptur angedeutete, und mit eines jeden Symbolo bemerkte Ringe gewesen sein. Waren es aber nur solche: so mußte sie Hr. Klotz gar nicht anführen; denn in der Sculptur bloß nachgeahmte Ringe konnten die wirklichen Ringe weder notwendiger noch häufiger machen. Man bedenke, wie abstehend ein einzler Finger von den andern hätte müssen gearbeitet sein, wenn man einen wirklichen Ring daran hätte stecken wollen; und erinnere sich, daß es der alten Meister ihre Sache nicht war, dergleichen Extremitäten so zerbrechlich aus zu führen.

7 Lib. XXXIII. Sect. 4.

8 Hr. Klotz führt sie noch dazu mit einem Fehler an; denn sie steht nicht in dem ersten Briefe des vierten, sondern des sechsten Buches an den Atticus. Dergleichen Druckfehler sind bei Hr. Klotzen sehr häufig, so daß besonders von seinen Anführungen der klassischen Schriftsteller unter zwölfen gewiß immer achte uns zum April schicken.

Aber der Fehler des Hrn. Klotz ist es überhaupt nicht, allzu viel zu bedenken. Vielmehr weiß ich zuverlässig voraus, daß er jeden feinern Unterschied, mit dem man seine Gelehrsamkeit auf die Capelle bringt, für Sophisterei erklären wird.

SECHSZEHNTER BRIEF.

Laufen Sie geschwind die ganze Schrift des Hrn. Klotz mit mir durch. Es ist am besten, daß ich Ihnen in eben der Ordnung, in welcher Hr. Klotz sein Buch geschrieben, mein Urteil darüber erhärte. Mehrere Beweise, wie schlecht er die Quellen gebraucht hat, werden uns bei jedem Schritte aufstoßen.

Den Eingang (von Seite 1-16.) lassen Sie uns überschlagen. Er enthält sehr viel gemeine, sehr viel schwanke, sehr viel falsche Gedanken, in einem sehr pompösen und dennoch sehr lendenlahmen Stile. Das liebe Ich herrscht in allen Zeilen bis zum Ekel. »*Ich* will die Lehrer der Wissenschaften auf gewisse Dinge aufmerksamer machen! Möchten sie doch von *mir* lernen wollen! *Ich* will ihnen eine kleine Anweisung geben! *Ich* will sie gleichsam bei der Hand ergreifen, und sie zu den Werken berühmter Künstler des Altertums führen! *Ich* will ihnen diese Werke zeigen etc.«

Endlich und endlich kömmt er, aber wiederum mit einem solchen *Ich*, zur Sache. »Ehe *Ich*«, schreibt er, »meine Leser von der Vortrefflichkeit der geschnittenen Steine und ihrem vielfachen Nutzen *unterrichte*, muß ich einige Anmerkungen von der Kunst in Stein zu schneiden und ihrer Geschichte, von den berühmtesten Künstlern, deren Werke wir noch bewundern, von dem mancherlei Gebrauche der geschnittenen Steine, und ihren Abdrücken *vorausschicken.*«

Sie wissen doch was die französischen Taktiker »Enfans perdus« nennen? Wenn es die besten Soldaten sind, welche der General dazu aussucht, so kann ich ihren Namen hier nicht nutzen. Ist es aber Gesindel, an dem nicht viel gelegen, so glaube ich wird ihre Benennung auf die voraus geschickten Kenntnisse des Herren Klotz vortrefflich passen. Ich verspreche es Ihnen: was nicht ganz davon in die Pfanne gehauen wird, soll wenigstens nicht gesund nach Hause kommen.

Erst spricht er von dem hohen Alter der Kunst in Stein zu schneiden. Um den Ring des Prometheus, wie Sie schon gehört haben, will er sich nicht bekümmern. Was hätte er sich auch darum zu bekümmern? Hat jemand behauptet, daß in den Stein desselben etwas geschnitten gewesen? Aber so vermengt er mit Fleiß das Altertum und den Gebrauch der Ringe und Edelsteine überhaupt, mit dem Altertume und dem Gebrauche der geschnittenen Steine insbesondere, um aus dem Kirchmann de annulis, und dergleichen Büchern, eine Menge Dinge abschreiben[1] zu können, die wenig oder gar nicht zur Sache gehören. Die gemißbrauchten Stellen des Claudians und Svetons, so wie den albernen Einfall von wirklichen Ringen an Statuen, habe ich in meinem Vorigen bereits gerügt: und wie vieles könnte ich noch gegen den übrigen Wust rügen.

Ich könnte zum Exempel Hr. Klotzen fragen, mit was für Recht er alle die Daktyliotheken, die er aus dem Plinius beibringt,[2] zu Sammlungen *geschnittener* Steine macht? Es waren Sammlungen von Edelsteinen, gefaßt oder ungefaßt; und wenn sich geschnittene darunter fanden, so war deren, aller Wahrscheinlichkeit nach, die kleinste Anzahl. Denn nur die minder kostbaren Steine wurden gewöhnlicher Weise geschnitten: die eigentlichen Edelsteine aber hatten, als bloße Steine, bei den Alten viele so eifrige Bewunderer, daß

1 Denn der ist doch wirklich ein bloßer Abschreiber, der auch die Druckfehler in den Allegaten mit abschreibt. Z. E. Auf der 19ten Seite citiert Hr. Klotz Macrob. Saturn. VII. 18. weil er beim Kirchmann (de Annulis cap. XI. p. 59.) diese Stelle so citiert fand. Aber es ist ein Druckfehler beim Kirchmann; das siebende Buch des Macrobius hat keine 18 Kapitel, es muß 13 heißen.

2 S. 23.

sie es für ein Verbrechen hielten, dergleichen Kleinode, in welchen die Natur sich ihnen in aller ihrer Herrlichkeit zeigte, durch die Kunst verletzen zu lassen. »Tantum«, sagt Plinius,[3] »tribuunt varietati, coloribus, materiae, decori: violari etiam signis gemmas nefas ducentes.« Warum könnte also Scaurus, der die allererste Daktyliothek zu Rom hatte, nicht ein Liebhaber von dieser Art gewesen sein? Warum muß ihn Hr. Klotz zu einem Kenner machen? »Wir lesen«, versichert er, »daß Scaurus, der Stiefsohn des Sylla, zu erst in Rom sich *geschnittene* Steine gesammelt habe.« Wo lesen wir denn das? Plinius sagt von ihm bloß: »gemmas plures primus omnium habuit Romae.« Sind denn »gemmae« notwendig geschnittene Steine? Weil bei den neuen Antiquaren alte Gemmen so viel heißen, als alte geschnittene Steine, und Daktyliothek so viel als eine Sammlung solcher Steine: muß Hr. Klotz darum diese Bedeutung in die alten Autores übertragen? Und was ich von der Daktyliothek des Scaurus sage, ist von den übrigen noch mit mehrerem Grunde zu vermuten. Noch itzt übersteigt es nicht das Vermögen eines wohlhabenden Privatmannes, ansehnliche Sammlungen von geschnittenen Steinen zu haben: und weiter nichts als solche Sammlungen sollten die Daktyliotheken gewesen sein, welche Pompejus, und Cäsar, und Marcellus aufs Capitol und in die Tempel schenkten?

»Auch vom Mäcen«, sagt Hr. Klotz,[4] »wissen wir, daß er eine besondere Neigung zu den Edelsteinen gehabt habe. Er gesteht diese Neigung nicht allein selbst in einem Gedichte an den Horaz, sondern man sieht sie auch aus einem Briefe des Augustus an ihn.« Er gesteht sie selbst? Ich habe die Anthologie seines Freundes, des Hrn. Burmanns, auf die er desfalls verweiset, nicht bei der Hand; doch das Gedicht auf den Horaz, in welchem Mäcen seine Neigung selbst gestehen soll, werden ohne Zweifel die Verse sein, die uns Isidorus aufbehalten hat, und sich anfangen:

3 Libro XXXVII. Sect. 1.
4 S. 24.

Lugent, o mea vita, te smaragdus,
Beryllus quoque.

Aus diesen aber erhellet bloß die abgeschmackte Kakozelie des Mäcenas, und keinesweges seine Liebhaberei an Edelsteinen. Denn sonst würde man auch unsere Lohensteine und Hallmanne, die ihren Geliebten so gern Augen von Diamanten, Lippen von Rubin, Zähne von Perlen, eine Stirn von Helfenbein, und einen Hals von Alabaster gaben, für große Liebhaber und Kenner von dergleichen Kostbarkeiten erklären müssen. Selbst das Fragment von dem Briefe des Augustus, beim Macrobius, ist nichts als eine Verspottung dieser Kakozelie. Eher noch hätte sich Hr. Klotz darauf berufen können, daß Mäcenas von Edelsteinen etwas geschrieben zu haben scheine, weil Plinius ihn zu seinem sieben und dreißigsten Buche genutzt zu haben bekennet. Doch wozu auch das? Mäcenas mag ein noch so großer Liebhaber von Edelsteinen gewesen sein: war er es darum von geschnittenen? Wann er sie der Pracht wegen liebte, wie von ihm zu vermuten, so zog er sicherlich die ungeschnittenen vor.

Um die Mannigfaltigkeit der Vorstellungen auf geschnittenen Steinen zu begreifen, sagt Hr. Klotz,[5] müsse man erwägen, daß die Alten keine den Geschlechtern eigentümliche Wappen in den Ringen geführet. Das schreibt er dem ehrlichen Kirchmann auf Treu und Glauben nach. Indes ist nur so viel davon wahr, daß dergleichen Geschlechtssiegel nicht so gewöhnlich bei ihnen waren, als sie bei uns sind. Wer sie ganz und gar leugnen will, der ist bald widerlegt. Hatte nicht Galba ein solches προγονικον σφραγισμα, wie es Dio[6] nennet? Bis auf ihn hatten die Kaiser alle mit dem Kopfe des Augustus gesiegelt; aber er behielt sein Geschlechtssiegel, welches ein Hund war, der sich über das Vorderteil eines Schiffes herabbiegte. Die ganze Familie der Macrianer führte den Alexander in ihren Ringen. Hiervon bringt Kirchmann

5 S. 20.
6 Libr. LI. p. 634. Edit. Reimari.

selbst die Stelle aus dem Trebellius Pollio in dem nemlichen Kapitel bei, in welchem er die Geschlechtssiegel der Alten leugnet: aber welcher Compilator hat nicht auf der andern Seite schon vergessen, was er auf der ersten geschrieben?

Und nun hören Sie doch, wie Herr Klotz diese Materie schließt![7] »Wir würden also«, sagt er, »von der Steinschneiderkunst ohngefehr folgende chronologische Geschichte zu entwerfen haben. Sie scheinet im Orient entstanden zu sein, wurde von den meisten Völkern Asiens ausgeübt, und besonders von den Aegyptern getrieben. Dann kam sie zu den Hetruriern, ward den Griechen bekannt, und endlich in Rom aufgenommen.« Sagen Sie mir doch, was den Herrn Klotz mag bewogen haben, den Hetruriern eine frühere Kenntnis der Steinschneiderkunst beizulegen, als den Griechen? Glaubt er wirklich, daß sie den Hetruriern unmittelbar von den Aegyptern mitgeteilet worden? Ist es also mehr als eine leere Vermutung des Buonarotti, daß die Hetrurier eine Colonie der Aegypter gewesen? Hat man, außer der Ähnlichkeit des Stils in den Zeichnungen beider Völker, historische Beweise davon; und welche sind es? Doch ich will diese Fragen nicht weiter fortsetzen. Herr Klotz hat sicherlich an keine derselben gedacht; sondern, allem Ansehen nach, diese seine chronologische Geschichte lediglich nach der Folge der Kapitel in Winkelmanns Geschichte der Kunst abgefaßt. Wie diese, mit Absicht auf die verschiednen Stufen der Kunst, geordnet sind, läßt er die Kunst selbst wandern: aus Aegypten nach Hetrurien, aus Hetrurien nach Griechenland, und aus Griechenland nach Rom.

SIEBZEHNTER BRIEF.

Was Herr Klotz hierauf von dem verschiedenen Stile der Aegyptischen, Hetrurischen und Griechischen Künstler beibringt, das gehört dem Herrn Winkelmann; ob er es

7 S. 26.

gleich vollkommen in dem Tone eines Mannes vorträgt, der alle diese Dinge sich selbst abstrahieret hat.

Eine Stelle fällt mir darunter in die Augen, die zur Probe dienen kann, in welchem hohen Grade Herr Klotz die Geschicklichkeit besitzt, fremde Bemerkungen so zu verstümmeln, daß ihre Urheber alle Lust verlieren müssen, sich dieselben wiederum zuzueignen.

»Man hat«, sagt er,[1] »viel hohlgegrabne Steine der Aegypter. Allein der Graf Caylus erinnert sich nicht, einen erhaben geschnittnen Stein gesehen zu haben. Hatten die Aegypter keinen Geschmack an den letztern? oder hat ein ungefehrer Zufall sie unsern Augen entzogen? oder was ist sonst die Ursache dieser Seltenheit?«

Wie? Caylus erinnerte sich keines einzigen Aegyptischen Cameo? Er besaß ja selbst einen, den er selbst beschrieben, und dessen ich mich bei ihm sehr wohl erinnere: einen Löwen auf einem Carneol.[2]

Nun sehe ich den Ort nach, wo Herr Klotz bei dem Caylus so etwas will gefunden haben, und sehe daß Caylus bloß sagt: »Ohngeachtet wir eine große Menge Aegyptischer Steine kennen, welche in die Tiefe geschnitten sind, so haben wir doch beinahe gar keine, an denen die Figuren erhaben geschnitten sind, und die wir ›pierres camées‹[3] nennen.« – Beinahe gar keine! Heißt das, keine? Vielmehr sagt Caylus damit, daß ihm einige bekannt gewesen.

Sonst hätte ich selbst ihm ein Paar nachweisen können Der schönste Aegyptische Stein, den *Natter* jemals gesehen, und der an trefflicher Arbeit keinem Griechischen etwas nachgab, war ein Cameo. Er stellt den Kopf einer Isis vor, und gehörte dem Marchese Capponi zu Rom. Einen ähnlichen, aber größern, besaß D. Mead.[4]

Ich glaube gläserne Pasten von beiden in der Stoschischen,

1 S. 27.
2 Samml. von Altert. B. 1. Taf. 1. Nr. 3.
3 Ebendas. S. 26. deutscher Übers.
4 Traité de la Methode antique etc. Pref. p. 7.

itzt Königl. Preußischen Sammlung gesehen zu haben. Herr Winkelmann sagt zwar,[5] daß das Original des erstern sich in dem Collegio des h. Ignatius zu Rom befinde; allein es kann aus dem Besitze des Marchese Capponi dahin gekommen sein. Wo das Original des zweiten sei, giebt Herr Winkelmann gar nicht an: doch der Umstand, daß er eine ähnliche Isis, nur etwas größer vorstelle, läßt vermuten, daß er in der Sammlung des D. Mead zu suchen gewesen. Irre ich mich; desto besser: so finden sich vortreffliche erhabne Aegyptische Steine mehr, die dem Herrn Klotz wohl hätten bekannt sein sollen.

Die nemliche Stoschische Sammlung enthält noch verschiedne andere, sowohl alte als neue Aegyptische Pasten, die alle von erhabnen Steinen genommen worden, und deren Originale in den Cabinetern entweder verstreut sind, oder verloren gegangen.

Die Fragen, in welche Herr Klotz über die vermeinte gänzliche Vermissung erhabner Aegyptischer Steine ausbricht, sind ebenfalls die verstümmelten Fragen des Caylus. Anstatt ihm so sonderbar nachzufragen, hätte er vielmehr die falsche Voraussetzung des Grafen rügen sollen. Weil die Kunst, die Steine tief zu arbeiten, und die ihr entsprechende Kunst, sie erhaben zu arbeiten, nicht wohl anders, als mit gleichen Schritten fortgehen können: so schließt Caylus, hätten sich auch die Steine von beiden Gattungen in gleicher Proportion vermehren müssen. Gewiß nicht; denn der Gebrauch damit zu siegeln, machte die von der einen Gattung notwendiger, als die von der andern; und folglich auch häufiger. Daher sind, nicht bloß bei den Aegyptischen Steinen, der Camei die wenigern: sondern bei allen. Der Luxus allein vermehrte die Camei; und wenn bei den Aegyptern der Camei gegen ihre vertieften Steine *ungleich* weniger waren, als bei den Griechen und Römern: so kam es nur daher, weil bei jenen der Luxus niemals so groß gewesen, als bei diesen. Das ist die Auflösung des Rätsels, die Caylus nicht erst von der Zeit hätte erwarten dürfen.

---

5 Descript. des Pier. gr. p. 9. 10.

Ich könnte hinzufügen, daß die Aegypter diejenigen gewesen, welche beide Arten des Schneidens auf ihren Steinen angebracht. Ich meine die so genannten *Scarabäi*, welche auf der flachen Seite tiefe Zeichen und Figuren, auf der hintern convexen Fläche aber einen erhaben geschnittenen Käfer zeigen. Herr Klotz muß aus seinem Caylus wissen,[6] daß sich unter diesen Käfern Stücke von sehr schöner Arbeit finden. Wenn Aelianus aber sagt,[7] daß die Käfer, welche die Aegyptischen Soldaten in ihren Ringen getragen, eingegrabener Arbeit gewesen wären: so hat Aelian entweder sich geirrt, oder es hat sich mit diesen Käfern gerade das Gegenteil von dem zugetragen, was Herr Klotz meinet, daß mit den andern Aegyptischen Steinen geschehen. Die von erhabner Arbeit sind nur allein übrig geblieben: ich wenigstens habe nie von einem tief gegrabenen Käfer dieser Art gehört.

ACHTZEHNTER BRIEF.

Mit einem andern Auge betrachtet Caylus, mit einem andern Winkelmann, die Werke der Hetrurischen Künstler. Caylus neiget sich noch immer gegen die Meinung des Buonarotti, welcher die Hetrurische Kunst Aegyptischen Ursprungs macht: Winkelmann hingegen will davon nichts wissen; sondern, wenn die Kunst durch Fremde nach Hetrurien gebracht worden, so waren es nach ihm die Pelasger, von welchen die Hetrurier den ersten Unterricht darin bekamen. Jenem ist es genug, daß ein Stein, den man für Hetrurisch hält, ein Scarabäus ist, um daraus auf die Verwandtschaft dieses Volkes mit den Aegyptern zurück zu schließen: dieser erkennt zwar in dem ältesten Hetrurischen Stile die Ähnlichkeit mit dem Aegyptischen; aber auch der älteste griechische Stil hatte diese Ähnlichkeit, und das ist genug, sie in den Hetrurischen Werken zu erklären, ohne deswegen zu einer

6 Erster Band, Taf. IX. Nr. 2.

7 Hist. Animal. Libr. X. cap. 15. – Εγγεγλυμμενον κανθαρον.

unmittelbaren Abstammung von den Aegyptern seine Zuflucht nehmen zu dürfen.

Mit welchen von beiden hält es Herr Klotz? – O, Herr Klotz hält es mit beiden: desto flinker geht das Abschreiben von Statten. Denn so ungefehr eine Verbindung, ist zwischen beiden bald gemacht. »An einigen ihrer Werke«, sagt er,[1] »kann man die Quelle wahrnehmen, woraus die Künste der Hetrurier geflossen: ich meine Aegypten. – Die Werke späterer Zeiten zeugen von einer Bekanntschaft mit Griechenland.« Die Werke späterer Zeiten: sehen Sie, nun hat Caylus und Winkelmann Recht; einer so gut wie der andere. Aber fragen Sie ja nicht: warum nur die Werke späterer Zeiten? Fragen Sie ja nicht: welche ältere Hetrurische Steine Hr. Klotz kennt, als den mit den fünf Helden vor Theben? und wie er selbst eben diesen Stein, drei Zeilen vorher, wegen seines Altertums rühmen, und dennoch gleich darauf die Bekanntschaft der Hetrurischen Künstler mit der griechischen Geschichte und Fabel, auf ihre Werke späterer Zeit einschränken können? Der Compilator kann sich widersprechen, so oft als er will.

Von den Hetruriern leitet Hr. Klotzen seine chronologische Ordnung auf die Griechen. »Zur höchsten Vollkommenheit«, schreibt er,[2] »ward die Steinschneiderkunst von den Griechen gebracht, welche dieselbe, nach der Meinung einiger Schriftsteller, von den Aegyptern empfangen, aber durch die Größe ihres Geistes erhoben hatten.« Geben Sie wohl Acht! Nach der Meinung einiger Schriftsteller, von den Aegyptern: aber nach seiner, und bessern, die sich auf die Chronologie gründet, von den Hetruriern! Oder wollen wir Herr Klotzen diese gar zu große Ungereimtheit lieber nicht behaupten lassen, ob er sie schon wirklich sagt? Gut, sie mag nichts als Mangel an Präcision sein; und wir wollen, was er da vorbringt, von einer andern Seite betrachten.

---

1 S. 28.
2 S. 29.

Wer sind die einigen Schriftsteller, welche behaupten, daß die Griechen die Steinschneiderkunst von den Aegyptern empfangen? Hr. Klotz, der die Quellen gebraucht zu haben versichert, verweiset uns desfalls auf Nattern. Natter ist keine Quelle; aber die Quellen werden sich bei dem Natter finden: gut. Ich schlage also Nattern nach, und finde, daß er allerdings sagt: »J'en conclus naturellement – que les Grecs et les autres Nations avoient emprunté leur Méthode de graver des Egyptiens et l'avoient perfectionnée, comme tant de savans l'ont déja prouvé évidemment.« Ein Stern verweiset mich unter den Text; und da stehen wirklich einige von diesen Gelehrten genannt: Plinius, Stosch und Mariette. Aber Stosch und Mariette gelten eben so viel als Natter und Klotz: und alles beruhet folglich auf dem Plinius, dessen Anführung, buchstäblich nachgeschrieben, so aussieht: Plin. lib. 35. c. 3. p. m. 346. »Anaglypho opere gemmis insculpere populis illis (Egyptis) mos erat, etc.«

Ich sage: Herr Klotz muß diese Anführung nicht nur nicht nachgeschlagen, sondern auch nicht einmal gelesen haben.

Denn wenn er sie gelesen hätte, würde er sich ihrer doch wohl da erinnert haben, wo er ganz und gar von keinen erhaben geschnittenen Aegyptischen Steinen wissen will. Wenigstens würde er seine Frage: »Hatten etwa die Aegypter keinen Geschmack an solchen Steinen?« zurück behalten haben; indem, nach den angeführten Worten des Plinius, sie gerade mehr Geschmack an erhaben, als an tief geschnittenen Steinen gehabt hätten; »anaglypho opere gemmis insculpere populis illis mos erat.« – Doch ich vergesse schon wiederum den Compilator, der sich schlechterdings an nichts zu erinnern braucht.

Nachgeschlagen hat er die Stelle wenigstens gewiß nicht. Denn wenn er sie nachgeschlagen hätte, würde er sie sicherlich – nicht gefunden haben; wenigstens da nicht gefunden haben, wo sie stehen soll. Sie steht nicht in dem dritten Kapitel des fünf und dreißigsten Buchs; sie steht in dem ganzen fünf und dreißigsten Buche nicht; kurz, sie steht in dem ganzen Plinius nicht, und Gott mag wissen, wo sie

Natter, oder Herr Deschamps, dessen Feder sich Natter bediente, hergenommen hat.

Wie gefällt Ihnen das? Was sagen Sie zu einem solchen Quellenbraucher, der aus der ersten der besten Pfütze schöpft, ohne sich zu bekümmern, was für Unreinigkeiten auf dem Grunde liegen?

NEUNZEHNTER BRIEF.

Von den Römern, in Absicht auf die Kunst, schwatzt Hr. Klotz[1] nach dem alten, von Winkelmannen[2] genugsam widerlegten Vorurteile, daß ihre Künstler einen eigenen Stil gehabt. »Wahre Kenner«, sagt er, »bemerken an den römischen Steinen eine trockne Zeichnung, ein ängstliches und plumpes Wesen, eine kalte Arbeit, und an den Köpfen weder Geist noch Charakter.« Über die wahren Kenner! Wenn das den römischen Stil ausmacht, so arbeiten alle Stümper im römischen Stile. Aber wer heißt denn diese wahre Kenner, alles was schlecht ist für römisch ausgeben? Gab es unter den griechischen Künstlern keine Stümper?

Der letzte Stoß, mit dem Hr. Klotz gegen die römische Kunst ausfällt, ist besonders merkwürdig. Auch ist er ganz von seiner eignen Erfindung, und mit einer Behändigkeit und Stärke geführt, daß ich gar nicht absehe, wie er zu parieren ist. »Die Römer«, versichert er, »hatten nicht einmal ein Wort in ihrer Sprache, einen Steinschneider anzudeuten.«

Was eine so gering scheinende Anmerkung aus dem Wörterbuche, mit eins für einen Aufschluß in die Geschichte der Künste geben kann!

Nun rede man mir ja nichts mehr von der Baukunst der Römer! Sie hatten ja nicht einmal ein Wort in ihrer Sprache, einen Baumeister anzudeuten.

---

1 S. 30 u. f.

2 Gesch. der Kunst S. 291. und 293.

Eben so wenig sage man mir von ihrer Dichtkunst! Sie hatten ja nicht einmal ein Wort in ihrer Sprache, einen Dichter anzudeuten.

Hingegen ist aus eben diesem Grunde klar, daß wir Deutsche ganz andere Architekten und Poeten haben müssen.

Nur fällt mir ein, – kaum getraue ich mir aber gegen einen Lateiner, wie Herr Klotz ist, einen solchen Einfall vorzubringen – ob es auch wirklich wahr ist, daß die Römer kein Wort in ihrer Sprache gehabt, einen Steinschneider anzudeuten?

»Sigilliarius«, woruber sich Hr. Klotz in der Note allein ausläßt, mag es freilich nicht sein; und besonders mag es, mit »Flaturarius« verbunden, (nicht »Flatuarius«, wie Hr. Klotz zweimal mit großen und mit kleinen Buchstaben drucken lassen) wohl etwas ganz anders heißen. »Hr. Walch«, sagt Hr. Klotz, »erklärt es richtiger durch signorum statuarumque ex metallo fuso fabricator.« Es kann sein; aber warum denn eben Hr. Walch? Schon in Fabers Thesauro war es durch χαλκευς ἀνδριαντοποιος erklärt. Ich für mein Teil möchte indes die Meister großer Werke nicht anders darunter verstehen, als in so fern ein Künstler, der das Große zu fertigen weiß, auch das Kleinere dieser Art machen kann. Denn für jenen war das Wort »Statuarius« insbesondere; und der »Sigilliarius«, denke ich, beschäftigte sich allein mit den kleinen Kunst- und Spielwerken, welche die Römer zum Beschlusse der Saturnalien einander schickten, und welche nach dem Savot und Rink, größtenteils aus Medaillen bestanden.

Aber was hat Hr. Klotz gegen das Wort »Scalptor«? Ich sollte meinen, es wäre ausgemacht, daß es in dem eigentlichsten Verstande einen Steinschneider bedeute.[3] Bei dem Plinius bedeutet es ihn gewiß, so oft es allein steht; und wenn er eine andere Art Künstler damit anzeigen will, so setzt er die besondere Materie, in der er arbeitet, hinzu. Er sagt,

3 Scalptores proprie qui gemmas cavant, hoc est, qui cavam faciunt in gemmis effigiem, quae pro sigillo solet insculpi. *Salmasius ad Solinum*, p. 1100. Edit. Par.

»scalptores et pictores hoc cibo utuntur oculorum causa«; er sagt, »adamantis crustae expetuntur a scalptoribus, ferroque includuntur«: hingegen sagt er, wenn er von Bildhauern redet, »haec sint dicta de marmorum scalptoribus«.

Auch kömmt, in alten Inschriften und Glossen, das Wort »cavator« und »cavitarius« vor, welches ganz und gar nichts anders als einen Steinschneider bedeutet, und von den neuern Griechen sogar in ihre Sprache übergenommen worden.[4]

ZWANZIGSTER BRIEF.

Nun kömmt Hr. Klotz auf die berühmtesten Steinschneider, neuer und alter Zeit.[1] Mit jenen, tut er, als ob er noch so bekannt sei; er läßt, die er für die vorzüglichsten hält, die Musterung passieren, und jeden mit einer kleinen Censur laufen. Seine Censuren aber sind lauter Scharwenzel, die man versetzen und vertauschen kann, wie man will, indem sie auf den einen eben so gut, wie auf den andern passen: »er hat sich mit Ruhm gezeigt; er erwarb sich allgemeine Hochachtung; er ist keinem Freunde der Kunst unbekannt.« Was lernt man aus solchen Lobsprüchen? – Daß uns der Erteiler nichts zu lehren gewußt.

Aber Hr. Klotz will uns nun mit aller Gewalt belehren: er schreibt also ohne Wahl und Prüfung aus, und lehrt auf gut Glück, es mag wahr oder falsch sein. »Philipp Christoph Beckern,« sagt er, »und Marcus Tuschern will ich das Lob des Fleißes nicht streitig machen.« Marcus Tuschern, das Lob des Fleißes! das will ihm Hr. Klotz nicht streitig machen! Hr. Klotz kennt also wohl recht viel geschnittene Steine von Marcus Tuschern? O! das wird ihm Marcus Tuscher noch im Grabe danken. Denn Marcus Tuscher wollte gar zu gern ein Edelsteinschneider heißen, und war ganz und gar keiner. –

4 Salmasius l. c.
1 S. 33-80.

Ganz und gar keiner? und Hr. Klotz macht ihn zu einem der fleißigsten? – Der Ausschreiber müßte sich hüten, zu dem was er findet, auch nicht eine Sylbe hinzu zu setzen! Hr. Klotz fand Tuschern beim Mariette als Steinschneider angeführt; ob wohl nicht, als einen fleißigen; der Fleiß ist sein Zusatz; und durch diesen Zusatz wird eine kleine Irrung des Mariette zu einer groben Unwahrheit. Lesen Sie nur folgende Stelle! »Mr. Mariette«, sagt Natter in seiner Vorrede[2] »se trompe encore au sujet de Mr. *Marc Tuscher* de Nuremberg, qui n'a jamais gravé en pierres fines. C'étoit un Peintre qui avoit le foible de vouloir passer aussi pour un Graveur. Il a modélé son propre Portrait en cire molle, fort en petit; il en a fait une empreinte en platre, et puis en pâte de differentes couleurs; entr'autres en couleur d'Aigue-marine, dont Mr. *Ghinghi*, qui étoit alors Graveur du Grand-Duc de Toscane, a retouché les cheveux, et poli la face. Il a gravé à la verité la tete de Minerve en pierre Paragone, mais cela se peut faire avec une simple aiguille et un canif sur cette pierre, mais non sur des pierres fines.«

Von den alten Meistern hat Hr. Klotz so etwas hingeworfen, was weder halb noch ganz ist. Unter denen, die man in Schriften genennt findet, vergißt er den *Cronius*, dessen Plinius mit dem Pyrgoteles und Apollonides zugleich gedenkt: und von denen, deren Namen bloß auf Steinen vorkommen, bringt er keinen einzigen bei, den er nicht aus dem bekannten Stoschischen Werke genommen hätte. Er scheinet nicht einmal gewußt zu haben, daß Stosch an einem zweiten Teile dieses Werks gesammelt; daß verschiedene dazu gesammelte Stücke in seiner von Winkelmann beschriebenen Daktyliothek anzutreffen; und daß so gar von einigen sehr schöne Kupfer, die Schweickart nach Marcus Tuschers Zeichnung gestochen, gewissen Exemplaren des Winkelmannischen Werkes einverleibet sind. Er hätte sonst den *Phrygillus* anführen müssen, dessen auf der Erde sitzender Cupido, mit einer offenen Muschel neben sich, unter allen bekannten

2 Pref. XXXI.

griechischen Steinen einer der schätzbarsten ist; so wohl in Ansehung der Kunst und Arbeit, als des hohen Alters, an welchem ihm, nach dem Zuge der Buchstaben in dem Namen des Künstlers zu urteilen, kein einziger von den beschriebenen Steinen beikömmt.[3] Er hätte sonst, unter den Werken des Solons die Bacchantin auf einer alten Paste nicht vergessen müssen, die uns eine weit größere Idee von diesem Künstler macht, als uns die bisher von ihm bekannten Steine gewähren können.[4]

Der historischen Nachrichten von den alten Künstlern sind freilich wenige. Dieses hindert aber nicht, daß nicht über verschiedne dem ohngeachtet vielerlei anzumerken sein sollte. Über den Dioscorides, z. E. oder wie wir ihn eigentlich schreiben sollten, Dioscurides; denn so hat er sich auf seinen Steinen selbst geschrieben; so hat ihn Torrentius in verschiednen Handschriften des Svetons geschrieben gefunden. Von den Steinen, die seinen Namen führen, hat man nicht wenige für untergeschoben zu halten; und von denen, die man ihm nicht absprechen kann, werden verschiedne ganz falsch gedeutet. Die zwei Köpfe des Augustus beim Stosch, können keine Köpfe des Augustus sein; der so genannte Diomedes mit dem Palladio, stellt vielleicht ganz etwas anders vor; u. s. w.

Doch mit den Unterlassungssünden des Hr. Klotz muß ich mich ja nicht abgeben. Ich würde kein Ende finden!

EIN UND ZWANZIGSTER BRIEF.

Lassen Sie sehen, was Hr. Klotz von der Materie, in welche diese Künstler arbeiteten, von den Steinen als Steinen, weiß.

»Die alten Künstler«, schreibt er,[1] »gruben in alle Arten von kostbaren Steinen. Mariette sagt, daß er so gar schöne

3 Winkelmann, Descript. des pier. gr. p. 137.
4 ibid. p. 251.
1 S. 40.

Smaragde und Rubinen gesehen habe, in welche der Steinschneider Figuren geschnitten. Aber dieses scheinet mir seltner geschehen zu sein, am seltensten mit dem Rubin, wegen seiner Härte und großem Werte. Selten sind auch ihre Werke in Sapphir. Am häufigsten brauchten sie zu hohlgegrabnen Werken den Carneol und Agath, von einer Farbe, so wie sie sich bei erhabnen Werken der verschiednen Agathonyche und Sardonyche bedienten.«

Wie vieles wäre hier zu erinneren! Wie manches müßte geändert und genauer ausgedruckt werden, ehe es von einem Manne geschrieben zu sein scheinen könnte, der in diesen Dingen kein Fremdling ist.

Es sei, daß die alten Künstler, so gut wie die neuern, in alle Arten von Edelsteinen schneiden können; es sei, daß sie wirklich in alle geschnitten haben. Ihre Werke auf eigentliche Edelsteine waren darum doch eben so selten, als dergleichen zu unsrer Zeit sind, und es ist bloße Declamation, wenn Hr. Klotz an einem andern Orte[2] schreibt, »daß jene Neigung der Alten zu den Ringen mit geschnittenen Steinen, einen bessern Geschmack anzeige, als man heut zu Tage habe, da man bloß geschliefene Steine, ohne daß die Erfindung oder Arbeit des Steinschneiders sich auf eine Art daran gezeigt hätte, die uns unterrichten oder ergötzen könnte, hoch schätzt, und mit ungeheuren Summen bezahlt.« – Dergleichen Steine, die man itzt mit ungeheuren Summen bezahlt, hielt auch das Altertum, wie ich schon erinnert habe, für viel zu gut, sie von der Kunst verletzen zu lassen. Auch schon vor Alters dünkte es der Prachtliebe von besserm Geschmacke, dergleichen Steine als bloße Steine zu tragen;[3] und nur denen von geringerm Werte, ließ man durch die Kunst einen höhern Wert erteilen, »ut alibi ars, alibi materia esset in pretio«. Und wahrlich so gehört es sich auch! Denn wenn die Kunst nicht

2 S. 21.

3 Alias deinde gemmas luxuria violari nefas putavit, ac ne quis signandi causam in annulis esse intelligeret, solidas induit. *Plinius lib. XXXIII.* sect. 6.

ausdrücklich, zur leichtern und glücklichern Behandlung, die kostbarere Materie erfodert: so ist es albern, und zeigt gerade von keinem Geschmacke, und zeigt von nichts, als einer barbarischen Verschwendung, diese kostbarere Materie dem ohngeachtet, vorzüglich vor der weniger kostbaren, aber zur Behandlung mehr geschickten Materie, zu brauchen.

Wenn folglich die Alten auch schlechterdings nie in Diamant, oder Smaragd, oder Rubin geschnitten hätten; wir Neuern hingegen hätten in nichts als solche Steine geschnitten: so würde dieses doch auf keine Weise ein Vorzug für unsre Künstler sein; gesetzt auch, daß ihre Arbeit vollkommen so gut, als die Arbeit der alten Künstler wäre. Zwar gehört die Härte mit unter die Eigenschaften, welche den Wert eines Steines erhöhen; und derjenige Künstler, der einen ungleich härtern Stein bearbeitet, findet ungleich größere Schwierigkeiten zu übersteigen, als der, welcher einen geschmeidigern unter Händen hat. Aber die überstiegene Schwierigkeit machte bei den Alten keine Schönheit mehr, und ihren Künstlern kam es nie ein, sich mutwillig Schwierigkeiten zu schaffen, um sie überwinden zu können.

Wenn ein Natter zwölfmal mehr Zeit braucht, einen Kopf in einen Diamant zu schneiden, als in einen andern orientalischen Stein:[4] warum soll Natter seiner Zeit und seiner Ehre so feind sein, und für zwölf Kunstwerke nur eins machen? Was hilft es ihn, daß dieses eine von Diamant ist? Der Diamant hat nicht gemacht, daß seiner Kunst ein einziger Schwung sanfter, ein einziger Druck kräftiger geraten: aber die Kunst hat den Diamant verhunzt. Der Diamant hat von seiner Masse, hat von seinem Feuer verloren: und warum? wozu? Eben die Kunst, die uns diesen Verlust kaum kann vergessen machen, würde jeden geringern Stein in einen Diamant veredelt haben.

Und so wollte ich sicher annehmen, daß überall, wo in den alten Schriftstellern eines besonders kostbaren Ringes oder Steines gedacht wird, ein Stein ohne Figuren zu verstehen

4 Pref. XVI.

sei. Von dem, zu dessen freiwilligem Verluste sich Polykrates entschloß, um die neidische Gottheit zu versöhnen, die sein ununterbrochnes Glücke leicht beleidigen dürfte, sagt es Plinius ausdrücklich; ja seine Worte[5] scheinen sogar anzudeuten, daß dieser Stein nicht einmal geschliffen, sondern völlig so gewesen, wie er aus der Hand der Natur gekommen.

Hingegen bin ich völlig der Meinung, daß, wenn Eupolis den Cyrenäern nachsagte,[6] daß der geringste von ihnen einen Siegelring trage, der zehn Minen koste, dieser Vorwurf der Verschwendung mehr auf die zu teuren Steine gieng, welche sie ungeschnitten in ihren Ringen trugen, oder geschnitten zu ihren Siegeln mißbrauchten, als auf den zu großen Lohn, den sie dem Künstler für den Schnitt entrichteten.

ZWEI UND ZWANZIGSTER BRIEF.

Allerdings ist es ganz ohne Grund, wenn Hr. Klotz in dem Ringe, welcher die Feindschaft zwischen dem Cäpio und Drusus veranlaßte, so wie in dem Opale, der dem Nonius die Verbannung zuzog, geschnittene Steine finden will.[1] Aber über den Ring des Polykrates, meinen Sie, dürfte dem Plinius weniger zu glauben sein, als dem Herodotus, und Strabo und Pausanias und Tzetzes, die nicht allein ausdrücklich sagen, daß der Stein desselben ein geschnittener Stein gewesen, sondern auch den Meister nennen, der ihn geschnitten habe.

Und doch halte ich es lieber mit dem Plinius! Nicht zwar deswegen, weil Plinius sagt, daß dieser Stein des Polykrates, welcher ein Sardonyx gewesen, noch bei seiner Zeit zu Rom, in dem Tempel der Concordia, gezeigt worden, und er sich also mit seinen eigenen Augen belehren können; denn er

---

5 Polycratis gemma, quae demonstratur, illibata intactaque est. Lib. XXXVII. sect. 4,

6 Aelianus Hist. var. Lib. XII. cap. 30.

1 S. 21.

selbst sagt das, weil er es sagen hören, nicht weil er es wirklich glaubt:[2] sondern ich gründe mich auf etwas anders. Auf den Künstler nemlich, der ihn geschnitten haben soll.

Theodorus von Samos wird als dieser genennt. Nun aber sagt das ganze Altertum, daß dieser Theodorus in Metall gearbeitet, und zugleich ein Baumeister gewesen. Wäre es fast nicht ein wenig zu viel, ihn auch zum Steinschneider zu machen? Und wie, wenn der Ring, von dem die Rede ist, sein Werk sein könnte, wenn er auch kein Steinschneider gewesen wäre? wenn er ihn nemlich bloß gefaßt hätte? Ohne Zweifel paßt dieses zu seiner anderweitigen Kunst besser; und Herodotus scheinet in der Tat auch nichts anders sagen zu wollen: ἦν ὁι σφρηγις την ἐφορεε χρυσοδετος – ἦν δε ἐργον ϑεοδωρου του Τηλεκλεος Σαμιου. »Polykrates hatte einen in Gold gefaßten Stein, welcher ein Werk des Theodorus war.« Ich verstehe, in so fern er gefaßt war; nicht aber, in so fern er irgend eine eingeschnittene Figur enthielt. Denn es ist falsch, was Kuhnius[3] und andere sagen, daß σφραγις notwendig

2 »Sardonychem« heißen die Worte des Plinius, »eam gemmam fuisse constat: ostenduntque Romae, si credimus, Concordiae delubro, cornu aureo Augusti dono inclusam, et novissimum prope locum tot praelatis obtinentem.« Dieses giebt unser deutscher Übersetzer: »und man zeigt ihn, wo wir's glauben wollen, zu Rom in der Kapelle der Eintracht, wo er durch das Geschenk der Kaiserin in ein goldnes Horn eingeschlossen ist, und da ihm so viele vorgezogen sind, fast den letzten Ort behauptet.« Ich zweifle, ob man daraus versteht, was Plinius sagen wollen, und was er für ein goldnes Horn gemeinet, in welchem sich dieser Stein befand. Ich glaube, er meinte das Füllhorn, mit welchem die Göttin der Eintracht vorgestellet wird. Dieses war mit Edelsteinen besetzt, unter welchen sich auch der Sardonyx des Polykrates, wie man vorgab, befand; aber fast ganz unten, wo er so vielen andern nachstehen mußte, zum Beweise, wie sehr der Luxus in diesen Kostbarkeiten, seit den Zeiten des Polykrates, gestiegen.

3 Σφραγιδες differebant ἀπο των δακτυλιων in eo, quod signa quaedam habebant insculpta in gemmis. *In Indice ad Ael. Hist. var.*

einen Ring mit einem geschnittenen Steine bedeute; es kann eben so wohl einen Ring mit einem bloßen ungeschnittenen Steine bedeuten. Denn Pollux sagt ausdrücklich:[4] ὁυτω (σφραγιδας) τους ἐπισημους δακτυλιους ὠνομαζον, τους τα σημαντρα, ἠ λιθους ἐν ἀυτοις ἐχοντας, und beim Theophrast heißen σφραγιδια durchgängig alle Edelsteine überhaupt, wie man sie in Ringen zu tragen pflegt, ohne Absicht auf darein gegrabene Zeichen oder Bilder.

Indes ist es auch nicht zu leugnen, daß σφραγις öfters im engern Verstande das ἐκμαγειον, das Bild, die Figur bedeute, welche auf den Stein geschnitten ist, und sich in dem Wachse abdrückt. Ja, eben diese Zweideutigkeit scheinet mir die Ursache zu sein, warum man in der angeführten Stelle des Herodotus einen Steinschneider zu finden geglaubt, wo man nichts als einen Goldarbeiter sehen sollen. Was bei dem Herodotus σφρηγις σμαραγδου λιθου ἐουσα heißt, heißt bei dem Pausanias[5] ἐπι του λιθου της σμαραγδου σφραγις: und man muß sonach erst dieses wiederum in jenes übersetzen, wenn man sich nicht eine ganz falsche Vorstellung davon machen will.

Ich halte mich bei dieser Kleinigkeit auf, weil es mir vorkömmt, als habe uns Plinius die Epoche der erfundenen, oder in Griechenland wenigstens bekannter gewordenen Kunst in Stein zu schneiden, zwischen die Zeiten des Polykrates und Ismenias wollen vermuten lassen.[6] Er sagt: »Polycratis gemma, quae demonstratur, illibata intactaque est: Ismeniae aetate multos post annos, apparet scalpi etiam smaragdos solitos.« »Der Edelstein des Polykrates war völlig unverletzt: und erst zu den Zeiten des Ismenias, viele Jahre nachher, zeigt es sich, daß man auch in Smaragd geschnitten.« Ein geschnittener Stein aus den Zeiten vor dem Polykrates, war dem Plinius also nicht vorgekommen; und der Smaragd des Ismenias war der erste geschnittene Stein, dessen er erwähnt gefunden.

4 Lib. V. segm. 100.
5 Libr. VIII. p. 629. Edit. Kuh.
6 Lib. XXXVII. Sect. 4.

Dieses Datum aber fiele weg, wenn man notwendig zugeben müßte, daß Theodorus von Samos auch in Edelsteinen gearbeitet habe. Indes hätte Hr. Winkelmann es immer als ausgemacht annehmen mögen: wenn er das Zeitalter dieses Künstlers nur nicht überhaupt so sehr unrichtig bestimmt hätte. »In Erzt«,[7] sagt er, »müßte man in Italien weit eher als in Griechenland gearbeitet haben, wenn man dem Pausanias folgen wollte. Dieser macht die ersten Künstler in dieser Art Bildhauerei, einen Rhöcus und Theodorus aus Samos, namhaft. Dieser letzte hat den berühmten Stein des Polykrates geschnitten, welcher zur Zeit des Crösus, also etwa um die sechzigste Olympias, Herr von der Insel Samos war. Die Scribenten der römischen Geschichte aber berichten, daß bereits Romulus seine Statue, von dem Siege gekrönt, auf einem Wagen mit vier Pferden, alles von Erzt, setzen lassen, u. s. w.«

Es folgt nicht, weil Theodor den Stein des Polykrates geschnitten, weil er die große Vase von Silber gearbeitet hatte, welche Crösus in den Tempel zu Delphi schenkte, daß er darum ein Zeitverwandter des Polykrates und Crösus gewesen. Crösus und Polykrates konnten im Besitze dieser Kunstwerke sein, ohne sie dem Meister selbst aufgegeben zu haben. Dieser konnte längst vor ihnen gelebt haben: und muß auch. Denn Plinius sagt ausdrücklich: »Plasticen invenisse Rhoecum et Theodorum tradunt, multo ante Bacchiadas Corintho pulsos.« Diese Vertreibung der Bacchiaden geschah durch den Cypselus, um die dreißigste Olympiade; und das »multo ante« des Plinius bringt das Zeitalter des Theodorus den Zeiten des Romulus ungleich näher: ja beide können gar wohl als völlig zeitverwandte Personen betrachtet werden.

Aus dem Clemens Alexandrinus lernen wir zwar, daß Polykrates mit einer Leier gesiegelt;[8] und Junius vermutet, daß diese eben das Sinnbild gewesen, welches Theodorus auf

7 Geschichte der Kunst. S. 16.

8 Paedag. Lib. III. p. 289. Edit. Pott.

jenen Stein geschnitten. Aber wir wissen, daß man in den ältesten Zeiten auch mit Ringen von bloßem Metall siegelte, in welches die Namen oder Sinnbilder gegraben waren: und folglich kann die Nachricht des Clemens ihre Richtigkeit haben, ohne daß darum die Nachricht des Plinius falsch ist. Denn in dieser ist nicht von bloßen Siegelringen, sondern von Siegelringen mit geschnittenen Steinen die Rede; und es ist der Natur der Sache gemäß, daß jene längst im Gebrauche gewesen, ehe diese aufgekommen.

DREI UND ZWANZIGSTER BRIEF.

Zum Beweise, daß die Cyrenäer von je her als ein der Verschwendung und Wollust äußerst ergebenes Volk bekannt gewesen, führt Aelian aus dem Eupolis an, daß der geringste von ihnen einen Ring von zehn Minen getragen, ὁς τις ἀυτων ἐυτελεστατος σφραγιδας ἐιχε δεκα μνων; und setzt hinzu: παρην δε θαυμαζεσθαι και τους διαγλυφοντας τους δακτυλιους; »denn man hatte Ursache die, welche die Ringe gestochen hatten, zu bewundern«.

Aber hier muß man den Zusatz des Aelians von dem Zeugnis des Eupolis unterscheiden. Es ist bloß die Auslegung des Aelians, daß diese Ringe wegen der Arbeit des Steinschneiders so kostbar gewesen. Denn σφραγιδες, wie schon erinnert, heißen nicht eben notwendig Ringe mit geschnittenen Steinen; und wenn sie es auch hier hießen, so ist darum noch nicht ausgemacht, ob der Stein, oder die Arbeit in dem Steine, das mehreste gekostet.

Ich weiß wohl, auch *Christ*[1] hat das letztere angenommen,

1 Comment. Lips. litt. Vol. I. p. 325. Wenn Christ die Worte des Aelians daselbst anführt, so sagt er: »Haec autem sunt ejus verba, de Commentariis Eupolis petita, super moribus Cyrenensium.« Aelian aber citiert den Eupolis bloß ἐν τῳ Μαρικᾳ; und Marikas war der Titel eines seiner Lustspiele, in welchem er der Verschwendung der Cyrenäer ohne Zweifel nur im Vorbeigehen

um daraus zu zeigen, wie hoch die Alten die Kunst des Steinschneidens geschätzt, und wie gut sich die Meister derselben bezahlen lassen. Er evaluiert die zehn Minen über hundert und sechs und sechzig Taler itzigen Geldes; und meint, daß dieses der ganz gewöhnliche Preis eines geschnittenen Steines gewesen. Aber ich finde, daß die geschnittenen Steine zu eben den alten Zeiten weit wohlfeiler gekauft wurden. Ismenias durfte für einen Smaragd, auf welchen eine Amymone gestochen war, nicht mehr als vier güldene Denare bezahlen, ob er gleich gern sechse dafür bezahlt hätte; und vier güldene Denare machen, nach eben dem Fuße evaluiert, welchen Christ angenommen, nicht viel mehr als sechzehn Taler. Nun ist der Unterschied von sechzehn auf hundert und sechs und sechzig Taler ohne Zweifel zu groß, als daß er bloß von der mehr oder weniger trefflichen Arbeit hätte entstehen sollen; und die Ringe der Cyrenäer müssen nicht bloß besser geschnittene, sondern auch an und für sich selbst ungleich teurere Steine gehabt haben.

Was Plinius von dem Smaragde des Ismenias erzählt, ist von Harduin und andern sehr falsch verstanden worden, so deutlich auch die Worte des Plinius sind. Erlauben Sie mir, sie her zu setzen![2] »Nec deinde alia, quae tradatur, magnopere gemmarum claritas exstat apud auctores: praeterquam Ismeniam choraulem, multis fulgentibusque uti solitum, comitante fabula vanitatem ejus, indicato in Cypro sex aureis denariis smaragdo, in quo fuerat sculpta Amymone, jussisse numerari: et cum duo relati essent, imminuto pretio, male hercules curatum, dixisse: multum enim detractum gemmae dignitati.« Ismenias erfährt, daß in Cypern ein geschnittener Smaragd für sechs güldene Denare zu verkaufen sei; geschwind schickt er einen hin, der solchen um diesen Preis für ihn kaufen soll. Der Besitzer läßt sich handeln; Ismenias bekömmt den Stein für vier Denare, und zwei Denare wieder

gedachte. Wie hat Christ aus diesem Lustspiele eigene Commentarii super moribus Cyrenensium machen können?

2 Lib. XXXVII. sect. 3.

zurück. Anstatt aber, daß er hierüber vergnügt sein sollte, ist er vielmehr ärgerlich. Der Stein, sagt er zu dem Unterhändler, ist nun das nicht mehr, was er gewesen; um so viel wohlfeiler du ihn bekommen, um so viel schlechter hast du ihn gemacht. Die Worte, »et cum duo relati essent«, beziehen sich offenbar auf »denarios aureos«. Harduin aber nimmt es so, als ob bei »duo« zu verstehen wäre »Smaragdi«, und glaubt, Ismenias hätte für seine sechs Denare zwei Smaragde statt einem bekommen. »Mercatorem«, sagt er, »puduit tanti aestimasse vel unicum: pretio persoluto duos emptori obtulit.« Eben so hat auch unser deutscher Übersetzer den Plinius verstanden. »Es sei in Cyprus ein Smaragd für sechs goldene Denare feil geboten worden, in welchem die Amymone eingegraben war, und er habe das Geld dafür bezahlen lassen: als man ihm nachher zwei dafür brachte, habe er gesagt, u. s. w.« »Relati« kann nur auf etwas gehen, was Ismenias wiederbekam; was er erst gegeben hatte; und das waren die zwei Denare. Wie hätte auch der Verkäufer, statt einem solchen Steine, gleich zwei geben können, da es kein bloßer, sondern ein geschnittener Smaragd war? Die Sache spricht für sich selbst.

Ismenias war ein Zeitverwandter des Antisthenes,[3] wel-

3 Plutarch merkt in dem Eingange zu dem Leben des Perikles an, daß es Geschicklichkeiten gäbe, die wir bewundern könnten, ohne die, welche sie besitzen, hoch zu schätzen; daß wir uns über ein Werk freuen können, dessen Meister wir verachten. Antisthenes habe daher sehr wohl gesagt, als er gehört, daß Ismenias ein sehr geschickter Flötenspieler sei: »doch muß er ein schlechter Mensch sein, sonst wäre er kein so guter Flötenspieler.« Antisthenes liebte die Musik überhaupt nicht, die er zu den Weichlichkeiten des Lebens zählte, an welchen der Weise keinen Geschmack haben müsse. Als einst bei einem Gastmahle jemand zu ihm sagte; Singe: so antwortete er ihm; Und du blase mir. Ειποντος ἀυτῳ τινος παρα ποτον, ᾆσον, Συ μοι, φησιν, ἀυλησον. Die Antwort sagt gar nichts, wenn sie nicht eben das sagt, was wir bei den deutschen Worten verstehen würden! Ganz gewiß eine sehr unflätige Grobheit; die sich aber ein Cyniker gar wohl

cher den Sokrates überlebte. Man kann annehmen, daß er gegen die neunzigste Olympiade geblühet. Ohngefehr in eben diese Zeit muß die Komödie des Eupolis fallen, aus welcher Aelian sein obiges Zeugnis von der Verschwendung der Cyrenäer entlehnte. Denn wir wissen aus dem Quintilian,

---

erlaubte. Doch ich will hier nicht von dem Hasse des Antisthenes gegen die Musik, auch nicht von der Möglichkeit oder Unmöglichkeit reden, durch unablässige Übung eine nichtswürdige Geschicklichkeit auf den höchsten Grad ihrer Vollkommenheit zu bringen, und dabei dennoch ein guter rechtschaffener Mann zu sein: ich betrachte itzt nur das Urteil des Antisthenes, als einen Beweis, daß Ismenias ein Zeitverwandter dieses Philosophen gewesen. Nun hatte Antisthenes selbst schon Schüler, als er sich zum Sokrates in die Schule begab, und kann diesen nicht viel überlebt haben. Folglich kann auch Ismenias, welcher bei Lebzeiten des Antisthenes schon ein vollkommner Meister war, nicht viel älter geworden sein als dieser. Sokrates starb gegen den Anfang der 95 Olympias; man lasse den Antisthenes zwanzig Jahre länger als den Sokrates, und den Ismenias zwanzig Jahre länger als den Antisthenes gelebt haben; so ist Ismenias doch in der 105ten Olympias schon tot gewesen. Gleichwohl lesen wir bei dem Plutarch (Αποφϑ. Βασ. ϰαι Στρ. Edit. Henr. Steph, in 8. p. 304.) unter den denkwürdigen Sprüchen des Atheas folgendes: Ισμηνιαν, τον ἀριστον ἀυλητην, λαβων ἀιχμαλωτον, ἐϰελευσεν ἀυλησαι. ϑαυμαζοντων δε των ἀλλων, ἀυτος ὠμοσεν ἡδιον ἀϰουειν του ἱππου χρεμετιζοντος. »Atheas, oder wie ihn Plutarch schreibt, Ateas, habe den berühmten Flötenspieler Ismenias gefangen bekommen, und ihn vor sich blasen lassen. Als ihn nun die andern sehr bewundert, habe Atheas geschworen, das Wiehern eines Pferdes sei ihm weit angenehmer.« Dieser Atheas war der König der Scythen, mit welchen Philippus König von Macedonien Krieg führte; und dieser Krieg fällt in die 110 Olympiade. Wie ist es wahrscheinlich, daß dieser Ismenias unser Ismenias gewesen sei? Wenn er auch damals noch leben können, so wird ein Mann von seinem Alter doch nicht mehr in den Krieg gezogen sein. Er lebte und lehrte zu Athen: wie wäre er unter das Heer des Königs von Macedonien gekommen? Hier ist nicht die geringste Wahrscheinlichkeit, und der Flötenspieler, welchen Atheas gefangen bekam, muß entweder ein ganz andrer Ismenias

daß Eupolis unter seinem Marikas den Hyperbolus verstanden habe, welcher in der zwei und neunzigsten Olympiade zu Samos umgebracht wurde.[4]

Dieser Synchronismus leitet zu verschiednen Schlüssen in der Geschichte der ältesten Kunst.

Als in Griechenland die geschnittenen und ungeschnittenen Steine nur erst ein eitler aber fast unentbehrlicher Putz für die Finger der Flötenspieler waren; als ein Ismenias von Athen bis nach Cypern schickte, um Einen, lieber teurer als wohlfeiler, für sich kaufen zu lassen: waren sie in Ländern von Afrika schon so gemein, daß der geringste Cyrenäer keinen schlechtern, als für zehn Minen, zu tragen pflegte. Zu den Cyrenäern war die Kunst ohne Zweifel von den Aegyptern gekommen; aber von der Ausbreitung der Kunst aus diesem ihrem Geburtslande gegen Afrika, wissen wir sonst wenig oder nichts.

Der sechsjährige Krieg, welchen die Athenienser in der acht und neun und siebzigsten Olympiade, in Aegypten führten, machte die Griechen, dünkt mich, mit den Künsten

---

gewesen sein; oder dieser Name ist selbst bei dem Plutarch verschrieben. Ich glaube das letztere. Denn obschon Plutarch das nemliche Histörchen noch an zwei andern Orten seiner Schriften wiederholt hat; (nemlich einmal in der Abhandlung Οτι ὀυδε ζην ἐστιν ἡδεως κατ Ἐπικουρον p. m. 2010, und das anderemal in der zweiten Rede περι της Αλεξανδρου τυχης ἠ ἀρετης p m. 595.), und obgleich an beiden Orten, nach der Ausgabe des Henricus Stephanus, deren ich mich bediene, so wie in den denkwürdigen Reden, Ισμηνιας gelesen wird: so ist doch gewiß, daß nicht alle Ausgaben so lesen, folglich nicht alle Handschriften so gelesen haben, und man in verschiedenen Αμεινιας anstatt Ισμηνιας findet. Paulus Leopardus (Emendat., Lib. XII. cap. 2.) will zwar jenes in dieses verwandelt wissen, allein aus den von mir angeführten Gründen, hätte er vielmehr grade das Gegenteil raten sollen. Auch Xylander schreibet in seiner lateinischen Übersetzung der Denksprüche Ameinias anstatt Ismenias; und Aminias ist endlich auch nichts weniger als ein ungewöhnlicher Name.

4 Thucyd. Lib. VIII. § 73.

der Aegypter bekannter, als sie es bisher durch Vermittelung verpflanzter Familien und Völker, durch die Gemeinschaft des Handels, und durch Reisen einzler Personen werden können. Ich erinnere mich aus dem Thucydides,[5] daß, als damals die Athenienser endlich von den Persern wieder aus Aegypten vertrieben wurden, der Rest von ihnen sich durch Libyen nach Cyrene retteten, und von da in ihr Vaterland zurück kamen. Und ohne Zweifel waren es diese, welche von der Pracht und Verschwendung der Cyrenäer so viel Aufhebens machten, daß die Komödienschreiber noch verschiedne Jahre nachher darauf anspielten.

Aus der Anmerkung des Plinius,[6] daß die Eitelkeit, sich mit vielen glänzenden Steinen zu schmücken, bei den Griechen Anfangs den Flötenspielern eigen gewesen, glaube ich eine Stelle des Aristophanes[7] besser zu verstehen, als sie von alten und neuen Auslegern verstanden worden. Wenn nemlich Sokrates den Strepsiades bereden will, daß die Wolken wirkliche Gottheiten wären, so macht er ihm eine Menge Personen namhaft, die alle durch sie lebten; Sophisten, Wahrsager, Ärzte, Σφραγιδονυχαργοκομητας u. s. w. Dieses Wort bedeutet, nach seiner Zusammensetzung, Leute, welche ihre Finger bis an die weißen Nägel mit Steinringen bestecken: und man hat nichts als ἀσωτους, Weichlinge, darunter verstanden; wie es denn auch die *Dacier* bloß durch »Effeminés« übersetzte. Doch, wenn man erwägt, daß es unter Namen von Leuten steht, welche irgend eine windigte, betriegerische, eitle Kunst treiben, und sich erinnert was Plinius, in Rücksicht auf die damaligen Sitten, »tibicinum gloria tumere« nennt: so ist wohl kein Zweifel, daß Aristophanes mit dieser komischen Benennung die Flötenspieler anstechen wollen.

---

5 Libr. I. § 110.

6 Hic (Ismenias) videtur instituisse, ut omnes musicae artis hac quoque ostentatione censerentur. – Sorte quadam his exemplis initio voluminis oblatis adversus istos, qui sibi hanc ostentationem arrogant, ut palam sit eos tibicinum gloria tumere. l. c.

7 Nub. v. 331.

Auch davon, daß erst in den Zeiten des Peloponnesischen Krieges, sich die Griechen der geschnittenen Steine zu Siegeln zu bedienen angefangen, glaube ich in dem Aristophanes die Spur gefunden zu haben. Denn unter andern Dingen, welche er die Weiber in seinen *Thesmophoriazusen*[8] dem Euripides zur Last legen läßt, ist auch dieses, daß er die Männer gelehrt habe:

– θριπηδες' ἐχειν σφραγιδια
Εξαψαμενους. –

Vordem hätten die Männer sich nur ganz schlechter Schlüssel und Ringe bedient, wenn sie etwas verwahren wollen; die Weiber hätten sich, für ein sehr weniges, dergleichen können nachmachen lassen;

Προτου μεν ὀυν ἠν ἀλλ' ὑποιξαι την θυραν,
Ποιησαμεναισι δακτυλιον τριωβολου –

aber der verwünschte Euripides sei es, der ihnen die lakonischen Schlüssel mit drei Zacken, und die σφραγιδια θριπηδεστα bekannt gemacht habe. Wirkliches von Würmern gefressenes Holz, dergleichen man sich in den allerersten Zeiten zu Siegeln soll bedient haben, kann eben darum hier nicht zu verstehen sein. Es müssen also entweder Steine verstanden werden, die nach Art eines solchen Holzes geschnitten waren; oder das θριπηδεστα ist bloß figürlich von der so besondern Kleinheit der in dem Steine enthaltenen Figuren zu nehmen, daß sie eher von Würmern hinein genagt, als von Menschen hinein gearbeitet scheinen sollten. In beiden Fällen erhellet so viel, daß der Gebrauch mit geschnittenen Steinen zu siegeln, unter den Griechen damals noch sehr neu gewesen, weil ihn sonst die Weiber unmöglich zu einer Erfindung des Euripides hätten machen können.

8 V. 435. 36.

VIER UND ZWANZIGSTER BRIEF.

Wir haben über die Nachsuchung, zu welcher Zeit die Kunst, in Stein zu schneiden, bei den Griechen in Schwung gekommen, den Hrn. Klotz ganz aus dem Gesichte verloren. – Ich wollte Sie von seiner Kenntnis der Edelsteine, als Edelsteine, unterhalten.

Wenn Hr. Klotz aus dem Mariette anführt, daß sich so gar schöne Smaragde und Rubinen fänden, auf welchen alte Steinschneider ihre Kunst gezeiget, so setzt er, wie Sie gesehen, hinzu: »aber dieses scheinet mir selten geschehen zu sein, am seltesten mit dem Rubin, wegen seiner Härte und großem Werte«.

Die erste Hälfte dieses Zusatzes versteht sich von selbst; zwar bei Hr. Klotzen sollte sie sich nicht von selbst verstehen, der kurz zuvor die Neigung der Alten zu geschnittenen Steinen so sehr übertrieben, und so sehr wider den vermeinten neuern Geschmack an bloßen Steinen geprediget hatte, »die ungeheure Summen kosten, ohne daß die Erfindung oder Arbeit des Steinschneiders sich auf eine Art daran gezeigt hätte, die uns unterrichten oder ergötzen könnte«. Denn bei einem solchen Eifer für das Schöne der Kunst, als er den Alten beilegt, hätte dem Liebhaber kein Stein zu kostbar, und dem Künstler keiner zu hart sein müssen. Doch in diese Inconsequenz mußte Hr. Klotz fallen: also nichts weiter davon!

Nur hätte er sich die Ungereimtheit der andern Hälfte seines Zusatzes ersparen können: »am seltensten mit dem Rubin, wegen seiner Härte und großem Werte.« Denn das heißt, die Zeiten gewaltig verwechseln; das heißt sich einbilden, daß eben der Rang, daß eben die Schätzung, die wir itzt den Edelsteinen geben, ihnen auch von den Alten gegeben worden; das heißt, schlechterdings nicht wissen, was jeder wissen kann, der seinen Plinius fleißiger gelesen, als Hr. Klotz.

Wenn nemlich gleich itziger Zeit der Rubin die nächste

Stelle nach dem Diamante behauptet: so hat er sie doch nicht immer behauptet, sondern das Altertum erteilte sie dem Smaragde. »Tertia auctoritas«, sagt Plinius, nachdem er die erste Würde dem Diamante, und die zweite der Perle, nach dem einstimmigen Urteile seines und aller vorigen Zeitalter, zuerkannt hatte, »tertia auctoritas smaragdis perhibetur pluribus de causis.«[1] Folglich hätte es Hr. Klotz gerade umkehren und sagen müssen, daß, wenn die Alten nur selten in Rubin und Smaragd geschnitten, sie es am aller seltensten in den letztern, und nicht in den erstern, dürften getan haben; denn nicht den Rubin, sondern den Smaragd setzten sie, unter andern Ursachen, auch wegen seiner Härte, gleich nach dem Diamante. Von derjenigen Gattung des Smaragds, welcher aus Scythien und Aegypten kam, sagt Plinius ausdrücklich: »quorum duritia tanta est, ut nequeant vulnerari«. Die Rubine hingegen, scheinen ihm nur wenig bekannt gewesen zu sein, und weder die Griechen wissen von ihrem Ανθραξ, noch die Römer von ihrem »Carbunculus« etwas zu sagen, was dem Smaragde im geringsten den Vorzug streitig machen könnte.

Hierzu kömmt noch dieses: der Smaragd war bei den Alten nicht allein in höherm Werte, als der Rubin, sondern es war auch sogar verboten, ihn zu schneiden; wegen seiner wohltätigen Wirkung auf das Auge. Auch dieses lehrt uns Plinius: »quapropter decreto hominum iis parcitur, scalpi vetitis«.[2]

Ich weiß zwar wohl, was Goguet[3] gegen dieses Vorgeben erinnert: »Man begreift nicht«, sagt er, »worauf sich Plinius gegründet, wenn er anmerkt, daß es überhaupt nicht erlaubt gewesen, in Smaragd zu schneiden. Die alte Geschichte belehrt uns von dem Gegenteile. Der Ring, welchen Polykrates ins Meer warf, und der in dem Bauche eines Fisches wiedergefunden ward, war ein Smaragd, den Theodorus, ein be-

1 XXXVII. sect. 16.
2 l. c.
3 De l'Origine des Loix, des Arts etc. Tom. I. Part. II. p. 238.

rühmter Künstler des Altertums, geschnitten hatte. Desgleichen meldet Theophrast, daß viele Leute die Gewohnheit gehabt, Siegel von Smaragd zu führen, um sich durch ihren Anblick das Gesicht zu stärken. Ja, Plinius selbst hatte verschiedene Beispiele von dergleichen geschnittenen Steinen vor sich.«

Doch diesen Einwürfen ist zu begegnen. Vors erste glaube ich nicht, daß Plinius sagen wollen, es sei ein positives, wirklich niedergeschriebnes und unter einer gewissen fest gesetzten Strafe promulgiertes Verbot, in Smaragd zu schneiden, vorhanden gewesen. Dergleichen läßt sich kaum denken: und wo wäre es gewesen? Es hätte doch nur in einzeln Ländern von Kraft sein können, und in allen übrigen würden sich Künstler und Liebhaber darüber weggesetzt haben. Die Worte des Plinius (»decreto hominum iis parcitur«) scheinen weiter nichts anzudeuten, als ein allgemeines aber stillschweigendes Übereinkommen der Menschen, durch welches sich die Sache selbst verbot. Denn, da man den Smaragd nur seines lieblichen Anblicks wegen suchte, seiner Farbe wegen, welche das Auge so angenehm füllet, ohne es zu sättigen: so konnte es unmöglich eine Empfehlung für ihn sein, sein Convolut durch die Kunst zu verringern. Jedermann liebte ihn wegen seiner Bestandteile, und alles, was diese verminderte, mußte notwendig auch seinen Wert vermindern. Wer hätte also Lust haben können, ihn zu schneiden, da er ungeschnitten mehr gelten, mehr Käufer finden konnte, als noch so künstlich geschnitten?

Sollte indes, was auf diese Weise unterblieb, wohl ohne alle Ausnahme unterblieben sein? Wer kann sich das vorstellen? Vielmehr haben deren aus eben der Ursache, welche das allgemeine Gesetz veranlaßte, von dem sie die Ausnahmen sind, entspringen können und müssen. Die Ursache, warum man den Smaragd nicht schnitt, war, wie es Solinus ausdrückt: »ne offensum decus imaginum lacunis corrumperetur«. Wenn nun aber dem Künstler ein Smaragd in die Hände fiel, der irgend einen kleinen Fehler der Farbe oder des Körpers hatte, von welchem er sahe, daß er eben durch dergleichen »imaginum lacunas« heraus zu bringen sei: wird er ihn nicht eben darum geschnitten haben, warum er ihn ohne diesen Fehler nicht hätte schneiden müssen?

Und dieses wäre die Antwort überhaupt auf alle die einzeln Beispiele von geschnittenen Smaragden, die man dem Plinius entgegen setzen könnte. Von denen aber, die Goguet anführet, läßt sich bei jedem noch etwas ins besondere anmerken.

Daß der Stein des Polykrates ein Smaragd gewesen, ist so ausgemacht nicht. Herodotus zwar sagt es; aber Plinius giebt ihn für einen Sardonyx aus. Wäre es aber auch wirklich ein Smaragd gewesen, so habe ich schon gezeigt, wie wenig es erwiesen, daß es ein geschnittener gewesen.

Das Zeugnis des Theophrast[4] beweiset vollends nichts. Denn Theophrast, wenn er anmerkt, daß der Smaragd für die Augen gut sei, sagt bloß: διο καὶ τα σφραγιδια φορουσιν ἐξ ἀυτης, ὡστε βλεπειν; welches weiter nichts bedeutet, als daß man ihn daher gern in Ringen geführt.

Was endlich die geschnittenen Smaragde anbelangt, die bei dem Plinius selbst vorkommen sollen, so erinnere ich mich nur des einzigen, bereits gedachten, den Ismenias in Cypern kaufen ließ. Dieser beweise, sagt Plinius, daß damals »scalpi *etiam* smaragdos solitos«. »Man schnitt damals auch sogar Smaragde.« Das »etiam« ist deutlich mit Beziehung auf das streitige Verbot gesagt. Freilich wird man, zu Anfange der Kunst, die ersten die besten Steine geschnitten haben, die unter die Hände kamen. Das Verbot, oder die stillschweigende Übereinstimmung der Menschen, die Smaragde nicht zu schneiden, kann nicht mit der Kunst zugleich entstanden sein. Dabei mußten Erfahrungen voraus gesetzt werden, wie wenig der Schnitt dem Smaragde zuträglich sei: und so nach widerspricht sich Plinius auch hier so wenig, daß er sich vielmehr bestätiget.

---

4 Seite 62. der Englischgriechischen Ausgabe von Hill.

FÜNF UND ZWANZIGSTER BRIEF.

Was ich aber zu so vielen geschnittenen Smaragden sage, die sich in den Cabinetten finden?

Daß es keine wahren Smaragde sind; daß es Steine von einer geringern Gattung sind, welche dem alten Smaragde mehr oder weniger beikommen.

Die meisten dürften vielleicht das sein, was die Italiener *Plasma di Smeraldo* nennen. Plasma di Smeraldo, sagt Hr. Winkelmann,[1] ist die Mutter oder die äußere Rinde des Smaragds. Ich will ihm das hier nicht streitig machen: aber erlauben Sie mir eine etymologische Anmerkung über das Wort Plasma. Man würde sich sehr irren, wenn man es für das Griechische πλασμα halten wollte. Es ist weiter nichts, als das sanfter ausgesprochne Prasma; denn Zanetti,[2] und andere, schreiben allezeit »Prasma«, anstatt »Plasma di Smeraldo«; und Hr. Lippert macht daher ohne Grund Plasma und Prasma zu zwei verschiedenen Steinen.[3] Er ist auch ganz falsch berichtet, daß die Italiener unter Plasma einen gräulich gesprengten Hornstein verstünden. Weder einen Hornstein, noch weniger einen gräulich gesprengten! Vielleicht zwar, daß das letztere bloß bei Hr. Lipperten verdruckt ist, und es anstatt *gräulich, grünlich* heißen soll. Was er Plasma heißt, muß eben der Stein sein, den er anderwärts Prasma nennt; und an einem dritten Orte, Pras.[4] Denn kurz, Plasma und Prasma und Pras ist alles eins.

Aber wie das? Alle drei sind nichts als der Prasius oder die gemma prasina der Alten. In »Prasina« war der Punkt verwischt, »in« ward für »m« gelesen, und so entstand das Prasma, oder Plasma, welches wir Deutsche itzt in Pras

1 Anmerk. zu der Gesch. d. K. S. 18.

2 Dactyl. Zanett. p. 17.

3 Dactyl. Erstes Tausend Nr. 178. und zweites Tausend. Nr. 391.

4 Ebendas. Erstes Tausend, Nr. 270.

verkürzen, nachdem das alte *Präsem*[5] aus dem Gebrauche gekommen.

Die Griechen und Römer scheinen, unter Prasius oder Prasites, alle Steine von einer unreinen grünen Farbe begriffen zu haben; indem das Wort selbst weiter nichts als eine solche Farbe andeutet. Da es aber unter diesen notwendig einige geben mußte, welche dem schönen Grüne des Smaragds näher kamen: so machten die neuern Steinkenner für sie den zusammengesetzten Namen, Prasma di Smeraldo, *Smaraldpräsem*, welches im lateinischen Samaragdoprasius heißen muß, und keinesweges vom *Gori*[6] durch »Prasma Smaragdinea« hätte übersetzt werden sollen. Denn das heißt Verstümmlungen der Unwissenheit autorisieren, und die Benennungen unnötiger Weise häufen.

Die Alten kannten so vielerlei Arten von Pras, oder gemmis viridantibus, welche alle ihre besondere Namen hatten! Der alte geschnittene Stein, den man Smaragd nennt, wird also sicherlich eher von der einen oder der andern, als ein wahrer Smaragd sein. Denn da es Plinius ausdrücklich sagt, daß dieser nicht geschnitten worden, so kann man es glauben, und muß es glauben. Wie hätte sich Plinius so etwas können in den Kopf setzen lassen, wenn es nicht wahr gewesen wäre? Er sollte uns eine falsche Nachricht hinterlassen haben, deren Widerlegung ihm alle Tage hätte vor Augen kommen können?

Ich finde noch einen Umstand bei ihm, der dieses Vorgeben bestätiget. Diesen nemlich, daß die Smaragde meistens hohl geschliffen wurden;[7] »iidem plerumque et concavi, ut visum colligant«: eine Form, welche sie zum Schneiden ganz ungeschickt machte. – Doch von dieser concaven oder convexen Form der alten Gemmen, einmal in einem besondern Briefe; wo es sich zeigen wird, daß die Meinung des Salma-

5 Boetius de Boot ex recens. Adriani Toll. p. 203.

6 Dactyl. Zanett. l. c.

7 Lib. XXXVII. sect. 16.

sius,[8] welcher das Verbot die Smaragde zu schneiden, nur auf die concav geschliffenen einschränken will, nicht Statt haben kann.

SECHS UND ZWANZIGSTER BRIEF.

»Selten«, setzt Hr. Klotz hinzu, »sind auch ihre Werke in Sapphir.«

Was für einen Sapphir meinet er? Den Sapphir der Alten, oder unsern? Denn er wird wissen, daß dieses zwei ganz verschiedne Steine sind. Von jenem wäre es kein Wunder, denn Plinius nennt ihn ausdrücklich »inutilem scalpturae, intervenientibus crystallinis centris«.[1] Über diesen aber wird noch gestritten, ob er den Alten überhaupt bekannt gewesen. Und kannten sie ihn ja, so kannten sie ihn doch nur als eine Art des Amethysts oder Berylls. Er hatte den Wert nicht, den er bei uns hat; und wenn sie ihn schnitten, so geschah es mehr von ungefehr, als in der Meinung einen kostbarern Stein zu schneiden.

»Am häufigsten«, fährt Hr. Klotz fort, »brauchten sie zu hohl gegrabnen Werken den Carneol oder Agat, von einer Farbe, so wie sie sich bei erhobnen Werken der verschiednen Agatonyche und Sardonyche bedienten.«

Hier möchte ich erst eine orthographische Kleinigkeit fragen. Warum schreibt Hr. Klotz beständig Agat? Der Stein und der Fluß, von welchem der Stein den Namen hat, haben im Griechischen ein χ; und nur die Franzosen müssen, wegen ihrer schischenden Aussprache des ch, dieses χ in ein g verwandeln. Aber warum wir? Daß es Hr. Klotz tut, ist also ein Beweis, mit welcher Oscitanz er seinen französischen Währmännern nachschreibt. Aus eben dieser Oscitanz schreibt er Berill und Amethist, anstatt daß er Beryll und Amethyst schreiben sollte.

---

8 Ad Solinum p. 196.
1 Libr. XXXVII. sect. 39.

Sodann möchte ich wissen, ob sich Hr. Klotz in dieser Stelle mehr als Antiquar oder als Naturkundiger, mehr in der Sprache der alten oder der neuern Steinkenner habe ausdrücken wollen? Denn gewiß ist es, daß er sich nur nach einer und eben derselben hätte ausdrücken, und nicht in der nemlichen Periode bald diese bald jene führen müssen.

Hat er mit den alten Steinkennern sprechen wollen: so hätte er sich des Wortes Carneol enthalten, und nicht von einfärbigen Achaten sprechen müssen. Die Achate der Alten waren lauter vielfärbige Steine.

Πολλα μεν ὀυν ρεα γ' ἐστιν ἀχατου χρωματ' ἰδεσθαι.[2] Nur nach der unter diesen verschiednen Farben am meisten hervorstechenden, zum Grunde liegenden, herrschenden Farbe, bekam er verschiedne Namen, und hieß bald Cerachates, bald Hämachates, bald Leukachates u. s. w. Ich weiß wohl, daß Plinius eines Achats gedenkt,[3] »quae unius coloris sit«, und der, von Ringern getragen, sie unüberwindlich mache. Aber Salmasius hat sehr richtig angemerkt,[4] daß man anstatt »unius coloris«, »minii coloris« lesen müsse; nicht zwar aus dem Grunde, daß die Alten von keinem einfärbigen Achate gewußt: aber dieser Grund ist darum doch nichts minder wahr. Was bei den Alten Achat heißen sollte, mußte Streife oder Punkte von anderer Farbe haben, als die übrige Masse des Steines war; und alle einfärbige Steine, die ihrer übrigen Eigenschaften wegen zu den Achaten gehört hätten, hatten ihre eigene Namen.

Nur die neuern Steinkenner und Naturkundiger, die ihre Classen mehr nach den Bestandteilen zu ordnen gesucht, sind es, welche den Namen Achat zu einem Geschlechtsnamen gemacht haben, unter welchem sie alle durchsichtigere Hornsteine begreifen, sie mögen eine oder mehrere Farben zeigen. Hat Hr. Klotz aber sich mit diesen ausdrücken wollen: so hätte er bedenken müssen, daß so nach der Carneol selbst mit

2 Orpheus de Lapidibus. c. 16 v. 3.
3 Lib. c. sect. 54.
4 Ad Solinum p. 135.

zu den Achaten gehöret. Er hätte nicht sagen müssen, daß die Alten zu hohlgegrabnen Werken am häufigsten den »Carneol und Achat von einer Farbe« gebraucht: denn wer wird erst eine einzelne Art nennen, und dann das Geschlecht? Sondern er hätte sagen müssen, daß sie gemeiniglich Achate von einer Farbe, und unter diesen am häufigsten den Carneol dazu gebraucht haben, in so fern man unter Carneol, welche Benennung den Alten unbekannt war, den Sarder mit verstehen darf.

Mit einem Worte: die Steinkenntnis des Hrn. Klotz, ist eine sehr ungelehrte Kenntnis. Sie ist lediglich aus den Namenverzeichnissen der verschiednen Daktyliotheken, und besonders der Lippertschen, zusammengestoppelt. Was wird uns aber in diesen Verzeichnissen nicht oft aufgeheftet! Was für Monstra von Namen kommen nicht da zum Vorschein!

Ein solches Monstrum ist der Achatonyx, dessen sich, nach Hr. Klotzen, die Alten zu erhobnen Werken verschiedentlich sollen bedient haben. Auch Hr. Lippert braucht diesen Namen sehr häufig. Aber er ist bei den Alten ganz unerhört, und selbst die spätern Schriftsteller Marbodus, Albertus Magnus, Camillus Leonardus, Baccius, Conrad Gesner, und wie sie alle heißen, kennen ihn nicht; so daß er aus einer ganz neuen Hecke sein muß. Aber was sollen wir uns dabei denken? Es läßt sich schlechterdings nichts dabei denken. Der Onyx gehört unter die Achate; und wie läßt sich eine Zwittergattung aus dem Geschlechte und der Art zusammen setzen? Bloß die reguläre Lage der farbigen Streife, macht den Achat zum Onyx; und ich verstehe nicht, wie diese Streife zugleich regulär und auch nicht regulär sein können. Ganz anders ist es mit dem Sardonyx: hier ist Art und Art zusammengesetzt, und man hat für gut befunden, denjenigen Onyx, dessen Streife von der Farbe des Sarders sind, durch diesen Zwitternamen auszuzeichnen.

O, des glücklichen Gelehrten, der so zahm und fromm alles auf Treu und Glauben nachschreibt, und sich alle pedantische Discussionen erspart! Was schadet es ihm, wenn man auch manchmal über ihn lächeln muß? – Weil Hr. Lippert den Abdruck eines Kopfes beibringt, der in einen Diamant geschnitten sein soll:[5] »so haben wir«, nach dem Hrn. Klotz, »nun nicht mehr nötig, uns auf bloße Mutmaßungen zu verlassen, daß die Alten in Diamant gegraben haben«.[6] Durch diesen einzigen Diamant ist Goguet, und wer es mit Goguet hält, auf einmal zum Stillschweigen gebracht. Er befindet sich in der Sammlung des Mylord Bedfort, dieser Diamant! Was für eine Kostbarkeit und Seltenheit kann man nicht einem Mylord zutrauen! – Es wäre sehr natürlich, aus dem Lächeln darüber ins Lachen zu fallen. –

Doch, ich will lieber ganz ernsthaft den Hrn. Lippert und den Hrn. Klotz bitten, mich zu belehren, woher sie es so gewiß wissen, daß dieser Stein des Mylord Bedfort ein wahrer Diamant ist? Welche Versuche sind damit angestellt worden? Wie, wenn es ein gebrannter Amethyst, oder Sapphir, oder Smaragd wäre, deren orientalische Gattungen, wenn sie durch das Feuer ihrer Farben beraubt worden, so viel von dem wahren Glanze und Wasser des Diamants haben, daß der erfahrenste Juwelier damit betrogen werden kann?[7] Hätte kein Antiquar diesen Betrug versuchen können? Wäre es aber auch ein wahrer Diamant, könnte die Arbeit darauf nicht das Werk eines neuen Künstlers sein? Wer kann dafür stehen, daß sie es nicht ist?

Hier müssen Beweise aus Büchern mehr gelten, als der Augenschein. Wenn die Bücher der Alten keiner geschnittenen Diamante erwähnen; wenn hundert Umstände hingegen in ihnen vorkommen, die es schwer zu begreifen machen, daß sie deren gehabt, die es sogar zweifelhaft machen, ob sie auch nur geschliffene Diamante gehabt: so wäre es eine große Einfalt, jemanden in der Welt, er sei wer er wolle, auf sein bloßes Wort zu glauben, daß sich da oder dort ein solcher alter Diamant wirklich befinde.

5 Zweites Tausend. Nr. 387.
6 S. 42.
7 S. Hills Anmerkungen über den Theophrast, S. 83.

SIEBEN UND ZWANZIGSTER BRIEF.

Aber Hr. Klotz hat sich eine zu gute Entschuldigung ausgespart, warum er so kahle und verwirrte Kenntnisse von Edelsteinen zeigt, als daß ich mich länger bei dieser Materie verweilen darf.

Er sagt nemlich,[1] »daß in Ansehung der Benennungen, welche die alten Schriftsteller den Edelsteinen beigelegt haben, eine große Dunkelheit herrsche. Die Neuern hätten zwar die alten Namen beibehalten; allein sie hätten ganz andere Steine damit beschenkt, als die Alten.«

Das ist nun zwar sehr selten geschehen, und es ist in diesem Teile der natürlichen Geschichte weit mehr Ungewißheit und Verwirrung daher entstanden, daß man anstatt der alten Namen ganz neue eingeführt, (wie z. E. die Namen des Rubins mit seinen Abänderungen, Ballas, Rubinell, Spinell;) als daher, daß man die alten Benennungen auf Steine, denen sie ehedem nicht zugekommen, übergetragen. Doch bei dem allen, es mag so sein: wir wollen von Hr. Klotzen nicht verlangen, daß er mehr wissen soll, als er versichert, daß man wissen kann.

Und so giengen wir weiter, und kämen auf die mechanische Ausübung der Kunst, von der er nur wenig sagen zu können sagt. Aber er sagt gar nichts davon: und das ist freilich sehr wenig: vielleicht auch ein wenig zu wenig, um in dem Folgenden allen seinen Lesern verständlich zu sein.

Hr. Klotz schreibt:[2] »die neue Entdeckung von dem Steinschneiden der Alten darf hier nicht wohl übergangen werden, welche Christ glaubte gemacht zu haben. Er überredete sich, daß die Alten mit Diamant allein geschnitten hätten, ohne sich des Rades dabei zu bedienen,« –

Alles was Hr. Klotz wider diese Meinung sagt, hat er Hr. Lipperten abgeborgt; nur daß dieser gerechter gegen Chri-

---

1 S. 44.
2 S. 45.

sten ist. Hr. Lippert schreibt bloß, Christ, (den er, wie ich sehe, gar nicht einmal nennt)[3] habe geglaubt, »daß man vor Alters *auch* mit dem Diamant allein geschnitten habe«. Auch! das wäre noch eher recht. Aber Hr. Klotz läßt dieses *Auch* aus, und stellt uns folglich Christen als den Mann vor, der es überhaupt nicht Wort haben wollen, daß die alten Steinschneider das Rad gekannt und gebraucht hätten. Davon war Christ weit entfernt.

Christ behauptete bloß, daß sich die alten Steinschneider des Rades seltner bedienet, als die neuern;[4] daß sie mehr mit der Diamantspitze gearbeitet, als die neuern,[5] und daß besonders die sehr kleinen Steine nicht wohl mit jenem, sondern lediglich mit dieser von ihnen gefertiget werden können.[6] Dabei leugnete er keinesweges, daß man nicht Steine die Menge finde, auf welchen sich eben so wohl die Spuren des Rades, als der Diamantspitze zeigen.[7] Vielmehr gestand er selbst, daß auf einigen älterern, und besonders aegyptischen Steinen, ihm das Rad alles getan zu haben scheine, und sich durchaus keine Spur der Diamantspitze äußere.[8]

3 Vorrede zur Daktyl. S. XXX.

4 Ego vero non dubito, quin Graeci praesertim artifices rarius hac machina, cujus certe ingenium compendiumque omne cognitum perspectumque habebant, in gemmis annularibus scalpendis usi fuerint. v. *Comment. Lips. Litterarii* T. I. sect. 3. p. 334.

5 Sed, quamvis majore difficilioreque negotio, quod opus tamen acutius subtiliusque praestaret, adhibuisse eos puto crustas adamantis in acutissimum fastigiatas mucronem etc. *ibid.*

6 Nam primum in minimis quibusque gemmulis potior soli mucroni adamantis et crustis acutissimis locus fuerat, non fere orbiculo terebrae ac rotarum. *ibid.* p. 336.

7 – tanquam si in omni annulo scalpendo opus utrumque, terebrae ac mucronis adamantini adhibitum fuisset. In quibusdam sic veteres egisse, quomodo contendunt illi, dabimus; et conspectus exemplorum in dactyliothecis multorum, tanquam, in re praesenti, istud fere probatt, *ibid.*

8 Deinde veteres aliquae gemmae, praesertim Aegyptiae, arrosae tantum harenis mihi quidem videntur, nullo mucronis adhibiti vestigio. *ibid.*

Das war Christs Meinung: und diese Meinung nennt Hr. Klotz gerade zu eine lächerliche Meinung? Es ist ihm nicht möglich, ihr einen gelindern Namen zu geben?

»Wer dieses glaubt«, fährt er fort, »muß niemals in Stein haben schneiden sehen, muß auch die Natur und Gestalte der Diamante gar nicht kennen. Wie stellt er sich wohl vor, daß der Diamant gefaßt werden könne, um die kleinen Tiefen auszugraben? oder wie glaubt er, daß man die kleinen Diamantkörner mit einer so großen Spitze, als hierzu erfodert wird, versehen könne? Was muß er für Begriffe von der Größe und Kostbarkeit der Diamante haben, wenn er sich einbildet, daß man große Diamante so spitzig zuschleifen könne, als diese Arbeit erfodert? Kurz, die ganze Sache ist unmöglich, und wenn Christ oder andere sich in den Werkstätten umgesehen hätten, so würden sie niemals diese Meinung behauptet haben.«

Im Vorbeigehen: Christ hatte sich sicherlich in den Werkstätten mehr umgesehen, als Hr. Klotz. Ich habe Christen gekannt, und Christen gehört, und ihn über diese Sachen selbst gehört.

Ich habe schon gesagt, alle die Einwürfe, die Hr. Klotz gegen Christs Meinung macht, sind Lipperts Einwürfe. Aber Hr. Klotz drückt sie nach seiner Art aus: das ist, er mischt ein wenig *Nonsens* mit unter. – Er fragt z. E. »wie glaubte Christ, daß man die kleinen Diamantkörner mit einer so großen Spitze, als hierzu erfodert wird, versehen könne?« Freilich müßte Christ ein sehr lächerlicher Mann gewesen sein, wenn er geglaubt hätte, daß man *kleine* Diamantkörner mit *großen* Spitzen versehen könne. Lippert hat so seltsam nicht gefragt.

Gleichwohl bin ich um Hr. Lipperten besorgt, daß ihn sein Eifer zu weit geführt, wenn er ausruft: »lauter Unsinn, der aus einer verderbten Einbildungskraft, und aus grober Unwissenheit von den Möglichkeiten und den Vorteilen, die zu dieser Kunst gehören, entstanden ist!« Denn diesen Unsinn dichtet sich Hr. Lippert, zum größten Teil, selbst. Christ verstand unter dem »mucrone adamantino« eben so wenig Diamantkörner, als größere spitzig zugeschliffene Diamante:

sondern spitze Splitter von zerschlagnen Diamanten. Die Möglichkeit solcher Splitter giebt Hr. Lippert selbst zu: und er ist nur verlegen, wie sie gehörig zu fassen. –

Doch man wird sagen: ist einem Künstler nicht in seiner Kunst zu glauben? Tut Hr. Klotz also nicht besser, daß er Hr. Lipperten folgt, als ich, der ich mich lieber an Christen halten will?

Nein; es ist nicht Christ, an den ich mich halte: auch bei mir gilt der Künstler in seiner Kunst alles. Aber Ein Künstler, macht nicht alle aus: und wenn die Künstler selbst uneinig sind, muß es dem Gelehrten frei stehen, sich auf die Seite des einen oder des andern zu stellen, ohne zu fürchten, daß man ihn für unwissend, oder gar unsinnig schelten werde.

Kurz; Natter ist es, der mich kühn genug macht, an den Aussprüchen des Hrn. Lippert zu zweifeln.

Natter zeigte, an einer dazu ausgesuchten Folge alter Steine, die offenbaren Spuren des Rades, um zu beweisen, daß auch die alten Künstler das Rad gebraucht hätten, und folglich bei ihrer Arbeit überhaupt ungefehr eben so verfahren wären, als unsere Künstler. Für Christen durfte er eigentlich dieses nicht beweisen: denn Christ, wie ich schon gesagt, hatte den Alten den Gebrauch des Rades nichts weniger als abgesprochen. Er mag es aber bewiesen haben, für wen er will; wir sind ihm Dank schuldig, daß er es bewiesen, weil er uns dadurch vor mancherlei chimärischen Begriffen verwahret hat, die wir uns sonst von dem Verfahren der alten Artisten machen könnten.

Aber, dieses den Alten vindicierten Rades ohngeachtet, wo hat Natter jemals den Gebrauch der Diamantspitze so weit herabgesetzt, als ihn Hr. Klotz herabsetzt? »Allerdings«, sagt Hr. Klotz, »braucht man die Diamantspitze, aber alsdenn erst, wenn durch das Rad das Gehörige verrichtet ist. Nemlich; man kann mit dieser eingefaßten Diamantspitze, wovon das Werkzeug beim Mariette abgebildet ist, die vom Rade noch übrig gebliebnen groben und nicht zart genug verarbeiteten Partien sanfter und verlaufend machen.«

Wer hat dem Hrn. Klotz das gesagt? In wie vielen Werkstätten hat er es gesehn, daß man die Diamantspitze *nur* dazu brauche? – Ich will ihm seine Widerlegung beim Natter, fast auf allen Blättern, zeigen.

Urteilet nicht Natter ausdrücklich, daß an den Hetrurischen Steinen Contur und Muskeln mit der Diamantspitze ausgegraben zu sein scheinen?[9]

Schließt nicht Natter, daß verschiednes mit dem Rade gemacht worden, weil es mit der Spitze des Diamants nicht so leicht und kühn zu machen gewesen?[10] – Nicht so leicht, nicht so kühn: aber doch zu machen.

Erkennet nicht Natter an den beiden Othryaden, daß, so wie an dem einen alles mit dem Rade geschnitten sei, so sei an dem andern das meiste mit der Diamantspitze gefertiget?[11] Sagt er nicht mit klaren Worten, daß eben in diesem Gebrauche der Diamantspitze die eigene Manier bestanden, welche der Meister des zweiten gehabt?

Äußert sich nicht Natter von seinem Faune, auf einem außerordentlich kleinen Onyx, daß in Betrachtung der correkten Zeichnung auf einem so eingeschränkten Raume, er notwendig glauben müsse, der Artist habe sich meistens der Diamantspitze dabei bedient?[12] Und was ist das viel anders,

9 Ces sortes de gravures sont ordinairement en fort bas relief; le contour, et les muscles sont trop creusés et paroissent avoir été faits avec la pointe de Diamant. *Traité de la Méth. ant.* p. 10.

10 Il paroit aussi visiblement que le bouclier est fait au Touret, avec un Outil peu taillant, car on n'auroit pu l'executer avec autant de hardiesse, ni aussi facilement avec la pointe de Diamant. *Ibid.* p. 12.

11 Car celui-ci a réglé son dessein sur sa maniere particuliere de graver, c'est-à-dire, pour la plûpart avec la pointe de Diamant. *Ibid.* p. 21.

12 Cette piece est estimable par sa beauté, et par la correction du dessein, dans un espace si petit que l'on a de la peine à y rien distinguer à l'oeil nud, quelque bon qu'il soit, et que l'on est forcé d'avoir recours au Microscope pour pouvoir bien l'examiner. C'est ce qui me fait croire que l'Artiste y a emploié le plus souvent la pointe de Diamant, surtout pour le visage et les cheveux; car il

als was Christ von dergleichen kleinen Steinen überhaupt sagt?[13]

Alles das endlich zusammen genommen: ist es nicht unwidersprechlich, daß Natter einen weit ausgebreitetern Gebrauch der Diamantspitze an den alten Werken erkennet, als Hr. Klotz einräumen will? daß er eben denselben daran erkennet, welchen Christ behauptet, wenn er von den alten Künstlern sagt, »non modo extremam operi manum scalpellis adamantinis adhibuisse, sed prorsus rudimenta signi excavandi sic posuisse etiam«?[14]

Ich möchte (um von der vorzüglichen Feinheit der Natterschen Werke, die ohnstreitig unter allen neuern Werken den besten Griechischen mit am nächsten kommen, einen Grund mehr angeben zu können) ohne Bedenken hinzusetzen, daß Natter diesen ausgebreitetern Gebrauch der Diamantspitze, den er an den alten Werken erkannte, sich ohne Zweifel selbst werde eigen gemacht haben, ohne sich in vieles Reden und Aufheben darüber einzulassen. Denn es ist bekannt, daß Natter mit seinen Instrumenten und Handgriffen ein wenig geheim war.

Doch, es sei mit dieser Vermutung, wie es wolle: genug, daß Natter, nach dem, was ich von ihm angeführt, notwendig für Christs Meinung sein mußte, und es Christ also nicht verdient hat, daß ihm Hr. Klotz desfalls so verächtlich begegnet.

Müßte es Hr. Klotzen wohl einkommen, sich gegen diesen Mann zu messen? Gleichwohl ergreift er jede Gelegenheit, ihn zu mißhandeln. Ich mag noch von Christen lesen, was ich will: ich lerne immer etwas. Es sollte mir lieb sein, wenn ich das auch von denen sagen könnte, die itzt so verächtlich auf ihn zurückschielen. Wie viel lieber wollte ich seine kleine Abhandlung »super Gemmis« gedacht und geschrieben, als

est plus facile d'y reussir de cette façon-la qu'au Touret. *Ibid.* p. 36.

13 Siehe oben S. 207. Note 1.

14 l. c. p. 339.

zehn solche Büchelchen, von dem Nutzen und Gebrauch der alten geschnittnen Steine, zusammen gelesen haben!

ACHT UND ZWANZIGSTER BRIEF.

Nachdem ich mich Christs angenommen, kann ich nicht umhin, auch für den Plinius ein Wort zu sprechen.

Hr. Klotz weiß sich mit den Stellen des Plinius, wo er des Steinschneidens erwähnt, nicht anders zu helfen, als daß er behauptet, Plinius sei von dieser Kunst nicht unterrichtet gewesen, er habe aus Unwissenheit, wie die Steinschneider in ihrer Kunst verfahren, so und so geschrieben.

»Freilich«, fügt Hr. Klotz hinzu,[1] »wird diese Kühnheit diejenigen beleidigen müssen, welche in den alten Schriftstellern keine Fehler finden wollen, und ehe sie diese zugeben, lieber auf Unkosten ihrer eignen Ehre die seltsamsten Erklärungen und Verteidigungen unternehmen. Aber unparteiische Kunstrichter, welche sich überzeugt halten, daß man an jemand Fehler finden, und seine Einsichten und Verdienste doch zugleich hochschätzen könne, werden wider diese Mutmaßung desto weniger aufgebracht werden, je mehr sie Bewegungsgründe, ein solches Urteil zu fällen, und Entschuldigungen für den, welcher es ausspricht, auch bei dem Plinius, dessen große Gelehrsamkeit sie übrigens mit Recht verehren, gefunden haben.«

Geschwätz, das nur abzielen kann, nähern Untersuchungen vorzubauen! Die alten Schriftsteller haben fehlen können; aber mich zu überzeugen, daß sie wirklich gefehlt haben, dazu gehört mehr als diese bloße Möglichkeit. Besonders, wenn der vermeinte Fehler Sachen betrifft, die ihnen alle Tage vor Augen gewesen. Bei der unzähligen Menge von Steinen, bei dem Überflusse an Künstlern dieser Art, die sich bei den Römern, zu Folge jener Menge, finden müssen: sollte Plinius in der Unwissenheit von dem eigentlichen Verfahren derselben geblieben sein?

---

1 S. 51.

Aber wenn es seine eigene Worte beweisen? – Das sagt Hr. Klotz, und ich leugne es. Urteilen Sie, mein Freund –

Vor allen Dingen aber bilden Sie sich wohl ein, daß Plinius nirgends von der Kunst des Steinschneidens ausdrücklich handeln wollen. Er gedenkt bloß, bei Gelegenheit der Steine, bei Gelegenheit der Mittel, sie zu bewältigen, etwas von dieser Kunst; und man muß dergleichen Stellen sorgfältig alle zusammen nehmen, ehe man entscheidet, ob er im Ganzen einen richtigen Begriff davon gehabt oder nicht. Und doch wäre es kein Wunder, wenn man dieses auch alsdenn noch nicht entscheiden könnte; weil er, wie gesagt, nur gewandtsweise von der Sache spricht. Findet man indes nur, daß er nicht augenscheinliche Ungereimtheiten sagt, so ist es billig, daß wir das Beste, nicht das Schlimmste, von ihm annehmen.

Nun zu den Stellen! – Ich fange bei der an, die den meisten Streit veranlasset.

Plinius redet von dem Diamante, von der außerordentlichen Härte desselben, von dem sonderbaren Mittel über diese Härte dennoch zu siegen, und fügt hinzu:[2] »cum feliciter rumpere contigit, in tam parvas frangitur crustas, ut cerni vix possint. Expetuntur a scalptoribus, ferroque includuntur, nullam non duritiam ex facili cavantes.«

Diese Stelle, sagt Hr. Klotz, habe Christen auf die lächerliche Meinung gebracht, daß die alten Steinschneider nur mit der Diamantspitze gearbeitet. Ich habe erwiesen, daß Christ diese lächerliche Meinung nicht gehabt hat. Christ schloß aus dieser Stelle, daß die Alten mit der Diamantspitze gearbeitet; aber keineswegen, daß sie einzig und allein damit gearbeitet.

Doch, Hr. Lippert behauptet, daß hier überhaupt von keiner Diamantspitze die Rede sei; sondern von dem Diamantpulver, welches anstatt des Smirgels an das Rad gestrichen worden. Dieses Rad werde vorne ein wenig ausgedrehet, damit der Smirgel oder das Diamantpulver besser hafte: und daher das Wort »includuntur«.

2 Libr. XXXVII. sect. 15.

Ich antworte Hr. Lipperten: wenn sich auch schon das Wort »includuntur« so auslegen läßt; so braucht Plinius doch noch ein anderes, welches dieser Erklärung durchaus widerspricht. Plinius sagt: »cum feliciter rumpere contigit«. Hr. Lippert merke auf das »feliciter«. Dieses zeigt auf eine glückliche Spaltung des Diamants, und passet keinesweges auf seine eiserne Büchse, oder auf jede andere Weise der bloßen Zermalmung des Diamants in Pulver. Bei dieser ist weder ein »feliciter« noch »infeliciter« zu denken; wohl aber bei einer solchen Sprengung des Diamants, die eine gewisse Art von Splittern gewähren soll.

Auch Hr. Klotz ist über dieses »feliciter« hingehuscht. Aber er hält sich an das »includuntur«; und weil er nicht zugeben kann, daß sich dieses Wort von dem bloßen Bestreichen verstehen lasse: was tut er? Er entscheidet, daß Plinius von einer Sache gesprochen, die er nicht verstanden.

Das ist nun freilich der kürzeste Weg, sich aus den Schwierigkeiten, die man bei den alten Schriftstellern findet, zu helfen.

Der ehrliche Künstler wollte den Plinius retten; der stolze Gelehrte verweiset ihn in die Schule, in die Werkstätte, da erst zu lernen, wovon er schreiben wollen.

Hr. Klotz hat Recht: das »includuntur«, und noch weniger das »feliciter« erlaubet, die Stelle des Plinius vom Diamantpulver zu erklären. Aber folgt daraus, daß Plinius nicht gewußt, was er schreibe?

Sagt nicht Solinus das nemliche? Und Isidorus? Und Marbodus? Hr. Klotz wird sagen, das sind Ausschreiber des Plinius. Ich gebe es zu: aber auch Ausschreiber hätten leicht so etwas besser wissen können; wenn Plinius wirklich so unwissend gewesen wäre, als er ihn machen will.

Und warum soll es, warum kann es denn nicht bei dem Verstande bleiben, den die Worte des Plinius nach ihrer eigentlichen Bedeutung geben? Warum soll denn nun, mit Gewalt, alle Erwähnung der Diamantspitze aus dieser Stelle verdrängt werden?

Hr. Klotz giebt ja zu, daß die Steinschneider die Diamantspitze brauchen, und wenn es auch wahr wäre, daß sie sie nur dazu brauchten, wozu er sagt; wenn es auch wahr wäre, daß die alten Künstler gleichfalls sie nicht weiter gebraucht hätten: würde sie dem ohngeachtet nicht verdienen, unter den Werkzeugen der Steinschneider genannt zu werden?

Was will denn Plinius hier mehr, als ein solches Werkzeug nennen? Er spricht ja nicht von der Kunst überhaupt; er sagt ja nicht, daß dieses Werkzeug das einzige sei, welches die Kunst brauche; er merkt ja nur an, daß gewisse glückliche Splitter von zerschlagenen Diamanten von den Steinschneidern sehr gesucht würden, daß sie ihnen sehr zu Statten kämen, weil sie allen harten Steinen damit abgewinnen könnten.

Wie gesagt; wenn die Diamantspitze auch nur den Nutzen hätte, den ihr Hr. Klotz giebt, warum sollte Plinius diesen Nutzen nicht hier haben anmerken dürfen? Und hat sie gar einen noch größern, den Natter selbst, wie ich gezeigt habe, eingesteht: so begreife ich vollends nicht, warum man Schwierigkeit macht, ihn hier bei dem Plinius zu finden.

NEUN UND ZWANZIGSTER BRIEF.

Ich habe gesagt, Plinius erwähne in jener Stelle der Diamantspitze als eines einzeln Werkzeuges, nicht aber als des einzigen: denn in andern Stellen erwähnt er anderer Werkzeuge.

Wo er lehret, wie falsche Edelsteine zu erkennen, kömmt er auf die verschiedne Härte der wahren, und sagt:[1] »tanta differentia est, ut aliae ferro scalpi non possint, aliae non nisi retuso, verum omnes adamante. Plurimum vero in his terebrarum proficit fervor.«

Diese Stelle hat Hr. Klotz selbst angeführet; aber wie es scheint bloß, um den kindischen Fehler des Harduin aufzu-

1 Libr. XXXVII. sect. 76.

mutzen, welcher sich einbildete, daß die bohrenden Instrumente der Steinschneider erst warm gemacht werden müßten. Hr. Klotz hat sehr Recht, daß unter dem »fervor« der geschwinde Umlauf des Rades zu verstehen.

Also erkennt er doch hier das Rad? Also hat Plinius nicht behauptet, daß die alten Steinschneider bloß mit der Diamantspitze gearbeitet?

Und gleichwohl soll Plinius, wie Hr. Klotz sagt, die Sache nur halb verstanden haben?

Warum denn nur halb? Hier halb, und dort halb: zwei Hälften machen ein Ganzes. Dort gedenkt Plinius der Diamantspitze; hier des Rades: was will denn Hr. Klotz noch mehr?

Ich wollte wetten, daß es Hr. Klotz sei, der die Sache nur halb verstehe. Denn sonst hätte er es uns wohl mit klaren dürren Worten gesagt, worin sich Plinius auch hier geirret habe. »Auch hier«, sagt er, »vermißt man eine genaue und richtige Kenntnis der Steinschneiderkunst.« Wie denn? warum denn? Mit der Sprache heraus, wenn man tadeln will!

Wenn ihm diese Stelle nicht richtig, nicht genau genug scheinet, so kann es nur daher kommen, daß er gar nicht einsieht, was Plinius sagen will, daß er nicht einmal die Ausdrücke des Plinius begreift. Besonders muß er gar nicht wissen, was Plinius unter dem stumpfen Eisen, »ferro retuso«, verstehet, welches über gewisse Edelsteine mehr Gewalt habe, als das scharfe Eisen.

Denn wenn er es wüßte: würde er den Gebrauch des Rades in ihm nicht noch weit deutlicher gesehen haben, als in dem »terebrarum fervor«?

Ich bilde mir ein, den ganzen Vorrat der Werkzeuge der alten Steinschneider in dieser Stelle des Plinius zu finden. Ich glaube sogar eine ganze Gattung darunter zu bemerken, von welcher die neuern Steinschneider gar nichts wissen.

Doch ich will mich nicht verleiten lassen, mit dieser Meinung eher hervor zu treten, als bis ich sie durch Versuche bestättigen kann.

Sie ist genau mit einer eigenen Betrachtung über die

Tornevtik der Alten verbunden, von welcher ich glaube, daß wir Neuern sie nur zur Hälfte ausüben, und daß es, um mich so auszudrücken, ein gewisses ἀντιστροφον von ihr geben könne, und wirklich gegeben habe, durch welches Dinge möglich zu machen, deren Bewirkung Salmasius ihr schlechterdings abspricht, und nur der Torevtik zuerkennen will.

DREISSIGSTER BRIEF.

Hr. Klotz erkannte in der vorigen Stelle des Plinius das Rad. Das Rad muß man auch in der Stelle voraussetzen, wo Plinius von den verschiednen Sandarten handelt, durch deren Hülfe die Marmor und Edelsteine gesäget und geschnitten wurden. Denn was er von der Sägung des Marmors sagt;[1] »arena hoc fit, et ferro videtur fieri, serra in praetenui linea premente arenas, versandoque, tractu ipso secante«: das gilt ebenfalls von den Instrumenten des Rades.

Verstehen wir uns auch über das Wort Rad? Bei der Beschreibung, die Hr. Lippert davon macht, könnten wir Gefahr laufen, uns nicht zu verstehen. Ich weiß nicht, warum Hr. Lippert, und die deutschen Künstler, denen er hierin ohne Zweifel folgt, das, was er auf der zwei und dreißigsten Seite seines Vorberichts, neben der Büchse, uns vorgezeichnet hat, das Rad nennen. Es ist, so viel ich sehen kann, die *Bouterolle*; nicht also das Rad, sondern nur eines von den Instrumenten, welche in das Rad gesetzt werden. Was ich das Rad nenne, scheinet er das Schlegezeug zu nennen. Doch, das sind Kleinigkeiten: wenn wir uns nur verstehen.

Genug, ich begreife unter dem Rade alle und jede eiserne oder kupferne Werkzeuge, welche nach Erfordernis der Wirkung, die sie hervorbringen sollen, in das Rad gesetzt, und von dem Rade herumgetrieben werden. Von diesen Werkzeugen ist es unstreitig, daß sie, eben wie die Marmorsäge, eigentlich selbst nicht schneiden, sondern nur zu schneiden

1 Lib. XXXVI. sect. 9.

scheinen, indem sie den Smirgel, oder was man sonst für eine feinere Sandart dazu brauchet, dem Steine einreiben: »arena hoc fit, et ferro videtur fieri.« Wie aber dieses ohne Maschine zu bewerkstelligen gewesen, ist nicht abzusehen. Folglich muß man eine Maschine, ein Rad überall voraussetzen, wo von der Wirkung einer feinern Sandart auf Edelsteine die Rede ist, und diese Wirkung nicht das bloße Polieren sein soll.

Nun lesen Sie die Stelle des Plinius:[2] »Signis e marmore poliendis, gemmisque etiam *scalpendis* atque limandis, Naxium diu placuit ante alia: ita vocantur cotes in Cypro insula genitae. Vicere postea ex Armenia vectae.«

Naxium hieß also das Pulver, welches die alten Steinschneider Anfangs anstatt unsers Smirgels brauchten; und ward aus Cyprischem Schleifsteine gemacht. In der Folge zog man das vor, welches aus Armenischem Schleifsteine verfertiget wurde.

Salmasius macht über diese Stelle einen trefflichen Wirrwarr. Weil Plinius an einem andern Orte,[3] wo er die verschiednen Arten der Diamante erzehlet, auch eines Cyprischen Diamants gedenket: so soll jener Cyprische Diamant, und dieser Cyprische Schleifstein, aus welchem das Naxium gemacht wurde, nur eins sein. Er meinet, Plinius habe irgendwo den Cyprischen Schleifstein, wegen seiner Härte »adamas« genannt gefunden, so wie selbst das Eisen aus eben der Ursache diesen Namen führe. Dadurch sei Plinius verleitet worden, dort unter die wirklichen Diamante zu rechnen, was er hier einen bloßen Schleifstein nenne. »Haec tam varie«, setzt er hinzu,[4] »quia ex variis auctoribus sumpta. Auctori igitur vel judicium vel otium defuit componendi similia inter se, quae apud diversos auctores invenerat, ac dissimilia secernendi.« Kurz; Salmasius will von keinem Cyprischen Diamante wissen; sein Solinus muß es dasmal

2 Lib. XXXVI. sect. 10.

3 Lib. XXXVII. sect. 15.

4 Ad Solinum, p. 1101. Edit. Paris.

besser verstanden haben, als Plinius; was Plinius »de insula Cypro« meinet, das soll »de aere cyprio« zu meinen sein;[5] der Diamant, von dem Plinius sagt, daß er in Cypern gefunden werde, muß der Diamant heißen, den man in Kupferminen finde; und was man den Cyprischen Diamant genennt, das sei nichts als der Cyprische Schleifstein. Über den sonderbaren Mann! Wozu denn nun alle diese Verdrehungen? Kann denn nicht eben dieselbe Insel beides, Diamante und Schiefer, hervorbringen?

Doch, warum will ich bloße Möglichkeiten gegen ihn anführen? Cypern hat wirklich Diamante, und noch itzt sind die Cyperschen Diamante unter dem Namen der *Diamante von Baffa* bekannt.

Ich weiß wohl, daß die Kenner diese Diamante nicht so recht für echte wollen gelten lassen. Aber eben dieses macht es um so viel wahrscheinlicher, daß Plinius die nemlichen gemeint habe. Denn auch die Cyprischen Diamante des Plinius sind ihm von der schlechteren Gattung; weder so hart noch so klar, als die Aethiopischen, Arabischen und Macedonischen.

EIN UND DREISSIGSTER BRIEF.

Ich wollte in meinem Vorigen von dem Cyprischen Schiefer sprechen; (denn alle Schleif- und Probiersteine gehören unter die Schieferarten, und nur ihr besonderer Gebrauch giebt ihnen den besondern Namen:) und kam auf die Cyprischen Diamante. Ich wollte mir die Gelegenheit nicht entgehen lassen, den Salmasius zu widerlegen. Merken Sie unsere Weise? Wir widerlegen immer die am liebsten, aus denen wir das meiste lernen. Aus einem kleinen Stolze, meine ich, daß wir doch etwas besser wissen, als sie. Oder meinen Sie, vielmehr aus Dankbarkeit, damit sie wiederum etwas von uns lernen mögen? –

5 ibid. 1094.

Mit dem Meursius, der einen andern Fehler in der Stelle des Plinius findet, dürfte ich nicht so bald fertig werden. Er sagt, das Naxium sei nicht von Cyprischen, sondern von Cretischen Schiefern gemacht worden; Plinius habe Creta für Cypern schreiben wollen; denn nicht auf Cypern, sondern auf Creta liege ein Naxus.[1] Und es ist allerdings wahr, daß bei andern Schriftstellern, Naxischer Stein durch Schleifstein aus Creta erkläret wird.[2]

Harduin hatte den Einfall, anzunehmen,[3] daß dieser Naxische Schiefer zwar wirklich in Cypern gebrochen, aber in Naxus auf Creta vollends zu rechte gemacht, und von da nach Rom gebracht worden, wodurch er seinen Beinamen erhalten.

Doch dieser Einfall empfiehlt sich durch nichts, als durch die Gutherzigkeit, auf seinen Schriftsteller durchaus keinen Fehler kommen zu lassen. Ehe wir den Alten einen so unnötigen Transport von Cypern nach Creta verursachen: dächte ich doch, wir ließen den Plinius sich lieber verschrieben haben. Solche Fehler können die Menge im Plinius sein, und sind wirklich darin; obschon gewiß die wenigsten von ihm selbst herkommen mögen. Ganz anders ist es mit Fehlern, wie sie ihm Hr. Klotz aufheften will: mit Fehlern einer unbegreiflichen Unwissenheit, der er so leicht hätte abhelfen können. Warum hätten die Cyprischen Schiefer nicht gleich in Cypern in die Form der Schleifsteine gebracht, oder zum Gebrauche der Steinschneider in Pulver verwandelt werden können? Warum hätte man sie erst deswegen nach Naxus auf Creta bringen müssen?

Endlich, was liegt daran, ob man den Naxischen Stein in Cypern oder in Creta gebrochen? Ich will ihn ja unsern Steinschneidern, eben so wenig als den Armenischen, statt des Smirgels, empfehlen: ich habe eine ganz andere Absicht, warum ich seiner gedenke.

---

1 Cypri lib. II. cap. 5.
2 Id. Cretae lib. I. cap. 12.
3 Ad Plinii l. c.

Genug, es war ein pulverisierter Schleifstein, dessen sich die Alten zum Ausarbeiten ihrer Gemmen bedienten. Ein Schleifstein, wiederhole ich: um meine Verwunderung damit zu verbinden, daß man den Alten einen so allgemeinen Gebrauch des Diamantpulvers, anstatt des Naxium, anstatt des Armenischen Schieferpulvers, andichten will.

Hr. Lippert wenigstens scheinet sich wirklich überredet zu haben, daß das Diamantpulver den alten Steinschneidern eben so gewöhnlich gewesen, als den unsrigen der Smirgel:[4] denn er entschuldiget diese, wegen des Gebrauchs des letztern, durch die Seltenheit und Kostbarkeit der Diamante; daher die wenigsten zum Gebrauche des Diamantpulvers angeführet werden könnten, und also, an den Smirgel einmal gewöhnt, wenn sie mit jenem schneiden sollten, oft zu viel von einem Orte wegnehmen würden; indem das Rad, mit Diamantpulver bestrichen, weit geschwinder und schärfer schneide, als mit Smirgel.

Ich bin gewiß, daß die Ersparung der Zeit, die Hr. Lippert den alten Künstlern machen will,[5] ihnen so nicht zu Statten gekommen. Ihr Naxium kann, in Betrachtung der Natur des Schiefers, weder geschwinder noch schärfer geschnitten haben, als der Smirgel, wohl aber feiner; so daß es ihnen einen großen Teil der Polierung ersparte.

Kurz; wenn ich schon nicht behaupten wollte, daß die Alten das Diamantpulver überhaupt nicht gekannt und gebraucht: so darf ich doch kühnlich leugnen, daß sie es zur Ausschleifung geringerer Edelsteine angewendet haben. Denn Hr. Lippert mag von der itzigen Kostbarkeit der Diamante sagen, was er will: so waren sie bei den Alten doch noch ungleich kostbarer; denn sie waren ungleich seltner. Die Alten wußten von keinen Brasilischen Diamanten, die so neuerlich Europa überschwemmet haben. Unsere Künstler müßten den Aufwand, den das Diamantpulver erfordert, also weit eher machen können, als ihn die alten Künstler machen konnten.

4 Vorb. der Dakt. S. 34.

5 Vorb. der Dakt. S. 33.

Und wer sagt es denn, daß diese ihn gemacht? Plinius? wo denn? Da, wo er ausdrücklich des Mittelkörpers erwähnt, durch den die Instrumente des Rades in den Stein wirken, sehen wir ja, daß er das Naxium, daß er das Armenische Schieferpulver nennet. Konnten die Künstler seiner Zeit aber damit fertig werden, was für Grund hat man, ihnen noch den Gebrauch des Diamantpulvers zuzuschreiben? Weil Plinius ihnen anderwärts denselben zuschreibt? Wo anderwärts? –

ZWEI UND DREISIGSTER BRIEF.

Die Alten«, sagt Hr. Klotz,[1] »kannten die Kraft des Diamantstaubes, die feinen Steine anzugreifen, und sie bedienten sich, welches unleugbar ist, desselben.«

Welches unleugbar ist! Warum wär es denn unleugbar? Weil es Hr. Klotz bei dem Goguet dafür ausgegeben fand? Und warum giebt es Goguet dafür aus?[2] »Weil es Plinius ausdrücklich sagt; und weil, wenn Plinius auch nichts sagte, die Meisterstücke der alten Steinschneiderkunst, welche wir noch vor Augen haben, es deutlich genug zeigen würden.«

Aber diese Meisterstücke können das nicht zeigen: denn niemand leugnet, daß sie nicht auch mit Hülfe des Smirgels, des Naxiums, des Armenischen Schieferpulvers, oder eines jeden andern aus einem orientalischen Steine verfertigten Nagemittels (Mordant,) eben so gut, obschon nicht eben so geschwind, hätten gearbeitet werden können.

---

1 S. 42.

2 Il est constant que les Anciens ont parfaitement connû la propriété qu'a la poudre de Diamant pour mordre sur les pierres fines; ils en faisoient un grand usage, tant pour les graver, que pour les tailler. Pline le dit expressement; et quand il ne l'auroit pas dit, les chef-d'oeuvres que les Anciens ont produits en ce genre, et que nous avons encore sous les yeux, le feroient assez connoître.

Alles beruht folglich auf dem Zeugnisse des Plinius; in welcher Absicht sich Goguet auf zwei Stellen desselben beruft.

Die erste ist die nemliche, welche ich in dem acht und zwanzigsten Briefe bereits untersucht habe, und die von »parvis crustis« eines glücklich zerschlagnen Diamants redet, deren sich die Steinschneider bedienten. Allein, ich habe eben da erwiesen, daß unter diesen »crustis« kein Staub, kein Pulver verstanden werden kann; sondern spitze schneidende Splitter zu verstehen sind, welche gefaßt werden können.

Die andere Stelle beweiset noch weniger; wo es nur überhaupt heißt, daß sich alle feine Steine ohne Unterschied mit dem Diamante graben ließen: »verum omnes adamante scalpi possunt«.[3] Denn können hier nicht eben so wohl jene »parvae crustae« des Diamants, jene kleine schneidende Splitter verstanden werden, als Diamantstaub?

Besonders muß Hr. Klotz auf den Beweis, der in der erstern Stelle liegen soll, gänzlich Verzicht tun; indem er selbst bekennt, daß das Wort »includuntur« nicht erlaube, etwas zu verstehen, welches dem Werkzeuge des Rades bloß angestrichen werde. Findet er nun aber da kein Diamantpulver, sondern Diamantsplitter, von welchen es sich Plinius bloß habe weis machen lassen, daß man sie zum Steinschneiden brauche; wo findet er es denn?

Er wird es nirgends finden; und ich biete ihm Trotz, mir bei Griechen oder Römern sonst eine Stelle zu zeigen, die zu dessen Behufe angeführet werden könnte.

Und nun lassen Sie mich es gerade heraussagen: ich glaube, die Alten haben das Diamantpulver ganz und gar nicht gekannt.

Denn nicht genug, daß die zwei einzigen Stellen, wo man dessen Erwähnung finden wollen, seiner nicht erwähnen; daß diese Stellen nicht von dem Diamantpulver, sondern von Diamantsplittern reden: ich getraue mir, die eine sogar zu einem klaren Beweise *gegen* das Diamantpulver zu machen.

3 Lib. XXXVII. sect. 76.

Plinius sagt: »Adamas, cum feliciter rumpi contigit, in tam parvas frangitur crustas, ut cerni vix possint. Expetuntur a scalptoribus, ferroque includuntur, nullam non duritiam ex facili cavantes.« Ich habe schon angemerkt, daß man auf das »feliciter« hier sehr schlecht geachtet. Man hat es so verstanden, als ob es zu »contigit« gehöre, als ob Plinius damit sagen wollen, »wenn es sich glücklicher Weise trifft, daß man den Diamant zerschlägt.« So hat es auch Goguet verstanden, wenn er es als einen Beweis nimmt, »qu'on regardoit comme un heureux hazard de pouvoir le rompre«. Aber das ist falsch, das kann Plinius nicht haben sagen wollen; denn es war kein bloßer glücklicher Zufall mehr, wenn sich der Diamant in Stücken schlagen ließ; man wußte, nach dem Plinius, ein sicheres Mittel, daß er in Stücken springen mußte; ob schon mit Mühe, aber doch ganz unvermeidlich; »hircino sanguine, eoque recenti calidoque, macerata«. Folglich gehört das »feliciter« zu »rumpere«, und Plinius wollte sagen, »wenn es sich trifft, daß er glücklich springt:« nemlich daß er in solche kleine schneidende Splitter springt, wie sie die Steinschneider suchen, und brauchen können. Es war kein Glück, daß er unter dem Hammer zersprang: es war ein Glück, wenn er so und so zersprang.

Ist aber das: nun so ist es auch klar, daß die Alten den Diamant nicht zu schleifen verstanden haben, daß sie nicht gewußt haben, der Diamant lasse sich durch seinen eigenen Staub schleifen. Denn hätten sie das gewußt, so hätte der Diamant mögen springen, wie er gewollt hätte; die Splitter hätten mögen von einer Art sein, von welcher es sei: sie hätten ihnen immer nachhelfen, sie hätten ihnen immer durch das Schleifen die Spitze, die Schneide erteilen können, welche der Künstler daran suchte. Aber das konnten sie nicht; und nur weil sie es nicht konnten, mußten sie es bloß auf einen glücklichen Zufall ankommen lassen, dergleichen Splitter zu erlangen.

Ich bin versichert, Goguet, wenn er noch lebte, würde dieser meiner Auslegung am ersten beitreten. Denn nur durch sie fällt ein Einwurf wider seine Meinung, daß die

Kunst die Diamante zu schleifen und zu brillantieren, dem Altertume gänzlich unbekannt gewesen sei, weg, den er zwar selbst berührt, auf den er aber nur sehr obenhin antwortet. Wenn nemlich die Alten das Diamantpulver gekannt und gebraucht haben, wie Goguet zugestehen zu müssen glaubt: wie kam es, daß sie es nicht an dem Diamante selbst versuchten? »Dieses scheint,« antwortet Goguet, »allerdings schwer zu begreifen: gleichwohl ist es nun nicht anders. Auch finden sich mehr solche Beispiele von Schranken, die sich der menschliche Geist gleichsam selbst zu setzen pfleget. Auf einmal bleibt er stehen, wenn er eben dem Ziele am nächsten gekommen, und ihm noch kaum ein Schritt fehlet, um es völlig zu erreichen.«

Es ist wahr, diese wunderbare Erfahrung hat man. Gleichwohl möchte ich mich doch so selten, als möglich, darauf berufen; eben, weil sie so wunderbar ist. Wenn wir ohne sie fertig werden können, desto besser. Und hier können wir es: die Alten versäumten, das Diamantpulver an dem Diamante selbst zu versuchen, weil sie überhaupt das Diamantpulver nicht brauchten, nicht kannten.

DREI UND DREISSIGSTER BRIEF.

Wenn ich gesagt, daß die alten Künstler das Diamantpulver wohl nicht gebraucht haben dürften, weil die Diamante vor Alters noch weit seltner, weit kostbarer gewesen, als sie itziger Zeit sind: so würde man diesen Grund freilich um so viel mehr auch gegen die Diamantsplitter anwenden können. Wie viele Diamante hätten sie oft zerschlagen müssen, ehe sich einer, wie sie ihn brauchten, fand!

Plinius scheinet ihre Seltenheit durch das »expetuntur a scalptoribus« selbst anzudeuten. Sie waren so gemein nicht, daß sie jeder Artist leicht haben konnte. Vielleicht, daß manche sich ohne sie behelfen mußten.

Aber was taten diese? Mußten sie folglich alles durch das Rad vollführen? Nach dem Plinius nicht. In Ermanglung des

Diamants fand sich ein andrer Stein, dessen Splitter das nemliche verrichteten. Er sagt von dem Ostracitis:[1] »duriori tanta inest vis, ut aliae gemmae scalpantur fragmentis ejus.«

Ich getraue mir nicht zu sagen, was dieses für ein Stein gewesen, wie er itzt heiße, wo er zu finden: aber wird deswegen das Vorgeben des Plinius ungewiß, oder gar falsch?

Was er dort »crustas« nannte, nennt er hier »fragmenta«: und dieses Wort kann eben so wenig als jenes, Pulver von genanntem Steine bedeuten. Das Nemliche also, mit so ähnlichen Worten, von zwei verschiednen aber zu einerlei Zwecke dienlichen Dingen behauptet: zeiget, daß Plinius seiner Sache hierin sehr gewiß gewesen.

Er hat sich in das Mechanische keiner einzigen Kunst tiefer eingelassen; und, alles zusammen genommen, kann ich behaupten, daß er von der Steinschneiderkunst, die er am wenigsten soll verstanden haben, gerade die meisten und positivsten Data angegeben hat. Er gedenkt der verschiednen Instrumente, nach Verschiedenheit der Härte der Steine; er gedenkt des Rades; er gedenkt der Diamantspitze; er gedenkt anderer scharfen Steinsplitter, welche bei gewissen Steinen die Stelle der Diamantspitze vertreten können; er gedenkt verschiedner Arten des Smirgels, um Smirgel hier für die allgemeine Benennung des Mittelkörpers bei dem Ausschleifen zu brauchen.

Was hat ein Mann mehr sagen können, der von dieser Kunst nicht ausdrücklich handeln wollen; der nur beiläufig ihrer erwähnet, indem er auf die Materialien kömmt, deren sie sich bedienet?

Und dennoch soll er nur halbe Kenntnis davon gehabt haben? Das glaube Herr Klotzen wer da will: mich hat er zu scheu gemacht, ihm irgend etwas auf sein bloßes Wort zu glauben. –

Von ungefehr sehe ich eben itzt ein Wort bei ihm genauer an, von dem ich in einem meiner Vorigen anmerkte, daß er es

1 Lib. XXXVII. sect. 65.

unrecht schreibe. Ich sagte, er schreibe Agat, anstatt Achat, nach dem Franzosen oder Engländer, welcher seine Ursachen habe, das ch in ein g zu verwandeln. Aber nein; er schreibt nicht bloß »Agat«, sondern gar »Agath«. Bewundern Sie den gelehrten Mann, dem eben seine Kenntnis der Griechischen Sprache so vortrefflich zu Statten kam! Als er bei dem Mariette, oder wer weiß wo, »Agate« las: so fiel ihm zwar nicht ein, welche Verändrung der Franzose mit ch mache; aber es fiel ihm ein, daß er oft das th in ein bloßes t verwandele, und dieses brachte ihn auf das Wörtlein ἀγαθος. Von diesem Wörtlein also leitete er die Benennung des Steines ab, und schrieb »Agath«; mit Vorbehaltung, ohne Zweifel, diese Ableitung einmal gegen den Theophrast und Plinius weitläuftig zu erhärten. Wenn dieses ist: so will ich dem Hrn. Klotz allenfalls einen Vorgänger nennen; den Andreas Baccius nemlich, welcher, wie ich vermute auf eben diese Weise seine Kenntnis der Griechischen Sprache zeigen wollte. »Lapis Achates«, versichert er, »sic dictus fuit, quasi sociabilis et gratiosissimus.« Aber doch wollte er es nicht wagen, anstatt »Achates«, »Agathes« zu schreiben: und diese wichtige Neuerung war dem Herrn Klotz allein vorbehalten.

VIER UND DREISSIGSTER BRIEF.

Sie fragen, worauf ich mich in einem meiner Vorigen gegründet, wenn ich von Nattern gesagt, daß er mit seinen Instrumenten und Handgriffen geheim gewesen?

Nicht bloß auf das Werkzeug Parallellinien zu schneiden, das er zwar dem Hrn. Guay mitteilte, aber dem ohngeachtet in seinem Werke weder mit stechen ließ noch sonst beschrieb, weil es in Frankreich und Italien noch nicht bekannt sei.

Nicht bloß darauf: sondern noch auf einen ganz andern Umstand. Aber gedulden Sie sich. Hr. Klotz hat uns Natters Leben versprochen. Wenn es wirklich das Leben des Künstlers wird; wenn es keine bloße Zusammenstopplung topischer und chronischer Kleinigkeiten, kein kahles Verzeichnis seiner hinterlassenen Werke wird: so wird Hr. Klotz diesen Umstand nicht bloß berühren, er wird sich weitläuftig darüber auslassen. Da werden wir sehen, wie bekannt er in den Werkstätten ist; wie offenherzig die Künstler gegen ihn gewesen!

Und Natter hatte nicht bloß seine Geheimnisse. Natter war überzeugt, daß auch die Alten die ihrigen gehabt hatten. – Geben Sie Acht, wie viel Wichtiges und Neues uns Hr. Klotz von beiden diesen Punkten sagen wird! –

Ende des ersten Teils.

BRIEFE, ANTIQUARISCHEN INHALTS:

Αγωνισμα μαλλον ἐς το παραχρημα
ἀκουειν ἢ κτημα ἐς ἀει –

ZWEITER TEIL

FÜNF UND DREISSIGSTER BRIEF.

Ich darf es wiederholen:[1] »Was gegen meine Deutung des so genannten Borghesischen Fechters zur Zeit noch erinnert worden, ist nicht von der geringsten Erheblichkeit.«

Was besonders Herr Klotz dagegen eingewendet hat, könnte nicht kahler sein. Ich schlug vor, die Worte des Nepos, »obnixo genu scuto«, nicht zusammen zu lesen, sie nicht zu übersetzen, *mit gegen das Knie gestemmtem Schilde*; sondern nach »genu« ein Komma zu machen, und »obnixo genu« besonders, und »scuto« besonders zu lesen. Hierwider sagt Herr Klotz, ich weiß selbst nicht was. Er räumet mir ein, daß man »obniti« in dem Sinne finde, in welchem ich sage, daß es hier gebraucht sei: und räumt es auch wieder nicht ein. Er führet selbst noch eine Stelle aus dem Livius an, die ich hätte brauchen können, und doch soll mir auch die nicht zu Statten kommen. Er gesteht zwar, daß man sagen könne »obnixo pectore«, »obnixa fronte«, ohne Zufügung der Sache, gegen welche sich die Brust oder die Stirne stemmet: aber er versichert, daß man nicht sagen könne »obnixo genu«. Warum nicht? Die Ursache behält er für sich: ich muß mich mit einem »pro autoritate« gesprochenen »alia ratio est«, mit einem »insolens dicendi ratio« begnügen.

Sie meinen, daß Herr Klotz, wenn es auf die Latinität ankömmt, auch schon eher das Recht hat, ein Wort »pro autoritate« zu sprechen, als ich. Das mag sein! Aber ich kann mich allenfalls auf Männer berufen, die auch ihr Bißchen Latein verstanden haben. Denn ich bin nicht der erste, der »obnixo genu« von »scuto« trennet. Unter andern muß es auch Stewechius so zu trennen, für gut befunden haben. Er schreibt in seinem Commentar über den Vegetius:[2] »Cha-

1 S. den ersten Teil dieser Briefe S. 103.

2 Ad. Cap. 16. Lib. II.

brias, Atheniensium dux rei bellicae peritissimus, quo phalangis impetum sustineret, jussit suos in acie subsistere, docuitque obnixo genu, scuto, projectaque hasta, phalangem expectare et excipere.«

Aber Herr Klotz weiß nicht, was »obnixo genu« heißen soll. Er fragt: »quid vero est obnixo genu? an idem quod obnixo gradu? hunc certe sensum locus postulat.« In Wahrheit, wenn das so recht gefragt ist: so muß sich das gute Latein zuweilen, von dem gesunden Menschen Verstande sehr weit entfernen. Denn »obniti« zeiget ohnstreitig eine Gegenwirkung an; das Bestreben eines Körpers, sich nicht aus dem Raume drängen zu lassen, den er einmal einnimmt. Es kömmt also mehr dem Körper selbst, als einer Veränderlichkeit desselben zu; und man würde berechtiget sein, gerade umgekehrt zu fragen: »quid vero est obnixo gradu? an idem quod obnixo genu?« Denn sicherlich ist es der Fuß, und nicht der Schritt oder Tritt des Fußes, welcher entgegen gestemmet wird. Ich habe keine Autores mit Erythräischen Registern zur Hand; aber dem ohngeachtet wollte ich wohl wetten, daß Herr Klotz keine Parallelstelle für »obnixo gradu« finden dürfte. Denn »gradus stabilis«, »gradus certus« ist das noch lange nicht.

Auch die Handschriften des Nepos, glaubt er gegen mich anziehen zu können. Wenn »genu« sagt er, getrennt werden sollte, so müßte das folgende »projecta hasta« notwendig eine Verbindungspartikel, ein »et« oder ein »que« haben; die meisten Handschriften aber lesen es ohne Verbindungspartikel: folglich u. s. w. – Die meisten! Hat sie Herr Klotz gezählt? Es sei: aber die meisten sind doch nicht alle. Und wenn es auch nur eine einzige wäre, welche »projectaque hasta« hätte: so wäre auch diese einzige für mich schon genug. Wie viele richtige Lesarten gründen sich bloß und allein auf eine einzige Handschrift; und welcher Criticus in der Welt hat die Güte einer Lesart nach der Menge der Handschriften bestimmen wollen, in welchen sie sich befindet?

Endlich merkt Herr Klotz noch an, daß die rechte Hand an

dem Fechter neu sei, und folglich überhaupt nichts Gewisses von ihm gesagt werden könne. Wenn es nur die Hand wäre, so würde es nicht viel zu bedeuten haben: die Richtung des übrigen Armes, die Lage der Muskeln und Nerven desselben würde deutlich genug zeigen, ob die angesetzte Hand anders sein könnte, oder nicht. Aber Winkelmann sagt gar: der Arm. Und das wäre freilich schon mehr. Doch auch so ist, aus der Lage des Achselbeines, und aus der ganzen Ponderation des Körpers, für den fehlenden Arm noch immer genug zu schließen.

Aber lesen Sie, bitte ich, den ganzen Ort bei dem Herrn Klotz selbst.[3] Es soll mir lieb sein, wenn Sie mir mehr Bindiges darin zeigen können, als ich gefunden habe!

SECHS UND DREISSIGSTER BRIEF.

Aber ich habe ja den Borghesischen Fechter mit dem Miles Veles zu Florenz verwechselt? Das ist doch wohl Einwurfs gegen meine Deutung genug? Und sehen Sie: Herr Klotz

---

3 Acta Litt. Vol. III. pt. 3. p. 313. Neque de hac re me sibi assentientem habet V. cl. Primum non nego το obnixus hoc sensu occurrere, et potuisset Auctor locum Livii laudare (L. VI. 12. 8) »ne procurri quidem ab acie velim, sed obnixos vos stabili gradu impetum hostium excipere.« (Ich danke für die gelehrte Nachweisung! Eben sehe ich, daß ich sie auch von dem ehrlichen Faber hätte bekommen können, wenn es mir, wie Herr Klotzen, eingefallen wäre, ihn zu Rate zu ziehen.) Sed insolens est dicendi ratio, *obnixo genu*, non addito nomine rei, cui obnititur. Alia ratio est exemplorum, ubi pectus et frons obniti dicitur. Quid vero est obnixo genu? an idem, quod obnixo gradu? Hunc certe sensum locus postulat. Porro plerorumque codicum lectio Viro cl. adversatur. Nam in iis legitur *obnixoque genu scuto projecta hasta* i. e. h. d. Verbum *que* non posset deesse, si το scuto conjungi deberet cum τῳ hasta. Denique dextra manus statuae, quae projectam hastam tenet, ab artifice recentiore addita est. Inde nihil certi de hac statua dici potest.

selbst versichert, diese Anmerkung gegen mich gemacht zu haben, noch ehe er sie in den Göttingschen Anzeigen gefunden.[1]

Ei, über den scharfsichtigen Mann! Ja, ja, was dessen Falkenaugen entgehen soll! – Und er hat mich bloß mit dem Vorwurfe dieses Fehlers verschont, weil er aus Freundschaft überhaupt keine Fehler in meinen Schriften rügen wollen. Nur itzt erst, da ich diese Freundschaft nicht erwidern will, sondern mich unterstanden habe, Fehler in *seinen* Schriften zu rügen, kömmt er gleichfalls damit angezogen.

Jämmerlich! – Denn was wird Herr Klotz nun sagen, wenn er hört, daß der Göttingsche Gelehrte seinen Vorwurf zurück nimmt, und bekennet, daß er weiter nichts damit sagen wollen, als daß meine Deutung noch eher auf den Miles Veles zu Florenz, als auf den Fechter in der Villa Borghese passen dürfte? Wird Herr Klotz sagen, daß er das auch gemeint habe? Oder wird er gar nichts sagen? Ich denke wohl, er wird gar nichts sagen: er wird sich ganz in der Stille schämen. – Schämen? Auch das wird er nicht!

Alle dem ohngeachtet aber bin ich bei weiten nicht mehr so überzeugt, daß der Borghesische Fechter Chabrias ist, als ich es in meinem Laokoon gewesen zu sein scheine. Ein Tag lehret den andern. Laokoon war kaum gedruckt, als ich auf einen Umstand geriet, der mich in dem Vergnügen über meine vermeinte Entdeckung sehr störte.

Zudem fand ich mich von Herr Winkelmannen selbst gewissermaßen irre gemacht. Denn es hat sich in die Beschreibung, welche er uns von dem Borghesischen Fechter giebt, ein Fehler eingeschlichen, der ganz sonderbar ist. Herr Winkelmann sagt:[2] »die ganze Figur ist vorwärts geworfen, und ruhet auf dem linken Schenkel, und das rechte Bein ist hinterwärts auf das äußerste ausgestreckt.« Das aber ist nicht so: die Figur *ruhet* auf dem *rechten* Schenkel, und das *linke* Bein ist hinterwärts *ausgestreckt*.

1 Hamb. Corresp. Nummer 154 d. v. J.

2 Geschichte der Kunst S. 395.

Vielleicht mochte dasjenige Kupfer, welches mir aus denen, die ich vor mir gehabt hatte, am lebhaftesten in der Einbildung geblieben war, nach einem nicht umgezeichneten Bilde gemacht sein. Es war durch den Abdruck links geworden, und bestärkte folglich die Idee, die ich in der Winkelmannschen Beschreibung fand. Ohne Zweifel mag auch ein dergleichen Kupfer den Fehler des Herrn Winkelmanns selbst veranlaßt haben. Wahr ists, der erste Blick, den ich auch in einem solchen Kupfer auf die Figur im ganzen geworfen hätte, würde mich von diesem Fehler haben überzeugen können. Denn derjenige Arm, welcher das Schild trägt, muß der linke sein, wenn er auch schon im Kupfer als der rechte erscheinet; und der Fuß, diesem Arme gegenüber, muß der rechte sein, wenn er schon in dem Kupfer der linke ist. Aber ich muß nur immer auf diesen allein mein Augenmerk gerichtet haben. Genug, ich bin mißgeleitet worden, und habe mich allzu sicher mißleiten lassen.

Doch kömmt denn so viel darauf an, ob es der rechte oder linke Fuß ist, welcher ausfällt? Allerdings. Vegetius sagt:[3] »Sciendum praeterea, cum missilibus agitur, sinistros pedes inante milites habere debere: ita enim vibrandis spiculis vehementior ictus est. Sed cum ad pila, ut appellant, venitur, et manu ad manum gladiis pugnatur, tunc dextros pedes inante milites habere debent: ut et latera eorum subducantur ab hostibus, ne possint vulnus accipere, et proximior dextra sit, quae plagam possit inferre.« So will es die Natur. Andere Bewegungen, andere Äußerungen der Kraft, verlangen den rechten, andere verlangen den linken Fuß des Körpers voraus. Bei dem Wurfe muß der linke vor stehen; desgleichen wenn der Soldat mit gefälltem Spieße den anrückenden Feind erwarten soll. Denn der rechte Arm und der rechte Fuß, müssen nachstoßen und nachtreten können. Der Hieb hingegen, und jeder Stoß in der Nähe, will den rechten Fuß voraus haben, um dem Feinde die wenigste Blöße zu geben, und ihm mit der Hand, welche den Hieb oder Stoß führet, so nahe zu sein, als möglich.

3 De re milit. lib. I. c. 20.

Folglich, wenn ich mir den Borghesischen Fechter mit vorliegendem linken Schenkel, den rechten Fuß rückwärts gestreckt, dachte: so konnte es gar wohl die Lage sein, welche Chabrias seine Soldaten, nach dem Nepos, nehmen ließ. Denn sie sollten in einer festen Stellung, hinter ihren Schilden, mit gesenkten Lanzen, die anrückenden Spartaner erwarten: die Schildseite, und der Fuß dieser Seite mußte also vorstehen; der Körper mußte auf diesem Fuße ruhen, damit sich der rechte Fuß heben, und der rechte Arm mit aller Kraft nachstoßen könne.

Hätte ich mir hingegen den rechten Schenkel des Fechters vorgeworfen, und den ganzen Körper auf diesem ruhend, lebhaft genug gedacht: so glaube ich nicht, – wenigstens glaube ich es itzt nicht, – daß mir die Lage des Chabrias so leicht dabei würde eingefallen sein. Der vorliegende rechte Schenkel zeigt unwidersprechlich, daß die Figur im Handgemenge begriffen ist, daß sie einem nahen Feinde einen Hieb versetzen, nicht aber einen anrückenden von sich abhalten will.

Sehen Sie, mein Freund; das hätte Herr Klotz gegen meine Deutung einwenden können, einwenden sollen: und so würde es noch geschienen haben, als ob er der Mann wäre, der sich über dergleichen Dinge zu urteilen anmaßen darf.

Und gleichwohl ist auch dieses der Umstand nicht, von dem ich bekenne, daß er schlechterdings meine Mutmaßung mit eins vernichtet. Gegen diesen wüßte ich vielleicht noch Ausflüchte: aber nicht gegen den andern.

SIEBEN UND DREISSIGSTER BRIEF.

Sie sollen ihn bald erfahren, den einzigen Umstand, gegen den ich es umsonst versucht habe, mich in dem süßen Traume von einer glücklichen Entdeckung zu erhalten. Denn eben hat ihn ein Gelehrter berührt.

Und zwar eben derselbe Gelehrte, um dessen nähere Erklärung über den Vorwurf der Verwechselung des Borghesischen Fechters mit dem Miles Veles zu Florenz, ich mir in dem dreizehnten dieser Briefe[1] die Freiheit nahm, zu bitten.

Er hat die Güte gehabt, mir sie zu erteilen. Lesen Sie beiliegendes Blatt.[2]

»Herr Lessing ist mit dem Recensenten der Winkelmanischen ›Monumenti inediti‹ in unsern Anzeigen unzufrieden, daß er ihm Schuld giebt, als habe er den Borghesischen Fechter mit dem sogenannten Miles Veles im Museo Florentino verwechselt. Herr Lessing hat Recht; der Recensent hätte allerdings dieses wenigstens durch ein, *es scheinet* ausdrücken sollen. Herr Lessing lehnt auch wirklich einen solchen Verdacht auf eine nachdrückliche Weise von sich ab. Hierzu kömmt in der Tat noch dieses, daß der Miles Veles den Schild eben so wenig vor sich an das Knie gestemmt hält, und daß also das ›obnixo genu scuto‹ eben so wenig statt findet; obgleich sonst die Stellung eines Kriegers, *der seinen Feind erwartet*, und insonderheit das gebogene Knie, auf die beschriebene Stellung des Chabrias eher zu passen schien; in so fern man annehmen kann, daß des Chabrias Soldaten den Schild auf die Erde angesetzt, ein Knie gebogen und daran gestemmet, und auf diese Weise ihre Kraft verdoppelt haben. Eben diese Vorstellung hatte dem Recensenten Anlaß zu jener Vermutung gegeben, welche freilich Herr Lessing mit Grunde von sich abweiset, und abweisen kann. Jene Stellung läßt sich vielleicht auch eben so gut, und noch besser im Stehen denken, so daß der Soldat das Knie an den Schild anschließt, um dem andringenden Feinde mit Nachdruck zu widerstehen« –

Das ist alles, was ich verlangen; das ist alles, was ich von einem rechtschaffnen Manne erwarten konnte! Er, dem es bloß um die Aufklärung der Wahrheit zu tun ist, kann wohl dann und wann ein Wort für das andere, eine Wendung für die andere ergreifen; aber sobald er sieht, daß dieses unrechte

1 S. 102.
2 Göttingsche Anzeigen St. 130. S. 1085 vorigen Jahres.

Wort, daß diese unrechte Wendung einen Eindruck machen, den sie nicht machen sollen, daß kleine hämische Kläffer dahinter her bellen, und die unwissende Schadenfreude den Wurf, der ihm entfuhr, für abgezielt ausschreiet: so steht er keinen Augenblick an, das Mißverständnis zu heben; die Sache mag noch so geringschätzig scheinen.

Was wäre es denn nun, zwei Statuen verwechselt zu haben? – Freilich wäre es für die Welt weniger als nichts: aber für den, der sich einer solchen Nachlässigkeit schuldig machen könnte, und gleichwohl von dergleichen Dingen schreiben wollte, wäre es viel. Das Quid pro quo wäre zu grob, um das Zutrauen seiner Leser nicht dadurch zu verscherzen.

Ich will mich erklären, in wie fern ich auf dieses Zutrauen sehr eifersüchtig bin. Niemanden würde ich lächerlicher vorkommen, als mir selbst, wenn ich auch von dem aller eingeschränktesten unfähigsten Kopfe verlangen könnte, ein Urteil, eine Meinung blindlings, bloß darum anzunehmen, weil es mein Urteil, weil es meine Meinung ist. Und wie könnte ich so ein verächtliches Zutrauen fordern, da ich es selbst gegen keinen Menschen in der Welt habe? Es ist ein weit anständigers, worauf ich Anspruch mache. Nemlich: so oft ich für meine Meinung, für mein Urteil, Zeugnisse und Facta anziehe, wollte ich gern, daß niemand Grund zu haben glaubte, zu zweifeln, ob ich diese Zeugnisse auch wohl selbst möchte nachgesehen, ob ich diese Facta auch wohl aus ihren eigentlichen Quellen möchte geschöpft haben. Ich verlange nicht, mit dem Kaufmanne zu reden, für einen reichen Mann geachtet zu werden: aber ich verlange, daß man die Tratten, die ich gebe, für aufrichtig und sicher halte. Die Sachen, welche zum Grunde liegen, müssen so viel möglich ihre Richtigkeit haben: aber, ob auch die Schlüsse, die ich daraus ziehe? da traue mir niemand; da sehe jeder selbst zu.

Sonach: wenn man den Borghesischen Fechter, den ich für den Chabrias halte, nicht dafür erkennen will; was kann ich dawider haben? Und wenn man mich wirklich überführt, daß er es nicht sein könne; was kann ich anders, als dem danken, der mir diesen Irrtum benommen, und verhindert hat, daß nicht auch andere darein verfallen? Aber wenn man sagt, der Borghesische Fechter, den ich zum Chabrias machen wolle, sei nicht der Borghesische Fechter: so ist das ganz ein anderes. Dort habe ich mich geirret, indem ich die Wahrheit suchte: und hier hätte ich als ein Geck in die Luft gesprochen. Das möchte ich nicht gern!

Doch, wie gesagt, es ist nicht geschehen; der Göttingsche Gelehrte hat auch gar nicht sagen wollen, daß es geschehen sei; nur Hr. Klotz hat, ohnstreitig aus eigner Erfahrung, einen solchen Blunder für möglich halten können; jener würdigere Widersacher hat bloß sagen wollen, daß meine Deutung besser auf eine andere Statue, als auf die, von der ich rede, passen dürfte.

Doch auch hierauf, wie Sie werden bemerkt haben, scheinet er nicht bestehen zu wollen. Denn auf der einen Seite erklärt er sich, daß die Stellung des Miles Veles gleichfalls nicht vollkommen der Beschreibung des Nepos entspreche, indem das »obnixo genu scuto«, nach der gemeinen Auslegung, eben so wenig von ihm, als von dem Borghesischen Fechter gelte: und auf der andern räumt er ein, daß der stehende Stand des Borghesischen Fechters sich mit den Worten des Nepos eben so wohl zusammen räumen lasse, als der kniende des Miles Veles. Er hält sich auch in der Folge lediglich an meine Deutung selbst, und zeigt bloß umständlicher und genauer, warum diese nicht Statt haben könne, ohne sie weiter seiner Florentinischen Statue zueignen zu wollen. Denn lesen Sie nur:

»Nun bleiben aber doch gegen die andere von Hrn. Lessing vorgebrachte Meinung, daß der Borghesische Fechter den Chabrias vorstellen solle, folgende Schwierigkeiten übrig, welche der Recensent damals freilich nicht beibringen konnte. Nepos beschreibt die Stellung der Soldaten des Chabrias so, daß sie einen Angriff des eindringenden und anprallenden Feindes haben aufhalten wollen: ›reliquam phalangem loco vetuit cedere, obnixoque genu scuto projectaque hasta impetum excipere hostium docuit‹. Der natürliche Verstand der Worte scheinet der zu sein, daß die Soldaten das Knie an den Schild anstemmen und so den Spieß vorwärts halten mußten, daß der Feind nicht einbrechen konnte. Diese Erklärung wird durch die beiden Parallelstellen im Diodor und Polyän, und durch die Lage der Sache mit den übrigen Umständen selbst, bestätiget; denn der Angriff der Lacedemonier geschah gegen die auf einer Anhöhe gestellten Thebaner. (Vergl. Xenoph. Rer. Gr. V. 4.50.) Hiermit scheinet der Borghesische Fechter nicht wohl überein zu kommen, dessen Stellung diese ist, daß er nicht sowohl den Angriff aufhält, als selbst im lebhaftesten Ausfalle begriffen ist; daß er den Kopf und die Augen nicht vor- oder herabwärts, sondern aufwärts richtet, und sich mit dem aufwärts gehaltenen Schilde vor etwas, das von oben herkömmt, zu verwahren scheinet; wie nicht nur das Kupfer zeiget, sondern auch Hr. Lessing im Laokoon selbst die Beschreibung mit Winkelmanns Worten anführt. Herr L., der diese Unähnlichkeiten gar wohl bemerkt hat, schlägt vor, die Stelle im Nepos durch eine andere Interpunktion der Stellung des Borghesischen Fechters näher zu bringen. Dem sei also: aber auch dann wissen wir weder die Stelle im Diodor und Polyän, noch die Stellung beider Heere, noch das ›loco vetuit cedere‹, das ›projecta hasta‹, das ›impetum excipere hostium‹ damit zu vereinigen. Doch alles dieses muß Hr. L. nicht als Widerlegung, sondern als Schwierigkeiten ansehen, die er in der Folge seiner Briefe vielleicht aus dem Wege räumen wird. Denn sonst würden wir noch anführen, daß der ganze Körper des Borghesischen Fechters in unsern Augen den ganzen Wuchs und Bildung, die Haltung und Stellung eines Fechters, aber gar nicht das Ansehen eines atheniensischen Feldherrn hat. Aber nach Kupfern läßt sich so etwas nicht beurteilen, und hiebei könnte die Vorstellungsart sehr verschieden sein. Noch müssen wir gedenken, daß wir vor einiger Zeit in Hrn. Prof. Sachsens zu Utrecht Abhandlung de Dea Angerona p.7. den Stein im Mus. Flor. T. II. tab. 26. n. 2. gleichfalls mit dem Chabrias verglichen gefunden haben.«

Das nenne ich doch Einwürfe! Hier höre ich doch einen

Mann, der mit Kenntnis der Sache spricht, der Gründe und Gegengründe abzuwägen weiß, gegen den man mit Ehren Unrecht haben kann! – Erlauben Sie mir, die ganze Stelle durchzugehen, und anzuzeigen, was ich für mehr oder weniger schließend, und was ich für völlig entscheidend darin halte.

Der Göttingsche Gelehrte erkennet in der Borghesischen Statue den ganzen Wuchs, die ganze Bildung eines Fechters; das Ansehen eines atheniensischen Feldherrn hat sie ihm gar nicht. – Gegen jenes hat Winkelmann schon erinnert, »daß den Fechtern in Schauspielen die Ehre einer Statue unter den Griechen wohl niemals widerfahren sei, und daß dieses Werk älter, als die Einführung der Fechter unter den Griechen zu sein scheine«. Auf dieses würde ich antworten, daß die Statue ikonisch sei. Es war eine größere Ehre bei den Griechen eine ikonische Statue zu erhalten, als eine bloß idealische:[3] und Chabrias war der größern Ehre wohl würdig. Folglich muß man das Ideal eines Feldherrn daran nicht suchen; sie ist nach der Wahrheit der Natur gebildet, und aus einem einzeln Falle genommen, in welchem sich Chabrias selbst zugleich mit als den tätigen Soldaten zeigte, nachdem er sich als den denkenden Feldherrn erwiesen hatte. Wenn Winkelmann die erhabnern Statuen des Apollo und Laokoon mit dem Heldengedichte vergleicht, welches die Wahrscheinlichkeit über die Wahrheit hinaus bis zum Wunderbaren führet; so ist ihm unser Fechter wie die Geschichte, in welcher nur die Wahrheit aber mit den ausgesuchtesten Gedanken und Worten vorgetragen wird. Er siehet in seiner Bildung einen Menschen, welcher nicht mehr in der Blüte seiner Jahre stehet, sondern das männliche Alter erreicht hat, und findet die Spuren von einem Leben darin, welches beständig beschäftiget gewesen und durch Arbeit abgehärtet worden. Alles das läßt sich eher von einem Krieger überhaupt, es sei ein befehlender oder gehorchender, als von einem abgerichteten feilen Fechter sagen.

3 Laokoon S. 13.

Nach der Form, welche also wider meine Deutung eigentlich nicht wäre, lassen Sie uns die Stellung betrachten. Der Borghesische Fechter, sagt Winkelmann, hat den Kopf und die Augen aufwärts gerichtet, und scheinet sich mit dem Schilde vor etwas zu verwahren, das von oben herkömmt. Aber der Soldat des Chabrias, sagt mein Gegner, mußte gerade vor sich hin sehen, um den anrückenden Feind zu empfangen; ja er mußte sogar herabwärts sehen, indem er auf einer Anhöhe stand, und der Feind gegen ihn bergan rückte. Hierauf könnte ich antworten: der Künstler hat sein Werk auf eine abhängende Fläche weder stellen können, noch wollen; sowohl zum Besten seiner Kunst, als zur Ehre der Athenienser, wollte er und mußte er den Vorteil des Bodens unangedeutet lassen, den diese gegen die Spartaner gehabt hatten; er zeigte die Stellung des Chabrias wie sie für sich, auf gleicher Ebene mit dem Feinde, sein würde; und diese gleiche Ebene angenommen, würde der einhauende Feind ohnstreitig seinen Hieb von oben herein haben führen müssen; nicht zu gedenken, daß der Feind, wie Diodor ausdrücklich sagt, zum Teil auch aus Reiterei bestand, und der Soldat des Chabrias sich um so mehr von oben her zu decken hatte. Dieses, sage ich, könnte ich antworten, würde ich antworten, wenn ich sonst nichts zu antworten hätte, das näher zum Zwecke trifft. Aber wie ich schon erinnert habe, daß Winkelmann die Füße des Fechters verwechselt: so muß ich auch hier sagen, daß er die Lage des schildtragenden Armes ganz falsch erblickt, oder sich ihrer ganz unrichtig wieder erinnert hat. Und das ist der Umstand! Es ist mir schwer zu begreifen, wie so ein Mann in Beschreibung eines Kunstwerkes, das er unzähligemal muß betrachtet und wieder betrachtet haben, sich so mannigfaltig habe irren können: gleichwohl ist es geschehen, und ich kann weiter nichts als es betauren, daß ich seinen Angaben, die ich nach dem eignen Augenscheine erteilet zu sein, glauben durfte, so sorglos gefolgt bin.

Nein, der Borghesische Fechter scheinet sich nicht mit dem Schilde vor etwas zu verwahren, was von oben her kömmt; schlechterdings nicht. Denn wenn er dieses scheinen sollte, müßte nicht notwendig der Schild auf dem Arme fast horizontal liegen, und die Knöchelseite der Hand nach oben gekehret sein? Aber das ist sie nicht; die Knöchel sind auswärts und das Schild hat fast perpendikular an dem Arme gehangen, welches auch aus dem Polster des obern Schildriemen abzunehmen. Der Kopf und die Augen sind auch nicht höher gerichtet, als nötig ist, hinter und über dem Schilde weg zu sehen, und aus der gestreckten niedrigen Lage dem Feinde ins Auge blicken zu können. In den meisten Kupfern geht der linke Arm viel zu hoch in die Luft; die Zeichner haben ihn aus einem viel tiefern Gesichtspuncte genommen, als den übrigen Körper. Die eingreifende Hand sollte mit der Stirne fast in gerader Linie liegen, dessen mich nicht nur verschiedne Abgüsse überzeugen, sondern auch Herr *Anton Tischbein* versichert, welcher in Rom diese Statue studieret, und sie mehr als zehnmal aus mehr als zehn verschiedenen Gesichtspuncten gezeichnet hat. Ich habe mir unter seinen Zeichnungen diejenige, die ich zu meiner Absicht hier für die bequemste halte, aussuchen dürfen, und lege sie Ihnen bei.[4] In der Sammlung des Maffei, ist es schon aus der Vergleichung beider Tafeln, die sich daselbst von dem Fechter befinden, augenscheinlich, wie falsch und um wie vieles zu hoch der linke Arm in der einen derselben gezeichnet ist.

Ich habe es Winkelmannen zwar nachgeschrieben, daß sich der Fechter mit dem Schilde vor etwas zu verwahren scheine, was von oben her kömmt. Aber ich habe bei diesem *von oben her* weiter nichts gedacht, als in so fern es sich von jedem Hiebe sagen läßt, der von oben herein, höchstens von einem Pferde herab, geführet wird. Winkelmann aber scheinet einen aus der Luft stürzenden Pfeil oder Stein dabei gedacht zu haben, welcher mit dem Schilde aufgefangen werde; denn anstatt daß er, in seiner Geschichte der Kunst, überhaupt nur in dem Fechter einen Soldaten erkennet, der sich in einem dergleichen Stande besonders hervorgetan habe, glaubt er in

4 S. Taf. 1.

Tab. I. p. 30. ⟨zu S. 479,20⟩

Tab. I. XI Th. S 279.

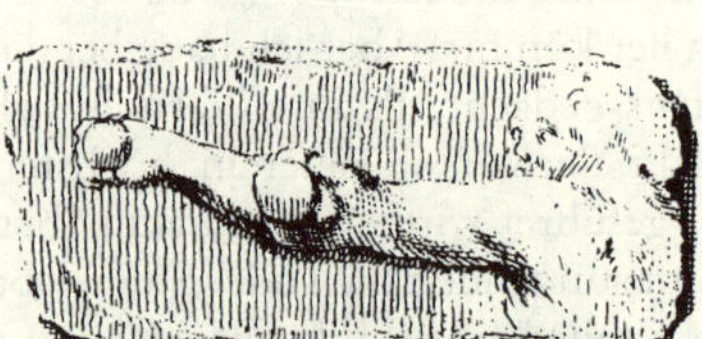

seinem neuesten Werke[5] sogar den Vorfall bestimmen zu können, bei welchem dieses geschehen sei: nemlich bei einer Belagerung.

Wenigstens, glaube ich, würde er einen Ausfall der Belagerten haben annehmen müssen, wenn man in ihn gedrungen wäre, sich umständlicher, auch nach der übrigen Lage der streitigen Vorstellung, zu erklären. Denn nur bei dieser kann der Belagerer mit dem Feinde, zugleich aus der Ferne und in der Nähe, zu streiten haben; nur bei dieser kann er genötiget sein, sich von oben her gegen das, was von den Mauern der belagerten Stadt auf ihn geworfen wird, zu decken, indem er zugleich handgemein geworden ist. Handgemein aber ist diese Figur, die wir den Fechter nennen; das ist offenbar. Sie ist nicht in dem bloßen untätigen Stande der Verteidigung; sie greift zugleich selbst an, und ist bereit, einen wohl abgepaßten Stoß aus allen Kräften zu versetzen. Sie hat eben mit dem Schilde ausgeschlagen, und wendet sich auf dem rechten Fuße, auf welchem die ganze Last des Körpers liegt, gegen die geschützte Seite, um da dem Feinde in seine Blöße zu fallen.

Bis hieher ist also von den Einwendungen des Göttingschen Gelehrten dieses die schließendere: »Der Soldat des Chabrias sollte den anprellenden Feind bloß abhalten; die Stellung des Borghesischen Fechters aber ist so, daß er nicht sowohl den Angriff aufhält, als selbst im lebhaftesten Ausfalle begriffen ist: folglich kann dieser nicht jener, jener nicht dieser sein.« Sehr richtig; hierauf ist wenig, oder nichts zu antworten; ich habe mich in meinem vorigen Briefe auch schon erkläret, woher es gekommen, daß mich das Angreifende in der Figur so schwach gerührt hat: aus der Verwechslung der Füße nemlich, zu welcher mich Winkelmann wo nicht verleitet, in der er mich wenigstens bestärkt hat.

---

5 *Monumenti antichi et inediti, Tratt. prel.* p. 94 et Ind. IV. Il preteso Gladiatore sembra statua eretta in memoria d'un guerriero che si era segnalato nell' assedio di qualche città.

ACHT UND DREISSIGSTER BRIEF.

Aber noch war ich in meinem Vorigen nicht, wo ich sein wollte. –

Der bildende Künstler hat eben das Recht, welches der Dichter hat; auch sein Werk soll kein bloßes Denkmal einer historischen Wahrheit sein; beide dürfen von dem Einzeln, so wie es existieret hat, abweichen, sobald ihnen diese Abweichung eine höhere Schönheit ihrer Kunst gewähret.

Wenn also der *Agasias*, dem es die Athenienser aufgaben, den Chabrias zu bilden, gefunden hätte, daß der untätige Stand der Schutzwehr, den dieser Feldherr seinen Soldaten gebot, nicht die vorteilhafteste Stellung für ein permanentes Werk der Nachahmung sein würde: was hätte ihn abhalten können, einen spätern Augenblick zu wählen, und uns den Helden in derjenigen Lage zu zeigen, in die er notwendig hätte geraten müssen, wenn der Feind nicht zurück gegangen, sondern wirklich mit ihm handgemein geworden wäre? Hätte nicht sodann notwendig Angriff und Verteidigung verbunden sein müssen? Und hätten sie es ungefehr nicht eben so sein können, wie sie es in der streitigen Statue sind?

Welche hartnäckige Spitzfindigkeiten! werden Sie sagen. – Ich denke nicht, mein Freund, daß man eine Schanze darum sogleich aufgibt, weil man voraussieht, daß sie in die Länge doch nicht zu behaupten sei. Noch weniger muß man, wenn der tapfre Tydeus an dem einen Tore stürmt, die Stadt dem minder zu fürchtenden Parthenopäus, der vor dem andern lauert, überliefern wollen.

Beschuldigen Sie mich also nur keiner Sophisterei, daß, indem ich mein Unrecht schon erkenne, ich mich dennoch gegen schwächere Beweise verhärte. –

Das Wesentliche meiner Deutung beruhet auf der Trennung, welche ich in den Worten des Nepos, »obnixo genu scuto«, annehmen zu dürfen meinte. Wie sehr ist nicht schon über die Zweideutigkeit der lateinischen Sprache geklagt worden! »Scuto« kann eben so wohl zu »obnixo« gehören, als nicht gehören: das eine macht einen eben so guten Sinn als das andere; weder die Grammatik, noch die Sache, können für dieses oder für jenes entscheiden: alle Hermenevtische Mittel, die uns die Stelle selbst anbietet, sind vergebens. Ich durfte also unter beiden Auslegungen wählen; und was Wunder, daß ich die wählte, durch welche ich zugleich eine andere Dunkelheit aufklären zu können glaubte?

Aber gleichwohl habe ich mich übereilt. Ich hätte vorher nachforschen sollen, ob Nepos der einzige Schriftsteller sei, der dieses Vorfalles gedenkt. Da es eine griechische Begebenheit ist: so hätte mir einfallen sollen, daß, wenn auch ein Grieche sie erzählte, er schwerlich in seiner Sprache an dem nemlichen Orte die nemliche Zweideutigkeit haben werde, die uns bei dem lateinischen Scribenten verwirre. Und wenn ich dann gefunden hätte, daß das, was Nepos durch »obnixo genu scuto« so schwankend andeutet, von einem durch τας ἀσπιδας προς το γονυ κλινοντας, und von dem andern durch τας ἀσπιδας ἐς γονυ προερεισαμενους ausgedrückt werde: würde ich wegen des eigentlichen Sinnes jener lateinischen Worte wohl noch einen Augenblick ungewiß geblieben sein? Unmöglich.

Nun findet sich wirklich das eine bei dem Diodor,[1] und das andere bei dem Polyän.[2] Beider Ausdruck stimmt fast wörtlich überein, und gehet dahin, uns die Schilde an, oder vor, oder auf dem Knie denken zu lassen. Der andere Sinn, den ich dem Nepos leihen konnte, ist in die Griechen nicht zu legen, und muß folglich der unrechte auch notwendig bei dem Lateiner sein.

Kurz: die Parallelstellen des Diodor und Polyän entscheiden alles, und entscheiden alles allein; obgleich der Göttingsche Gelehrte sie mehr unter seine Velites als Triarios zu ordnen scheinet. Sie nur hatte ich im Sinne, als ich sagte,[3] »daß man mir gegen meine Deutung ganz etwas anders

1 Diod. Sic. Lib. XV. c. 32. Edit. Wessel. T. II. p. 27.
2 Strat. Lib. II. cap. 1. 2.
3 Br. XIII. S. 103.

einwenden können, als damals noch geschehen sei, und daß ich nur diese Einwendung erwarte, um sodann entweder das letzte Siegel auf meine Mutmaßung zu drucken, oder sie gänzlich zurück zu nehmen.«

Ich nehme sie gänzlich zurück: der Borghesische Fechter mag meinetwegen nun immer der Borghesische Fechter bleiben; Chabrias soll er mit meinem Willen nie werden.

In der künftigen Ausgabe des Laokoon fällt der ganze Abschnitt, der ihn betrifft, weg: so wie mehrere antiquarische Auswüchse, auf die ich ärgerlich bin, weil sie so mancher tief gelehrte Kunstrichter für das Hauptwerk des Buches gehalten hat.

NEUN UND DREISSIGSTER BRIEF.

Meinen Sie, daß es gleichwohl Schade um meinen Chabrias sei? Daß ich ihn doch wohl noch hätte retten können? – Und wie? Hätte ich etwa sagen sollen, daß Diodor und Polyän spätere Schriftsteller wären, als Nepos? Daß Nepos nicht sie, wohl aber sie ihn könnten vor Augen gehabt haben? Daß auch sie von der Zweideutigkeit des lateinischen Ausdrucks verführt worden? Ei nun ja, das wäre wahrscheinlich genug!

Doch ich merke Ihre Spötterei. Die Henne ward über ihr Ei so laut; und es war noch dazu ein Windei.

Freilich! Indes, wann Sie denken, daß ich mich meines Einfalls zu schämen habe, weil ich ihn selbst zurücknehmen müssen: so denken Sie es wenigstens nicht mit mir. – In dem antiquarischen Studio ist es öfters mehr Ehre das Wahrscheinliche gefunden zu haben, als das Wahre. Bei Ausbildung des erstern war unsere ganze Seele geschäftig: bei Erkennung des andern, kam uns vielleicht nur ein glücklicher Zufall zu Statten. Noch itzt bilde ich mir mehr darauf ein, daß ich in den Worten des Nepos mehr, als darin ist, gesehen habe; als daß ich endlich beim Diodor und Polyän gefunden habe, was ein jeder da finden muß, der es zu suchen weiß.

Was wollen Sie auch? Hat meine Mutmaßung nicht wenigstens eine nähere Discussion veranlaßt, und zu verdienen geschienen? Und ob ich schon der streitigen Statue aus der Stelle des Nepos kein Licht verschaffen können: wie wenn wenigstens diese Stelle selbst ein größeres Licht durch jenen unglücklichen Versuch gewänne?

Ich will zeigen, daß sie dessen sehr bedarf. – So viel ich noch Ausleger und Übersetzer des Nepos nachsehen können, alle ohne Ausnahme haben sich die Stellung des Chabrias als knieend vorgestellt. So muß sie auch der Göttingsche Gelehrte gedacht haben, weil er sie in dem Miles Veles zu Florenz zu finden glaubte, der auf dem rückwärts gestreckten linken Knie liegt, und das rechte Schienbein vorsetzet. So muß sie nicht weniger Herr Prof. Sachse annehmen, der eine Ähnlichkeit von ihr, auf einem geschnittenen Steine, ebenfalls zu Florenz, in der Figur des verwundeten Achilles zu sehen meinet, welche das linke Schienbein vorsetzend, auf dem rechten Knie lieget, und sich den Pfeil nächst dem Knöchel dieses Fußes herauszieht. Kurz, sie müssen alle geglaubt haben, daß das eine Knie nicht gegen das Schild gestemmt sein können, ohne daß das andere zur Erde gelegen.

Aber haben sie hieran wohl Recht? – Wo ist ein Wort beim Nepos, das auch nur einen Argwohn von dieser knieenden Lage machen könne? Wo bei dem Diodor? Wo bei dem Polyän? Bei allen dreien befiehlt Chabrias seinen Soldaten weiter nichts als 1) geschlossen in ihren Gliedern zu bleiben – »loco vetuit cedere« – τῃ ταξει μενοντας – μη προδραμειν, ἀλλα μενειν ἡσυχει; 2) die Spieße gerade vor zu halten – »projecta hasta« – ἐν ὀρθῳ τῳ δορατι μενειν – τα δορατα ὀρθα προτειναμενους; 3) die Schilder gegen das Knie zu senken, oder an das Knie zu schließen – »obnixo genu scuto« – τας ἀσπιδας προς το γονυ κλινοντας – τας ἀσπιδας ἐς γονυ προερεισαμενους. Da ist nichts vom Niederfallen; da ist nichts, was das Niederfallen im geringsten erfodern könnte! – Man erwäge ferner, wie ungeschickt sogar die knieende Lage zu der Wirkung gewesen wäre, die sich Chabrias versprach. Kann der Körper im Knieen wohl seine ganzen Kräfte anstrengen? Kann er den Spieß so gerade, so mächtig vorhalten, als im Stehen? Das ορθα δορατα will, daß die Spieße horizontal gesenkt werden. Sie sollten dem Feinde gerade wider die Brust gehen; und im Knieen würden sie ihm gerade gegen die Beine gegangen sein. Noch weniger würde sich das Knieen zu einem Umstande schicken, der dem Diodor bei Beschreibung dieser Evolution eigen ist. Er sagt, Chabrias habe seinen Soldaten befohlen, δεχεσθαι τους πολεμιους καταπεφρονηκοτως, die Feinde ganz verächtlich zu empfangen; und der Feind habe sich wirklich durch diese καταφρονησιν abschrecken lassen. Die knieende Lage aber hat von diesem Verächtlichen wohl wenig oder nichts; sie verrät gerade mehr Furchtsames, als Verächtliches; man sieht seinen Gegner darin schon halb zu seinen Füßen.

Man wende mir nicht ein, daß noch itzt das erste Glied des Fußvolks den Angriff der Reiterei auf dem Knie empfängt. Dieser Fall ist ganz etwas anders. Das erste Glied befindet sich bei Erteilung der letzten Salve schon in dieser Lage; der Feind ist ihm schon zu nahe, sich erst wieder aufzurichten. Zudem ist wirklich die schiefe Richtung des aufgepflanzten und mit der Kolbe des Gewehrs gegen die Erde gesteiften Bajonets dem ansprengenden Pferde gefährlicher; es spießt sich von oben herein tiefer. Wenn aber Fußvolk, Fußvolk mit gesenktem Bajonete auf sich anrücken siehet, bleibt das erste Glied gewiß nicht auf den Knieen, sondern richtet sich auf, und empfängt seinen Feind stehend.

Eben das taten die Triarii bei den Römern. Solange die vordern Treffen stritten und standen, lagen sie auf ihrem rechten Knie, das linke Bein vor, ihre Spieße neben sich in die Erde gesteckt, und deckten sich mit ihren Schildern, »ne stantes«, wie Vegetius sagt, »venientibus telis vulnerarentur«. Allein sie blieben nicht auf den Knieen, wenn die vordern Treffen geschmissen waren, und der Streit nunmehr an sie kam. Sondern sodann richteten sie sich auf, »consurgebant«, und gingen dem Feinde mit gefällten Spießen entgegen. Nicht also ihre »Subsessio intra scuta«, nicht ihre

Bergung hinter dem Schilde auf dem Knie, in der sie noch keinen Feind vor sich hatten, und sich bloß gegen das Geschoß aus der Ferne, so wie es über die vordern Treffen flog, deckten: nicht die, sondern ihre aufgerichtete »acies« selbst, »quae hastis velut vallo septa inhorrebat«, kann mit dem Stande der Soldaten des Chabrias verglichen werden. Nur daß diese den Feind bloß festen Fußes erwarteten, und ihm nicht entgegen rückten, um den Vorteil der Anhöhe nicht zu verlieren.

Das ist unwidersprechlich, sollt ich meinen; und ich habe sonach die Stelle des Nepos, da ich einen stehenden Krieger darin erkannte, doch immer noch richtiger eingesehen, als alle die, welche sich einen knieenden einfallen lassen. Ja es ist so wenig wahr, daß Hrn. Sachsens verwundeter Achilles, in Betracht seiner Stellung, mit dem Chabrias könne verglichen werden; oder daß der Miles Veles, wie ihn Gori genannt hat, eher noch Chabrias sein könne, als der Borghesische Fechter, wie der Göttingsche Gelehrte will: daß vielmehr an jene beide auch gar nicht einmal zu denken ist, wenn man unter den alten Kunstwerken eine Ähnlichkeit mit jener Stellung des Chabrias aufsuchen will. Sie knieen; und die Statue des Chabrias kann schlechterdings nicht geknieet haben.

Was ließe sich gegen den Miles Veles nicht noch besonders erinnern! Er hat im geringsten nicht das Ansehen eines Kriegers, *welcher seinen Feind erwartet*: denn er liegt auf dem linken Knie, und der nemliche Arm mit dem Schilde weicht zurück. Könnte man auch schon annehmen, daß »des Chabrias Soldaten den Schild auf die Erde angesetzt, ein Knie gebogen und daran gestemmet, und auf diese Weise ihre Kraft verdoppelt hätten:« so müßte doch dieses eine gebogene Knie das linke gewesen sein, das rechte hätte es unmöglich sein können; von dem Miles Veles aber liegt das linke zur Erde. Auch ist der rechte Arm desselben gar nicht so, wie er sein müßte, wenn er mit demselben irgend ein Gewehr gegen den anrückenden Feind halten sollte. Nicht zu gedenken, daß die Figur bekleidet, und die Arbeit römisch ist, ob sie gleich keinen Römer vorstellet, und noch weniger einen Griechen vorstellen kann. Ich habe das Museum Florentinum nicht vor mir, um mich in einen umständlichen Beweis hierüber einlassen zu können. Aber des Schildes erinnere ich mich deutlich, das dieser vermeinte Miles Veles trägt. Es hat Falten; welches zu erkennen giebt, daß es ein Schild von *bloßem* Leder war; kein hölzernes mit Leder überzogen. Dergleichen δερματινοι θυρεοι aber waren den Karthaginensern, und andern Afrikanischen Völkern eigentümlich.[1]

Doch was halte ich mich bei einem Werke auf, das mich so wenig angeht? Mein Gegner selbst gestehet, »daß sich die Stellung des Chabrias vielleicht eben so gut und noch besser im Stehen denken lasse, so daß der Soldat das Knie an den Schild anschließt, um dem andringenden Feinde mit Nachdruck zu widerstehen.« Und was ist das anders, als seine Vermutung, daß jene knieende Figur Chabrias sei, mehr als um die Hälfte zurücknehmen? Ich schmeichle mir, wenn er meine Gründe in Erwägung ziehen will, daß er sie auch wohl ganz zurücknimmt, und sich überzeugt erkennet, daß die Stellung des Chabrias sich nicht bloß *auch* oder *besser* im Stehen denken lasse, sondern daß sie durchaus nicht anders gedacht werden *könne*, als im Stehen.

Nun aber, diese stehende Stellung als ausgemacht betrachtet: wie müssen wir uns die Haltung des Schildes selbst vorstellen, um das »obnixum genu« des Nepos, das κλινειν προς το γονυ des Diodorus, und das ἐς γονυ προερειδεσθαι des Polyänus davon sagen zu können?

Ich denke so! – Sie wissen, ohne es erst von Hr. Klotzen aus geschnittenen Steinen gelernt zu haben,[2] daß es an den Schilden der Alten innerhalb zwei Riemen gab, die zur Befestigung und Regierung des Schildes dienten. Durch den obern ward der Arm bis an das Gelenke gesteckt, und in den untersten griff die Hand. Hr. Klotz nennt, so wie er überhaupt stark ist, sich von allen Dingen auf das eigentlichste

1 V. Lipsius de Milit. Rom. lib. III. Dial. 1. p. m. 103.
2 S. 105.

und bestimmteste auszudrücken, beide diese Riemen Handhaben, und sagt, daß die Soldaten den Arm durch beide gesteckt.[3] Die Griechen haben ein doppeltes Wort für diese Riemen, ὀχανον und πορπαξ; und ich meine, daß ὀχανον eigentlich den obern Riemen, den Armriemen, (wenn man sich dieses Wort dafür gefallen lassen will) πορπαξ aber den untern Riemen bedeutet, der allein die Handhabe heißen kann.[4] An dem ὀχανῳ blieb das Schild beständig fest: den

3 »Linguet hätte die Steine betrachten sollen, auf welchen man den doppelten Riemen am Schilde deutlich sieht, durch den die Soldaten den Arm steckten. Auf andern ist nur eine dergleichen Handhabe zu sehen.« l. c.

4 Lipsius (Anal. ad Milit. p. m. XVII.) hat sich von diesem Unterschiede nichts einfallen lassen, und ὀχανον und πορπαξ für völlig gleichbedeutende Wörter genommen. Daß sie dieses aber nicht gewesen, zeiget selbst die Stelle beim Svidas, oder dem Scholiasten des Aristophanes, in der es ungewiß gelassen wird, ob πορπαξ den Armriemen oder die Handhabe bedeute. Πορπαξ κατα μεν τινας ὁ ἀναφορευς της ἀσπιδος. ὡς δε τινες, το διηκον μεσον της ἀσπιδος σιδηριον, ᾧ κρατει την ἀσπιδα ὁ στρατιωτης. Ich sage also auch nicht, daß ὀχανον und πορπαξ nie verwechselt worden, und daß es keine Fälle gegeben, wo man unter dem einen auch das andere verstanden. Sondern ich rede bloß von der eigentümlichen Bedeutung eines jeden dieser Wörter, wenn sie so stehen, daß nur einer von beiden Tragriemen gemeinet sein kann. Alsdann, sage ich, heißet ὀχανον der Armriemen, welches mich die Stelle des Herodotus lehret, wo er sagt, daß die ὀχανα der Schilder von den Cariern erfunden worden, da man sie vorher bloß mit Riemen um den Hals gehangen, und so die linke Seite damit geschützt habe. Denn πορπακες, Handhaben, mußten an den Schilden notwendig auch damals schon sein, um sie von dem Leibe abzuhalten und nach Befinden zu lenken. Die Carier erfunden bloß, daß es besser sei, die Schilde an dem Arme selbst zu befestigen, als um den Hals zu tragen. Οχανον und πορπαξ mußten in der Weite des Ellebogens bis zur geballten Hand aus einander stehen. Daher saß jener mehr gegen den obern Rand des Schildes, und dieser gegen die Mitte desselben, damit ein großer Teil über die Hand hinaus reiche, und sich die Deckung desto weiter erstrecke. Jener war ein wirklicher Rie-

πορπαξ aber konnte der Soldat fahren lassen, und ließ ihn fahren, so oft er die linke Hand nötiger brauchte. Dieses scheinet Lipsius nicht erwogen zu haben, wenn er aus dem größern Schilde, welches die Triarii geführet, schließen will, daß ihre Spieße nicht allzulang könnten gewesen sein, weil sie dieselben nur mit einer Hand führen müssen.[5] Sie konnten die andere Hand dazu nehmen, und nahmen sie wirklich dazu, wenn sie die Spieße mit größerer Macht vorhalten, oder irgend einen kräftigern Stoß damit führen wollten.

Und nun überlegen Sie, wenn der Soldat die Handhabe des Schildes fahren ließ, um mit der Linken zugleich den Spieß zu fassen, und das Schild nur bloß an dem Armriemen hangen blieb: in welche Lage das Schild notwendig fallen mußte? Da der Armriemen mehr gegen den obern Teil befestiget war: so konnte der übrige Teil nicht anders als herabsinken, gegen den vorgesetzten linken Fuß herabsinken, und wenn es lang genug war, das Knie desselben bedecken. Das Knie konnte sich sodann an das Schild stemmen: und kurz, es erfolgte der völlige Stand, den Chabrias seinen Soldaten zu nehmen befahl. Er befahl ihnen, in ihren

---

men, mit einem kleinen Polster an dem Orte, wo der Arm an dem Schilde anlag: dieser aber war öfters von Eisen, und gieng durch das Schild durch. Dem πορπαξ entspricht das Lateinische »ansa«, und Lipsius (l. c.) hat Unrecht, wenn er bei Gelegenheit einer Stelle des Ammianus sagt: »Unam ansam nominat; atqui duae plerumque fuere in scuto grandiore.« Denn diese Stelle selbst zeiget, daß nur die Handhabe, und nicht der Armriemen, »ansa« geheißen. – Wenn man auf alten Denkmälern Schilde bloß mit Einem Tragriemen, das ist, bloß mit dem Armriemen, ohne Handhabe findet: so können es dem Feinde abgenommene und geweihte Schilde sein, die nicht anders als mit abgebrochnen Handhaben in den Tempeln aufgehangen wurden, damit sich ihrer niemand in der Geschwindigkeit bedienen könne.

5 De M. R. lib. III. dial. 6. p. m. 135: Ne tamen erres, hastae istae non nimis longae, nec ut Macedonum sarissae. Qui potuissent? scutum majus sinistra Triarii gerebant; nec videntur nisi una manu commode tractasse istas hastas.

Gliedern stehen zu bleiben; die Handhabe des Schildes fahren zu lassen, wodurch die Schilde auf das Knie herab sanken, τας ἀσπιδας προς το γονυ κλινοντας; zugleich mit der Linken den Spieß zu ergreifen, und so, ἐν ὀρθῳ τῳ δορατι μενειν, mit gefällten Spießen den Feind zu erwarten. Das ist die ungezwungenste Umschreibung der Worte des Diodor, und kann es eben sowohl von den Worten des Nepos und des Polyänus sein.

Wollten Sie zweifeln, ob die Alten wirklich ihren Schild bloß an dem Armriemen hangen lassen, um die linke Hand mit zu Führung des Spießes zu brauchen: so werfen Sie einen Blick auf einen Stein beim Natter. Er ist, als ob ich ihn zum Behuf meiner Meinung ausdrücklich hätte schneiden lassen; und ich kann mich daher nicht enthalten, Ihnen einen Abriß davon beizulegen.[6] Betrachten Sie: hier hängt offenbar das Schild des stehenden Soldaten, der seinen verwundeten Gefährten verteidiget, an dem bloßen Armriemen, und hängt so tief herab, daß es völlig das vorgesetzte Knie decken könnte, wenn der Spieß nicht so hoch, sondern mehr gerade aus geführet würde. Wundern Sie sich aber nicht, daß das Schild innerhalb dem Arme hängt; der Künstler wollte sich die Ausführung des linken Armes ersparen, und versteckte ihn hinter dem Schilde, da er eigentlich vor ihm liegen sollte. Vielleicht erlaubte es auch der Stein nicht, in den Schild oben tiefer hineinzugehen, und so den Arm herauszuholen, als unten der Kopf des liegenden Kriegers herausgeholet ist. Dergleichen Unrichtigkeiten finden sich auf alten geschnittenen Steinen die Menge, und müssen, der Billigkeit nach, als Mängel betrachtet werden, zu welchen die Beschaffenheit des Steines den Künstler gezwungen hat.

6 S. Taf. II. Beim Natter ist es die neunte Tafel.

Tab. II. p. 57. ⟨zu S. 491,15⟩

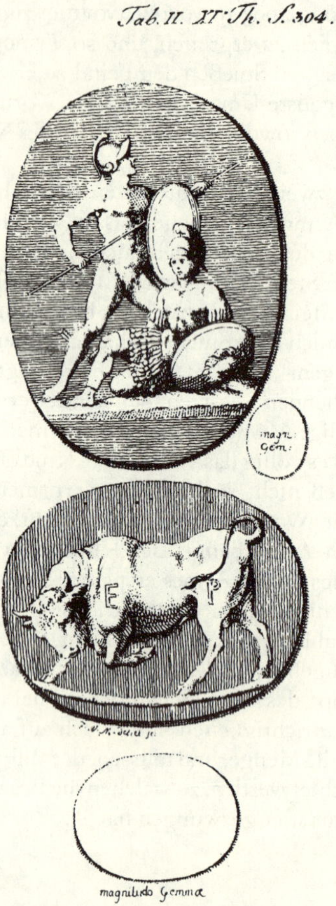

VIERZIGSTER BRIEF.

Und nun wieder zu Hr. Klotzen! Es wäre unartig, wenn wir ihm mitten aus dem Collegio wegbleiben wollten. Er lehret uns zwar wenig: aber dem ohngeachtet können wir viel bei ihm lernen. Wir dürfen nur an allem zweifeln, was er sagt, und uns weiter erkundigen.

Wo blieben wir? – Bei der Art, wie die alten Steinschneider in ihrer Kunst verfahren, von der Plinius wenig oder nichts gewußt haben soll. Daß Hr. Klotz nichts davon weiß, haben wir gesehen. Doch will er noch »zwei Anmerkungen beifügen, die beide das Mechanische der Kunst betreffen.«[1]

Die erste dieser Anmerkungen geht auf die Form der Steine. »Die alten Künstler,« sagt Hr. Klotz, »pflegten gern ihre Steine hoch und schildförmig zu schleifen.« – Einen Augenblick Geduld! Die alten Künstler? Sie selbst? Das heißt, ihnen auch sehr viel zumuten. So weit, sollte ich meinen, hätten sich die alten Künstler die Steine wohl können in die Hand arbeiten lassen. Es sind ja itzt drei ganz verschiedne Leute, die sich in die Verarbeitung der Edelsteine geteilt haben: der Steinschleifer, »le Lapidaire«; der Steinschneider, »le Graveur en pierres fines«; und der Juwelier, »le Jouaillier«, oder »le Metteur en œuvre«.

Warum sollte das nicht auch bei den Alten gewesen sein? Und es ist allerdings gewesen. Sie hatten ihre »Politores«, sie hatten ihre »Scalptores«, sie hatten ihre »Compositores gemmarum«.

»Politores gemmarum« hießen die Steinschleifer; denn »polire« heißt nicht bloß, was wir im engen Verstande *polieren* nennen, welches man genauer durch »laevigare« ausdrückt; sondern es heißt auch zuschleifen. So sagt Plinius: »Berylli omnes poliuntur sexangula figura«; *sie werden alle sechseckig geschliffen.* Und nicht allein das Schleifen aus dem Groben, und das Polieren, glaube ich, war dieser Leute Sache. Sie

1 S. 52.

verstanden sich, ohne Zweifel, auf alle und jede ἐργασια προς το λαμπρον, auf alle und jede Hülfsmittel und Kunstgriffe, die Steine reiner, klärer und glänzender zu machen. Natter bemerkte, daß die alten Carneole und Onyche, auch wenn die Arbeit darauf noch so schlecht sei, dennoch sehr feine und lautere Steine wären: er schloß also, daß einige alte Künstler wohl das Geheimnis dürften gehabt haben, sie zu reinigen, und ihrem Glanze nachzuhelfen, indem man itzt unter tausenden kaum einen finde, der das nemliche Feuer habe. Es streiten, sagt er, für diese Mutmaßung noch andere stärkere und überzeugendere Gründe, die ich dem neugierigen Leser indes zu erraten überlasse, bis ich sie ihm bei einer andern Gelegenheit selbst mitteilen kann.[2] Natter hat sehr richtig gemutmaßet: wenn es anders bloße Mutmaßung bei ihm war, was Plinius mit ausdrücklichen Zeugnissen bestätiget, der uns sogar eines von den Mitteln aufbehalten hat, dessen sich die Steinschleifer zu dieser Absicht bedienten. »Omnes gemmae«, sagt er,[3] »mellis decoctu nitescunt, praecipue Corsici: in omni alio usu acrimoniam abhorrentes«. Eine bloße Reinigung der äußern Fläche kann nicht gemeinet sein; dieser »decoctus mellis Corsici« mußte tiefer dringen, und durch die ganze Masse des Steines wirken. Die Schärfe des Corsischen Honigs, die ihn hierzu vornehmlich geschickt machte, obgleich sonst die Edelsteine scharfe Säfte nicht wohl vertragen können, schreibet Plinius an einem andern Orte,[4] der Blüte des Buxsbaumes zu, welcher in

2 Zum Schlusse seiner Vorrede: »Je suis dans l'opinion, que quelques Graveurs anciens possedoient le secret de rafiner ou de clarifier les Cornalines et les Onyx, vû la quantité prodigieuse de Cornalines fines et mal gravées que les Anciens nous ont transmises; tandis qu'à present à peine en trouve-t-on une entre mille qui ait le meme feu. Il y a encore d'autres raisons plus fortes et plus convaincantes en faveur de cette conjecture; mais je laisse aux Curieux à les deviner, en attendant que je trouve une autre occasion de les leur communiquer.«

3 Lib. XXXVII. Sect. 74.

4 Lib. XVI. Sect. 28.

Corsica sehr häufig wachse. Ich merke dieses an, um in Ermanglung des Corsischen Honigs, unser gemeines Honig mit zerquetschten Buxsbaumblättern oder Blüten abzureiben, Falls man einen Versuch damit machen wollte, für dessen Erfolg ich jedoch nicht stehen mag.

Aus den Händen dieser »Politorum gemmarum« empfingen also die »Scalptores« die Steine, in welchen sie ihre Kunst zeigen wollten. Sie von ihnen selbst zuschleifen lassen, heißt den Bildhauer in die Kluft schicken, daß er den Marmorblock, den er beleben will, auch selbst brechen soll.

Die »Compositores gemmarum« waren die, welche die geschliffenen oder geschnittenen Steine faßten, und so, wie sie sich nach ihren Farben am besten zusammen schickten, ordneten. Denn da die Alten einen ganzen Schmuck von lauter Steinen einer und eben derselben Farbe vielleicht nicht liebten, im Grunde auch so leicht nicht zusammen bringen konnten, als es uns bei der ungleich größern Menge von Steinen jeder Art möglich ist: so kam sehr viel darauf an, die Steine von verschiednen Farben so zu verbinden, daß keiner den andern schändete, und sie alle zusammen eine gute Wirkung auf das Auge machten. Dieser »Compositorum« gedenkt Plinius, wo er von dem Opale redet:[5] »Opali smaragdis tantum cedentes. India sola horum est mater; atque ideo eis pretiosissimam gloriam Compositores gemmarum et maxime inenarrabilem difficultatem dederunt.« So hieß es, wie ich glaube, in allen gedruckten Ausgaben des Plinius, bis auf den Harduin, der ich weiß nicht welche Dunkelheit in den Worten des Plinius fand, und die letzte Periode aus seinen Manuscripten folgender Gestalt zu lesen befahl: »atque in pretiosissimarum gemmarum gloria compositi maxime inenarrabilem difficultatem dederunt.« Das ist, wie er es in einer Note selbst erklärt, weil er ohne Zweifel voraussah, daß diese Lesart hinwiederum andern nicht sehr deutlich sein dürfte: »et cum pretiosissimis gemmis comparati maxime inenarrabilem dedere difficultatem, num gemmis aliis, qua-

5 Libr. XXXVII. cap. 6.

rum similitudinem referunt, potiores eos haberi oporteret.« Es ist wahr, nun versteh' ich es recht wohl, was Harduin will: aber eine solche *unaussprechliche Schwierigkeit* kömmt mir doch auch sehr seltsam vor. Eine unaussprechliche Schwierigkeit, einem Dinge einen Wert zu setzen, was keinen bestimmten Wert haben kann! Es kam ja lediglich auf den Geschmack des Liebhabers an. Meinetwegen mag also Harduins Verbesserung gefallen, wem sie will; ich bleibe bei der alten Lesart, die doch wohl auch Manuscripte muß für sich gehabt haben, und auf alle Weise dem Zusammenhange gemäßer und des Plinius würdiger ist. Nur weil Harduin, wie es scheint, nicht wußte, welche Idee er sich eigentlich von den hier erwähnten Künstlern machen sollte, kam ihm die ganze Stelle dunkel vor. Er bildete sich vielleicht ein, daß »Compositores gemmarum« so viel als »mangones«, »adulteratores gemmarum« sein sollten: und sie waren das, was ich gesagt habe. Sie faßten und setzten; und bei dieser Arbeit erfuhren sie denn, daß der Opal, dem »pretiosissima gloria« als eines seltenen Steines zukomme, der nur in Indien gefunden werde, zugleich »inenarrabilem difficultatem« habe; nemlich in Ansehung seiner Verbindung mit andern Steinen. Denn da der Opal keine bestimmte Farbe hat, sondern mehr als eine zeiget, so wie man ihn wendet und die Lichtstrahlen sich durch ihn brechen: so muß ihm sein Platz bei andern farbigen Steinen sehr schwer anzuweisen sein, die sich unmöglich nach allen seinen Veränderungen einmal so gut wie das andere zu ihm schicken können. – In Absicht der Fertigkeit und des guten Geschmacks in Verbindung der verträglichsten Farben, vergleicht *Paschalius*[6] die »Compositores gemmarum« sehr richtig mit den Winderinnen der Blumenkränze, (Στεφανοπλοκοις) dergleichen Glycera war, mit welcher Pausias wetteiferte.

6 Coronarum lib. II. cap. 12.

EIN UND VIERZIGSTER BRIEF.

Also schliffen sie eben nicht gern, die alten Künstler, ihre Steine hoch und schildförmig: sondern sie bedienten sich nur gern so geschliffener Steine. Und warum? Das will uns nun Hr. Klotz lehren.

»Hierdurch«, sagt er, »befreiten sie sich von dem Zwange, den ihnen der enge Raum des Steines anlegte: und sie konnten die äußern und vom Leibe abstehenden Teile der Arme und Beine ohne Verkürzung geschickt herausbringen. Die alten Steinschneider liebten die Verkürzungen nicht, und nur die unvermeidliche Notwendigkeit mußte sie antreiben, sie zu bilden. Man hat aber doch Beispiele.«

Ich bitte Sie, mein Freund, lesen Sie das noch einmal; – und noch einmal. Denn nur Einmal, so obenhin gelesen, klingt es wirklich, als ob es etwas wäre. Und es ist nichts; nichts als Worte ohne Sinn!

Allerdings ist es wahr, daß der Raum einer convexen Fläche größer ist, als der Raum einer ganz ebenen, in der nemlichen Peripherie eingeschlossen. Aber wie dieser größere Raum dem Steinschneider könne zu Statten kommen, das ist über meinen Begriff. Denn das Relief der Figur, welche er einschneidet, wird ja nicht concav, sondern es muß so gleich oder so ungleich erhaben sein, als es die Form dieser Figur erfodert. Bloß in der glatten Area des Steines erkennet man noch seine Convexität. Der Künstler kann also schlechterdings weder größere noch mehrere Gegenstände auf eine schildförmige Fläche bringen, als sich auch auf eine ganz platte von gleicher Außenlinie bringen lassen. Ganz anders ist es, wenn man auf eine solche schildförmige oder sphärische Fläche zeichnet oder malet: auf der Fläche eines Hemisphärii z. E. lassen sich freilich mehrere Objecte, oder die nemlichen Objecte größer zeichnen, als auf einen ebenen Zirkel von gleichem Diameter gehen würden. Das macht, wir können das Hemisphärium wenden, oder uns um dasselbe herumbewegen, und in Gedanken jedes einzelne Stück desselben applanieren. Sollte aber dieses Hemisphärium aus dem Punkte seiner höchsten Erhöhung oder Vertiefung auf einmal übersehen werden, wie eine geschnittene Gemma: so würde für den Maler auch nicht mehr Raum darauf sein, als auf dem platten Zirkel von gleicher Peripherie. Ja in diesem Falle wäre es so wenig wahr, daß ihm das Sphärische seiner Fläche dienlich wäre, die Glieder oder Teile seines Objects in ihren wahren völligen Maßen zu zeichnen, daß vielmehr gerade keines so gezeichnet werden könnte, und er überall Verkürzungen oder Verlängerungen anbringen müßte, wenn er dem Auge glauben machen wollte, anstatt eines sphärischen Körpers, eine bloße zirkelrunde Fläche bemalt zu sehen.

Das alles sind bekannte Dinge! Können sie aber wohl Hr. Klotzen bekannt sein, wenn er uns weis machen will, daß sich die alten Künstler durch das Schildförmige von dem Zwange befreiet, den ihnen der enge Raum des Steines anlegte, und daß sie das Räumlichere der schildförmigen Fläche darzu genutzt, um die vom Leibe abstehende Teile der Arme und Beine ohne Verkürzung heraus zu bringen? Auch diese Teile müssen im Abdrucke so heraustreten, als ob sie gänzlich aus dem Vollen gearbeitet wären; und sie würden sehr krüpplig erscheinen, wenn man ihnen im geringsten anmerkte, daß sie sich auf einer concaven Fläche herumzögen. Die Verkürzungen, die sich der Steinschneider auf der schildförmigen Fläche zu ersparen weiß, kann er sich eben sowohl auf der platten ersparen: der Unterschied des Raums zwischen dieser platten und dieser schildförmigen Fläche von gleicher Peripherie, kann ihm dazu nichts helfen.

Hr. Klotz fährt fort: »Jene schildförmig geschliffene Steine waren zur Abwechslung in dem mehr oder weniger Erhabnem bequem. Wir haben vortreffliche Steine von dieser Art, die wir nicht genug bewundern können.«

Das soll doch wohl ein *zweiter* Nutzen sein, den Hr. Klotz den geschnittenen Steinen beilegt? Als dieser hätte es die Deutlichkeit erfordert, ihn mit dem Vorhergehenden durch ein *Auch* zu verbinden. Doch was Deutlichkeit? Die wollte ich ihm gern erlassen, wenn denn nur Wahrheit zum Grunde läge, die es der Mühe lohnte, aus seiner verworrenen Schreibart heraus zu fitzen.

Also fand der alte Künstler auf dem schildförmigen Steine nicht allein mehr Platz, sondern er war ihm auch »zur Abwechslung in dem mehr oder weniger Erhabnem bequem!« Nur der schildförmige hierzu bequem? Das versteh ich nicht. Sind denn die flachen Steine nicht auch dazu bequem? Zeigen denn die Werke der neuen Künstler, die in flache Steine arbeiten, keine Abwechslung in dem mehr oder weniger Erhabnen? Oder soll *bequem* hier nur so viel heißen, als *bequemer*? Aber wie denn, warum denn bequemer? –

O, lassen Sie uns weiter gehen, mein Freund, damit ich gelegentlich auf etwas komme, das erörtert zu werden verdienet. Hr. Klotz weiß nicht, was er will; seine Fehler, die nur *seine* Fehler sind, sind so armselige Fehler, daß sie auch nicht einmal Anlaß geben, etwas Eigenes anzubringen. Um sie in ihr Licht zu stellen, muß man fast eben so trivial und langweilig werden, als er selbst ist.

ZWEI UND VIERZIGSTER BRIEF.

Nicht wahr? Nun glauben Sie mich ertappt zu haben! Wie ungerecht ich doch bin; und zugleich wie unvorsichtig! Alles, was ich in meinem Vorigen an Hrn. Klotzen tadle, hat nicht Hr. Klotz, sondern Hr. Lippert gesagt. Herr Klotz hat, nach dem Rechte, das ihm als Commentator des Hrn. Lipperts zustand, diesen bloß ausgeschrieben.

Das hat er freilich. Aber gleichwohl ist es falsch, daß ich in dem Ausschreiber den Ausgeschriebnen getadelt habe. Als Hr. Klotz Lipperten plünderte, entwandte er nur Lippertsche Worte und Redensarten; der Sinn darin war ihm zu schwer; den konnte er nicht mit fortbringen; den ließ er, wo er war.

Das soll sich gleich zeigen. Lassen Sie uns nur Hr. Lipperten selbst hören, wie er sich über den Nutzen der schildförmigen Steine erklärt.

Die Hauptstelle ist in seinem Vorberichte,[1] wo er von dem gänzlichen Mangel der Perspektiv auf alten Kunstwerken redet, dabei aber des Vorteils erwähnt, wodurch in erhabner Arbeit das Auge noch einigermaßen betrogen, und jenem Mangel in etwas abgeholfen werde. Dieser besteht, wie bekannt, darin, »daß die voranstehenden Figuren stärker und erhabner, oder bei geschnittenen Steinen tiefer herausgeholet, die hintern aber flächer gearbeitet sind, so wie sie mehr oder weniger entfernt scheinen sollen«. Und nun fährt er fort: »Ein andrer Vorteil tat bei geschnittenen Steinen noch mehr; sie nahmen einen hohen und schildförmig geschliffenen Stein, in welchen sie auf oberzählte Art die Figuren einschnitten; die Fläche, welche nun im Abdruck hohl erschien, machte, daß die Nebenfiguren, wie von der Seite oder herumgestellet und von der Hauptfigur entfernet aussahen, da diese, wie gesagt, stärker ausgedruckt war.«

Die Anmerkung ist richtig und fein. Da die Teile einer concaven Fläche wirklich in verschiedener Entfernung von unserm Auge liegen; da sich wirklich nähere und tiefere Gründe darauf finden: so ist es gar wohl möglich und begreiflich, daß die Natur der zu kurz fallenden Kunst hier zu Statten kommen, und die Wirklichkeit an die Stelle der verfehlten Nachahmung treten kann. Das ist: es können und müssen Figuren, auch ohne nach den Regeln der Perspektiv behandelt zu sein, mehr oder weniger entfernt scheinen, – wenn sie wirklich mehr oder weniger entfernt sind. Da aber der Künstler zu seiner Täuschung nur den Schein und nie die Wahrheit selbst brauchen soll; da die Vermischung des Scheines und der Wahrheit auch einem ungelehrten Auge bald merklich wird, und es beleidiget; da das, was die eingemischte Wahrheit leistet, noch weit von dem entfernt sein kann, was nach den Gesetzen des Scheines geleistet werden sollte; da sogar das Wirkliche, welches in dem einen Falle der Nachahmung behülflich ist, in andern Fällen ihr vielleicht gerade zuwider laufen wird: so ist es wohl unstreitig, daß

1 S. XIX.

dieser angegebene Vorteil der schildförmigen Steine nur sehr zufällig, nur sehr mißlich, nur sehr gering sein kann. Herr Lippert gesteht es selbst; denn er setzt hinzu: »Die Höhlung macht freilich einen Eindruck im Auge von einer ziemlichen Weite des Raumes, wodurch beim ersten Anblick der Verstand betrogen wird. Er wird aber auch bei genauer Betrachtung, wegen der Möglichkeit und Wahrheit gar bald in Zweifel gesetzt, den man, ohne Begriffe von Kunstregeln nicht sogleich heben wird, und von der Schönheit des Werks gereizt, vergißt man leicht, was mancher, auch als ein Unwissender, nur für ein Nebenwerk hält, weil er nicht nach der Wahrheit und nach der Kunst zugleich urteilet.«

Es ist nicht zu leugnen, daß sich Hr. Lippert hier nicht ein wenig bestimmter hätte ausdrücken können. Aber so verlegen man auch in dem Stile eines Künstlers um die Wortfügung sein mag: so leuchtet doch immer der Sinn hindurch; besonders für den, der nur einigermaßen im Stande ist, mit dem Künstler zu denken, und zu beurteilen, was der Künstler ohngefehr habe sagen können, und was er nach den Grundsätzen seiner Kunst schlechterdings nicht habe sagen können.

Kurz; es ist lediglich ein perspektivischer Vorteil, lediglich ein Vorteil, durch den der Stein ein augenblickliches Blendwerk von Perspektiv erhalten kann, ohne die geringste Perspektiv zu haben, den Hr. Lippert der schildförmigen Fläche desselben beilegt. Und nun sagen Sie mir, was Sie von diesem Vorteile bei Hr. Klotzen finden? Nicht eine Sylbe. Aber wohl hat er diesen Vorteil in einen andern umgeschaffen, von dem sich weder Lippert noch ein Mensch in der Welt träumen lassen: in den Vorteil der größern Räumlichkeit; in den Vorteil der Befreiung von dem Zwange, den der enge Raum des Steines dem Künstler anlegt. Kann man sich etwas lächerlicheres und sinnloseres denken!

Indes begreif ich wohl, wie es mit dieser possierlichen Verwandlung zugegangen. Denn daß sie vorsätzlich sein sollte; daß Hr. Klotz dem Lippertschen Nutzen, den er etwa für falsch erkannte, einen andern von seiner eignen Bemerkung sollte substituiert haben: das müssen Sie sich auch gar nicht einfallen lassen. Sein Fehler ist nicht, daß er unrichtig, sondern daß er schlechterdings gar nicht gedacht hat, als sich Lippertsche Worte in Klotzische Perioden fügen mußten.

Sehen Sie nur nach, wo Hr. Lippert, in dem Werke selbst, den bemerkten Vorteil der schildförmigen Fläche an einzeln Beispielen zeigen will! So sagt er z. E. bei einem Jupiter Ammon auf einem Jaspis:[2] »Der Stein ist erhaben und schildförmig geschliffen. Diesen Vorteil, die Steine hoch und schildförmig zu schleifen, brauchten die Alten, wie ich schon im Vorbericht erinnert habe, um die Figuren in allen Teilen flach zu schneiden, und doch auch die vom Leibe abstehende Arme und Beine, ohne sie zu verkürzen, geschickt heraus zu bringen.« Nun lesen Sie noch einmal, was Hr. Klotz hieraus gemacht hat: »Durch das Schildförmige befreiten sich die alten Künstler von dem Zwange, den ihnen der enge Raum des Steines anlegte; und sie konnten die äußern vom Leibe abstehende Teile der Arme und Beine ohne Verkürzung geschickt herausbringen.« Kann man wörtlicher, und doch zugleich ungetreuer abschreiben! Herr Klotz behält ein jedes Wort, und ein jedes Wort sagt bei ihm etwas anders als es bei Herr Lipperten sagt.

Hr. Lipperts Meinung ist die! Da auf einer schildförmigen Fläche gewisse Teile wirklich dem Auge näher, und andere weiter von ihm entfernt liegen: so kann der Künstler seine darauf zu schneidende Figur so stellen, daß gewisse Glieder derselben uns näher oder weiter scheinen, ohne daß sie darum viel tiefer oder viel flacher geschnitten sind, als andere. Die ganze Figur kann gleich flach geschnitten sein, und dennoch kann durch den Vorteil der schildförmigen Fläche dieses Glied mehr vorzutreten, und ein anderes mehr zurück zu weichen scheinen. Nemlich was zurück weichen soll, bringt der Künstler der Mitte der schildförmigen Fläche, als welche in dem Abdrucke die größte Entfernung erhält, so nahe als möglich; und was vortreten soll, entfernt er von der

---

2 Erstes Tausend, Nummer 6.

Mitte, und bringt es auf die im Steine abfallenden und im Abdrucke aufsteigenden Teile der Fläche.

An einem Beispiele läßt sich das am deutlichsten einsehen. Ich wähle eines aus dem Natter, wobei das Profil gezeichnet ist; die Jägerin Diana, auf der ein und dreißigsten Tafel. – Wie glücklich kömmt hier die concave Fläche der zurückweichenden linken, und der hervortretenden rechten Hand zu Statten! Die rechte Hand, durch die sich die Figur oben an dem Spieße heben will, ist mit ihrem Arme nur sehr flach geschnitten: gleichwohl tritt sie noch über das Gesicht hinaus. Wie könnte dieses aber möglich sein, wenn sich die Fläche selbst, an der sie ruhet, nicht hervorbiegte? Wie tief hätte der Künstler arbeiten müssen, um sie so aus einem platten Steine herauszuholen? Weit tiefer, als es der Umfang der Hand erlaubet, die nicht frei stehen kann, und einen Träger (Support) haben müßte. Was für einen Träger aber hätte er ihr geben können? Wenn er nicht auch hier eben den Fehler hätte begehen wollen, den er mit dem linken Knie begangen (welches so weit vortritt, ohne daß der Raum hinter der Beugung desselben weiter eine Stütze oder Füllung hat, als in dem Abdrucke von dem Wachse von selbst zurückbleibt:) so hätte er ihr keinen andern geben können, als ihren eignen Arm, wonach aber notwendig der ganze Arm weit mehr hätte verwendet, und folglich verkürzet werden müssen.

Und diese Verkürzung ist es, welche die schildförmige Fläche dem Künstler ersparte. Sie ersparte sie ihm aber nicht, weil sie geräumlicher als die platte Fläche ist, weil der völlige Arm auf ihm Raum hat, der auf der platten Fläche nicht Raum haben würde: deswegen gar nicht; das ist die schülerhafteste Idee, die man haben kann. Sondern sie erspart sie ihm dadurch, weil sie ihm die Wirkung des Vortretens gewähret, die er sonst nicht anders als vermittelst einer gewaltsamen Verkürzung hätte erhalten können.

Das, und nur das kann Hr. Lippert meinen, wenn er sagt, »daß sich auf einem schildförmigen Steine die von dem Leibe abstehende Arme und Beine, ohne sie zu verkürzen, ohne sie merklich tiefer zu schneiden, geschickt herausbringen ließen.« Ein Exempel mehr kann nichts verderben. Betrachten Sie den Faun auf der zwei und zwanzigsten Tafel beim Natter. Beide Arme desselben sind ohne alle Verkürzung; besonders scheinet der rechte dadurch, daß er nicht gegen uns zu verkürzt ist, so weit hinterwärts zu fallen, daß er in der Natur ohnmöglich so sein könnte, ohne ganz aus dem Schulterknochen verrenkt zu sein. Gleichwohl müßte sowohl seine Hand, als die Hand des linken Armes, wenn der Stein merklich schildförmiger wäre, als er vielleicht sein mag, vorzutreten scheinen, ohne deswegen viel tiefer geschnitten oder auf den verkürzten Arm gestützt zu sein, bloß weil diese Hände in dem Abdrucke auf der concaven Fläche unserm Auge wirklich näher zu liegen kommen.

Auch Natter hatte diesen optischen Vorteil der convexen Steine, vor Lipperten, schon bemerkt. Lesen Sie nur nach, was er, bei der sechszehnten Tafel von den spitzen Ohren des Sirius,[3] und bei der siebzehnten von dem Schwanze des Löwen sagt.[4] Aber Natter war zu vorsichtig, dieses sehr zufälligen Vorteils wegen, die convexen Steine überhaupt anzupreisen. Denn Herr Lippert mag auch noch so viel Beispiele anbringen, wo die Convexität der Fläche eine gute Wirkung hat: so wird er doch selbst nicht in Abrede sein, daß sich nicht noch weit mehrere anführen lassen, wo eben diese Convexität die Erscheinungen gerade falscher macht. Und gesteht er es nicht selbst, daß auch in den Fällen, wo die Convexität der Täuschung des Auges zuträglich ist, dennoch »der Verstand bei genauer Betrachtung wegen der Möglichkeit und Wahrheit gar bald in Zweifel gesetzt werde?«

---

3 Cette convexité sert encore ici à relever d'avantage les extremités des oreilles, et à les rendre plus fines, de façon qu'elles paroissent s'avancer jusqu'à la hauteur des yeux.

4 La queuë du Lion n'est pas profonde, mais il semble que son extremité s'eleve presque perpendiculairement à sa tete; ce qu'il auroit été impossible d'exprimer sur une pierre plate.

DREI UND VIERZIGSTER BRIEF.

Sollte nun das Büchelchen des Herrn Klotz ein Commentar über das Lippertsche Werk sein: was hätte der Commentator hier tun müssen?

Er hätte müssen erinnern, daß Herr Lippert aus dem Vorteile der convexen Steine ein wenig zu viel mache; daß sie dieses Vorteils wegen nicht überhaupt empfohlen zu werden verdienten; daß diese Convexität eben so oft nachteilig sein könne; und daß es lediglich auf die zu schneidende Figur ankomme; ob der Künstler lieber einen platten oder einen convexen Stein zu wählen habe. Diese letzte Erinnerung hat auch schon Natter gegeben,[1] und dadurch den Vorzug der convexen Steine richtiger und genauer bestimmt, als man wohl sagen möchte, daß es von Hrn. Lipperten geschehen sei.

Anstatt dessen aber, was hat er getan, der treffliche Commentator? dieser stolze Scribent, der sich zutrauen durfte, sowohl dem Gelehrten, der die Künste kennet, als dem Künstler, der die Literatur liebet, nützlich zu werden?[2] was hat er getan? Nicht genug, daß er eine Anmerkung, die nur auf wenig Steine paßt, indem sich auf weit mehrern gerade das Gegenteil, und auf den allermeisten weder dieses noch jenes äußert; nicht genug, sage ich, daß er eine solche Anmerkung noch allgemeiner ausdrückt, sie noch wichtiger, von noch weiterm Belange macht, als sie selbst der Urheber

1 Meth. de gr. p. 45. Ce Mercure-ci n'auroit pas été propre à etre gravé dans une pierre fort convexe, parce que le corps et le bras auroient été trop enfoncés, avant que l'on eût pû placer la tete sur la meme ligne, et l'on auroit été obligé de faire la draperie plus forte ou differente, et par consequent le tout seroit devenu trop grossier et pesant. Il paroit par-la que c'est sur la Figure que l'on se propose de graver, qu'il faut se regler pour choisir une surface ou plate ou convexe; et cela depend du genie de l'artiste.

2 S. 15.

ausgiebt: er hat diese Anmerkung nicht einmal verstanden. Und das habe ich doch wohl bewiesen!

Wahr ist es, auch die Worte des Hrn. Klotz, »daß sich die alten Künstler durch die schildförmige Fläche von dem Zwange befreiet, den ihnen der enge Raum des Steines anlegte,« sind gewissermaßen Worte des Hrn. Lippert. Wenigstens bis auf das *enge*. Aber eben dieses einzige Wort, *enge*, welches Hr. Klotz von dem Seinen hinzufügt, beweiset auch unwidersprechlich, wie weit er von dem wahren Sinne seines Autors entfernt gewesen, und wie sehr er sich überhaupt hüten müßte, da, wo er gute Leute ausschreibt, das allergeringste von dem Seinen einzuflicken.

Hr. Lippert kömmt nemlich, in seinem Werke selbst, verschiedentlich auf den Vorteil der schildförmigen Steine zu sprechen. Besonders erklärt er sich, bei Nummer 139 des ersten Tausend, fast noch umständlicher darüber, als er in der Vorrede getan, indem er, außer dem dort angezeigten Nutzen, hier noch einen zweiten beibringt, den Herr Klotz gar nicht mitzunehmen beliebt hat. Ich will die ganze Stelle anführen, weil ich auch noch sonst eine Anmerkung darüber zu machen habe.

»Ich hätte«, schreibt Herr Lippert,[3] »schon längst etwas von den hohen Steinen sagen sollen, die sich zu unserer heutigen Art zu siegeln nun nicht mehr schicken, da wir uns, anstatt des bei den Alten gewöhnlichen Wachses, des Siegellacks bedienen. Man kann eine gedoppelte Ursache angeben, warum den Alten ein hoher und schildförmig geschliffener Stein gefiel. Erstlich um die äußern Teile einer Figur, des flachen Schnittes ungeachtet, dennoch ohne Verkürzung der Arme und Beine, womit sie sich ohnedies nicht gern abgaben, geschickt herauszubringen, ohne sich *wegen des Raums zwingen zu dürfen, wie es wohl hätte geschehen müssen, wenn der Stein wäre glatt geschliffen gewesen.* Die zwote Ursache konnte diese sein, weil, da das Wachs nicht so hart, als unser Siegellack, ist, das Bild leicht würde sein gedrücket, und also verwischt

3 S. 59.

worden; nachdem es aber auf diese Art tief zu stehen kam, so verhinderte der nunmehr durch den Abdruck entstandene hohe Rand, daß es nicht so leicht geschehen konnte, und dieses sieht man bei den besten und ältesten Steinen.«

Ich habe schon gesagt: wenn man einen Künstler lieset, der mit andern Werkzeugen umzugehen gewohnt ist, als mit der Feder, so muß man mehr darauf sehen, was er nach den Grundsätzen seiner Kunst sagen kann, als was er zu sagen scheinet. *»Ohne sich wegen des Raums zwingen zu dürfen, wie es wohl hätte geschehen müssen, wenn der Stein wäre glatt geschliffen gewesen.«* Ich wünschte selbst das Wort Raum aus dieser Redensart weg. Doch wenn der um die Proprietät der Worte unbesorgte Künstler,[4] bei dem Worte Raum nicht eben einzig und allein an das Engere und Weitere gedacht; wenn er überhaupt die ganze äußere Conformation der Masse des Steines darunter verstanden hat: so hat es mit dem Sinne noch immer seine gute Richtigkeit. Er will sagen: auf einem schildförmigen Steine lassen sich die äußern Teile einer Figur *geschickt*, d. i. mit einem Anscheine des Hervortretens, der Näherung, herausbringen, ohne daß man deswegen nötig hat, sie tiefer zu schneiden, oder gar die Arme oder Beine, an welchen diese äußere Teile sind, zu verkürzen, als zu welchem letztern der Raum eines platten Steines den Künstler würde gezwungen haben: nicht in so fern dieser Raum des platten Steines enger ist, und das unverkürzte Glied weniger Platz darauf hätte, als auf der schildförmigen Fläche; sondern in so fern es dem platten Steine da an Masse fehlet, wo das äußere Teil hervortreten soll, und es also nicht anders zum Hervortreten zu bringen ist, als daß man es auf seinem verkürzten Gliede aus der Tiefe des Steines herausholt. Ich beziehe mich nochmals auf die Diana beim Natter. Die rechte Hand, dieser äußere Teil des unverkürzten Armes, konnte nur vermittelst der schildförmigen Fläche des Steines bis

4 Wenn er es weniger wäre, würde er in eben dieser Stelle nicht auch *glatt* für *platt* gebraucht haben. Glatt kann auch ein schildförmiger Stein geschliffen sein, aber nicht platt.

über die Stirne herausgebracht werden: hätte der Künstler in einen platten Stein gearbeitet, so hätte er notwendig den ganzen Arm verwenden, und so verkürzen müssen, daß er die Hand auf dem verkürzten Arme aus der Tiefe herausholen, und bis über die Stirne bringen können. –

Sind Sie noch zweifelhaft über das gedankenlose Ausschmieren des Herrn Klotz? – Nun wohl; Herr Lippert lebt ja. So sage es Herr Lippert selbst, wer von uns beiden, ich oder Herr Klotz, ihn richtiger verstanden? Ob schon Herr Lippert und Herr Klotz Freunde sind; ob ich Herr Lipperten schon nicht kenne; ob ich ihn schon nie mit ekeln Lobsprüchen zu bestechen, und mich an ihn anzuketten gesucht: dennoch berufe ich mich getrost auf seinen Ausspruch. Der älteste und teuerste Freund des Künstlers, ist ihm die Kunst. Er entscheide, wenn er es der Mühe wert hält. Er sage es selbst, und alsdenn muß ich es wohl glauben, daß er das Räumlichere für das halte, warum die Alten die schildförmigen Steine den platten vorgezogen. Er sage es selbst: – aber auf allen Fall erlaube er mir auch, ihn um ein paar Beispiele zu ersuchen. Er sei so gut, und weise mir die Gemmen nach, auf welche der Künstler wegen der Convexität ihrer Fläche mehrere oder größere Gegenstände bringen können, als ihm auf platte Steine *von der nemlichen Peripherie* zu bringen möglich gewesen wäre.

VIER UND VIERZIGSTER BRIEF.

Und nun die Anmerkung, welche ich sonst über die in meinem Vorigen angeführte Stelle des Hrn. Lippert zu machen habe.

Also einen doppelten Nutzen hatten die schildförmigen Steine? Einmal den, den Herr Klotz so lächerlich mißverstanden? und zweitens den, daß unter dem hohen Rande, welchen die Convexität bei dem Abdrucke im Wachse zurückließ, die Figur gleichsam gesichert lag, und sich nicht so leicht drücken konnte? Aber *nur* diesen doppelten Nutzen hatten sie?

Es befremdet mich ein wenig, daß Herr Lippert einen dritten vergessen, der vielleicht der wesentlichste war. Wenigstens hat ihn Natter dafür erkannt, und ihm auf seiner ersten Tafel ausdrücklich zwei Figuren gewidmet. Er besteht darin, daß bei einem convexen Steine der Raum zwischen dem Werkzeuge und dem Rande des Steines größer ist, als bei einem platten, und jenes folglich in den convexen Stein weiter eindringen und einen tiefern Schnitt verrichten kann,[1] als ihm in den platten zu verrichten möglich wäre, ohne den Stein schief zu wenden, wodurch das Werkzeug zwar weiter eindringet, aber mit einem *Sotto Squadro*, der dem Abdrucke nachteilig wird. Nur daher läßt sich denn auch behaupten, »daß die schildförmigen Steine zur Abwechslung in dem mehr oder weniger Erhabnen bequemer sind,« als die platten: in so fern sie es nemlich gewissen Werkzeugen erleichtern, gegen die Mitte tiefer einzudringen, als sie wohl auf den platten eindringen können. Doch muß auch der Künstler seine Figuren nach dieser Bequemlichkeit einrichten; er muß sie so wählen oder ordnen, daß sie ihr höchstes Relief gegen die Mitte bedürfen. Denn wählt oder ordnet er sie anders, bedürfen sie ihr höchstes Relief mehr gegen den Rand: so ist ihm die Convexität des Steines gerade mehr nachteilig, als vorteilhaft. Überhaupt läßt sich von der Vorzüglichkeit dieser oder jener Art Fläche nichts Allgemeines behaupten. Nach Beschaffenheit der Figur, die darauf kommen soll, ist bald diese bald jene zuträglicher, und eben so gut, als Herr Klotz behaupten können, daß die schildförmige Fläche zur Abwechslung in dem mehr oder weniger Erhab-

---

1 No. 9: Ceci représente une pierre à surface convexe, avec un Outil que l'on y applique, et c'est pour montrer l'avantage qu'il y a de travailler ces sortes de pierres; car l'espace qui se trouve entre la pierre et l'Outil étant plus considerable dans une pierre convexe, que dans une pierre plate, il arrive de-là que l'Outil peut penetrer plus avant, et faire une gravure plus profonde dans la pierre convexe que dans l'autre. Voyés le No. 10, ou le même Outil touche bien plûtot aux bords de la pierre plate.

nen bequem sei, eben so gut kann man auch behaupten, daß sie nicht minder bequem sei, eine Figur durchaus flach darauf zu schneiden, ohne daß darum alle Teile dieser Figur gleich nahe oder gleich weit entfernt zu sein scheinen. Ich will ein ganz einfältiges Exempel geben, welches beide Fälle erläutern kann. Man nehme an, es solle ein rundes bauchichtes Schild mitten auf einen sphärisch convexen Stein geschnitten werden. So wie man verlanget, daß sich dieses Schild auf diesem Steine zeigen soll, ob auch von seiner convexen oder von seiner concaven Seite: so wird auch der convexe Stein sich bald mehr, bald weniger dazu schicken. Soll das Schild seine convexe Seite zeigen, so ist klar, daß der Künstler aus dem convexen Steine den Umbo des Schildes so tief herausholen kann, als er nur will, ob schon auch mit viel unnötiger Arbeit mehr, als er auf einem platten Steine haben würde. Soll das Schild hingegen seine concave Seite zeigen, so ist eben so klar, daß er das ganze Schild, wenn er will, ziemlich gleich flach schneiden und doch mit aller Täuschung vollenden kann, indem der höchste Punkt des Steines im Abdrucke den tiefsten Punkt des concaven Schildes von selbst giebt. –

Das freiere Spiel indes, welches die Werkzeuge bei einem convexen Steine haben, erinnert mich wieder an das Vorgeben des Salmasius, welches ich in meinem fünf und zwanzigsten Briefe berührte.[2] Weil auch Salmasius die Nachricht des Plinius, daß man sich ehedem enthalten, die Smaragde zu schneiden, nicht so recht wahrscheinlich fand: so glaubte er den Plinius dadurch zu retten, daß er annahm, es müsse diese Nachricht nur von einer gewissen Art Smaragde verstanden werden. Da nemlich vor den Worten, »quapropter decreto hominum iis parcitur scalpi vetitis«, gleich vorhergehet, »iidem plerumque et concavi, ut visum colligant«: so will er, daß jenes »iis« auf dieses »concavi«, nicht aber auf »iidem« gehe, und der Sinn dieser sei, daß nicht alle Smaragde überhaupt, sondern nur die concav geschliffenen zu schneiden verboten gewesen.[3] Doch nicht zu gedenken, daß dem »iis«

2 S. 194.

3 In seiner Anmerkung über die Worte des Solinus: Nec aliam ob

sonach Gewalt geschiehet, wenn man es auf das nächststehende Subject ziehet; auch ohne zu wiederholen, daß ich aus einer Parallelstelle des Plinius unwidersprechlich gezeigt habe, daß das streitige Verbot von den Smaragden überhaupt zu nehmen sei: will ich hier bloß auf dem Widerspruche, der in der Sache selbst liegt, bestehen. So bequem die convexen Steine zum Schneiden sind, so unbequem müssen notwen-

---

causam placuit ut non scalperentur (Smaragdi,) ne offensum decus, imaginum lacunis corrumperetur. Ich setze sie ganz her, aus Ursache, die sich gleich zeigen wird. De concavis hoc tantum dicit Plinius: *Iidem plerumque et concavi, ut visum colligant, quapropter decreto hominum iis parcitur scalpi vetitis.* Qui concavi sunt quod visum colligant, et colligendo magis aciem recreent et juvent, ideo tales non scalpi placere. At noster in universum smaragdos scalpi non solitos idcirco facit, ne offensum decus imaginum, scalpturae cavis corrumperetur. Quasi ad hoc tantum expetiti fuerint smaragdi olim, ut imagines redderent, quod specula melius faciunt. Praeterea, qui concavi sunt, imagines non recte reddunt, sed quorum planities extenta et resupina, ut idem Plinius ostendit. Haec igitur ex aequo et à veritate et Plinii mente discedunt. Hier ist ein klares Exempel, daß Salmasius dem armen Solinus auch manchmal zu viel tut! Solinus sagt: »ne offensum decus, imaginum lacunis corrumperetur«, und so ließ Salmasius selbst den Text des Solinus abdrucken. In der Anmerkung aber nimmt er an, als ob das Komma zwischen »decus« und »imaginum« erst nach »imaginum« stehe, und man lesen müsse: »ne offensum decus imaginum, lacunis corrumperetur«. Solinus wollte sagen, man habe die Smaragde darum nicht geschnitten, damit ihr wohltätiger Glanz nicht durch die Vertiefungen der darin gearbeiteten Bilder verdorben werde. Salmasius aber läßt ihn sagen, »damit die sich in ihnen spiegelnden Bilder der vorstehenden Objekte nicht durch die Vertiefungen des Schnittes vereitelt würden.« Und mit welchem Rechte läßt er ihn das sagen? Wenn Solinus ja einen falschen Begriff von der Spieglung auf concaver Fläche gehabt: so verdient er den Tadel deswegen doch erst in dem Folgenden, wo er sagt, »cum concavi sunt, inspectantium facies aemulantur«, nicht aber hier, wo er von den Smaragden überhaupt, und nicht von den concav geschliffenen insbesondere redet.

dig, aus der nemlichen Ursache, die concaven dazu sein. Je weiter an jenen die Werkzeuge von dem Rande des Steines bleiben, desto geschwinder nahen sie sich ihm an diesen, und der Künstler ist alle Augenblicke genötiget, um das Anstoßen zu vermeiden, den Stein zu wenden, und das Werkzeug mit einem *Sotto Squadro* hineingehen zu lassen. Endlich: sind es denn nur die concaven Smaragde, welche die Alten, weil es Smaragde waren, überhaupt zu reden, ungeschnitten gelassen? In was für concave Gemmen haben sie denn sonst zu schneiden, großes Belieben getragen?

Denn ich will eben nicht sagen, daß es durchaus ganz und gar keine geschnittene Steine von concaver Fläche gegeben. Es giebt deren noch. Von einigen habe ich, – wenn ich mich recht erinnere, – irgendwo bei dem Vettori gelesen, und ein Paar habe ich selbst vor mir, da ich dieses schreibe. Aber das kann ich sagen, daß sie äußerst selten sind, und allem Ansehen nach bloß das Werk der Armut oder des Eigensinnes gewesen. Folglich konnte die Besorgnis, daß man die teuerste Art eines so teuren Steines, als der Smaragd war, allzuhäufig durch den Schnitt verderben würde, auch nicht so groß sein, daß man ihr mit einem ausdrücklichen Gesetze hätte vorbauen müssen.

FÜNF UND VIERZIGSTER BRIEF.

Aber eben dieser Vettori hat in der nemlichen Stelle des Plinius noch etwas ganz anders gefunden. Spuren des Vergrößrungsglases.

Denn da er selbst verschiedne alte geschnittene Steine von so außerordentlicher Kleinheit besaß, daß man mit bloßen Augen nur kaum erkennen konnte, daß sie geschnitten wären, aber durchaus nichts darauf zu unterscheiden vermochte:[1] so meinte er, daß sich dergleichen Steine auch nicht wohl,

1 Dissert. Glyptogr. p. 107. Exstant in Museo Victorio gemmae aliquae ita parvulae, ut lenticulae granum illis duplo majus sit; et

mit bloßen Augen gearbeitet zu sein, denken ließen. Manni hatte schon geurteilet, daß man den Alten das Vergrößerungsglas, oder so etwas ähnliches, nicht ganz absprechen könne; er hatte sich besonders auf die mit Wasser gefüllte gläserne Kugel, deren Seneca gedenkt, gestützet: und Vettori glaubte, durch das, was Plinius von den Smaragden saget, »iidem plerumque et concavi, ut visum colligant«, diese Meinung noch mehr bestätigen zu können. »Igitur«, sagt er, »si concavi plerumque erant apud veteres Smaragdi, ut facile visum colligere possent, sane non nisi arte optica illam cavitatem induissent, quam artem ideo perfecte scivisse praesumendum videtur. Et Neronis Smaragdum, quo ludos gladiatorios spectare consueverat, pari argumento, *concavum* fuisse, licet arguere.«

Aber Vettori muß wenig von der Wissenschaft verstanden haben, von der er glaubt, daß sie die Alten so vollkommen ausgeübt. Sonst hätte er ja wohl gewußt, daß durch eine concave Fläche die Dinge kleiner, und nicht größer erscheinen; und daß aller Vorteil, den Hohlgläser den Augen verschaffen, nur für kurzsichtige Augen ist, für die sie die Strahlen auf eine gemäßere Art brechen. Diese Brechung aber, wenn es auch wahr wäre, daß sie die Alten gekannt hätten, würde durch »visum colligere« gerade nicht ausgedrückt sein: sondern »visum colligere« würde sich eher von der Brechung der Strahlen durch convexe Gläser sagen lassen. Denn der Presbyte, der sich convexer Gläser bedienet, bedienet sich ihrer nur deswegen, damit die Strahlen, welche in seinem Auge zu sehr zerstreut sind, mehr gebrochen, und dadurch eher an dem gehörigen Orte zusammengebracht werden, welches denn wohl »visum colligere« heißen möchte. Der Myops hingegen, der zu concaven Gläsern seine Zuflucht nimmt, nimmt sie nur deswegen dazu, weil die Strahlen, welche in seinem Auge zu früh zusammen treffen,

---

tamen in iis vel semiexstantes figurae, vel incisae pariter spectantur: opere in area tam parvula sane admirando, quas oculo nudo, vix incisas esse judicaveris.

durch sie erst zerstreuet und sonach zu einer spätern Vereinigung an dem rechten Orte geschickt gemacht werden, welches gerade das Gegenteil von jenem ist, und schwerlich auch »visum colligere« heißen könnte.

Doch es ist ausgemacht, daß die Alten von diesem allen nichts gewußt haben, und die Worte des Plinius müssen, nicht von gebrochenen, sondern von zurückgeworfenen Strahlen verstanden werden. Sie müssen aus der Katoptrik, nicht aus der Dioptrik erkläret werden. In jener aber lernen wir, daß, da die von einer convexen Fläche reflectierte Strahlen divergieren, die von einer concaven hingegen convergieren, notwendig die concave Fläche das stärkere Licht von sich strahlen muß. Und diese Verstärkung des Lichts, wie folglich auch der Farbe, ist es, was Plinius durch »visum colligere« meinet, und warum er sagt, daß man die Smaragde meistens concav geschliffen habe.

Der Smaragd des Nero beweiset nichts. Nero kann den Fechterspielen durch einen Smaragd zugesehen haben, und gleichwohl brauchte dieser Smaragd weder concav noch convex geschliffen zu sein. Denn Plinius sagt auch, daß man die Smaragde ganz platt gehabt; und es kann ein solcher platter Smaragd gewesen sein, dessen sich Nero als eines Conservativglases, vornehmlich wegen der dem Auge so zuträglichen grünen Farbe, bediente. Man betrachte nur, wie die Worte bei dem Plinius auf einander folgen, und man wird nicht in Abrede sein, daß dieses ihre natürlichste Erklärung ist. »Iidem plerumque et concavi, ut visum colligant. Quapropter decreto hominum iis parcitur, scalpi vetitis. Quanquam Scythicorum Aegyptiorumque duritia tanta est, ut nequeant vulnerari. Quorum vero corpus extensum est, eadem, qua specula, ratione supini imagines rerum reddunt. Nero princeps gladiatorum pugnas spectabat smaragdo.« Wenn dieser Smaragd notwendig zu einer von den vorerwähnten Classen müßte gehört haben, würde man ihn nicht weit eher zu denen, »quorum corpus extensum est«, als zu den »concavis« zählen dürfen? Doch Plinius hat ihn sicherlich weder zu diesen, noch zu jenen, in so fern sie als Spiegel zu brauchen waren, wollen gerechnet wissen. Denn ein platter Smaragd, der zum Spiegel dienet, kann eben daher unmöglich auch zum Durchsehen dienen.

Gesetzt aber, daß er wirklich eine sphärische Fläche gehabt hätte, dieser Smaragd des Nero; gesetzt, daß er dem Nero wirklich die Dienste eines sphärischen Augenglases getan hätte, daß Nero deutlicher dadurch gesehen hätte, als mit bloßen Augen, ohne zu wissen, wie oder warum, auch wohl gar sich einbildend, daß das deutlichere Sehen lediglich dem Stoffe des Steines zuzuschreiben sei; das alles, sage ich, gesetzt: so kann ich, von einer andern Seite, gerade das Gegenteil von der Vermutung des Vettori beweisen. Der Smaragd des Nero kann schlechterdings nicht concav, er muß convex geschliffen gewesen sein: denn, mit einem Worte, Nero war ein Presbyte. Sveton beschreibt ihn uns »oculis caesis et hebetioribus«,[2] und Plinius sagt noch ausdrücklicher: »Neroni, nisi cum conniveret, ad prope admota (oculi) hebetes.«[3]

Es würde mir schwerlich eingefallen sein, einen so puren puten Antiquar, als Vettori, in solchen Dingen zu widerlegen, wenn ich nicht gefunden hätte, daß noch itzt Herr Lippert in die Fußtapfen desselben getreten. Auch Herr Lippert glaubt, sich für die Vergrößerungsgläser der Alten erklären zu dürfen; und zwar aus Wahrscheinlichkeiten, die im Grunde die nemlichen sind, auf welche Vettori drang, nur daß er sie etwas richtiger entwickelt hat.

»Noch eine Anmerkung«, schreibt er,[4] »bei den so subtilen Werken der alten Steinschneider, verdient hier einen Platz. Dieses so Feine hat mehr denn ein scharf sehend Auge erfodert. Die Augen der Alten haben aber deswegen nicht schärfer, als die unsrigen, gesehen. Es ist also zu vermuten, daß sie die Augen, so wie es unsere heutigen Künstler auch bei dem schärfsten Gesichte tun, manchmal bewaffnet, und sich mit Vergrößerungsgläsern und Brillen beholfen haben.

2 Cap. 51.
3 Libr. XI. sect. 54. Edit. Hard.
4 Vorbericht S. XXXV.

Aber diese verfertigen zu können, gehöret zur Dioptrik. Daß aber die Dioptrik bei den Alten im Gange gewesen, finde ich nicht, oder doch nur eine kleine Mutmaßung. Ich weiß wohl, daß Euclides, ohngefehr dreihundert Jahr vor Christi Geburt, die Mathesis und auch die Optik gelehret, und daß hernach aus ihm Abazen und Vitellio ihre Grundsätze zur Optik genommen; aber daß die Dioptrik besonders gelehrt worden, habe ich nirgends finden können. So viel könnte sein, daß man sie zur Optik mitgerechnet, weil man den Namen »Anaclastica« einer Wissenschaft beileget, die zur Optik mitgerechnet worden, welche es vermutlich gewesen ist. Man hat aber viel ältere rundgeschliffene Steine, als Euclides ist, und die ein Alter von mehr als dreitausend Jahren zu erkennen geben. Es wäre denn, daß man aus der Schrift, die man auf den Steinen gar oft findet, und aus dem Charakter der Buchstaben ihr Alter sicher angeben könnte; aber auch da findet man, daß sie das Alter des Euclides sehr weit übersteigen. Indes halte ich es für gar möglich, daß die Vergrößerungsgläser sehr zeitig, und nur zufälliger Weise können erfunden worden sein. Ein einziger Tropfen Wasser, der von ungefehr auf einen kleinen Körper gefallen war, konnte hierzu Gelegenheit gegeben haben, ohne daß man dabei denken darf, daß solche nach den Regeln der Dioptrik verfertiget worden. Denn viele alte Steine sind ganz rund und schildförmig, wie die Microscopia, geschliffen; auch brauchten die Alten öfters Crystall, oder andere eben so reine und durchsichtige Edelsteine, besonders den Beryll. Es durfte nur ein Crystall von ungefehr linsenförmig geschliffen worden sein, so war das Vergrößerungsglas entdeckt. Vom Nero weiß man, daß er einen geschliffenen Smaragd gebraucht, um dadurch die Zuschauer, wenn er aufs Theater kam, anzusehen.«[5]

Das wird einem flüchtigen Leser annehmlich genug dünken. Urteilen Sie aber aus folgenden Anmerkungen, wie weit es für den Untersucher Stich halten dürfte.

5 Baccius de Gemm. natura p. 49.

1. Aus dem Plinius habe ich erwiesen, daß Nero ein Presbyte war. Da er nun durch seinen Smaragd nach entfernten Gegenständen blickte, (Herr Lippert sagt, nach den Zuschauern des Spektakels; Plinius, nach dem Spektakel selbst) so geschah es nicht, um den Fehler seiner Augen dadurch zu verbessern: sondern bloß, um sie weniger anzustrengen, um sie, während der Anstrengung selbst, durch das angenehme Grün des Steines zu stärken. Die Fläche desselben brauchte nicht convex zu sein; denn er wollte nicht *nahe* Gegenstände so dadurch sehen, als ob die Strahlen derselben von entfernten kämen: und concav durfte sie nicht sein; denn sonst wären ihm die entfernten Gegenstände, nach welchen er damit sahe, eben so undeutlich geworden, als ihm die nahen für das bloße Auge waren. Sondern sie mußte platt sein diese Fläche, und die Strahlen nach eben der Richtung durchlassen, nach welcher sie einfielen. Als ein platter durchsichtiger Körper aber, hatte der Smaragd des Nero mit den Brillengläsern nichts weiter gemein, als in so fern man auch die bloßen Conservativgläser Brillengläser nennen will, ob sie schon zur Schärfung des Gesichts nichts beitragen, von welcher gleichwohl die Rede ist. Ich finde, daß selbst Baccius, den Herr Lippert anführt, den Plinius nicht anders verstanden hat. »Smaragdus«, schreibt er, »Neronis quoque gemma appellatur, quem gladiatorum pugnas Smaragdo, tanquam speculo, spectasse ajunt: et mea quidem sententia, ut ejus aspectu oculorum recrearet aciem, qua ratione nos quoque crystallo, vitrisque viridibus, cum fructu utimur.« Herr Lippert dürfte also den Baccius für seine Meinung eben so wenig anführen, als er ihn für das Factum selbst hätte anführen sollen. Nur hätte Baccius auch die Worte, »tanquam speculo«, weglassen müssen. Sie streiten mit dem Durchsehen schlechterdings; und auch Plinius, wie ich schon angemerkt, sagt nicht, daß der Gebrauch, den Nero von seinem Smaragde gemacht, der nemliche gewesen, den man von dergleichen Steinen zu Spiegeln zu machen gepflegt. Er erwähnet dieses doppelten Gebrauchs nur gleich auf einander; aber einen durch den andern zu erklären, hat ihm unmöglich einkom-

men können. Wenn Baccius erkannte, daß Nero *durch* seinen Smaragd gesehen: so hätte er nicht sagen müssen, daß dieses »tanquam speculo« geschehen. Wollte er aber annehmen, daß Nero sich seines Smaragds »tanquam speculo« bedient habe: so mußte jenes wegfallen; denn er hatte sich den Stein, entweder als völlig undurchsichtig, oder wenigstens als auf der hintern Seite geblendet zu denken.

2. Es würde wenig daran gelegen sein, ob die Alten ihre dioptrischen Kenntnisse zugleich mit der Optik oder besonders, ob unter diesem oder unter einem andern Namen gelehrt hätten: wenn man ihnen nur überhaupt dergleichen einräumen könnte. Und doch ist Herr Lippert auch darin falsch berichtet, daß sie eine eigene Wissenschaft unter dem Namen der *Anaklastik* gehabt. Wenn ich nicht irre, so ist dieser Name noch neuer, als selbst der Name *Dioptrik*: wenigstens ist gewiß, daß noch zu den Zeiten des *Proclus*, im fünften Jahrhunderte n. Ch. Geb., keine eigene Wissenschaft weder unter diesem, noch unter jenem Namen bekannt war. Die Alten wußten zwar, daß die Strahlen, wenn sie durch Mittel von verschiedner Dichte gehen, eine ἀνακλασιν (Brechung) leiden: aber nach welchen Gesetzen diese Brechung geschehe, davon wußten sie schlechterdings nichts. Sie erklärten aus dieser Brechung überhaupt, so ungefehr einige wenige Erscheinungen der durch verschiedene natürliche Mittel gehenden Strahlen: aber mit dem künstlichen Mittel des Glases hatten sie keine Versuche angestellt, und es blieb ein tiefes Geheimnis für sie, wie sich durch die verschiedne Fläche dieses künstlichen Mittels die Brechung in unsere Gewalt bringen lasse.

3. Doch Herr Lippert giebt die theoretischen Kenntnisse der Alten hiervon endlich selbst auf, und meint nur, daß sie Vergrößerungsgläser könnten gehabt haben, auch ohne daß solche nach den Regeln der Dioptrik verfertiget worden. Das ist wahr: bediente man sich doch in den neuern Zeiten der Brillen schon an die dreihundert Jahre, ehe man eigentlich erklären konnte, wie sie der Undeutlichkeit abhelfen.[6] Aber

6 S. Kästners Lehrbegriff der Optik S. 366.

die bloße Möglichkeit beweiset nichts; auch selbst die Leichtigkeit, mit der diese Möglichkeit alle Augenblicke wirklich werden können, beweiset nichts. Die leichtesten Entdeckungen, müssen nicht eben die frühesten gewesen sein. Im Grunde mochte diese Leichtigkeit auch wohl so groß nicht sein, als sie Hr. Lippert macht. Die Steine, welche die Alten am häufigsten schnitten, waren wenig oder gar nicht durchsichtig; und wenn auch der reinste Krystall von ungefehr linsenförmig geschliffen gewesen wäre, so war darum doch noch lange nicht das Vergrößerungsglas entdeckt. Denn ein von ungefehr linsenförmig geschliffener Krystall wird auch nur ungefehr linsenförmig sein, und also die Figur des unterliegenden kleinen Körpers zwar vergrößern, aber auch verfälschen. Was konnte der, der die Vergrößerung bemerkte, also für besondern Nutzen daraus hoffen, wenn er noch von der Vermutung so weit entfernt war, daß die Verfälschung aus der mindern Genauigkeit der sphärischen Fläche entstehe, und durch Berichtigung dieser jener abzuhelfen sei?

4. Endlich, wozu denn überhaupt dieser von ungefehr linsenförmig geschliffener Krystall? Weiß man denn nicht, daß die Alten dem Vergrößerungsglase noch näher waren, als ein solcher Krystall sie bringen konnte, und es dennoch nicht hatten? – Folgende Stelle in Smiths Optik hat mich daher ein wenig befremdet.[7] »Da die Alten die Wirkungen der Kugeln, zu brennen, gekannt haben, so ist zu verwundern, daß wir bei ihnen gar keine Spur finden, daß sie etwas von derselben Vergrößerung gewußt. Sollten sie wohl niemals durch eine Kugel gesehen haben? Herr *de la Hire* erklärt dieses. Die Brennweite einer gläsern Kugel ist der vierte Teil des Durchmessers, von der nächsten Fläche gerechnet. Hätten die Alten eine solche Kugel von 6 Zoll gehabt, und größer dürfen wir es nicht annehmen, so müßte eine Sache, die sie deutlich hätten dadurch sehen sollen, 11/2 Zoll von ihr gestanden haben. Natürlicher Weise haben sie dadurch nach

7 S. 381.

entfernten Sachen gesehen, die ihnen nur undeutlich erschienen sind. Weite Sachen deutlich zu sehen, erfordert entweder eine größere Kugel, als sich verfertigen läßt, oder Abschnitte von großen Kugeln, die wir jetzo mit Vorteil gebrauchen. Die Alten wußten vermutlich nicht, das Glas zu schleifen, sie konnten es nur in Kugeln blasen.« Ich glaube nicht, daß diese Erklärung des *de la Hire* sehr befriedigend sein könnte, Falls auch schon die Sache, die sie erklären soll, ihre Richtigkeit hätte. Wenn die Alten, durch ihre gläserne Kugel von 6 Zoll, nach entfernten Gegenständen sahen, mußten sie nicht nähern vorbei sehen? und wie leicht konnte sich nicht ein Gegenstand gerade in der Entfernung finden, die die Brennweite der Kugel erfoderte? Wahrlich, es wäre ganz unbegreiflich, wenn eine solche Kugel niemals von ungefehr so gelegen hätte, niemals von ungefehr wäre so geführet und gehalten worden, daß das Auge einen Gegenstand durch sie, von ungefehr, eben da erblickt hätte, wo sie ihn nach Maßgebung ihres Diameters vergrößern kann. Es wäre unbegreiflich, sage ich: aber gut, daß wir diese Unbegreiflichkeit nicht zu glauben nötig haben. Denn die Voraussetzung selbst ist falsch, und es finden sich allerdings Spuren, daß die Alten die Wirkung der gläsern Kugel zu vergrößern, eben so wohl gekannt haben, als die, zu brennen. Was Spuren? Das ausdrückliche Zeugnis des Seneca:[8] »Litterae quamvis minutae et obscurae, per vitream pilam aqua plenam majores clarioresque cernuntur«, dieses, meine ich, ist ja wohl mehr als Spur; und es ist nur Schade, daß es *Smithen* so wohl als dem *de la Hire* unbekannt geblieben. Zwar hatte schon Petrarch, ohne Zweifel in Rücksicht auf die Stelle des Seneca, dieses Mittel, das Gesicht zu verstärken, den Alten zugestanden: doch glaube ich, ist unter den neuern Schriftstellern *Manni* der erste, der in seinem Traktate von Erfindung der Brillen, welcher erst 1738 herauskam, als De la Hire und Smith schon geschrieben hatten, sich ausdrücklich darauf bezogen. Aber Manni war wohl der nicht, der uns zugleich erklären konnte,

8 Natural. quaest. lib. I. cap. 6.

wie es gekommen, daß ungeachtet dieser Vergrößerungskugel, von welcher bis zu dem eigentlichen Vergrößerungsglase nur so ein kleiner Schritt zu sein scheinet, die Alten dennoch diesen kleinen Schritt nicht getan. Daß sie das Glas nicht zu schleifen verstanden, möchte ich mit dem De la Hire nicht gern annehmen. Ich weiß wohl, er meinet nicht das Schleifen überhaupt, sondern das Schleifen in Schalen von gewissen Zirkelbögen. Wenn ihnen das aber auch unbekannt gewesen wäre: wie hätten sie nicht darauf fallen können, das Glas in dergleichen Schalen so fort zu gießen, und es hernach aus freier Hand vollends fein zu schleifen? Ganz gewiß würden sie darauf gefallen sein, wenn sie nur im geringsten vermutet hätten, daß die Sache überhaupt auf die sphärische Fläche ankomme. Und hier meine ich, zeigt sich der Aufschluß des ganzen Rätsels. Es währte nur darum noch so viele Jahrhunderte, ehe man von der mit Wasser gefüllten gläsernen Vergrößerungskugel auf die Vergrößerungsgläser überhaupt kam, weil man die Ursache der Vergrößerung nicht in der sphärischen Fläche des Glases, sondern in dem Wasser glaubte. Daß dieses der allgemein angenommene Gedanke der Alten gewesen, ist gewiß; und selbst die Worte, die vor der angeführten Stelle des Seneca unmittelbar vorhergehen, bezeugen es: »Omnia per aquam videntibus longe esse majora.« Auch darf man gar nicht meinen, daß sie, besonders in diesem Falle, die Ursache der Vergrößerung dem Wasser zuschrieben, in so fern es in der hohlen sphärischen Kugel gleichfalls in eine sphärische Fläche zusammen gehalten wird. Nein; an die sphärische Fläche dachten sie ganz und gar nicht: sie dachten einzig an eine gewisse Schlüpfrigkeit des Wassers, vermöge welcher die ungewissen Blicke so abgleiteten, so – was weiß ich, wie und was? Mit einem Worte: diese Schlüpfrigkeit war nicht viel anders als eine »qualitas occulta«, durch die sie die ganze Erscheinung mit eins erklärten. – Und so dünkt mich, ist es fast immer gegangen, wo wir die Alten in der Nähe einer Wahrheit oder Erfindung halten sehen, die wir ihnen gleichwohl absprechen müssen. Sie taten den letzten Schritt zum Ziele nicht darum nicht, weil der letzte Schritt der schwerste ist, oder weil es eine unmittelbare Einrichtung der Vorsicht ist, daß sich gewisse Einsichten nicht eher als zu gewissen Zeiten entwickeln sollen: sondern sie taten ihn darum nicht, weil sie, so zu reden, mit dem Rücken gegen das Ziel standen, und irgend ein Vorurteil sie verleitete, nach diesem Ziele auf einer ganzen falschen Seite zu sehen. Der Tag brach für sie an: aber sie suchten die aufgehende Sonne im Abend.

5. War sie nun einmal da, die gläserne Kugel des Seneca, durch welche man noch so kleine und unleserliche Buchstaben deutlicher und größer erblickte: warum hätte man sich ihrer nicht auch bei andern, wegen ihrer Kleinheit schwer zu unterscheidenden Gegenständen bedienen können? – *Du Cange* teilte dem *Menage* eine Stelle aus einem noch ungedruckten Gedichte des Procoprodomus mit, welcher um das Jahr 1150 lebte, wo es von den Ärzten des Kaisers Emanuel Comnenus heißt:

Ἐρχονται, βλεπουσιν ἐυθυς, κρατουσι τον σφυγμον του·
θωρουσι και τα σκυβαλα μετα του ὑελιου –

»sie kommen, betrachten ihn starr, fühlen ihm an den Puls und beschauen die Auswürfe mit dem Glase.« Menage war Anfangs nicht ungeneigt, unter diesem Glase eine Brille, oder sonst ein Vergrößrungsglas zu verstehen: endlich aber hielt er es für wahrscheinlicher, daß bloß ein Glas darunter verstanden werde, welches über das Gefäß, worin die Auswürfe waren, gelegt wurde, um den übeln Geruch abzuhalten. Molineux und Smith stimmen dieser Auslegung bei; und letzterer mit dem Zusatze, daß sonach die Stelle auch wohl nur bloß von der Besichtigung des Harnes zu erklären sei. Ja Manni selbst sagt:[9] »dies ist in der Tat auch der wahre Verstand; wie man eben diese Gewohnheit noch heutiges Tages an einigen Orten findet: oder man müßte das Glas für eine Art von ›lente‹ erklären; wiewohl ich zweifle, daß die Alten dergleichen Gläser gehabt haben.« Aber wenn Manni

9 Nach der deutschen Übersetzung, in dem 7ten Teile des Allgemeinen Magazins. S. 9.

hieran auch mehr, als gezweifelt hätte; wenn er völlig überzeugt gewesen wäre, daß die Alten dergleichen Gläser schlechterdings nicht gehabt: folgte denn deswegen notwendig jenes? Die Alten hatten keine linsenförmig geschliffenen Vergrößerungsgläser: folglich war das Glas, wodurch die alten Ärzte die Excremente ihrer Kranken betrachteten, »mehr die Nase zu schützen, als den Augen zu helfen?« Ein Arzt, dächte ich, sollte so ekel nicht sein, und wenn er aus der genauern Betrachtung des Kotes etwas lernen kann, sich lieber die Nase zuhalten, als den Kot weniger genau betrachten wollen. Das μετα του ὑελιου sagt also wohl etwas mehr: und warum könnte denn auch nicht eben die gläserne Kugel des Seneca darunter verstanden werden, die Manni selbst so wohl kannte? Es befremdet mich, daß Manni auf diesen so natürlichen Gedanken nicht fiel. Aber er würde ohne Zweifel darauf gefallen sein, wenn er gewußt oder sich eben erinnert hätte, daß es den alten Ärzten gewöhnlich gewesen, sich einer vollkommen ähnlich gläsernen Kugel zu einer verwandten Absicht zu bedienen. »Invenio Medicos«, sagt Plinius,[10] »quae sunt urenda corporum, non aliter utilius id fieri putare, quam crystallina pila adversis posita solis radiis.« Hier ist dem Plinius diese Kugel von Krystall; an einem andern Orte ist es ebenfalls eine gläserne mit Wasser gefüllte Kugel.[11] Sie sei aber von Krystall oder von Glas, mit oder ohne Wasser gewesen: genug, daß die nemliche durchsichtige Kugel, welche brennet, notwendig auch vergrößern muß, und daß es schwer zu begreifen ist, wie man sich ihrer lange zu der einen Absicht bedienen kann, ohne die andere gewahr zu werden. – Ein Umstand nur, dürfte hierbei auffallen. Dieser nemlich; wenn die Kugel, womit die Ärzte brannten, durch die sie folglich auch die Dinge vergrößert erblicken mußten, nicht von Glas, nicht hohl, nicht mit Wasser gefüllt, sondern durch und durch Krystall war: so

10 Libr. XXXVII. Sect. 10.

11 Libr. XXXVI. *sec.* 67. Addita aqua vitreae pilae sole adverso in tantum excandescunt, ut vestes exurant.

müßte ja wohl das falsche, die Alten nach meiner Meinung von Entdeckung der eigentlichen Vergrößerungsgläser entfernende Raisonnement, als liege der Grund der Vergrößerung in den Bestandteilen des Wassers, wegfallen; und was hinderte die Alten sodann, die Wahrheit, die ihnen unmöglich näher liegen konnte, zu ergreifen? Hierauf könnte man antworten: das Zeugnis des Plinius ist später, als das Zeugnis des Seneca; zu den Zeiten des Seneca brannte und vergrößerte man nur noch durch gläserne mit Wasser gefüllte Kugeln; zu den Zeiten des Plinius wußte man, daß sich beides auch durch dichte krystallene Kugeln tun lasse; und das war eben der Schritt, welchen die Kenntnis der Alten in diesem Zeitraume getan hatte. Oder man könnte eben das antworten, was Salmasius,[12] bei Gelegenheit einer andern Stelle des Plinius sagt: »Vitrum pro crystallo accepit Plinius; το κρυσταλλοφανες ἀντι της κρυσταλλου.« Die Kugel, von der er gelesen hatte, daß sie die Ärzte zum Brennen brauchten, war von Krystallglase, und nicht von wirklichem Krystalle; es war die nemliche Kugel, die er an der anderen Stelle beschreibt; also die nemliche Kugel, mit der Seneca vergrößerte. Auch ist es überhaupt den Schriftstellern damaliger Zeit gewöhnlich, alle Körper »in candido translucentes«, es mochten Produkte der Natur oder der Kunst sein, das reine Glas sowohl als die edlern farblosen Steine, »crystalla« zu nennen. Doch wozu nur so halb befriedigende Antworten? Die volle Antwort, dünkt mich, ist diese: es sei die Brennkugel des Plinius immer von wirklichem Krystall gewesen; wer sagt uns denn, daß sie dichte durch Krystall gewesen? Krystall läßt sich hohl drehen, und die Alten haben es hohl zu drehen verstanden. Was hinderte also, daß die wirklich krystallene Kugel, durch welche die Alten brannten und vergrößerten, nicht auch mit Wasser gefüllt gewesen? Nichts hinderte; vielmehr fand sich die nemliche Ursache, warum sie die Kugel von Glas mit Wasser füllen zu müssen glaubten, vollkommen auch bei der Kugel von Krystall. Sie füllten die

12 Ad Solinum p. 1092. Edit. Paris.

Kugel von Glas mit Wasser, weil sie sich einbildeten, daß ohne die dazu kommende Kühlung des Wassers, das Glas die erforderliche Erhitzung durch die Sonnenstrahlen nicht aushalten könne; daß es ohne Wasser springen müßte. Das sagt Plinius selbst ausdrücklich: »Est autem caloris impatiens (vitrum,) ni praecedat frigidus liquor: cum addita aqua vitreae pilae sole adverso in tantum excandescunt, ut vestes exurant.« Nun aber glaubten sie auch von dem wirklichen Krystalle, daß es die Hitze eben so wenig vertragen könne, und mußten es, vermöge der seltsamen Meinung, die sie von der Entstehung des Krystalles hatten, um so vielmehr glauben.[13] Folglich konnte gleiche Besorgnis nicht wohl anders, als gleiche Vorsicht veranlassen: füllten sie die gläserne Brennkugel mit Wasser, so mußten sie auch die krystallene damit füllen.

6. Und nun, dem Hrn. Lippert wieder näher zu treten: was ist es, was er eigentlich mit seiner Mutmaßung, die Brillen und Vergrößerungsgläser der Alten betreffend, will? Warum trägt er sie vor? warum trägt er sie eben hier vor? Er trägt sie vor, ohne Zweifel, weil er sie für neu hielt, wenigstens den Grund für neu hielt, den er von den durchsichtigen bauchicht geschliffenen Steinen für sie hernahm. Aber warum hier? hier, wo die Rede von den so bewundernswürdig kleinen Werken der alten Steinschneider war? Glaubt Herr Lippert wirklich, daß dergleichen Werke durch ein Vergrößerungsglas leichter und besser zu machen sind, als mit bloßem Auge? Ich habe mir das Gegenteil sagen lassen, und außerordentliche Künstler im Kleinen, deren ich mehr als einen kenne, haben mich alle versichert, daß ihnen ein Vergrößerungsglas bei der Arbeit schlechterdings zu nichts dienen könne, da es Stein und Instrument und Hand, alles gleich sehr vergrößere. Es ist wahr, sie können durch das Vergrößerungsglas erkennen, wie viel ihrer Arbeit an der Vollendung noch fehlen würde, wenn sie bestimmt wäre, da-

13 *Plinius lib.* XXXVII. *sect. 9*: Crystallum glaciem esse certum est – ideo caloris impatiens non nisi frigido potui addicitur.

durch betrachtet zu werden. Aber da es lächerlich wäre, nur deswegen kleine Kunstwerke zu machen, um das Vergnügen zu haben, sie durch das Glas vergrößert zu sehen: so sind alle Mängel, die man nur durch das Glas erblickt, keine Mängel, und der Künstler braucht nur denen abzuhelfen, die ein gesundes unbewaffentes Auge zu unterscheiden vermag. Aber auch hierbei muß er die größere Schärfe seines Gesichts, so zu reden, in der Hand haben; er muß mehr fühlen, was er tut, als daß er sehen könnte, wie er es tut. Wenn also auch schon die alten Steinschneider, es sei die gläserne Vergrößerungskugel des Seneca, oder einen durchsichtigen sphärisch geschliffenen Stein, zu brauchen gewußt hätten: wozu hätten sie ihn eben brauchen müssen? Und nur daher begreif ich, wie jene gläserne Vergrößerungskugel zu den Zeiten des Plinius bekannt sein konnte, ohne daß er ihrer jemals, bei so vielfältiger Erwähnung mikrotechnischer Werke, gedenket: da er im Gegenteil verschiedne Mittel, deren sich besonders die Steinschneider bedienten, die natürliche Schärfe ihres Gesichts zu erhalten und zu stärken, sorgfältig anmerkt.[14] Andere alte Schriftsteller gedenken noch andrer solcher Mittel, die man alle itziger Zeit, da der Gebrauch der Vergrößerungsgläser so allgemein geworden, ohnstreitig zu sehr vernachlässiget: so daß die Frage, ob der Sinn des Gesichts bei den Alten, oder bei den Neuern der schärfere? eine Unterscheidung erfodert. Wir sehen mehr, als die Alten; und doch dürften vielleicht unsere Augen schlechter sein, als die Augen der Alten: die Alten sahen weniger, wie wir; aber ihre Augen, überhaupt zu reden, möchten leicht schärfer gewesen sein, als unsere. – Ich fürchte, daß die ganze Vergleichung der Alten und Neuern hierauf hinauslaufen dürfte.

---

14 Lib. XX. sect. 51 et lib. XXXVII. sect. 16.

SECHS UND VIERZIGSTER BRIEF.

Ich habe mich bei der ersten Klotzischen Anmerkung über das Mechanische der Steinschneiderkunst etwas lange verweilet. Bei der zweiten werde ich um so viel kürzer sein können. Sie lautet so:[1]

»Die natürlichen Adern und Flecken eines Steines, dienten den Alten bei erhaben geschnittenen Werken oft zur Erreichung ihres Endzwecks, die jedem Dinge eigenen Farben zu geben und die schönste Malerei zuwege zu bringen. Sie wußten hierdurch ihren Werken eine Lebhaftigkeit zu geben, die sich der Natur näherte, und machten dem Maler seinen Vorzug zweifelhaft. Die Farben sind so gebraucht, daß die Farbe, welche zu einer Sache angewandt worden, sich nicht auf eine andere zugleich mit erstreckt, und alle Unordnung ist vermieden.«

Welch schielendes Wortgepränge! welche abgeschmackte Übertreibung von der etwanigen Wirkung eines glücklichen Zufalls, oder einer ängstlichen Tändelei! Also war es, bei erhaben geschnittenen Werken, der Endzweck der Alten, »jedem Dinge die ihm eigene Farbe zu geben?« Der Endzweck! kann man sich ungereimter ausdrücken? Und diesen Endzweck halfen ihnen die natürlichen Adern und Flecken des Steines erreichen? und so erreichen, daß die schönste Malerei daraus entstand? Die *schönste* Malerei! Eine Malerei, die dem Maler seinen Vorzug zweifelhaft macht! Kann man kindischer hyperbolisieren? Gerade so würde ein spielendes Mädchen, das Kupferstiche ausschneidet, und sie mit bunten seidenen Fleckchen ausleget, dem Maler seinen Vorzug zweifelhaft machen.

Was kann ich mehr von der ganzen Anmerkung sagen, als was bereits ein Gelehrter davon gesagt hat, welcher gleichfalls sein freimütiges Urteil über die Schrift des Hrn. Klotz fällen wollen, ohne sich vor dem Kote zu fürchten, den

1 S. 53.

Lotterbuben dafür auf ihn werfen würden? »Ich habe«, sagt Hr. Raspe,[2] »viele geschnittene Steine dieser Art gesehen. Sie kommen mir vor, als die Akrosticha und Chronodisticha in der Poesie. Viel Zwang und etwas Farbe ist gemeiniglich ihr ganzes Verdienst.« Auch Hr. Lippert erkennet diesen Zwang fast an allen so malerisch geschnittenen Steinen, die er seiner Daktyliothek dem ohngeachtet einverleiben wollen. Wozu also in einem Büchelchen so viel Aufhebens davon, das die Gemmen hauptsächlich zu Bildung des Kunstauges und des Geschmackes empfiehlt? Hier würde vielmehr gerade der Ort gewesen sein, die Liebhaber vor dergleichen Afterwerken der Kunst zu warnen.

Setzen Sie noch hinzu, daß die besten unter diesen Afterwerken der Kunst, diejenigen, meine ich, welche die richtigste ungezwungenste Zeichnung und Anordnung zeigen, vielleicht Betrug sind: ich will sagen, daß sie nicht aus Einem Steine bestehen, dessen Streife von verschiedener Farbe man so kunstreich genutzet, sondern daß es verschiedene Steine sind, die man so unmerklich auf einander zu setzen verstanden. »Sardonyches«, sagt Plinius,[3] »e ternis glutinantur gemmis, ita ut deprehendi ars non possit: aliunde nigro, aliunde candido, aliunde minio, sumptis omnibus in suo genere probatissimis.«

Schlimm! und Betrug bleibt Betrug, er mag noch so fein sein. – Aber doch ist auch so viel wahr, daß es einem Künstler weit anständiger ist, den Stoff, in den er arbeitet, seinen Gedanken, als seine Gedanken dem Stoffe zu unterwerfen.

SIEBEN UND VIERZIGSTER BRIEF.

Es versteht sich, daß ich unter den Tadel meines vorigen Briefes nicht die eigentlichen Cameen mit begreife.

---

2 Anmerkungen etc. S. 31. (Cassel 1768. in 12.)

3 Libr. XXXVII. sect. 75.

Sie werden mich fragen: was ich eigentliche Cameen nenne? Solche erhaben geschnittene Steine, die allein diesen Namen führen sollten. Ich weiß wohl, daß man itzt einen jeden erhaben geschnittenen Stein einen Camee nennet. Ich weiß aber auch, daß dieses weder immer geschehen, noch itzt von uns geschehen müßte, wenn wir genuin und bestimmt sprechen wollten.

Eigentlich heißt ein Camee nur ein solcher erhaben geschnittener Stein, welcher zwei Schichten von verschiedener Farbe hat, deren eine die erhabene Figur geworden, und die andere der Grund derselben geblieben. Dieses bekräftiget für mich Boot:[1] »Dum crusta unius coloris scalpitur, ac

1 Lib. II. cap. 84 p. 234. Edit. Adr. Tollii. Ich citiere hier den Boot, weil sein Werk, mit den Anmerkungen und Zusätzen des Tollius und Laet, ohnstreitig das vollständigste und gewöhnlichste Handbuch in dieser Art von Kenntnissen ist. Denn sonst hätte ich eben so wohl andere, als z. E. den Cäsalpinus, citieren können, welcher libr. II. de Metallicis cap. 36, das nemliche, fast mit den nemlichen Worten, sagt: »scalpunt gemmarii has (Onychas) vario modo. Si enim crusta alba alteri nigrae superposita sit, aut secundum alios colores, ut rubens, albae aut nigrae, aut e converso, scalpunt in superiori imaginem, ut inferior veluti stratum sit, has vulgo Cameos vocant.« Es ist bekannt, daß Cäsalpinus einige Jahre früher als Boot schrieb; und aus solchen gleichlautenden Stellen hat daher Caylus den Boot zum Plagiarius des Cäsalpinus zu machen, kein Bedenken getragen. »Dieser Schriftsteller,« schreibt Caylus, (in seiner Abhandlung vom Obsidianischen Steine S. 31. deut. Üb.) »hat oft ganze Stücke aus dem Texte des Cäsalpinus abgeschrieben, indem er nur einige Ausdrücke daran verändert, oder hinzugesetzt. Er ist nicht zu entschuldigen, daß er hiervon gar nichts gedenkt und den Cäsalpinus unter der Zahl der Schriftsteller, deren er sich bei Verfertigung seines Werks bediente, nicht einmal genennet hat.« Diese Anklage ist hart: aber Boot hat ein Verzeichnis so vieler andern Schriftsteller, die er gebraucht, seinem Werke vorgesetzt; warum sollte er nun eben den Cäsalpinus ausgelassen haben, wenn er ihn wirklich gebraucht hätte? Er hätte ihn doch wahrhaftig nicht mehr gebraucht, als irgend einen andern. Folglich

alterius coloris pro strato relinquitur, tum gemmarii *Camehujam* vel *Cameum* vocant, sive Onyx, sive Sardonyx sit.« Es ist gleichviel, welche von den Schichten der Künstler zu der Figur nimmt, ob die lichtere, oder die dunkelere: aber freilich, wenn ihm die Wahl frei stehet, wird er lieber die dazu nehmen, deren Farbe für die Figur die natürlichste oder schicklichste ist; wenn er einen Mohrenkopf z. E. auf einen Onyx schneiden soll, der eine gleich hohe weiße und schwarze Schichte hat, so wäre es wohl sehr ungereimt, wenn er die weiße zum Kopfe und die schwarze zum Grunde nehmen wollte. Hier muß er der Farbe nachgehen, weil er ihr nachgehen kann, ohne seiner Kunst den geringsten Zwang anzutun: und von diesem Malerischen des Steinschneiders, sehen Sie wohl, habe ich nicht reden wollen.

Übrigens kann es jedoch bei dem itzigen Sprachgebrauche nur bleiben, und es mag immerhin ein jeder erhaben geschnittener Stein ein Camee heißen, ob schon die von einer Farbe so nicht heißen sollten. Aber das Wort Camee selbst? – Ich bekenne Ihnen meine Schwäche: mir ist es selten genug, daß ich ein Ding kenne, und weiß, wie dieses Ding heißt; ich möchte sehr oft auch gern wissen, warum dieses Ding so und nicht anders heißt. Kurz, ich bin einer von den entschlossensten Wortgrüblern; und so lächerlich als vielen das etymologische Studium vorkömmt, so geringfügig mir es selbst,

---

kann es gar wohl sein, daß Boot mit seinem Buche, das 1609 zuerst gedruckt ward, längst fertig war, als das Buch des Cäsalpinus zu Rom herauskam, oder in Deutschland durch den Nürenberger Nachdruck von 1602 bekannter ward. Ich wüßte auch wirklich nicht, was Boot *nur* aus dem Cäsalpinus hätte nehmen können; was er nicht eben so gut schon in ältern Schriftstellern hätte finden können. Wo er daher mit dem Cäsalpinus, mehr als von ungefehr geschehen könnte, zusammen zu treffen scheinet, dürfen sie beide nur eine Quelle gebraucht haben. Ja, ich wollte es wohl selbst auf mich nehmen, bei den mehresten Stellen, wo Caylus den Boot für den Ausschreiber des Cäsalpinus halten können, diese beiden gemeinschaftliche Quelle nachzuweisen.

mit dem Studio der Dinge verglichen, erscheinet, so erpicht bin ich gleichwohl darauf. Der Geist ist dabei in einer so faulen Tätigkeit; er ist so geschäftig und zugleich so ruhig, daß ich mir für eine gemächliche Neugierde keine wollüstigere Arbeit denken kann. Man schmeichelt sich mit dem Suchen, ohne an den Wert des Dinges zu denken, das man sucht: man freuet sich über das Finden, ohne sich darüber zu ärgern, daß es ein Nichts ist, was man nun endlich nach vieler Mühe gefunden hat.

Aber jede Freude teilt sich auch gern mit: und so müssen Sie sich schon das Wort Camee von mir erklären lassen.

Wir neuern Deutsche haben *Camee* ohnstreitig gerade zu, von dem Italienischen »Cameo« entlehnt. Meine Untersuchung muß also auf dieses, oder auf das ihm entsprechende Französische »Camayeu« gehen. Nun lassen Sie uns vors erste den Menage[2] unter »Camayeu« nachschlagen, und die daselbst gesammelten Ableitungen erwägen. Gaffarel und Huet machen es ursprünglich zu einem hebräischen: Menage selbst aber, zu einem griechischen Worte.

Gaffarel sagt, »Camayeux« hießen in Frankreich figurierte Achate, und weil man wäßrichte oder gewässerte Achate habe, welche vollkommen wie Wasser aussähen,[3] so hätten die Juden, die seit langer Zeit in Frankreich gewohnet und in deren Händen der Steinhandel größten Teils gewesen, das Wort vielleicht von dem Hebräischen »Chemaija« gemacht; welches so viel heiße, als *Himmlische Wasser*, oder nach dem eigenen Ausdrucke dieser Sprache, sehr schöne Wasser. – Aber was sind wäßrichte oder gewässerte Achate? Was sind Achate, die vollkommen wie Wasser aussehen? Sind das Achate, die so klar sind als das reinste Wasser? Oder Achate, deren vielfarbige Flecken den Wellen des Wassers gleichen? Und waren die figurierten Steine denn nur solche Achate, solche seltene Achate? Gab es denn nicht eben so viele, nicht

2 Dict. Etym. de la Langue Fr.

3 A cause qu'on voit des Achates ondées, representant parfaitement de l'eau.

unendlich mehrere, die mit dem Wasser durchaus nichts Ähnliches hatten? Kaum daß ein so seichter Einfall eine ernstliche Widerlegung verdienet.

Gründlicher wäre noch der Einfall des Huet. Auch Huet leitete »Camayeu« aus dem Hebräischen her: aber von »Kamia«, welches etwas bedeute, das man an den Hals hänget, um dem Gifte oder andern Schädlichkeiten zu widerstehen; mit einem Worte, ein Amulet. Denn, sagt er, man legte dergleichen Steinen, auf die von Natur irgend eine Figur geprägt ist, sehr große Tugenden bei.[4] Doch Huet hätte wissen sollen, daß »Kamia« nicht eigentlich ein Hebräisches, sondern ein Rabbinisches Wort ist; das ist, ein solches, welches die Juden selbst aus einer fremden Sprache entlehnet haben. Und so fragt sich: aus welcher? und was bedeutet dieses Wort in der Sprache, aus der sie es entlehnt haben?

Menage würde uns desfalls zu dem Griechischen verwiesen haben. Denn er sagt, »Camayeu« komme her von χαμαι *tief*, weil sie *tief* gegraben worden.[5] Aber wie? es sind ja gerade nicht die tief, sondern die erhaben geschnittenen Steine, die man vorzüglich »Camayeux« nennet.

Außer diesen Ableitungen ist mir weiter keine bekannt, als die von καυμα, die Cerutus[6] (nach dem Camillus Leonardus glaub ich,) angiebt. Καυμα heißt *Brand*; und daher sei Camae gemacht, weil diese Art Steine an sulphurischen und heißen Orten gefunden würden. Cerutus versteht die Onyxe darunter: aber woher beweiset er, daß die Onyxe nur an solchen Orten erzeuget würden? Und gesetzt, er bewiese es; wie hat man den Namen Camee, in diesem Verstande, gleichwohl nur den geschnittenen Onyxen beigelegt? Was hatten diese vor den ungeschnittenen Onyxen voraus, daß man sie allein nach ihrem Erzeugungsorte benennte?

4 Parcequ'on attribuoit de grandes vertus à ces pierres, qui sont empreintes naturellement de quelques figures.

5 A cause du creux ou ces pierres sont taillées.

6 Mus. Calceolar. Sect. III. p. 212. Camae a nonnulis vocantur, sumpta denominatione a voce graeca καυμα, quod est idem quod incendium: dicunt namque in locis sulphureis et calidis inveniri.

Noch kahler werden Ihnen alle diese Grillen, gegen die wahre Abstammung gestellet, erscheinen. Ich will Ihnen sagen, wie ich auf diese gekommen bin. Die mineralogischen Schriftsteller des sechszehnten und siebzehnten Jahrhunderts haben mich darauf gebracht, und Sie wissen von selbst, daß die frühesten und besten derselben fast lauter Deutsche waren. Bei ihnen fand ich nemlich, das Italienische »Cameo«, das Französische »Camayeu«, das Lateinische »Camehuja«, wie es Boot nennt,[7] bald »Gemohuidas«, bald *Gammenhü*, bald »Gemmahuja«, auch wohl gar getrennet, als zwei Worte, »Gemma huja« geschrieben.[8] Was ich daraus aber schließen mußte, ist klar: folglich sind die ersten Sylben von »Camayeu« oder »Cameo«, das lateinische »Gemma«; und die ganze Schwierigkeit ist nur noch, was die letzten Sylben in »Camehuja« oder »Gemmahuja« bedeuten sollen.

---

7 Nicht, wie es die alten Römer genannt haben. Diese kannten das Wort »Camehuja« zuverlässig nicht; welches ich wider den Hrn. Cronstedt erinnere. S. dessen Versuch einer neuen Mineralogie, deut. Übers. Seite 61.

8 *Gemohuidas* schreibet es *Erasmus Stella*, dessen Interpretamentum gemmarum, das zu Nürnberg 1517 zuerst gedruckt worden, Brückmann 1736 wieder auflegen lassen. Parte IV. cap. 5 »Gemmas ad Ectypam eruditi dixere, quae ad imagines in eis scalpendas aptae sunt; harum quanquam multae numero sunt, *Peantides* tamen, quae et *Gemohuidas* nuncupatur, quo nomine praegnantes ac plenae significantur, sese principem offert, quod usu vulgatior est, dicitur mederi parturientibus et etiam parere.«

Gammenhü schreibt es Conrad Gesner: (de Figuris lapidum p. 98. Tiguri 1565.) »Gemmarii vero seu scalptores gemmarum gemmas minus duras ad hoc diligunt: ut quas Germani vulgo a leni mollitie puto, Speckstein appellant, et Gammenhü.«

Gemmahuia schreibt es *Joh. Kentmann*: Nomenclatura rerum fossilium p. 52.

Gemma huja schreibt es Agricola: (beim Gesner l. c.) »Lapidis, quem, quia ejus color candidus, pinguior videtur esse, Germani ex lardo nominaverunt, (quidam vocant *gemmam hujam*) limes albus distinguit modo nigram, modo cineream materiam. Ejus pars potissimum candida latior, et Sarda nostris temporibus omnium maxime aptatur ad ectypas scalpturas.«

Aus den Worten des Stella, die ich in der Nota angeführet, dürfte man fast auf die Vermutung kommen, daß »huja« so viel als das Deutsche *hoch*, aufgeschwollen, trächtig, heißen solle. Doch wer würde sich einen solchen lateinischdeutschen Hybrida, den Franzosen und Italiener von uns angenommen hätten, leicht einreden lassen? Und damit Sie auch nicht weiter lange herumraten: so mache ich es kurz, und sage Ihnen, daß »huja« so viel ist, als »onychia«; und »Gemmahuja« folglich nichts mehr und nichts weniger, als das zusammengezogene und verstümmelte »Gemma onychia«. Aus »Gemma onychia« ward »Gemmahuja«; aus »Gemmahuja« ward »Camehuja«; aus »Camehuja« ward »Camayeu«: so wie wiederum aus »Gemmahuja«, Gammenhü, »Cameo«; ja allem Ansehen nach, auch das Rabbinische »Kamia«.

Ich halte dafür, diese Ableitung ist an sich so einleuchtend, daß ich nicht nötig habe, mich viel nach andern Beweisgründen umzusehen. Der vornehmste indes würde dieser sein: daß, vom Cäsalpinus an, es durchgängig von allen mineralogischen Schriftstellern angenommen wird, daß der Camehuja oder Cameo nicht eine besondere Art Steines, sondern nur ein besonderer Name eines unter einem andern Namen bekanntern Steines sei; nemlich des Onyx. »Onyx«, oder »Onickel«, oder »Niccolo«, sagen sie alle, heißt dieser Stein, wenn er nur geschliffen, oder so ist, wie er von Natur ist; »Cameo« aber heißt er alsdann, wenn er geschnitten ist, und zwar so geschnitten, daß Figur und Grund von verschiedener Farbe sind.[9] Ist nun aber jeder »Cameo« ein »Onyx«; bezeichnen beide Namen den nemlichen Stein: warum sollen die Namen selbst nicht auch ursprünglich die nemlichen Worte sein, wenn sie es so leicht und natürlich sein können, als ich gezeigt habe?

Vor dem Cäsalpinus, wurde der Camehuja bald für diesen, bald für jenen Stein ausgegeben; auch wohl zu einem eigenen

9 *Caesalpinus de Metallicis* lib. II. pag. 122. Hos omnes hodie Niccolos vocant, cum solum perpoliti sunt: exsculptos autem, ut substratum alterius coloris sit, Cameos.

besondern Steine gemacht. Würde dieses aber wohl geschehen sein, wenn man sich um die Abstammung des Worts bekümmert hätte? Und hieraus lernen Sie denn auch, mein Freund, ein wenig Achtung für meine liebe Etymologie überhaupt! Es ist nicht so gar ohne Grund, daß oft, wer das Wort nur recht versteht, die Sache schon mehr als halb kennet.

Zu einem besondern Steine machte den Camehuja, Kentmann.[10] Auch wohl, vor diesem, Camillus Leonardus. Denn der Stein, den Leonardus »Kamam« nennt, kann wohl nichts anders als der Cameo, die »gemma onychia« sein, wie aus den Kennzeichen, die er selbst angiebt, erhellet.[11] Aus dem Leonardus hat Boot diesen »Kamam« in sein Verzeichnis unbekannter Edelsteine übergetragen; und nun wissen Sie doch ungefehr, was Sie von dem »Kaman«, wie ihn Boot daselbst schreibt, denken müssen. Sie glauben kaum, wie sehr ich in diesem Verzeichnisse mit meiner Etymologie aufräumen könnte!

Hingegen zu irgend einem andern Steine, als dem Onyx, machten den *Gemmahuja*, Stella und Agricola. Und zwar Stella zur Päantis der Alten. Ich habe kurz vorher gesagt, zu

10 Nomencl. Rer. foss. l. c.

11 *Kamam* seu Kakamam, est albus variis coloribus distinctus, et a Kaumate dicitur, quod incendium importat: reperitur in locis sulphureis, ac calidis; et frequentissime onixae (Onychi) admixtus. Ejus determinata virtus nulla est, sed virtutem ex sculpturis seu imaginibus, quae in ipso sculptae sunt, accipit. (De Lapid. lib. II. p. 89. Edit. Hamb.) Diese Stelle hatte ich im Sinne, als ich oben sagte, daß es wohl Leonardus sein möchte, aus dem Cerutus die Etymologie von Cameo genommen. Wenigstens zeiget diese nemliche Etymologie, und die nemliche Angabe der Erzeugungsorte, daß der Cameo des Cerutus und der »Kamam« des Leonardus, nur ein und eben derselbe Stein sein können. Dazu kommen noch die übrigen Merkmale des Leonardus; daß der Kamam an dem Onyx öfters anwachse, und daß er seine ganze Kraft von den darauf geschnittenen Figuren erhalte; welches alles den Cameo verrät.

welchem Irrtume die Worte des Stella, »Peantides, quae et Gemohuidas nuncupatur, quo nomine praegnantes ac plenae significantur«, wohl verführen könnten; nemlich in den letzten Sylben von Gemmahuja, unser deutsches *hoch* zu finden. Aber hier kann ich Ihnen nun genauer sagen, was Stella eigentlich will. Er fand in seinem Plinius: »Paeantides, quas quidam Gemonidas vocant, praegnantes fieri et parere dicuntur mederique parturientibus.« Dieses »Gemonidas« fiel ihm auf; es hatte ihm mit dem Worte Gemmahuja so viel ähnliches, daß er glaubte, beide könnten auch nur das nemliche Ding bezeichnen; er formte also sein »Gemohuidas« vollends darnach, und so ward der Gemmahuja zur Päantis, zu dem Steine, von welchem die Alten glaubten, daß er für Gebärerinnen heilsam sei, weil er selbst seines gleichen gebäre. Aber Harduin versichert, daß er in allen seinen Handschriften des Plinius, anstatt »Gemonidas«, »Gaeanidas« gefunden: und nun denke man, wie viel auf eine so zweifelhafte Lesart zu bauen. Hätte Stella in seinem Plinius auch »Gaeanidas« gelesen, so wäre sicherlich der Gemmahuja nie zur Päantis geworden.[12]

Auch mißbilligte schon Agricola diese Meinung gänzlich, der den Gemmahuja für den Speckstein ausgab.[13] Doch das ist wider allen Augenschein; unter hundert alten geschnittenen Steinen, sowohl erhabnen als tiefen, wird man nicht einen so tonichten finden. Denn wenn die tonichten Steine

---

12 Indes läßt sich freilich von »Gaeanidas« eben so wenig Rechenschaft geben, als von »Gemonidas«, nur daß man aus jenem leichter abnehmen kann, daß Plinius ohne Zweifel ein von γενναω oder von γυνη abgeleitetes Wort dürfte geschrieben haben. Vielleicht γυναικιζοντας, welches sodann Marbodus ausgedrückt hätte, wenn er von der Päantis, oder wie er das Wort schreibet, Peanites, sagt: Feminei sexus referens imitando labores.

13 *(Apud Gesnerum l. c.)* Lapidis quem, quia ejus color candidus pinguior videtur esse, Germani ex lardo nominaverunt, (quidam vocant Gemmam hujam) limes albus distinguit modo nigram, modo cineream materiam. – Erasmus Stella Gemohuidas nominans, easdem veterum Paeantides non recte facit.

schon gut zu schneiden sind, so waren sie doch den Alten desto untauglicher zum Abdrucke: es wäre denn – Aber von dieser Vermutung an einem andern Orte.

Unter den Neuern kenne ich nur den Hrn. D. Vogel, von dem man sagen könnte, daß er mit dem Agricola den Gemmahuja zum Specksteine mache:[14] wenn es nicht billiger wäre, von ihm anzunehmen, daß er nur zum Verständnisse derjenigen seiner Vorgänger, die es wirklich getan, unter die verschiedenen Namen des Specksteins auch den Namen Gemmahuja setzen wollen.

Einem kleinen Einwurfe will ich noch zuvorkommen, den man mir gegen meine Auflösung des »Camehuja« in »Gemma onychia« machen könnte. Man dürfte sagen: warum sollten die Alten mit zwei Worten ausgedrückt haben, was sie mit zwei Syllben sagen konnten? warum »gemma onychia«, da sie kürzer mit »Onyx« dazu kommen konnten? Darum, antworte ich: weil »Onyx« bei den Alten nicht allein der Name eines Edelsteines, sondern auch einer Marmorart war; ja sogar der Edelstein diesen seinen Namen von dem Marmor bekommen hatte.[15] Zum Unterschiede

14 Pract. Mineralsystem S. 100.

15 (Plinius Libr. XXXVII. sect. 24.) »Exponenda est et Onychis ipsius natura, propter nominis societatem: hoc in gemmam transilit ex lapide Carmaniae.« An der andern Stelle, wo Plinius des Marmors dieses Namens gedenkt, (Lib. XXXVI. sect. 12.) stehet anstatt Carmania, welches eine Provinz in Persien war, Germania. Aber Salmasius hat schon angemerkt, (ad Solinum p. 558.) daß dieses ein bloßer Schreibfehler sei, und Harduin hätte daher nur immer Carmania, anstatt Germania, dort in den Text nehmen sollen. Er hat diese Ehre wohl streitigern Lesarten erwiesen. Indes giebt mir das, was er daselbst in der Note hinzusetzt, Gelegenheit zu einer andern Anmerkung. »Cave porro«, schreibt Harduin, »onychem hoc loco putes a Plinio pro gemma ea accipi, quam nostri vocant *Cassidoine*, ut plerisque visum.« Ich frage, was ist das für ein Wort, Cassidoine, und wie kömmt der Onyx dazu, von den Franzosen so genannt zu werden? Beim Richelet wird Cassidoine durch Murrha erklärt und hinzugesetzt:

also, und wenn ein großer Teil des Wertes von diesem Unterschiede abhieng, mußte man ja wohl »gemma onychia« oder »onychina« sagen.

Und nun noch ein Paar Anmerkungen, die ungefehr eben so wichtig sind, als der ganze Brast, mit dem ich diesen Brief vollgepfropfet habe.

Wenn ein Cameo, oder Camayeu, nur ein solcher erhaben geschnittener Stein geheißen hat und eigentlich heißen sollte, dessen Grundlage von einer andern Farbe ist, als die darauf geschnittene Figur; der also zuverlässig ein Onyx sein wird, weil unter den Edelsteinen nur die Onyxe dergleichen reguläre Lagen von verschiedener Farbe haben: so wird man leicht daraus erraten können, von welcher Beschaffenheit diejenigen Gemälde sein müssen, welche die Franzosen gleichfalls »Camayeux« nennen, und einsehen, warum dergleichen Gemälden dieser Name beigelegt worden. Nicht

---

»Maniére de pierre précieuse, embellie de veines, de diverses couleurs.« Sehr gründlich! Aber in einem Wörterbuche möchte man auch gern lernen, wo das Wort selbst herkomme; und davon findet sich nichts. Ich will es kurz machen: »Cassidoine« ist nichts als ein alberner Schreibfehler, den die Unwissenheit forgepflanzet, und nun fast gültig gemacht hat. Es soll »Calcedoine« heißen: »Quae hodie Chalcedonia audit, et corrupte Cassedonia«, sagt *Laet.* Denn der milchfarbene trübe Achat, den wir itzt Chalcedon nennen, hieß in spätern Zeiten weißer Onyx. Wie er aber zu dem Namen Chalcedon gekommen, ist schwer zu sagen; da er mit allen den Steinen, welche bei den Alten von Karchedon, oder Kalchedon, ihren Beinamen haben, nicht das geringste ähnliches hat. So viel weiß ich nur, daß er diesen Namen nach den Zeiten des Marbodus muß bekommen haben. Denn der Chalcedon des Marbodus ist weder unser Chalcedon, noch sonst ein onyxartiger Stein, sondern der kalchedonische Smaragd des Plinius, vermengt mit eben desselben smaragdartigem Jaspis, Grammatias oder Polygrammos genannt, wie aus dem Zusatze, daß er den Rednern und Sachwaltern dienlich sei, erhellet. Weder die Ausleger des Marbodus, noch Salmasius, der den Chalcedon des Marbodus bloß für des Plinius »turbida Jaspis, quam Chalchedon mittebat«, hielt, haben dieses gehörig bemerkt.

weil sie das Basrelief nachahmen, heißen sie »Camayeux«; wie sich Pernety[16] und andere einbilden: denn ich wüßte nicht was χαμαι, wovon er das Wort mit dem Menage ableitet, mit dem Basrelief gemein hätte? Sondern sie heißen so, weil sie ganz aus Einer Farbe auf einen Grund von einer andern Farbe gemalet sind, und hierin die geschnittene »gemma onychia« nachahmen. Überhaupt will ich hier noch hinzusetzen, daß das Erhabene so wenig das Wesentliche des Cameo ausmacht, daß auch sogar tief geschnittene Steine (Onyxe versteht sich) Cameen heißen können und heißen sollten, sobald sie durch die obere einfarbige Schichte bis auf die untere Schichte von einer andern Farbe geschnitten worden, und also die Area von dieser, und das Bild von jener Farbe erscheinen. Es ist noch nicht so gar lange her, daß die Franzosen selbst das Wort »Camayeu« eben so wohl von tiefer, als von erhabner Arbeit brauchten. »Les Jouaillers et les Lapidaires«, schrieb Felibien in seinem »Dictionnaire des Arts«, »nomment Camayeux les Onyces, Sardoines et autres pierres taillées en relief ou en creux.« Nur die Worte »et autres pierres taillées« hätte er sollen weglassen. Denn höchstens können nur die Sardonyxe noch dazu gerechnet werden, als welche von den Alten mit unter dem allgemeinen Namen der Onyxe begriffen wurden, und allein einer ähnlichen Bearbeitung fähig sind.

Vielleicht auch ist dieser ältere und weitere Gebrauch des Französischen »Camayeu« die Ursache, warum die neuern Schriftsteller dieser Nation, wenn sie erhaben geschnittene Steine durch ein Kunstwort ausdrücken wollen, lieber »pierre camée«, als »camayeu« sagen. Wir Deutsche wenigstens wollen, zu dieser Absicht, nur immer das fremde und neue Camee lieber fortbrauchen, als das alte *Gemmenhü* erneuern. Es wäre denn, daß wir es ganz in seinem lautersten

16 Dict. de Peint. Ce mot ne devroit servir que pour les bas-reliefs, puisqu'il tire son nom du mot grec χαμαι, qui signifie *bas, à terre.* Mariette, und aus ihm Richelet, nebst andern Wörterbüchern, sagen eben das.

Verstande erneuern, und nicht alle und jede erhaben geschnittene Steine, auch nicht nur allein erhaben, sondern auch tief geschnittene Steine, an welchen das Bild eine andere Farbe als die obere Fläche zeiget, damit belegen wollten. Wenn wir sodann diesen genuinen Begriff wiederum damit verbinden lernten, so sehe ich nicht, warum wir nicht eben so gut als die Franzosen, auch die einfarbigen Gemälde auf einem Grunde von einer andern Farbe, Gemmenhüe, oder Gemälde auf Gemmenhüart, nennen könnten.

ACHT UND VIERZIGSTER BRIEF.

Noch finde ich bei den Exempeln, welche Herr Klotz zur Erläuterung seiner zweiten Anmerkung über das Mechanische der Kunst beibringet, einiges zu erinnern, welches ich freilich übergehen müßte, wenn mir nur um Herr Klotzen zu tun wäre. Ich will es also nur gegen seine Währmänner erinnert haben, und Herr Klotz hat sich von dem Tadel mehr nicht anzunehmen, als davon auf die Rechnung des zahmen Nachschreibers fallen kann.

»Herr Winkelmann«, sind seine Worte, »gedenkt eines Sardonych, welcher aus vier Lagen, einer über der andern, besteht, und auf welchen der vierspännige Wagen der Aurora erhaben geschnitten ist.« Erst, mit Erlaubnis des Herrn Klotz: Winkelmann gedenkt keines Sardonych, sondern eines Sardonyx. Warum man in der mehrern Zahl noch wohl, wenn man will, Sardonyche sagen darf, das weiß ich: aber wie man auch in der einfachen Zahl Sardonych sagen könne, das ist mir zu hoch. Vielleicht zwar ist einem lateinischen Gelehrten, der sich herabläßt, deutsch zu schreiben, ein solcher Schnitzer allein erlaubt. Und so habe er denn seine Schnitzer, oder Druckfehler, wie er sie nennen will, für sich! Was ich eigentlich hier anmerken will, ist gegen Winkelmann. Winkelmann hatte Unrecht, einen Stein, von dem er selbst sagt, daß er vier Lagen von vier verschiedenen Farben habe, einen Sardonyx zu nennen. Der Sardonyx muß schlechterdings nur drei Lagen von drei Farben zeigen;[1] zwei, die er als Onyx haben muß, und eine dritte, welche dem Sarder oder Carneol gleichet, und wodurch er eben der Sardonyx wird. Plinius, Isidorus, Marbodus nennen diese drei Farben, schwarz, weiß, rot. Aber die erste ist so unveränderlich nicht; denn sie kann eben so wohl grau oder braun, als schwarz sein. Nur die zweite und dritte sind unumgänglich; denn ohne die zweite könnte er kein Onyx, und ohne die dritte kein Sardonyx heißen.[2] Nun aber ist unter den vier Farben des von Winkelmann so genannten Sardonyx, die dritte gerade nicht; und das ist sonach der zweite Grund, warum ihm dieser Name abzusprechen. Meinem Bedünken nach hätte ihn Winkelmann schlechtweg Onyx, höchstens einen vielstreifigen Onyx nennen sollen. Denn ob man dem Onyx schon nur zwei Schichten von zwei Farben beilegt; so ist dieses doch nur von dem Onyx, wie er in kleine Stücken gebrochen, nicht aber, wie er wächset, zu verstehen. Ich will sagen: da diese

---

1 (*Plinius Lib.* XXXVII. *sect.* 75) Sardonyches e ternis glutinantur gemmis – aliunde nigro, aliunde candido, aliunde minio, sumptis omnibus in suo genere probatissimis. Vor dem Harduin las man zwar in dieser Stelle, anstatt »e ternis«, »e cerauniis«, und diese alte Lesart hat auch der deutsche Übersetzer beibehalten, bei dem es sonderbar genug klingt, »aus Donnerkeilen zusammen gekküttet.« Doch Harduins Verbesserung ist unwidersprechlich, wie man bei ihm selbst nachsehen mag. Außer dem Isidorus hätte er auch noch den Marbodus für sich anführen können, der eben so ausdrücklich von dem Sardonyx sagt:

Tres capit ex binis unus lapis iste colores;
Albus et hinc niger ist, rubeus supereminet albo.

2 Salmasius will zwar, (ad Solinum p. 563.) daß die Arabischen Sardonyxe nichts von der roten Farbe gehabt: allein in der Stelle des Plinius, worin er das finden will, finde ich es nicht. Eben so wenig kann ich mir mit ihm einbilden, daß Plinius geglaubt, Sardonyx solle so viel heißen, als Sarkonyx, oder daß er auch nur andeuten wollen, als sei dieses von einigen geglaubt worden. Denn Plinius sagt zu ausdrücklich: »Sardonyches olim, ut ex nomine ipso apparet, intelligebantur candore in Sarda.«

zweifarbichte Schichten wechselsweise parallel laufen, so kann jede mehr als einmal, und die dunklere auch mit verschiedenen Schattierungen, wieder kommen, wenn man dem Steine Dicke genug läßt. Da aber eine solche Dicke zu Ring- und Siegelsteinen eben nicht die bequemste ist: so wird er freilich aus der Hand des Steinschleifers selten anders als mit zwei Schichten kommen. Nur wenn diese Schichten dünne genug sind, oder das Kunstwerk, zu welchem er bestimmt wird, eine größere Dicke erfordert, wird er, wie gesagt, jede der zwei Schichten mehr als einmal, und die dunklere nach verschiedenen Schattierungen haben können. Und das ist hier der Fall. Die vier Lagen des Winkelmannischen Steines sind in ihrer Folge, schwarzbraun, braungelb, weiß und aschgrau. Alle diese Farben und Schichten kommen ihm als Onyx zu; und besonders, sieht man wohl, sind die zwei ersten nichts als Verlauf der nemlichen Schichte ins Hellere: so wie die vierte, die aschgraue, (wenn sie ihm anders hier nicht aufgesetzt ist,) nichts als allmälige Verdunkelung der weißen Schichte in die natürlicher Weise wiederum angrenzende schwarzbraune oder braungelbe sein dürfte. Freilich ist die rote Farbe, die den Sardonyx zum Onyx macht, im Grunde auch nichts als eine Variation der braunen; denn beide sind, ihren Bestandteilen nach, auch vollkommen der nemliche Stein: aber wenn denn nun einmal für diese Variation ein besonderer Name bestimmt ist, warum will man ihn einer andern beilegen? –

Ein zweites Exempel nimmt Hr. Klotz aus der Daktyliothek des Zanetti. »In der Zanettischen Sammlung«, sagt er, »wird ein Tiger aus dem orientalischen Steine, Maco, bewundert, wo sich der Künstler der Flecken des Steines bedient hat, um die Flecken des Tigers auszudrücken.« Maco? Wer hat jemals von einem solchen Steine gehört? Da wird sich ganz gewiß wieder der Setzer versetzt, oder der Schreiber verschrieben haben. So ist es: denn Gori, von dem die Auslegungen dieser Daktyliothek sind, sagt: »exsculptum lapillo orientali, quem vulgo appellant Moco«. Moco also; nicht Maco: und nun errate ich es ungefehr, daß Gori einen

Mokhastein meinet; einen Stein, den itzt fast jeder kleine Galanteriekrämer kennet; da er häufig in Ringe verarbeitet wird. Gleichwohl muß ihn, – ich will nicht sagen, Herr Klotz; wer wird von dem das anders erwarten? – sondern Gori selbst nicht gekannt haben. Denn sonst hätte er ihn uns gewiß bei seinem alten wahren Namen, der zugleich die Definition ist, und nicht bloß bei diesem so viel als nichts sagenden Juweliernamen genannt. Der Mokhastein ist ein Dendrachat, und hat in den neuern Zeiten diesen Namen bekommen, nicht weil er eben um Mokha gefunden, sondern aus andern östlichen Ländern nach diesem Hafen gebracht, und von da in Menge nach Europa geführet wird.[3]

NEUN UND VIERZIGSTER BRIEF.

Gori zeigt sich überhaupt, in seiner Daktyliothek des Zanetti, nicht eben als einen besondern Steinkenner. Er schrieb den Namen hin, wie er ihn hörte; unbekümmert, ob seine Leser etwas dabei würden denken können, oder nicht. Mochte er doch wohl öfters selbst nichts dabei denken.

Sie erinnern sich, was ich bereits in meinem fünf und zwanzigsten Briefe wegen der »Prasma Smaragdinea« wider ihn angemerkt habe. Einer solchen Prasma fand er den Stein sehr ähnlich, auf welchem er den Kopf des jungen Tiberius erkannte:[1] und wie sagt er, daß man diesen Stein nenne? »Quem Igiadam adpellant«: oder mit den Worten seines Übersetzers, »Igiada molto bella, che al Prasma di Smeraldo

3 Hill, in seinen Anmerkungen über den Theophrast S. 86: Agates, with the Resemblance of Trees and Shrubs on them, they call'd, for that Reason, *Dendrachates*. These are what our Jewellers at this Time call Mochostones, but improperly; for they are not the Product of that Kingdom, but are only used to be brought from other Countries and shipp'd there for the Use of our Merchants.

1 Tab. IX. p. 17.

assai si avvicina.« Sie sollen zwanzig Naturalisten aufschlagen, ehe Sie dieser Igiada auf die Spur kommen. Und werden Sie wohl glauben, daß es weiter nichts, als der verstümmelte spanische Name eines sehr bekannten Steines ist? Die Spanier nennen »Piedra de hijada« einen »lapidem nephriticum«, einen Nierenstein, den sie häufig aus ihren amerikanischen Provinzen bringen.[2] Dieser hat auch wirklich die Farbe eines Prasius oder Präsem; aber bei weiten nicht dessen Härte, und kann folglich auch dessen Politur nicht haben. Dazu ist der Name Igiada bei dem Gori um so viel unschicklicher, weil, wenn es eine wirkliche »Piedra de hijada« wäre, die Arbeit darauf unmöglich alt sein könnte.

Sollte ein Gelehrter dem unwissenden Pöbel die Worte so aus dem Munde nehmen, wenn es nur an ihm liegt, sich von dem nemlichen Dinge ohne sie, eben so richtig als allgemein verständlich, auszudrücken? Sollte er, einen Stein zu benennen, lieber mit dem Juwelier und Seefahrer, als mit dem Griechen und Römer, als mit dem Naturforscher sprechen? Gleichwohl ist es in den spätern Zeiten fast immer geschehen; und nur dadurch sind in diesem Teile der Naturgeschichte der Dunkelheiten und Verwirrungen so viel geworden, die sich notwendig auch je länger je mehr häufen müssen, wenn sich ein jeder nach eignem Gutdünken, oder mit dem ersten dem besten Worte, das er gehört, darin ausdrücken darf. Schon der ehrliche Stella, vor mehr als zwei hundert Jahren, eiferte wider diese Unart: aber was half es? Seine Worte sind der Beispiele wegen merkwürdig. »Se non parum admirari«, schreibt er,[3] »viros alioquin doctos, in his rebus, quae natura tanta ornasset pulchritudine, barbara ac plebeia uti nuncupatione, ut scil. Carbunculos *Rubinos*, Lychnites *Amandinos*, Sandaresios *Granatos*, Chrysolithos *Citrinos*, dicerent et plerasque alias ineptissimis vocabulis appellarent, quae tamen elegantissimis nominibus apud scriptores, tum Graecos, tum Latinos celebrarentur.« Den Rubin ausgenom-

2 Laet Libr. I. cap. 23.

3 Praef. Interpret. Gem.

men, über den man durchgängig einig ist, wird man die übrigen neugeprägten Namen von nachherigen Schriftstellern auf ganz andere alte zurückgeführet finden. Sie mögen darin auch leicht eben so viel Recht haben, als Stella: nur wegen des Amandins möchte ich es lieber mit diesem halten. Ein Wort hierüber.

Die Lychnis und der Carbunculus Alabandicus ist bei dem Plinius ein und eben derselbe Stein; einmal nach einer ihm besonders zukommenden Eigenschaft, und einmal nach der Gegend, wo er vornehmlich gefunden ward, so genannt. Denn beide sind dem Plinius aus dem »genere ardentium«, beide sind ihm »nigriores« oder »remissiores carbunculi«, und von beiden sagt er, daß sie in Orthosia »caute« oder »circa Orthosiam« gefunden würden. Wenn also Stella den Amandin der Neuern zu der Lychnis der Alten macht: so macht er ihn zugleich zum »carbunculo alabandico«, das ist, zu einem dunkelroten Rubin. Cäsalpinus hingegen, Boot, Laet und die ganze Herde ihrer Nachfolger, machen den Amandin zum Troezenius des Plinius, das ist, zu einem Rubin mit weißen Flecken. Doch unterscheiden eben diese den Amandin von dem Almandin, welchen letztern sie für den Carbunculum alabandicum ausgeben, ob schon ohne im geringsten zu vermuten, daß dieser und die Lychnis ein und eben derselbe Stein sei. Ich habe aber nicht finden können, mit welchem Grunde sie den Almandin und Amandin zu zwei verschiedenen Steinen machen: beide Namen scheinen nur Ein Wort, beide nichts als das verstümmelte »Alabandicus« zu sein. Dazu kömmt eben dieses Zeugnis des Stella, welcher hundert Jahr früher geschrieben als sie alle, und dem zu Folge eben darum der Amandin kein weiß gesprengter Rubin sein kann, weil er ihn zur Lychnis macht. Stella gedenkt auch an einem andern Orte, wo er ausdrücklich alle die neubenannten Arten des Carbunculus herrechnet, nur des Amandin, und keines Almandin.[4] Kurz, die Wesen sind hier ohne Not vermehret worden; und mich wundert nur,

4 Parte III. cap. 1.

daß selbst Hill sich diesen chimärischen Unterschied noch gefallen lassen.[5]

Ich erinnere mich hier, noch über einen andern seltsamen Namen eines Edelsteines den eigentlichen Aufschluß bei dem Stella gefunden zu haben. Unsere Voreltern, wie Sie wissen, nannten einen Opal einen *Wayse*, oder wie sie es schrieben, *Wese, Wehse, Weise*. Woher diesem Steine dieser Name? Boot will, er habe ihn vermittelst des Paederos erhalten, eines Beinamens, den man, wie Plinius meldet, gemeiniglich dem schönsten Opal wegen seiner besondern Lieblichkeit gab. »Olim Paederos«, schreibt Boot,[6] »haec gemma vocata est, a puero et amore, quod pueri pulcherrimi et innocentissimi instar omni amore digna sit. Ab hoc nomine forte deductum est nomen illud Germanicum, quo appellatur ein Wehse; id est, pupillus, quod nomen pueris tantum convenit.« Aber ich möchte es Booten nicht auf sein Wort glauben, daß Waise ehedem nur von Knaben gebraucht worden: warum denn nicht auch von Mädchen? Itzt wenigstens wird es von beiden gebraucht, und zwar von beiden als ein Wort weiblichen Geschlechts: wir sagen, »dieser Knabe ist eine Waise, er ward sehr jung zur Waise«. Doch das war ehedem allerdings anders, und man brauchte das Wort im männlichen Geschlechte; ob schon nicht bloß für das männliche Geschlecht. Wenn jedoch auch dieses gewesen wäre: sind denn nur Knaben, welche Waisen sind, liebenswürdige Knaben? Boot hätte so sinnreich nicht sein dürfen: das deutsche Wayse ist nichts als das übersetzte »Orphanus«: »Orphanus« aber war zu den Zeiten des Stella der allgemein angenommene Name des Opals, und war es wahrscheinlich durch nichts als durch einen Fehler der Copisten in den Schriften des Albertus Magnus geworden.[7] Hätte Boot bei

5 Theophrastus's History of Stones, p. 44.

6 Lib. II. cap. 46.

7 Quaenam haec gemma foret, quam tantopere et ad insaniam Nonius adamasset, quam ego Opalum quum dixissem, convivae caeteri Orphanum me dicere debere clamitabant. – Vitio libra-

dem Stella dieses gelesen, so würde er nicht umgekehrt geglaubt haben, daß »Orphanus« die Übersetzung von *Wayse* sei, auch würde er den Orphanus nicht bloß zu einer geringern Art des Opals gemacht haben, da aus den Worten des Stella erhellet, daß damals alle Opale Orphane hießen, und man kaum jenen alten echten Namen mehr dafür erkennen wollte. Auch Frischen muß der Ursprung des *Wese* unbekannt geblieben sein; er führt das Wort, das er nach dem Peucer durch Asterios und Eristalis erkläret, in seinem Wörterbuche nur kaum an; und wenn er aus eben demselben beibringt, daß die Deutschen diesen Namen mehrern Edelsteinen beilegten, so hätte er, zu Vermeidung der Mißdeutung, wohl hinzusetzen mögen, was für mehrern? Keinen andern als solchen, die, so wie sie gewendet werden, in verschiedene Farben spielen, und folglich insgesamt unter das Geschlecht der Opale gehören.

FUNFZIGSTER BRIEF.

Auch finden sich die nichtsbedeutenden Namen, Achatonyx, Achatsardonyx, zum öftern bei dem Gori; und er ohne Zweifel ist es, der dem Hrn. Lippert damit vorgegangen.

Wenn es indes keiner Ungereimtheit an einem Verteidiger fehlen soll: so hat der Achatonyx den seinigen an einem Jenaischen Recensenten des ersten Teiles dieser Briefe bereits bekommen.[1] Dieser leugnet, daß man heut zu Tage unter dem Namen Achat, als einem Geschlechtsnamen, alle edlere Hornsteine begreife, und sagt, »wir haben noch nie gehört, daß man den Chalcedon einen Achat genannt.« Wir! So muß dieses Wir überhaupt nicht viel von dergleichen Dingen gehört haben. Brückmann sagt:[2] »Der Achat wird *von den*

riorum, qui Opali loco Orphani nomen substituere, id venisse, ob id elimandum obeliscoque expungendum in Alberti codicillo hoc vocabulum, Opalumque ejus loco inscribendum fore.

1 St. 96. Jahr 1768.

2 Abhandlung von Edelsteinen S. 85.

mehresten Schriftstellern, die von Edelsteinen geschrieben haben, für das Hauptgeschlecht aller dieser Steine ausgegeben, welche wir in diesem Abschnitte beschrieben haben.« Und was hatte er in diesem Abschnitte für Steine beschrieben? »Quarzartige, im Anbruch glatte oder glänzende, halb durchsichtige und undurchsichtige Edelsteine, die auch von einigen *hornartige*, der Ähnlichkeit zufolge, genennt werden.« Ja er setzt ausdrücklich hinzu: »Z. E. von halb durchsichtigen Steinen wird der Chalcedon, der Carneol u. s. w. von undurchsichtigen der Onyx für Achatarten angenommen.« – Aus welchen Büchern hat denn nun das Jenaische Wir, vielwissenden Tones, seine Mineralogie gelernt, daß es so bekannte Dinge Teils leugnet, Teils nie gehört hat? Und so, wie die mehresten Schriftsteller *vor* Brückmannen den Achat zum Geschlechtsnamen aller edlern Hornsteine, den Chalcedon nicht ausgeschlossen, gemacht: so haben dieses auch noch viele nach ihm getan, von welchen ich *Vogeln* statt aller nennen will.[3]

»Der Name, Achatonyx,« fährt der Jenenser fort, »ist kein Monstrum, wie Lessing glaubt, wenn gleich Achat und Onyx zu einem Geschlechte gehören. Auf solche Art müßte der Chalcedonyx auch ein Monstrum sein.« Mit Erlaubnis: ich habe ihn ein Monstrum genannt, nicht in so fern Achat und Onyx zu einem Geschlechte gehören, und nur verschiedene Arten des nemlichen Geschlechts sind, die sich allerdings componieren lassen, wie ich bei dem Sardonyx zugestanden habe, und aus dem Chalcedonyx nicht erst zu lernen brauche; sondern in *so* fern, als Achat das Geschlecht und Onyx die Art ist, und alle Composita aus Geschlecht und Art widersinnige Composita sind. Gleichwohl möchte man sich auch den Chalcedonyx verbitten: denn nicht einmal unsern Chalcedon kannten die Alten unter diesem Namen, geschweige den Chalcedonyx. Und was will man denn damit? Die weiße Schichte des Onyx ist jederzeit Chalcedon; nemlich was wir itzt Chalcedon nennen, ein milchfarbener Achat. Wenn eine

3 Mineralsystem S. 132.

dunklere Schichte dazu kömmt, so heißt der Stein Onyx: aber wenn und warum soll er Chalcedonyx heißen? Wenn er durchsichtiger ist? Schon der Onyx ist ja nicht immer ganz undurchsichtig; und es muß daher wohl eine sehr mißliche Sache sein, mit Brückmannen[4] den ganzen Unterschied zwischen ihm und dem Chalcedon auf dem Mehr oder Wenigern beruhen zu lassen. Ich begreife zwar, warum man für die weiße Schichte des Onyx, die gar wohl allein sein kann, die man zu kleinen tief gegrabenen Werken auch allein brauchen kann, einen besondern Namen für nötig erachtet; und da einmal der Name Chalcedon hierzu genommen worden, so mag er es nur immer bleiben. Aber wozu man aus diesem Chalcedon nun wiederum einen Chalcedonyx machen soll, das kann ich nicht begreifen.

Es ist freilich bloß willkürlich, ob man den Namen Achat, oder einen andern, zum Geschlechtsnamen der edlern Hornsteine machen will. Brückmann hielt es darum nicht für tulich,[5] weil der Achat nichts als eine Zusammensetzung mehrerer solcher an Farb und Durchsichtigkeit verschiedner Hornsteine sei; gegen die er sich gleichsam wie die Glockenspeise zu den Ingredienzen derselben verhielte. So ungereimt es nun herauskommen würde, Messing oder Blei zu einer Art Glockenspeise zu machen: eben so ungereimt sei es, den Carneol oder Chalcedon oder Onyx für einen Achat auszugeben. Das mag sein; und wenn man will, mag man daher auch lieber mit Brückmannen den Chalcedon, anstatt des Achats, zum Geschlechtsnamen aller dieser Steine aussondern. So viel bleibt doch immer unstreitig, daß sie alle zu Einem Geschlechte gehören, und daß, wenn man auch schon den Onyx nicht zu einem Achate machen sollte, dennoch beider Bestandteile die nemlichen sind, und sie sich folglich nur nach den Farben, oder der Lage dieser Farben unterscheiden können. Aber auch das sollen sie nicht, zu Folge dem Jenaischen Recensenten: denn er sagt, »daß die reguläre

4 S. 71 und 80.
5 S. 86.

Lage der farbigen Streife den Achat zum Onyx mache, müsse er darum *bezweifeln*, weil die Streife keine notwendige Eigenschaft des Onyx wären, und es auch *genug* Achate gäbe, die eine reguläre Lage von farbigen Streifen hätten, und gleichwohl darum noch nicht zu Onyxen würden.« Daß doch solche Herren meistenteils das Beste in petto behalten! Ich wäre wohl begierig, einige von dergleichen Achaten, die eine reguläre Lage von farbigen Streifen haben, und gleichwohl keine Onyxe sind, von ihm kennen zu lernen. Ich will ihm Dank für seine Belehrung wissen. Nur muß er mir nicht mit den sogenannten *Bandsteinen* aufgezogen kommen. Denn es ist zwar wahr, daß die Bandsteine eine reguläre Lage von farbigen Streifen haben, und doch keine Onyxe sind: aber sie sind auch keine Achate. Sondern es sind Jaspisarten; wie sie denn auch bei Kennern Bänderjaspis heißen, und nur von ganz Unwissenden Bänderachat genennet werden. Schon Theophrast hat die reguläre Lage der farbigen Streifen mit für ein Hauptkennzeichen des Onyx angegeben; das ist sie auch beständig gewesen und ist es noch itzt, da man sich an die Farben selbst, welche Theophrast angab, nicht mehr bindet.[6]

Wahrlich, es verlohnt sich der Mühe, die ausgemachtesten Sachen zu *bezweifeln*, die angenommensten Systeme zu verwerfen und überall das Oberste zum Untersten zu kehren, um nur den Herrn Klotz nicht Unrecht haben zu lassen!

6 Theophrast sagt, daß das Weiße und Braune, aus welchen der Onyx bestehe, parallel liegen müsse. Das Übrige will ich mit den Worten seines englischen Commentators bekräftigen. »The Zones«, sagt Hill, »are laid in perfect Regularity, and do not, according to the Judgment of the nicest Distinguishers of the present Times, exclude it from the Onyx Class, of whatsoever Colour they are, except red; in which case it takes the Name of Sardonyx. The Colour of the Ground und Regularity of the Zones, are therefore the distinguishing Characteristics of this Stone: and in the last, particularly, it differs from the Agate, which often has the same Colours, but placed in irregular Clouds, Veins, or Spots.«

Der einzige Sinn, den man noch allenfalls mit dem Namen, Achatonyx, verbinden könnte, wäre dieser, daß man einen Onyx darunter verstünde, der an Achat angewachsen, oder noch nicht ganz von dem Achate getrennt worden, in welchem er gewachsen. In diesem Sinne kann sich auch wohl der Naturalist dieses Namens bedienen, um ein dergleichen Stück in seinem Cabinete zu bemerken: so wie er noch tausend solcher Namen machen kann, ähnliche Verbindungen verschiedener Körper anzudeuten. Aber diese Namen zu Benennungen besonderer Arten machen, und von ihnen etwas sagen, was sich nur von eignen Arten sagen läßt, (wie z. E. mit Hr. Klotzen, daß sich die Alten zu erhabenen Werken am häufigsten der Achatonyxe bedienet,) das ist eine große Ungereimtheit, die sich durch nichts, als durch ein aufrichtiges Geständnis der Unwissenheit entschuldigen läßt.

Das nemliche gilt von dem Achatsardonyx und allen den Compositis, die ohne Beispiel der Alten gemacht worden. Hr. Lippert ist daran sehr reich. Er hat nicht allein Achatonyxe und Achatsardonyxe, sondern auch Achatchalcedonier, Saphir Achate, und wie die Raritäten alle heißen. Gleichwohl zweifle ich, ob er einen von diesen Namen in dem Sinne will verstanden wissen, von dem ich gesagt, daß man ihn allenfalls noch könne gelten lassen. Ich zweifle, ob er z. E. unter seinem Sapphir Achat einen Sapphir versteht, der an einen Achat angewachsen, oder nicht vielmehr einen etwas durchsichtigern Achat von der Farbe des Sapphir. Und diese Zweideutigkeit allein hätte ihn bewegen sollen, dergleichen eigenmächtige Composita zu vermeiden.

EIN UND FUNFZIGSTER BRIEF.

Sie wundern sich, daß ich einen Jenaischen Recensenten meiner Briefe gedenke, ohne Ihnen noch gemeldet zu haben, was denn Herr Klotz selbst dazu sagt.

Ich habe lange bei mir angestanden, ob ich Sie davon

unterhalten soll. Die Ränke schlechter Schriftsteller, wann sie sich in die Enge getrieben fühlen, sind Ihnen ja wohl schon aus andern Beispielen bekannt. Neue hat Herr Klotz deren eben nicht erfunden. Trotz meiner Erwartung, ihn wenigstens hier Original zu sehen, hat er es bei den alten bewenden lassen, die er jedoch treulich alle durch versucht, ohne sich daran zu kehren, daß die letztern immer die erstern wieder aufheben.

Als er nur noch den Anfang der Briefe in den öffentlichen Blättern gesehen hatte, gab er sich alle Mühe, in der feierlichen Kälte einer Standesperson davon zu sprechen. Es befremdete ihn, daß ich über einige Zweifel, die er mit aller Bescheidenheit vorgetragen, so empfindlich werden können; er versicherte, daß ihm sein Bewußtsein der untadelhaftesten Absichten nicht erlaube, jemandes Unwillen, am wenigsten meinen Zorn zu befürchten; er erklärte, daß unser Zwist das Publicum, in dessen Angesichte ich, ihn zu belehren, auftrete, wenig interessiere, daß er nicht einsehe, welchen Nutzen Künste und Wissenschaften davon haben würden; er sprach von seinem verewigten Freunde, dem Grafen Caylus; er bezeigte seine Dankbarkeit gegen die Herren Hagedorn, Lippert und Winkelmann, denen er das Wenige, was er von der Kunst wisse, schuldig sei; er gab es zu, daß er mich nicht könne verstanden haben, merkte aber zugleich an, daß ich ihn über einen gewissen Punkt ja auch nicht verstanden, und führte mir schlüßlich zu Gemüte, daß ich ihn wohl ehedem einen Gelehrten von sehr richtigem und feinem Geschmacke genannt hätte.[1]

Was ich auf alles dieses damals antwortete, – oder antworten hätte können, – war, wie folget.

Herr Klotz sagt, »unser Zwist interessiere das Publicum wenig.« – Wenn ich mir nun aber das Publicum als Richter

1 Man sehe den bündigen Aufsatz des Hrn. Klotz, im 133sten Stücke des Hamburg. Corresp. vorigen Jahres. Das Wesentlichste von meiner nachstehenden Antwort, war dem 135sten Stücke der Hamburgischen Neuen Zeitung eingeschaltet.

denke? Ein Richter muß alle Zwiste anhören, und über alle erkennen, auch über die geringschätzigsten; sie mögen ihn interessieren, oder nicht. Zudem, wer sind denn die Schriftsteller? wer sind wir beide, Herr Klotz und ich, denn unter den Schriftstellern, daß wir das Publicum zu interessieren verlangen können? Alle Leser, auf die wir rechnen dürfen, sind hier und da, und dann und wann, irgend ein studierter Müßiggänger, dem es gleich viel ist, mit welchem Wische er sich die lange Weile vertreibet, irgend ein neugieriger oder schadenfroher Pedant, irgend ein sich erholen oder sich zerstreuen wollender Gelehrte, irgend ein junger Mensch, der von uns, oder mit uns, oder an uns, zu lernen denkt. Und diese Handvoll Individua haben wir die Impertinenz, das Publicum zu nennen? Doch wohl, wohl; wenn die das Publicum sind: so interessieren wir das Publicum gewiß!

Aber Herr Klotz sagt zugleich, »er sehe nicht ein, daß die Künste und Wissenschaften einigen Nutzen aus unserm Zwiste haben würden.« Das wäre nun desto schlimmer für ihn, der einen solchen Zwist erregt hat! Doch sollte nicht die Critik einigen Nutzen davon haben können? Vielleicht zwar, daß die Critik bei Herr Klotzen weder eine Kunst noch eine Wissenschaft ist.

Herr Klotz spricht von Anmerkungen und Zweifeln, die er mit aller Bescheidenheit vorgetragen. Wenn die Bescheidenheit darin besteht, daß man einem keine Zudringlichkeit erweiset, ohne einen Bückling dazu zu machen: so mag seine Bescheidenheit ihre gute Richtigkeit haben.

Aber mich bedünkt, die wahre Bescheidenheit eines Gelehrten bestehe in etwas ganz anderm: sie bestehe nemlich darin, daß er genau die Schranken seiner Kenntnisse und seines Geistes kennet, innerhalb welchen er sich zu halten hat; daß er für jeden Schriftsteller so viel Achtung hegt, ihm nicht eher zu widersprechen, als bis er ihn verstanden; daß er nicht verlangt, der mißverstandene Schriftsteller solle es bei seinem Widerspruche bewenden lassen; daß er ihn keiner Empfindlichkeit beschuldiget, wenn er es nicht dabei bewenden läßt; daß er in den Streitigkeiten, die er sich selbst zuzieht, rund zu Werke geht, nicht tergiversieret, nicht in einem sauersüßen Tone, mit einer schnöden Miene, statt aller Antwort vorwendet, »das Publicum interessiere dergleichen nicht, er sehe nicht ein, was für Nutzen Künste und Wissenschaften davon haben könnten!« u. s. w.

Mit solchen Wendungen macht sich nur die beleidigte Eitelkeit aus dem Staube; und ein eitler Mann ist zwar höflich, aber nie bescheiden.

Schlimm genug, daß Höflichkeit so leicht für Bescheidenheit gehalten wird! Aber noch schlimmer, wenn die kleinste Freimütigkeit Unwille und Zorn heißen soll!

»Mein Bewußtsein«, sagt Herr Klotz, »daß ich niemanden in der Welt beleidigen wollte – «

Beleidigen! vorsätzlich beleidigen! Wer in der Welt wird Herr Klotzen das zutrauen? Einem vorsätzlich eine unangenehme Stunde machen: das kann er wohl, das hält sich sein edles Herz wohl für erlaubt, wie er es mit der liebenswürdigsten Freimütigkeit selbst bekennet.[2] Aber ist denn, einem eine unangenehme Stunde machen, eben so viel, als einen beleidigen?

»Dieses Bewußtsein«, sagt er, »erlaubt mir nicht jemandes Unwillen, am wenigsten Herrn Lessings Zorn zu befürchten.« – Meinen Zorn! mein Zorn! O, der Herr Geheimderat haben mich zum besten!

Und seine Leser ein wenig mit zugleich. Denn nun soll ich es für gut befunden haben, Herr Klotzen im Angesichte des Publici zu belehren. Ich, ihn? Nicht doch; ich habe es bloß für gut befunden, mich seinen ewigen Belehrungen einmal zu entziehen. Aus Ursache, weil sie mich leider nie belehrten. Und geschahen diese Belehrungen nicht auch im Angesichte des Publici? oder geschieht das nicht im Angesichte des Publici, was Herr Klotz in seinen Schriften tut? Es könnte sein.

Ich gebe es zu, daß jeder ehrliche Mann der Gefahr ausge-

---

2 Allgem. Bibliothek B. VIII. St. II. Vorr. S. 21.

setzt ist, die Meinung eines andern nicht zu fassen. – Nur, wenn der ehrliche Mann ein Schriftsteller ist, könnte er sich Zeit nehmen, sie zu fassen. Und wie, wenn er durchaus keine recht faßt, dieser ehrliche Schriftsteller?

Sehen Sie nur; selbst da versteht mich Herr Klotz nicht, wo er behauptet, daß ich ihn nicht verstanden habe. Er sagt, ich gäbe ihm in meinem Laokoon Schuld, daß er die homerische Episode vom Thersites um deswillen tadele, weil Thersites eine häßliche Person sei; dieses sei ihm nie eingefallen; er habe ihn deswegen weggewünscht, weil er eine lächerliche Person sei, und durch seine Gegenwart die feierliche Harmonie des epischen Gedichts zerstöre.

O, ich habe ihn also recht gut verstanden; denn ich habe ihn gerade so verstanden, wie er sich hier erklärt.

Eigentlich zwar erwähne ich der Ursache, warum Herr Klotz den Thersites aus dem Homer wegwünscht, mit keiner Sylbe. Aber wie hätte ich die Häßlichkeit zu dieser Ursache machen können, da ich behaupte, daß die Häßlichkeit in der Poesie Häßlichkeit zu sein aufhöre, und entweder lächerlich oder schrecklich werde?

Vielmehr wenn Thersites in dem Homer *bloß* eine häßliche Person wäre, so hätte Herr Klotz, nach meiner Meinung, sehr Recht, ihn wegzuwünschen. Aber er ist nicht sowohl häßlich, als lächerlich; und aus eben dieser Ursache, aus welcher ihn Herr Klotz wegwünscht, sage ich, daß er bleiben muß.

Die feierliche Harmonie des epischen Gedichts, ist eine Grille. Eustathius rechnet das Lächerliche ausdrücklich unter die Mittel, deren sich Homer bedienet, wieder einzulenken, wenn das Feuer und der Tumult der Handlung zu stürmisch geworden. Wenn Thersites, weil er lächerlich ist, weg müßte: so müßten mehr Episoden aus gleichem Grunde weg. Das Lächerliche ist dem Homer nicht entwischt: sondern er hat es mit großem Fleiße und Verstande gesucht.

Das ist es, was ich an einem andern Orte weitläuftiger zu erklären, im Laokoon versprach. Das ist es, wovon mir damals Hr. Klotz ganz und gar keine Idee zu haben schien, ob ich ihn schon für einen Gelehrten von sonst sehr richtigem und feinem Geschmacke erkannte.

Aber ein richtiger und feiner Geschmack, ist nicht immer ein allgemeiner und großer. Auch ist ein Mann von Geschmack noch lange kein Kunstrichter. Zu diesem finde ich in Hr. Klotzen itzt noch eben so wenig Anlage, als damals. Und auch für jenen würde ich ihn nicht erkannt haben, wenn er schon damals die *deutsche Bibliothek* dirigiert hätte: ein Werk, worin ich sehr gelobt worden, und welches ich ganz gewiß wieder loben würde, wenn ich Lust hätte, weiter darin gelobt zu werden. –

Auf diese Antwort, und nachdem Hr. Klotz den Verfolg meiner Briefe erhalten hatte, erschien ein zweiter Aufsatz von ihm, in dem nemlichen Correspondenten.[3] Er merkte, daß es mit der vornehmen, abweisenden Miene nicht ganz getan sein dürfte: er ließ sich also auf die Rechtfertigung seines Tadels ein, und hören Sie doch, was er diesem Tadel überhaupt für eine Beschönigung giebt! »Wenn Hr. Lessing«, lauten die Worte, »über die Zweifel, die ich gegen seinen Laokoon auf die bescheidenste Art gemacht habe, mir so deutlich seinen Unwillen bezeugt, so kann mich dieses nicht anders, als sehr befremden. Hr. Lessing verlangte in einem Briefe vom 9ten Junii 1766 meine Widersprüche *ohne allen Rückhalt*, und er bezeugte mir in so gefälligen und höflichen Ausdrücken sein Verlangen über mein Urteil von seinem Laokoon, daß ich es sogar für meine Schuldigkeit hielt, ihm meine Meinung über einiges zu sagen. Ich habe auch dieses, wie ich glaube, auf eine Art getan, die der Höflichkeit, welche mir Hr. Lessing erwies, gemäß war. Es war mir bloß um die Liebe zur Wahrheit zu tun: nie habe ich den Willen gehabt, etwan Fehler aufzusuchen, und dadurch Herrn Lessing beschwerlich zu werden. Wäre dieses meine Absicht gewesen, so würde ich gewiß seine Hypothese vom Borghesischen Fechter zuerst angegriffen haben. Ehe noch in den Göttingschen Anzeigen (1768. S. 176.) diese Erinnerung

3 St. 154. 55 vor. Jahr.

gemacht wurde, hatte ich bemerkt, daß Hr. Lessing zwei Statuen mit einander verwechselt habe. Denn die Stellung des Fechters (s. Villa Borghese S. 217.) kann ganz und gar nicht dem Chabrias beigelegt werden.«

O des unschuldigen, friedlichen, mit dem Mantel der christlichen Liebe alle Mängel bedeckenden, nur aus Gefälligkeit widersprechenden Mannes! Wie unleidlich, wie zänkisch, wie mir selbst ungleich, muß ich gegen ihn nicht erscheinen! – Wenigstens legt er es darauf an, daß ich so erscheinen soll.

Seinen bis itzt so freundschaftlich versparten Vorwurf, den Borghesischen Fechter betreffend, haben wir schon vorgehabt.[4] Wenn es wahr ist, daß auch Er, und Er noch früher als der Göttingsche Gelehrte, meine Verwechslung dieses Fechters mit einer andern Statue bemerkt hat: so mache er sein Wort nunmehr gut. Er zeige, wie und worin diese Verwechslung geschehen: es liegt seiner Ehre daran, dieses zu zeigen. Denn zeigt er es nicht, kann er es nicht zeigen: so war er auch hier nicht bloß der kahle Nachbeter, sondern der plagiarische Nachbeter, der bei allem seinen Nachbeten immer noch selbst gelesen, selbst gedacht haben will. Er merke aber wohl, es ist von der Verwechslung, nicht von der Deutung der Statue die Rede!

Von den besondern Rechtfertigungen seines Tadels, führe ich nichts an. Er hat getadelt, und ich habe mich verantwortet: er besteht auf seinem Tadel, und ich schweige. Mich selbst wiederholen, ist mir noch ekelhafter, als es dem Leser sein würde: neue Erläuterungen aber sehe ich nicht hinzu zu setzen. Das letzte Wort will ich ihm gern lassen. Nur die Einbildung kann ich ihm nicht lassen, jemanden in der Welt überredet zu haben, daß ich ihn um sein Urteil über meinen Laokoon gebeten.

Und das hätte ich nicht getan? Gewiß nicht. Aber er beruft sich ja auf eine Zuschrift von mir? Sie sollen bald hören, was es damit für eine Bewandtnis hat.

4 Brf. 36.

Denn nun war der erste Teil dieser Briefe erschienen; und kaum war er erschienen, so war er auch schon in dem siebenden Stücke der Deutschen Bibliothek des Hrn. Klotz – wie soll ich es nennen? wie würden Sie es nennen, was Sie da von Seite 465 bis 78 gelesen haben; oder geschwind noch lesen müssen?

ZWEI UND FUNFZIGSTER BRIEF.

Herr Klotz sahe, daß ich es nicht bei der Schutzwehr wolle bewenden lassen; er sahe, daß ich ihm den Krieg in sein eignes Land spiele: und das war ihm zu arg! Nach diesem Hochverrate war weiter an keine Schonung zu denken, und er brach mit seiner ganzen Artillerie von Voraussetzungen, Verdrehungen, Verleumdungen und Vergiftungen wider mich auf. Hatte ich es doch gedacht!

Indes, meinen Sie, müsse es damit wohl seine Richtigkeit haben, daß ich den Hrn. Klotz um sein Urteil über meinen Laokoon ersucht. Denn er erzähle ja die *ganze* Geschichte, wie er auf die Prüfung desselben gekommen, und diese fange er mit einem Briefe an, den ich aus Berlin, unterm 9. Jun. 1766, an ihn geschrieben.

Schlimm genug, daß er sie damit anfängt. Ich habe also wohl zuerst an ihn geschrieben? Nicht Er ist es, sondern ich bin es also wohl, der die Correspondenz zwischen uns eröffnet hat? Oder hat er es im Ernst vergessen, daß mein Brief vom 9. Jun. nichts als eine Antwort auf seine Zuschrift vom 9. Mai war? Hat er es im Ernst vergessen, daß er mich in dieser seiner frühern, seiner ersten Zuschrift, um Erlaubnis bat, mir seine Zweifel über den Laokoon in den Actis litter. mitteilen zu dürfen?

Wenn das ist, so bin ich genötiget, ihm sein Gedächtnis aufzufrischen; und er kann es nicht übel deuten, daß ich in der Art, es zu tun, seinem Beispiele folge. Wenn ihm erlaubt war, eine Stelle aus meinem Briefe drucken zu lassen: so kann mir nicht anders als vergönnt sein, eben das mit seinem ganzen Briefe zu tun. Hier ist er, von Wort zu Wort!

»Ich erinnere mich, mein wertester Herr, Sie in meinem zartesten Alter bei meinem Vater in Bischofswerde gesehen zu haben, wohin Sie ein gewisser Herr Lindner, wo ich nicht irre, begleitet hatte. Sie können nicht glauben, wie sehr ich mich freue, so oft ich meinen Freunden sagen kann, daß ich Sie von Person zu kennen das Glück habe. Warum ich es für ein Glück halte, würde ich Ihnen erzählen, wenn ich glaubte, daß man Ihre Freundschaft durch eine Sprache verdienen könnte, welche Ihnen verdächtig scheinen möchte, da sie so oft von der Verstellung gebraucht worden. Aber erzeigen Sie mir immer die Wohltat und glauben Sie mir auf mein Wort, daß ich es allezeit für meine Pflicht gehalten, einer Ihrer aufrichtigsten Verehrer zu sein, und daß vielleicht wenige Sie so zärtlich, so ohne alle Nebenabsichten geliebt haben, als ich.

Wie viel Vergnügen macht mir nicht Ihr Laokoon! Ich bin Ihnen es schuldig, daß ich einmal an einem Orte, wo Barbarei und Unwissenheit herrscht und wo ich nur verdrießliche Geschäfte habe, auf einige Tage aufgeheutert worden. Ein Mann von Ihrer Denkungsart nimmt mein Geständnis nicht übel, daß ich nicht überall mit Ihren Meinungen zufrieden bin. Ja ich bin so frei zu glauben, daß Sie mir erlauben, wenn ich meinen Zweifeln weiter nachgedacht habe, solche in den Actis litter. Ihnen mitzuteilen. Ich tue es, um noch mehr von Ihnen zu lernen. Denn wie viel habe ich nicht schon in Ihrem Buche gelesen, das ich zuvor nicht wußte!

Ich habe mir vorgenommen, eine neue Ausgabe der Epp. Homeric. zu machen. Es sind mir verschiedene geschnittene Steine und andere Monumente vorgekommen, woraus ein ziemlicher Zuwachs von Anmerkungen entstanden. Das Gedicht des Sadolets über den Laokoon hatte ich aus Joh. Matthaei Toscani Carmin. Poetar. illust. Italorum (Lutetiae 1577.) wo es im 2ten Teile S. 132 stehet, mir gleichfalls angemerkt. Nun sehe ich, daß Sie mir zuvorgekommen sind.

Vielleicht ist dem Lieblinge der Griechischen Muse es nicht unangenehm, wenn ich noch hinzusetze, daß die noch nicht bekannte Anthologie des Strato nun völlig in meinen

Händen sei. Ich habe einen Teil dieser kleinen Gedichte meinem Commentar über den Tyrtäus eingewebt, welchen Richter itzt mit einer vielleicht übertriebenen Pracht druckt. Ein großer Teil aber ist zu frei, als daß er wenigstens von mir bekannt gemacht werden könne. – Doch ich trage Bedenken, weiter mit Ihnen zu reden, bis ich die Versicherung habe, daß Sie mir erlauben, Ihr Freund zu sein. Unterdessen bin ich doch allezeit

Ihr

Halle, den 9. Mai, 1766. gehorsamster Diener, Klotz.«

Diesen Brief erhielt ich, als mir ein Brief von dem Manne aus dem Monde gerade nicht mehr und nicht weniger erwartet gewesen wäre. Aber beantwortet mußte er doch werden. Und wie? Der Ton war angegeben, in welchen es die ungesittetste Kälte gewesen wäre, nicht einstimmen zu wollen. Hr. Klotz erinnert sich, mich in seinem zartesten Alter in dem Hause seines Vaters gesehen zu haben: ich werde mich dessen auch erinnern müssen. Herr Klotz versichert mich, allezeit einer der aufrichtigsten Verehrer von mir gewesen zu sein: von mir als Schriftsteller, versteht sich; und Herr Klotz war auch Schriftsteller. Herr Klotz bekennt, vieles aus meinem Buche gelernt zu haben, was er vorher nicht wußte; das will sagen, wenn man vieles nicht weiß, kann man aus dem ersten dem besten Buche, oder richtiger zu reden, aus dem ersten dem schlechtesten, vieles lernen: und also auch dieses Kompliment kann ich ihm, in aller Demut, zurückgeben. Endlich; Hr. Klotz ist nicht überall meiner Meinung; er hat Zweifel über mein Buch; er will diesen Zweifeln weiter nachdenken; er glaubt, daß ich Ihm sodann erlauben werde, mir sie öffentlich mitteilen zu dürfen: erlauben! und wenn ich es ihm nun nicht erlauben wollte? Was für Ungereimtheiten man nicht alles aus lieber Höflichkeit zu schreiben pflegt! Also nicht bloß erlauben muß ich ihm das: ich muß ihm wenigstens versichern, mich darauf zu freuen.

Allein diese Versicherung – ich frage Sie, mein Freund; ich

frage einen jeden, der Lust hätte, mir darauf zu antworten – ist diese Versicherung, daß mir das Urteil, die Anmerkungen, die Zweifel, die mir Herr Klotz *zuerst* anbietet, willkommen sein werden, ist diese Versicherung eine eigentliche von mir herstammende Bitte, um dieses Urteil, um diese Anmerkungen und Zweifel? Kann man sagen, daß ich ihn um das ersucht habe, was ich von ihm anzunehmen mich nicht weigern durfte? Gleichwohl sagt es Hr. Klotz; gleichwohl darf er sich unterstehen, es mit meinen eigenen Worten beweisen zu wollen.

Meine eigene Worte sollen diese gewesen sein: »Ich verspreche meinem Laokoon wenige Leser, und ich weiß, daß er noch wenigere gültige Richter haben kann. Wenn ich Bedenken trug, den einen davon in Ihnen zu bestechen, so geschah es gewiß weniger aus Stolz, als aus Lehrbegierde. Ich habe Ihnen zuerst widersprochen; und ich würde sagen, es sei bloß in der Absicht geschehen, mir Ihre Widersprüche ohne allen Rückhalt zu versichern, wenn ich glaubte, daß ein rechtschaffner Mann erst gereizt werden müßte, wenn er nach Überzeugung sprechen sollte. Der häßliche Thersites soll unter uns eben so wenig Unheil stiften, als ihm vor Troja zu stiften gelang. Schreibt man denn nur darum, um immer Recht zu haben? Ich meine mich um die Wahrheit eben so verdient gemacht zu haben, wenn ich sie verfehle, mein Fehler aber die Ursache ist, daß sie ein anderer entdeckt, als wenn ich sie selbst entdecke. Mit diesen Gesinnungen kann ich mich auf Ihr ausführliches Urteil in den Actis litter. nicht anders als freuen.«

Ich erkenne in diesen Worten meine Denkungsart: es mögen also gar wohl meine eigenen Worte gewesen sein. Aber was daraus für Hr. Klotzen? Es waren, wie Sie gesehen, erwidernde Worte, nicht auffodernde Worte. Ja so wenig auffodernd, daß sie ihn vielmehr hätten stutzig machen müssen. Ich lasse ihm merken, daß ich über meinen Laokoon nur sehr wenige Richter für gültige Richter erkennen dürfte: und wenn ich ihn itzt einen Augenblick für diesen annehme, so geschieht es nur, weil er sich so zuversichtlich für jenen aufwirft. Er will Richter sein; und daraus schließe ich, daß er sich aus der kleinen Zahl der gültigen zu sein, fühlen müsse. Konnte ich ihn damals schon besser kennen, als er sich kannte? –

Aber ein Wort von dieser so stolz klingenden Äußerung selbst! Sie klingt es bloß; sie ist es gar nicht. Nicht darum, meinte ich, könne mein Laokoon nur sehr wenige gültige Richter haben, weil ganz außerordentliche Kenntnisse, ein ganz besonderer Scharfsinn dazu erfodert würden: wahrlich nicht darum. Ich müßte ein großer Geck sein, wenn ich das gemeint hätte. Der Männer, die unendlich mehr Kenntnisse von dahin einschlagenden Dingen besitzen, als ich: der Männer, die unendlich mehr Scharfsinn haben, als ich, – giebt es überall die Menge. Aber deren, die beides, Kenntnisse und Scharfsinn, auch nur in einem leidlichen Grade in sich vereinigen, giebt es so viele schon nicht. Unter diesen wenigern giebt es noch wenigere, welche diesen Scharfsinn, den sie haben, auf dergleichen Kenntnisse, die ihnen auch nicht fehlen, anwenden zu können, oder zu dürfen glauben. Die mehresten von ihnen halten Scharfsinn auf solche Kenntnisse angewandt, für eine unfruchtbare Spitzfindigkeit, die selbst dem Vergnügen, das sie aus diesen Kenntnissen ziehen, nachteilig werden müsse. Nur hier und da wagt es einer dann und wann, dieses sein Vergnügen auf das Spiel zu setzen, um in der Beschauung und Musterung und Läuterung desselben Vergnügen zu finden. Und so wie diese höchst seltenen Grübler nur meine Leser sein werden, so können nur die geübtesten derselben meine Richter sein. Aber Tausend gegen Eines, daß sich unter diesen kein Dichter, kein Maler finden wird. Es hat daher nie meine Absicht sein können, unmittelbar für den Dichter, oder für den Maler zu schreiben. Ich schreibe *über* sie, nicht *für* sie. Sie können mich, ich aber nicht sie entbehren. Um mich in einem Gleichnisse auszudrücken: ich wickle das Gespinste der Seidenwürmer ab, nicht um die Seidenwürmer spinnen zu lehren, sondern aus der Seide, für mich und meines gleichen, Beutel zu machen; Beutel, um das Gleichnis fortzusetzen, in welchen ich die kleine Münze einzelner Empfindungen so lange sammele, bis ich sie in gute wichtige Goldstücke allgemeiner Anmerkungen umsetzen, und diese zu dem Kapitale selbstgedachter Wahrheiten schlagen kann. –

DREI UND FUNFZIGSTER BRIEF.

Das also ist erwiesen, daß ich den Hrn. Klotz um sein Urteil nicht *gebeten* habe. Ich habe es bloß nicht *verbeten.*

Ich war nie begierig darnach gewesen, ehe mich seine Zuschrift begierig darnach machte. Aber ich erinnerte mich, daß ich ihn zu dem öffentlichen Widerspruche, zu welchem er sich aufwarf, wohl könne gereizt haben. Gereizt! denn ich hatte ihm selbst gelegentlich widersprochen. Doch mußte ich ihn auch nicht glauben lassen, daß ich ihn für gereizt hielte: oder mußte es ihm nur durch die Versicherung, daß ich ihn nicht dafür hielt, merken lassen. Kurz, ich sehe noch nicht, wie ich ihm damals hätte anders antworten können, als ich ihm geantwortet habe.

Aber hören Sie weiter. – Nach Verlauf von fünf Monaten, erschien das Stück von den Actis litt.[1] in welchem Hr. Klotz Wort hielt; und er hatte die Güte, es mir mit einem zweiten Schreiben selbst zuzuschicken. Ich teile auch dieses ganz mit; denn da Hr. Klotz es einmal für gut befunden, unser Publicum in einen Privatbrief gucken zu lassen: so mag diesem Publico nun lieber gar nichts verhalten bleiben, was unter uns vorgefallen. Es lautet so:

»Nachdem ich einen ganzen Sommer auf Ihre Ankunft in Halle, mein wertester Herr, gewartet, und mit dieser Hoffnung mir alles das Unangenehme, welches mein Professoramt bei sich führet, versüßt hatte, bringt mir mein Freund, Hr. Hausen, die Nachricht, daß Sie in Berlin sind. Es bleibt mir also nichts übrig, als, um mir das Vergnügen, Sie zu umarmen, zu verschaffen, selbst nach Berlin zu reisen, und

1 Voluminis III. Pars III.

ich hoffe gewiß, daß ich auf Ostern meinem Verlangen werde ein Genüge leisten können. Unter die Vorteile, die ich mir von dem Warschauer Antrage versprach, rechnete ich immer auch den, daß ich Sie einige Wochen genießen würde.

Sie haben mir die Erlaubnis gegeben, das nieder zu schreiben, was ich bei dem Lesen Ihres vortrefflichen Laokoons gedacht. Wenn Sie einige Augenblicke beigelegter Schrift gönnen wollen, so werden Sie sehen, daß ich mich derselben bedient habe. Ein Mann von gegründetem Ruhme und edelem Bewußtsein seiner Verdienste, erlaubt dem andern gern, seine schwachen Bemühungen, ihm nachzuahmen, zeigen zu dürfen, und wenn er auch gleich einsieht, daß er ihn nicht erreicht, so verzeiht er ihm doch den Mangel an Kräften, und liebt ihn wegen seines guten Willens. Dieser Gedanke verspricht mir eine freundschaftliche Aufnahme meiner Einfälle von Ihnen.

Es war mir genug, daß Herr Hausen mir sagte, daß einige Berlinische Gelehrte sich über meinen Auszug aus der allgemeinen Welthistorie gewundert hätten, um die ganze Arbeit wieder aufzugeben. Die Umstände, in welchen ich mich befand, da sie mir angetragen wurde, nötigten mich, eine Sache zu unternehmen, bei der ich bloß den Fleiß eines Tagelöhners anzuwenden brauchte. Allein, schon der Wink eines einsichtvollen Kunstrichters zwingt mich zu erröten, und lieber alles einzubüßen, als Vertrauen und Gunst der Männer, gegen deren Urteil ich nicht gleichgültig sein kann.

Ich hoffe nun bald durch Bücher und andern Vorrat mich in den Stand zu setzen, ein Buch von der alten Steinschneiderkunst zu verfertigen, wozu ich den Plan seit einigen Jahren gemacht, und an dessen Ausführung mich die allhier herrschende Barbarei, und der Mangel an Hülfsmitteln gehindert.

Mit einer Hochachtung und Ergebenheit, in deren Aufrichtigkeit ich niemanden in der Welt nachgeben werde, habe ich die Ehre zu sein,

Ihr

Halle, den 11 Oct. 1766. gehorsamster Diener, Klotz.«

Was sagen Sie zu diesem Briefe, mein Freund? Ist es nicht ein feiner, artiger, süßer, liebkosender Brief; voller Freundschaft, voller Vertraulichkeit, voller Demut, voller Hochachtung? O gewiß! – Und die Schrift erst, die dabei lag! Das nenne ich eine Recension! Das ist ein Mann, der zu loben versteht! O, wie schwoll mir mein Herz! Nun wußte ich doch, wer ich war! Ich war »elegantissimi ingenii vir«; ich war »verus Gratiarum alumnus«; mir hatten die Musen »dudum principem inter Germaniae ornamenta locum« zuerkannt; ich war es, der nicht anders als »cognitis optimis fere omnium populorum libris, artium natura perspecta, conjunctaque antiquarum litterarum scientia cum recentiorum auctorum lectione«, die Feder ergriffen. Nun war mir mein Buch erst lieb! Denn es war dem Hrn. Klotz ein »aureolus libellus«, und er rief einem jeden, der es in die Hand nehmen wolle, mit den Worten des Plato zu, vorher *den Grazien zu opfern*!

Was werde ich auf diesen Brief, und auf diese Recension, dem allerliebsten Verfasser nicht alles geantwortet haben! Mit welcher entzückenden Dankbarkeit werde ich ihm ein ewiges Schutz- und Trutzbündnis gelobet haben! Nicht wahr? –

Ich ersuche den Herrn Klotz, meine Antwort auf dieses sein zweites Schreiben, auf diese seine Recension, drucken zu lassen. Sie wird mich freilich jetzt beschämen, wenn sie so ausgefallen ist, wie ich glauben muß, daß er sie erwartet hat. Aber er schone mich nur nicht; ich muß gedemütiget sein: und was könnte mich mehr demütigen, als mit ihm das Mulus mulum gespielt zu haben?

VIER UND FUNFZIGSTER BRIEF.

Die Wahrheit, mein Freund, ist, daß ich dem Hrn. Klotz auf sein zweites Schreiben, auf seine Recension – ganz und gar nicht geantwortet habe; daß ich ihm noch heute darauf antworten soll. Ich hatte an seinem zweiten Briefe genug: meine Antwort würde nur vielleicht einen dritten nach sich gezogen haben; und was wäre es, ob ich erst bei dem dritten, oder bei dem vierten abgebrochen hätte? Abbrechen hätte ich doch einmal müssen: und ich denke, je früher eine solche Unhöflichkeit erfolgt, desto kleiner ist sie.

Auf den ersten Brief konnte ich dem Hrn. Klotz verbindlich, aber doch noch mit Bestande der Wahrheit antworten. Ich nahm den Mann vorläufig so an, als ich ihn zu finden wünschte: und wer hat es je für Beleidigung der Aufrichtigkeit gehalten, die Anrede eines Unbekannten mit *guter Freund* zu erwidern, weil sich endlich findet, daß dieser Unbekannte weder gut, noch Freund ist? – Mit dem zweiten Briefe hingegen, war es anders. Ihm verbindlich darauf zu antworten, hätte ich schlechterdings gegen meine Überzeugung sprechen müssen: und nach meiner Überzeugung mit ihm zu reden, das hätte ihm leicht empfindlicher fallen mögen, als ich von dem bloßen Stillschweigen befürchten durfte, von welchem er sich noch immer eine Ursache denken konnte, wie sie seiner Eitelkeit am wenigsten auffiel.

Und zwar hatte diese Alternative, gegen Hr. Klotzen entweder den Schmeichler zu spielen, oder ihm unangenehme Dinge zu sagen, einen doppelten Grund. Seine Lobsprüche waren mir äußerst ekel, weil sie äußerst übertrieben waren: und seine Einwürfe fand ich höchst nüchtern, so ein gelehrtes Maul er auch dabei immer zog.

Über jenes hätte ich ihm sagen müssen: »Mein wertester Herr, ein anderes ist, einem Weihrauch streuen; und ein anderes, einem, mit Wernicken zu reden, das Rauchfaß um den Kopf schmeißen. Ich will glauben, daß Sie das erste tun *wollen*: aber das andere *haben* Sie getan. Ich will glauben, daß es Ihre bloße Ungeschicklichkeit in Schwenkung des Rauchfasses ist: aber ich habe dem ohngeachtet die Beulen, und fühle sie. Daß ich ein ziemlich gutes Büchelchen geschrieben, kitzelt mich freilich, selbst von Ihnen zu vernehmen. Es kitzelt mich freilich, mich von Ihnen unter die Zierden Deutschlands gezählt zu sehen: denn wer will nicht seinem Vaterlande wenigstens gern keine Schande machen? Aber nun genug mit dem Kitzeln: denn sehen Sie, ich muß mich schon mehr krümmen, als ich lachen kann. Oder denken Sie, daß meine Haut Elefantenleder ist? Das müssen Sie wohl denken: denn Sie machen es immer ärger, und Sie werden mich tot kitzeln. Sie erteilen mir unter den Zierden Deutschlands nicht allein eine Stelle: Sie erteilen mir eine von den ersten, wo nicht gar die erste. Ja, nicht Sie bloß erteilen sie mir: Sie lassen sie mir von den Musen erteilen; und lassen sie mir von den Musen damals schon längst erteilt haben. »Cui dudum principem inter Germaniae ornamenta locum Musae tribuerunt!« Mein wertester, wertester Herr, mir wird bange um Sie. Wenn Sie im Ernste so denken: so haben Sie das Pulver wohl nicht erfunden. Sagen Sie es aber nur, ohne selbst ein Wort davon zu glauben, bloß um mich zum besten zu haben: so sind Sie ein schlimmer Mann. Doch Sie mögen leicht weder so schlimm, noch so einfältig sein: Sie preisen die Felsenkluft wohl nur des Widerhalls wegen. Sie schneiden den Bissen nicht für meine, sondern für Ihre Kehle: was mir Würgen verursacht, geht bei Ihnen glatt herunter. Wenn das ist, mein wertester Herr: so betauere ich Sie, daß Sie an den unrechten gekommen. Den Ball, den ich nicht fangen mag, mag ich auch nicht zurückwerfen. Sie sind zuverlässig gelehrter, als ich: aber Sie darum unter die Zierden Deutschlands einzuschreiben, Sie hinzustellen, wo Sie mich hinstellen wollen; das kann ich nicht, und wenn es mir das Leben kostete! Haben es die Musen bereits getan: so weiß ich nichts davon, und ohne sichern Grund möchte ich den Musen so was nicht gern nachsagen. Wollen es die Musen noch tun: das soll mich freuen; aber lassen Sie uns fleißig sein, und warten. Die Ehre ist am Ziele, und von dem Ziele läuft man nicht aus.« –

Über den zweiten Punkt hätte ich dem Herrn Klotz sagen müssen: »Mein wertester Herr, ich finde, daß Sie ein sehr belesener Mann sind; oder sich wenigstens trefflich darauf verstehen, wie man es zu sein scheinen kann. Sie mögen auch wohl hübsche Collectanea haben. Ich habe dergleichen nicht; ich mag auch nicht ein Blatt mehr gelesen zu haben scheinen, als ich wirklich gelesen habe; ich finde manchmal sogar, daß ich für meinen gesunden Verstand schon viel zu viel gelesen habe. Mein halbes Leben ist vergangen, um zu lernen, was andere gedacht haben. Nun wäre es bald Zeit, selbst zu denken; oder, wenn es damit zu spät sein sollte, wenigstens das, wovon ich gelernt habe, daß es andere gedacht, mir so zu ordnen, mir so zu berichtigen und aufzuhellen, daß es zur Not für meine eigene Gedanken gelten kann. Es scheinet nicht, daß Sie schon da halten, wo ich halte; es scheinet nicht, daß Sie das Bedürfnis, in Ihrem Kopfe aufzuräumen, schon so dringend fühlen, als ich es fühle: Sie sammeln noch; und ich werfe schon wieder weg. Ich erkenne es mit Dank, daß Sie so geschäftig und dienstfertig um mich sein wollen: aber bemerken Sie doch nur, mein wertester Herr, daß Sie mir fast lauter Dinge in die Hand geben, die ich dort schon in den Winkel gestellt habe. Vieles geben Sie mir auch für etwas ganz anders in die Hand, als es ist. Überhaupt aber verkennen Sie meine Absicht; Sie halten sich bei den beiläufigen Erläuterungen auf, und über die Hauptsache fahren Sie dahin. Ich möchte Sie wohl um mich haben, um Sie als ein lebendiges Register zu nutzen: an Seitenzahlen würden Sie mich nicht Mangel leiden lassen; nur für die Gedanken müßte ich selbst sorgen. Wohl zu behalten, daß ich Ihnen auch noch die Seitenzahlen nachzuberichtigen, nicht versäumte! Denn oft sagt das Register etwas ganz anders, als das Buch. Ich versprach mir an Ihnen einen Mann, der mit mir denken würde; und ich finde einen, der für mich nachschlagen, und in den Kupferbüchern für mich bildern will. Wenn Ihnen ein Gefalle damit geschieht, so sollen Sie mit jeder Ihrer Erinnerungen völlig Recht haben: was mein Buch beweisen und erläutern soll, beweiset und erläutert es darum nicht ein Haar weniger.« –

So, und nur so, hätte ich dem Herrn Klotz antworten können, ohne meiner Freimütigkeit Gewalt zu tun. Aber wenn ich mich fragte: wozu diese Gewalt? so fragte ich mich auch zugleich: wozu diese Freimütigkeit? Was wird sie nutzen, als daß du dir, aus einem ungewissen Freunde, einen gewissen Feind machst? Wähle das Mittel; erspare deiner

Freimütigkeit die Gewalt, indem du dir die Freimütigkeit selbst ersparest; schweig! – Und ich schwieg.

FÜNF UND FUNFZIGSTER BRIEF.

Ich schwieg in das zweite Jahr; und ich würde sicherlich noch schweigen –

»Wenn Herr *Nicolai* mit seiner *Allgemeinen Bibliothek* nicht wäre.«

So sagt Hr. Klotz! »Damals,« sagt er,[1] »als ich noch an keine *Deutsche Bibliothek* gedacht (als meine Deutsche Bibliothek noch nicht Schuld war, daß Herr Nicolai von seiner Allgemeinen Bibliothek weniger Exemplare auf der Messe verkaufte,[2]) stand ich bei Herr Nicolai und seinen Freunden noch in Gnaden. Aber sobald ich mich an die Spitze der über den critischen Despotismus Unzufriednen stellte, so sahe man mich auch mit andern Augen an: dann schrieb der jüngere Herr Candidat *Lessing* in Berlin wider mich Zeitungsartikel, wovon der eine so ehrenrührig war, daß er auf Befehl eines großen Ministers unterdrückt wurde: dann ergriff Hr. Magister *Lessing* die Feder: dann ward ich selbst in der *Allgemeinen Bibliothek* gemißhandelt.« –

Dieser Magister Lessing soll ich sein, und dieser Candidat Lessing soll mein Bruder sein, und wir beide sollen bloß und allein wider den Hrn. *Magister* Klotz die Feder ergriffen haben, um die Nahrung des Hrn. Buchhändler Nicolai aufrecht zu erhalten!

Ich kann mich rühmen, daß ich schon manche tüchtige Lüge von mir und wider mich zu lesen, das Vergnügen gehabt habe: aber so eine grobe, aus der Luft gegriffene, hämtückische ist mir doch lange nicht vorgekommen, als diese Klotzische! Mein Bruder mag sich selbst rechtfertigen, wenn er es der Mühe wert hält. Ob er Zeitungsartikel wider

1 S. 468.
2 Hällische Zeitung 1768. St. 81.

Hr. Klotzen gemacht hat, das weiß ich nicht; daß er ehrenrührige gemacht haben sollte, das glaub ich nicht: und gewiß ist es, daß ein solcher ehrenrühriger Artikel von ihm auf Befehl eines *großen Ministers* nicht kann sein unterdrückt worden, weil in Berlin kein Minister, sondern nur ein Geheimderrat die Zeitungen censieret. Ein Geheimderrat kann ja wohl einem andern Geheimdenrate, auch einen bloß empfindlichen Artikel haben ersparen wollen: und ein empfindlicher Artikel ist noch lange kein ehrenrühriger. Ich möchte Herr Klotzen wohl fragen, ob er diesen ehrenrührigen Artikel selbst gelesen? und ob er es ganz gewiß weiß, daß mein Bruder, und niemand anders, ihn geschrieben? Hat er ihn nicht selbst gelesen, weiß er dieses nicht ganz gewiß: so denke er doch einen Augenblick nach, welche Grausamkeit es ist, einen jungen unbekannten Menschen auf Geratewohl der Welt damit zuerst bekannt zu machen, daß man ihm nachsagt, er sei fähig, ehrenrührige Dinge zu schreiben? Eine solche Beschuldigung ist ehrenrührig; und wenn sie Herr Klotz nicht unwidersprechlich erweisen kann: so ist Er der ehrenrührige Schreiber, zu dem er hier meinen Bruder machen will.

Doch wie gesagt, ich will nur *meine* Türe rein halten: und was braucht es dazu mehr, als eine Erklärung, die ich vielleicht schon längst hätte tun sollen?

Diese nemlich: Herr Nicolai ist mein Freund; aber mit seiner Allgemeinen Bibliothek habe ich nichts zu schaffen. Sie ist bereits bis auf die Hälfte des neunten Bandes angewachsen, und noch soll ich die Feder für sie ansetzen. Da ist nicht eine einzige Recension, nicht eine einzige kleine Nachricht, welche sich von mir herschriebe! Da ist kein einziges Urteil, auf welches ich, mir wissentlich, den geringsten Einfluß gehabt hätte!

In dem fünften Bande waren gewisse *Psalmen und Threnodieen*, die ich noch lesen soll, anders angezeigt worden, als es sich der Verfasser und dessen Freunde versehen hatten. Sogleich erschien ein langes Sendschreiben an mich,[3] in wel-

3 In Leipzig bei Hilschern. 1768.

chem ich auf die bitterste und verächtlichste Weise darüber zur Rede gestellt ward. Ich möchte nun, hieß es, jene hündische, eselhafte Critik selbst gemacht haben, oder nicht: so sei es doch immer gut, mir den Kopf dafür zu waschen! Denn es sei doch einmal weltkundig, daß ich einer der vornehmsten Mitarbeiter an der Allgemeinen Bibliothek sei; es geschehe doch unter meinem Namen, daß ein so entsetzlicher Mensch einem der größten Dichter unserer Zeit ein so himmelschreiendes Unrecht zufüge; ich müsse also einem solchen Unwesen steuern, oder wenigstens, wenn mir an der Hochachtung der Welt noch das geringste gelegen sei, öffentlich meinen Abscheu dagegen bezeigen und erklären, daß ich ihm nicht zu steuern vermöge.

Wie man gewisse Dinge gerade deswegen nicht tut, weil gewisse Leute behaupten, daß man sie tun müsse: so bezeigte und erklärte ich von allem, was der Sendschreiber meinte, daß ich notwendig bezeigen und erklären müsse, schlechterdings nichts. Dieser Elende, dacht ich, der fähig ist, einen bei sich niederfallenden Stein in der Wut aufzugreifen, und ihn dem ersten, den er in die Augen fasset, an den Kopf zu werfen, – dieser Elende mag von dir glauben, was er will! Wer wird es ihm nachglauben?

Aber hierin betrog ich mich. Denn ich habe nachher nur allzuoft die nemliche Sprache wider mich führen hören. Selbst in diesem Augenblicke lege ich ein Zeitungsblatt des Hrn. Riedels aus der Hand,[4] in welchem er von dem letzten Stücke der Allgemeinen Bibliothek anmerkt, »daß in zwei Recensionen die Parteilichkeit gar zu sichtbar sei; in der von den Reliquien, und in der, welche die Nachricht von Künstlern und Kunstsachen betrifft.« »Der bittere Tadel des Herrn von Heinecke,« setzt er hinzu, »und das Lob, welches ihm neulich Hr. Lessing erteilte, machen einen Gegensatz aus, bei welchem wir nicht wissen, was wir denken sollen.« Nicht wissen, was wir denken sollen! Und warum denn nicht? Ohnstreitig, weil Hr. Riedel das simpelste und natürlichste

4 Erfurtische gelehrte Zeitung, 43stes Stück.

nicht denken *will*! Oder wäre es das simpelste und natürlichste etwa nicht, auch schon aus diesem einzigen Exempel zu schließen, wie wenig ich mit der Allgemeinen Bibliothek colludiere? Was geht es mich an, wie die Allgemeine Bibliothek urteilet? Warum muß ich ihr Urteil notwendig zu meinem machen? Warum sie, mein Urteil zu ihrem? Das Einverständnis, das Herr Riedel zwischen ihr und mir voraussetzt, worauf gründet es sich? Was für Beweise kann er davon geben?

Doch Er, und sein teuerster Freund, Herr Klotz, haben es sich nun einmal vorgenommen, der Welt eine Berlinische Literaturschule aufzuheften, und mich zu einem von den Stiftern derselben zu machen. Diese Schule soll in den Journalen, welche Herr Nicolai seit zwölf Jahren besorget, leiben und leben, und den unerträglichsten Despotismus üben. Der Mißvergnügten über diesen Despotismus sollen in Deutschland unzählige sein, und Hr. Klotz will sich endlich an die Spitze derselben gestellt haben.

Viel Glück zu diesen Erscheinungen, und zu allen daraus folgenden Rittertaten! Aber möchte ein freundlicher Genius die Augen dieser Helden, wenigstens nur in Absicht auf mich, erleuchten. Ich bin wahrlich nur eine Mühle, und kein Riese. Da stehe ich auf meinem Platze, ganz außer dem Dorfe, auf einem Sandhügel allein, und komme zu niemanden, und helfe niemanden, und lasse mir von niemanden helfen. Wenn ich meinen Steinen etwas aufzuschütten habe, so mahle ich es ab, es mag sein mit welchem Winde es will. Alle zwei und dreißig Winde sind meine Freunde. Von der ganzen weiten Atmosphäre verlange ich nicht einen Fingerbreit mehr, als gerade meine Flügel zu ihrem Umlaufe brauchen. Nur diesen Umlauf lasse man ihnen frei. Mücken können dazwischen hin schwärmen: aber mutwillige Buben müssen nicht alle Augenblicke sich darunter durchjagen wollen; noch weniger muß sie eine Hand hemmen wollen, die nicht stärker ist, als der Wind, der mich umtreibt. Wen meine Flügel mit in die Luft schleidern, der hat es sich selbst zuzuschreiben: auch kann ich ihn nicht sanfter niedersetzen, als er fällt. –

Seit dem Jahre 61 habe ich für die Journale des Hrn. Nicolai gerade einen kleinen Octavbogen geliefert, welcher die Anpreisung eines Werkes enthält, über dessen Güte wir alle einig sind. Dennoch darf Hr. Klotz mich zum geschwornen Vorfechter des Hrn. Nicolai machen. Dennoch darf –

Doch genug hiervon. Schon wird meine eigene Rechtfertigung mir selbst zum Ekel.

SECHS UND FUNFZIGSTER BRIEF.

Aber wenn es nicht Hr. Nicolai war, wer war es denn, der mich gegen Hr. Klotzen aufbrachte? – Denn aufgebracht soll ich doch nun einmal sein.

Ich weiß nicht, was ich bin, oder zu sein scheinen mag. So viel weiß ich, daß ich das, was ich bin, mit sehr kaltem Blute bin. Es ist nicht Hitze, nicht Übereilung, die mich auf den Ton gestimmt, in welchem man mich mit Herr Klotzen höret. Es ist der ruhigste Vorbedacht, die langsamste Überlegung, mit der ich jedes Wort gegen ihn niederschreibe. Wo man ein spöttisches, bitteres, hartes findet: da glaube man nur ja nicht, daß es mir entfahren sei. Ich hatte nach meiner besten Einsicht geurteilet, daß ihm dieses spöttische, bittere, harte Wort gehöre, und daß ich es ihm auf keine Weise ersparen könne, ohne an der Sache, die ich gegen ihn verteidige, zum Verräter zu werden.

Was war Hr. Klotz? Was wollte er auf einmal sein? Was ist er?

Herr Klotz war, bis in das Jahr 66, ein Mann, der Ein lateinisches Büchelchen über das andere drucken lassen. Die ersten und meisten dieser Büchelchen sollten Satyren sein, und waren ihm zu Pasquillen geraten. Das Verdienst der besten, war zusammengestoppelte Gelehrsamkeit, Alltagswitz, und Schulblümchen. Bei solchen Talenten konnte er seinen Beruf zum Journalisten von Profession, nicht lange verkennen. Er ward es: doch auch nur erst auf Latein. Man lernte aus seinen Actis litterariis, daß er manch gutes Buch zu Gesicht bekomme: aber daß er über ein gutes Buch selbst etwas Gutes zu sagen wisse, davon sollen uns diese Acta noch den ersten Beweis geben. Wovon sie uns die häufigsten Beweise gaben, war der unglückliche Hang des Verfassers, in seine Urteile die diffamierendsten Persönlichkeiten einzuflechten. Wenn z. E. ein Gelehrter, der, nach Hr. Klotzens eigenem Geständnisse, sich in seinen ersten Schriften mit Ruhm gezeigt hatte, in seinen letztern allmählich sinket, oder einen Wisch mit unterlaufen läßt, in welchem man ihn gänzlich verkennet: was tut da Herr Klotz? Ist es ihm genug, den Verfall dieses Mannes anzumerken? die Nachlässigkeiten desselben ins Licht zu stellen? über die anscheinende Unwissenheit zu spotten? Ist es ihm genug, auf die Zerstreuungen von weiten anzuspielen, aus welchen jene Nachlässigkeiten vielleicht entspringen? Zwar wäre auch dieser Schritt schon viel zu vermessen; schon viel zu weit über die Grenze der Critik. Und doch wie unschuldig wäre er gegen den, den sich Hr. Klotz erlauben dürfen. Lesen Sie, wie er dem D. Conradi mitgespielt, und erstaunen Sie![1] Aber erstaunen Sie, nicht sowohl über die Frechheit, als darüber, daß ihm eine solche Frechheit ungenossen ausgegangen. Um seinen Lesern begreiflich zu machen, wie die neuesten Schriften dieses Gelehrten so schlecht ausfallen können; um zu verhüten, – o des wahren Frelons, der sich einbildet, alle Menschen müßten, wie er,[2] lieber an ihrer Rechtschaffenheit als an ihrer Gelehrsamkeit zweifeln lassen! – um zu verhüten, daß man nicht nach diesen neuesten Schriften die Wissenschaft ihres Verfassers schätze, »ut Conradi doctrinam ab eorum forte judicio vindicet, qui eum non nisi ex postremis scriptis noverunt«, – o des kritischen Biedermanns! – erzählt er uns,

1 Act. Litt. Vol. II. P. IV. p. 465.

2 Der sich ruhig »Fripon« nennen läßt, aber sobald er sich »mauvais auteur« nennen höret, erbittert ausruft: »Arretés, s'il vous plait; on peut attaquer mes moeurs; mais pour ma reputation d'auteur, je ne le souffrirai jamais.«

»D. Conradi habe sich seit einiger Zeit auf den Weinhandel und aufs Saufen gelegt, habe seine Creditores, man versteht nicht recht, ob betrogen? oder mit anderer Schaden bereichert? bis er endlich, um bei Ehren zu bleiben und sich des Hungers zu erwehren, von Leipzig nach Marburg entweichen müssen.«[3] – Abscheulicher Recensent, wer verlangt das zu wissen? Sag uns, ob das Buch schlecht oder gut ist: und von dem übrigen schweig! Auch wenn alles wahr ist, schweig: denn die Gerechtigkeit hat dir es nicht aufgetragen, solche Brandmale auf die Stirne des Unglücklichen zu drücken! – Zwar hat Herr Klotz diesem Schandurteil die Buchstaben F. S. A. untersetzen lassen; ohne Zweifel, um uns damit zu sagen, daß er es nicht selbst abgefaßt habe. Aber selbst, oder nicht selbst: es ist darum nicht weniger sein Werk. Denn der allgemeine Titel, »Acta litteraria scripsit Klotzius«, macht es dazu; und der Wirt, der in seiner Kneipschenke wissentlich morden läßt, ist nicht ein Haar besser, als der Mörder.

Dieses und unzähliger ähnlicher Frevel ungeachtet, deren ein einziger hinreichend sein müßte, auch den besten Criticus der öffentlichen Verachtung so auszusetzen, daß er sich in

3 Hier ist die ganze Stelle: »Est haud raro doctissimorum ingeniorum haec fortuna, ut, dum genio suo nimis indulgent, rebus a litteris plane alienis facile distrahantur. Talem quoque expertus est juris civilis apprime peritus *Conradus*, qui, dum Lipsiae jurisprudentiam docuit, editis initio libris egregiis, eruditi ICti nomen sibi paraverat, at postea, cum ad bibendi studium et vinarium commercium, quod non sine aliorum invidia, et insigni creditorum commodo exercebat, se convertisset, acceptam jam laudem adeo deseruit, ut aut nihil plane scriberet, aut, quando suo nomine aliquid edere debebat, vel amici cujusdam, his in litteris minime versati, opera uteretur, vel ipse, quicquid in mentem venisset, in chartam coniiceret. Quod quidem non malevolo animo, aut calumniae causa scribimus, sed ut Conradi doctrinam ab eorum forte judicio vindicemus, qui eum non nisi ex postremis scriptis noverunt. Tandem, quo fami famaeque consuleret, Lipsia abiit in patriam suam, Marburgum, etc.«

seinem Leben nicht wieder unterstünde, seine Stimme hören zu lassen, gelang es Hr. Klotzen, sich einen Anhang zu erschimpfen, und einen noch größern, sich zu erloben. Besonders hatte er einen Schwarm junger aufschießender Scribler sich zinsbar zu machen gewußt, die ihn gegen alle vier Teile der Welt als den größten, außerordentlichsten Mann ausposaunten, und ihn in eine solche Wolke von Weihrauch verhüllten, daß es kein Wunder war, wenn er endlich Augen und Kopf durch den narkotischen Dampf verlor. In dieser Betäubung wurde ihm das Reich der Lateinischen Sprache zu enge, und er beschloß, seine Eroberungen auch über das Reich der Deutschen zu verbreiten. Die ersten Streifereien dahin, wagte er in ein Paar Werklein, die, höchst arm an Gedanken und Sachen, mit deutschen Worten, aber wahrlich nicht deutsch geschrieben waren. Dennoch wurden auch diese bis in den Himmel erhoben; ihr Verfasser hieß »in utroque Caesar«; und der gute Mann vergaß es in vollem Ernste, daß alle diese Zujauchzungen nichts, als der vervielfältigte Widerhall seiner eigenen Bewunderung waren.

Auch das hätte mögen hingehen! Unverdiente Lobsprüche kann man jedem gönnen, und wer sich deren selbst erteilet, ist damit bestraft genug, daß er sie schwerlich von andern erwarten dürfen. Nur wenn ein so »precario«, so »dolose« berühmt gewordener Mann, sich mit dem stillen Besitze seiner erschlichenen Ehre nicht begnügen will; wenn der Irrwisch, den man zum Meteor aufsteigen lassen, nunmehr auch lieber sengen und brennen möchte, wenigstens überall um sich her giftige Dämpfe verbreitet: wer kann sich des Unwillens enthalten? und welcher Gelehrte, dessen Umstände es erlauben, ist nicht verbunden, seinen Unwillen öffentlich zu bezeigen?

Von einem Manne, der nur eben versucht hatte, über einen Kohl, den er zum sieben und siebzigsten Male aufwärmte, eine deutsche Brühe zu gießen, ward Herr Klotz urplötzlich zum allgemeinen Kunstrichter der schönen Wissenschaften – und der deutschen schönen Wissenschaften! Unter dem Vorwande, daß er und seine Freunde, mit verschiedenen Urteilen, die bisher von Werken des Genies gefällt worden, nicht zufrieden wären, langte er nicht bloß seine Läuterungen desfalls bei dem Publico ein, sondern errichtete selbst ein Tribunal; und welch ein Tribunal!

Er, das Haupt! Er, namentlich! und nicht ohne seinen bürgerlichen Titel! – Wer ist der Herr Klotz, der sich aufwirft, über einen Klopstock, und Moses, und Rammler, und Gerstenberg Gericht zu halten? – Es ist Hr. Klotz, der Geheimderat. – Sehr wohl; damit muß sich die Schildwache in einer Preußischen Festung begnügen: aber auch der Leser? Wenn der Leser fragt; wer ist der Hr. Klotz? so will er wissen, was dieser Herr Klotz geschrieben hat, und worauf sich sein Recht gründet, über solche Männer laut urteilen zu dürfen. Nicht diese Männer nehmen ihn wegen dieses Rechts in Anspruch: sondern das Publicum. Die Nachsicht, die das Publicum hierin gegen einen ungenannten kritischen Schriftsteller hat, kann es gegen ihn nicht haben. Der ungenannte Kunstrichter will nichts als eine Stimme *aus* dem Publico sein, und so lange er ungenannt bleibt, läßt ihn das Publicum dafür gelten. Aber der Kunstrichter, der sich nennet, will nicht eine Stimme des Publici sein, sondern will das Publicum stimmen. Seine Urteile sollen, nicht bloß durch sich, so viel Glück machen, als sie machen können: sie sollen es zugleich mit durch seinen Namen machen; denn wozu sonst dieser Name? Daher aber auch, von unserer Seite, das Verlangen, diesen Namen bewährt zu wissen! daher die Frage, ob es verdienter Name, ob es verdienter Name in diesem Bezirke ist! Jeder andere Name ist noch mehr Betrug, als Bestechung. Und wann Hr. Klotz Staatsminister wäre, und wann er der größte lateinische Stilist, der erste Philolog von Europa wäre: was geht uns das hier an? Hier wollen wir seine Verdienste um die deutschen schönen Wissenschaften kennen: und welche sind die? Was hat unsere Sprache von ihm erhalten, worauf sie gegen andere Sprachen stolz sein könnte? Stolz? was sie sich nur nicht schämen dürfte, aufzuweisen!

So steht es mit dem Haupte: wie mit den Gliedern? – Ich

frage nicht, wer die Freunde des Hrn. Klotz sind. Sie wollen unbekannt sein; und ich denke, sie werden es bleiben. Weder ihren Namen, noch ihren Stand verlange ich zu wissen. Es mögen sich mehr Geheimderäte unter ihnen finden, oder nicht; sie mögen Professores oder Studenten, Candidaten oder Pastores sein; sie mögen auf dem Dorfe, oder in der Stadt wohnen; sie mögen von ihrer Schreiberei leben, oder nicht: alles das ist eines, wie das andere. Nicht aus dem, was sie sind, laßt uns beurteilen, was sie schreiben: sondern aus dem, was sie schreiben, laßt uns urteilen, was sie sein sollten.

Wahrlich, keiner von ihnen sollte Professor sein, wenigstens nicht Professor in den schönen Wissenschaften. Alle sollten sie noch Studenten, und fleißige, bescheidene Studenten sein. Denn welcher von ihnen verrät im geringsten mehr Kenntnisse, gründlichere Einsichten, als jeder angehende Student haben sollte? Was ist in ihrer ganzen Bibliothek, das nur ein Mann hätte schreiben können; nur ein Mann, der sich in seinem Fache fühlte? Welches ist die Gattung des Vortrags oder der Dichtung, sie sei so klein als sie wolle, worüber einer von diesen Großsprechern nur eine einzige neue und gute Anmerkung gemacht hätte? Schale, platte Wäscher sind sie alle; keiner hat auch nicht einmal seinen eigenen Ton; alle schreiben sie ein Deutsch, das nicht kraftloser, dissoluter sein kann. Sie mögen sich zum Teil darauf verstehen, einer Übersetzung aus alten Sprachen an den Puls zu fühlen, oder einer aus den neuern Sprachen das Wasser zu besehen: das müßte aber auch alles sein, womit sie sich, zu ihrer Übung, abgeben könnten. Nicht einmal über Schriftsteller, von dem Maße ihrer eigenen Talente, sollten sie urteilen wollen: denn es ist ein ekler Anblick, wenn man eine Spinne die andere fressen sieht, und meistens ergiebt es sich zu deutlich, daß sie das getadelte Werk, noch lange so gut nicht, selbst hervorgebracht haben würden. Aber wenn sie vollends an die wenigen Verfasser sich wagen, denen es Deutschland allein zu danken hat, daß seine Literatur gegen die Literatur anderer Völker in Anschlag kömmt: so ist das eine Vermessenheit, von der ich nicht weiß, ob sie lächerlicher, oder ärgerlicher ist. Was sollen diese von ihnen lernen? Soll Klopstock von ihnen etwa lernen, in seine Elegien mehr Fiction zu bringen? und Rammler, in seine Oden weniger? So hirnlos dergleichen Urteile sind, so viel Schaden stiften sie gleichwohl in einem Publico, das sich zum größten Teile noch erst bildet. Der schwächere Leser kann sich nicht entwehren, eine geringschätzige Idee mit dem Namen solcher Männer zu verbinden, denen solche Stümper solche Armseligkeiten unausgepfiffen vordocieren dürfen.

Endlich, das stinkende Fett, womit diese Herren ihre kritischen Wassersuppen zurichten! Auf jedem von ihnen ruhet der Geist ihres verschwärzenden Herausgebers siebenfältig; und wenn jemals die Unart elender Kunstrichter, zur Mißbilligung und Verspottung des Schriftstellers die Züge von dem Menschen, von dem Gliede der bürgerlichen Gesellschaft zu entlehnen, einen Namen haben soll, so muß sie *Klotzianismus* heißen.

SIEBEN UND FUNFZIGSTER BRIEF.

Jeder Tadel, jeder Spott, den der Kunstrichter mit dem kritisierten Buch in der Hand gut machen kann, ist dem Kunstrichter erlaubt. Auch kann ihm niemand vorschreiben, wie sanft oder wie hart, wie lieblich oder wie bitter, er die Ausdrücke eines solchen Tadels oder Spottes wählen soll. Er muß wissen, welche Wirkung er damit hervor bringen will, und es ist notwendig, daß er seine Worte nach dieser Wirkung abwäget.

Aber sobald der Kunstrichter verrät, daß er von seinem Autor mehr weiß, als ihm die Schriften desselben sagen können; sobald er sich aus dieser nähern Kenntnis des geringsten nachteiligen Zuges wider ihn bedienet: sogleich wird sein Tadel persönliche Beleidigung. Er höret auf, Kunstrichter zu sein, und wird – das verächtlichste, was ein vernünftiges Geschöpf werden kann – Klätscher, Anschwärzer, Pasquillant.

Diese Bestimmung unerlaubter Persönlichkeiten, und eines erlaubten Tadels, ist ohnstreitig die wahre; und nach ihr verlange ich auf das strengste gerichtet zu sein!

Herr Klotz klagt mich an, meine antiquarischen Briefe mehr gegen Ihn, als gegen sein Buch gerichtet zu haben, welches »aus den persönlichen Beleidigungen, den Zudringlichkeiten, dem Stil, der oft mehr als bloß satyrisch sei, kurz aus dem Tone erhelle, welcher uns, wider unsern Willen, an den Verfasser des *Vademecum für Herr Langen* zu denken zwinge.«[1]

Persönliche Beleidigungen! Hr. Klotz klagt über persönliche Beleidigungen! Herr Klotz! »Quis tulerit Gracchos etc.«. Und doch, wo sind sie, die er von *mir* erhalten haben will? Er zeige mir eine, und ich will kommen, und sie ihm fußfällig abbitten! Durch welches Wort habe ich mich merken lassen, daß ich ihn weiter als aus seinen Büchern kenne? Welcher Tadel, welcher Spott ist mir entfahren, der sich auf mehr gründet, als auf Beweise seiner Unwissenheit und Übereilung, wie sie in seinen Schriften da liegen? Ich habe ihn ein oder zweimal Geheimderrat genennt; und auch das würde ich nicht getan haben, wenn er nicht selbst mit diesem Titel unter den Schriftstellern aufgetreten wäre. Was weiß ich sonst von seiner Person? Was verlange ich von ihr zu wissen?

Zudringlichkeiten! – Ich habe mir nur Eine vorzuwerfen; die im Laokoon. Das nicht uneingeschränkte Lob, welches ich Herr Klotzen da erteilte, mußte mir ihn freilich auf den Hals ziehen. Aber nachher sind alle Zudringlichkeiten von seiner Seite. Was ich dagegen getan, sind nichts als Abwehrungen; auf itzt, und wo möglich, auf künftig.

Der Stil, der oft mehr, als bloß satyrisch ist! – Es tut mir leid, wenn mein Stil irgendwo bloß satyrisch ist. Meinem Vorsatze nach, soll er allezeit mehr als satyrisch sein. Und was soll er mehr sein, als satyrisch? Treffend.

Der Ton, welcher an das Vademecum für Hr. Langen zu denken zwinget. – Nun denn? Aber zu wessen Beschämung wird

1 Deutsche Bibl. siebentes Stück. S. 465.

diese erzwungene Erinnerung gereichen? Zu meiner? Was kann ich dafür, daß sein Buch eben so kindische Schnitzer hat, als der Langische Horaz?

Kurz, von allen diesen Vorwürfen bleibt nichts, als höchstens der Skrupel, ob es nicht besser gewesen wäre, etwas säuberlicher mit dem Hrn. Klotz zu verfahren? Die Höflichkeit sei doch eine so artige Sache –

Gewiß! denn sie ist eine so kleine!

Aber so artig, wie man will: die Höflichkeit ist keine Pflicht: und nicht höflich sein, ist noch lange nicht, grob sein. Hingegen, zum Besten der Mehrern, freimütig sein, ist Pflicht; sogar es mit Gefahr sein, darüber für ungesittet und bösartig gehalten zu werden, ist Pflicht.

Wenn ich Kunstrichter wäre, wenn ich mir getraute, das Kunstrichterschild aushängen zu können: so würde meine Tonleiter diese sein. Gelinde und schmeichelnd gegen den Anfänger; mit Bewunderung zweifelnd, mit Zweifel bewundernd gegen den Meister; abschreckend und positiv gegen den Stümper; höhnisch gegen den Prahler; und so bitter als möglich, gegen den Cabalenmacher.

Der Kunstrichter, der gegen alle nur einen Ton hat, hätte besser gar keinen. Und besonders der, der gegen alle nur höflich ist, ist im Grunde gegen die er höflich sein könnte, grob.

Überhaupt verstehen sich auf das Raffinement der Höflichkeit, die höflichsten Herren am wenigsten. Einer von ihnen sagte zu mir: »aber Herr Klotz ist doch immer so höflich gegen Sie gewesen. Sogar seine Recension der antiquarischen Briefe ist noch so höflich!«

Noch so höflich? Der Bauernstolz selbst, hätte sie nicht gröber und plumper abfassen können.

Was will Herr Klotz, der mich sonst immer nur schlechtweg Lessing genannt hat, was will er damit, daß er mich in dieser Recension Magister Lessing nennet? Was sonst, als mir zu verstehen geben, welche Kluft die Rangordnung zwischen uns befestiget habe? Er Geheimderrat, und ich nur Magister! – Was ist denn Bauernstolz, wenn das nicht Bauernstolz ist?

Und doch wird mir Herr Klotz erlauben, den Abstand, der sich zwischen einem Geheimdenrate, wie Er, und zwischen einem Magister befindet, für so unermeßlich eben nicht zu halten. Ich meine, er sei gerade nicht unermeßlicher als der Abstand von der Raupe zum Schmetterlinge, und es zieme den Schmetterling schlecht, eine Spanne über den Dornenstrauch erhaben, so verächtlich nach der demütigen Raupe auf dem Blatte herab zu blicken. Ich wüßte auch nicht, daß sein König ihn aus einer andern Ursache zum Geheimdenrate ernannt habe, als weil er ihn für einen guten, brauchbaren Magister gehalten. Der König hätte in ihm den Magister so geehret, und er selbst wollte den Magister verachten?

Ja, der Magister gilt in dem Falle, in welchem wir uns mit einander befinden, sogar mehr, als der Geheimderat. Wenn der Herr Geheimderat Klotz nicht auch Herr Magister Klotz wäre, oder zu sein verdiente: so wüßte ich gar nicht, was ich mit dem Herrn Geheimderat zu schaffen haben könnte. Der Magister macht es, daß ich mich um den Geheimdenrat bekümmere: und schlimm für den Geheimdenrat, wenn ihn sein Magister im Stiche läßt!

Ende des zweiten Teils.

⟨PARALIPOMENA ZU DEN BRIEFEN, ANTIQUARISCHEN INHALTS⟩

⟨ZUM ERSTEN TEIL⟩

⟨1.⟩

Warum soll man sagen können »obnixa frons« und nicht »obnixum genu«? Jenes ist »frons quae obnititur«, so wie dieses »genu, quod obnititur«. Warum kann bei jenem das, dem sich die Stirne entgegenstemmet, ausgelassen werden, und warum bei diesem nicht? »Genu obnititur«, wenn der Fuß so gebogen wird, daß das Knie heraussteht. Und wie könnte man die Stellung des Borghesischen Fechters, in Ansehung des linken Fußes, oder Knies, welches sich wirklich entgegenstemmet, indem der rechte Fuß zurück sich strecket, anders als durch »obnixo genu« geben? »Genu flexum« würde ganz etwas anders sagen, denn »genu flexum« ist soviel als »genu positum«. Es war auch nicht nötig, ausdrücklich dazuzusetzen, welches Knie das vorgestreckte gewesen, ob das rechte oder das linke. Denn es verstand sich von sich selbst, daß es dieses gewesen, da bekannt »cum missilibus agitur, sinistros pedes in ante milites habere debere.«

Und man zeige mir doch, wie nach der gemeinen Auslegung die Stellung des Chabrias gewesen sein müsse? »Obnixo genu scuto«? Das Schild gegen das Knie gestemmt. Man müßte sagen: das rechte Knie lag auf der Erde, und das gebogne linke Knie war gegen das Schild gestemmt: also ohngefehr was bei den Römern »genibus positis inter scuta subsidere« sagt (Veget. de re milit. lib. I. cap. XX). Der französische Übersetzer hat sie sich nur zum Teil richtig vorgestellet: »mais Chabrias arreta le reste de la Phalange, leur fit jetter leurs piques, et leur ordonnant de mettre un genoüil en terre et de se couvrir de leurs boucliers, il leur apprit pour la premiere fois à soutenir l'assaut de l'ennemi.«

So vorteilhaft aber diese Stellung in der Schlacht gewesen wäre: so unschicklich würde sie zu einer Bildsäule gewesen sein; und so gern auch Chabrias seine Erfindung hätte aufzubehalten und zu verewigen gewünscht, so würde er es doch lieber auf jede andere Weise gesucht haben, als durch eine Statue in der nemlichen Stellung, in der er eine sehr kleine und furchtsame Figur gemacht hätte, da er hingegen in der, wie ich ihn denke, eine sehr edle und kühne macht.

»Obnixo genu« sollte so viel sein, als »obnixo gradu«? Das ist gar nicht meine Meinung. Sondern ich denke mir, wie gesagt, daß bloß die Stellung des linken Knies damit angegeben worden.

Und endlich ist es wahr, daß mir die meisten codices zuwider sind, indem sie »projecta hasta« ohne das »que« lesen. Welches sind diese meiste codices? Ich weiß wohl Bökler hat aus s. Codice diese Lesart angeführt, aber sie doch nicht für richtig genug gehalten, um sie in den Text aufzunehmen. Die gedruckte Ausgaben alle, haben das »que«, und es müssen es doch also auch Handschriften gehabt haben, welches genugsam zeiget, daß man wegen der Construction in dieser Stelle nicht einig gewesen.

Was der griechische Epigrammatist von dem Ajax des Timomachus sagt, widerspricht dem, was uns Philostratus von ihm meldet.

Die Figuren auf den Münzen gehören nicht zur Kunst, sondern zur Bildersprache. Denn die Bedeutung ist bei ihnen das vornehmste. Exempel von diesen also muß ich verbitten, so wie Exempel von solchen Werken, die mit der Religion oder einem Teile des Aberglaubens in Verbindung stehn, als Urnen, Särge, Altarstücke; desgleichen auch alle Hetrurische Kunstwerke. Denn die Hetrurischen Künstler scheinen die Kunst niemals als Kunst, sondern bloß als ein Hülfsmittel der Religion getrieben zu haben. Sonach bleibt von allen wider mich angeführten Exempeln nichts über als die Küste des Cypselus, welches aber ein Werk aus den allerältesten Zeiten der Kunst ist, (Olymp. 30) wo man nach der Bestimmung der Kunst erst noch tappte.

⟨2.⟩

Preface.

Sienites, Itali Granitum orientalem appellant.

Scarabaei sind geschnittene Steine, auf welchen auf der einen Seite ein Käfer, den die Aegyptier göttlich verehrten, und auf der andren Seite, andere Gottheiten oder Figuren geschnitten sind, und von den Soldaten als Amuleta getragen wurden. Sie sind meistens von Aegyptischen Künstlern, oder doch von griechischen, die den aegyptischen Styl nachgeahmet.

p. VIII.

Die Überschrift an der Cathedral Kirche zu Terracina

C. Postumius C. F.
Pollio
Architectus

übersetzt Limiers »C. Postumius Fils de C.« Ich glaube aber, daß es eher heißen soll »curavit fieri«; und Postumius der Bauherr, Pollio aber der Baumeister gewesen.

p. – X.

Die Aufschrift auf dem Aesculap in dem Pallaste der Verospi zu Rom

Assalectus M. F. F.

übersetzt Limiers »Assalectus fils de M. l'a fait.« Wo es aber nur nicht bedeuten soll »me fieri fecit«; und also Assalectus nicht der Künstler sondern der Dedicator ist. Wenigstens giebt es mehrere Aufschriften, die auf diese Weise der Statue in den Mund gelegt worden.

p. XII.

Protome, imago hominis pectore tenus ducta, *Bustum* Itali vocant.

p. XIV.

»Pendenti titulo inscripsisse« in der Stelle des Plinius übersetzt Limiers sehr unrichtig durch »sur une Tablette suspendue«; weil »pendenti« hier soviel ist als schwankend, unbestimmt, und auf das tempus inperfectum gehet, in welchem sich die alten Künstler ausdrückten. Ich will deswegen nicht leugnen, daß nicht auch wirklich öfters die Aufschriften auf angehängten Tafeln gewesen, wie aus der kurz vorher angeführten Stelle des Zenobius erhellet.

p. XVI.

Sarda rubra, quam Carneolum vocant.

Antique Pasten nennet man die, welche aus »vitro obsidiano«, wie es bei dem Plinius heißt, gemacht waren.

p. XVIII.

Die Bildsäule des Laocoon befindet sich auch auf geschnittenen Steinen, auf einem in dem Königl. Cabinet zu Paris, und auf einem andern, den ehedem *Franciscus Ficoroni* (der de larvis geschrieben) besessen. Ich wünschte beide zu sehen, um urteilen zu können, in wie ferne sie mit der Statue selbst übereinkommen.

Catalogus der Künstler

1. *Admon*, Sein Zeitalter ist unbekannt. Ein Hercules bibax, auf einem Karneol.
   Weil die ganze Figur in Profil genommen ist, so schließt Stosch, daß er ein sehr alter Künstler sein müsse, weil er hierin, so wie die ältesten griechischen Künstler, dem Aegyptischen Style gefolgt.
2. *Aepolianus*
   Ein Kopf des *Marcus Aurelius Antonius.* Ich weiß nicht woran es Stosch erkennen wollen, daß es der Kopf dieses Kaisers sei. Wenn er es ist, so ist das Alter des Künstlers ungefehr daraus abzunehmen.
3. *Aetio*

Man findet unter den alten Künstlern einen Maler und einen Bildhauer dieses Namens; ob aber dieser Aetio einer von beiden sei, ist ungewiß.

Ein Alter Kopf, in einer sonderbaren Mütze, die Stosch für Phrygisch hält, und daher einen Priamus daraus macht.

4. *Agathemerus*

Sein Name kömmt sonst nirgend vor, Stosch aber schließt aus der vortrefflichen Arbeit, daß er ein Zeitverwandter des Polyclet gewesen sei.

Ein Kopf des Socrates.

5. *Agathopus*

unbekannten Alters. Ein unbekannter Kopf.

6. *Alexander*

Unbekannten Alters. Ein Amor, der auf einen Löwen steigen will; dahinter zwei weibliche Figuren.

7. *Allion*

Ub. Alt. Eine stehende Muse, an das Postument einer kleinen hinter ihr stehenden Bildsäule angelehnet; eine Leier haltend. Die rechte Hand lieget an dem obersten Querholze der Leier, in einer Stellung, als ob dieses Querholz, der allgemeine Wirbel für die Saiten wäre, durch den sie auf einmal gestimmet wurden.

8. Von eben diesem Künstler ein Kopf des Apollo.

9. *Antheros*,

Ein Hercules Buphagus; in der anstrengenden Stellung den verkehrten Ochsen sich auf die linke Schulter zu heben. Der Künstl. ist unbekannten Alters.

10. *Apollodotus* mit dem Beisatze ΛΙΘΟ Lythographus.

Unb. Alt. Eine Minerva Salutifera. Die Minerva hat ein Ohrgehenke  In Profil, um die Stirne an dem Helm vier halb hervorragende Pferde; oben drauf der Pegasus.

11. *Apollonides*

Seiner gedenkt Plinius lib. 37. cap. 1. Und setzt ihn in der Zeit Ordnung nach dem Pyrgoteles. Ein liegender Ochse.

12. *Apollonius*
Unb. Alt. eine Diana montana; unter Felsenstücken, mit dem linken Arme auf einem Pilaster ruhend, und eine umgekehrte Fackel haltend, als ob sie solche auslöschen wolle.

13. *Aspasius*
Unb. Alt. eine ähnliche Minerva Salutifera, aber von weit trefflichrer Arbeit. Ihr Ohrgehenke ist in Form eines Tannzapfens  nebst einer doppelten Perlenschnur um den Hals, an deren unterster noch eichelförmige Perlen oder Edelsteine hängen.

14. Von eben diesem Künstler, ein Kopf des Jupiters mit einer Krone von Eichenlaub.

15. *Aulus*
Unb. Alt. Ein griechischer Reiter, mit einem großen runden Schilde auf welchem ein Medusenkopf, zu welchem der Künstler einen natürlichen weißen Flecken der in dem roten Carneole war anzuwenden gewußt.
Faber in Comment. ad Ill. Imag. Ursini p. 67. hat eine alte Gemme, mit einem Cupido der einen Schmetterling an einem Baume ansticht, mit diesem Namen gesehen, und geglaubt, daß er dem Brutus zugehört habe, weil dieser den Beinamen Aulus Postumius geführt.

16. Von eben demselben eine Quadrige; auf einem Carneol. Die Kämme der Pferde sind auf englische Art gestutzt, aber nicht die Schweife. Die Stelle im Plinius (lib. 34. cap. 8. p. m. 654.). »Calamidis enim quadrigae aurigam suum (Praxiteles) imposuit«; übersetzt Limiers; »il a fait (Calamis) son Cocher sur le modele de celui de Praxitele.« Er lieset aber auch in dem Texte statt »imposuit«,»composuit«. Wie räumt sich aber dieses mit der vorhergehenden »benignitate Praxitelis«.

17. Von eben demselben, ein Weiberkopf in Profil, den *Stosch* ohne Grund für einen Kopf der Diana hält, und zwar weil sie eine starke Brust hat, für die Diana παιδοτροφος beim Pausanias lib. IV. p. m. 365.

18. Von eben demselben, ein Kopf des Aesculapius in Profil, wobei der mit einer Schlange umwundene Stecken. Carneol.
19. Von eben demselben Künstler, ein Kopf des Ptolemäus Philopator, welches Stosch aus der Ähnlichkeit desselben mit einem Kopfe dieses Königs beim *Vaillant* schließet. Von schlechtrer Arbeit, weil wie Stosch vermutet er einen aegyptischen Künstler nachahmen müssen. Ein paar häßliche aegyptische Figuren, stehn noch hinter und vor dem Kopfe.
20. *Axeochus.* Unb. Alt. Ein nackender stehender Faunus, mit dem umworfnen Panther Felle, auf der Leier spielend, neben ihm stehet auf einem runden Postumente ein Knabe mit einem Thyrsus, der nach der Leier gleichsam langt. Zwischen beiden Figuren ein halber Mond, »ad orgia significanda quae noctu celebrabantur.«
21. *Caecas.* Unb. Alt. Ein »Gladiator rudiarius«,[1] wofür ihn Stosch ausgiebt. Ein Jüngling, mit um die rechte Schulter und linke Hüfte geworfenem Gewande, der einen Degen in der Scheide, von welchem das Gehenk herabhängt, aufmerksam betrachtet.
22. *Carpus.* Unb. Alt.
Bacchus und Ariadne beide auf einem Panther reitend. Roter Jaspis. Die männliche Figur ist aber wenigstens in dem Kupfer viel zu alt, als daß sie einen Bacchus vorstellen könnte. ein Jaspis.
23. *Cnejus.* Unb. Alt.
Der Kopf eines jungen Herkules; ohne Zweifel weil die Keule hinter dem Halse angebracht ist. Ein Saphyr.
24. *Coinus.* Unb. Alt. KOIMOY. Unb. Alt.
Ein Adonis. Stosch hält den Künstler für einen Schüler des Apollonides, dessen Fleiß er nachgeahmet.
Mit dem linken Arme auf einer runden Säule ruhend und ein Jagd Spieß in demselben haltend; den andern Arm

1 weil er ein Paar Figuren auf Steinen des Augustinus gleichet, die dieser gleichfalls dafür hält

untergestemmt. Neben der Säule ein Windspiel, das auf ihn heran blickt. Ein Onyx.

25. *Dioscorides.* ΔΙΟΣΚΟΥΡΙΔΗΣ.
Ein Kopf in Profil des jungen Augustus, auf einem Amethyst. Aus dem Cabinet des Marquis Massimi zu Rom. Es hat etwas Bart. Mit einem Sterne unter dem Halse.

26. Von eben demselben. Ein ältrer Kopf des Augustus, aber mit einem Bart; wie er auf einer Silbernen Münze stehen soll, die die Umschrift hat »Consul iterum et tertium designatus«. Amethyst. Aber eben dieser Bart macht mir es verdächtig, daß es kein Augustus ist, weil die Kaiser bis auf den Hadrian keinen Bart getragen.

27. V. e. d. Ein Maecenas. Von den Löcherchen in dem Namen des Künstlers. v. Gass. lib. II. de la Peires. p. 262. Amethyst.

28. V. e. d. Ein stehender Merkurius. Ein Carneol.

29. Ein Diomedes mit dem Palladio. Carneol. Winkelmann von der Nachahmung p. 57 u. f. p. 104. Carneol.

30. V. e. d. Ein Perseus. Carneol.

31. Ein Herkules, den Cerberus bindend. Onyx. Aus dem Cabinet des Königs von Preußen.

⟨3.⟩

Dioscorides. (A)

ein berühmter griechischer Künstler in Edelstein zu den Zeiten des Augustus. Denn der Siegelring, dessen sich dieser Kaiser zuletzt bediente, war von seiner Arbeit. (B) Wenn alle die Stücke von seiner Hand sind, die ihm die Kenner zuschreiben, so muß er alt geworden und erst unter dem *Tiberius* gestorben sein. *Stosch* in seinem bekannten Werke bringt 7 Steine von ihm bei, an welchen allen die Kunst ganz vortrefflich ist. Nemlich, zwei Köpfe des *Augustus*, einen in jüngern, den andern in ältern Jahren; beide mit Bart. Woraus ich aber schließe, daß es keine Köpfe des *Augustus* sind. Ferner, einen Kopf des *Mäcenas*; einen *Merkur*; einen *Diomedes* mit dem *Palladio*; einen *Perseus*; und einen *Herkules* den Cerberus bindend.

(A) *Dioscorides)* Oder wie er sich auf seinen Steinen selbst schreibet, und wie auch *Lävinus Torrentius* in verschiednen Handschriften des *Svetonius* seinen Namen geschrieben gefunden, *Dioscurides* Διοσκουριδης. Diejenigen Steine also, auf welchen man Διοσκοριδης, mit Auslassung des υ lieset, sind für untergeschoben zu halten, wie sie sich denn auch schon durch die unzierlichen Buchstaben selbst verraten, die dieser Künstler sehr gleich und schön zu graben pflegte. (Stoschii Gemmae inscalptae p. 32.34) Er brauchte die Vorsicht, ihren Umriß erst mit tiefen Punkten anzugeben, welche an den äußersten Spitzen derselben noch itzt sichtbar sind. *Peirescius*, den *Bagarre* diese Punkte bemerken ließ, vermutete, daß es Löcher zu Stiften wären, mit welchen kleine metallene Buchstaben darein befestiget gewesen wären. »Cum aliquibus«, sagt *Stosch* (l. c. p. 36) »in inscriptione foraminulis, quae ex Peirescii sententia, ut habet Gassendus in ejus vita, extantes ex metallo aliquo literas clavis retinebant – Sed pace Peirescii, tanti viri dixerim, et in aliis gemmis inscriptis, praesertim ejusdem Dioscoridis, Evodi et Eutychis, ac aliorum, foraminula illa, si attentius oculoque armato inspiciantur, invenire est, quamobrem putaverim ad literas distribuendas, recto ac aequo ordine aptandas in uniuscujusque earum extremitate scalptores efformasse, atque ii, qui hoc artificium praetermisere, inaequales ac inelegantes, ut in pluribus aliis gemmis observatur, insculpserunt.« Stosch hat ohne Zweifel Recht. Ich will indes doch die Stelle des Gassendus selbst anführen, weil ich eine Frage dabei zu tun habe, und die Vermutung des Peirescius demohngeachtet sinnreich, und bei andern ähnlichen Fällen, an größern Kunstwerken, besonders an Gebäuden, anzuwenden ist. – »Quia vero inter cetera Bagarrius illi ostendit Amethystum perelegantem, in qua caelatus Solonis vultus celebris illius Dioscoridis Augusti caelatoris manu; ideo cepit ansam edocendi ipsum quidnam sibi vellent foraminula in Inscriptione, quam ostendit in ectypo, observata hac serie:

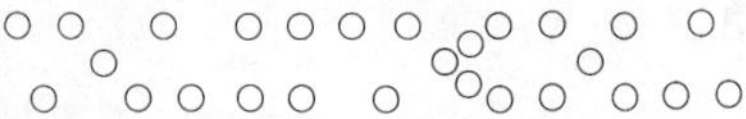

Edisseruit enim esse forulos, in quos fuissent inserti clavi continentes Graecas ex metallo litteras, quae caelatoris illius, seu ΔΙΟΣΚΟΥΡΙΔΟΥ exprimerent nomen: sed ordine retrogrado, ut proprium est caelaturarum, ectyporumque. Id autem manifestum fecit, ubi depictis, in alba charta, uti mox est factum, foraminulis, lineas interduxit, quae eas literas in hunc modum exprimerent,

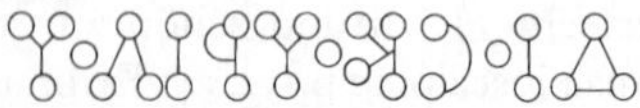

Sic se interpretatum dixit foramina quaedam quae visebantur Assisii in antiquo nescio quo templo. Cum enim nemo dicere posset ecquid illa significarent, divinavit ipse inscriptionem esse, seu dedicationem factam JOVI OPT. MAX. idque demonstravit per lineas foramina sic connectentes:

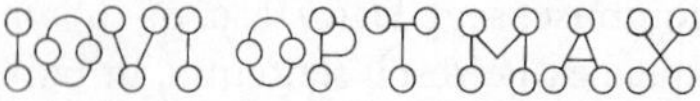

Sic speravit se interpretaturum seriem quandam foraminum Nemausensis Basilicae, quam Quadratam Domum appellant, ubi ectypum obtinuisset.« (Gassendus de Vita Peireskii libr. II. p. m. 262) Meine Frage ist diese: sind auf dem Steine des *Dioscorides*, von welchem die Rede ist, nur die bloßen Punkte sichtbar, oder sind sie auch wirklich durch ihre gehörige Linien verbunden? Aus der Erzehlung des *Gassendus* sollte man das erstere schließen; aus dem *Stoschischen* Kupfer aber erhellet das letztere. Auf diesem sind die Buchstaben völlig ausgedrückt, die Punkte hingegen gar nicht angegeben, wie sie es doch gleichwohl sein sollten, und auf dem gleich darauf folgenden Steine, welcher den Merkur vorstellet, geschehen. Sind sie aber, diese Punkte, ordentlich verbunden, so brauchte es *Bagarre* nicht erst von dem *Peirescius* zu lernen, wie sie zu lesen waren; und *Peirescius* konnte nur davon Gelegenheit genommen haben, seine Meinung über den

Gebrauch derselben zu sagen. Allein bei einem eingeschnittenen Steine kann dieser Gebrauch gar nicht Statt finden; indem die Vertiefungen der Buchstaben auf solche Weise wieder eben gemacht und ihr Abdruck verhindert würde. Ganz anders aber ist es bei größern Kunstwerken, besonders an Gebäuden, an welchen die Aufschrift aus großen metallenen Buchstaben bestanden, die neben einander in die Mauer befestigt waren. Wo diese Buchstaben hernach weggerissen werden, da ist es möglich, sie aus den zurückgelassenen Löchern zu erraten; und das war es, worauf *Peirescius* in dem alten Tempel zu *Assisi* glücklicher Weise fiel.

Sonst könnte man über die Stelle des *Gassendus* noch anmerken, daß er den *Dioscorides* nicht »Caelatorem« sondern »Scalptorem« hätte nennen sollen. Denn es sei nun, daß man »Caelatura« und »Scalptura« entweder mit dem *Quintilian* (lib. 2. cap. ult.) nach den Materien, in welche beide arbeiteten, oder mit *Al. Manutius* (de Quaesitis per epistolam lib. II. epist. 9) nach der Form unterscheide: so ist die Arbeit eines *Dioscorides* doch niemals »caelatura«; nach dem *Quintilian* nicht, weil sie bloß in Metallen, nicht aber in Holz und Steinen Statt findet: nach dem *Manutius* nicht, weil »Caelatura« bloß erhabene, getriebene, halbrunde Arbeit begreift, vertiefte Arbeit aber, so wie ganz runde, allein der »Scalptura« zukömmt. Was man aus der *Varronischen* Ableitung des Wortes »caelum« von »cavum« (lib. 4. de lingua Latina, edit. Henr. Stephani p. 5) dagegen einwenden könnte, ist nichtig; denn die Bedeutung der Wörter muß nicht nach ihrer Ableitung, sondern nach ihrem Gebrauche bestimmt werden.

Selbst die Stelle des *Apulejus* (Floridorum lib. I. p. m. 10) wo er von des *Pyrgoteles* Bildnissen Alexanders, welche in Edelstein waren, »caelamen«, »caelamine excudere« braucht, kann den *Gassendus* nicht ganz entschuldigen; denn aus der Folge sieht man, daß *Apulejus* nicht vertiefte sondern erhabene Bildnisse meinet, indem er sie »torevmata« nennet; dergleichen aber des *Dioscorides* Kunstwerke nicht sind, und vielleicht auch des *Pyrgoteles* seine nicht gewesen. Denn es ist sehr wahrscheinlich, daß es *Apulejus* eben so wenig verstanden hat als *Gassendus*, sich über solche Dinge gehörig und eigentlich auszudrücken.

(B) *von seiner Arbeit)*

〈4.〉

Das Studium des Antiquars ist ein sehr armseliges Studium. Wie viel Ungewißheit auch da, wo er nichts als Untrüglichkeit zu erblicken glaubt. Er sieht z. E. eine alte Statue, aus welcher er nicht weiß was er machen soll. Doch endlich entdeckt er eine Aufschrift darauf, und nunmehr scheinet ihm nichts gewisser zu sein, als daß die Statue wirklich das ist, was die Aufschrift von ihr besaget. Als ob nicht auch die Alten aus Unwissenheit, aus Kinderei, und wer weiß aus was sonst noch für Ursachen, falsche Aufschriften hätten machen können. Einige Beispiele hiervon:

α) Als P. Clodius das Haus des vertriebenen Cicero niederreißen, und den Platz der Göttin der Freiheit heiligen lassen, was sagt Cicero von der daselbst aufgerichteten Bildsäule dieser Göttin? (Orat. pro domo sua cap. 43.) »Eumne potissimum Libertas sua domo debuit pellere, qui nisi fuisset, in servorum potestatem civitas tota venisset? At unde inventa est ista Libertas? quaesivi enim diligenter. Tanagraea quaedam meretrix fuisse dicitur; ejus non longe a Tanagris simulacrum e marmore in sepulcro positum fuit. Hoc quidam homo nobilis, non alienus ab hoc religioso Libertatis sacerdote, ad ornatum aedilitatis suae deportavit: etenim cogitarat omnes superiores muneris splendore superare. Itaque omnia signa, tabulas, ornamentorum quod superfuit in fanis et communibus locis, tota e Graecia atque insulis omnibus, honoris populi Romani causa, sane frugaliter domum suam deportavit. Is postquam intellexit, posse se, interversa aedilitate, a L. Pisone consule praetorem renuntiari, si modo eadem prima litera competitorem habuisset aliquem: aedilitatem duobus in locis, partim in arca, partim in hortis suis collocavit: signum de busto meretricis ablatum isti dedit, quod esset signum magis istorum, quam publicae libertatis. Hanc deam quisquam violare audeat, imaginem meretricis, ornamentum sepulcri, a fure sublatum, a sacrilego collocatum?« Was in Griechenland die Bildsäule einer Buhlerin war, ward in Rom eine Göttin der Freiheit. – Ich merke bei dieser Stelle noch an, daß Figrelius (de Statuis illustrium Romanorum cap. 1 p. 2.) daraus erweisen will, daß die Wörter »signum«, »simulacrum« und »imago« als gleichbedeutend gebraucht worden. Allein es ist falsch. »Signum« ist, zwar das allgemeine Wort; allein »simulacrum« und »imago«, wird nur in so fern von dem »signo« gesagt, als dieses eine gewisse Person wirklich vorstellet, und nicht bloß anzeiget; wie hier die Tanagräische Buhlerin. Das Ikonische macht das »signum« zum »simulacro« und zur »imagini«; und diesen Unterschied hat Figrelius gar nicht angemerkt.

β) Das Verfahren der Einwohner von Rhodus, wider welches Dio Chrysostomus in einer ganzen Rede geeifert.

⟨ZUM ZWEITEN TEIL⟩

⟨5.⟩

Funfzigster Brief.

Das zweite Kennzeichen, an welchem alte geschnittene Steine von neuern zu unterscheiden, sagt Maffei, sei die Farbe und die Beschaffenheit des Steines selbst.

Wenigstens kann diese oft zu einem Verdachte Anlaß geben. Allzu kostbare, in Ansehung ihres Feuers oder ihrer Farben allzu schöne Steine, habe ich gezeigt, ließen die Alten nicht gern von der Kunst verletzen. Von einigen sagen sie uns ausdrücklich, daß sie nie geschnitten werden, oder daß sie nicht geschnitten werden können. Die sie am häufigsten schnitten, waren von den geringern Gattungen, welche die doppelte Eigenschaft haben, daß sie sich weder der Sculptur zu sehr weigern, noch das Wachs zu fest halten. Von diesen Gattungen aber nahmen sie die reinsten und besten, die sie finden konnten.

Ich hoffte hiervon viel Merkwürdiges zu lesen, in den Anmerkungen, welche *Robert Dingley* über die Edelsteine, besonders solche, auf welche die Alten zu graben pflegten, der Englischen Societät mitgeteilt hat. Aber ich betrog mich. Der Gelehrte, der sie übersetzte und dem Hamburgischen Magazin[1] einverleibte, hat sie mit verschiedenen Noten begleitet, die von seiner Kenntnis auch in diesem Teile der Naturgeschichte und von seinem Scharfsinne überhaupt zeigen. Allein er hätte deren ungleich mehrere machen müssen, wenn er alle Unrichtigkeiten seines Originals hätte anzeigen und verbessern wollen. Ich will einige Beweise davon geben.

---

1 Band III, S. 640.

»Der Stein«, sagt *Dingley*, »den man am meisten gegraben findet, ist der Beryll, nach diesem folget der *Plasm* oder schönste Smaragd, alsdann der Hyacinth; den Chrysolith findet man bisweilen, aber sehr selten gegraben, wie auch, aber sehr selten, den Krystall oder orientalischen Kiesel, den Granat und den Amethyst.«

Am meisten den Beryll! Ganz unerhört. Der Beryll ist ein durchsichtiger meergrüner Stein, der in seinen Unterarten mehr oder weniger in das Gelbliche spielt. So beschreibt ihn Plinius; so haben ihn die Neuern angenommen. Doch so einen Stein meint Dingley nicht; sein Beryll ist entweder rot, oder gelb, oder weiß. Jenes, sagt er, war der Beryll der Alten. Und wer sind denn die, welche diesen Namen einem ganz andern Steine beilegen dürfen? Leonardus, Stella, Agricola, Cäsalpinus, Gesner, Boot, Laet, Nicols, und wie sie alle heißen, sind es nicht. Auch die noch neueren Naturalisten finde ich mit jenen übereinstimmig, und alle verstehen unter Beryll wo nicht eben denselben Stein, den die Alten darunter verstanden, doch einen ihm sehr ähnlichen, den sonst so genannten Aquamarin. Folglich habe ich lange nicht gewußt, was Dingley hiermit will, bis ich endlich finde,[2] daß die Englischen Juwelierer einen ganz andern Begriff mit dem Namen Beryll verbinden, und ihn einer Art von Carneol beilegen, der dunkelroter und durchsichtiger als der gemeine Carneol sei, und mehrmal in das Gelbe spiele. Daß wirklich Dingley diese Art von Carneol unter seinem Beryll verstanden habe, zeigt selbst die Einteilung, die er von ihm macht. »Vom Beryll«, sagt er, »giebt es drei Arten; der rote fällt in die Orangefarbe, ist durchsichtig und lebhaft; der gelbe ist ockerfarben, und der weiße, den man Calcedon nennt, ist milchfarben; diese beiden letzten sind nicht so lebhaft wie die erstern.« Niemand, so viel ich weiß, hat den Calcedon zu

2 Woodward beim Johnson: »The Beryll of our Lapidaries is only a fine sort of Carnelion, of a more deep bright red, sometimes with a cast of yellow and more transparent than the common Carnelion.«

einer Art des Berylls gemacht; wohl aber zu einer Art des Carneols, oder auch den Carneol zu einer Art des Calcedon. Auch die übrigen zwei Arten passen wohl auf verschiedene Abänderungen des Carneols, aber keineswegs des Berylls. Kurz, man muß beim Dingley Carneol für Beryll lesen, und muß sich erinnern, daß der Karneol der Alten ihr Sarder ist, wenn es wahr sein soll, was er von ihm vorgiebt. Den Sarder findet man in allen Daktyliotheken am häufigsten, und Plinius sagt es ausdrücklich, daß man ihn zum Graben und Siegeln am geschicktesten gefunden habe.[3] Dingley aber ist um so weniger zu entschuldigen, daß er uns diese Verirrung verursacht, da *Hill* in seinen Anmerkungen über den Theophrast[4] kurz vorher davor gewarnt, und es den unwissenden Juwelieren verwiesen hatte, welche ihren Beryllcarneol schlechtweg Beryll nennen, als ob sie von dem eigentlichen Beryll gar nichts wüßten. – Das Werk des Cardinals de Cusa, dessen in der Note gedacht wird, mag wohl nicht von dem Steine Beryll handeln, sondern von der Brille, dem Augenglase, auf das geschärfte Gesicht in geistlichen Dingen angewendet. Denn es ist bekannt, daß dieses im barbarischen Latein Beryllus hieß, und ohne Zweifel unser deutsches Brille davon herkömmt. Nicht zwar, als ob die ersten Brillen aus eigentlichen Beryllen wären gemacht worden, sondern weil man vielleicht zu den ersten Brillen ein grünliches Glas

---

3 Libr. XXXVII. Sect. 31. ed. Hard.

4 Dingley's Anmerkungen sind von 1747, und Hills Theophrast von dem Jahre vorher, wo es Seite 57. heißt: »The Jewellers of our time reckon four species of this stone; the common or the red, the white, the yellow, and the Beryll Carnelion. – The last, or the Beryll Carnelion, is properly the male oriental Kind; it is of a deeper colour than any of the others, as also much harder, and more transparent: some of our Jewellers, knowing of no other Beryll but this, name it simply the Beryll: but it ought never to be so called but with the addition of its own proper name Carnelion; the Beryll of the Antients being a stone of quite another Kind, transparent and of bluish green, and evidently the very Gemm which we now call the *aqua marina.*«

brauchte, welches dem Beryll daher ähnlich sah; oder weil überhaupt die Italiäner, wie Boot sagt[5] alle Krystalle »qui multiplici angulorum reflexu aliquos colores in se habere videntur«, Berylle nannten, wovon der Name endlich bis auf das gemeine Glas erstreckt worden. Vielleicht auch, daß der medicinische Gebrauch des pulverisierten Berylls gegen mancherlei Beschädigungen der Augen, von dem man in den mittlern Zeiten Aufhebens machte,[6] zur Übertragung dieses Namens auf die Brillen etwas beigetragen.

Aber weiter: *nach den Beryllen*, sagt Dingley, *folgt der Plasm, oder schönste Smaragd.* Was man unter Plasma verstehen müsse, habe ich schon gezeigt.[7] Es ist der Prasius der Alten, und demnach so wenig der schönste Smaragd, daß vielmehr gerade nur eine von den geringsten Arten der durchsichtigen grünen Steine so genannt ward, und eigentlich noch jetzt so genannt werden sollte. Wenn Dingley bloß gesagt hätte, daß, nach dem Carneol, es die grünen und grünlichen Steine wären, welche man am häufigsten von den Alten geschnitten finde: so wäre es eher recht gewesen. Denn wirklich findet man deren sehr viele, welche von den Antiquaren bald Plasma, bald Prasma, bald Pras, bald Beryll, bald grüner Jaspis, bald Chrysolith, bald Heliotrop, bald Smaragdit und bald Smaragd genannt werden: aber, wie schon erinnert, einen jeden dieser Namen eher verdienen, als den Namen Smaragd. Sonderbar ist es, daß sie bei den undurchsichtiger, dunkler und schmutziger grünen Steinen sich nicht des Malachites oder Molochites erinnert haben, welche Gemme von dem Plinius doch ausdrücklich »reddendis laudata signis«[8] genennt wird.

5 Libr. II. cap. 70. De Laet. will davon zwar nichts wissen; (Lib. I. cap. 10.) aber selbst diese Benennung der Augengläser von Beryll scheinet ein Beweis für den Boot zu sein.

6 Psellus de Lapidum Virtutibus p. 12. Edit. Bernard. Βηρυλλος-οὑτος ὁ λιθος ἐντασεις ἰαται, και σπασμους, και ὀφθαλμων ὀδυνας, και ἰκτερον; »intentiones curat, convulsiones, oculorum dolores, auriginem.«

7 S. den 25sten Brief.

8 l. c. Sect. 36.

Die dritte Stelle giebt Dingley dem Hyacinth. Und was nennt er einen Hyacinth? Einen dunkel braunroten Stein, feurig und durchsichtig. Es ist wahr, das ist der Hyacinth der Alten; aber warum spricht Dingley hier so streng mit den Alten, da er in seinen übrigen Beschreibungen sich so weit von ihnen entfernt? Die neuern Steinkenner verstehen unter Hyacinth einen gelben, honigfarbigen oder citronfarbigen Stein, deren einige nur in das Rötliche spielen.[9] Sein Hyacinth dürfte schwerlich von dem Amethyste und unserm Granate zu unterscheiden sein; und ich weiß nicht, mit welcher Zuverlässigkeit man sonach sagen könnte, daß die Alten den Amethyst und Granat sehr selten, den Hyacinth hingegen weit häufiger geschnitten hätten.

Der Übersetzer hat das englische *Garnet* beibehalten, weil er wegen des vollkommen gleichgeltenden deutschen Namens ungewiß war. Aber er hätte sich kein Bedenken machen dürfen, *Granat* dafür zu brauchen; es ist durchaus das nemliche, und einige Engländer schreiben bloß »Garnet«, weil sie bei einigen ältern italiänischen Schriftstellern »Garnato« anstatt »Granato« fanden, welches fast auf die Vermutung bringen sollte, daß diese Benennung nicht von den Körnern der so genannten Frucht hergenommen, sondern die Verstümmelung von »Garamanticus« sei. Wenigstens stimmt die Beschreibung, die uns die Alten von dem »Carbunculo garamantico« geben, mit dem Granat gänzlich überein.

Was Dingley endlich von dem Krystalle sagt, ist nur von dem ganz weißen und dessen Gebrauche zu Siegelsteinen zu verstehen. Da er in weit größern Stücken gefunden wird, als andere Edelsteine, so brauchte man ihn auch zu größern Dingen, zu welchen er häufig geschnitten ward. Aber wie viel gefärbte Krystalle mögen in den Daktyliotheken für die echten Edelsteine gelten, deren Farbe ihnen die Kunst zu erteilen wußte!

9 De Laet. lib. I. c. 6. Recentiorum Hyacinthi sunt flavo colore, interdum simplici, eoque aut saturo aut diluto, vel cum rubedine quadam mixto intensius vel remissius.

Unter den übrigen Anmerkungen sind nicht weniger, eben so unzuverlässige. – Er spricht von einem Vermillionstein, »Vermilion-stone«; und man sollte glauben, was das für ein besonderer Stein sei. Gleichwohl ist es weiter nichts, als ein Beiname, den die Juwelierer derjenigen schönen Art von Granaten geben, deren Farbe sich dem Zinnober nähert.[10] – Der Onyx und Sardonyx sind ganz falsch angegeben; und von dem wer weiß wo aufgelesenen Achatonyx macht er eine Beschreibung, aus der ich jedem Trotz biete, klug zu werden.

Doch ich will mich bei solchen Kleinigkeiten nicht aufhalten. Nur eins muß ich noch mitnehmen. Dingley sagt: »die Alten gruben auf ihre meisten Steine, den Onyx und Sardonyx ausgenommen, so wie sie gefunden wurden, weil ihre natürliche Politur alles, was durch die Kunst an ihnen kann verrichtet werden, übertrifft.« Aber man hüte sich, ihm das zu glauben. Entweder die Edelsteine werden als Kiesel gefunden, und diese haben eine rauhe Schale, die ihnen abgeschliffen werden muß, um den durchsichtigern farbigen Kern zum Vorscheine zu bringen; oder sie brechen als Drusen in fremden Steinarten, und diese haben zwar eine natürliche Politur, aber selten oder nie die reguläre Fläche, welche in dem Abdrucke eine egale *Area* geben könnte.

10 De Laet. lib. I. cap. 3.

〈6.〉

Antiquarische Briefe,
dritter Teil und folgende.

LVIII.

Fürchten Sie nicht, noch mehrere Briefe im Tone der letztern zu erhalten. Gewisse Dinge verdienten freilich nie gesagt zu werden, und doch müssen sie wenigstens einmal gesagt werden.

Die persönlichen Verhältnisse der Schriftsteller gegen einander interessieren nur kaum den kleinsten Teil des zeitverwandten Publici. Welcher wünscht, daß sein Buch auch bei den Nachkommen nicht ganz vergessen sei, – und welcher sollte es nicht wünschen? – muß über nichts streiten, was ihn nur selbst angeht.

Ob L. den berühmten Klotz beneidet hat, was die geheimen Ursachen gewesen, warum er wider ihn geschrieben, verlangt auch schon in zehn Jahren niemand mehr zu wissen. Dann fragt sich bloß: Was hat er gegen ihn geschrieben? Was hat sein Schreiben gegen ihn genutzt? Welche Vorurteile hat er gegen ihn bestritten? Welcher Wahrheiten hat er sich gegen ihn angenommen? etc.

Folglich ist alles sehr unnützes Geschwätz in der Recension des H. Klotz, bis auf das wenige, was die unter uns streitige Sache selbst betrifft.

Er verspricht mir in einer besondern Schrift zu antworten. Die muß ich erwarten.

Vorläufig will er nur einige Punkte berühren, deren Untersuchung weder nachschlagen noch Nachdenken erfordert. Hören Sie doch einige davon! Von Tuschern. Die Stelle des Giulianelli beweist nichts. Giulianelli ist kein beßrer Compilator als Füßli. Es ist nicht Frage, ob Tuscher für einen Steinschneider gehalten worden, sondern ob er es gewesen.

Freilich ist er für einen gehalten worden, und hat gar für einen gehalten werden wollen, wodurch Gori und Mariette und Giulianelli hintergangen worden. Aber er ist keiner gewesen, welches Natter beweiset. Natters Zeugnis gilt hier allein, der mit ihm lange Zeit gelebt und gearbeitet.

Vettori war seinetwegen in dem nemlichen Irrtume: s. die Collectanea p. 156. Aber auch das beweiset nichts. Sie wissen alle von ihm nur Ein Stück zu nennen, sein Portrait nemlich: welcher Versuch aber, ihn wie Natter sehr richtig sagt, noch lange zu keinem Steinschneider macht. Ja diese Köpfe waren bloße Pasten, über ein Wachs Modell gegossen. Der einzige Kopf der Minerva; aber der war mit dem Messer geschnitten.

Diesen Künstler nannte Klotz gleichwohl einen fleißigen Künstler. Aber fleißig soll hier nicht die Vielheit der Arbeit anzeigen, sondern die Sorgfalt der Ausarbeitung. Woher kennt er die? möchte ich fragen. Hat er ein Stück von ihm gesehen? Ja diese kann er gar nicht gehabt haben.

LIX.

Seine Verantwortung wegen der alten Künstler. Ich tadelte ihn, nicht daß er sie nicht alle angeführt, sondern, daß er gar keine andern angeführt, als die Stosch angeführt. Den Cronius hätte er nicht wegen der alten Paste anführen sollen: sondern weil ihn Plinius nennt. S. meine Collectanea; was sonst von dieser Materie anzumerken. Zugleich von meinen zwei noch nicht bekannten Steinen mit EP. und Anteros. S. meine Collect. p. 16 u. 153 und 356.

LX.

Daß ich ihm Druckfehler Schuld gegeben. Aber er führt weislich nur Beryll an: und sagt nichts von Achat und Amethyst. Des Moco nicht zu gedenken.

Bei Gelegenheit von des Baccius Ableitung des Worts Achates. Er zielte auf den Gefährten des Aeneas.

Und habe ich ihm denn nur Schuld gegeben, daß er die Namen der Steine nicht zu schreiben weiß? Habe ich ihm denn nicht bewiesen, daß ihm von ihrer Kenntnis überhaupt nichts beiwohnt?

Dieser Unwissenheit ist er noch auf eine andere Weise zu überführen. Er kennt auch nicht die allerbekanntesten Scribenten in dieser Materie. Beweis aus dem, was er vom P. de Scudalupis und Leonardo sagt: p. 25.

Nachricht von jenem aus dem Morhof. S. m. Collect. p. 22. Von dem Plagio des Dolce an Leonardo.

LXI.

Auch den Marbodus muß er wenig oder gar nicht kennen. Er ist in der Ausgabe des *Gorläus* befindlich: sagt er. Sonst nirgends? Nachricht von den verschiednen Ausgaben, und besonders der Ranzoschen. Und was für Aberglaube steht denn in dem Gedichte des Marbodus, der sich nicht auch in dem Plinius fände?

LXII.

Darum braucht Marbodus nicht ganz den Betrug geschmiedet zu haben: und es können Schriften eines Evax vorhanden gewesen sein, und sind es vielleicht noch. S. meine Collect. unter Evax.

LXIII.

Unter den Gedichten des Marbodus finden sich welche, die ihm gar nicht gehören, S. m. Coll. p. 266. und die sein Herausgeber ihrem wahren Urheber wohl hätte wieder zustellen können.

Eben das ist von den Gedichten des Hildebertus zu sagen. S. meine Coll. Hildebertus. Gebrauch der von den Gedichten dieser spätern Kirchenväter zu machen: in Berichtigung der klassischen Dichter aus denen sie genommen.

LXIV.

Gebrauch den der jüngere Burmann davon zu s. Anthologie hätte machen können.

LXV.

Wenn Klotz Burmannen solche Nachweisungen hätte geben können: so würde es ihm dieser ohne Zweifel Dank gewußt haben. Und so wären wir wieder bei Klotz, dessen besondere Widerlegung ich ruhig erwarte.

Aber nein; er hat sich anders besonnen. Er hat meine Briefe kaum zur Hälfte gelesen und will sie gar nicht lesen, geschweige, daß er sie zu widerlegen die Mühe nehmen sollte. Er ist zu groß, sich mit mir einzulassen, und er läßt seine Creaturen gegen mich los. Er ist wie der Alte auf dem Berge, der tut, als ob er kein Wasser betrübe, und seine Banditen in der Welt herum schickt.

Von dem elenden Stolze, seinen Gegner nicht lesen zu wollen.

LXVI.

Eine von s. ersten Creaturen ist Riedel. Über dessen Recension der antiquarischen Briefe in den Erf. Zeitungen.

LXVII.

Von Riedels Anmerkungen über den Laokoon. Einige Beweise seiner Unwissenheit. Von der Carricatur. Die Stelle aus dem Cicero. s. m. Collect. unter Malerei. Vermutung woher die Carricatur Gesichter ihren Ursprung: aus den komischen Masken. S. m. Coll. p. 264.

LXVIII.

Von dem Gesetze der Hellenodiken.

Die ikonische Statue sollte freilich die größere Ehre sein. Aber was bewog sie denn, dieses zur größern, und nicht zur kleinern Ehre zu machen? Warum machten sie die Gefahr, in dem Bilde eines minder schönen Körpers auf die Nachwelt zu kommen, zur größern Ehre? Warum machten sie den Vorteil sich in einem schönen aber fremden Ideale aufgestellt zu sehen, zur kleinern?

LXIX.

Von dem Gemälde des Timanthes: und der Verbeßrung der Stelle des Plinius, die ich aus dem Gronov wohl soll geborgt haben. Ich kenne Gronovs Noten über den Statius nicht.

LXX.

Von der Vesta; und dem Vorgeben, daß es eine ältere und eine jüngere gegeben. Ovid wenigstens hat diesen Unterschied gewiß nicht angenommen.

LXXI.

Von dem Geschrei des Philoktets. Er verdrückt es, aus Furcht, daß sie ihn sonst nicht mitnehmen würden. Geschrei des Hippolytus.

LXXII.

Das wären einige Proben gewesen, wie gelehrt H. Riedel ist, mit welchem Scharfsinne er die Alten zu lesen pflegt. Nun sollte ich auch von seiner Philosophie reden. Aber davon verstehe ich nichts: und von dieser Seite sind er und H. Prof. Huth meine Meister. Ich bekenne daß ich sie nicht verstehe: vielleicht geht es ihnen auch mit mir so. Wenn es nur nicht oft schiene, als wäre es H. Riedels Vorsatz, mich nicht zu verstehen. Beweise, wie sehr er den Geist meines Werkes verfehlt hat.

LXXIII.

Über Riedels Lessingsche Briefe. Verteidigung meiner Ableitung des Worts Cameo.

LXXIV.

Ein zweiter Verfechter des H. Klotz: der Verfasser der Litterarischen Briefe. Urteil von ihm; und Beleuchtung einiger von seinen Rechtfertigungen seines Gönners. Lächerlichkeit dieses Mannes meine Streitigkeit mit Klotzen auf drei Punkte zu bringen. Von den Daktyliotheken der Alten. Bestimmung des Worts Gemma, aus einer Stelle des Cicero in den Reden wider den Verres, und einer Stelle Tibulls, daß Gemma eigentlich ein ungeschnittener Edelstein heißt.

LXXV.

Von der Perspektiv der Alten, wider diesen litterarischen Briefsteller. Besonders eine Prüfung der Abhandlung des Caylus.

S. m. Collect. 340.

LXXVI.

Über einige kleinre Punkte, gegen ihn und Abschied von ihm auf immer.

LXXVII.

Nun wieder zu H. Klotz, mit dem wir auf der 55. Seite seiner Schrift stehen geblieben.

Von der großen Anzahl geschnittener Steine, die auf uns gekommen. Der wahren alten sind vielleicht weniger, als wir glauben. Sehr gegründeter Verdacht gegen die Daktyliotheken des Gorläus, der h. Genofeva, des Mariette, etc.

S. m. Coll. p. 148 u. p. 167.

Maffei, Benennung dieses Studii. Siehe meine Collect. p. 149.

LXXVIII.

Wie die echten alten von diesen neuen zu unterscheiden. Hiervon sagt Klotz gar nichts. Die Stelle des Lipperts, die er hätte commentieren sollen. Lippert, so viel ich mich erinnere, giebt drei Kennzeichen an 1) den Stein, 2) die Vorstellung, 3) die Arbeit.

LXXIX.

1) Von dem Steine; und was daraus zu schließen. Ich habe erwiesen, daß sie die ganz kostbaren nicht geschnitten, und auch von den geringen Arten giebt es verschiedne von welchen Plinius ausdrücklich sagt, daß sie nicht geschnitten worden. Von der Besonderheit woran alte Steine zu erken-

nen, an der ungleichen hintern Seite, die Vettori angemerkt s. m. Coll. p. 464. Die Ursache welche Vettori angiebt, die Egalität der Durchsichtigkeit, hat ihre Richtigkeit: doch ist auch das zu merken, daß sie ihren Edelsteinen überhaupt die Ungleichheit ließen, um ihnen von ihrer Masse so wenig zu nehmen, als möglich. Und nur daher ist die Stelle beim Plinius zu erklären, die ich S. 150 in m. Coll. anführe.

LXXX.

Von der Abhandlung des *Dingley*, die dahin einschlägt: und zwar von dieser Abhandlung *erstlich* selbst.

LXXXI.

Zweitens von Hills Critik über diese Abhandlung.

LXXXII.

Drittens von Kästners Übersetzung, und den beigefügten Noten.

LXXXIII.

2) Von der Vorstellung, wie zuverlässig, auf das Altertum daraus zu schließen.

LXXXIV.

3) Von der Arbeit; der Zeichnung, Ordonnanz, und besonders der Politur. Wegen der letztern s. meine Collect. p. 153.

LXXXV.

Von der Geringschätzung der geschnittenen Steine in den mittlern Zeiten.

Wie viele waren denn davon damals schon wieder aufgegraben? nachdem sie durch das Christentum fast außer Gebrauch gekommen waren. Ihre Deutung auf biblische Personen und Geschichte war vielmehr eine pia fraus, sie zum Schmucke heiliger Gefäße anwenden zu dürfen. Woher will Klotz wenigstens beweisen, daß es Unwissenheit gewesen.

Klotzens Beweis aus dem Jupiter Serapis p. 57. Wie seltsam er schließt, daß ihre Geringschätzung zu ihrer Aufbewahrung beitragen können.

LXXXVI.

Ob damals kaum der Glanz der Edelsteine die Augen auf eine angenehme Art gerührt? Seite 55.

Gleichwohl sind aus diesen Zeiten so viele Schriftsteller von Edelsteinen: wovon aber freilich, wie wir am Leonardi und Scudalupis gesehen, Klotz wenige oder gar keine kennen mag.

Anmerkungen über das Register derselben beim Leonardi.

LXXXVII.

Insbesondre über den Physiologus, der in dem Verzeichnisse beim Leonardi vorkömmt. Von diesem weiß ich nichts, aber wohl von zwei andern Büchern dieses Namens. Beiderseitige Unwissenheit des Beaugendre und Freytags.

LXXXVIII.

Register der Steinschneider im Leonardi, nebst einigen Anmerkungen darüber.

LXXXIX.

Von der künstlichen Vervielfältigung der geschnittenen Steine. Klotzens Bock mit dem vitro obsidiano p. 58. S. m. Collect. p. 311. Gori macht indes diesen Fehler auch. S. meine Collectanea unter Zanetti. Von den nachgemachten Edelsteinen und Pasten s. m. Coll. p. 99. Von den Abdrücken in Schwefel und andrer Materie ebend. p. 155.

XC.

Von den Gadarern Seite 61.

S. meine Collect. p. 145.

XCI.

Was er von den Kupfern der geschnittenen Steine sagt, wird als bekannt und gemein vorbei gegangen. Die wenigsten Urteile sind sein, und was sein ist: ist falsch. Z. E. S. 70. daß man in der Ausgabe des Maffei von des Agostini Gemmae die Hand des Gallestruzzi vermisse. Und doch sind es die nemlichen Platten: ein Beweis, daß er diese Ausgabe gar nicht kennt.

XCII.

Ich komme auf seine Betrachtung der Steine von Seiten der Kunst, von S. 73-101. Und hier glaube ich geht eigentlich das Buch an; alles bisherige sind die vorausgeschickten Anmerkungen. In diesen Betrachtungen ist er nichts als Winkelmanns Ausschreiber. Beweise davon; bis auf die bloßen Verzierungen des Stils.

XCIII.

Nachteil der geschnittenen Steine für das Kunstauge: oder das Auge eines ganz andern, das sich darnach bilden will. Die Schönheit läßt sich in so kleinen Figuren bei weiten so deutlich nicht empfinden, daß sie auf die Ausführungen im Großen einigen Einfluß haben könnte.

XCIV.

So sehr er Winkelmannen ausschreibt, untersteht er sich gleichwohl ihn zu meistern: wegen seines Satzes, daß die alten Monumente aus den mythologischen Zeiten vornehmlich zu erklären. Winkelmanns Verteidigung.

XCV.

Klotzens lächerliche Nachahmung des Winkelmannschen Enthusiasmus. Von diesem überhaupt. Wie anstößig die Nachahmung bei der Venus Kallipygia. Christens Geringschätzung bei dieser und andern Gelegenheiten. Dessen Verteidigung.

XCVI.

Christs weitere Verteidigung wegen der alten Art zu schneiden. Es ist nicht einmal Christs Meinung: sondern schon Vettoris, welcher durchaus davon spricht, als ob er sie gesehen ausüben, und sie umständlich beschreibt.

Es ist kein Schluß von dem, was wir itzt nicht zu machen wissen, auf die Alten, daß sie es auch nicht gewußt.

Möglichkeit, daß es verschiedne Arten geben kann, gezeigt an dem, dessen sich Rivaz und Vasse gerühmt, s. m. Collect. p. 151.

Auch den Valerio Vincenti hatte man in Verdacht, daß er eine geschwindere Art zu arbeiten, haben müsse. S. den Artikel desselben beim Fueßli.

XCVII.

Und doch ist er auch der Plagiarius von Christen. Außer dem Beweise, den ich von den Ahnenbildern insbesondere geführt habe, noch andere aus seinen Vorlesungen über die Litteratur.

XCVIII.

⟨7.⟩

»Noch«, fängt er an, »haben wir die *antiquarischen Briefe des Herrn Lessings* (erster Teil bei Friedrich Nicolai) nicht ausführlich angezeigt.«

Nein; aber gewandsweise ihnen schon mehr als Einen Hieb zu versetzen gesucht! – Das ist gar recht! So wird der Leser allmählich vorbereitet, und der Verfasser fürs erste bei kleinem Feuer gebraten, bis man ihn ganz in die Flamme wirft. Das geht nun los. Der Himmel stehe mir bei!

»Einige Anmerkungen des Herrn *Klotz* wider Herrn *Lessing*, und eine Recension im *Reichspostreuter* haben dem Herrn Verfasser die Gelegenheiten zu diesem Buche von 256 Seiten in kl. 8 gegeben.«

Ganz recht! In seinem Buche wollte mich Herr *Klotz* fein

höflich eines Bessern belehren; und in dem *Reichspostreuter* ließ er ausposaunen, daß er mich eines *unverzeihlichen* Fehlers überwiesen habe. *Eine* Belehrung, dachte ich, ist der andern wert; und ich würde Hrn. *Klotz* gewiß auch recht höflich belehrt haben, wenn ich mich nur auch auf einen hübsch abgerichteten Freund hätte verlassen können, der meine schlaue süße Höflichkeit in gute derbe Wahrheit übersetzte. Aber leider! habe ich keinen solchen Freund. Ich mußte also nur gleich so schreiben, wie ich verstanden zu sein wünschte. Das ist, nicht höflich, aber wahr!

»In der Vorrede erklärt er sich über den Ton, den er in diesen Briefen genommen, und bekennt sich für einen Nachahmer der Alten, die das Ding, was wir Höflichkeit nennen, nicht gekannt hätten.«

Die Bescheidenheit nicht zu vergessen, welche den Alten anstatt der Höflichkeit eigen war! Ich bekenne mich für ihren Nachahmer in Beidem; in dem sowohl, was sie nicht hatten, als in dem, was sie hatten. Die *Klotze* mögen immer über meine Unhöflichkeit schreien; genug, daß der wahre Gelehrte nie meine Bescheidenheit vermissen soll!

»Herr *Lessing* wird sich auf gewisse Punkte besinnen, in welchen man den Alten keineswegs nachahmen soll, in welchen man vielmehr sich nach unsern Sitten, nach unserer Denkart und unserer Sprache zu richten hat.«

Herr *Riedel* traut mir zu viel zu. Wahrlich, ich besinne mich auf keine solche Punkte. Was bei den Alten recht und gut war, ist noch recht und gut. Doch, ich sehe, er kommt selbst mit einem Exempel meinem Gedächtnisse zu Hülfe.

»Die Alten nannten auch gewisse Glieder und gewisse Handlungen mit ihren eigenen Namen gerade heraus; uns andern mißfällt es schon, wenn dergleichen Sachen auch nur von fern her angedeutet werden.«

Diese Glieder und Handlungen bloß des Titels wegen mit ihren eigenen Namen zu nennen, mißfiel auch den Alten. Es waren nur ihre *Pirons*, die sich das erlauben: und auch wir haben ja unsere *Katulle*. Aber freilich, wenn der Naturlehrer, wenn der Arzt, wenn der kühne Satiriker diese Glieder und diese Handlungen, der Kürze, des Nachdrucks, des Unterrichts wegen, bei ihren eigenen Namen nannten: so hatten die Alten kein Arges dabei: und wir Neueren sollten lieber auch keins dabei haben. – Dieses nun angewandt auf die Höflichkeit! Aus bloßem Kitzel werde ich zuverlässig nie unhöflich gegen Herrn *Klotz* sein. Sollte ich ihm auf der Straße begegnen, so werde ich ganz gewiß meinen Hut zuerst gegen ihn abziehen. Sollte ich wieder an ihn schreiben, so werde ich ganz gewiß: »Wohlgeborner Herr, insonders Hochzuehrender Herr Geheimerrat«, an ihn schreiben, und mich seinen gehorsamen Diener nennen. Sollte ich an Einem Tische mit ihm speisen, so werde ich ganz gewiß seine Gesundheit mit einer tiefen Verbeugung, und genau in der Reihe trinken, die sein Rang erfoderte. Sollte ich gar mit ihm zu spielen das Vergnügen haben, so werde ich ganz gewiß mit eben der Höflichkeit sagen: »der Herr Geheimerat haben gewonnen,« als: »der Herr Geheimerat sind basta!« – –

⟨8.⟩

Hier sind einige Proben von dieser Ausschreiberei:

Klotz sagt S. 13: »Die Quelle des guten Geschmacks ist nun geöffnet. Weise ist der, welcher aus ihr schöpft, und, wie Dichter aus dem kastalischen Brunnen, sich aus derselben begeistert!«

Und *Winkelmann*, von der Nachahmung der griechischen Werke in der Kunst, S. 2: »Die reinsten Quellen der Kunst sind geöffnet. Glücklich ist, wer sie findet und schmeckt!«

Winkelmann von den mit königlichen Kosten zu Dresden aufgehäuften Schätzen der Kunst und des Altertums; und *Klotz* von einer Sammlung Abdrücke geschnittener Steine.

Klotz, S. 30: »Es ist ein sehr unüberlegter Ausspruch eines französischen Skribenten, dessen Buch nicht hätte zur Schande des Deutschen übersetzt werden sollen.« Nemlich *Juvenel de Carlencas*.

Und *Winkelmann*, in den Erinnerungen über die Betrachtung der Werke der Kunst, in der Bibliothek der schönen Wissenschaften, B. V, S. 12: »Auch der Porphyr kann eben so gut bearbeitet werden, wie vor Alters, welches unwissende Skribenten läugnen, und zuletzt *Carlencas* in einem Buche, dessen Übersetzung den Deutschen keine Ehre macht.«

Aber *Winkelmann* dachte überhaupt von den Franzosen ein wenig anders, als Herr *Klotz*. Er sagt in der Nachricht vom Stoschischen Museum, in der Bibliothek der schönen Wissenschaften, B. V, S. 26: »Ich kenne aber die Begriffe der Franzosen von der Schönheit des Altertums. Unter uns gesagt, ich fürchte mich, unsern Landsleuten etwas zum Nachteil dieser Nation zu sagen. Ihre Wut in Übersetzung französischer Bücher, die voll von tausend Vergehungen, wie des *Barre* deutsche Geschichte sind, machen mir diese Besorgnis.«

Klotz sagt, S. 62: »In den Werken der Alten liegt der Verstand tief.«

Und *Winkelmann* in den angeführten Erinnerungen, S. 4: »Daher liegt der Verstand der Alten tief in ihren Werken.«

Klotz, S. 73: »Wer den *Homer* nur in der Übersetzung gelesen hat, der kennt seine majestätische Einfalt gewiß nicht. Eben so mangelhafte Begriffe von der alten Kunst wird derjenige haben, der bloß aus Kupferstichen von ihr urteilt.«

Winkelmann, von der Fähigkeit der Empfindung des Schönen in der Kunst, S. 17: »Dieser Privatunterricht aus Kupfern und Abdrücken bleibt unterdessen wie die Feldmesserei auf dem Papier gezeichnet. Die Kopie im Kleinen ist nur der Schatten, nicht die Wahrheit; und es ist vom *Homer* auf dessen beste Übersetzung kein größerer Unterschied, als von der Alten und des *Raphaels* Werken auf deren Abbildungen.«

Klotz redet S. 159. von Werken, die einen allzu scharfen, eckigen Umriß haben, und deren Meister lieber ihre anatomische Kenntnis zeigen, als sanft und gefällig sein wollen; und setzt hinzu: »Wem die Werke gefallen, die diese sparsame

Weisheit bezeichnet, der giebt einen eben so ungezweifelten Beweis von seinem verderbten Geschmacke, als der, welcher die natürliche und sanfte Schreibart des *Xenophon* dem spielenden Witze des Sophisten nachsetzt.« – *Diese sparsame Weisheit!* Was heißt das? Er braucht den Winkelmannischen Ausdruck, und giebt ihm gerade die umgekehrte Bedeutung.

Winkelmann sagt nemlich, von der Nachahmung griechischer Werke, S. 12: »Eben so unterscheiden sich die neuern Werke von den griechischen durch eine Menge kleiner Eindrücke, und durch gar zu viele und gar zu sinnlich gemachte Grübchen, welche, wo sie sich in den Werken der Alten befinden, mit einer sparsamen Weisheit, nach dem Maße derselben in der vollkommenern und völligern Natur unter den Griechen, sanft angedeutet, und öfters nur durch ein gelehrtes Gefühl bemerkt werden.«

Klotz, S. 174: »Die Ausleger sagen, nach ihrer Gewohnheit, entweder Dinge, welche uns noch ungewisser machen; oder sie sagen nichts von denselben. Eine Sache, die sie mit den Brunnen gemein haben, die oft überfließen, und dann Mangel an Wasser leiden, wenn wir es am nötigsten brauchen.«

Und *Winkelmann* in der Vorrede zur Geschichte der Kunst, S. XXI: »Überhaupt sind die mehresten Skribenten in diesen Sachen wie die Flüsse, welche aufschwellen, wenn man ihr Wasser nicht nötig hat, und trocken bleiben, wenn es an Wasser fehlt.«

⟨9.⟩

58.

Scharfsinnige Leute wollen angemerkt haben, daß die letzten sieben meiner Briefe ihrem Titel nicht entsprechen; daß sie nicht antiquarischen Inhalts gewesen. –

Nun, so waren sie wenigstens antiquarischen Tones![1] – Ich

1 Es hat mich Mühe gekostet, diesen Ton zu treffen: geläufig wird

muß den Stich, *den man mir zu versetzen denket*, nur selbst vertiefen. Er kann bei alle dem nicht tödlich werden.

Aber auch um eine ernstliche Antwort wäre ich nicht verlegen. Es ist wahr, das Studium der Altertümer selbst, betreffen diese sieben Briefe nicht: sie betreffen doch immer einen Mann, – Einen Mann wenigstens, der sich mit diesem Studio abgiebt.

---

er mir nie werden, und ich werde immer einen Herrn Klotz nötig haben, der mir ihn angiebt. –

Oder wollen Sie eine ernsthaftere Antwort? – Es ist wahr, das Studium der Altertümer selbst, betreffen die sieben Briefe nicht: aber sie betreffen doch einen Mann, der sich mit diesem Studio abgiebt.

KOMMENTAR

»LAOKOON« UND »ANTIQUARISCHE BRIEFE«

Mit *Laokoon: oder über die Grenzen der Malerei und Poesie. Erster Teil* und mit den beiden »Teilen« der *Briefe, antiquarischen Inhalts*, jeweils einschließlich umfangreicher Paralipomena, bringt dieser Halbband den weitaus größten Bestand an Lessings ›antiquarischen‹ Schriften, d. h. solchen, die sich mit antiker Kunstgeschichte befassen. Gerade dreieinhalb Jahre liegen zwischen dem Erscheinen des *Laokoon* (Ostern 1766) und des Zweiten Teils der – wie früh schon etwas abkürzend gesagt wird – *Antiquarischen Briefe* (Michaelismesse, Ende September 1769).

Diese zeitliche Nähe, vor allem aber die Tatsache, daß die *Antiquarischen Briefe* unmittelbar an Einzelprobleme des *Laokoon* anknüpfen, veranlaßt durch Kritik des Hallenser Professors Christian Adolf Klotz, schließt die beiden Titel zu einem relativ klar abgegrenzten Teilkomplex innerhalb des Lessingschen Œuvres zusammen. Die kleinere Schrift *Wie die Alten den Tod gebildet*, ebenfalls zu Michaelis 1769 veröffentlicht, gehört zwar vom Sujet her noch deutlich in den antiquarischen Zusammenhang. Doch in ihrem ›systematischeren‹ Vorgehen und ihrer fast ostentativ gemäßigten Polemik hebt sie sich spürbar von der mitunter recht scharfen Tonart der vorausgegangenen Klotz-Fehde ab – möglicherweise bereits mit Blick auf die neuen Wolfenbütteler Aussichten. Wegen dieses Übergangscharakters, aber auch aus Umfangsgründen wurde die *Todes*-Schrift in Band VI dieser Ausgabe hinübergenommen. Sie repräsentiert dort zugleich ein Stück des charakteristischen Nebeneinanders mit Lessings Arbeit an der *Hamburgischen Dramaturgie*.

Als Lessing im Frühjahr 1765 aus Breslau nach Berlin zurückkehrt (mit Zwischenstationen), gibt er der Fertigstellung des *Laokoon* den Vorrang. Erst danach greift er das zwei Jahre zuvor einstweilen liegengelassene Projekt der *Minna von Barnhelm* wieder auf und bringt es mit Feuereifer zuende. Der Text wird schließlich zu Ostern 1767 im Rahmen des Zweiten Teils der *Lustspiele* veröffentlicht. Wenige Tage später wiederum verteilt man in Hamburg die »Ankündigung« der *Hamburgischen Dramaturgie*. Obwohl seit Anfang 1767 der ›theatralische‹ Strang den ›antiquarischen‹ vorübergehend zurückdrängt, erscheint es nicht als sinnvoll, diesen Wechsel im Sinne einer strengen Chronologie schematisch abzubilden. *Minna von Barnhelm* und *Hamburgische Dramaturgie* sind deshalb in Band VI dieser Ausgabe mit der antiquarischen »Zwischenarbeit« Lessings *Wie die Alten den Tod gebildet* zusammengestellt worden.

Der Einsatz des Halbbandes V/2 mit *Laokoon* markiert eine unverkennbare Zäsur von doppeltem historischem Sinn. Für das zeitgenössische Publikum bedeutet das Erscheinen dieser Schrift zunächst eine Wiederkehr des Autors Lessing nach fast sechs Jahren ›Schweigen‹. *Das Theater des Herrn Diderot*, von Ostern 1760, ist seine letzte Buchveröffentlichung gewesen. Aber es bietet sich auch eine thematische Überraschung: Der Theaterautor, Kritiker, Gedichteschreiber, Übersetzer und Fabeldichter Lessing hat sich in ein neues, in das antiquarische Feld eingearbeitet und frappiert zugleich durch dessen Öffnung zur Theorie der Künste hin.

Von heute her freilich läßt ein genauerer Einblick in das letzte Berliner Jahr (1760) und in die Studien der Breslauer Zeit (bis 1765) erkennen, wievieles sich für den *Laokoon* schon vorbereitete. Die ersten sieben Bogen des *Sophokles*, die 1760 – als Fragment – zwar ausgedruckt, aber nicht veröffentlicht wurden, und die im Nachlaß aufgefundenen Entwürfe zum *Laokoon* (bis ins Jahr 1763 zurückreichend) zeigen im nachhinein, wie intensiv Lessing seine ›gräzistischen‹ Kenntnisse – damals noch fast eine Seltenheit – ausgebaut hat. Und die mannigfachen Breslauer Anmerkungen zu griechischen und römischen Schriftstellern lassen ahnen, mit welcher auch philologischen Spezialkompetenz Lessing den gängigen Autoritäten auf dem modisch gewordenen Feld der alten Kunstgeschichte Paroli bieten wird: Caylus, Spence, Hagedorn und manchen anderen, nicht zuletzt Winckelmann (dessen *Geschichte der Kunst des Alterthums* bereits Ende 1763 ausgeliefert wird).

In der gleichen Periode (Winter 1763/64), in der Lessing die »Grenzen« der Poesie gegenüber bedenklichen Vermischungen mit dem »Malerischen« theoretisch zu verteidigen beginnt (noch ohne das Ausgehen von dem Laokoon-Beispiel), entsteht auch die Konzeption der *Minna von Barnhelm*, mit der er der dramatischen Poesie in Deutschland ihr nationales Lustspiel-›Muster‹ setzen wird. Das prinzipielle Eintreten für einen vor Schmerz schreienden und darin »menschlichen« Philoktet gleich in den ersten Abschnitten des *Laokoon* zeigt unverkennbar, wie insistent Lessing an seinem im *Philotas* ebenso wie im *Sophokles* sich regenden Interesse für ein neues Trauerspiel des »Mitleidens« festhält.

Diese und andere Werkzusammenhänge sind in der Einführung zu Band V/1 des näheren verfolgt. In ihrer Summe bilden sie die Voraussetzung für etwas, das von nicht wenigen Zeitgenossen sogleich als ein qualitativ Neues, ja ›Befreiendes‹ aufgenommen wird. Es ist, zwischen dem herkömmlichen Materialpositivismus der ›Antiquare‹ und der neuen Antikenschwärmerei à la Winckelmann, vor allem der »gedankliche« Zug, das »Philosophische«, welches manche vor allem der jungen Leser fesselt. Dahinter tritt offenbar zurück, daß die mitunter umständlichen philologischen »Ausschweifungen« – für die Lessing auch in Breslau mit Lust ›geübt‹ hat – die Lektüre nicht eben erleichtern und daß viele Einzeltheoreme dem Kenner aus der europäischen Ästhetik-Diskussion der Epoche bereits geläufig sind.

Heute bedarf es mehr als je zuvor des einläßlichen Kommentars und der Dokumentation, um den lebendigen Zusammenhang mit den Strömungen der Epoche – auch mit dem Austausch unter den Freunden – kenntlich zu machen:

im Entstehungsprozeß des *Laokoon* wie in seiner frühen Resonanz. Da vor allem die letztere bisher nicht eingehend aufgearbeitet ist, wird ihrer – stark auswählenden – Dokumentation und ihrer Analyse etwas breiterer Raum gewährt. Dem *Laokoon* ist, als einem von wenigen Werken des deutschen 18. Jahrhunderts, weltliterarische Resonanz beschieden, bis in unsere Gegenwart hinein. Es ist nicht ohne Reiz, zu beobachten, wie durchaus auch manche Zeitgenossen schon sich an der Lessingschen »Mikrologie« stoßen, wie sich gegenüber dem »Spaziergängerischen« des Gedankengangs die Eindrücke teilen, wie die aktuell polemische Tendenz gegen »malerische« Vermischungen und für das Eigenrecht der Poesie verstanden wird und wie bereits zu Lebzeiten Lessings die Kanonisierung einiger »Sätze« des *Laokoon* beginnt.

Lassen sich aus dem *Laokoon* derlei »Sätze« noch herausziehen, so scheinen sich die *Antiquarischen Briefe* auf weite Strecken in Probleme der antiken Werkzuweisung, der Quelleninterpretation, der Kleinkunstmaterialien und dergleichen zu verlieren. Zwar gibt es auch Einzelfragen von paradigmatischer Bedeutung, wie etwa diejenige, ob die »Alten« bereits die Perspektive gekannt haben – eine Frage, in der sich wichtige Tendenzen Lessings bei der Bewertung von Antike und Moderne spiegeln (sog. ›Querelle des Anciens et des Modernes‹). Aber schon die frühen Leser der *Antiquarischen Briefe* verfolgen den Streit mit Klotz und seinen Anhängern fast überwiegend schon *als* Streit: in seinem rhetorischen Hin und Her, seinen Gruppierungen und Fronten, seinen »Tönen« und Streittechniken. Bedenken gegen Lessings Insistenz und Schärfe, auch gegen sein Besserwissenwollen melden sich bald, selbst bei den Freunden. Und schon vom Zweiten Teil an, der im Herbst 1769 erscheint, läßt das Interesse deutlich nach, auch Lessings eigenes. Die Hoffnung auf das Wolfenbütteler Bibliothekariat verändert seine Perspektive.

Als Dokumente eines neuen öffentlichen Redens über antiquarische Dinge, eines von Lessing virtuos gehandhabten ›lebendigen‹ Stils haben die *Antiquarischen Briefe* die Aufmerksamkeit der Nachwelt in erster Linie finden können. Die »Klotzischen Händel« bilden den mittleren der drei großen Lessingschen Streite, ungefähr je ein Jahrzehnt von demjenigen mit Samuel Gotthold Lange (1754/55) und dem mit dem Hauptpastor Goeze (seit 1777) getrennt. Doch wie der Streit seit Juli 1768 nach und nach sich entzündet, zunächst mit einigen ›Briefen‹ in Hamburger Zeitungen, wie Lessing das Feuer regelrecht schürt, die antiquarische Materie ausschlachtet – auch mit dem Fragment gebliebenen Nebenwerk von den *Ahnenbildern der alten Römer* –, wie einzelne Rezensionen und Abhandlungen von seiten der Klotzianer Lessing herausfordern und in bestimmte thematische wie argumentative Richtungen lenken, wie Freunde ihn zu mäßigen versuchen: Das alles ist durch bloße Lektüre der beiden Teile der *Antiquarischen Briefe* nicht zu vergegenwärtigen, trotz der Zitate aus gegnerischen Äußerungen. Eine konsequent dialogische Präsentation von Schriften und Gegenschriften, wie sie Band VIII dieser Ausgabe erstmals für den ersten Teil des Fragmentenstreits verwirklicht, ließen die antiquarischen Gegenstände aus vielerlei Gründen nicht zu. Sie sind vor allem, gemessen an den Fragen nach der Geschichtlichkeit der biblischen Bücher, nach den Dogmen der Religion, nach Offenbarung und Vernunft, nicht ›wichtig‹ genug. Aber eine differenzierte Auswahl von Dokumenten, aus Gegenschriften und Rezensionen, aus öffentlichen Erklärungen und privaten Briefäußerungen, gestattet denn doch einen Einblick in Entstehung und Verlauf des Klotz-Streits, dessen Bild in den bisherigen Ausgaben fast völlig durch die Perspektive Lessings beherrscht wird. Die Zeugnisse sind nicht lediglich Reflexe der Lessingschen Vorstöße, sondern oft genug selbst wiederum Impulse, auf die Lessing in einzelnen ›Antiquarischen Briefen‹ reagiert. Es ist der Versuch unternommen, etwas von jenem gelehrt-publizistischen Streitklima zu vermitteln, dessen Kenntnis die Lessingsche Leistung nicht verkleinert, sondern eher zu profilieren vermag.

Freilich wird auch, trotz der Beteiligung eines Johann Gottfried Herder in seinen ersten *Kritischen Wäldern* (1769), das Taggebundene der Auseinandersetzung noch präziser greifbar, das Sichverbeißen auf beiden Seiten, die Kabale, das mitunter Kleinliche, und dann wieder die Überspannung der »Töne«. Nicht zuletzt erklärt sich, weshalb die ›antiquarische Periode‹ so relativ klar umgrenzt blieb. *Laokoon* hatte sich von langer Hand vorbereitet und wirkte, bevor Lessing ihn in die ›systematische‹ Breite (und dann wohl auch mancherlei Wiederholung) trieb, als Torso. Die *Antiquarischen Briefe* wurden zum Nachgefecht, fast willkürlich aufgenommen, als die Gelegenheit der Klotzschen Kritik sich bot, und nicht ohne Forciertheit festgehalten, als das Ende der *Hamburgischen Dramaturgie* absehbar war. Von dieser Dominanz zweier Felder, der antiken Kunstgeschichte und des neuen ›menschlichen‹ Theaters, am Ausgang der 1760er Jahre, führt ersichtlich ein doppelter Bogen zurück zu ihrem Beginn: zum *Leben des Sophokles* und zum *Theater des Herrn Diderot*. Das, was neben der *Hamburgischen Dramaturgie* die stärksten Impulse gegeben hat und ›kanonischen‹ Rang gewann, liegt dazwischen und auffällig eng beieinander: *Laokoon* und *Minna von Barnhelm*.

LAOKOON
(mit Paralipomena)

TEXTGRUNDLAGE UND TEXTÜBERLIEFERUNG

Grundlage für den Text ohne die Paralipomena ist der erste und einzige zu Lessings Lebzeiten erschienene Druck (Ostermesse 1766):

Laokoon: oder über die Grenzen der Mahlerey und Poesie. Mit beyläufigen Erläuterungen verschiedener Punkte der alten Kunstgeschichte; von Gotthold Ephraim Lessing. Erster Theil. Berlin, bey Christian Friedrich Voß. 1766.

(Seifert, Nr. 734; hier benutztes Exemplar, aus Lachmanns und dann Zarnckes Besitz: Rare Book Collection der Cornell University in Ithaca/N. Y., Signatur: Rare N 64 L 63; des weiteren verglichen: Exemplar der Wessenberg'schen Bibliothek Konstanz, Signatur: 11876.)

Mehr als dieser »Erste Theil« ist von Lessing nicht veröffentlicht worden.

Lessings handschriftliche Druckvorlage hat sich – offenbar vollständig – erhalten, sie wird heute in der Deutschen Staatsbibliothek Berlin (Ost) aufbewahrt (detaillierte Angaben bei Milde, *Gesamtverzeichnis*, Bd. 1, S. 178 f.; ausführlichere ältere Beschreibung bei Emil Grosse, *Über Lessings Handschrift des Laokoon und den Nachlaß zu demselben*, in: Archiv für Litteraturgeschichte 9 [1880], S. 144-171). Der Abdruck LM 9, S. 3-177 verzeichnet eine kleine Auswahl der Entstehungsvarianten aus Lessings Handschrift. Nach nochmaliger Überprüfung brachte Muncker umfangreiche Nachträge von Varianten in LM 22, S. 164-191; auf sie sei hier vorab verwiesen.

Ebenfalls überliefert ist ein vollständiges Korrekturexemplar Lessings zum Druck von 1766 (an gleicher Stelle aufbewahrt, vgl. Milde, *Gesamtverzeichnis*, Bd. 1, S. 179 f.). Innerhalb dieses Exemplars existieren einzelne Seiten in mehreren Abzügen, »so die Vorrede und der letzte Bogen (Kapitel XXIX) in erster und zweiter Revision« (LM 9, S. 2).

Die Differenzen zwischen Lessings Handschrift und den Korrekturabzügen (sowie deren Eintragungen) einerseits und dem Druck von 1766 andererseits sind inhaltlich nicht sehr bedeutend. In einzelnen Fällen hat Lessing Setzeränderungen entweder übersehen oder stillschweigend akzeptiert.

Eine »Neue vermehrte Auflage«, veranstaltet durch den Bruder Karl, erschien erst 1788 bei Voß in Berlin (Seifert, Nr. 735). Hierbei enthält »Theil 2« einen »Anhang zum Laokoon bestehend in dem, was sich noch unter des Verfassers nachgelassenen Handschriften zur Fortsetzung derselben vorgefunden« (zu diesen »Paralipomena« s. unten). Eine weitere postume Ausgabe enthielten die von dem Bruder Karl und von Eschenburg betreuten *Vermischten Schriften* (Seifert, Nr. 1), für deren »Theil 9« (1792) mit dem *Laokoon* der Bruder zuständig war. Einzelne Abweichungen dieser beiden Ausgaben gegenüber 1766 kommen als Korrekturen in Frage, doch besitzt der Erstdruck von 1766, im Einzelfall kombiniert mit Lessings eigenhändigen Zeugnissen, für unseren Text klaren Vorrang. Aus den Varianten der Überlieferung, insonderheit solchen mit inhaltlicher Relevanz, verzeichnet der Stellenkommentar lediglich eine kleinere Auswahl (für die breitere ›Palette‹ vgl. LM 9, S. 3-177).

Die einzelnen Überlieferungsträger werden in Anlehnung an LM 9, S. 2 folgendermaßen abgekürzt:

1766 (oder Erstdruck): Druck 1766
Hs.: Lessings handschriftliche Druckvorlage für 1766
1766 a: gedruckter Text der Korrekturbögen
1766 b: Lessings handschriftliche Verbesserungen in den Korrekturbögen
1766 c: Lesarten des zu einzelnen Partien erhaltenen zweiten Korrekturabzugs

1766d: etwaige handschriftliche Änderungen Lessings im zweiten Korrekturabzug
1788: (erweiterte) Neuauflage durch den Bruder Karl 1788
1792: Neuausgabe in den *Vermischten Schriften* (Teil 9, 1792).

Ein umfangreicher handschriftlicher *Nachlaß* (»Paralipomena«) mit Vorentwürfen zum Gesamtprojekt wie zum »Ersten Theil« und zu den geplanten »Zweyten« und »Dritten« Teilen (s. »Entstehung und Quellen«) wird ebenfalls in der Deutschen Staatsbibliothek Berlin (Ost) aufbewahrt (30 Nummern, vgl. Milde, *Gesamtverzeichnis*, Bd. 1, S. 172-178; s. auch die ältere Beschreibung im genannten Aufsatz von Grosse).

Einen kleineren Teil der Paralipomena veröffentlichte der Bruder Karl in seiner Einzelausgabe des *Laokoon* von 1788 (Seifert, Nr. 735), als »Anhang zum Laokoon bestehend in dem, was sich noch unter des Verfassers nachgelassenen Handschriften zur Fortsetzung desselben vorgefunden« (S. 299-380). Der Bruder fügte dem »Anhang« eine unpaginierte »Nachricht des Herausgebers zu dieser 2ten Auflage« hinzu. Sie ist für dic frühe Stufe der Nachlaßüberlieferung (für das, was der Bruder vorfand, wie für die Weise seiner Textbehandlung) so aussagekräftig, daß sie hier ganz wiedergegeben sei:

> Diesem neuen Abdruck des Laokoons, den die Nachfrage erfordert, habe ich einen Anhang beygefügt, der das Vorzüglichste enthält, so ich zur Fortsetzung desselben in den hinterlassenen Handschriften meines seligen Bruders gefunden.
>
> Bey einer andern Gelegenheit habe ich schon erwähnt, daß manches seiner Manuscripte verloren gegangen: und mir ist es gar nicht unwahrscheinlich, daß auch einige dieses Inhalts darunter gewesen seyn mögen.
>
> Denn alles, was ich hier liefere, fand sich auf einzeln Bogen und Blättern, ohne die geringste Rücksicht auf Zusammenhang, und ist nach aller Wahrscheinlichkeit vor seiner Reise nach Italien aufgesetzt.

Sollte er wohl auf derselben, und nachher nichts zur Berichtigung und Erweiterung dieses Gegenstandes zu bemerken Gelegenheit gehabt haben? Oder ist er hierbey allein von seiner Gewohnheit abgegangen, und hat es blos auf gut Glück seinem Gedächtnisse überlassen? Er, der sich sonst alles aufschrieb, was ihm erheblich schien, oder er einmal noch besser benutzen zu können glaubte. In seinen Journalen, die er sich auf seinen Reisen gehalten, finde ich auch nichts davon, so kleinfügige Dinge er sich mit unter darinn aufbewahrt.

Viele seiner noch lebenden Freunde, und ich selbst, haben von ihm oft gehört, daß er den Laokoon bis zum dritten Theile vermehren wolle. Gleichwohl habe ich nur den Plan zum zweyten finden können. Vielleicht sahe er im Geiste voraus, daß der Stof zu diesem zweyten Theile zu groß für Einen sey, und glaubte, zwey daraus machen zu müssen.

Daß ich noch ein Register und ein Verzeichniß der vornehmsten Materien angehängt, wird man hoffentlich nicht mißbilligen: vielleicht aber dieses, daß ich den Laokoon so ganz unverändert abdrucken lassen.

Meine Rechtfertigung darüber ist aber ganz natürlich. Ich sehe, wie ich schon oft gesagt, bey Herausgebung der Schriften meines Bruders, nicht so wohl auf das Beste der Sache, als auf das, was er blos zum Besten der Sache gethan. Albernheit aber wäre es von mir, dergleichen Gegenstände nach ihm einer Verbesserung und Vermehrung nicht mehr für fähig zu halten. Nur er soll nicht besser noch schlechter durch den Druck seines Nachlasses werden, als er wirklich war.

Ich weiß sehr wohl, daß er im ersten und zweyten Theile seiner antiquarischen Briefe bey Rügung der Klotzischen Kritiken viele Stellen seines Laokoons in ein besseres Licht gesetzt, und daß er den Abschnitt von dem Borghesischen Fechter, so wie mehrere antiquarische Auswüchse, auf die er ärgerlich war, weil sie so mancher tiefgelehrter Kunstrichter für das Hauptwerk des Buchs gehalten, bey einer neuen Ausgabe ganz wegzulassen, Willens war. Wurde ich aber dadurch berechtigt, die geringste Verånderung zu machen?

Karl Lachmann brachte Weiteres in seiner Lessing-Ausgabe, Bd. 11 (1839). Die erste vollständige Präsentation der Nachlaßtexte geschah im *Laokoon*-Band der ›Hempelschen Ausgabe‹ (Bd. 6, 1869).

Das philologische Fundament für die weitere Beschäftigung legte dann Emil Grosse (vgl. seinen zitierten Aufsatz) im Rahmen des großen *Laokoon*-Kommentars von Hugo Blümner, 2. Aufl. Berlin 1880 (dort vor allem die Texte S. 351-478). Grosse versuchte das Material nach thematischen Gesichtspunkten zu ordnen und druckte es in entsprechenden Gruppen ab, wogegen Blümner wenige Jahre später in seiner kleineren *Laokoon*-Ausgabe im Rahmen von Kürschners *Deutscher Nationallitteratur* (Lessing-Ausgabe 9, Abt. 1, 1886) eine zeitliche Anordnung wählte. Muncker schließlich unterzog das gesamte Material noch einmal einer gründlichen Revision (korrigierte auch eine Reihe von Fehlern Grosses) und druckte die Texte in der wahrscheinlichen Reihenfolge ihrer Entstehung. Dieser Grundlage (LM 14 [1898], S. 333-440) folgt auch unsere Ausgabe.

Die Paralipomena sind nach der – wohl von Carl Robert Lessing angelegten – Berliner Sammlung von 1 bis 30 durchgezählt (vgl. Milde, *Gesamtverzeichnis*, Bd. 1, S. 172-178). Im Gegensatz zu LM (und den meisten ihm folgenden Ausgaben) sind jedoch diese und die weiter untergliedernden Ziffern – soweit sie nicht offenkundig von Lessing stammen – als Herausgeberzusätze in spitze Klammern eingeschlossen.

ENTSTEHUNG UND QUELLEN

Das durchaus ›Nichtoriginelle‹ der meisten Einzelthesen Lessings und die zunächst fast sensationelle, dann langdauernde Resonanz des *Laokoon* gehören zu den Eigentümlichkeiten dieser Schrift. Der scheinbare Widerspruch klärt sich zumindest zum Teil, wenn man den europäischen Problemzusammenhang und die Stufen der Werkentstehung bedenkt. Dabei empfiehlt es sich, für die Voraussetzungen des *Laokoon*, auch für seine konkreten ›Quellen‹, drei Problembereiche vorläufig zu unterscheiden: die seit der Antike geführte prinzipielle Diskussion über die Verwandtschaften und die Besonderheiten zwischen den einzelnen Künsten; neuere Tendenzen zum ›Malerischen‹ in der europäischen Poesie des 17. Jahrhunderts, jedoch auch in der ›Natur‹-Dichtung der ersten Hälfte des 18. Jahrhunderts; schließlich das Aufblühen einer Beschäftigung mit antiker Kunst, besonders Plastik und Gemmenkunst, wie es sich seit der Jahrhundertmitte – für Deutschland vor allem repräsentiert durch Winckelmann – regt.

Die Horazische Formel »ut pictura poesis« (»wie die Malerei, so ⟨wird auch⟩ die Dichtkunst ⟨wirken⟩«; *Ars poetica* 361; vgl. Bd. V/1 Anm. 149,32f.) ist Lessing seit seiner Schulzeit selbstverständlich vertraut, samt dem vielzitierten Satz des griechischen Lyrikers Simonides (6. Jahrhundert v. Chr.), die Malerei sei »eine stumme Poesie, und die Poesie eine redende Malerei« (Quellennachweise und knappe problemgeschichtliche Überblicke bei Buch, S. 26ff.; Howard; Wellbery u. a.). Wie aktuell die Grundfrage gerade in Lessings ›Lehrjahren‹ wieder geworden war, mag unter vielen Zeugnissen ein Hinweis auf Johann Jakob Bodmers *Critische Betrachtungen über die poetischen Gemählde der Dichter* (1741) illustrieren, wo die »Gleichheit der Mahlerey und der Poesie« ausführlich durch die gemeinsame Beziehung auf die »Natur« und durch die Erweckung der menschlichen »Phantasie« begründet wird.

Bezeichnenderweise begegnen Lessingsche Einwände gegen ›malende‹ Tendenzen der Poesie früh vor allem in dramenkritischem Zusammenhang. In der *Seneca*-Abhandlung (1754; Bd. III dieser Ausgabe) hebt er wiederholt »die häufigen Beschreibungen« hervor, etwa das »Gemälde« eines heiligen Hains. Er tadelt es, wo es »lang« und »prächtig« ausfällt und »zur Unzeit« den Fortgang der tragischen Handlung unterbricht, die Aufmerksamkeit der »Zuschauer« ablenkt: ein dramaturgisches Argument also.

Um die Mitte der 1750er Jahre, als mit *Miß Sara Sampson* (1755) ein erster Durchbruch zum ›bürgerlichen‹ Drama gelungen ist und sich Lessing auf dem Weg zu einer neuen Trauerspiel-Theorie befindet (Vorrede zur Übersetzung von Thomsons Trauerspielen, 1756), artikuliert sich immer deutlicher eine Tendenz zur prinzipiellen Grenzziehung. In *Pope, ein Metaphysiker!* (1755), gemeinsam mit Mendelssohn verfaßt, richtet sich die Polemik scharf gegen eine modische Vermischung von Poesie und Philosophie. Im Briefwechsel mit Mendelssohn und Nicolai 1756/57 insistiert Lessing innerhalb der literarischen Gattungen wiederholt auf einer scharfen Abgrenzung zwischen Tragödie und Epos.

Mitten in der Auseinandersetzung über »Mitleiden« und »Bewunderung«, im Dezember 1756, weist ihn Mendelssohn auf die Darstellung der Laokoon-Gestalt hin, die Winckelmann im Jahr zuvor (1755) in seiner Erstlingsschrift *Gedancken über die Nachahmung der Griechischen Wercke in der Mahlerey und Bildhauer-Kunst* interpretiert hat (undatierter Brief aus der ersten Hälfte Dezember 1756; Bd. XI/1 dieser Ausgabe, S. 141):

> Ich gehe mit Ihnen in die Schule der alten Dichter, allein wenn wir sie verlassen, so kommen Sie mit mir in die Schule der alten Bildhauer. Ich habe ihre Kunststücke nicht gesehen, aber Winkelmann, (in seiner vortrefflichen Abhandlung von der Nachahmung der Werke der Griechen) dem ich einen feinen Geschmack zutraue, sagt: ihre Bildhauer hätten ihre Götter und Helden niemals von einer ausgelassenen Leidenschaft dahin reißen lassen. Man fände bei ihnen allezeit *die Natur in Ruhe* (wie er es nennt) und die Leidenschaften von einer gewissen Gemütsruhe begleitet, dadurch die schmerzliche Empfindung des Mitleidens gleichsam mit einem Firnisse von Bewunderung und Ehrfurcht überzogen wird. Er führt den Laokoon z. E. an, den Virgil poetisch entworfen,

und ein griechischer Künstler in Marmor gehauen hat. Jener drückt den Schmerz vortrefflich aus, dieser hingegen läßt ihn den Schmerz gewissermaßen besiegen, und übertrifft den Dichter um desto mehr, je mehr das bloße mitleidige Gefühl, einem mit Bewunderung und Ehrfurcht untermengten Mitleiden nachzusetzen ist.

Lessing nimmt das Beispiel in den uns erhaltenen Zeugnissen an keiner Stelle auf. So sehr er sich selbst programmatisch immer wieder in »die Schule der Alten« begibt (so etwa an Mendelssohn kurz vorher, am 28. 11. 1756), so fesselt ihn möglicherweise zu sehr das Problem des »Mitleidens« in der Trauerspielgattung, um ihn den gattungs- und kunstvergleichenden Impuls aufnehmen zu lassen.

Eine neue Stufe des grundsätzlichen Nachdenkens über das »Ut pictura poesis«-Problem wie der konkreten literaturkritischen Bewertung zeichnet sich Ende der 1750er Jahre in den *Briefen, die neueste Litteratur betreffend* und in den *Abhandlungen über die Fabel* ab. Im 5. ›Literaturbrief‹ (vom 11. 1. 1759) macht er sich über das detailversessene, auch das Eklige nicht meidende »Malen« in der Sammlung *Lenz* (1758) von Johann Philipp Palthen her: »Er malt Mükken«, aber auch eine »aufgeschürzte Bauernmagd« und eine »grunzende Sau – – Zu viel, zu viel Ingredienzien für *ein* Vomitiv 〈Brechmittel〉!«. Und im 41. ›Literaturbrief‹ (vom 24. 5. 1759) spöttelt er über die *Schilderungen aus dem Reiche der Natur und der Sittenlehre* (seit 1757), in denen Johann Jakob Dusch, dem von ihm übersetzten Engländer Pope nacheifernd, »die Natur schildern« wolle und dies nicht nach Jahreszeiten, sondern sogar monatsweise durchexerziere (vgl. Bd. IV dieser Ausgabe). Hier wie an anderen Stellen der *Literaturbriefe* geht es Lessing um das Künstliche, ja Gewaltsame solcher Natur-»Malereien« oder »Schildereien« und um das Peinliche, sogar Ekelhafte oder auch schlicht Langweilige der Wirkung.

Als im Herbst 1759 Lessings *Fabeln* erscheinen (*Nebst Abhandlungen mit dieser Dichtung verwandten Inhalts*), werden sein theoretisches Interesse und seine Kenntnis der europäischen Diskussion über »bildende« und »redende« Künste unübersehbar. Die Tierfabel mit ihrem Demonstrationsziel der »anschauenden Erkenntnis« (im Sinne der Wolffschen Philosophie) und der moralischen »Lehre« führt ihn notwendig auf die Frage nach den »Grenzen«: gegenüber der Philosophie einerseits, der bildenden Kunst andererseits. Die Fabel bedarf der »Handlung«, aber in ihrer »sachschildernden« Demonstrativik ist sie wiederum der handlungsarmen Allegorie verwandt.

Lessings Versuche der Abgrenzung und der Funktionsbestimmung setzen nicht nur die Erkenntnislehre Christian Wolffs voraus, sondern auch etwa Quintilians Allegoriebegriff (als ›fortgesetzte Metapher‹) und die Fabeldefinition des Antoine Houdart de la Motte (1754). In der polemischen Stoßrichtung gegen den ausschweifenden, ›geschmückten‹ Fabeltypus des Klassikers Lafontaine (und für den ›knappen‹ Typus des ›alten‹ Äsop) verbindet sich aktuelle literarische Tendenzkritik mit antikeorientierter Prinzipienerörterung, die auf Grenzziehung hinauswill.

Die intensive Beschäftigung mit Diderot 1759/60 führt nicht nur wiederholt vor das Problem der »Pantomime«, in theatralischer Praxis wie in der Theorie (*Von der dramatischen Dichtkunst*; vgl. Bd. V/1 dieser Ausgabe, Anm. 18, 25; die »Ut pictura poesis«-Formel wird S. 149,32f. ausdrücklich erwähnt). Sie regt möglicherweise auch erneut dazu an, sich mit Diderots *Lettre sur les sourds et muets* (Brief über die Taubstummen, 1751) zu beschäftigen, die er einst als Rezensent dem Publikum bekannt gemacht hatte (vgl. Bd. V/1 dieser Ausgabe, S. 541). Diese Schrift repräsentiert zugleich ein Stück europäischer Ästhetik-Diskussion um den Zusammenhang der Künste, vor allem in ihrer Wendung gegen Batteux und dessen *Les beaux arts réduits à un même principe* (Die schönen Künste, auf ein einziges Prinzip ⟨Nachahmung⟩ zurückgeführt, 1746; deutsche Übersetzung durch Johann Adolf Schlegel, 1751).

Dieses Fundament an ›prinzipiellen‹ Schriften zur Ästhetik umfaßt, als Lessing im November 1760 heimlich Berlin verläßt und in Breslau den Dienst als Sekretär bei Tauentzien antritt, längst auch andere einschlägige Titel wie – zumindest in Auszügen – Baumgartens *Aesthetica* (1750ff.) oder etwa Mendelssohns *Betrachtungen über die Quellen und Verbindungen der schönen Künste und Wissenschaften* sowie *Über die Hauptgrundsätze der schönen Künste und Wissenschaften* (beides 1757) und ähnliches.

Ein präziser ›Beginn‹ der Vorstudien zum *Laokoon* ist wie bei den anderen Breslauer Projekten nicht mehr benennbar – wenn er denn je existierte. Den äußeren Rahmen bilden ohne Zweifel jene ausgedehnten »Nebenstunden«, die Lessing nach dem mittäglichen Dienstschluß in der reich ausgestatteten und von dem befreundeten Gymnasialrektor Johann Caspar Arletius geleiteten Rhedigerschen Bibliothek verbringt (vgl. Bd. V/1 dieser Ausgabe, S. 510). Wie etwa bei den Studien *Über die Entstehung der geoffenbarten Religion* oder *Von der Art und Weise der Fortpflanzung und Ausbreitung der christlichen Religion* (beide 1763/64) gehen philologisch-historische Beschäftigung und systematische Interessen immer wieder ineinander. Die in Band V/1 dieser Ausgabe ausgewählt dargebotenen Anmerkungen über antike Schriftsteller, von Homer bis Plutarch, von Lukrez bis Plinius, deuten etwas von der Breite jener Quellenbeschäftigung an. Die Arbeit am *Sophokles* hat die ›gräzistische‹ Erfahrung verbreitert und die wiederholte Vornahme des Homer gewiß erleichtert. Aber auch frühe Neigungen, wie die für den Tragiker Seneca, werden wieder aufgenommen.

Manche Notizen, die wir nicht näher datieren können, wie einzelnes zu Euripides' *Ion* (Bd. V/1, S. 453,9-456,16), zu Ovid (Bd. V/1, S. 460,23-464,19) und zu Plinius (Bd. V/1, S. 467,21-469,36), verraten Interesse für antiquarische Fragen, ja für ›malende‹ Elemente in der antiken Poesie. Sie können zum Teil bereits in den Zusammenhang des *Laokoon*-Projekts gehören, oder auch nur in dessen Vorfeld. Lessings Vorhaben, solche Studien unter dem Titel *Hermäa* zu sammeln und zu veröffentlichen (Bd. V/1, S. 449,1-29; vgl. Bd. V/1, Anm. 449,1), betrifft gewiß nur einen Teilbereich dessen, was schließlich auch den *Laokoon* vorbereiten half. Das Streben nach prinzipiell-theoretischer Klärung, nach Bestimmung der »Grenzen« der Künste und anderer Grundfragen, ist in jenen Jahren stets als gleichzeitig mitzudenken.

Samuel Benjamin Klose, der andere gelehrte Schulmann und Freund aus der Breslauer Zeit, hat *ex post* eine Perspektive vermittelt, die nur mit vorsichtiger Skepsis übernommen werden kann (überliefert durch den Bruder Karl in *Lessings Leben*, Bd. 1, S. 245; vgl. Daunicht, Nr. 277):

> Er hatte verschiedene kritische und antiquarische Aufsätze in seinem Pulte liegen, die er hier in Breslau niedergeschrieben; nun war er um einen Titel besorgt. Anfangs glaubte er nicht, sie in ein Ganzes verweben zu können; daher wollte er sie unter der Aufschrift *Hermäa* drucken lassen. Da aber Winkelmanns Geschichte der Kunst ihm so viel Stoff zu Untersuchungen und Berichtigungen darbot, und Laokoon ganz vorzüglich seinen Forschungsgeist aufgereitzt hatte, wobey er die Beschreibung des Virgil, Petron und Sadoletus verglich; so leitete ihn dieses auf allgemeine Aussichten über die Bestimmung der Gränzen der Poesie und Malerey, welche er nun zusammengestellt dem Publiko unter dem Titel: *Laokoon*, vorlegte.

Die eingehenden Untersuchungen der Nachlaß-Entwürfe, zunächst durch Hugo Blümner und Emil Grosse (vgl. oben S. 627 und 631), haben ergeben, daß am Beginn ein theoretisch-systematischer Ansatz stand: »Ähnlichkeit und Übereinstimmung der Poesie und Malerei« (S. 209,3 f.) werden als häufig, aber nicht hinreichend genau behandeltes Thema eingeführt und deduktiv durch Formulierung von Behauptungssätzen entfaltet. Das Laokoon-Exempel tritt erst zu einem späteren Zeitpunkt ins Blickfeld.

Im folgenden wird knapp referiert (und zum Teil durch eigene Beobachtungen ergänzt), was sich seit Blümner und Grosse als ungefährer Konsens der Forschung über die wahrscheinliche Entstehung des *Laokoon* herausgebildet hat.

Erste Stufe: Der vermutlich früheste uns erhaltene Entwurf (Paralipomenon 1, S. 209,3-213,22) dürfte vom Ende des Jahres 1762 stammen, also relativ nahe an den genannten *Literaturbriefen* von 1760 und an den *Fabel-Abhandlungen* des gleichen Jahres liegen (näher jedenfalls als die philosophisch-theologischen Entwürfe). Die Zuordnung der Malerei zur Dimension des »Raumes« und der Dichtkunst zur »Zeit« sowie die Unterscheidung nach »natürlichen« und »willkürlichen« Zeichen werden ausdrücklich als »die beiden Quellen« bezeichnet, »aus welchen die besondern Regeln für eine jede herzuleiten« (S. 209,25 f.): solche für die »Handlungen« der Poesie und für die »Körper« der Malerei, für Sukzession und Koexistenz usf. Auch Kritik an Vermischungstendenzen wird gleich zu Anfang erkennbar, wenn von »übeln Einflüssen auf die eine oder auf die andere« die Rede ist (S. 209,5 f.).

Die Exemplifikation der Fundamentalsätze bewegt sich bezeichnenderweise über Stellen aus Ovids *Metamorphosen* zurück zu Homers *Ilias*. Und hier werden nicht nur die Homerübersetzungen von Pope und von Madame Dacier erwähnt, sondern zu zwei *Ilias*-Stellen kurz auch schon ein Haupt-Kritikobjekt des späteren *Laokoon*: die *Tableaux tirés de l'Iliade* 〈. . .〉 (1757; vgl. Anm. 72, A 3) des Comte de Caylus, die bei vielen Zeitgenossen so beliebte spekulative Umsetzung homerischer und vergilischer Szenen in »Gemälde« (zu Caylus vgl. Hausmann).

Zeitlich wohl nicht weit vom Nachlaßfragment 1 entfernt entsteht eine Folge von Notizen (Paralipomenon 2, S. 213,24-217,17), die sich auf ein englisches Kritik-Pendant zu Caylus beziehen: den *Polymetis* (1732, vgl. Anm. 25, A 7; Näheres in der Studie von Siebert) von Joseph Spence, eine aus Dialogen bestehende Schrift, in der die »Übereinstimmung« (»agreement«) zwischen den Werken der römischen Dichter und der Überlieferung der alten bildenden Künstler untersucht wird. Es ist ein Versuch »wechselseitiger Erhellung« (»to illustrate them mutually from one another«; so das Titelblatt). Die Aufzeichnungen sind, wie viele der Breslauer Anmerkungen zu antiken Schriftstellern, stark auf philologische Details ausgerichtet. Die Stichworte »Malerei«, »Künstler« und »poetische Malerei« bleiben präsent, doch tritt hier die Systematik des Fragments 1 deutlich zurück.

Zweite Stufe: Mit wörtlicher Aufnahme des ersten Satzes des ersten Entwurfs (S. 209,3 f.) beginnt Paralipomenon 3 (S. 217,20-245,4), das in der ›Hempelschen Ausgabe‹ (s. oben S. 631) noch als »Urentwurf« galt, jedoch aus einer Reihe sachlicher Gründe *nach* Paralipomenon 1 anzusetzen ist. Wie dort geht Lessing deduktiv vor und schließt in 13 Abschnitten jeweils an eine grundlegende These ausführlichere Erläuterungen und die Interpretation von Beispielen. Es sind fast ausschließlich Homerstellen (von Abschnitt IV an). Zu ihnen wird extensiv Caylus herangezogen, gelegentlich auch Spence (zuerst S. 233,5), und es wird wiederholt im Vergleich auf Milton hingewiesen, einmal auch auf Klopstock (S. 244,1-5). Im Vorübergehen erscheint erstmals auch der Name Klotz (vgl. Anm. 226,21 f.): Ihm wird »Unrecht« gegeben, da er den Thersites aus Homer »wegwünsche«, während Caylus diese Gestalt mit »Recht« nur aus der Folge der »Homerischen Gemälde« herauslasse.

Die zweispaltig beschriebenen Blätter (vgl. Milde, *Gesamtverzeichnis*, Bd. 1, S. 173) sendet Lessing an Mendelssohn und Nicolai nach Berlin mit der Bitte um Stellungnahme. Insbesondere Mendelssohn hat sich bereits in der zweiten Hälfte der 1750er Jahre zu einer Autorität in Fragen der allgemeinen Ästhetik und des Verhältnisses der Künste zueinander entwickelt (vgl. Bd. V/1, S. 798 f.). Es entsteht eine neue Variante des Dreiergesprächs zwischen den Freunden. Mendelssohns ausführliche Anmerkungen auf den zweispaltigen Blättern – und die knapperen Nicolais – sind erhalten (vgl. Milde, S. 173). In unserer Ausgabe werden sie, nach dem Vorgang Blümners und Munckers, als Fußnoten innerhalb der »Paralipomena« abgedruckt.

Eine nähere Datierung der Freundeskommentare und damit wohl auch des Lessingschen Entwurfs (Paralipomenon 3) wird dadurch ermöglicht, daß sich Lessing von Ende Juli bis Mitte Oktober 1763 anläßlich einer Reise Tauentziens in Potsdam und Berlin aufhält. Im April und im Mai 1763 haben er und Mendelssohn noch über Spinoza korrespondiert (vgl. die Entwürfe *Über die Wirklichkeit der Dinge außer Gott* und *Durch Spinoza ist Leibnitz nur auf die Spur der vorherbestimmten Harmonie gekommen*; Bd. V/1 dieser Ausgabe S. 401-405; dazu die Briefe: Bd. XI/1 dieser Ausgabe, S. 384-393). Am 20. 7. annonciert sich Lessing aus Potsdam bei Nicolai in Berlin: »Da bin ich!« Die Stücke von Paralipomenon 3 dürften also im Frühjahr/Sommer 1763 noch in Breslau entstanden sein. Mendelssohns und Nicolais Kommentare können prinzipiell in die Periode kurz vor, während und/oder kurz nach der Reise Lessings datiert werden. Natürlich wurde während des Besuchs über das Thema des Entwurfs auch gesprochen. Paralipomenon 5 beginnt (S. 250,2 f.): »Nach dem, was wir in unsern mündlichen Unterredungen ausgemacht haben 〈...〉«.

Vor allem Mendelssohns Kommentare wachsen sich nach und nach zu kleinen Abhandlungen aus und erstrecken sich auf das Gesamtgebiet der Künste, bis zu »Musik« und »Tanzkunst« (dies ist ja durch Lessings Fragestellung auch vorgegeben). Im Zentrum freilich stehen das Verhältnis von Poesie und Malerei und das Problem der »poetischen Gemälde«. Mendelssohn geht vor allem auch auf Milton und Klopstock ein. Für die Bestimmung der »Schönheit« insistiert er auf der Differenz von »Bewegung« und »Handlung«. Nicolai beschränkt sich fast ganz auf kurze Äußerungen der Zustimmung, der Unzufriedenheit oder auch der Detailergänzung, ohne auch nur annähernd das Gewicht der Mendelssohnschen Beiträge zu erreichen.

Paralipomenon 5 (S. 250,2-252,35), offenbar nach der Rückkehr aus Berlin entstanden, modifiziert als Ergebnis der Gespräche, namentlich der Vorschläge Mendelssohns, die »Einteilung der Gegenstände der poetischen und der eigentlichen Malerei« (S. 250,3 f.). Es geht auf der systematischen Ebene vor allem um die »Handlungen« (hier stellen sich Probleme, die Lessing dann für den »Zweiten Teil« vorsieht). Bezugnahmen auf Michelangelos *Jüngstes Gericht* und auf den *Sterbenden Adonis* des hellenistischen Bukolikers Bion deuten eine Erweiterung der Beispielbasis an. Paralipomenon 6 (S. 253,2-22) bietet einschlägige Exzerpte aus einem byzantinischen *Ilias*-Kommentar. Derlei Notizen hat Lessing vermutlich auch zu anderen Komplexen angelegt, sicher ist uns nicht alles erhalten; einzelne der in Bd. V/1, S. 450-469 abgedruckten Anmerkungen zu antiken Schriftstellern können hierher gehören.

Dritte Stufe: Aus welchem konkreten Anlaß Lessing die schon im Dezember 1756 von Mendelssohn erwähnten *Gedancken* Winckelmanns (s. oben S. 633) – wieder? – in Betrachtung zieht, ist nicht mehr rekonstruierbar. Vielleicht hat Mendelssohn im Zusammenhang des Austauschs von 1763 den Hinweis wiederholt, zumal Winckelmann in seiner Erstlingsschrift ausdrücklich die Laokoon-Gestalt der Skulptur mit derjenigen Vergils und mit dem Sophokleischen Philoktet vergleicht. Neues Interesse mag sich auch nach dem *Sophokles*-Projekt (1760) geregt haben.

Ein neuer Entwurf (Paralipomenon 7, S. 253,24-256,28), vielleicht Anfang 1764 oder etwas später entstanden, beginnt mit der Stellenangabe aus Winckelmanns *Gedancken* (1755, 2. Aufl. 1756) und bezieht sich danach mehrfach auf Winckelmanns *Geschichte der Kunst des Alterthums* (zuerst vage S. 255,18; dann mit Seitenangabe S. 255,32 u. ö.). Das Werk ist bereits Ende 1763 mit der Angabe »1764« – erschienen (vgl. Bd. V/1 dieser Ausgabe, S. 879). Daß Lessing noch im Drucktext des *Laokoon* von 1766 eine sehr viel spätere Lektüre der Winckelmannschen *Geschichte* fingiert hat (S. 144,8 f. als erst »versprochenes« Werk erwähnt, S. 183,3 als »erschienen«), ist bekannt.

Paralipomenon 7 jedenfalls zeigt Winckelmann als ›den‹ Anknüpfungspunkt, und zwar mit der Programmschrift von 1755 *und* der *Geschichte* gleichzeitig. Die typisch Lessingsche Form der »Rettung« (so S. 254,11) bestimmt zu wesentlichen Teilen den Entwurf: »Rettung« sowohl des schreienden Sophokleischen Philoktet als auch des Vergilischen Laocoon und dessen Priorität gegenüber dem bildnerischen Werk; die Argumentation richtet sich unverkennbar gegen Winckelmann.

Der Wortlaut der von Lessing herangezogenen Stelle aus den *Gedancken* und damit des neuen ›Angelpunkts‹ ist (*Gedancken über die Nachahmung der Griechischen Wercke in der Mahlerey und Bildhauer-Kunst*, o. O. 1755; 2. Aufl. Dresden und Leipzig 1756, S. 21 f.):

> Das allgemeine vorzügliche Kennzeichen der Griechischen Meisterstücke ist endlich eine edle Einfalt, und eine stille Grösse, so wohl in der Stellung als im Ausdruck. So wie die Tiefe des Meers allezeit ruhig bleibt, die Oberfläche mag noch so wüten, eben so zeiget der Ausdruck in den Figuren der Griechen bey allen Leidenschaften eine grosse und gesetzte Seele.
>
> Diese Seele schildert sich in dem Gesicht des Laocoons, und nicht in dem Gesicht allein, bey dem heftigsten Leiden. Der Schmertz, welcher sich in allen Muskeln und Sehnen des Cörpers entdecket, und den man gantz allein, ohne das Gesicht und andere Theile zu betrachten, an den schmertzlich eingezogenen Unter-Leib beynahe selbst zu empfinden glaubet; dieser Schmertz, sage ich, äussert sich dennoch mit keiner Wuth in dem Gesichte und in der gantzen Stellung. Er erhebet kein schreckliches Geschrey, wie Virgil von seinem Laocoon singet: Die Oeffnung des Mundes gestattet es nicht; es ist vielmehr ein ängstliches und beklemmtes Seufzen, wie es Sadolet beschreibet. Der Schmertz des Cörpers und die Grösse der Seele sind durch den gantzen Bau der Figur mit gleicher Stärke ausgetheilet, und gleichsam abgewogen. Laocoon leidet, aber er leidet wie des Sophocles Philoctetes: sein Elend gehet uns bis an die Seele; aber wir wünschten, wie dieser grosse Mann, das Elend ertragen zu können.
>
> Der Ausdruck einer so grossen Seele gehet weit über die Bildung der schönen Natur: Der Künstler muste die

> Stärcke des Geistes in sich selbst fühlen, welche er seinem Marmor einprägete. Griechenland hatte Künstler und Weltweisen in einer Person, und mehr als einen Metrodor. Die Weisheit reichte der Kunst die Hand, und bließ den Figuren derselben mehr als gemeine Seelen ein. Unter einem Gewande, welches der Künstler dem Laocoon als einem Priester hätte geben sollen, würde uns ein Schmertz nur halb so sinnlich gewesen seyn. Bernini hat so gar den Anfang der Würckung des Gifts der Schlange in dem einen Schenckel des Laocoons an der Erstarrung desselben entdecken wollen.

Daß Winckelmann hier als Exempel für die »griechischen Meisterstücke« eine späthellenistische Skulptur, noch dazu in partiell entstellter Kopie ins Zentrum rückt (vgl. die umfassende Darstellung von Bieber), illustriert zunächst den zeitgenössischen Kenntnisstand. Für Lessing ist der seit 1755 in Rom zu hohen Ehren aufgestiegene Winckelmann – Lessing selbst faßt inzwischen eine Italienreise ins Auge – ›die‹ Autorität der fast schon modisch gewordenen antiquarischen Studien (vgl. Namowicz, *Lessings antiquarische Schriften*, sowie zur Wissenschaftsgeschichte der Zeit Schiering, S. 195-200). Der autoritätskritische, ja polemische Impuls ist für diesen Entwurf (Paralipomenon 7) evident. Die *Gedancken* erscheinen als ›Aufhänger‹ vorzüglich geeignet. Für das systematisch-theoretische Demonstrationsziel, wie er es soeben im Austausch mit Mendelssohn (und Nicolai) präzisiert hat, kommt der schier erdrückende ›Wurf‹ der *Geschichte der Kunst des Alterthums* mit seiner Materialfülle und mit seinem prinzipiellen Anspruch (vgl. die Auszüge Bd. V/1, S. 882-889) zur Unzeit. Lessing schiebt, nach Beschäftigung mit ein paar einschlägigen Stellen, das Ganze beiseite.

Vierte Stufe: Paralipomenon 7 ist noch ganz von der punktuellen, aber ins Generelle sich wendenden Winckelmann-Auseinandersetzung geprägt. Es ist noch spontannotizenhaft gehalten. Entwurf 8 (S. 257,2-264,18), vielleicht bald danach entstanden, zeigt auch in der Gesamtgliederung einen Neuansatz, der deutlich auf den Druck des »Ersten Teils« von 1766 vorausweist. Drei große »Abschnitte« sind vorgesehen (in Paralipomenon 7 steht »Abschnitt« mehr für »Kapitel«). Der Erste Abschnitt beginnt mit »Laocoon« und der »Winckelmannischen Anmerkung« und handelt vorzugsweise von den »Gemälden« der Dichter, insbesondere Homers. Der Zweite Abschnitt fingiert das Erscheinen von Winckelmanns *Geschichte der Kunst* und kritisiert unter anderem dessen Laokoon-Datierung. Das theoretische System von »Zeichen«, »Raum«, »Zeit«, »Körper«, »Bewegungen« usw. wird entfaltet, ausführlich »Schönheit« und »Häßlichkeit« erörtert, mit wiederholtem Ausblick auf neuere Dichter, namentlich Milton. Der Dritte Abschnitt wird aus dem »Unterschiede der natürlichen und willkürlichen Zeichen« entwickelt, grenzt kritisch die »Allegorie« ein und beurteilt aus dem Charakter der Zeichen die genuinen und die abzulehnenden »Erweiterungen« der einzelnen Künste bis hin zu »Tanzkunst« und »Musik«. Im wiederholten, pointierten Vergleich zwischen »Alten« und »Neueren« wird konsequenter als zuvor der Fragehorizont der europäischen ›Querelle des Anciens et des Modernes‹ erkennbar (zu Lessings frühen Stellungnahmen: Kapitza, S. 207-211). Ein »Anhang« nennt ausgewählte antiquarische Einzelthemen im Anschluß an Winckelmanns *Geschichte* (darunter den Borghesischen Fechter).

Mit diesem Fragment ist erstmals ein Gesamtaufriß gegeben, in den sich – mit manchen Umstellungen und inhaltlichen Modifikationen – sowohl der »Erste Teil« von 1766 als auch die weiteren Paralipomena einordnen lassen. Selbst die Angabe, Winckelmanns *Geschichte der Kunst* sei erschienen, findet ihren Platz (1766: Abschn. XXVI). Resultat des langjährigen Entstehungsprozesses ist ein aus deduktiven und induktiven Elementen geschichteter Aufbau. Lessings anfängliches und auch jetzt festgehaltenes Interesse an einer systematischen Bestimmung des Zusammenhangs der Künste – und besonders der »malerischen« Möglichkeiten der Poesie – wird überformt durch aktuell veranlaßte kritische, ja polemische Wendungen vor allem gegen Winckelmann. Sie bilden den ›Einstieg‹ in die jetzt niedergelegte Skizze.

Die Ausarbeitung bis zur Druckfertigkeit des späteren »Ersten Teils« dürfte in das Jahr 1765 und eventuell noch in den Beginn des Jahres 1766 fallen. Im Oktober 1764 schon ist Lessing entschlossen, die Sekretärsstelle bei Tauentzien aufzugeben (Brief an den Vater vom 12. 10. 1764). Doch erst Mitte April 1765 verläßt er Breslau und reist über Kamenz und Leipzig (wo er unter anderen Nicolai und den seit Studentenzeiten befreundeten Christian Felix Weiße wiedersieht) nach Berlin. Dort, wo er Mitte Mai eintrifft, legt er offenbar letzte Hand an die Druckfassung des »Ersten Teils«, möglicherweise werden einzelne Partien überhaupt erst geschrieben.

Drei Zeugnisse reflektieren, daß Lessing in Leipzig und dann vor allem in Berlin von seinem *Laokoon*-Projekt nicht nur spricht, sondern mit Freunden auch intensiv über einzelne Punkte debattiert. Im Herbst 1765 schreibt Nicolai aus Berlin an den Kunstsachverständigen und Kupferstecher Christian Ludwig von Hagedorn (dessen 1762 erschienene *Betrachtungen über die Malerei* von Lessing im *Laokoon* mehrfach zitiert werden; vgl. Anm. 60, A 1; Text nach Daunicht, Nr. 199):

> Eine große Neuigkeit ists vermuthlich für Sie, wenn ich Ihnen sage, daß Lessing, (der jetzt hier ist) eine Abhandlung von den *Gränzen der Mahlerey und Poesie* unter der Feder hat, die in der That sehr wichtig seyn wird. Ketzern wird er freilich nicht wenig; aber so viel ich im Reden merke, so wird er viele Paradoxen mit vieler Scharfsinnigkeit durchzusetzen suchen. Z. E. er behauptet, daß die *schönen Formen* in der Mahlerey das Hauptwerk seyn müssen; hieraus leitet er alles her, was *Winckelmann* aus der *stillen Größe* herleitet. Mit Winckelmann ohnedem wird er in großen Streit gerathen. Er behauptet, quod bene not⟨andum⟩: daß der ganze *antiquarische* Theil seiner Gesch. der K. ⟨Winckelmanns *Geschichte der Kunst des*

> *Alterthums*⟩ auf seichten Stützen beruhe. In vielen Stükken bin ich wirklich selbst erstaunt, zu sehen, wie dreist *Winckelmann* manches behauptet. Sollte W. hieher kommen (wozu noch einige Hofnung ist), so glaube ich, er wird sich mit L. nicht vertragen können, so verträglich auch L. ist; denn W. scheint durchaus keinen Widerspruch leiden zu wollen.
>
> ⟨...⟩ Es ist immer meine Lieblingsidee gewesen, eine Kunst mit der andern zu vergleichen, und eine durch die andere aufzuklären. Hiezu aber muß man mehrentheils a posteriori gehen, und die Kunstwerke betrachten. Dieß thun viele Kunstrichter nicht, auch mein lieber Freund Lessing nicht; daher wird seine Abhandlung von der Mahlerey vielleicht ein vortrefliches Buch für *Kunstverständige*, für *Künstler* aber ganz unbrauchbar seyn.

Lessing hat also offenkundig den Berliner mündlichen Austausch des Jahres 1763 wieder aufgenommen, und die polemische Fixierung auf Winckelmann ist auch den Freunden spürbar geworden (Nicolais Formulierung »hieher« bezieht sich auf Winckelmanns Kandidatur für die Stelle eines Bibliothekars bei der Königlichen Bibliothek – auf die sich auch Lessing Hoffnung macht). Nicolai erinnert sich auch später noch an einzelne Streitpunkte (Text nach Daunicht, Nr. 338):

> Als ich mit Lessingen in Berlin mündlich, in Gesellschaft von Moses, über den Laokoon stritt, folgerte ich aus der Natur und der Einschränkung jeder Kunst, daß die Schönheit zwar ein wesentliches Erforderniß für die Kunstwerke des Mahlers sey, aber nicht so ausschließend, als für die Werke des Bildhauers. Daraus schloß ich, daß die Werke der Mahlerey, selbst in ihrer höchsten Schönheit und Wirkung, gleichsam *lebendiger* seyn *müssen*, als die Werke der Bildhauerey.

Schließlich erwähnt der Freund Weiße von Leipzig aus in einem Brief vom 1.3.1766 (an den Privatgelehrten Johann Nikolaus Meinhard) nicht nur Gespräche über das *Laokoon*-Projekt (wohl solche während des Leipziger Aufenthalts), sondern auch die Tatsache, daß die Schrift sich bereits im Druck befinde (Daunicht, Nr. 308):

> Lessing hat mir auch von seiner Abhandl. die wie ich höre, unter der Presse ist, gesagt: Da andere immer eine Vergleichung zwischen der Malerey und Poesie angestellet, will er zeigen, worinnen sie von einander abgehen und die Gränzen bestimmen: er hat auch Willens, Winkelmannen verschiedne Fehler aufzudecken, und da dieser, wie ich sicher weiß, die Kritik nicht leiden kann, und überhaupt die deutschen Gelehrten für elende Inseckten ansieht, so könnte der Streit leicht interessant werden 〈...〉.

Lessing ist also während der Drucklegung am Ort, die persönlich revidierten Korrekturfahnen (außer dem Druckmanuskript, vgl. oben S. 627-631) zeugen von intensiver Beteiligung.

Seit dem Erscheinen des Ersten Teils zur Ostermesse 1766 mischen sich die Zeugnisse erster Resonanz (vgl. unten S. 674-687) mit solchen weiterer Planung. Ohne Frage hat sich Lessing vorgenommen, entsprechend der Dreiteilung von Paralipomenon 8 einen »Zweiten« und einen »Dritten« Teil folgen zu lassen. Unter den Nachlaßnotizen befindet sich eine größere Gruppe (Paralipomena 9 bis 18, S. 264,20-290,5), die inhaltlich noch überwiegend Gegenstände des Ersten Teils betreffen, sich jedoch partiell auch zur Wiederaufnahme in einem der nachfolgenden Teile geeignet haben mögen (Ähnliches gilt für einzelne der seit 1768 gesammelten *Collectanea*). Paralipomenon 19 trägt von Lessings eigener Hand – die Zuordnungen sind sonst im allgemeinen handschriftlich durch den Bruder Karl erfolgt (s. die Hinweise bei Milde, *Gesamtverzeichnis*, Bd. 1, S. 172-178) – die Überschrift »II. Teil«. Es geht dort um das Thema »Schönheit«, besonders »körperliche Schönheit« ganz im Sinne des Entwurfs 8. Lessing nimmt die Kapitel- bzw. Abschnittszählung des Ersten Teils auf und numeriert weiter mit »XXX«, »XXXI.« usf. Die Paralipomena 22 bis 27 (S. 297,6-317,4) lassen sich thematisch dem Dritten Teil zuordnen, in dem unter anderem von Musik, Tanzkunst und Pantomime gehandelt werden sollte. Immer wieder wird dabei auf den Fundamentalgegensatz von »natürlichen« und »künstlichen« Zeichen rekurriert. Paralipomena 28 und 29 (S. 317,6-318,26) enthalten wiederum Einzelnotizen zu Laokoon-Darstellungen, wobei sich im zweiten Fall die Zwischenüberschrift findet (S. 318,18): »Einzelne Gedanken zur Fortsetzung meines Werks«.

Eine genauere Datierung ist in allen diesen Fällen kaum möglich. Sie können prinzipiell sowohl vor als auch nach dem Erscheinen des Ersten Teils liegen. Auch Paralipomenon 19 mit seiner Kapitelzählung kann vor der Ostermesse niedergeschrieben sein, während der Drucklegung, als Lessing selbst schon die Zählung des Ersten Teils festgelegt hat.

Außerhalb der Nachlaßnotizen belegen eine Reihe von Zeugnissen Lessings, daß er noch bis in den Beginn der 1770er Jahre hinein an eine Fortsetzung des *Laokoon* gedacht hat. Freilich wird auch erkennbar, wie sehr er – bei seiner charakteristischen Arbeitsweise – immer wieder durch andere, sich vordrängende Aktivitäten und Projekte davon abgehalten wird: durch das Angebot einer Tätigkeit am Hamburger »Deutschen Nationaltheater« schon Ende 1766 (und das dortige Engagement seit Frühjahr 1767), durch das Druckerei- und Verlagsunternehmen zusammen mit Bode, durch die Ausarbeitung der noch in Breslau begonnenen *Minna von Barnhelm*, durch die *Hamburgische Dramaturgie* und schließlich durch die Fehde mit Klotz, die in die *Antiquarischen Briefe* mündet.

Ein Zeichen solcher ›Ablenkung‹ ist schon die briefliche Äußerung gegenüber Gleim vom 1. 2. 1767, als er auf Hamburg vorausschaut (Bd. XI/1 dieser Ausgabe, S. 458):

> Ich will meine theatralischen Werke, welche längst auf die letzte Hand gewartet haben, daselbst vollenden, und aufführen lassen. Solche Umstände waren notwendig, die fast erloschene Liebe zum Theater wieder bei mir zu entzünden. Ich fing eben an, mich in andere Studien zu

verlieren, die mich gar bald zu aller Arbeit des Genies würden unfähig gemacht haben. Mein Laokoon ist nun wieder die Nebenarbeit. Mich dünkt, ich komme mit der Fortsetzung desselben, für den großen Haufen unsrer Leser, auch noch immer früh genug. Die wenigen, die mich itzt lesen, verstehen von der Sache eben so viel, wie ich, und mehr.

Ein Jahr später klingt es noch unbestimmter. Unter dem 25.2.1768 bezieht sich Lessing in einem Brief an Heinrich Wilhelm von Gerstenberg auf eine *Laokoon*-Kritik von Helferich Peter Sturz (Bd. XI/1 dieser Ausgabe, S. 507):

Seine Anmerkungen über den Laokoon habe ich beigelegt ⟨einstweilen zur Seite gelegt⟩, bis ich in dieses Fach wieder komme. Itzt weiß ich selbst nicht, was in meinem Buche steht: wie sollte ich ihm antworten können?

Wie sehr ihn manche Kritik am *Laokoon* einerseits abstößt, ein Mann vom Range Herders (mit dem Ersten seiner *Kritischen Wälder* von 1769; vgl. unten S. 703-711) andererseits zur Fortsetzung anregt, demonstriert wiederum ein weiteres Jahr darauf die Äußerung gegenüber Nicolai (Brief vom 13.4.1769; Bd. XI/1 dieser Ausgabe, S. 603):

Da so viele Narren itzt über den Laokoon herfallen, so bin ich nicht übel Willens mich einen Monat oder länger, in Kassel oder Göttingen auf meiner Reise zu verweilen, um ihn zu vollenden. Noch hat sich keiner, auch nicht einmal Herder, träumen lassen, wo ich hinaus will. Aber Herder will ja die kritischen Wälder nicht geschrieben haben! Sagen Sie mir doch, wie ich seine Protestation desfalls nehmen soll. Der Verfasser sei indes, wer er wolle: so ist er doch der einzige, um den es mir der Mühe lohnt, mit meinem Krame ganz an den Tag zu kommen.

Fast überraschend verheißungsvoll klingt dann, was Lessing am 5.1.1770 aus Hamburg, mit dem Blick bereits auf die Wolfenbütteler Bibliothekarsstelle, gegenüber Christian Friedrich Voß in Aussicht stellt (Bd. XI/1 dieser Ausgabe, S. 657f.):

So bleibe ich vors erste wohl noch Jahr und Tag in Wolfenbüttel, und habe Zeit noch verschiednes zu vollenden, wozu mir hier teils Hülfsmittel, teils Ruhe und Heiterkeit gefehlt haben! Das erste und vornehmste wird nun freilich der Laokoon sein 〈...〉.

In Wolfenbüttel locken dann wieder Vorhaben ganz anderer Art, und offenkundig ist Lessing bestrebt, nach *Wie die Alten den Tod gebildet* das Gebiet der antiquarischen Studien vorläufig – oder auch endgültig – zu verlassen. Nicht genauer datieren läßt sich eine im Nachlaß erhaltene (Paralipomenon 30, S. 319-321) französische »Préface«. Sie stützt sich zunächst auf die deutsche »Vorrede« und variiert sie zugleich leicht. Lessing kündigt jedoch im Schlußabschnitt ausdrücklich an, daß er nicht nur den Ersten Teil überarbeiten, sondern die Fortsetzung (»la suite«, S. 321,19 f.) in französischer Sprache niederschreiben wolle, zumal sie sich ob ihrer Klarheit und Präzision hierfür besonders eigne.

Hier mag sich zugleich der Wunsch artikulieren, aus den deutschen Streitereien mit Klotz und seinem Anhang auszubrechen, aber wohl in erster Linie ein neues, europäisches Publikum zu gewinnen. So ist auch dieses Stück Lessingschen Plänemachens wohl schon ein Kapitel der Wirkungen seiner Wirkungsgeschichte.

REZEPTION UND WIRKUNG

Es ist nicht nur der ›Name‹ des Verfassers, der dem *Laokoon* beim Erscheinen des Ersten Teils zur Ostermesse 1766 eine ganz ungewöhnliche Aufmerksamkeit verschafft. An drei Umstände ist zu erinnern. Nicht weniger als sechs Jahre liegt Lessings letzte Buchpublikation zurück, *Das Theater des Herrn Diderot*. Mit den ›antiquarischen‹ Studien, wie sie schon der Titel ankündigt, betritt der Poet, der Kritiker, der Übersetzer, der Theaterautor Lessing ein neues Feld. Und schließlich: Zwei Jahre zuvor ist mit Winckelmanns *Geschichte der Kunst des Alterthums* ein Reichtum an »Anschauung« beschworen worden, gegen den sich das stärker theoretische Interesse schon des Untertitels (mit der Frage nach den »Grenzen«) fast ostentativ abhebt.

Gewiß ist in Lessings Freundeskreis, im Breslauer (etwa Klose) und vor allem im Berliner Kreis (Mendelssohn, Nicolai u. a.), durch mannigfachen Vor-Austausch das neugewonnene Betätigungsfeld bekannt, auch manche der Thesen. Für die literarisch-gelehrte Öffentlichkeit muß die Schrift einigermaßen überraschend kommen. Die frühe Kurzpräsentation in der ›Hauszeitung‹ des Verlegers Voß, Lessings eigenem früheren Organ ›Berlinische privilegirte Zeitung‹ (Nr. 1), hebt mit dem »wahren philosophischen Auge« und mit den »eigentlichen Feinheiten« zwei Grundmotive hervor, die fortan die Rezeption der Schrift wesentlich bestimmen werden. Für die einen steht die neuere europäische Ästhetiker-Diskussion über Wesen und Verschiedenheit der Künste im Vordergrund, wie sie mit den Namen Shaftesbury, Harris, Batteux, Dubos, Diderot und nicht zuletzt Mendelssohn verbunden ist. Die anderen – es gibt natürlich zahlreiche ›gemischte‹ Rezeptionen – stürzen sich auf die Exempla und ihre antiquarischen Details, die durch die großen Erschließungswerke von Montfaucon über Caylus und Lippert bis zu Winckelmann eine nachgerade modische Beliebtheit gewonnen haben (hierzu Schiering, S. 11-22).

Christian Adolf Klotz, noch junger (1738 geborener) ordentlicher Professor der Philosophie und der Beredsamkeit in Halle, als Kind einmal im Elternhaus dem jugendlichen Lessing begegnet, regt sich als einer der ersten. Lessing erwähnt ihn im *Laokoon* kurz (S. 172, 20f. mit A 3) mit dessen *Epistulae homericae* (Briefe zu Homer, 1764), ihm widersprechend, doch mit dem auffälligen Zusatz, er sei ein »Gelehrter von sonst sehr richtigem und feinem Geschmacke«. Noch am 9. 5. 1766 meldet sich Klotz brieflich bei Lessing (Nr. 2), fast liebedienerisch sich als einen seiner »aufrichtigsten Verehrer« vorstellend und an die Jugendbekanntschaft erinnernd, zugleich freilich mit der Ankündigung, er werde den *Laokoon* in seinen eigenen ›Acta litteraria‹ rezensieren – auch mit Nuancen des Nicht-Einverstandenseins.

Lessing reagiert ungefähr einen Monat später durchaus entgegenkommend (Nr. 4), mit Dank für schmeichelhafte Erwähnungen in Klotzens Schriften, nicht ohne die Andeutung, daß Klotz es sei, der nun auf *ihn* zukomme. Den Dissenspunkt um den homerischen Thersites spricht er ausdrücklich an. Fast divinatorisch fügt er hinzu, der häßliche Thersites solle unter ihnen kein »Unheil stiften«. Und es läßt nicht nur von später her aufhorchen, wenn Lessing hier sogar generalisiert: »Schreibt man denn nur darum, um immer Recht zu haben?«

Aus Hamburg kommt frühes Kritikerlob (»ein Meisterstück«, Nr. 7), ebenso wie aus Leipzig, wo die »Begeisterung eines Recensenten« sich artikuliert (Nr. 17). Nicht unbegründet freilich ist Uz' Befürchtung gegenüber Lessings Freund Gleim, auch der *Laokoon*, »ein vortreffliches Werck«, könne »unvollendet« bleiben« (Nr. 6). Mit verständlicher Spannung warten nicht wenige der frühen Leser auf die Reaktion der Autorität Winckelmann im fernen Rom. Von ihm (den *Gedancken über die Nachahmung*) hat Lessing das Titelbeispiel genommen, seiner Deutung zugleich in wichtigen Punkten widersprechend; und auf seine *Geschichte der Kunst* konzentriert er sich ja von Abschnitt XXVI an mit gehäufter Detailkritik.

Winckelmanns Antworten noch aus dem Sommer 1766 (16. 8. und 10. 9., Nr. 9 und 11; vgl. Rehm, *Winckelmann und Lessing*, S. 193 f.) klingen eigentümlich knapp und abwehrend: die Schreibart dieses ›Neulings‹ auf dem Gebiet sei »schön und scharfsinnig«, aber es mangle ihm doch an »Unterricht«. »Er komme nach Rom, um auf dem Ort mit ihm zu sprechen« (Nr. 11). Briefe vom 15. 11. 1766 und vom 18. 4. 1767 (Nr. 15 und 20) distanzieren sich mit weitgehend identischen Formulierungen von einem »Universitätswitz, welcher mit Paradoxen sich hervorthun will«, und versagen dem Autor, dem es an »Kenntniß« mangle, recht von oben herab eine »Antwort«.

Während auf den *Laokoon* und auf dessen Verfasser, die »Leuchte des deutschen Namens«, bereits 1766 ein langes lateinisches Lobgedicht gedruckt wird (Nr. 18), während in Paris sogar das ›Journal encyclopédique‹ auf das Werk aufmerksam macht (vol. 5, 1766, T. 1, S. 65-80 und T. 2, S. 33-46; so Seifert, Nr. 734), läßt Klotz in seinen ›Acta litteraria‹ (Vol. III, Pars III, Altenburg 1766, S. 283-320) eine sehr ausführlich referierende und maßvoll kritisierende Besprechung erscheinen (Fortsetzung Vol. IV, Pars I, 1766, S. 92-98). Gleim meint, Lessing könne mit den Monenda ebenso »zufrieden seyn« wie mit dem Lob (Nr. 19). Bereits am 8.9.1766 hat in den ebenfalls zum Klotzschen Imperium zählenden ›Neuen Hallischen Gelehrten Zeitungen‹ (Nr. 10) eine kürzere Rezension gestanden, in der *Laokoon* »unter die besten Schriften unserer Nation« gerechnet wird: »Genie, philosophischer Scharfsinn, Belesenheit, Kenntniß der Künste, zeigt sich auf allen Seiten, und erhebt den Schriftsteller unter die Klaßischen Autoren.«

In der öffentlichen Resonanz überwiegen das Inhaltsreferat und das allgemeine, oft hohe Lob (es sei nur von wenigen »so vernünftig und tief über die schöne Künste nachgedacht« worden, so Nr. 21). Es fehlt an niveauvoller Antwort auf das »Philosophische« des Buchs – ein Moses Mendelssohn etwa ist ja freundschaftlich gebunden, am Entstehen der Schrift sogar beteiligt. Selbst der ausführliche Brief, den Helferich Peter Sturz unter dem 23.9.1767 Lessing zukommen läßt (Nr. 22; vgl. Nr. 30), konzentriert sich bei aller Begeisterung (»ein meisterhaftes Werk«, »Sie sind tief in das Heiligtum gedrungen«) wesentlich auf einzelne Stellen, auf Details. Noch im selben Jahr 1767 – als man auch in England und Schottland vom *Laokoon* Notiz nimmt (vgl. Seifert, Nr. 734) – wird erkennbar, wie ›der neueste Lessing‹ in Lehrbüchern, Überblicken, Kompendien Autorität gewinnt: bei Johann Gotthelf Lindner (Nr. 24), Friedrich Justus Riedel (Nr. 25), Christian Heinrich Schmid (Nr. 26). Vor allem von Riedel (der in dieser frühen Phase noch nicht als Anti-Lessingianer abgestempelt ist, vgl. S. 715 f.) und von Schmid wird das längst Überfällige, das Befreiende der Lessingschen Leistung herausgehoben – wie es dann später von Goethe in *Dichtung und Wahrheit* (Achtes Buch, 1812; Nr. 59) für Generationen kanonisiert werden wird.

Trotz solcher generellen Anerkennung, die Lessing vielfältig durch Briefe und mündliche Äußerungen bestätigt wird: Die prinzipielle Stoßrichtung seiner Polemik, unter anderem gegen die ›malende Poesie‹, scheint ihm noch nicht recht wahrgenommen zu sein. Selbst Albrecht von Haller hat in den ›Göttingischen Anzeigen von Gelehrten Sachen‹ (Nr. 12) zwar die Kritik an seiner eigenen »Beschreibung der Kräuter« zurückgewiesen, im übrigen aber die »Subtilitet« der Lessingschen Beobachtungen gepriesen. Seit langem habe Deutschland kein Werk mehr »von dem feinen Geschmacke« des *Laokoon* hervorgebracht, mit dem Lessing selbst über Winckelmann ein »Uebergewicht« erhalte.

Eben dies aber wird aus der Resonanz der beiden ersten Jahre nicht recht bestätigt. Namentlich die zunächst moderate Detailkritik aus der Klotzschen ›Schule‹, kombiniert mit der anfangs besonders aufdringlichen Umarmungstaktik des ›Schulhaupts‹, reizt Lessing. Professor Klotz selbst meint bereits früh (13. 8. 1766; Nr. 8), dem »Herrn Magister« sei wohl nicht genügend »Weyrauch« angezündet worden. Im Frühjahr 1768 erscheint aus der Feder Klotzens eine umfangreichere Abhandlung über die sich besonderer Beliebtheit erfreuende antike Gemmenkunst (vgl. S. 956): *Ueber den Nutzen und Gebrauch der alten geschnittenen Steine und ihrer Abdrücke*. Darin wird verschiedentlich auch kritisch auf Lessings *Laokoon* und dessen Thesen zu den ›homerischen Gemälden‹ Bezug genommen. Lessing entnimmt einem Beitrag zum ›Reichspostreuter‹ (vgl. Anm. 356, A 1), Klotz habe ihn eines »unverzeihlichen Fehlers« überführt (S. 356,19). Das ist ihm Anlaß, endlich wieder seine antiquarisch-philologische Kompetenz zu mobilisieren, und nun gleich, indem er gegenüber Klotz einen entschieden polemischen Ton anschlägt (dazu unten S. 982). In der

›Hamburgischen Neuen Zeitung‹ vom 20.6.1768 und gleich anschließend im ›Hamburgischen unpartheyischen Correspondenten‹ vom 22.6. richtet Lessing, namentlich unterzeichnend, einen »Brief« an Klotz (unten S. 998). Darin wehrt er sich dagegen, zugleich als einer der besten »Kunstrichter« und als »großer Ignorant« behandelt zu werden. Es ist der erste Brief, den dann Lessing noch im gleichen Jahr in den Ersten Teil der *Briefe, antiquarischen Inhalts* aufnimmt (S. 356,13-359,36).

Von nun an vermischt sich die Rezeptions- und Wirkungsgeschichte des *Laokoon* bis zur Ununterscheidbarkeit mit derjenigen der *Antiquarischen Briefe*. Immer wieder ist im Zusammenhang des *Laokoon* auch vom »Klotzischen Streit«, vom »Krieg der Gelehrten« und ähnlichem die Rede, und von Lessings polemischem Verfahren in den *Antiquarischen Briefen* wird wiederholt auch ein Licht auf Thesen und Methoden der älteren Schrift geworfen.

Zweifellos verschafft die Fehde mit Klotz und seinen Anhängern – die hier nicht des näheren dargestellt werden kann (vgl. aber S. 952-965) – auch dem *Laokoon* neue Leser. Dessen theoretisch-programmatischen Demonstrationszielen dient sie kaum. Der Streit verselbständigt sich, verliert sich in Details und persönliche Attacken. Noch 1768 erscheint bei einem Leipziger Verleger – aber mit einem irreführenden »Buchhändlerknief« ausgerechnet für Nicolai in Berlin angekündigt (vgl. Nr. 31) – eine Sammlung *Briefe von Herrn Leßing und Herrn Klotz, betreffend des erstern Laokoon und des letztern Werk von alten geschnittenen Steinen*. Von außen beobachtend, meint Hamann in einem Brief (Dvoretzky 1, S. 41) nicht zu Unrecht angesichts dieser Publikation, Lessing solle lieber an den Zweiten Teil des *Laokoon* denken.

Es sind nicht nur unmittelbare Anhänger oder gar ›Schüler‹ Klotzens, die sich kritisch mit dem *Laokoon* auseinandersetzen. Einzelne suchen auch persönlichen Kontakt mit Lessing, so der Nürnberger Amtmann und journalistisch arbeitende Kulturhistoriker Christoph Gottlieb von Murr (1733-1811). Schon am 14.9.1767 erwähnt er brieflich gegenüber Lessing, er habe »Anmerkungen« zum *Laokoon* formuliert (er hat sie wohl auch Klotz zur Publikation angeboten). Lessing antwortet erst mehr als ein Jahr später, am 25. 11. 1768 (Nr. 22), nun schon spürbar geprägt durch die Fehde mit Klotz. Er geriert sich betont höflich, aller echten Kritik von »Fehlern« des *Laokoon* aufgeschlossen, den Adressaten betont gegen »das dictatorische Ansehen« abhebend, das Klotz sich gebe. 1769 kommen Murrs *Anmerkungen über Herrn Leßings Laokoon, nebst einigen Nachrichten, die deutsche Litteratur betreffend* in Erlangen heraus. Die Schrift versucht, nach mehr allgemein gehaltenen Lobsprüchen über den *Laokoon*, vor allem nachzuweisen, daß Lessing denn doch mehr von der Poesie verstehe als von der Malerei und daß er vieles aus zweiter Hand biete. Es sind Kritikpunkte, die den *Laokoon* bis in unsere Gegenwart begleiten. Im Jahre 1769 gerät Murrs Buch sofort in die Parteiungen zwischen Lessing und Klotz, und die in Halle erscheinende ›Deutsche Bibliothek der schönen Wissenschaften‹ (Nr. 40) greift denn auch genüßlich die Gelegenheit auf: »Die Zeit wird es lehren, mit welcher Mine Leßing diese Einwürffe beantworten werde.«

Es gehört wohl zu den Eigenheiten der Wirkungsgeschichte des *Laokoon*, daß ausgerechnet der so unerfreuliche und weithin oberflächliche Streit drei der wichtigsten Stellungnahmen zur Lessingschen Schrift offenbar mitbefördert hat: diejenigen von Herder, Garve und Riedel, allesamt aus dem Jahr 1769. Friedrich Justus Riedel, Professor der Philosophie in Erfurt (vgl. Anm. 374,24), wird in späteren Jahren gern als »Klotzianer« eingestuft, und nicht ganz zu Unrecht. 1767, in seiner *Theorie der schönen Künste und Wissenschaften* (Nr. 25), würdigt er noch unmißverständlich Mendelssohns und Lessings Verdienste um das ›Unterscheiden‹ und ›Abgrenzen‹ von Malerei und Poesie, gegen die lange Zeit übliche ›abgeschmackte‹ Vermischung der beiden. Die umfangreiche Studie *Über den Laokoon des Herrn Leßings* in der Halleschen ›Philosophischen Bibliothek‹ (1769; Nr. 39) läßt sich kenntnisreich und über weite Partien durchaus sachlich auf die Schrift ein, zeigt freilich auch Lücken und Schwächen der Lessingschen Deutungen und Argumentationen ohne Umschweife auf; dabei bleibt er nicht im Detail befangen, sondern behandelt die Grundthesen auch im Zusammenhang der zeitgenössischen Ästhetik-Diskussion. Doch Lessing selbst ist von der aufgeheizten Streit-Atmosphäre schon so geprägt, daß er im Brief an Nicolai vom 13.4.1769 (Nr. 42) auch bei Riedel nur eine – irrtümliche – Revanche für die Kritik seiner *Briefe über das Publicum* sehen will.

Christian Garve wiederum, der ›Popularphilosoph‹ und Leipziger Professor (1742-1798), leistet mit seiner großen *Laokoon*-Besprechung in Nicolais ›Allgemeiner deutscher Bibliothek‹ (Nr. 33) nicht lediglich einen ›parteilichen‹ Dienst. Er setzt die in mehr als zwei Jahren aufgelaufenen Sachkontroversen und persönlichen Polemiken ausdrücklich voraus (»Das Buch ist so längst bekannt, gelobt, bewundert, beurtheilt, getadelt worden 〈...〉«). Er nimmt sich angesichts all der Verwirrung eine verstehende Neulektüre vor: »der Reihe der Lessingschen Ideen unverwandt nachzugehen«. Eine solche orientierende Funktion hat denn auch Garves Anzeige (die sowohl bei Braun 1, S. 260-284 als auch bei Blümner, 2. Aufl., S. 683-703 vollständig abgedruckt ist) für ein weiteres Publikum auch über das 18. Jahrhundert hinaus gewonnen: eine Art Extrakt der Lessingschen Gedanken in der Reihenfolge ihrer Entfaltung.

Herders *Kritische Wälder. Erstes Wäldchen* (Nr. 34), Lessings *Laokoon* gewidmet – das zweite und das dritte im Zeitkontext ganz konsequent mit Klotz beschäftigt – stehen zu Garve gewiß in einem scharfen Kontrast. Es geht um vergleichende Diagnose der Winckelmannschen und der Lessingschen Geistesart *und* um Stellungnahme zu den antiquarischen Streitpunkten (grundlegend immer noch Markwardt, *Herders Kritische Wälder*, S. 47-55 und 129-163). In der Deutung der Laokoon-Gestaltungen steht Herder (der seine Autorschaft zunächst verleugnet, vgl. Nr. 42) unmißverständlich auf Winckelmanns Seite. Dieser repräsentiert ihm in seiner sinnlichen »Anschauung« zugleich den genuinen Zugang zur antiken Kunst. Aus solchem prinzipiellen Widerspruch zu Lessings Vorgehen resultiert auch manche rasche Ablehnung Lessingscher Einzelthesen. Gleichwohl bleibt die Hochschätzung des Verfassers spürbar. So ist auch die eigentümliche Wendung gegen Schluß der Schrift zu verstehen: »Uebrigens ⟨d. h. im übrigen⟩ sey jedes Wort, und jede Wendung verbannt, die *wider* Hrn. L. geschrieben schiene. Ich habe *über* seine Materien gedacht ⟨. . .⟩«.

Die Resonanz der Herderschen Schrift betrifft auch Lessings *Laokoon*. Der »Klotzische Streit« ist noch volle Gegenwart. Christian Heinrich Schmid, Professor der Beredsamkeit in Erfurt (1746-1800), sieht den »Dictator« Lessing einmal in die Schranken gewiesen, aber auch Herder gehe »wieder zu weit«. Und es ist ihm »ein Vergnügen zu sehen, wie ein Sophist über den andern kömmt« (Nr. 46). Karl Lessing meint den Bruder in einem Brief vom 9.3.1769 trösten zu müssen, Herder habe gar nicht verstanden, »wohin Du gewollt«; und Klotz könne angesichts des anderen *Wäldchens* kaum triumphieren (Nr. 38).

Lessing selbst hat, so ärgerlich ihm Herders kritischer Gegenentwurf und die Parteinahme für Winckelmann sein mußten, das Niveau der Schrift sofort erkannt und gewürdigt. Gegenüber Nicolai äußert er unter dem 13.4.1769 (Nr. 42): Wer immer der Verfasser des *Ersten Wäldchens* sei, er sei »doch der einzige, um den es mir der Mühe lohnt, mit meinem Krame ganz an den Tag zu kommen«, das heißt: auch die geplanten Teile des *Laokoon* herauszubringen. Mehrere Selbstäußerungen dieser Art und eine Reihe entsprechender ›Pressemeldungen‹ (vgl. etwa Nr. 44) bezeugen, wie aktuell das Interesse an einer »Fortsetzung« des *Laokoon* noch ist (s. auch oben S. 647-650).

Indes, das Jahr 1769 bringt mit dem Angebot der Wolfenbütteler Bibliothekarsstelle (im September) und mit der um die gleiche Zeit entstandenen Schrift *Wie die Alten den Tod gebildet* eine neue Stufe auch der auf den *Laokoon* bezogenen antiquarischen Auseinandersetzungen (vgl. Bd. VI dieser Ausgabe, S. 1080-1106). Lessing konzipiert und schreibt ›systematischer‹, fast ›schulmäßig‹ gliedernd, und die Polemik gegen Klotz tritt deutlich zurück. Seit dem ersten Teil der *Antiquarischen Briefe* ist die Rezeption des *Laokoon* auch bei manchen Wohlwollenden ein wenig belastet. Zwar hält der Großorganisator Nicolai, auch im publizistischen Eigeninteresse, kräftig Lessings Partei (Nr. 41). Aber es gibt auch bei nicht eingeschworenen »Klotzianern«, wie Christian Heinrich Schmid (Nr. 46), das Wort vom »Dictator« Lessing. Und selbst der Bruder Karl äußert, bei aller Verteidigung gegen Klotz, Riedel und andere (Nr. 45), Bedenken gegen die Art, wie Lessing den »Streit« führt. Garves große Rezension ist wesentlich aus dem Bemühen entstanden, den *Laokoon* aus dem Dunst der Kritikerschlachten zu befreien.

Im Jahre 1771 stirbt Klotz, dreiunddreißigjährig. Wie ›historisch‹ die an den *Laokoon* sich anschließende Fehde geworden ist (die Ermordung Winckelmanns in Triest liegt gar schon drei Jahre zurück), zeigt nicht nur ein von Murr herausgegebenes *Denkmal zur Ehre des sel. Herrn Klotz* (1772), in dem mit apologetischer Absicht noch einmal eine große Zahl von Dokumenten – darunter Klotzsche Briefe – präsentiert werden (vgl. auch unten S. 969). Es erscheinen auch mehrere Gesamtüberblicke mit den wichtigsten Beteiligten des Streits und ihren einschlägigen Texten (vgl. etwa Nr. 48 oder Nr. 51). Albrecht von Haller bedauert gegenüber Murr (26. 9. 1772; Nr. 49) im Hinblick auf Klotz, »daß die Gelehrten sich wie Gladiatoren der Welt zum Schauspiele geben«. Er selbst betont ostentativ, daß er »diesem ganzen Kriege fremd« sei und »bloß den Laokoon gelesen« habe.

Mit der *Hamburgischen Dramaturgie*, mit *Emilia Galotti* und mit dem »Streit« um die *Fragmente des Ungenannten* schiebt sich Neues, Brisanteres in den Vordergrund und läßt die Auseinandersetzungen um den *Laokoon* samt ihren Auswüchsen allmählich verblassen. In vielen Lehrbüchern wird die früh gewürdigte Leistung der Lessingschen ›Grenzziehung‹ kodifiziert. Eine Autorität wie der mit Lessing befreundete Christian Gottlob Heyne bekräftigt noch 1779, daß der Autor des *Laokoon* in der wichtigen Datierungsfrage gegenüber Winckelmann Recht behalten habe (Nr. 52).

Herder in seinem großen Lessing-Nekrolog (1781; Nr. 54) ruft sowohl das modische »Geschrei von Kunst«, das dem *Laokoon* vorausging, als auch den »Streit« in Erinnerung, der sich anschloß: »Er betraf zu armselige Dinge, zu armselige Leute.« Doch Herder zögert auch nicht, Lessings ›Auftreten‹ mit dem *Laokoon* als »leise, aber sehr gewiß und weitaussehend« zu würdigen. Und das unvollendete Werk steht ihm »wie ein philosophisches Kunstwerk da«. Auch Friedrich Schlegel, in seiner Lessing-Kritik aus tiefer Wesensverwandtschaft (1797; Nr. 58), erinnert sich der frühen Lektüre und der Enttäuschung über das Ausbleiben herausziehbarer sicherer Prinzipien. Daß ihm gegenüber *Laokoon* noch die Einstellung des zweckfreien »Studiums« fehlte, dieses Eingeständnis ist ein Stück höchster Anerkennung.

Für die Urteilsgeschichte des *Laokoon* bis weit ins 20. Jahrhundert hinein wird Goethes Würdigung entscheidend. In einem frühen, verlorengegangenen Aufsatz gerade aus dem ›Wendejahr‹ der *Laokoon*-Rezeption, 1769, stellt sich der Zwanzigjährige (der in Mannheim einen Abguß der Skulptur gesehen hat) gegen Winckelmann *und* Lessing, gegen Herder *und* Klotz. Der ›Propyläen‹-Aufsatz *Über Laokoon* (1798) meidet alle diese Namen geradezu ostentativ und gibt sich ganz der »Anschauung« des »Gegenstandes« und dem in ihm sich zeigenden Wesen der »ganzen Kunst« hin. Jedes Vergleichen und Messen zwischen »Kunst« und »Poesie«, auch im Hinblick auf Vergil, wird entschieden abgewiesen. Die kanonischen Sätze für die historische Würdigung des Lessingschen *Laokoon* gibt dann – neben späten Äußerungen gegenüber Eckermann – das Achte Buch von *Dichtung und Wahrheit* an die Hand (1812; Nr. 59): ganz individuell sich erinnernd und zugleich, mit dem Blick auf eine junge Ästhetengeneration Ende der 1760er Jahre, die Lessingsche Leistung wägend: den prinzipiellen Erkenntnis-Durchbruch. Das Hinreißen »aus der Region eines kümmerlichen Anschauens in die freien Gefilde des Gedankens« korrespondiert durchaus mit manchen Resonanz-Zeugnissen um 1766/67. Der Charakter des epochalen ›Durchbruchs‹ vermischt sich in Goethes perspektivischer Darstellung eigentümlich mit Zügen des Triumphs, den eher die Schrift *Wie die Alten den Tod gebildet* repräsentiert. *Laokoon* erscheint als ganz in seiner »Zeit« verwurzelt, als aus einer radikal negierten »Epoche« hervorgegangen. Der nationalsymbolisch verstandenen, repräsentativen Existenz des Autobiographen aber markiert *Laokoon* eine Schwelle, hinter die eine jegliche künftige Kunsterkenntnis nicht mehr zurückfallen darf.

STRUKTUR UND GEHALT

Zwei Grundcharakteristika des Lessingschen *Laokoon*, die auch einer heutigen Lektüre sofort ins Auge fallen – und möglicherweise Schwierigkeiten bereiten –, sind bereits in der Entstehungsgeschichte angelegt (s. oben S. 631-650). Den Ausgangspunkt bestimmt offenkundig ein systematisch-theoretisches Interesse am Wesenszusammenhang der Künste und vor allem an ihren »Grenzen«: zunächst an denen zwischen der Malerei, d. h. den bildenden Künsten, und der Poesie. So lassen es die ersten Entwürfe erkennen (besonders Paralipomenon 3), und so hält es der Untertitel der Schrift von 1766 fest. Dann aber rücken das durch Winckelmann vermittelte Beispiel der Laokoon-Gruppe und die kritische Auseinandersetzung mit ihrer Deutung in den Vordergrund; desgleichen der Sophokleische Held Philoktet und die Probleme der zahlreichen aus Homer ableitbaren »Gemälde«. Der Werktitel *Laokoon* mag für diese Interessenrichtung stehen.

Die beiden Tendenzen bleiben in dem Text, wie ihn Lessing schließlich zum Druck gibt, unausgeglichen. Die »Vorrede« setzt betont deduktiv ein, sie scheint den Problemzusammenhang von einigen Grundthesen her entwikkeln zu wollen. Doch dann beginnt Abschnitt I mit dem Laokoon-Exempel und seiner Interpretation durch Winckelmann. Und im folgenden dominieren, in mehr induktivem Verfahren, die Beispiele, zwischen solchen der Poesie und solchen der Malerei hin und her wechselnd. Dabei werden zwar Kategorien zur Bestimmung der »Grenzen« erkennbar (»Körper«, »Einbildungskraft« usw.). Aber sie sind nicht zusammenhängend entfaltet. Erst zu Beginn des Abschnitts XVI wird ein Neuansatz markiert, als Versuch, »die Sache aus ihren ersten Gründen ⟨d. h. aus Prinzipien⟩ herzuleiten« (S. 116,12 f.; hier werden alte Entwürfe wieder aufgenommen). Doch geht danach die Darstellungsweise recht bald aufs neue in die problemorientierte Beispielerörterung über. Schließlich setzt Abschnitt XXVI eine weitere Zäsur mit der Lessingschen Fiktion (s. Anm. 183,2 f.), Winckelmanns *Geschichte der Kunst des Alterthums* sei erschienen, und es gehe nicht an, bloß »aus allgemeinen Begriffen über die Kunst ⟨zu⟩ vernünfteln« – was der Verfasser bisher ohnehin nicht praktiziert hat. Die restlichen vier Kapitel sind fast ganz der Auseinandersetzung mit Winckelmann gewidmet, zuletzt nur noch locker verbundene Anmerkungen zu ihm reihend.

Lessing selbst hat in der Vorrede die gern zitierten Formeln angeboten, beim *Laokoon* handele es sich nur um »Aufsätze«, die »zufälliger Weise entstanden« seien, mehr durch die »Folge« seiner Lektüre bestimmt als durch »die methodische Entwickelung allgemeiner Grundsätze«; sie seien »mehr unordentliche Collectanea zu einem Buche, als ein Buch« (S. 15,17-22).

Struktur und Gehalt des *Laokoon* sind schon vielen Zeitgenossen als nicht leicht durchschaubar erschienen, obwohl das interessierte Publikum an philologisch-antiquarische Detailuntersuchungen mit ihrer Pedanterie und ihren Abschweifungen weitaus besser gewöhnt war als das heutige.

Und doch läßt gerade die frühe Rezeptions- und Wirkungsgeschichte des *Laokoon* erschließen, was für nicht wenige Leser an dieser Schrift das faszinierend Neue war. Sie ist nicht antiquarische Spezialabhandlung akademischen Zuschnitts, nicht sinnenhafte Kunst-Vergegenwärtigung in der Weise Winckelmanns und nicht »systematische« Theorie-Darlegung nach der Art von Baumgartens *Aesthetica* (vgl. S. 15,24-30). Sie stellt etwas daraus ›Gemischtes‹ dar: nicht selbst schon bestimmte neue Form, aber ein Experiment zu neuen Zwecken.

Lessing versucht, wie er es seit seinen frühen kritisch-polemischen Schriften nachgerade als ›Technik‹ entwickelt hat, seine Leser auch bei diesem Gegenstand dialogisch anzusprechen: mit Fragen und hypothetischen Einwürfen, mit Ausrufen und Anreden, mit gliedernden Hinweisen nach rückwärts und vorwärts, mit aktuellen Anspielungen. Vor allem aber ist er bemüht, seinen zwischen Deduktion und Induktion wechselnden Darstellungsstil auch praktisch dadurch zu legitimieren, daß er die konkreten Beispiele vor dem inneren Auge des Lesers ›plastisch‹ werden läßt: die Laokoon-Gruppe, den leidenden Philoktet, die Szenen aus der *Ilias*. Dabei achtet er sorgfältig darauf, auch hierbei nicht in ein Schema der »Beschreibung« (descriptio) zu verfallen, sondern durch Zitate, durch Vermutungen über Autorabsichten und durch angenommene Rezeptionsweisen den Leser in den Prozeß der Erkenntnisfindung hineinzuziehen. Selbst bei einem so fernen und vielbehandelten Gegenstand wie dem »Schild Homers« (Abschnitte XVIII/XIX) geht er in dieser Weise vor.

Mit Winckelmanns »Anschauung« kann und will Lessing nicht unmittelbar konkurrieren, aber im Vergleich etwa zu Baumgarten ist sein Stolz, zumindest sein Anspruch deutlich, daß seine »Beispiele mehr nach der Quelle schmecken« (S. 15,32f.). Diese »Quelle« wird nicht auf der Basis eines Selbersehens angeeignet, und sei es über Kopien und Abgüsse (von denen einzelne Lessing durchaus zugänglich waren) oder auch über die opulenten großen Abbildungswerke des 17. und 18. Jahrhunderts; auf sie verweist Lessing (nicht anders als auch Winckelmann in seiner *Geschichte*), er setzt sie voraus, vor allem die weitverbreitete *L'antiquité expliquée* von Montfaucon (vgl. Bd. V/1, Anm. 496,22).

Lessings Zugang zum Konkreten der »Quellen« ist, wie man gerade im Vergleich mit Winckelmann früh beobachtet hat, noch klar humanistisch-philologisch bestimmt. Das wird bei seinen verschiedenen Breslauer Vorstudien (vgl. Bd. V/1, S. 858 f. und 881 f.) bereits überdeutlich. Beschäftigung mit der »Quelle« heißt für Lessing immer wieder auch: Rekonstruktion eines antiken »Originals« – der bildenden Künste – über erhaltene Dokumente. Ein Homerischer oder ein Sophokleischer oder ein Vergilischer Text sind zwar, im gleichen Medium des Worts, unmittelbarer repräsentierbar. Aber auch sie bedürfen der antiquarischen Rekonstruktion; nicht nur im Hinblick etwa auf Theatertechnik oder auf zeitgenössische Anspielungen, sondern generell auf die Qualität der Textüberlieferung.

Dies bedeutet, daß Lessing, wie er es von seinen philologischen Lehrern gelernt und seit der frühen *Plautus-Abhandlung* (1750) gerne vorexerziert hat, auch im *Laokoon* alle Techniken philologischer Gelehrsamkeit prinzipiell für legitim hält; dies gilt bis hin zu den oft recht willkürlichen Spekulationen über tatsächlich oder angeblich ›verderbte‹ Textstellen. Hier ist viel Selbstdemonstration des ›Gelehrten‹ Lessing im Spiel, ohne die sein neues Ideal des ›freien Schriftstellers‹ historisch gar nicht denkbar wäre. Gleich Abschnitt II bietet in den Anmerkungen (besonders S. 23, A 2 und S. 26-28, A 8) Beispiele ausufernder Exkurse; in Abschnitt IV (S. 38-41, A 1) wird der Leser über mehrere Seiten hin mit Textkritik, Übersetzungsvergleich, Scholiendeutung und Philologenpolemik aufgehalten.

Der ganze historisch-antiquarisch-philologische Apparat, der den Text des *Laokoon* bisweilen problematisch aufschwellt, ist nicht mit einer einzigen funktionalen Erklärung zu fassen. Er ist zweifellos hier und da auch von Prestigebedürfnissen bestimmt. Doch er ist prinzipiell zugleich Ausdruck des programmatischen Lessingschen Sichorientierens an den »Quellen« und den »Beispielen«. Und er ermöglicht es – den antiquarischen Gegenständen entsprechend –, in die Werkstatt der Erkenntnisgewinnung auf diesem Feld jeweils mit hineinzublicken. An der Demonstration des Weges, und sei es mitunter auch eines ziellos oder labyrinthisch erscheinenden (vgl. das Bild des »Spaziergängers« S. 144,12), ist Lessing gelegen. Garves große Rezension vom Jahre 1769 trifft genau diesen Punkt, wenn sie angesichts der inzwischen verwirrenden Polemik über Details und Grundthesen, über Persönliches und fachlich Antiquarisches endlich einmal sich vornimmt, »der Reihe der Lessingschen Ideen unverwandt nachzugehen« (unten S. 701).

Lessings Grundthesen, wenn man sie etwa vom Beginn des Abschnitts XVI her aus dem *Laokoon* herauszuziehen versucht, wirken erstaunlich mager, wenig faszinierend. Etwa die in Lehrbüchern oder geschichtlichen Überblicken gern präsentierten Sätze: Die Malerei verwendet Figuren und Farben im Raum, die Poesie artikuliert Töne in der Zeit; in der Malerei herrscht das Prinzip der Koexistenz oder Simultaneität, in der Poesie das der Sukzession; die Gegenstände der Malerei sind »Körper«, die der Poesie »Handlungen«; die Malerei bedient sich »natürlicher«, die Poesie »willkürlicher« Zeichen.

Für solche und viele andere Sätze, die von Lessing axiomatisch behandelt werden, haben zum Teil schon die Zeitgenossen ›Gewährsleute‹ und ›Quellen‹ benannt, die bei Lessing nicht oder nur am Rande erwähnt werden. Die Forschung hat dann, von Blümners grundlegenden Studien über Nolte bis in die Gegenwart hinein, immer verzweigtere Genealogien zu zeigen vermocht. Vieles hat dabei Lessing zweifellos auch aus zweiter, dritter Hand. So begegnet etwa die Unterscheidung der Künste nach »natürlichen« und »willkürlichen« Zeichen schon bei dem Engländer John Harris (*Discourse on Music, Painting and Poetry*, 1744;

vgl. S. 730), den Lessing an keiner Stelle nennt, aber auch bei Jean Baptiste Dubos, aus dessen *Réflexions critiques sur la poésie et sur la peinture* (1719) er bereits 1755 einen Auszug übersetzt hat – und der im ganzen *Laokoon* nicht mehr erscheint (vgl. Bd. V/1, Anm. 127,26). Oder: Die in Lessings Nachfolge vieldiskutierte These vom »fruchtbaren Moment« oder »Augenblick« (zuerst in Abschnitt IV) ist sowohl bei Shaftesbury (*A notion of the historical draught or tablature of the judgement of Hercules*, 1713; vgl. Anm. 130,34-131,10) als auch bei Diderot (*Lettre sur les sourds et muets*, 1751; Lessing schon früh bekannt; vgl. S. 635) vorgebildet. Aber auf keinen von beiden wird im *Laokoon* Bezug genommen. Die Verhältnisse komplizieren sich noch dadurch, daß Lessing einzelnen von ihm Kritisierten (wie etwa Spence) mehr verdankt, als es die Polemik vermuten läßt (vgl. die Studie Siebert).

Das solchermaßen Skizzierte gehört zur Machart des *Laokoon* ebenso wie der partienweise ›übergelehrte‹ Habitus oder auch das ›Spaziergängerhafte‹ der Gedankenfolge. Daß Lessing in vielen, ja in den meisten »Sätzen« nicht als originell gelten kann, ist so evident wie unspezifisch. Schwerer läßt sich die Frage beantworten, welche Charakteristika des *Laokoon* es denn gewesen sind, die zu einer so auffällig frühen Kanonisierung der Lessingschen Thesen, im 19. Jahrhundert nachgerade zur Dogmatisierung, geführt haben (Beobachtungen dazu unter anderem bei Buch).

Es ist nicht nur die schon starke Autorität Lessings in den 1760er Jahren, auch nicht nur die – typisch Lessingsche – neuartige Mischung der antiquarisch-theoretischen »Schreibart«, sondern zugleich die gegenwartsorientierte kritische Tendenz, die auch den »Sätzen« Brisanz verlieh. *Laokoon* ist in einer bestimmten, den ganzen Ersten Teil durchziehenden Interpretationslinie Tendenzschrift zur »Rettung« der Poesie als der »weiteren Kunst«. Die These klingt in der Vorrede bereits an (S. 14,32 f.) und wird dann vor allem in den Abschnitten VI und VIII explizit. Sie folgt für Lessing aus den »willkürlichen Zeichen« der Poesie, aus der »Geistigkeit ihrer Bilder«, aus der Nichtkörperlichkeit ihrer Gegenstände, aus dem – entsprechend weit sich öffnenden – »unendlichen Felde unserer Einbildungskraft« (S. 60,26-61,2).

Diese Neubewertung der »Einbildungskraft« – und auch der von ihr abhängigen »Illusion« – im Hinblick auf das Wesen der Künste verleiht dem *Laokoon* eine herausragende Bedeutung auf dem Wege zur klassischen Autonomie-Ästhetik (vgl. Hamm, *Das Poesie-Programm* 〈...〉). Nach rückwärts betrachtet, konnte diese Umakzentuierung der Sinneswahrnehmungen und der sie »vorstellenden« Phantasie nicht geschehen ohne den englischen Empirismus und Sensualismus (Addison, Berkeley, Locke, Shaftesbury). Sie ist auch nicht denkbar ohne die Dichtungstheorie der Schweizer Bodmer und Breitinger und ohne die Neufassung der »sinnlichen Erkenntnis« in der Philosophie Wolffs und etwa Baumgartens (hierzu jetzt besonders Wellbery). Doch bei Lessing vollzieht sich ein Prozeß, der das Interesse deutlich von der produktiven Einbildungskraft des Dichters oder Malers auf die reproduktive des Lesers/Zuschauers oder Betrachters verlagert.

Die »Schönheit« als das oberste Ziel wird erst erreicht, sie *ist* als ästhetische Qualität erst ›da‹, wenn und insofern sie »wirkt«. Dieser wirkungsästhetische Ansatz, gegen die alte Regelpoetik gewendet, bewegt sich zunächst durchaus in der Linie des Briefwechsels über das Trauerspiel (1756/57) oder der *Fabel-Abhandlung* (1759). Doch erst jetzt entwikkelt sich bei Lessing ein spezifischer Begriff der literarischen »Illusion« im Sinne poetisch-fiktionaler Anschaulichkeit (hierzu Haßelbeck, S. 112-118). In der »Einbildungskraft« des Rezipienten »wirkt« ein poetisches oder malerisches Werk nach verwandten, aber charakteristisch unterschiedlichen Gesetzen. Bei der Malerei bedeutet für Lessing die Bindung der Einbildungskraft an die Körperlichkeit der »natürlichen« Zeichen zugleich Einschränkung, verglichen mit der Poesie. Lessing spitzt zu: »Bei dem Dichter ist ein

Gewand kein Gewand; es verdeckt nichts; unsere Einbildungskraft sieht überall hindurch« (S. 58,16-59,1).

In solchen Vergleichen wird das Tendenziöse der Lessingschen Bestimmung der »Grenzen« wiederholt manifest. Das Interesse ist durchaus nicht auf abgehobene Weise theoretisch, sondern – wie schon in den frühen kritischen Schriften – geschmackspädagogisch gerichtet, auf Aktuelles bezogen. Schon in der Vorrede wird die »Schilderungssucht« (S. 15,7) in der Poesie als Verirrung benannt, auch die Überschätzung der »redenden Gemälde«. Und dann heißt es ausdrücklich: »Diesem falschen Geschmacke, und jenen ungegründeten Urteilen entgegen zu arbeiten, ist die vornehmste Absicht folgender Aufsätze« (S. 15,15-17).

Solche Zielbestimmung ist namentlich im 19. Jahrhundert mit Vorliebe als Akt der Reinigung und Befreiung von der so extensiv und vielfältig ›malenden‹ Literatur der vorausgehenden Epoche (erst später ›Barockliteratur‹ genannt) interpretiert worden. So kann Lessings Frontenbildung, wenn man etwa die Vorsicht der Kritik an Albrecht von Hallers *Die Alpen* (1729) in Abschnitt XVII bedenkt, leicht als obsolet gelten. Doch nicht nur die Naturdichtung eines Barthold Hinrich Brockes oder Ewald Christian von Kleist (hierzu ausführlich: Buch) steht für die Aktualität des Problems, sondern auch etwa die ›malende‹ Idyllendichtung eines Salomon Geßner, die bis weit in die 1770er Jahre hinein einen sogar europäischen Erfolg erlebt. Und was schließlich »die Alten« angeht, namentlich den im Zeichen Miltons und Klopstocks neu gesehenen Homer, so ist die Beliebtheit der ›malerischen‹ Ausdeutungen durch Spence und Caylus (s. oben S. 638) fast ungebrochen. Für Lessing aber bedeutet eine solch hypothetische Umsetzung homerischer Szenen in Gemälde, ja eine ästhetische Wertung Homers nach derlei Kategorien im Grunde Einengung und Verkennung.

Die aufwendige Erörterung der Datierungsfrage im Verhältnis von Laokoon-Gruppe und Vergils *Aeneis*, in Abschnitt XXVI mit Gewichtigkeit neu aufgenommen, stellt vor das Problem der ›Priorität‹ im doppelten Sinne. Der Fall hat exemplarische Funktion, nicht zuletzt weil es um die ›Autorität‹ Winckelmann geht. Lessing bietet sein ganzes historisch-philologisches Instrumentarium auf, um nachzuweisen, daß hier der Dichter ›vor‹ dem Bildhauer rangiert. Erst wenn man sich solche Punkte des Lessingschen Ehrgeizes in ihrem Tendenzcharakter vergegenwärtigt, gewinnt auch das Antiquarisch-Abseitige seinen eigenen Reiz – ohne daß jede philologische Abschweifung, jede polemische Pedanterie schon gerechtfertigt wäre.

Als Abschweifung erscheint auch zunächst manches, was Lessing in Abschnitt IV – veranlaßt nur durch einen kurzen Querverweis in Winckelmanns *Gedancken* – zum Sophokleischen *Philoktet* ausbreitet. Ohne Zweifel brilliert hier Lessing auch mit Kenntnissen, die er sich anläßlich seines *Sophokles* erworben hat. Vorrangig aber geht es hier um dreierlei. Sophokles ist für Lessing inzwischen, auf der Grundlage vertiefter Kenntnis, zu ›dem‹ Tragiker der »Alten« aufgerückt, zu dem »Griechen«, der nun doch den »Stoizismus« des einst geschätzten Seneca in seine Schranken weist (vgl. Barner, *Produktive Rezeption*, S. 86-92). Neben dem in den Beispielen dominierenden Homer repräsentiert Sophokles zugleich das Drama, das als Theater – mit den körperlich agierenden Figuren und mit der Skenographie – die umfassendste, sogar an der bildenden Kunst partizipierende poetische Form darstellt. Der »leidende«, ja der »schreiende« Philoktet macht das »Häßliche« voll sinnenfällig: »wir hören und sehen wirklich schreien« (S. 36,31). Aber dieses »Häßliche« ist durch die poetische Einbildungskraft gebannt. Es ist somit integriert, und es öffnet, zugespitzt formuliert, die Entwicklung zu einer »realistischen« Kunst – es ist das Stichwort, das dann vor allem in der marxistischen Kunsttheorie Lessing zum großen Vorläufer und Wegbereiter avancieren läßt (vgl. die besonders pointierte Deutung bei Szarota, jedoch u. a. auch die Beiträge von Buch, Hamm, Höhle).

Und schließlich: Der »schreiende« Philoktet ist von Sophokles als »empfindlich« angelegt (S. 46,1) und somit als »menschlicher« Held, der erst eigentlich »Mitleiden« ermöglicht. Hier wird im *Laokoon* ein Theorem aufgenommen, das Lessing im Briefwechsel über das Trauerspiel 1756/57 schon zu der Radikalisierung getrieben hatte: die »Alten« hätten ihre »Helden« lieber allzu viele als zu wenige Tränen vergießen lassen – damit sie »Mitleiden« erregen könnten (Zusammenhang, mit Bezug auf Rousseau und Mendelssohn, bei Schings, S. 34-45). Um den idealen Trauerspielhelden der *Hamburgischen Dramaturgie*, von »gleichem Schrot und Korn« wie der Zuschauer, geht es dort wie im *Laokoon* noch nicht. Doch der *Laokoon* demonstriert gerade in der ausgedehnten Philoktet-Interpretation nicht nur einen wichtigen leitmotivischen Zusammenhang seiner Ästhetik mit seiner Dramentheorie. Es geht Lessing vor allem um die »moralische« Person dieses Helden (S. 44,14), der *als* »leidender« und »schreiender« ein »menschlicher« Held ist.

Überzeugender als bei all den »meisterhaften« Szenen Homers kann Lessing an dem Sophokleischen Helden »Menschlichkeit« demonstrieren: eine, deren Wirkung auf den Zuschauer nur durch spezifisch poetische »Einbildungskraft« sich realisiert. Das Drama als die in ihrer »Zeichen«-Verwendung komplexeste Gattung der Poesie ist selbst das schlagende Exempel für die tendenziöse Grundthese von der Poesie als der »weiteren Kunst«. Gewiß bilden die *Philoktet*-Partien biographisch oder schaffensgeschichtlich auch eine Brücke zum *Sophokles* einerseits und zur *Hamburgischen Dramaturgie* andererseits. Ihr Demonstrationsziel ist weit mehr als das eines Exempels für die »Grenzen« zwischen den Künsten. In ihnen verschränken sich die fundamentalen Interessen des Ästhetikers und des geborenen Theatralikers wie kaum an einer anderen Stelle seines Lebenswerks.

Gleichwohl bleibt die Struktur des *Laokoon* außerordentlich schwer greifbar: nicht nur weil Lessing lediglich den Ersten Teil fertiggestellt hat, sondern weil auch dieser Teil selbst schon etwas »Spaziergängerisches« an sich hat. Will man das Charakteristische der Schrift erfassen, so muß man die zeitgenössische Frontstellung ernstnehmen, das Polemische, ja Tendenziöse, das Synkretistische in den einzelnen Theoremen, den mitunter verwirrenden Wechsel zwischen vorwiegend ›ableitenden‹ und vorwiegend ›beispielpräsentierenden‹ Partien.

Eine methodische Klammer, die Lessing im Zweiten und im Dritten Teil auch zur »Vergleichung« von Musik, Tanzkunst, Pantomime verwenden wollte (zu seiner fraglichen Kompetenz in Sachen Musik: Siegmund-Schultze), ist sicher die Zeichentheorie. Hier hat sich von der modernen Semiotik her in den letzten Jahren ein neues punktuelles Interesse ergeben. Haben sich frühere Generationen vom Verdikt der »malenden Poesie« her dem *Laokoon* genähert, oder von der »Einbildungskraft« oder von der Behandlung des »Eckligen« und »Häßlichen«, oder vom »Realismus«-Konzept her, so fasziniert nun die ›aufklärerische‹ Verwendung der Semiotik (vgl. besonders Gebauer und Wellbery): fast noch am Beginn der modernen Ästhetik (wenn man sie von Baumgarten an, seit 1750, datiert) und jedenfalls bei dem Autor, der seit dem 19. Jahrhundert als der ›Begründer‹ oder doch ›Reformator‹ der modernen deutschen (bürgerlichen) Literatur verehrt wird. Die ›Modernität‹ des *Laokoon* unter dieser Perspektive scheint frappierend. Sie ist ein Aspekt der ›Offenheit‹ des Lessingschen Textes selbst. Nicht nur die Übelwollenden unter den Zeitgenossen erkannten, wie sich mit der Tugend des »Unterscheidens« und »Abgrenzens« die Not des »Spaziergängers« auf den neuen Feldern der Antiquarik und der Ästhetik verband.

Der Bruder Karl hat als Hilfsmittel für Leser dem Neudruck von 1788 (s. oben S. 628) ein eigenes Inhaltsverzeichnis beigegeben. Es sei hier dem Stellenkommentar vorangestellt (Zahlen in spitzen Klammern beziehen sich auf die vorliegende Ausgabe):

⟨Inhalt des *Laokoon. Erster Teil*⟩

[Vorrede.] .... ⟨13⟩

I. Das erste Gesetz der bildenden Künste war, nach Winkelmann, bey den Alten edle Einfalt und stille Größe so wohl in der Stellung als im Ausdruck .. ⟨17⟩

II. Nach Lessing aber ist es die Schönheit. Und daher hat der Künstler den Laokoon nicht schreyend bilden können, wohl aber der Dichter .... ⟨22⟩

III. Wahrheit und Ausdruck kann nie das erste Gesetz der bildenden Künste seyn, weil der Künstler nur einen Augenblick und der Mahler insbesondere diesen nur in einem einzigen Gesichtspunkte brauchen kann. Bey dem höchsten Ausdrucke kann der Einbildungskraft nicht freyes Spiel gelassen werden. Alles Transitorische bekömmt durch die bildenden Künste unveränderliche Dauer, und der höchste Grad wird eckelhaft, so bald er beständig dauert .... ⟨31⟩

IV. Bey dem Dichter ist es anders. Das ganze Reich der Vollkommenheit steht seiner Nachahmung offen. Er braucht nicht sein Gemählde in einen einzigen Augenblick zu concentriren. Vom Drama das ein redendes Gemählde seyn soll. Erklärung des Sophoklessischen Philoktet .... ⟨35⟩

V. VI. Von dem Laokoon, dem Virgilischen und der Gruppe. Wahrscheinlich hat der Künstler den Virgil und nicht Virgil den Künstler nachgeahmt. Das ist keine Verkleinerung .... ⟨48⟩

VII. Von der Nachahmung. Sie ist verschieden. Man kann ein ganzes Werk eines andern nachahmen, und da ist Dichter und Künstler Original: man kann aber nur die Art und Weise, wie ein anderes Werk gemacht worden, nachahmen, und das ist der Kopist. – Behutsamkeit, daß man nicht gleich vom Dichter sage, er habe den Mahler nachgeahmt und wieder

umgekehrt. Spence in seinem Polymetis und Addison in seinen Reisen und Gesprächen über die alten Münzen haben den klassischen Schriftstellern dadurch mehr Nachtheil gebracht, als die schaalsten Wortgrübler .... ⟨67⟩
VIII. Exempel davon, aus dem Spence........... ⟨79⟩
IX. Man muß einen Unterschied machen, wenn der Mahler für die Religion und wenn er für die Kunst gearbeitet .... ⟨83⟩
X. Gegenstände, die blos für das Auge sind, muß nicht der Dichter brauchen wollen, dahin gehören alle Attribute der Götter. Spence wird widerlegt . ⟨91⟩
XI. XII. XIII. XIV. Caylus desgleichen in Tableaux tirés de l'Iliade etc .... ⟨94⟩
XV. XVI. XVII. XVIII. Von dem wesentlichen Unterschiede der Mahlerey und Poesie. Die Zeitfolge ist das Gebiet des Dichters, der Raum des Mahlers .. ⟨114⟩
XIX. Die Perspective haben die Alten nicht gekannt. Widerlegung des Pope, der das Gegentheil behauptet .... ⟨138⟩
XX. XXI. XXII. Der Dichter muß sich der Schilderung der körperlichen Schönheiten enthalten: er kann aber Schönheit in Reiz verwandeln; denn Schönheit in Bewegung ist Reiz .... ⟨144⟩
XXIII. XXIV. Häßlichkeit ist kein Vorwurf der Mahlerey, wohl aber der Poesie. Häßlichkeit des Thersites. Darf die Mahlerey zur Erreichung des Lächerlichen und Schrecklichen sich häßlicher Formen bedienen? .... ⟨164⟩
XXV. Eckel und Häßlichkeit in Formen ist keiner vermischten Empfindung fähig und folglich ganz von der Poesie und Mahlerey auszuschließen. Aber das Eckelhafte und Häßliche kann als Ingrediens zu den vermischten Empfindungen genommen werden, in der Poesie nehmlich nur .... ⟨172⟩
XXVI. XXVII. Ueber Winkelmanns Geschichte der Kunst des Alterthums. Wer der Meister der Statue des Laokoons .... ⟨183⟩

XXVIII. Vom Borghesischen Fechter .... ⟨197⟩
XXIX. Einige Erinnerungen gegen Winkelmanns Geschichte der Kunst .... ⟨200⟩

DOKUMENTE ZU REZEPTION UND WIRKUNG

Eine umfassende Dokumentation auch nur der zeitgenössischen Rezeptions- und Wirkungsgeschichte des Lessingschen *Laokoon* existiert bisher nicht. Das hier Abgedruckte stellt lediglich eine kleinere Auswahl dar. Eine Reihe von Dokumenten verdanken sich einer noch unveröffentlichten Kopiensammlung der Lessing-Akademie Wolfenbüttel (erarbeitet unter der Leitung von Ursula Schulz).

Nr. 1
⟨Anonymus,⟩ in: Berlinische privilegirte Zeitung, Berlin 1766 (3.5.; zit. nach Braun 1, S. 165):

Ein günstiges Geschick hat uns eins der größten Meisterstücke der Bildhauerkunst, aus dem Alterthum aufbewahrt. Es ist die Gruppe Laokoon, dessen Unglück, das diesem Priester vor dem Altare begegnete, Virgil mit einer Meisterhand geschildert hat. Eben dieses günstige Geschick, liefert uns hiemit durch *Herrn Leßingen* einige Abhandlungen über die Grenzen der Mahlerey und Poesie, die er, weil er von dem Laokoon gleichsam aussetzte, und mehrmals auf ihn zurückkommt, *Laokoon* überschreibt. Bei der angestellten Vergleichung beider Künste, gewinnt die Poesie. Hin und wieder wird in diesen Abhandlungen die alte Kunstgeschichte erhellet, und in des Herrn Winkelmanns Geschichte der Kunst einige Unrichtigkeiten angezeigt. Die Abhandlungen selbst sind aber so viel Beweise von der vortreflichen Gelehrsamkeit des Herrn Leßing, als seine Raisonnements voller Gründlichkeit sind. Man kan sagen, daß dieser Gelehrte die Künste mit einem wahren philosophischen Auge betrachtet, und ein ächter Kenner von den eigentlichen Feinheiten derselben ist. Das allermerkwürdigste dieser Schrift besteht in einer gemachten Entdekkung, die den bisher sogenannten Borghesischen betrift, von welchem Herr Leßing darthut, daß er der atheniensische Feldherr *Chabrias* ist. Wir müssen zu dieser Entdeckung dem Herrn Leßing, und der Kunst selbst, recht sehr viel Glück wünschen. Wenn ein Scribent, nach einem langen Stillschweigen, allemahl mit dergleichen Arbeiten wieder hervortritt, so ist man gleich wieder mit ihm versöhnt. Kostet in den Voßischen Buchhandlungen hier und in Potsdam 1 Rthlr. 8 Gr.

Nr. 2

Aus: Christian Adolf Klotz an Lessing, 9.5.1766 (Bd. XI/1 dieser Ausgabe, S. 443 f.):

Ich erinnere mich, mein wertester Herr, Sie in meinem zartesten Alter bei meinem Vater in Bischofswerde gesehen zu haben, wohin Sie ein gewisser Herr Lindner, wo ich nicht irre, begleitet hatte. Sie können nicht glauben, wie sehr ich mich freue, so oft ich meinen Freunden sagen kann, daß ich Sie von Person zu kennen das Glück habe. Warum ich es für ein Glück halte, würde ich Ihnen erzählen, wenn ich glaubte, daß man Ihre Freundschaft durch eine Sprache verdienen könnte, welche Ihnen verdächtig scheinen möchte, da sie so oft von der Verstellung gebraucht worden. Aber erzeigen Sie mir immer die Wohltat und glauben Sie mir auf mein Wort, daß ich es allezeit für meine Pflicht gehalten, einer Ihrer aufrichtigsten Verehrer zu sein, und daß vielleicht wenige Sie so zärtlich, so ohne alle Nebenabsichten geliebt haben, als ich.

Wie viel Vergnügen macht mir nicht Ihr Laokoon! Ich bin Ihnen es schuldig, daß ich einmal an einem Orte, wo Barbarei und Unwissenheit herrscht und wo ich nur verdrießliche Geschäfte habe, auf einige Tage aufgeheutert worden. Ein Mann von Ihrer Denkungsart nimmt mein Geständnis nicht übel, daß ich nicht überall mit Ihren Meinungen zufrieden bin. Ja ich bin so frei zu glauben, daß Sie mir erlauben, wenn ich meinen Zweifeln weiter nachgedacht habe, solche in den Actis litter. Ihnen mitzuteilen. Ich tue es um noch mehr von Ihnen zu lernen. Denn wie viel habe ich nicht schon in Ihrem Buche gelesen, das ich zuvor nicht wußte!

Nr. 3
Aus: Lessing an Johann Wilhelm Ludwig Gleim, 13.5.1766 (Bd. XI/1 dieser Ausgabe, S. 444):

Liebster Freund,
Ich bin so eitel, auch Ihnen meinen Laokoon zu übersenden, ob ich gleich voraus sehe, daß Sie alle Ihre Freundschaft gegen mich werden nötig haben, um diesen Mischmasch von Pedanterie und Grillen zu lesen und nur nicht ganz verwerflich zu finden.

Nr. 4
Aus: Lessing an Christian Adolf Klotz, 9.6.1766 (Bd. XI/1 dieser Ausgabe, S. 448 f.):

Auch ich erinnere mich sehr wohl, in meiner Kindheit, mit einem Vetter, welcher zu Putzkau, eine halbe Meile von Bischofswerde, Pastor war, und meine Unterweisung über sich genommen hatte, zu verschiedenen malen in Ew. Wohlgeb. väterlichen Hause gewesen zu sein. Notwendig werde ich auch Dieselben damals gesehen und gekannt haben, ob mir schon nur ein sehr dunkles Bild davon beiwohnet. Aber auch ohne ein dergleichen deutlicheres Bild, hat, seit Dero erstem Eintritte in die gelehrte Welt, Ihr bloßer Name jederzeit meine ganze Aufmerksamkeit an sich gezogen. Ich glaubte Ihre Schriften als die Werke eines alten

Freundes betrachten zu dürfen; und urteilen Sie selbst, ob die rühmlichen Erwähnungen, die ich von mir darin zu finden das überraschende Vergnügen hatte, mich in dieser Vorstellung bestärken können. Ich bekenne es; sie hätten, diese schmeichelhafte Erwähnungen, mir eine Einladung sein sollen, mich Ihnen wiederum zu nähern, und den ersten Schritt zu tun, um einer gleichsam angebornen, stillschweigenden Freundschaft das Siegel der Erklärung aufzudrücken. Ich würde es auch noch neulich, bei Gelegenheit meines Laokoons, getan haben; allein ich befürchtete, mein Brief möchte mehr eine schriftstellerische Empfehlung, als eine freundschaftliche Äußerung scheinen. Kurz, es war Ihnen aufbehalten, mir auch hierin zuvorzukommen.

Ich verspreche meinem Laokoon wenig Leser, und ich weiß es, daß er noch wenigere gültige Richter haben kann. Wenn ich Bedenken trug, den einen davon in Ihnen zu bestechen: so geschahe es gewiß weniger aus Stolz, als aus Lehrbegierde. Ich habe Ihnen zuerst widersprochen; und ich würde sagen, es sei bloß in der Absicht geschehen, mir Ihre Widersprüche ohne allen Rückhalt zu versichern, wenn ich glaubte, daß ein rechtschaffener Mann erst gereizet werden müßte, wenn er nach Überzeugung sprechen sollte. Der häßliche Thersites soll unter uns eben so wenig Unheil stiften, als ihm vor Troja zu stiften gelang. Schreibt man denn nur darum, um immer Recht zu haben? Ich meine, mich um die Wahrheit eben so verdient gemacht zu haben, wenn ich sie verfehle, mein Fehler aber die Ursache ist, daß sie ein anderer entdecket, als wenn ich sie selber entdecke. Mit diesen Gesinnungen kann ich mich auf Ihr ausführliches Urteil in den actis litter. nicht anders als freuen.

Nr. 5
Aus: K., Neue Critische Nachrichten, Greifswald 1766 (21.6.; zit. nach Braun 1, S. 166 und 170):

Fast alle Welt, welche Anspruch auf den Geschmack macht, ist heut zu Tage darinn eins, daß das Wesen der schönen Künste in der Nachahmung besteht. Hierin treffen sie sich; aber worin sind sie verschieden? Es ist etwas gesagt; wenn man sagt: die Poesie ahmt durch abgemessene Worte nach, die Malerey durch Farben. Dies sagt die Empfindung. Man lasse aber den tiefer denkenden Kunstrichter, der den ganzen Umfang dieser beyden Künste kennt, sein Urtheil fällen; er wird uns einen Unterscheid anzeigen, den das Gefühl uns so leicht nicht bemerken läßt. Er wird uns sagen: auch die Gränzen zwischen beyden bestimmen den Unterschied zwischen ihnen. Völlig, sagt Herr *Leßing*, als ob sich keine Verschiedenheit fände, haben viele der neuesten Kunstrichter aus jener Uebereinstimmung der Malerey und Poesie die crudesten Dinge von der Welt geschlossen.
〈. . .〉
〈. . .〉 So viel aber muß ich noch sagen – – – Doch nein; auch dies werden meine Leser schon zum voraus glauben, daß auch in diesem ganzen Werke Herr *Leßing* sich als einen so schönen Geist und feinen Kunstrichter zeigt, wie man ihn zur Ehre der Deutschen schon lange gekannt hat.

Nr. 6
Aus: Johann Peter Uz an Johann Wilhelm Gleim, 3.7.1766 (*Briefwechsel zwischen Gleim und Uz*, hg. v. Carl Schüddekopf, Tübingen 1899, S. 370):

HE. Leßings Laokoon ist ein vortreffliches Werck. Der Himmel gebe, daß er ihn nicht, wie andere Sachen, unvollendet laße!

Nr. 7
Aus: ⟨Anonymus,⟩ Staats- und Gelehrte Zeitung des Hamburgischen unpartheyischen Correspondenten, Hamburg 1766 (5.7.; zit. nach Braun 1, S. 170):

⟨...⟩ Der erste Theil dieser ganz vortrefflichen Abhandlung, welche ein neues Zeugniß von der ausgebreiteten Kenntniß, und dem feinen Geschmack des Herrn Verfassers ablegt, hat in uns den Wunsch nach der baldigen Fortsetzung erreget. Die Hauptabsicht des Hrn. Verfassers ist, in diesem Werke die Grenzen der Mahlerey und Poesie genauer zu bestimmen. Der schlecht verstandene Satz des *Simonides*, daß die Mahlerey eine stumme Poesie, und die Poesie eine redende Mahlerey sey, gab zu verschiedenen Irrthümern und falschen Schlüssen Gelegenheit. Verschiedene der neuesten Kunstrichter haben daraus ganz ungereimte Dinge geschlossen.
⟨...⟩
– Kurz, diese Abhandlung ist ein Meisterstück, das man den Liebhabern der beyden verschwisterten Künste nicht genug anpreisen kann, und wir sehen der Fortsetzung mit dem größten Vergnügen entgegen.

Nr. 8
Aus: Christian Adolf Klotz an Christoph Harleß, 13.8.1766 (zit. nach Daunicht, Nr. 358):

Jetzt hat mir Leßings Laocoon 14 Tage geraubt. Wegen der Recensionen so kann niemand sagen, daß ich Sie für den Verfaßer einer einzigen ausgegeben hätte. Der gute Herr Magister kann sich am wenigsten beschwehren. Es ist ja mit ihm sehr glimpflich umgegangen worden. Allein dergleichen Leute verlangen bloß Weyrauch, u. zündet man ihnen diesen nicht an, so rufen sie ängstiglich ...

Nr. 9
Aus: Johann Joachim Winckelmann an Kommerzienrat und Hofbuchhändler Georg Conrad Walther, 16.8.1766 (*Briefe*. In Verbindung mit Hans Diepolder hg. v. Walther Rehm, Bd. 3, Berlin 1956, S. 199f.):

⟨...⟩ Das mir gütigst übermachte Buch des Herrn Lessings habe ich richtig erhalten, und ich ziehe meine Meynung von demselben zurück, die mir zu vergeben ist, da ich von diesem gelehrten Manne vorher nichts gelesen hatte, und wenn derselbe vor meiner Abreise aus Deutschland durch etwas bekannt gewesen, konnte ich es ebenfalls nicht wissen, weil mein Gehirn mit alten Fränkischen Chroniken und mit Leben der Heiligen, und dergleichen angefüllet war. Es wird, wo ich kann, demselben auf die würdigste Art geantwortet werden.
⟨...⟩

Nr. 10
Aus: ⟨Anonymus,⟩ in: Neue Hallische Gelehrte Zeitungen ⟨hg. v. Christian Adolf Klotz⟩, Halle 1766 (8.9.; zit. nach Braun 1, S. 171):

⟨vorausgehend: Inhaltsreferat⟩
Wir haben nur einen sehr kurzen Abriß von dem Innhalte dieses Buches gegeben. Denn der Reichthum der Materie und die Menge der eingestreuten Anmerkungen erfordert einen viel längern Auszug. Unser Urtheil läuft darauf hinaus: daß wir dieses Buch mit unter die besten Schriften unserer Nation rechnen. Genie, philosophischer Scharfsinn, Belesenheit, Kenntniß der Künste, zeigt sich auf allen Seiten, und erhebt den Schriftsteller unter die Klaßischen Autoren. Unterdessen sind wir lange nicht mit allen Meinungen des Hrn. Verf. zufrieden, besonders scheinet er seine Urtheile von dem geringen Werthe der Ausmahlung körperlicher Gegenstände zu weit zu treiben.

Nr. 11
Aus: Johann Joachim Winckelmann an Johann Michael Francke, 10.9.1766 (*Briefe* [wie Nr. 9], S. 204):

⟨...⟩
Des Herrn Lessings Schrift habe ich erhalten; sie ist schön und scharfsinnig geschrieben; aber über seine Zweifel und Entdeckungen hat er viel Unterricht nöthig. Er komme nach Rom, um auf dem Ort mit ihm zu sprechen. Der Herr Baron von Stosch, der vermuthlich bey dem König in Preußen viel gelten möchte, glaubet noch immer, es werde ihm gelingen, die Absicht auf mich in Berlin, durch sich zu bewirken. Beyde mir bestimmt gewesene Stellen sind, so viel ich weiß, noch nicht besetzt. ⟨...⟩

Nr. 12
Aus: ⟨Albrecht von Haller,⟩ Rezension des *Laokoon*, in: Göttingische Anzeigen von Gelehrten Sachen, Göttingen 1766 (12. und 18.9.):

Berlin.

Deutschland hat lange kein Werk von dem feinen Geschmacke hervorgebracht, den wir in des Hrn. Gotthold Ephraims Leßings Laokoon, oder über die Grenzen der Mahlerey und Poesie gefunden haben, davon der erste Theil bey Vossen im J. 1766. auf 295. S. in groß Octav abgedruckt ist. Hr. L. hat die urkundlichen Schriften der Alten in ihrer Grundsprache mit forschenden Augen gelesen, und dadurch ein Uebergewicht über die vorigen Kunstrichter, und selbst über Hrn. Winkelmann erhalten; der zwar die gemahlten und geschnizten Alterthümer vortreflich kennt, sonst aber mehr die neuern Bücher gelesen hat.

⟨...⟩

Hr. L. giebt für seine Meinung ein Beispiel aus des Hrn. v. Haller Beschreibung der Kräuter; niemand kan sie, sagt er, aus diesen Gemählden erkennen, wer sie nicht vorher gesehen hat, wohl aber in einem Gemählde. Uns dünkt aber, Hr. L. verfehlt hier des Zwecks, den ein Dichter bey solchen Gemählden sich vorgesezt hat. Er will blos einige merkwürdige Eigenschaften des Krautes bekannt machen, und dieses kan er besser als der Mahler: denn er kan die Eigenschaften ausdrucken, die inwendig liegen, die durch die übrige Sinne erkannt, oder durch Versuche entdeckt werden, und dieses ist dem Mahler verboten.

⟨...⟩

Man wird sonst mit Vergnügen und Hochachtung die *Subtilitet* der Anmerkungen des Hrn. L. lesen. Die Griechen hatten einen Abscheu vor dem Flamändischen Geschmakke, niedrige Vorzüge zu schildern (und wir wären von eben dem Geschmacke mit ihnen). Den Laokoon prüft Hr. L. aufs genaueste. Die Griechen drückten in ihren Bildsäulen nur einen gemäßigten Schmerzen aus, weil ein grösserer den Mund verstellt hätte. Hr. L. verweißt dem Hrn. de Chateaubrun, daß er dem Elende des Philoctetes seine wahre Grösse entzogen habe, nehmlich die Einsamkeit. Er wiederlegt den Cicero, der die tragischen Helden der Griechen gering schäzte, weil sie nicht so unempfindlich waren, als die Römischen Fechter: eben wegen dieser Heldenmäßigen Unempfindlichkeit meint Hr. L. schrieben die Römer schlechte Trauerspiele. Des Spence Polymetis wird oft beleuchtet. Bei abgezogenen Begriffen haben die Dichter ein sehr grosses Vorrecht vor den Mahlern, dann der Pinsel stellt Körper, und die Worte Abstractionen vor. Homer hat nichts als fortschreitende Handlungen abgemahlt. Sehr viele schöne Bildsäulen sind unter den Cäsarn verfertigt und das *εποιει* bezeichnet niemals einen sehr alten Meister.

Nr. 13
Aus: Christian Adolf Klotz an Christoph Gottlieb von Murr, 25.9.1766 (zit. nach Daunicht, Nr. 336):

Lessing hat sich seit einiger Zeit sehr auf die Kunst gelegt, und die Antiken in Dreßden und Berlin studirt. Das übrige ersetzt sein göttlich Genie, und an Gelehrsamkeit ist er ohnstreitig Winkelmann überlegen, der durch Machtsprüche und Großthun den Leser leicht hintergeht.

Nr. 14
Aus: Christian Adolf Klotz an Lessing, 11.10.1766 (Bd. XI/1 dieser Ausgabe, S. 452):

Sie haben mir die Erlaubnis gegeben, das nieder zu schreiben, was ich bei dem Lesen Ihres vortrefflichen Laokoons gedacht. Wenn Sie einige Augenblicke beigelegter Schrift gönnen wollen, so werden Sie sehen, daß ich mich derselben bedient habe. Ein Mann von gegründetem Ruhme und edelem Bewußtsein seiner Verdienste, erlaubt dem andern gern, seine schwachen Bemühungen, ihm nachzuahmen, zeigen zu dürfen, und wenn er auch gleich einsieht, daß er ihn nicht erreicht, so verzeiht er ihm doch den Mangel an Kräften, und liebt ihn wegen seines guten Willens. Dieser Gedanke verspricht mir eine freundschaftliche Aufnahme meiner Einfälle von Ihnen.
〈...〉
Ich hoffe nun bald durch Bücher und andern Vorrat mich in den Stand zu setzen, ein Buch von der alten Steinschneiderkunst zu verfertigen, wozu ich den Plan seit einigen Jahren gemacht, und an dessen Ausführung mich die allhier herrschende Barbarei, und der Mangel an Hülfsmitteln gehindert.

Nr. 15
Aus: Johann Joachim Winckelmann an Philipp Baron von Stosch, 15.11.1766 (*Briefe* [wie Nr. 9], S. 220):

⟨...⟩
Lessings Buch habe ich gelesen; es ist schön geschrieben, obgleich nicht ohne bekannte Fehler in der Sprache: dieser Mensch aber hat so wenig Kenntniß, da ⟨daß?⟩ ihn keine Antwort bedeuten würde, und es würde leichter seyn einen gesunden Verstand aus der Uckermark zu überführen als einen UniversitätsWitz, welcher mit Paradoxen sich hervorthun will. Also sey ihm die Antwort geschenckt. Dieses aber bleibet unter uns.
⟨...⟩

Nr. 16
Aus: ⟨Anonymus,⟩ Rezension des *Laokoon*, in: Neue Zeitungen von Gelehrten Sachen, Leipzig 1766 (4.12.; zit. nach Braun 1, S. 173 f.):

Man hat oft bemerkt, und gegenwärtiges Buch läßt uns diese Anmerkung von neuen machen, daß es für die Wißenschaften und Künste ein großer Gewinnst sey, wenn auch gegen vortreffliche und mit Recht bewunderte Schriftsteller, gegen Bücher von einem claßischen Werthe, von gelehrten und feinen Kunstrichtern geschrieben wird. Dergleichen Angriffe und Prüfungen verhüten es, daß nicht gewiße Werke zu dem Range von Orakelaussprüchen hinaufsteigen, und der Geist der eigenen Untersuchung unterdrückt werde. Wir sehen hier gleichsam den Ajax mit dem Hector fechten, auf beyden Seiten ist viel Vortheil, gewiß keiner von beyden wird völlig unterliegen; aber wer wird der Herold seyn, der sie trennen wird! Die erste Veranlaßung zu diesem Buche sind ohne Zweifel einige der Schriften des Hrn. *Winckelmann* gewesen, allein Hr. *Lessing* hat noch mehr Anmerkungen über die schönen Künste hineingebracht, zu denen ihm die Schriften des Grafen *Caylus*, und des Hrn. *Spence* Gelegenheit gegeben haben; und es sind eigentlich mehr Collectanea zu einem Buche, als ein Buch: doch sind die Materien von einander getrennt, und man findet selbst in dieser Abwechselung ohne Zusammenhang ein Vergnügen.

⟨Inhaltsreferat⟩

Den Hauptinhalt haben wir in einen Auszug gebracht; aber die ungemeine Gelehrsamkeit, die seltene Bekanntschaft mit allen Künsten, den feinsten Geschmack, und die originellen Begriffe, welche darinne herrschen, die neuen Aufklärungen der Künste und des Alterthums, den claßischen und seiner Materie vollkommen angemeßenen Ausdruck, alles dieses können wir desto weniger abbilden. Genug, daß dieses eins von denenjenigen Büchern ist, das Deutschland zu allen Zeiten, und bey allen gelehrten und witzigen Nationen, Ehre machen wird.

Nr. 17

Aus: ⟨Anonymus,⟩ Rezension des *Laokoon*, in: Neue Bibliothek der schönen Wissenschaften und der freyen Künste, Leipzig 1766, 3. Bd., 1. Stück (zit. nach Braun 1, S. 175):

Die ernste und edle Einfalt, mit welcher diese Schrift selbst abgefaßt ist, bemeistert sich eines Lesers selbst viel zu sehr, als daß wir eine Anzeige derselben mit der gewöhnlichen Begeisterung eines Recensenten, der die Güte und den Werth seines Buchs fühlt, oder zu fühlen glaubt, anfangen könnten; ungeachtet wir uns lange nicht erinnern, ein Buch von unsern Landsleuten in die Hände genommen zu haben, daß diese Ausbrüche von Glückswünschungen für unser Vaterland und Lobserhebungen des Verfassers eher zu entschuldigen scheinen könnte.

Nr. 18
Aus: Martin Christgau, *Elogia illustrium praesentis aevi scriptorum lucubrationibus dicata*, Francofurti ad Viadrum 1766, S. 67-69:

IN LESSINGII LAOCOONTA

Ne mihi sis patruus, nostro si cernis in albo
  Humaniorum litterarum principes
Maiores, Lector sapiens, sibi poscere partes,
  Numeroque longe caeteris praecellere.
Optio non generi nostra haec praeiudicat vlli,
  Meritum decus per me cuique est integrum.
Quisque suo magnus sit in ordine, fitque celebris,
  Voluminosa, quae dedit, per corpora,
Hoc tamen immotum sedet, immotumque sedebit:
  Nil splendidum est sine litterarum lumine.
  ⟨...⟩
Talis nobilitat nostrum *LESSINGIVS* aeuum,
  LESSINGIVS, lux nominis Germanici.
Nam quotquot linguae veniunt tibi, quotquot et artes,
  Vocabulo hoc, has mente is ampla amplectitur.
Hinc forte eloquium, hinc mentis documenta sagacis,
  Omni manu quae cum teruntur maxime.
Laocoon nuper priscis accessit, et auxit
  Domini sui famam virentem plurimum.
Artem omnem expromsit Graius, qui Laocoonta
  Exsculpserat; profudit artis plurimum,
Felici veterum qui sidere, Winkelmannus,
  Statuam explicat non desituris chartulis.
Hunc ipsum emendat rursus *LESSINGIA* Musa,
  Dubiasque res fulcit nouo tibicine.
  ⟨...⟩
In primis dictum ratione atque experimentis
  Refutat illud ipsius Simonidis:
Pictura haud aliud, crede, est, nisi muta poesis,
  Poesis haud aliud, nisi tabula eloquens:

Et quid Maeoniden intersit et inter Apellem,
  Et quid, docet, Lysippus illis differat.
O! quam pulchra monet priscis indicta magistris!
  Quantam aureis lucem admouet scriptoribus!
Scitius haud ipsae liment sua sensa Camenae,
  Nec cogitata proferant argutius.
O! quando dignis, Germania, honoribus ornas,
  Qui gloriae spirat tuae, *LESSINGIVM*!
An vero exspectas, hoc dum tibi et aemula Roma
  Ornamen auferat sinu de frigido?

Nr. 19
Aus: Johann Wilhelm Ludwig Gleim an Christian Adolf Klotz, 8. 2. 1767 (*Briefe Deutscher Gelehrten an den Herrn Geheimen Rath Klotz*, hg. v. J. J. A. von Hagen, Halle 1773, Erster Theil, S. 107f.):

Mit Ihren Erinnerungen kann und wird Herr *Leßing* eben so zufrieden seyn, als mit Ihrem Lobe 〈...〉 Herr *Leßing* selbst hat mir noch nichts darüber gesagt, er ist nach Hamburg verreiset, und man sagt, er scy daselbst Director der Schauspiele mit 1000 Rthlr. Gehalt. Bisher hatte ich noch immer die gute Hoffnung, daß man ihn zu Berlin festhalten würde 〈...〉

Nr. 20
Aus: Johann Joachim Winckelmann an Heinrich Wilhelm Muzell Stosch, 18. 4. 1767 (*Briefe an Einen seiner vertrautesten Freunde*, Theil 2, Berlin und Stettin 1781, S. 101; vgl. auch Nr. 15):

Lessings Buch habe ich gelesen; es ist schön geschrieben, obgleich nicht ohne bekannte Fehler in der Sprache. Dieser Mensch aber hat so wenig Kenntniß daß ihn keine Antwort bedeuten würde; und es würde leichter seyn, einen gesunden Verstand aus der Ukermark zu überführen, als einen Universitätswitz, welcher mit Paradoxen sich hervorthun will. Also sey ihm die Antwort geschenkt.*

Nr. 21
Aus: ⟨Anonymus,⟩ Rezension des *Laokoon*, in: Jenaische Zeitungen von Gelehrten Sachen, Jena 1767 (22. 8.; zit. nach Braun 1, S. 187f.):

⟨...⟩ Wir haben nun wohl nicht nöthig, den Inhalt dieser Schrift anzuzeigen. Unsere Leser dürfen nur getrost von dem, was wir vorher angeführt haben, alles das, was ihnen gefällt, dem Herrn Leßing zuschreiben; das andere mag uns zugehören. Wir haben ausser den Grundsätzen der Kritik vom Hn. Home, dem Gerardischen Versuch über den Geschmack und einigen Winkelmannischen Schriften noch keine Abhandlung gelesen, worinnen so vernünftig und

* Diese Stelle gegen den Laokoon, denn das ist das gemeynte Buch, kann Lessings Ehre um so weniger verkleinern, da wir sogleich erzählen können: daß Lessing diese ganze Sammlung Briefe lange zum durchsehen gehabt, und daß er, da Winkelmanns Freund ihm sagte, diese Stelle sollte unterdrückt werden, durchaus darauf bestand, daß sie mitgedruckt würde. – Wie aber W. zu dieser harten und offenbar ungerechten Aeusserung kam, ist eine andere Frage. Vielleicht sezte er allen Werth eines Gelehrten, und vorzüglich eines Schriftstellers über Kunst und Alterthümer, darin, Italien selbst gesehen zu haben; vielleicht konnte er nicht die Anzeigen verschiedener seiner historischen und antiquarischen Unrichtigkeiten, obgleich im sanftesten Ton und mit der feinsten Wendung gesagt, verschmerzen; vielleicht hielt er aus Versehen Lessing für einen Universitätsgelehrten, eine Klasse, wogegen er oft in Briefen an seine vertrauten Freunde heftig war. Andere Vielleichts mag der Leser selbst häufen. A. d. H.
⟨A. d. H. = Anmerkung des Herausgebers Johann Erich Biester⟩

tief über die schöne Künste nachgedacht würde, als wir von dieser rühmen können. Nur wünschten wir, daß Herr Leßing nicht blos von den Grenzen der Poesie und Mahlerey, sondern auch überhaupt von ihren Unterschiede redete. Jenes scheint blos auf den Unterschied ihrer Gegenstände, oder, ästhetisch zu reden, auf den Unterschied ihrer Horizonte zu gehen. Ferner wenn Hr. Leßing sagt, er lieferte uns nicht ein Buch, sondern nur Collectaneen zu einem Buche; so nehmen wir dies Kompliment für das an, was es ist; doch glauben wir, ein klein wenig Ordnung hätte eben nicht schaden können. Ist denn jeder ordentlicher Denker deswegen schon ein Pedant? Man muß eben nicht von der Definition anfangen und von dieser auf das Axiom fortgehen, um ordentlich zu schreiben. Sind wohl Dübos, Home, Batteux, Marmontel, Trapp u. a. m. Pedanten? Und dennoch schreiben sie ordentlicher, als Hr. Leßing. Endlich bemerken wir noch, daß Laokoon nur deswegen die Ehre hat, auf dem Titel zu figuriren, weil er dem Hn. Verfasser zu vielen neuen Bemerkungen und auch Widerlegungen des Hn. Winkelmanns Anlaß gegeben. Diese sind so bescheiden und gründlich, daß Hr. Winkelmann darüber unmöglich böse werden kan. Ueberhaupt ist die ganze Schrift ein Original, worauf die Deutschen stolz seyn können, welches von dem Fleiße, und Nachdenken des Hn. Leßings zeuget und ihm, damit wir recht wenig sagen, so viel Ehre macht als seine anderen Schriften.

Nr. 22
Aus: Helferich Peter Sturz an Lessing, 23. 9. 1767 (Bd. XI/1 dieser Ausgabe, S. 477f.):

⟨. . .⟩ Ihr Laocoon ist ein meisterhaftes Werk, setzen Sie nur immer *ἐποιησε* drauf oder die Nachwelt wird es tun, Man kann nicht schöner über die Kunst vernünfteln, Sie sind tief in das Heiligtum gedrungen, und das ferne von den Werken der Kunst, bloß durch ein richtiges Gefühl, durch ein mit

Gelehrsamkeit genährtes Urteil, und den Ihnen eigenen Forsch-Geist welcher Sie auf allen Ihren Spaziergängen im Reiche der Wissenschaften begleitet. Was würden Sie nicht leisten wenn Sie in dem Palazzo Albani mit Winckelmann lebten?

So sehr man es Ihnen verdanken muß daß Sie auf dem streitigen Gebiete der Poesie und Malerei Gränzsteine gesetzt haben, so dünkt mich doch der von Ihnen bestrittene Irrtum war mehr dem Kunstrichter als dem Künstler und dem Dichter schädlich, denn jener kann nur wenig von dem Reichtum seines Nachbarn nutzen, und dieser hat bei seinem Überfluß keine Almosen nötig, Indessen war es gut den Dichter zu erinnern daß er dem größten Vorteil seiner Kunst entsagt, wenn er die Manier des Homers verläßt, bloß cörperliche Schönheit nicht Ihre Würkungen schildert, und seine Gemälde nicht durch Handlung belebt.

Bei einzelnen Stellen sind mir zuweilen Zweifel, zuweilen Anmerkungen eingefallen, die ich nach der Ordnung niederschreiben will.

〈Es folgen mehrere Seiten Darlegung zu Einzelpunkten.〉

Sie wagen es endlich den Laocoon vor ein neueres Werk auszugeben, das mögen Sie mit Winckelmann ausmachen, Ich kann nicht einsehen, daß Plinius in der angeführten Stelle von ZeitVerwandten redet, und similiter geht wohl gewiß nur auf den Umstand der gemeinschaftlichen Arbeit, denn hiervon ist hauptsächlich die Rede, warum nennt er die andern gemeinschaftlichen Künstler nicht? warum soll er sie just alle nennen?

Es ist freilich unbegreiflich, daß in ältern Scribenten nichts von diesem Werke vorkommt, aber halten sie es 〈Überlieferter Text bricht ab.〉

Nr. 23
Aus: Christian Adolf Klotz, *Beytrag zur Geschichte des Geschmacks und der Kunst aus Münzen*, Altenburg 1767, S. 40f. und S. 178f.:

Die Lieblichkeit scheint denen, welche bisher die Bilder zu Münzen gezeichnet haben, sehr gleichgültig gewesen zu seyn. Bey den Griechen hatten die Künste überhaupt engere Schranken als bey uns. Wir erlauben ihnen gröstentheils die Nachahmung eines ieden Cörpers, ohne daß die Kunst durch die Würde des Gegenstandes veredelt würde. Der Grieche hatte ihnen blos die Nachahmung *schöner* Cörper verstattet. »Sein Künstler, sagt Herr Lessing[u], schilderte nichts als das Schöne. Selbst das gemeine Schöne, das Schöne niedrer Gattungen war nur sein zufälliger Vorwurf, seine Uebung, seine Erholung.

Ich bin nicht gesonnen, mit Popen[n] zu behaupten, daß zu Homers Zeiten schon die Kunst nach dem Perspectiv die Gegenstände vorzustellen, bekannt gewesen sey, und daß der Dichter selbst seine Einsichten in diesen Theil der Kunst bey der Beschreibung des Schildes des Achills gezeigt habe. Allein ich kann auch eben so wenig dem Ausspruche eines sonst gelehrten Kunstrichters[o], welcher die Perspectiv *gänzlich* den Alten abspricht, Beyfall geben.

[u] im *Laokoon* S. 10. Man vergleiche besonders 10. Frider. Christii de gemmis annulorum veterum probe intelligendis praeparatio scitorum quorundam necessaria in den Commentariis Lipsiensibus litterariis im 1sten Theil S. 178. folg.

[n] S. Popens *Anmerkungen über den Schild des Achills in der Berlin. Sammlung vermischter Schriften* z. B. 1. St. S. 120.

[o] Herr Lessing im *Laocoon* S. 196.

Nr. 24
Aus: Johann Gotthelf Lindner, *Lehrbuch der schönen Wissenschaften, insonderheit der Prose und Poesie*, Theil 1, Königsberg und Leipzig 1767, S. 55 f., Anm. 1:

⟨. . .⟩ Hr. *Leßing* im *Laokoon* leitet den Umstand, daß der Dichter (Virg. Aen. II. v. 222.) den mit Schlangen umwundenen Laokoon laut schreien, eben so wie *Sophokles* den *Philoktet* winseln und den Herkules brüllen läßt; die Gruppe aber davon nur den Schmerz ausdrückt, nicht aus *Winkelmanns* Satz, (*Nachahmung der griech. Werke* S. 21): die Antike zeige stets etwas Edles, eine stille Größe der Seele bey allen Schmerzen in Stellung und Zügen, her, sondern weil ein *schreiendes* Maul und eine transitorische Bewegung, die in der Gruppe in eine währende, (permanente) verwandelt seyn würde, die *Regeln* der *Schönheit* in den bildenden Linien des Körpers beleidigt, und das, was beim Poeten der Natur gemäß ist, hier durch die Verzerrung einen Uebelstand verursacht hätte, wie denn auch ein zu starkes Lächeln eines Bildes ein Grinsen und wiedrig wird, oder keinen Eindruck mehr machet. So hätte der Maler und Bildhauer gegen den Dichter jeder eigene Gränzen der Nachahmung, und jener müßte oft Jammer zu Betrübniß, Schreien zu Seufzen herabsetzen. – Hiebey vom *Philoktet* des *Sophokles* und seiner Wunde. Das *Theater* ist keine *Arena*, und dort kann also geklagt werden, römische Fechter aber durften keinen Laut von sich geben, ein *Stoicismus*, aus dem L. die *Mittelmäßigkeit der römischen Tragödie* und ihren Fechterbombast herleitet. (S. 45.) ⟨. . .⟩

Nr. 25
Aus: Friedrich Justus Riedel, *Theorie der schönen Künste und Wissenschaften*, Jena 1767, S. 24 (vgl. Neue Auflage Wien und Jena 1774, S. 24):

Herr Moses und Herr Leßing haben uns viel Gründliches über den Unterschied und über die Gränzen der schönen Künste und Wissenschaften gesagt. Und würklich es war einmal Zeit, das gewöhnliche Raisonnement dererjenigen in seiner Abgeschmacktheit zu zeigen, die den ganzen Dichter in einen Mahler und den ganzen Mahler in einen Dichter metamorphosiren wollen. Aehnlichkeiten sehen ist Witz; Verschiedenheiten bemerken ist Scharfsinn; auf der Oberfläche der Dinge stehen bleiben ist Uebereilung. Wenige sind scharfsinnig, mehrere witzig und die meisten übereilen sich. Wer will es nun unsern Kunstlehrern verdenken, wenn sie bisher immer in Entdeckung der Aehnlichkeiten fruch⟨t⟩barer gewesen sind, als in Bestimmung der Gränzen, wo sich die Künste von einander scheiden!

Nr. 26
Aus: Christian Heinrich Schmid, *Theorie der Poesie*, Bd. 1, Leipzig 1767, S. 41 f.:

Das vt pictura poesis ist lange ein unverstandnes Sprüchwort, und malerischer Poet, ein leerer Lobspruch gewesen; bis

Leßing

den Faden gefunden, dem man folgen muß, wenn man zwischen Poesie und Malerey mitten inne stehen bleiben, und ihre Eigenschaften einzeln gegen einander abwägen will.

Nr. 27
Christian Adolf Klotz, »Antwort auf den ersten Leßingischen Brief«, in: Staats- und Gelehrte Zeitung des Hamburgischen unpartheyischen Correspondenten, Hamburg 1768, Nr. 133, 19. 8. 1768 (zit. nach: *Briefe von Herrn Leßing und Herrn Klotz, betreffend des erstern Laokoon und des letztern Werk von alten geschnittenen Steinen*, o. O. 1768, S. 52-56):

Aus dem Correspondenten (Nr. 100.) habe ich ersehen, daß Herr *Leßing* über einige in meinem Buche von geschnittenen Steinen gemachte Anmerkungen empfindlicher geworden sey, als ich jemals vermuthet hätte. Die Bescheidenheit, mit welcher ich meine Zweifel vorgetragen, und mein Bewußtseyn, daß ich niemand in der Welt dadurch beleidigen wollte, erlaubte mir nicht, jemandes Unwillen, am wenigsten Herrn *Leßings* Zorn zu befürchten.

Unser Zwist intereßiret das Publicum wenig, und ich sehe nicht ein, daß die Künste und Wissenschaften einigen Nutzen davon haben werden. Unterdessen, da Herr *Leßing* es für gut befunden, mich im Angesichte des Publici zu belehren; so ersuche ich auch Sie, mein werthester Herr, meine Erklärung in Ihren Blättern bekannt zu machen.

Daß es zwey ganz verschiedene Dinge sind, Begebenheiten aus dem *Homer* vorstellen, und sie in *Homers* Manier vorstellen, sie so mahlen, wie sie *Homer* mit Worten geschildert hat, weiß ich; und diese Sache zu wissen, ist auch kein Verdienst.

Allein, was Herr *Leßing* in seinem Laokoon sagt: (S. 223.) »Man findet so gar vieler Gemählde nicht erwähnt, welche die alten Künstler aus ihm gezogen hätten;« und (S. 225.) »Handlungen aus dem *Homer* mahlen, – schien der alten Artisten Geschmack nicht zu seyn;« so habe ich seine Worte eben so ausgelegt, wie sie andre Leute auch ausgelegt haben.

Sonderbar ist mir die Stelle vorgekommen, wo Herr *Leßing* sagt, daß er meine Beyspiele fast alle selbst angeführt habe. Ich will nicht hoffen, daß diese Worte etwan noch eine verstecktere Bedeutung haben sollen. Gleichwohl weiß ich auch nicht, wie die *Leßingische* Beschuldigung mein Buch treffen könne. Ich habe geschnittene Steine angeführt; Herr *Leßing* nicht. Ich habe mich auf die Herkulanischen Gemählde berufen; Herr *Leßing* nicht. Ich habe einige Beyspiele aus dem *Philostratus* entlehnt; Herr *Leßing* nicht. Was bleibt also noch übrig? Ein vom *Pausanias* erwähntes Gemählde. Hätte ich auch diese Nachricht nicht aus der

Quelle selbst geschöpft, und sollte ich sie mit aller Gewalt geborgt haben; so zeigt doch die Art, wie ich das Gemählde anführe, daß ich sie niemanden, als meinem verewigten Freunde, dem Grafen *Caylus*, schuldig seyn könne. Wie sollte ich ungerecht bey dem Bekenntnisse meiner Schulden verfahren können, da ich mir ein Vergnügen daraus mache, zu gestehen, daß ich das Wenige, was ich von der Kunst weiß, blos einem *Caylus, Hagedorn, Lippert, Winckelmann* zu danken habe?

Daß jeder ehrliche Mann der Gefahr, die Meinung eines andern nicht recht zu fassen, ausgesetzt sey, ohne daß dieser deswegen Ursache habe, es als ein grosses Verbrechen anzusehen, kann Herr *Leßing* an seinem eigenen Beyspiele sehen. Er giebt mir in seinem Laokoon (S. 244.) Schuld, daß ich die *Homerische* Episode vom *Thersites* um deswillen tadle, weil *Thersites* eine heßliche Person sey. Nie ist mir dieses eingefallen. Den *Thersites* habe ich weggewünscht, weil er eine lächerliche Person ist, und durch seine Gegenwart die feyerliche *Harmonie* des epischen Gedichts zerstört.

Ich kann also Herrn *Leßingen* mit seinen eigenen Worten antworten: »Daß er nicht mit mir streite, sondern mit einem, dem er meinen Nahmen giebt, den er einen Gelehrten von sonst sehr richtigem und feinem Geschmacke nennt, und den er zugleich zu einem grossen Ignoranten macht.« Denn dieser würde ich seyn, wenn ich einen Satz behaupten wollte, dem schon die Anfangsgründe der Kunst und der Poesie widersprechen.

Klotz.

Nr. 28

Aus: Christian Adolf Klotz, ⟨Erwiderung⟩ in: Staats- und Gelehrte Zeitung des Hamburgischen unpartheyischen Correspondenten, Hamburg 1768 (24. und 27. 9.; zit. nach Braun 1, S. 212-215):

⟨...⟩ Ehe noch in den Göttingischen Anzeigen (1768. S. 176) diese Erinnerung gemacht wurde, hatte ich bemerkt, daß Herr *Leßing* zwey Statuen mit einander verwechselt habe. Denn die Stellung des Fechters (s. Villa Borghese S. 217.) kann ganz und gar nicht dem Chabrias beygelegt werden.

Wie kann nun Herr *Leßing* itzt böse seyn, daß ich das gethan, was er verlangt? Wie kann er von den Schranken der Kenntnisse und des Geistes sprechen, da mich seine Einladung berechtigte, die Prüfung jener Schranken bey der Beurtheilung seines Buchs nicht anzustellen? Herr Leßing macht mir den Vorwurf, daß ich ihn nicht verstanden hätte, besonders in zwey Stellen.

⟨...⟩

Ich, der ich glaube, daß diese Episode, so wie sie Homer in Versen geschrieben, mit dem Pinsel geschildert werden könne, ohne daß dadurch die feinen Empfindungen beleidigt werden, habe gesagt, Herr *Leßing verwerfe* des *Caylus* Vorschläge: der Gegenstand, wenn er gemahlt würde, schiene ihm eckelhaft; und was er von den gierigen und jugendlichen Begierden sage, finde sich nicht im *Homer*, und der Künstler, der blos dem *Homer* hier folgen solle, dürfe sie daher nicht ausdrücken.

Herr *Leßing* läugnet, daß er dieses gesagt habe. – Der Leser mag selbst urtheilen, wie ich die Stelle habe verstehen müssen.

⟨...⟩

Auf das Uebrige, was Herr *Leßing* nicht sowol gegen mein Buch, als viel mehr gegen *mich selbst* sagt, kann ich nicht antworten. Ich bedaure, daß die Anzüglichkeiten, mit welchen er seine Aufsätze angefüllt hat, mir dieses nicht erlauben, und ich glaube, daß ein *Leßing* diese Sprache andern Schriftstellern, (z. E. seinem Bruder in Berlin, wenn er in den dortigen Zeitungen die *deutsche Bibliothek* recensirt) überlassen solle. Ist Hn. *Leßingen* an einer nochmaligen Versicherung von meiner Achtung, die ich allezeit seinen Verdiensten habe geglaubt schuldig zu seyn, etwas gelegen; so wiederhole ich dieselbe mit dem willigsten Herzen, und er kann glauben, daß ich diese Versicherung mit der größten Aufrichtigkeit und ohne Nebenabsichten thue. Allein, da er für gut befunden hat, mich in einem Tone zu widerlegen, in dem ich ihm nicht antworten will, wenn ich auch könnte, so muß er es mir vergeben, wenn ich diesen und andere ihnen ähnliche Aufsätze unbeantwortet lasse. – Das Publicum kann mein Stillschweigen als eine Genugthuung für einige andere Schriften ansehen, in denen ich vielleicht allzu beredt gewesen bin.

Klotz.

Nr. 29
Aus: ⟨Anonymus,⟩ in: Neue Hallische Gelehrte Zeitungen, Halle 1768 (14. 11.; zit. nach Braun 1, S. 217):

Berlin.

Unter der Stechbahn bey Friedrich Nikolai sind zu bekommen: *Briefe von Herrn Leßing und Herrn Klotz, betreffend des erstern Laokoon und des letztern Werk von alten geschnittenen Steinen.* 4 Bog. 8. Es ist wohl durch einen Buchhändlerknief geschehen, daß diese Briefe hier nochmals gedruckt erscheinen. Denn sie sind schon in einer Hamburger Zeitung abgedruckt worden, und zum Theil stehn sie auch in der bey dem Verleger billig beliebten Sammlung *Antiquarischer Briefe.* Von Herrn Klotz ist nur eine einzige Antwort aus dem Hamburger Correspondenten eingerückt. Wie kommt es denn aber, daß man nicht auch die *zweyte* Antwort hat abdrucken lassen, die in eben denselben Zeitungen befindlich ist? Oefnete sie etwann dem Publico zu sehr die Augen? enthielt sie zu deutliche Beweise von der Partheylichkeit, und andern Antiquarischen Untugenden? Eine Ursache mußte doch wohl da seyn!

Nr. 30
Aus: Helferich Peter Sturz, *Briefe, im Jahre 1768 auf einer Reise im Gefolge des Königs von Dänemark geschrieben*: »Neuere Anmerkung zu diesem Brief ⟨Paris, 5.11.1768⟩ über ein Paar Stellen von Mengs und Leßing, Raphaels Falten betreffend«, in: *Schriften*, Sammlung 1, Leipzig 1779, S. 51-54:

Mengs sagt: Alle Falten bei Raphael haben ihre Ursachen, es sei durch ihr eigen Gewicht, oder durch die Ziehung der Glieder. Manchmal sieht man in ihnen, wie sie vorher gewesen. Raphael hat auch sogar in diesem Bedeutung Recht. Man sieht an den Falten, ob ein Bein, oder Arm, vor dieser Regung, vor oder hinten gestanden, ob das Glied von Krümme zur Ausstreckung gegangen, oder geht, oder ob es ausgestreckt gewesen und sich krümmte.

Leßing führt diese Stelle im Laokoon an S. 179, und sezt hinzu: Es ist unstreitig, daß der Künstler in diesem Falle zwei verschiedene Augenblicke in einen einzigen zusammenbringt. ⟨Es folgt ein Lessing-Referat.⟩

Alles scharfsinnig gesagt! aber Raphael begieng keinen Fehler, und zeigt auch nicht zwei Augenblicke zugleich. Wer seinen Arm im Schlafrock, oder in irgend einem weiten Gewande, so bewegt, daß er einen scharfen Winkel mit dem Ellbogen macht, bringt Falten in der Beugung hervor, deren einige bleiben, wenn der Arm wieder langsam ausgestreckt wird. Ein Frauenzimmer im taffeten Kleide wird im Gehen mit dem Knie, welches vorschreitet, eine Bucht ins Zeug drücken, von der noch Spuren übrig sind, wenn der andre Fuß schon nachkömt. Es war also kein Künstlerkniff, kein Betrug, um einen größern Ausdruck zu erreichen, sondern wahr geschilderte, nachdenklich gewählte Natur; dadurch wird Bewegung angedeutet, indem man Falten ausdrückt, die, ohne eine bestimte vorhergegangene Bewegung, nicht da sein könten. »Aber nur im steifen Zeuge,« wird Leßing antworten, »das in der Malerei nichts taugt.«

⟨. . .⟩

Raphaels Gewänder sind keiner Weberei nachgepinselt,

sondern Ideale, aus verschiedenen Arten zusammengesezt, zwar große glanzlose Massen, wie im wollenen Zeug: aber, weil die Falten in Flanellen und Tüchern nur stumpf und rundlich brechen, und durch ihre Schwere gezerrt sind, so arten seine Falten mehr nach mäßig gesteiftem seidenen Stoff; da bilden sich die Triangeln schärfer, und die Parthien sezen sich empfindlicher ab. In dieser angenommenen Natur konten allerdings im jezigen Augenblick noch Falten sichtbar bleiben, welche die vorhergegangene Bewegung des Glieds hervorgebracht hatte.

Ich bitte Leßing, meine Meinung zu prüfen, und dann zu entscheiden. Wenn ich mit ihm uneins bin, so traue ich meinem Urtheil nicht. Ich weis meinen Freund nichts zu lehren, aber lerne taglich von ihm.

Nr. 31
Aus: Christian Friedrich Nicolai an Johann Joachim Eschenburg, 24. 11. 1768 (zit. nach Daunicht, Nr. 339):

Selbst mein Freund *Leßing* ist hierin nicht ganz unschuldig: wie man besonders in den folgenden Theilen seines *Laokoons* sehen wird. Meines Erachtens betrachtet er die Malerey nicht ganz aus dem rechten Gesichtspunkte, er unterscheidet sie nicht genug von der Bildhauerey, von der sie wesentlich unterschieden ist. Ich habe deshalb oft im Scherze gedrohet, daß ich ihn wiederlegen wolte. Bey der Musik, die er nicht versteht, und nicht liebet, wird er auf Grillen kommen, die meines Erachtens vom rechten Wege abkommen. Doch wenn er diese Grillen nur erst ausgekramt hätte, sie würden doch voll Scharfsinn und vortreflicher Anmerkungen seyn.

Nr. 32
Aus: Lessing an Christoph Gottlieb von Murr, 25. 11. 1768 (Bd. XI/1 dieser Ausgabe, S. 567f.):

⟨...⟩ Ich betauere ⟨...⟩, daß wir nicht an einem Orte zusammen leben. Denn zum schriftlichen Umgange bin ich so wenig aufgelegt, daß meine ältesten und vertrautesten Freunde, daß meine Eltern und Anverwandte, oft in zwei drei Jahren keine Zeile von mir zu sehn bekommen.

Dennoch würden mir Dero schriftliche Anmerkungen über meinen Laokoon sehr willkommen gewesen sein. Sie sollen mir auch noch gedruckt sehr willkommen sein! Ich merke, was Sie besorgt macht, daß ich sie vielleicht *nicht ohne Bitterkeit* aufnehmen möchte. Es ist mein Betragen gegen den Hn. Klotz und der Ton ohne Zweifel, den ich in meinen antiquarischen Briefen gegen diesen Mann zu nehmen gezwungen worden. Ich bin aber sehr überzeugt, daß sich Ew. Hochwohlgeboren das dictatorische Ansehn nicht werden gegeben haben, welches sich dieser Mann giebt; daß Sie nicht der Art sind, Einwürfe, die Sie einem Schriftsteller machen, selbst, oder durch ihre Freunde, in allen Zeitungen als *unverzeihliche Fehler* ausposaunen zu lassen, die Sie diesem Schriftsteller gewiesen hätten, wie das Hr. Klotz zu tun pflegt; ich bin sehr überzeugt, daß Sie mit mehr Einsicht, mit verdautern Kenntnissen, mit mehr Überlegung, Erinnerungen machen und Widerlegungen abfassen, als Herr Klotz; daß es Ihnen mit diesen Erinnerungen und Widerlegungen lediglich nur um die Aufklärung der Sache, nur um die Wahrheit zu tun ist, und nicht um die Eitelkeit, alles besser zu wissen, und auch da mit zu sprechen, wo man kein Recht hat mit zu sprechen: was besorgen Sie also von mir? Je mehr Fehler und Irrtümer Sie mir zeigen, desto mehr werde ich von Ihnen lernen: je mehr ich von Ihnen lerne, desto dankbarer werde ich sein. Und diese Dankbarkeit wird sich in jedem Worte, das ich etwa erwidern dürfte, zeigen!
⟨...⟩

Aber wo sind sie denn, diese Ihre Anmerkungen über den Laokoon? Wenn sie bereits gedruckt sind, so würde es mir sehr angenehm gewesen sein, sie zugleich mit Ihrem zweiten Briefe zu erhalten. Sind sie es aber noch nicht, so erbitte ich mir sie wenigstens, sobald sie es sind. Denn es ist Zeit, wenn ich noch davon profitieren soll. Ich dürfte nicht sehr lange mehr in Deutschland sein, und auch sobald nicht wieder Lust oder Gelegenheit haben, mich um die deutsche Literatur zu bekümmern.

Nr. 33
Aus: 〈Christian Garve,〉 Rezension des *Laokoon*, in: Allgemeine deutsche Bibliothek, Berlin und Stettin 1769, 1. Stück, S. 328 f., 332, 346, 358:

Mit der Gesinnung, mit der ein Mann der weder Künstler noch Kunstrichter ist, vor eine Statue tritt nicht um neue Schönheiten zu entdecken, noch neue Grundsätze herauszuziehen, sondern nur das auch vor seinen Theil zu empfinden, was andere Leute von gutem Gefühl vor ihm empfunden haben; nicht um erzählen zu können, was er gesehen hat, sondern um sich mit dem Anblik zu sättigen; und wenn es möglich ist, gedankenreicher wegzugehn als er gekommen war, in der Verfassung lese ich itzt den Laokoon. Das Buch ist so längst bekannt, gelobt, bewundert, beurtheilt, getadelt worden, daß eine Kritik, die blos bekannt machen sollte, viel zu spät käme, und die Stimme einer einzelnen Person bey einem Werk, daß schon das Urtheil der Nation ausgehalten hat, in keine Betrachtung mehr kommt. Noch vor kurzem hat ein Mann von Tiefsinn und Gelehrsamkeit über dieses Werk ein neues geschrieben. Man kann also nicht erwarten, daß auch für den denkenden Kopf viel Seiten übrig gelassen sind, von denen diese Gegenstände sich betrachten liessen. Aber das ist noch vielleicht übrig, der Reihe der Lessingischen Ideen unverwandt nachzugehen; sie so wie sie sich in seinem Kopf entwickelt haben: (denn in der That ist sein Buch mehr eine Geschichte seiner Meditation, als das bloße Resultat derselben) sich auch in seinem entwickeln zu lassen; blos den Faden, wenn er, um durch angenehmere Wege zu führen, Krümmungen macht, abzu-

kürzen und grader zu leiten; so durch die Uebersehung des ganzen Weges die einzeln Abweichungen zu berichtigen, und wenn es möglich ist, anstatt Irrthümer aufzusuchen, die zu den einzelnen Stellen Anlaß geben könnten, durch den Zusammenhang des Ganzen zu widerlegen.
⟨. . .⟩

Meinen Geist, ich gestehe es, hat eben deswegen keine Lectüre so genährt, keine so sehr meinen Kopf in der Disposition zu denken zurückgelassen, keine mir selbst mit einer so großen Idee meiner Fähigkeit geschmeichelt, als die *Lessing*scher Werke. Noch ein andrer Vorzug ist ihnen eigen, der grade dazu gehört, wenn man gerne einem denkenden Kopfe während der Arbeit des Nachdenkens selbst zu sehen soll; eine Genauigkeit und Kraft des Ausdruks; eine Vollständigkeit, und eine gewisse Rundung aller Theile jedes Begriffs; eine immer genau bezeichnete Folge von einem Begriff zu dem andern; eine gewisse lebende anschauende Rede, die die ganze Idee mit allen ihren Schattirungen durchscheinen läßt, und der Art dieser Vorstellung so genau anpaßt, daß man zweifelhaft ist, ob es Gedanke oder Ausdruk ist, welcher zuerst den andern hervorgebracht hat. ⟨. . .⟩
⟨. . .⟩

Das ist der Weg, den unser Verfasser geht; der Observation, und des freyen durch kein System eingeschränkten Raisonnements. Auf diesem Wege sind immer die neuen Wahrheiten erfunden worden; aber auch niemals sind sie auf demselben mit allen den Einschränkungen und Bestimmungen erfunden worden, die sie erst vollkommen wahr machen; und die nur die Folgen von der Mannigfaltigkeit der Methoden seyn können, mit welchen mehrere Köpfe hintendrein eben die Wahrheit denken. Ausserdem, daß uns jede neue Idee mit dem Bewustseyn der Fähigkeit schmeichelt, durch die wir sie hervorbrachten, und wir schon eben deswegen geneigt sind, ihr eine größre Allgemeinheit zu geben, weil uns das Vergnügen über sie nur blos auf ihre brauchbare Seite und die Möglichkeit ihrer Anwendungen aufmerksam macht; ausserdem, sage ich, bekommt noch jeder Saz, den wir durch Schlüsse herausbringen, seinen Umfang oder seine Gränzen durch die Ideen selbst die uns darauf leiteten. So lange also, als wir nur noch eine einzige von den Ketten, durch die jeder Begriff mit dem ganzen System der übrigen Wahrheiten zusammenhängt, übersehen; nur seine Verbindung mit einer einzigen Reihe von Begriffen durch gedacht haben: so lange kennen wir seine Gränzen auch nur von dieser Seite. Ein neuer Zusammenhang bringt auch eine neue Einschränkung hervor, und eben indem andre die Sätze durch neue Beweise bestätigen, gelangen wir dazu sie genau zu bestimmen. Also verringert es in meinen Augen den Werth dieser Grundsätze nicht im geringsten, daß sie vielleicht ein wenig zu allgemein sind. ⟨...⟩

Wenn es die Ehre und der eigentliche Endzweck eines philosophischen Werks ist (ein solches ist Laokoon und von der Seite ist sein Werth am größten) die trägere Vernunft seiner Leser aufzuwecken und ihre Kraft zu denken in eine Bewegung zu bringen, die auch noch alsdann eine Zeitlang fortdauret, wenn der unmittelbare Stoß aufgehört hat: so denke ich, ich habe den Verfasser auf so eine Art gelobt, wie er von allen seinen Lesern gelobt zu seyn wünscht.

L.

Nr. 34
Aus: ⟨Johann Gottfried Herder,⟩ *Kritische Wälder. Erstes Wäldchen*, o.O. 1769 (nach: *Sämmtliche Werke*, hg. v. Bernhard Suphan, Bd. 3, Berlin 1878, S. 1-188; hier S. 3-5, 6, 9f., 11f., 186-188):

Analytischer Inhalt.

1. Es ist unbillig, Leßing auf Winkelmanns Kosten zu loben. Unterschied beider Schriftsteller in Materie, Denkart und Styl.
2. Sophokles Philoktet leidet nicht mit brüllendem Ge-

schrei. Die Helden Homers fallen nicht mit Geschrei zu Boden. Schreien kann nicht ein nothwendiger Charakterzug einer Helden- und Menschlichen Empfindung seyn.

3. Die Empfindbarkeit der Griechen zu sanften Thränen zeigt sich ganz anders. Sie ist auch den Griechen nicht allein und ausschliessend eigen. Proben und Charakter der alten Hersischen Gesänge.
4. Eine philosophische Geschichte der Elegischen Dichtkunst über Völker und Zeiten, oder Gründe der alten Heldenmenschlichkeit, aus ihrer Empfindung für Vaterland, Geschlecht, Heroische Freundschaft, einfältige Liebe und die Menschlichkeit des Lebens hergeleitet, nicht aber als ob sie einen Schlag mehr empfunden, und besser geschrien hätten, wie wir. Empfindbarkeit der Homerischen Helden zeigt sich würdiger.
5. Sophokles macht in seinem Philoktet gewiß nicht Geschrei zum Hauptmittel der Rührung. Bessere Eindrükke des Griechischen Drama. Ob körperlicher Schmerz je die Hauptidee eines Trauerspiels werden könne? Daß ers bei Sophokles nicht sey.
6. Die Behauptung: der Griechische Künstler schilderte das Schöne, ist wahr. Grenzen und Erklärung dieses Satzes aus ihrem Mythischen Cirkel und ihrer Heldengeschichte. Warum Timanthes seinen Agamemnon verhüllt gemalet?
7. Von den Hörnern des Bacchus. Von dem Einfluß der verschiednen Mythologischen Zeitalter auf Poesie und Kunst.
8. Wen Virgil in Schilderung seines Laokoon nachgeahmet haben möge? Urtheil über Quintus Calaber, und Petron, in ihren Schilderungen. Nach wem der Künstler gebildet haben könne?
9. Soll die Kunst nichts Vorübergehendes zu ihrem Anblicke wählen: so verliert sie ihr Leben. Soll sie für jede wiederholte Erblickung arbeiten: so ihr Wesen. Ursache, warum die Kunst ein Ideal der Schönheit habe, und

insonderheit die stille Ruhe liebe, aus dem Grundsatz, daß sie für Einen ewigen Anblick arbeite.

10. Ueber Spence's Erläuterungen der Alten aus Kunstwerken. Rettung seines herunterschwebenden Mars. Frage, ob die Kunst schwebende Körper vorstellen könne?

11. Dem Künstler sind Götter und geistige Wesen nicht blos personifirte Abstrakta, so bald er sie in Handlung kann erscheinen lassen. Die Mythologie ist eigentlich Poetisch, und hat Dichterische Gesetze. Dem Dichter geht Individualität seiner Götter weit über Charakter; so hat er sie dem Künstler übergeben.

12. Ueber die Poetischen Attributen von Horaz, dem großen Liebhaber symbolischer Wesen, wird seine Ode an das Glück, sein Bild der Nothwendigkeit u. s. w. erklärt. Die Maschinen des Epischen Dichters müssen nicht Allegorische Abstrakta seyn: bei Homer sind sie es nicht.

13. Homers Nebel und Unsichtbarwerden sind keine Poetische Phrases: sondern gehören mit zum Mythischen Wunderbaren seiner Epopee. Unsichtbar seyn ist nicht der natürliche Zustand der Homerischen Götter.

14. Auch die Größe derselben ist bei ihm nicht solch ein Hauptzug, als Macht und Schnelligkeit. Unter welchen Bedingungen, und mit welcher Mäßigung er ihre Größe schildert? Erklärung des Helms der Minerva. Von wem er das Colossalische seiner Götter entlehnet?

15. Ob Homer für uns Deutsche übersetzt werden solle? Das Fortschreitende seiner Manier, und die beständig zirkelnden und wiederkommenden Züge in seinen Bildern sind kaum übersetzbar.

16. Das Succeßive in den Tönen ist nicht das Wesen der Dichtkunst. Ganz und gar auch nicht mit dem Coexsistenten der Farben zu vergleichen. Aus dem Succeßiven der Poesie folgt nicht, daß sie Handlungen schildere. Das Succeßive der Töne kommt jeder Rede zu.

17. Fehlschlüsse, wenn man die Succeßion der Töne für das Hauptmerkmal der Poesie annimmt. Homer wählt gar

nicht das Fortschreitende seiner Schilderungen, um sie nicht coexsistent zu schildern; sondern weil jedesmal in dem Fortschreiten seiner Bilder die Energie derselben und seiner Gedichtart liegt.

18. Homers Gedichtart kann nicht allen Dichtarten Gesetze, und aus *ihrer* Manier ein oberstes Gesetz geben. Aus der Succeßion der Töne folgt keine Achtserklärung gegen die malende Poesie.

19. Energie ist das oberste Gesetz der Dichtkunst: sie malet also nie Werkmäßig. Urtheil über Harris Vergleichung und Unterscheidung der schönen Künste.

20. Ob die Schilderung körperlicher Schönheit der Dichtkunst verboten sey? Wo sie jede Schönheit durch Reiz zeigen könne? Ob sie jemals an einer Schönheitsschilderung Werkmäßig arbeite? Ob, wenn der Dichter häßliche Formen nutzen kann, er nicht auch schöne nutzen könne?

21. Homer macht Thersites nicht häßlich, um ihn lächerlich zu machen. Häßlichkeit an Seele und Körper ist sein Charakter, der blos dadurch gemildert wird, daß er auf nichts Schädliches ausläuft. Es wird also der Person Thersites noch diesmal erlaubt, in Homer zu bleiben.

22. Wenn das Häßliche zum Lächerlichen hilft: so ists zum Contrast des Lächerlichen wesentlich. Zum Schrecklichen nicht so. Ja zum Schrecklichen thut es niemals nichts, sondern zum Abscheu. Ekel kommt eigentlich allein dem Geschmack und Geruch zu; andern Sinnen nur, so fern sie sich an deren Stelle setzen. Nicht alles Häßliche also ist ekelhaft.

23. Gebrauch des Lächerlichen, Schrecklichen, Ekelhaften in Poesie und Malerei. Abschied vom Laokoon.

24. Einzelne Fehler der Winkelmannischen Schriften. Sein Tod – – – Beschluß.

1.

Der Laokoon des Herrn Leßings, ein Werk, an welchem die drei Huldgöttinnen unter den Menschlichen Wissenschaften, die Muse der Philosophie, der Poesie, und der Kunst des Schönen, geschäftig gewesen, ist in unsrer jetzigen kritischen Pestilenz in Deutschland, für mich eine der angenehmen Erscheinungen gewesen, um welche Demokritus die Götter bat, als um die Seligkeit seines Lebens. Ich würde dasselbe auch sehr wohlfeil mit der Bildsäule vergleichen können, von der es den Namen hat, wenn nicht die Mine des Vollendeten, des Schriftstellerischen *εποιησε* ⟨er hat es geschaffen⟩ eben die wäre, die dieser Laokoon am wenigsten annehmen will. Es mag also diese Sprache durch Kunstvergleichungen immer unsern Schönheitskünstlern des Styls bleiben: ich will den Laokoon als eine Sammlung von Materialien, als einen Zusammenschuß von Collektaneen betrachten – auch als solcher allein, verdient er Betrachtung gnug.

Die Kunstrichter unsrer Zeit, eine Heerde der kleinen Geschöpfe, die Apollo Smintheus jetzt scheint auf unser liebes Vaterland gebannet zu haben, um auch die wenigen Blumen- und Fruchtreichen Auen zu verwüsten, die noch hie und da als Ländereien des Genies übrig geblieben – diese Boten Apollo haben meistens Laokoon nicht besser zu loben gewußt, als auf Winkelmanns Kosten; denn welch ein Lob fließt von den Lippen großer Leute wohl glatter herunter, als das auf Kosten eines Dritten?

⟨...⟩

Für mich hat Laokoon an sich selbst Schönheit gnug, als daß er blos durch den Kontrast mit einem andern gewinnen dörfte. Vor und hinter demselben, was L. gegen W. habe, sind entweder nichts als Parerga, für die beide sie ansehen werden, oder wenigstens trifft nichts auf Winkelmanns Hauptzweck, die Kunst; und Laokoon also, als Abhandlung über die Gränzen der Poesie und Malerei, hat Werth und Vortreflichkeit; aber ihn als Streitschrift, als Prüfung der ganzen Winkelmannischen Werke betrachten zu wollen, ist meines Erachtens der falscheste Gesichtspunkt, und der Genius eines Leßings und Winkelmanns sind auch zu verschieden, als daß ichs von mir erlangen könnte, sie gegen einander abzumessen.

Wo Leßing in seinem Laokoon am vortreflichsten schreibt, spricht – der Critikus: der Kunstrichter des Poetischen Geschmacks: der Dichter. Wie Sophokles Philoktet leide, und die Helden Homers weinen, und Virgils Laokoon den Mund öfnen, und körperliche Schmerzen auf dem Theater winseln dörfen – wie Virgil, Petron und Sadolet den Laokoon bilden, und der Dichter den Künstler, und der Künstler den Dichter nachahmen könne – wer spricht hier überall, als der Kunstrichter des Poeten? Dieser ists, der dem Philoktet des Chateaubrun einen Streich giebt, der Spence'n und Caylus ihre Fehler zeiget, der Homers Poetische Wesen claßificirt, und Poetische von der Malerischen Schönheit unterscheidet – überall der Kunstrichter des Dichters: das ist sein Geschäft. Und sein Zweck derselbe. Dem falschen Poetischen Geschmack entgegen zu reden, die Grenzen zwoer Künste zu bestimmen, damit die eine der andern nicht vorgreifen, vorarbeiten, zu nahe treten wolle: das ist sein Zweck. Was er auf diesem Wege von dem Innern der Kunst findet, freilich nimmt ers auf; aber mir noch immer Leßing, der Poetische Kunstrichter, der sich selbst Dichter fühlt.

Winkelmann aber, ein Lehrer Griechischer Kunst, der selbst in seiner Kunstgeschichte mehr darauf bedacht ist, eine Historische Metaphysik des Schönen aus den Alten, absonderlich Griechen, zu liefern, als selbst auf eigentliche Geschichte. Und also auf eine Critik des Kunstgeschmacks noch uneigentlicher. Um den falschen Geschmack andrer Zeiten und Völker ist ihm nie als um Hauptzweck zu thun; den züchtigt er blos, wenn er neben oder unmittelbar vor den Alten ihm zu Gesicht kommt: denn sonst, wie oft hätte er nach seiner vornehmen Griechischen Idee züchtigen, und seine Hand in Nebenstreichen ermüden müssen!

⟨...⟩

Warum können wir denn nicht zween so originale Denker, Winkelmann und Leßing nehmen, wie jeder ist? Auch in der Schreibart so gar haben beide eine Griechische Grazie zur Freundin; nur daß sie bei beiden nicht Eine Grazie ist.

Winkelmanns Styl ist wie ein Kunstwerk der Alten. Gebildet in allen Theilen, tritt jeder Gedanke hervor, und stehet da, edel, einfältig, erhaben, vollendet: er *ist*. Geworden sey er, wo oder wie er wolle, mit Mühe oder von selbst, in einem Griechen, oder in Winkelmann; genug, daß er durch diesen auf einmal, wie eine Minerva aus Jupiters Haupt dastehet und ist. Wie also an dem Ufer eines Gedankenmeeres, wo auf der Höhe desselben der Blick sich in den Wolken verliert: so stehe ich an seinen Schriften, und überschaue.

⟨...⟩

Leßings Schreibart ist der Styl eines Poeten, d. i. eines Schriftstellers, nicht der gemacht hat, sondern der da machet, nicht der gedacht haben will, sondern uns vordenket, wir sehen sein Werk *werdend*, wie das Schild Achilles bei Homer. Er scheint uns die Veranlassung jeder Reflexion gleichsam vor Augen zu führen, Stückweise zu zerlegen, zusammen zu setzen; nun springt die Triebfeder, das Rad läuft, ein Gedanke, ein Schluß giebt den andern, der Folgesatz kommt näher, *da* ist das Produkt der Betrachtung. Jeder Abschnitt ein Ausgedachtes, das τεταγμενον ⟨Geordnete⟩ eines vollendeten Gedanken: sein Buch ein fortlaufendes Poem, mit Einsprüngen und Episoden, aber immer unstät, immer in Arbeit, im Fortschritt, im Werden. Sogar bis auf einzelne Bilder, Schilderungen und Verzierungen des Styls, erstrecket sich dieser Unterschied zwischen beiden, Winkelmann der Künstler, der gebildet hat, Leßing der schaffende Poet. Jener ein erhabner Lehrer der Kunst; dieser selbst in der Philosophie seiner Schriften ein munterer Gesellschafter; sein Buch ein unterhaltender Dialog für unsern Geist.

So dörften beide seyn: und wie unterschieden! wie vortreflich bei dem Unterschiede! Weg also mit der Brille, durch die man von einem zum andern schielen will, um durch Kontrast zu loben! Wer L. und W. nicht lesen kann, wie jeder derselben ist, der soll keinen von beiden, der soll sich selbst lesen!

⟨...⟩

Uebrigens sey jedes Wort, und jede Wendung verbannet, die *wider* Hrn. L. geschrieben schiene. Ich habe *über* seine Materien gedacht, und wo ich insonderheit nach Leitung der Alten davon abgehen mußte, sprach ich offenherzig, und wollte in Form eines Sendschreibens sprechen, wenn es die Abwechselung und der Inhalt der Materien zugelassen hätte. Wenn meine Zweifel und Wiedersprüche die Leser des Laokoons dahin vermögen, ihn nochmals, ihn so sorgfältig, als ich, zu lesen, und ihn aus meinen Zweifeln, oder meine Zweifel aus ihm, zu verbessern: so habe ich der Sache des Laokoons weit mehr gevortheilet, als durch ein kaltes Lob, hinter welchem jeder Leser, so, wie sein Urheber und Besitzer, gähnet. Meine Schrift selbst: wie würdig mir Laokoon geschienen, um darüber zu denken! sey ein Opfer meiner Achtung an den Verfasser desselben: Lobworte darzubringen habe ich nicht.

⟨. . .⟩

Beschluß.

Ich bin Hrn. L. auf seinem Pfade gefolget, und, wenn sein Laokoon »mehr unordentliche Collektaneen zu einem Buche, als ein Buch selbst« ist: was sind denn meine Kritischen Wälder? Sie sind zufälliger Weise entstanden, und mehr durch die Folge meiner Lectüre, als durch die Methodische Entwicklung allgemeiner Grundsätze angewachsen. Sie zeigen indessen, daß sich auch unsystematisch irren lasse, daß nicht blos, wenn man aus ein paar angenommenen Worterklärungen, in der schönsten Ordnung, sondern auch, wenn man aus einigen ausgerißnen Stellen in der schönsten Unordnung alles, was man will, folgert, man dem Fehltritte gleich ausgesetzt bleibe. Ich bin übrigens zu sehr ein Deutscher, daß ich nicht, wenn sich ein Machtwunsch thun ließe, gleich lieber in meine Kritischen Wälder, Ordnung und System hinein wünschen wollte; und noch mehr wünsche ich ihnen »das Vorrecht der Alten, keiner Sache weder zu viel, noch zu wenig, gethan zu haben.« Ich habe jetzt in der Materie, die Laokoon abhandelt, den Grund gesichert; die Folge wird zeigen, was sich darüber aufführen lasse?

Vor der Hand verbitte ich mir nur Eins, den Titel meines Buchs nicht zu einem Gegenstande artiger Wortspiele zu machen, an denen manche Witzige unsrer Kunstrichter nicht arm zu seyn pflegen. In mehr als einer Sprache hat das Wort *Wälder* den Begriff von gesammelten Materien ohne Plan und Ordnung; ich wünschte nur, daß meine Leser die etwas trocknen und verschlossenen Pfade dieses ersten Theils überstehen möchten, um hinter denselben zu freiern Aussichten zu gelangen.

Nr. 35
Aus: ⟨Anonymus,⟩ in: Neue Braunschweigische Zeitung, Braunschweig 1769, Nr. 10 (17. 1.):

Gelehrte Sachen.

Ohne Benennung des Druckorts, sind vor kurzem erschienen: *Kritische Wälder*. Erstes Wäldchen, dem Herrn *Leßing*, und zweytes Wäldchen, dem Herrn Geheimenrath *Klotz* gewidmet. Die alten Moden kommen im Litteraturreiche eben so wieder auf, als im Reiche der Galanterie. ⟨...⟩

⟨...⟩ Wir müssen gestehen, daß wir diese kritischen Wäldchen mit nicht geringem Vergnügen durchgewandelt sind, und unsern Führer, den Herrn *Herder*, gar bald erkannt haben. Ohne an dem Streite, der in diesen beyden Schriften, wider Hrn. Leßing, und noch schärfer wider Herrn Klotz, geführet wird, irgend einigen Antheil zu nehmen, oder ihn durch unsern Ausspruch entscheiden zu wollen, müssen wir gestehen, daß wir in dieser Schrift eine vortrefliche Einsicht in das Wesen der Kunst und Schönheit, eine sehr grosse und wohlverdaute Belesenheit in den besten ältern und neuern poetischen Schriften, und eine ausserordentlich feine und richtige Kritik angetroffen haben; und selbst der originale Styl des Verfassers, und das Feuer und die Begeisterung mit der er spricht, haben uns nicht wenig gefallen. Er rettet bey Gelegenheit einen Homer, Virgil, Horaz, Milton etc. auf eine sehr glückliche Art von denen so oft ihnen gemachten Vorwürfen, und jeder Leser, der des Herrn Leßings Laokoon studirt und bewundert hat, wird wohl thun, auch diese Schrift des Herrn Herders mit Aufmerksamkeit zu studiren, die nicht wenig dazu beyträgt, das Wesen der Künste und des Schönen noch genauer zu bestimmen.

Nr. 36
Aus: ⟨Anonymus, Anzeige von Herder, *Kritische Wälder. Erstes Wäldchen*, in:⟩ Erfurtische gelehrte Zeitungen für das Jahr 1769, Erfurt 1770, Stück 7 (23. 1.):

Riga.

Die kritischen Wälder, die wir im ersten Stücke der Zeitung ankündigten, sind bereits erschienen. Herr Herder umschreibt den kurzen Titel durch den längern: Betrachtungen die Wissenschaft und Kunst des Schönen betreffend, nach Maasgabe neuerer Schriften. Das erste Wäldgen ist Hrn. Leßings Laokoon gewidmet, mit dessen meisten Meinungen Herr H. wenig zufrieden ist. ⟨...⟩

⟨...⟩

⟨...⟩ Die jetzige Methode der gelehrten Kriege ist, mit Erlaubniß zu sagen, ein wenig barbarisch; man schießt mit vergifteten Pfeilen. So macht es Herr Klotz wider die Berliner, die Berliner machen es so wider Herr Klotzen; desgleichen Herr Leßing und Herr Herder. Wir wünschten in solchen Streitigkeiten, die von guten Köpfen wider gute Köpfe geführet werden, entweder völligen Ernst, oder eine feine socratische Laune, mit der man einen sanften Backenstreich giebt, ohne zu beleidigen, ohne seinen Gegner zu einem Ignoranten und Dummkopf zu machen. Der Sarkasmus gehört für die Dunse, die es per eminentiam sind. Aber wenn die guten Skribenten sich so bey den Ohren halten, wie die Herren Klotz, Leßing, Herder, Nicolai und andere;

so muͤssen nothwendig die Dunse halb gewonnen Spiel haben. Es ist nicht fein, sich vor den Augen der Welt herum zu balgen. – Herr Herder hat vor seinem Buche den Kopf des Socrates; aber inwendig ist er ein reissender Wolf – Aristophanes.

Nr. 37
Aus: ⟨Anonymus, Rezension von Herder, *Kritische Wälder. Erstes Wäldchen*, in:⟩ Breslauische Nachrichten von Schriften und Schriftstellern ⟨hg. v. Samuel Benjamin Klose⟩, Breslau 1769 (8. 3.; zit. nach Braun 1, S. 234-237):

Amicus Plato, amicus Aristoteles, sed magis amica veritas, so dachte Herder, als er Leßings Laokoon, und Klotzs Schriften las, und mit ihnen ein Lustwäldchen der alten griechischen Musen besuchte. Aber auch immer? Welcher Mensch ist so sehr über die Sphäre der Menschheit erhaben, daß er niemals auf die Seite der Parteilichkeit sich neigen solte, besonders wenn er die größten Reizungen dazu hat ⟨. . .⟩

⟨. . .⟩

Man hat seine Fragmente über die Litteraturbriefe mit einem bis zum Enthusiasmus getriebnem Beifall aufgenommen; diese kritische Wälder werden bei dem itzt herrschenden Schisma unter den Kunstrichtern das Glük nicht erfahren; man wird sie weniger erheben, ob sie es gleich mehr, als die erstern verdienten. Man müßte sich ganz vom Vorurtheil des Ansehens blenden lassen, man müßte seine eigne Vernunft verleugnen, wenn man vorgeben wollte, Herder gehöre in die Klasse der alltags Schriftsteller. Er ist ein wahres Genie, dergleichen Deutschland wenige kennt; sein Geist hält sich niemals bei der Oberfläche der Gegenstände auf; sondern er dringt in das Innere: er dreht sich nicht in dem Kreise des Allgemeinen herum, sondern nimt die Theile in seinen Gesichtspunkt und denkt die Wahrheiten anschauend. ⟨. . .⟩

⟨. . .⟩

⟨...⟩ Wir haben keine persönliche Ursache, dieses vortrefliche Werk herunter zu setzen, er hat uns nicht beleidiget, er hat unsern Freund nicht um seine kritische Autorität gebracht: und wenn er es auch gethan hätte; so würden wir doch nicht Sklaven der Parteilichkeit geworden sein, ihn nicht mit einem argen Auge angesehen haben. ⟨...⟩

⟨...⟩

Wir haben das Merkwürdigste von dem Hauptinhalt dieser tiefeindringenden und mit feinem Geschmack angestellten *Untersuchungen* vor diejenigen ausgezeichnet, welche den *Laokoon* gelesen. Diese werden daraus schlüßen können, in welchen Punkten Herder mit Leßing übereinstimmt, und worinn er von ihm abgehet. Aus den Proben S. 188ff. 191 von der feinen Kunst Homers in seiner Bilderkomposition von Seiten der Sprache sieht man, daß H. den Ersten der Dichter studirt, und seine eigene Manier vollkommen kennt: Er, der Jahre her täglich zu den Alten, als zu der Erstgeburt des menschlichen Geistes wallfartet. Er bezeuget S. 274 feierlich, daß iedes Wort, iede Wendung verbannet sein soll, die *wider* Leßing geschrieben schiene. Er hat über seine Materien gedacht, und wo er nach Leitung der Alten davon abgehen mußte, offenherzig gesprochen. Den geistigen Eindruck der Poesie vollkommen zu entwickeln würde, auser Leßing, niemand fähiger als H. sein.

Nr. 38
Aus: Karl Lessing an den Bruder Gotthold Ephraim Lessing, 9.3.1769 (Bd. XI/1 dieser Ausgabe, S. 596):

⟨...⟩ Herders kritische Wälder habe ich nun gelesen. Er scheint mir in den Geist Deines Laokoons nicht eingedrungen zu sein. Mit seiner Widerlegung, in Betracht des Philoktets von Sophokles, hat er ganz Unrecht. Man darf diese Tragödie nur aus dem Auszuge kennen, den er selbst davon macht. Moses ist meiner Meinung, und versicherte mich, daß ihn das ganze erste Wäldchen ärgere: nicht, weil H.

Dich widerlegt, sondern, weil er so wenig eingesehen, wohin Du gewollt. Über das zweite Wäldchen, das Klotzen betrifft, möchte ich Herdern sehr loben, wenn ich auf mein Lob einigen Wert legen könnte. Was wird aber Klotz zu dem ganzen Herderschen Werke sagen? Soll er es loben? Ja! wenn nicht das andere Wäldchen wäre! Soll er es tadeln? Wenn nur nicht das erste Wäldchen wäre! Ich bin begierig, wie er sich heraus winden wird. Er hat zwar, wie Du wohl wissen wirst, öffentlich allen Streitigkeiten mit Dir entsagt: ein Merkmal, daß er sich sehr in die Enge getrieben sieht!

Nr. 39
Aus: Friedrich Justus Riedel, *Ueber den Laokoon des Herrn Leßings**, in: Philosophische Bibliothek, Stück 2, Halle 1769, S. 1-30; hier: S. 1f., 3, 4f., 20f., 46f., 54f.:

⟨...⟩

Wenn Hr. *Leßing* diese Gedanken über seinen Laokoon lesen sollte, so wird er es mir, hoff ich, zutrauen, daß ich ihn nicht erst seit gestern oder ehegestern studirt habe. Vielleicht ist mir zuweilen der Geist des Werks entwischt; aber meistentheils denke ich ihn doch ziemlich fest zu halten. Die Hůlfsmittel des Verfassers, als er schrieb, sind auch die meinigen, da ich lese und urtheile; nur in einem geringern Grade: Philosophie und Lectůre. In Ansehung der Avtopsie haben wir einander nichts vorzuwerfen. Er und ich, oder wenn es nicht zu groß gesprochen ist, wir beyde haben

* Die Materialien zu diesem Aufsatze waren schon vor einem Jahre gesammelt und für eine besondere Schrift über den Laokoon bestimmt. Man glaubt aber, daß ihnen auch in einer philosophischen Bibliothek eine Stelle zu gönnen sey; die wenigen bloß kritischen und philologischen Anmerkungen kan man immer unter den andern mit hinlaufen lassen. Den Ton, in welchem eine solche Schrift zu machen ist, hat übrigens Hr. Leßing selbst angegeben.

die eigentlichen Werke der Kunst nicht gesehen und müssen mit dem geistigen Anschauen aus der Ferne zu frieden seyn. Laßt also sehen, wie weit uns das Raͤsonnement fuͤhren kan!

1.

Der Schmerz Laokoons, welcher sich in allen Muskeln und Sehnen des Koͤrpers entdeckt, und den man ganz allein, ohne das Gesicht und andere Theile zu betrachten, an dem schmerzlich eingezogenen Unterleibe beynahe selbst zu empfinden glaubt; dieser Schmerz, warum aͤussert er sich dennoch mit keiner Wuth in dem Gesichte und in der ganzen Stellung? Warum erhebt der Laokoon des Kuͤnstlers kein schreckliches Geschrey, wie Virgil von dem seinigen singet? Warum nur ein aͤngstliches und beklemmtes Seufzen, wie es Sadolet beschreibet?
⟨. . .⟩

Wie, wenn das Schreyen Laokoons unter solchen Umstaͤnden, wie ihn der Kuͤnstler gebildet hat, schon ein Fehler wider die physische Wahrheit waͤre? Man denke sich den gepreßten Koͤrper, den beklemmten Athem, den erschoͤpften Unterleib, und urtheile dann, ob Laokoon in einer solchen Verfassung wohl schreyen konnte. Schreyen ist uͤberhaupt nur der Ausdruck des Schmerzens, der noch nicht bis zur hoͤchsten Gewalt angeschwollen ist. Man schreyt, so lange man noch Kraͤfte hat: sobald diese erschoͤpft sind, dann hoͤrt das Schreyen auf, und laͤßt ein beklemmendes Seufzen zurück. Laokoons Schmerz war allzugroß, sein Koͤrper zu sehr gepreßt: seufzen nur konnt er, nicht schreyen. Es schadet nichts, daß Virgil ihn schreyen laͤßt: Der Dichter ist an die physische Wahrheit nicht so sehr gebunden, als der bildende Kuͤnstler; und dies ist oft der Grund, weswegen viele poetische Schilderungen koͤrperlicher Dinge, so wie der Dichter sie uns giebt, nicht mahlerisch sind.

Doch dies bey Seite gesetzt, darf man noch immer zweifeln, ob auch Hr. Leßing Grund hat, die Winkelmannische

Rechtfertigung des Artisten nicht gelten zu lassen. Es sey, daß dieser auf die höchste Schönheit gearbeitet hat, die sich mit einem zum Schreyen geöfneten Munde nicht verträgt. Herr Leßing soll Recht haben; aber hat Winkelmann deswegen Unrecht? Auch die Erhabenheit des Geistes, ausgedrückt durch die Gelassenheit im Leiden, ist Schönheit; ist die höchste Staffel der Schönheit; ist der Punkt, wo das physische Ideal mit dem sittlichen zusammenfließt. Mit einem Worte: ich finde die beyden Kunstrichter in keinem grossen Abstande; der eine meint das, was der andere nennt: der eine spricht allgemeiner, der andere bestimmter. Der eine ist wider den schreyenden Laokoon, weil sein Schreyen wider die Schönheit wäre; der andere nennt uns die Art der Schönheit, nach welcher der Künstler gerungen hat: die edle Einfalt und stille Grösse.

Erst dann entfernen sie sich von einander, wo es auf Erläuterungen und auf Schlüsse ankömmt, die der eine oder der andere auf sein Axiom bauet; aber hier ist es gerade, wo ich lieber mit Winkelmannen gehen wollte, als mit Leßingen.

⟨...⟩

5) Furien? Hr. Leßing hat behauptet, daß die Alten nie eine Furie gebildet haben, so behauptet und sich so gegen die Einwürfe vertheidiget, daß ich auf eben diese Art alles behaupten und alles vertheidigen will. Hier ist die ganze Disputation:

»Ich darf behaupten, daß die Alten nie eine Furie gebildet haben; aber in der Note mache ich Ausnahmen, welche das nie wieder aufheben und die Allgemeinheit des Satzes destruiren. Von diesen Ausnahmen fallen mir noch einige ein, die ich S. 106 nachhole.«

Allein es giebt eine Menge von Münzen, auf welchen man Furien antrift –

»Münzen gehören zur Bildersprache und sind schon ausgenommen.«

Auch Gemmen –

»Das sind dumme, geschmacklose Besitzer gewesen, die Furien auf Gemmen haben abbilden lassen.«

Auch Statüen –

»Vielleicht waren es Werke, die zum Aeusserlichen der Religion gehörten: in diesem Fall ist der Künstler entschuldiget.«

Vielleicht aber auch nicht –

»So hatten sie wenigstens, wie Pausanias einmahl von denen in Athen versichert, οὐδεν Φοβερον; es waren also Furien, und waren auch keine.«

Alles, alles finde ich glücklich, was Herr Leßing gesagt hat; nur das ist unglücklich, daß er einen Satz allgemein, und als eine wichtige Entdeckung durch ein: *ich darf behaupten*, ausdrückte, den er selbst durch seine eigenen Einschränkungen zurücknehmen muß. Hr. Leßing weiß sich nicht zu erinnern, daß er bey dieser Gelegenheit den Junius nachgeschlagen hat: er hätte ihn wenigstens sollen nachschlagen, da es aus andern Stellen seines Buchs deutlich erhellet, daß er ihn gebraucht hat und er doch das Register von den Kunstwerken der Alten kannte, welches Junius seinem Buche eingeschaltet hat. Uebrigens nehme ich meinen ehemaligen Einwurf von den Furien gänzlich zurück; denn Hr. Leßing ist, so wie er die Sache angreift, unwiderleglich.

⟨. . .⟩

Der arme Chateaubrun! Wie ihn der Kunstrichter züchtigt! »O des Franzosen, der keinen Verstand, dieses zu überlegen, kein Herz, dieses zu fühlen gehabt hat! Oder wenn er es gehabt hat, der klein genug war, dem armseligen Geschmacke seiner Nation dieses aufzuopfern.« Nicht Kleinheit; Herablassung wollen wir es lieber nennen; ein Opfer, welches jeder gute Dichter der Nation thun muß, für welche er schreibt. Aber wenn Ein Mann den Geschmack einer ganzen Nation, und einer der aufgeklärtesten armselig schilt; wie sollen wir das nennen? Oder ist es vielleicht eine Repressalie für das, was einmahl der Vater Bouhours den Deutschen nachgesagt hat? Man ist bisher schon in der Stille unwillig über die Urtheile gewesen, die der hamburgische Dramaturgist von den Franzosen fällt; aber wenige haben ihren Unwillen zu erkennen gegeben, aus Furcht vor dem Donnergotte der Critik. Ich bin so furchtsam nicht, und sage es öffentlich daß es zugleich Stolz und Pedanterey ist, den ganzen Parnaß eines fremden Landes nach den, meist willkührlichen, Grundsätzen einer kleinen Schule unter den Deutschen zu richten, und daß wir mehr Hochachtung gegen die Nation haben sollten, von welcher der gute Geschmack fast zuerst zu uns herüber gekommen ist. Wenigstens sollten wir uns in ihre nationale Denkart, in ihre Umstände versetzen, um sie zu beurtheilen; aber dazu sind wir zu bequem. Unsere Kunstrichter tadeln so fern vom Genie der Dichter, als sie loben.

Herr Leßing findet an der Philosophie des Cicero wenigen Geschmack, so wie er an keiner Philosophie Geschmack findet, die mit der seinigen nicht übereinkömmt. Unterdessen möchte ich den Consul doch entschuldigen wegen dessen, was er über die Erdultung des körperlichen Schmerzens *auskramet*, mit Leßingischer Urbanität zu reden. Diese ganze Materie betrift überhaupt eher *Gesinnungen* und *praktische* Gesinnungen, als Speculationen. Man muß also den Römer nach dem römischen Nationalgeiste betrachten, wo Tugend und Tapferkeit eins war und wo jeder Lehrer des Volks den Jünglingen Muth, Standhaftigkeit und eine Art von Apathie beyzubringen hatte. Das that Cicero; und dafür wird er beynahe ein Paar tausend Jahre nach seinem Hintritte noch *gekunstrichtert*.

⟨. . .⟩

Herr Leßing will es nicht leiden, daß homerische Götter und Menschen auf Einer Tafel vorgestellt werden. Die colossalische Grösse, meint er, welche Homer seinen Göttern giebt, und, zum Beyspiel auch, die Grösse des Steins, welchen Pallas wirft, verstatten es nicht. Man kan dreyerley darwider einwenden. Erstlich schildert selbst Homer die Götter nicht immer in der colossalischen Figur; und gesetzt er hätte sie immer so geschildert, so kan ein Künstler ein homerisches Gemählde, im Geiste Homers, machen, ohne eben Homers bestimmte Grössen und Proportionen beyzubehalten. Die Hauptsache ist ja hier das Charakteristische der Handlung. Zweytens ist es in einigen Fällen möglich, die Götter, wie in der Entfernung, vorzustellen; auf diese Art ist die Ungereimtheit, wenn es anders eine ist, nicht sinnlich mehr, sie verhindert nicht mehr die Täuschung: das ist genug. Drittens dürfen überhaupt die Götter nicht eben colossalisch seyn; sie dürfen nur eine über die menschliche Statur hervorragende Grösse haben. Vermindert man nun noch einigermassen die Grösse des Steins, mit dem Minerva den Mars zu Boden wirft, so wird das Ganze nicht ungereimter werden, als ein Hercules Buphagus, oder ähnliche Vorstellungen. Zu bedenken auch, daß »Homer seine Helden noch einmahl so stark macht, als die stärksten Männer seiner Zeit.« Sie kommen also, wenn wir doch ja das Gemählde mit dem Buche in der Hand, kritisiren wollen, den Göttern an Grösse schon näher, und der Abstand wird vermindert, welches abermahl dem Künstler zu Hülfe kommt, dem es nur um Proportion, nicht um absolute Grösse, zu thun ist. Ueberhaupt wird kein Liebhaber so bey einem Gemählde rafiniren, wie Herr Leßing. Die Fragen (S. 133) und die Zweifel wegen der verhüllenden Wolke, können nur dem kalten Angucker einfallen.

Nr. 40
Aus: E., ‹Rezension von Christoph Gottlieb von Murr, *Anmerkungen über Herrn Leßings Laokoon, nebst einigen Nachrichten, die deutsche Litteratur betreffend*, Erlangen 1769, in:› Deutsche Bibliothek der schönen Wissenschaften, herausgegeben von Herrn Klotz, Halle 1769, 11. Stück, S. 540f.:

Herr von Murr redet mit Hr. *Leßingen* ernsthaft und ohne Zurückhaltung. Den *süssen Complimentirton*, das Aergerniß des *Antiquarius*, habe ich nirgends bemerkt. »Wie würde es, fragt er ohne Umschweiffe, mit den alten Schriftstellern aussehen wenn man sie, wie Herr Leßing, verbessern wollte?« und rettet eine Stelle des Plinius. Ganz trocken sagt er

Hr. *Leßingen*, daß er den Grundsatz von der Schönheit, als dem höchsten Gesetz der bildenden Künste, Winkelmannen abgeborgt habe: daß er sich selbst widerspreche, daß es falsch sey, die Ursache der geringen Vollkommenheit der Römischen Tragödien von Gladiatorischen Spielen herzuleiten, daß die Leßingischen Behauptungen vom Laokoon keinen Grund haben, daß Leßing den Borghesischen Fechter mit einer andern Statue verwechselt und jener nimmermehr den Chabrias vorstellen könne, daß er in seiner Kritik über des Grafen Caylus Gemälde grössere Bekanntschaft mit der Dichtkunst als mit der Malerey zeige: daß er es Banier *nachgeschrieben*, daß die alten Künstler keine Furien gebildet, und sich in dieser Behauptung geirrt habe. Dieses sind ohngefehr die Anmerkungen, die H. v. M. dem Verf. des Laokoon vorlegt, ohne an das genus irritabile vatum zu denken. Die Zeit wird es lehren, mit welcher Mine Hr. Leßing diese Einwürffe beantworten werde. –

Nr. 41
Aus: Friedrich Nicolai an Lessing, 25.3.1769 (Bd. XI/1 dieser Ausgabe, S. 600f.; vgl. auch unten S. 1047f., Nr. 50):

In den hallischen Zeitungen habe ich gelesen, daß auch Herr von Murr wider den *Laokoon* geschrieben hat. Erinnern Sie sich, daß ich Ihnen in Leipzig sagte, Hr. von Murr wäre ein schlechter Schreiber, und Sie möchten sich wegen spanischer Nachrichten nicht mit ihm einlassen. Klotz hetzet alles Volk auf, und er selbst will sich die Miene geben, als ob er großmütig still schwiege. Hr. v. Murr hat auch mich grob angegriffen; ich verachte ihn aber. Er ist wider die Allg. d. Bibl. erbittert, weil darin gesagt ist, daß seine Übersetzung von Fieldings Reise nach Lissabon nichts tauge; und das ist doch wahr.

In des IXten Bandes 1stem Stück der Allg. d. Bibl. steht die Recension des Laokoon. Ich bin begierig, wie Sie damit zufrieden sein werden. Aber den Verfasser will ich Ihnen nicht sagen. Dasjenige was ich, wie Sie wissen, vor dem Abdrucke Ihnen eingewendet, daß in Absicht auf die Anwendung der Schönheit ein großer Unterschied zwischen Bildhauerei und Malerei Statt finde, und daß Sie nur in Absicht der erstern vollkommen Recht hätten, hat er auch in etwas bewiesen, aber von einer andern Seite.

Nr. 42
Aus: Lessing an Friedrich Nicolai, 13.4.1769 (Bd. XI/1 dieser Ausgabe, S. 603):

Wenn Sie in der Messe Zeit haben zu schreiben: so melden Sie mir doch auch, was Neues da vorgeht. Und wenn von Klotzen oder sonst jemand etwas heraus gekommen sein sollte, was mich besonders interessieren könnte, so schikken Sie mir es gerade mit der Post. Z. E. Die Bogen aus der Bibliothek, welche die Recension des Laokoon enthalten. Die litterarischen Briefe habe ich schon. Wer muß den Quark geschrieben haben? Auch habe ich schon den 2ten Teil von Riedels Philos. Bibl. Dem Schlucker juckt auch die Haut! Aber ohne Zweifel denkt er, daß ich seine Briefe über das Publicum und die philosophische Bibliothek hier in der neuen Zeitung recensiert habe, wo er garstig mitgenommen worden. Da irrt er sich aber.
⟨...⟩

Da so viele Narren itzt über den Laokoon herfallen, so bin ich nicht übel Willens mich einen Monat oder länger, in Kassel oder Göttingen auf meiner Reise zu verweilen, um ihn zu vollenden. Noch hat sich keiner, auch nicht einmal Herder, träumen lassen, wo ich hinaus will. Aber Herder will ja die kritischen Wälder nicht geschrieben haben! Sagen Sie mir doch, wie ich seine Protestation desfalls nehmen soll. Der Verfasser sei indes, wer er wolle: so ist er doch der einzige, um den es mir der Mühe lohnt, mit meinem Krame ganz an den Tag zu kommen.

Es ist mein völliger Ernst, den dritten Teil noch hier

drucken zu lassen. Denn unter fünf bis sechs Wochen komme ich hier noch nicht weg. ⟨...⟩

Nr. 43
Aus: Lessing an Friedrich Nicolai, 26. 5. 1769 (Bd. XI/1 dieser Ausgabe, S. 608, 610f.):

Mit der Recension meines Laokoon in dem letzten Stücke Ihrer Bibliothek, kann ich sehr wohl zufrieden sein. Ich denke, daß ich den Namen des Recensenten schon weiß. Aber was gehen mich Namen an? Die Person werde ich doch nicht kennen lernen. Wenn er die Fortsetzung meines Buches wird gelesen haben, soll er wohl finden, daß mich seine Einwürfe nicht treffen. Ich räume ihm ein, daß Verschiedenes darin nicht bestimmt genug ist; aber ⟨...; es folgt eine mehrseitige Erörterung zu den Besonderheiten von Malerei und Poesie auf der Basis der Zeichentheorie.⟩

Wenn Sie mit Hrn. Moses eine halbe Stunde darüber plaudern wollen, so melden Sie mir doch, was er dazu sagt. Die weitere Ausführung davon soll den dritten Teil meines Laokoons ausmachen.

So sehr ich aber mit der Recension des Laokoons zufrieden bin, so wenig bin ich es mit der von Heinekens Nachrichten. Sie ist ungerecht auf alle Weise. Warum soll sich Heineke nicht merken lassen, daß in der Familie Heinekens einmal ein gelehrtes Kind gewesen? (S. 290.) Dieser Zug ist hämisch; und es ist mir nicht lieb, daß Sie dergleichen Bolzen für Hagedorn verschießen wollen, der doch sicherlich noch immer mehr Klotzens Freund ist, als Ihrer. Und hat denn Heineke in seiner Beantwortung der Recension in der Bibl. der schön. Wissensch. nicht etwa in den meisten Stükken Recht? War denn das Hagedornische Raisonnement nicht etwa sehr schielend; so wie alles, was dieser Mann geschrieben hat? Ich gestehe Ihnen aufrichtig, daß ich Hagedornen für einen Gleisner halte, dem alles Lob willkommen ist, auch das plumpste von Klotzen, und der es sehr übel nimmt, daß man Klotzen, der ihn zum *großen Lehrer des Schönen* erhoben, jetzt so herunter setzt.

Nehmen Sie mir meine Freiheit nicht übel, und leben Sie wohl.

Nr. 44
Aus: Erfurtische gelehrte Zeitung, ‹hg. v. Friedrich Justus Riedel› für das Jahr 1769, Erfurt 1770, Stück 63, S. 512 (7. 8. 1769):

Herr *Leßing* arbeitet seinen *Laokoon* um, und wird zu gleicher Zeit den *zweeten Theil* herausgeben. Er will alle antiquarischen Untersuchungen daraus weglassen, weil sich viele eingebildet, daß das Werk nur um dieser willen geschrieben sey.

Nr. 45
Aus: Karl Lessing an Gotthold Ephraim Lessing, 11. 11. 1769 (Bd. XI/1 dieser Ausgabe, S. 647):

‹Anlaß: Erscheinen von *Wie die Alten den Tod gebildet*, 1769›

‹. . .› Nicht wahr, in der Malerei giebst Du den Winkelmannischen Grundsatz von der vollkommenen Schönheit zu; nur willst Du ihn nicht bis auf die Poesie ausgedehnt wissen? Nicht als wenn ich dadurch sagen wollte, Deine Abhandlung wäre überflüssig: denn ich weiß wohl, daß es noch gar nicht folgt, daß der Künstler auch das getan haben muß, was aus den Regeln seiner Kunst sich ergiebt; aber ich wundre mich, daß Du davon nicht ein Wort gedenkest, und diese Materie gar als Auswuchs Deines Laokoons ansiehst.

Noch ein Wort von Deiner Vorrede. Ich bin überzeugt, daß gelehrte Streitigkeiten nützlicher sind, als Systeme schreiben; und wer würde nicht mit zu Felde gehen, sobald man genug bewaffnet wäre? Ich gestehe aber, Dir in meinem Herzen den Streit mit Klotz verdacht zu haben: doch nicht den Streit über solche Materien. Nur Klotz und Riedel sollten nicht die Häupter Deiner Gegner sein. Was man Bagage, oder höchstens Feldbäckerei im Kriege nennt, können sie ausmachen! Bedenke nur ihr ganzes Betragen. Sie übergehen die Hauptsache, und sind am weitläuftigsten mit persönlichen Neckereien, und wenn es hoch kommt bei Kleinigkeiten, zum Beispiel in der Kritik des Laokoon in der philosophischen Bibliothek!

Nr. 46
Aus: Christian Heinrich Schmid, *Zusätze zur Theorie der Poesie*, Sammlung 4, Leipzig 1769, S. 166f.:

〈Zu Herders *Kritischen Wäldern*, 1769〉
〈...〉 Das erste Wåldchen anatomiret den *Laokoon* von *Leßing*, und ist fast eben so stark als Leßing selbst. Heilsam ist es, daß diesem Dictator die Unzuverlåßigkeit seiner Machtsprůche gezeigt wird, und vielleicht glaubt er es Herdern, was er andern nicht glauben wůrde. So wie Herder den Laokoon zergliedert, wůrde Leßingen wenig Ruhm ůbrig bleiben. Aber ohnstreitig geht auch Herder wieder zu weit, und ist ein Vergnůgen zu sehen, wie ein Sophist ůber den andern kőmmt. Doch so viel ist erwiesen, daß Laokoon kein vollkommnes Werk, und daß Leßing ein grősserer Beurtheiler der Poeten als der Kůnstler ist. 〈...〉

Nr. 47
Aus: Christian Adolf Klotz an Christoph Gottlieb von Murr, 16.2.1770 (zit. nach Daunicht, Nr. 467):

Nun werden Sie doch glauben, daß ich es *gut* mit Ihnen gemeint, da ich vor 3 Jahren Ihre Anmerkungen gegen Lessing nicht drucken ließ? Ich kannte den Mann: ich wußte, daß er keinen Wiederspruch vertragen kann: und ich wollte daher Sie einer Streitigkeit überheben, die ich für unvermeidlich hielt. In den Kaiserl. Hamburgischen Zeitungen, (die Lessing etablirt, und durch seine Spießgesellen ietzt fortsetzen läßt, nachdem er nach Braunschweig gekommen) hat er *Sie* mit der Mine abgewiesen, die er oft annimmt. Denn Sie müssen wissen, daß er es für eine Ehre hält, wenn er mit jemanden zankt, und er hat im Ernste gegen jemand gesagt, er wisse nicht, was ich wolle, daß ich über ihn klage; er habe mir ja *Attention* genug bezeugt, da er unter allen seinen Feinden mir am weitläuftigsten geantwortet. O des Pedanten! und abermals des Pedanten!

Nr. 48
⟨Friedrich German Lüdke,⟩ Rezension von *Briefe von Herrn Leßing und Herrn Klotz, betreffend des erstern Laokoon und des letztern Werk von alten geschnittenen Steinen*, o. O. ⟨Leipzig⟩ 1768, in: Allgemeine deutsche Bibliothek, Berlin und Stettin 1771, 1. Anhang, 2. Abtheilung, S. 1033 f.:

Im Anfange erschienen des Hrn. *Leßings* Briefe wider Hrn. *Klotz* in dem *Hamburgischen Correspondenten*. Herr *Klotz* beantwortete den ersten Brief auch, in eben diesem Blatte. Dies bewog jemanden, der vermuthlich diese Briefe für interessant genug hielt, daß sie ausser den Lesern des Correspondenten, noch mehrern Lesern vor die Augen gelegt zu werden verdienten, die ersten zehn Briefe des Hrn. *Leßings*, und Hrn. *Klotz* Antwort auf den ersten Brief, (mehrere waren damals nicht erschienen) in dieser Sammlung zusammen heraus zugeben. Als hernach Hr. *Leßing* seine Briefe selbst unter dem Titel *Briefe antiquarischen Inhalts* herausgab und fortsetzte, so unterblieb die Fortsetzung dieser Sammlung.

Dies ist die wahre Geschichte dieser kleinen Sammlung. Die *Hallische* Zeitung aber, die keine Gelegenheit vorbey läßt, dem Verleger der *allgemeinen deutschen Bibliothek* Grobheiten zu sagen, und ihn hämischer Weise zu verunglimpfen, kündigt diese Sammlung (1768. No. 91. S. 727.) unter der Aufschrift *Berlin bey Friedrich Nicolai* an, und giebt vor, daß dies. Briefe durch einen *Buchhändlerkniff* nochmals abgedruckt werden, nachdem sie schon in den *antiquarischen Briefen* enthalten wären. Selbst dieses Vorgeben, ist einer von den unverschämtesten Kniffen der Hallischen Zeitung, die wenigstens zu verläumden und zu schimpfen suchet, wo sie nicht widerlegen kann. F.

Nr. 49
Aus: Albrecht von Haller an Christoph Gottlieb von Murr, 26.9.1772 (zit. nach Dvoretzky 1, S. 39):

Die mir zugesandten Schriften habe ich mit Vergnügen gelesen, obwohl ich diesem ganzen Kriege fremd bin und bloß den Laokoon gelesen habe. Mir ist indessen in Ansehung des Hrn. Klotz leid, daß die Gelehrten sich wie Gladiatoren der Welt zum Schauspiele geben und dadurch in Stellungen gesetzt werden, daß eine jede Zeitung ihr Gemüth erschüttert und Urtheile für sie wichtig werden, die sie sonst verachten würden.

Nr. 50
Aus: Friedrich von Blanckenburg, *Versuch über den Roman*, Leipzig und Liegnitz 1774, S. 244:

Im Laocoon findet sich so viel Vortrefliches über die Kunst, wie man die Beschreibung körperlicher Gegenstände in Handlung verwandeln könne, daß ich nichts bessers zu thun weis, als meine Leser dahin zu verweisen.

Nr. 51
Aus: Christian Heinrich Schmid, *Litteratur der Poesie*, Theil 1, Leipzig 1775, S. 126f.:

Von dem berühmten Ueberbleibsel des Alterthums, von der Gruppe des *Laokoon*, wo einige behaupten wollen, daß der Künstler ganz nach dem Gemälde des Virgil gearbeitet habe, nahm Herr *Leßing* Anlaß, in seinem unsterblichen Buche *Laokoon* (erster Theil, Berlin 1766) zuerst die *Grenzen der Malerey und der Poesie* recht zu bestimmen, die alle vor ihm entweder ganz verfehlt oder nur dunkel eingesehen hatten. ⟨. . .⟩

⟨. . .⟩

⟨. . .⟩ Ueberhaupt eifert er bey der Gelegenheit wider die Fehler, welche aus Vermischung der Grenzen zwischen der Poesie und Malerey entstanden sind, wider die malerische Poesie und die allegorische Malerey. Eine Menge Digreßionen und Parerga machen dieses Buch zu einem Schatze neuer Bemerkungen. Der poetische Kunstrichter, der Antiquar, der Philosoph, der Geschichtschreiber und Kenner der Künste, jeder findet hier Nahrung, am meisten aber die drey ersten, z. E. in den Betrachtungen über Sophokles, Philoctet, über Virgils Beschreibung des Laokoon, über Homers Helden, über das Schild des Achill beym Homer, über Spence, Caylus und Winkelmann. Man kannte Herrn *Leßing* schon vorher als einen unsrer scharfsinnigsten Philosophen, aber erst nach diesem Werke hat man ihn allgemein als einen solchen bewundert. Seine Ordnung in demselben ist keine systematische, sondern eine natürliche Entwicklung von dem eignen Gange seiner Ideen. Ein so wichtiges Buch hat sehr viel Untersuchungen veranlaßt. Der Verfasser der *kritischen Wälder* hat ein ganzes Buch dagegen geschrieben, von den ich bald reden werde. Herr *Riedel* hat in der *philosophischen Bibliothek* (im zweyten und dritten Stück,) einigen Zweifel dagegen in einer weitläuftigen Abhandlung erhoben. Auch Herr *von Murr* war frevelhaft genug, seine unreifen *Anmerkungen über den Laokoon* (Erlangen 1769) drucken zu lassen. Ueber einige antiquarische Punkte, über den Thersites, dem Borghesischen Fechter, die Furien, den Werth des Caylus und so weiter, entstand ein heftiger Streit zwischen Herrn *Leßing* und *Klotz*, wodurch die *antiquarischen Briefe*, (zwey Theile, Berlin 1768) und die *Abhandlung, wie die Alten den Tod gebildet*, (1769) veranlaßt wurden, welchen Herr Schirach dem ersten Theil der *litterarischen Briefe ans Publikum* vergebens entgegen setzte.

Nr. 52
Aus: Christian Gottlob Heyne, *Prüfung einiger Nachrichten und Behauptungen vom Laocoon im Belvedere*, in: *Sammlung antiquarischer Aufsätze*, Bd. 2, Leipzig 1779, S. 31-33:

Vom Laocoon ist so viel geschrieben worden, daß man wohl glauben sollte, es müßten alle Umstände, welche diese Gruppe angehen, in das völligste Licht gesetzt seyn. Gleichwohl erinnere ich mich es noch von der Zeit her, da Winkelmanns und Lessings Schriften unsre Landsleute auf dieses Kunstwerk aufmerksam machten, daß mir, mitten unter aller der Bewunderung und entzückter Anstaunung desselben, einige Schwierigkeiten und Zweifel entstanden, die ich nirgends aufgelöset fand. 〈...〉
〈...〉

Herrn Hofrath Lessing war es 〈...〉 leicht, die Voraussetzung Winkelmanns mit dem besten Erfolg zu entkräften; er machte es sogar wahrscheinlich, daß die drey Künstler weit eher unter den ersten Kaisern können gelebt haben; denn die andern Künstler, welche Plinius in eben der Stelle in einer gewissen Verbindung anführt, scheinen auch in keiner andern Zeit gelebt zu haben.[d]

Er braucht noch einen Grund, den er scharfsinniger Weise vom Gebrauch eines Worts (*εποιησε*; er hat verfertiget,) ableitete, das auf einer Steinschrift vorkömmt,[e] welche eines unserer Künstler zu gedenken scheint, und, der Voraussetzung nach, nicht aus den höhern Zeiten seyn kann.

---

[d] Laocoon S. 265 f.

[e] Laocoon S. 275. man muß ihn selbst nachlesen.

Nr. 53
Aus: 〈Anonymus,〉 Rezension von *Jacob Harris Abhandlungen über Kunst, Musik, Dichtkunst und Glückseligkeit, aus dem Englischen* 〈...〉 (1780), in: Frankfurter gelehrte Anzeigen, Frankfurt/Main 1780, Nr. LX. (28. 7.), S. 476:

〈...〉 Die zweyte Abhandlung geht von dem allgemeinen Begriff der Kunst auf Musik, Mahlerey und Dichtkunst insbesondre über. Lange vor dem Laokoon von *Lessing* (denn schon um 1750. gab der Engländer seine erste Ausgabe heraus) hatte *Harris* die Idee zu untersuchen, worinnen diese schöne Künste mit einander übereinkommen, und warum sie unterschieden sind. Sie kommen darinnen überein, daß sie alle nachahmen, sie sind unterschieden durch die Mittel nachzuahmen; die Mahlerey durch Figur und Farbe, die Tonkunst durch Ton und Bewegung, Mahlerey und Tonkunst durch natürliche Mittel, Dichtkunst größtentheils durch ein Mittel, das künstlich ist. Die Musik und die Mahlerey, die Poesie, Mahlerey und Musik, die Poesie und die Musik werden unter einander mit philosophischer Genauigkeit verglichen. 〈...〉

Nr. 54
Aus: Johann Gottfried Herder, *G. E. Leßing. Gebohren 1729, gestorben 1781*, in: Der Teutsche Merkur, Weimar 1781, Viertes Vierteljahr, S. 15 f.:

Jedermann kennet das Geschrei von Kunst, das, nachdem *Winkelmann*, *Lippert*, *Hagedorn*, *Mengs*, geschrieben hatten, in Teutschland Mode war. Alles sollte Kunst lernen, das Kind in den Schulen, der Jüngling auf Universitäten, der Mann im Amt. Aus Statuen sollte der Geistliche predigen, aus Münzen der Jurist Urtheil sprechen, aus Gemmen und Pasten der Maler malen, der Dichter dichten – Hier trat nun Leßing mit seinem *Laokoon* auf, leise, aber sehr gewiß und weitaussehend. Von einer Stelle Winkelmanns fing er an, und gieng über *Caylus*, *Spence* und weiter fort, jetzt nur einige Grenzen der *Poesie* und *Malerey* zu finden und auszuzeichnen, mit der Zeit diesen Gang über die Grenzen andrer Künste zu vollenden. Aber er ist nicht vollendet; und wer wirds an Leßings Stelle? *Laokoon* steht wie ein philosophisches Kunstwerk da, das der Künstler mit Fleiß unvollführt gelassen, damit man sich erinnre, daß man ihn nicht mehr habe.

Er gerieth darüber in einen Streit mit der Klotzischen Schule; und es ist nicht Leßings Schuld, daß der Streit für Teutschland und die Nachwelt nicht nutzbarer ausfiel. Er betraf zu armselige Dinge, zu armselige Leute. Kein Posttag, kein Zeitungsblatt erschien, wo nicht die muthwilligen Knaben kamen und auch Leßing! Kahlkopf schalten ⟨. . .⟩

Nr. 55
Aus: Johann Georg Heinzmann, *Gotth. Ephr. Lessing, Analekten für die Litteratur*, Theil 1, Berlin und Leipzig 1785, S. XXIV:

Sein *Laokoon* ist eines der feinsten gedachtesten Stücke, die vielleicht jemals geschrieben wurden. Ein Denkmaal von Litteratur, Scharfsinn und klassische⟨r⟩ Vollendung, welches Deutschland beinahe so hochschätzen sollte als Italien den seinigen. Es sind Bruchstücke eines Kunstwerkes, die den Meister späte finden werden, der es wagen darf, sie zu fügen und zu ergänzen. Es ist übrigens seltsam, daß die Aufschrift dieses Buches manchen den Gesichtspunkt verrücken und sie auf eine Vergleichung mit *Winckelmann* verleiten konnte, da es so auffallend ist als immer etwas, daß jeder zu seinem besondern Ziele, jeder auf einem Wege ging, worauf sie sehr selten zusammentreffen konnten.

Nr. 56
Aus: Andreas Riem, *Über die Malerei der Alten*, Berlin 1787, S. 132:

Lessing wurde durch die weitläuftige, abschreckende Manier des Grafen von *Caylus*, welche überdem ungleich weniger leistete, als er selbst vermuthete, und statt die Oelmalerei zu übertreffen, weit hinter ihr zurückblieb, verleitet, alle Enkaustik mit einer Art von Unwillen zu verwerfen, welchen man seiner Unbekanntschaft mit den bessern Werken dieser Kunst zuschreiben muß. Ehe ich mit eigenen Augen sahe, was sie leisten könne, gieng mirs nicht anders. So viel ist gewiß, daß man die größte Hochachtung unsrer größten Künstler, gegen die Werke der griechischen Kunst dieser Art, mit jener Hinwegwerfung und Verachtung unmöglich vereinigen kann, womit sie diese Kunst für jetzo behandeln.

Nr. 57
Aus: Friedrich Leopold Graf zu Stolberg, *Reise in Deutschland, der Schweiz, Italien und Sicilien in den Jahren 1791 und 1792*, Bd. 2, Königsberg und Leipzig 1794, S. 214f.:

Hätte Lessing mehr Werke der alten Kunst gesehen, so würde er nie behauptet haben, daß die Griechen nur das Schöne dargestellt hätten. ⟨. . .⟩
⟨. . .⟩
⟨. . .⟩ Das unverbrüchliche Hauptgesetz der Kunst war und ist: nach der festesten Ergreifung der Wahrheit, mit Inbegriff der poetischen Wahrheit zu streben. Wohl dem Künstler, wohl dem Dichter, welcher mit dieses Gesetzes Beobachtung die Wahl des Schönen und des Edeln verbindet!

Nr. 58
Aus: Friedrich Schlegel, *Über Lessing*, in: Lyceum der Schönen Künste, 1797 (zit. nach: *Kritische Friedrich-Schlegel-Ausgabe*, hg. v. Ernst Behler unter Mitwirkung v. Jean-Jacques Anstett und Hans Eichner, Bd. 2: *Charakteristiken und Kritiken I [1796-1801]*, Paderborn 1967, S. 111):

⟨. . .⟩ Ich erinnere mich noch recht gut, daß ich unter andern den *Laokoon*, trotz dem günstigen Vorurteil und trotz dem Eindruck einzelner Stellen, ganz unbefriedigt und daher ganz mißvergnügt aus der Hand legte. Ich hatte das Buch nämlich mit der törichten Hoffnung gelesen, hier die bare und blanke und felsenfeste Wissenschaft über die ersten und letzten Gründe der bildenden Kunst und ihr Verhältnis zur Poesie zu finden, welche ich begehrte und verlangte. So lange der Grund fehlte, war ich für einzelne Bereicherungen nicht empfänglich, und Erregungen der Wißbegier brauchte ich nicht. Mein Lesen war interessiert und noch nicht *Studium*, d. h. uninteressierte, freie, durch kein bestimmtes Bedürfnis, durch keinen bestimmten Zweck beschränkte Betrachtung und Untersuchung, wodurch allein der *Geist* eines Autors ergriffen und ein *Urteil* über ihn hervorgebracht werden kann. ⟨. . .⟩

Nr. 59
Aus: Johann Wolfgang von Goethe, *Dichtung und Wahrheit*, Achtes Buch (1812; zit. nach der Weimarer Ausgabe, Bd. 27, S. 164f.):

⟨. . .⟩ Man muß Jüngling sein, um sich zu vergegenwärtigen, welche Wirkung Lessings Laokoon auf uns ausübte, indem dieses Werk uns aus der Region eines kümmerlichen Anschauens in die freien Gefilde des Gedankens hinriß. Das so lange mißverstandene: ut pictura poesis, war auf einmal beseitigt, der Unterschied der bildenden und Redekünste klar, die Gipfel beider erschienen nun getrennt, wie nah ihre Basen auch zusammenstoßen mochten. Der bildende Künstler sollte sich innerhalb der Gränze des Schönen halten, wenn dem redenden, der die Bedeutung jeder Art nicht entbehren kann, auch darüber hinauszuschweifen vergönnt wäre. Jener arbeitet für den äußeren Sinn, der nur durch das Schöne befriedigt wird, dieser für die Einbildungskraft, die sich wohl mit dem Häßlichen noch abfinden mag. Wie vor einem Blitz erleuchteten sich uns alle Folgen dieses herrlichen Gedankens, alle bisherige anleitende und urtheilende Kritik ward, wie ein abgetragener Rock, weggeworfen, wir hielten uns von allem Übel erlös't, und glaubten mit einigem Mitleid auf das sonst so herrliche sechzehnte Jahrhundert herabblicken zu dürfen, wo man in deutschen Bildwerken und Gedichten das Leben nur unter der Form eines schellenbehangenen Narren, den Tod unter der Unform eines klappernden Gerippes, so wie die nothwendigen und zufälligen Übel der Welt unter dem Bilde des fratzenhaften Teufels zu vergegenwärtigen wußte.

Am meisten entzückte uns die Schönheit jenes Gedankens, daß die Alten den Tod als den Bruder des Schlafs anerkannt, und beide, wie es Menächmen geziemt, zum Verwechseln gleich gebildet. Hier konnten wir nun erst den Triumph des Schönen höchlich feiern, und das Häßliche jeder Art, da es doch einmal aus der Welt nicht zu vertreiben ist, im Reiche der Kunst nur in den niedrigen Kreis des Lächerlichen verweisen.

Die Herrlichkeit solcher Haupt- und Grundbegriffe erscheint nur dem Gemüth, auf welches sie ihre unendliche Wirksamkeit ausüben, erscheint nur der Zeit, in welcher sie ersehnt, im rechten Augenblick hervortreten. ⟨...⟩

STELLENKOMMENTAR

11,5 f. *Υλῃ ⟨...⟩ ἐνδ.]* »Durch den Stoff und die Arten der Nachahmung ⟨Darstellung⟩ unterscheiden sie sich ⟨Motto aus:⟩ Plutarch ⟨vgl. Bd. V/1, Anm. 240,13⟩, *Ob die*

Athener wegen ihrer Kriegstaten oder wegen ihrer Wissenschaften berühmter waren.«

13,4 *Wirkung]* Die wirkungsästhetische Fragestellung hier schon in der »ersten« Stufe verankert.

13,4f. *verspürte* und *empfand]* Rezeptionsbegriffe aus zeitgenössischem Sprachgebrauch, vgl. etwa *Das Theater des Herrn Diderot.*

13,11 *abziehen]* Heute eher das Fremdwort geläufig: abstrahieren.

13,16 *Malerei]* Vgl. die Selbsterläuterung S. 16,4f.

13,20 *der Liebhaber]* Wenn man es auf den vorausgegangenen Austausch mit den Berliner Freunden (vgl. oben S. 639f.) bezieht: Nicolai.

13,20 *der Philosoph]* Mendelssohn.

13,21 *der Kunstrichter]* Lessing.

13,25f. *auf den einzeln Fall]* Sächs. Dativ (kein Druckfehler!).

13,27 *scharfsinnigen 〈...〉 witzige]* Dem Sprachgebrauch der Zeit entsprechend: das logisch Präzise gegenüber dem mehr geistreich Kombinierten.

13,31 *Apelles]* Griech. Maler des 4. Jhs. v. Chr.

13,31 *Protogenes]* Wie vorige Anm.

14,4 *Aristoteles 〈...〉 Quintilian]* Zusammenstellung einschlägiger Angaben bei Blümner, 2. Aufl., S. 482.

14,9f. *Aber 〈...〉 zu setzen]* Formulierung im Zusammenhang der (von Frankreich Ende des 17. Jhs. ausgehenden) ›Querelle des Anciens et des Modernes‹: des Streits, ob und in welcher Hinsicht – besonders bezogen auf Künste und Wissenschaften – die Neuzeit gegenüber der Antike überlegen oder unterlegen sei.

14,12 *eingehen]* Schrumpfen.

14,14 *blendende]* Nicht in erster Linie positiv (im Sinne von ›brillant‹), sondern eher: ›blind machend‹, ›verführend‹.

14,14 *des griechischen Voltaire]* Des Simonides (vgl. Bd. V/1, Anm. 149,32f.), der als ›aufklärerisch‹ und ›witzig‹-epigrammatisch geschätzt wurde, aber auch als häßlich, abstoßend und geldgierig galt (offenbar hier zugleich Spitze gegen Voltaire, den Lessing früh in Berlin kennenlernte und mit dem er sich überwarf). Der nachfolgend genannte Satz des Simonides wird unter anderem von Plutarch in der Anm. 11,5 f. erwähnten Schrift zitiert. Winckelmann beruft sich auf ihn wie auf eine gültige Wahrheit gleich zu Beginn seiner 1766 erschienenen Schrift *Versuch einer Allegorie, besonders für die Kunst.*

14,26 *Υλῃ ⟨...⟩ μιμησεως]* Vgl. Anm. 11,5 f.

14,29 *viele der neuesten Kunstrichter]* Vgl. den Überblick oben S. 632 und 635.

15,6 *Aftercritik]* Pseudokritik, vgl. »Afterphilosophie« Bd. V/1, S. 431,24 (mit Anm.).

15,6 *die Virtuosen]* Vgl. bereits Paralipomenon 3, S. 218,21 und dazu Mendelssohns Kommentar, S. 218, A 2. Lessing schwebt wohl der »virtuoso« Shaftesburys vor, der Künstler, der das Können (»virtus«) hat, das »Genie« (PO Erl., S. 131).

15,7 *Schilderungssucht]* Zu Lessings Zeit ist in ›schildern‹ das ›Malen‹ noch ganz dominant, im Sinne der Wortherkunft (Schilde mit Wappen bemalen).

15,8 *Allegoristerei]* Bei Lessing offenbar nur hier. Zur Verwendung des Allegorie-Begriffs vgl. besonders seine *Fabel-Abhandlung* (1759), auch oben S. 634.

15,12 *allgemeine]* Hier setzt Lessing eine Mendelssohnsche Notiz um, S. 217,30, A 1.

15,15 *falschen Geschmacke]* Wichtige Zielbestimmung im Sinne der von Lessing schon früh (durchaus im Anschluß an Gottsched und andere) betriebenen aufklärerischen »Geschmacks«-Pädagogik. Hinter »Geschmacke« ist in der Hs. durchstrichen: der Virtuosen.

15,18-20 *Sie sind ⟨...⟩ angewachsen.]* Dazu der Überblick oben S. 638-645.

15,21 *Collectanea]* Nach lat. collectaneus »angesammelt«: gesammelte Notizen. Hierzu ausführlich in Bd. X dieser Ausgabe.

15,24 *systematischen Büchern]* Mit lat. »systema« oder dt.

»System« beginnen zahlreiche wissenschaftliche Buchtitel schon des 17. Jhs. Lessing denkt etwa an die systematisch nach Paragraphen durchgezählte *Aesthetica* Baumgartens (vgl. Anm. 15,29).

15,28 *Trotz einer]* Besser als jede andere.

15,29 *Baumgarten]* Alexander Gottlieb Baumgarten (1714-1762), Professor der Philosophie in Frankfurt/Oder, Schüler Christian Wolffs; hier: *Aesthetica* (1750-58, lat., in 2 Bänden), gilt als das Werk, mit dem die Ästhetik als eine eigenständige philosophische Disziplin begründet wurde. Die von Lessing gemeinte Stelle befindet sich in der »Praefatio«. Zu Baumgartens *Metaphysica* vgl. Bd. V/1, Anm. 401,22f.

15,30 *Gesners Wörterbuche]* Johann Mathias Gesner (1691-1761), Rektor der Leipziger Thomasschule, später Professor der Beredsamkeit in Göttingen; hier: *Novus linguae et eruditionis Romanae thesaurus* (Neue Schatzkammer der römischen Sprache und Gelehrsamkeit), 4 Bände, 1747/48.

15,34 *Laokoon]* Der troianische Apollon-Priester Laokoon wurde als Strafe für seinen Ungehorsam gegenüber einer göttlichen Weisung (Warnung vor dem troianischen Pferd) bei einem Opfer am Strand zusammen mit seinen beiden Söhnen von zwei Schlangen getötet (zur Stelle in Vergils *Aeneis* vgl. Abschn. V). Eine Marmorgruppe des 1. Jhs. v. Chr., von rhodischen Bildhauern geschaffen, wurde 1506 in Rom im »Goldenen Haus« Neros wiederentdeckt. Sie wurde im Vatikan aufgestellt. Eine falsche Rekonstruktion des angeblich ursprünglichen Zustandes wurde 1860 korrigiert. Zur Rezeptionsgeschichte seit der Wiederentdeckung vgl. die Beiträge von Bieber und Nisbet.

15,34 *aussetzte]* Ausging, bei ihm ansetzte. Konkret nahm Lessing eine Deutung Winckelmanns (in dessen Frühschrift *Gedancken über die Nachahmung* 〈...〉, 1755) auf, die Mendelssohn bereits im Dezember 1756 gegenüber Lessing erwähnt hatte; vgl. oben S. 633.

15,36 *Aufschrift]* Überschrift. Der Titel *Laokoon* gehört

zu einer späteren Stufe der Entstehungsgeschichte, vgl. oben S. 644.

15,36 f. *Ausschweifungen]* Abschweifungen, Exkurse; vgl. auch den erweiterten Untertitel.

16,4 *Noch erinnere ich]* Ich weise noch darauf hin.

16,7 *die übrigen Künste]* Besonders Musik und Tanzkunst (auch Pantomime), wie in den Paralipomena zum Teil skizziert; vgl. oben S. 644.

16,7 *fortschreitend]* Hier wird bereits auf das Prinzip der zeitlichen Sukzession (vgl. Abschn. XVI) Bezug genommen.

17,4 *Herr Winkelmann]* Die Stelle aus Winckelmanns *Gedancken* (Erstlingsschrift 1755; 2. Aufl. 1756: hiernach zitiert Lessing) oben S. 642 f. Ausführlicher Kommentar zu diesem Zitat in: Johann Joachim Winckelmann, *Kleine Schriften, Vorreden, Entwürfe*, hg. v. Walther Rehm, mit einer Einleitung v. Hellmut Sichtermann, Berlin 1968, S. 342 f.

17,10 *schildert sich]* Vgl. Anm. 15,7.

17,13 *entdecket]* Zeigt, offenbart.

17,18 *Virgil]* Vgl. Bd. V/1, Anm. 202,5-8. Zur Passage in der *Aeneis* s. Abschn. V.

17,21 *Sadolet]* Vgl. S. 61, A 2 (mit ausführlichem Zitat des Originaltextes).

17,22 f. *durch ‹. . .› ausgeteilet]* Über . . . verteilt.

17,24 *des Sophokles Philoktet]* Vgl. die ausführliche Erörterung in Abschn. IV.

17,30 *Weltweise]* Vgl. Bd. V/1, Anm. 134,26.

18,1 *Metrodor]* Metrodoros (5. Jh. v. Chr.), Philosoph und Maler. Bemerkenswert ist, daß Lessing in der Hs. der Vorrede (1766a) zu Apelles und Protogenes (S. 13,31) zunächst »und Metrodorus« hinzugefügt hat, möglicherweise unter Einfluß des Winckelmann-Zitats.

18,7 *vollkommen richtig]* PO Erl., S. 132: »Winckelmann hat insofern recht, als Laokoon sicher nicht schreit. Die Künstler haben überhaupt, wie schon Goethe gesehen und der Anatom Henke dann nachgewiesen hat, einen Moment gewählt, in dem er gar nicht schreien kann: er zieht die Luft durch den Mund ein.« Ausführliche Analyse bei Blümner, 2. Aufl., S. 485-488.

18,19f. *Von hier will ich ausgehen]* Lessing gibt damit einem Nebenhinweis Winckelmanns zunächst das Hauptgewicht. Aufgrund seiner Studien im Zusammenhang des *Sophokles* (1760) fühlt er sich hier auch besonders kompetent. Der *Philoktetes* des Sophokles ist 409 v. Chr. in Athen zuerst aufgeführt worden. Der Mythos gehört in den Zusammenhang des Troischen Krieges. Die Griechen haben den von einer Schlange gebissenen Philoktet auf der Insel Lemnos ausgesetzt, wo er schreckliche Qualen leidet. Als der Seher verkündet, daß die Griechen Troia nur mit Hilfe von Philoktets Bogen – einem Geschenk des Herakles – erobern könnten, werden Odysseus und der junge Neoptolemos zu ihm geschickt, um ihn zur Herausgabe des Bogens zu bewegen.

18,26 *das Lager]* Das Heerlager der Griechen.

18,27f. *das öde Eiland]* Die Insel Lemnos.

18,31 *dritten Aufzug]* Lessing verwendet moderne Terminologie. Das antike Theater kannte keine ›Aufzüge‹ oder ›Akte‹ im strikten Sinne. Die größeren Binnenteile der dramatischen Handlung – die einem ›Akt‹ mitunter freilich (auch in ihrer Anzahl) nahekamen – wurden jeweils durch Partien des Chors voneinander getrennt. Zum analogen Problem der ›Akteinteilung‹ bei Plautus und Terenz s. *Das Theater des Herrn Diderot* (vgl. Bd. V/1, Anm. 184,2).

18, A 2 *Brumoy]* Pierre Brumoy (1688-1742), franz. Altertumsforscher (Jesuit); hier: *Théâtre des Grecs* (Theater der Griechen), 1730. Lessing zitiert das im 18. Jh. vielbenutzte Werk schon früh in der *Seneca*-Abhandlung (1754) mehrfach, in der *Sophokles*-Abhandlung (1760) eigentümlicherweise überhaupt nicht.

19,2f. *ἀ ⟨...⟩ παπα]* Laute der Klage, der Schmerzäußerung, nicht ›übersetzbar‹.

19,5 *declamieret]* Bei diesem theaterpraktischen Aspekt – und dem ganzen Abschnitt – ist zu erinnern, daß Lessing sich von früh an mit dem antiken Theater (auch seinem

›Apparat‹ und der Schauspielerdarstellung) intensiv beschäftigt hat. Zur Aufnahme der Lessingschen Erörterung im ersten von Herders *Kritischen Wäldern* vgl. Blümner, 2. Aufl., S. 488 f.

19,13 *mit Geschrei]* Das Schreien und die Tränen der griech. Helden hebt Lessing schon im Briefwechsel über das Trauerspiel 1756/57 (zum Teil auch schon früher) als Zeichen ihrer »Menschlichkeit« hervor; vgl. etwa den Brief an Mendelssohn vom 28. 11. 1756.

19,13 *Die geritzte Venus]* Die durch einen Pfeilschuß des Pandaros an der Hand verletzte Aphrodite (5. Gesang der *Ilias*).

19,16 *der eherne Mars]* Der erzbewehrte (aber auch ›eiserne‹) Kriegsgott Ares (ebenfalls im 5. Gesang der *Ilias*).

19,21 *so treu]* Vgl. Anm. 19,13.

19,25 *Empfindungen]* Dies beobachtet Lessing exemplarisch schon in der *Seneca*-Abhandlung (1754) an Herakles/Hercules (Euripides/Seneca).

19,27 *wir 〈...〉 Nachwelt]* Ironische Bezugnahme auf die ›Querelle‹ (vgl. Anm. 14,9 f.).

19,29 *Höflichkeit und Anstand]* Polemisches Argument der Zeitdiskussion mit sozialer Komponente; in der *Hamburgischen Dramaturgie* dann paradigmatisch vor allem gegen »die Franzosen« (und ihre höfisch geprägte ›klassische‹ Literatur) gewendet.

19, A 3 *Η 〈...〉 ἰαχουσα-]* »Sie aber schrie laut auf« (wörtlich: »laut aufschreiend«).

20,3 f. *Palnatoko]* Dän. Held (10. Jh.), Gründer der Seeräuberstadt Jomsburg auf der Insel Wollin.

20,6 *furchte]* Fürchtete (als archaische Form noch bis ins 19. Jh. hinein verwendet).

20,12 *Heroismus]* Kritischer Zentralbegriff schon des Briefwechsels über das Trauerspiel, besonders gegenüber Mendelssohn, am 28. 11. 1756. Der Einakter *Philotas* (1759) demonstriert die inhumane Verselbständigung dieses ›Ideals‹.

20,19 *zur Schlacht führet]* Zu Beginn des 3. Gesangs der *Ilias*.

20,27 *δακρυα ⟨...⟩ χεοντες]* »Heiße Tränen vergießend«.

20,28 *ὀυδ ⟨...⟩ μεγας]* »Der große Priamos verbot ihnen zu weinen.«

20,29 *die Dacier]* Vgl. Bd. V/1, Anm. 294, A 99; hier: Übersetzung der *Ilias* ins Franz. (1711).

20,29 *besorgt]* Befürchtet.

20, A 5 *Th. Bartholinus ⟨...⟩ cap. I]* »Thomas Bartholinus, Über die Ursachen der Todesverachtung ⟨Geringschätzung des Todes⟩ bei den heidnischen Dänen, Kap. 1«; aus: *Antiquitates Danicae* (Alte dänische Überlieferungen), 1690. Thomas Bartholinus (1619-1680), dän. Arzt und Gelehrter.

21,1 *Sinn des Dichters]* Zu Herders Kritik an dieser Deutung vgl. Blümner, 2. Aufl., S. 492.

21,4f. *Νεμεσσωμαι ⟨...⟩ κλαιειν]* »Ich tadle durchaus nicht das Weinen.«

21,11 *der sterbende Herkules]* Gemeint: *Die Trachinierinnen* des Sophokles (vgl. Bd. V/1, Anm. 349,34), um 450 v. Chr. aufgeführt. Den *Rasenden Herakles* des Euripides, auch er einen »leidenden Helden« darstellend, nennt Lessing hier nicht, obwohl er sich schon in der *Seneca*-Abhandlung (1754) mit ihm beschäftigt hat.

21,13 *Nachbarn]* Franzosen. Die Etiketten entsprechen denen der *Hamburgischen Dramaturgie*.

21,19f. *Selbst ⟨...⟩ Sophokles]* Vgl. die Musterung der Titel verlorener Stücke im *Sophokles* (Bd. V/1, S. 312,9-314,6; 344,22-346,20), wo das hier gemeinte Stück – wohl wegen der Dürftigkeit der Überlieferung – nicht erwähnt wird.

21,21-23 *Aus ⟨...⟩ habe]* Lessing dürfte für diese Feststellung die gleichen Quellen (vor allem Fabricius) konsultiert haben, die ihm von der Arbeit am *Sophokles* noch geläufig waren.

21,24 *stoischer]* Stereotype Wendung, mit der insbesondere die ›steinharten‹ Helden in der Tradition des Tragikers Seneca gekennzeichnet werden. Zur Wortherkunft vgl. Bd. V/1, Anm. 292,24.

21,26-32 *Alles ⟨...⟩ ausschließet]* Diese Partie resümiert und pointiert eine Position, die Lessing im Briefwechsel über das Trauerspiel 1756/57 vor allem gegen Mendelssohns Schätzung der tragischen »Bewunderung« vertreten hat.

21,26 *Mitleiden]* Verbessert aus: Leiden.

21,27 *gleichmäßig]* Hs.: »proportionirt«. Lessing versucht hier die ›Entsprechung‹ als Kern und Bedingung des ›Mitleidens‹ zu fassen (vgl. dann die bekannte Prägung im 75. Stück der *Hamburgischen Dramaturgie:* »von gleichem Schrot und Korne«; Bd. VI dieser Ausgabe, S. 559).

21, A 8 *Chataubrun]* Zum *Philoctète* des Jean Baptiste Chateaubrun (1755) vgl. ausführlicher Abschn. IV.

22,4 *der Künstler]* Das Original der Laokoon-Gruppe jedenfalls ist von mehreren Bildhauern geschaffen.

22,7f. *mit bestem Vorsatze]* Hs. 1766 ab: mit Vortheil

22,10f. *Es sei ⟨...⟩ gemacht habe]* Anspielung auf eine antike Legende: ein Mädchen habe den Schattenriß seines Abschied nehmenden Geliebten an die Wand gezeichnet; der Vater, ein Töpfer, habe dann eine Tonplastik danach geformt.

22,15 *der weise Grieche]* Die weisen Griechen, nicht etwa ein bestimmter Theoretiker (beispielsweise Aristoteles).

22,18 *das gemeine Schöne]* Das ›normale‹, durchschnittliche Schöne.

22,19 *Gattungen]* Generell auf Dinge, Lebewesen usw. bezogen.

22,19f. *Vorwurf]* Gegenstand, Sujet.

22, A 1 *Antiochus]* Antiochos, nicht näher bekannter Epigrammatiker aus der *Griechischen Anthologie* (vgl. Bd. V/1, Anm. 244,14); das Epigramm: XI 412.

22, A 1 *Harduin]* Vgl. Bd. V/1, Anm. 287,31.

23,5 *nachzubilden]* Hs.: darzustellen

23,9 *Pauson]* Griech. Maler (5. Jh. v. Chr.), von Aristophanes verspottet, von Aristoteles im 2. Kapitel seiner *Poetik* kritisiert, weil er die Menschen »häßlicher« gemalt habe (möglicherweise eine Art von Karikaturen).

23,9 *Pyreicus]* Peiraikos, griech. Maler wohl der hellenistischen Zeit, bei Plinius in seiner *Naturalis Historia* XXXV 112 (vgl. Bd. V/1, Anm. 247,9) mit den von Lessing erwähnten Einzelheiten genannt; vielleicht ›Genremaler‹. Näheres bei Blümner, 2. Aufl., S. 501 f.

23, A 2 *Polit. 〈...〉 Conring]* Die *Politik* des Aristoteles in der Ausgabe des berühmten Philosophen, Juristen und Rechtshistorikers Hermann Conring (1606-1681) vom Jahre 1656.

23, A 2 *Herr Boden]* Benjamin Gottlieb Boden (1737-1782), Prof. der Poesie in Wittenberg; hier: ein Buch über den ›poetischen Schatten‹ (1764).

23, A 2 *Kühn]* Vgl. Bd. V/1, Anm. 348,11.

23, A 2 *Polygnotus]* Polygnotos (5. Jh. v. Chr.), griech. Maler (berühmte Bilder besonders in Athen, auch in Delphi); vgl. auch Bd. V/1, Anm. 293,1.

23, A 2 *Dionysius]* Dionysios, griech. Maler, nicht näher bekannt.

23, A 2 *Anthropograph]* Menschenmaler.

24,2 *Fleiße]* Über die »niederländischen Maler« recht distanziert geurteilt.

24,11 *Das Gesetz der Thebaner]* Überliefert durch Claudius Aelianus (vgl. Bd. V/1, Anm. 415,23) IV 4, jedoch umstritten; vgl. Blümner, 2. Aufl., S. 502 f. Lessing kommt später in den *Collectanea* noch einmal darauf zu sprechen (Stichwort »Malerei«), auch in den Paralipomena zu den *Antiquarischen Briefen* (67. Brief, S. 607,19-23) aufgrund der Kritik Riedels (s. oben S. 715) an der *Laokoon*-Partie.

24,12 f. *Nachahmung ins Häßlichere]* Im Sinne einer karikaturistischen Tendenz.

24,15 *Junius]* Franciscus Junius (François Du Jon, 1589-1677), Altertumskundler; hier: *De pictura veterum* (Über die Malerei der Alten), 1637 und 1694. Näheres zu ihm in Abschn. XXIX.

24,16 *Ghezzi]* Karikaturen, nach dem Maler und Graphiker Pier Leone Ghezzi (1674-1755).

24,18 f. *Carricatur]* Im 18. Jh. noch durchgängige

Schreibung, wobei die Herkunft aus dem Ital. (carricatura »Überladung«) oft noch gegenwärtig. Vgl. Schulz-Basler 1, S. 332f.

24,21 *Hellanodiken]* Kampfrichter (bei den ›hellenischen Spielen‹) in Olympia. Das von Lessing genannte »Gesetz« antwortet auf das Vordringen des Porträts mit individuellen Zügen, seit dem 4. Jh. v.Chr. Lessing kommt in den Paralipomena zu den *Antiquarischen Briefen* (68. Brief) noch einmal auf das Thema zurück (S. 607,25-32).

24,23 *Ikonische]* Ebenbildhafte, porträthafte (Begriff bei Plinius überliefert).

24,24-27 *Denn ⟨...⟩ überhaupt]* Ähnliche Auffassung in der Conti-Szene der *Emilia Galotti* (I 4).

24, A 3 *Aristophanes]* Vgl. Bd. V/1, Anm. 138,1. Die Stellen entstammen den Komödien *Plutos* (Der Reichtum) und *Acharnes* (Die Acharner).

24, A 4 *Plinius ⟨...⟩ Hard.]* Vgl. Bd. V/1, Anm. 247,9 und Anm. 287,31.

25,3f. *Der Endzweck ⟨...⟩ Vergnügen]* In diesem Punkt Übereinstimmung mit Mendelssohn, auch Baumgarten. Ausführlicher dazu Abschn. IX.

25,5 *allerdings]* Sehr wohl.

25,18-20 *Aristomenes ⟨...⟩ Galerius]* Zu den Quellen dieser Namensreihung (besonders aus Pausanias IV 14,5) vgl. Blümner, 2. Aufl., S. 504 und PO Erl., S. 134. »Aristodamas« ist Lessingsche Verwechslung mit Aristodama, der Mutter eines berühmten Feldherrn Aratos.

25,22 *Gottheit]* So nur bedingt richtig. Die Schlangen galten als der Erde verbunden, in Schlangengestalt vereinigten sich Götter mit sterblichen Frauen.

25,24 *ehrlichen]* Ehrbaren, unbescholtenen.

25,27 *rette]* Verteidige.

25, A 7 *Spence]* Joseph Spence (1699-1768), Professor der Poesie und Geschichte in Oxford, hier: *Polymetis* (1732); vgl. oben S. 638. Der auch für die Entstehungsgeschichte des *Laokoon* wichtige Autor wird hier fast nebenbei in einer Fußnote eingeführt.

25, A 7 *Justinus Martyr]* Vgl. Bd. V/1, Anm. 315,1.

25, A 7 *παρα ⟨...⟩ ἀναγραφεται]* »Auf jedem Bild der bei euch ⟨den Griechen⟩ verehrten Götter ist eine Schlange als großes Symbol und als Geheimnis abgebildet.«

26,16 *Stande]* Hier eher ›innerer Zustand‹, obgleich das Wort auch ›Stellung‹ bezeichnen kann (doch dieses taucht differenzierend schon S. 26,15 auf).

26,21-23 *Wut ⟨...⟩ gebildet haben.]* Ausdrücklich und detaillierter wiederaufgenommen in Abschn. IX: S. 86, A 3. Gegen Kritik von Klotz und Riedel dann verteidigt im 8. ›Antiquarischen Brief‹ (S. 374-378). In ihrer Absolutheit trifft Lessings These nicht zu; auf Vasenbildern und Sarkophagen beispielsweise erscheinen Rachegöttinnen häufiger.

26, A 8 *übersehe]* Mustere, gehe durch.

26, A 8 *Ich nehme ⟨...⟩ sind.]* Dazu der 7. ›Antiquarische Brief‹ (S. 371-374).

26, A 8 *Seguini ⟨...⟩ Spanheim]* Einzelnachweise bei PO Erl., S. 135.

26f., A 8 *»Obschon ⟨...⟩ etc.«]* Bemerkenswert, daß Lessing hier einen engl. Text übersetzt, während er griech. Zitate unübersetzt läßt.

27, A 8 *Tod des Meleager]* Meleagros, Sohn des Oineus (des Königs von Kalydon) und der Althaia, tötete den Kalydonischen Eber und – beim Streit um das Fell – die beiden Brüder seiner Mutter. Sie warf daraufhin ein Holzscheit in das Feuer, an dem nach dem Willen der Schicksalsgöttinnen das Leben des Meleagros hing. In der griech. Kunst beliebter Stoff (Jagdszenen usw.).

27, A 8 *Bellori]* Vgl. Bd. V/1, Anm. 480,1-29: *Admiranda ⟨...⟩ vestigia.* Hier von Spence zitiertes, auch von Lessing verschiedentlich benutztes Quellenwerk.

27, A 8 *runde Scheibe]* Es ist der Schild des Meleager mit dem Kopf des Sonnengottes Helios.

27, A 8 *Ovid]* Vgl. Bd. V/1, Anm. 312,13.

27, A 8 *Protulit ⟨...⟩ ignes.]* »Die Mutter brachte ⟨das Holzscheit⟩ herbei, befahl Kienspäne auf das Reisig zu schichten und legte bösartiges Feuer an den Scheiterhaufen.«

27, A 8 *Inscius ⟨...⟩ dolores.]* »Ahnungslos und wie abwesend verbrennt Meleager in jenen Flammen; er spürt, wie die Eingeweide von unsichtbarem Feuer verbrannt werden, und unterdrückt mannhaft die ungeheuren Schmerzen.«

28,2 *Timanthes]* Griech. Maler (2. Hälfte 5. Jh. v. Chr.). Sein bekanntestes Werk war die *Opferung der Iphigenie*; das Gemälde wirkte u. a. auf die sogenannte Ara des Kleomenes und auf ein Bild in Pompeji (dorther Rekonstruktionsversuche).

28,11 *über allen Ausdruck]* Jenseits allen Ausdrucks, nicht ausdrückbar.

28, A 8 *Montfaucon]* Vgl. Bd. V/1, Anm. 496,22. Eine der grundlegenden Quellen Lessings für den *Laokoon* (wie für die antiquarischen Studien der Zeit überhaupt).

28, A 8 *Cassandra]* Irrtümlich für Kleopatra, Meleagers Gattin.

28, A 8 *Atalanta]* Atalante, Geliebte Meleagers, arkadische Jägerin, die an der Jagd auf den Kalydonischen Eber teilnahm.

28, A 9 *Cum moestos ⟨...⟩ ostendere.]* »Während er alle als Trauernde malte – vor allem den Onkel – und ⟨dabei⟩ jegliche Möglichkeit, Trauer darzustellen, ausgeschöpft hatte, verhüllte er die Gesichtszüge des Vaters, die er nicht angemessen darstellen konnte.«

28, A 10 *Summi ⟨...⟩ confessus est.]* »Er bekannte, daß die höchste Bitterkeit des Leides nicht künstlerisch dargestellt werden könne.« Zu Valerius Maximus vgl. Bd. V/1, Anm. 315,26.

29,4 *Agamemnon]* Als Vater der Iphigenie.

29,13 *ersten]* Dahinter in der Hs. durchstrichen: Grund ⟨= Grundsätze⟩

29,25 *Bildung]* Formung, Gestaltung; auch: Form.

29,28 *verwendet]* Abwendet.

29,36 *Montfaucon]* Vgl. Anm. 28, A 8.

30,1 f. *Jupiter ausgab]* Es handelt sich um eine Schauspielermaske der Tragödie.

30,4 *Valerius]* Vgl. Anm. 28, A 10.

30,5 *Ajax]* Diese Gestalt ist Lessing noch von seiner *Sophokles*-Schrift (1760) her besonders gegenwärtig: Den Anfang des Sophokleischen *Aias* hat er zu übersetzen begonnen (Bd. V/1, S. 327-329; mit der Exposition des ›rasenden‹, schreienden Helden).

30,8 *die wildesten Barbaren]* Die Daker im Kampf gegen die Soldaten Trajans, ursprünglich an dessen Tempel dargestellt, dann am Konstantinsbogen.

30,15 f. *der Sophokleische]* In den *Trachinierinnen* des Sophokles (vgl. Anm. 21,11). Lessing bezieht sich auf v. 786-788.

30,18 *Pythagoras Leontinus]* Pythagoras (um 460 v. Chr.), griech. Maler, angeblich aus Leontinoi auf Sizilien, tatsächlich aus dem unteritalischen Rhegion. Vgl. das Plinius-Zitat S. 525, A 15.

30, A 11 *Antiqu. expl.]* Vgl. Anm. 28, A 8.

30, A 13 *Bellorii]* Vgl. Anm. 27, A 8.

30, A 15 *Myro]* Myron (5. Jh. v. Chr.), attischer Bildhauer.

30f., A 15 *»Eundem ⟨...⟩ videntur.«]* »Diesen ⟨...⟩ übertraf auch Pythagoras Leontinus, der ⟨die Statue des⟩ Wettläufers Astylos schuf, die in Olympia steht, und den Libyschen Knaben mit einer Tafel, ebenfalls in Olympia, und den nackten Apfelträger. In Syrakus aber befindet sich sein Hinkender, dessen durch ein Geschwür verursachten Schmerz auch die Betrachter zu spüren vermeinen.«

31,2 *gedacht]* Erwähnt. Hierzu Helferich Peter Sturz im Brief vom 23.9.1767 an Lessing (die erste Stelle, die sich Sturz vornimmt); Bd. XI/2 dieser Ausgabe, S. 478.

31,17 *aus dem höchsten Punkte]* Aus dem Höhepunkt (der zugleich den Höhepunkt etwa der Affektregung bedeutet).

31, A 15 *Geschwieres]* Ältere Form für ›Geschwüres‹.

31, A 15 *Ich lese also ⟨...⟩ lesen müsse]* Innerhalb des *Laokoon* erstes Beispiel der zeitüblichen recht willkürlichen Behandlung einzelner Textstellen: Unstimmigkeiten (vermeintliche oder tatsächliche) werden durch Vermutung eines Überlieferungsfehlers ›korrigiert‹ (Konjekturalkritik). Riedel weist in seinen *Anmerkungen* zum *Laokoon* (vgl. oben S. 715) sogleich darauf hin, daß die von Lessing im »hohen kritischen Tone« verkündete Beziehung auf Philoktet bereits von Gronovius (vgl. Bd. V/1, Anm. 238, A 1) nebenbei vermutet worden sei. Eine Überprüfung merkt sich Lessing in den *Collectanea* unter dem Stichwort »Philoktet« vor (LM 15, S. 343; dort auch das Riedel-Zitat).

31, A 15 *στιβον ⟨...⟩ ἑρπειν]* »Sich gezwungenermaßen dahinschleppen« (*Philoktet* 206).

32,10 *fruchtbar]* Erste begriffliche Annäherung an die später so folgenreiche Theorie des »fruchtbaren« Augenblicks (zur Vorprägung etwa bei Shaftesbury s. oben S. 666). Zur Problematik der These und zu ihrer Erörterung seit Herder ausführlich Blümner, 2. Aufl., S. 512-520.

32,15 *Verfolge]* Vgl. Bd. V/1, Anm. 141,34.

32,17 *Staffel]* Stufe.

32,18 *Phantasie]* Hier offenbar zunächst gleichbedeutend – wie Z. 12 zeigt – mit »Einbildungskraft« verwendet, auf den Betrachter (und nicht primär auf den Künstler) bezogen.

32,29 *muß]* Darf.

32,30 *transitorisch]* (Bloß) vorübergehend; Gegenbegriff zu ›fruchtbar‹. Ausführlichere Behandlung in Abschn. XVI.

33,2 *La Mettrie]* Julien Offray de La Mettrie (1709-1751), franz. Philosoph und Mediziner; hier: *L'homme machine* (Der Mensch – eine Maschine), 1748, mit materialistischer Grundposition.

33,2 *Demokrit]* Demokritos (um 460 v. Chr.), griech. Philosoph; als Vertreter des Atomismus zählte er zu den Ahnherren des Materialismus.

33,3 *lassen]* Hs. 1766a: läßt

33,3 *lacht]* Da Demokrit die Heiterkeit des Gemüts als Ideal verkündete, gab ihm die spätere Antike den Beinamen ›Der Lachende‹ (im Gegensatz zu Heraklit ›Dem Weinenden‹).

33,4 *Betrachtet ihn]* Lessing konnte das Bildnis etwa aus

der Titelei der Ausgabe von La Mettries Werken kennen, die Friedrich II. veranlaßt hatte (1751).

33,5 *Geck]* Vgl. Bd. V/1, Anm. 16,2.

33,8 *standhafteste]* Standhaftigkeit (»constantia«) zugleich Zentraltugend der stoischen Ethik; vgl. die Formulierungen gegen das »Stoische« S. 21,26.

33,10 *materiellen Nachahmung]* Physischen Darstellung.

33,17 *Timomachus]* Timomachos (um 300 v. Chr.), griech. Maler. Lessing bezieht sich bei den Beispielen (*Aias, Medea*) offenbar auf Plinius VII 126 und XXXV 26 und 136.

33,20 *Beschreibungen]* Wie bei Plinius überliefert (zusätzlich in einzelnen griech. Epigrammen).

33,35 *in der Kunst]* In der Darstellung der bildenden Kunst.

34,5 *Lobsprüche zugezogen]* Lob eingetragen.

34,7 *in ihrer höchsten Raserei]* Verbessert aus: in aller ihrer Wuth

34,8 *überhingehenden]* Rasch vorbeigehenden (Lehnübersetzung von ›transitorisch‹).

34,10 *Der Dichter]* Philippos (1. Jh. n. Chr.), Dichter der *Griechischen Anthologie* (vgl. Bd. V/1, Anm. 244,14). Vgl. Anm. 34, A 1.

34,13 *Jason]* Iason, Medeas Gatte, der sie verlassen hat.

34,13 *Creusa]* Kreusa, die neue Gattin.

34,16 *Von dem]* Davor ursprünglich (dann durchstrichen): So war auch des Timomachus Ajax in diesem Stücke wie auch ⟨?⟩ ein lehrreiches Beyspiel. Er hatte ihn nicht in dem Augenblicke genommen, wie (Näheres LM 22, S. 165 f.)

34,17 *Philostrats]* Vgl. Bd. V/1, Anm. 415,32. Wiederaufgenommen in den Paralipomena zu den *Antiquarischen Briefen* (S. 586, 22-24).

34,17 f. *wie er unter den Herden wütet]* Ein Zentralmotiv der Eingangsszene des *Aias*, die Lessing innerhalb seines *Sophokles* versuchsweise übersetzt hatte (Bd. V/1, S. 327-329).

34,19 *und]* Dahinter durchstrichen: vor Scham.

34,21 *Anschlag]* Plan, Vorsatz.

34, A 1 *'Aιει ⟨...⟩ παιδοκτονε]* Lessing gibt im Text (S. 34,11-15) eine sinngemäße, paraphrasierend-erweiternde Übersetzung.

35,2 *übersehe]* Überblicke, überdenke.

35,5 *eigenen]* Eigentümlichen, spezifischen.

35,9 *Ohne hier zu untersuchen]* Vgl. später Abschn. XX.

35,11 f. *das ganze unermeßliche Reich der Vollkommenheit]* Wichtige Bestimmung des »Reichs« der Poesie in einer von Shaftesbury und Leibniz herkommenden frühaufklärerischen Linie.

35,17 *Held unsere]* Dazwischen Hs. und LM: einmal

35,25 *Maul]* Im 18. Jh. noch nicht unbedingt vulgär, doch von Lessing bereits leicht abwertend verwendet.

35,27 *»clamores ⟨...⟩ tollit«]* »Er erhebt schauderhaftes Geschrei empor zu den Sternen.« (Vergil, *Aeneis* II 222).

35,35 *Endschaft]* Betonter für ›Ende‹, ›Beendigung‹; vgl. S. 44,13.

36,5 *vergütet]* Wieder gut gemacht, aufgewogen.

36,9 *überhingehende]* Vgl. Anm. 34,8.

36,13 *vorsichtigsten]* Im Gegensatz zum fanatischen, »eifrigen« Patrioten wie etwa in Lessings Brief an Gleim vom 16. 12. 1758.

36,27-29 *Das Drama ⟨...⟩ halten müssen.]* Hier besonders deutlich Lessings Einschätzung des Dramas als des ›komplexesten‹, auch Körperlichkeit einschließenden Gattungsbereichs der Poesie.

36,29 *materiellen]* Vgl. Anm. 33,10.

36,32 *Natur]* Lessings Beschäftigung mit dem ›Naturalismus‹ des antiken Theaters reicht bis in seine frühe Zeit zurück (etwa die *Abhandlung über die Pantomimen der Alten*, 1749).

37,3 *gleichmäßigen]* Gleichartigen, entsprechenden.

37,21 *Genie]* Wichtige Heraushebung einer bei Lessing schon in den 1750er Jahren in den Vordergrund tretenden Kategorie, abgesetzt gegen »Theorie« (an anderen Stellen gegen »Regeln«).

37,27 *Kunstrichter]* Vgl. den Typus S. 13,21.

37,30-48,9 *1. Wie wunderbar ⟨...⟩ Begriff haben.]* Mit dieser Partie setzt sich Herder im *Ersten Wäldchen* (Kap. 5) besonders kritisch auseinander; ausführlich dazu Blümner, 2. Aufl., S. 525-529.

38,2 *sympathetische]* Nach griech. sympatheia »Mitleiden«: mitleidende, mitempfindende.

38,3 *Meleager]* Vgl. Anm. 27, A 8.

38,3 *fatalen]* Schicksalhaften; hier darauf bezogen, daß das ›Schicksal‹ des Meleager an dem von seiner Mutter verwahrten Holzscheit hing.

38,4f. *würde ⟨...⟩ sein]* Hs. 1766a: ist daher weniger theatralisch

38,6 *ein göttliches Strafgericht]* Philoktet drang in das Heiligtum der Göttin Chryse ein. Deren Schlange biß ihn, zur Strafe für diesen Frevel.

38,12 *Chataubrun]* Vgl. Anm. 42,13.

38,14 *gewöhnlichen]* Verbessert aus: natürlichen

38,17 *ganzer]* Kein Druckfehler, sondern altertümlicher Genitiv nach Zahlenangaben; hier nachdrücklich gebraucht.

38,19 *fabelhafte]* Märchenhafte.

38, A 1 *v. 701-705]* Nach der heute üblichen Zählung: v. 691-695.

39,2 *Industrie]* Nach lat. industria »Fleiß, Eifer«; hier: Unternehmungslust, Geschicklichkeit (zum Aufkommen des Fremdworts im 18. Jh. vgl. Schulz-Basler 1, S. 290). Das nachfolgend genannte Beispiel wirkt hier bereits herein.

39,2 *Robinson Crusoe]* Defoes Roman war 1719 erschienen und bereits 1720 ins Dt. übersetzt worden. Hinter dem Werktitel ist in der Hs. durchstrichen: deßen Schicksal uns zwar nicht gleichgültig ist,

39, A 1 *'Ιν' ἀυτος ⟨...⟩ ἁιματηρον]* »Da war er ganz allein, konnte kaum gehen und hatte keinen Einheimischen zum Nachbarn seines Leids, in dem seine Klage hätte widerhallen können, vor dem er den Jammer seiner fressenden, blutigen Qual hätte ausweinen können.«

39, A 1 *Winshemsche Übersetzung]* Vgl. Bd. V/1, S. 684. Im folgenden demonstriert Lessing die Instrumente seines *Sophokles*-Projekts (1760).

39, A 1 *Ventis* ‹...› *Ederet.]* »Den Winden ausgesetzt und durch die Füße gefesselt, ohne Gefährten noch irgendeinen Nachbarn, nicht einmal einen schlechten, bei dem er seine schwere und blutige Klage ertönen lassen könnte.«

39, A 1 *interpolierte]* Nach lat. interpolare »verfälschen«: verfälschte, entstellte.

39, A 1 *Th. Johnson]* Thomas Johnson (gest. 1740), engl. Philologe; hier: Sophokles-Übersetzung (1760).

39, A 1 *Ubi ipse* ‹...› *gemitu.]* »Er war dort völlig den Winden ausgesetzt. Er konnte kaum gehen, und es gab keinen Einheimischen noch auch nur einen schlechten Nachbarn, bei dem er die heftig verzehrende blutige Krankheit hätte beklagen können.«

39, A 1 *Thomas Naogeorgus]* Vgl. Bd. V/1, S. 684.

39, A 1 *Fabricius]* Vgl. Bd. V/1, Anm. 239,17.

39, A 1 *Oporinschen Bücherverzeichnisse]* Johannes Oporinus, eigtl. Johannes Herbster (1507-1568), Basler Buchdrucker. Ein *Catalogus librorum per Johannem Oporinum excussorum* (Katalog der Bücher, die von Johannes Oporinus gedruckt wurden) erschien 1569. Vgl. Lessings Brief an Gleim vom 13.4.1760 sowie Gleims Antwort vom 11.5.1760; Bd. V/1, S. 684.

39, A 1 *ubi expositus* ‹...› *Morbum mutuo.]* »Er war dort völlig den Winden ausgesetzt, er war außerstande zu gehen, und es gab keine einheimischen, nicht einmal schlechte Nachbarn, bei denen er wechselseitig hätte über die verzehrende und blutige Krankheit jammern können.«

40,2 *jedes]* Akkusativ bei ›schmeicheln‹ im 18. Jh. – neben dem Dativ – noch geläufig.

40, A 1 *Thomson]* James Thomson (1700-1748), engl. Dichter; hier: *Agamemnon* (1738), ein Trauerspiel. Lessing begann 1751 eine Prosa-Übersetzung des Stücks. Im Jahre 1756 verfaßte er eine programmatische Vorrede zu einer Stralsunder Übersetzung: *Des Herrn Jacob Thomson sämtliche Trauerspiele* (Bd. III dieser Ausgabe).

40, A 1 *Melisander]* Von Agamemnon zum Berater und Beschützer Klytaimnestras bestimmt, von Aigisthos auf eine wüste Insel verbannt, durch Agamemnon bei der Rückkehr aus Troia dort gerettet.

40, A 1 *Cast 〈...〉 oars.]* »Diese Rohlinge verließen mich, nachdem sie mich auf der unwirtlichsten der Kykladischen Inseln ausgesetzt hatten, die zuvor kein Mensch je betreten hatte. Aber glaube mir, Arkas, die Menschenliebe ist so fest in uns verwurzelt, daß ich – obwohl sie alle Schurken waren – mein ganzes Leben noch kein gräßlicheres Geräusch vernommen hatte als das ihrer Ruder, als sie sich entfernten.« (aus *Agamemnon* III 1.) Eine Göttinger Übersetzung von 1750 bringt Lessing in der Anm. 40, A 1 genannten Schrift.

40, A 1 *Scholiasten]* Vgl. Bd. V/1, Anm. 238,7. Lessing entnimmt, wie im *Sophokles*, eine solche antike Kommentaräußerung einer gelehrten Ausgabe.

40, A 1 *Ου μονον 〈...〉 ἀκουσειε]* »Wo er nicht nur keinen guten Einheimischen als Nachbarn hatte, sondern nicht einmal einen schlechten, von dem er in seinem Stöhnen wenigstens einen Widerhall hören konnte.«

40, A 1 *Brumoy]* Vgl. Anm. 18, A 2.

40, A 1 *unser neuer deutscher Übersetzer]* Johann Jakob Steinbrüchel (1729-1796), Professor in Zürich. Seine *Philoktet*-Übersetzung erschien 1760 (weshalb sie in Lessings *Sophokles* auch noch nicht erwähnt wird).

40, A 1 *»sans 〈...〉 importune«]* »Ohne auch nur lästige Gesellschaft«.

40, A 1 *κακογειτονα]* »Einen schlechten Nachbarn« (hier: »einen Nachbarn des Leids«).

40, A 1 *τιν' ἐγχωρων]* »Einen der Einheimischen«.

40, A 1 *die Wittenbergische]* Nicht ermittelt.

41,6 *verweisen]* Mahnen.

41, A 1 *στονον 〈...〉 ἀμοιβαιον]* »Ein Stöhnen, das von gegenüber antwortet«.

41, A 1 *κακος]* »Schlecht, übel«.

41, A 1 *»neque 〈...〉 habens«]* »Und keinen der Einheimischen zum Gefährten im Unglück habend«.

41, A 1 *Thomas Franklin]* Thomas Francklin (1721-1784), engl. Philologe; hier: Sophokles-Übersetzung (1758/59).

41, A 1 *Expos'd ⟨...⟩ care.]* »Den erbarmungslosen Elementen ausgesetzt, liegt er verlassen und elend, ohne einen Leidensgenossen, der sein Leid linderte und seine Sorge teilte.«

42,9 *des Franzosen]* Vgl. Z. 13.

42,12 *dem armseligen Geschmacke seiner Nation]* Stereotyp über ›die Franzosen‹, das dann häufiger vor allem in der *Hamburgischen Dramaturgie* begegnet.

42,13 *Chataubrun]* Jean-Baptiste Vivien de Chateaubrun (1686-1775), franz. Dramatiker; hier: *Philoctète* (1755).

42,14-19 *Er läßt ⟨...⟩ spielen.]* Philoctète hat eine Tochter Sophie, die sich in Neoptolemus verliebt. Die »Hofmeisterin« und »confidente« ist Palmire.

42,22 *Augen.]* Dahinter in der Hs. durchstrichen: Ein viel größer Unglück ohne Zweifel, wenn der Sohn des Achills ohne

42,23 *greulichen Besorgung]* Schrecklichen Befürchtung.

42,23f. *ohne seinem Bogen]* Zu »ohne« mit Dativ vgl. Bd. V/1, Anm. 121,3.

42,26f. *der Sohn des Achilles]* Neoptolemus.

42,28f. *die ⟨...⟩ über die Alten triumphieren]* Wiederum Anspielung auf die franz. ›Querelle‹; vgl. Anm. 14,9f.

42,30 *»la Difficulté vaincue«]* »Die überwundene Schwierigkeit«.

42, A 2 *Mercure de France]* Franz. Monatsschrift, als ›Mercure galant‹ 1672 gegründet, von 1724 bis 1791 mit dem genannten Titel. Lessing kann das Zitat (aus der Aprilnummer 1755) auch aus zweiter Hand haben. Die Herzog August Bibliothek Wolfenbüttel besitzt ein Exemplar (Signatur: Lm 4182), das für die Bände bis 1758 aus Lessings Besitz stammt (1770 durch die Bibliothek erworben).

43,3 *ein Engländer]* Adam Smith (1723-1790), engl. Philosoph und Nationalökonom; hier: *The Theory of Moral Sentiments* (Die Theorie der moralischen Empfindungen), 1759.

43,5 *Delicatesse]* (Franz.) »Zartgefühl, Feingefühl«.

43,6 f. *einen sehr guten Grund.]* Hs.: einen sehr philosophischen Grund. 1766 a: einen philosophischen Grund.

43,18 f. *ihn gewissermaßen eben sowohl]* Hs. 1766 a: ihn fast eben so lebhaft

43,24 *betrüglicher]* Trügerischer.

43, A 3 *The Theory* ‹. . .› *1761.)]* Vgl. Anm. 43,3. Lessing benutzt nicht den Erstdruck, sondern eine etwas spätere Ausgabe.

44,7 *Standhaftigkeit]* Vgl. Anm. 33,8.

44,15 *unveränderlichen]* Hs. 1766 a: unwandelbaren

44,26 f. *Philosophie des Cicero]* Für Lessing ist Cicero hier wie schon im Vorausgehenden der Repräsentant des »Stoischen« (S. 21,26) bzw. des »Stoizismus« oder der »Stoiker«; vgl. Bd. V/1, Anm. 407,11. Lessing hat insbesondere die *Tusculanae disputationes* (Gespräche in Tusculum; um 45/44 v. Chr. entstanden) vor Augen, in denen auch von der Gestalt des Philoktet die Rede ist. Vgl. Anm. 44,28-30.

44,28-30 *in dem zweiten* ‹. . .› *auskramet.] Tusculanae disputationes* II 7,19: dort Rückgriff auf griech. Quellen, aber auch auf den *Philoctetes* des röm. Tragikers Accius (170-ca. 86 v. Chr.).

44,31 *Gladiator]* (Lat.) »Fechter«: Sklaven, Kriegsgefangene, auch Verbrecher, die in speziellen Fechtschulen trainiert wurden und bei Festen oder auch im Amphitheater gegeneinander antraten. Wichtiger Hinweis, daß Lessing die ursprünglich griech. Philosophie der Stoiker hier in ihrer besonderen Prägung durch ihre röm. Vertreter faßt. Auf die Wirkung der röm. Fechterkämpfe hat vor allem Mendelssohn schon in den *Briefen über die Empfindungen* (1755) hingewiesen.

45,2 f. *»Sie sollen* ‹. . .› *einführen.«] Tusculanae disputationes* II 11,27.

45,5 *verdammten]* Verurteilten.

45,5 *feilen]* Käuflichen, berufsmäßigen.

45,6 *mußte]* Durfte.

45,13 f. *die einzige Absicht der tragischen Bühne]* Zur Mitleidsthematik im *Laokoon* und im Briefwechsel über das Trauerspiel 1756/57 vgl. oben S. 531 sowie Schings, *Der mitleidigste Mensch*, S. 34-45.

45,18 *Klopfechter]* Gewerbsmäßiger Fechtkämpfer. Campe 2, S. 965: »ein Mensch, welcher sich für Geld klopfet, d. h. schlägt oder mit Andern auf irgend eine Art ficht, kämpft«. Bei Campe auch schon »uneigentlicher« Gebrauch verzeichnet: »gelehrte Klopfechter«.

45,18 f. *im Cothurne]* Der Kothurn, ein hoher, in späterer Zeit mehr und mehr stelzenartiger Schuh der griech. Tragödienschauspieler (auch als Symbol des ›hohen‹ Tragödienstils gefaßt).

45,20 f. *der sogenannten Senecaschen Tragödien]* Lucius Annaeus Seneca (um 4 v. Chr. - 65 n. Chr.), röm. Philosoph, Dichter und Politiker. Die unter seinem Namen überlieferten Tragödien waren von großem Einfluß auf das neuzeitliche europ. Drama. Die Autorschaft wurde wiederholt in Zweifel gezogen. Lessing veröffentlichte 1754 in der ›Theatralischen Bibliothek‹ eine (unvollendet gebliebene) Schrift *Von den lateinischen Trauerspielen welche unter dem Namen des Seneca bekannt sind* (Bd. III dieser Ausgabe), mit deutlicher Aufwertung gegenüber Gottscheds »Schwulst«-Verdikt; hierzu Barner, *Produktive Rezeption* (S. 84-92 zur Seneca-Beurteilung im *Laokoon*).

45,23 *die Römer]* Die Tendenz zur Abwertung der röm. gegenüber der griech. Tragödie hier besonders deutlich, zugleich mit Benennung der kulturellen »Ursache«. Zum Prozeß dieser generellen Umwertung s. oben S. 669.

45,23 f. *unter dem Mittelmäßigen]* Die *Seneca*-Abhandlung von 1754 wertete deutlich ›höher‹.

45,26 *Ktesias]* Gemeint: Kresilas (5. Jh. v. Chr.), griech. Bildhauer, von Winckelmann in den *Gedancken* (1755; auch in der *Geschichte der Kunst*, 1764) erwähnt, freilich in der bei Plinius falsch überlieferten Namensform Ctesilaus (von Winckelmann selbst später richtiggestellt). Winckelmann identifizierte den »Sterbenden Gallier« (im Kapitolinischen Museum) mit dem bei Plinius genannten Fechter (ebenfalls später widerrufen). Die Konfusion ist bezeichnend für das zu Winckelmanns und Lessings Zeit noch sehr unsichere Fundament bei der historischen Einordnung und Zuschreibung der erhaltenen antiken Originale und Kopien (z. T. Zeitdifferenzen von Jahrhunderten). Hierzu Schiering, S. 11-22. Die zahlreichen Details und Stellenangaben bei Blümner, 2. Aufl., S. 531 f.

45,28 *Bombast]* Redeschwulst. Anfang des 18. Jhs. aus gleichbedeutendem engl. bombast entlehnt, vielleicht durch Gottsched eingeführt (Schulz-Basler 1, S. 90). Ungefähr gleichbedeutend mit ›Schwulst‹: Zentralvorwurf Gottscheds gegen Seneca (vgl. Lessings Abhandlung von 1754).

45,28 f. *Rodomontaden]* Aufschneidereien, Prahlereien, nach Rodomonte, einem ruhmredigen, riesenhaften Helden in den ital. Roland-Epen, z. B. in Ariosts *Orlando furioso* (Rasender Roland), 1532; rodomonte: eigentlich »Bergwälzer«.

46,4 *des Engländers]* Vgl. Anm. 43,3.

46,19 *Disproportion]* Vgl. die bezeichnende Variante S. 21,27.

46,21 *Anschlägen]* Vgl. Anm. 34,21.

46,26 *Zufall]* Anfall.

46,27 *sympathetische]* Vgl. Anm. 45,13 f.

46,28 *antreiben]* Verbessert aus: bewegen

46,29 f. *Verräterei]* Hier: Hintergehen.

46,33 *Verstellung]* Vgl. Bd. V/1, Anm. 86,14.

47,4 *Franzosen]* Chateaubrun, vgl. Anm. 42,13.

47,9 *Trachinerinnen]* Vgl. Bd. V/1, Anm. 349,34.

47,13 *Lichas]* Er bringt als Bote der Deianeira dem Herakles das vergiftete Gewand (›Hemd‹) des Nessos.

47,14 *natürlicher]* Die Vorstellung, daß der weibliche Affektausdruck ›natürlicher‹ sein kann als der männliche, tritt um die Mitte des 18. Jhs. neu ins Bewußtsein (auch etwa Gellerts wirkungsreiche Brieftheorie, 1751, u. a.).

47,20 *Zusammenhaltung der Orakel]* Verknüpfung zweier Weissagungen über Herakles (er werde nach fünfzehn Monaten von seinen Mühen und Kämpfen erlöst; und: er werde durch einen ›Bewohner des Hades‹, einen Toten, den Tod finden), deren Zusammenhang der Held im Tode erkennt.

47,25 *Halbgott]* Sohn des Zeus und der (sterblichen) Alkmene.

47,29 *Wir Neuern ⟨...⟩ Halbgötter]* Die gleiche ›aufgeklärte‹ Feststellung schon in der *Seneca*-Abhandlung von 1754.

47, A 5 *ὅστις ⟨...⟩ κλαιων]* »Der ich wie ein Mädchen klagend aufgeschrien habe«.

48,3 *bejaen]* Ältere Form (von ›ja‹), das ›h‹ aus klanglichen Gründen später eingefügt.

48,5 *Garrik]* David Garrick (1716-1779), engl. Schauspieler, berühmt vor allem durch seine Shakespeare-Darstellungen, war 1764 auf Gastspielreise auch in Deutschland gewesen.

48,7 *Skävopoeie]* Bei Lessing u. a. auch »Skevopöie« (vgl. Bd. VI dieser Ausgabe, S. 759,7): Bühnenkunst (hier in erster Linie Maskenbildnerei gemeint, sonst auch Kostüme und Requisiten einschließend).

48,7f. *Vollkommenheit]* Lessingsche Grundüberzeugung seit seiner frühen Beschäftigung mit antikem Theater, wichtig für seine differenzierte Stellungnahme gegenüber der ›Querelle‹ (vgl. Anm. 14,9f.).

48,12f. *Zeit der Kaiser]* Der röm. Kaiser, seit Caesar.

48,14 *zum Vorbilde gedienet]* Vgl. dazu Lessings Notiz in den *Collectanea* unter »Laokoon« (Bd. X dieser Ausgabe).

48,15f. *Bartholomäus Marliani]* Bartolomeo Marliani (gest. um 1560); hier: *Topographia urbis Romae* (Topographie der Stadt Rom), 1544. Paralipomenon 15 zeigt, daß Lessing offenbar erst nach Bildung seiner eigenen Ansicht auf Marliani stieß, als auf einen »Vorgänger ⟨...⟩, dessen Spuren ich unwissender Weise betreten« (S. 282,15f.). Lessing kennt das Werk nur aus zweiter Hand, wie das Paralipomenon beweist.

48,16 *Montfaucon]* Vgl. Bd. V/1, Anm. 496,22.

48,20 *einerlei]* Die gleichen.

48,22 *Ehre]* Lessing setzt hier die Perspektive der ›Älteren‹ voraus, von der Gesamttendenz des *Laokoon* her ist dies jedoch auch die seine.

48, A 1 *Topographiae ⟨...⟩ etc.]* Vgl. Anm. 48,15 f.

48, A 1 *Et quanquam ⟨...⟩ videntur etc.]* »Und wiewohl diese (Agesander, Polydoros und Athenodoros aus Rhodos) die Gruppe nach der Beschreibung Vergils gebildet zu haben scheinen etc.«

48, A 2 *Suppl. ⟨...⟩ Laocoon etc.]* »Ergänzungen zur *Antiquité Expliquée* ⟨...⟩. Es scheint, daß Agesandros, Polydoros und Athenodoros, die ihre ⟨der Statue⟩ Schöpfer waren, wie in Konkurrenz gearbeitet haben, um ein Monument entstehen zu lassen, das auf die unvergleichliche Beschreibung antwortete, wie sie Vergil von Laokoon gegeben hat, usw.«

49,3 *Macrobius]* Aurelius Ambrosius Theodosius Macrobius (um 400 n. Chr.), lat. Schriftsteller und Philosoph; hier: *Saturnalia* (Saturnalien; in Form eines gelehrten Symposions).

49,3 *Pisander]* Peisandros (6. Jh. v. Chr.), griech. Epiker; nur indirekte Zeugnisse erhalten. Ihm wurden vielfach die an die *Ilias* anschließenden Epen (unter Einschluß der Laokoongeschichte) zugeschrieben.

49,5 f. *»pueris decantatum«]* »Von den Knaben bis zum Überdruß abgeleiert«. Der Erstdruck hat »dicantatum« (von LM ohne Kennzeichnung korrigiert).

49,7 *Iliums]* Troias (griech. ›Ilion‹, anderer Name für ›Troia‹).

49,22-50,2 *muß ⟨...⟩ umgeschmolzen haben.]* Prinzipiell wichtige Lessingsche Einschätzung römischer Tendenzen der ›Nachahmung‹ bzw. ›Nacheiferung‹ (aemulatio); ähnlich schon beim Vergleich Senecas mit Euripides in der frühen *Seneca*-Abhandlung (1754).

49, A 3 *Quae Virgilius ⟨...⟩ praetereo.]* »Glaubt ihr, daß ich aufzählen werde, was Vergil, wie doch allgemein bekannt ist, von den Griechen adaptierte? Daß er sich Theokrit zum Vorbild der Hirtengedichte nahm, Hesiod zu dem des Werks über das Landleben? Und daß er in eben diesen *Georgica* die Vorzeichen stürmischen und heiteren Wetters aus den *Phainomena* des Aratos entlehnte? Oder daß er die Zerstörung Troias mit seinem Sinon und dem hölzernen Pferd und allem übrigen, was der zweite Gesang ‹der *Aeneis*› enthält, sozusagen wörtlich von Pisander kopierte, der unter den griechischen Dichtern durch ein Werk hervorragt, das, beginnend mit der Hochzeit des Jupiter und der Juno, in chronologischer Reihenfolge sämtliche Begebenheiten sammelt, die sich im Laufe aller verflossenen Jahrhunderte bis zu Pisanders eigenem Zeitalter ereigneten, und ‹der› aus verschiedenen disparaten Zeitabschnitten ein homogenes Werk schuf? So wurde in diesem Werk unter anderen Geschichten auch über den Untergang Troias berichtet. Maro übersetzte dies wortgetreu und verfertigte so seinen Untergang der Stadt Ilion. Aber dieses und ähnliches übergehe ich, da es bereits von den Knaben bis zum Überdruß abgeleiert ist.«

50,7 *Quintus Calaber]* Quintus von Smyrna (4. oder 3. Jh. n. Chr.): *Posthomerica* (Epen ›nach‹ Homer).

50,9 *Minerva]* Athene.

50,15 *Drachen]* ›Adaptierte‹ Vorstellung (›Drache‹ ursprünglich halb Schlange, halb Vogel), im griech. Zusammenhang eher: Schlange; vgl. dann Zeile 19.

50,22 *bezeiget]* Die postumen Drucke von 1788 und 1792 ändern bereits in »bezeuget«.

50,22f. *Lykophron]* Um 320 v. Chr., griech. Dichter, besonders Tragiker (in Alexandria); erhalten sind, außer einem längeren Gedicht *Alexandra* (mit der Laokoongeschichte), nur Fragmente.

50,23 *Kinderfresser]* Vgl. Anm. 50, A 5.

50,27 *abzuweichen]* Hier und im folgenden besonders deutlich das Denken in ›Mustern‹ und ›Vorlagen‹ – als unterste Schicht der Lessingschen Argumentation.

50, A 4 *Paralip.] Paralipomena* (Hinterlassenes), zu Lessings Zeit noch eingeführte alternative Bezeichnung für die *Posthomerica* (vgl. Anm. 50,7) in 14 Büchern.

50, A 5 *Και ⟨...⟩ διπλας.]* »Und die doppelten Inseln der knabenfressenden Schlange«.

51, A 6 *Eumolp bei dem Petron]* Gaius Petronius Arbiter (gest. 66 n. Chr.), röm. Schriftsteller und Staatsbeamter: *Satiricon*, darin die berühmte *Cena Trimalchionis* (Gastmahl des Trimalchio). Eumolp tritt im *Satiricon* als lächerlicher Stegreifpoet auf.

51, A 6 *Zeuxis]* Anfang 4. Jh. v. Chr., griech. Maler.

51, A 6 *Protogenes]* Vgl. Anm. 13,31.

51, A 6 *Apelles]* Vgl. Anm. 13,31.

51 f., A 6 *Hic aliud ⟨...⟩ securim.]* »Da wird den Unglücklichen ein anderes, größeres und noch fürchterlicheres ⟨Schauspiel⟩ vor Augen geführt und ängstigt die ahnungslosen Herzen. Laokoon, durch das Los zum Neptunpriester bestimmt, weihte feierlich am Altar einen gewaltigen Stier. Doch seht! von Tenedos her wälzt sich durch die ruhigen Meerestiefen – ich schaudere, es zu berichten – in endlosen Windungen ein Zwillingspaar von Schlangen heran und schnellt sogleich ans Gestade. Ihre Brust hebt sich steil aus den Fluten, und ihr blutroter Kamm ragt aus den Wogen, der übrige Körper durchmißt hinten die Flut und windet die ungeheuren Rücken. Die schäumenden Fluten tosen; und schon erreichen sie das Gestade, und mit glühenden, von Blut und Feuer unterlaufenen Augen lecken sie mit züngelnder Zunge die zischenden Mäuler. Wir weichen erbleichend vor diesem Anblick zurück. Jene halten zielsicher auf Laokoon zu. Zuerst umschlingt jede der Schlangen einen der schmächtigen Körper seiner beiden Söhne und zerfleischt die Glieder der Unglücklichen mit ihren Bissen. Danach ergreifen sie ihn selbst, der mit Wurfgeschossen zu Hilfe herbeieilt, und schnüren ihn mit gewaltigen Windungen ein. Und schon ist zweimal seine Mitte umschlungen, zweimal sind um seinen Hals die schuppigen Rücken gelegt, sie recken Köpfe und Hälse hoch empor. Jener bemüht sich gleichzeitig, mit den Händen die Knoten wegzureißen, seine Priesterbinden sind von Geifer und schwarzem Gift besudelt. Zugleich erhebt er ein schauerliches

Geschrei zu den Sternen, vergleichbar dem Gebrüll, das ein Stier ausstößt, wenn er verwundet vom Altar flieht und die schlecht gezielte Axt vom Nacken abschüttelt.«

52,2 *mangelt]* Bei der Formulierung der nachfolgenden »Hypothese« hat Lessing mehrfach neu angesetzt, vgl. LM 22, S. 167.

52,4 *Hypothesis]* (Griech.) »Wissenschaftliche Annahme«. Vgl. die Wiederaufnahme in Abschn. XXV.

52,5 *der Critikus]* Hier noch zugleich in der älteren Bedeutung des philologischen Textbeurteilers.

52, A 6 *eben so viel Anteil]* Verbessert aus: mehr Theil

52, A 6 *Ecce ⟨...⟩ victima.]* »Doch seht – noch andere Vorzeichen. Wo das hochragende Tenedos als Bergrücken das Meer verdrängt, hebt sich wallend die Brandung empor, und die Woge prallt im ruhigen Meer sprühend zurück und wieder empor, so, wie in einer stillen Nacht von ferne das Geräusch der Ruder hergetragen wird, wenn eine Flotte das Meer bedeckt und die glänzende Fläche von den Schlägen verwundet aufseufzt. Wir schauen uns um – zwei Schlangen winden sich heran, die die Fluten an die Felsen drängen; die aufgeblähte Brust erzeugt Gischt hoch wie Schiffe. Die Schweife peitschen ⟨das Wasser⟩. Aus dem Meer flattern die Mähnen empor, den ⟨blutunterlaufenen⟩ Augen gleichend; ein zerstörerischer Strahl versengt die Meeresfläche, und die Wellen tosen und zischen: Entsetzen läßt erschauern. Mit heiligen Priesterbinden stehen da in phrygischem Gewand die beiden geliebten Söhne des Laokoon. Sie umschlingen die schimmernden Schlangenleiber blitzschnell. Jene heben die Händchen vors Gesicht, keiner will sich, sondern jeder dem Bruder helfen. Wechselseitige Liebe vertauscht ihr Geschick, und im Sterben selbst vergeht jeder der Unglücklichen vor Furcht für den anderen. Seht, der Vater, zu schwach um zu helfen, fügt seinen Tod dem der Kinder hinzu; ⟨die Schlangen⟩, schon mit Blut gemästet, fallen den Mann an und reißen seinen Leib zu Boden. Der Priester liegt gestreckt als Schlachtopfer am Altar.« – Der lat. Text (*Satiricon* LXXXIX 29-51) ist in der von Lessing zitierten Fassung nach heutiger Kenntnis (vgl. die kritische Ausgabe von Konrad Müller und Wilhelm Ehlers, 3. Aufl., München 1983) an mehreren Stellen zu korrigieren; s. schon die Hinweise bei PO Erl., S. 138.

53, A 6 *Behutsamkeit]* Hier: Bemühen.

53, A 6 *Original]* Noch nicht im späteren Sinne von ›Originalität‹, sondern der Abhebung von einem ›Muster‹ (vgl. Anm. 50,27).

53, A 6 *»sanguineae 〈...〉 tremunt.«]* Vergil: »der blutrote Kamm«, Petron: »die Mähnen flattern, den 〈blutunterlaufenen〉Augen gleichend 〈aus dem Meer empor〉. Vergil: »mit glühenden, von Blut und Feuer unterlaufenen Augen«. Petron: »ein zerstörerischer Strahl versengt die Meeresfläche«. Vergil: »die schäumenden Fluten tosen«, Petron: »die Wellen tosen von 〈ihrem〉 Zischen.«

53, A 6 *Parergon]* (Griech.) »Nebenwerk«.

53, A 6 *neuter 〈...〉 metu.]* »Keiner will sich, sondern jeder dem Bruder helfen. Wechselseitige Liebe vertauscht ihr Geschick, und im Sterben selbst vergeht jeder der Unglücklichen vor Furcht für den anderen.«

53, A 6 *Quintus Calaber]* Vgl. Anm. 50,7.

53, A 6 *ἔνθα γυναικες 〈...〉 μορον]* »Da brachen die Frauen in Klagen aus, und eine vergaß wohl die eigenen Kinder, selbst vor dem schrecklichen Todeslos fliehend.«

54,8-13 *illi agmine 〈...〉 ingentibus]* » – – Jene halten zielsicher auf Laokoon zu. Zuerst umschlingt jede der Schlangen einen der schmächtigen Körper seiner beiden Söhne und zerfleischt die Glieder der Unglücklichen mit ihren Bissen. Danach ergreifen sie ihn selbst, der mit Wurfgeschossen zu Hilfe herbeieilt, und schnüren ihn mit gewaltigen Windungen ein – –.«

54, A 6 *Virgil]* Dahinter durchstrichen: sucht nichts sinnlicher zu machen

54, A 6 *Nachahmung]* Hier ›literarisch‹, bezogen auf ein ›Muster‹ oder ›Original‹, nicht auf ›Natur‹.

54, A 7 *Il y a 〈...〉 pere.]* »Es gibt einen kleinen Unterschied zwischen dem, was Vergil sagt, und dem, was der

Marmor darstellt. Nach dem, was der Dichter sagt, scheint es, daß die Schlangen von den Kindern abließen, um den Vater zu umschlingen, anstatt daß sie – wie bei der Marmorskulptur – die Kinder und ihren Vater zugleich einschnüren.«

55,9 *Fortschreitung ⟨...⟩ notwendig]* Vgl. die prinzipielle Forderung in Abschn. III.

55,12f. *Donatus]* Tiberius Claudius Donatus (um 400 n. Chr.), Kommentator der *Aeneis* Vergils.

55,20 *Ille ⟨...⟩ nodos.]* »Jener bemüht sich gleichzeitig, mit den Händen die Knoten wegzureißen.«

55,24 *Ärme]* Nicht umgelautete Form »Arme« erst im Druck 1792.

55, A 8 *Mirandum ⟨...⟩ partem.]* »Es ist keineswegs erstaunlich, daß durch den Schild und durch den Standort des Götterbildes die den Blicken entzogen sein konnten, die ⟨Vergil⟩ oben sowohl als groß als auch als kampfkräftig beschrieb und von denen er sagte, daß sie den Körper des Laokoon und der Kinder mit zahlreichen Windungen umschlungen hätten, und daß sogar noch ein Teil ⟨des Schwanzes⟩ übriggeblieben sei.« Statt »vestigiis« muß es im lat. Text heißen: »vestimentis« (»Gewänder«).

55, A 8 *dieses Schild]* Das Neutrum gleichbedeutend mit dem Maskulinum im 18. Jh. noch geläufig; Belege bei Campe 4, S. 136f.

56,9f. *mit ⟨...⟩ herausragen.]* Verbessert aus: ihre Köpfe über ihn herausstrecken.

56,11f. *Bis medium ⟨...⟩ altis.]* »Zweimal ist seine Mitte umschlungen, zweimal sind um seinen Hals die schuppigen Rücken gelegt; sie recken Köpfe und Hälse hoch empor.«

56,30 *pyramidalische]* Nach oben spitz zulaufende.

56,32 *aus dieser Wulst]* Femininum im 18. Jh. noch gebräuchlich (vgl. ›die Schwulst‹).

56,33 *Mensur]* Nach lat. mensura »Maß, Größenordnung«; hier: Maß, Proportion.

56,35 *Es giebt Zeichner]* Dazu, daß Lessing »nur ein modernes Gemälde zur Vergleichung herbeiziehen« konnte, s. Blümner, 2. Aufl., S. 539.

56,36 *sich ⟨. . .⟩ zu binden.]* Verbessert aus: demohngeachtet sich auch hierin an den Virgil zu halten.

57,1 *Franz Cleyn]* 1590-1658, niederländ. Maler und Kupferstecher.

57,24 *allerdings]* Hier: in jedem Fall.

57,26 *anständige]* Zustehende, künstlerisch angemessene.

57, A 9 *Drydens englischem Virgil]* John Dryden (1631-1700), engl. Dramatiker, Kritiker, Übersetzer (Lessing veröffentlichte 1759 einen Aufsatz über ihn); hier: *The works of Virgil* (Die Werke Vergils), 1697, mit Abbildungen.

58,2 *Artisten]* Künstler (von Lessing hin und wieder als ›technische‹ Bezeichnung gleichbedeutend neben ›Künstler‹ gebraucht).

58,10 *sklavischer Hände]* Kleider, Gewänder wurden vorwiegend von Sklaven angefertigt.

58, A 10 *De Piles ⟨. . .⟩ Du Fresnoy]* Charles-Alphonse Du Fresnoy (1611-1665), franz. Maler und Dichter: *De arte graphica liber* (Buch über die Zeichenkunst), 1668; Roger de Piles (1635-1709), franz. Kunstschriftsteller, übersetzte und kommentierte das Werk (1668).

58, A 10 *»Remarqués ⟨. . .⟩ même.«]* »Beachten Sie bitte, daß die zarten und leichten Gewänder nur dem weiblichen Geschlecht gegeben wurden. Die alten Bildhauer vermieden es ebenso, soweit sie konnten, die männlichen Figuren bekleidet darzustellen. Denn sie dachten, wie wir schon gesagt haben, daß man in der Bildhauerei die Stoffe nicht nachahmen könne und daß die dicken Falten eine schlechte Wirkung hervorbrächten. Es gibt fast ebensoviele Beispiele für diese Wahrheit, wie es unter den Antiken nackte Männerfiguren gibt. Ich will nur den Laokoon erwähnen, welcher der Wahrscheinlichkeit nach bekleidet sein mußte. Schließlich, welches Erscheinungsbild bot sich, wenn ein Königssohn, ein Apollonpriester sich bei einer feierlichen Opferzeremonie ganz nackt darstellte? Denn die Schlangen kamen von der Insel Tenedos an den Strand von Troia und überraschten Laokoon und seine Söhne im gleichen Augenblick, als er am Meeresufer dem Neptun opferte, wie es

Vergil im zweiten Buch seiner *Aeneis* erwähnt. Indes, die Künstler, die dieses schöne Werk geschaffen haben, haben sehr wohl gesehen, daß sie ihren Figuren keine zu ihrer Lage passenden Gewänder geben konnten, ohne eine Art Steinhaufen zu schaffen, dessen Masse eher einem Felsen geähnelt hätte, an Stelle der drei bewundernswürdigen Gestalten, die stets das Staunen der Jahrhunderte erregten. Deshalb haben sie von zwei Unzuträglichkeiten die der Gewänder für weit schlimmer gehalten, als dasjenige, gegen die Wahrheit selbst zu verstoßen.«

59,4 *für sie]* Für die Einbildungskraft.

59,8 *Perfusus ⟨...⟩ veneno.]* »Die Priesterbinden sind von Geifer und schwarzem Gift besudelt.«

59,21 *geringschätzige]* Wenig geschätzte.

59,25 *Schönheit]* Zentralkategorie, die Lessing von Abschn. I an immer wieder voraussetzt.

60,5 *selbst zu denken]* Lessingsche Zentralvorstellung hier im Verhältnis des bildenden Künstlers zu seinem poetischen »Vorbild« (gleiche Vorstellung schon 1754 im Verhältnis Senecas zu seinen griech. Vorbildern). Vgl. auch Anm. 50,27.

60,10 *den Künstlern nachgeahmet]* Zu ›nachahmen‹ mit Dativ vgl. Bd. V/1, Anm. 188,18. Eine scharfe Unterscheidung ist hier wie auch sonst bei Lessing nicht erkennbar (s. etwa S. 61,18). Campe 3, S. 389: »Einem und einen nachahmen wird auch häufig verwechselt.«

60,14 *sich ⟨...⟩ bereden]* Sich zu der Überzeugung durchringen (im 18. Jh. nach lat. Muster noch häufig).

60,15 *aus der Zeit]* Lessing nimmt das Thema der Entstehungszeit in Abschn. XXVI wieder auf.

60,26-61,2 *bloß ⟨...⟩ tun würden.]* Zentrale Bestimmung der »weiteren« Grenzen der Poesie, von Lessing wie schon wiederholt in voraussetzender Form eingebracht.

60, A 1 *Maffei]* Paolo Alessandro Maffei (1653-1716), ital. Altertumskundler und Kunsthistoriker; hier: *Raccolta di statue antiche e moderne* (Sammlung antiker und moderner Statuen), 1704.

60, A 1 *Richardson]* Vgl. Bd. V/1, Anm. 461,37.

60, A 1 *Hagedorn]* Christian Ludwig von Hagedorn (1712-1780), Diplomat, Kupferstecher, Kunsttheoretiker: *Betrachtungen über die Malerei* (1762).

60, A 1 *De Fontaines]* Abbé Pierre-François Desfontaines (1685-1745), franz. Schriftsteller und Kritiker; hier: *Œuvres de Virgile* (Vergils Werke; Übersetzung), 1743.

60, A 1 *Phidias]* Pheidias (tätig um 460 - um 430 v. Chr.), berühmter athen. Bildhauer der ›klassischen‹ Zeit.

61,1 *die natürlichen Zeichen]* Kurzer Vorgriff auf die in Abschn. XVII dann ausführliche exponierte Zeichentheorie.

61,10f. *schön 〈...〉 Einbildungskraft]* Rezeptionsästhetische Verlagerung des »Schönen« in die Einbildungskraft des Zuschauers.

61,13 *willkürliche oder natürliche Zeichen]* Vgl. Anm. 61,1.

61,19 *Widerspiel]* Gegenteil.

61,21f. *Rede und Antwort]* Rechenschaft, Erklärung.

61, A 2 *Sadolet]* Jacobus Sadoletus (1477-1547), röm. Kardinal. Als die Laokoon-Gruppe im Jahre 1506 wiederentdeckt wurde (vgl. Anm. 15,34), schrieb er darauf ein Gedicht in Hexametern (vgl. Bd. V/1, Anm. 320,25). Zu Lessings Quelle s. weiter unten.

61, A 2 *Es ist eines alten Dichters würdig]* Hs.: Es ist vortrefflich

61ff., A 2 *DE LAOCOONTIS 〈...〉 luxum.]* »Über die Statue des Laokoon. Ein Gedicht von Jacobus Sadoletus. Seht, aus dem aufgehäuften Erdreich und aus den ungeheuren Eingeweiden der Ruine hat der Tag nach langer Zeit den Laokoon zurückgebracht, der einst am Kaiserhof stand und auch dein Haus, o Titus, schmückte. Als ein Abbild göttlicher Kunst, weil selbst das gelehrte Altertum kein vollkommeneres kannte, besucht es abermals, dem Dunkel entstiegen, die hochragenden Mauern des auferstandenen Rom. Worüber rede ich als erstes und mit dem höchsten Lob? Über den unglücklichen Vater und die beiden Kinder? Oder etwa über die gräßlich anzusehenden, sich windenden und ineinander verschlungenen Schlangen? Oder über die Schweife oder den Ingrimm der Drachen? Oder über die Wunden und die lebensechten Schmerzen im sterbenden Marmor? Hier schreckt die empfindende Seele zurück, und auch noch entfernt vom Standbild erschüttert ein nicht geringes, von Schauder durchsetztes Erbarmen die Herzen. Ein Schlangenpaar zieht sich in heftigen Windungen in weitem Kreis zusammen, sie schweifen in verschlungenen Kreisen umher und fesseln schließlich die drei Körper mit zahllosen Umschlingungen. Nur mit Mühe vermögen die Augen die Kraft aufzubringen, das grausame Verderben und den schrecklichen Untergang anzuschauen. Eine ⟨der Schlangen⟩ zuckt und greift den Laokoon an, umschlingt ihn am ganzen Leibe, von unten und oben, und schlägt ihm endlich ungestüm die Zähne in den Unterleib. Der Körper weicht vor der Fessel zurück, die Glieder winden sich, und die Seite krümmt sich zurück vor der empfangenen Wunde. Vom heftigen Schmerz und von der grausamen Zerfleischung angetrieben, stößt jener ein ungeheures Ächzen aus und stemmt sich, um die blutigen Zähne wegzureißen, sträubend mit aller Kraft mit der linken Hand gegen den Rücken der Echse. Die Sehnen spannen sich an, und vergeblich setzt er ihr unter Aufbietung aller Kraft die geballte Stärke des ganzen Körpers entgegen. ⟨Fast⟩ schon erliegt er dem Wüten, und von der Wunde geschwächt wird sein Schnauben zum bloßen Gemurmel. Die Schlange aber gleitet in vielfältigen Windungen immer wieder hin und her und fesselt ihm unten mit festgezogenem Knoten die Knie. Die Waden geben nach, der Schenkel schwillt durch die abschnürenden Umwindungen, durch die Unterbrechung des Pulsschlages schwellen die lebensnotwendigen ⟨Adern⟩, und die bläulichen Venen füllen sich mit dunklem Blut. Nicht weniger wütet dieselbe rohe Gewalt gegen die Söhne, würgt sie in reißender Umschlingung und zerfleischt die Mitleid erregenden Glieder. Und schon ist die blutige Brust des einen zerfressen, der, indem er mit versagender Stimme den Vater zu Hilfe ruft, ⟨nur noch⟩ aufrecht gehalten wird durch den umschlingenden Bogen und durch die feste Umwindung. Der andere, dem bisher noch kein Biß den Körper verletzte, schickt sich gerade an, sich mit erhobenem Fuß vom Schlangenschweif loszureißen, als er beim Anblick des unglücklichen Vaters schaudert, so erstarrt – und nunmehr hält doppelte Furcht den ungeheuren Tränenstrom zurück. Folglich, ihr großartigen Künstler, die ihr, in fortdauerndem Ruhm erstrahlend, ein solch bedeutendes Werk erschaffen habt (wiewohl auch bessere Taten einen unsterblichen Namen erheischen und es freistand, manch bedeutenderes Talent künftigem Ruhme zu überliefern), war es ausgezeichnet, daß ihr gleichwohl, wo sich auch immer Gelegenheit zu verdienstvoller Tat bot, diese sogleich ergriffet und euch zum höchsten Gipfel emporschwangt. Wir sehen, daß ihr den leblosen Stein herrlich mit lebendigen Gestalten beseelt habt, daß ihr dem atmenden Marmor lebenswarme Sinne eingepflanzt habt, und ⟨wir sehen⟩ Bewegung, Wut und Schmerz, und wir vermeinen gar das Stöhnen zu hören. Einst pries euch das herrliche Rhodos; unendlich lange Zeit schlief der Ruhm eurer Kunst, den Rom nun von neuem in günstigem Lichte erschaut und enthusiastisch preist. Der Ruhm des altehrwürdigen Kunstwerks ist zu neuem Leben erwacht. Wieviel vortrefflicher ist es also doch, sein Geschick durch Talent oder durch Mühsal ewig fortdauern zu lassen, als voller Aufgeblasenheit Reichtümer und nichtigen Prunk zu mehren.«

62,1 *Phantasie]* Hier deutlich die des Dichters, im Gegensatz zur »Einbildungskraft«, die in den vorangehenden Absätzen auf den Zuschauer (oder Leser) bezogen wird.

63, A 2 *v. Leodegarii ⟨...⟩ Poematum]* »Siehe Leodegard a Quercu ⟨Duchesne⟩, Vermischte Gedichte« (1560).

63, A 2 *Gruter]* Janus Gruter (1560-1627), berühmter niederländ. Philologe, hier: *Deliciae C. C. Italorum poetarum* (Vergnügen an Gedichten italischer Dichter), 1608.

64,3 *den]* So Hs., 1766ab, 1766 (sächs. Dativ!); LM: dem. Freilich geben Singular *und* Plural Sinn.

64,14 *Richardson]* Vgl. Bd. V/1, Anm. 461,37.

64,15 *sowohl]* So sehr.

64,19f. *gegen die Dido]* Die Laokoongeschichte ist bei Vergil Teil der Erzählungen des Aeneas von den eigenen Abenteuern und von den Ereignissen rings um den Troischen Krieg; Zuhörerin ist Dido.

64,22 *Gradation]* Abstufung, Steigerung.

64, A 3 *C'est ⟨...⟩ Particulier.]* »Gerade das Entsetzen, das die Troer vor dem Laokoon gepackt hat, benötigte Vergil für den Gang seiner Dichtung, und dies führt ihn zu dieser leidenschaftlichen Beschreibung der Vaterstadt seines Helden. Daher achtete Vergil darauf, daß er nicht die Aufmerksamkeit für die letzte Nacht einer ganzen großen Stadt durch die Ausmalung eines kleinen Unglücks eines Einzelnen ablenkte.«

65,3 *Augenpunkte]* Blickpunkt.

65,5 *bei dem Dichter]* Nachträglich eingefügt.

65,7 *übersehen]* Überblicken.

65,8 *besorgen]* Befürchten.

65,15 *Noch]* Davor durchstrichen: Am allerunwahrscheinlichsten aber wird die Voraussetzung, daß Virgil der Nachahmer sey, durch die veränderte Windung der Schlangen.

65,22-27 *micat ⟨...⟩ nodo.]* » – – Eine ⟨der Schlangen⟩ zuckt und greift den Laokoon an, umschlingt ihn am ganzen Leibe, von unten und oben, und schlägt ihm endlich ungestüm die Zähne in den Unterleib. ⟨...⟩ Die Schlange aber gleitet in zahlreichen Windungen immer wieder hin und her und fesselt ihm unten mit festgezogenen Knoten die Knie.«

65,33f. *Bis medium ⟨...⟩ altis.]* »Zweimal ist seine Mitte umschlungen, zweimal sind um seinen Hals die schuppigen Rücken gelegt, sie recken Köpfe und Hälse hoch empor.«

65,35 *allerdings]* Hier: in jedem Fall (vgl. Anm. 57,24).

66,9 *über die Not]* Mehr als nötig.

66,21 *veränderten Umstande]* So 1766 und 1766ab; 1766cd fügen dazwischen ein: historischen.

66,23 *wie oben erwähnt worden]* Vgl. S. 50 und 54.

66,29 *weicht ⟨...⟩ ab]* Vgl. Anm. 50,27.

66,34 *der Dichter]* Dahinter durchstrichen: von welchem sich die Abweichungen herschreiben,

67,1 *daß das Kunstwerk älter sei]* Heute zwar erwiesen, aber der Dichter (Vergil) hat das »Kunstwerk« vermutlich nicht gekannt.

67,4f. *dem Dichter ⟨...⟩ dem Künstler]* Vgl. Bd. V/1, Anm. 188,18. Den Dativgebrauch nimmt Herder unter Bezug auf diese Stelle in Kap. 10 seines *Ersten Wäldchens* auf: »*Einen nachahmen* heißt, wie ich glaube, den Gegenstand, das Werk des andern nachmachen; *einem* nachahmen aber, die Art und Weise von dem andern entlehnen, diesen oder einen ähnlichen Gegenstand zu behandeln.« Für Lessing trifft diese strikte Unterscheidung jedoch nicht zu. Im übrigen überwiegt bei Lessing der Akkusativgebrauch.

67,11 *das Schild]* Vgl. Anm. 55, A 8.

67,23f. *Original ⟨...⟩ Copist]* Hier besonders deutlich die ältere, vor-geniezeitliche Gegenüberstellung.

67,24f. *allgemeinen Nachahmung]* Wie sie etwa Aristoteles in seiner *Poetik* zugrunde legt.

67,29 *kalte]* Wirkungsästhetisch gefaßt: den Zuschauer oder Leser kalt lassend, nicht beispielsweise rührend. Vgl. etwa »frostig«, Bd. V/1, S. 178,21 (mit Anm.) und S. 68,12.

67,30 *für]* Anstatt.

68,2 *Beeiferung]* Wetteifer, Ehrgeiz, auf der schon röm. Unterscheidung zwischen »imitatio« und »aemulatio« beruhend (Campe 1, S. 409 zu ›sich beeifern‹: »sich eifrig bestreben, sich große Mühe geben«).

68,3 *zeitverwandten]* Zeitgenössischen.

68,6 *aufzustutzen]* Künstlich aufzuwerten.

68,14 *Spence ⟨...⟩ Polymetis]* Vgl. oben S. 638. Lessing hat das Werk vorher schon beiläufig in einer Fußnote erwähnt: S. 25, A 7.

68,15 *klassischen]* Auf die (›klassische‹) Antike bezogen.

68,23 *Valerius Flaccus]* Gaius Valerius Flaccus (gest. um 92 n.Chr.), röm. Epiker: *Argonautica* (Argonauten-Epos nach dem hellenist. Dichter Apollonios Rhodios, vgl.

Anm. 111,18). Laut Flaccus haben vor den Römern schon die Skythen den Blitz auf ihren Schilden abgebildet.

68,25 f. *Nec primus 〈...〉 alas]* »Und du, römischer Soldat, hast nicht als erster die Strahlen des zuckenden Blitzes und 〈seine〉 rötlichen Flügel mit den Schilden verbreitet.«

68, A 1 *Polymetis 〈...〉 fol.]* »Polymetis, oder eine Untersuchung der Übereinstimmung zwischen den Werken der römischen Dichter und den erhaltenen Werken der antiken Künstler; ein Versuch, sie wechselseitig auseinander zu erläutern. In zehn Büchern von Rev. Mr. Spence. Gedruckt für Dodsley. Folio.«

68, A 1 *Tindal]* Nicholas Tindal (1687-1774), engl. Historiker; hier: *Guide to classical learning or Polymetis abridged* (Führer zur klassischen Gelehrsamkeit oder gekürzter *Polymetis*), 1764.

69,2 *Addison]* Joseph Addison (1672-1719), engl. Philologe, Kritiker und Schriftsteller; hier: *Remarks on several parts of Italy* (Bemerkungen über verschiedene Teile Italiens), 1705.

69-74, A 3 *Ich sage 〈...〉 non liquet.]* Gegen Lessings Argumentation ausführlich begründeter (in einigen Punkten auch stichhaltiger) Widerspruch Herders in seinem *Ersten Wäldchen* (Kap. 10). Details bei Blümner, 2. Aufl., S. 547-551.

69, A 3 *Juvenal]* Vgl. Bd. V/1, Anm. 421,2.

69, A 3 *Tunc 〈...〉 hosti.]* »Damals zerbrach der ungebildete Soldat, der zu unwissend war, um die griechischen Künste zu bewundern, nach der Zerstörung der Städte die bei der Plünderung entdeckten Pokale großer Künstler. Sein Pferd sollte sich des Steinschmucks erfreuen, und der ziselierte Helm sollte dem todgeweihten Feinde die Bilder des Romulus, dem das Geschick des Reiches Bändigung gebot, die Quirinischen Zwillinge unter dem Felsen und das nackte Bildnis des mit Schild und Lanze blitzenden und sich herabschwingenden Gottes vor Augen halten.«

69, A 3 *der Gott Mars]* Der röm. Kriegsgott.

69, A 3 *»pendentis«]* »Des sich herabschwingenden«.

69, A 3 *Rigaltius* ⟨...⟩ *Lubinus* ⟨...⟩ *Britannicus]* Juvenal-Herausgeber des (beginnenden) 17. Jhs., die Lessing wohl bereits zitiert findet (Einzelheiten bei PO Erl., S. 139).

69, A 3 *»quasi* ⟨...⟩ *inclinantis«]* »Der gewissermaßen zum Wurf ausholt«.

69, A 3 *»ostenderet* ⟨...⟩ *cassis«]* »Das zu ›vor Augen halten‹ gehörige Subjekt ist nicht ›Soldat‹, sondern ›Helm‹.«

69, A 3 *»perdentis«]* »Des verderbenden«.

69, A 3 *»perituro«]* »Dem todgeweihten«.

70,3 *Stelle des Ovids] Metamorphosen* VII 813 f.

70,4 *Cephalus]* Mythischer Jäger, Sohn des Mercurius.

70,5-71,1 *Aura* ⟨...⟩ *nostros!]* »Komm, du höchst willkommener sanfter Wind, und ergötze und erfülle meinen Busen!«

70, A 3 *Rhea Sylvia]* Mutter des Romulus und des Remus, röm. Vestalin (auch Ilia).

70, A 3 *Bellori]* Vgl. Anm. 27, A 8.

70, A 3 *Scholiasten]* Vgl. Bd. V/1, Anm. 238,7.

70, A 3 *»fulgentis«, »venientis«]* »Des blitzenden«, »des kommenden«.

70, A 3 *»Martis* ⟨...⟩ *concumberet«]* »Mars, der zu Ilia kommt, um sich zu ihr zu legen«.

70, A 3 *Hysteronproteron]* Vgl. Bd. V/1, Anm. 461,7 f.

71,5 *personifieret]* So 1766. Dagegen Hs. 1766a: personificiret (ebenso die postumen Drucke). Lessing kennt beide Formen: von lat. personificare und von franz. personifier.

71, A 3 *Emblema]* (Griech.) »Eingelegtes, Eingesetztes«: Sinnbild, sichtbar auf einen Gegenstand gesetzt (hier noch ältere, einfache Form; Grundlage für die im 16. Jh. zur besonderen Disziplin ausgebildete Emblematik, die mit der Dreiheit von »Gemälde, Bild«, »Überschrift« und poetischer »Unterschrift« arbeitet).

71, A 3 *Marmorn und Münzen]* Bezieht sich auf Addisons Münz-Kennerschaft: *Dialogues upon the usefulness of ancient medals* (Gespräche über die Nützlichkeit antiker Münzen), 1702; dort wurden antike Münzen zur Erklärung von Dichtertexten herangezogen.

71, A 3 *ihm selbst.]* Dahinter der ganze vorausgehende Satz, mit Irrtümern, wiederholt und durchstrichen (vgl. LM 22, S. 169).

72,1 *Sylphen]* Luftgeister in der mittelalterlichen Magie (richtiger: Sylphiden), hier von Lessing tastend (»eine Art«) auf die Antike übertragen.

72,1 *»Aurae«]* »Lüftchen«.

72,2 *Juvenal]* Vgl. Anm. 69, A 3.

72,3 *Hermessäule]* Auch Herme: Säule oder Pfeiler mit dem Kopf des Gottes Hermes, später auch mit Rumpf und Armen.

72,5 *schlechter]* Verbessert aus: bloßer

72, A 3 *verstellt]* Entstellt.

72, A 3 *Thetis]* Tochter des Meeresgottes Nereus, Mutter des Achilleus (Gattin des Peleus).

72, A 3 *Την ⟨...⟩ φερον]* »Sie aber trugen zum Olymp die Füße.«

72, A 3 *der Graf Caylus]* Anne-Claude-Philippe de Tubières, Comte de Caylus (1692-1765), franz. Altertumsforscher; hier: *Tableaux tirées de l'Iliade, de l'Odyssée d'Homère et de l'Enéide de Virgile, avec des observations générales sur les costumes* (Gemälde, entnommen der *Ilias*, der *Odyssee* Homers und der *Aeneis* Vergils, mit allgemeinen Beobachtungen über die Gewänder), 1757. Vgl. S. 638. Caylus bildet dann die Grundlage für die Abschnitte XI bis XIV. Wie bei Spence (S. 25, A 7) erscheint der Name hier zuerst in einer Fußnote.

72, A 3 *verabredete Zeichen]* Wichtige Variante für »willkürliche« Zeichen; setzt die auch sprachtheoretisch (und rechtsphilosophisch) seit der griech. Sophistik getroffene Unterscheidung zwischen ›durch Setzung, Übereinkunft entstanden‹ und ›durch Natur entstanden‹ voraus. Zur Zeichentheorie ausführlicher Abschn. XVII.

73, A 3 *Montfaucon]* Vgl. Bd. V/1, Anm. 496,22.

73, A 3 *bedeutenden]* Bezeichnenden, ausdrucksvollen (noch nicht im Goetheschen Sinne von symbolisch).

73, A 3 *»Mars pendens ⟨...⟩ Mars communis«]* »Der sich

herabschwingende Mars« wäre alsdenn so viel als »der unzuverlässige Mars« oder »der allen gemeine Mars«.

73 f., A 3 *»Dii communes ⟨...⟩ possunt«]* »Mars, Bellona und Victoria sind allen gemeine Götter, da diese im Kriege jede der Parteien begünstigen können.«

73, A 3 *Servius]* Maurus Honoratus Servius (um 400 n. Chr.), röm. Grammatiker, Kommentator der Werke Vergils.

74, A 3 *Pendentisque ⟨...⟩ hosti]* »Und daß er dem todgeweihten Feinde (das Bildnis) des sich herabschwingenden Gottes vor Augen halte«.

74, A 3 *gemeinschaftlichen]* Verbessert aus: unpartheyischen

74, A 3 *non liquet]* (Lat.) »Es ist nicht klar«; beliebte Formel auch in der wissenschaftlichen Sprache. Von Lessing betont ans Ende der langen Fußnote gesetzt.

74, A 4 *Cephalus]* Vgl. Anm. 70,4.

74, A 4 *Procris]* Gattin des Cephalus, mit dem sie in wechselvoller Liebe verbunden war; das Ende war unglücklich.

74, A 4 *Mädgen]* Sächs. Mundartform, bei Lessing gelegentlich begegnend. »Aura« kam auch als Name von Sklavinnen oder Freigelassenen vor.

74, A 4 *in dem Texte ⟨...⟩ in der Note]* Bemerkenswerte terminologische, auch funktionale Unterscheidung.

74, A 4 *Man darf]* Man muß.

74, A 4 *ein ganz gewöhnlicher Name für Frauenzimmer]* Vgl. die Anm. zu »Mädgen«.

74, A 4 *Nonnus]* Nonnus (5. Jh. n. Chr.), griech. Dichter: *Dionysiaka* (Erzählungen von Dionysos), umfangreiches Versepos.

75,1 *Tibull]* Albius Tibullus (ca. 54-19 v. Chr.), röm. Elegiker. Stelle in A 6 genannt.

75, A 5 *At tu ⟨...⟩ imago.]* »Du aber bist nichts als ein Kekropide ⟨ein Nachkomme des Kekrops⟩ und dem Rumpf einer Herme ähnlich: Offenbar bist du davon durch nichts unterschieden als dadurch, daß deren Kopf aus Marmor ist, dein Gesicht aber lebt.«

75, A 5 *Aesopische Fabel]* Vgl. Bd. V/1, Anm. 323,30. Ferner in den Paralipomena zur Schrift *Über den Aesopus* die Notiz zur 90. Fabel: LM 14, S. 229.

75, A 5 *abgeführt]* Abgefertigt, hereingelegt; vgl. auch Grimms DWb 1, Sp. 42.

76,4 *Echions]* PO Erl., S. 139: »Der Name des Künstlers ist Aëtion zu lesen (Plinius, 35,78).«

76,4 *»nova 〈...〉 notabilis«]* »Durch Schamhaftigkeit sich auszeichnende Neuvermählte«.

76,9 *ein anderer Dichter]* Statius, vgl. A 7.

76,9 *Vulkan]* Vulcanus, röm. Gott des Feuers, auch des Schmiedehandwerks (griech.: Hephaistos).

76,12 *Lucrez]* Vgl. Bd. V/1, Anm. 180,12. Die Stelle: Siehe A 8.

76,14 *Erde]* Dahinter durchstrichen: personificiret

76, A 5 *völlige Person]* Vollständige Gestalt.

76, A 5 *schlechter]* Schlichter, einfacher, bloßer.

76, A 5 *Man wird sich vergebens 〈...〉 umsehen]* Charakteristischer Vorwurf Lessings gegen den Mangel an ›Realistik‹ in philologischen Ausdeutungen.

76, A 5 *das Märchen gerade zu verstanden]* Die Legende unmittelbar verstanden.

76, A 5 *annimmt]* Hs.: nimt,

76, A 5 *dieser Fabel]* Der 90. Fabel.

76, A 5 *Drachma]* Drachme, altgriech. Münzeinheit.

76, A 7 *Statius]* Vgl. Bd. V/1, Anm. 484,22 und 25.

77,2 *Ephemeron]* (Griech.) »Nur einen Tag Lebendes, Eintagsfliege«.

77,7-78,1 *»pontem 〈...〉 Araxes«]* »Der über die Brücke ergrimmte Araxes« (*Aeneis* VIII 725).

77, A 8 *It Ver 〈...〉 Algus.]* »Der Frühling kommt, und Venus, und Zephyr, ihr geflügelter Vorbote, schreitet voran. Sie folgen unmittelbar den Spuren von 〈Zephyrs〉 Mutter Flora, die vor ihnen die Wege bestreut und alles mit auserlesenen Farben und Düften erfüllt. Als nächstes folgt die brennende Sommerglut, ihr zur Seite die staubige Ceres und die wehenden Passatwinde des Boreas. Hierauf naht der Herbst, daneben schreitet der jauchzende Bacchus. Danach folgen die anderen Wettergötter und Winde: der aus der Höhe donnernde Südostwind und der blitzeschmetternde Südwind. Endlich bringt die Kälte Schneegestöber und träges Erstarren zurück; der Winter folgt und der zähneklappernde Frost.«

77, A 8 *Abraham Preigern]* Abraham Preiger (Anfang 18. Jh.), niederländ. Geistlicher: Lukrez-Kommentar (die Erklärungen sind abgedruckt in der Lukrez-Ausgabe von Sigebert Havercamp, 1725).

78,10 *betaure]* Ältere Form, im 18. Jh. neben ›bedaure‹ noch gebräuchlich (oberdt. auch noch weiterhin).

78,13 *ekel]* Abstoßend, eigensinnig.

78,21 *anständig]* Angemessen.

78, A 8 *»Calor 〈...〉 crepitans«]* »Die brennende Sommerglut«, »die staubige Ceres«, »der aus der Höhe donnernde Südostwind«, »der blitzeschmetternde Südwind«, »der zähneklappernde Frost«.

78, A 8 *»Ordo 〈...〉 Flora« etc.]* »Die Reihenfolge ist ungefähr wie bei einer Prozession, Frühling und Venus, Zephyr und Flora usw.«

78, A 10 *Reisen 〈...〉 Gespräches]* Vgl. Anm. 70,3 und 71, A 3.

79,7f. *Daß die Poesie die weitere Kunst ist]* Eine für die Grundtendenz des *Laokoon* (vgl. oben S. 666f.) zentrale These wird wiederum in indirekter Form eingebracht.

79,13 *Artisten]* Vgl. Anm. 58,2.

79,20 *Antiquare]* Altertumsforscher, erst im 18. Jh. gegenüber der lat. Form Antiquarius durchdringend, bisweilen unter Betonung des Kenners der antiken bildenden Kunst; vgl. auch Schulz-Basler 1, S. 38 (zu ›Altbuchhändler‹: S. 39).

79,24 *Hörner des Bacchus]* Gute Problemerläuterung bei G 6, S. 891.

79,27f. *Tibi 〈...〉 caput est:]* »Wenn du ohne Hörner dastehst, hast du das Haupt einer Jungfrau.«

79,32-80,1 *wollten 〈...〉 die Künstler]* Im folgenden bieten

Erstdruck und hs. Befunde in der Setzung von Singular und Plural (»Künstler«) ein uneinheitliches Bild, sowohl in sich selbst als auch im Verhältnis zueinander. Es wird hier nicht im einzelnen dokumentiert. Unser Text druckt, LM folgend, eine Version, die wenigstens innerhalb des einzelnen Satzes jeweils grammatisch konsequent ist (bis S. 80,17).

80,4 *Kopfe ⟨...⟩ Berlin]* Blümner, 2. Aufl., S. 553: »Die betreffende Büste ⟨...⟩ ist von grünem Basalt, entstammt also jedenfalls der Kaiserzeit; die edle Bildung des Antlitzes, welches keine Spur des Satyrhaften zeigt, ist hinlänglicher Beweis, daß hier Dionysos selbst dargestellt ist. Nicht ganz richtig ist, wenn L. sagt, daß die Hörner am Diadem befestigt seien: vielmehr wachsen sie oberhalb der Stirnbinde aus der Stirn selbst heraus.«

80,13 f. *Biformis, Διμορφος]* (Lat., griech.) »Der Zweigestaltige«.

80,18 *schleidern]* So von Lessing bevorzugte Schreibung für ›schleudern‹ (ohne Kennzeichnung verändert bei PO 4, S. 336).

80,22 *Samothracischen Geheimnissen]* Geheimkult der ›Großen Götter‹ (Kabiren, ursprünglich wohl phrygischer Herkunft) auf der Insel Samothrake.

80,23 f. *gemeine Leute]* Leute niederen Standes.

80,26 *vorstellen.]* Hs., 1766ab, 1766: vorstellen? (Lessing zweifelt offenbar an Spences Deutung.)

80,28 *vor ihren Kopf]* Nach eigenem Kopf, selberdenkend.

80,33 *Statius und Valerius Flaccus]* Vgl. Anm. 76, A 7 und 68,23. Einwände gegen die nachfolgenden Deutungen in Herders *Erstem Wäldchen* (Kap. 11); vgl. Blümner, 2. Aufl., S. 554-557.

80, A 3 *Begeri ⟨...⟩ Brandenb.]* Lorenz Beger (1653-1705), Altertumskundler aus Heidelberg, Direktor der Berliner Antikensammlung; hier: *Thesaurus Brandenburgicus selectus* (Brandenburgische Schätze in Auswahl), 1696-1701.

81,9 *gefehlt]* Einen Fehler begangen.

81,22 *personifierte]* Vgl. Anm. 71,5 (gleiche Überlieferung).

81,22f. *die ähnliche]* So 1766 und 1766ab; Hs. und 1766cd: die nehmliche (so auch LM)

81,31 *abgesonderten]* Lehnübersetzung für ›abstrakten‹.

81, A 5 *Scarce 〈...〉 picture.]* »Kaum je kann etwas in einer poetischen Beschreibung gut sein, das unsinnig erschiene, wenn es als Statue oder Bild dargestellt würde.«

82,14f. *in zusammengesetzten Werken]* In Werken, die nicht nur eine einzelne Gestalt, sondern etwa Gruppen darstellen.

82,20 *ihrem Sohne]* Amor.

82,26 *den Männern zu Lemnos]* Vgl. Anm. 18,19f.

83,1-5 *Neque enim 〈...〉 pallam.]* »Damit sie nicht mehr huldreich erscheine, braust sie schon auf; und das von einer Goldspange gehaltene Haar wallt nun auf den göttlichen Busen herab. Grimmig und gewaltig, mit von Flecken verfärbten Wangen und mit der knisternden Fackel und dem schwarzen Gewand gleicht sie zugleich den Stygischen Jungfrauen.« PO Erl., S. 140: »Die Stelle ist verderbt, der Wortlaut nicht sicher herzustellen.«

83,7-15 *Illa 〈...〉 Limina.]* »Es wird erzählt, daß jene, das alte Paphos mit seinen hundert Altären verlassend, Gesicht und Haar verändert und den ehelichen Gürtel gelöst habe und daß sie die Idalischen Vögel 〈ihre Tauben〉 weit weggeschickt habe. Manche verbreiteten gar, die Göttin sei im nächtlichen Dunkel, andere Fackeln und größere Wurfspieße schwingend, gemeinsam mit den gräßlichen Schwestern 〈Erinnyen〉 in die Ehegemächer geflogen, und habe dann mit sich windenden Schlangen die verborgensten Gemächer der Häuser und alle Schwellen mit grimmigem Entsetzen erfüllt.«

83,14 *cuncta.]* PO Erl., S. 140 »Lies: nupta« (»Schwellen des ehelichen Hauses«).

83,14 *replerit]* Hs. Könnte auch (laut LM) als »replevit« gedeutet werden (so Text bei Statius und Spence); nur grammatikalische Abweichung.

83,23 *weil der Artist]* Verbessert aus: wenn der Mahler

83, A 8 *Thebaid.]* Vgl. Anm. 76, A 7; hier: *Thebais*; Versepos über den Kampf der Sieben gegen Theben.

84,8 *Aberglaube]* Heidnische Glaube. In solchen Fragen verbindet sich bei Lessing von früh an – und der Zeittendenz entsprechend – christliche mit aufklärerischer Perspektive.

84,12 *Hypsipyle]* Tochter des Dionysos-Sohnes Thoas, Königs von Lemnos. Sie rettete ihren Vater (durch Verkleidung als Dionysos), als die lemnischen Frauen beschlossen, alle Männer der Insel zu töten.

84,15 f. *der freie Künstler]* Bemerkenswerte Projektion in Analogie zu Lessings Ideal eines ›freien Schriftstellers‹. Eine strikte Trennung von der »Religion« ist freilich hier unhistorisch.

84, A 1 *Serta 〈...〉 scyphus.]* »Sie bekleidet den Vater mit dem Kranz, den Locken und der Kleidung des Bacchus Lyaios 〈des ›Lösers, Sorgebrechers‹〉 und setzt ihn mitten auf den Wagen, und um ihn 〈stellt sie〉 Zimbeln, Tamburine und Kästen voll heimlichen Grauens. Sie selbst umschlingt mit Hilfe von Dienerinnen Brust und Glieder mit Efeu und schwingt im Takt die mit Weinlaub geschmückte Lanze durch die Lüfte, während sie zurückblickt, ob der bekränzte Vater die grünen Zügel halte, ob die Hörner aus der schneeweißen Mitra hervorsprössen, und ob der geweihte Becher an Bacchus erinnere.«

84, A 1 *letzten ohn einen]* Vorletzten.

84, A 2 *Bacchus 〈...〉 Rom]* Jetzt in den Uffizien in Florenz; Näheres bei PO Erl., S. 141.

85,1 *vielleicht ein Beweis]* Das Spekulative des ganzen Gedankengangs wird hier besonders deutlich. Über Lessings Grundlagen und über Bacchus- bzw. Dionysosdarstellungen ausführlich Blümner, 2. Aufl., S. 561-564.

85,4f. *in den ersten Jahrhunderten des Christentums]* Vgl. Lessings Vorstellungen, wie er sie nur wenige Jahre zuvor in den Entwürfen *Über die Entstehung der geoffenbarten Religion* und vor allem *Von der Art und Weise der Fortpflanzung und*

Ausbreitung der christlichen Religion (Bd. V/1 dieser Ausgabe, S. 423-445) entwickelt hat.

85,8 *aufgegrabenen]* Hs.: ausgegrabenen

85,8 *Antiken]* Kunstwerken aus dem Altertum. Das Substantiv mit dieser Bedeutung bildet sich unter franz. Einfluß in Deutschland um die Mitte des 18. Jhs. Winckelmanns *Geschichte der Kunst des Alterthums* (1764; Bd. 1, S. 223) und diese *Laokoon*-Stelle gehören zu den frühesten Belegen. Vgl. auch Schulz-Basler 1, S. 37.

85,14f. *Verabredungen]* Zweckbestimmungen.

85,16 *Kunst ⟨...⟩ nicht um ihrer selbst willen]* Im Wortsinne: Absetzung gegenüber l'art pour l'art.

85,18f. *das Bedeutende]* Vgl. Anm. 73, A 3. Lessing zielt besonders auf die »Symbole«.

85,19 *dadurch]* Damit.

85,22 *des Jahrhunderts]* Hier im Sinne von: des Zeitalters (noch vor Herausbildung des Begriffs der ›Epoche‹).

85,25f. *der Kenner und der Antiquar]* Vgl. Anm. 79,20. Die polemische Entgegensetzung ähnelt der von »Altertumskundigem« und »Altertumskrämer« in *Wie die Alten den Tod gebildet* (Bd. VI dieser Ausgabe, S. 757,12f.).

85, A 1 *Clemens Alexandrinus]* Vgl. Bd. V/1, Anm. 314,23.

85, A 1 *Εβουλετο ⟨...⟩ κερατι]* »Alexander wollte als Sohn des Ammon gelten und von den Bildhauern als Hornträger dargestellt werden, wobei er durch das Horn die Schönheit der Menschengestalt beleidigte.«

85, A 1 *vorstellen]* 1766 sowie 1766a b: verstellen. Im Sinne von ›entstellen‹ (vgl. das kurz darauf folgende »beschimpft«) theoretisch möglich, jedoch hier wohl Irrtum (Verwechslung häufig).

86,3f. *es dahin ausdehnen]* Verbessert aus: ihn dahin verstehen

86, A 3 *oben]* S. 26,21-23. Charakteristische Wiederaufnahme eines Gedankens, den Lessing inzwischen weitergedacht hat, der jedoch mit dieser Stelle nur ganz locker verbunden ist. An Lessings These von den Furien schloß sich dann die Fehde mit Klotz an.

86, A 3 *Cerynea]* Stadt auf der Peloponnes.

86, A 3 *Pausanias]* Vgl. Bd. V/1, Anm. 260,35.

86, A 3 *Abraxas]* Gnostischer Geheimname für Gott, als Inschrift auf geschnittenen Steinen begegnend, dann auch als Bezeichnung für diese Steine verwendet. Vgl. *Collectanea* unter dem Stichwort »Abraxas«, LM 15, S. 127.

86, A 3 *Chiffletius 〈...〉 Gorius]* Zusammenfassung der zahlreichen Details bei PO Erl., S. 141.

86, A 3 *Orestes und Pylades]* Freundespaar, beliebter Gegenstand der antiken Kunst.

86, A 3 *hetrurischen]* Etruskischen.

86, A 3 *Attributa]* (Lat.) »Beigaben«, kennzeichnende Symbole, besonders für Helden und Götter.

87,1 *Gegenteils]* Demgegenüber, andererseits.

87,4 *Vesta]* Altitalische Göttin des Herdfeuers. Der Kult war vermutlich bildlos.

87, A 3 *Verstellung]* Hs.: Entstellung; 1766a: Fürstellung; 1766b und 1766: Verstellung. Vgl. auch Anm. 85, A 1. Lessings Absicht geht inhaltlich in die Richtung von ›Entstellung‹.

87, A 3 *Catull]* Die Stelle: LXIV 194.

87, A 3 *»expirantis 〈...〉 iras«]* »Schon im voraus ihre Wutausbrüche zur Schau stellt«.

87, A 3 *Herr Winkelmann 〈...〉 Cabinette]* Winckelmann verfaßte den Katalog der berühmten Gemmensammlung des Barons von Stosch (vgl. Bd. V/1, Anm. 467,31), seines langjährigen Gönners: *Description des pierres gravées du feu Baron de Stosch* (Beschreibung der geschnittenen Steine des verstorbenen Barons von Stosch), 1760. Der Hauptteil der Sammlung kam 1770 nach Berlin.

87, A 3 *Carniole]* Schmuckstein von rötlicher Farbe.

87, A 3 *Herr von Hagedorn]* Vgl. Anm. 60, A 1.

87, A 3 *Lyrba und Massaura]* Städte in Pisidien und in Lydien (es muß »Mastaura« heißen).

87, A 3 *Spanheim]* Ezechiel Spanheim (1629-1710), Genfer Numismatiker, Philologe und Diplomat; hier: *Les Césars de l'Empereur Julien, trad. du grec* (*Die Cäsaren* von Kaiser Julian, übersetzt aus dem Griechischen), 1660.

87, A 3 *Hecate triformis]* »Eine dreigestaltige Hekate«.

87, A 3 *Hetrurischen Urne]* Etruskischen Urne.

87, A 3 *Symbola]* Sinnbilder; hier: mit ›besonderem, eigenem‹ Sinn.

88,3 *eine Vestalin]* Der Göttin Vesta (vgl. Anm. 87,4) dienende Priesterin.

88,4 *Folge!]* Dahinter durchstrichen: Weil der Priester

88,6 *Tochter des Saturnus und der Ops]* Saturnus: altröm. Gott der Landwirtschaft (Regent des Goldenen Zeitalters); Ops (wörtlich: »Kraft, Stärke«): altital. Göttin der Vegetation, auch als ›Große Mutter‹ verehrt.

88,7 *in Gefahr]* Ovid, *Fasten* VI 321-344 erzählt, daß die schlafende Vesta durch den Esel des Silens geweckt wurde, als Priapus (vgl. Bd. V/1, Anm. 380,13) sich ihr näherte. Die Geschichte entstand aus einer Kombination der Herdgöttinnen Hestia (griech.) und Vesta (italisch).

88,18 *Numa]* Numa Pompilius, der Sagenüberlieferung nach zweiter König Roms (715-672 v. Chr.), unter anderem mit der Ordnung des Sakralwesens identifiziert.

88,26 *sogar 〈...〉 die]* Verbessert aus: selbst außer Rom in den Provinzen,

88, A 5 *Esse 〈...〉 habet.]* »Lange glaubte ich einfältig daran, daß es Bildnisse der Vesta gebe. Bald aber lernte ich, daß sich unter der gewölbten Kuppel keines befinde. In jenem Tempel ist unauslöschliches Feuer geborgen. Es gibt kein Abbild der Vesta noch eines des Feuers.«

88, A 5 *Regis 〈...〉 tulit.]* »Es war das Werk dieses friedlichen Königs, wie das Sabinerland keinen gottesfürchtigeren je hatte.«

89,4 *Pontificis Vestae]* (Lat.) »Priesters der Vesta«.

89,5 *Corinth]* Hier besonders deutlich die weitgehende Identifikation italischer und griechischer Verhältnisse.

89,8 *im Prytaneo]* Im Prytaneion, einer Art ›Rathaus‹ (Sitz der Prytanen, der regierenden Behörde), in dem ein ewiges Feuer aufbewahrt wurde.

89,9 *Jasseer]* Einwohner der griech. Stadt Ias(s)os in Kleinasien.

89,12 *Scopas]* Skopas (4. Jh. v. Chr.), griech. Bildhauer und Architekt.

89,12 f. *in den Servilianischen Gärten]* Gärten der Servilii, eines alten röm. Geschlechts.

89, A 6 *Sylvia ⟨...⟩ manus.]* »Sylvia wird Mutter. Man sagt, die Bildnisse der Vesta hätten mit ihren jungfräulichen Händen die Augen bedeckt.«

89, A 6 *Manibus ⟨...⟩ ignem:]* »Mit den Händen trägt er die Priesterbinden und die mächtige Vesta und das ewige Feuer heraus aus dem Innersten des Heiligtums.« (Vergil, *Aeneis* II 295 f.).

89, A 6 *Behufe]* Zwecke.

89, A 7 *Lipsius]* Vgl. Bd. V/1, Anm. 407,22; hier: *De Vesta et vestalibus* (Über die Vesta und die Vestalinnen), 1603.

89, A 8 *Pausanias]* Vgl. Bd. V/1, Anm. 260,35.

89, A 10 *Polyb.]* Polybios (um 200- um 120 v. Chr.), griech. Geschichtsschreiber: *Historiai* (Geschichten), universalgeschichtliche Darstellung unter dem Gesichtspunkt der röm. Welteroberung. Zur zitierten Stelle s. PO Erl., S. 141.

89, A 11 *Scopas fecit ⟨...⟩ hortis.]* »Skopas schuf ⟨...⟩ die berühmte sitzende Vesta in den Servilianischen Gärten.«

89 f., A 11 *Plinius ⟨...⟩ stabilitate.]* »Plinius zeigt, daß die Vesta gewöhnlich sitzend dargestellt wurde, als Sinnbild ihrer Unveränderlichkeit.«

90,5 *das Palladium]* Palladion, Bild der Pallas Athene, von Aeneas aus Troia mitgeführt; es wurde dann im Vestatempel aufgestellt.

90,6 f. *Tympanum]* Tympanon, griech. Rahmentrommel, im Kult (besonders des Dionysos, auch der Kybele, der ›Großen Mutter‹) verwendet.

90,7 *Codinus]* Georgius Codinus (15. Jh.), byzantin. Historiker, angeblicher Verfasser einer aus dem 10. Jh. stammenden Geschichte von Byzanz (gedruckt Venedig 1729).

90, A 12 *Την ⟨...⟩ συγκλειει.]* Eine sinngemäße Übersetzung gibt Lessing selbst.

90, A 12 *Svidas]* Vgl. Bd. V/1, Anm. 238,6.

90, A 12 *Εστια]* »Herd«, übertragen auch: »Vesta«.

90, A 12 *σχημα ‹...› ἐιναι.]* »Ihre Form sei die eines Tympanons.«

90, A 12 *Plutarchus]* Vgl. Bd. V/1, Anm. 240,13 mit 240, A 11. Die von Lessing angegebene Stelle referiert eine Ansicht des Philosophen Leukippos von der Gestalt der Erde. Zur zweiten Plutarch-Stelle vgl. PO Erl., S. 141.

90, A 12 *Heerpauke]* Militärtrommel.

90, A 12 *Hinc ‹...› Agricolae–]* »Hieraus drehen sich die Bauern Speichen für die Räder, hieraus Scheibenräder für die Lastwagen – «.

90, A 12 *Fabretti]* Rafaello Fabretti (1619-1700), Archivar und Altertumskundler in Rom; hier: *Ad tabulam Iliadis* (Zur Ilias-Tafel), enthalten in *De columna Traiani* (Über die Trajanssäule), 1690. Darin Beschreibungen von Reliefs mit Szenen aus dem Trojanischen Krieg (jetzt im Kapitolinischen Museum).

91,2 *Befremdung]* Verwunderung, verwunderte Bemerkung.

91,8 *denen ‹...› haben]* Denen sie sich so verpflichtet fühlen.

91,11 *Urania]* (Griech.) »Die Himmlische, Himmels-Göttin«; Muse der Astronomie.

91,20f. *Ipsa ‹...› Uranie –]* »Urania selbst hatte schon lange aus der Konstellation der Sterne seinen Tod vorhergesagt.«

91,23 *Radius]* Stab oder Rute, womit Mathematiker und Astronomen ihre Figuren in Sand (auf den Boden) oder in Glasstaub (auf dem Zeichentisch) zeichneten; Attribut der Urania auf antiken Abbildungen.

91,26 *Serraglio]* Ital. Form für Serail; Lessing meint hier den Harem (und seine stummen Wächter).

91, A 2 *Statius Theb.]* Vgl. Bd. V/1, Anm. 484,22 und 25.

92,4 *Aufzug]* Eindruck, äußere Erscheinung.

92,5 *darf]* Braucht.

92,10 *personifieret]* Im folgenden wieder mehrere Stellen, für die das Anm. 71,5 Erläuterte gilt.

92,14 *Abstractis]* Gemäß humanistisch-philologischer Gepflogenheit flektiert Lessing hier die lat. Form, vgl. Bd. V/1, S. 157,6.

92,14 *zugeben]* Beigeben.

92,15 f. *etwas anders sind und etwas anders bedeuten]* Lessing spielt auf den Wortsinn von griech. allegoria an (»etwas-anderes-Sagen«).

93,2 *macht er]* Verbessert aus: verkleinert er

93,3-5 *der Alten ⟨. . .⟩ der neuen Dichter]* Zum Vergleichshorizont vgl. Anm. 14,9 f.

93,5 *neuen]* So 1766, auch 1766 ab. Dem Erstdruck wird vor der – auch in den postumen Ausgaben – verwendeten Form »neuern« (bei Lessing sonst ebenfalls häufig) der Vorzug gegeben.

93,30 *die poetischen]* Die Benennung verstärkt die Tendenz, das Allegorische als ›unpoetisch‹ einzustufen.

93 f., A 5 *Te semper ⟨. . .⟩ plumbum–]* »Die harte Notwendigkeit geht dir immer voraus. Sie trägt Balkennägel und Pflöcke in der ehernen Hand; auch die harte Klammer und flüssiges Blei fehlen nicht.« (*Oden* I 35,17-20.)

94, A 5 *frostigsten]* Vgl. Bd. V/1, Anm. 178,21 und oben Anm. 67,29.

94, A 5 *Sanadon]* Noël-Etienne Sanadon (1673-1733), franz. Jesuit und Philologe; hier: franz. Horaz-Übersetzung (mit André Dacier, vgl. Bd. V/1, Anm. 302,8), 1735.

94, A 5 *»J'ose dire ⟨. . .⟩ ce correctif.«]* »Ich wage zu sagen, daß dieses Gemälde, in seinen Details betrachtet, auf Leinwand schöner wäre als in einer heroischen Ode. Ich kann diese Galgenkonstruktion von Nägeln, Keilen, Haken und gegossenem Blei nicht ertragen. Ich habe geglaubt, ich müsse die Übersetzung davon entlasten, indem ich die allgemeinen Vorstellungen an die Stelle der speziellen Vorstellungen setzte. Es ist schade, daß der Dichter diese Korrektur nötig hatte.«

94, A 5 *eine größere]* Verbessert aus: dunkel und unwahr ⟨?⟩ werden

94, A 5 *Der Verfolg]* Vgl. Bd. V/1, Anm. 141,34.

94, A 5 *Sola Fides]* (Lat.) »Die einzige Treue«, oder auch »Die Treue allein« (bei Spence klingt zugleich die reformatorische Formel – »allein durch den Glauben« – mit).

95,3 *habe in]* Verbessert aus: verdanke

95, A 5 *den Criticis]* Den Kritikern; zur Flexion des lat. Worts vgl. Bd. V/1, Anm. 157,6.

95, A 5 *Horaz ⟨...⟩ in einer seiner Oden]* *Oden* I 35,21 f.

95, A 5 *Te spes ⟨...⟩ panno.]* »Dir huldigt die Hoffnung und die seltene, in ein weißes Gewand gehüllte Treue.«

95, A 5 *»Fides ⟨...⟩ panno.«]* »Die Treue, gehüllt in ein dünnes Gewand«.

95, A 5 *an einem andern Orte]* *Oden* I 35,16.

95, A 5 *Arcanique ⟨...⟩ vitro.]* »Und die Treue, die Geheimnisse verrät, durchsichtiger als Kristall«.

95-97, A 1 *Apollo ⟨...⟩ nie gedacht.]* Diese Anm. wird von Klotz in der Vorrede zu Johann Georg Meusels Caylus-Übersetzung (1769) kritisch aufgenommen (Abdruck der Stelle: Bd. VI dieser Ausgabe, S. 1082 f.), und für Lessing wiederum wird dies zum Anlaß für seine Abhandlung *Wie die Alten den Tod gebildet* (1769; Bd. VI dieser Ausgabe, S. 715-778).

96,4 f. *dieser zweiten Natur]* Als ›Vater der griech. Poesie‹ und vor allem als Vorbild für zahllose ›Nachahmungen‹ (vgl. Abschn. VII).

96, A 1 *Sarpedon]* Dieser Sohn des Zeus und der Europa wird vor Troia von Patroklos getötet. Die Leiche wird durch Hypnos (Schlaf) und Thanatos (Tod) in seine Heimat Lykien gebracht.

96, A 1 *Πεμπε ⟨...⟩ διδυμαοσιν.]* »Und er geleitete ihn mit den raschen Geleitern, die ihn tragen sollten: dem Schlaf und dem Tod, den Zwillingsbrüdern.«

96, A 1 *»Il est ⟨...⟩ la mort.«]* »Es ist befremdlich, daß Homer uns nichts über die Attribute hinterlassen hat, die man zu seiner Zeit dem Schlaf gab; wir kennen, um diesen Gott zu charakterisieren, nur seine Tat selbst, und wir bekränzen ihn mit Mohnblumen. Diese Vorstellungen sind modern; die erste ist von mäßigem Nutzen, aber sie kann im vorliegenden Fall nicht angewendet werden, wo sogar die Blumen mir angebracht zu sein scheinen, zumal bei einer Gestalt, die zusammen mit dem Tod in einer Gruppe begegnet.«

96, A 1 *Tableaux ⟨...⟩ 1757.8.]* Lessing zitiert diese wichtige Grundlagenschrift des *Laokoon* (vgl. oben S. 638) hier zum ersten Mal ganz; beiläufig erwähnt wird sie schon S. 72, A 3.

96, A 1 *Kiste von Zedernholz]* Eine Truhe im Heraion von Olympia (Landschaft Elis), die von der Familie des Kypselos von Korinth als Weihgeschenk gestiftet worden war (sog. ›Kypselos-Lade‹, um 600 v. Chr.). Sie trug, als Einlegearbeit, auch bildliche Darstellungen; Pausanias (vgl. Bd. V/1, Anm. 260,35) schildert sie in seiner *Reisebeschreibung Griechenlands* (V 17,5).

96, A 1 *ἀμφοτερους ⟨...⟩ ποδας]* Lessing selbst übersetzt kurz zuvor: »mit übereinander geschlagenen Füßen«. Die Formulierung (wohl gemeint: »verkrüppelt«) bildet ein interpretatorisches Zentralproblem in *Wie die Alten den Tod gebildet* (Bd. VI dieser Ausgabe, S. 723,21 f. und dann S. 731-735).

96, A 1 *Gedoyn]* Nicolas Gedoyn (1667-1744), franz. Übersetzer des Pausanias.

96, A 1 *»les pieds contrefaits«]* »Die Füße verdreht«.

97,6 f. *oben getrennte]* Oben unterschiedene (Abschn. VII).

97,13 *verkleinerlich]* Einengend, abträglich.

97,15 *angiebt]* Verbessert aus: will gezogen wißen

97, A 1 *Maffei]* Vgl. Anm. 60, A 1.

97, A 1 *Artisten]* Vgl. Anm. 58,2.

97, A 1 *Vorstellung]* 1766 ab. und 1766: Verstellung (Korrektur hier im Zusammenhang wohl notwendig; zum Problem vgl. Bd. V/1, Anm. 86,14).

97, A 1 *gruppieren]* Eine Gruppe bilden (intransitiver Gebrauch; daneben auch transitiv, wie franz. groupper, vgl. Adelung 2, Sp. 840).

97, A 1 *Idee]* Verbessert aus: Absicht.

97, A 1 *widerlichen]* Verbessert aus: häßlichen

98,9 *die Verstrickung]* Vgl. Lessings Erörterung (besonders die Darstellung der Schlangen) in den Abschnitten V und VI.

98,19 *wenn]* Verbessert aus: da

98,25 *die Natur]* Verbessert aus: die Nachahmung des die Natur

98,27 *Thomsons]* Vgl. Anm. 40, A 1. Einwände gegen Lessings Argumentation im Brief von Helferich Peter Sturz an Lessing (s. oben S. 689f.) vom 23. 9. 1767: Bd. XI/1 dieser Ausgabe, S. 479,29-37.

98,32 *schwanken]* Schwankenden, unstetigen.

99,4 *blieb]* Verbessert aus: durchlief nur

99,5 f. *Vorwürfe]* Sujets, Gegenstände.

99,13 f. *Anordnung 〈...〉 Ausdruck.]* Zentralbegriffe ursprünglich aus der Rhetorik: ›Gliederung‹ und ›Stilgebung‹.

99,17 *seinem]* Verbessert aus: dem angehenden

99,18-20 *Tuque 〈...〉 primus.]* »Und du schreibst besser die *Ilias* zu einem Drama um, als daß du als erster Unbekanntes und Ungesagtes vorträgst.«

99,33 *auf eins]* Auf einmal, gleichzeitig.

99, A 2 *Hagedorn]* Vgl. Anm. 60, A 1.

99, A 3 *Ad Pisones] De arte poetica* (vgl. Bd. V/1, Anm. 126,31) 128-130.

100,1 *mühsamen]* Sächs. Dativ, kein Druckfehler.

100,3 *unverständlichen]* Verbessert aus: dunk (= dunklen)

100,14 *man]* 1766b und 1766: wann

100,16 *den Grafen]* 1766ab und 1766: den Grafen (sächs. Dativ möglich, jedoch wegen Z. 24f. Korrektur – wie auch nach 1766 – sinnvoll).

100,33 *Fabel]* Hier: Sage.

100,34 *bekannt und geläufig]* Verbessert aus: gegenwärtig

100,35 *Raphaels]* Raffael Santi (1483-1520); der berühmte ital. Maler repräsentiert für Lessing (an verschiedenen Stellen) und für viele seiner Zeitgenossen die Epoche der Renaissance.

101,4 *Protogenes]* Vgl. Anm. 13,31.

101,6 *über die]* Zusätzlich zu der.

101,8 *Denn 〈...〉 daß]* Verbessert aus: Er riet ihm die Taten Alexanders zu malen,

101,14-102,2 *Doch Protogenes 〈...〉 vorgestellet haben.]* Lessings Interpretation faßt offenbar den Sinn der Überlieferung nicht ganz. Protogenes wählte, seinem Talent und seinen Neigungen entsprechend (so wohl die Plinius-Stelle zu verstehen), durchaus geläufige Gegenstände. Zu den Details Blümner, 2. Aufl., S. 573 f.

101,15 f. *»impetus 〈...〉 libido«]* »Das Ungestüm seines Geistes 〈...〉 und eine gewisse künstlerische Ausschweifung«.

101,19 *Jalysus]* Ialysos, Erbauer der gleichnamigen Stadt auf Rhodos, von dem Rhodier Protogenes auf einem berühmten Gemälde als Jäger dargestellt.

101,19 *Cydippe]* Kydippe, Tochter des Keyx, von der Insel Naxos. Bei einem Artemisfest auf Delos läßt Akontios von Keos sie die Inschrift lesen: »Bei Artemis, ich werde Akontios heiraten«, und überlistet sie so zur Heirat. Sie ist Mutter des Ialysos.

101, A 5 *Richardson]* Vgl. Bd. V/1, Anm. 461,37.

101, A 5 *Meursius]* Vgl. Bd. V/1, Anm. 238,15; hier: *Rhodus*, 1675.

101 f., A 5 *»In eadem 〈...〉 tenens.«]* »Auf demselben Gemälde, das den Ialysos darstellte, befand sich ein Satyr, den man ›Anapauomenos‹ 〈der Ruhende〉 nannte, der eine Doppelflöte hielt.«

102,8-19 *Wenn 〈...〉 werden.]* Ungewöhnlich lange, komplizierte, schwer durchschaubare Periode, wohl ohne Parallele im *Laokoon* (Beispiel für das noch Entwurfshafte mancher Partie).

102, A 5 *bei dem Herrn Winkelmann]* Zweite, nur beiläufige Erwähnung der *Gedancken*, nach dem programmatischen Zitat zu Beginn von Abschn. I.

102, A 5 *Strabo]* Vgl. Bd. V/1, Anm. 244,8.

102, A 5 *Währmann]* Gewährsmann.

102, A 5 *Demetrius]* Demetrios Poliorketes (338-283 v. Chr.), der »Städte-Eroberer«, Sohn des Antigonos, eines der Diadochen Alexanders. Es geht um die Belagerung von Rhodos.

102 A 5 *überkam]* Überwältigte, einnahm.

103,5-106,5 *Z. E. Wenn ⟨...⟩ zu kennen sind.]* Mit dieser Erörterung über die ›Größe der homerischen Götter‹ setzt sich Herder ausführlich im *Ersten Wäldchen*, Kap. 14 auseinander (weit über Lessing hinausgehend, auch zum »Individualcharakter« der Götter u. a.).

103,6 *geteilten]* In zwei Parteien geteilten.

103,12 *Scene]* Hier wie im folgenden deutlich nach Art des Theaters vorgestellt (vgl. Z. 14: »darauf handelnden Personen«).

103,24-26 *Ηδ' ⟨...⟩ ἀρουρης.]* »Sie aber wich zurück und ergriff einen Stein mit ihrer starken Hand, der in der Ebene lag: einen schwarzen, zackigen, großen; den hatten frühere Männer gesetzt, damit er die Ackergrenze bezeichne.« (*Ilias* XXI 403-405).

103,28 *seine Helden]* Verbessert aus: die Krieger von Troja (dies wiederum aus: den Trojanern schon Helden)

103,30 *wie sie Nestor ⟨...⟩ hatte]* Hinweis auf eine noch ›größere‹ Vorzeit.

103,34f. *schleidert]* Vgl. Anm. 80,18.

104,1 *proportioniert]* Angemessen; vgl. auch Anm. 21,27; 46,19.

104,5 f. *anschauliche]* Anschaubare, offenkundige.

104,8 *gehoben]* Aufgehoben.

104,12 *Επτα ⟨...⟩ πελεθρα]* Siehe folgende Zeile.

104, A 2 *Quintus Calaber]* Vgl. Anm. 50,7.

104, A 2 *Grammatiker]* Philologe.

104, A 2 *Ida]* Gebirge am Rande der Ebene von Troia.

104, A 2 *Οι δε ⟨...⟩ τυτθα]* »Die rissen Steine vom Fuß des Ida los und schleuderten sie gegeneinander; doch leicht wie Sand zerstoben sie, an den undurchdringlichen Gliedern der Götter zerschellend.«

104, A 2 *Künstelei]* Hier stilisiert auf den späten »Nachahmer« Quintus, den »Grammatiker«.

105,1 *Longin]* Cassius Longinus (Longinos, ca. 210-273 n. Chr.), Rhetoriker und Philosoph der Platonschule; ihm wird fälschlich die Schrift *Über das Erhabene* (1. Jh. n. Chr.) zugeschrieben, die im 18. Jh. europaweit neues Interesse fand. Die Stelle: IX 7.

105,6 *Schnelligkeit]* Dahinter Hs. zunächst: sinken ⟨verbessert aus: sinkt⟩ auf das gemeine Maß der Menschheit herab (im Zusammenhang eines Umbaus des Satzes gestrichen).

105 f. A 3 *In Ansehung ⟨...⟩ Ort.]* Die Anm. ist nachträglich auf einem Beiblatt angefügt, mit der Überschrift »NB Als Note« (so LM 22, S. 174) Zu Herders Kritik im *Ersten Wäldchen*, Kap. 14 vgl. Blümner, 2. Aufl., S. 584-588.

105, A 3 *Assertion]* Vgl. Bd. V/1, Anm. 440,22.

105, A 3 *sieben Hufen]* Hufe, ein Feldmaß, »nach Maßgebung der Gegenden und Zeiten von sehr verschiedenem Gehalte«, zumeist so viel Land, als einen Bauern »zu erhalten nöthig ist«, »dreyßig Acker« (Adelung 4, Sp. 1301).

105, A 3 *Κυνεην ⟨...⟩ ἀραρυιαν]* »Einen Helm, mit den Vorkämpfern von hundert ⟨d. h. sehr vielen⟩ Städten geschmückt«.

105, A 3 *Ηρχε ⟨...⟩ ἦσαν.]* »Voran schritt ihnen Ares und Pallas Athene, beide mit Gold und mit goldenen Gewändern bekleidet, schön und groß, in Rüstung, wie eben Götter, ringsum sichtbar, und die Männer waren kleiner.«

106,4 *verabredeten]* Vgl. Anm. 72, A 3.

106,15 *dicken]* Dichten.

106,16 *Neptun]* Irrtum Lessings; hier: Hephaistos (Vulcanus).

106, A 3 *abzunehmen,]* Verbessert aus: erhellet,

106, A 3 *die Clarkisch-Ernestische Ausgabe]* Samuel Clarke (1675-1729), engl. Philologe; hier: *Homeri opera cum notis, cura J. A. Ernesti* (Homers Werke mit Anmerkungen, überarbeitet von J. A. Ernesti), 1759. Zu Ernesti vgl. Bd. V/1, Anm. 451,9.

106, A 3 *verwöhnet wird.]* Verbessert aus: gewohnet ist.

106, A 3 *das Kolossalische]* Vgl. Anm. 55, A 8.

106, A 3 *erteilten, aus]* Verbessert aus: gaben, von

106, A 3 *Herodot]* Stelle: II 53.

106, A 3 *Verschiedene Anmerkungen ⟨...⟩ einen andern Ort]* Von Lessing nicht mehr eingelöst.

107,4 f. *nichts, als eine poetische Redensart]* Dies bestreitet Herder in seinem *Ersten Wäldchen*, Kap. 13 mit dem generellen Hinweis, der Nebel sei zwar ein »poetischer«, aber damit durchaus ein »wirklicher« Nebel, nicht nur eine »Redensart«.

107,12 *Hieroglyphe]* Zu Lessings Interesse an diesen Gegenständen vgl. das Fragment über die »Isische Tafel«, Bd. V/1 dieser Ausgabe, S. 491-499.

107,16 *auf alten gotischen Gemälden]* Zu »gotisch« vgl. Bd. V/1, Anm. 208,1. Hier recht vage für ›mittelalterlich‹, zugleich abwertend.

107,19 *nach den]* So 1766 ab und 1766 (sächs. Dativ).

107,19 *dücken]* Dicken, dichten.

107,20 *τρις ⟨...⟩ βαθειαν]* »Und dreimal stach er den dichten Nebel.«

107,27 *Nur um]* Lessings rationalistische Tendenz wird hier besonders deutlich. Auch hiergegen wendet sich Herder.

108,3 *das Hintertreffen]* Campe 2, S. 729: »das hintere Treffen, d. h. der hintere Theil eines in Schlachtordnung gestellten Heeres«; auch »Hinterhut, Nachhut (Arrièregarde)«, ebd.

108,16 *Tätigkeiten]* Im Sinne von ›Tätlichkeiten‹ (so auch schon die Ausgabe 1792).

108,18 f. *der übrigen Ratsversammlung]* Zusammenhang: der Rat der Götter.

108,19 *verhüllet]* So 1766ab und 1766. In der Hs. zunächst zu »verhülle« geändert (so auch LM und alle Folgenden).

108 f., A 9 *Zwar ⟨...⟩ möge.]* Die Anm. ist nachträglich auf einem eingeklebten Blatt beigefügt, auf das mit »vid. N. B.« verwiesen wird (so LM 22, S. 174).

108, A 9 *ἠερα ἑσσαμενω]* »In Nebel gehüllt«.

108, A 9 *Πως ⟨...⟩ ἀϑρησειε]* »Wie wäre es, wenn uns beide einer der für ewig geborenen Götter schlafend erblickte?« (*Ilias* XIV 333 f.)

109,2 f. *kein natürliches Zeichen]* An dieser zeichentheoretischen Konsequenz ist Herder in Kap. 13 (vgl. Anm. 107,4 f.) bezeichnenderweise nicht interessiert.

109, A 9 *Ηρη ⟨...⟩ Χρυσεον]* »Hera, weder der Götter einen fürchte noch einen der Menschen, daß sie es sehen könnten; einen solchen Nebel werde ich um uns hüllen, einen goldenen« (*Ilias* XIV 342-344).

109, A 9 *des Pluto]* Des Pluton, Gottes der Unterwelt (des unterirdischen Reichtums), dann auch mit Hades gleichgesetzt.

109, A 9 *Sthenelus]* Sthenelos. In der Gestalt dieses griech. Kämpfers erscheint Athene neben Diomedes.

110,3 *den erzürnten Gott]* Apollon.

110,3 *seine Pfeile abdrückend.]* Verbessert aus: die gefiederten Tode herabschnellend.

110,8 *sturben]* Alte, auch bei Lessing seltene, im 19. Jh. aussterbende Variante der Vergangenheitsform (vgl. Grimms DWb 10, Sp. 2416).

110,10-18 *Βη ⟨...⟩ ϑαμειαι.]* »Und er schritt herab von des Olymps Häuptern, zürnend im Herzen, den Bogen über den Schultern tragend und den auf beiden Seiten bedeckten Köcher. Und es klirrten die Pfeile auf den Schultern des Zürnenden, wenn er sich bewegte. Und er schritt dahin, der Nacht gleich. Dann setzte er sich, von den Schiffen entfernt, und schickte den Pfeil auf sie. Und ein furchtbares Geräusch ging aus von dem silbernen Bogen. Die Maultiere traf er zuerst und die schnellen Hunde. Dann aber, als er auf sie selbst das spitze Geschoß richtete, traf er auch sie. Und ständig brannten in großer Zahl die Scheiterhaufen der Toten.« Hinter den griech. Versen sind anderthalb Zeilen durchstrichen: Das materielle Gemälde verhält sich zu diesem Gemälde des Dichters wie ein ⟨verbessert aus ›der‹⟩ Feuerkorb zum Brande. (LM 22, S. 174.)

110,19 *über das Gemälde]* Dem Gemälde überlegen.

110,31f. *aus dem materiellen Gemälde]* Vgl. Anm. 33,10.

111,2f. *Ein ⟨...⟩ Pallast]* Verbessert aus: Ein güldner reicher Pallast

111,5 *Heben]* Flektierter Dativ von: Hebe (Göttin der ewigen Jugend).

111,11 *plane]* Von lat. planus »flach, eben, glatt«.

111,14-17 *Οι δε ϑεοι ⟨...⟩ ἐισοροωντες.]* »Die Götter aber saßen bei Zeus und hielten eine Versammlung ab auf goldenem Boden, und bei ihnen schenkte die Herrin Hebe den Nektar ein. Und sie tranken mit goldenen Bechern einander zu, indem sie auf die Stadt der Troer hinunterblickten.«

111,18 *Apollonius]* Apollonios Rhodios (ca. 295-ca. 215 v. Chr.), griech. Epiker: *Argonautika* (Argonauten-Epos).

111,22 *Noch ⟨...⟩ Caylus]* Verbessert aus: Überhaupt findet Caylus ⟨wiederum verbessert aus: Das sonderbarste aber ist dieses, daß Caylus⟩

111,26 *abstechender]* Hervorstechender.

111,27 *ausnimmt]* Auszeichnet, heraushebt.

111,34 *Pandarus]* Pandaros, ein Lykier, Bundesgenosse der Troer, bricht den Waffenstillstand zwischen ihnen und den Griechen, indem er mit seinem Bogen auf Menelaos schießt (4. Gesang).

112,4 *Leucus]* Leukos, Gefährte des Odysseus, wird von Antiphos, einem Sohn des Priamos, getötet. Odysseus vollzieht die Rache (4. Gesang).

112,9 *nur sehr armselige]* Verbessert aus: keine

112,12f. *zu welchen ⟨...⟩ geben,]* Verbessert aus: die sich aus den Gedichten des Homers ziehen lassen,

112, A 1 *On est ⟨...⟩ Auteurs.]* »Man ist immer darin übereingekommen, daß ein Gedicht, je mehr Bilder und Handlungen es biete, desto mehr Überlegenheit in der Poesie besitze. Diese Überlegung hatte mich auf den Gedanken gebracht, daß die Berechnung der verschiedenen Bilder, die die Gedichte anbieten, dazu dienen könnte, im Blick auf die Gedichte und die Dichter die jeweilige Leistung miteinander zu vergleichen. Die Zahl und die Art der Bilder, die diese großen Werke bieten, würden zu einer Art Prüfstein, oder vielmehr eine sichere Waage für die Leistung dieser Gedichte und für das Genie ihrer Verfasser.«

113,1 *gewinnen]* Verbessert aus: erschleichen

113,2 *Milton]* John Milton (1608-1674), engl. Dichter, hier: *The Paradise Lost* (Das verlorene Paradies), 1667. Johann Jakob Bodmer übersetzte das von ihm und Breitinger hochgeschätzte und zum Muster einer religiösen und ›malenden‹ Dichtung erhobene Epos im Jahre 1732. Zur weiteren Beschäftigung Lessings mit Miltons »Gemälden« – vor allem im Vergleich mit Homer – s. die Paralipomena S. 261,13-16 und S. 261,27-33; S. 285,20-286,24; S. 293,23-25; S. 293,26-294,2.

113,4f. *Nationalgeschmack]* Wichtige Kategorie, die sich bei Lessing – neben ›Nationalgeist‹ u. a. – in den 1750er Jahren herausbildet, ähnlich wie, im europäischen Diskussionszusammenhang, einige Jahre zuvor schon bei Johann Elias Schlegel (vor allem *Gedancken über die Aufnahme des dänischen Theaters*, 1747).

113,6 *Verlust des Gesichts]* Die Blindheit Homers ist in der antiken Überlieferung fest verankert (Hauptursprung: die Vorstellung vom blinden Seher, wie sie auch etwa der Dichter des unter Homers Namen tradierten Apollon-Hymnos repräsentiert). Milton erblindete in seinem 40. Lebensjahr.

113,10f. *um ‹...› zu werden,]* Verbessert aus: um mich von dieser Einschränkung frei zu machen,

113,14 *Epopee]* Nach griech. epopoiia »Epos«.

113,15 *Poem]* Nach griech. poiema »Gedicht«.

113,18 *das]* Verbessert aus: sein

113f., A 2 *Phantasieen]* Im antiken Sprachgebrauch von griech. phantasia »Vorstellung« (das Element des ›Erscheinens‹ bzw. ›Zeigens‹ ist darin enthalten) dominiert der Inhalt der Vorstellung, nicht – wie dann vor allem seit der Romantik – die Fähigkeit dazu. Vgl. auch Anm. 62,1.

114,2f. *Nun kann ‹...› zeiget,]* Verbessert, aus: Kann aber der Dichter zu dem Grade der Illusion, welcher der malerischen nahe kömmt, (?)

114,5 *Artisten]* Verbessert aus: Maler

114,6 *Drydens Ode]* Zu Dryden vgl. Anm. 57, A 9; hier: *Ode on St. Cecily's Day* (Ode auf den Cäcilien-Tag), 1687, vertont von Händel.

114, A 2 *Longin]* Vgl. Anm. 105,1.

114, A 2 *Enargie]* Griech. enargeia »Klarheit, Deutlichkeit, lebendige Darstellung« (lat. evidentia).

114, A 2 *Αι ⟨...⟩ ἐισιν.]* Lessings Übersetzung ist weitgehend wörtlich.

115,5 *lernen]* Verbreitete antike Anschauung, wonach Homer eine Quelle besonders auch des technisch-handwerklichen Wissens und Könnens ist.

115,6 *die Senne]* Im 18. Jh. noch begegnende ältere Form für ›die Sehne‹ (Grimms DWb 10, Sp. 148f.).

115,9 *an ⟨...⟩ zurück]* Verbessert aus: an der Befiederung zurück

115,9f. *nahet sich der]* Verbessert aus: berühret die (Hier und zum Teil im Vorigen wird an den Änderungen erkennbar, wie Lessing bemüht ist, sich die homerische Schilderung möglichst präzise vorzustellen.)

115,15 *unfähig]* Verbessert aus: unwürdig

115,21 *Der Knoten]* Verbessert aus: Die Sache (Lessing geht es um das ›Problem‹ wie um die ›Lösung‹)

115, A 1 *105.]* Hs.: 105-112.

115, A 1 *Αυτικ' ⟨...⟩ μενεαινων.]* »Sogleich nahm er den gutgeglätteten Bogen ab ⟨...⟩, und den legte er sorgfältig nieder und spannte ihn, gegen den Boden ihn stemmend ⟨...⟩. Dann nahm er den Deckel vom Köcher und wählte einen Pfeil aus, der noch nicht verschossen war, einen geflügelten, den Erreger schwarzer Schmerzen. Und rasch legte er den bitteren Pfeil auf die Sehne ⟨...⟩ und faßte zugleich die Kerben und die Rindersehne und zog. Die Sehne brachte er nahe an die Brust, und an den Bogen die eiserne Spitze. Als er aber den großen Bogen kreisrund gespannt hatte, klirrte der Bogen, und die Sehne schwirrte gewaltig, und hinweg sprang der Pfeil, der scharfgespitzte, begierig, in die Menge der Krieger zu fliegen.«

116,1 *eräugnen]* Ereignen. Mischform aus »erougen«, dann »ereugen«, »eräugen«, »sich ereigen« (schon 16. Jh.) und dem hiermit nicht verwandten »eignen«, »aneignen« (Einzelheiten in Grimms DWb 3, Sp. 785).

116,12 *ersten Gründen]* Lehnübersetzung aus griech. protai archai, lat. primae causae (auch lat. principia), mit der Grundvorstellung einer Hierarchie innerhalb der Seinsordnung.

116,14 *Ich schließe so.]* Das systematisch ›schließende‹ Verfahren nimmt die Ansätze auf, die er im frühesten uns erhaltenen Entwurf, dem Paralipomenon 1 (S. 209,3-213,22), und dann vor allem in den Paralipomena 3 und 5 (S. 217,20-245,4 mit Mendelssohns und Nicolais Kommentaren; S. 250,2-252,35) entwickelt hat. Vgl. hierzu die Kommentare sowie die oben S. 638-644 versuchte Skizze der Entstehungsgeschichte, aus der Rezeptions- und Wirkungsgeschichte namentlich Lessings Brief an Nicolai vom 26.5.1769 (auf die Garvesche Rezension antwortend; Bd. XI/1 dieser Ausgabe, Nr. 489; s. auch S. 657). Dem Kern-Abschnitt XVI widmet sich auch Herder ausführlich in seinem *Ersten Wäldchen*, Kap. 15 und 16 (dazu wiederum Blümner, 2. Aufl., S. 593-612).

116,18 *bequemes]* Angemessenes.

116,29 *Handlungen]* Zum Handlungsbegriff Lessings, besonders auch in der ›abgrenzenden‹ *Abhandlung über die Fabel* (1759), vgl. S. 635.

117,11 *coexistierenden Compositionen]* Verkürzte Formulierung für: Kompositionen, die nach dem Prinzip der Koexistenz oder Gleichzeitigkeit gestaltet sind.

117,13 *prägnantesten]* Hier schwingt zugleich die ursprüngliche Bedeutung von lat. praegnans »schwanger, trächtig« mit (eng benachbart zu Lessings Vorstellung vom »fruchtbaren« Augenblick).

117,16 *Eigenschaft]* Verbessert aus: Nachahmung

117,20 *Hieraus fließt]* Lessings ›ableitendes‹, deduktives Verfahren im vorliegenden Abschnitt wird hier in der Wortwahl erkennbar.

117,23 *diese trockene Schlußkette]* Rahmende Wiederaufnahme der Formulierung von S. 116,14, nun mit noch stärkerer Betonung der an der Logik (Syllogismus usw.) orientierten Struktur.

117,24f. *Praxis ⟨...⟩ bestätiget]* In der Reihenfolge der Darstellung eine Umkehrung des zu Beginn des *Laokoon* eingeschlagenen ›induktiven‹ Verfahrens.

117,26 *mich darauf gebracht]* Spiegelung eines Stücks Entstehungsgeschichte des *Laokoon.*

117,27 *Manier]* Nach altfranz. manier, maniere »Art und Weise«. Seit dem 17. Jh. ›Manier‹ neben ›von guter gesellschaftlicher Sitte‹ auch: »im Bereich der Kunst von der ›besonderen Art eines Künstlers‹« (Schulz-Basler 2, S. 66).

117,28 *des Griechen]* Verbessert aus: des Homers

117,29 *so vieler neuern Dichter]* Was Lessing in den Paralipomena 1 und 3 dem systematischen Aufriß noch an Kritik der »übeln Einflüsse« (der These von der Ähnlichkeit der Poesie und der Malerei) vorangestellt hat, wird hier nur partiell angedeutet; vgl. freilich die ›aktuelle‹ Polemik in der Vorrede zum *Laokoon* (besonders S. 14,9-15,17).

118,6 *aus ihm]* Aus Homer.

118,9 *lasse]* Verlasse.

118,9 *Farbenstein]* Adelung 2, Sp. 44: »ein breiter ebener Stein, auf welchem die Farben der Mahler u. s. f. vermittelst des Läufers gerieben werden«.

118,13-16 *Schiff]* Eines der frühesten Lessingschen Beispiele, vgl. Paralipomenon 1, S. 211,21f.

118,21 *Zwingen]* Einwände Herders und anderer behandelt Blümner, 2. Aufl., S. 612-617.

118,21 *ja]* Doch, jedoch, trotzdem.

118,36 *acht]* Nachträglich eingefügt.

118,37 *insbesondere]* Gesondert.

119,5-14 *Ἥβη ⟨...⟩ χρυσεια.]* »Hebe aber warf um den Wagen rasch die gebogenen Räder, die ehernen, achtspeichigen, rings um die eiserne Achse. Deren Radkranz ist golden, unvergänglich, doch darüber sind eherne Radbeschläge gelegt, wunderbar anzuschauen. Die Naben sind aus Silber, auf beiden Seiten umlaufend. Der Wagensitz ist in goldene und silberne Riemen eingespannt, und um ihn laufen zwei Randstreifen. Von ihm geht die silberne Deichsel aus. Doch am äußersten Ende befestigte sie ‹Hebe› ein goldenes, schönes Joch und schlang schöne Gurte hinein, goldene.«

119,19-21 *und so ‹...› malet]* Mehrfache Ansätze Lessings, diese methodisch wichtige Stelle (»Wir sehen«) zu fassen, verzeichnet LM 22, S. 176.

119,22 *Franze]* Franse.

119,24-28 *Μαλακον ‹...› ἀιει]* »Und er zog ein weiches Gewand an, ein schönes, neugewirktes, und warf sich den großen Mantel um. Und unter die glänzenden Füße band er sich schöne Sandalen. Und um die Schultern hängte er sich das Schwert mit den silbernen Nägeln und ergriff den Herrscherstab, den vom Vater ererbten, unvergänglich für immer.«

120,3 *Heraldik]* (Handbuch der) Wappenkunde (Bezeichnung um 1700 eingebürgert); zum Zusammenhang von ›Heraldik‹ und ›Herold‹ vgl. Schulz-Basler 1, S. 265.

120,6 *Wappenkönigsbeschreibung]* Eine heraldische Beschreibung. Als Wappenkönig (franz. roi d'armes) wurde der oberste der Herolde bezeichnet; er hatte u. a. die Wappenbücher zu führen.

120,11 *Vulkans]* Vgl. Anm. 76,9.

120,12 *bemerkt]* Bezeichnet.

120,14 *Pelops ‹...› Atreus]* Vater und Sohn (je nachdem: Geschlecht der Pelopiden oder Atriden).

120,16-23 *Σκηπτρον ‹...› ἀνασσειν.]* »Den Herrscherstab haltend, den Hephaistos mühsam angefertigt hatte. Hephaistos gab ihn dem Kronos-Sohn Zeus, dem Herrscher. Aber Zeus gab ihn dem Geleiter, dem Argos-Töter. Und Hermes, der Herr, gab ihn dem Pelops, dem Pferdebändiger. Aber Pelops gab ihn dem Atreus, dem Hirten der Völker. Und Atreus hinterließ ihn, als er starb, dem schafereichen Thyestes. Aber Thyestes wieder überließ ihn dem Agamemnon, daß er ihn trage und über viele Inseln und über das ganze Argos herrsche.«

120,25 *ein zweiter]* Korrigiert aus: ein neuer

120,28 *Allegorie]* Vgl. Anm. 92,15 f.

120,30 *Beerbfolgung]* Weitergabe durch Erbfolge.

121,2 *Sohn der Zeit]* Schon antike Verwechslung bzw. deutende Vermischung von Zeus Kronion, d. h. »Zeus der Sohn des Kronos«, mit Chronos »Zeit«.

121,4 *Διακτορῳ 'Αργειφοντῃ]* »Dem Geleiter, dem Argos-Töter«, in der Hs. nachträglich eingefügt (wohl um die Textbezüge konsequent hervorzuheben).

121,8 *Πελοπι πληξιππῳ]* »Dem Pelops, dem Pferdebändiger«.

121,9 *gedämpfet]* Niedergeschlagen, ausgeschaltet.

121,12 *ποιμην λαων]* »Der Hirte der Völker; Lessing gleicht den Kasus der griech. Formel nach humanistischem Brauch (zum Lat. vgl. schon Bd. V/1, Anm. 157,6 u. ö.) der Syntax seines Satzes an.

121,14 *πολυαρνι Θυεστῃ]* »Dem schafereichen Thyestes«, wie 121,4 nachträglich eingefügt.

121,25 *frostige]* Vgl. Bd. V/1, Anm. 178,21.

121,26 *schwöret]* Dahinter durchstrichen: die Beleidigung des

121,28 *Scepters.]* Hiernach von Lessing versuchte Formulierungsexperimente bei LM 22, S. 176.

121,33-122,3 *Ναι ⟨...⟩ εἰρυαται]* »Wahrlich – bei diesem Herrscherstab hier, der niemals mehr Blätter und Zweige treiben wird, wenn der Stab einmal den Stamm in den Bergen verlassen hat, und nicht mehr sprossen wird; denn ringsum hat ihm das Erz Blätter und Rinde abgeschält. Nun aber tragen ihn die Söhne der Achaier in Händen, rechtspflegende, welche die Satzungen von Zeus her ⟨...⟩«.

122,4 *nicht sowohl]* Nicht so sehr.

122,6 *der Verschiedenheit der Macht]* Verbessert aus: den Würden

122,10 *die erste die beste]* Die erste beste (bei Lessing häufiger begegnend).

122,12 *aus dem Mittel]* Aus der Mitte.

122,26 *Pandarus]* Vgl. Anm. 111,34.

122,26 *malen]* Verbessert aus: beschreiben

122,33 f. *aufgepaßt]* Aufgelauert.

123,3-9 *Τοξον ⟨...⟩ κορωνην.]* »Den gutgeglätteten Bogen aus dem Horn eines Steinbocks, den er einst selbst in die Brust getroffen hatte. Als er hinter dem Felsen hervortrat, hatte er ihm aufgelauert und in die Brust geschossen. Der fiel rücklings auf den Felsen. Ihm war das Gehörn aus dem Haupt sechzehn Handbreit lang gewachsen. Das hatte der hornschleifende Künstler alles gut geglättet und dann die Spitze mit Gold beschlagen.«

123,12 *inne]* Verbessert aus: gelesen

123,15 *willkürlich]* Ist nicht als Gegensatz zu »notwendig« zu verstehen, sondern »bezieht sich ⟨...⟩ auf die Einwilligung der Menschen, diesen oder jenen Gegenstand vielmehr so als anders zu bezeichnen« (Mendelssohn in Nicolais ›Bibl. d. schönen Wissensch.‹ 1757, 124 [›Philos. Schr.‹ II, 124]«; so PO Erl., S. 144.

123,17 *auszudrücken]* Verbessert aus: zu beschreiben ⟨dies wiederum aus: zu schildern⟩

123,25 *Gegenteils]* Andererseits.

123,28-124,38 *Es ist wahr ⟨...⟩ zu gelangen!]* In diesem Abschnitt fußt Lessing, wie neuere Forschung (u. a. Wellberry) gezeigt hat, vielfältig auf der erkenntnistheoretischen und zeichentheoretischen Debatte in der Philosophie seit Leibniz, Wolff, Baumgarten und anderen.

124,2 *klar und deutlich]* Hier verbinden sich klassische Theoreme der Rhetorik mit frühaufklärerischen Tendenzen (besonders auch in der Erkenntnistheorie).

124,4 *lebhaft]* Vgl. zur Kategorie der enargeia Anm. 114, A 2.

124,18 *bedünken]* Charakteristische wahrnehmungspsychologische Nuance aus dem Zeitkontext.

124,26 *merklich]* Verbessert aus: fein

125,1 f. *ein Meisterstück]* Das Beispiel wird betont lobend eingefügt, freilich sogleich mit der Einschränkung »in seiner Art«. Haller ist ›der‹ deutschsprachige Repräsentant dieser Dichtungsart auch noch zur Zeit des *Laokoon.* Als dichterische und nicht zuletzt wissenschaftliche Autorität ist Haller auch für Lessing persönlich von Bedeutung.

125,3 *Enziane]* Laut Hallers gelehrten Anmerkungen zu den Versen (vgl. Anm. 125, A 1): gelber Enzian (Gentiana lutea Linné).

125,6 *blauer Bruder]* Haller: Gentiana bavariea (abweichende Angabe G 6, S. 899).

125,7 *helles Gold]* Tausendgüldenkraut (Erythraea); so G 6, S. 899.

125,13 *niedrig Kraut]* Haller: Löwenmaul (Antirrhinum L.).

125,14 *im Kreuze]* Hallers Gedichttext: in Kreuze

125,17 *glänzend Blatt]* Haller: schwarze Meisterwurz (Astrantia maior L.).

125,21 *Smaragd und Rosen]* Haller: wilder Rosmarin (Ledum plaustre L.).

125,22 *Purpurkleide]* Haller (vgl. G 6, S. 899): Leimkraut (Silene acaulis L.).

125,23 *der gelehrte Dichter]* Haller war als Anatom, Physiologe, Botaniker und Universalgelehrter (auch als Präsident der Göttinger ›Societät der Wissenschaften‹) eine Autorität von europäischem Rang.

125,24 *Malet]* 1766ab und 1766: Malt (in unmittelbarem Kontakt zum vorausgehenden »malet«, auch angesichts der meisten Parallelen im *Laokoon* wohl Druckfehler)

125,27 *so gut 〈...〉 davon]* Verbessert aus: nur einen sehr unzulänglichen verwirrten Begriff

125, A 1 *des Herrn v. Hallers]* Albrecht von Haller (1708-1777), geb. in Bern, 1728 botanische Wanderung durch die Alpen; hier: *Versuch Schweizerischer Gedichten* (1732), darin *Die Alpen*. Freilich erst in der 2. Aufl. 1734.

126,2 *müssen]* Dürfen.

126,5 *schnell überlaufen]* Vgl. S. 124,17.

126,9 *Schilderei]* So Lessings Hs. wie auch das Breitingersche Original. Deshalb die Korrektur von »Schilderung« (1766ab und 1766) gerechtfertigt.

126,11 f. *Kunstrichter]* Breitinger in seinem Urteil über Hallers *Die Alpen*.

126,15 *vegetative]* Verbessert aus: sensible

126,16 *Vollkommenheiten]* Geht von der zunächst aristotelischen Vorstellung aus, daß jedes Lebewesen sein spezifisches ›Ziel‹ (telos) in sich vollkommen ausbilde, erhält dann seine christliche Wendung, indem Gottes Schöpfung als in jedem Ding ›vollkommen‹ ausgeprägt gedacht wird (ein Grundzug vieler ›Naturgedichte‹ des frühen 18. Jhs., auch Hallers). Lessing bindet die »äußere Schönheit« wesenhaft an diese »innere Vollkommenheit«.

126,26 *von feichtem]* Hs.: vom feichten

126,28 *Huysum]* Jan van Huysum (1682-1749), niederländ. Maler.

126, A 2 *Breitingers Critische Dichtkunst]* Johann Jakob Breitinger (1701-1776), Professor für griech. und hebr. Sprache am Gymnasium in Zürich, wie Bodmer Hauptrepräsentant der ›Schweizer‹ in der Auseinandersetzung um ästhetische und poetische Prinzipien während der ersten Hälfte des 18. Jhs.; hier: *Critische Dichtkunst* (1740).

127,3 f. *sie kann ⟨. . .⟩ folgen]* Verbessert aus: sondern ich spreche dieser Schilderung das Täuschende ab, worau⟨f⟩

127,7 *gehet]* Ausgeht, zielt.

127,9 *das Coexistierende]* Vgl. Anm. 117,11.

127,9 *dem Consecutiven]* Von lat. consecutivus »aufeinander folgend«. Im gleichen Sinne das ›Successive‹ S. 128,13.

127,17 *so viel möglich]* So viel als möglich.

127,20 *der dogmatische Dichter]* Derjenige Dichter, der ›Dogmen‹, d. h. Lehrinhalte vermittelt: der lehrhafte, didaktische Dichter. Das Lehrgedicht gehört zu den wichtigsten poetischen Gattungen schon der Antike und erfährt im 17./18. Jh. eine neue Blüte, besonders auch als Naturdichtung.

127,23 *Gedichte vom Landbaue]* Vergil (zur Namensform vgl. Bd. V/1, Anm. 202,5-8), *Georgica*, das mittlere der drei größeren Werke Vergils, 37/36 v. Chr. begonnen.

127,24-32 *Optima ⟨. . .⟩ cauda.]* »Die am besten gewachsene Kuh soll drohend blicken, ihr Kopf soll ungeschlacht sein, ihr Nacken massig, und die Wamme soll vom Kinn bis zu den Unterschenkeln herabhängen. Ferner seien ihre Flanken grenzenlos lang; alles – auch der Fuß – sei groß; und die Ohren unter den krummen Hörnern seien zottig. Auch eine weißgefleckte ⟨Kuh⟩ würde mir nicht mißfallen, oder eine, die das Joch verweigerte und zuweilen wild mit den Hörnern stößt, äußerlich mehr einem Stiere gleicht, hochgewachsen ist und beim Gehen mit dem Schwanz ihre Fährte auf dem Boden verwischt.« (*Georgica* III 51-59)

127,34-36 – *Illi ardua ⟨. . .⟩ pectus etc.*] »Sein Nacken ragt hoch, und sein Kopf ist scharfgeschnitten, der Unterleib flach und der Rücken feist, und die beherzte Brust schwillt von Muskeln.« (*Georgica* III 79-81)

127, A 3 *Georg. ⟨. . .⟩ 79.*] Lessing faßt hier beide *Georgica*-Stellen zusammen und nennt jeweils den ersten Vers.

128,2 *Auseinandersetzung*] Auseinanderlegung.

128,4 *zuzählen*] Aufzählen.

128,6 *Güte der*] Hs. 1766 ab: Güte des

128,10 *ausführlichen*] Verbessert aus: poetische

128,14 *frostiges*] Vgl. Bd. V/1, Anm. 178,21.

128,16 *poetische Stümper*] Verbessert aus: elende Poet

128,16 *Horaz*] Vgl. Anm. 128, A 4.

128,20-22 *Lucus ⟨. . .⟩ arcus.*] »Geschildert werden Hain und Altar der Diana und die eilige Windung des Baches durch die anmutigen Fluren, aber auch der Rhein oder ein Regenbogen.«

128,23 *Pope*] Alexander Pope (1688-1744), engl. Dichter; hier: *Ethic Epistels, Satyrs etc.* (Moralische Briefe, Satiren usw.), 1735. Lessing befaßt sich früh mit Pope. 1755 veröffentlicht er zusammen mit Mendelssohn eine Schrift *Pope, ein Metaphysiker!*, in der gegen die Auffassung von Pope als einem philosophischen Systematiker polemisiert wird (Bd. III dieser Ausgabe; vgl. auch oben S. 633).

128,24 *poetischen Kindheit*] Etwa *Windsor Forest* (Der Wald von Windsor), 1713.

128,28 *Gastgebot auf lauter Brühen*] Bewirtung eines Gastes auf der Grundlage von lauter Soßen, vgl. Warburtons Erläuterung in Fußnote 5.

128, A 4 *De A. P. v. 16.]* Vgl. Bd. V/1, Anm. 126,31.

128, A 5 *That not ⟨...⟩ song.]* »Daß er nicht durch das Labyrinth der Phantasie wandere, sondern sich der Wahrheit unterwerfe und seinen Gesang an den Geboten der Sittlichkeit orientiere.«

128, A 5 *who could ⟨...⟩ Sense?]* »Wer könnte wohl daran Anstoß nehmen, solange die bloße Beschreibung den Platz des vernünftigen Inhalts einnimmt?«

128, A 5 *Warburton]* Vgl. Bd. V/1, Anm. 406,19. Warburton veranstaltete eine Ausgabe der *Works* von Pope, mit Kommentaren; sie erschien 1751.

129,1 *Herrn von Kleist]* Vgl. Bd. V/1, Anm. 457,25. Kleist, mit dem Lessing eng befreundet war, starb 1759. *Der Frühling* erschien 1749.

129,5 *die Menge von Bildern]* Bekannt wurde Kleists ›Bilderjagd‹: Spaziergänge, bei denen er gezielt Bilder für seine Gedichte suchte.

129,5 *Bildern, die er]* Verbessert aus: Gemälden, die itzt

129,10 *Marmontel]* Jean-François Marmontel (1723-1799), franz. Schriftsteller und Literaturtheoretiker; hier: *Poetique Françoise* (Französische Poetik), 1763. Der Name begegnet – nicht nur bei Lessing – auch in der Schreibung »Mormontel«, sei es durch Fehldeutung, sei es als Druckfehler, so auch hier in Hs. 1766ab sowie 1766. Vgl. auch etwa *Hamburgische Dramaturgie*, 14. Stück (Bd. VI dieser Ausgabe, S. 251,16).

129,10f. *Eklogen]* Von griech. ekloge »Auswahl, Erzählung«: Hirtengedicht im Wechselgesang, durch Vergils *Bucolica* (Hirtengedichte) zu einer beliebten Gattung auch der neueren europ. Literaturen geworden.

129,11 *mehrern deutschen Dichtern]* Bezugnahme außer auf Kleist vor allem auf die europäisch erfolgreichen, prosaischen *Idyllen* von Salomon Geßner (zuerst 1756, später erweitert).

129, A 5 *»He uses ⟨...⟩ nature.«]* »Er gebraucht das Wort PURE in einem doppelten Sinne, um dadurch entweder ›rein‹ oder ›leer‹ zu bezeichnen; und er hat in diesem Vers angegeben, was er für den wahren Charakter dessen hält, was gemeinhin als ›beschreibende Poesie‹ bezeichnet wird. Es handelt sich dabei seines Erachtens um Dichtung, die so unsinnig wie etwa ein aus lauter Soßen zusammengestelltes Festessen ist. Der Nutzen einer schildernden Einbildungskraft besteht darin, den gesunden Menschenverstand zu erhellen und auszuschmücken, so daß ihr ausschließlicher Gebrauch bei der Schilderung dem Entzücken vergleichbar ist, das Kinder seiner bunten Farben wegen beim Anblick eines Prismas empfinden, das dann, wenn es sparsam eingesetzt und kunstreich angeordnet wird, dazu gebracht werden kann, daß es die edelsten Gegenstände der Natur vorstellt und illustriert.«

129, A 6 *J'écrivois ⟨...⟩ champetre.]* »Ich schrieb diese Betrachtungen, bevor die Versuche der Deutschen in dieser Gattung (der Ekloge) bei uns bekannt waren. Sie haben ausgeführt, was ich entwickelt hatte; und wenn es ihnen gelingt, größeren Nachdruck auf die Moral und weniger aufs Detail des äußerlich Malbaren zu legen, so werden sie Ausgezeichnetes in dieser Gattung leisten, die reicher, weiter, fruchtbarer und unendlich viel natürlicher und moralischer ist als die des galanten Schäfergedichts.«

130,9 *Es bleibt dabei]* Verbessert: Wenn ich sage, daß

130,12 *Fr. Mazzuoli]* Francesco Mazuoli (1503-1540), ital. Maler.

130,12 f. *den Raub ⟨...⟩ Jungfrauen]* Blümner, 2. Aufl., S. 622 (nach Erörterung einiger Daten): »Ich weiß nicht zu sagen, woher Lessing dies Bild Mazzuolis kannte.«

130,14 *Titian]* Tiziano Vecellio (1477-1570), ital. Maler. Der von Lessing erwähnte »Verlorene Sohn« stammt vermutlich von Bonifazio Veronese, jedenfalls nicht von Tizian. Lessing bezieht sich wohl auf eine Stelle bei Richardson; vgl. Blümner, 2. Aufl., S. 622.

130,17 *der gute Geschmack]* Vgl. die programmatische Formulierung in der Vorrede S. 15,15-17.

130,20 *auf einmal übersehen]* Mit einem Blick überschauen.

130,21 *zuzählen]* Vgl. Anm. 128,4.

130,24 *Imagination]* Zu lat. imaginatio »Einbildungskraft«, »Vorstellungskraft« (lat. imago »Bild« darin enthalten), hier zunächst auf den Dichter bezogen; zu Phantasie vgl. Anm. 62,1. und Anm. 113 f., A 2.

130,26-131,35 *Doch 〈...〉 zu erreichen?]* Zu diesen Gedankengängen, deren erster Absatz teilweise wörtlich schon in Paralipomenon 3 formuliert ist, vgl. Mendelssohns und Nicolais Kommentare zu S. 228,21-230,3.

130,26 *billige]* Gerechte.

130,31 *Gerechtsame]* Hoheitsgebiet, Eigentum.

130,34-131,10 *Ich will 〈...〉 erlaubet.]* Zur Wahl des richtigen »Augenblicks« in »historischen Gemälden« hat Shaftesbury in *A notion of the historical draught or tablature of the judgement of Hercules* (Eine Überlegung zum historischen Gemälde oder Bilderfolge der Entscheidung des Herkules), 1713, bereits ähnliche Thesen vertreten; sie mögen Lessing nur indirekt bekannt geworden sein. Einwände zur *Laokoon*-Partie von Helferich Peter Sturz im Brief an Lessing vom 23.9.1767 (Bd. XI/1 dieser Ausgabe, S. 480).

131,11 *Herr Mengs]* Anton Raffael (auch: Raphael) Mengs (1729-1786), dt. Maler und Kunsttheoretiker, Freund Winckelmanns; hier: *Gedanken über die Schönheit und über den Geschmack in der Malerei* (1762).

131,11 *Drapperie]* Von franz. draperie »Tuchwaren« (besonders ›faltige‹); Schulz-Basler 1, S. 157 zitieren als frühesten Beleg Winckelmanns *Gedancken* von 1755 (S. 23): »Unter dem Wort Drapperie begreift man alles, was die Kunst von Bekleidung des Nackenden der Figuren und von gebrochenen Gewändern lehret.«

131,11 *des Raphaels]* Vgl. Anm. 100,35.

131,15 *Raphael]* Verbessert aus: er (bei Mengs: er)

131,19 *unstreitig]* Verbessert aus: offenbar

132,1 f. *fortschreitende]* Im Sinne der bisherigen Verwendung von »successiv« oder »consecutiv« (vgl. Anm. 127,9).

132,9 *Ich habe gesagt]* S. 118,12-20.

132,19 *Dank wissen]* Danken (im 18. Jh. noch ohne ›für‹).

133,6 *Suspension]* Von lat. suspensio »Hemmung, Verzögerung«.

133,8f. *die Französische]* Hier hat Lessing vermutlich die – auch sonst von ihm konsultierte – Homerübersetzung der Mme Dacier (vgl. Bd. V/1, Anm. 294, A 99) verglichen.

133,13 *das]* Hs. korrigiert aus: und das (so 1766ab und 1766)

133,16 *Frau Dacier]* Vgl. Anm. 133,8f.

133,24 *Der Grieche]* Hier repetiert Lessing Schulweisheit wohl schon aus der Meißener Zeit. Weitere Beobachtungen zur dt. Konstruktion bei Blümner, 2. Aufl., S. 624-627.

133,33 *im statu absoluto]* (Lat.) »In absoluter, losgelöster Stellung«, d. h. undekliniert.

133,37 *prädicieret]* Von lat. praedicare »anführen, nennen«.

134,3 *Kleinigkeiten]* In der Tat ungewöhnlicher Exkurs im Haupttext, vom Hauptgedankengang weit abführend.

134,3f. *das Schild]* Vgl. Anm. 55, A 8.

134,5 *vornehmlich]* Nachträglich eingefügt. Dahinter hat Lessing, ohne wesentliche Sinndifferenz, verschiedene Formulierungen versucht (vgl. LM 22, S. 178). Zur ursprünglichen Fassung der Anm. s. weiter unten.

134,8 *körperlicher]* Physischer, materieller.

134,10f. *in mehr als hundert prächtigen Versen]* Ilias XVIII 478-608.

134,24 *das Schild verfertiget.]* Verbessert aus: an dem Schilde arbeitet.

134,25 *tritt]* Lessing versucht zunächst diese Nuance, dann »stehet 〈. . .〉 vor«, dann wieder »tritt«.

134,26 *geschmiedet, schwellen]* Verbessert aus: gearbeitet, sehen wir jedes Bi〈ld〉 (eine Reihe weiterer Ansätze verzeichnet LM 22, S. 179)

134, A 4 *Dionysius Halicarnass.]* Vgl. Bd. V/1, Anm. 288,35. Lessing hat die Anm. ursprünglich mit griech. Zitat sowie textkritischen und interpretatorischen Erörterungen vorgesehen (die Details bei LM 22, S. 179), dann aber lediglich die knappe Quellenangabe gesetzt. Die *Vita Homeri* (Leben Homers) wird von dem engl. Philologen Thomas Gale (um 1635-1702) nur spekulativ dem Dionysios von Halikarnaß zugeschrieben.

135,8 *dunkele]* So 1766ab und 1766; LM: dunkelere (nicht zwingend)

135,11 *Hofmanne]* Vergil gehörte zum engsten Freundeskreis des Augustus, dessen Werk er verherrlichte. Die Bezeichnung hat hier einen leicht einschränkenden Sinn: Lessing schrieb zuerst »dem Dichter«, dann »dem Vergil«, dann das Vorliegende.

135, A 5 *Servius]* Vgl. Anm. 73, A 3. Die Anm. ist auf ein Beiblatt geschrieben.

135, A 5 *»Sane ⟨...⟩ Achillem«]* »Allerdings besteht ein Unterschied zwischen diesem Schild und dem des Homer: Dort nämlich wird alles einzelne während seiner Verfertigung beschrieben; hier hingegen lernt man ihn nach der Vollendung des Werkes kennen. Denn auch hier nimmt Aeneas zuerst die Waffen in Empfang, um sie dann zu betrachten; dort werden sie, nachdem alles beschrieben worden ist, von Thetis zu Achill gebracht.«

135, A 5 *genus ⟨...⟩ bella]* »Die ganze Nachkommenschaft, die künftig aus dem Geschlecht des Ascanius hervorgeht, und die Reihe durchkämpfter Kriege«.

135, A 5 *Vulkan]* Vgl. Anm. 76,9.

135, A 5 *»Opportune ⟨...⟩ occurrere.«]* »Vergil handelt daher angemessen, da es unwahrscheinlich ist, daß zugleich die rasch fortschreitende Erzählung entwickelt und das Werk so schnell geschaffen werden konnte, daß es genau der Raschheit der Worte entsprach.«

135, A 5 *»non enarrabili ⟨...⟩ Clypei«]* »Der nicht beschreibbaren Darstellung auf dem Schilde«.

136,2 *Abweichung]* Zu dieser Grundvorstellung vgl. Anm. 50,27.

136,5 f. *Virgil ⟨...⟩ Homer]* Verbessert aus: Römer ⟨...⟩ der Grieche (die leichte Verstärkung des Gegensatzes entspricht einer Grundtendenz des *Laokoon*)

136,10 *Cyklopen]* Nach homerischer Auffassung werden die urweltlichen, titanenhaften Kyklopen als Schmiedegesellen des Hephaistos/Vulcanus gedacht.

136,11-16 *Ingentem ⟨...⟩ massam.]* »Sie gestalten einen gewaltigen Schild ⟨...⟩ Die einen ziehen in die aufgeblasenen Blasebälge Luft ein und speien sie wieder aus. Die anderen tauchen zischendes Erz ins Wasser. Die Höhle dröhnt von Amboßschlägen: Jene schwingen wechselnd im Takt mit aller Kraft die Arme und drehen mit der packenden Feuerzange den Klumpen.«

136,17 *den Vorhang]* Verbessert aus: die Scene

136, A 5 *übertreffen]* Zentralbegriff des gesamten Vergleichs zwischen Vergil und Homer, im Zusammenhang der Vorstellung von ›Nachahmung‹ (»imitatio«) und ›Wetteifern‹ (»aemulatio«), vgl. Anm. 68,2.

137,1 *rerumque ⟨...⟩ gaudet]* »Und freut sich über das Bild, obwohl ihm dessen Gegenstand unbekannt ist«.

137,4 *der gutwillige Ehemann]* Vulcanus; er wurde betrogen, seine Enkel stammen von dem Troer Anchises ab.

137,9 f. *der witzige Hofmann]* Vgl. Anm. 135,11.

137,10 f. *schmeichelhaften Anspielungen]* Auf Augustus.

137,11 f. *das große Genie]* In diesem Kontrastiv-Ideal mit Bezug auf Homer deutet sich, gemäßigt, die Position an, die wenige Jahre zuvor (1759) Edward Young (vgl. Anm. 245, A 39) in seinen *Conjectures on Original Composition* (Vermutungen über ursprüngliches Schaffen) vertreten hat.

137,12 *Stärke]* Verbessert aus: Größe

137,15 *Einschiebsel]* Gilt im Prinzip für Homer ebenso.

137,15 *dem Nationalstolze]* Kategorie der Lessingschen Literaturkritik seit Beginn der 1750er Jahre, vor allem mit dem Blick auf Frankreich (ähnlich bei Johann Elias Schlegel, verstärkt dann bei Herder).

137,18 f. *Zuwachs des ⟨...⟩ Bodens]* Wichtige Vorstellung der ›Autochthonie‹.

137,26 *künsteln]* Hier: kunstvoll herstellen.

137,28 *scheinet]* Verbessert aus: läßt

137,30 *besonders]* Hier: gesondert.

138,2 *der ältere Skaliger]* Julius Caesar Scaliger (eigentlich Bordone della Scala; 1484-1558), ital. Humanist, Poet und Philologe; hier: *Poetices libri septem* (Poetik, in sieben Büchern), 1561. Zu seinem Sohn Joseph Justus vgl. Bd. V/1, Anm. 248,22f.

138,2 *Perrault]* Charles Perrault (1628-1703), franz. Schriftsteller und Poet; hier: *Parallèles des anciens et des modernes* (Vergleiche zwischen den Alten und den Neueren), 1688-97, dialogisches Hauptwerk der seit 1687 ausgetragenen ›Querelle des Anciens et des Modernes‹ (vgl. Anm. 14,9f. und zu Lessings Einstellung zahlreiche Dokumente bei Kapitza, *Ein bürgerlicher Krieg in der gelehrten Welt*).

138,2f. *Terrasson]* Jean Terrasson (1670-1750), franz. Kritiker und Schriftsteller, wie Perrault Mitglied der Académie Française; hier: *Dissertationes critiques sur l'Iliade d'Homère* (Kritische Abhandlungen über die *Ilias* Homers), 1715.

138,4 *Dacier]* André Dacier, Kommentar zur *Poetik* des Aristoteles (vgl. Bd. V/1, Anm. 302,8).

138,4 *Boivin]* Jean Boivin de Villeneuve (1649-1724), franz. Philologe; hier: *Apologie d'Homère et bouclier d'Achille* (Verteidigung Homers und des Schildes des Achilleus), 1715. Lessing erwähnt hier nicht, daß La Motte in seiner franz. Versübertragung der *Ilias* (1714; vgl. Anm. 260,6) eine ›Verbesserung‹ der Schildbeschreibung versuchte.

138,5 *Pope]* Vgl. Anm. 128,23; hier: *Observations on the shield of Achilles* (Beobachtungen zum Schild des Achilleus), enthalten im 3. Band seiner Homer-Übersetzung (1715-20).

138,5 *darauf antworten.]* Weitere einschlägige Schriften des 18. Jhs. nennt Blümner, 2. Aufl., S. 629.

138,9 *Haupteinwurfe]* Die Grundtendenz in der Kritik der ›Modernisten‹ richtete sich gegen den ›Barbarismus‹ der Helden Homers (Primitivität der Charaktere und der Moral), jedoch auch gegen das poetische ›Handwerk‹ besonders in der *Ilias*.

138,12 *Bemerkung]* Hier: Beachtung.

138,13 *Sein Einfall]* Die spätere Homer-Forschung hat

unter Einbeziehung archäologischer Befunde (auch des Vorderen Orients) zu ähnlichen Annahmen konzentrischer Kreise geführt.

138,20 *concave]* Von lat. concavus »hohl, gewölbt«.

138,22 *Phidias]* Vgl. Anm. 60, A 1. Lessing meint die berühmte Statue der Athena Parthenos (Jungfrau Athene) im Parthenon-Tempel auf der Akropolis zu Athen. Auf dem Schild waren außen Amazonenkämpfe und innen Gigantenkämpfe dargestellt.

138, A 1 *Scuto ⟨...⟩ dimicationem.]* »Ihrem Schild, auf dessen nach außen gewölbter Seite er im Relief die Amazonenschlacht darstellte, auf dessen vertieftem Teil die Entscheidungsschlacht zwischen Göttern und Giganten.«

139,2 *sagt]* Zu den nachfolgenden Versen bemerkt 1766d: N. B. Es ist gut, daß diese Verse alle nur eine Zeile füllen; aber es ist nicht gut, daß sie alle gleich aus laufen; weil sie so als Prosa und nicht als Verse aussehen. Sie müßten also nicht so egal gesperret werden, sondern länger und kürzer sein, als sie sich von selbst geben.

139,3-12 *Λαοι ⟨...⟩ ταλαντα]* »Das Volk war auf dem Marktplatz versammelt. Dort hatte ein Streit sich erhoben: Zwei Männer stritten um das Bußgeld für einen erschlagenen Mann. Der eine beteuerte, daß er alles erstattet habe, und beschwor es vor dem Volk; der andere leugnete, etwas erhalten zu haben. Beide bedrängten den Richter, die Entscheidung zu treffen. Und das Volk schrie beiden zu, die einen diesem, die anderen jenem Beistand leistend. Herolde hielten das Volk zurück, die Ältesten aber saßen auf geglätteten Steinen im heiligen Kreis. Sie hielten die Stäbe der Herolde, der luftdurchrufenden, in den Händen. Mit denen sprangen sie nacheinander auf und sagten der Reihe nach ihr Urteil. In ihrer Mitte aber lagen zwei Pfunde Gold – «

139,17 *auf einmal]* Mit einem Mal (in der Hs. nachträglich eingefügt).

139,21 f. *bequemsten]* Geeignetsten, vgl. Anm. 116,18.

139,22 *prägnant]* Vgl. Anm. 117,13.

139,24 *die Kunst]* Verbessert aus: die Malerei

139,25 f. *zurückgelassen]* Im Stich gelassen.

140,2 *wenn 〈...〉 derselben]* Verbessert aus: nicht wenn das eine

140,15 *mit der Schule]* Gemeint ist hier vor allem die philosophische Scholastik mit ihrer von Aristoteles sich herleitenden Seinslehre.

140,16 *actu]* (Lat.) »Tatsächlich, wirklich«.

140,16 *virtute]* (Lat.) »Dem Wesen, der Möglichkeit nach«.

140,18 f. *daß 〈...〉 nicht]* Verbessert aus: daß man sich über die Schranken desselben hinaus setzt, nicht sich

140,21 *Data]* (Lat.) »Gegebenheiten, Daten«.

140,23 *Gleicherweise]* Verbessert aus: Ebenso unrecht

140,23 f. *belagerten Stadt]* Troias.

140,27 *den Einheiten]* Analog übertragen aus der aristotelischen Dramentheorie (Handlung, Ort, Zeit).

140,33-35 *ἐν 〈...〉 Αμφιγυηεις]* »Dort bildete er 〈...〉; dort machte er 〈...〉; dort setzte er 〈...〉; dort bildete der Hinkende 〈Hephaistos〉«.

141,3 *werden]* Dahinter Hs. zunächst: »es mag nun, nach den itzigen Regeln der Malerei, in ein einziges können gebracht werden oder nicht. 〈über den drei ersten Worten:〉 wenn das alles 〈über ›gebracht werden‹:〉 bringen lassen«; schließlich alles durchgestrichen.

141,5 *mit]* Fehlt 1766ab und 1766.

141,10 *hier]* Fehlt 1766ab und 1766.

141,13-144,5 *Pope 〈...〉 vergeben würde.]* Lessings Theorie von der Perspektive der antiken Maler wurde von Klotz in Zweifel gezogen: *Beyträge zur Geschichte des Geschmackes und der Kunst aus Münzen* (1767), *Über den Nutzen und Gebrauch der alten geschnittenen Steine und ihrer Abdrücke* (1768). Darauf geht wiederum Lessing in den ›Antiquarischen Briefen‹ 9 bis 12 ein (unten S. 379 bis 395). Lessing geht auf eine – freilich zurückhaltender formulierte – These in Winckelmanns *Gedancken* von 1755 zurück.

141,13 *Pope]* Details bei Blümner, 2. Aufl., S. 634.

141,17 f. *Contrast 〈...〉 drei]* Verbessert aus: Er untersuchte 〈wieder verbessert aus »beurteilte«〉 die

141,18 *Perspectiv]* Nach mittellat. perspectiva (ars) und franz. perspective (seit 14. Jh.) »Schaubildlehre, Schaubild, Aussicht«, seit dem 16. Jh. ins Dt. übernommen, im 17. Jh. bereits häufiger. Vgl. Schulz-Basler 2, S. 471-474. Das bisher von Lessing nur im Vorbeigehen berührte Thema, in der zeitgenössischen kunstgeschichtlichen und kunsttheoretischen Diskussion (auch innerhalb der ›Querelle‹) vielbehandelt, wird von nun an systematischer angegangen.

141,18 *die drei Einheiten]* Vgl. Anm. 140,27.

141,19 *beobachtet]* Hier: beachtet.

141, A 4 *ἐν 〈...〉 πολεις]* »Dort aber machte er zwei Städte.«

141, A 4 *ein besonders]* Ein getrenntes, eigenes.

142,3 *Data]* Vgl. Anm. 140,21.

142,5 *ihrer Kindheit]* In Ansätzen schon antike Vorstellung, auch von Winckelmann aufgenommen und dann vor allem von Herder programmatisch entwickelt (freilich hinter die Griechen zurückverlegt).

142,9 *die Gemälde eines Polygnotus]* Vgl. Anm. 23, A 2.

142,10 *welche Pope]* Verbessert aus: welche jene

142,13 *Pausanias]* Vgl. Bd. V/1, Anm. 260,35; hier: innerhalb des *Führers durch Griechenland* in dem Kapitel, das der Landschaft Phokis gewidmet ist (*Phokika*).

142,14f. *Dieser Teil 〈...〉 abzusprechen]* Zentrale These, die dann in dem Streit mit Klotz, insbesondere in den *Antiquarischen Briefen*, wiederholt eine Rolle spielen wird (vgl. auch Anm. 141,34-144,5).

142, A 6 *»That he 〈...〉 tells us« etc.]* »〈Die Tatsache〉, daß ihm die Luftperspektive nicht fremd war, zeigt sich darin, daß er ausdrücklich den Abstand der Gegenstände voneinander hervorhebt: er sagt uns etc.«

142, A 6 *des Medii]* Des Mediums (zur Flexion der lat. Begriffe im Satzzusammenhang vgl. Bd. V/1, Anm. 157,6).

143,6f. *ausgedruckt]* Hier: ausgedrückt.

143,14 *Gesichtskreis]* Verbessert aus: Horizont

143,20 *allgemein]* üblich.

143,21 *vodersten]* So alle Überlieferungsträger zu Lebzeiten Lessings (erst 1792: vordersten).

143,27f. *indem]* Hier: während.

143,34-144,5 *Ich bin <...> vergeben würde.]* Hier stützt sich Lessing auf die bei Vitruv (vgl. Bd. V/1, Anm. 499,6) überlieferte Nachricht, daß der griech. Maler Agatharchos (Ende 5. Jh. v. Chr.) erstmals die Regeln der Perspektive in einer Schrift über Bühnenmalerei – die er selbst ausübte – niedergelegt habe.

144,3 *des Herculanums]* Eigentlich Herculaneum, Nachbarstadt von Pompeji, 1719 wiederentdeckt. Lessing hielt sie wohl »für ein einzelnes Gebäude, etwa ein Heiligtum des Herkules« (G 6, S. 902).

144,8 *versprochener]* Lessing arbeitet hier also mit der Fiktion, daß er Winckelmanns *Geschichte* (erschienen schon Ende 1763) noch nicht kenne; vgl. oben S. 641. Das Erscheinen des Werks wird dann zu Beginn von Abschn. XXVI (S. 183,2f.) verkündet.

144,9 *erhalten]* Verbessert aus: finden

144,11f. *ein Spaziergänger]* Das Bild nimmt Vorstellungen der Vorrede wieder auf (etwa S. 15,18-16,3). Vgl. aber auch die *Hermäa*-Vorrede mit den »Wanderschaften eines gelehrten Landstörzers«, Bd. V/1, S. 449,28f., schließlich Lessings Charakteristik des Stils von Johann Georg Hamann in einem Brief an Herder vom 25. 1. 1780 mit der typologisierenden Pointe: »Ein Wanderer ist leicht gefunden: aber ein Spaziergänger ist schwer zu treffen.« Das Spaziergänger-Bild ist charakteristisches Element von Lessings Konzeption des »Weges« zur Wahrheit.

144,16f. *übereinstimmenden Wirkung]* Enthält sowohl das Moment des Zusammenwirkens (Synergie) als auch des Zusammenstimmens (Harmonie). Beides liegt bereits dem Schönheitsideal der Aristotelischen *Poetik* zugrunde (vgl. etwa Kap. 7).

144,23-145,10 *Der Dichter <...> haben!]* Hiergegen Herder im *Ersten Wäldchen*, Kap. 20: jeder Teil solle schön sein, nicht erst das zusammengesetzte Ganze.

144,29 *Enumeration]* Nach lat. enumeratio »Aufzählung«.

144,31 *Einbildung]* Hier: rezeptive Einbildungskraft, vgl. Anm. 62,1, 113f., A 2 und 130,24.

144, A 7 *Betracht. ⟨...⟩ Malerei]* Hagedorn (vgl. Anm. 60, A 1), *Betrachtungen über die Mahlerey*, 1762.

144, A 8 *Geschrieben im Jahr 1763.]* Bemerkenswerte Festschreibung des Datums weit vor Erscheinen von Winckelmanns *Geschichte* (vgl. Anm. 144,8). Auf das gleiche Jahr fingiert Lessing die Entstehung der *Minna von Barnhelm* mit der Titelblatt-Angabe: »Verfertiget im Jahre 1763« (Jahr des Hubertusburger Friedensschlusses); dazu Bd. VI dieser Ausgabe, S. 803f.

145,3 *erinnern]* Wichtige Kategorie schon der antiken Kunstlehre: Anamnesis.

145,5 *Nireus]* Sohn des Charopos und der Aglaia, König von Syme, Teilnehmer am Troischen Krieg, von Homer (*Ilias* III 671f.) als – nächst Achilleus – Schönster der Griechen vor Troia bezeichnet (so sprichwörtlich auch bei Horaz, Properz, Ovid).

145,9f. *luxuriert]* Von lat. luxurari »ausgelassen sein, schwelgen«.

145,11 *Constantinus Manasses]* Byzantin. Geschichtsschreiber (12. Jh.), hier: *Compendium chronicum* (Byzantinische Geschichte), bis zum Jahre 1081 reichend, Ausgabe Venedig 1729.

145,11 *seine kahle]* Hier (»seine trockene«) und im folgenden hat Lessing mehrfach zur Formulierung angesetzt, vgl. LM 22, S. 181f.

145,12 *ihn]* So 1766 (sächs. Dativ).

145, A 1 *Die Fr. Dacier]* Vgl. Bd. V/1, Anm. 294, A 99; hier: *Dictys Cretensis et Dares Phrygius* (Diktys von Kreta und Dares aus Phrygien), eine lat. Darstellung des Troischen Krieges aus dem 4. Jh. n. Chr. in Romanform und ein griech. Prosabericht über die Zerstörung Troias aus dem 1. oder 2. Jh. n. Chr., von Mme Dacier 1702 herausgegeben.

145, A 1 *Tautologieen]* Von griech. tautologia (späteres Kunstwort) »Aussage desselben«, überflüssige Verdoppelung einer Aussage.

145, A 1 *»De Helenae ⟨...⟩ reprehendas.«]* »Über die Schönheit der Helena schreibt Constantinus Manasses am besten von allen, wofern du nicht seine Tautologien tadeln willst.«

145, A 1 *Meziriac]* Claude Gaspard Bachet de Meziriac (1581-1638), franz. Philologe; hier: Kommentar zu Ovids *Heroiden*-Briefen (1626).

145, A 1 *Cedrenus]* Georgius Cedrenus (12. Jh.), byzantin. Geschichtsschreiber, Geistlicher (wohl Mönch), Verfasser einer Weltgeschichte (bis 1057 n. Chr. reichend), zitiert als *Annales*.

145, A 1 *Augenbraunen]* Dies die bis ins 19. Jh. hinein vorherrschende Form, vgl. Grimms DWb 1, Sp. 804 (dort noch Lemma »Augenbraune«!).

145, A 1 *»notam ⟨...⟩ habentem«]* »⟨Sie habe⟩ ein Mal zwischen den Augenbrauen gehabt.«

145, A 1 *μεσοφρυον]* (Griech.) »Stelle zwischen den Augenbrauen«.

145, A 1 *glabella]* (Lat.) »Unbehaarter Hautfleck«.

145, A 1 *Junius]* Vgl. Anm. 24,15.

145, A 1 *Anakreon]* Vgl. Bd. V/1, Anm. 180,21.

145, A 1 *die Mittelstraße]* Den Mittelweg.

146,1-147,4 *Ην ⟨...⟩ χρηματιζειν.]* »Sie war eine wunderschöne Frau, mit schönen Augenbrauen, schöner Farbe, schönen Wangen, schönem Antlitz, großäugig, von schneeweißer Haut, mit runden Brauen, die Brust ein Sitz der Chariten, weißarmig, anmutig, Schönheit aushauchend, das Gesicht ganz weiß, die Wange rosenfarben, das Gesicht anmutig, das Auge schön, von ungezwungener Schönheit, ungeschminkt, von natürlicher Haut, tauchte sie die Blässe in rosenfarbenes Feuer, wie wenn jemand Elfenbein färbt mit leuchtendem Purpur; von langem glänzendem Haar, weshalb der Mythos von ihr erzählt, vom Schwan geboren sei die schöne Helena.« (einzelne Korrekturen des griech. Textes bei PO Erl., S. 146).

146, A 1 *Το μεσοφρυον ⟨...⟩ κελαινην.]* »Die Augenbrauen ziehe mir nicht auseinander noch vermische sie!

Sondern beide sollen unmerklich einen dunklen Kranz über den Augen bilden.«

146, A 1 *Pauw]* Jan Cornelis de Pauw (Ende 17. Jh.-1749), niederländ. Philologe; hier: Anakreon-Ausgabe (1732).

146, A 1 *der Verstand]* Der Sinn.

146, A 1 *Henr. Stephano]* Vgl. Bd. V/1, Anm. 306,12.

146, A 1 *Supercilii 〈...〉 ipsi.]* »Die schwarzen Bögen der Augenbrauen sollen weder völlig getrennt sein noch völlig ineinander verschmelzen: sie sollen vielmehr so zusammengefügt sein, daß nach beiden Seiten hin eine Scheidelinie zurückbleibt, wie du es bei ihren Augen sehen kannst.«

146, A 1 *»moram«]* »Aufenthalt, Verzögerung«, aber auch »Hindernis, Hemmnis«.

146, A 1 *Ego 〈...〉 mora]* »Daß ich doch als erschwerendes Hemmnis der Berge daläge!«

146, A 1 *der rasende Herkules beim Seneca]* Das Stück hat Lessing in seiner *Seneca*-Abhandlung von 1754 (Bd. III dieser Ausgabe) ausführlich behandelt. In Breslau hat er einige Seneca-Studien, auch zum *Hercules furens*, wieder aufgenommen (oben Bd. V/1, S. 464,19-466,17). Zu Seneca vgl. Anm. 45,20f.

146, A 1 *Gronovius]* Vgl. Bd. V/1, Anm. 238, A 1.

146, A 1 *»Optat 〈...〉 distrahi.«]* »Er wünscht mitten zwischen den beiden Symplegaden 〈zwei kleinen Felseninseln, die bis zum Argonautenzug alle Schiffe, die sie passieren wollten, zwischen sich zerschmetterten〉 zu liegen, gleichsam als deren Blockierung, als Hindernis, als Barrikade, die 〈die Felsen〉 einige Zeit aufhält; die ihnen verwehrt, sich ganz eng aneinander zu schmiegen oder sich umgekehrt wieder auseinanderzustrecken.«

146, A 1 *»lacertorum morae«]* »Der Abstand zwischen den Oberarmen«.

146, A 1 *»juncturae«]* »Gelenke«.

146, A 1 *Schroederus]* Johann Caspar Schröder (Lebensdaten nicht ermittelt), dt. Philologe; hier: Ausgabe der Seneca-Tragödien mit Anmerkungen von Gronovius (1728).

147,5-8 *Steine ⟨...⟩ herabrollen.]* Anspielung auf das Schicksal des Sisyphos.

147,12 *politische Verse]* Ein beliebtes Versmaß der byzantin. Literatur, mit Zeilen zu je 15 Silben, nicht im strengen Metrum der altgriech. Verskunst; daher »politisch« im Sinne von »bürgerlich« (griech. politikos).

147,13 *Ariost]* Ludovico Ariosto (1474-1533), ital. Dichter; sein Hauptwerk: *Orlando furioso* (Rasender Roland), 1516, Versepos in Stanzen, schildert die Liebesjagd des Ritters Roland nach der schönen Angelica, mit zahlreichen Ausschmückungen und Nebenhandlungen.

147, A 2 *Helfenbein]* Die mhdt. Form (wie helfant für elfant) hat sich bis ins 18. Jh. hinein erhalten, vgl. Grimms DWb 3, Sp. 413 und 4, Sp. 958.

147, A 2 *Zinnober]* Mineral, hellrot, schwarz oder bleigrau; enthält Quecksilber. Als Färbemittel verwendet.

148, A 2 *englischen]* Engelhaften.

148, A 2 *Meinhardt]* Johann Nikolaus Meinhard (1727-1767), Theologe und Privatgelehrter; hier: *Versuche über den Charakter und die Werke der besten italienischen Dichter* (1763); Lessing handelt über das Werk lobend im 332. ›Literaturbrief‹ (28. 6. und 4. 7. 1765). Die eingeklammerten Sätze stehen nicht bei Meinhard.

149,17 *Milton]* Vgl. Anm. 113,2.

149,17 *Pandämoniums]* Bezeichnung für den in einer einzigen Nacht erbauten Palast des Satans in Miltons *Paradise Lost* (1. Gesang).

149,26 *Dolce]* Lodovico Dolce (1508-1566), ital. Gelehrter und Dichter; hier: *Dialogo della pittura, intitolato l'Aretino* (Dialog über die Malerei, mit dem Titel ›Der Aretiner‹ ⟨Pietro Aretino⟩), 1735.

149,27 *Stanzen]* Stanze (ital. stanza): ursprünglich ital. Strophenform aus acht Elfsilblern (endecasillabo) mit weiblichem Endreim, seit Ende des 13. Jhs. Wird herrschende Form in der klassischen Epik Italiens.

149, A 3 *Se vogliono ⟨...⟩ Pittori.]* »Wenn die Maler ohne Mühe ein vollkommenes Muster einer schönen Frau finden wollen, so sollen sie jene Stanzen des Ariost lesen, in denen er auf wundervolle Art die Schönheit der Fee Alcina beschreibt, und sie werden zugleich sehen, wie die guten Dichter auch gute Maler sind.«

150,4f. *Wirkung 〈...〉 auf meine Einbildungskraft]* Zentralargument der ganzen Abhandlung, vgl. Anm. 144,31.

150,16f. *Di persona 〈...〉 industri]* Vgl. S. 148,1f. mit Lessings Übersetzung.

150,19 *den Antiken]* Vgl. Anm. 85,8.

150,22f. *Spargeasi 〈...〉 ligustri]* Vgl. S. 148,5f. mit Lessings Übersetzung.

150,24 *Coloristen]* Farbenkünstler; vgl. auch Bd. V/1, Anm. 173,26.

150,24 *Titian]* Vgl. Anm. 130,14.

150, A 4 *Ecco 〈...〉 artefice.]* »Sieh, wie im Hinblick auf die Proportion der so geistvolle Ariost die beste darbietet, die die Hände der hervorragendsten Maler zu formen verstehen, wobei er den Ausdruck ›Kunstfertigkeit‹ verwendet, um die Sorgfalt zu bezeichnen, die dem guten Künstler geziemt.«

150, A 5 *Qui 〈...〉 Titiano.]* »Hier koloriert Ariost, und in diesem seinem Kolorieren zeigt er, daß er ein Tizian ist.«

150f., A 6 *Poteva 〈...〉 l'oro.]* »Ariost konnte ebenso gut, wie er ›blondes Haar‹ gesagt hat, ›goldenes Haar‹ sagen; aber vielleicht schien es ihm, daß es zu viel Poetisches an sich gehabt hätte. Daraus kann man schließen, daß der Maler das Gold nachahmen soll und es nicht (wie es die Miniaturisten tun) auf den Gemälden anbringen soll, dergestalt, daß man sagen könnte: Diese Haare sind nicht von Gold, sondern glänzen nur wie Gold.«

151,2 *Quindi 〈...〉 scende]* Vgl. S. 148,15.

151,13-152,2 *Eine Stirn 〈...〉 zu wollen.]* Zu Herders Einwänden vgl. Blümner, 2. Aufl., S. 638.

151,15 *Che 〈...〉 meta]* Vgl. S. 148,8.

151,18 *Che 〈...〉 l'emende]* Vgl. S. 148,16.

151,20 *Lunghetta 〈...〉 angusta]* Vgl. S. 149,11.

151,23 *akademischen]* In der Zeichenakademie.

151,25 f. *fröhlichen]* Verbessert aus: schönen

151, A 6 *Athenäus]* Vgl. Bd. V/1, Anm. 239,4. Bei Athenaios (XIII 603) wird berichtet, Sophokles habe dem Dichter und dem Maler für die Darstellung körperlicher Eigenschaften je verschiedene Mittel zugeordnet. Vgl. auch im *Leben des Sophokles* den Programmpunkt GG Bd. V/1, S. 237,4 f. (mit den Paralipomena).

151, A 6 *Ich rede ⟨. . .⟩ davon.]* Lessing ist darauf nicht mehr zurückgekommen.

151, A 7 *Il naso ⟨. . .⟩ antiche.]* »Die Nase, die herabsteigt, hat beim Betrachten die Form der Nasen, die man auf den Bildnissen der schönen antiken Römerinnen sieht.« Hinter »antiche« sind drei Zeilen zum Teil unlesbar durchstrichen: »Wenn ich schon in den Teilen ⟨. . .⟩ Aber wenn die Poesie keine körperliche Schönheit schildern kann, wie will ich solche unter die ⟨. . .⟩ Jedes sich das seine, und nachdem diese ist, ist ⟨. . . ?⟩« (vgl. LM 22, S. 182).

152,6 *»pulcherrima Dido«]* »Die wunderschöne Dido«.

152,6 *ja]* Doch.

152,12 *jener alte Künstler]* Apelles (vgl. Anm. 13,31). »Künstler« ist verbessert aus »Maler«.

152,13 *sagte]* Laut Clemens Alexandrinus (vgl. Bd. V/1, Anm. 314,23), *Paedagogus* (Der Erzieher ⟨zur christlichen Lebensführung⟩) II 125.

152,19 *die beiden Lieder des Anakreons]* Vgl. Bd. V/1, Anm. 180,21. Auf ›Anakreon‹ ist Lessing in diesem Zusammenhang durch Mendelssohn hingewiesen worden, vgl. Paralipomenon 3, S. 223 f., A 10.

152,21 *seines Bathylls]* Bathyllos war der Geliebte Anakreons.

152,28 *Direction]* Anweisung.

152,30 *empfindet]* Verbessert aus: erkennet (dieses wiederum aus: fühlet die Unfähigkeit u.)

152,32 *erhebet]* Hier: hervorhebt.

152,34 *scheinet.]* Dahinter Hs.: Genug, ruft er, ich sehe sie, das ist sie (durchstrichen)

153,3 f. *Απεχει ⟨...⟩ λαλησεις.]* »Genug! Denn schon sehe ich sie, und gleich wirst du auch reden.« (*Oden* XV 33 f.)

153,11 *Adonis]* Geliebter der Aphrodite, Inbegriff jünglingshafter Schönheit.

153,12 *Merkur]* Hermes, der Götterbote.

153,13 *Pollux]* Polydeukes, einer der Dioskuren (Söhne des Zeus in Gestalt eines Schwans, und der Leda), beliebter Nothelfer.

153,15-23 *Μεια ⟨...⟩ Βαθυλλον.]* »Unter dem Angesicht sei, den Adonis übertreffend, ein elfenbeinerner Hals; die Brust und beide Hände gestalte er nach dem Hermes, nach dem Polydeukes die Hüften, nach Dionysos den Bauch ... diesen Apollon vollendend gestalte er den Bathyllos!« (*Oden* XVI 27-33 und 43 f.)

153,24 *Lucian]* Vgl. Bd. V/1, Anm. 410,1; hier: *Eikones* (Bilder), Dialogschrift zu Ehren der Panthea, der Geliebten des Kaisers Lucius Verus.

153, A 10 *Εικονες ⟨...⟩ Reitz.]* Vgl. vorige Anm. Lessing zitiert nach der Ausgabe von Johann Friedrich Reitz und Tiberius Hemsterhuis (vgl. Bd. V/1, Anm. 458,3).

154,5 *auf welchen]* So 1766ab und 1766 (sächs. Dativ).

154,10 *nachsehen]* Hinterherschauen, zurückbleiben.

154,12 *enthält]* Weitere Beispiele für diese homerische Technik nennt Blümner, 2. Aufl., S. 640.

154,19 *ehrwürdigen]* Verbessert aus: alten

154,21-23 *Ου ⟨...⟩ ἐοικεν.]* »Keiner verarge es den Troern und den wohlgeschienten Achaiern, daß sie um eine solche Frau lange Zeit Schmerzen leiden! Gewaltig gleicht sie den unsterblichen Göttinnen an Aussehen!«

154,25 *das kalte Alter]* Das ›kalt‹ machende, ›abhärtende‹ Alter; zur wirkungsästhetischen Konzeption von ›kalt‹, ›frostig‹ usw. vgl. Bd. V/1, Anm. 178,21.

154,27 f. *Was Homer ⟨...⟩ erkennen.]* Die gleiche Deutung des Prinzips findet sich für Milton, unter Bezugnahme auf »des Homers Manier«, in Paralipomenon 17, S. 286, 4-8.

155,1 *Sappho]* Griech. Lyrikerin von der Insel Lesbos (7./6. Jh. v. Chr.). Von ihren Gedichten (später in Büchern gesammelt) haben sich überwiegend nur Fragmente erhalten. Hier gemeint: das Fragment 31 Voigt.

155,5 *Ovid]* Vgl. Bd. V/1, Anm. 312,13; hier: *Amores* (Liebeselegien) I 5.

155,6 *Lesbia]* Lessing verwechselt die von Ovid besungene Corinna mit der Geliebten des Catull (vgl. Bd. V/1, Anm. 180,25-31).

155,6 *Teil vor Teil]* Verbessert aus: Glied vor Glied

155,7-10 *Quos humeros ⟨...⟩ femur!]* »Was für Schultern, was für Arme sah und berührte ich! Wie wunderbar für die drängende Hand waren die Brüste geformt! Wie flach der Bauch unter der straffen Brust! Wie voll und wohlgeformt die Hüfte! Wie jugendlich der Schenkel!«

155,16 *Reiz]* Der Begriff ist hier auf der antiken Grundlage von griech. charis, lat. gratia (»Lieblichkeit, Anmut«) verwendet und wird dann von Schiller in *Über Anmut und Würde* (1793) mit bewußter Anregung durch Lessing als »Anmut« neu gefaßt.

155,16f. *Reiz ist Schönheit in Bewegung]* Dieses Prinzip vertrat bereits Henry Home in seinen *Elements of criticism* (1762), die Meinhard (vgl. Anm. 148, A 2) 1763-66 ins Dt. übersetzte und die Lessing im 332. ›Literaturbrief‹ (4. 7. 1765) kurz bespricht. Konkrete Anregung ist möglich, aber nicht sicher. Vgl. auch Lessings Entwurf der These in Paralipomenon 3, S. 224,20-225,3. Zu Herders Kritik an dem von Lessing empfohlenen Verfahren s. Blümner, 2. Aufl., S. 641 f.

155,21 *transitorisches]* Vgl. Anm. 32,30.

155,26f. *Alles ⟨...⟩ rühret,]* Verbessert aus: Man werfe noch einen Blick ⟨wiederum verbessert aus: Augenblick⟩ auf die Alcina des Ariost,

155,34 *Zinnober]* Vgl. Anm. 147, A 2.

156,1f. *weniger ⟨...⟩ Helfenbein]* Verbessert aus: nicht weil er so weiß als Schnee ist

156,2 *Weiße]* Verbessert aus: Farbe

156,5 *Zephyr]* Zephyros, seit Homer geläufig für den (im Vergleich zum Boreas aus dem Norden milden) Wind aus dem Westen.

156,7-9 *Due* ⟨...⟩ *combatte.*] »Zwei zarte, von Helfenbein geründete Kugeln wallen sanft auf und nieder, wie ein spielender Zephyr die See bestreitet« (Übersetzung Lessings).

156,13 *viel zu gelehrt*] Charakteristisch kritische Wendung eines Lessingschen Zentralbegriffs, im Sinne von ›ausgedacht, anspielungsreich‹.

156,15 *Anakreon*] *Anacreontea* XXVIII 26.

156,16 *Untulichkeit*] In Wörterbüchern des 18. Jhs. offenbar nicht verzeichnet. Möglicherweise ad hoc gebildet zu tu(n)lich, Tunlichkeit, im Sinne von: das, was sich nicht zu tun empfiehlt. Zu tunlich vgl. Trübner 7, S. 165; vgl. auch Bd. V/1, Anm. 168,32 (»tulich«).

156,19-21 *Τρυφερου* ⟨...⟩ *πασαι.*] »Im schwellend weichen Kinn drinnen, um den leuchtend weißen Marmorhals, schweben alle Chariten.«

156,26f. *»Amoris* ⟨...⟩ *impressum«*] »Von Amors Fingerchen eingedrückt« (PO Erl., S. 147: »Varro bei Nonius 135,21«).

156,28 *Carnation*] Nach spätlat. carnatio »Fleischigkeit, fleischfarbene Tönung«.

156,37 *verbunden*] Verpflichtet (»nicht verbunden« ist verbessert aus: »nicht eben gehalten«).

157,2 *Zeuxis*] Vgl. Anm. 51, A 6.

157,12 *unanständig*] Unangemessen.

157,14 *einzigen*] Alleinigen.

157,16 *die zu Crotona*] Die Einwohner der Stadt Krotona in Süditalien. Zu anderen Versionen (u. a. Kroton) s. Blümner, 2. Aufl., S. 643.

157,18 *Caylus*] Vgl. Anm. 72, A 3 (Lessing übersetzt im folgenden eine franz. Partie aus den *Tableaux*).

157,21 *Priamus*] Priamos, letzter König von Troia.

157,27f. *Die Vertiefung*] Der Hintergrund.

157, A 1 *Val. Maximus*] Vgl. Bd. V/1, Anm. 315,26.

157, A 1 *Dionysius Halicarnass.*] Vgl. Bd. V/1, Anm. 288,35.

157, A 1 *περι λογων ἐξετασεως*] »Über die Prüfung des

Redens«, Überschrift von Kap. 12 der *Rhetorik* des Dionysios.

158,2 *Dieses ⟨...⟩ fühle]* Verbessert aus: Jenes, wo ich eine bekleidete und

158,3 *gerührter]* Verbessert aus: frostiger

158,4 *»Turpe ⟨...⟩ amor«]* »Liederlich ist die Liebe der Greise« (Ovid, *Amores* I 9,4) Das Thema spielt eine wichtige Rolle in den Kapiteln GG und HH der *Sophokles*-Schrift (Bd. V/1, S. 237,4-9; 346,22-35; 347,7-12).

158,12f. *Αλλα ⟨...⟩ λιποιτο.]* »Aber auch so, als eine solche Frau, soll sie in den Schiffen heimkehren und nicht unseren Söhnen künftig Leid hinterlassen!« (*Ilias* III 159f.).

158,16 *vermumte]* Seltene Schreibung von ›vermummt‹, seit dem 16. Jh. gelegentlich begegnend (Grimms DWb 12/1, Sp. 897f.), eventuell auch assoziativ mit ›Mumie‹.

158,20f. *Αυτικα ⟨...⟩ θαλαμοιο]* »Und sogleich, in den schimmernden Schleier gehüllt, eilte sie aus dem Gemach« (*Ilias* III 141f.).

158,32f. *und ich ⟨...⟩ gesagt,]* Verbessert aus: Und was ist das? Wie gesagt:

159,2 *Anzuges.]* Danach durchstrichen: Der aufgeschlagene Schleier sollte nicht, ihm diese Ausflucht zu

159,3 *Auslegung]* Danach Hs.: zwar (von LM und den nachfolgenden Ausgaben – durchaus nicht überzeugend – eingefügt; fehlt 1766ab und 1766)

159,4 *»Helene ⟨...⟩ blanc«]* »Helena, bedeckt mit einem weißen Schleier«.

159,9 *reuenden]* Reumütigen.

159,18 *Pantomime]* Zur Bewertung der Pantomime durch Lessing vgl. ausführlich *Das Theater des Herrn Diderot* (zum Wort Bd. V/1, Anm. 18,25).

159,20-161,11 *Homer ⟨...⟩ harmonieren.]* Gegen die hier entwickelte These opponierte Klotz in seiner Schrift *Über den Nutzen und Gebrauch der alten geschnittenen Steine und ihrer Abdrücke* (1768; vgl. unten S. 956). Lessing verteidigte sich im 1. und 2. ›Antiquarischen Brief‹ (S. 356,13-361,29).

159,21 *sogar]* So Hs., 1766ab und 1766; LM mit den anderen Zeugnissen: so gar

159,27 *Penelope]* Gattin des Odysseus.

159,28 *Apelles]* Vgl. Anm. 13,31.

159,28 *Diana]* Artemis.

159,29-31 *Bei dieser Gelegenheit ⟨...⟩ bedarf]* Nach längerer Zeit wieder einer der textkritisch-interpretatorischen Exkurse.

159, A 2 *Fabricii]* Vgl. Bd. V/1, Anm. 239,17.

159, A 3 *»Fecit ⟨...⟩ describentis.«]* »Er schuf auch eine Diana in der Reihe der opfernden Jungfrauen, womit er die Verse Homers zu übertreffen scheint, der dasselbe beschreibt.«

160,2 *künstliche]* Kunstvolle.

160, A 3 *»sacrificantium«]* »Der opfernden«.

160, A 3 *Οιη ⟨...⟩ παιζουσιν]* »Wie Artemis im Gebirge geht, die pfeilfrohe, ob über den breiten Taygetos oder den Erymanthos, sich an Ebern und schnellen Hirschkühen freuend. Mit ihr spielen die Nymphen, die Töchter des aigishaltenden Zeus, die auf den Fluren wohnen.«

160, A 3 *»venantium«]* »Der jagenden«.

160, A 3 *»sylvis vagantium«]* »Der durch die Wälder streifenden«.

160, A 3 *παιζουσι]* »Sie spielen.«

160, A 3 *»saltantium«]* »Der tanzenden«.

160, A 3 *Qualis ⟨...⟩ choros]* »Wie Diana am Ufer des Eurotas und auf den Höhen des Kynthos den Chorreigen aufführt – – «.

160, A 3 *Spence]* Vgl. Anm. 25, A 7 und 68, A 1.

160, A 3 *»This Diana ⟨...⟩ devotion.«]* »Diese Diana ⟨...⟩ war sowohl im Gemälde als auch in den Beschreibungen die Diana Venatrix ⟨die Jägerin Diana⟩, obwohl sie weder von Vergil noch von Apelles noch von Homer bei der Jagd mit ihren Nymphen dargestellt wurde, sondern gemeinsam mit ihnen mit jener Art von Tänzen beschäftigt war, die seit alters her als feierliche Rituale der Verehrung angesehen wurden.«

160f., A 3 *»The expression ⟨...⟩ gods.«]* »Der Ausdruck ›spielen‹, dessen sich Homer bei dieser Gelegenheit bedient, ist der Jagd nicht angemessen, ebenso wie ›choros exercere‹ ⟨den Chorreigen aufführen⟩ bei Vergil auf dem Hintergrund der religiösen Tänze früherer Zeiten verstanden werden sollte, da dem altrömischen Denken zufolge der Tanz in der Öffentlichkeit selbst bei Männern als unschicklich galt, wenn es sich dabei nicht um Tänze zu Ehren des Mars, des Bacchus oder eines anderen ihrer Götter handelte.«

161,1-11 *Sie nährten ⟨...⟩ harmonieren.]* Einschränkungen der Abhängigkeit von Homer bei Helferich Peter Sturz in seinem Brief an Lessing vom 23.9.1767 (Bd. XI/1 dieser Ausgabe, S. 481,6-23).

161,13 *älter]* Dieses ›chronologische‹ Verhältnis ist Lessing auch für die Frühzeit wichtig (von der Forschung freilich inzwischen erheblich korrigiert), da es in einem prinzipielleren Sinn zugleich ›Priorität‹ bedeutet.

161,15 *Phidias und Apelles]* Vgl. Anm. 60, A 1 und 13,31.

161, A 3 *»It is ⟨...⟩ religious kind.«]* »Infolgedessen verwendet Plinius, wenn er in diesem Zusammenhang von den Nymphen der Diana spricht, das Wort ›sacrificare‹ ⟨opfern⟩, das diese ihre Tänze mit ziemlicher Sicherheit als solche religiösen Charakters identifiziert.«

161, A 3 *»exercet ⟨...⟩ choros«]* »Diana führt den Chorreigen auf.«

161, A 3 *Iam Cytherea ⟨...⟩ pede]* »Cytherea führt bereits im Schein des Mondes den Chorreigen, und die Grazien lassen, Hand in Hand mit den Nymphen, im Wechselschritt den Boden erbeben.«

161, A 3 *Grille]* Zu den textkritischen Problemen Blümner, 2. Aufl., S. 652f.

162,4-163,2 *Phidias ⟨...⟩ des Phidias.]* Weitere Quellen für diese Anekdote sowie eine Reihe einschlägiger archäologischer Fragen erörtert ausführlich Blümner, 2. Aufl., S. 646-650. Die Zeus-Statue von Olympia ist nur in groben Umrissen rekonstruierbar, eine spezielle Anregung durch die *Ilias*-Verse sehr unwahrscheinlich.

162,5-7 *H ⟨...⟩ Ολυμπον.]* »Sprach es, und mit den schwarzen Augenbrauen nickte Kronion ⟨Zeus⟩, und die ambrosischen Haare des Herrschers wallten vom unsterblichen Haupt, und er ließ den großen Olymp erbeben.« (*Ilias* I 527-530.)

162,10 *»propemodum ⟨...⟩ petitum«]* »Geradezu vom Himmel selbst geholt«.

162,11 *Phantasie]* Verbessert aus: Einbildungskraft (vgl. Anm. 62,1)

162,19 *»quanta ⟨...⟩ animi«]* »Wieviel von der Seele«.

162,20f. *zu wenden]* Anzuwenden.

162,25 *vernachlässiget]* Nicht ganz angemessene Bewertung. Zu Lessings Zeit gab es noch keinen spezifischen Zugang zur archaischen Kunst (gerade auch bei Winckelmann).

162,25 *Myron]* Vgl. Anm. 30, A 15.

162,27 *Pythagoras Leontinus]* Pythagoras aus Rhegion in Sizilien (5. Jh. v. Chr.), Erzgießer und Bildhauer, fälschlich mit der Stadt Leontinoi in Sizilien verbunden.

162, A 5-A 7 *Plinius ⟨...⟩ Ibid.]* Identifizierung der Plinius-Stellen bei PO Erl., S. 148.

162, A 6 *Ipse ⟨...⟩ instituisset.]* »Dieser scheint jedoch die Körper höchst sorgfältig, die Empfindungen der Seele hingegen gar nicht dargestellt zu haben, und er habe auch die Kopf- und Barthaare nicht vollkommener geschaffen, als es das unkundige Altertum getan habe.«

162, A 7 *Hic primus ⟨...⟩ diligentius.]* »Dieser hat als erster Muskeln, Adern und Haare originalgetreu ⟨wörtl.: gewissenhafter⟩ dargestellt.«

163,5 *Hogarth]* William Hogarth (1697-1764), engl. Maler und Kupferstecher; hier: *Analysis of beauty* (1753), übersetzt von Lessings Freund Christlob Mylius als *Zergliederung der Schönheit* (1754), von Lessing unter dem 30.5. und 25.6.1754 in der ›Berlinischen Privilegirten Zeitung‹ besprochen (Bd. II dieser Ausgabe).

163,5 *Apollo zu Belvedere]* Die berühmte Statue des im Schreiten bogenschießenden Apollon, in den Vatikanischen Sammlungen: eine röm. Kopie, wohl nach einem Werk des griech. Bildhauers Leochares (4. Jh. v. Chr.), ein

Schlüsselwerk der ›Anschauung‹ von griech. Kunst seit der Renaissance, dann besonders bei Winckelmann, Goethe und vielen anderen.

163,6 *Antinous]* Antinoos, Geliebter des Kaisers Hadrian. Er ertrank im Nil, Hadrian ließ ihm daraufhin zahllose Kultbilder aufstellen. Das hier erwähnte stand seit der Renaissance im Belvedere. Mit der Apollo-Statue wird hier jedoch ein Hermes verglichen.

163,8 f. *Verwunderung* ‹...› *Erstaunen]* Kategorien, die Lessings Interesse vor allem schon im Briefwechsel über das Trauerspiel (1756/57) gefunden haben.

163,14 *das Unproportionierliche]* Vgl. Anm. 104,1. Hogarth kann hier ästhetische Ideale der Alexanderzeit nur negativ fassen.

163,14 f. *gemeinen]* Gewöhnlichen, normalen.

163,19 *Andreas Sacchi]* Andrea Sacchi (1598-1661), röm. Maler.

163,22 f. *seinem Apollo]* Nachweis bei PO Erl., S. 148.

163,23 *Pasquilini]* Nicht eindeutig zu identifizieren; »vermuthlich der Castrat der päpstlichen Capelle Pasqualini« (Blümner, 2. Aufl., S. 652 mit weiteren Angaben).

163,23 f. *das völlige Verhältnis]* Die vollständigen Proportionen.

163,24 *übrigens]* Im übrigen, was das Übrige angeht.

163,31 *verlängert]* Vgl. Anm. 163,14.

163, A 8 *Berl. Ausg.]* Die Übersetzung (vgl. Anm. 163,5) erschien Berlin und Potsdam 1754.

164,2 *Alles]* Davor durchstrichen: Alles dieses ist sehr einleuchtend, und ‹verbessert aus› Wenn das Werk des Sacchi ‹...› diese Anmerkung auch von ‹...› ein ‹?›

164,7 *Antenor]* Einer der ältesten Troer, von Homer als besonnen gezeichnet, riet schließlich zur Rückgabe Helenas.

164,7 *Ulysses]* Odysseus.

164,7 *Menelaus]* Menelaos, Gatte der Helena, König von Sparta, Bruder des Agamemnon.

164,11 *so ragte]* So 1766ab und 1766; in der Hs. (und

dann bei LM und den von ihm abhängigen Ausgaben) ist das »so« gestrichen.

164,22 *Häßlichkeit]* Zentralstichwort der drei nachfolgenden Abschnitte.

164,28 *Vorwurf]* Gegenstand.

164,29 *Thersites]* Einer der Griechen im Lager vor Troia, in der *Ilias* ohne Angabe von Vater oder Heimat. Der als besonders mißgestaltet und feige gezeichnete Thersites hetzt gegen Agamemnons Habsucht. Von Odysseus gezüchtigt, ist er dem Gelächter der anderen preisgegeben.

164,31 f. *bei der Schönheit]* Vor allem bei der Gestalt Helenas.

165,2 *Enumeration]* Von lat. enumeratio »Aufzählung«.

165,11 *Ingrediens]* Bestandteil; seit dem 16. Jh. aus dem lat. Plural ingredientia »das Hinzukommende« gebildet, aber auch als Singular (wie hier) verwendet; vgl. Schulz-Basler 1, S. 292.

165,12 *vermischte Empfindungen]* Damals aktuelles Thema der philosophischen Psychologie und Ästhetik (Wolff, Baumgarten, Mendelssohn u. a.), auch der literaturtheoretischen Diskussion (›weinerliches Lustspiel‹ u. dgl.; vgl. Lessings Übersetzung und Beurteilung der einschlägigen Programmschriften von Chassiron und Gellert 1751, Bd. II dieser Ausgabe).

165,15 f. *Diese 〈...〉 Schreckliche.]* Einwendungen gegen diese Generalisierung (mit dem Häßlichen als stetem Ingrediens) in Herders *Erstem Wäldchen*, Kap. 22.

165,20 f. *Contrast von Vollkommenheiten und Unvollkommenheiten]* Dieser Gedanke ist in dem Mendelssohn (und Nicolai) vorgelegten Entwurf Paralipomenon 3 so noch nicht ausgeführt, so daß Mendelssohn auch nicht dazu Stellung nehmen konnte. Vgl. aber Ansätze zu dem Moment des »Contrasts« in seinen Bemerkungen S. 225 f., A 13 und S. 226, A 14 sowie S. 226 f., A 15.

165,22 *meines Freundes]* Moses Mendelssohns, hier mit einmaliger Auffälligkeit hervorgehoben.

165,23 *krall]* Grell, vor allem bei mitteldt. Autoren begegnend; Grimms DWb 5, Sp. 1980 f.

165,24 *Opposita]* (Lat.) »Gegensätze«; hier: Kontrastfarben.

165,26 *lassen.]* Verbessert aus: müssen. Dahinter sind 4 Zeilen durchstrichen: Dieses wird dadurch erlangt, wenn eines von beiden ⟨diese drei Worte nachträglich eingefügt⟩ entweder die Unvollkommenheit oder Vollkommenheit nur anscheinend ist oder ⟨dahinter »die Vollkommenheit in der Nachahmung der« durchstrichen⟩ bei wirklichen Unvollkommenheiten die Vollkommenheit nicht sowohl in dem nachgeahmten Gegenstande als in dem nachahmenden Künstler anzutreffen.

165,26 *Äsop]* Vgl. Bd. V/1, Anm. 323,30.

165,27 *Häßlichkeit]* Unter den vielen variierenden Überlieferungen zu Äsop – die meisten davon höchst unsicher – begegnet früh auch das Motiv der Mißgestalt. Sie ist festes Element in dem sog. Äsop-Roman, der in seiner erhaltenen Gestalt auf eine antike Vorlage zurückgeht, selbst jedoch aus byzantin. Zeit stammt. Die Verbindung mit dem Mönch Maximus Planudes (14. Jh.) ist ganz unsicher.

165,28 *Mönchsfratze]* Vgl. vorige Anm.; Campe 2, S. 152: auch eine »abenteuerliche Erzählung«.

165,28 *das Γελοιον]* Das Lächerliche.

165,31 *eine schöne Seele]* Hier mehr zufällig gebildet als Gegensatz zum »mißgebildeten Körper«, noch nicht als feste Prägung, wie sie aus span. Tradition (»hermosura del alma«) herkommend schließlich besonders durch Goethe (*Bekenntnisse einer schönen Seele* in *Wilhelm Meisters Lehrjahren*) bekannt wird.

165, A 1 *Philos. ⟨...⟩ Mendelssohn]* Mendelssohn, *Philosophische Schriften*, Berlin 1761.

166,7 *interessant]* Teilnahme erregend, Interesse hervorrufend (Sympathie, Neugierde o. ä.); über das franz. Kunstwort interéssant um die Mitte des 18. Jhs. in Deutschland vordringend. Vgl. Schulz-Basler 1, S. 302f.

166,7 *Pope]* Vgl. Anm. 128,23.

166,9 *Wicherley]* William Wycherley (1640-1715), engl. Lustspieldichter. Mit ihm beschäftigte sich Lessing schon in den 1750er Jahren, 1756 machte er sich Auszüge aus *The country wife* (Die Landfrau); vgl. Bd. V/1, S. 792. Wycherley schloß aufgrund eines kleinen Gedichtbandes Freundschaft mit dem erst 16jährigen Pope.

166,9 *seinen]* 1766ab und 1766: seinigen. Da Lessing selbst in »seinen« korrigiert hat (Hs.), ist die – hier weniger gut passende – Form des Erstdrucks wohl nur übersehen.

166,15 *demütigende Wirkung]* Öffentliche Züchtigung durch Odysseus.

166,17 *das Ου φθαρτικον]* Das Nicht-Schädliche (Aristoteles, *Poetik*, Kap. 5).

166,18 *zu dem]* Nach dem.

166,18f. *mein Freund]* Wieder Moses Mendelssohn.

166,22f. *seine hämische Verkleinerung des Agamemnons]* Vgl. Anm. 164,29.

166,24 *Schwielen]* Hier: Striemen.

166,29 *Quintus Calaber]* Vgl. Anm. 50,7.

166,30 *Penthesilea]* Königin der Amazonen, auf der Seite der Troer kämpfend (nach Hektors Tod). Achill verletzt sie tödlich und verliebt sich in die Sterbende. Die Gestalt begegnet nicht in der *Ilias*, sondern in anderen um Troia sich bildenden Erzählungen (troischer Zyklus, auf den sich auch Quintus und andere beziehen).

166, A 3 *Paralipom.]* Vgl. Anm. 50, A 4.

167,3f. *ἤτ' 〈...〉 ἐοντα.]* »Die unvernünftig den Mann macht, auch wenn er sonst vernünftig ist« (Quintus, *Ilias*-Fortsetzung I 737).

167,7 *Seele]* Durchaus ›materiell‹ aufgefaßt, als ›Lufthauch‹, der den Toten verläßt.

167,8 *wird mir]* Auffällig persönliche Hervorhebung des ›menschlichen‹ Opfers gegenüber dem ›heroischen‹ Wüten.

167,11 *Diomedes]* Einer der tapfersten griech. Helden vor Troia, in der späteren Überlieferung als Vetter des Thersites erscheinend.

167,12 *das Schwert zucket,]* Verbessert aus: die Lanze erhebet,

167,14 *ein Mensch]* Zentrale Bestimmung, die (mit dem

Problem der »Grenzen« der Künste im *Laokoon* nur locker verbunden) einerseits auf den Trauerspiel-Briefwechsel von 1756/57 und auf *Philotas* (1759), andererseits auf Thesen der *Hamburgischen Dramaturgie* hinweist.

167,24 *schrecklich]* Noch in einem unmittelbareren Sinn: schreckend, erschreckend.

167,24 *Ich weiß ⟨...⟩ zu erläutern]* Deutliches Zeichen des Bewußtseins, daß eine Erörterung des längst noch nicht in Deutschland ›kanonisierten‹ Shakespeare, noch dazu im Kontext des *Laokoon*, überraschend, ja anstößig wirken muß. Vgl. jedoch schon die Interpretation der Gestalt des Philoktet in Abschn. I.

167,25 *Shakespear]* Seit dem programmatischen 17. ›Literaturbrief‹ (16.2.1759) erste herausragende Zitierung Shakespeares (seit 1762 erschien Wielands Übersetzung): zwar nicht in erster Linie Würdigung der dramatischen Kunst, aber doch wichtige ›Brücke‹ zur *Hamburgischen Dramaturgie*.

167,26 *König Lear]* Dieses Stück von 1605/06 begegnet unter den mehreren Titeln, die Lessing in der *Hamburgischen Dramaturgie* zum Teil ausführlicher würdigt, nicht mehr.

167,31 *Schaudern und Entsetzen]* Wirkungskategorien, die in ihrer Ganzheitlichkeit und Körperlichkeit von den distanzierenden Wirkungen des ›Heroismus‹, Furcht und Schrecken (und Bewunderung), abgehoben werden sollen.

167,33-168,12 *Thou, Nature ⟨...⟩ wake?]* »Du, oh Natur, bist meine Göttin, Deinem Gesetz ist mein Dienst unterworfen. Weshalb sollte ich an lästige Überlieferungen gebunden sein und es gestatten, daß mich das übertriebene Zartgefühl der Völker enterbt, einzig deshalb, weil mir ein Bruder zwölf oder vierzehn Tage voraushat? Warum Bastard? Weshalb niedrig ⟨geboren⟩? Da doch mein Körper so wohl proportioniert ist wie seiner, mein Sinn so großmütig und meine Gestalt so regelmäßig geformt ist wie beim Sprößling einer sittsamen Ehefrau? Warum brandmarken sie uns mit dem Makel der Illegitimität? Mit Verächtlichkeit? Als Bastard? Unedel? Geringwertig? Die wir doch in lustvollem Diebstahl der Natur mehr Begabung und feurigen Sinn empfangen als im öden, abgestandenen und trägen Bett auf die Erschaffung eines ganzen Volks von Hanswürsten verwandt wird, die bereits im Halbschlaf gezeugt werden?«

168,1 *curtesie]* Das mittlerweile fast ausgestorbene Wort ist zu Shakespeares Zeit ungefähr Synonym für tenure: »Pacht, Erbanspruch«. In Shakespeares Original: curiosity, nach damaliger Verwendung »übertriebenes Zartgefühl« (nicht »Aberwitz« wie in den gängigen Übersetzungen). Entsprechend hier übersetzt (Susanne Siegl). Weitere Divergenzen zwischen Shakespears Text und Lessings Zitaten (meist orthographisch) verzeichnet LM 9, S. 142 und 22, S. 185.

168,14 f. *den Grafen von Glocester]* In *Richard III* von 1592, vgl. auch die Erörterung im 73. Stück der *Hamburgischen Dramaturgie* (Bd. VI dieser Ausgabe, S. 548,33-550,15 anläßlich von Weißes gleichnamigem Stück).

168,16-32 *But I ⟨...⟩ Villain!]* »Ich aber, der ich weder zu Scherzen recht gestaltet noch geschaffen wurde, mit einem verliebten Spiegel zu kokettieren – ich, der ich nur ein Rohentwurf bin und der Majestät der Liebe entbehre, um vor einer mutwillig tänzelnden Nymphe Rad schlagen zu können, ⟨ich⟩, dem dieses schöne Ebenmaß vorenthalten wurde; den die arglistige Natur um Wohlgestalt betrog, mißgestaltet, unfertig, vor der Zeit in diese atmende Welt gesandt, kaum zur Hälfte vollendet, und dies so lahm und ungeformt, daß mich die Hunde ankläffen, wenn ich an ihnen vorbeihinke: Warum darf denn (in dieser schlaffen Zeit des Friedens) gerade ich keinen angenehmeren Zeitvertreib haben, als in der Sonne meinen Schatten zu beobachten und weitschweifig meine Mißgestalt zu erörtern? Da ich mich also nicht als Liebhaber bewähren darf, um mir diese schönen, wohlberedten Tage zu zerstreuen, bin ich entschlossen, mich als Schurke zu bewähren!«

168,33 f. *einer Gestalt ⟨...⟩ sollte.]* Verbessert aus: seiner leibhaften Gestalt.

169,2 *die Häßlichkeit der Formen:]* Verbessert aus: das Häßliche:

169,4f. *die Häßlichkeit]* Dahinter ursprünglich: der Formen

169,7 *schließt sie]* Schränkt sie.

169,12 *Kunstrichter]* Wie S. 165,22 und 166,18f. (»mein Freund«): Moses Mendelssohn im 82. ›Literaturbrief‹, dort mit »D.« unterzeichnend.

169,12 *Ekel]* Weiteres Zentralstichwort der wahrnehmungspsychologisch-ästhetischen Erörterung (›der Ekel‹ bzw. ›Eckel‹ mit Adj. ›ekel‹ für heutiges ›eklig‹). Campe 1, S. 897: »Eigentlich, ein unangenehmes Gefühl, welches man vor dem Erbrechen hat«. Unter den Bezeichnungen taedium, fastidium, nausea schon Thema antiker Ästhetik.

169,16 *Betrug]* Im Sinne von Illusion (schon verbreitete antike Vorstellung).

169,21 *beleidigten]* Hier weniger scharf: mit Unlust erfüllten.

169,28 *Häßlichkeit]* Dahinter ursprünglich: der Formen

169,31-33 *Wir mögen 〈...〉 sehen]* Mit dieser normativen Aussage versucht Lessing zugleich die antike Kunst zu erfassen, irrtümlich, da mehrere Zeugnisse von Thersites-Darstellungen überliefert sind. Klotz weist darauf mit Recht bereits in seiner Rezension hin; Details bei Blümner, 2. Aufl., S. 661f.

170,10 *Aristoteles] Poetik*, Kap. 4. Dort ist in erster Linie von Darstellungen der bildenden Kunst die Rede.

170,35-171,1 *reißende Tiere]* Aristoteles spricht von »äußerst unansehnlichen«, abstoßenden Tieren.

171,2 *dieses Schrecken]* Der substantivierte Infinitiv ist, ähnlich wie bei dem noch länger sich behauptenden »Mitleiden« neben »Mitleid« (vgl. S. 171,5) im 18. Jh. und speziell bei Lessing noch verbreitet. Adelung 3, Sp. 1648 bezeichnet das Neutrum bereits als »veraltet« (1798).

171,15-22 *Da also 〈...〉 sein könne.]* Einer der logisch ambitionierten, überdehnten schwer durchschaubaren Sätze des *Laokoon*.

171,28 *Affectation*] Nach lat. affectatio »eifriges, gekünsteltes Streben«.

171,33 *Anzüglichkeit*] Anziehungskraft.

172,11 *possierlich*] Im 18. Jh. noch weniger im Sinne von ›niedlich‹, sondern von ›possenhaft‹ (Campe 3, S. 676).

172,12 f. *Nicht ⟨. . .⟩ Häßlichkeit;*] Verbessert aus: Eben dieses geschieht auch mit dem Schrecklichen; um so vielmehr,

172,16 *der Graf Caylus*] Vgl. die letzte Bezugnahme auf ihn bei der (komplementären) Darstellung der Helena, S. 157,18.

172,19-22 *Ich finde ⟨. . .⟩ zu erklären.*] Klotz (vgl. S. 978 f.), *Epistolae Homericae* (Briefe über Homer), 1764. Ausführlich erklärt Klotz, die Thersites-Episode gehöre nicht in den Homer, allenfalls etwa in eine Satire. Lessings Bemerkung, in der Person anerkennend, in der Sache kritisch (aber ›aufschiebend‹), reizte natürlich Klotz zur Verteidigung (unten S. 954). Eine entschiedene Abfuhr erteilte ihm Herder im *Ersten Wäldchen*, Kap. 21. Lessing nimmt das Problem im 51. ›Antiquarischen Brief‹ schärfer und grundsätzlicher wieder auf (S. 555,5-556,2). Zu Lessings Brief an Klotz vom 9. 6. 1766, bald nach Erscheinen des *Laokoon* (mit Bezug auf die Thersites-Frage), vgl. S. 676 f.

172,25 *Kunstrichter*] Mendelssohn.

172, A 3 *Klotzii ⟨. . .⟩ et seq.*] Verbessert aus: * Hr. Klotz in seinen Epistolis Homericis.

172, A 1 *Eben daselbst S. 103.*] Vgl. Anm. 169,12.

173,17 f. *demselben*] Bei Mendelssohn: denselben (ebenso wahrscheinlich Lessings Hs.)

173,28 *Mischung*] Beimischung.

173,32 *mein Gefühl*] Lessing wendet das gleiche Verfahren der Selbstbefragung oder Selbstempirie an wie Mendelssohn (vgl. Zeile 11 f.: »Achtsamkeit auf sich selber«).

173,35-174,35 *Dieses ⟨. . .⟩ begleitet sein.*] Mendelssohns ›widerstreitende‹ Auffassung wird dann von Herder im *Ersten Wäldchen*, Kap. 22 unterstützt.

173,37 *die allerdunkelsten Sinne*] Die Abstufung der »Sinne« (sensus) hat ihr Fundament in der Philosophie von Leibniz und Wolff. Ein Hinweis auf die »perceptions confuses« Descartes' bei PO Erl., S. 149.

174,4 *Fibern]* Nerven.

174,6f. *Association]* Von lat. associatio »Verbindung, Verknüpfung«.

174,12f. *gepletschte]* Plattgedrückte.

174,14 *Augenbraunen]* Vgl. Anm. 145, A 1.

174,19f. *zärtlicher]* Empfindsamer, empfindlicher; vgl. Bd. V/1, Anm. 34,36 und 58,15.

174,32 *Widerwärtigen]* So alle frühen Zeugnisse (kein Druckfehler).

175,12 *Aristophanes]* Vgl. Bd. V/1, Anm. 138,1; hier: *Die Wolken* (423 v. Chr.), in deren Zentrum die Gestalt des Sokrates steht.

175,12 *Das Wiesel]* Es handelt sich nicht um ein Wiesel, sondern eine Eidechse.

175,15-20 *ΜΑΘ. 〈...〉 Σωκρατους.]* »Schüler: Neulich wurde er plötzlich eines großen Gedankens beraubt. – Str〈epsiades〉: Auf welche Weise denn? – Erzähl es mir! – Sch.: Als er die Wege und den Umlauf des Mondes erforschte, schiß ihm nachts von oben, vom Dach, eine Eidechse in den offenen Mund. – Str.: Lachen muß ich über die Eidechse, die auf den Sokrates hinabschiß.«

175,23f. *Hottentottische Erzehlung]* Über den Kenntnisstand zu den Hottentotten (innerhalb der »Kaffern«) instruktiv Zedler 13 (1735), Sp. 990-992 (Sitten und Gebräuche, Religion, besonders auch Kosmetik und Kleidung der Frauen).

175,24 *in dem Kenner]* ›The Connoisseur‹, London 1755/56. Moral Weeklies, seit Beginn des Jhs. in England sich ausbreitend, werden als Moralische Wochenschriften im 2. und 3. Jahrzehnt auch in Deutschland eingeführt, erleben seit der Jh.-Mitte eine Hochblüte, sei es im engl. Original (freilich nur wenigen zugänglich), sei es in Übersetzung. Zu Lessings Lektüre gehören sie schon früh.

175,25f. *Lord Chesterfield]* Philipp Stanhope, Count of

Chesterfield (1694-1773), Politiker und Schriftsteller. Der ihm zugeschriebene ›Connoisseur‹ wurde 1754-56 von Colman und Thornson herausgegeben.

175,26 *Man weiß]* Lessing reproduziert hier bezeichnenderweise die zum Teil phantastischen Berichte aus fernen Ländern als ›Wissen‹.

175,26 *schmutzig]* Dahinter durchstrichen: und ekel

175,32 *Schmeer]* Fett.

175,34 *feurigen]* Verbessert aus: ernsthaften

176,1 f. *und enthalte sich des Lachens!]* Kaum ironisch oder durch ›Aufgeklärtheit‹ eingeschränkte Perspektive. Vgl. dagegen die über das Fremde nur »spottende« Timandra in dem Dramenfragment *Alcibiades (in Persien)*, Bd. V/1, S. 394,13-15.

176,5 *Longin]* Cassius Longinos (um 213-273 n. Chr.), griech. Philologe und Philosoph. Ihm wurde (fälschlich) die literaturästhetische Schrift *Peri hypsus* (*De sublimitate*, Über das Erhabene) zugeschrieben. Sie fand seit dem 17. Jh. europaweit neues Interesse.

176,6 *Hesiodus]* Hesiodos (geb. um 700 v. Chr.), griech. Epiker; das beschreibende Gedicht *Aspis* (*Scutum Herculis*, Schild des Herakles) wurde ihm zugeschrieben, seine Autorschaft jedoch schon in der Antike bezweifelt.

176,7 *Tης 〈...〉 ρεον]* »Aus ihren Nasenlöchern floß Schleim.«

176, A 3 *»He was struck 〈...〉 navel.«]* »Er war getroffen vom Glanz ihres Teints, der wie der pechfarbene Flaum der schwarzen Schweine von Hessaqua schien; er war hingerissen von ihrem netten Nasenknorpel; und seine Augen verweilten bewundernd auf den welken Schönheiten ihrer Brüste, die sich bis auf ihren Nabel herabsenkten.«

176, A 3 *»She made 〈...〉 lion.«]* »Sie bereitete Schminke aus mit Ruß vermengtem Ziegenfett, mit der sie ihren ganzen Körper salbte, während sie in den Strahlen der Sonne stand. Ihre Locken waren mit ausgelassenem Fett verklumpt und mit dem gelben Staub des Buchu gepudert. Ihr Gesicht, das wie poliertes Ebenholz erstrahlte, war wundervoll abwechslungsreich mit Tupfen aus roter Erde versehen und ähnelte dem sternenübersäten dunklen Vorhang der Nacht; sie bestreute ihre Glieder mit Holzasche und parfümierte sie mit dem Mist des Stinkbingsem. Ihre Arme und Beine waren mit den glänzenden Eingeweiden einer jungen Kuh umwunden. Von ihrem Hals hing ein Beutel herab, der aus dem Magen eines Ziegenkitzes gefertigt war. Straußenflügel überschatteten die fleischigen Vorgebirge ihrer Rückseite; und vorne trug sie eine Schürze, die aus den zottigen Ohren eines Löwen gemacht war.«

176, A 3 *»The Surri ⟨...⟩ Chirigriqua.«]* »Der Surri oder Oberpriester näherte sich ihnen und intonierte mit tiefer Stimme zum melodischen Gebrumm des Gom-Gom den Hochzeitssingsang, während er sie zugleich nach Kaffern-Sitte reichlich mit dem Urinsegen besprengte. Braut und Bräutigam rieben ekstatisch den kostbaren Strahl ein, während die salzigen Tropfen von ihren Körpern herabrannen wie die schlammige Brandung von den Felsen Chirigriquas.«

177,1 f. *μακροι ⟨...⟩ ὑπησαν]* »Lange Nägel waren an den Händen.«

177,7 f. *ἐκ ⟨...⟩ ἐραζε]* »Aus den Wangen tropfte Blut zur Erde.«

177,12 *Philoktet]* Vgl. die erste Deutung seines Leidens in Abschn. I des *Laokoon*.

177,13 *zu sehen]* Lessing stellt sich die Szenerie als Theaterfachmann vor und rekonstruiert sie – der antiken dramaturgischen Technik entsprechend – aus dem Dramentext selbst.

177,16 *Wie]* So 1766 b und 1766; 1766 a: Womit (so auch LM und die davon abhängigen Ausgaben).

177,18 *Neoptolem]* Neoptolemos, Sohn des Achilleus, ist mit Odysseus zusammen auf die Insel Lemnos geschickt worden, um Philoktets Bogen (der den Griechen den Sieg ermöglichen soll) vor Troia zu bringen.

177,20-28 *NE. ⟨...⟩ πλεα.]* »Ne⟨optolemos⟩: Ich sehe eine doppelte leere Menschenwohnung. – Od⟨ysseus⟩: Ist denn drinnen keine häusliche Nahrung? – Ne.: Nur zertretene Streu von Blättern, zum Schlafen. – Od.: Das andere verlassen? Und nichts ist unter dem Dach? – Ne.: Ein Becher ganz aus Holz, Geräte eines Mannes ohne Kunstfertigkeit, und da ist noch ein Feuerzeug. – Od.: So deutest du auf die Schätze des Mannes. – Ne.: Ach, ach! Und hier trocknen noch Lappen, voll von schwerem Eiter.«

177,29 *der geschleifte Hektor]* Der von Achilleus getötete und zum Lager der Griechen geschleifte Heerführer der Troer (*Ilias*, 22. Gesang).

177,32 *Squallentem ⟨. . .⟩ crines]* »Mit schmutzstarrendem Bart und mit von geronnenem Blut verklebten Haaren«.

178,1 *Marsyas]* Der phrygische Flußgott (mit seiner Flöte) fordert Apollon (mit seiner Kithara) zum Wettstreit heraus. Apollon, der Sieger, zieht ihm bei lebendigem Leibe die Haut ab.

178,3-7 *Clamanti ⟨. . .⟩ fibras.]* »Dem Schreienden wird die Haut von allen Gliedern abgezogen, so daß ⟨sein Körper⟩ eine einzige Wunde ist. Überall strömt dunkles Blut, die Muskeln liegen offen und bloß, der Hülle beraubt pulsieren die zitternden Adern. Du kannst die zuckenden Eingeweide und die sichtbaren Fasern der Brust zählen.«

178,9 *gräßlich]* Wichtige Differenzierung; Adelung 2, Sp. 784: »ekelhaft fürchterlich, ekelhaft schrecklich, bey dessen Anblick oder Vorstellung man ein Grausen empfindet«.

178,14 *fast]* Nachträglich eingefügt.

178,19 *der Magen befriediget]* Der Magen hat befriediget.

178,22 *Zuflucht]* Dahinter durchstrichen: und sucht dieses in einem wirklichen Grade zu erregen

178,26f. *aus der Acht schlagen]* Verbessert aus: vergessen

178,27 *Oreade]* Von griech. oros »Berg«: Bergnymphe.

178,28 *Ceres]* Demeter.

178,29-32 *Hanc ⟨. . .⟩ famem]* »Als sie ihn (den Hunger) von ferne sah, ⟨. . .⟩ überbrachte sie ⟨ihm⟩ die Weisungen der Göttin, und bereits nach kurzem Aufenthalt verspürte sie bei seinem Anblick Hunger, obgleich sie eben erst an jenen Ort gekommen war.«

178,34-179,1 *hat diese* 〈...〉 *und Ekel]* Verbessert aus: kann in einem befriedigten 〈wieder verbessert aus: »ges« [»gesättigten«]〉 Magen keinen Hunger erwecken; Erbarmen, Ekel und Greul

179,1 *Greul]* Greul, im 18. Jh. noch meist ›Gräuel‹ geschrieben (zu ›grauen‹): »Der höchste Grad des sinnlichen Abscheues, der Ekel, und in weiterer Bedeutung, eines jeden Abscheues« (Adelung 2, Sp. 787).

179,3 *der Fames]* Des personifizierten Hungers.

179,4 *Eresichthons]* Erysichthon, der Sohn eines Thrakerkönigs, fällt in Demeters Hain eine heilige Schwarzpappel, um eine Festhalle zu bauen. Demeter, erst in der Gestalt ihrer Priesterin, dann leibhaftig, warnt ihn. Als er sie höhnisch bedroht, straft sie ihn mit unstillbarem Heißhunger. Er endet als Bettler an Straßenkreuzungen (dargestellt unter anderem von Kallimachos, Lykophron und Ovid).

179,5 *Kallimachus]* Vgl. Bd. V/1, Anm. 239,4.

179,7 *der Vesta]* Transposition in röm. Bezeichnungen; vgl. Anm. 87,4.

179,11-15 *Και* 〈...〉 *δαιτος]* »Und die Kuh verzehrte er, die die Mutter für die Hestia aufzog, und das siegtragende Streitroß und die Katze, vor der die Kleintiere zitterten – und die Brocken, die auf den Dreiwegen des Königs in den Dreck fielen, erbettelte er, und die verschmutzten Abfälle vom Mahl – « (Kallimachos, *Hymnos auf Demeter* 109-112 und 115 f.).

179,18-21 *Vis* 〈...〉 *alebat.]* »Doch endlich, nachdem das Wüten des Ungetüms alle Vorräte verschlungen hatte, 〈...〉 begann er mit zerfetzenden Bissen seine Glieder zu zerfleischen, und der Unselige ernährte seinen Leib, indem er ihn verzehrte.« (*Metamorphoses* VIII 875-878; die Angaben bei R 5, S. 185 und entsprechend G 6, S. 909 sind falsch.)

179,22 *Harpyen]* Harpyien, weibliche Windgeister, menschengestaltige geflügelte Räuberinnen, auch als Todesdämonen; sie beschmutzen die Speisen und machen sie ungenießbar.

179,25 *Phineus]* Thrakerkönig (er war geblendet), den die Harpyien immer wieder bei seinen Mahlzeiten überfielen.

179,25 *Apollonius]* Apollonios Rhodios; vgl. Anm. 111,18.

179,26-31 *Τυτθον* 〈...〉 *θεσθαι.]* »Wenn sie aber wenigstens etwas Speise übrig ließen, dann strömte davon ein gewaltiger, unerträglicher Aasgeruch aus. Kein Mensch konnte es, wenn er sich näherte, dort aushalten, auch nicht wenn er ein Herz aus Stein 〈Adamas, das Allerhärteste〉 besaß. Mich jedoch zwang nur bitterste Hungersnot, zu bleiben und mir die Reste in den armen Magen zu stopfen.«

179,33 *Harpyen beim Virgil]* *Aeneis* III 211-217, 226-266 (vgl. auch die Erfüllung der Hunger-Prophezeiung VII 107-127).

180,1 *instehender]* Bevorstehender, künftiger.

180,3 *Dante]* Dante Alighieri (1265-1321); hier: *Divina Commedia* (Göttliche Komödie), um 1307 - um 1321 entstanden: *Inferno* XXXII 124-139. Der Graf Ugolino liegt mit seinen Söhnen im Hungerturm von Pisa. Er umklammert den Schädel des Erzbischofs Ruggiero (der ihn in den Turm hat werfen lassen) und nagt gierig an dessen Hinterkopf. In Gesang XXXIII beschreibt Ugolino seinen und seiner Söhne Hungertod. Das Trauerspiel *Ugolino* (1768) von Heinrich Wilhelm von Gerstenberg (1737-1823) nimmt kurz nach dem *Laokoon* diese Motive auf und zeigt grausige Hungerszenen. Lessing hat sich Gerstenberg gegenüber brieflich sehr lobend über den *Ugolino* geäußert, Gerstenberg wiederum verfaßte eine auffällig anerkennende Besprechung der *Antiquarischen Briefe* (vgl. unten S. 1062-1066).

180,9 *In der Note]* Verbessert aus: Unten

180,10 *Beaumont]* Francis Beaumont (1584-1616), engl. Dramatiker der Shakespeare-Zeit, meist mit seinem Freund Fletcher zusammenarbeitend.

180,11 *Fletcher]* John Fletcher (1579-1625), engl. Dramatiker (vgl. vorige Anm.); hier: *The Sea-Voyage* (Die Seereise), Erstdruck 1647. Lessingsche Abweichungen von seiner Vorlage (*Dramatic Works of Beaumont and Fletcher*, Vol. IX, London 1778), auch Selbstkorrekturen verzeichnet LM 9, S. 154f.

180, A 12 *seinem Schiffe an]* Verbessert aus: seinen Leuten auf

180f., A 12 *LAMURE Oh, ⟨...⟩ glasses!]* »LAMURE Ach, welcher Sturm tobt in meinem Magen! Wie meine leeren Eingeweide jammern! Meine Wunden schmerzen, ich wünschte, sie bluteten wieder, damit ich etwas hätte, um meinen Durst zu stillen. FRANVILLE Ach, Lamure, welch glückliches Leben hatten damals meine Hunde, als ich daheim ein Haus führte! Es gab für sie eine Vorratskammer, eine Vorratskammer mit den herrlichsten Knochen und Brotkrusten, wunderbaren Krusten. Ach, wie herb sticht mich doch der Hunger! LAMURE Nun, was gibt es Neues? MORILLAR Irgendwelches Fleisch aufgetrieben? FRANVILLE Nicht einen Bissen kann ich sehen; hier gibt's zwar ausgezeichnete Steinbrocken, aber sie sind allzu hart, als daß man sie benagen könnte. Ich habe etwas Schlamm besorgt, den wir mit Löffeln essen könnten – schönen, dicken Schlamm – aber er stinkt verflucht. Es gibt auch noch alte, verrottete Baumstrünke – aber auf der ganzen Insel weder Blätter noch Blumen. LAMURE Wie das schon ausschaut! MORILLAR Außerdem stinkt es. LAMURE Vielleicht ist es giftig. FRANVILLE Sei es, was es will, wenn ich es nur schlucken kann! Was willst du, Mann, Gift ist ein fürstliches Gericht! MORILLAR Hast du keinen Zwieback? Keine Krümel mehr in deiner Tasche? Da hast du meine Jacke, gib mir dafür nur drei ärmliche Brotkumen. FRANVILLE Nicht für drei Königreiche, wenn ich auch ihr Herr wäre! Ach, Lamure, und wir achteten ein ärmliches Stückchen Hammelfleisch gering! LAMURE Du sprichst vom Paradies. FRANVILLE Oder – nur den Geruch jener unter Trinksprüchen geleerten Becher, die wir um Mitternacht liederlich verschütteten. MORILLAR Ach, nur die Gläser auslecken!«

181f., A 12 *FRANVILLE Here comes* ⟨...⟩ *Villain.]* »FRANVILLE Hier kommt der Wundarzt. Was hast du entdeckt? Lächle, lächle und tröste uns. WUNDARZT Ich verschmachte, mag da lächeln, wer es noch vermag. Ich kann nichts finden, meine Herren, hier gibt es nichts, das ohne ein Wunder in Fleisch verwandelt werden könnte. Hätte ich doch jetzt meine Büchsen und meine Verbandswatte, meine Umschläge, mein Zupflinnen und jene wohltätigen Hilfsmittel der Natur – welch leckere Gerichte könnte ich daraus bereiten! MORILLAR Hast du nicht irgend ein altes Zäpfchen? WUNDARZT Ich wünschte, ich hätte eines, mein Herr! LAMURE Oder wenigstens das Papier, in dem solch stärkende Arznei oder Pillen eingekerkert waren. FRANVILLE Oder den besten Schlauch, in dem ein erfrischendes Klistier – MORILLAR Hast du keine Wundpflaster mehr übrig? Oder alte Umschläge? FRANVILLE Es ist uns gleichgültig, wozu sie früher dienten. WUNDARZT Ich habe wirklich keinen dieser Leckerbissen, meine Herren. FRANVILLE Wo ist die große Fettgeschwulst, die du von der Schulter des Matrosen Hugh entferntest? Die könnte uns jetzt als höchst fürstliches Festessen dienen. WUNDARZT Ja, wenn wir die noch hätten, meine Herren. Ich warf sie über Bord, ich elender Wicht. LAMURE Welch kurzsichtiger Schurke!«

182,2 *ekel]* Dahinter Hs.: macht, oder sie will ⟨durchstrichen; darüber ist geschrieben:⟩ (vide umstehende Seite) ⟨Auf der Rückseite des Blattes steht:⟩ NB. Auf der vorigen Seite in den Text einzurücken. ⟨Dann folgt S. 182,3-15⟩ macht ⟨...⟩ will ⟨samt der dazu gehörigen Anm. S. 182, A 13⟩

182,3 *Pordenone]* Giovanni Antonio de Corticellis (1483-1539), ital. Maler aus Pordenone.

182,3 *Gemälde]* »Gemeint ist wohl die Kreuzabnahme im Dom zu Cremona« (PO Erl., S. 149).

182,5 *Richardson]* Vgl. Bd. V/1, Anm. 461,37.

182,6f. *in Fäulung übergehen]* Verbessert aus: riechen

182,14 *den Schnupfen haben]* Eine verstopfte Nase haben

(d. h. nicht wegen Erkältung, sondern wegen des durchdringenden Gestanks); betont deftig ausgedrückt.

182,25 *cruden]* Von lat. crudus »roh, unreif, unbearbeitet«.

183,2f. *Des Herrn 〈. . .〉 erschienen.]* Hierzu oben S. 641 und S. 662. Winckelmanns *Geschichte* erschien im Dezember 1763. Zur ›Erwartung‹ dieser *Geschichte* vgl. die auffällige Fußnote S. 144, A 8: »Geschrieben im Jahr 1763.«

183,3f. *Ich wage 〈. . .〉 zu haben.]* Aufgrund zahlreicher Indizien gilt es als ausgemacht, daß Lessing das Buch schon bald nach Erscheinen zumindest in größeren Teilen gelesen hat.

183,4f. *Bloß 〈. . .〉 vernünfteln]* Vgl. den ähnlich prinzipiell methodischen Gedanken in der Vorrede S. 15,24-33.

183,12 *die Fackel der Geschichte vorträgt]* Winckelmann gleich zu Beginn seiner Vorrede (mit programmatischen Erörterungen zum Begriff der »Geschichte«).

183,13 *nachtreten]* Zurücktreten.

183,14 *wichtigen]* Verbessert aus: solchen

183,15-17 *Meine Neugierde 〈. . .〉 wissen]* Bezogen auf Abschn. V und VI.

183,18 *schon anderwärts]* In seiner Erstlingsschrift *Gedancken über die Nachahmung der Griechischen Wercke in der Mahlerey und Bildhauer-Kunst* (1755), die Lessing bereits in Abschn. I anführt (S. 17, A 1) – freilich mit unkorrektem Titel (der dann so auch in zahlreichen Lessing-Kommentaren begegnet). Lessing benutzt im allgemeinen die 2. Ausgabe von 1756.

183,18 *von dem Alter]* Lessing interessiert vor allem die relative Chronologie (Priorität Vergils oder der rhodischen Künstler). Daß er – wie auch Winckelmann – mit der Laokoongruppe ein relativ spätes Werk als repräsentativ für ›die‹ griech. Werke der Kunst behandelt, wird seit langem betont. Heute wird die Entstehung des Originals überwiegend in das 1. Jh. v. Chr. datiert, auch nach den sensationellen Funden bei Sperlonga im September 1957. Zur Wirkungs- und zur Forschungsgeschichte der Laokoongruppe immer noch knapp und gut informierend die Zusammenfassungen von Bieber und Sichtermann.

183,23 *gegenseitigen Nachahmung]* Im Sinne der Definitionen von Abschn. VII.

183,24 *absolute]* Nachträglich eingefügt.

183,25 *oben]* Abschn. V.

183,25 f. *dem poetischen Gemälde]* Verbessert aus: der poetischen Beschreibung

183,27 *vorsetzliche]* Absichtliche (die Schreibung läßt noch ›sich vorsetzen‹ als Lehnübersetzung von lat. sibi proponere erkennen).

183,32f. *der Laokoon]* So die von Lessing durchgängig verwendete Schreibung. In der Hs. ist der bestimmte Artikel vielfach erst nachträglich eingesetzt (im folgenden nicht jeweils verzeichnet).

183,34f. *auf dem ⟨...⟩ des Großen.]* Hier hat sich seit Lessing eine doppelte Verschiebung ergeben. Der »Gipfel« ist in das 5. Jh. v. Chr. (Phidias u. a., Zeit des Perikles) gerückt worden, und die Datierung der Laokoongruppe liegt nun an die drei Jahrhunderte später als Alexander.

184,6f. *Agesander ⟨...⟩ Athenodorus]* Vgl. Anm. 48, A 1.

184,9 *Olympias]* Vgl. Bd. V/1, Anm. 235,2-237,28.

184,11 *Plinius]* Vgl. Bd. V/1, Anm. 247,9.

184,13 *Maffei]* Vgl. Anm. 60, A 1.

184,15 *acht und achtzigsten Olympias]* 428-425 v. Chr.

184,15 *geblühet]* Antike Vorstellung, daß ein Künstler (aber auch Dichter, Staatsmann usw.) zu einem bestimmten Zeitpunkt seine ›Blüte‹, den Gipfelpunkt seiner Fähigkeiten und Entfaltung gehabt habe.

184,16 *Richardson]* Vgl. Bd. V/1, Anm. 461,37.

184,18 *Polycletus]* Polykleitos (tätig ca. 350-410 v. Chr.), griech. Bildhauer, Erzgießer, Haupt der Schule von Argos.

184,19f. *sieben und achtzigsten Olympias]* 432-429 v. Chr.

184,23 *Aber warum]* Nach überwiegend lobendem, erwartungsvollem, die bekannte Autorität anerkennendem Ton: erster Ansatz zu Einwänden, Kritik.

184, A 2 *Polydorus]* Lessing hat recht (zu den Plinius-

Stellen s. PO Erl., S. 150) und kann somit die erste philologische Korrektur zu Winckelmann anbringen. Zu Winckelmanns Nachlaßpapieren vgl. Blümner, 2. Aufl., S. 671 f.

184, A 2 *Harduin]* Vgl. Bd. V/1, Anm. 287,31.

184, A 2 *bloß verschrieben]* Betont nachsichtige Erklärung.

185,5 *Pausanias]* Vgl. Bd. V/1, Anm. 260,35.

185,6 *Klitor in Arkadien]* Kleiner Ort auf der Peloponnes, kaum verwechselbar.

185,12 *nach 〈...〉 Kenntnis]* Ostentative Bestätigung der Autorität Winckelmanns auf dem Felde der »Kunst« (aber nicht der philologischen Quellenbehandlung).

185,16 *»argutiis«]* »Scharfsinnigkeiten«.

185,17 *Lysippus]* Vgl. Bd. V/1, Anm. 485,30.

185,30 *Zeitverwandten]* Zeitgenossen.

185,31 f. *Strongylion 〈...〉 Diogenes]* Zu diesen bei Plinius genannten Namen des 1. Jhs. v. Chr. – nur Strongylion gehört nicht in diese Zeit – vgl. Blümner, 2. Aufl., S. 672.

185, A 3 *Αθηνοδωρος 〈...〉 Κλειτορος]* »Athenodoros und Damias – diese sind Arkader aus Kleitor« (Pausanias X 9,8).

186,5 *verwahren]* Davor bewahren.

186,17 *Phidias]* Vgl. Anm. 60, A 1.

186,17 *Praxiteles]* Vgl. Bd. V/1, Anm. 484,30.

186,18 *Scopas]* Vgl. Anm. 89,12.

186,21-35 *»Nec multo 〈...〉 celebrata.«]* »Von vielen aber ist nur wenig bekannt, da bei außerordentlichen Werken dem Ruhme die Zahl der Künstler im Wege steht. Zumal bekanntlich weder ein einziger den Ruhm für sich beansprucht noch mehrere zu gleichen Teilen namentlich angeführt werden können, wie dies ja auch beim Laokoon der Fall ist, der im Palaste des Titus steht, ein Werk, das allen übrigen Werken der bildenden Künste voranzustellen ist. Die Rhodier Agesander, Polydoros und Athenodoros, hervorragende Künstler, schufen ihn, seine Kinder und die bewundernswerten Verschlingungen der Schlangen nach einem gemeinsamen Plane aus einem einzigen Steinblock.

Ähnlich haben Krateros gemeinsam mit Pythodoros, Polydektes gemeinsam mit Hermolaos, ein anderer Pythodoros gemeinsam mit Artemon und als einzelner Aphrodisios aus Tralles die Paläste der Kaiser auf dem Palatin mit den trefflichsten Bildwerken ausgestattet. Der Athener Diogenes schmückte das Pantheon des Agrippa, und die Karyatiden an den Säulen dieses Tempels werden mit Beifall bedacht wie wenige Werke. Dasselbe gilt für die im Giebel angebrachten Figuren, die aber wegen der Höhe ihres Standortes weniger berühmt sind.«

186,33 *Caryatides]* Vgl. Bd. V/1, Anm. 501,1.

187,2 *Diogenes von Athen]* Griech. Bildhauer, arbeitete um 25 v. Chr. am Pantheon in Rom.

187,7-189,1 *Craterus ⟨...⟩ Timarchides]* Die Fülle der hier genannten Namen, von Lessing teils aus Winckelmann, teils aus antiken Quellen (wie Plinius) direkt übernommen, ist reine ›Verfügungsmasse‹ ohne Einzelprofil. Sie wird im folgenden nicht des näheren erklärt. Zu einzelnem vgl. PO Erl., S. 150.

187,10f. *»Palatinas ⟨...⟩ signis«]* In dieser Entschiedenheit trifft Lessings Behauptung nicht zu. Die Kaiser ›sammelten‹ ebenso wie sie eigene Aufträge gaben.

187,24 *Harduin]* Vgl. Bd. V/1, Anm. 287,31. Der vielgelesene franz. Jesuit ist ein von Lessing bevorzugtes Objekt der Kritik, in mehreren Schriften (u. a. dem *Sophokles*).

187,27f. *ἀγαλμα ἀρχαιον]* »Ein ganz altes Götterbild«.

187, A 6 *Boeotic. ⟨...⟩ Kuh.]* Pausanias IX 34,3.

188,9 *»Similiter«]* »Auf ähnliche Weise«. Hieran knüpft Klotz in seiner großen Rezension in den ›Acta litteraria‹ von 1766 eine berechtigte Einschränkung: es gehe, wie Lessing zunächst auch andeute, nicht unbedingt um die Ähnlichkeit der »Zeitalter«, sondern der verschiedenen in Frage kommenden Künstlergruppen. Weitere Erörterungen hierzu bei Blümner, 2. Aufl., S. 673f.

188,16 *Gleichergestalt]* Übersetzung von »similiter«.

188,27f. *»quoniam ⟨...⟩ possunt«]* »Da bekanntlich weder ein einziger den Ruhm für sich beansprucht noch mehrere zu gleichen Teilen namentlich angeführt werden können.«

188,37-189,1 *Onatas 〈...〉 Timarchides]* Dazu PO Erl., S. 150.

189,17f. *»opere 〈...〉 praeponendo«]* »Von einem Werk, das allen übrigen Werken der bildenden Künste voransteht«.

189,24f. *unter dem Augustus]* Regierte seit 31 v. Chr.

189,29-33 *»quemcunque 〈...〉 talis est.«]* »Die auch jedem anderen Ort zu Glanz und Ansehen verhelfen würde. In Rom jedoch läßt sie die Menge der Kunstwerke in Vergessenheit geraten, und jeder wird durch die Unzahl der Verbindlichkeiten und Geschäfte von der Betrachtung solcher Dinge abgebracht, da es zu ihrer Bewunderung doch der Muße von Geschäften und eines ganz ungestörten Ortes bedarf.« (Korrekturen des lat. Textes bei PO Erl., S. 150.)

190,1 *Gruppe Laokoon]* Konjektur von Emil Grosse (vgl. oben S. 627): Gruppe des Laokoon

190,6 *Asinius Pollio]* (76 v. Chr.-4 n. Chr.), röm. Politiker und Feldherr, Schriftsteller, Liebhaber der Literatur und der Kunst, Freund Vergils.

190,8 *scheinet]* Es existieren nur Nachrichten darüber.

190,12 *Servius]* Vgl. Anm. 73, A 3.

190,17f. *»ut fuit 〈...〉 voluit.«]* »Da er von einer glühenden Leidenschaft besessen war, wollte er auch eigene Kunstdenkmäler betrachten können.«

190,19 *das Cabinet]* Die Kunstsammlung (hier nicht der Raum, sondern die Bestände).

190,20 *Titus]* Titus Flavius Vespasianus (39-81 n. Chr.), röm. Kaiser 79-81.

190, A 10 *Man dürfte 〈...〉 vermehrte.]* Bis heute ungesichert. Asinius Pollio genießt offensichtlich Lessings Sympathie (der einflußreiche, moralisch hochstehende Politiker als Literaturliebhaber und Mäzen).

191,2 *zuerst]* Als erster.

191,4 *Nettuno]* Stadt in der Nähe Roms, am Meer.

191,4f. *hat der 〈...〉 Albani]* Alessandro Albani (1692-

1779), ital. Kardinal, Besitzer einer berühmten Sammlung antiker Kunstwerke (aufgestellt in der Villa Albani), Freund und Förderer Winckelmanns (dann auch sein Erbe).

191,6 *eine Base]* Eine Basis eines Standbildes. Winckelmann setzt »einer Statue« hinzu. Lessing kommt auf den Fund noch einmal im 13. ›Antiquarischen Brief‹ zurück, anläßlich der Lektüre der Rezension einer Winckelmannschen Schrift, vgl. S. 397,10-34.

191,7 *Bigio]* Ital. Bezeichnung einer speziellen Marmorart.

191,10f. *ΑΘΑΝΟΔΩΡΟΣ ⟨...⟩ ΕΠΟΙΗΣΕ]* »Athanadoros, der Sohn des Agesandros, aus Rhodos, hat es gemacht.«

191,20 *ἐποιησε]* Sog. Aoristform: Zeitform der Erzählung von Vergangenem, auch von abgeschlossenen Handlungen.

191,22 *ἐποιει]* Imperfekt: in der Tat weniger entschieden, freilich mit dem lat. Imperfekt (»faciebat«) nicht identisch in der Funktion.

191,25 *Athanodorus]* Dorische (historisch richtige) Dialektform.

191,26 *Athenodorus]* Jonische Dialektform. Der Wechsel der Formen beschäftigt Lessing im folgenden bei der Ausarbeitung wiederholt (die Varianten der Hs. werden jedoch hier nicht verzeichnet).

192,1f. *Was ⟨...⟩ Auslegung.]* PO Erl., S. 150: »Die Nachricht des Plinius besagt, daß Apollonios und Tauriskos (die Künstler des farnesischen Stiers) Söhne des Artemidoros waren, aber von Menekrates adoptiert.«

192,3 *das Vorgeben]* Die Angabe, die Behauptung.

192,9 *Germanicus]* Die Benennung ist falsch. Es handelt sich um einen Römer aus der Mitte des 1. Jhs. v. Chr., dargestellt nach dem Typus einer Hermesstatue (befindet sich jetzt im Louvre).

192,10 *Κλεομενης – ἐποιησε]* »Kleomenes hat ⟨...⟩ gemacht« (Name mehrerer attischer Bildhauer, u. a. des 1. Jhs. v. Chr.).

192,10f. *der sogenannten Vergötterung des Homers]* Vgl. Bd. V/1, S. 490 (mit Kommentar).

192,11 *Ἀρχελαος ἐποιησε]* »Archelaos hat ⟨es⟩ gemacht.«

192,12 *Σαλπιων ἐποιησε]* »Salpion hat ⟨es⟩ gemacht.« (Marmor-Krater ⟨Mischkrug⟩ des Salpion, jetzt im Museo Nazionale in Neapel): griech. Bildhauer, unbekannter Lebenszeit.

192,28 f. *»inscriptiones ⟨...⟩ possit«]* »Buchtitel, deretwegen man einen Gerichtstermin versäumen könnte«.

192, A 3 *Man sehe ⟨...⟩ lib. V]* »Mar. Gudius' Noten zu Phaedrus stehen in der Ausgabe von P. Burmann (Amsterdam 1698)« (PO Erl., S. 151).

192, A 3 *Gronov]* Vgl. Bd. V/1, Anm. 238, A 1.

192,30-193,13 *»Et ne ⟨...⟩ omnia ea.«]* »Und damit es nicht so aussehen möge, als ob ich die Griechen in allem verunglimpfen wollte, möchte ich möglichst so verstanden werden wie jene Begründer der Malerei und der Bildhauerei, die, wie du in unseren Büchern finden wirst, auf ihre vollendeten Werke und sogar auf diejenigen, die zu bewundern wir nicht müde werden, eine unverbindliche Inschrift einmeißelten, wie APELLES SCHUF ES oder POLYKLEITOS, gleichsam als ob die Kunstwerke immer erst begonnen und noch nicht abgeschlossen wären, damit dem Künstler gegen die verschiedenen Kritikpunkte der Kunstrichter der Ausweg zur Bitte um Nachsicht blieb, er hätte das Bemängelte sozusagen verbessert, wenn er nicht unterbrochen worden wäre. Daher geschah es ausschließlich aus Bescheidenheit, daß sie all ihre Werke sozusagen als die zuletzt geschaffenen betitelten, und als ob sie bei jedem einzelnen durch das Schicksal abberufen worden wären. Meines Erachtens wurden nur drei Kunstwerke, mehr nicht, mit Sicherheit mit der Inschrift DER UND DER HAT ES GESCHAFFEN überliefert – ich werde an geeigneter Stelle auf sie zurückkommen. Es läßt sich daraus entnehmen, daß der Künstler von seiner künstlerischen Leistung völlig überzeugt war, weshalb sie alle ihm auch viel Mißgunst eintrugen.«

193,20 *Apelles]* Vgl. Anm. 13,31.

193,20 *Polyklet]* Vgl. Anm. 184,18.

193,33 *Nicias]* Nikias (2. Hälfte 4. Jh.), griech. Maler, aus Athen.

193,33 *Lysippus]* Vgl. Bd. V/1, Anm. 485,30.

194, A 5 *»quae ⟨...⟩ reddam.«]* »Ich werde an geeigneter Stelle auf sie zurückkommen.«

194, A 5 *nicht gänzlich vergessen]* Er hat es vergessen, die Beispiele tauchen nicht mehr auf (das Tempus ist ihm freilich bei den nachfolgenden Beispielen nicht wichtig).

194, A 5 *»Lysippus ⟨...⟩ inventa«]* »Auch Lysippos signierte sein Bild in Aigina »ἐνέκαυσεν« ⟨er hat es eingebrannt⟩, was er bestimmt nicht getan hätte, wäre die Enkaustik noch nicht erfunden gewesen.«

194, A 5 *encaustica]* Enkaustik (›Kunst des Einbrennens‹), eine Technik der griech. Maler: Farben, die mit Wachs vermischt sind, werden heiß auf die Fläche aufgetragen oder mit Hilfe eines heißen Spachtels festgedrückt. Dadurch sind sie gegen Feuchtigkeit widerstandsfähiger. Unter anderem Nikias hat die Technik verwendet.

194, A 5 *Aoristo]* Vgl. Anm. 191,20.

194, A 5 *einfließen]* 1766ab und 1766: einflüssen ⟨vermutlich doch Druckfehler⟩

194, A 5 *»Idem ⟨...⟩ testatus est.«]* »Derselbe (der göttliche Augustus) ließ zwei Gemälde in die Wand des Senatsgebäudes, die er auf dem Forum stiftete, einsetzen: eine auf einem Löwen sitzende Nemea, einen Palmzweig tragend, neben ihr stehend einen Greis mit einem Stock, über dessen Kopf eine Tafel mit der Abbildung eines Zweigespanns hängt. Nikias schrieb darauf, daß er es »eingebrannt« habe; dieses Wort nämlich gebrauchte er. Auf dem anderen Gemälde verdient Bewunderung, daß der bereits erwachsene Sohn dem greisen Vater trotz des Altersunterschiedes ähnlich sieht; darüber fliegt ein Adler, der eine Schlange in den Fängen hält. Philochares versicherte, daß dieses Bild sein Werk sei.«

194, A 5 *Philochares]* Griech. Maler, nicht näher datierbar.

194, A 5 *die Nemea]* Personifikation der peloponnesischen Stadt Nemea, die für ihre panhellenischen (›allgriech.‹) Wettspiele berühmt war.

194, A 5 *»cujus 〈. . .〉 dependet«]* »Über dessen Kopf eine Tafel mit der Abbildung eines Zweigespannes hängt«.

195, A 5 *»Inscripsit 〈. . .〉 Niciae.«]* »Nikias also setzte als Inschrift in der folgenden Weise seinen Namen auf dieses Doppelgemälde: NIKIAS HAT ES EINGEBRANNT; und so stammen von den drei Werken, die mit Sicherheit die Inschrift DER UND DER HAT ES GESCHAFFEN tragen (wie die Vorrede an Titus verkündet), zwei von Nikias.«

195, A 5 *γραφειν, ἐνκαιειν]* »Malen, einbrennen 〈in Enkaustik arbeiten〉«.

195, A 5 *»Nicias 〈. . .〉 inussisse«]* »Nikias schrieb darauf, daß er es ›eingebrannt‹ habe«. Hs. und 1766a: Der Infinitivus hat ja nur ein Praeteritum (ausgestrichen 1766b)

195, A 5 *»cujus 〈. . .〉 dependet«]* Vgl. Anm. 194, A 5.

195, A 5 *»Tabula bigae«]* »Eine Tafel mit der Abbildung eines Zweigespannes« (eine Weihetafel für einen Wagensieg in Nemea).

195, A 5 *klingt nicht sehr Plinianisch]* Lessing versucht seine philologisch-stilistische Kenntnis auszuspielen, die er Winckelmann unbezweifelbar voraus hat.

195, A 5 *Nemäischen Spielen]* Vgl. acht Anmerkungen weiter zurück.

195, A 5 *Schmidius]* Erasmus Schmidt (1560-1637), Prof. der griech. Sprache und der Mathematik in Wittenberg; hier: Pindar-Ausgabe (1616), darin auch *Nemeen* (Chorlieder auf Sieger bei den Nemeischen Spielen).

195, A 5 *Einsmals 〈. . .〉 Gedanken,]* Verbessert aus: Kurz, ich kam auf den Gedanken, 〈wiederum verbessert aus: Ich war auf den Gedanken gekommen,〉

195, A 5 *πτυχιον]* »Täfelchen«.

195, A 5 *Antigonus Carystius]* Antigonos von Karystos (Euboia) (um 250 v. Chr.), Erzgießer und Schriftsteller, der auch über bildende Kunst und Kunstgeschichte schrieb; die Werke sind nur teilweise, durch Zitate, erschließbar.

195, A 5 *Zenobius]* Zenobios (Zeit Hadrians, 117-138

röm. Kaiser), griech. Sophist und Philologe, verfaßte u. a. eine Sprichwörtersammlung.

195, A 5 *Gronovius]* Vgl. Bd. V/1, Anm. 238, A 1.

195, A 5 *»tabula, tabella«]* »Tafel, Täfelchen«. Beides begegnet schon an der Plinius-Stelle, wobei »tabella« dort besser überliefert ist. Die Erklärung durch eine Glosse (Angabe eines sinnverwandten Ausdrucks am Rand oder zwischen den Zeilen) ist noch heute eines der ›klassischen‹ Verfahren der Textkritik.

196,4f. *Kleomenes]* Vgl. Anm. 192,10.

196,5 *Archelaus]* Vgl. Anm. 192,11.

196,6 *Salpion]* Vgl. Anm. 192,12.

196,8 *Athanodorus]* Vgl. Anm. 191,25. Die historisch richtige Namensform bleibt bei Lessing schließlich stehen.

196,10 *protestiere ich]* Von lat. protestari »öffentlich bezeugen, eine Gegenerklärung abgeben«, franz. protester »beteuern, Einspruch erheben«. Nicht bei Schulz-Basler. Hier am ehesten: verwahre ich mich (nicht ›protestiere ich‹ im heute geläufigen Sinn).

196, A 5 *»cujus 〈...〉 inussisse«]* »Über dessen Kopf ein Täfelchen hängt, auf dem Nikias schreibt, er habe es ›eingebrannt‹«.

196, A 5 *Muß man 〈...〉 beweisen kann?]* Frage, die Lessing möglicherweise auch selbstkritisch versteht. Nicht selten geht der gelehrte Ehrgeiz im Stil seiner Epoche mit ihm durch.

197,3 f. *Borghesischen Fechter]* Marmorstatue eines Kriegers, von der Hand des griech. Dositzeos. Vermutlich handelt es sich um eine im 1. Jh. v. Chr. gearbeitete Abwandlung eines Meisterwerks der Zeit um 300 v. Chr. Die Statue wurde um 1610 in Antium bei Rom gefunden, stand dann in der Villa Borghese, befindet sich heute im Louvre. Die Identifikation als Chabrias (S. 198,15) wurde von Heyne (vgl. Anm. 397,10) widerlegt. In den *Antiquarischen Briefen* beharrte Lessing zunächst auf seiner Deutung (13. ›Brief‹, S. 397,27-399,27), nahm sie dann aber – auch nachdem sich Klotz eingeschaltet hatte – nach und nach zurück (35.-

39. ›Brief‹, S. 467-492). Zum Wort »Fechter« (das im Zusammenhang der antiken Kunst in erster Linie ›Schwertkämpfer‹ bedeutet) vgl. Anm. 44,31 und 45,18.

197,14 *Discobolus]* Von griech. diskobolos »Diskuswerfer«.

197,14 *dem Disco]* Dativ der latinisierten Form discus (zur Flexion im dt. Satz vgl. Bd. V/1, Anm. 157,6).

197,16 *Herrn von Stosch]* Vgl. Bd. V/1, Anm. 467,31.

197,17 *des Standes]* Der Stellung.

197,22-25 *Die ganze ⟨...⟩ ausgestrecket.]* Winckelmanns Beschreibung ist fehlerhaft: Die Figur »ruhet« auf dem *rechten* Schenkel und streckt das linke Bein nach hinten. So beschreibt es Lessing auch richtig im 36. ›Brief‹. Die Bedeutung der Winckelmannschen Verwechslung für Lessings Interpretation bleibt indes unklar, ebenso wie der Anteil dessen, was Lessing bereits *vor* Erscheinen der *Geschichte* beobachtet haben mag. Vgl. auch Blümner, 2. Aufl., S. 678.

197,26 *Lanze]* Richtiger: von einem Schwert.

197,27 *Riem]* Riemen.

197,32 *Vorstellung]* Darstellung.

197,33 *gefährlichen Stande]* Hier: gefährlichen Beruf, Berufsstand (soziale Stellung; vgl. Bd. V/1, Anm. 20,25).

197,33 *denn]* So Winckelmann. Hs., 1766ab und 1766: den

198,1 *Fechtern in Schauspielen]* Vgl. Anm. 44,31 und 45,18.

198,10 *beifallen]* Einfallen.

198,12f. *erkenntliches]* Dankbares.

198,15 *Chabrias]* 4. Jh. v. Chr. (gest. 358 v. Chr.), hervorragender, besonders mutiger athen. Feldherr.

198,17-30 *»Hic quoque ⟨...⟩ adepti.«]* »Auch dieser gehört in den Kreis der besten Feldherren und vollbrachte denkwürdige Taten. Unter diesen aber ragt vor allem seine neuerdachte Taktik heraus, die er in der Schlacht bei Theben anwandte, als er den Boiotern zu Hilfe gekommen war. Denn als der Oberbefehlshaber Agesilaos in dieser Schlacht vom Sieg überzeugt war, da er bereits die gemieteten Söldnertruppen in die Flucht geschlagen hatte, da hinderte dieser ⟨Chabrias⟩ die übrige Phalanx daran, von der Stelle zu weichen, und wies sie an, mit gegen den Schild gestemmtem Knie und vorgestreckter Lanze dem Ansturm der Feinde standzuhalten. Beim Anblick dieser Neuerung wagte Agesilaos nicht weiter vorzurücken und zog seine Truppen, die bereits nach vorn stürmten, mit Trompetenstößen zurück. Dies wurde in ganz Griechenland so sehr gepriesen, daß sich Chabrias eine Statue in genau dieser Position wünschte, die ihm auf Kosten des Staates auf dem Marktplatz in Athen errichtet wurde. Daher kommt es, daß sich die Athleten wie auch die übrigen Künstler in späteren Zeiten für ihre Statuen derjenigen Posituren bedienten, in denen sie den Sieg errungen hatten.«

198,32 *mir Beifall zu geben.]* Die Formulierung ist charakteristisch für die Weise, wie Lessing von Beginn des Abschnitts an seine »Entdeckung« inszeniert.

199,2 f. *»obnixo ⟨...⟩ ad scutum«]* »Mit gegen den Schild gestemmtem, gegen den Schild gepreßtem Knie«.

199,9 *folgendem]* Kein Druckfehler, sondern bei Lessing und seinen Zeitgenossen gelegentlich noch vorkommender Dativ des Partizips nach bestimmtem Artikel (1766a: folgenden).

199,12 f. *»qui ⟨...⟩ excipit«]* Bei diesem den Text leicht abwandelnden Zitat hat Lessing mehrfach gebessert (vgl. LM 9, S. 170 f. und 22, S. 190).

199,20 *die Form der Buchstaben]* PO Erl., S. 151: »Die Buchstabenformen beweisen im Gegenteil die spätere Datierung.«

199,25 f. *in Ansehung der Kunst]* Hier wieder ostentative Verbeugung (aber auch Grenzziehung des Philologen) gegenüber dem »Kunst«-Kenner Winckelmann.

199, A 3 *Statius]* Vgl. Bd. V/1, Anm. 484,22 und 25.

199, A 3 *»obnixa pectora«]* »Die entgegenstemmten Leiber« (eigentlich ›Oberkörper‹).

199, A 3 *der alte Glossator]* Der alte Verfasser einer Glosse; von griech. glossa »Zunge, Sprache«: Worterklärung am

Rande oder zwischen den Zeilen. Vgl. »der alte Scholiast« S. 203,8.

199, A 3 *des Barths]* Kasper von Barth (1587-1658), Philologe in Leipzig; hier: Statius-Ausgabe (1664).

199, A 3 *»summa vi contra nitentia«]* »Mit äußerster Kraft sich entgegenstemmend«.

199, A 3 *Halievt.] Halieutica* (Gedicht über Fischfang), fragmentarisch erhalten.

199, A 3 *Meerbramse]* Vermutlich ein Meerestier (nicht identifiziert; nicht bei Adelung, Campe, Grimm u. a.).

199, A 3 *die Reisen]* Die Reusen; Einzahl: u. a. »ein zum Fisch- und Krebsfange besonders eingerichteter Korb ⟨...⟩ mit enger Öffnung« (Campe 3, S. 821).

199, A 3 *Non audet ⟨...⟩ fronte.]* »Sie wagt nicht, mit nach vorn gestemmtem Kopf gegen die Stäbe anzustürmen.«

200,2-4 *wie glücklich ⟨...⟩ aufklären lassen]* Zentrale Selbstcharakteristik des Lessingschen Verfahrens in ›idealer‹ Sicht.

200,2 *wie]* Dahinter durchstrichen: viel Licht

200,4 *aufklären]* Verbessert: erläutern

200,5 *Spence]* Vgl. S. 638 (neben Caylus einer der beiden Autoren, von deren Kritik Lessing ausgegangen war).

200,7 *ausgebreitesten]* So alle Überlieferungsträger zu Lebzeiten (erst 1792 in »ausgebreitetsten« verändert), wohl Mischform aus Superlativ von ›ausgebreitet‹ und ›breit‹.

200,13 *der ersten der besten]* Der ersten besten (bei Lessing häufiger begegnende Redewendung).

200,19 *welche allein Augen zu haben glauben]* Zugleich indirekte Spitze gegen Winckelmann und seinen Stolz auf »Anschauung«.

200,21 *seinen Schriften]* Das Erstlingswerk *Gedancken* von 1755 erweiterte Winckelmann schon 1756 um ein anonymes *Sendschreiben über die Gedanken von der Nachahmung der griechischen Werke in der Malerey und Bildhauerkunst* und im gleichen Jahr um eine *Erläuterung der Gedanken von der Nachahmung der griechischen Werke in der Malerey und Bildhauerkunst; und Beant-*

wortung des Sendschreibens über diese Gedanken. Einzelheiten bei Rehm in: Winckelmann, *Kleine Schriften* (wie Anm. 17,4), S. 324-410.

200,23 *Junius]* Vgl. Anm. 145, A 1.

200,24 *Autor ⟨...⟩ Cento]* Verbessert aus: Schriftsteller; er führet oft Stellen aus den Alten an,

200,24 *Cento]* Der Cento: »zusammengestoppelte (auch: plagiarische) literar. Arbeit« (Schulz-Basler 1, S. 105), im 18. Jh. in der Gelehrtensprache aus lat. cento »Flickwerk« entlehnt. Frühester Beleg ebd., S. 105: Lessing, ›Literaturbriefe‹ 1759.

200,32 *so setzt er hinzu]* In der *Erläuterung der Gedanken* (1756); vgl. PO Erl., S. 152.

200,33 *Longin]* Vgl. Anm. 176,5.

201,2 f. *die zwei größten Kunstrichter]* Longin und Aristoteles. Bei Winckelmann steht davor ein Hinweis auf Kap. 25 der *Poetik* des Aristoteles: der Dichter wähle lieber das wahrscheinliche Unmögliche als das bloß Mögliche, und die Gemälde des Zeuxis hätten alle diese Eigenschaft besessen.

201,6-8 *Ως δ' ἑτερον ⟨...⟩ λαθοι σε]* »Wie aber die rednerische Vorstellung etwas anderes will als die bei den Dichtern, ist dir wohl nicht verborgen.«

201,8 *Terentian]* Terentianus Maurus (3./2. Jh. n. Chr.), afrikan. Grammatiker und Metriker. An ihn ist die Schrift (Pseudo-Longins) *Über das Erhabene* gerichtet.

201,8-10 *ὀυδ' ⟨...⟩ ἐναργεια.]* »Auch nicht, daß in der Dichtung das Ziel Erschütterung ist, in den Reden aber Deutlichkeit«.

201,10-13 *Ου μην ⟨...⟩ ἐναληθες.]* »Überhaupt hat bei den Dichtern die Vorstellung einen Überschwang ähnlich den Mythen, der über das Glaubliche völlig hinausgeht. In der Redekunst aber ist bei der Vorstellung das Wirkliche und Wahrheitsgemäße das Höchste.«

201,16-18 *»Praesertim ⟨...⟩ Longinus«, u.s.w.]* »Besonders da das Ziel des dichterischen Einfalls die Erschütterung sein soll, das des bildnerischen aber die Deutlichkeit. In der Tat haben diese Einfälle die Dichter, wie eben dieser Longin sagt« usw.

201,24 *Parenthyrsus]* Griech. parenthyrsos »Überbordendes Pathos, Schwulst« (wird mit dem Thyrsos-Stab des Dionysosdienstes verbunden).

201,28 *Theodor]* Wohl Theodoros (1. Jh. n. Chr.), griech. Rhetor aus Gadara, von dem sich zeitweise auch der Kaiser Tiberius unterrichten ließ.

201,29-32 *Τουτῳ 〈. . .〉 δει.]* »Daneben gibt es eine dritte Art von Häßlichkeit in den pathetischen Stellen, die Theodoros ›Parenthyrsos‹ nannte. Es ist ein unzeitiges und hohles Pathos, wo Pathos nicht benötigt wird, oder etwas Maßloses, wo Maß sein muß.«

202,12 *nicht die Quellen selbst]* Anläßlich eines Beispiels wiederum Kritik an einem prinzipiellen ›Schwachpunkt‹ des Winckelmannschen Verfahrens.

202,19 *Parthenius]* Röm. Kunsthandwerker, sonst weiter nicht bekannt.

202,20 *des Juvenals]* Vgl. Bd. V/1, Anm. 421,2.

202,21 *»Lances Parthenio factas«]* »Von Parthenios gefertigte Schalen«.

202,23 *Zweideutigkeit]* Als »Schale, Schüssel«, oder »Waagschale«.

202,24 *»lanx«]* »Schüssel«, »Schale«, aber auch: »Waagschale«.

202,27 *Catullus]* Nicht der Dichter (vgl. Bd. V/1, Anm. 180,25-31), sondern ein vornehmer Römer.

202,29 *die Geilen]* In der Mehrzahlform: auch die »eiförmigen Körper bei Menschen und Thieren männlichen Geschlechts, in welchen der Same zubereitet wird, die Hoden« (Campe 2, S. 276); im 18. Jh. noch verbreitet.

202,33-203,2 *Ille 〈. . .〉 Olynthi.]* »Dieser zögerte nicht, sein Silber über Bord zu werfen, von Parthenios gefertigte Schalen, den eine Urne fassenden Mischkrug, der auch des durstigen Pholus oder der Gattin des Fuscus würdig gewesen wäre. Außerdem dann noch Spüleimer, tausend Schüsseln und viele getriebene Becher, aus denen der listige Käufer von Olynthos 〈Philipp, der Vater Alexanders des Großen〉 trank.« (Juvenal XII 43-47).

203,8 f. *»Parthenius 〈...〉 nomen«]* »Parthenios, der Name eines Silberschmiedes«.

203,8 *der alte Scholiast]* Vgl. Bd. V/1, Anm. 238,7; hier: Isaac Grangaeus (de la Grange, gest. erste Hälfte des 17. Jhs.), franz. Philologe und Poet: Juvenal-Ausgabe 1614.

203,10 *»sculptor 〈...〉 Plinius«]* »Ein Bildhauer, den Plinius behandelt«.

203,18 *Leben 〈...〉 Herodotus]* Herodot: vgl. Bd. V/1, Anm. 259,25. Ihm wurde das späte *Leben Homers* zugeschrieben.

203,20 *Tychius]* Sonst nicht weiter bekannt, wie Parthenios.

203,22 *von des Homers Bekanntschaft]* Selbstverständlich als bloße antike Spekulation.

203,24-27 *Απεδωκε 〈...〉 τοισδε.]* »Er bewies dem Lederarbeiter Tychios, der ihn in die Neue Mauer aufgenommen hatte, als er zur Schusterwerkstatt gekommen war, seinen Dank, indem er ihn mit folgenden Worten in der *Ilias* bedachte.«

203,28-30 *Αιας 〈...〉 ναιων.]* »Aias kam näher und trug seinen Schild, einem Turm gleich, ehern, mit sieben Rinderhäuten; den hatte ihm Tychios mühevoll verfertigt, der weitaus beste unter den Lederschneidern, in Hyle wohnend.« (*Ilias* VII 219-221).

203,35 *unterzuschieben]* Eine wieder gestrichene Anm. zum Cupido des Praxiteles bringt LM 9, S. 175 A. 1.

204,5 *Parrhasius]* Parrhasios (um 400-380 v. Chr. tätig), griech. Maler aus Ephesos, mit Zeuxis (vgl. Anm. 51, A 6) wetteifernd. Vgl. Lessings Notizen Bd. V/1, S. 477,16-22.

204,7 *Tauriscus]* Tauriskos (wohl 1. Jh. v. Chr.), Sohn des Artemidoros, aus Tralleis, Bildhauer, arbeitete zusammen mit seinem Bruder Apollonios. Vgl. Lessings Notizen Bd. V/1, S. 483,16-29. »Wahrscheinlich hatten jedoch die Künstler des farnesischen Stiers 〈Tauriskos und Apollonios zugeschrieben〉 das rhodische Bürgerrecht« (PO Erl., S. 152). Korrektur der Angabe in Winckelmanns *Anmerkungen über die Geschichte der Kunst des Alterthums* (1767), S. 112.

204,7 *Tralles]* Stadt Tralleis in Lydien im Tal des Maiandros.

204,9 *Die Antigone ⟨...⟩ des Sophokles.]* Vgl. Lessings Notizen Bd. V/1, S. 483,14f.

204f., A 9 *Die Zeit ⟨...⟩ (Exercit. p. 452.)]* Die Daten und Zeugnisse sind ausführlich im *Leben des Sophokles* (das 1766 noch nicht erschienen war) behandelt, und zwar in Kap. I: Bd. V/1, S. 269,22-289,3. Dort auch die These, der *Triptolemos* sei das erste Trauerspiel des Sophokles gewesen. Die ganze Fußnote A 9 ist, nach einer kürzeren Fassung (unter dem Text des *Laokoon*), auf einem gesonderten Blatt notiert; vgl. LM 22, S. 190.

204, A 9 *Ich zeige in meinem Leben des Sophokles]* Das war bei Erscheinen des *Laokoon* für einen Außenstehenden nicht nachvollziehbar. Lessing nennt, obwohl der betreffende Teil des *Sophokles* schon ausgedruckt (aber nicht ausgeliefert) war, auch keine Seitenzahlen.

205,1 *Doch ich enthalte mich]* Tatsächlich hat er bereits damit begonnen.

205,3 *meine Hochachtung]* Ostentative Verbeugung vor Person und Autorität, nach zum Teil deutlicher Kritik an Inhaltlichem und an der Quellenbehandlung.

205,4 *Krokylegmus]* Griech. krokylegmos »Absuchen von Flocken, Flusen« bei Kleidern: so die Erklärung bei Hesych (vgl. Bd. V/1, Anm. 281,29). In schmeichelnder Absicht werden Kleinigkeiten herausgehoben, um zu demonstrieren, daß es wichtigere Kritikpunkte nicht gibt. Einzelnes bei Blümner, 2. Aufl., S. 680. Mit dem seltenen und seltsamen Wort gab es Schwierigkeiten der Schreibung. Hs. 1766bc: Krokalismus; 1766a: Krobotismus; 1766d und 1766: Krokylegmus

205f., A 9 *Vom Sophokles ⟨...⟩ Insel geboren.]* Lessing hängt hier noch etwas an, das weder mit *Antigone* noch mit Winckelmanns *Geschichte*, sondern mit dessen Erstlingsschrift *Gedancken* zu tun hat. Hierzu setzt er in der Hs. zunächst schon früher an (LM 9, S. 177 und 22, S. 191), nachdem er die Frage von *Antigone* und *Triptolemos* knapp auf der Basis der *Sophokles*-Schrift resümiert hat. Als dieser Exkurs sich jedoch auswächst, rückt auch das Thema aus den *Gedancken* weiter nach hinten. Der Auftritt des jugendlichen Sophokles nach dem Sieg bei Salamis wird, wiederum mit den einschlägigen Zeugnissen, eingehend im *Leben des Sophokles*, Kap. F abgehandelt (Bd. V/1, S. 258,10-260,13).

206, A 9 *an eben dem Tage des Sieges]* So 1766abcd und 1766. Die Korrektur »an dem Tage des Sieges« (LM 9, S. 177) ist nicht zwingend.

STELLENKOMMENTAR ZU DEN PARALIPOMENA

Für die Paralipomena zum *Laokoon* gilt sinngemäß, was Bd. V/1, S. 747 anläßlich des *Sophokles* gesagt ist. Soweit die Paralipomena sich thematisch – ganz oder teilweise – mit der Druckfassung des Ersten Teils (1766) berühren oder gar als ›Rohmaterial‹ darin aufgegangen sind, wird im folgenden auf die betreffenden Abschnitte, nicht auf jede einzelne Stelle verwiesen. Alles inhaltlich Wichtige, das über die Druckfassung hinausgeht, ist kommentiert. Entstehungsvarianten dieser Entwurfstexte sind grundsätzlich nicht verzeichnet. Für sie wird generell auf LM 14, S. 333-440 verwiesen. Aktualisierte und präzisierte Beschreibungen der Handschriften in der Deutschen Staatsbibliothek Berlin (Ost) bietet Milde, *Gesamtverzeichnis*, Bd. 1, S. 172-178.

209,3-213,22 *Die Ähnlichkeit ⟨...⟩ ermüden möge.]* Zu diesem Entwurf s. oben S. 638; und zur Hs.: LM 14, S. 334 A. 1. Nach heute allgemein gültiger Ansicht handelt es sich um die früheste Skizze: bereits mit der Unterscheidung von Poesie und Malerei als der Kunst im »Raum« und in der »Zeit« (*Laokoon* XV Ende und XVI), mit der Theorie von den »natürlichen« und den »willkürlichen« Zeichen (*Laokoon* XVI und XVII) sowie mit den Thesen vom »prägnanten Augenblick« und von der hervorstechendsten »Eigenschaft« (*Laokoon* XVI). »Schönheit« und »Häßlichkeit« werden an Homer entwickelt (er habe die Schönheit nie

»gemalt«, lediglich die Häßlichkeit), und unter dem Einfluß Winckelmanns, für den das Wesen der Schönheit in der »Unbestimmtheit« liegt (vgl. Anm. 211,32). Hierzu entwickeln Abschn. XX-XXVI neue Positionen.

211,12 f. *Tisiphone ⟨...⟩ colubras.]* »Tisiphone schüttelte da ihr graues Haar, zerrauft wie es war, und stieß die Schlangen zurück, die ihr ins Gesicht hingen.«

211,15 f. *Carceris ⟨...⟩ angues.]* »Sie saßen vor den unbezwinglichen Toren des Kerkers und kämmten die gräßlichen Schlangen aus dem Haar heraus.«

211,17 *ibid.]* Lat. ibidem »ebendort«.

211,18 f. *Cum subito ⟨...⟩ abiit.]* »Als der Jüngling plötzlich, indem er sich mit den Füßen vom Boden abstößt, jäh in die Wolken emporschnellt.«

211,22 *κοιλης ⟨...⟩ νηυσι]* »Bei den hohlen Schiffen«. Zu den homerischen Beiwörtern – auch zu diesem Beispiel – ausführlich Abschn. XVI.

211,23 f. *σκηπτρον ⟨...⟩ πεπαρμενον.]* »Das mit goldenen Nägeln beschlagene Zepter« (*Ilias* I 246).

211,26-30 *Homer ⟨...⟩ Schönheiten ein.]* Vgl. S. 145,4-7.

211,32 *unbestimmter]* Zu den Veränderungen des Winckelmannschen Begriffs der »Unbestimmtheit« (l'indefinito) im Verlauf der Lessingschen Gedankenentwicklung s. PO Erl., S. 154.

212,4-6 *Als ⟨...⟩ empfinden.]* Detaillierter S. 154,13-26.

212,23 *partialen]* Von lat. partialis »teilweise, Teil für Teil, Stück für Stück«.

212,25 *ja]* Doch, trotzdem.

212,33-213,22 *Beispiel ⟨...⟩ möge.]* Lessing notiert (und kommentiert zum Teil) *Ilias*-Stellen auf der Rückseite des Blattes. Sie gehen über das hinaus, was das Erste Buch 1766 bereits bringt (vor allem in Abschn. XII), sind also wohl später aufgeschrieben.

212,34 *Pope]* Vgl. Anm. 128,23; hier: Homer-Übersetzung in fünffüßigen Jamben (nach dem Muster Miltons), 1715-20.

213,1 *dicken]* Dichten.

213,2-5 *π. 789.90 ⟨...⟩ gewesen sein?]* Apollon tritt dem in wilder Rache für seinen Freund Achilleus kämpfenden Patroklos verhüllt entgegen. Zum Problemzusammenhang vgl. S. 107,3-15.

213,6 *Cayl.]* Caylus, vgl. Anm. 72, A 3. Lessing kommt auf die *Ilias*-Stelle offenbar durch Caylus, dessen Auslegung und Tendenz er in Abschn. XII in Zweifel gezogen hat. Zum Problem ›Götter gegen Götter‹ vgl. S. 103,5-106,5. Thetis ist für Caylus nicht in ein ›Gemälde‹ umsetzbar. Ihre Nymphen treten an die Stelle.

213,9-22 *Caylus ⟨...⟩ ermüden möge.]* Das Beispiel bezieht sich auf die Frage des »Ekels«, die in Abschn. XXIII und XXIV behandelt wird.

213,12 *der Dacier]* Mme Dacier, vgl. Bd. V/1, Anm. 294, A 99; hier: Homerübersetzung.

213,15 f. *Πατροκλῳ ⟨...⟩ ἐμπεδος ἐιη.]* »Dem Patroklos aber träufelte sie Ambrosia und rötlichen Nektar in die Nasenlöcher, damit die Haut ihm fest bleibe.« (*Ilias* XIX 39 f.)

213,17 *codices]* (Lat.) »Hefte, Bücher, Handschriften«.

213,17 f. *per cutem omnem]* »Durch die ganze Haut«. Zur textkritischen Spekulation vgl. PO Erl., S. 154.

213,24-217,17 *Der Verf. ⟨...⟩ Cabinet.]* Lessing stellt hier Anmerkungen zu Spences *Polymetis* zusammen (vgl. oben S. 638). Angaben zur Hs. (einem kleinen Foliobogen) bei LM 14, S. 338 A. 3.

213,24 f. *»Felix ⟨...⟩ potuit«]* »Glücklich, wer ⟨es⟩ vermochte«. (*Georgica* II 492).

213,25 *den Lucrez]* Vgl. Bd. V/1, Anm. 180,12.

213,26-28 *dichterischen Würde ⟨...⟩ politische Absichten]* Eine Entgegensetzung, die zwar auf Eigenart und Unabhängigkeit der Dichtung hinaus will (vgl. die verschiedenen kritischen Apostrophen des »Hofmanns« Vergil im *Laokoon*), jedoch dem Vergilischen Werk nicht gerecht wird. Anders Abschn. XVIII.

213,29 f. *Neue Staatsverfassung]* Unter Augustus.

214,6 *Wissenschaft]* Hier: Wissen, Kenntnis.

214,8 f. *Horaz ⟨...⟩ verkürzet.]* Stützt sich auf *Oden*

II 17,5 (Versprechen gegenüber Maecenas, sich bei dessen Tod das Leben zu nehmen). Lessings besonderes Interesse an der Vita des Horaz datiert spätestens von seinen *Rettungen des Horaz* (1754).

214,10 *Rangordnung]* Nach dem Kriterium: Eignung als Vorlage für bildende Künstler. Die *Metamorphosen* als Handbuch für Maler begegnen bei Lessing – meist mit kritischer Perspektive – wiederholt.

214,13 *»libros fastorum«]* »Die Bücher der ›Fasten‹«, orientiert am röm. Festkalender.

214,15 *»Juno sospita«]* »Die ›Retterin‹ Juno«.

214,18 *Servius]* Vgl. Anm. 73, A 3.

214,20-23 *»Habere ⟨...⟩ sane.«]* »Es ist unbestreitbar, daß Juno einen Wagen besitzt. Daß es sich aber so verhält, beweist auch ihr Heiligtum in Tibur, wo folgendermaßen gebetet wird: oh Juno curulis ⟨auf dem Wagen⟩, nimm mit deinem Wagen und Schild die Meinen und mein Hausgesinde ganz in deine Obhut.« Überlegungen zur Deutung der verschiedenen Namen bei PO Erl., S. 154f.

214,27 *Statius]* Vgl. Bd. V/1, Anm. 484,22 und 25; hier: *Silvae* (Vermischte Gedichte) III 4,83. Lessings Interpretation trifft zu.

214,30-215,23 *Der Verf. ⟨...⟩ streiten.]* Vgl. S. 80,33-82,13.

215,3 *Alekto]* Eine der drei Erinnyen (Rachegöttinnen).

215,14 *überhingehende]* Vorübergehende, transitorische (im Sinne der Theorie des *Laokoon*, Abschn. III, vgl. Anm. 34,8).

215,18-20 *– neque ⟨...⟩ ingens etc.]* Vgl. S. 83,1-3.

215,24-29 *p. 95 ⟨...⟩ vermehren.]* Vgl. S. 177,34-178,12.

215,30f. *seltsamen Apoll]* Eine Apollonstatue in Turin.

216,1-5 *p. 102, n. 99 ⟨...⟩ Bedeutung sein.]* Vgl. S. 159f., A 3. Der lange Fußnoten-Exkurs in Abschn. XXII scheint hier seinen Ursprung zu haben.

216,7 *»invicti Glyconis«]* »Des unbesiegten Glycon« (Horaz, *Episteln* 1, 30). Ausführliche Erörterung der Stelle in den *Zerstreuten Anmerkungen über das Epigramm* (Bd. VII dieser Ausgabe). Vgl. auch S. 279,13-19. Die Statue des Glyco ist der berühmte sog. Farnesische Herkules.

216,11 *Peripatetiker]* Vgl. Bd. V/1, Anm. 239,6.

216,12 *Podagra]* Vgl. Bd. V/1, Anm. 28,26.

216,18-33 *p. 116 ⟨...⟩ sehen.]* Vgl. unten S. 232,27-233,5.

216,26f. *rabidi ⟨...⟩ in artus]* »Als er den drohenden Kiefer des rasenden Ungeheuers würgte und ihm den Atem in den aufschwellenden Gliedern abdrosselte« (Statius, *Thebais* IV 827f.).

217,1-4 *p. 126. n. 71 ⟨...⟩ gemacht etc.]* Die Notiz bezieht sich auf »Herkules den Trinker« (Herkules Bibax) in der Gemmensammlung von Stosch (vgl. Bd. V/1, Anm. 467,31), die von Winckelmann veröffentlicht worden war; hier: ein Abdruck in Glaspaste. Der »Epitrapezios« (auf dem Tisch Stehende) des Lysippos (vgl. Bd. V/1, Anm. 485,30), auf den Statius ein Gedicht verfaßt hat (*Silvae* IX 6), hat hiermit vermutlich wenig zu tun.

217,5-10 *p. 137 ⟨...⟩ sage.]* Ein Sarkophag, ehemals auf dem Kapitol, jetzt im Louvre.

217,8f. *was ich ⟨...⟩ Homer]* Bezugnahme auf eine eigene, Entwurf gebliebene, damals noch unveröffentlichte Studie der Breslauer Jahre, vgl. Bd. V/1, S. 490 (dort, im Erhaltenen, findet sich keine Ausführung dieser Art).

217,12-14 *»scarce ⟨...⟩ picture.«]* »Kaum je kann etwas in einer poetischen Beschreibung gut sein, das unsinnig erschiene, wenn es als Statue oder als Bild dargestellt würde.« Vgl. S. 81, A 5.

217,15-17 *p. 80 ⟨...⟩ Cabinet.]* »Das Relief, jetzt im Louvre ⟨...⟩ gilt heute als Arbeit des 16. Jahrhunderts.« (PO Erl., S. 155).

217,16 *Vulcan]* Vgl. Anm. 76,9.

217,17 *Polignacschen Cabinet]* Melchior de Polygnac (1661-1742), franz. Kardinal. Seine Kunstsammlung kaufte Friedrich II. von Preußen an.

217,20-245,4 *Die Ähnlichkeit ⟨...⟩ gegeben haben* mit 244-250, A 39 *Der Unterschied ⟨...⟩ vermeiden]* Zu diesem Entwurf, den Lessing seinen Freunden Mendelssohn und Nicolai zur Stellungnahme schickte, s. oben S. 639 f.; und zur Hs.: LM 14, S. 342 A. 1. Auch jetzt erscheint das Beispiel Laokoon noch nicht, doch die Grundgedanken von Paralipomenon 1 sind systematischer und umfassender entwickelt. Mendelssohns und Nicolais Kommentare sind hier (wie u. a. auch bei LM) petit jeweils unter den Lessingschen Text gesetzt. Zu Mendelssohns Anmerkungen ist im folgenden an einzelnen Stellen der Kommentar der Jubiläumsausgabe ⟨JA⟩, Bd. 2, S. 412-415 herangezogen.

217,25-218,2 *Diese übeln ⟨...⟩ zu werden.]* Weitgehend identisch mit S. 15,7-14.

218,3-10 *Außer ⟨...⟩ geleget.]* Weitgehend identisch mit S. 14,28-15,5.

218,5 *den Criticus]* Kein Akkusativ der lat. Form: Zeigt an, daß als Terminus bereits verselbständigt.

218,9 *nach dem er]* Je nachdem, ob er.

218,21 *der Virtuose]* Vgl. Anm. 15,6.

218, A 2 *dem Virtuosen]* Lessing hat sich bei der Verwendung des Begriffs offenbar durch Mendelssohn anregen lassen.

218, A 2 *in rationalem et empyricam]* »In eine verstandesmäßige und eine erfahrungsmäßige« (Nicolai schreibt »empyricam« – möglicherweise unter Einfluß von griech. empyros »feurig« – fälschlich statt »empiricam«).

218, A 2 *zu Utrecht]* Der Friede von Utrecht wurde 1713 geschlossen.

219,5-223,16 *Poesie und ⟨...⟩ Malerei?]* Die Ziffern II, III und IV sind zum großen Teil bei der Abfassung von Abschn. XVI und XVII verwendet.

219,5 *nachahmende]* Dieser aristotelische Ansatz verliert sich im *Laokoon* nach und nach.

219, A 3 *Opposition]* Von lat. oppositio »Gegenüberstellung, Gegensatz«.

219, A 3 *Diese Opposition ⟨...⟩ ein mehreres.]* Mendelssohn formuliert dem Freund gewissermaßen schon den Grundriß dessen vor, was Lessing dann – u. a. zur Musik – im Zweiten Teil des *Laokoon* behandeln wollte. Eine eigene ausgeführte Zeichentheorie hatte Mendelssohn 1757 in *Betrachtungen über die Quellen und die Verbindungen der schönen Wissenschaften und Künste* niedergelegt. Zu ihr gehörten sowohl die Unterscheidung von »natürlichen« und »willkürlichen« Zeichen, von solchen, die »nebeneinander« im Raum und solchen, die »nacheinander« in der Zeit stehen, als auch Überlegungen zum »moment fertile«, dem »fruchtbaren Augenblick« (vgl. JA 2, S. XLIII f.).

219, A 5 *Nein!* 〈...〉 *Bedeutung sind.]* Von Lessing in Abschn. XVII zu Anfang (S. 123) zurückgewiesen; vgl. auch den Brief an Nicolai vom 26. 5. 1769 (ausgehend von Garves Rezension). Lessings Argument: die »Rede« kann Dinge auch nebeneinander schildern, die »Poesie« hingegen nicht.

220, A 6 *Bewegungen* 〈...〉 *abwechseln.]* Mendelssohns Modifikation wurde von Lessing nicht in den *Laokoon* übernommen; ihm fehlte bei diesem Einwand wohl die Bezugnahme auf die »Körper«, auf die es ihm ankam. Als eigentlichen Ort für eine erweiterte »Handlungs«-Theorie hatte er den Zweiten Teil des *Laokoon* vorgesehen; Andeutungen etwa S. 294,15-295,3.

220, A 6 *das homerische Gleichnis]* *Ilias* XI 548-555 und XVII 657-664.

220, A 6 *Der sterbende Adonis]* Vgl. S. 153,11 mit Anm.

220, A 6 *die Entführung der Europa]* Ein Gedicht des griech. Grammatikers und Dichters Moschos (2. Jh. v. Chr.).

220 f., A 7 *Die Poesie* 〈...〉 *zusammenfassen soll.]* Lessing hat diesen Hinweis in Abschn. XVII aufgenommen: S. 124, 13-38.

220, A 7 *Operationen]* Hier: Tätigkeiten des Betrachters (Lesers usw.).

221,2-5 *Die Malerei* 〈...〉 *wird.]* Zum Gedanken bei Mendelssohn vgl. Anm. 219, A 3. Das Konzept des »prägnantesten Augenblicks« ist dann in Abschn. II des *Laokoon* entfaltet, besonders S. 32,3-27.

221,2-223,16 *Die Malerei* 〈...〉 *poetischen Malerei?]*

Lessing hat größere Teile in die Abschnitte IIII, XVI und XVII integriert.

221,13 f. *Manier]* Vgl. Bd. V/1, Anm. 456,35.

221,15 f. *der Thompsonschen Dichter]* Der Dichter, die wie Thomson (vgl. Anm. 40, A 1) ›beschreiben‹, ›malen‹ (»descriptive poetry«).

221,19-222,35 *Homer 〈. . .〉 geben kann.]* Eine größere Zahl von Sätzen hat Lessing fast wörtlich in Abschn. XVI integriert, des weiteren umfangreiche Zitate und neue Beispiele hinzugefügt (S. 118,12-123,12).

221, A 8 *Die folgenden 〈. . .〉 Beispiele]* Die von Lessing aufgeführten.

223,1-16 *Hierher 〈. . .〉 Malerei?]* Vgl. *Laokoon* XIX.

223,18-225,10 *Körperliche 〈. . .〉 kostet.]* Die Partie ist in Abschn. XX und XXI unter anderem durch ausführliche Beispiel-Erörterung (und lange Zitate etwa aus Ariosts *Orlando furioso*) erweitert.

223, A 10 *Das Lied Anakreons]* Die Erwähnung des ›anakreontischen‹ (vgl. Bd. V/1, Anm. 180,21) Gedichts, *Oden* XXVIII 29, hat Lessing detaillierend aufgenommen: S. 152,19-153,23 (er faßt hier gleich zwei Gedichte ›Anakreons‹ zusammen).

223, A 10 *pittoreske]* Von ital. pittoresco »malerisch« (nicht unbedingt abwertend, hier jedenfalls positiv).

223, A 10 *Pindar]* Vgl. Bd. V/1, Anm. 258,7; hier: *Pythien* I 6-10.

223 f., A 10 *Allein 〈. . .〉 Schönheit?]* »Die Bemerkung über die Häßlichkeit des Thersites hat Mendelssohn gestrichen 〈. . .〉; wahrscheinlich, weil er später gemerkt hat, dass Lessing selbst darauf zu sprechen kommt« (JA 2, S. 413).

224, A 11 *Ich bin 〈. . .〉 nieder.]* Charakteristisch für die weniger produktive Rolle Nicolais. Mendelssohn war zweifellos der einschlägig kenntnisreichere. Den ersten Absatz der Anmerkung hat Nicolai wieder gestrichen.

225,12-227,5 *Ein einziger 〈. . .〉 könnte.]* Vieles hat Lessing wörtlich oder fast wörtlich in Abschn. XXIII und XXIV übernommen, unter Berücksichtigung der Mendelssohnschen Notizen.

225, A 12 *Ihre ⟨. . .⟩ nicht lächeln]* Nicht ganz zutreffend, vgl. etwa Sapphos (vgl. Anm. 155,1) berühmte Ode an Aphrodite (Fragment 1).

225, A 12 *in Verbindung oder Handlung aber]* Der wichtige Hinweis wurde von Lessing nicht aufgenommen.

225 f., A 13 *abermals ⟨. . .⟩ ausgeschlossen.]* Wie Anm. 225, A 12.

226,14 f. *Erklärung des Aristoteles]* In Kap. 5 der *Poetik*.

226,17 f. *adoucieren]* Von franz. adoucer »versüßen, mildern«.

226,21 f. *Klotz ⟨. . .⟩ wegwünscht.]* In der Druckfassung bemerkenswert abgedämpft: S. 172,19-22.

226, A 14 *Medusa]* Eine der drei Gorgonen, mit Schlangen im Gürtel und mit einem Blick, der versteinert; von Perseus enthauptet.

226, A 14 *Alecto]* Vgl. Anm. 215,3. Sie zählt zu den Furien (deren Darstellung in der antiken Kunst Lessing ja leugnet).

226, A 15 *des Hogarthschen Tanzes]* Hogarth (vgl. Anm. 163,5) ist für Mendelssohn ein anregendes Exempel in den Fragen von Häßlichkeit, Karikatur, Lächerlichkeit, Kontrast (so schon S. 225 f., A 13). Den »Tanz« vollführen Verwachsene und andere groteske Figuren in der Form eines Menuetts (»Zweyte Tafel« in der Übersetzung durch Mylius; vgl. Anm. 163,5).

227,1 *Schrecklich]* So die Hs. (vielleicht war an die Form »Schreckliches« gedacht).

227,7-228,5 *Gleichwohl ⟨. . .⟩ illudieret wird.]* Einiges ist in die Abschnitte XX und XXIV eingegangen.

227,24 *der Virtuose]* Vgl. S. 218, A 2; hier schon etwas abwertender.

227, A 15 *Dr. Slop]* Aus Lawrence Sterne (1713-1768), *Tristram Shandy* (1759-67): der komische Arzt. Zu Lessings früherer Beschäftigung mit *Tristram Shandy* (die beiden ersten Teile erscheinen 1759) vgl. Bd. V/1, S. 792 f.

227, A 15 *Sancho]* Der Diener Sancho Pansa aus dem *Don Quixote* von Miguel de Cervantes Saavedra (1547-1616).

228,5 *illudieret]* Von lat. illudere »mit etwas spielen, täuschen, betrügen«.

228,7-230,19 *Die Zeitfolge ⟨. . .⟩ zu erklären ist.]* Zum großen Teil wörtlich eingegangen in Abschn. XVIII.

228,10 *der Parmisano]* Vgl. Anm. 130,12.

229, A 16 *Die Malerei ⟨. . .⟩ zu setzen.]* Recht strikte Ziehung der »Grenzen«, von Lessing in Abschn. XVIII nicht geteilt.

229, A 16 *Die Musik]* Vgl. Anm. 219, A 3.

229, A 16 *die Harmonie]* »Die Harmonie will Mendelssohn einen Eingriff in das Gebiet des Raumes nennen, weil sie ohne Bewegung verweilen kann und man in ihr mehrere Töne gleichzeitig hört« (PO Erl., S. 157).

229, A 16 *ziehe ich]* Hier wird deutlich, daß Nicolai den Entwurf *nach* Mendelssohn zu sehen bekam.

229, A 17 *das Batteuxsche System]* Vgl. Bd. V/1, Anm. 227,32. Gemeint ist das »Prinzip« der Nachahmung (nach Aristoteles), das allen Künsten zugrunde liege.

230,9 *die Perspectiv des Dichters]* Fehlt in *Laokoon* XVIII, offenbar aufgrund der Einwendungen Mendelssohns in A 19.

230, A 18 *Z. E. ⟨. . .⟩ immer etwas.]* Nicolai fühlt sich in dem Metier nicht sattelfest, läßt vieles offen (kann oder möchte auch wohl nicht zu viel Mühe investieren).

231,2-232,15 *Da jede ⟨. . .⟩ poetisch ist.]* Hierzu *Laokoon* II.

231,7 *das idealische Schöne]* In Abschn. II eliminiert Lessing das Adjektiv »idealisch«.

231,8 *Stande]* Hier: Zustande.

231,10f. *die Ruhe ⟨. . .⟩ Ausdruck.]* Die Winckelmannsche Deutung steht unverkennbar dahinter, ohne daß hier im Zusammenhang der Name fällt.

231, A 20 *Rührung]* Die Modekategorie der Zeit meint bei Mendelssohn jede Wirkung des Ausdrucks auf Empfindung oder Gefühl.

232,7f. *Daher ⟨. . .⟩ Held sei.]* Vor allem in der franz. Kritik (Magny und Voltaire).

232,17-233,15 *Die Poesie ⟨...⟩ abstrahieren konnte.]* Hierzu *Laokoon* VI bis VIII sowie XVI.

232, A 21 *Canut Ulfo]* Johann Elias Schlegel (1719-1749), Kritiker und Dramatiker; hier: Tragödie *Canut* (1746). Ulfo ist der schurkische Schwager des Titelhelden.

233,5 *Spence]* Vgl. S. 638. »Die Gemme ist nicht zu identifizieren« (PO Erl., S. 157).

233,17-21 *Und eben ⟨...⟩ zu machen.]* Eigentümlicherweise im *Laokoon* nicht mehr begegnend.

233,17-234,14 *Und eben ⟨...⟩ haben kann.]* Eingegangen in Abschn. XIV.

233, A 22 *Ich getraue ⟨...⟩ gewählt.]* Mendelssohn kritisiert das Beispiel (Hercules-Gestalt aus Statius, *Thebais* IV 834) mit Recht, Lessing sieht dies offenbar ein und klammert das »Exempel« im *Laokoon* aus.

234,5 *Berechnung des Caylus der Gemälde]* Hier Entwurfscharakter noch besonders deutlich.

234,15 *Leidensgeschichte Christi]* Vgl. S. 113,13-25.

234, A 23 *frappiert]* Nach franz. frapper »Eindruck machen«; das Fremdwort dringt seit Beginn des 18. Jhs. ein.

234, A 23 *Milton ⟨...⟩ gelesen werden.]* Mendelssohn schränkt im Vergleich mit Homer den Wert der Miltonschen »Bilder« ein, aber nicht mit den Argumenten von Caylus, sondern weil die »Einbildungskraft« des Lesers nicht genügend angeregt werde.

234, A 24 *Der Satz ⟨...⟩ machen kann.]* Von Lessing ist der Einwand nicht aufgenommen worden.

234, A 24 *freulich]* Freilich.

235,2 *Scribenten]* Von lat. scribens »Schreibender, Schriftsteller«; S. 113,18: »Evangelisten«.

235,21-236,33 *Z. E. das ⟨...⟩ zu halten.]* Zum Teil eingegangen in S. 111,9-112,4.

235,25-28 *῾Οι δε ϑεοι ⟨...⟩ ἐισορωντες.]* Vgl. Anm. 111,14-17.

236,3 *Piccart]* Wohl Bernard Picart (1673-1763), franz. Kupferstecher; vgl. Blümner, 2. Aufl., S. 374.

236,16-237,17 *Man halte ⟨...⟩ Mann sein.]* Eingearbeitet

in Abschn. XV. Der Entwurf steht im Widerspruch zu allem, was Lessing sonst über ›Malbarkeit‹ und Abfolge der ›Augenblicke‹ sagt. In Abschn. XV wird ihm dann bei der Ausarbeitung (genaue Vergegenwärtigung der Handlung) offenbar klar, daß die Stelle ›unmalbar‹ ist.

236,31 *Ordonnanz]* Von franz. ordonnance »Befehl, Vorschrift, Anordnung«, im 16. Jh. entlehnt, meist im militärischen Sinne, seltener als »Einrichtung, Anordnung«; vgl. Schulz-Basler 2, S. 264.

236, A 26 *getanzt]* Mendelssohn denkt hier – wie sonst auch Lessing – an die Pantomime.

237,7 *Hexameter]* Vgl. Bd. V/1, Anm. 320,25.

237,13 *gelehrten]* Hier: ausgeklügelten.

237, A 27 *die Künste in ihrer Verbindung]* Wiederum Vorgriff Mendelssohns (vgl. Anm. 219, A 3) auf Themen, die Lessing im Zweiten und Dritten Teil behandeln wollte.

237, A 27 *Jede Poesie kann getanzt werden]* Vgl. Anm. 236, A 26. Eine wichtige Rolle spielt bei Mendelssohns (und Lessings) Vorstellung das Wissen, daß in der griech. mousike Wort, Ton und Bewegung eine prinzipielle Einheit bildeten (vgl. Bd. V/1, Anm. 252,8).

238,2-242,5 *In diesem 〈...〉 zu lassen.]* Das meiste ist z. T. wörtlich in Abschn. XII eingegangen.

239,11 *gelehrten]* Vgl. Anm. 237,13.

239, A 28 *das metaphysische]* Hier im alten Wortsinne: »das, was hinter der physis, der Natur, kommt, das Immaterielle«.

239, A 28 *außer der Scene]* Mendelssohn analysiert die Partien, ebenso wie Lessing selbst, ganz nach Analogie einer Theaterszene.

241,16 *Τον 〈...〉 ἀρονρης.]* Vgl. Anm. 103,24-26.

242,7-245,4 *Die alten 〈...〉 gegeben haben.]* Große Teile sind wörtlich in Abschn. XXII übernommen.

242,11 *Beleichtungen]* Beleuchtungen (Variante im 18. Jh. gelegentlich noch vorkommend, vgl. »schleidernd, schleudern«).

242,16-22 *So malte 〈...〉 hüpfen.)]* Eingegangen in S. 159f., A 3.

242,29 *Nicostratus]* Nicht weiter bekannter Grieche; zur eventuellen Verwechslung mit dem Maler Nikomachus (schon in der Quelle) vgl. PO Erl., S. 158.

243,3 f. *die Kunstverwandten]* Die Kunstgenossen (vgl. »Zeitverwandte«: Zeitgenossen).

243,23-25 *'H ⟨…⟩ ὄλυμπον.]* Vgl. Anm. 162,5-7.

243,33 *sympathetische]* Von griech. sympatheia »Mitleiden, Mitleid«: auf Mitleiden beruhende.

244,1 *Klopstocks Zeilen]* Friedrich Gottlieb Klopstock (1724-1803); hier *Messias* (die ersten drei Gesänge erschienen 1748). Die ersten fünf Gesänge lagen 1751 vor und wurden von Lessing in ›Das Neueste aus dem Reiche des Witzes‹ (dann in den ›Briefen‹ 1753) besprochen. Lessing hat das Klopstock-Beispiel in der Druckfassung des *Laokoon* nicht verwendet.

244-247, A 39 *Der Unterschied ⟨…⟩ nennen?]* Der Lessingsche Vergleich zwischen der Klopstock-Stelle und Homer, der den Schluß des Entwurfs bildet, veranlaßt Mendelssohn zunächst zur generalisierenden Weiterführung des Vergleichs, dann zu einer »Reflexion« (S. 245 f., A 39), die überhaupt nur noch locker mit dem Vorausgehenden verbunden ist: Fragen nach dem Zusammenhang von Poesie und Malerei mit der »Religion« bei einzelnen Völkern, namentlich des Orients, und nach der jeweiligen »Anschaulichkeit« der Vorstellungen. Über den noch beigefügten Entwurf zum Problem der »Schönheit« s. weiter unten.

244, A 39 *nettes]* Im 18. Jh. noch anerkennend bis bewundernd (nicht verniedlichend) für alles, »was man sonst rein, glänzend und zierlich nennet« (Adelung 3, Sp. 472).

244, A 39 *Klopstok]* Die Schreibung begegnet im 18. Jh. häufiger (ebenso diejenige mit doppeltem p).

244, A 39 *vague]* Fremdwort noch franz. geschrieben: »unstet, schwankend, unbestimmt«.

244, A 39 *Stelle im 5 B. Mose]* 5. Mose 32, 40 f.

244, A 39 *ist ein Zeichen]* Mendelssohn setzt seine besondere Bibelkenntnis ein.

245,1 *Augenbraunen]* Vgl. Anm. 145, A 1.

245, A 39 *giganteske]* Von ital. gigantesco »riesenhaft«.

245, A 39 *Sie sagen]* Möglicherweise einer der Hinweise auf vorangegangene Gespräche (aber auch als hypothetischer Einwand denkbar).

245, A 39 *Young]* Hier: *The Complaint, or Night Thoughts* (Die Klage, oder Nachgedanken, 1742-44) I 80-82. Vgl. JA 2, S. 414.

245, A 39 *Pope]* Vgl. Anm. 128,23; hier: *Essay on Man* (Versuch über den Menschen, 1733) I 2; vgl. JA 2, S. 414.

245, A 39 *die Tanzkunst]* Vgl. Anm. 236, A 26.

245, A 39 *Saltator]* (Lat.) »Tänzer«, Pantomime.

245, A 39 *Declamator]* (Lat.) »Redekünstler, Vortragender«.

245, A 39 *nirgends anders]* Die »Reflexion« steht im Zusammenhang der Lessingschen Thematik, war aber offenbar an keine bestimmte Stelle anzuschließen. Mendelssohn greift hier auf eigene orientalistische Studien zurück, die er namentlich im Zusammenhang mit der Bibel der Juden getrieben hat. Auf »Moses Vermutung« kommt Lessing in Paralipomenon 8 ausdrücklich zurück (S. 261,18-26).

245, A 39 *folgende Kennzeichen]* Hier wird das autodidaktisch Rekapitulierende spürbar.

246,2-249,3 *Eines von 〈...〉 der vierte.]* Schließt an das S. 230,15-19 Entwickelte an; vgl. dort auch Mendelssohns wichtige kritische Notiz (S. 230f., A 19). Muncker (LM 14, S. 371 A. 1) nimmt Frühjahr 1763 als Entstehungszeit an.

246, A 39 *per Principium reductionis]* (Lat.) »Durch das Prinzip der Rückführung«. Verfahren aus der Logik: Zu einem Gegenstand, der erörtert wird, sucht man einen anderen, der mit ihm einen gemeinsamen Begriff hat; dann wendet man dessen Bestimmungen wieder auf den ursprünglichen Gegenstand an (einschlägiges Zitat von Christian Wolff: JA 2, S. 415).

246, A 39 *Beredsamkeit]* Gesamtgebiet der kunstgemäßen Prosa, wofür nach der antiken Tradition die Rhetorik zuständig war.

246, A 39 *Hebräer]* Juden.

246, A 39 *vermöge ihrer Religion]* Wegen des religiösen Bilderverbots.

246, A 39 *trunken vom Blute]* Vgl. Anm. 244, A 39 (*ist ein Zeichen*).

247,1 *leichtet]* Leuchtet; vgl. auch Anm. 242,11.

247,3-248,3 *ἀυταρ ⟨...⟩ φερουσιν.]* »Dann aber den Schild, den großen, mächtigen, nahm er; von dem ging ein Glanz aus wie vom Mond. Wie wenn auf dem Meer den Schiffern ein Glanz aufscheint von einem brennenden Feuer, das hoch oben im Gebirge brennt, im einsamen Gefilde; die aber treiben gegen ihren Willen Stürme hinaus auf das fischreiche Meer, fort von den Lieben ⟨oder: Freunden⟩«.

247, A 39 *unsere Dichter]* Offenbar Kritik Mendelssohns an Tendenzen der zeitgenössischen aufklärerischen Dichtung.

247-250, A 39 *Einem jeden ⟨...⟩ vermeiden.]* Mendelssohn trägt eine komprimierte, systematische Theorie der Künste vor, die über den Kreis der Lessingschen Probleme weit hinausführt. Lessing nimmt jedoch einzelne Anregungen auf (vgl. den nachfolgenden Kommentar).

247, A 39 *endlichen]* Laut PO Erl., S. 159 muß es »redlichen« heißen: »M. meint das ens rationale (holländisch: rede = ratio; redelich = rationalis): hier die Idee im Geiste des Künstlers, die er in der Materie zur Darstellung bringt, und die dadurch auf den Betrachter als ›Phantasma‹ ⟨Hinweis auf II.⟩ wirkt.« Im Sinne von rationalis ist »redelich« in der Tat schon mhdt. vielfältig belegt, vgl. Grimms DWb 8, Sp. 477 f.

247, A 39 *Form]* Hier und im folgenden deutlich auf dem Hintergrund der platonischen Philosophie: »Idee« und »Gestalt« sind als identisch gedacht.

247, A 39 *Ideal]* Als normative Zielvorstellung, vgl. vorige Anm.

247, A 39 *maximum]* (Lat.) »Das Größte«.

247, A 39 *Des Künstlers Absicht ⟨...⟩ die Natur.]* Ähnliche Forderungen entwickelt Lessing dann im 70. Stück der

Hamburgischen Dramaturgie (Bd. VI dieser Ausgabe, S. 532-534).

248, A 39 *transcendentaliter]* Philosophischer Begriff: »überschreitend gedacht, gesprochen« (d. h. vom Bereich der möglichen Erfahrung, Natur, hinüberschreitend in den ›jenseits‹ liegenden Bereich).

248, A 39 *Phantasmata]* (Griech.) »Erscheinungen, Vorstellungen«.

248, A 39 *Energie]* Begriff der Philosophie des Aristoteles: »In-Tätigkeit-Sein, Wirklichkeit« (im Gegensatz zur Dynamis als der bloßen »Möglichkeit, Potentialität«).

248, A 39 *Reizend 〈...〉 Bewegung.]* Wichtige These, die Lessing in Abschn. XXI des *Laokoon* aufgenommen hat.

249, A 39 *transcendental]* Vgl. Anm. 248, A 39 zu transcendentaliter.

249, A 39 *alle schönen Künste und W.]* Vgl. Mendelssohns *Betrachtungen über die Quellen und die Verbindungen der schönen Wissenschaften und Künste* (1757).

249, A 39 *Hingegen 〈...〉 Leidenschaften aus.]* Mendelssohn führt hier systematisch ein, was Lessing – nicht ohne Anregung durch den Freund – in den ersten Abschnitten von Paralipomenon 3 bereits spezifischer zur Unterscheidung von Poesie und Malerei niedergelegt hat. Zur zeichentheoretischen Fundierung der Mendelssohnschen Ästhetik wiederum bei Wolff, Baumgarten und Meier s. im einzelnen die Monographie von Wellbery.

249, A 39 *zugleichseiend]* Hier und im folgenden bemüht sich Mendelssohn zum Teil um Eindeutschung der lat. Begriff (bei Lessing: »coexistent« usw.).

250,2-252,35] *Nach dem 〈...〉 Effect tun.]* Zu diesem Entwurf s. S. 640 f. und zur Hs.: LM 14, S. 371 f. A. 7.

250,2 *in unsern mündlichen Unterredungen]* Mit Mendelssohn und Nicolai bei Lessings Besuch in Potsdam und Berlin im Juli/August 1763; s. wiederum S. 640.

250, A 39 *Die Baukunst 〈...〉 vermeiden.]* Die systematisch umfassende Absicht greift – wie auch schon bei vorausgehenden Anmerkungen – über die Thematik des Ersten Teils des *Laokoon* hinaus.

251,2 *eine Handlung]* Ansätze zu einer Reflexion über den Begriff der »Handlung« enthält bereits die *Fabel-Abhandlung* von 1759 (Bd. IV dieser Ausgabe). Lessing versucht nun im Anschluß an Mendelssohn systematische Präzisierungen. Im Gesamtplan des *Laokoon* haben sie ihren Platz erst im Zweiten Teil; vgl. etwa S. 294,16-21 (auch S. 262,2f.).

251,5f. *eine einfache 〈...〉 eine collective Handlung]* Gegenüber Mendelssohns Unterscheidung von »Bewegungen« und »Handlungen« legt Lessing den Akzent auf *diese* Grenzziehung.

251,9 *eräugnen]* Vgl. Anm. 116,1.

252,21 *Angelo]* Michelangelo Buonarotti (1475-1564), Bildhauer, Maler, Architekt; hier: *Das jüngste Gericht*, in der Sixtinischen Kapelle des Vatikans.

252,21f. *hätte 〈...〉 malen sollen.]* »Dies Aburteil hat sich Lessing aus den französischen Raffaelisten zu eigen gemacht« (PO Erl., S. 160).

252,25 *en mignature]* (Franz.) »Im Kleinformat«. Schreibung »mignature« im 18. Jh. geläufig neben »miniature«.

252,29 *Der sterbende Adonis]* Vgl. Anm. 220, A 6 (Mendelssohn nennt dort das Beispiel).

252,29 *Bion]* Ende 2. Jh. v. Chr., griech. Dichter; hier: *Adonidos Epitaphios* (Grabgedicht auf Adonis).

253,2-22 *Von der 〈...〉 vergleichen. p. 811.]* Lessing hat hier Auszüge aus dem *Ilias*-Kommentar des Eustathios (vgl. Bd. V/1, Anm. 295, A 100) zusammengestellt. Benutzte Ausgabe: die des Alexander Politus (mit lat. Übersetzung), 3 Bde., 1730-35. Der Zusammenhang mit den Themen des *Laokoon* ist nicht überall erkennbar. Muncker, der auf die Stichwort-Verbindung »Philoktet« mit Paralipomenon 7 hinweist (LM 14, S. 374, A. 1), datiert Paralipomenon 6 davor, spätestens in den Winter 1763/64.

253,2 *Schönheit ohne Gemütsgaben] Ilias* I 115.

253,3 *γερας]* »Ehrengabe« (*Ilias* I 161).

253,5 *Schwung des Haars] Ilias* II 11.

253,7 *Fehlern des Choerilus]* Choirilos von Samos (5. Jh. v. Chr.; nicht der Tragiker, vgl. Bd. V/1, Anm. 319,25), griech. Epiker; hier: Gedicht über den Zug des Perserkönigs Xerxes, von Aristoteles kritisiert.

253,9 *Von dem unpassenden]* PO Erl., S. 160: »d. h. Bemerkung, daß diese Gleichnisse nicht in allen Einzelheiten auf den verglichenen Vorgang passen«.

253,11 *Zunamen der Sokratiker]* Das griech. Wort bedeutet »einen daimon ⟨Geist, Gott⟩ sehend« oder »wie ein daimon aussehend«.

253,12 *Antwort] Ilias* II 436. Alexander antwortete auf die Frage nach der Ursache seiner Erfolge: er habe nichts aufgehoben.

253,13 *Dictionario Oratorio]* »Rhetorischen Lexikon« (von Eustathios benutzt).

253,15 *Blindheit des Thamyris] Ilias* II 594-600. Zu Thamyris vgl. Bd. V/1, Anm. 289,18.

253,16 *Nireus]* Vgl. Anm. 145,5; *Ilias* II 671-675; *Laokoon* XX.

253,17 *Thersites]* Vgl. Anm. 164,29; *Ilias* II 212-277; *Laokoon* XXIII.

253,18 *Protesilaus und Achilles] Ilias* II 698-710. »Man erzählte später, Achill habe ein Orakel gekannt, daß der zuerst Landende zuerst getötet würde, und habe sich darum zurückgehalten; Protesilaos stieg als erster ans Land und fiel« (PO Erl., S. 160).

253,20 *Geschrei des Philoktets]* Vgl. das nachfolgende abgedruckte Paralipomenon 7, S. 253,26-254,10.

253,21 *Pygmäen] Ilias* III 6.

253,21 *Lilliputern des Schwift]* Jonathan Swift (1667-1745), anglo-irischer Dichter und Schriftsteller; hier: *Travels into Several Remote Nations of the World by Lemuel Gulliver* (Reisen zu mehreren entfernten Völkern der Welt, von Lemuel Gulliver), 1726.

253,24-256,28 *1. Abschnitt ⟨...⟩ der größte.]* Zu diesem Entwurf s. oben S. 641 f. Gegenüber Paralipomenon 3 wird ein neuer Ansatz erkennbar: nicht mehr ›systematische‹, ›ableitende‹ (deduktive) Entfaltung, sondern Ausgehen von Beispielen, die Winckelmann genannt hat: Philoktet und Laokoon. Zu den hs. Zeugnissen: LM 14, S. 375, A. 1 (wo Muncker die Entstehung »wohl im Winter 1763/4« ansetzt).

253,25 *Winkelmanns Text]* Aus den *Gedancken* von 1755 (hier: 2. Aufl. 1756), vgl. S. 642f.

253,26-254,10 *Anmerkung ⟨...⟩ Borrichius.]* Vgl. *Laokoon* I.

253,28 *»clamor Philocteteus«]* »Geschrei des Philoktet« (Cicero, *De finibus* ⟨vgl. Bd. V/1, Anm. 239,26⟩ II 29,94).

253,29 *Eust.]* Eustathios; Lessing bringt seine Studien aus Paralipomenon 6 hier ein.

254,10 *Borrichius]* Olaus Borrichius (Olaf Claudii von Borch, 1626-1690), dän. Gelehrter; hier: *Dissertationes quinque de poëtis* (Fünf Abhandlungen über die Dichter), 1676; von Lessing möglicherweise verwechselt mit dem S. 20, A 5 genannten Bartholinus.

254,11 *Rettung]* Wichtiger Begriff (schon aus der Frühzeit der Lessingschen Schriftstellerei), der die innere Form auch anderer Teile des *Laokoon* treffend kennzeichnet.

254,11-27 *Rettung ⟨...⟩ treten lassen.]* Vgl. *Laokoon* IV.

254,12 *die Natur und den Homer]* Kernformel, Ausgangspunkt etwa für *Laokoon* VII.

254,28-37 *Regeln ⟨...⟩ worden.]* Zentrale Stichworte für *Laokoon* II und III.

255,3 *»clamores horrendos«]* »Schauerliche Schreie« (Vergil, *Aeneis* II 222; vgl. Anm. 51f., A 6).

255,4 *ausdrücken]* Vgl. *Laokoon* IV.

255,6-27 *Von den ⟨...⟩ einzurichten.]* Vgl. *Laokoon* XXIV und XXV.

255,8 *den Virgil nachgeahmt]* Vgl. *Laokoon* IV.

255,16 *zu sein scheinet.]* Vgl. *Laokoon* V.

255,18 *G. d. Kunst]* Deutet an, daß der Entwurf in das Jahr 1763 fällt, als Winckelmanns *Geschichte* erst angekündigt wird (so schon Muncker).

255,28-256,5 *3. Abschnitt ⟨...⟩ ἐποιησε.]* Wie gleich aus dem ersten Satz hervorgeht, ist der Abschnitt *nach* Erscheinen der *Geschichte* geschrieben, etwa Anfang 1764.

255,29f. *eingesehen]* Im Ersten Teil des *Laokoon* nicht behandelt, war für den Zweiten Teil vorgesehen (vgl. S. 291,3-9).

256,1-5 *Hierin ⟨...⟩ ἐποιησε.]* Vgl. *Laokoon* XXVI und XXVII.

256,5 *ἐποιησε]* »Er hat ⟨das Kunstwerk⟩ gemacht« (zur Problematik eingehend *Laokoon* XXVIII).

256,6-13 *4.5. Abschnitt ⟨...⟩ Virgils.]* Vgl. *Laokoon* XXII bis XXV.

256,10 *Thersites]* Vgl. *Laokoon* XXIII.

256,13 *des Virgils.]* Vgl. *Laokoon* XXV.

256,15-26 *Völlige ⟨...⟩ widrigen haben.]* Lessing hat diese Kritik an Winckelmann nicht ausgeführt.

256,17 *ihn]* Laokoon.

256,25f. *einen widrigen haben.]* Vgl. *Laokoon* XIII.

256,27 *der größte Maler]* Vgl. *Laokoon* XIV sowie Paralipomenon 3, Nr. XI (S. 233,17-237,17).

257,2-264,18 *Erster Abschnitt ⟨...⟩ Künstlern.]* Der Entwurf ›inszeniert‹ das Erscheinen von Winckelmanns *Geschichte der Kunst* (S. 258,26), ist also offenbar als ganzer bereits danach geschrieben, während in Paralipomenon 7 noch auf das Erscheinen gewartet wird. Mit der Zäsur des ›Erscheinens‹ enthält der Entwurf bereits ein wichtiges Aufbau-Element des Ersten Teils des *Laokoon*. Eine Vorrede ist nicht erwähnt. Vgl. auch S. 641. Muncker weist auf Durchstreichung von Absätzen hin (»wohl zum Zeichen, daß sie bei der weiteren Ausführung verwirkt worden seien«) und datiert auf Sommer/Herbst 1764. Thematische Bezüge des »Ersten Abschnitts« zum *Laokoon* (nicht immer klar abgrenzbar; vgl. PO Erl., S. 162 und G 6, S. 993):

I:	zu *Laokoon* I, II
II:	zu *Laokoon* III
III, IV:	zu *Laokoon* V, VI
V:	zu *Laokoon* VII-X
VI:	zu *Laokoon* XI, XII
VII:	zu *Laokoon* XIII-XV
VIII:	zu *Laokoon* XV, XVI
IX:	zu *Laokoon* XVIII, XIX.

(Zusätzliche Parallelen im nachfolgenden Zeilenkommentar.) Desgleichen für den »Zweiten Abschnitt«:

I:	zu *Laokoon* XVI
II:	zu *Laokoon* XVII
IV:	zu *Laokoon* XVI, XVII
V:	zu *Laokoon* XVI, XVII
VI:	zu *Laokoon* XX, XXII
VII:	zu *Laokoon* XXIII-XXV
VIII anfangs	zu *Laokoon* II (integriert)
IX teilweise	zu *Laokoon* XVII, XIX je teilweise

(Zusätzliche Parallelen im nachfolgenden Zeilenkommentar.)

258,22 *intendieret]* Von lat. intendere »beabsichtigen«.

259,1 *ἐποιει und ἐποιησε]* »Er machte« und »Er hat gemacht«.

259,6-11 *Ist er ⟨...⟩ veranlaßt habe.]* Vgl. auch S. 255,29-34.

260,6 *la Motte]* Antoine Houdar de La Motte (1672-1731), franz. Dichter und Ästhetiker. Lessings Deutung zufolge hatte Houdar de La Motte kein Recht, in seiner *Ilias*-Version (1714) den Thersites auszulassen.

260,7 *Epigoniade]* Epos von den »Nachgeborenen« (den Sieben gegen Theben), Teil der *Posthomerica*, vgl. Anm. 50,7.

260,8 *Clarks]* Samuel Clarke, vgl. Anm. 106, A 3. Seine Homerausgabe wird im 125. ›Literaturbrief‹ für die Gestalt des Nireus zitiert. Näheres bei Blümner, 2. Aufl., S. 394.

260,10 *Discordia beim Petron]* Die Personifikation der »Zwietracht« in Petrons *Satiricon* (vgl. Anm. 51, A 6), Kap. 124, v. 271. In der Druckfassung des *Laokoon* hat Lessing das Beispiel durch das Bild der Traurigkeit bei Hesiod ersetzt (S. 176,6).

260,12-20 *Schönheit ⟨...⟩ Leidenschaften.]* Vgl. auch S. 242,7-15.

260,22-30 *Leblose ⟨...⟩ entstanden.]* Vgl. auch S. 267,10-14 und S. 296,7-18.

260,27f. *Pferde des Pausanias]* Wahrscheinlich eher Pferd des Pauson, vgl. Anm. 23, 9. Näheres bei PO Erl., S. 162f.

260,32-261,5 *Die Poesie ⟨. . .⟩ Schnelligkeit.*] Vgl. auch S. 294,23-295,3 und S. 296,20-297,4.

261,7-12 *Folglich ⟨. . .⟩ Klopstockschen.*] Vgl. auch S. 233,17-234,4; S. 242,7-15; S. 293,5-294,2.

261,14-16 *Vermutung ⟨. . .⟩ Dunkelheit.*] Vgl. auch S. 284,4-285,19 (hier auch die einschlägige Partie *Paradise Lost* I 62 f.).

261,19 *Moses Vermutung*] Die »Reflexion« S. 245 f., A 39.

261,28-33 *Homer ⟨. . .⟩ erstrecken.*] Dazu Mendelssohns Kommentar S. 234, A 23.

261,28 *frappieren*] Vgl. Anm. 234, A 23.

261,29 *attachieren*] Von franz. attacher »verbinden, an etwas binden, festhalten«.

261,30 *nett*] Vgl. Anm. 244, A 39.

262,2 f. *Von den ⟨. . .⟩ gemein sind.*] Vgl. S. 250,6-252,35.

262,4-263,32 *Dritter Abschnitt ⟨. . .⟩ zu malen.*] Hierin sind einige Gedanken enthalten, die Lessing in dem zweiten, späteren Entwurf zum Zweiten Teil nicht erwähnt. Daraus kann man schließen, daß Lessing auch noch an einen Dritten Teil gedacht hat.

262,6-11 *Aus dem ⟨. . .⟩ Wolke.*] Vgl. den ganz knappen Ansatz S. 259,16-19, zu dem hier wohl eine ausführlichere Erläuterung folgen sollte. Detailliert dann Paralipomena 26 und 27.

262,11 *Exempel von der Wolke*] Vgl. *Laokoon* XII.

262,13-17 *Sie hören ⟨. . .⟩ erwecken.*] Vgl. Paralipomenon 23.

262,19-26 *Die Zeichen ⟨. . .⟩ davon.*] Vgl. Paralipomenon 25.

262,28-263,4 *Einführung ⟨. . .⟩ Homers.*] Zur »Allegorie« vgl. S. 283,17-284,3.

263,4 *Vergötterung Homers*] Vgl. *Laokoon* XXVII, außerdem das Fragment S. 490.

263,6-8 *Nützlichkeit ⟨. . .⟩ übertroffen.*] Die »Tanzkunst« ist von Mendelssohn in seinem System S. 245, A 39 schon vorgesehen, etwas ausführlicher aufgenommen von Lessing S. 315,28-37.

263,10-13 *Der Gebrauch ⟨...⟩ anmaßte.]* Hier geht es vor allem um kultischen Gebrauch der Musik und um deren Wirkung.

263,19 *Eulers Entdeckung]* Leonhard Euler (1707-1783), schweiz. Mathematiker und Physiker. Er hat »nachgewiesen, daß die Musik seiner Zeit sich von der alten durch größere Kompliziertheit in den Verhältnissen der Intervalle unterscheidet und aus diesem inneren Grunde den großartig-einfachen Eindruck jener nicht erreichen kann« (PO Erl., S. 163 mit Quelle).

263,31 *Aristoteles Rat]* Vgl. *Laokoon* XI.

264,1 *Anhang]* Die Notizen sind zum Teil noch für den *Laokoon* verwendet worden.

264,3-6 *Zerstreute ⟨...⟩ Ajax etc.]* Vgl. *Laokoon* XXIX.

264,8 *Borghesischen Fechter]* Vgl. *Laokoon* XXVIII.

264,10 *Cupido des Praxiteles]* Vgl. ausführlicher in den Anmerkungen zu Winckelmanns *Geschichte der Kunst*: Bd. V/1, S. 484,30-487,19.

264,15 *Vermutung über das Netze]* Hierzu Blümner, 2. Aufl., S. 398.

264,17f. *Von den ⟨...⟩ Künstlern.]* Vgl. ausführlicher, zu Winckelmanns *Geschichte*, Bd. V/1, S. 481,20-31.

264,20-265,18 *Polycletus ⟨...⟩ angesehen.]* Auszüge aus Band IX des *Thesaurus* von Jacob Gronovius (vgl. Bd. V/1, Anm. 238, A 1), mit Schriften des Archäologen Demontiosus (Louis de Montjosieu, 2. Hälfte 16. Jh.). Nachweise der Stellen bei Gronovius enthält PO Erl., S. 164. Muncker setzt die Auszüge »ziemlich gleichzeitig« mit Paralipomenon 8 an (LM 14, S. 384 A. 3), etwa um »Herbst oder zu Anfang des Winters 1764«.

264,20f. *Polycletus ⟨...⟩ insisterent]* »Polyklet – dieser ersann auch als erster, daß die Statuen auf ⟨nur⟩ einem Bein ruhten.«

264,21 *Lud. Demontiosius ⟨...⟩ cap. I.]* »Ludovicus Demontiosius, ›Über die Reliefkunst‹, 1. Buch, 1. Kapitel« (die Namensform heißt korrekt »Demontiosus«).

264,23f. *dem Farnesischen Ochsen]* Gruppe des sog. Farnesischen Stiers (1. Jh. v. Chr.), jetzt in Neapel.

264,24-28 *»Ejusdem ⟨...⟩ inscriptum est«]* »Im Vatikan ist von diesem Apollonius auch noch ein Marmortorso vorhanden, dem Kopf, Arme und Unterschenkel fehlen: ein Bruchstück, das keinem der Werke des Altertums, die in Rom heute noch vorhanden sind, nachsteht. An der Basis steht der Name des Künstlers.«

265,1 *Torso]* Der berühmte Torso des Herakles (bzw. Hercules) vom Belvedere, im Vatikan. Zu Apollonios vgl. Anm. 192,1f.

265,7-11 *»constat ⟨...⟩ sedes.«]* »Dieses setzt sich wiederum aus drei gleichgroßen Stücken zusammen. Eines beginnt am Haaransatz, von dieser Stelle bis zur Nasenwurzel. Das zweite von da aus bis unterhalb der Nasenlöcher. Das letzte Stück reicht von dieser Stelle der Nase bis zum Kinn. Das erste ist der Sitz der Weisheit, das zweite der Schönheit, das dritte der edlen Gesinnung.«

265,12 *Gudius]* Vgl. Anm. 192, A 3.

265,14 *Kircher]* Vgl. Bd. V/1, Anm. 490,5.

265,14-16 *Monumentum ⟨...⟩ superst.]* »In den Ruinen des Tempels der Fortuna Primigenia in Praeneste hat sich bis auf den heutigen Tag ein uraltes Kunstwerk erhalten.«

265,16 *Conopeum]* »Ein feinmaschiges Mückennetz«.

265,20-22 *Laocoontis ⟨...⟩ describitur.]* »Ein Standbild des Laokoon, das von wunderbarer Kunstfertigkeit zeugt, befindet sich im Park des Papstes in Rom – nicht wie es von Vergil oder Plinius, sondern wie es von den Griechen beschrieben wird.« Es handelt sich um ein Zitat der Unterschrift zur Laokoongruppe, wie es der ital. Zeichner und Kupferstecher Giovanni Battista Cavalieri (um 1525-1601) in seinem Werk *Antiquarium statuarum urbis Romae primus et secundus liber* (Antike Statuen in der Stadt Rom, erstes und zweites Buch), 1585, überliefert. Das Zitat widerspricht Lessings Deutung (sollte vielleicht in Zweifel gezogen oder widerlegt werden).

265,25 *Guardian]* ›The Guardian‹ (Der Wächter), moralische Wochenschrift (vgl. Anm. 175,24), von Addison (vgl. Anm. 69,2) und Richard Steele (1672-1729) im Jahre

1713, nach ›The Spectator‹ (Der Zuschauer), herausgegeben.

265,25 *des Raphaels]* Vgl. Anm. 100,35; hier: Gemälde mit der Erscheinung Jesu vor seinen Jüngern.

265,27 *vom 411. Stücke an]* Erschien 1712.

266,4f. *Arist. de incessu animal.]* Aristoteles, *Über den Gang der Tiere* (zur Stelle vgl. PO Erl., S. 164).

266,7 *nicht unrecht]* Doch unrecht: Auch andere Gottheiten (Siegesgöttin Nike, Götterbotin Iris) wurden geflügelt dargestellt.

266,10-277,9 *Gerard* ⟨...⟩ *Stelle vor.]* Die Notizen stehen auf sechs zusammengehefteten Bogen und werden aufgrund biographischer Indizien von Muncker (LM 14, S. 386f., A. 4) in den Winter 1764/65 datiert.

266,10 *Gerard]* Alexander Gerard (1728-1795), engl. Theologe: *Essay on Taste* (Versuch über den Geschmack), 1759.

266,12 *Dimensionen]* Zu diesem Problem vgl. Paralipomenon 23, besonders S. 304,18-305,27.

266,14 *comparative]* Von lat. comparativus »vergleichend, vergleichsweise«.

266, A 42 *Hogarth]* Vgl. Anm. 163,5.

266, A 42 *Parmigiano]* Francesco Mazuoli (vgl. Anm. 130,12) aus Parma (Parmeggianino oder Parmeggiano).

267,1 *auf einmal übersehen]* Mit einem Blick überschauen (im Zusammenhang des *Laokoon* mehrfach begegnender Ausdruck).

267,10 *Hagedorn]* Vgl. Anm. 60, A 1.

267,11 *Lairesse]* Gerard de Lairesse (1641-1711), belg. Maler, Radierer und Kunstschriftsteller: *Het groote schilderboek* (Das große Gemäldebuch), 1707.

267,15 *Pope]* Vgl. Anm. 128,23 (*Laokoon* XVII).

267,16f. *That not* ⟨...⟩ *song.]* Vgl. Anm. 128, A 5.

267,18 *K.]* Christian Ewald von Kleist, vgl. Bd. V/1, Anm. 457,25.

267,19 *s. Frühling]* Sein großes Naturgedicht *Der Frühling* (1749).

267,22 *Warburton]* Vgl. Bd. V/1, Anm. 406,19 und Anm. 128, A 5.

267,24 *demselben Prologo]* Nach griech. prologos »Vorrede«: »derselben Vorrede«.

267,25 f. *who ⟨...⟩ sence.]* Vgl. Anm. 128, A 5.

267,31 f. *»Descriptive ⟨...⟩ Genius.«]* »Beschreibende Dichtung ist die verächtlichste Beschäftigung eines Genies.«

267, A 44 *Nachahmung]* Pope schrieb Nachahmungen Horazischer Satiren und Episteln.

268,1 *Cibbers]* Theopilus Cibber (1703-1757), engl. Schauspieler und Schriftsteller; hier: *The lifes of the poets of Great Britain and Ireland from the time of Dean Swift* (Das Leben der Dichter Großbritanniens und Irlands seit der Zeit des Dean Swift), 1733; Lessing schon von seinen Dryden-Studien (1759) her geläufig.

268,1 *Nat. Lee]* Nathanael Lee (1657-1693), engl. Dramatiker; hier: *Alexander the Great* (Alexander der Große), 1677. Die Stelle: PO Erl., S. 165.

268,8-13 *Der Kunstrichter ⟨...⟩ geworden.]* Vgl. S. 260,12-260,30; S. 318,19-26.

268,14 *Observations sur l'Italie.]* Pierre-Jean Grosley (1718-1785), franz. Gelehrter: *Nouveaux mémoires ou observations sur l'Italie* etc. (Neue Erinnerungen oder Beobachtungen über Italien, usw.), 1764, fingiert unter der Autorschaft zweier schwed. Adliger.

268,14f. *Tage des h. Rochus]* Am 16. August.

268,16-22 *dans ⟨...⟩ breche.]* »In der ›Scuola‹ ⟨Bruderschaft⟩ des heiligen Rochus. Diese Scuola, eine der ersten von Venedig, ist voll von Themen aus dem Neuen Testament von der Hand Tintorettos, aus der Zeit seiner größten Meisterschaft. Ich war außerordentlich beeindruckt von dem, was die ›Ankündigung‹ darstellt. Die Mauer, die das Zimmer der Jungfrau nach der offenen Landschaft hin abschließt, stürzt ein, und der Engel schwebt in großem Flug durch die Öffnung herein.«

268,30 *Ibid.]* Hier wie im folgenden: Seitenangaben aus den *Observations.*

268,30 *Zeughause]* »In engerer Bedeutung: ein Gebäude, worin Geschütz, Waffen aller Art und andere Kriegsgeräthschaften in Vorrath zum Gebrauch, oder auch zuweilen als Seltenheit aufbewahret werden« (Campe 5, S. 857).

268,32 *der V.]* Der Verfasser.

268,32-269,4 *»il a 〈...〉 économisier.«]* »Er hat fast die Härte und Starre jener alten japanischen Löwen, die man in einigen Sammlungen aufbewahrt: ›In seinem ganzen Leib ist nicht ein Körnchen Salz 〈Verstand〉‹. Wenn man ihn mit dem kleinsten neueren Löwen vergleicht, so sieht man mit Erstaunen, wie weit sich unsere Künstler von der antiken Einfachheit entfernt haben, und wie sehr sie ihren Geist verschwenden, wo die Griechen glaubten, damit sparen zu müssen.«

269,5 *Plinius 〈...〉 Arellius]* Hierzu PO Erl., S. 165.

269,5 f. *»Flagitio 〈...〉 imagine.«]* »Er verdarb die Kunst durch einen beispiellosen Frevel, indem er Göttinnen nach dem Bild seiner Geliebten malte.«

269,9 *Carl Maratti]* Carlo Maratti (1623-1713), ital. Maler.

269,11 f. *Le fameux 〈...〉 Raphael]* »Der berühmte Zweizeiler des Kardinals Bembo über Raffael«.

269,13 f. *Hic ille 〈...〉 mori.]* »Hier ruht jener Raphael, von dem die große Mutter der Dinge unverletzt besiegt zu werden fürchtete, als er noch lebte, und als er starb 〈gleichfalls〉 zu sterben 〈vermeinte〉.«

269,15-17 *J'ignore 〈...〉 epreuve.]* »Ich weiß nicht, ob Rollin oder der Père Bouhours diesen schönklingenden Zweizeiler ihrer Kritik unterzogen haben; ich zweifle, daß er aus dieser Prüfung positiv hervorging.«

269,18-20 *»De illis 〈...〉 sapio.«]* »Ich rede darüber, soweit ich es verstehe, der ich von allen Dingen etwas, gerade von diesem aber gewiß überaus wenig weiß.« PO Erl., S. 165: »Ist die Stelle als Motto für den *Laokoon* in Betrachtung gekommen?«

269,21-23 *Auch 〈...〉 crines.]* Vgl. S. 177,29-32.

269,24-270,34 *Spence 〈...〉 hatte etc.]* Zu der längeren Spence-Partie vgl. S. 87,1-90,9 (Schlußteil von *Laokoon* IX).

270,35 *jüngern Burmann]* Vgl. Bd. V/1, Anm. 284f., A 81.

270,35 *Anthologie] Anthologia veterum Latinorum epigrammatum et poëmatum* (Blütenlese alter lateinischer Epigramme und Gedichte), 1759-73 von Pieter Burmann d. J. herausgegeben.

271,1 *Hinc ⟨. . .⟩ virum]* »Man sagt, der Mann habe deshalb das furchtbare Gift erduldet.«

271,7 *Augustinus]* Aurelius Augustinus (354-430 n. Chr.), lat. Kirchenvater; hier: *De musica libri sex* (Über die Musik, sechs Bücher).

271,7-9 *Nam ⟨. . .⟩ referuntur.]* »Denn fast alle Dinge, die nicht durch sich selbst sind, sondern sich auf irgend etwas anderes beziehen, sind sozusagen in Knechtschaft.«

271,10f. *cap. 4 ⟨. . .⟩ sublata.]* »Kap. 4. Fast alle Künste scheinen gefährdet, wenn man die Nachahmung aufhebt.«

271,12 *Richardson]* Vgl. Bd. V/1, Anm. 461,37.

271,12-15 *Après ⟨. . .⟩ attention.]* »Nachdem man Milton gelesen hat, entdeckt man die Natur mit scharfsichtigeren Augen als zuvor; man bemerkt in ihr Schönheiten, denen man sonst keine Aufmerksamkeit geschenkt hätte.«

271,23 *Cammeral-Seite]* »Cameral-Wesen« (meist so, mit einem m, geschrieben) ist die Gesamtheit der öffentlichen und der privaten Finanz- und Vermögensdinge, im 18. Jh. in erster Linie Sache des »Fürsten« (Überblick bei Zedler 5, Sp. 385f.). Hier: wirtschaftlichen, ökonomischen Seite.

271,28 *Fabriken mäßig]* Fabrik: nach franz. fabrique »Herstellung, Herstellungsart«, seit dem 18. Jh. als »Gebäude zur Herstellung von Waren« eingeführt (Schulz-Basler 1, S. 198). Hier also etwa: serienmäßig.

272,3 *Cartons in Hamptoncour]* Raffaels Kartons zu den Teppichen im Vatikan. Hamptoncourt ist ein königlicher Palast, zwölf Meilen südlich von London, besonders prächtig ausgestattet mit Möbeln, Teppichen, Tapeten etc. (Zedler 12, Sp. 404).

272,5 *viel zu klein]* Für den »wunderbaren Fischzug« der Jünger ist die Größe des Boots selbst unwesentlich gegenüber der Zahl der ›Gefischten‹.

272,6 *von Petro und Johanne]* Von Petrus und Johannes. Lessing flektiert die Namen in humanistischer Manier (vgl. Bd. V/1, Anm. 157,6) lateinisch.

272,8 *figurierte Säulen]* Widerspricht dem jüd. Verbot der bildlichen Darstellung.

272,13-273,7 *p. 43. Es hat ⟨...⟩ Eindruck macht.]* Zu *Laokoon* XVIII; vgl. besonders S. 130,11-33.

272,15-17 *Titian ⟨...⟩ Elende]* Vgl. S. 130,14-16.

273,8 *Gemäldern]* Kein Druckfehler, sondern seltene Form, wohl durch Vermischung mit »Bildern«. Zu den Formen vgl. Grimms DWb 4, Sp. 3160-3163.

273,21-274,16 *p. 46. Richardson ⟨...⟩ der Satyr.]* Zum Teil wörtlich übernommen in S. 101 f., A 5.

274,19-275,9 *p. 50. Richardson ⟨...⟩ vorhanden sein.]* Zu *Laokoon* XXV.

275,10 *Raphael]* In seinem ›Parnaß‹ (Vatikan, Stanza della Segnatura) die Dichterin Sappho.

275,10 *Hannibal Caraccio]* Annibale Carraci (1560-1609), ital. Landschaftsmaler; hier: sein *Anchises* (Palazzo Farnese).

275,20 *Geschichtmaler]* Versuch der Eindeutschung von ›Historienmaler‹.

275,22 *Charon]* Der Fährmann der Toten im *Jüngsten Gericht* in der Sixtinischen Kapelle des Vatikan (so laut Vasaris Bericht).

275,23 *Dantes]* Vgl. Anm. 180,3; hier: *Inferno* III 109-111.

275,24-26 *Caron ⟨...⟩ s'adagia.]* »Charon, Teufel mit feurigen Augen, ⟨...⟩ schlägt mit dem Ruder jeden, der zögert.«

275,33 *Coypel]* Charles-Antoine Coypel (1694-1752), franz. Maler und Kunstschriftsteller; hier: *Parallèle de l'Eloquence et de la Peinture* (Vergleichung der Beredsamkeit und der Malerei), 1758.

275,34 *Exordio]* (Lat.) »Dem Anfang, der Einleitung«.

276,1 *Notte del Corregio]* Antonio Correggio (1494-1534), ital. Maler; hier: *La Notte* (Die Heilige Nacht). Korrektur der Beobachtung Richardsons bei PO Erl., S. 166. Gemälde in der Dresdner Galerie.

276,12 *Coloristen]* Vgl. Anm. 150,24.

276,17 *Zärtlichkeit]* Vgl. Bd. V/1, Anm. 58,15.

276,21 *Liquido]* Dativ von lat. liquidum »Flüssiges, Flüssigkeit, Farbe«.

276,22 *menagieren]* Nach franz. ménager »mit Schonung behandeln, richtig benützen«, als Fremdwort seit dem 17. Jh. sich ausbreitend.

276,25 f. *die Kunst mit Ölfarben zu malen]* Das Interesse hieran verstärkt sich später noch. In Wolfenbüttel veröffentlicht er 1774 eine Schrift *Vom Alter der Ölmalerei aus dem Theophilus Presbyter* (Hs. der Herzoglichen Bibliothek); Bd. VIII dieser Ausgabe, S. 9-53.

276,31 *Contour]* (Franz.) »Umriß, Profil«, auch generell im Sinn von »Linienführung«.

276,31 *Colorite]* Vgl. Bd. V/1, Anm. 173,26 (dort Femininum).

276,35 *Alter]* Hier: Lebenszeit.

277,8 f. *Sur ⟨...⟩ Peinture]* »Über die Kunst, ein Gemälde zu kritisieren«: Kapitelüberschrift bei Richardson im 2. Band.

277,11-281,15 *Montfaucon ⟨...⟩ zugeschrieben werde.]* Die Notizen (die auf einem Doppelblatt und einem kleinen Quartblatt stehen, jedenfalls zusammengehören) sind zum Teil für *Laokoon* II verwendet. Muncker datiert sie in den Winter 1764/65 (LM 14, S. 398, A. 1).

277,11 *Montfaucon]* Zu diesem einflußreichen und auch von Lessing oft benutzten Quellenwerk vgl. Bd. V/1, Anm. 496,22.

277,14-19 *Hält ⟨...⟩ Geschmacke sein.]* Zu S. 29,36-30,4.

277,15 *Cabinete]* Sammlung.

277,16 *Jupiter ⟨...⟩ oracles«]* Jupiter, »welcher Orakel erteilt«.

277,17 *Larve]* Von lat. larva »Gespenst, Larve, Maske«.

277,21 *Maffei]* Vgl. Anm. 60, A 1.

277,22 *die Entführung der Europa]* Europa, die Tochter des Phoinikerkönigs Agenor, wurde beim Spielen am Meeresstrand von Zeus in Gestalt eines Stiers nach Kreta entführt.

277,23 *schwimmen]* So jedenfalls nach der Überlieferung gedacht.

278,2 *Tuccia Vestalis]* Die Vestalin (vgl. Anm. 88,3) Tuccia.

278,2 *mit dem Siebe]* Als Symbol ihrer Reinheit trug sie Wasser in einem Sieb. Bei der Statuette »war zum mindesten das Sieb nicht antik« (PO Erl., S. 166).

278,4 *infulam]* Eine »priesterliche Kopfbinde«.

278,5 *Costume]* Kleidung, Tracht.

278,6 *nachsetzten]* Lehnübersetzung von lat. postponere »hintanstellen, geringer achten«.

278,8 *Minotaurus]* Im kretischen Labyrinth hausendes, menschenfressendes Zwitterungetüm aus Mensch und Stier; wurde von Theseus getötet.

278,8 *ordentlicher]* Normaler.

278,11 *Centaurus]* Kentauros, Mischwesen aus Mensch und Pferd, meist in Gruppen dargestellt (beliebter Gegenstand der griech. bildenden Kunst).

278,14 *der animalischen Oekonomie]* Des tierischen (Versorgungs-)Haushalts.

278,17 *des Vulkans]* Vgl. Anm. 106,16.

278,20-23 *Cicero ⟨...⟩ deformis.«]* Cicero, *Vom Wesen der Götter* I ⟨...⟩: »In Athen preisen wir einen von Alkamenes geschaffenen Vulcanus ⟨Hephaistos⟩, bei dem das Hinken nicht als Entstellung erscheint, da er steht und bekleidet ist.« (*De natura deorum* I 30,83).

278,25 *Stosch]* Vgl. Bd. V/1, Anm. 467,31.

278,25 *Diomedes]* Vgl. Anm. 167,11. Im übrigen S. 418,20-23 (20. ›Antiquarischer Brief‹).

278,26 *Bellonarios]* Priester der röm. Kriegsgöttin Bellona.

278,30 *einen geschnittnen Stein]* Zur Identifizierung PO Erl., S. 167 (die Inschrift jedenfalls nicht antik).

278,33 *Gegenliebe]* Wörtl. Übersetzung von griech. anteros.

278,33-279,10 *»Une ⟨...⟩ Hercule.«]* »Ein anderes Bildnis des Autors ist so ungewöhnlich, daß man es niemals dafür halten würde, wenn es nicht durch die Inschrift ›Anteros‹ als zutreffend bestätigt würde. Dieses Bildnis gleicht völlig einem bärtigen Herkules, der die Keule auf der Schulter trägt. Das Tierfell, das nach hinten hängt, scheint nicht das eines Löwen zu sein, wie man es bei Herkules sieht, sondern das eines Ebers. Die Kleinheit des Steins, eines wohl antiken Kornalits, gestattet nicht, es genau zu unterscheiden. Diese Figur ist von der Vorstellung, die man gewöhnlich von Anteros hat, so entfernt, daß mehrere gerne annehmen möchten, es sei der Name des Künstlers, und die dargestellte Gestalt sei ein Herkules.«

279,14 *Glycon]* Vgl. oben zu S. 216,7-17.

279,15 *Boissard]* Jean Jacques Boissard (1528-1602), franz. Archäologe; Hauptwerk: *Romanae urbis topographia et antiquitates* (Ortsbeschreibung und Altertümer der Stadt Rom), 1597-1602.

279,17 *Cupido]* Röm. Liebesgott, im wesentlichen identisch mit Amor.

279,18f. *ΘΕΩΙ 〈...〉 ΓΛΥΚΩΝ.]* »Dem unheilabwehrenden Gott 〈weiht dies〉 Glykon.« Hinweis PO Erl., S. 167: »Das Relief ist eine Erfindung Boissards.«

279,20-26 *Die Büste 〈...〉 CLXXIII. 4.]* Vgl. S. 29,32-30,10 (aus *Laokoon* II).

279,20 *des Begers]* Vgl. Anm. 80, A 3.

279,24 *Bacchantinnen]* Frauen im Gefolge des Dionysos (Bakchos, Bacchus).

279,28-30 *Die kleine 〈...〉 Sphäromachus.]* Von griech. sphairomachos »Einer, der mit einer Kugel 〈oder einem Ball〉 kämpft«; hier eventuell auch ein Boxkämpfer, der mit einem Lederball trainiert (G 6, S. 997).

279,32-280,4 *Was Tab. 〈...〉 CL. 1.]* Identifikation schwierig (PO Erl., S. 167), Lessings Bedenken sind berechtigt.

279,32 *»Pudicitiam«]* Die Göttin der »Schamhaftigkeit«.

279,33 *Ariadne]* Tochter des Kreterkönigs Minos. Dem Athener Theseus eröffnet sie mit Hilfe eines Fadens den Weg aus dem Labyrinth. Theseus, der sie entführt, verläßt sie auf der Insel Naxos. Dort wird sie Geliebte des Dionysos.

280,4 *Königl. Cabinete]* In Paris. Die Gemme ist wohl nicht antik.

280,5 *Clemens Alexandrinus]* Vgl. Bd. V/1, Anm. 314,23; hier: *Ermunterungsrede an die Heiden.* Zugrunde gelegt hier die griech.-lat. Werkausgabe (1715) durch John Potter (1674-1747), einen engl. Geistlichen.

280,8 *Ceres]* Fruchtbarkeitsgöttin Demeter.

280,8 *Vulkanus]* Vgl. Anm. 106,16.

280,9 *Neptun]* Meeresgott Poseidon.

280,9 *ἀπο της συμφορας]* »Vom Sammeln« (der Ähren).

280,12 *»calamitatis descriptione«]* »Von der Beschreibung des Unheils« (hier: aus dem Bereich der Landwirtschaft: Übel wie Hagelschlag, Mehltau, Mißwuchs, Viehsterben).

280,20 *vocabulum μεσον]* (Lat., griech.) »Mittleres Wort«, eines, das sowohl Positives als auch Negatives bezeichnen kann.

280,23 *gebildet]* Dargestellt.

280,24 *συμβολη]* »Zusammentreffen, Beitrag«.

280,31 *σιτοφοριας*] »Getreidetragen«.

280,31 f. *wenn* ⟨...⟩ *darf]* Charakteristische Stelle, wo die Textspekulation sich ins Willkürliche verselbständigt.

280,33 *λικνοφοριας oder κανηφοριας]* »Schwingetragen« oder »Korbtragen« (Schwinge: zur Trennung des Korns von der Spreu).

280,36 *Spanheim]* Vgl. Anm. 87, A 3; hier: *Callimachi Hymni, cum commentario* (Die Hymnen des Kallimachos, mit Kommentar), 1697. Die Anmerkungen Spanheims benutzt Lessing nach der Kallimachos-Ausgabe von August Ernesti (1761). Zu Kallimachos vgl. Bd. V/1, Anm. 239,4.

281,2 *Le Brun]* Charles Le Brun (1619-1690), franz. Maler und Ornamentzeichner; hier: in Rom angefertigte Zeichnungen nach der Antike.

281,6 *»Quarta* ⟨...⟩ *gestat;]* »Die vierte trägt eine charakteristische ⟨Pelz-⟩Kappe.« (Franz. Übersetzung übereinstimmend).

281,9 *Boissard]* Das Folgende ist Boissards Erfindung.

281,13 *ich finde nicht]* Ich kann nirgends belegt finden.

281,17 *II.]* Diese Lessingsche Abschnittseinteilung ist bereits die der *Laokoon*-Druckfassung von 1766. Die Notiz kann während deren Niederschrift, aber auch danach entstanden sein.

281,18 *verstellet]* Entstellt.

281,21 *Polygnotus]* Vgl. Anm. 23, A 2.

281,23 f. *»instituit ⟨...⟩ ostendere«]* »Er führte es ein, daß der Mund geöffnet ⟨und⟩ die Zähne gezeigt wurden.«

281,26-282,11 *Vielleicht ⟨...⟩ sect. 4.)]* Fast wörtlich übernommen in *Laokoon* XXVI (S. 190,5-18, mit A 10 und A 11).

282,12-25 *Eben ⟨...⟩ wollen.]* Zu *Laokoon* V, Anfang (S. 48,11-24).

282,20-24 *»Et quamquam ⟨...⟩ placere.«]* »›Und obwohl diese‹, nämlich Agesander, Polydoros und Athanodoros, ›die Gruppe nach der Beschreibung Vergils gebildet zu haben scheinen, so haben sie sie dennoch nicht in allem nachgeahmt, da sie sahen, daß Vieles zwar den Ohren, nicht im selben Maße aber den Augen behagte und gefiel.‹« (Zum ersten Teil des Zitats vgl. S. 48, A 1.)

282,26-283,15 *Oder vielmehr ⟨...⟩ Virgil.]* Übernommen in *Laokoon* V (S. 50 f., A 5 und A 6).

282, A 49 *Topographia ⟨...⟩ Ausgabe hat.]* Vgl. Anm. 48, A 1.

282, A 49 *»Haec ⟨...⟩ subjecimus«]* »Diese Statue, die wir hier gewissenhaft abgebildet beifügen, hat man jetzt im Vatikan aufgestellt.«

283,17-288,4 *Allegorie ⟨...⟩ gegründet ist.]* Die Notizen, die teils halbseitig, teils mit Leerseiten dazwischen geschrieben sind – aber deutlich zusammengehören –, datiert Muncker (LM 14, S. 404 A. 1) ungefähr in den Sommer 1765.

283,17 *Allegorie]* Vgl. Paralipomenon 8, S. 263,1-4. Zum Begriff: Anm. 92,15 f. Die Heraushebung des Stichworts könnte dadurch veranlaßt sein, daß im Jahr des Ersten Teils des *Laokoon* Winckelmanns Schrift *Versuch einer Allegorie, besonders für die Kunst* erscheint (1766).

283,19 *Milton]* Vgl. Anm. 113,2.

283,32 *gotischer]* Vgl. Bd. V/1, Anm. 208,1.

284,1 *Cebes]* Vgl. den 10. ›Antiquarischen Brief‹, S. 388,1-16.

284,4-285,19 *Blindheit 〈...〉 began.]* Vgl. S. 261,13-15 und S. 293,27-294,2.

284,8f. *Flammen]* Vgl. das Problem der »sichtbaren Dunkelheit« S. 261,15f.

284,30f. *durch ein einziges Beiwort]* Die These gehört zur ältesten ›Schicht‹ des *Laokoon*-Projekts, vgl. S. 211,21-25.

285,14 *P. L.]* *Paradise Lost.*

285,16-19 *Let there 〈...〉 began.]* »Es werde Licht, sprach Gott, und sogleich erhob sich aus der Tiefe himmlisches Licht, der Anfang der Dinge, der reine Äther, und begann von seinem Ursprungsort im Osten die Reise durch die körperlose Dunkelheit.«

285,20 *Gemälde beim Milton]* Gehört zu S. 293,23-25.

285,21 *progressivischen]* Von lat. progressivus »voranschreitend, etwas Voranschreitendes enthaltend, sich entwickelnd«.

285,24 *Pfuhle]* Der Pfuhl: »stehendes und unreines Wasser von geringem Umfange, doch größer und tiefer als eine Pfütze«; auch für: die »Hölle« (Campe 3, S. 642).

285,31 *Raphaels]* Des Erzengels.

286,5 *nicht sowohl]* Nicht so sehr.

286,18 *Jesaias]* Jesaia VI 2.

286,19 *Cherubins]* Der Erzengel.

286,21 *aufrechts]* Da noch nicht unter dem Fluch, auf dem Bauch kriechen zu müssen.

286,22 *Ponderation]* Von lat. ponderatio »Abwägung«; hier: Schwerkraft.

286,26 *Dieses Kapitel]* Kap. 25.

287,16-19 *This day 〈...〉 appoint]* »Heute habe ich jenen gezeugt, den ich als meinen einzigen Sohn verkünde, und ich habe auf dieser heiligen Anhöhe den gesalbt, den ihr nun zu meiner Rechten erschaut; ich berufe ihn zu eurem Haupt.«

287,20 *Heute]* »Miltons ›heute‹ entspricht einfach dem Ausdruck der biblischen Offenbarung Psalm 2,7, den der Dichter gerade als Orthodoxie in der Sprache Gottvaters streng beibehalten wollte.« (PO Erl., S. 168).

287,26 *Orthodoxie]* Nach griech. orthodoxia »Rechtgläubigkeit, Strenggläubigkeit« (überwiegend, aber nicht nur religiös; vgl. Schulz-Basler 2, S. 274f.).

287,32 *auszuweichen]* Zu vermeiden.

288,6 *p. 396]* Bezieht sich auf Winckelmanns *Geschichte der Kunst des Alterthums*. Im Gegensatz zu den meist knappen Anmerkungen, wie sie Bd. V/1, S. 470-489 zusammengestellt sind, haben die nachfolgenden Notizen, auch mit ihren vielen Korrekturen, den Charakter eines »Konzepts« (so Muncker: LM 14, S. 408 A. 5; dort auch der Hinweis, daß der Text wegen der Bezugnahme auf Winckelmanns *Nachrichten* S. 289, A 53 nicht vor dem Winter 1764/65 entstanden sein kann). Thematische Anknüpfung: S. 264,12f.

288,7 *Plinius] Naturalis historia* XXXIV 18,46.

288,7 *H. W.]* Herr Winckelmann.

288,7 *unter dem Nero]* Vgl. Bd. V/1, Anm. 434,28.

288,9 *Zenodorus]* Nur durch die hier angesprochene Stelle bei Plinius bekannt.

288,11 *Donati]* Alessandro Donati (1584-1640), ital. Dichter und Archäologe; hier: *Roma vetus ac recens* (Das alte und das neue Rom), 1633.

288,11 *Nardini]* Famiano Nardini (gest. 1661), ital. Philologe; hier: *Roma antiqua* (Das alte Rom), 1666.

288,22f. *eines Colossalischen Merkurs]* Eine riesenhafte Statue des Gottes Merkur.

288,25 *der Sonne]* Dem Sonnengott Sol.

288,26 *Köpfen ihrer Bildung]* Köpfen der gleichen Gestaltungsart (Technik usw.).

288,30f. *»Ea statua ⟨...⟩ scientiam.«]* »Diese Statue bewies, daß sich die Kunst des Bronzegießens verloren hatte.«

288,34f. *»temperaturam aeris«]* »Mischung des Erzes« (so auch »Temperatur« S. 289,16).

289,1 f. *chymischen]* ›Chymie‹ als ältere Form für ›Chemie‹ erst um 1800 abgelöst. Es geht hier um ›chemische‹ Geheimnisse über Farbenmischung.

289,5 f. *»quondam 〈...〉 miscebatur«]* »Einstmals wurde das zusammengegossene Metall mit Gold und Silber vermischt.«

289,10-14 *»Ea statua 〈...〉 postponeretur«]* »Diese Statue bewies, daß sich die Kunst des Bronzegießens verloren hatte, da noch Nero bereit war, großzügig Gold und Silber zu spenden und Zenodorus als Bildhauer und Reliefkünstler keinem der Alten nachstand.«

289,15 f. *er verstand nur]* Er verstand sich nur auf.

289,18 *wich er]* Unterlag er, stand er hinter ... zurück.

289,21 *Der schöne Seneca]* Das hellenistische Porträt etwa des 1. Jhs. v. Chr. stellt nicht Seneca (vgl. Anm. 45,20 f.) dar, sondern eine andere Person.

289,21 f. *in einer neuern Schrift] Nachrichten von den neuesten Herculanischen Entdeckungen* (1764). Bezieht sich auf Ausgrabungen in Herculaneum, vgl. Anm. 144,3.

289,31 f. *»et tamen 〈...〉 materia.«]* »Und dennoch war die Kunst von höherem Wert: jetzt ist es ungewiß, ob sie 〈selbst〉 minderwertiger sei oder 〈ihr〉 Material.« (*Naturalis historia* XXXIV 5).

291,2-295,15 *II. Teil. 〈...〉 herabgestiegen.]* Die Überschrift und die Durchnumerierung mit röm. Ziffern ab XXX zeigen eindeutig an, daß es sich hier um einen Entwurf zur Fortsetzung des *Laokoon* handelt. Die Notizen sind halbseitig geschrieben, zwischen je zwei Abschnitten sind einige Leerzeilen gelassen (LM 14, S. 411, A. 1). Der Erste Teil ist zumindest in seiner Abschnittseinteilung vorausgesetzt, möglicherweise sogar in der zur Ostermesse 1766 erschienenen Druckfassung.

291,4 *H. Winkelmann]* Auffällig, daß Lessing auch beim Zweiten Teil von Winckelmann ausgehen wollte, diesmal freilich nicht von den *Gedancken*, sondern von der *Geschichte der Kunst*.

291,5 *die Ruhe]* Die Wiederaufnahme des Themas (Abschn. XXX) ist skizziert S. 255,29-32 und S. 259,9-11.

291,13 *durch bloße Schlüsse]* Zu Abschn. XXXI vgl. die Überlegungen im Schlußteil der Vorrede und den Neuansatz in Abschn. XVI (S. 116,14: »Ich schließe so«); auch Paralipomenon 20.

291,23 *des Ausdrucks]* Der Begriff, der im Ersten Teil wesentlich als von der »Form« abhängig gefaßt wird, gewinnt hier in Abschn. XXXII neuen Eigenwert.

291,25 *Carnation]* Vgl. Anm. 156,28.

291,25 f. *Colorierung]* Vgl. Bd. V/1, Anm. 173,26 und besonders oben S. 276,10-277,2.

292,8 *Ideal der körperlichen Schönheit]* Zu Abschn. XXXIII vgl. S. 231,1-20; S. 260,12-30; vor allem Paralipomenon 20.

292,15 *Falsche Übertragung]* Zu Abschn. XXXIV vgl. S. 231,1-20; S. 260,12-20. »Durch die Ausführung dieser Kapitel wäre die ganze Untersuchung noch bedeutend vertieft worden« (PO Erl., S. 169).

292,17 *Dryden]* Vgl. Anm. 57, A 9.

292,17 *Fresnoy]* Vgl. Anm. 58, A 10; von *De arte graphica* fertigte Dryden eine engl. Übersetzung an, mit einer kunsttheoretischen Einleitung.

292,17 f. *Baco beim Lowth]* Francis Bacon (1561-1626), *De dignitate et augmentis scientiarum* (Über die Würde und den Zuwachs der Wissenschaften), 1623, wird von Robert Lowth (1711-1787) in seiner Schrift *De sacra poesi Hebraeorum* (Über die religiöse Dichtung der Hebräer), die 1758 in dt. Übersetzung (J. D. Michaelis) erscheint, zitiert. Es geht bei Bacon, im Anschluß an Aristoteles (*Poetik*, Kap. 9), um das Zurückbleiben der Wirklichkeit gegenüber der Dichtung.

292,20-293,3 *Noch übertriebner ⟨...⟩ verbunden werden.]* Zu Abschn. XXXV vgl. S. 231,1-232,15.

292,30 *Guido Reni]* 1575-1642, ital. Maler.

292,30 *Dryden's]* Vgl. Anm. 57, A 9.

293,5-22 *Aber auch ⟨...⟩ des Milton.]* In Abschn. XXXVI bis XXXVIII Wiederaufnahme mehrerer Thesen zu den ›malerischen‹ Qualitäten Miltons im Vergleich mit Homer, aus dem Ersten Teil.

293,22 *Der gegenseitige Reichtum]* Andererseits der Reichtum.

293,24f. *Stärke* ⟨...⟩ *Paradieses.]* Zu Abschn. XXXIX vgl. die Zusammenstellung S. 285,20-286,8.

293,27-294,2 *Miltons* ⟨...⟩ *blind gewesen.]* Zu Abschn. XL vgl. vorige Anm. und S. 284,4-285,19.

294,4-14 *Neue Bestärkung* ⟨...⟩ *werden kann.]* In Abschn. XLI und XLII nimmt Lessing das Thema der »successiven« Gemälde aus dem Ersten Teil des *Laokoon*, Abschn. XVI wieder auf.

294,6 *in der Iliade] Ilias* VI 242-250.

294,16-21 *Unter den* ⟨...⟩ *Einschränkungen.]* Zu Abschn. XLIII vgl. Paralipomenon 5 und besonders S. 251,3-11.

294,23-295,6 *Wie der* ⟨...⟩ *empfinden.]* Zu Abschn. XLIV und XLV vgl. S. 260,32-261,5.

294, A 54 *Guardian]* Vgl. Anm. 265,25.

294, A 54 *die Gärten des Adonis* ⟨...⟩ *bei dem Marino]* Giambattista Marino (1569-1625), ital. Dichter; hier: *L'Adone* (Der Adonis), 1623, ein lyrisches Epos, in »canti« (Gesänge) eingeteilt.

295,8-15 *Von der* ⟨...⟩ *herabgestiegen.]* Zu Abschn. XLVI vgl. Paralipomena 21 und 22. Der Entwurf bricht hier offenbar ab, Abschn. XLVI kann kaum mit dieser Thematik als Abschluß vorgesehen gewesen sein. Außerdem sind eine Reihe von thematisch benachbarten Nachlaßfragmenten in das Skizzierte nicht sinnvoll einzuordnen.

295,17-296,18 *Die eigentliche* ⟨...⟩ *zu zeigen.]* Die Aufzeichnungen knüpfen inhaltlich an Paralipomenon 8 (besonders S. 260,12-30) an, und in dem wichtigen Fortsetzungsentwurf 19 etwa an Abschn. XXXI und XXXII. Muncker (LM 14, S. 414, A. 3) datiert sie kurz nach Paralipomenon 19 etwa in das Frühjahr 1766.

295,22 *Historienmalen]* Vgl. auch Anm. 275,20.

295,23 *Vorstellung]* Hier: Darstellung, Präsentation.

295,28 *nur zu einer Hülfe]* Deutungstendenz, die sich mehrfach im *Laokoon* äußert, etwa bei der Zweckbindung religiöser Kunst.

295,31 *primitiven]* Nicht abwertend, sondern nach franz. primitif »ursprünglich, urwüchsig« im 18. Jh. zunächst überwiegend positiv (der Vorstellung vom ›Verfall‹ entgegengesetzt).

296,1-18 *Der Ausdruck ⟨. . .⟩ zu zeigen.]* Vgl. S. 292,8-13 (Abschn. XXXIII).

296,8 *vegetabilischen]* Pflanzlichen.

296,9-18 *Dieses ⟨. . .⟩ zu zeigen.]* Vgl. S. 260,22-30 (Abschn. IX).

296,16 *nur Klumpen Personen]* Nur Haufen Personen (vgl. Grimms DWb 5, Sp. 1291).

296,20-297,4 *Den Schranken ⟨. . .⟩ nicht sehen.]* Vgl. S. 261,2-4 und 295,5 f. Thematische Nachbarschaft zur zweiten genannten Stelle (aus Paralipomenon 19) läßt Muncker (LM 14, S. 415, A. 3) an eine Entstehung bald danach denken (»Frühling 1766«).

296,24 *Zeuxis]* Vgl. Anm. 51, A 6.

296,24 *erzehlt man]* Plinius, *Naturalis historia* XXXV 65 und Lucius Annaeus Seneca d. Ä. (um 55 v. Chr. - um 40 n. Chr.), röm. Schriftsteller, Vater des Philosophen und Tragikers Seneca; hier: *Controversiae* (Streitfälle) X 34 und 37.

296,31 *chiquanieret]* Von franz. chicaner (ungeklärter Herkunft) »verdrehen, verfälschen«, dann »jemanden ärgern, schädigen, quälen«: Fremdwort erst seit spätem 17. Jh. (Schulz-Basler 4, S. 80 f.).

297,6-303,36 *Die Schnelligkeit ⟨. . .⟩ Vollkommenheit.]* Vgl. S. 260,32-261,5 und S. 295,8-15 (Abschn. XLVI). Die letztgenannte Stelle aus Paralipomenon 19 bietet erkennbare Anknüpfungspunkte und deutet für Muncker (LM 14, S. 416, A. 8) etwa auf Frühjahr 1766.

297,10 *Caylus]* Vgl. Anm. 72, A 3 und S. 638.

297,13 *einbilden]* Vorstellen.

297,15 *den ersten Satz]* Den ersten Sprung, das ›Antreten‹.

297, A 55 *Tabl. ⟨. . .⟩ l'Iliade.]* Vgl. S. 638.

297, A 56 *einer Anmerkung, ⟨. . .⟩ gemacht habe.]* In den Anmerkungen zu Winckelmanns *Geschichte der Kunst des Al-*

terthums, Bd. V/1, S. 480,1-14 (zu den Ovidischen bzw. Nasonischen Gräbern; dort auch weitere Details).

297, A 56 *Raub der Proserpine]* Raub der Persephone: Die Tochter des Zeus und der Demeter wurde von Pluton bzw. Hades (Herrscher des Totenreichs) geraubt. Zeus bestimmte, daß sie einen Teil des Jahres in der Unterwelt, einen Teil in der Oberwelt lebte.

297, A 56 *Avernus]* Ein See (Kratersee) in Unteritalien, galt als Eingang in die Unterwelt.

297, A 56 *Cirkelmäßige]* Kreisförmige.

297, A 56 *Perpendikul Linie]* Zedler 27, Sp. 530f., unter »Perpendicular-Linie«: senkrechte Linie, mit dem perpendiculum (»Senkblei«) bestimmt. Näheres ebd.

298,11 *Iris]* Götterbotin (steht auch für den Regenbogen).

298,13-15 *Παρ ⟨...⟩ Ολυμπον.]* »Neben ihr stieg Iris auf ⟨den Wagen⟩ und ergriff die Zügel mit den Händen, schwang die Geißel und trieb ⟨die Pferde⟩ an, und bereitwillig flogen sie dahin, und schnell gelangten sie dann zum Sitz der Götter, zum steilen Olympos.« (*Ilias* V 365-367).

298,22 *Antipater]* Antipatros von Sidon (2. Jh. v. Chr.), griech. Dichter. Die *Griech. Anthologie* (vgl. Bd. V/1, Anm. 244,14) enthält eine Reihe von Epigrammen unter seinem Namen.

298,23 *Arias]* Uns weiter nicht bekannter Wettläufer zur Zeit des Antipatros.

298,24f. *Η γαρ ⟨...⟩ σταδιῳ]* »Nur an den Schranken sahen wir ihn, den Jüngling, oder ganz am Ziel, aber niemals in der Mitte der Bahn.« (*Anthologia Graeca/Palatina* X 557).

298,31-33 *Ὀσσον ⟨...⟩ ἱπποι.]* »Und so weit ins Neblige ein Mann sieht mit seinen Augen, auf einem Ausguck sitzend, der schaut über das weinfarbene Meer: so weit springen hinweg der Göttinnen hochwiehernde Pferde.« (*Ilias* V 770-772).

299,2 *Elle]* Maßstab.

299,3f. *Scipio Gentili ⟨...⟩ Tasso]* Torquato Tasso (1544-

1595), ital. Dichter; hier: *La Gerusalemme liberata* (Das befreite Jerusalem), Epos 1581. Scipione Gentili (1563-1616), ital. Gelehrter, verfaßte *Annotazioni sopra la Gerusalemme liberata di Torquato Tasso* (Bemerkungen zum *Befreiten Jerusalem* von Torquato Tasso), 1590.

299,7f. *»quasi ⟨...⟩ stancarsi«]* »Als ob es einem Gott nicht anstehe, müde zu werden«.

299,12 *Gabriel]* Der Erzengel.

299,12 *Gottfried]* Hauptheld von *La Gerusalemme liberata* (auch im Untertitel des Originals: *overo il Goffredo*), Gottfried von Bouillon.

299,13 *Libanus]* Der Berg Libanon.

299,16 *Pierius]* Mißverständnis: Homer sagt, daß Hermes über »Pierien« (die Musenlandschaft nordwestlich des Olymp) hinwegschritt.

299,26 *Ogygia]* In der *Odyssee* Wohnsitz der Kalypso, im nordwestl. Meer.

299,32 *Tortosa]* Hier: Stadt an der Küste Syriens (nicht die gleichnamige, bekannte Stadt in Katalonien am Ebro).

300,4 *Stutten]* Stuten.

300,4 *Erichthonius]* Erichthonios, Sohn des Hephaistos und der Gaia (Erdgöttin) bzw. Athene, Großvater des athen. Königs Erechtheus. Hielt zuerst Wagenrennen ab. Berühmt wegen seiner Pferde.

300,5-8 *'Αι δ' ⟨...⟩ ϑεεσκον.]* »Und diese, wenn sie über die getreidespendende Flur sprangen, liefen sie oben über die Frucht der Ähren hinweg und knickten sie nicht. Und wenn sie über den breiten Rücken des Meeres sprangen, liefen sie oben über die Brandung des grauen Meeres hinweg.« (*Ilias* XX 226-229).

300,9f. *»Sie liefen ⟨...⟩ einher.«]* Eine der selteneren zusammenraffenden Übersetzungen Lessings. Vgl. zur ›Technik‹ der Darstellung, die Lessing interessiert, S. 277,22-24.

300,11 *philosophisch]* Wenn man es genau durchdenkt (es ist auch zu berücksichtigen, daß Mechanik, Wahrnehmungslehre, u. dgl. noch zum Fach der Philosophie gehörten).

300,17 *Die Dacier]* Vgl. Bd. V/1, Anm. 294, A 99. Zur Kritikart vgl. S. 20,28-21,6.

300,18 *θεον durch »marchoient«]* »›Sie liefen‹ durch ›sie marschierten‹«.

300,19 *nichtswürdigen]* Nichtigen, unwichtigen.

300,19f. *»couroient«]* (Franz.) »Sie liefen.«

300,21 *involvieret]* Von lat. involvere »einwickeln, einschließen«.

300,25 *unterliegenden]* Darunter liegenden.

300,32 *wechselsweise]* Abwechselnde.

300, A 65 *»de gressu ⟨...⟩ de Umbra.«]* »›Über den Gang der Götter‹, siehe den Kommentar zu Vergil, *Aeneis* I, 405. ›und durch ⟨ihr⟩ Schreiten offenbarte sie sich als wahre Göttin.‹ ⟨Siehe⟩ auch Woverius ⟨Johann van Wover⟩, ›Über den Schatten‹, Kap. 1.«

300, A 65 *Woverius]* Johann van der Wouwere (1574-1611), Philologe aus Hamburg; hier: *Dies aestiva sive de umbra paegnion* (Der Sommertag oder spielerischer Versuch über den Schatten), 1610.

301,3 *Ἁι δε ⟨...⟩ ὁμοιαι.]* »Sie aber gingen, dem Gang der scheuen Tauben gleich.« (*Ilias* V 778).

301,7 *Radit ⟨...⟩ alas.]* »Sie gleitet durch die Lüfte, ohne mit den eiligen Flügeln zu schlagen.« (*Aeneis* V 217).

301,8 *Eustathius]* Vgl. Lessings gesammelte Notizen S. 253,3-22 (Paralipomenon 6).

301,12 *Heliodorus]* Heliodoros (3. Jh. n. Chr.), griech. Schriftsteller: *Aithiopika* (Äthiopische Geschichten), berühmter Roman, von Hieronymus Commelinus (gest. 1598), Buchdrucker und Philologe in Heidelberg, 1596 herausgegeben.

301,14-16 *Und diesen ⟨...⟩ gegeben.]* Zu diesen wenig präzisen Informationen über ägypt. Kunst (an die Lessing wiederum Spekulationen schließt) vgl. PO Erl., S. 170.

301,19 *»demissis ⟨...⟩ fugere«]* »Mit herabfahrenden Händen enteilen«.

301,21f. *ὁτι ⟨...⟩ χειρας etc.]* »Daß die Laufenden schneller laufen, wenn sie ihre Arme mitschwingen lassen usw.«

301,30 *H. W.]* Herr Winckelmann.

301, A 67 *de incessu animalium] Über den Gang der Tiere* 705 a,17.

301, A 67 *Erasm. Adagia]* Desiderius Erasmus, von Rotterdam (1469-1536), niederländ. Humanist; hier: *Adagiorum chiliades* (Aussprüche, zu tausenden), 1508.

302,5 *ersten Bestimmungen]* Lessings wiederholt geäußerte Überzeugung von der ursprünglichen Zweckgebundenheit der Kunst, aus der sie sich erst allmählich gelöst habe (auch bei Winckelmann begegnend).

302,8-11 *mit zusammengeschlossenen Füßen ⟨...⟩ eines Leichnames.]* Vgl. die ausführliche Erörterung der »verdrehten Füße« in *Wie die Alten den Tod gebildet* (1769): Bd. VI dieser Ausgabe, S. 731,6-735,33.

302,18 *Larve]* Vgl. Anm. 277,17.

302,20 *»Persona Aegyptiaca«]* »Ägyptische Maske«.

302,20 *Beger]* Vgl. Anm. 80, A 3.

302,21 *H. Winkelmann]* Vgl. die einschlägigen Anmerkungen zur *Geschichte der Kunst*, Bd. V/1, S. 473,27-30.

302,24 *Herodotus]* Vgl. Bd. V/1, Anm. 259,25.

302,25 *ξυλινον ⟨...⟩ ἀνϑρωποειδεα]* »Eine hölzerne, menschenähnliche Gestalt«.

302,28 *μεμυκοτα]* »Mit geschlossenen Augen«.

302,28 *Diodorus]* Vgl. Bd. V/1, Anm. 273,13.

302,28 *»nictantia«]* »Blinzelnd, zwinkernd«.

302,32 *Dädalus]* Daidalos, Ahnherr und Schutzpatron der athen. Handwerker, Erbauer des Labyrinths des Kreterkönigs Minos. Vor seiner Rache flieht er mit seinem Sohn Ikaros, indem er mit Hilfe künstlicher Flügel entfliegt. Leitfigur in den antiken Vorstellungen von der Entwicklung des Handwerks und der Kunst.

302, A 69 *Marsham]* John Baronet of Marsham (1602-1685), engl. Altertumskundler; hier: *Canon chronicus Aegyptiacus, Ebraicus, Graecus usque ad imperii Persici initia* (Chronologische Richtschnur der ägyptischen, jüdischen und griechischen Geschichte bis zu den Anfängen des Perserreichs), 1672; herausgegeben von Justus Lipsius (Joest Lips), vgl. Bd. V/1, Anm. 407,22.

303,3 *lüftete]* Emporhob.

303,12f. *religiöser Gebrauch ⟨...⟩ Kunst]* Vgl. Anm. 302,5.

303,15 *das Fabelhafte]* Sagenhafte, Wunderbare, Seltsame.

303,22 *Scribenten]* Vgl. Anm. 235,2.

303,24 *das Vorgeben]* Die Behauptung.

303,28 *Pausanias]* Vgl. Bd. V/1, Anm. 260,35.

303,32 *Tabula Isiaca]* Vgl. Lessings umfangreiches Fragment Bd. V/1, S. 491-499.

304,3-306,17 *Die Malerei ⟨...⟩ geschieht.]* Als für den Dritten Teil des *Laokoon* vorgesehen, ›systematisch‹ neu ansetzend, thematisch (»Dimension«) an Paralipomenon 8 (vor allem S. 262,5-31) und 13 (vor allem S. 266,10-267,9) anschließend. In der Handschriftensammlung mit Nr. 25, 26 und 27 zusammengestellt (ungefähr gleichzeitig). Muncker (LM 14, S. 422, A. 7): »mag etwa in den Frühling oder Sommer 1766 fallen, als Lessing noch eifrig an eine Fortsetzung seines Werkes dachte«.

304,4 *überhaupt zu reden]* Im allgemeinen.

304,25 *jenes]* Des in ›Lebensgröße‹ Malenden.

304,26 *einer Spanne]* »Die Entfernung der Spitze des Daumens bis zur Spitze des kleinen Fingers« (Campe 4, S. 494).

304,26f. *einem Zolle]* »Längenmaß, welches so ziemlich die Breite des Daumens eines Mannes beträgt« (Campe 5, S. 878).

305,2 *Intuition]* Von lat. intuitio »(intensive) Anschauung, Betrachtung«, hier: anschauliche Erkenntnis.

305,15f. *Vorgrunde]* Vordergrunde.

305,17 *annehmlichen]* Hier: angenommenen, vermutlichen.

305,20-27 *Es ist ⟨...⟩ erregen können.]* Vgl. S. 252,21-28.

305,28 *Edgar den Gloster]* Vgl. unten A 70.

305,31-306,10 *Come on ⟨...⟩ headlong – –]* »Kommt, Herr! Hier ist der Ort; bleibt stehen! Wie furchtbar und schwindelerregend ist es, den Blick so tief hinabzurichten!

Die Krähen und Dohlen, die auf halber Höhe fliegen, haben so kaum die Größe von Käfern. Auf halbem Wege hängt eine von ihnen herab, die Meerfenchel sammelt: welch gräßliches Handwerk! Sie kommt mir kaum größer vor als ihr Kopf. Die Fischer, die über den Strand gehen, scheinen ⟨so groß⟩ wie Mäuse, und jene große Barke, die dort vor Anker liegt, scheint zur Größe ihres Beibootes geschrumpft, ihr Beiboot zur Ankerboje, die kaum mehr wahrgenommen werden kann. Die raunende Brandung, die gegen zahllose träge Kiesel wütet, kann aus dieser Höhe nicht vernommen werden. Ich werde nicht mehr herabschauen, aus Furcht, daß sich mein Hirn verkehre und ich, der schlechten Sicht wegen, kopfüber herabstürze.« Bemerkenswert, daß Shakespeare innerhalb des *Laokoon*-Projekts zum zweiten Mal mit einem Beispiel von »descriptive poetry« eigener Art herangezogen wird; vgl. die Zitate zum »Häßlichen« am Ende von Abschn. XXIII des Ersten Teils.

306,19-309,16 *Die verjüngten ⟨...⟩ machen sollen.]* Vgl. das zu Paralipomenon 23 Gesagte. Beide Entwürfe knüpfen an die gleiche Stelle von Paralipomenon 8 an und sind vermutlich in zeitlicher Nähe zueinander entstanden (Frühjahr oder Sommer 1766).

306,21 *Mignatur]* Die Schreibung schwankt immer wieder, vgl. etwa S. 304,22.

306,31 *Elle]* Vgl. Anm. 299,2.

306,31 *Klafter]* »Ein Längenmaß, so lang, als eine erwachsene Person mit ausgespannten Armen langen oder greifen kann, ungefähr sechs Fuß« (Campe 2, S. 940).

306,32 *Zoll]* Vgl. Anm. 304,26f.

307,8 *ein Steig]* Eine Treppe.

307,17f. *in historischen ⟨...⟩ in Landschaftstücken]* Zwei der zu Lessings Zeit beliebtesten Genres der Malerei.

307,19 *Hagedorn]* Vgl. Anm. 60, A 1.

307,20 *leidet]* Duldet, erträgt.

307,24 *Cyclopen]* Kyklopen (griech. Kyklops »Rundauge«), einäugige wilde Riesen, bei Homer als Viehzüchter ohne Städte und Gesetze lebend; auch Schmiedegesellen des Hephaistos/Vulcanus, vgl. Anm. 106,16.

307,24 *Timanthes]* Vgl. Anm. 28,2. Quelle für den »schlafenden Kyklopen«: Plinius XXXV 74.

307,26 *Thyrsus]* Thyrsosstab, ein leichter, meist aus Efeuholz oder Weinholz zubereiteter Stab, mit Efeu oder Weinlaub umwunden, oft mit einem Pinienzapfen an der Spitze: aus dem Kult des Dionysos, von ihm und den begleitenden Mainaden getragen.

307,29 *Gruppieren]* Vgl. Anm. 97, A 1.

308,11 *Colossus]* Vgl. Anm. 55, A 8.

308,12 *Lilliputer]* Vgl. Anm. 253,21.

308,17 *Julius Romanus]* Giulio Romano, eigtl. Giulio di Pietro de' Gianuzzi, aus Rom (1499-1546), Maler und Architekt, Mitarbeiter Raffaels; hier: ein Wandgemälde in der Villa Madama bei Rom.

308,18 *Francis Floris]* Eigtl. Frans de Vriendt (um 1520-1570), aus Antwerpen, Maler.

308,19 *Pygmäen]* Vgl. Anm. 253,21.

308, A 73 *Cock]* Hieronymus Cock (1510-1570), aus Antwerpen, Kupferstecher und Maler.

309,14 *concaven]* Vgl. Anm. 138,20.

309,14 *convexen]* Von lat. convexus »gewölbt, gerundet«.

309,18-311,13 *Daß die 〈...〉 ausdrücken muß.]* Wie die beiden vorausgehenden Entwürfe knüpft Paralipomenon 25 an Nr. 8 an (dort S. 262,19-31), thematisch jedoch auch an Abschn. I des Ersten Teils (Ausrufe des Philoktet). Vermutlich auch im Frühjahr oder Sommer 1766 entstanden.

309,22-25 *die Poesie 〈...〉 zu erhöhen.]* Vgl. auch den ›systematischen‹ Zusammenhang in Abschn. XVI des Ersten Teils und speziell Lessings Brief an Nicolai vom 26.5.1769, an Garves Rezension anschließend (Bd. XI/1 dieser Ausgabe, S. 608,21-610,13).

309,27 *Onomatopöie]* Nach griech. onomatopoiia »Schaffung, Darstellung eines Namens«, Lautmalerei.

309, A 74 *Aristoteles 〈...〉 Melam]* Aristoteles, *Problemata* X 12 (p. 892a,16); zu der Stelle hat Isaac Vossius (1618-1689), niederländ. Philologe, in seinen *Observationes ad Pomponium Melam* (Beobachtungen zu Pomponius Mela), 1658, eine Textverbesserung vorgeschlagen.

310,6 *abgehen]* Abweichen.

310,12 *Interjectiones]* (Lat.) »Dazwischenwürfe, Ausrufe«.

310,15 *Partikeln]* Von lat. particulum »Teilchen«, nichtflektierte Wörter.

310,18 *Anständigkeit]* Meist von franz. bienséance her verstanden und gern mit der ›kalten‹ franz. (Hof-)Kultur verbunden.

310,20 *Philoktet]* Offenbar Ausgangs- und Zielpunkt der ganzen Erörterung.

310,22 f. *substituieren]* Von lat. substituere »hinstellen, an die Stelle setzen«.

310,36 *die Metapher]* Von griech. metaphora »Übertragung, bildlicher Ausdruck«.

311,6 *Gleichnisse]* »In engerer und gewöhnlicher Bedeutung, eine Rede, welche eine andere Sache unter einem sinnlichen Bilde begreiflich macht, mit Bezeichnung des Gegenbildes, wodurch es sich von der Allegorie unterscheidet« (Adelung 2, Sp. 716 f.). In Lessings Sprachgebrauch gilt dies sowohl für Fabeln (Tierfabeln) als auch für Parabeln.

311,15-312,3 *Nicht jeder ⟨. . .⟩ vom Hogarth.]* Vgl. das zu Paralipomenon 25 Gesagte. Engere Anknüpfung an S. 262,28-31.

311,22 f. *belehren ⟨. . .⟩ vergnügen ⟨. . .⟩ verständlich zu machen ⟨. . .⟩ fortzureißen]* Lessing mischt hier in prinzipieller Absicht Wirkungskategorien der antiken Poetik und Rhetorik.

311,33 *Allegoristen]* Vgl. Anm. 92,15 f. und die mehrfach von Lessing – schon in der Vorrede zum *Laokoon* (S. 15,8) – verwendete Formulierung »Allegoristerei«.

312,2 f. *the enraged Musician]* »Der wütende Musiker« (1741) von Hogarth (vgl. Anm. 163,5). Auf dem Bild sieht man vor dem Fenster des Musikers ein singendes Milchmädchen, auf Trommeln spielende und singende Kinder, einen Ausrufer mit Glocke, einen Flötenbläser und andere, die den Musiker durch Lärm in ›Rage‹ bringen.

312,5-317,4 *Von der ⟨. . .⟩ zu bestimmen.]* Für das wichtige Paralipomenon 27 gilt das zu den vorausgehenden Entwürfen Gesagte analog. Engere Anknüpfung an S. 263,6-13. Muncker (LM 14, S. 430, A. 1) nimmt den Hinweis auf verschiedene Opern als Indiz für die Jahre nach Breslau, wo Lessing schwerlich Opern habe hören können. Andererseits erscheinen die Bemerkungen zur gegenseitigen Unterstützung von Dichtkunst und Musik im 26. und 27. Stück der *Hamburgischen Dramaturgie* im einzelnen als entwickelter. Auch im 4. Stück der *Hamburgischen Dramaturgie* sind die Bemerkungen zu den antiken Pantomimen (S. 316,6-19) wohl schon vorausgesetzt. Muncker datiert den Entwurf noch in die Berliner Zeit, etwa in den Sommer 1766.

312,7f. *gemeinschaftlichen Wirkung]* Sehr weitreichende Konzeption, die einerseits – für Lessing nicht unproblematisch – auf höfische Kunstpflege des 17. Jhs. verweist, andererseits weit voraus ins 19. Jh. (Wagners »Gesamtkunstwerk«; PO Erl., S. 171 erwähnt sein »musikalisches Drama«). Nicht zu vergessen: die Einheit von Poesie, Musik und Tanz in der altgriech. musiké (vgl. Bd. V/1, Anm. 252,8).

312,11 *Verbindung]* Hierauf hatte in seinen Kommentaren schon Mendelssohn hingewiesen, vgl. S. 237, A 27 u. ö.

312,22 *intim]* Von lat. intimus »innerster, vertrautester«; hier: innerlich, eng.

313,3 *Organo]* Dativ zu organum (lat.) oder organon (griech.) »Werkzeug, Instrument«; hier: ›dem Organ‹.

313,9 *eine Zeit]* Lessing denkt offenbar an die (griech.) Antike, vgl. Anm. 312,7f.

313,21 *Oper]* Lessing behandelt den Gegenstand zunächst ganz ›theoretisch‹, ohne auf die zu seiner Zeit heftige Kritik (besonders von seiten der Gottschedianer) einzugehen: den moralisch bedenklichen Aufwand, die Überstrapazierung des ›Wunderbaren‹ und des ›Unwahrscheinlichen‹, die Gattungsmischung usw. Die Kritik am ursprünglich höfischen Charakter der Oper war durch deren ›bürgerliche‹ Aneignung (etwa Hamburg) abgeschwächt worden.

313, A 75 *Metastasio]* Pietro Antonio Domenico Bonaventura, eigtl. Trapassi, genannt Metastasio (1698-1782), Verfasser von Tragödien, Begründer des neueren ital. Singspiels.

313, A 75 *Zenobia]* Dieses Stück (1729) hat allerdings nur sechs Personen (vollständiger Titel: *Rhadamiste et Zenobia*).

313, A 75 *Crebillions]* Prosper-Jolyot de Crébillon, Sieur de Crais-Billon (1674-1762), franz. Dramatiker, ›der Ältere‹, zu unterscheiden von seinem Sohn Claude-Prosper-Jolyot, dem Erzähler (1707-1777).

313, A 75 *Cadence]* Hier die franz. Form, vgl. die ebenfalls eingeführte ital.: cadenza.

313, A 75 *Atys, und Armide]* Opern von Giovanni Battista Lully aus Florenz (1633-1687), Schöpfer der großen Oper und des franz. Opernstils; hier: *Atys* (1675) und *Armide* (1686; Glucks *Armide* kam erst 1777 heraus).

314,4 *im Recitative]* In den Partien, die nicht gesungen, sondern mit sparsamer Begleitung ›rezitiert‹ werden.

314,6 *um die Reihe]* Der Reihe nach, nacheinander.

314,6 *subservieret]* Von lat. subservire »untergeordnet sein, dienen«.

314,8 *wollüstigere]* Mehr auf den sinnlichen Genuß bezogene.

314,13 *zum Hauptwerke]* Zur Hauptsache.

314,25 *Leidenschaft erregen]* Bestimmung des Wirkungsziels der Musik nach dem Muster der Rhetorik und beispielsweise der Tragödientheorie (»Leidenschaft erregen« beim jungen Lessing Hauptabsicht des Trauerspiels).

315,1 *die schlechteste Poesie]* Nicht absolut negativ gemeint, sondern zunächst im Sinne von ›schlichteste‹ (vgl. Anm. 76, A 5), ›anspruchsloseste‹.

315,6 *schlecht 〈...〉 sehr gut]* Hier deutlicher zum Negativen hin zugespitzt.

315,14 *zu Folge]* Entsprechend.

315,28 *Tanzkunst]* Vgl. bereits Mendelssohns systematischen ›Vorgriff‹ hierauf, etwa S. 237, A 27 (u. ö.).

316,6 *die Pantomine der Alten]* Ein ganz frühes Interessengebiet Lessings schon aus den Jahren 1748/49; vgl. Bd. I dieser Ausgabe. Durch die Beschäftigung mit Diderot – bei dem die Pantomime einen neuen, programmatischen Stellenwert im Theater erhält – wird Lessings Interesse neu geweckt; vgl. *Das Theater des Herrn Diderot*, Bd. V/1 dieser Ausgabe, S. 9-230 (zur Schreibung »Pantomine« vgl. Bd. V/1, Anm. 18,25).

316,11 *Convention]* Von lat. conventio »Übereinkunft, Verabredung«, Gegensatz zu »Natur« (ungefähr analog »Willkür«, so daß »conventionell« und »willkürlich« in gemeinsamen Gegensatz zu »natürlich« treten).

316,33 *darauf zu weisen]* Bei ihren Auftritten, wie sie im 18. Jh. bereits eine längere Tradition besaßen.

317,1 *Caylus]* Vgl. Anm. 72, A 3.

317,6-29 *In den Gemälden 〈...〉 für alt.]* Paralipomenon 28 bietet ein Indiz zur Datierung in der Nennung der Vergil-Ausgabe von Ambrogi (s. Anm. 317,7f.). Die Bände 2 und 3 erscheinen 1764 und 1765 in Rom, die Widmung des letzteren ist vom 20. 12. 1765. Den Weg nach Berlin und in die Hände Lessings schätzt Muncker (LM 14, S. 435, A. 3) bis zum Sommer 1766.

317,7 *Bartoli]* Pietro Santo Bartoli (1635-1700), ital. Kupferstecher und Radierer; hier: *Antiquissimi Virgiliani codicis fragmenta et picturae* (Von einer sehr alten Vergil-Handschrift: Bruchstücke und Abbildungen), 1725 und 1741. Das Laokoonbild ist wiedergegeben bei Blümner, 2. Aufl., Anhang, Tafel II.

317,7f. *Antonio Ambrogi]* Antonio Maria Ambrogi (1713-1788), ital. Philologe.

317,18 *P. Catrou]* Francois Catrou (1659-1737), franz. Jesuit; hier: Vergil-Ausgabe (1716).

317,20 *Fontain]* Vgl. Anm. 60, A 1.

317,21f. *Und Ambrogi lebt doch in Rom.]* Wie Winckelmann. Der ›Vorzug‹ wird wohl nicht zufällig ausdrücklich genannt und durch die anschließende Kritik zugleich relativiert.

317,25 *Kircherschen Musäo]* Vgl. Bd. V/1, Anm. 490,5.

317,26 *Alekto]* Vgl. Anm. 215,3.

317,29 *sein.]* Altertümliche Form für »sind«.

318,2-26 *Laocoon ⟨...⟩ beraubt.]* Paralipomenon 29 (zwei Einträge) stammt nicht aus der Sammlung der *Laokoon*-Handschriften (vgl. Milde, *Gesamtverzeichnis*, Bd. 1, S. 172-178), sondern aus dem Kollektaneenheft (Bd. X dieser Ausgabe). Dieses Heft legte Lessing erst im Spätsommer 1768 an. Muncker (LM 14, S. 436, A. 1) datiert sie deshalb noch in die Hamburger Zeit, »spätestens wohl in den Winter 1769/70«.

318,3 *Petit]* Vgl. Bd. V/1, Anm. 271,7.

318,6-13 *»Tametsi ⟨...⟩ urbem«]* »Obgleich Servius aus Euphorion berichtet, daß dies dem Laokoon tatsächlich widerfahren sei, weil er das Sühneopfer unwirksam machte, indem er sich vor dem Bild der Gottheit mit seiner Frau vereinigte, ist es doch wahrscheinlicher, daß all dies von Maro erfunden und als Kunstgriff eingeführt wurde, um so die der Rechtfertigung bedürftige Verwicklung zu entwirren, wie die Trojaner es eigentlich wagen konnten, ein so ungeheuer und hohl zusammengefügtes Bildnis in die Stadt hereinzuschaffen.«

318,15 *Scribenten]* Vgl. Anm. 235,2.

318,17 *siehe vorhergehende Seite]* Im Zusammenhang der Kollektaneen (nicht der *Laokoon*-Entwürfe) sah Lessing den Hinweis als notwendig an.

318,18 *Fortsetzung]* Diese summarische Formulierung begegnet mehrfach auch in Lessings Selbstzeugnissen, etwa Briefen, seit Frühjahr 1766 (vgl. beispielsweise S. 649).

318,22 *Plutarch]* Vgl. Bd. V/1, Anm. 240,13.

318,23 f. *de Audit. p. 43. edit. Xyl.]* *De Auditu* (Vom Gehör), S. 43 der Ausgabe von Xylander (Wilhelm Holtzmann, 1532-1576), erschienen 1560-70. Die Nachbarschaft zu »Holz« im Lessingschen Text ist wohl rein zufällig. Das »Gleichnis« selbst trifft in recht drastischer Weise eine Grundtendenz des *Laokoon*-Unternehmens, fast wie eine mottohafte Schlußpointe.

319,2-321,36 *PREFACE ⟨...⟩ et precis.]* Paralipomenon 30 hat sich, im Gegensatz zu Nr. 29, unter den *Laokoon*-

Handschriften erhalten. Entsprechend S. 321,23 ist die Übersetzung der Vorrede »einige Jahre« nach dem Frühjahr 1766 entstanden. Gestützt auf Lessings Mitteilung an seinen Verleger Voß vom 5.1.1770, er wolle sich in Wolfenbüttel vor allem den *Laokoon* wieder vornehmen (Bd. XI/1 dieser Ausgabe, S. 658), hat Erich Schmidt vermutet (*Lessing*, Bd. 2, S. 56), vielleicht im Jahre 1770 sei die Übersetzung entstanden. Es ist ein ziemlich ›deutsches‹ Französisch herausgekommen. Das Lob der franz. Sprache und ihrer Eignung für derlei Themen formuliert Lessing am Ende der »Preface« selbst. Angesichts der Resonanz des Ersten Teils und im Hinblick auf das Prinzipielle des Themas erhoffte sich Lessing vielleicht auch ein ›europäisches‹ Publikum. Sowohl sprachliche Probleme als auch vor allem neue Pläne (vgl. oben S. 648f.) haben das Vorhaben offenbar nicht über diese »Preface« hinaus gedeihen lassen.
Im folgenden sind nur inhaltliche Abweichungen gegenüber der »Vorrede« verzeichnet.

320,16 *de Simonide]* Vgl. S. 14,17f.: »dessen wahrer Teil 〈...〉 ist«.

320,30f. *ou n'importoit point du tout]* Einfügung: »wo es überhaupt keine Wichtigkeit hätte«.

321,22 *qu'un livre.]* Dahinter sind die vier Absätze S. 15,23-16,8 entfallen, von denen die beiden ersten vorwiegend auf deutsche Leser zugeschnitten waren.

321,23-36 *Il ya 〈...〉 et precis.]* Neu hinzugefügt: »Vor einigen Jahren habe ich den Anfang davon auf deutsch veröffentlicht. Ich will ihn von neuem durchsehen und die Fortsetzung auf französisch bringen, zumal mir diese Sprache auf diesem Gebiet mindestens ebenso vertraut ist wie die andere. Die deutsche Sprache, wenngleich sie, richtig angewendet, jener in nichts nachsteht, muß dennoch erst gebildet, ja geschaffen werden für mehrere Gattungen der Darstellung, von denen diese hier nicht die unbedeutendste ist. Aber wozu sich diese Mühe geben, noch dazu auf die Gefahr hin, hiermit nicht den Geschmack seiner Landsleute zu treffen? Da ist doch die französische Sprache, schon ganz geschaffen, ganz ausgebildet: Wagen wir es also. Und was gibt es zu wagen? So empfindlich die Franzosen auch in bezug auf ihre Sprache sind: so kenne ich sie doch als recht nachsichtig gegenüber einem Ausländer, der nichts anderes vorhat, als klar und präzise zu sein.«

ÜBER KARL WILHELM RAMLERS ODEN

TEXTGRUNDLAGE UND TEXTÜBERLIEFERUNG

Die Anzeige erschien zuerst in:

Kayserlich-privilegirte Hamburgische Neue Zeitung. 148. Stück. Montag, den 21. Septembr. 1767. Gelehrte Sachen.

Unserem Text ist der Abdruck bei LM 10, S. 222-224 zugrunde gelegt.

ENTSTEHUNG UND QUELLEN

Während der Breslauer Jahre und der anschließenden (vorwiegend) Berliner Zeit ist Lessings literaturkritische Arbeit stark zurückgetreten. Im April 1767 reist Lessing nach Hamburg, um dort seine neue Tätigkeit als »Dramaturg« anzutreten. In Berlin war er zuletzt – neben Plänen zur Fortsetzung des *Laokoon* – vor allem mit der Ausarbeitung der *Minna von Barnhelm* beschäftigt. Dabei beriet ihn wiederholt Karl Wilhelm Ramler (1725-1798), den er seit 1753 kannte und der seit 1748 Professor für Logik an der Kadettenschule zu Berlin war. Mit dem »deutschen Horaz« hat sich eine enge Freundschaft entwickelt, und Lessing hat vor allem Ramlers kritisch-produktives Urteil schätzen gelernt; mit ihm zusammen hat er 1759 Logaus *Sinngedichte* herausgegeben (Bd. IV dieser Ausgabe).

Es ist sicher auch ein Stück Gefälligkeit, wenn Lessing bald nach der Übersiedlung in die Hansestadt die *Oden* anzeigt, über die man in Berlin vermutlich wiederholt gesprochen hat. Zur ›Hamburgischen Neuen Zeitung‹, die von Johann Wilhelm Dumpf geleitet wird, knüpft Lessing früh

Kontakte. Die Zeitung bringt ab August 1767 poetische Beiträge Lessings sowie zwei Nachrichten über die *Hamburgische Dramaturgie*, die seit 1.5.1767 erscheint. Die Umstände lassen es als möglich, wenn nicht als naheliegend erscheinen, daß die anonym veröffentlichte Anzeige von Ramlers *Oden* aus Lessings Feder stammt.

STRUKTUR UND GEHALT

Die kurze Anzeige, die zur Hälfte aus dem Zitat einer Hochzeitsode Ramlers besteht, stellt zweifellos nur eine wenig aufwendige Gelegenheitsarbeit dar, wie er sie seit den frühen Berliner Jahren in großer Zahl abgefaßt hat (vgl. Bd. I dieser Ausgabe). Veranlaßt ist sie offenbar durch die erwähnte freundschaftliche Verbindung mit Ramler, die in den vorausgehenden Berliner Monaten neu gefestigt worden ist (vgl. ein halbes Jahr später die Ankündigung gegenüber Nicolai am 2.2.1768, anläßlich der von Klotzens ›Deutscher Bibliothek‹ kritisierten *Lieder der Deutschen* Ramlers: »ehe er es sich versieht, werde ich für ihn geschrieben haben«). Das Lob des Dichters wird recht dick aufgetragen, noch verstärkt durch nationales Konkurrenzbewußtsein (vgl. die *Hamburgische Dramaturgie*). Es mag offen bleiben, ob die Huldigung an Friedrich II. auch leicht ironisch gemeint ist. Kriegstöne werden kurz und distanziert angesprochen, vier Jahre nach Ende des Siebenjährigen Krieges. Hauptziel der Besprechung ist die Bestätigung des verbreiteten Titels eines »deutschen Horaz«.

STELLENKOMMENTAR

325,5 *Poeten ⟨...⟩ Kunstrichter]* Vgl. S. 13.

325,7 *Pindar]* Vgl. Bd. V/1, Anm. 258,7; auch dessen Chorlyrik wird unter den Begriff »Oden« subsumiert.

325,7 *Horaz]* Vgl. Bd. V/1, Anm. 126,31.

325,8 *Nachbarn]* Die Nachbarnationen (ein Grundmotiv – nicht nur – der Lessingschen Literaturkritik von früh an).

325,10f. *Große Helden 〈...〉 große Dichter]* Etwas hochgespannter Ton, durch den Freundesdienst veranlaßt. Das Verhältnis zu Friedrich II. von Preußen war bekanntlich – auch situationsbedingt – sehr wechselnd und spannungsreich.

325,20 *»Descende caelo«]* »Steig vom Himmel herab ...« (*Oden* III 4).

325,20 *»Caelo tonantem«]* »Den vom Himmel herab donnernden ...« (*Oden* II 15).

325,21 *Ptolomäus und Berenice]* Odentitel, mit Anspielung auf den makedonischen König Ptolemaios I. Soter (»Retter«, 367/66-283/82 v. Chr.) und dessen Gattin Berenike, die nach ihrem Tod kultische Verehrung genoß.

325,22 *amöbäisiert]* Im sogenannten amöbäischen Versfuß (dem »abwechselnden«, mit dem Schema – – ∪∪ –) geschrieben.

325,22f. *»donec gratus eram«]* »Solange ich willkommen war ...« (*Oden* III 8).

325,23f. *»Ille et nefasto«]* »Jener, der auch dem frevelhaften ...« (*Oden* II 13).

325,25 *Alcäischen Sylbenmaße]* Strophenform (mit zwei Elfsilbern, einem Neunsilber, einem Zehnsilber), benannt nach dem griech. Lyriker Alkaios (um 620 v. Chr.), Vorbild für Horaz und dann für die Odendichtung des europäischen 18. Jhs.

325,26 *der Götterlehre]* Der heidnisch-antiken, oft sinngleich mit »Mythologie« verwendet (unter Einschluß der Heldensagen).

325,28-30 *Möchten 〈...〉 überliefern!]* Leicht kritische Nuance, die sich auf die Anheizung der Atmosphäre während des Siebenjährigen Krieges (1756-1763) bezieht; vgl. den Höhepunkt der diesbezüglichen Auseinandersetzungen auch mit engen Freunden in dem Brief Lessings an Gleim vom 16. 12. 1758.

326,1 *An Hymen]* An den Hochzeitsgott (dem bei den

Griechen, meist aus Anlaß einer Hochzeit, auch kultische Oden gewidmet wurden).

326,2 *Lyäens]* Lyäus, griech. Lyaios »der Lösende«, Beiname des Dionysos/Bacchus.

326,2 *Cytheren]* Cytherea, Kytherea (griech.): Beiname der Aphrodite/Venus.

326,13 *Des falschen Amors]* Des vorehelichen.

326,14 *Wittben]* Witwen.

326,20 *der Krieg]* Durchaus konkrete Bezugnahme auf den Siebenjährigen Krieg, vgl. Anm. 325, 28-30.

326,24 *Leukons]* Vermutlich Anspielung auf den spartan. König Leukon (2. Jh. v. Chr.), der seinen Bruder wegen Ehebruchs mit seiner Gattin tötete; Sinnbild der ehelichen Treue.

326,27 *Myrten]* Myrtenkranz als Brautkranz.

327,1-8 *Die, wann ⟨...⟩ das Geleite.]* In den beiden Schlußstrophen charakteristische Verbindung mit der anakreontischen Mode der Zeit (vgl. Bd. V/1, Anm. 180,21).

Abb. 1: Nicolaus Mosman (seit 1757 in Rom), Illustration zu Winckelmanns *Geschichte der Kunst des Alterthums*, Dresden 1764, Vorrede, S. IX

Abb. 2: Anne-Claude-Philippe de Tubiéres, Comte de Caylus, Kupfer von Louis Gustave Taraval, Mitte des 18. Jahrhunderts

Abb. 3: Christian Adolf Klotz, Kupfer eines Anonymus, aus: *Briefe Deutscher Gelehrten an den Herrn Geheimen Rath Klotz*, Erster Theil. Herausgegeben von J. J. A. v. Hagen, Halle 1773

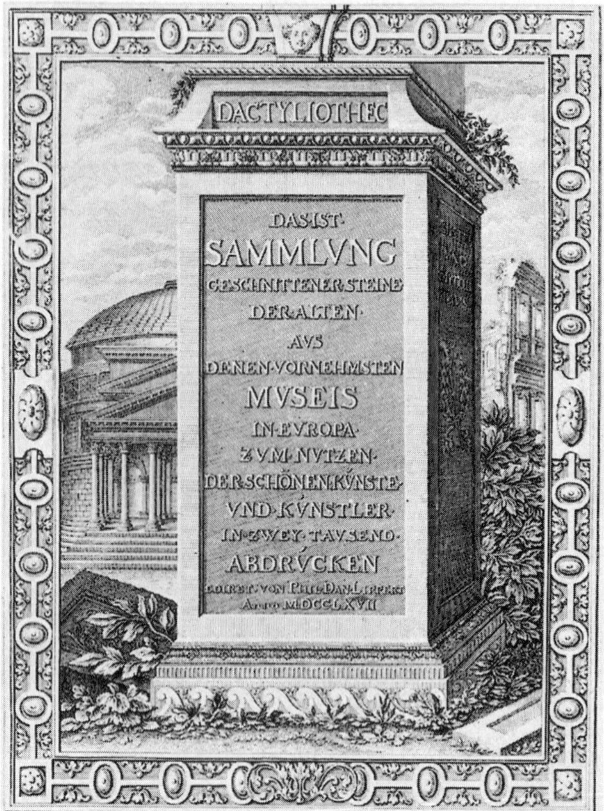

Abb. 4: Titelkupfer zu Philipp Daniel Lippert, *Dactyliothec*, Leipzig 1767

ÜBER DIE AHNENBILDER DER ALTEN RÖMER

VON DEN AHNENBILDERN DER ALTEN RÖMER

TEXTGRUNDLAGE UND TEXTÜBERLIEFERUNG

Die beiden Nachlaßfragmente aus dem Jahre 1768 befinden sich, aus dem Besitz Johann Joachim Eschenburgs stammend (vgl. Bd. V/1, S. 670f.), in der Herzog August Bibliothek Wolfenbüttel. Eine aktuelle, genaue Beschreibung der Hss. gibt Milde, *Gesamtverzeichnis*, Bd. 1, S. 99f. Faksimile-Drucke sind, zusammen mit weiteren Beigaben, enthalten in: Gotthold Ephraim Lessing, *Von den Ahnenbildern der alten Römer*, hg. v. Wilhelm Herse, Leipzig 1931.

Beide Texte wurden erstmals von Eschenburg in einer Mischfassung (mit falscher Jahreszahl), auch mit eigenen Texteingriffen sowie mit »Zusätzen und Erörterungen des Herausgebers« abgedruckt unter dem Titel: *Ueber die Ahnenbilder der Römer. Eine antiquarische Untersuchung. 1769*, in: *Gotthold Ephraim Lessings sämmtliche Schriften*, 10. Teil, Berlin 1792, S. 266-326 (diese ›Fassung‹ druckt neben den beiden Lessingschen auch Herse noch einmal zum Vergleich).

Die erste zuverlässige kritische Edition besorgte 1900 Franz Muncker (LM 15, S. 68-81 und S. 81-86). Auf sie – und auf partienweise Überprüfung in der Herzog August Bibliothek Wolfenbüttel – stützt sich unser Text.

ENTSTEHUNG UND QUELLEN

Die *Ahnenbilder*-Studie gehört bereits in eine Zeit, als im Anschluß an den *Laokoon* die Auseinandersetzungen mit

Klotz (vgl. oben S. 651 f.) und mit dessen Anhängern begonnen haben. Die Anfänge liegen noch vor dem Erscheinen des 1. ›Antiquarischen Briefs‹ (20. und 22. 6. 1768); die Überlegungen, was mit dem ersten Entwurf geschehen könne und wie das Thema insgesamt behandelt werden solle, reichen in die Periode hinein, als das Buchprojekt *Antiquarische Briefe* schon Gestalt angenommen hat.

Obwohl Klotz selbst bereits in Buchpublikationen (*Beytrag zur Geschichte des Geschmacks und der Kunst aus Münzen*, 1767; *Ueber den Nutzen und Gebrauch der alten geschnittenen Steine und ihrer Abdrücke*, 1768) schon kritisch auf den *Laokoon* Bezug genommen hat, unterstützt durch verschiedene Periodica seines publizistischen Imperiums, hält Lessing sich noch Anfang des Jahres 1768 bewußt zurück. In einem Brief an Nicolai vom 2. 2. 1768 verspricht er »der ganzen Lufterscheinung eine sehr kurze Dauer«. Er nimmt an, daß Klotz, in der Gefahr des Lächerlichwerdens, sich bald »wieder gänzlich in seine lateinischen Schanzen zurückzieht«.

Als jedoch im Frühjahr 1768 der Altonaer ›Reichs-Postreuter‹ im 45. Stück eine anonyme (von Johann Jacob Dusch, einem früheren Kritik-Opfer Lessings, stammende) Lobpreisung des Klotzschen Buchs von den *Geschnittenen Steinen* bringt, noch dazu die Behauptung, Klotz habe ihn darin »eines unverzeihlichen Fehlers in seinem *Laokoon* überwiesen«, entschließt er sich zur Reaktion. Die Entgegnung wegen des »unverzeihlichen Fehlers« erscheint denn auch am 20. 6. 1768 in der ›Hamburgischen Neuen Zeitung‹ (wie dann auch die Anzeige von Ramlers *Oden*) und zwei Tage später gleichlautend – beide Male namentlich gezeichnet – im ›Hamburgischen unpartheyischen Correspondenten‹: Es ist der erste ›Antiquarische Brief‹ (zum Gesamtkomplex vgl. unten S. 957 f.).

Derweil hat Lessing die neuere Klotzsche Produktion aufmerksamer verfolgt, wie er am 9. 6. 1768 aus Hamburg an Nicolai schreibt. Er geht nicht nur das Buch von den *Geschnittenen Steinen* durch, sondern auch Klotzens Vorrede zu *Des Herrn Grafen von Caylus Abhandlungen zur Geschichte und zur Kunst*, übersetzt von dem Klotz-Anhänger Johann Georg Meusel (s. unten S. 946), erschienen in Altenburg 1768. Dort entwickelt Klotz eine eigene Deutungsthese über die ursprüngliche Beschaffenheit der »Ahnenbilder« bei den alten Römern. Lessing aber glaubt, sich über dieses Problem »schon vorlängst« (wie er am 9. 6. gegenüber Nicolai formuliert) Klarheit verschafft zu haben. Es bietet sich die Gelegenheit, zum ersten Mal seit dem *Laokoon* (und als sich das Scheitern des Hamburger Nationaltheater-Projekts bereits abzeichnet) Klotz auf einem neuen ›antiquarischen‹ Gebiet entgegenzutreten, ja seine einschlägige Kompetenz nach mehr als zwei Jahren in Erinnerung zu bringen.

Dieser Neueinsatz und zugleich der thematische Zusammenhang des *Ahnenbilder*-Entwurfs sollen durch ein etwas ausführlicheres Zitat aus der etwa 20 Seiten umfassenden Vorrede Klotzens illustriert werden (die Vorrede ist nicht paginiert):

> *Aus:* Des Herrn Grafen von Caylus Abhandlungen zur Geschichte und zur Kunst. Aus dem Französischen übersetzt von J. G. Meusel. Nebst einer Vorrede von Herrn Klotz. Erster Band. Mit Kupfern. 〈XXII, 354 S. 4°.〉 Altenburg 1768
>
> Ich gestehe es, daß ich gerne an mancher Stelle einige Anmerkungen beygefügt hätte: theils um einige Zweifel vorzulegen, theils um die Meinungen des Grafen mehr zu unterstützen. Allein meine andern Geschäfte haben mir nur das Vergnügen erlaubt, das der Vorredner eines so nützlichen Werkes, zumal wenn er den Verfasser eben so sehr und aufrichtig geliebt hat, als ich allezeit den Grafen von Caylus, nothwendig empfinden muß.
>
> Nur eine einzige Anmerkung will ich hier beybringen, zu welcher mir die Abhandlung des Grafens von der Wachsmahlerey, und ihre Erfindung, über welche er allezeit sehr vergnügt war, Gelegenheit giebt.
>
> Man weiß, daß der Graf *Caylus* nach vielen Versuchen endlich die enkaustische Mahlerey der Alten wieder gefunden hat, nachdem die Welt sie viele Jahre lang unter

die verlohrnen Künste gerechnet[1]. Er suchte die dunkle Stelle des Plinius zu erklären, wo dieser Schriftsteller erzählt, daß die Alten mit Wachsfarben und Feuer gemahlt hätten; und hierbey unterstützte ihn Herr *Mojault* durch seine chymischen Einsichten. Im Jahr 1752. las er einen Aufsatz über diese Sache in der Akademie der schönen Wissenschaften ab, und im folgenden Jahre einen andern in der Versammlung der Mahlerakademie. Er stellte 1754. ein Gemählde aus, welches den Kopf der Minerva vorstellte, und vom Herrn *Vien* verfertiget worden war. Dieses Gemählde ward als eine ganz neue und unerwartete Erscheinung in dem Reiche der Künste sehr bewundert, und selbst Herr *Carl Vanloo* ertheilte demselben seinen Beyfall. Der Graf hielt anfangs seine Erfindung geheim, und reizte hierdurch andere Künstler zu verschiedenen Versuchen. Als er seine Methode entdeckte, so sahe man, daß dieselbe sehr simpel sey: Eine Eigenschaft der meisten guten Erfindungen, die man großen Geistern zu danken hat!

Man ist gegen diese Erfindung des Grafens nicht so dankbar in Frankreich gewesen, als man hätte seyn sollen. Ein ungenannter Schriftsteller, welchen einige, aber vielleicht mit Unrecht, für den Herrn *Diderot* gehalten haben, suchte ihm nicht allein den Ruhm der Erfindung zu rauben, sondern er wagte es so gar, den Grafen zu verspotten. Eine Undankbarkeit, der nur ein sehr niederträchtiges Gemüthe fähig seyn konnte! Herr *Freron*, – dieser so oft verdammte, (ein gewöhnliches Schicksal der

1 Man kann sich hiervon hinlänglich unterrichten, sowohl aus der *practischen Abhandlung von den verschiedenen Arten der Mahlerey*, welche des Herrn *Pernety Handlexicon der bildenden Künste* angehängt ist, als auch aus folgender Schrift: Encausty, or Count Caylus Method of Painting in the manners of the Antiens: by J. H. Muntz. London 1760. Man vergleiche den *Auszug aus einem Briefe von dem Abbe Mazens, die alte Wachsmahlerey betreffend, in der Bibl. der schönen Wissenschaften.* VI. Band, S. 183.

strengen Kunstrichter) verfolgte und verschriehene *Freron*, – hat die gerechte Sache des Grafen auf eine Art vertheidigt, die ihm Ehre bringt. Herr *Bachelier* ist der Erfinder einer Seifenmahlerey, welche mit der Enkaustik der Alten gar keine Gleichheit hat. Daher kann er keinen Anspruch auf den Ruhm der wiedererfundenen Wachsmahlerey machen. Auch ist das Denkmaal, welches man dem Grafen widmete, weder seiner würdig, noch für den Verfasser selbst, so bald ich außer der guten Absicht die übrigen Eigenschaften untersuche, rühmlich[2].

---

2 In der Bibliothek der Abtey de Saint Germain ist ein marmornes Denkmaal von halberhobner Arbeit gesetzt worden. Es ist die Zeit als ein alter geflügelter Mann vorgestellt, der eine Münze mit folgender Aufschrift hält.

AN. DCC. LIV.
Ludovico XV.
Regnante
ΕΓΚΑΥΣΤΙΚΗ
Rediviva
Et pictura cum cera
detecta
a D. Comite de Cailus
& D. Majault Doct.
Med. Par.

Hinter dem Marmor lieset man: Hocce monumentum picturis Encausticae restitutoribus et picturis cera inuentoribus dicat Henricus Liebau, Regis Christianissimi et Serenissimi Principis Ludouici Borbonii, Comitis Clarmontensis, Geographus ordinarius, Censor Regius nec non Societatis Artium Secretarius perpetuus, et in perpetuam rei memoriam Bibliothecae Sangermanae consecrauit. So wird diese Innschrift im *Pernety* am angef. Ort S. 87. angeführt. Man weiß zwar überhaupt, daß die Franzosen seit geraumer Zeit die Kenntniß der Lateinischen Sprache für eine sehr entbehrliche Sache angesehn haben. Allein wenn auf einem öffentlichen Denkmaale die Fehler: *pictura cum cera: picturis restitutoribus et picturis cera inuentoribus* gelesen werden, so ist die Französische Galanterie zu weit getrieben. Herr Prof. *Wrisberg*, in Göttingen, hat diese Aufschrift in Paris selbst abge-

Ich will hier von gewissen Werken der Enkaustischen Mahlerey reden, welche die Gelehrten verkannt haben.

Es ist bekannt, daß die Verwaltung der höhern obrigkeitlichen Aemter den Römischen Edelleuten das Recht gab, die Bilder ihrer Vorfahren in ihren Vorsälen aufzustellen[3]. Es wurden dieselben Imagines, und von den Dichtern oft cerae genennt[4]. Man hat bisher allgemein diese Bilder für aus Wachs bossirte Bilder angesehn, und ich habe keinen Schriftsteller gefunden, welcher sich eine andere Vorstellung davon gemacht hätte. Gleichwohl glaube ich, daß man nach einer genauern Ueberlegung der Umstände sie für nichts anders, als für Werke der enkaustischen Mahlerey halten könne. Hier sind die Gründe meiner Muthmaßung.

Erstlich: wie kann man glauben, daß die Römer grade unter allen Materien, woraus sich Bilder verfertigen lassen, diejenige erwählt haben sollten, welche der Vergänglichkeit am meisten unterworfen ist? Es war ihnen daran gelegen, daß die Bilder ihrer Vorfahren erhalten würden, und viele Jahre hinter einander ihre Vorsäle zierten. Würden sie nicht lieber Marmor oder Erzt genommen haben, als das zerbrechliche und weichliche Wachs; wenn sie nicht eine andere Art Bilder gekannt hätten, die, bey der Dauerhaftigkeit und Feste des Marmors und Erztes, gleichwohl die wegen gewisser Umstände nöthige Leichtigkeit der bossirten Bilder besaßen?

Zweytens: die alten Schriftsteller melden uns, daß diese Bilder nicht allein sehr lange sich erhalten haben[5], son-

---

schrieben, und seine mir mitgetheilte Abschrift kommt vollkommen mit der in dem *Pernety* befindlichen Aufschrift überein.

3 Spanhem. de Vs. et Praest. Num. Dissert. X. p. 3. sequ.

4 cf. Em. Frigelius de Statuis illustrium Romanorum. c. XI. p. 87. seq.

5 Cic. in Pison. c. I. Ov. Amor. I, 8. Iuv. Sat. VIII, 18. Senec. L. I. ep. 44. non facit nobilem atrium plenum *fumosis* imaginibus.

dern auch bey Begräbnissen der Verwandten öffentlich sind vorgetragen worden[6]. Wie kann man dieses von bossirten Bildern behaupten, die der Regen, der Wind und die Sonnenhitze gar bald würde haben zernichten müssen? Hingegen die enkaustische Mahlerey widerstand allen Widerwärtigkeiten der Zeit, der Luft, und des Ungewitters, und konnte weder von der Sonne noch vom Meersalze beschädiget werden[7]. Man berichtet uns auch von den neuern Werken dieser Mahlerey, daß die Farben sehr sicher und dauerhaft sind: daß sie sich so gar waschen lassen, und noch folgende Eigenschaft haben. Nehmlich man hat diese Gemählde an Oertern, wo üble Ausdünstungen sind, oder auch vom Rauche der Kamine anlaufen lassen. Wenn man sie aber wieder in den Thau gesetzt, so sind sie so rein und glänzend worden, als ob sie aus der Hand des Mahlers kämen. Dergleichen Bilder waren also jene mit Rauch bedeckte, (fumosae imagines) und bey den Begräbnissen gebrauchte Bilder. Ich sollte glauben, der einzige Umstand von dem öffentlichen Herumtragen dieser Bilder hätte auch iede Vermuthung, daß es bossirte Bilder gewesen wären, verhindern sollen.

Drittens: Ich habe alle Stellen der Alten, welche von diesen Bildern handeln, nachgeschlagen und geprüft. Keine einzige giebt auch nur eine dunkle Nachricht von bossirten Bildern. Denn das Wort cerae brauchen die alten Scribenten auch von den Werken der Wachsmahlerey[8]. Keiner hingegen bedient sich eines Worts, wodurch in der Lateinischen Sprache Figuren, Brustbilder oder kleine Statuen angedeutet werden. Die Schriftsteller lassen sich

6 v. Meursius de Funere c. 19.

7 Plin. XXXV. c. 11. quae pictura in nauibus nec sole, nec sale ventisque corrumpitur.

8 v. c. Statius Sylu. L. III. te similem doctae referet mihi linea cerae. und tot scripto viuentes limine ceras fixisti. v. Iul. Caes. Bulengerus de pictura, plastice etc. L. I. c. 6.

in gar keine Erklärung ein, weil sie die Sache als bekannt voraus setzen konnten. Der einzige *Plinius*, dem wir so viele Nachrichten von Dingen schuldig sind, die uns sonst ganz unbekannt seyn würden, redet weitläuftiger von ihnen, und seine Nachricht ist so beschaffen, daß ich mich nicht genug über die Sorglosigkeit der Ausleger verwundern kann, die diese Stelle nicht ganz übersehn haben. Seine Worte sind[9]: Apud maiores in atriis erant *Imagines*, quae spectarentur, non signa externorum artificum, nec aera, aut marmora. Expressi cera vultus singulis disponebantur armariis, vt essent imagines, quae comitarentur gentilitia funera, semperque defuncto aliquo totus aderat familiae eius, qui vnquam fuerat, populus. Stemmata vero lineis discurrebant ad imagines pictas. Wir wollen diese Stelle genauer betrachten. Erstlich expressi cera vultus: man hat sich also kein Bild des ganzen Körpers vorzustellen, sondern ein bloßes Portrait: Ein Umstand, der für denjenigen vortheilhafter ist, welcher Gemählde darunter versteht, als wer sich diese Bilder als Figuren vorstellt.

Ferner bemerke man, daß diese Bilder oft mit Aufschriften versehen waren. Die Römer schrieben nicht blos die Namen, sondern auch die Titel, die Ehrenstellen darzu[10], und gaben auch wohl noch andere Nachrichten[11]. Wie kann dieses bey wächsernen Figuren geschehen seyn? Hingegen konnte alles dieses den gemahlten Bildern beygefügt werden. Endlich: imagines pictas: Sagt denn Plinius hier nicht mit den deutlichsten Worten, daß diese

9 v. Hist. Nat. XXXV.2.

10 Valer. Max. V,8. effigies maiorum cum titulis suis idcirco in prima aedium parte poni solere, vt eorum virtutes posteri non solum legerent, sed etiam imitarentur. add. Senec. de Benef. III. c. 28. Liv. X,7. Cuius imaginis titulo Consulatus, Censuraque, et triumphus aequo animo legetur si auguratum aut pontificatum adieceritis non sustinebunt legentium oculi.

11 v. Val. Max. II.9. Tibull. L. IV.1,30.

Bilder gemahlt, nicht bossirt gewesen sind? Hiermit kommt eine Stelle des Juvenals sehr genau überein:

Stemmata quid faciunt, quid prodest, Pontice, longo
Sanguine censeri, *pictosque* ostendere vultus
Maiorum[12]?

Die Alterthumsforscher haben also des Plinius Stelle entweder nicht recht angesehn, oder weil sie sich einmal die Idee von wächsernen Bildern eingeprägt hatten, und die enkaustische Mahlerey lange Zeit ein Geheimniß gewesen, nicht recht verstehen können. Gleichwohl ist die Beschreibung selbst sehr deutlich.

Ich darf unterdessen es nicht verschweigen, daß eine weitläuftige Stelle des Polybius[13] von diesen Bildern meiner Meinung entgegen zu seyn scheint. Sie ist zu lang, als daß ich sie abschreiben könnte. Ich glaube aber doch, daß sie eine Meinung, die durch Zeugnisse sowohl als durch die Erfahrung bestätiget wird, nicht widerlegen könne. Vielleicht redet Polybius von einer ganz andern Gattung von Bildern, welche weder mit denen, von welchen ich geredet habe, zu verwechseln sind, noch so allgemein gebräuchlich gewesen sind, als jene. Unterdessen wünsche ich, daß Gelehrte meine Meinung prüfen mögen, der ich keinen größern Werth beylege, als welchen eine Muthmaßung behaupten kann, aber bey der ich gleichwohl eine schmeichelhafte Wahrscheinlichkeit zu bemerken glaube.

Klotzens Schlußaufforderung, »daß Gelehrte meine Meinung prüfen mögen«, scheint für Lessing kaum noch notwendig zu sein, zumal er sich zu der Frage offenbar vor längerer Zeit schon eine eigene Auffassung gebildet hat. Am 9. 6. 1768 wendet er sich an den Verlegerfreund Nicolai (Bd. XI/1 dieser Ausgabe, S. 519f.):

〈...〉 Haben Sie seine 〈Klotzens〉 Vorrede zu den Abhandlungen des Caylus gelesen? Haben Sie gelesen, was

12 Sat. VIII. 1.

13 Lib. VI. c. 51. p. 74.

er da für eine Entdeckung von den *Imaginibus majorum* bei den alten Römern will gemacht haben? Es ist unbeschreiblich, welche Unwissenheit er durch diese Entdekkung verrät. Ich habe mich hingesetzt, und seine Ungereimtheiten ein wenig zergliedert. Von ungefähr betrifft es eine Sache, die ich mir schon vorlängst aufs Reine gebracht hatte, und ich führe den Streit auf einem mir ziemlich bekannten Boden. Desto lustiger muß er werden. Aber denken Sie ja nicht, daß das etwa eine Recension für Ihre Bibliothek werden soll! Es muß eine eigene Schrift werden: *Über die Ahnenbilder der alten Römer*. Ich bilde mir ein, daß auf dem Titel dieser Schrift Ihr Name als Verleger nicht übel paradieren würde. Was meinen Sie, soll ich sie für Ihre Rechnung hier drucken? Sie kann vielleicht zehn bis zwölf Bogen werden; und die Einrichtung des Drucks müßten Sie mir lediglich überlassen. Indes verbindet Sie diese Anfrage zu nichts, und Sie können ohne Umstände Nein sagen. Ich drucke sie sodann entweder für Hrn. Voß oder für Hrn. Cramers aus Bremen Rechnung. Denn gedruckt muß sie werden, und zwar unverzüglich. Der Mann nimmt das Maul gar zu voll, und möchte lieber ein Orakel in solchen Dingen vorstellen. Gleichwohl bin ich gewiß, daß es nie einen unwissendern armen Teufel gegeben, der sich des kritischen Dreifußes bemächtigen wollen. Sein Ding von den geschnittenen Steinen ist die elendeste und unverschämteste Compilation aus Lippert und Winkelmann, die er öfter gar nicht verstanden hat; und alles was er von dem Seinigen dazu getan, ist jämmerlich. – Schreiben Sie mir also mit der nächsten umgehenden Post Ihren Willen, und, falls Sie nicht abgeneigt sind, wie stark die Auflage werden soll.

⟨. . .⟩

Manches spricht dafür, daß der Satz: »Ich habe mich hingesetzt, und seine Ungereimtheiten ein wenig zergliedert«, bereits zumindest den ersten Entwurf, *Über die Ahnenbilder der alten Römer*, meint, vielleicht sogar auch den zweiten,

Von den Ahnenbildern der alten Römer. Lessing ist mit der Materie vertraut, verspürt ob des Ärgers über Klotzens Sticheleien genügend Impuls und ist im übrigen gewohnt, derlei Materien in kürzester Zeit, mit fliegender Feder, zu Papier zu bringen.

Für ungefähr einen Druckbogen reicht das uns Erhaltene knapp, »zehn bis zwölf Bogen« für ein eigenes Buch sind bei dieser Materie schwer vorzustellen. Eine systematisch angelegte Untersuchung mit theoretischem Interesse, an ein Einzelproblem geknüpft wie beim *Laokoon*, ist nicht zu erkennen. Und die Sache soll mit dieser einen Schrift wohl zugleich abgeschlossen werden. Lessing wählt die Rolle eines anonym bleibenden »Schulmannes«, wie gleich der zweite Absatz zeigt: »Ich bin ein Schulmann, dessen Pflicht es ist, in dergleichen Dingen ein wenig bewandert zu sein« (S. 328,10-12). Wie realistisch die Annahme ist, unter dieser Maske vorerst unerkannt zu bleiben, ist eine andere Frage.

Die am 20. und 22.6. erschienene Erwiderung Lessings auf den Seitenhieb Duschs im ›Reichs-Postreuter‹ (vgl. unten S. 998) soll in der Tat wohl, wie er im Brief an Nicolai unter dem 9.6. schreibt, »nur Kleinigkeit sein«. Die Erklärung ist auch so ausgefallen. »Liest man sie aufmerksam und vorurteilsfrei durch, so muß man erkennen, daß sie die einzige und zugleich *abschließende* Erklärung sein sollte« (Alfred Schöne, PO 17, S. 36).

Bereits im Juli stellt sich die Lage mit einemmal anders dar. Lessing hat sich – aus welchen Gründen auch immer – entschieden, nun doch in eine detailliertere Auseinandersetzung mit Klotz einzutreten. Das Projekt der *Briefe, antiquarischen Inhalts* ist geboren, die Abhandlung über die *Ahnenbilder* erhält einen neuen Stellenwert. Am 5.7.1768 heißt es, wiederum an Nicolai (Bd. XI/1 dieser Ausgabe, S. 526):

> ⟨...⟩ Es ist mir lieb, wenn Ihnen meine Kriegserklärung gegen Hrn. Klotz gefallen hat; Sie sollen bald ganz andere Dinge sehen. Aber eine Recension von seinem Buche über die geschnittenen Steine erwarten Sie nur nicht. Ich

habe über dieses Buch so viel zu erinnern, daß ich bereits an dem 25sten Briefe darüber, in Form und Tone des in den Correspondenten eingerückten, schreibe; und diese Briefe zusammen lasse ich unter dem Titel: *Briefe antiquarischen Inhalts*, und meinem Namen, drucken. Sie sollen nächstens die ersten Bogen davon haben. Auch die Abhandlung über die *Ahnenbilder* will ich nun unter meinem Namen herausgeben, welches ich Anfangs nicht Willens war. Hr. Klotz wird Feuer speien; aber mag er doch! Er verdient nicht, daß man das geringste Menagement für ihn braucht.

Ich ärgere mich nur, daß mir hier zu dergleichen Arbeiten verschiedne Bücher fehlen, um Hrn. Klotz seines Plagii desto augenscheinlicher zu überführen. Er ist der unwissendste, unverschämteste Ausschreiber, den ich kenne.

〈...〉

Die Fiktion des »Schulmannes« will also Lessing für die *Ahnenbilder* aufgeben, sie sollen nun gewissermaßen strategisch in die Fehde mit Klotz eingebaut werden. 25 ›Antiquarische Briefe‹ hat Lessing, wie er schreibt, schon fast fertig, sie erscheinen dann ab 21.7. zum Teil in ununterbrochener Folge (dazu unten S. 957). Das bedeutet, daß Lessing recht bald schon nach dem Brief an Nicolai vom 9.6.1768 seine Pläne geändert haben muß, wahrscheinlich kurz nach der Niederschrift der beiden *Ahnenbilder*-Entwürfe. Sie treten zwar einstweilen in den Hintergrund, bleiben aber präsent. Lessing erwägt verschiedene Möglichkeiten, sie doch noch auszuarbeiten und herauszubringen. Am 1.8.1768, als er Nicolai das Buch-Projekt *Briefe, antiquarischen Inhalts* unterbreitet, setzt er gleich hinzu: »ich dächte, ich machte eine Abhandlung von den *Ahnenbildern der Römer* als den zweiten Teil, weil ich sie leicht in solche Briefe zergliedern kann.« Nicolai geht am 9.8. bereitwillig darauf ein, »daß die Abhandlung *von Ahnenbildern* lieber als der *zweite Teil* der *antiquarischen Briefe* gedruckt werde«. Nicolai indes macht ihn am 8.11. auf die Entdeckung eines Bekannten aufmerksam, daß Klotz aus Kollegs (Kollegnachschriften) von Lessings Leipziger Lehrer Christ »viel Gelehrsamkeit geschöpft« habe, »und auch viel Citationen«. Lessing greift das sofort auf und teilt Nicolai am 29. 11. mit, er habe eine solche Stelle bei Klotz gefunden, die laut Ernestis *Archaeologia literaria* auf Christ zurückgehe. »Aus Ernestis Buch ergibt sich nun, daß diese Bemerkung nichts anders sein kann, als Klotz' angeblich originale Feststellung, daß die Ahnenbilder der Römer nicht Werke der Plastik, sondern enkaustische Gemälde gewesen seien.« (Herse, unpaginierte Einleitung in seine Ausgabe der *Ahnenbilder*).

Der Brief Lessings an Nicolai vom 29. 11. zeigt auch, daß er sich über den Plan weiterhin konkrete Gedanken macht, jedoch in der Frage ›selbständige Publikation‹ oder ›Integration in die *Antiquarischen Briefe*‹ schwankend ist. Er plant schon Abbildungen (Bd. XI/1 dieser Ausgabe, S. 570):

> Und noch ein drittes Kupfer, wenn ich meine *Abhandlungen von den Ahnenbildern der Alten* noch mit in die Briefe bringen wollte. Dies wäre ein kleines Stück aus Winckelmanns Monumenti, welches er äußerst falsch erklärt hat, und worüber ich bessere Dinge zu sagen denke, als ihm eingefallen sind. – Oder wie wäre es, wenn wir die Abhandlung über die Ahnenbilder besonders druckten? Doch nein; ich möchte lieber meine antiquarischen Schreibereien hübsch beisammen in einer Folge haben.

So geht es noch eine Weile fort, Lessing empfindet offenbar Schwierigkeiten, den umfangreicheren *Ahnenbilder*-Komplex in seine laufenden Auseinandersetzungen mit Klotz und den Klotzianern einzubringen. Seit dem Sommer 1769 fesselt ihn die zugleich antiquarische und religionskritische Schrift *Wie die Alten den Tod gebildet*, die noch zur Michaelismesse 1769 (29.9.) erscheint (vgl. Bd. VI dieser Ausgabe, S. 1080-1086). Noch einmal, am 11. 10., bringt er die »Materie von *den Ahnenbildern der alten Römer*« gegenüber Nicolai in Erinnerung und fragt an, ob er »Lust« habe, »eine eigene Untersuchung davon, so wie die von dem Tode, drucken zu lassen«. Nicolai scheint – zumal Lessing ihm immer noch kein brauchbares Manuskript anbieten kann (er hat ja offenbar nur die beiden sehr fragmentarischen, kurzen Entwürfe) – des Hin und Her allmählich müde. In einem Brief vom 24. 10. erklärt er sich noch einmal, aus »Freundschaft«, dazu bereit, die Schrift herauszubringen. Aber da es ihm »vermutlich an einem Verleger gar nicht fehlen« könne, so sei es ihm »lieber«, wenn Lessing das »Werk *von den Ahnenbildern*« einem anderen gäbe.

Die eigentümliche Nicht-Publikations-Geschichte ist auch deshalb von Belang, weil neben der Schrift *Wie die Alten den Tod gebildet* das *Ahnenbilder*-Projekt den einzigen größeren antiquarischen Komplex darstellt, der sich in die Phase der Arbeit an den *Antiquarischen Briefen* hineinschiebt. Seit September 1769 liegt das Angebot der Wolfenbütteler herzoglichen Bibliothekarsstelle vor. Und Lessing mag sich auch fragen, ob er sich noch einmal in ein Problemfeld der antiquarischen Studien stürzen soll, die ihm mittlerweile – nicht zuletzt der Schärfe des Tons wegen – auch bei den Freunden zunehmende Kritik eintragen. Noch in dem Entwurf zum 97. und letzten der ›Antiquarischen Briefe‹ ist unter dem Stichwort »Plagiarius« Klotz (mit Bezug auf Christ) von »dem Beweise« die Rede, »den ich von den Ahnenbildern insbesondere geführt habe« (S. 613,16f.). Am 30. 10. 1769 schließlich teilt er Nicolai höchst freundschaftlich mit, er wolle die »Abhandlung von den Ahnenbildern« nunmehr dem Verleger Voß geben, dem er »ohnedies noch verschiedene Abhandlungen solcher Art versprochen« habe. Es ist die letzte Erwähnung des Projekts.

Im gleichen Brief aber teilt er dem Berliner Freund bereits mit, er warte jetzt nur noch auf einen Termin beim Erbprinzen in Braunschweig. Und er denke, »daß der Handel so gut wie richtig ist«. Unter dieser Perspektive sind nicht nur der Dritte Teil der *Antiquarischen Briefe*, sondern auch die *Ahnenbilder der alten Römer* Fragmente geblieben.

STRUKTUR UND GEHALT

In ihrem ›Herauswachsen‹ aus den Auseinandersetzungen mit Klotz und den Klotzianern und aus den ›Antiquarischen Briefen‹ sind die beiden *Ahnenbilder*-Entwürfe am ehesten mit der Schrift *Wie die Alten den Tod gebildet* vergleichbar. Sogar die Thematik scheint verwandt. Und doch, soweit zwei Fragmente sich an einer ausgeführten Abhandlung messen lassen: Es wird nichts von jener zeitgenössischen Brisanz erkennbar, die das Todesthema für die Frömmigkeit und für das ästhetische Denken der Zeit mit sich brachte.

Lessing hat in einer Neuerscheinung Klotzens eine »Mutmaßung« zu den Ahnenbildern der Römer entwickelt gefunden, die vom Autor mit nicht wenig Aufwand den »Gelehrten« zur Prüfung unterbreitet wird. Die Beweisführung des Gegners ist noch mangelhaft, er selbst fühlt sich sachkundig, zumal er sich mit dem Problem offenbar – wir können es nicht nachprüfen – bereits näher befaßt hat (s. den zitierten Brief an Nicolai vom 9. 6. 1768). In der Sache geht es, mit charakteristisch Lessingscher Mischung, um zweierlei: um das »ius imaginis«, d. h. um die rechts-, sozial- und religionsgeschichtliche Frage des Anrechts auf die Aufstellung des eigenen Bildnisses nach dem Tode (nur für Adlige), und um das ›antiquarische‹ Problem im engeren Sinne: wie vor allem die Wachsbildnisse, von denen antike Autoren berichten, zu interpretieren seien. Wie meist, kniet sich Lessing, nicht ohne ›Siegesgewißheit‹, in zahllose Details. Die komplizierte Quellenlage (die von Herse in der Einleitung zu seiner Ausgabe der *Ahnenbilder*-Entwürfe vorzüglich zusammengefaßt ist) wird von Lessing im wesentlichen richtig gedeutet; jedenfalls korrigiert er überzeugend Irrtümer Klotzens.

Im Fragment *Über die Ahnenbilder* ist gut zu beobachten, wie Lessing in seinem halbironisch-personalen Polemikstil beginnt, dann den Klotzschen Text Abschnitt für Abschnitt (jeweils zitierend) vornimmt und zerpflückt. Ungefähr in der Mitte des Entwurfs (S. 334) verstärkt er spürbar das ›kathederdialogische‹ Moment, mit gespielter Höflichkeit und Stichelei zugleich. Der Ton wird zusehends schärfer, zweifelt die Aufrichtigkeit des Gegners an (»bona fide«, S. 338,1), zieht ihn in die Nähe der Lächerlichkeit. Der letzte Satz des Entwurfs macht alles Bisherige zum Vorgeplänkel und kündigt wie ein Posaunenstoß an: »Und nun komme ich auf die eigentl. Unwissenheit des H. Klotz« (S. 340,30 f.).

Worin die Unwissenheit im einzelnen besteht, bleibt unausgeführt. Stattdessen hat sich Lessing offenbar entschlossen, mit dem Entwurf *Von den Ahnenbildern* zunächst einmal das bisher Entwickelte in eine knappere Fassung zu bringen. Sie entschlackt einerseits den Text von vielerlei Beiwerk, bringt andererseits zentrale Belege ausführlicher im Wortlaut. Und vor allem: Der dialogisch-ironische Ton ist zwar beibehalten, auch manche polemische Einzelpointen (»Man verschießt die stumpfsten Pfeile zu erst«, S. 345,19; vgl. S. 331,17). Aber die Schärfe der persönlichen Unterstellungen und Invektiven ist zurückgenommen, jedenfalls in dem erhaltenen Text. Das Ganze ist vom Kontext der Fehde mit Klotz insgesamt nicht zu trennen. Nicht zuletzt gute Freunde sind von Anfang an wenig erbaut von Lessings Stil der Auseinandersetzung (vgl. unten S. 982). Die beiden *Ahnenbilder*-Entwürfe gehören noch in die früheste Zeit der ›Antiquarischen Briefe‹, ja überschneiden sich fast genau mit deren Beginn. Nicht das Geringste dessen, was sie jenseits der Ahnenbilder-Thematik zeigen, ist die Fähigkeit, den eigenen polemischen Impetus zurückzunehmen.

STELLENKOMMENTAR

328,1 *ÜBER 〈...〉 RÖMER.]* Der Titel ist unzweifelhaft von Lessings eigener Hand über den Entwurf gesetzt (und unterstrichen).

328,2 *Der H. Grat. Klotz]* Der Herr Geheimrat Klotz. Mit dem Titel »Geheimrat« – in vielen Varianten der Schreibung, auch Abkürzung – spielt Lessing wiederholt auch während der Fehde; vgl. auch S. 978.

328,4f. *apodiktischen]* Vgl. Bd. V/1, Anm. 408,12.

328,6-8 *Mutmaßung ⟨...⟩ Gelehrten.]* Teilweise wörtliche Zitate aus dem Schluß der einschlägigen Partie, s. oben S. 929.

328,11 *Schulmann]* Zur Fiktion vgl. oben S. 931. Gymnasiallehrer (oft mit dem Titel »Professor«) betrachteten sich zu Lessings Zeit weithin noch mit Selbstverständlichkeit als »Gelehrte« und beteiligten sich auch mit Publikationen am wissenschaftlichen Leben.

328,13-329,4 *»Es ist ⟨...⟩ Mutmaßung.«]* Vgl. oben S. 926.

328,14 *Caylus]* Vgl. Anm. 72, A 3.

328,17 *Vorsälen]* Mit »Vorsaal« ist im folgenden das atrium gemeint, der Hauptraum des Hauses.

328,17f. *Spanheim ⟨...⟩ Dissert.]* Vgl. Anm. 87, A 3; hier: *Dissertationes de praestantia et usu numismatum antiquorum* (Abhandlungen über die Vortrefflichkeit und den Gebrauch antiker Münzen), 1664.

328,18f. *›imagines‹]* »Bilder, Bildnisse«.

328,19 *›Cerae‹]* »Wachsbilder«.

328,20 *bossierte]* Weich geformte, aus weicher Masse – besonders Wachs – gebildete.

328, A 1 *Sigonius]* Carlo Sigonio (1524-1584), ital. Philologe und Historiker; hier: *De antiquo iure civium Romanorum libri duo* (Über das antike Recht der römischen Bürger, zwei Bücher), 1560.

328, A 1 *Lipsius]* Vgl. Bd. V/1, Anm. 407,22; hier: *Electorum liber primus* (Ausgewählte Bemerkungen, erstes Buch), 1580.

328, A 1 *Jus imaginum]* »Recht auf Bildnisse«, d. h. auf das Anfertigen und Aufstellen nach dem Tode.

329,2 *enkaustischen Malerei]* Vgl. Anm. 194, A 5.

329,7f. *curulischen]* Von lat. curulis (eigtl.) »zum Wagen

gehörig«, dann »zum Amtsstuhl gehörig, auf Amtswürden (der Konsuln, Prätoren usw.) bezogen«.

329,11 *Vorältern]* Zu Lessings Zeit noch begegnende Form, in dem das Element »alt« noch erkennbar (vgl. das Muster »pro-avi«).

329,21 *Währmanne]* Gewährsmanne.

329,22 *angezogenen]* Zitierten.

329,25 *Stelle des Cicero]* Vgl. oben S. 926.

329,29 f. *in der fünften Rede wider den Verres]* Vgl. Bd. V/1, Anm. 484,31 (Stelle: XIV 36).

329,32 *Jus ⟨. . .⟩ prodendae]* »Das Recht, sein eigenes Bildnis der Nachwelt zu überliefern« (Rechtsterminus, nicht Textzitat).

329,33 *Aedilis]* Ädil, zuständig für Tempel und öffentliche Gebäude, öffentliche Spiele, Polizei u. a.

330,9-12 *»Die Verwaltung ⟨. . .⟩ aufzustellen.«]* Vgl. oben S. 926.

330,16 *ein neuer Schriftsteller]* Chladenius (s. A 3), eigtl. Ernst Martin Chladini oder Chladny (1715-1782), dt. Jurist ungar. Herkunft, Prof. in Wittenberg; hier: *De gentilitate veterum Romanorum* (Über die Adelsverfassung der alten Römer), 1742.

330,18 *die Patricios]* Akk.-Form von patricii »die Patrizier, der Geburtsadel«.

330,21 *ein Neurer]* Vgl. Anm. 328, A 1.

330,24 *schielend]* Im 18. Jh. häufiger im Sinne von ›einseitig‹ oder ›unklar‹, bei Lessing wiederholt begegnend.

330, A 2 *»Syrum ⟨. . .⟩ novitiorum«]* »Irgendeinen Syrer aus der Schar der Emporkömmlinge« (Neuadligen).

330, A 2 *»commendatione ⟨. . .⟩ imaginum«]* »Durch Empfehlung der angeräucherten Bildnisse«.

331,6-16 *»Erstlich ⟨. . .⟩ besaßen.«]* Vgl. oben S. 926.

331,33-332,21 *»Zweitens ⟨. . .⟩ verhindern sollen.«]* Vgl. oben S. 926 f.

331,34 f. *Cic. ⟨. . .⟩ ep. 44.]* Stellennachweise im einzelnen bei PO Erl., S. 742. Es handelt sich um die »angeräucherten Bildnisse« und das viele »Wachs in den Vorsälen«.

331,36 *›non facit ⟨...⟩ imaginibus‹]* »Ein Vorsaal voller angeräucherter Bildnisse macht noch keinen Adligen.«

332,1 *Meursius]* Vgl. Bd. V/1, Anm. 238,15; hier: *De funere* (Vom Begräbnis), 1604.

332,8 f. *›quae ⟨...⟩ corrumpitur‹]* »Diese Malerei an den Schiffen wird nicht durch Sonne und nicht durch Salz oder Winde beschädigt.«

332,19 *Umstand von dem öffentlichen]* So Klotz (vgl. oben S. 927) und auch Lessing korrekt in der Hs. LM 15, S. 72 (und alle davon abhängigen Ausgaben) fälschlich: »Umstand vom öffentlichen« (vgl. auch Herse zur Stelle).

332,37 *Seneca]* Vgl. Anm. 45,20 f.

333,1 *»fumosas imagines«]* »Angeräucherte Bildnisse«.

333,1 f. *Ovidius]* Vgl. Bd. V/1, Anm. 312,13.

333,2 *Juvenal]* Vgl. Bd. V/1, Anm. 421,2.

333,2 *»veteres ceras«]* »Alte Wachsbildnisse«.

333,13 *verwahren]* Hier: verschließen.

333,22 *in den Atriis]* In den Vorsälen.

333, A 5 *Columella]* L. Junius Moderatus Columella (1. Jh. n. Chr.), röm. Autor aus Gades (Cádiz): *De re rustica* (Über die Landwirtschaft).

334,10-14 *H. Klotz ⟨...⟩ noch bevor.]* Lessing beginnt deutlich seine Polemik zu ›inszenieren‹.

334,15-18 *»Drittens ⟨...⟩ Bildern.«]* Vgl. oben S. 927.

334,19 *Herr geheimte Rat]* Vgl. Anm. 328,2.

334,25-29 *»Denn ⟨...⟩ lib. l. c. 6)«]* Vgl. oben S. 927.

334,26 *Statius Sylv.]* Vgl. Bd. V/1, Anm. 484,22 und 25.

334,27 *›te similem ⟨...⟩ cerae‹]* »Treffend ähnlich wird dich mir die Linienführung des bildsamen Wachses wiedergeben.«

334,27 f. *›Tot ⟨...⟩ fixisti‹]* »So viele Bildnisse hast du durch die Leuchtkraft der Malerei geschaffen, als ob sie lebten.«

334,28 f. *Jul. Caes. Bulengerus]* Jules-César Boulenger (1558-1620), franz. Jesuit, Altertumsforscher; hier: *De pictura, plastica statuaria libri duo* (Über Malerei und Bildhauerei, zwei Bücher), 1627.

334,30 *H. Geheimterat]* Vgl. Anm. 328,2.

334,32 *aus den]* Sächs. Dativ.

335,8-10 *»Keine 〈. . .〉 werden.«]* Vgl. oben S. 927.

335,17f. *»Clarissimorum 〈. . .〉 formas«]* »Bildnisse hochberühmter Männer«.

335,30-32 *»Die Schriftsteller 〈. . .〉 Plinius«]* Vgl. oben S. 927f.

336,1-18 *»Der einzige Plinius 〈. . .〉 vorstellt.«]* Vgl. oben S. 928. Daß gerade auch für Lessing Plinius eine immer wieder konsultierte und gedeutete Quelle zur antiken (besonders röm.) bildenden Kunst und Kultur darstellt, zeigen etwa die zahlreichen Notizen Bd. V/1, S. 467,21-469,36.

336,7-13 *›Apud‹ 〈. . .〉 pictas.‹]* ›Bei unseren Vorfahren waren in den Vorsälen Bildnisse zu sehen, die keine Gemälde fremder Künstler und auch keine Erz- oder Marmorbildnisse waren. Die in Wachs geformten Brustbilder waren auf einzelne Schränke verteilt, damit sie als Bildnisse dienen konnten, die bei adligen Familienbegräbnissen mitgeführt wurden. Und immer wenn jemand gestorben war, waren alle Familienmitglieder, die je gelebt hatten, auch die längst verstorbenen, zugegen. Die Stammbäume aber liefen mit ihren Linien zu den gemalten Bildnissen.‹

336,20 *»expressi 〈. . .〉 vultus«]* »Die in Wachs geformten Brustbilder«.

336,30 *aushören]* Zu Ende hören.

336,31-337,2 *»Ferner 〈. . .〉 beigefüget werden.«]* Vgl. oben S. 928.

336,33f. *Val. Max.]* Vgl. Bd. V/1, Anm. 315,27.

336,34 *›Effigies‹ 〈. . .〉 suis‹]* »Bilder der Vorfahren mit ihren Titeln«.

336,34f. *Add. Seneca de Beneficiis]* »Füge hinzu: Seneca, *Von den Wohltaten*« (III 28).

336,35 *Liv.]* Livius (vgl. Bd. V/1, Anm. 439,1) X 8.

336,35 *›Cujus 〈. . .〉 titulo‹]* »Auf der Aufschrift von dessen Bildnis«.

336,37 *Tibull.]* Vgl. Anm. 75,1.

337,5 *Postament]* Untersatz, Fundament.

337,11-21 *»Endlich ⟨...⟩ deutlich.«]* Vgl. oben S. 928 f.

337,11 *›imagines pictas‹]* »Bemalte Bildnisse«.

337,15 *Stemmata ⟨...⟩ faciunt?]* »Was machen die Stammbäume?«

337,33 *colorierten]* Vgl. Bd. V/1, Anm. 173,26.

338,1 *an seiner bona fide]* An seiner Aufrichtigkeit (kein Textzitat, sondern deklinierte lat. Redensart).

338,5 *Polybius]* Vgl. Anm. 89, A 10.

338, A 8 *Edit. Ec. Urs.]* Editio Ernesti-Ursini (so, im Gegensatz zu LM 15, S. 78, A. 3, Herse in seinem Kommentar zur Stelle). Ernesti: vgl. Bd. V/1, Anm. 451,9; hier: Polybios-Ausgabe (1763). Ursini: Fulvius Ursinus (Orsini, 1529-1600), Geistlicher und Philologe; hier: Polybios-Ausgabe (1582). Näheres bei PO Erl., S. 742.

338 f., A 8 *Ἑν δε ρηϑεν ⟨...⟩ πραξεις.]* »Eines genügt anzuführen, um zu zeigen, wie sehr man sich ⟨in Rom⟩ um das das Staatsleben kümmerte, damit die Heranwachsenden im Mannesalter alles geduldig durchzustehen imstande wären und sich in ihrem Vaterland ein hervorragendes Ansehen erwürben. Wenn nämlich bei ihnen ein vornehmer Mann aus dem Leben schied, und wenn er bestattet wurde, wurde er mit seinen übrigen Ehrenzeichen auf den sogenannten Rednerplatz hinausgetragen, bisweilen für alle sichtbar stehend, seltener liegend. Ringsum steht das ganze Volk, und auf die Rednerbühne steigt sein Sohn, wenn er ⟨der Verstorbene⟩ einen erwachsenen Sohn schon hinterläßt und dieser im Lande ist; wenn nicht, dann einer von seinen Blutsverwandten. Dann hält er eine Lobrede auf den Verstorbenen und preist alle die edlen Taten, die dieser in seinem Leben vollbracht hat.«

339,5 *seinen Bewunderern]* Deutliche Anspielung auf Klotzens nicht unbeträchtlichen Anhang.

339,15 f. *ἐις ⟨...⟩ της ὀικιας]* »Am auffallendsten Platz des Hauses«.

339,17 f. *»in atriis ⟨...⟩ spectarentur.«]* »In den Vorsälen waren Bildnisse zu sehen.«

339, A 8 *Unde ⟨...⟩ qui gerendis]* »Daher geschieht es, daß das Volk sich das Geschehene in Erinnerung ruft und es sich wieder vor Augen führt, und so davon angerührt wird, daß nicht lediglich für ihn, der …« (dieser Text geht über das griech. Zitat hinaus, er bricht unvermittelt ab; dazu Muncker, LM 15, S. 79, A. 1).

340,4f. *»expressi ‹…› armariis.«]* »Die in Wachs geformten Brustbilder waren auf einzelne Schränke verteilt.«

340,12-14 *»ut essent ‹…› populus.«]* »Damit sie als Bildnisse dienen konnten, die bei adligen Familienbegräbnissen mitgeführt wurden. Und immer, wenn jemand gestorben war, waren alle Familienmitglieder, die je gelebt hatten, auch die längst verstorbenen, zugegen.«

340,20 *Mutmaßung]* Wiederaufnahme der Klotzschen Schlußformulierung, mit der Lessing eingesetzt hat: Hinweis, daß Lessings Beweisführung einstweilen abgeschlossen ist.

340,23 *übrigen]* Noch bestehenden.

340,27f. *κατα ‹…› ὑπογραφην]* »In plastischer und bemalter Darstellung«.

340,31 *die eigentl. Unwissenheit des H. Klotz]* Der Text bricht hier ab. Klotzens »Unwissenheit« trotz »Vielwissens« ist dann Leitmotiv der *Antiquarischen Briefe*.

340, A 9 *»quam ‹…› figuras«]* »Als möglichst ähnliche Gestalten«.

341,1 *VON DEN ‹…› RÖMER]* Anm. 328,1 gilt analog. Im folgenden wird nur dasjenige kommentiert, was inhaltlich über den vorigen Entwurf hinausgeht.

341,19 *»Cantherius in limine«]* »Der Gaul ‹stolpert schon› auf der Schwelle«: Sprichwort für tolpatschiges oder auch übereiltes Handeln.

342,23 *Gutherius]* Jacobus Gutherius (gest. 1638), franz. Jurist und Altertumskundler; hier: *De iure manium, sive de ritu, more et legibus prisci funeris libri tres* (Über das Recht der Ahnenbilder oder über den Brauch, die Beschaffenheit und die Gesetze des altehrwürdigen Begräbnisses, drei Bücher), 1615.

343,20 *Patricios, oder Nobiles]* Die alteingesessenen

Adelsgeschlechter oder (nach Lessings Auffassung) die Vornehmen, die aus dem Plebejerstand aufgestiegen sind (vgl. Z. 23-25).

343, A 4 *Inter* ⟨...⟩ *transiret.*] »Unter den Rechten der durch ein curulisches Ehrenamt ausgezeichneten Personen wurde das als das wichtigste angesehen, daß jeder sein Bildnis in einem besonders bedeutenden Teil des Hauses, das heißt im Vorsaal, aufstellen durfte. Denn alle übrigen, die nicht durch ein curulisches Amt ausgezeichnet waren, wurden von diesem Recht ausgeschlossen. Wenn nun also beim Tod eines Trägers eines curulischen Ehrenamts das Bildnis des Vaters auf den Sohn überging, und wenn jener selbst auch ein Ehrenamt versah, so fügte er sein eigenes ⟨Bildnis⟩ hinzu und bewahrte beide im Vorsaal seines Hauses sorgfältig auf – bis, wenn wiederum dieser verstarb, die Pflege und die Aufbewahrung der Bilder auf den Enkel und dessen Sippe überging und jeder, der ein curulisches Ehrenamt erlangt hatte, sein Bildnis hinzufügte.«

344,2 *Plebejis*] Die Nichtadligen, die der plebs Angehörigen (»Plebejis« ist Dat. Plur.).

344,11 *obrigkeitlichen Personen*] Personen, die obrigkeitliche (curulische) Ämter ausgeübt hatten.

344,20 *Antiquar*] Vgl. Anm. 79,20.

344, A 5 *Regum* ⟨...⟩ *honorum.*] »In den Zeiten der Könige und noch einige Jahre nach ihrer Vertreibung lagen die staatlichen Ämter allein bei den Patriziern: daher auch der Adelsrang. Später wurden durch die Anstrengungen der Tribunen diese Ehrenstellungen mit dem Volk geteilt: ebenso der Adelsstand und ⟨das Anrecht auf⟩ das eigene Bildnis. Daher geschah es nicht selten, daß ein Vornehmer aus dem Volk vor einem Patrizier rangierte: wie Claudius Marcellus, wie Decius, Flaminius, Luctatius und manche andere Familien aus dem Volk, die Ehrenstellungen angehäuft hatten.«

ÜBER MEUSELS APOLLODOR

TEXTGRUNDLAGE UND TEXTÜBERLIEFERUNG

Grundlage für den Text dieser Besprechung ist:

Staats- und Gelehrte Zeitung Des Hamburgischen unpartheyischen Correspondenten. Anno 1768. Num. 123. (Am Dienstage, den 2. August.) Von gelehrten Sachen.

Beigefügt ist die Bemerkung: »Der Leser beliebe sich zu erinnern, daß alle mit* bezeichneten Artikel eingeschickt sind, und daß also der Verfasser des Correspondenten an obigem Artikel, der den Verlegern eingesandt worden, nicht Theil nehme.« Der ›Druckfehler‹ S. 347,16 (»Universität« statt »Unwissenheit«) ist offenkundig mit Absicht hineinpraktiziert. Lessings Name wird zwar nicht genannt, aber seine Autorschaft ist sicher. In einem Brief an Nicolai aus Hamburg vom 27.8.1768 sagt er ausdrücklich: »Die Recension von Meusels Apollodor ist von mir« (vgl. die entsprechende Ankündigung gegenüber Nicolai schon im Brief vom 1.8.1768).

Eine Hs. hat sich nicht erhalten. LM 10, S. 226-228 bietet einen kritischen Abdruck. Er liegt dem Text zugrunde.

ENTSTEHUNG UND QUELLEN

Die Entstehung aus dem Zusammenhang des Streits mit Klotz und den Klotzianern ist evident. Johann Georg Meusel, 1743 in Eyrichshoff bei Bamberg geboren (gest. 1820), Schüler Klotzens (später Professor der Geschichte in Erfurt), hat sich wie mancher andere junge Gelehrte wissenschaftliche Sporen auch mit Übersetzungen zu verdienen gesucht. Klotz selbst dürfte dabei sowohl als Anreger wie als Vermittler eines Verlegers tätig gewesen sein. Der Übersetzung von *Des Herrn Grafen von Caylus Abhandlungen zur Geschichte und zur Kunst* (1768) hat Klotz ein umfangreiches Vorwort geschrieben, an das Lessing sowohl in der Schrift *Von den Ahnenbildern* (oben S. 328-346) als auch in *Wie die Alten den Tod gebildet* (1769) anknüpft. Im gleichen Sinne hat Klotz die Apollodor-Übersetzung seines Schülers mit empfehlenden Worten eingeleitet. Der dreiundzwanzigjährige Meusel steht bei der *Bibliothek*, die dem Apollodoros von Athen (2. Jh. v. Chr.) fälschlich zugeschrieben wird, vor keiner übermäßig schwierigen Aufgabe – freilich muß man sich die durchschnittlichen Griechischkenntnisse auch an den Universitäten der Zeit vergegenwärtigen. Die *Bibliothek*, wohl aus dem 1. Jh. n. Chr., ist ein mythologisches Handbuch, das vor allem Namen und Geschichten wiedergibt. Als Quellenwerk erscheint es unter anderem für die neubelebten antiquarischen Studien um die Mitte des 18. Jhs. als nützlich.

Für Lessing ist die Meuselsche Übersetzung in der schon seit einigen Monaten sich anbahnenden ›heißeren‹ Phase der Konfrontation mit Klotz eine Gelegenheit, den Schüler und vor allem den bevorwortenden Lehrer zu treffen. Der Redakteur des ›Hamburgischen unpartheyischen Correspondenten‹ hat die von Lessing eingesandte Besprechung zwar nicht zurückgewiesen, aber sich mit der oben genannten Erklärung davon distanziert und außerdem den ›Druckfehler‹-Teufel walten lassen (wenn er damit Lessing schaden wollte: sicher nicht sehr intelligent). Lessing selbst dazu an Nicolai im Brief vom 27. 8. 1768: »sehen Sie einmal mit welchen Druckfehlern sie der ** mit Fleiß abdrucken lassen! Er ist Klotzens geschworner Waffenträger. Ich lege auch die Zeitung bei, in welcher ich auf Klotzens kahle Antwort im 133 Stücke des Correspondenten geantwortet.«

ZU STRUKTUR UND GEHALT

Der Schlagabtausch mit Klotz und seinen Anhängern bestimmt Inhalt und Duktus der Rezension. So wie die Anzeige von Ramlers *Oden*, gerade ein Jahr zuvor in der ›Hamburgischen Neuen Zeitung‹ (August 1767, oben S. 325-327), im wesentlichen Freundschaftsdienst für den Verfasser ist, so dies eine polemische Pflichtübung, die einmal etwas vom Antiquarischen weg führt, ins Mythologische und Sprachliche. Die Zentrierung des Ganzen um *eine* Geschichte, die Meusel nicht recht verstanden hat (Orion und Oinopion), verspricht offenbar Interesse auch auf seiten nichtfachlicher Leser. Da Klotz einen noch nicht sonderlich ausgewiesenen jungen Gelehrten der eigenen Schule übermäßig lobt, fällt es Lessing relativ leicht, an einem schlagenden Exempel die Gegenprobe zu machen. Bezeichnend ist auch, daß Lessing ähnlich, wie er es – ostentativ respektvoll – auch gegenüber Winckelmann gelegentlich hält, seine Kritik sprachlich-philologisch ansetzt. Schon bei den Quartanerfehlern des Pastors Samuel Gotthold Lange hat er im *Vademecum* von 1754 mit diesem Verfahren Erfolg gehabt. Meusel hat am 6. 8. 1768 im ›Hamburgischen unpartheyischen Correspondenten‹ (Nr. 143) kurz geantwortet. Das Ganze blieb eine Episode auf einem Nebenschauplatz des Klotzischen Streits kurz nach dem Einsetzen der ›Briefe, antiquarischen Inhalts‹.

STELLENKOMMENTAR

347,2 *Bibliothek des Apollodors]* Vgl. oben S. 945.

347,5-11 *»Alles 〈...〉 Bürge.«]* Das von Lessing mit Vorliebe praktizierte Verfahren eines Einsetzens mit Zitat.

347,5 *der Herr geheime Rat Klotz]* Vgl. Anm. 328,2.

347,13 f. *ganz und gar nicht bekannt]* Da Meusel erst dreiundzwanzig Jahre alt ist (und neben der Caylus-Übersetzung sicher noch nicht viel von ihm bekannt werden konnte), überrascht dies nicht. Klotzens Lob kann nur übertrieben sein.

347,16 *Unwissenheit]* Hier hat der Redakteur – laut Lessing ein Klotzianer – offenbar bewußt den ›Druckfehler‹ »Universität« eingeschmuggelt.

347,24 *Orion]* Mythischer Riese und Jäger aus Boiotien. Von seinem Vater Poseidon mit der Gabe ausgestattet, über das Meer zu schreiten, ging er zur Insel Chios. Dort vergewaltigte er im Rausch Merope, die Tochter des Königs Oinopion. Dieser blendete und vertrieb ihn. Orion wurde von dem Zwerg Kedalion geführt, bis ihm der Sonnengott Helios das Augenlicht wiedergab. Als Orion sich an Oinopion rächen wollte, fand er ihn nicht, da dieser in einem unterirdischen Verlies lebte. Orion wurde schließlich als Sternbild an den Himmel versetzt (wo er den Pleiaden nachjagt).

348,5 f. *das schielende, nachlässige Deutsch]* Zu ›schielend‹ vgl. Anm. 330,24 und S. 343,6 (*Ahnenbilder*-Entwürfe).

348,7 *man erklärt ihn]* Er ist Lektüre, wird behandelt.

348,18 f. *Tempora ⟨...⟩ entlehnet]* Einzelne Tempusformen werden von dem anderen Beispiel übernommen (nach heutiger grammat. Auffassung nicht ganz korrekt gedeutet).

348,28 *dieser große Gelehrte]* Das im *Laokoon* noch durchaus günstige Urteil Lessings (S. 172,20 f.) ist längst nur noch triefende Ironie.

348,30 *über das Homerische Verzeichnis der Schiffe]* Der große, 12 Bücher umfassende Kommentar zum sog. ›Schiffskatalog‹ der *Ilias* (2. Gesang) ist nur in späteren Auszügen erhalten.

348,35 *»Rem ⟨...⟩ celeberrime!«]* »Die Sache hast du mit der Spitze ⟨auch: ärztlichen Sonde⟩ getroffen, hochberühmter Mann!« (Sprichwort im Sinne von: ›Du hast den Nagel auf den Kopf getroffen!‹).

348,37-349,1 *aus alten geschnittenen Steinen]* Anspielung auf Klotzens einschlägige Schrift von 1768 (s. S. 654).

BRIEFE, ANTIQUARISCHEN INHALTS
(mit Paralipomena)

TEXTGRUNDLAGE UND TEXTÜBERLIEFERUNG

Die Textgeschichte der *Briefe, antiquarischen Inhalts* ist verschlungener, unübersichtlicher als die des *Laokoon.* In dieser Besonderheit spiegelt sich die Tatsache, daß die *Antiquarischen Briefe* – wie sie früh von Lessing und seinen Freunden auch genannt werden – aus einem öffentlichen Streit entstanden sind.

Den Texten des *Ersten Teils* (1. bis 34. ›Brief‹) liegt in unserer Ausgabe diejenige Fassung zugrunde, in der sie zur Michaelismesse 1768 erschienen und damit erstmals einer größeren Öffentlichkeit in Deutschland bekannt wurden:

Briefe, antiquarischen Inhalts: *Αγωνισμα μαλλον ἐς το παραχρημα ἀκουειν ἢ κτημα ἐς ἀει* – von Gotthold Ephraim Lessing. Erster Theil. Berlin, bey Friedrich Nikolai. 1768.

(Seifert, Nr. 408; hier benutzte und miteinander verglichene Exemplare: Württembergische Landesbibliothek Stuttgart, Signatur HBF 2226; Rare Book Collection der Cornell University ⟨vgl. S. 627⟩, Signatur: Rare N 64 L 66; Herzog August Bibliothek Wolfenbüttel, Signatur: Lo 4590.1)

Der Druck ist in Hamburg unter Lessings Aufsicht durch die gemeinsam von ihm und Johann Joachim Christoph Bode (später nur von Bode) betriebene Druckerei veranstaltet worden. Den Verlag übernahm Friedrich Nicolai in Berlin. Muncker hat durch Vergleich verschiedener Exemplare des Ersten Teils festgestellt, daß zwar nur ein einziger Drucksatz hergestellt wurde, daß jedoch die recht zahlreichen Setzfehler offenbar während des Drucks teilweise korrigiert worden sind (LM 10, S. 230). Dadurch entstanden innerhalb desselben Drucks zum Teil Inkonsequenzen, etwa zwischen »Saphir« und »Sapphir« oder zwischen »scalpendo« und »sculpendo«. Ein weiteres Unterscheidungsmerkmal bildet das Papier. Die ersten, am wenigsten korrigierten Exemplare (von LM mit »1768c« bezeichnet) sind auf normalem Druckpapier gedruckt, während andere, teilweise korrigierte (»1768d«) auf schönem Schreibpapier stehen (von dem im übrigen in Lessings und Nicolais Briefwechsel verschiedentlich die Rede ist). Unter ihnen weisen die am besten korrigierten Exemplare am Schluß noch ein eingeklebtes Druckfehlerverzeichnis auf (diese Gruppe: »1768e«).

Zur besonderen Entstehungsgeschichte der *Antiquarischen Briefe* gehört es, daß die ersten Briefe in Hamburgischen Zeitungen erschienen: ›Briefe‹ 1 bis 5, 9 und (teilweise) 51 standen zunächst in der ›Kayserlich-privilegirten Hamburgischen Neuen Zeitung‹, ›Brief‹ 1 zusätzlich in der ›Staats- und Gelehrten Zeitung des Hamburgischen unpartheyischen Correspondenten‹. Die Nachweise sind im einzelnen unten S. 987 und 998-1000 in den Dokumenten A gegeben, außerdem im Zeilenkommentar je zum einzelnen Brief. Die Zeitungsdrucke firmieren im folgenden jeweils unter »1768a«.

Ein Raubdruck faßt noch im September 1768 das bisher von Lessing Erschienene zusammen (wobei als »Zehnter Brief« ein Stück dient, das später in den 51. ›Brief‹ einging) und fügt von Klotz eine »Antwort auf den ersten Leßingischen Brief« hinzu:

Briefe von Herrn Leßing und Herrn Klotz, betreffend des erstern Laokoon und des letztern Werk von alten geschnittenen Steinen. – [Leipzig: Müller] 1768.
(Seifert, Nr. 409; hier benutzte Ausgaben: Exemplare der Universitätsbibliothek der Freien Universität Berlin, Signatur: 74/7665 und der Herzog August Bibliothek Wolfenbüttel, Signatur: Lo 4642)

Ein anonymer kurzer »Vorbericht« erläutert den aktuellen

Zusammenhang. Das schmale Bändchen scheint eine vergleichsweise weite Verbreitung gefunden zu haben und begegnet, auch als »Buchhändlerknief« bezeichnet (vgl. Dokumente A, Nr. 31), wiederholt in den zeitgenössischen Zeugnissen. Lessing selbst dürfte mit dieser Publikation, die sich ganz auf die Zeitungsveröffentlichungen stützte, nichts zu tun gehabt haben (»1768 b«).

Von dem *Ersten Teil*, der sich relativ gut verkaufte, konnte Nicolai noch 1778 eine Neuauflage veranstalten (vgl. die Dokumente B, Nr. 17 und 18). Lessing war daran offenbar nicht beteiligt. In diesem Druck wurde das Druckfehlerverzeichnis von 1768e nur zum Teil umgesetzt. Posthume Ausgaben, wie die in den *Sämmtlichen Schriften* (11. Teil, Berlin 1793; von Eschenburg mit einer Vorrede und Sach-Hinweisen versehen), sind textkritisch nicht von Belang, zumal sich handschriftliche Druckvorlagen nicht erhalten haben. Für unseren Text des Ersten Teils ist also im wesentlichen 1768 e maßgeblich, mit den von Muncker angebrachten Korrekturen. Zugrunde gelegt wird somit der Abdruck LM 10, S. 229-332; wenige Abweichungen sind im Stellenkommentar genannt.

Der *Zweite Teil* (35. bis 57. ›Brief‹) erschien 1769 bei Nicolai in Berlin, wiederum zur Michaelismesse, mit einem Titelblatt, das bis auf die Angabe »Zweiter Teil« (und die Jahreszahl 1769) dem des Ersten Teils gleicht (Seifert Nr. 408; benutzte Exemplare: wie beim Ersten Teil). Dieser Teil war, wie Lessings Brief an Nicolai vom 10. 8. 1769 zeigt, am selben Tag »fertig« und sollte kurz darauf nach Berlin abgehen (Dokumente A, Nr. 57). Für ihn gilt im Prinzip das gleiche wie für den Ersten Teil, nur entfallen die vorauslaufenden Teilpublikationen. Divergenzen innerhalb des Drucks 1769 wurden nicht festgestellt. Vom Zweiten Teil kam zu Lessings Lebzeiten auch keine Neuauflage zustande. Für die *Sämmtlichen Schriften* (12. Teil, Berlin 1793) trifft das zum Ersten Teil Gesagte analog zu. Grundlage unseres Textes ist, mit gelegentlichen Abweichungen, LM 10, S. 333-438.

Die Siglen, angelehnt an LM, werden für den Ersten und den Zweiten Teil der *Antiquarischen Briefe* noch einmal wie folgt zusammengefaßt:

1768a: Hamburgische Zeitungspublikationen einzelner Briefe
1768b: Raubdruck *Briefe von Herrn Leßing und Herrn Klotz* (1768)
1768c: Erste, wenig korrigierte Exemplare des Ersten Teils (1768)
1768e: Die am besten korrigierten Exemplare des Ersten Teils (1768)
1769 : Erstdruck des Zweiten Teils (1769)

Der handschriftliche *Nachlaß* zu den *Antiquarischen Briefen* umfaßt sowohl Notizen zum Ersten und zum Zweiten Teil als auch zu einem geplanten Dritten Teil, »und folgenden« (die ›Briefe‹-Zählung reicht bis zur Ziffer XCVIII, s. S. 613). Die Handschriften sind an zwei Stellen konzentriert. In den einschlägigen Beständen der Deutschen Staatsbibliothek Berlin (Ost) (aktuelle Beschreibung bei Milde, *Gesamtverzeichnis*, Bd. 1, S. 186f.) sind im wesentlichen Blätter aus der ehemaligen *Laokoon*-Sammlung vereinigt. Die Herzog August Bibliothek Wolfenbüttel (Milde, S. 88, 100f., 102) bewahrt verschiedenartige Handschriften aus dem Besitz Johann Joachim Eschenburgs auf.

Eine erste Veröffentlichung von Nachlaßhandschriften veranstaltete Eschenburg in den *Sämmtlichen Schriften*: Teil 10, Berlin 1792, S. 388-395 und S. 405-408; Teil 12, Berlin 1793, S. 167-208. Diese Publikation versah Eschenburg mit nützlichen Sach-Hinweisen, doch behandelte er die Texte in der üblichen ›freien‹ Weise, die auf vermeintliche Brauchbarkeit und Lesbarkeit zielte. Einen Nachtrag enthielt Teil 6 der ›Hempel'schen Ausgabe‹ (Seifert, Nr. 15), S. 317f.

Muncker hat dann sämtliche Nachlaßmaterialien – auch einige zusätzliche – gründlich neu durchgearbeitet und im Jahre 1900 erstmals einen kritischen Abdruck (mit editorischen Hinweisen) vorgenommen: LM 15, S. 87-118. Er hat auch eine Zählung nach 9 Textkomplexen hinzugesetzt.

Auf seiner Edition und seiner Zählung beruht unser Textabdruck (einzelne der Wolfenbütteler Handschriften wurden zusätzlich zum Vergleich herangezogen).

ENTSTEHUNG UND ERSTE REZEPTION BIS ZUM ERSCHEINEN DES ZWEITEN TEILS

(vgl. Dokumente A)

Die *Briefe, antiquarischen Inhalts* stellen in ihren beiden Bänden von 1768 und 1769 zwar ›buchtechnisch‹ einen relativ abgeschlossenen Komplex dar. Lessing blickt auf ihn in den Paralipomena (S. 608,21) einmal selbst als auf ein »Werk« zurück. Doch bei kaum einem anderen ›Werk‹ sind Entstehung und Rezeption (zumindest des Ersten Teils) so untrennbar ineinander verschlungen wie bei den *Antiquarischen Briefen* – und dies erfordert in Dokumentation und Analyse auch eine eigene Art der Präsentierung (zumal in der Forschungsliteratur bislang etwas Entsprechendes fehlt). Entscheidende Voraussetzung für das Projekt der *Antiquarischen Briefe* überhaupt ist die Tatsache, daß Lessing sich mit dem *Laokoon* auch in den Augen der Öffentlichkeit eine neue Domäne erschrieben hat: die der kontrastiven Theorie der Künste und im weiteren Sinne die der ›antiquarischen Studien‹ (zum Begriff des ›Antiquars‹ vgl. Anm. 79,20).

Von den Gründen für diese Wendung seiner schriftstellerischen Interessen ist oben S. 633-637 die Rede. Als der Erste Teil des *Laokoon* zur Ostermesse 1766 erscheint, wartet Lessing naturgemäß zunächst auf die Reaktion der ›Autoritäten‹ in diesem Metier, nicht zuletzt auf diejenige Winckelmanns (die dann ebenso partiell bewundernd wie distanziert und indirekt ausfällt, und einstweilen über Briefe an Dritte vermittelt wird; vgl. S. 652). Und da er seit dem Abschied von der Breslauer Sekretärstätigkeit im April 1765 auf angestrengter Suche nach einer ihm gemäßen neuen Anstellung sich befindet, geplagt von zunehmenden finanziellen Nöten auch in der Familie, erhofft er sich neue

Chancen durch den frisch erworbenen Ruf auf dem kunstgeschichtlich-antiquarischen Feld. Nicht etwa die Universität soll sie ihm bieten, sondern beispielsweise eine große Bibliothek (die Königliche in Berlin, wo Anfang 1765 eine Stelle frei geworden ist) oder eine Kunstgalerie (so in Dresden, worauf Lessing sich im Juli 1765 Hoffnungen macht). Schließlich endet die Suche bekanntermaßen vorläufig beim Hamburgischen »Deutschen Nationaltheater«, das im Oktober 1766 gegründet wird und für das ihm Anfang 1767 die Stelle eines »Dramaturgen« angeboten wird. Während all dieser Monate ist an eine konzentrierte Fortsetzung des *Laokoon* oder gar an eine andere, neue, selbständige antiquarische Schrift schon aus äußeren Gründen nicht zu denken.

Diese biographischen Umstände und ihre Chronologie werden mitunter vernachlässigt, wenn man lediglich vom ›Werk‹ der *Antiquarischen Briefe*, von ihrem Gegebensein ausgeht und auf deren eigentümlich verzögertes Einsetzen nicht reflektiert.

Daß ausgerechnet der Hallenser Professor Klotz zum Kontrahenten einer rasch aufsehenerregenden, von Lessing paradigmatisch geführten Fehde – der mittleren zwischen den mit den Namen Samuel Gotthold Lange und Johann Melchior Goeze verbundenen – avancieren wird, ist bei Erscheinen des *Laokoon* alles andere als naheliegend oder gar zwangsläufig. Lediglich im Vorübergehen, am Ende des Abschnitts XXIV (S. 172,20f. mit A 3), hat Lessing ihn als Gelehrten »von sonst sehr richtigem und feinem Geschmacke« erwähnt und Dissens gegenüber einer These in dessen *Epistulae homericae* (1764) angedeutet (zum weiteren vgl. oben Anm. 172,19-22). Und Klotz ist nun einer der ersten, die sich brieflich an den ›neuen‹ Lessing, den antiquarischen Autor, wenden. Unter dem 9. 5. 1766 knüpft er an eine frühe Begegnung im »zartesten Alter« (von drei Jahren!) an und bringt sich als einen der »aufrichtigsten Verehrer« Lessings in Erinnerung (Dokumente A, Nr. 1). Er versäumt nicht, eine Rezension des *Laokoon* in den eigenen ›Acta litteraria‹

anzukündigen und sogleich mit Stolz aktuelle Arbeitsprojekte zu erwähnen, die auch für Partien der Lessingschen Schrift einschlägig sind. Auf Klotzens Bitte um Erlaubnis, »Ihr Freund zu sein«, antwortet Lessing einen Monat später (9. 6. 1766; Nr. 2) entgegenkommend, das Zusammentreffen in der »Kindheit« bestätigend und mit Wendungen, die auf die »Freundschafts«-Töne bereitwillig eingehen. Das Problem des häßlichen Thersites, in den *Epistulae homericae* und im *Laokoon* angesprochen, solle zwischen beiden gewiß kein »Unheil stiften«. Für eine bevorstehende Reise nach Pyrmont kündigt Lessing sogar einen Besuch in Halle an, bei dem er Klotz seine »Aufwartung« machen wolle.

Diese Prähistorie der Fehde mit Klotz ist nicht nur deshalb von Belang, weil Lessing selbst sie im 51. bis 57. ›Antiquarischen Brief‹ zur Rechtfertigung seines Vorgehens eingehend Revue passieren läßt, sondern auch weil sie die fast harmlose Offenheit der anfänglichen Situation illustriert. Klotz ist eindeutig der Werbende, ja der schmeichlerisch Bemühte. Aber Lessing weist die schon erkennbare gewisse Zudringlichkeit nicht etwa zurück; die Ankündigung eines Besuchs in Halle geht über das pflichtschuldige Höfliche deutlich hinaus. In einer unsicheren Übergangsphase mag ihm die Gewogenheit eines einflußreichen akademischen Schulhaupts und gelehrten Journalisten nicht unwillkommen gewesen sein.

Als kaum ein halbes Jahr darauf Klotzens lateinische Rezension in den ›Acta litteraria‹ erscheint und der um »Freundschaft« bemühte Verfasser sie ihm am 11. 10. 1766 übersendet (Nr. 3), kann der Umworbene nun auch öffentlich Lobsprüche Klotzens genießen: als von den ›Grazien‹ Begnadeter, als ›Zier Deutschlands‹, als eleganter Stilist usf. Klotz verteidigt zwar kurz seine Thersites-Deutung, aber der *Laokoon* insgesamt wird als ›goldenes Büchlein‹ gefeiert, und nebenbei wird – vermutlich nicht ohne Schielen auf Lessing – an Winckelmann kritisiert, daß er die alten Autoren offenbar nicht immer genau gelesen habe. Da Lessing in der Zwischenzeit nicht mehr geantwortet, auch seine »Aufwartung« in Halle nicht gemacht hat, will nun Klotz, wie er vorschlägt, eine Reise zu Berufungsverhandlungen nach Warschau nutzen, um den Landsmann in Berlin aufzusuchen.

Auch zu dieser Begegnung kommt es nicht mehr. Lessing reagiert nicht. Die Gründe lassen sich überwiegend nur erschließen. Es ist nicht nur das Abgestoßenwerden durch Klotzens Aufdringlichkeit, wie es in der Lessing-Biographie oft recht einseitig akzentuiert wird. Lessing wird von dem Vorsatz, das antiquarische Feld weiter zu beackern, zunächst durch ganz anderes abgebracht: durch die Hamburgische Entreprise, durch die Ausarbeitung der *Minna von Barnhelm*, durch das Experimentieren mit verschiedenartigen dramatischen Sujets, von der *Matrone von Ephesus* bis zum *Faust*. Mittlerweile ist es zwischen Klotz, der zunächst auch an Nicolais ›Allgemeiner deutscher Bibliothek‹ mitgewirkt hat, und den ›Berlinern‹ zu immer stärkerer Entfremdung gekommen. Klotz hat mit seinen ›Acta litteraria‹ (seit 1764), seinen ›Neuen Hallischen gelehrten Zeitungen‹ (seit 1766) und seiner ›Deutschen Bibliothek der schönen Wissenschaften‹ (seit 1767) ein eigenes belletristisch-wissenschaftliches Presse-Imperium aufgebaut. Schüler und Anhänger Klotzens, von ihrem Meister zielbewußt hochgelobt und mancherorts in Positionen gebracht (Menzel, Riedel, Bahrdt, Harles, von Schirach und viele andere; vgl. den knappen Überblick bei Erich Schmidt, *Lessing*, Bd. 1, S. 651), verstärken durch »Wechsellob« und durch oft geschmacklose Verrisse von Nicht-Zugehörigen den Eindruck einer Cliquenwirtschaft mit offenkundigem Machtmißbrauch.

Hamann, von den Klotzianern spöttisch angegangen, ist (in den ›Königsberger Gelehrten und Politischen Zeitungen‹ vom 15. 1. 1768) einer der ersten, die sich entschlossen dagegen zur Wehr setzen. Schon am 2. 1. 1768 nimmt Lessing dies auf, in einem Brief an den Freund Nicolai, der zu einem der institutionalisierten Hauptgegner Klotzens geworden ist: »Das ist doch unleidlich, was die Kerle in Halle sudeln! und in was für einem Tone! 〈. . .〉 Die Königsberger fangen schon ritterlich an, sich über den Hrn. Geheimenrat lustig zu machen« (Bd. XI/1 dieser Ausgabe, S. 496).

Spätestens jetzt ist deutlich, daß sich seit der ersten Reaktion auf Klotzens Wünsche im Mai/Juni 1766 die individuellen Voraussetzungen ebenso wie die der publizistischen ›Politik‹ gründlich gewandelt haben. Lessing und Klotz sind auf Distanz gegangen, sie gehören gegnerischen ›Parteien‹ zu. Gewiß fühlt sich Klotz – der Schlußteil der *Antiquarischen Briefe* geht ironisch darauf ein – auch verletzt ob des Lessingschen Schweigens auf sein Freundschaftswerben. Lessing wiederum dürfte mehr als einmal Veranlassung spüren, sich in die Polemiken zwischen ›Hallensern‹ und ›Berlinern‹ einzuschalten. Am 24. 2. 1768 versucht Nicolai, ihn gegen Klotz einzuspannen: »Es freut mich schon im Voraus, zu vermuten, daß Sie heute oder morgen einen Tanz mit ihm wagen wollen. Er sticht auch *Sie* beständig an, so wie *mich* und die *deutsche Bibl.* 〈. . .〉 Wagen Sie es also nur immer, und versuchen Sie, ob Sie ein Litteraturbriefchen schreiben können« (Bd. XI/1 dieser Ausgabe, S. 502).

Zu jenem Zeitpunkt ist das Scheitern des Hamburgischen Theaterprojekts längst absehbar, der 19. 4. 1768 ist das Datum der letzten Stücke der *Hamburgischen Dramaturgie* (Bd. VI dieser Ausgabe, S. 679). Lessing muß sich nach einem neuen ›Feld‹ umsehen. Zur Ostermesse 1768 erscheint aus Klotzens Feder sowohl eine auf breitere Resonanz bestimmte Schrift *Über den Nutzen und Gebrauch der alten geschnittenen Steine* als auch eine Vorrede zu seines Schülers Meusel Übersetzung der Caylusschen *Abhandlungen zur Geschichte und zur Kunst*. Lessing, offenkundig auf der Suche, knüpft an seine unterbrochenen antiquarischen Beschäftigungen wieder an; die Klotzschen Novitäten drängen sich ihm nachgerade auf.

Als er in der Caylus-Vorrede eine Klotzsche »Vermutung« über die römischen Ahnenbilder liest, der gegenüber er sich kritische Kompetenz zutraut, setzt er sich sogleich an einen ersten Entwurf über die *Ahnenbilder der alten Rö-*

mer. Ein Brief an Nicolai vom 9. 6. 1768 gibt Zeugnis davon (oben S. 929 f.). Nicolai, mit Lessings Produktionsweise und Interessierbarkeit – wie auch mit seiner aktuellen Situation – wohlvertraut, versucht den Freund wenige Tage später (am 14. 6. 1768; Nr. 4) gleich für Rezensionen der Hallenser Neuerscheinungen zu gewinnen. Aber da hat Lessing offenbar aus anderer Quelle bereits erfahren, Klotz habe ihn in seinem Buch von *Geschnittenen Steinen* eines »unverzeihlichen Fehlers« überführt (Nr. 5). Schon am 20. 6. läßt Lessing in der ›Hamburgischen Neuen Zeitung‹ – und zwei Tage später im dortigen ›Unpartheyischen Correspondenten‹ – eine Erwiderung gegen Klotz abdrucken (Nr. 5); sie wird später der 1. ›Antiquarische Brief‹ sein. Am 5. 7. läßt er Nicolai wissen, er werde die erbetene Rezension des Buchs von *Geschnittenen Steinen* nicht liefern, er schreibe vielmehr »bereits an dem 25sten Briefe darüber, in Form und Tone des in den Correspondenten eingerückten«; und diese wolle er bei Nicolai unter dem Titel *Briefe antiquarischen Inhalts* veröffentlichen, die *Ahnenbilder*-Schrift werde gesondert erscheinen (Nr. 5).

In dieser fast rasanten Folge der Schritte spiegeln sich Vorgeschichte und momentane persönliche Lage zugleich, und im nachhinein erscheinen auch die Weichen des Unternehmens *Antiquarische Briefe* gestellt. Unverkennbar ist eine gewisse Forciertheit der Entscheidung, verbunden mit Beliebigkeit in der Wahl des Gegenstandes. Die Rückkehr zu einem mit Mühe, vor allem anläßlich des *Laokoon*, erarbeiteten Metier wird erleichtert, ja angetrieben durch den outrierten Klotzschen Vorwurf eines »unverzeihlichen Fehlers«. Ging es bei dem Horaz-Eindeutscher Lange (1754) noch um einen großen Poeten der Antike und um das Niveau einer überfälligen deutschen Übersetzungskultur, so müssen jetzt sogar die »geschnittenen Steine«, die (populärer gewordenen) Gemmen herhalten.

Die Folge der ersten ›Antiquarischen Briefe‹, die in Hamburgischen Periodica, meist in der ›Neuen Zeitung‹, erscheinen (Nr. 5, 9-11), gibt den »Ton« vor, den Lessing –

mit Varianten – bis in das kommende Jahr hinein durchhalten wird. Hinzuzunehmen ist die ganz auf den ›Meister‹ abzielende Abrechnung mit dem Klotz-Schüler Meusel im ›Hamburgischen unpartheyischen Correspondenten‹ vom 2.8. (Nr. 14). Nicht ohne Stolz bezeichnet Lessing gegenüber Nicolai schon am 5.7. (Nr. 7) seinen ersten ›Brief‹ (Nr. 5) als seine »Kriegserklärung gegen Hrn. Klotz«.

Die charakteristische Verschränkung dieser Entstehungsphase mit der Frühresonanz verdient Beachtung. Nicolai weiß, was er zu erwarten hat, als er am 14.6. Lessing um die Klotz-Besprechung für die ›Allgemeine deutsche Bibliothek‹ bittet: »Freilich würden Sie sich Mühe geben müssen, den lammsartigen Ton der Bibliothek anzunehmen, damit nicht in allen Zeilen *Lessing* durchschiene.« (Nr. 4). Nachdem Lessing sich entschlossen hat, aus dem Vorwurf des »unverzeihlichen Fehlers« eine Affäre zu machen, kommt eine solche ›Verstellung‹ – wenn er sich überhaupt dazu hätte herbeilassen können – nicht mehr in Frage.

Auch Wohlgesonnenen indes will der von Lessing in den ersten ›Briefen‹ angeschlagene »Ton« nicht recht behagen. Matthias Claudius (Nr. 12) berichtet Ende Juli aus Hamburg mit spürbaren Vorbehalten von der neuen Sensation, deren Atmosphäre ihm offenbar auch eine persönliche Begegnung mit Lessing vermittelt hat. Und schon am 9.8. läßt Nicolai, interessiert und besorgt zugleich, von Berlin aus den Freund wissen (Nr. 15): »Ich habe die Briefe alle mit Vergnügen gelesen; auch Hr. Moses. Dieser ist nebst mir der Meinung, daß Sie zu heftig werden.«

Aber Lessing, bestimmt von der einmal ergriffenen Gelegenheit, öffentlich ein antiquarisches Exempel zu statuieren, läßt nicht locker – schon gar nicht, als Klotz von Halle aus im August 1768 mit auch technisch bedingter Verzögerung auf die Hamburger Angriffe reagiert: ebenfalls im ›Hamburgischen unpartheyischen Correspondenten‹ (Nr. 16). »Unser Zwist intereßiret das Publicum wenig.« Da aber Lessing den Weg in die Öffentlichkeit bereits beschritten habe, müsse er öffentlich antworten. Und er versucht in knapper Form die Hauptvorwürfe (Homer-Nachahmung, Klotzens antike Beispiele, Beurteilung des Thersites) zurückzuweisen, mit der Schlußpointe, Lessing unterschiebe ihm etwas, das er gar nicht behauptet habe.

Längst hat Lessing in bemerkenswerter Raschheit eine ganze Kette von ›Antiquarischen Briefen‹ zu Papier gebracht, in der mit Bode zusammen betriebenen Hamburger Druckerei setzen lassen (vgl. etwa Nr. 17) und an seinen Verlegerfreund Nicolai nach Berlin geschickt; und Nicolai denkt bereits an einen Zweiten Teil der *Antiquarischen Briefe* (Nr. 15). Inzwischen hat sich auch in Deutschland die Nachricht verbreitet, daß Winckelmann am 8.6.1768 (am Tag, bevor Lessing über die *Ahnenbilder* schreibt) in Triest ermordet worden ist. Mitten in die Korrespondenz über die *Antiquarischen Briefe* hinein, anschließend an die Mitteilung, der Erste Teil sei »fertig«, überrascht Lessing Nicolai am 28.9. mit den Sätzen (Nr. 19): »Ich gehe künftigen Februar von Hamburg weg. Und wohin? Geraden Weges nach Rom: ⟨...⟩ Was ich in Rom will, werde ich Ihnen aus Rom schreiben. Von hier aus kann ich Ihnen nur so viel sagen, daß ich in Rom wenigstens eben so viel zu suchen und zu erwarten habe, als an einem Orte in Deutschland.«

Lessings Verwirrspiel um seine Rom-Pläne beschäftigt in den nächsten Monaten seine Freunde (vgl. Nr. 24) und mehr und mehr auch eine weitere Öffentlichkeit. Es wirkt sich auch auf die Weiterarbeit an den *Antiquarischen Briefen* aus: Der Zweite Teil scheint gefährdet, Nicolai drängt deswegen (etwa Nr. 21), aber gegen Klotz meint Lessing auch in Italien weiter polemisieren zu können (vgl. Nr. 37). Daß Lessing sich Hoffnungen auf die Nachfolge Winckelmanns macht, ist die naheliegende Vermutung; aber es gibt auch andere Deutungen (ausführliche Überlegungen bei Alfred Schöne in der Einleitung zu PO 17, S. 38-44 und 47-52). Die *Antiquarischen Briefe* mit ihrer Detailbesessenheit und ihrer wiederholt ›technischen‹ Ausrichtung (legitimiert durch das Gemmen-Thema des Klotzschen Buchs von 1768) mögen einerseits geeignet sein, Lessings einschlägige Kompetenz, über den *Laokoon* hinaus, aufzuwerten. Andererseits kann Lessing nicht verborgen bleiben, daß die Fixierung auf Klotz und der »Ton« den Verfasser nicht unbedingt für eine römische Anstellung (oder auch eine in Deutschland) empfehlen.

Ende September 1768, zur Michaelismesse, erscheint der Erste Teil bei Nicolai in Berlin (gedruckt in Hamburg) unter dem Titel *Briefe, antiquarischen Inhalts.* Der Streit, von dem viele mehr durch Hörensagen erfahren haben, wird als Buch greifbar, und dies ist rezensierbar. Klotz antwortet rasch, zunächst mit einer kurzen Anzeige der »Zänkerey« in den ›Hallischen Neuen Gelehrten Zeitungen‹ vom 13. 10. (Nr. 21), dann mit einer ausführlichen Besprechung in seiner ›Deutschen Bibliothek der schönen Wissenschaften‹ (Nr. 22). Lessings Sachkritik sucht er Punkt für Punkt zu widerlegen, die persönlichen Vorwürfe (»Compilator« u. ä.) weist er entrüstet zurück. Mit Lessingscher Gestik überläßt er dem »Publicum« die Entscheidung.

Nur zwei Wochen später, am 29. 10., rezensiert kein Geringerer als Christian Gottlob Heyne den Ersten Teil in den ›Göttingischen Anzeigen von Gelehrten Sachen‹ (Nr. 28). Schon am 17. 10. hat er Lessing gegenüber brieflich (Nr. 23) eine mißverständliche Formulierung zum *Laokoon* (Borghesischer Fechter) in einer Winckelmann-Rezension korrigiert und den Autor seiner Hochachtung versichert. Jetzt preist er den »Mann«, der »nicht blos schreibt, sondern denkt, eine gründliche klassische Gelehrsamkeit mit reifer Beurtheilungskraft verbindet und nicht erst seit vorgestern zu dem antiqvarischen Studio herbeyflattert«. Heyne stellt noch einmal das Mißverständnis wegen des Borghesischen Fechters richtig, bekräftigt jedoch zugleich seine Zweifel an der Identifikation mit Chabrias (die ihrerseits durch einen Winckelmannschen Irrtum veranlaßt sein mag). Zuvorkommend stuft er seine Beobachtungen nicht als »Widerlegung«, sondern lediglich als »Schwierigkeiten« ein.

Dieser Kontrast zwischen Klotz und Heyne, fast paradigmatisch sich anbietend, wird von Lessing für den Zweiten

Teil sofort genutzt. Vom 37. ›Antiquarischen Brief‹ an wird Heyne wiederholt, namentlich oder nur anspielungsweise, als der noble, souveräne, wahre Sachkenner dem aufgeblasenen, rechthaberischen Vielschreiberling entgegengehalten. Wiederum gehen Frührezeption (des Ersten Teils) und Entstehungsgeschichte (des Zweiten Teils) ineinander.

Unterdessen hat sich mit dem gerade vierundzwanzigjährigen Herder eine neue, eigenständige Stimme in den Streit gemischt. Am 18. 10. 1768 berichtet Nicolai aus Berlin (Nr. 25), er habe bereits die *Kritischen Wälder* (in ihren ersten Teilen) gesehen, und hinter der Anonymität verstecke sich kein anderer als Herder. Er spreche von Lessing »mit der größten Hochachtung«. In privaten Äußerungen Herders (Nr. 32, 35) wird deutlich, mit welcher Verachtung er von Klotz denkt, dessen Stern er bereits sinken sieht. Als dann Anfang 1769 das *Erste Wäldchen*, dem *Laokoon* gewidmet (vgl. oben S. 703-711), auf den Markt kommt, scheint auf den ersten Blick ein neuer Kritiker Lessings erstanden zu sein. In einem Brief vom Januar 1769 (Nr. 43) stellt sich Herder Lessing als noch Unbekannter vor, kündigt die *Kritischen Wälder* an und bittet, den »untermischten Widerspruch« nicht mißzuverstehen. Lessing würdigt denn auch, trotz Dissens im Einzelnen, den Verfasser als den einzigen, »um den es mir der Mühe lohnt, mit meinem Krame ganz an den Tag zu kommen« (an Nicolai, 13. 4. 1769; oben S. 722). Das *Zweite* und das *Dritte Wäldchen*, die sich gezielt Klotz und seine Schriften vornehmen, lassen schließlich Herder, nach ›Klotzianern‹ und ›Anti-Klotzianern‹ gerechnet, klar auf der Seite Lessings erscheinen.

So sehr schon der Erste Teil der *Antiquarischen Briefe* zur Polarisierung verleitet, es werden – wie bei Herder – früh auch Zwischenpositionen bemerkbar. Nicolai berichtet schon am 18. 10. 1768 aus Berlin (Nr. 25), daß selbst »Klotzens beste Freunde« der Ansicht seien, Klotz habe »sich an einen für ihn zu starken Streiter gewagt«. Der versöhnliche, weiche, mit Lessing seit frühen Leipziger Tagen verbundene Christian Felix Weiße bekennt am 20. 10. gegenüber

Klotz: »Ihre Fehde mit Lessingen thut mir weh. Schöne Geister sollte das Band der Eintracht und Liebe verbinden, und wenn hat jemals die Wahrheit bei dieser Art zu kämpfen gewonnen?« (Nr. 26). Aber Lessing, der die Bedenken mancher Freunde gegen sein Vorgehen kennt, deutet etwa gegenüber Nicolai an, er möge sich seinetwegen mit Klotz versöhnen: »Nur bitte ich, daß Sie mich nie in Ihre Versöhnung mit einschließen.« (29. 11.; Nr. 34) Und dem hochgeschätzten Johann Arnold Ebert gegenüber – demjenigen, der später die Berufung nach Wolfenbüttel vermitteln wird – bekundet er am 18. 10. (Nr. 24) sogar ausgesprochenen Spaß auf die Fortsetzung der Fehde. Einem Autor wiederum, der ihm kritische »Anmerkungen« über den *Laokoon* ankündigt (Christoph Gottlieb von Murr; Nr. 33), versichert er, er sei von Klotz »gezwungen« worden, den scharfen »Ton« zu wählen (wegen des Vorwurfs, einen »unverzeihlichen Fehler« begangen zu haben).

Lessing gibt sich zwar wiederholt siegesgewiß, er werde den Hallenser Professor und Geheimrat auf seiner bereits abschüssigen Bahn weiter hinunterstoßen. Doch begegnen auch Hinweise, daß Lessing sich angesichts der Reserviertheit mancher Freunde mitunter wohl noch etwas isoliert fühlt (vgl. etwa Nr. 34). Um so lebhafter ist sein Dank, als gegen Jahresende 1768 ein Kritiker (Rudolf Erich Raspe) eine in der Tendenz ähnliche Rezension von Klotzens Buch über die *Geschnittenen Steine* veröffentlicht (Lessings Brief vom 30. 12.). Das von Klotz geblendete deutsche Publikum werde hoffentlich »mißtrauischer« werden, »wenn nach und nach sich noch mehr solche Stimmen, als die Ihre, mit meiner verbinden« (Nr. 39).

Solche Lessingschen Reaktionen auf praktische Unterstützung oder auf freundliche Sympathie sind mehrfach begleitet durch Ankündigungen des Zweiten Teils (so gegenüber Heyne am 5. 1. 1769; Nr. 40). Nicolai, als Verleger, drängt ohnehin, schon ob der ungewissen Rom-Pläne. Ein weiterer Impuls kommt hinzu. Nach Klotzens scharfer Zurückweisung unmittelbar im Anschluß an das Erscheinen des Ersten Teils (Nr. 21 und 22) folgen in den ersten Monaten des Jahres 1769 mehrere recht kritische Besprechungen. Im Februar macht Johann Jakob Dusch, der mit seinem Bericht über den »unverzeihlichen Fehler« an der Veranlassung des ganzen Streits mitbeteiligt war, eben diesen Streit zu einem Hauptpunkt seiner Rezension (Nr. 46). Er referiert auffällig genau Lessings Argumentation, respektiert auch den »Kenner« und rechtfertigt im übrigen umständlich, daß er das Werk überhaupt noch einmal vorstelle. Deutlich schärfer ist, im März, der Ton des Klotzianers Friedrich Justus Riedel (Nr. 49), der neben viel Einzelkritik ironisch einen neuen »Styl« entdeckt und – mit Beispielen – als »undeutsch«, »nachlässig«, ja »pöbelhaft« anprangert.

Riedel wird denn auch im Zweiten Teil der *Antiquarischen Briefe* zum willkommenen Objekt gezielter Invektiven, beispielhaft demonstrierend, wie die ganze Klotzianische Sippe sich auf dünnem, rasch eingezogenem Boden an Kenntnissen eine antiquarische Kritiker-Rolle in Deutschland anmaßt, das Ganze bei ihm auch noch unter der Flagge eines Professors der »Philosophie«. Zu den Kritikern Dusch und Riedel tritt schließlich Anfang April 1769 in den Greifswalder ›Neuen Critischen Nachrichten‹ (Nr. 52) ein Anonymus, der einen präzisen, knappen Überblick über die Hauptthemen des Ersten Teils gibt und Lessings Kennerschaft – auch im Hinblick auf den *Laokoon* – rühmt. Auch der »lebhafte, hinreissende Styl« hat ihn beeindruckt. Aber den »Ton« bedauert er; er drücke nicht die »Urbanität« aus, von welcher der Vorbericht rede. Und: »nun freuen wir uns wegen des Ruhms beyder Gelehrten, daß diese Streitigkeiten an ihrem Ende zu seyn scheinen«.

Der Kritiker äußert hier eine Hoffnung, die ohne Zweifel manche Einsichtigen in Deutschland hegen. Und Lessing bleibt dies kaum verborgen. Mendelssohns und etwa des Bruders Karl briefliches ›Schweigen‹ zum Thema ist beredt. Aber Lessing bleibt, nicht ohne Verbissenheit, zur Fortsetzung entschlossen. Im Frühjahr 1769 sind, vermutlich von Riedel herausgegeben, *Briefe scurrilischen Inhalts: Eine Beyla-*

ge zur Bibliothek der elenden Scribenten erschienen, in denen Lessing parodistisch-satirisch, aber wenig geistvoll, ins Lächerliche gezogen werden soll. Empört spricht er Heyne im Brief vom 1.4. (Nr. 51) auf diese »Infamie« an. Ein Hamburger Beobachter, wenige Tage darauf (Nr. 53), ist der Ansicht, daß Klotz seinen Kontrahenten mit den *Scurrilischen Briefen* »schändlich beleidigt« habe, während Lessing sich über Klotz »großmüthig« äußere.

Lessing wird durch die Angriffe der Klotzianer nicht nur erneut gereizt, er hat sich auch durch wiederholte Ankündigung seines Zweiten Teils gegenüber Freunden gewissermaßen verpflichtet. Und Nicolai wartet. Andere Lessingsche Projekte bleiben ungewiß. Zur Ostermesse 1769 ist der zweite Band der *Hamburgischen Dramaturgie* erschienen, der Schluß zeugt von Enttäuschung und Verbitterung. Die Italienreise wird wiederum verschoben, da sich im Juni 1769 mit dem josephinischen Vorhaben einer Wiener Akademie (mit Klopstock als Präsidenten) eine Hoffnung für Lessing aufgetan hat; auch sie zerschlägt sich. Lessing befindet sich, mit zunehmenden Finanzsorgen, fast in der gleichen Lage wie ein Jahr zuvor, als er den Plan zu den *Antiquarischen Briefen* faßte.

Am 10.8. meldet Lessing an Nicolai in Berlin (Nr. 57): »Der zweite Teil der antiquarischen Briefe ist fertig.« Eine »Zwischenarbeit« sei daran schuld, daß nicht der dritte Teil auch schon beendet ist. Die »Zwischenarbeit«: *Wie die Alten den Tod gebildet* (sie erscheint im September bei Voß in Berlin). Sie ist aus dem antiquarischen Streit mit Klotz herausgewachsen (vgl. Bd. IV dieser Ausgabe, S. 1080-1086), so wie im Juni 1768 die beiden Entwürfe zu den *Ahnenbildern der alten Römer*.

Aber die *Todes*-Schrift signalisiert bereits etwas Neues: Sie ist geschlossener, geht ›systematischer‹ vor, ihr »Ton« ist deutlich zurückgenommen. Im September hat Lessing durch Ebert das Angebot der Wolfenbütteler Bibliothekarsstelle erhalten. Es ist möglich, daß er sich durch die neue Schrift *auch* dem braunschweigischen Erbprinzen empfehlen wollte (für ihn schickt er Ebert gleich ein zweites Exemplar zur eventuellen Überreichung mit). Das faktisch gleichzeitige Erscheinen des zweiten Teils der *Antiquarischen Briefe* stellt sich im nachhinein nicht nur als Schwelle zu einer neuen Lebensperiode dar. Es ist auch von eigentümlicher Widersprüchlichkeit. Denn gerade in der Schlußsequenz der ›Briefe‹ 51 bis 57 hat Lessing den »Ton« in eine Lautstärke und persönliche Schärfe gegenüber Klotz getrieben wie kaum je zuvor.

REZEPTION UND WIRKUNG SEIT DEM ERSCHEINEN DES ZWEITEN TEILS
(vgl. Dokumente B)

Erst vom Erscheinen des Zweiten Teils an, Ende September 1769 bei Nicolai in Berlin, lassen sich Entstehung und Rezeption sinnvoll voneinander trennen. Ein Dritter Teil wird nicht mehr fertig werden. Die Nachlaßentwürfe zu ihm bringen zwar mit Paralipomenon 6 (S. 604-613) ähnlich wie beim *Laokoon* eine vollständig, vom 58. bis zum 98. ›Brief‹ durchgezählte Folge von kurzen Notizen; in den anderen Paralipomena finden sich auch ausgeführtere Partien zu wenigen dieser ›Briefe‹. Jedoch wird deutlich, daß Lessing – wenn nicht Umfangreiches verlorengegangen ist – mit seinen Ankündigungen des Dritten Teils recht großzügig ist (besonders gegenüber Nicolai, vgl. etwa Dokumente A, Nr. 57 mit der Erwähnung des Druckbeginns schon »künftige Woche«; vgl. auch Dokumente B, Nr. 1). Dieses faktische Zurückstellen des Dritten Teils schon in den ersten Wochen und Monaten nach Erscheinen des Zweiten hängt gewiß mit den neuen Wolfenbütteler Aussichten zusammen. Doch sie ist wohl auch Reaktion der Reaktion: Antwort auf die Resonanz, die der Zweite Teil zunächst findet.

Die ›Briefe‹ 51 bis 57 in ihrem rekapitulierenden und persönlich abrechnenden Charakter haben eine derartige

Steigerung auch des »Tones« gebracht, daß eine sinnvolle Fortsetzung kaum erkennbar wird. Lessing selbst formuliert im Nachlaßentwurf zum 58. ›Brief‹ (S. 604,4 f.): »Fürchten Sie nicht, noch mehrere Briefe im Tone der letztern zu erhalten.« Und Paralipomenon 6 mit seinem Gesamtaufriß macht partienweise einen recht bemühten und auch das Wiederkäuen nicht vermeidenden Eindruck. Sehr genau paßt hierzu die Frühresonanz des Zweiten Teils: Die Klotzianer reagieren scharf, die Freunde halten sich überwiegend zurück.

Schon am 19. 10. 1769 läßt Klotz in den ›Neuen Hallischen Gelehrten Zeitungen‹ (Nr. 2) eine knappe Anzeige einrücken, die mit gespielter Souveränität Lessings Fortsetzung als Zweiten Teil der *Briefe scurrilischen Inhalts* einführt. Die Schrift sei lediglich »wegen des witzigen Drucks und gründlichen Papiers« erwähnenswert und werde nur einige Wochen überdauern; in ihr verbänden sich »scurrilischer Witz und Pedanterey mit Unwissenheit und lügenhafter Schmähsucht«. Im übrigen verbreitet Klotz offenbar das Gerücht, der Dresdner Antiquar und Herausgeber der vielbenutzten *Daktyliothek* (vgl. Anm. 393,28) wolle öffentlich gegen Lessing schreiben (Nr. 1); und er selbst, Klotz, wolle in entlarvender Absicht seine Korrespondenz mit Nicolai drucken (offenbar veranlaßt durch Lessings Publikation Klotzscher Briefe im Zweiten Teil der *Antiquarischen Briefe*). Nicolai selbst hält das für absurd (Nr. 3) und berichtet zugleich von dem friedliebenden Weiße, der von den Klotzianern ostentativ gelobt werde: der wolle nur »ruhig leben«. In den ›Göttingischen Anzeigen von Gelehrten Sachen‹ erklärt Heyne am 16. 11., freilich als Anonymus (Nr. 6), Lessing spreche im Zweiten Teil »mit der Würde und dem Anstand eines Mannes, der sich selbst nicht verachten darf«. Aber recht ostentativ wird vorweg vom Rezensenten versichert, er wolle »durchaus keinen Antheil an allen diesen Streitigkeiten nehmen«.

Von denjenigen, die sich als auf der Seite Lessings stehend betrachten, veröffentlicht in den nächsten Wochen und Monaten offenbar nur ein einziger eine längere Besprechung des Zweiten Teils: der Bewunderer Klopstocks und Lessings Heinrich Wilhelm von Gerstenberg (vgl. Anm. 180,3), über dessen Tragödie *Ugolino* (1768) sich Lessing in mehreren Briefen an den Verfasser sehr anerkennend geäußert hat. In der ›Hamburgischen Neuen Zeitung‹ – wo der antiquarische Streit mit Klotz im Sommer 1768 begonnen hat – referiert er eingehend und verständnisvoll den Zweiten Teil und läßt gleich zu Anfang erkennen, Lessings Kritik sei keine »bloße *Zänkerey* 〈Klotzens Behauptung〉 über einige mißverstandene Stellen im Laokoon«. Er hebt das Prinzipielle und Notwendige der Lessingschen Attakken gegen Klotz hervor: »Der gelehrte Staat duldet keinen Despotismus.« Wie Bodmer schließlich Gottsched »mit seinem langen Anhange von halb Deutschland« vom »Throne« gestoßen habe, so gelinge es jetzt Lessing mit »Gottsched dem Zweyten«.

Das Etikett begegnet bereits seit einiger Zeit, etwa in einem Brief Herders an Nicolai (21.11.1768, Dokumente A, Nr. 32; vgl. Nr. 43). Und auch der »Despot« oder »Monarch« (so Geßner an Wieland, 20.1.1769; Dokumente A, Nr. 45) wird im Zusammenhang des Lessingschen Kampfes gegen Klotz wiederholt bemüht. Klotz hat sich um das Wolfenbütteler Bibliothekariat ebenfalls bemüht, wie Ebert am 10.4.1770 berichtet (Dokumente B, Nr. 9), und muß sich über die Berufung ausgerechnet seines schärfsten Gegners »geärgert« haben. Für Ebert hat dieser Ausgang zugleich paradigmatische Bedeutung, und er befürchtet, Lessing werde dem bereits Angeschlagenen durch einen weiteren Teil ›antiquarischer Briefe‹ »den Rest geben«. Dabei solle er doch lieber Werke schreiben, »die das *ganze* Publicum interessiren; obgleich auch jene manches enthalten, das auch die Nachwelt noch mit Nutzen und Vergnügen lesen wird. Desto schlimmer für Hrn. Kl. der darinn wider seinen Willen mit ewig wird«.

Ebert gibt in wenigen Sätzen eine der komplexesten und hellsichtigsten Diagnosen des Problems der *Antiquarischen*

Briefe insgesamt. Für den größten Teil des »Publicums« hat sich der Klotz-Streit bald schon nach Erscheinen des zweiten Bandes – wenn nicht bereits vorher – überlebt. Nicolais Bilanz Mitte 1770 ist ernüchternd und bezeichnend (23.6. an Lessing; Nr. 10): Der Erste Teil ist fast ausverkauft, vom Zweiten sind nur wenige abgegangen, es gibt viele Remittenden, der Dritte Teil »wird hoffentlich die Sache wieder gut machen«. Lessing, in finanzieller Bedrängnis, hat im Herbst 1769 bereits um Vorschuß gebeten (Nr. 4, 5) und scheint sich mitunter selbst fast zwingen zu müssen, an die Fortsetzung zu denken. Nicolais Interesse geht zusehends zurück, mit manchen Schwankungen, auch freundschaftlichen Gesten. Von einem Vierten Teil ist sogar die Rede (Nr. 10), der Verlegerfreund betont seine selbstverständliche Loyalität und stellt Lessing ostentativ anheim zu bestimmen, welcher ›Brief‹ der »letzte« sein soll. Vom Ersten Teil plant Nicolai einen Nachdruck. 1771 bringt er in der hauseigenen ›Allgemeinen deutschen Bibliothek‹ – der Vorgang hat fast etwas Peinliches – noch einmal eine ausführliche Präsentation des Ersten und des Zweiten Teils der *Antiquarischen Briefe* (Nr. 11). Die Entstehung des Streits wird noch einmal aufgerollt, und mit vielen sorgsam numerierten Fragen wird Klotzens Verhalten auf den Prüfstand gestellt. Bevor schließlich eine Inhaltsangabe der ›Briefe‹ einsetzt, weist der Verfasser zum wiederholten Mal den Vorwurf der »Zänkerey« zurück und preist die ›Briefe‹ als Beiträge »zu mehrerer Erläuterung der Alterthümer, und zur Einführung eines wahren und guten Geschmacks in dieses Studium«.

Die Bemühungen fruchten wenig, noch im Jahr 1777 (Nicolai an Lessing, 10.10.; Nr. 16) befinden sich vom Zweiten Teil nicht weniger als 300 Exemplare am Lager. Der Nachdruck des Ersten Teils, von dem Nicolai bereits 1770 spricht (23.6.; Nr. 10), kommt erst 1778 zustande. Im folgenden Jahr zeigt er ihn wiederum in seiner ›Allgemeinen deutschen Bibliothek‹ an (Nr. 17): zwar seien die »Streitigkeiten«, die Anlaß waren, »vergessen«, aber die *Antiqua-*

rischen Briefe (Erster Teil) besäßen doch noch »großen Werth« wegen der wichtigen »Materien« und wegen »der vortrefflichen Schreibart, die in unserer Sprache von mehr als einer Seite, *klaßisch* ist«.

Dieses Würdigungsmuster wird zum festen Bestand der Urteilsgeschichte der *Antiquarischen Briefe*. Schon die Greifswalder Rezension des Ersten Teils vom April 1769 (Dokumente A, Nr. 52), die sich kritisch gegen den »Ton« wendet und ein baldiges Ende der Fehde erhofft, preist das »Genie« der »Sprache« und die »Vortheile« für die deutsche »Litteratur«. Und Gerstenbergs Lob des Zweiten Teils (Dokumente B, Nr. 7) leitet das »Interessante« der Lektüre schon wesentlich von der »Präcision«, »Klarheit« und »Lebhaftigkeit« der Lessingschen Schreibart her.

Das Interesse an dem Streit selbst und an seinen Gegenständen ist beim größten Teil des Publikums schon geschwunden, als am 31.12.1771 Klotz im Alter von 33 Jahren an einem »Nervenfieber« stirbt. Eberts Ahnung anderthalb Jahre zuvor (Nr. 9), als Klotzens Stern bereits im Sinken ist, hatte mehr als nur Gedankenspielerisches. Über den Anteil des Lessing-Streits, ja über die Mitschuld Lessings an seinem Niedergang, ist schon damals viel spekuliert worden (vgl. unten S. 983; sehr scharfe Formulierungen noch bei Alfred Schöne, PO 17, S. 58f.). Manche seiner Anhänger halten auch in den folgenden Jahren ostentativ zu ihm, so der Herausgeber (J. J. A. von Hagen) der *Briefe Deutscher Gelehrten an den Herrn Geheimen Rath Klotz* (1773; mit Briefen renommierter Wissenschaftler und Poeten, von Gleim bis Abbt, von Lavater bis Garve; auch Lessing ist darunter: mit seinem Brief vom 9.6.1766, Dokumente A, Nr. 2). Andere, wie der Historiker Karl Renatus Hausen in seiner Klotz-Biographie von 1772, verbreiten heimtückische Nachrede, über die sich später Goethe noch erregen sollte.

Lessing hält sich auffällig zurück. Am 23.4.1772 fragt ihn Heyne brieflich (Nr. 13), mit leicht verklausulierter Hoffnung, ob mit Klotz doch wohl auch »forthin« die *Anti-*

quarischen Briefe »abgestorben« seien. Unter dem Datum des Tages zuvor (Nr. 12; das »abgestorben« begegnet dort ebenfalls) hat Lessing Nicolai die Frage einer eventuell anderen Ausrichtung der *Antiquarischen Briefe* offen gelassen. Jedenfalls sei es »eben so unanständig als unnützlich, sich mit einem Toten zu zanken«. Empfindungen der Pietät begegnen sich mit dem Eindruck, daß der antiquarische Komplex einstweilen abgeschlossen sei (die hierauf zielende Frage an Nicolai ist eher wegschiebend). Mit *Emilia Galotti* beschäftigt ihn ungleich ›Würdigeres‹, auch Heyne weist darauf hin.

Der frühe Tod Klotzens, als fast symbolischer Vorgang, taucht in der Rezeptionsgeschichte der *Antiquarischen Briefe* bis weit ins 19. Jahrhundert hinein immer wieder einmal auf. 1776 veröffentlicht ein Anonymus *Fragmente eines Gesprächs im Reich der Todten, zwischen Rabner* 〈dem Satiriker Rabener〉 *und Klotz* (Nr. 15). Dort verteidigt sich Klotz, er habe seine »Lobsprüche« nur benutzt, um junge Talente zu fördern. Seine »Hize« aber habe ihn in »unselige Strittigkeiten« getrieben: »Wäre Leßing mein Freund gewesen –«. Rabener wirft ihm vor, er habe nicht eingesehen, »daß alle kluge Leute auf Leßings Seite waren«, sich nur aus deutscher »Friedlichkeit« nicht an diesem »Krieg« beteiligten. Eine andere Friedlichkeit hat ein Autor in der Wiener ›Realzeitung‹ vom Jahre 1780 (Nr. 19) als ein »löbliches Herkommen« der deutschen Gelehrten im Auge: daß sie nur »miteinander zanken, so lange sie leben«. »Klotz hatte kaum die Augen zugethan, so schwiegen Lessing und Herder und Nikolai und Raspe und alle die würklich gelehrten Männer, mit denen er schwere papierverderbliche Kriege geführet hatte.«

Klotzens Erscheinungsbild indes, seine wissenschaftliche und schriftstellerische Reputation, wird mehr und mehr durch den Lessing-Streit geprägt, und durch die *Antiquarischen Briefe*, die fortan zum Grundbestand aller größeren Ausgaben des Nationalautors gehörten. In Herders großem Lessing-Nekrolog vom Herbst 1781 (Nr. 20) durchkreuzen einander die ›parteiliche‹ Sicht dessen, der einst selbst über Klotz seinen Spott ausgegossen hat, und eine charakteristische, das »jezt« und das »damals« betonende Epochendistanzierung. Lessing, von den »muthwilligen Knaben« Tag für Tag angefallen, habe »alle Stärke und männliche Dreustigkeit teutscher Sprache« benötigt, um sich zu wehren. Und diese »Stärke« zeige sich zumal gegen Ende des Zweiten Teils (womit Herder wohl vorzugsweise den 51. bis 57. ›Brief‹ meint). Der sprachlichen Glanzleistung von nationaler Verdienstlichkeit aber steht gegenüber, was den Streit selbst betrifft: »Teutschland schämt sich jezt dieser Scene, und des Werths den man damals manchen Kindereien beylegte.«

Diese entscheidende, wertende ›Historisierung‹ der Klotz-Fehde und damit partiell auch der *Antiquarischen Briefe*, im Zeichen des Lessingschen Todes, hat ihre Vorstufen. Schon bald nach Erscheinen des Ersten Teils regen sich, wie sich zeigte, nicht zuletzt unter Lessings Freunden erste Stimmen, die die Sache für ›ausgereizt‹ halten. Die Einschätzung verstärkt sich, in Ansätzen wohl auch bei Lessing selbst, nach dem Zweiten Teil und vollends nach Klotzens Tod. Die Einsicht in das Ephemere des Streits und – bei einigen Kritikern – auch in das Unangemessene, Überzogene des »Tons« gehört zu den Leitmotiven in der Urteilsgeschichte der *Antiquarischen Briefe* schon zu Lebzeiten Lessings; nicht zu vergessen: die Würdigung der exemplarischen, neuen, »lebhaften« Kritiksprache.

Im Jahr nach Lessings Tod treibt der Klassische Philologe und Jenaer (später Hallenser) Professor für Poesie und Beredsamkeit Christian Gottfried Schütz in seiner Schrift *Ueber Gotthold Ephraim Lessing's Genie und Schriften* (1782; Nr. 21) die ›Historisierung‹ noch einen bemerkenswerten Schritt weiter. »Hätte Lessing Gelegenheit gehabt, wo er diejenige Art der Beredsamkeit, die Roms und Athens Verfassung mit sich brachte, hätte zeigen können, wir würden Reden von ihm haben, die mit den feurigsten eines Cicero und Demosthenes sich messen können.« Im Deutschland seiner Zeit aber habe er sich seine »Gegner« in Leuten wie Klotz suchen müssen und sei doch bei aller Entschiedenheit nie »aus der Tonleiter gewichen«, die er selbst für den Kunstrichter angegeben habe (Schütz bezieht sich hier wohl auf den 57. ›Antiquarischen Brief‹). Seine »Urbanität«, ohne »Cabalen« und »Verdrehungen«, habe er bei allem Spott doch stets bewahrt.

Die Würdigung der *Antiquarischen Briefe* auf dem Hintergrund der besonderen deutschen Zeitverhältnisse und ihrer politischen wie literarischen Defizite klingt bei Herder schon an. Die »erbärmliche Zeit«, mit der Lessing habe fertigwerden müssen, ist noch für Heine, für den alten Goethe (in der vielzitierten Äußerung gegenüber Eckermann vom 7. 2. 1827) und für manche anderen Autoren des 19. Jahrhunderts ein gern verwendetes Erklärungsmuster. Lessing figuriert dabei stets als der »außerordentliche Mann«, der trotz allem Unvergleichliches schuf. So interpretiert der Berner Buchhändler und Publizist Johann Georg Heinzmann schon 1785 in seinen *Analekten für die Litteratur* (Nr. 22) auch die *Antiquarischen Briefe*. Er verteidigt ihren Autor nicht nur gegen das falsch verstandene Etikett »Sophist«, sondern hebt im Vergleich zu anderen Schriftstellern gerade die »Deutlichkeit« als einzigartige Tugend hervor und bezeichnet die *Antiquarischen Briefe* ungescheut als »wahrhafte Muster von Streitschriften«.

Für Herder, Schütz, Heinzmann und andere sind es gerade das Vorgängerlose und das »mannhaft« Herausgehobene, was Lessings antiquarischen Streitstil auszeichnet. Es schwindet allmählich das Bewußtsein, daß auch Lessing seine freundschaftlichen Helfer und Mitstreiter gegen Klotz besaß. Er hat mit dem einprägsamen Bild von der einsamen Mühle, im Schlußteil der *Antiquarischen Briefe* (S. 572,23-38), selbst an dieser Stilisierung kräftig mitgewirkt. Für Campe, der sich 1788 über »Einsamkeit« und »gesellschaftliche Verbindung« äußert (Nr. 23), wird dieses Bild zum Symbol der »wenigen Erzhelden«, die sich ohne »Stützen und Vertrauen auf verbundene Kräfte« in den Kampf wagen. Goethe, der als Leipziger Student *Laokoon* und *Wie die Alten den Tod gebildet* noch wie Manifeste des ›freien Gedankens‹ und des ästhetischen Triumphs erlebte, hat sich für »die Klotzischen Händel und Lessings Controversen« offenbar wenig erwärmen können. In der eigentümlich kontrastivischen Perspektivtechnik von *Dichtung und Wahrheit* (8. Buch, 1812; Nr. 24) zeichnet er die vorausgehende Literaturepoche als »eine schöne Zeit, wo vorzüglichen Menschen noch mit Achtung begegnet wurde«. Die Lessingschen Streitschriften sind nicht mehr rhetorische »Muster«, sondern eher Zeitsymptome einer neuen Epoche des inhumanen Streitens. Es fragt sich, ob Goethe mit dieser besonderen Akzentuierung nicht einen vernachlässigten Wesenszug auch der *Antiquarischen Briefe* traf.

STRUKTUR UND GEHALT

Lessings *Briefe, antiquarischen Inhalts* sind trotz ihrer offenkundigen Zeitgebundenheit nie ganz in Vergessenheit geraten. Im Lebenswerk ihres Autors – und seine Person ist stets der entscheidende Ansatzpunkt des Interesses geblieben – figurieren sie als das zentrale Textdokument für den mittleren seiner drei bekanntesten Federstreite: zwischen der Polemik gegen den vom Preußischen König protegierten Horaz-Eindeutscher Samuel Gotthold Lange (die im November 1753 ebenfalls im ›Hamburgischen unpartheyischen Correspondenten‹ begonnen hat; vgl. Dokumente A, Nr. 5 und generell Bd. III dieser Ausgabe) und der Auseinandersetzung mit dem Hamburger Hauptpastor Johann Melchior Goeze – und anderen – über die *Fragmente* des Ungenannten (seit 1774 bzw. 1777; vgl. Bd. VIII dieser Ausgabe). Verglichen mit dem Lange-Streit haben die »Klotzischen Händel«, Lessings inzwischen gewachsener Reputation gemäß, erheblich weitere Kreise gezogen. Prominente Zeitgenossen haben sich an ihm beteiligt, darunter Heyne und Herder.

Aber der ›Gegenstand‹ der *Antiquarischen Briefe*, sofern man ihn benennen soll, will sich heute noch schwerer erschließen als schon den Zeitgenossen: Probleme der antiken Kunstgeschichte fast nur im Zugang über Sekundär- oder gar Tertiärquellen, Fragen der Kleinkunst vor allem, der Materialien und ihrer Behandlung, Diskussion von Autorschaft, Echtheit, Datierung und ähnliches.

Das alles begegnet im *Laokoon* ebenfalls schon, zumal in den »Ausschweifungen« der oft seitenlangen Fußnoten, mit denen Lessing zugleich seine neu erworbene antiquarische Versiertheit unter Beweis stellen will. Doch es fehlt der systematische Zugriff der »Sätze« des *Laokoon*, auch wenn sie sich im einzelnen als durchaus nicht ›originell‹ erweisen. Es fehlt das Prinzipielle der »Grenz«-Bestimmung zwischen Malerei und Poesie, das sich trotz des mitunter »spaziergängerischen« Gedankengangs doch immer wieder in den Vordergrund des *Laokoon* drängt. Und mißt man die *Antiquarischen Briefe* erst an den Texten des dritten großen Streits, an *Anti-Goeze*, *Parabel* und *Axiomata* etwa, so scheinen sich die Gegenstände noch dürftiger auszunehmen. Zwar geht es auch gegen Klotz um Fragen des wissenschaftlichen Verfahrens und – mit dem Blick auf das verehrte Gegenbild Heyne – gar um die »Aufklärung der Wahrheit« (S. 473,32). Aber das Feld kann denn doch nicht jene Dignität beanspruchen, die einer Suche nach der »Wahrheit« der Religionen, des Glaubens, der neutestamentlichen Bücher von den meisten sofort zuerkannt wird. Pflichtgemäße Würdigungen der *Antiquarischen Briefe* weichen oft allzu rasch auf ›Formales‹ aus, auf die Verfahrensweise der Lessingschen Streitschriften und auf ihre »Sprache«.

Die erstaunliche Resonanz, die zumindest der Erste Teil der *Antiquarischen Briefe* recht bald findet (vgl. oben S. 960 f.), erklärt sich nicht nur aus der Prominenz und der Virtuosität ihres Autors. Es bedarf, wie beim *Laokoon*, der Erinnerung an den Neuerungsschub, den die antiquarischen Studien seit Mitte der 1750er Jahre, seit Winckelmanns *Gedancken* (1755) beim rasch wachsenden ›literarischen‹ Publikum in Deutschland erfahren. Über das, was vorausging, urteilt Heyne mit gewiß überpointierender Schärfe: »Nur Komplikation ohne Gelehrsamkeit, ohne Geschmack und Beurteilung, macht den Inhalt der meisten antiquarischen Bücher aus.« (Schiering, S. 11.) Zwar werden auch von Winckelmann (vgl. im einzelnen die ausführliche Vorrede zur *Geschichte der Kunst des Alterthums*), von Lessing, Klotz und den anderen notgedrungen weiterhin die eingeführten Quellenwerke benutzt (Montfaucon, Spon, Junius, Caylus und viele weitere; Schiering, S. 11-15). Aber immer häufiger wird der Anspruch erhoben, im Sinne Winckelmanns »Schönheit« wahrnehmbar, anschaubar zu machen, und sei es über höchst unzureichende Abbildungen. Mit der sich intensivierenden europäischen Kunsttheorie-Diskussion (s. oben bereits zum *Laokoon*) werden zunehmend, vor allem unter englischem Einfluß, auch moralische Kategorien in die Kunstbetrachtung und Kunstwertung eingeführt (Namowicz, *Lessings antiquarische Schriften*, S. 319-321). Und die universitäre wie außeruniversitäre Kunstschriftstellerei beansprucht nun ebenfalls, an der Herausbildung des allgemeinen »Geschmacks« mitzuwirken.

Im Zuge dieser ›Bewegung‹ erlangt ein antikes Kleinkunstgebiet neuen Reiz, das heutzutage im Zeichen römischer Architektur, griechischer Plastik und griechischen Tempelbaues (auch griechischer Vasen) ganz an den Rand gerückt ist: die Gemmen- oder Steinschneidekunst (immer noch grundlegend: die große Dokumentation von Furtwängler). Hier erschließt sich der Betrachtung eine Fülle von Formen, Stilen, Techniken, Motiven, die oft zugleich einen unzureichenden, aber die Vorstellungskraft anregenden Durchblick auf die ›große‹ antike Plastik und Architektur (sogar Malerei) geben. Die erste monumentale Publikation, die Winckelmann in Italien erarbeitet, ist bezeichnenderweise die der berühmten Gemmensammlung des Barons von Stosch (*Description des pierres gravées du feu Baron de Stosch*, 1760; vgl. S. 410,2 und 12). Seit 1755 bereits (bis

1763) ist die große Gemmen-Dokumentation (»Daktyliothek«, vgl. S. 394,1) des Dresdner Kunstkenners Philipp Daniel Lippert erschienen (zur deutschen Ausgabe vgl. Abb. 4). Und es ist kein Zufall, daß der rastlos immer neue Gebiete an sich ziehende Hallenser Altertumskundler Christian Adolf Klotz als eine der ersten seiner muttersprachlichen Schriften veröffentlicht: *Ueber den Nutzen und Gebrauch der alten geschnittenen Steine und ihrer Abdrücke* (1768; programmatische Auszüge unten S. 987-996).

Diese bewußt für ein etwas breiteres Publikum konzipierte Abhandlung (mit vier Stellen, an denen auf Lessings *Laokoon* kritisch eingegangen wird) bildet, wie dargestellt (oben S. 956 f.), den konkreten Ansatzpunkt für die *Antiquarischen Briefe*. Im *Laokoon* wird das wichtige antiquarische Exempelfeld der Steinschneidekunst mehr indirekt berührt, insofern sich die von Lessing benutzten Abbildungswerke teilweise darauf stützen (auch Winckelmann in seiner *Geschichte der Kunst*, die von Abschnitt XXVI an in den Vordergrund rückt). In den *Antiquarischen Briefen* wird nicht nur etwa das Problem der Perspektive wesentlich auf der Basis Lippertscher Gemmen erörtert (12. ›Brief‹). Die Steinschneidekunst wird über längere Partien hin selbst zum Gegenstand der Erörterung, bereits vom 17. ›Brief‹ an. Und noch im Zweiten Teil ist mit dem 47. ›Brief‹ einer der ausführlichsten des ganzen Corpus nur der Herleitung des Worts ›Camee‹ gewidmet.

Es ist Zufall, daß Klotz Stellen des *Laokoon* ausgerechnet in einer Schrift über die »geschnittenen Steine« kritisiert und damit Lessing Anlaß zur Polemik gibt, und es ist auch wieder nicht Zufall. Lessing muß sich in ein antiquarisches Gebiet einarbeiten, das ohnehin immer ›populärer‹ wird. Er stürzt sich in seine Aufgabe mit der ihm eigenen Raschheit und Energie (binnen weniger Wochen scheint er schon ein Viertelhundert ›antiquarischer Briefe‹ hingeworfen zu haben; vgl. Dokumente A, Nr. 7). Dabei bleibt er auch thematisch ganz auf seinen Kontrahenten Klotz (und dessen Anhänger) ausgerichtet, dem er am 20. und 22. 6. 1768 mit dem (späteren) 1. ›Antiquarischen Brief‹ (Nr. 5) seine »Kriegserklärung« entgegengeschleudert hat (vgl. Nr. 7).

Diese für den ›Gehalt‹ der *Antiquarischen Briefe* entscheidende Fixierung bedarf des erneuten Überdenkens. Bis heute ist das Bild Klotzens weithin – wie dasjenige Langes und Goezes (hier neuerdings mit Einschränkungen, vgl. Bd. VIII) – durch die Perspektive des ›überlegenen‹ Lessing bestimmt. Klotz ist der aufgeblasene, oberflächliche, intrigante, dadurch zunächst erfolgreiche Universitätsgelehrte, dessen blenderischem und cliquenhaftem Treiben Lessing schließlich den Garaus gemacht hat (eine gründliche neuere Beschäftigung fehlt; auf breiter Materialbasis knapp zusammenfassend und immer noch lesenswert: der ADB-Artikel von Erich Schmidt, s. Literaturhinweise). Schon Ebert in einem Brief vom 10. 4. 1770 (Dokumente B, Nr. 9) prophezeit hellsichtig Klotzens Wertungsgeschichte: daß in den *Antiquarischen Briefen* manches stehe, das auch »die Nachwelt« noch »mit Nutzen und Vergnügen« lesen werde. »Desto schlimmer für Hrn. Kl. der darinn wider seinen Willen mit ewig wird.«

Klotz, reichlich neun Jahre jünger als sein enger Landsmann Lessing (in Bischofswerda am 13. 11. 1738 geboren), ist als Sohn eines wohlhabenden Superintendenten – statt eines kärglich lebenden Archidiakons – früh in seinen Talenten gefördert und mit den besten Hauslehrern versehen worden. Zögling der Fürstenschule zu Meißen wie Lessing, hat er in Leipzig, Jena, Wittenberg (wo er Magister und »poeta laureatus« wurde), Göttingen (Aufstieg zum Ordinarius aufgrund auswärtiger Rufe) und schließlich in Halle rasche akademische Karriere gemacht. Als vielseitiger junger Gelehrter in weiten Bereichen der antiken und der neueren Literatur belesen, als gewandter Lateiner in Poesie und Prosa (Erich Schmidt, *Lessing*, Bd. 1, S. 648: »der genießbarste Neulateiner des achtzehnten Jahrhunderts«), als geschickter Organisator persönlicher Beziehungen gewann er einflußreiche Gönner und verstand es bald, auch Anhänger um sich zu versammeln. Am preußischen Hof gelang es ihm, den einflußreichen Quintus Icilius für sich einzunehmen (unter anderem durch Gutachterei und durch die Ablehnung reizvoller Angebote aus Warschau). Und so war der Erfolg perfekt, als Klotz im Jahre 1766 – er war schon »Hofrat« – der jüngste »Geheimrat« in Preußen wurde. Eine Schrift über Münzkunde (1767) trägt den »Herrn Geheimdenrath Klotz« bereits auf dem Titelblatt.

Damit ist ein wichtiges Rahmenmotiv der *Antiquarischen Briefe* gegeben. Lessing, der vom preußischen Hof wiederholt – und trotz Fürsprache Kleists – als Stellenbewerber abgewiesen worden war, spießt den »Geheimdenrath« genüßlich auf, so in der Rezension des *Apollodor* von Meusel (dem Klotz-Schüler), die am 2. 8. 1768 erschien (oben S. 347-349) und von Kont (Vol. 1, S. 141) mit Recht als »avant-coureur« der *Antiquarischen Briefe* betrachtet wird. Lessing hat das Motiv in der Schlußabrechnung mit Klotz wieder aufgenommen und ihm nicht nur (im 55. ›Brief‹) vorgeworfen, ihn hochmütig bloß als »Herrn Magister« tituliert zu haben, sondern auch das Publikum aus preußischer Machtperspektive zu behandeln: »Es ist Hr. Klotz, der Geheimderat. – Sehr wohl; damit muß sich die Schildwache in einer Preußischen Festung begnügen: aber auch der Leser?« (S. 577,8-10)

Für die Grundhaltung der *Antiquarischen Briefe* ist diese Kritik des Macht-Denkens, noch dazu in seiner preußischen Protegierung (ähnlich wie bei Samuel Gotthold Lange), prägend geworden. Und die zutiefst persönlichen Ressentiments gegenüber Klotzens Karriere sind davon nicht zu trennen. Sie haben Lessings antiquarisches Engagement wohl erst eigentlich zum »Krieg« werden lassen, in dem es paradigmatisch um Macht und Machtmißbrauch des »Schulhaupts« und »Scribenten« Klotz geht. Doch sie sind zugleich mitursächlich für eine Verengung des Blickwinkels geworden, unter dem Lessing – und mit ihm wiederum die »Nachwelt« – den Hallenser Professor wahrgenommen hat.

Klotz ist seinem Widersacher nicht nur in der Handhabung des neuen Zeitschriften-Instrumentariums und in seinen nationalpädagogischen Zielen oft recht ähnlich. Gerade in der programmatischen Vorrede zu der von Lessing attackierten Schrift *Ueber den Nutzen und Gebrauch der alten geschnittenen Steine und ihrer Abdrücke* (1768) entfaltet er, als »Schriftsteller«, den »aufrichtigen Wunsch, daß die gründliche Gelehrsamkeit, der gute Geschmack, und die richtige Bildung des Geistes in meinem Vaterlande ausgebreitet werde« (S. 2; oben S. 988). Besondere Aufmerksamkeit widmet er der »Verbesserung der Schulen« und des »Unterrichts« (S. 2f.; oben S. 988). Mit einer Entschiedenheit, die selbst bei Lessing nicht immer anzutreffen ist, vertritt er die Überzeugung, »daß der gute Geschmack in allen Ständen nöthig sey« (S. 3; oben S. 989, dazu auch Namowicz, *Lessings antiquarische Schriften*, S. 314f.). Und schließlich propagiert er als besonders vernachlässigten Teilbereich der Wissenschaften »die Kentniß der Künste und ihrer Geschichte« (S. 7; oben S. 992), unter besonderer Pflege der »alten Künstler«.

Darin steckt viel aufklärerisches Gemeingut und viel Willenserklärung. Aber etwa die Öffnung zu einem breiteren, nicht-universitären Publikum praktiziert Klotz auch: durch Bemühen um Erklärung des wenig Bekannten, durch Klarheit und durch – gewiß mitunter aufdringliche und selbstgefällige – Hinwendung zum Leser. Das fast Elementarste sei nicht vergessen: Der talentierte und geschätzte Lateiner Klotz, der Universitätsgelehrte, wechselt seit Mitte der 1760er Jahre immer entschlossener zur Muttersprache bzw. zu einem Nebeneinander der Idiome, in seinen Periodica wie in seinen Büchern.

Lessings spürbare Aversion gegen Klotz erklärt sich gewiß zunächst aus dem Kontrast der Karrieren, aus der Klotzschen Einschmeichelungstechnik (die im ersten Brief vom 9. 5. 1766 – Dokumente A, Nr. 1 – ihm selbst gilt) und aus der Beobachtung von Machtmißbrauch, jedoch auch aus mancher Affinität des Wirkenwollens.

Fast entsteht mitunter der Eindruck, als wolle Lessing

spezialistisch ›gegenhalten‹. Bei den schwierigen Zuschreibungsfragen des Borghesischen Fechters (13., 35.-39. ›Brief‹) mag sich Lessings in der Sache fast esoterische Darstellungsweise noch daraus erklären, daß hier eine Deutungsthese aus dem *Laokoon* zur Diskussion steht (und daß sich eine Autorität wie Heyne eingeschaltet hat). Die lange, ja langatmige Erörterung der Gemmen-Materialien und ihrer Bearbeitungs-Techniken (21.-34. ›Brief‹) legitimiert sich so nicht; sie bedeutet eher ein schreibendes, öffentliches Sicheinarbeiten in Grundlagen der Gemmenkunde. Und es scheint bezeichnend, daß der »Wortgrübler« Lessing (S. 530,23 f.) die Grundlagen-Briefe des Ersten Teils im Zweiten Teil durch eine weitausgreifende etymologische Betrachtung ergänzt, deren »Geist« und »wollüstigen« Charakter er auch noch fast bekennerisch verteidigt (S. 531,2-9).

Für die *Antiquarischen Briefe* gilt partienweise noch ausgeprägter als für den *Laokoon*, was Rehm (S. 183-201) zur Antithese zwischen dem »unsinnlichen« Scharfsinn eines Büchergelehrten und der Glut der »inneren Anschauung« Winckelmanns zugespitzt hat. Winckelmann ist wiederholt – man denke auch an Lessings italienische Hoffnungen (oben S. 959) – als Instanz gegenwärtig und wird, wenn Klotz ihn kritisiert, fast ostentativ in Schutz genommen (S. 469). Der unerreichbare Vorsprung an »Kunst«-Kenntnis bleibt ihm voll bewußt und wird, wie schon im *Laokoon*, da und dort gerne vorsichtig relativiert. Man spürt nachgerade den kleinen Triumph, als sich beim Borghesischen Fechter herausstellt, daß Winckelmann sich *trotz* Autopsie geirrt hat (S. 478,28-34). Bei einem limitierten, überschaubaren Feld wagt er sogar den prinzipielleren Satz: »Hier müssen Beweise aus Büchern mehr gelten, als der Augenschein« (S. 441,26 f.). Geradezu schockierend aber hat, namentlich für spätere Generationen von Archäologen, die apodiktische Selbstabgrenzung schon im 13. ›Antiquarischen Brief‹ gewirkt: »ich, ich bin nicht in Italien gewesen; ich habe den Fechter nicht selbst gesehen! – Was tut das? Was kömmt hier auf das *selbst Sehen* an? Ich spreche ja nicht von der Kunst« (S. 398,32-35).

Antike Kunstgeschichte ohne »Kunst«: Es gibt in den *Antiquarischen Briefen* (etwa im 39. ›Brief‹), in der Korrespondenz Lessings (etwa Dokumente A, Nr. 34) wie in Zeugnissen von Freunden (Dokumente B, Nr. 18) unüberlesbare Klagen über das »Erbärmliche«, das Unzureichende des »antiquarischen Studiums«, das so oft nur das »Wahrscheinliche« statt des »Wahren« finde (S. 484,26 f.). Noch mitten in der Klotz-Fehde, nach dem Erscheinen des Ersten Teils, kennzeichnet er am 5. 11. 1768 gegenüber Mendelssohn (der Lessings Treiben mit Reserve betrachtet) das Studium der »Altertümer« als lediglich »ein Steckenpferd mehr, sich die Reise des Lebens zu verkürzen«.

Zwar kennt man Lessings Rückzug auf den »Liebhaber« auch aus dem so entschieden substantielleren Streit um die *Fragmente* des Reimarus. In den *Antiquarischen Briefen* drängt sich das ›Steckenpferdhafte‹ bisweilen sehr viel unmittelbarer auf. Das Beliebige, oft Gewollte, ja Forcierte wird in den Dokumenten der Entstehungsgeschichte wiederholt greifbar (vgl. oben S. 958). In den *Antiquarischen Briefen* selbst artikuliert Lessing nicht selten – Kritik vorwegnehmend und wohl auch auf Freundeskritik schon antwortend – Bedenken gegen die etwas wahllose Ausbreitung des rasch Erarbeiteten (beispielsweise gegen Ende des 47. ›Briefs‹, S. 538,5 f.: »der ganze Brast, mit dem ich diesen Brief vollgepfropfet habe«). Solche Durststrecken beendet er dann gerne, indem er den fiktiven Dialogpartner der ›Briefe‹, den »Herrn« oder den »Freund«, wieder ins Auge faßt oder sich auf die »Leser« besinnt – am wirkungsvollsten freilich durch erneute Fixierung des Hauptgegners Klotz oder eines seiner Anhänger, wie Riedels. »Aber Hr. Klotz hat sich eine zu gute Entschuldigung ausgespart, warum er so kahle und verwirrte Kenntnisse von Edelsteinen zeigt, als daß ich mich länger bei dieser Materie verweilen darf.« (S. 442,2-5) Oder nach einem gedehnten Vergleich einer Klotzschen Partie mit ihrer eigentlichen Quelle: »Sind Sie noch zweifelhaft über das gedankenlose Ausschmieren des Herrn Klotz?« (S. 508,6f.)

Die *Antiquarischen Briefe* entfalten das ganze dialogische Instrumentarium des Polemikers Lessing, der »Redner, nicht Schreiber« war (Jens, S. 24): die Apostrophen und die hypothetischen Einwände, das öffentliche Hin- und Herdrehen einer Formulierung und das Auffangen einer ganzen Argumentationskette in einem eindringlichen Bild, die süffisante Infragestellung der gegnerischen Sachkenntnis und das elegante Abbrechen des Diskurses, wenn Klotz sich selbst widerlegt zu haben scheint. Es ist das, was in einzelnen zeitgenössischen Urteilen gern mit dem damals beliebten neuen Etikett des »lebendigen« oder »lebhaften« Stils bezeichnet wird (etwa Dokumente A, Nr. 53), das jedoch für die Gegner ganz im Zeichen des Überschätzten »lieben Ich« und des »Schulmeisterlichen« steht (Nr. 49).

Lessing hat den »Ton« der *Antiquarischen Briefe* in Äußerungen gegenüber Freunden, vor allem aber in den ›Briefen‹ selbst wiederholt zum Thema gemacht, erläutert und verteidigt. Klotz habe ihm in der Weise, wie er ihn moralisch-persönlich angegriffen habe (wegen des »unverzeihlichen Fehlers«; vgl. S. 957) von vornherein den Ton »aufgezwungen« (S. 1029). Und: Klotzens unverdientes Renommee in großen Teilen der interessierten Öffentlichkeit habe, wenn die Schreibart ›durchdringen‹ sollte, auch eine gewisse persönliche Schärfe erfordert. »Dieser Styl hat anzüglich *sein sollen*, und muß es sein, wenn man die Welt wegen eines solchen Windbeutels desabusieren will.« (an Nicolai, 21.10.1768; Dokumente A, Nr. 27) Selbst die schärfste Polemik sei nicht aus »Hitze« oder »Übereilung« geschrieben, sondern überall herrsche »der ruhigste Vorbedacht« (S. 573,15-17).

Die ungewöhnliche Ausführlichkeit, mit der Lessing in der Schlußsequenz des Zweiten Teils (51. bis 57. ›Antiquarischer Brief‹) Anlaß, Verlauf und Stil des Streits aus seiner individuellen Sicht noch einmal aufrollt, zeugt wohl auch davon, daß ihm selbst bisweilen Zweifel ob seines Vorgehens gekommen sind (und natürlich antwortet er hier auf Resonanzen aus verschiedenen Richtungen). Bezeichnenderweise bezieht er sich hier mehrfach auf die hergebrachte literarische und juristische Unterscheidung zwischen »Satire« bzw. »Satyre« und »Pasquill« (vgl. Anm. 573,30): zwischen scharfer, bloßlegender, moralisch fundierter Kritik an zumeist generellen Mißständen einerseits und persönlich gezielter, verletzender Invektive andererseits (vgl. besonders S. 579,19-34).

Den Vorwurf des Pasquills weist er von sich, nicht ganz zu Recht. Er beschuldigt ja Klotz nicht nur der »Ausschmiererei«, des Plagiats (gegenüber Christ, Winckelmann und anderen), sondern auch der absichtlichen Täuschung des Publikums (vor allem was Lessings eigenes Verhalten vor Beginn des Streits angeht – weshalb er dann ja die frühen Briefe von 1766 abdruckt). Doch der »Ton«, der »Styl« des Gegenangriffs folgt keineswegs den Regeln der berühmten »Tonleiter«, die Lessing im 57. ›Brief‹ entwickelt, und schon gar nicht dem Prinzip der »Urbanität«, das er für sich beansprucht: wenn er Klotz als »ekelhaften« christlichen Heuchler etikettiert (51. ›Brief‹), als »Ausschmierer« (durchgehend) mit »seiner erschlichenen Ehre« (S. 576,25), als einen, der samt seinen Vasallen die »kritischen Wassersuppen« nur mit »stinkendem Fett« anrichte (S. 579,10f.).

Das sind »Tiefschläge«, wie sie Walter Jens (S. 100) genannt hat, und im Hinblick auf den Gesamtverlauf des »Prozesses« hat Alfred Schöne (PO 17, S. 59) gemeint, er mache zuweilen »mehr den Eindruck der Hinrichtung eines Wehrlosen als den der Bestrafung eines Schuldigen«. Lessing hat in einer ›krisenhaften‹ Übergangssituation (s. oben S. 956) einen ihn gewiß persönlich betreffenden ›Fall‹ aufgegriffen, um zugleich ein Exempel zu statuieren. Es geht um erfolgreich angemaßte Autorität auf einem fast modisch gewordenen Gebiet des »Geschmacks«. Es geht auch um die Weise wissenschaftlichen Redens, und um gelehrte Redlichkeit. Überdeutlich stilisiert Lessing den Dresdner Antiquar Lippert im 43. ›Brief‹ als den ganz der »Kunst« Dienenden. Und vollends muß Heyne – dem der ganze Streit und das eigene ›Eingespanntwerden‹ mehr als einmal peinlich gewesen sein muß (vgl. die öffentliche Distanzierung: Dokumente B. Nr. 6) – in den *Antiquarischen Briefen* zum holzschnittartigen Kontrastbild des »rechtschaffenen«, »würdigen« Gelehrten herhalten, dem es »bloß um die Aufklärung der Wahrheit zu tun ist« (S. 473,32).

Die Art und Weise, wie Lessing in den *Antiquarischen Briefen*, ja schon in der Kritik an Meusels *Apollodor*, das Bild des urteilsfähigen ›Kenners‹ Klotz destruiert, wird recht bald noch mit einem Nebenakzent versehen, der dann mehr und mehr zu einem Hauptakzent wird: Sturz eines schriftstellernden »Dictators«. Für Lessing ist von früh an die Vorstellung von der ›Gelehrtenrepublik‹ alles andere als eine bloße Metapher. In dieser ›Republik‹ ist er aufgewachsen, und in deren Reform setzt er – wie Bayle, Thomasius und andere – große Hoffnungen (Barner, *Lessing zwischen Bürgerlichkeit und Gelehrtheit*, S. 185-188). Die Gelehrtenrepublik ist indes, als Republik, von Mal zu Mal gefährdet durch solche, die sich – mit Hilfe Abhängiger – als ›Monarchen‹ etablieren wollen. Klotz verfolgt in Lessings Augen ebensolche Ziele, und nicht nur in seinen Augen. Die Formel von Klotz als einem »zweiten Gottsched«, bei Herder, Gerstenberg und anderen (s. oben S. 967), meint diese Tendenz. Selbst ein vergleichsweise Außenstehender wie Salomon Geßner (in einem Brief vom 20. 1. 1769 an Wieland; Dokumente A, Nr. 45) unterstellt Klotz die Absicht, sich auf dem antiquarischen Gebiet »zum Monarchen unter uns aufzuwerfen«; aber Lessing sei ihm als Widersacher »sehr überlegen«.

Doch der Vorwurf bleibt nicht einseitig. In den *Antiquarischen Briefen* wie in seiner privaten Korrespondenz muß sich Lessing mit dem bereits weiter zurück, von den *Literaturbriefen* her datierenden Stereotyp auseinandersetzen, er vertrete ja nur die ›Berliner‹ Clique (Andeutungen, auf den antiquarischen Streit bezogen, schon in den Dokumenten A, Nr. 4 und 7). In der Tat geraten die *Antiquarischen Briefe* in jene Polarisierung zwischen ›Berlinern‹ und ›Hallensern‹ hinein, die Klotz seit 1764 unter anderem mit der Errichtung eines eigenen Zeitschriften-Imperiums (oben S. 955) provoziert hat. Den »Ton« der *Antiquarischen Briefe* muß man auch in dieser Perspektive bewerten. Lessing ist in diesem Streit *nicht* der »Einsame«, zu dem er in späteren Jahren im Sinne des 55. ›Briefs‹ (des »Mühlen«-Bildes) gerne stilisiert wurde (vgl. schon Dokumente B, Nr. 23). Es ist nur verständlich, daß die Klotzianer ihrerseits der »Berlinischen Literaturschule« – so zitiert Lessing es selbst im 55. ›Brief‹ (S. 572) – »den unerträglichsten Despotismus« vorwerfen und ihr ›Schulhaupt‹ als den Anführer des Widerstands heroisieren, der zugleich für die vielen »Mißvergnügten« in Deutschland spreche.

Zum ›Gehalt‹ der *Antiquarischen Briefe* gehört dieser Streitkontext unauswechselbar hinzu; manche explizite wie implizite Lessingsche Polemik setzt ihn voraus, vom 1. ›Brief‹ an (mit seiner Apostrophierung »gewisser Recensenten«, S. 356,30). Noch Goethes tiefsitzende Aversion gegen Nicolai und den ›Berolinismus‹ mag daran erinnern, daß Klotzens Kritik der ›despotischen‹ Tendenz nicht lediglich einem Hirngespinst nachhängt.

Alle historische Rekonstruktion der publizistischen Fronten, alle Rückbesinnung auf die damals wachsende Popularität der antiquarischen Studien und insonderheit der Gemmenkunst kann nicht übersehen lassen, daß die *Antiquarischen Briefe* sehr persönlich veranlaßt sind, oft eine gewisse Willkür in der Wahl der Gegenstände und der Probleme nicht vermeiden können und der von Lessing selbst postulierten Norm der antiken »Urbanität« (S. 356,4) keineswegs genügen. Sie sind gerade darin *auch* Etüden einer neu sich herausbildenden wissenschaftlichen, ja populärwissenschaftlichen Kritiksprache. Lessing wählt sich, durch den *Laokoon* antiquarisch eingearbeitet, nicht ganz freiwillig ein Exempelfeld, das ihm Stoff zur schreibenden Profilierung bietet. Da das Scheitern des Hamburgischen Nationaltheaterprojekts sich abzeichnet, steht er, nach seiner vielzitierten Selbstdiagnose, »wieder am Markte«.

Mit seinem Hinweis auf die »Verfassung«, unter der sich die »Beredsamkeit« Roms und Athens herausgebildet habe, hat der klassische Philologe Christian Gottfried Schütz (Dokumente B, Nr. 21; vgl. S. 971) schon im Jahr nach Lessings Tod die »Streitschriften« gegen Klotz mit ihrem »Ton« in einen genuinen Deutungshorizont gestellt. Die *Antiquarischen Briefe* sind unter diesem Aspekt Ersatz-Versuche öffentlichen Redens. Theater, Kanzel, Gerichtssaal – diese drei Modelle ziehen sich bekanntermaßen durch Lessings polemische Schriftstellerei bis in den Fragmentenstreit. In den *Antiquarischen Briefen* tritt gelegentlich, als ironische Reverenz an den Professor Klotz, das »Colleg« hinzu (S. 493). An das *Vademecum* für Lange fühlen sich bald nach dem Ausbrechen der »Klotzischen Händel« manche Leser erinnert (vgl. etwa Dokumente A, Nr. 30). Der Klotzische Vorwurf eines »unverzeihlichen Fehlers« und der Gegenvorwurf des Plagiats, der »Ausschmiererei« mögen die Gerichtsmetaphorik befördert haben. Man mag – wie schon manche Zeitgenossen – Zweifel hegen, ob eigentlich die antiquarischen Gegenstände hierfür hinreichendes Gewicht besaßen. Für den Streit um die *Fragmente* des Ungenannten stellt sich diese Frage kaum noch. So betrachtet, sind die *Antiquarischen Briefe* in *einer* Dimension auch »Vorübungen der Beredsamkeit«: nicht nur für eine neue, vieltonige, »lebhafte« öffentliche Kritiksprache, die ihre neuen Adressaten erreicht, sondern zugleich für »bedeutende« Gegenstände. Nicht von ungefähr formuliert Lessing in den *Antiquarischen Briefen* ein Konzept dialogischen öffentlichen Redens, das seine eigentliche Brisanz erst in seinem nächsten großen Streit erweisen wird: »das Publicum als Richter« (S. 552,32).

DOKUMENTE A: ZU ENTSTEHUNG UND REZEPTION BIS ZUM ERSCHEINEN DES ZWEITEN TEILS

Die nachfolgende Dokumentation stellt eine Auswahl dar. Einige Texte konnten nicht besorgt werden, andere wurden nicht aufgenommen, da sie als weniger wichtig erschienen. Wo möglich, ist die Chronologie beachtet. Das oben S. 674 zum *Laokoon* – auch zur Herkunft eines Teils der Dokumente – Gesagte gilt analog.

Nr. 1
Aus: Christian Adolf Klotz an Gotthold Ephraim Lessing, 9.5.1766 (52. ›Antiquarischer Brief‹, S. 559,1-560,11; vgl. Bd. XI/1 dieser Ausgabe, S. 443 f. und oben S. 953)

Nr. 2
Aus: Lessing an Christian Adolf Klotz, 9.6.1766 (52. ›Antiquarischer Brief‹, S. 561,11-28; vollständiger Text: Bd. XI/1 dieser Ausgabe, S. 448 f. und oben S. 954)

Nr. 3
Aus: Christian Adolf Klotz an Lessing, 11.10.1766 (53. ›Antiquarischer Brief‹, S. 563,26-564,38; vgl. Bd. XI/1 dieser Ausgabe, Nr. 359; dem Brief beiliegend: lat. Rezension des *Laokoon* aus den ›Acta Litteraria‹, Vol. III, Pars III (1766), S. 283-320)

Nr. 3a
Aus: Christian Adolf Klotz, *Ueber den Nutzen und Gebrauch der alten geschnittenen Steine und ihrer Abdrücke*, Altenburg 1768, S. 1-9, 139-142, 170f., 242:

Wenn die gute Absicht, die ein Schriftsteller bey seiner Arbeit gehabt hat, zugleich für dieselbe eine Empfehlung seyn kann, so verspreche ich diesem Buche einigen Beyfall, und ihrem Verfasser von den Freunden der Künste und des Geschmacks Dank.

Dieses Bekenntniß macht nicht aus der Ursache den Anfang meiner Schrift, aus welcher es von vielen für ein wesentliches Stück ihrer Vorreden angesehn wird. Diese mögen allein und aus eigener Erfahrung die Stärke dieser Worte kennen, und man misgönne ihnen die Kunst nicht, hierdurch entweder gutherzige Richter zu ihrem Vortheil einzunehmen, oder, wenn ihnen diese Hoffnung mislingt, das Publicum, dessen größerer Theil sich aus gewissen eigenen Empfindungen auf die Seite des getadelten Schriftstellers schlägt, zum Mitleiden zu bewegen.

Ich rechne mir den aufrichtigen Wunsch, daß die gründliche Gelehrsamkeit, der gute Geschmack, und die richtige Bildung des Geistes in meinem Vaterlande ausgebreitet werde, zu einem Verdienste an, dessen Werth ich nie verkennen werde, und dessen Bewußtseyn mir den Mangel anderer Verdienste ersetzen muß. Eben um deswillen halte ich es auch für meine Pflicht, die Lehrer der Wissenschaften, auf gewisse Mittel, wodurch sie sich diesem Endzwekke, der auf das Wohl unserer Mitbürger und das Glück der Nachkommenschaft abzielt, nähern können, aufmerksamer zu machen, als sie es bisher gewesen sind, oder vielmehr haben seyn können. Ist aber ein Mittel leichter, gewisser und edler, als wenn man ihnen behülflich wird, das Herz unserer Jugend den sanften Eindrücken des Schönen zu öfnen, und, welches allezeit eine Folge von der aufrichtigen und weisen Cultur der Wissenschaften ist, es selbst gegen die Reize der Tugend hierdurch fühlbarer zu machen?

Man widmet izt in verschiedenen Provinzen Deutschlands der Verbesserung der Schulen eine größere Aufmerksamkeit, als zuvor, und man thut allenthalben Vorschläge, wie der Unterricht der Jugend am besten einzurichten sey. Der Mangel an geschickten Männern, den alle Stände empfinden, hat die Wirkungen, welche überhaupt die Armuth hat, nur die Armuth des Geistes ausgenommen, welche von denen, die sie betrifft, nicht empfunden, und ihnen daher weniger beschwerlich wird. Der Mangel wird uns zulezt unerträglich, und macht uns die Sorgfalt, uns von ihm zu befreyen, nothwendig.

Einige vernünftige Männer haben das Glück gehabt (denn an den Siegen über Vorurtheile und Unwissenheit hat das Glück einen viel größern Antheil, als unsere Kräfte und Arbeiten) andere zu überzeugen, daß der gute Geschmack in allen Ständen nöthig sey, daß er nicht blos das Eigenthum des Gelehrten seyn müsse, welcher ohne diese Hülfe ieden Theil der Wissenschaften minder glücklich bearbeitet, sondern daß er auch seine mächtigen Wirkungen auf alle Kräfte unserer Seele, auf den Geist der ganzen Nation ausbreite, und sich selbst in dem sittlichen Charackter und in allen Theilen des gesellschaftlichen und bürgerlichen Lebens äußere. Hierdurch hat man eingesehn, daß der Unterricht, welchen unsere Vorfahren der Jugend geschenkt haben, und der in den meisten Ländern nur eine Vorbereitung zu dem geistlichen Stande war, nach den geläuterten Begriffen unsers Zeitalters geändert und der Bildung des Geschmacks gemäßer eingerichtet werden müsse.

Ja man ist auch endlich von klugen Führern nach und nach gleichsam auf die Höhe geleitet worden, von welcher man das weitläuftige Gebiethe der Gelehrsamkeit übersehen kann. Unsern Augen hat sich eine ganz neue Aussicht eröfnet: hier Gegenden, die wir gar nicht kannten, dort Länder, deren Reiz uns schmeichelt und den Fremdling einladet: weiter hinten Wüsteneyen, die noch unbebaut liegen, und auf den Fleiß arbeitsamer Hände warten, um ihn reichlich zu vergelten. Hier stehen wir und empfinden ohngefehr eben das, was ein Reisender empfindet, wenn sein Auge iezt unvermuthet von den hohen Alpen das flache Land von Italien, und jene schönen Felder, mit Flüssen durchschnitten und fruchtbaren Hügeln geschmückt, erblicket. Wir betrachten die Gränzen dieses weiten Reichs, und sehen, daß sie zusammenstoßen: das eine Land kann die Producte des andern nicht entbehren: alle vereinigen sich zu einem einzigen Reiche, dessen Fruchtbarkeit und mannigfaltiger Reichthum dann erst nützlich wird, wenn wir es ganz besitzen, ganz bauen. Nun machen wir bey uns die Rechnung, überlegen unser Einkommen, durchschauen diese Länder noch einmal, und thun den Ausspruch: bis hieher sind wir gekommen, und dorthin müssen wir noch kommen!

Ich bitte meine Leser, diese Schrift als einen kleinen Beytrag zu jenen Vorschlägen anzusehen. Sie ist in eben der Absicht heraus gegeben worden, sie wird auch einsichtsvollen Richtern vielleicht nicht mißfallen, wenn man es ihr gleich ansieht, daß ihr Verfasser sie nicht mit der seufzenden und düstern Mine niedergeschrieben hat, welche so viele unserer Verbesserer der Schulen annehmen. Das Bewußtseyn meiner Absicht, und die Ueberzeugung von dem Nutzen, welchen mein Vorschlag nothwendig haben muß, giebt mir den Muth, mich unter dem Haufen derer, die einerley Endzweck mit mir zu haben vorgeben, hervorzudrängen, und zu verlangen, daß man mich anhöre, meinen Rath prüfe, und wenn er heilsam ist, ihn zum Nutzen der Jugend anwende. Es würde mir eine Freude, deren Empfindung ich gegen nichts vertauschen wollte, und vielleicht auch ein beruhigender Trost seyn, so oft ich mich als Schriftsteller, bey welchem auch Stunden der Anfechtung eintreten, denke, wenn es mir gelingen sollte, auch nur einige gelehrte Männer von dem Vortheile zu überzeugen, welchen die Kenntniß der schönen Künste und der vortreflichen Werke des Alterthums leistet. Möchten sie doch von mir lernen wollen, daß ein Unterricht der Jugend, der auf diese Wissenschaft gegründet, und mit ihr verbunden ist, die Kraft habe, in den zarten Gemüthern ein feines Gefühl gegen das Schöne zu erwecken, einen Geschmack an dem Wahren, Edlen und Erhabnen ihnen einzuprägen, sie gegen alles, was diese Kennzeichen trägt, empfindlich zu machen, und ihrem Urtheil darüber die gehörige Gewißheit und Festigkeit zu geben. Dann erst werden wir von unserm Vaterlande sagen kṏnnen, daß Gelehrsamkeit und Wissenschaften in demselben blůhen, wenn man die frůheste Bildung der Seele zur Kenntniß und Empfindung des Schṏnen fůr ein wesentliches Stůck des jugendlichen Unterrichts ansehen, und sich von der Verschwisterung aller schṏnen Kůnste lebhaft ůberzeugen wird.

Aus einigen Aufsåtzen, die ich gelesen habe, scheint es mir fast wahrscheinlich zu seyn, daß nicht alle Verbesserer der Schulen, selbst derer, in welchen nicht blose Gelehrte gezogen werden sollen, die Nothwendigkeit des guten Geschmacks kennen. Ihre Vorschlåge, welche kaum die Bekanntschaft mit den alten Schriftstellern empfehlen, schließen die schṏnen Kůnste aus, und fůr dergleichen Leute ist freylich meine Schrift nicht bestimmt, zumal da sie aus Bůchern Unterricht nehmen kṏnnen, welche in einer ganz andern Sprache geschrieben sind, zu deren Erlernung ich zu wenig Erleuchtung habe. Dieses Stillschweigen låßt uns ihre vṏllige Unwissenheit in dieser Sache muthmaßen. Gleichwohl sind alle schṏne Kůnste von der Natur selbst durch das genauste Band mit einander verknůpft. Eine Wahrheit, die oft ist gesagt worden, und nicht oft genug wiederholt werden kann! Man kann in Ansehung ihrer nichts anders thun als was die witzige Frau von Sevigne für die Veråchter des La Fontaine und Benserade zu thun rieth: und wir sind den Veråchtern des letztern diese Pflicht noch lange nicht so sehr schuldig, als den Veråchtern des guten Geschmacks[1].

1 Enfin nous trouvions qu'il n'y avoit, *qu'a prier Dieu pour eux*: car nulle puissance humaine n'est capable de les éclairer. C'est le sentiment, que j'aurai toujours pour un homme, qui condamne le beau feu & les vers de Benserade dont le Roi & toute la Cour a fait ses delices, & qui ne connoit pas les charmes des Fables de la Fontaine. Je ne m'en dedis point: il n'y a qu'a prier Dieu pour un tel homme, & qu'a souhaiter de n'avoir point de commerce avec lui. v. les lettres de Buffy Rabutin. T. IV. lett. 247.

Kein Theil der Wissenschaften ist von unsern Gelehrten bisher mehr vernachlässiget worden, als die Kentniß der Künste und ihrer Geschichte; so wie auch gewiß unsere Künstler sich zu wenig um die Gelehrsamkeit bekümmert haben[2]. Die Schriften von jenen tragen eben so deutliche Merkmale dieser Vernachlässigung, als die Werke von diesen, und beyde können wir als Strafen für diesen Irrthum oder diese Trägheit ansehen. Die Erziehung und der Unterricht der Jünglinge, welche von der Natur zu Künstlern bestimmt, und also auch allein fähig sind es zu werden, schenkt ihnen sehr selten die nöthige Kenntniß der Sprachen, und überhaupt der Litteratur, ohne welche ihr Ruhm doch allezeit unvollkommen bleibt, und die ihnen schlechterdings nöthig ist, wenn sie mit einer gelehrten Erkenntniß arbeiten wollen. Wie viele sehen in Deutschland wie Carl Coypel[3], in Frankreich eine Bibliothek bey einer Mahlerakademie für so nöthig an, daß sie ihre erste Sorgfalt auf ihre Errichtung wenden. Daher eine Armuth in der dichterischen Erfindung, daher häufige Fehler gegen das Uebliche!

Unsere Gelehrten haben fast noch mehr Schwierigkeiten zu überwinden, wenn sie sich von der Kunst unterrichten wollen, als die Künstler bey der Erweiterung ihrer Einsichten durch die schönen Wissenschaften. Ich rede nicht von dem Unterricht, den der größte Theil in seiner Jugend empfangen hat, und welcher dem Saamen einer guten Empfindung, den die wohlthätige Natur ihm gegeben hatte, gewiß keinen Wachsthum verstattet. Der Mangel an Büchern, die hierzu gehören, und die geringe Anzahl tüchtiger Lehrer, welche die Theorie der schönen Künste besitzen, ist noch erträglicher, als die Unbequemlichkeit des Aufenthalts, der den meisten deutschen Gelehrten auf Universitäten angewiesen ist. Diese sind entweder in kleinen Städten oder

2 Herr Lipperts Sendschreiben in der Bibl. der schönen Wissensch. VIII. B. II. St. S. 221. fol.

3 Hr. v. Hagedorn Betracht. uber die Mahlerey. S. 207.

doch an Orten, die außer andern Aehnlichkeiten mit kleinen Städten, auch den Mangel an Kunstwerken mit ihnen gemein haben. Woher also die Erfahrung des geübten Auges? woher die richtigen Begriffe von dem wesentlichen der Künste? woher eine anschauende Erkenntniß von dem Genie und den Talenten großer Meister?

Seit einigen Jahren erst hat sich die Liebe zur Kunst und ihrer Geschichte in unserm Vaterlande erhoben und ausgebreitet. Man kann den Männern, welche durch ihr Beyspiel und ihren Unterricht diese neue Epoche in der gelehrten Geschichte Deutschlandes gleichsam geschaffen haben, nicht genug danken. 〈...〉

〈...〉

Noch merkwürdiger ist der Trojanische Krieg, zumal da er von einem Dichter besungen wurde, den alle Zeitalter als das vollkommenste Muster des Erhabenen und Edlen ansahen. Darf man sich also wundern, daß so viele Künstler die vom Homer erzählte Begebenheit zu den Vorwurf ihrer Geschicklichkeit gemacht haben. Der Graf Caylus hat sich mit Recht überzeugt, daß Homer die Einbildungskraft der größten Künstler Griechenlandes erhitzt habe, und daß sie aus seinen Gedichten die ersten Ideen zu ihren Meisterstücken geschöpft, wovon wir nur noch einen Theil bewundern, da uns der größere entrissen ist[4]. Wie hat es einem unserer besten Kunstrichter[5] einfallen können, zu sagen, daß man so gar vieler Gemählde nicht erwähnt finde, die die alten Mahler aus dem Homer gezogen hätten, und daß es nicht der alten Artisten Geschmack gewesen zu seyn scheine, Handlungen aus diesem Dichter zu mahlen? Die Homerischen Gedichte waren ja gleichsam das Lehrbuch der alten Künstler, und sie borgten ihm ihre Gegenstände

4 v. Memoires de la litterature T. 30, p. 448. J'ai toujours été persuadé, qu'Homere avoit echauffé l'imagination des plus grands Artistes de la Grèce & qu'ils avoient pris dans ses ouvrages la première idée de leurs chef-doeuvres.

5 Herr Lessing im Laokoon S. 223.

am liebsten ab. Erinnerte sich Herr Lessing nicht an das große Homerische Gemählde des Polygnotus[6], welches zu unsern Tagen gleichsam wieder neu geschaffen worden ist[7]? Unter denen vom Philostratus beschriebenen Gemählden sind drey Homerische[8], und die vom Plinius kurz angezeigten kann ieder leicht finden. Unter den Herculanischen Gemählden ist eines, welches den Ulysses vorstellt, der zur Penelope kommt[9]. Von halb erhobenen Werken will ich nur die merkwürdigsten anführen[10]. Es sind Homerische Geschichten auf mehrern vorgestellt. Wenn wir dieses zusammen nehmen und die große Anzahl Homerischer Steine betrachten, so müssen wir den Ausspruch thun, daß es der allgemeine Geschmack der alten Künstler gewesen sey, den Stof, welchen Homers Gedichte anbiethen, zu bearbeiten, und daß sie die Gränzen ihrer Kunst gekannt haben, sieht man aus der weisen Wahl, die sie unter den Homerischen Geschichten trafen. Keiner hat den vom Himmel herab geworfenen Vulcan oder die gemißhandelte Juno gemahlt.

Auch die Einwürfe, welche Herr Lessing von der Schwierigkeit hernimmt, die Homerischen Fabeln zu mahlen, sind leicht zu heben, ob gleich diese Widerlegung deutlicher durch den Pinsel selbst, als durch meine Feder werden würde. Nur ein Beyspiel eines Künstlers anzuführen: so verwirft er des Grafen Caylus Vorschlag, die Bewunderung der Trojanischen Greise über Helenens Schönheit aus dem dritten Buche der Iliade zu mahlen[11]. Er nennt diese Episode einen eklen Gegenstand. Ich frage hier alle, welche die

6 v. Pausan. L. X. c. 25. p. 859.
7 v. Description de deux tableaux de Polygnote donnée par Pausanias, in der Histoire de l'Académie des Inscript. T. XXVII. p. 34.
8 v. Philostr. Imag. L. II. 7. 10. 13. add. Philostr. Iun. Icon. l.
9 v. Le Pitture antiche d'Ercolano T. III. tab. VI.
10 v. Raph. Fabretti Syntagm. de Col. Traiani. p. 315. seq. et Begeri Vlysses Sirenes praeteruectus. Colon. Brandenb. 1703.
11 Eben daselbst S. 220.

vom Rubens gemahlte Susanna nebst den beyden verliebten Alten gesehn, ob ihnen dieser Anblick ekelhaft gewesen, und widrige Empfindungen in ihrer Seele erzeugt habe[12]? Kann man denn keinen alten Mann vorstellen, ohne ihm dürre Beine, einen kahlen Kopf, und ein eingefallnes Gesicht zu geben? Mahlt der Künstler einen solchen Greiß verliebt, so ist das lächerliche Bild fertig. Aber Balthasar Denner und Bartholomäus van der Helst belehren uns, daß auch der Kopf eines alten Mannes gefallen könne. Überhaupt ist das, was Herr Lessing von den jugendlichen Begierden, und Caylus von gierigen Blicken sagt, eine Idee, die sie dem Homer aufdringen. Ich finde keine Spur davon bey dem Griechen, und der alte Künstler würde sie ohne Zweifel auch nicht gefunden haben.

Ich gebe es Herr Lessingen gerne zu[13], daß, wenn Dichter und Künstler die Gegenstände, welche sie mit einander gemein haben, nicht selten aus dem nehmlichen Gesichtspunkte betrachten müssen, ihre Nachahmungen oft in vielen Stücken übereinstimmen können, ohne daß zwischen ihnen selbst die geringste Nachahmung oder Beeiferung gewesen. Aber ich möchte diesen Satz nicht allzu sehr ausgedehnt haben. Wer weiß nicht, daß die alten Künstler das Lesen der Dichter liebten und es zur Bildung und Bereicherung ihrer Einbildungskraft anwandten? Diese Aehnlichkeit findet man nicht blos in den Nachahmungen der Gegenstände, die vor Augen liegen, und die in Schilderungen übereinstimmend seyn können, ohne daß ein Künstler den andern kopirt hätte. Oft trift man bey beyden gewisse Ideen an, gewisse Einfälle, welche sich bey der Betrachtung einerley Sache kaum zwey Personen anbieten können. Es sind Scherze, Bilder, Gedanken, die nicht so wohl in dem Wesen einer Sache liegen, als vielmehr ihr erst von einem fremden gegeben werden: Erfindungen, die nicht die Frucht des

12 Eine Beschreibung giebt de Piles im Recueil de divers ouvrages sur la peinture & le Coloris. p. 298.

13 Laokoon. S. 790.

Nachdenkens, sondern das Werk des Ohngefährs sind. In dergleichen Fällen würde ich allezeit geneigter seyn, eine Nachahmung anzunehmen. ⟨...⟩

⟨...⟩

Dieser Stein ist gleichfalls aus der Sammlung des Herrn Casanova, und auch von ihm gezeichnet. Er stellt eine Furie vor, und ich habe ihn meinem Buche beygefügt, um Herr Lessingen zu überzeugen, daß die alten Künstler wirklich Furien gebildet haben: welches er läugnet[14]. Herr Riedel hat bereits auch diese Meinung mit guten Gründen widerlegt[15]. Noch muß ich anmerken, daß der Graf von Caylus nicht allein zwey Münzen, sondern auch eine Goldblatte mit dem Bilde einer Furie gesehn und beschrieben hat[16]. Die Sache ist also keinem Zweifel weiter unterworfen.

Uebrigens muß ich meinen Lesern noch sagen, daß, so oft ich in dem Buche aus Lipperts Dactyliothek Steine angeführt habe, dieses nach seinem deutschen Verzeichnisse geschehen sey, ob gleich die Anführung selbst um mehrerer Kürze willen lateinisch ist.

Nr. 4

Aus: Friedrich Nicolai an Lessing, 14. 6. 1768 (Bd. XI/1 dieser Ausgabe, S. 522-524):

Liebster Freund,

Ihren Brief vom 9ten habe ich erhalten. Es ist mir wirklich Ihretwegen selbst angenehm, daß Sie nicht in Halle gewesen sind. Ich kenne diesen Menschen nun aus der Erfahrung so sehr, daß ich gar nicht zweifle, Sie würden eins oder das andere gesprächweise gesagt haben, wovon er dann schlechten Gebrauch gemacht hätte. Ich weiß, daß er die

14 Laokoon S. 17. u. S. 106.

15 s. Theorie der schönen Künste und Wissenschaften, S. 136.

16 v. Recueil d'Antiquités. Vol. IV. t. 80. n. 3. p. 262.

unschuldigsten Dinge mißbraucht, wenn es darauf ankommt, seine Eitelkeit und seine Rachsucht zu befriedigen, welchen beiden Leidenschaften er alles aufopfert. ⟨d. h. Klotz⟩

Als Sie von der Vorrede zum Caylus anfingen, so dient zu wissen, daß ich mir nichts anders einbildete, als daß Sie mir eine Recension für die deutsche Bibl. ankündigen wollten; denn woran sollte ich auch wohl eher denken? Aber Sie wollen einen ganzen Traktat schreiben? Desto besser! Ob ich ihn verlegen will? Das versteht sich! Aber Sie machen bei dem Vorschlage eine Miene, als wenn Sie mir wollten zu verstehen geben, daß die *Ahnenbilder* eben nicht die Götzen sind, von denen man *Reichtum* erbitten muß.

⟨...⟩

Inzwischen, da ich mich so großmütig entschließe, einen Teil des klaren Gewinstes von der *deutschen Bibliothek* den *Ahnenbildern* zum Opfer zu bringen, so hoffe ich doch auch, Sie werden sich gegen die Bibliothek erkenntlich zeigen. – Eine Recension von *Klotz von geschnittenen Steinen*, und *Caylus von Altertümern* – nicht wahr? In Ernst: Daß Sie Klotzen in der neuen Zeitung widerlegen, ist zwar recht gut; aber diese Zeitung ist nicht bekannt genug, und also kommt die Widerlegung wenigen Leuten zu Gesichte. Die deutsche Bibl. wird mehr gelesen. Schreiben Sie mir, ob Sie diese Recensionen *wirklich liefern* wollen. Es würde mir in der Tat sehr angenehm sein; denn Sie sehen leicht ein, daß mir daran gelegen ist, Hrn. Klotzens Schriften recht gründlich beurteilt zu sehen; und dennoch giebt es so wenig Leute, die sich um geschnittene Steine, Münzen und Altertümer bekümmern, und die wenigen, die es verstehen, fürchten sich vor ihm, und loben ihn wider Gewissen. So schleicht er allenthalben durch. Wenn man aber die Welt überzeugen könnte, daß es mit seiner gerühmten antiquarischen Wissenschaft und Belesenheit auch nicht weit her ist, so würde dies einen großen Eindruck machen. Freilich würden Sie sich Mühe geben müssen, den lammsartigen Ton der Bibliothek anzunehmen, damit nicht in allen Zeilen *Lessing*

durchschiene. »Hic Rhodus hic salta!« Hier versuchen Sie einmal, ob Sie das tun können, was wir Ihnen so oft abgesprochen haben, Ihre Schreibart verstellen.
⟨...⟩

Nr. 5
Lessing, ⟨1. ›Antiquarischer Brief‹⟩ in: Kayserlich-privilegirte Hamburgische Neue Zeitung, 97. Stück, 20. 6. 1768; auch in: Staats- und Gelehrte Zeitung des Hamburgischen unpartheyischen Correspondenten, 1768, Nr. 100, 22. 6. 1768 (oben S. 356,13-359,36).

Nr. 6
Aus: Albrecht Wittenberg an Friedrich Nicolai, 22. 6. 1768 (nach Daunicht, Nr. 430; zu Dusch vgl. Anm. 356,21):

Dusch hat überhaupt ein schwarzes Herz. Noch neulich hat er dieß an Hn. Lessing bewiesen. Lessing hat ihm gedient, er hat ihn noch neulich gegen meine wahre Beschuldigung, daß er den Cephissus nach Cythera hinbringe, wo dergleichen Fluß nicht vorhanden ist, so gut er konnte vertheidigt. Dusch aber lohnt ihm dafür mit Undankbarkeit. Er beschuldigt ihn in der Recension des Klotzischen Werkes von geschnittenen Steinen eines unverzeihlichen Fehlers. Herr Lessing hat sich dagegen vertheidigt, wie Sie in Nr. 100 des Correspondenten sehen werden. Es verdreußt mich nur, daß Herr Lessing sich hauptsächlich an Herrn Klotz in seiner Vertheidigung wendet, weil er glaubt, dieser habe die Recension eingeschickt, wovon ich aber das Gegentheil weis.
⟨...⟩

Nr. 7
Aus: Lessing an Friedrich Nicolai, 5. 7. 1768 (Bd. XI/1 dieser Ausgabe, S. 526f.):

⟨...⟩ Es ist mir lieb, wenn Ihnen meine Kriegserklärung gegen Hrn. Klotz gefallen hat; Sie sollen bald ganz andere Dinge sehen. Aber eine Recension von seinem Buche über die geschnittenen Steine erwarten Sie nur nicht. Ich habe über dieses Buch so viel zu erinnern, daß ich bereits an dem 25sten Briefe darüber, in Form und Tone des in den Correspondenten eingerückten, schreibe; und diese Briefe zusammen lasse ich unter dem Titel: *Briefe antiquarischen Inhalts*, und meinem Namen, drucken. Sie sollen nächstens die ersten Bogen davon haben. Auch die Abhandlung über die *Ahnenbilder* will ich nun unter meinem Namen herausgeben, welches ich Anfangs nicht Willens war. Hr. Klotz wird Feuer speien; aber mag er doch! Er verdient nicht, daß man das geringste Menagement für ihn braucht.

Ich ärgere mich nur, daß mir hier zu dergleichen Arbeiten verschiedne Bücher fehlen, um Hrn. Klotz seines Plagii desto augenscheinlicher zu überführen. Er ist der unwissendste, unverschämteste Ausschreiber, den ich kenne.

Wie ich aus den Zeitungen sehe, so bestätiget sich die Nachricht von Winkelmanns Tode. Das ist seit kurzem der zweite Schriftsteller, dem ich mit Vergnügen ein Paar Jahre von meinem Leben geschenkt hätte. Das kömmt aber daraus, wenn man Kaiser besucht, und Schätze sammeln will.

Das Recept in Klotzens Bibliothek gelobt zu werden, dürften die hiesigen Zeitungsschreiber wohl nicht zu brauchen wagen. Noch fürchten sie sich alle vor Klotzen. ⟨...⟩

Nr. 8
Lessing, ⟨2. ›Antiquarischer Brief‹⟩ in: Kayserlich-privilegirte Hamburgische Neue Zeitung, 115. Stück, 21. 7. 1768 (oben S. 360f.).

Nr. 9
Lessing, ‹3. ›Antiquarischer Brief‹› in: Kayserlich-privilegirte Hamburgische Neue Zeitung, 116. Stück, 23.7.1768 (oben S. 362-365,5).

Nr. 10
Lessing, ‹4. ›Antiquarischer Brief‹› in: Kayserlich-privilegirte Hamburgische Neue Zeitung, 118. Stück, 27.7.1768 (oben S. 365,6-366,2).

Nr. 11
Lessing, ‹5. ›Antiquarischer Brief‹› in: Kayserlich-privilegirte Hamburgische Neue Zeitung, 27.7.1768 mit Fortsetzung im 120. Stück, 30.7.1768 (oben S. 366,3-369,23).

Nr. 12
Aus: Matthias Claudius an Heinrich Wilhelm von Gerstenberg, Ende Juli 1768 (zit. nach Daunicht, Nr. 431):

Allerhand schöne Rariteten von Leßing und ‹Carl Philipp Emanuel› Bachen – da werden Sie sehen, daß ich bey den erstern gewesen bin, daß er Ihren Brief mit *Tiedemann* gekricht, und nächstens eine Antwort nebst seinen *antiquarischen* Briefen an Sie schicken wird, daß ich ihm gesagt habe, Sie läsen seine Briefe und hörten seine Urtheile gern (NB *en passant* und ohne *Ceremonie* und *Complimentirstil*) daß ihm der Bart dabey gelacht hat, als ich das sagte, daß er in den folgenden antiqu. Briefen, davon Sie in der neuen Zeitung die ersten werden gelesen haben, H Klotzen das garaus machen, und ihm beweisen will, daß er sein Buch von Wort zu Wort und größtentheils ohne Verstand ausgeschrieben, und abscheuliche *impertinence* habe.

Nr. 13
Aus: Lessing an Friedrich Nicolai, 1.8.1768 (Bd. XI/1 dieser Ausgabe, S. 528f.):

Liebster Freund,
Ich bin in voller Arbeit wider Klotzen. Mein Bruder sagt mir zwar, daß es mir Hr. Moses verdenke, daß ich mich mit dem Narren abgebe. Aber ich denke doch, daß es ein für allemal nötig ist. Haben Sie die folgenden Briefe in der hiesigen neuen Zeitung gelesen? Da haben Sie hier die vier ersten Bogen, so wie ich sie zusammen drucken lasse; unter dem Titel: *Briefe antiquarischen Inhalts!* Die Materie wird interessanter, sobald ich über meine Verteidigung weg bin, und auf das Buch des Hrn. Klotz selbst komme. Denn ich nehme Gelegenheit, verschiedne Dinge nach meinem Sinn auseinander zu setzen, in welchen ich glaube, daß sich sogar Lippert geirrt hat. Ich will, daß Sie diese Briefe auch verlegen sollen. So viel wird die Bibliothek schon abwerfen. Sie werden 15 bis 16 Bogen stark werden; und ich dächte, ich machte eine Abhandlung von den *Ahnenbildern der Römer* als den zweiten Teil, weil ich sie leicht in solche Briefe zergliedern kann. Den Druck wollen wir Ihnen so billig machen, als möglich. Mein Honorarium hingegen möchte ich gern so hoch angesetzt wissen, als möglich. Denn für wenig oder nichts kann ich mich nicht mit einem solchen Dummkopf zanken.

Geben Sie doch in dem nächsten Stücke des Correspondenten auf die Recension von Meusels Apollodor Acht. Sie ist von mir. Ich hätte sonst noch Fehler genug darin angestrichen, daß ich leicht auch eine Recension für Ihre Bibliothek machen könnte; aber ich habe nicht Zeit.

Mein Bruder sagt mir, daß Hr. Moses Klotzens Büchelchen vom Altertum recensiert habe: schicken Sie mir doch das, sobald es gedruckt ist.

Nr. 14
Lessing, 〈Über Meusels Apollodor〉 in: Staats- und Gelehrte Zeitung des Hamburgischen unpartheyischen Correspondenten, 1768, Nr. 123, 2. 8. 1768 (oben S. 347-349).

Nr. 15
Aus: Friedrich Nicolai an Lessing, 9. 8. 1768 (Bd. XI/1 dieser Ausgabe, S. 531 f.):

Es dünkt mich sehr schicklich, daß die Abhandlung *von Ahnenbildern* lieber als der *zweite Teil* der *antiquarischen Briefe* gedruckt werde. Aber alsdann vergessen Sie auch nicht, daß Sie auf den Titel des ersten setzen lassen: *Erster Teil*; denn Ihnen ist es einerlei, mir aber vorteilhaft, wenn dieses geschiehet.

Ich habe die Briefe alle mit Vergnügen gelesen; auch Hr. Moses. Dieser ist nebst mir der Meinung, daß Sie zu heftig werden. Es ist wahr, Klotz verdienet kein Menagement. Aber Ihnen selbst wird es verdacht werden, daß Sie heftig sind.

Herr Moses hat Klotz vom Altertume, und ich seine Hist. numm. obsid. und satyr. recensiert. Ich weiß, er wird Feuer und Flammen speien. Wir haben ihm derb die Wahrheiten gesagt, die er verdient.

Die Recension von *Meusels Apollodor* in dem Correspondenten habe ich gelesen, und aus ein Paar Stellen gleich auf Sie gemutmaßt. 〈...〉

Nr. 16
Christian Adolf Klotz, »Antwort auf den Leßingischen Brief«, in: Staats- und Gelehrte Zeitung des Hamburgischen unpartheyischen Correspondenten, 1768, Nr. 133, 19. 8. 1768 (s. »Dokumente zu Rezeption und Wirkung des *Laokoon*«, Nr. 27, oben S. 693-695).

Nr. 17
Lessing, ‹9. ›Antiquarischer Brief‹› in: Kayserlich-privilegirte Hamburgische Neue Zeitung, 131. Stück, 18.8.1768 mit Fortsetzung im 132. Stück, 20.8.1768 (oben S. 379-386,24).

Nr. 18
Aus: Lessing an Friedrich Nicolai, 27.8.1768 (Bd. XI/1 dieser Ausgabe, S. 533 f.):

Liebster Freund,
Ich bin einige Tage auf dem Lande gewesen; das ist die Ursache, warum sie keinen Aushängebogen bekommen. Hier haben Sie nun deren sechse auf einmal. Aber alle ohne Signatur! Ich muß Ihnen nur gestehen, daß sie der Buchdrucker nicht vergessen, sondern auf mein ausdrückliches Verlangen weglassen müssen. ‹...›

Die Recension von Meusels Apollodor ist von mir: aber sehen Sie einmal, mit welchen Druckfehlern sie der ** mit Fleiß abdrucken lassen! Er ist Klotzens geschworner Waffenträger. Ich lege auch die Zeitung bei, in welcher ich auf Klotzens kahle Antwort im 133 Stücke des Correspondenten geantwortet.

Über den Punkt der Heftigkeit werde ich mich in der Vorrede zu den Briefen entschuldigen. Dergleichen Dinge müssen ein wenig heftig gesagt werden, oder es hilft gar nichts.
‹...›

Nr. 19
Aus: Lessing an Friedrich Nicolai, 28.9.1768 (Bd. XI/1 dieser Ausgabe, S. 540-542):

Liebster Freund,
Den 24sten dieses habe ich Ihren Brief bekommen, und den 28sten haben Sie von Berlin abgehen wollen. Ich habe Ihnen also nicht nach Berlin antworten können: das sehen Sie wohl. Es ist Ihre eigene Schuld; warum lassen Sie mich vier Wochen auf eine Antwort lauern?

Der erste Teil ist fertig. Wenn Sie wollen, so will ich an dem zweiten sacht anfangen lassen. Materie sehe ich genug vor mir: aber es ekelt mich schon vor Klotzen; ich werde fleißig Abschweifungen machen, um mir bessere Gegner zu suchen. Aber –

Dieses Aber will ich Ihnen gleich erklären. Ich gehe künftigen Februar von Hamburg weg. Und wohin? Geraden Weges nach Rom. Sie lachen; aber Sie können gewiß glauben, daß es geschieht. Gott sei Ihnen gnädig, wenn vor dieser Zeit der zweite Teil nicht fertig ist! Ich dächte also, ich überschlüge meine Zeit genauer, und finge lieber gar nicht an, wenn ich nicht gewiß wüßte, daß er fertig werden könnte. Was meinen Sie?

Was ich in Rom will, werde ich Ihnen aus Rom schreiben. Von hier aus kann ich Ihnen nur so viel sagen, daß ich in Rom wenigstens eben so viel zu suchen und zu erwarten habe, als an einem Orte in Deutschland. ⟨...⟩
⟨...⟩

Indes habe ich noch viel zu tun. Ich muß meine Dramaturgie noch fertig machen, und ich denke, man wird es dem Ende anmerken, daß ich es, den Kopf schon voller antiquarischen Grillen, geschrieben. Aus dieser Ursache wünschte ich auch lieber an dem zweiten Teile der antiquarischen Briefe arbeiten zu können, als hieran.

Die Recensionen in der deutschen Bibliothek über Klotzen haben mir beide sehr wohl gefallen. Sein Geschmiere von Münzen habe ich nicht gelesen; ich habe nie etwas anders darin vermutet, als was Sie darin gefunden haben. Ich halte übrigens jetzt von seinem Charakter noch weit weniger, als von seiner Gelehrsamkeit. Sie haben doch wohl die neuesten Stücke des Correspondenten gelesen? Er

beschwert sich darin über Anzüglichkeiten, die ich ihm soll gesagt haben? Darf der Mann sich über Anzüglichkeiten beschweren, der in seiner Zeitung und Bibliothek die Leute brandmarkt? – Doch nichts mehr von ihm!
⟨...⟩

Nr. 20
Aus: Matthias Claudius an Heinrich Wilhelm von Gerstenberg, etwa Anfang Oktober 1768 (zit. nach Daunicht, Nr. 437):

⟨...⟩ So viel von dem einen *Virtuosen* ⟨Carl Philipp Emanuel Bach⟩, nun etwas von dem *andern* ⟨Lessing⟩. Ich habe ihm die Stelle aus Ihrem Briefe vorerzählt, darin Sie äußern, daß er laut seiner antiquarischen Briefe ein rechter unerbittlicher Geier und Crocodill sei, der seinen Feind etc. Er lachte gewaltig: ja – so hätte Gerstenberg es gleich machen sollen, als er ⟨Klotz⟩ die Schleswigschen Briefe so unartig mißhandelte. Sie fühlen das Compliment, das hier gemacht ward, ohne daß man eins machen wollte. Ich könnte Ihnen noch viele dergleichen Anekdötchen erzählen, auch unter anderm, wie man sich über die Kunst aus 5 Versen des Dante ein Trauerspiel zu machen wundert etc. Der Ugolino ⟨Gerstenbergs Trauerspiel, vgl. Anm. 180,3⟩ ist ganz fertig. Die antiquarischen Briefe auch und schon abgegeben, um Ihnen überschickt zu werden, weil man sie gerne recensirt haben will; sie werden nächstens nebst andern Sachen von hier an Sie abgehen.

Nr. 21
Christian Adolf Klotz, Anzeige der *Briefe, antiquarischen Inhalts*, Erster Teil, in: Hallische Neue Gelehrte Zeitungen, 82. Stück, 13. 10. 1768 (auch bei Braun 1, S. 216; geringe Abweichungen):

Berlin.

Friedrich Nikolai verlegt: *Briefe antiquarischen Inhalts: von Gotthold Ephraim Leßing.* Erster Theil. 256 Seit. 8. Dies ist eine blosse persönliche Zänkerey, die Hr. Leßing mit Hrn. Klotzen anfängt. Wir sagen *anfängt*: Denn in dem Hamburgischen Correspondenten und dem siebenten Bande der deutschen Bibliothek* ist dieses bewiesen. Er hatte von Hrn. K. eine Beurtheilung seines Laokoons verlangt: dieser untersuchte in seinem Buche von geschnittenen Steinen einige Sätze und bezeugte, daß er andrer Meynung sey. Dieses geschahe mit der größten Höflichkeit. Allein Hr. Leßing, entweder weil ihm die Lust einkam, wieder einmahl in der Sprache zu reden, in der er mit Hr. Langen, gewiß nicht zu seiner Ehre, geredet hatte, oder um dem Verleger und den Verfassern der Allgemeinen Bibliothek eine Probe seiner Freundschaft zu geben, antwortet in diesen Briefen auf eine entgegengesetzte Art. Bald giebt er vor, er sey nicht verstanden worden, und hilft sich mit Distinctionen: bald greift er Druckfehler an, daß Hr. K. IV. statt VI. allegiert, daß *Berill*, nicht *Beryll* gedruckt sey: bald lacht er über Dinge, wo er ganz falsch hat, mit offnem Halse, z. E. daß *Tuscher* kein Edelsteinschneider gewesen: welches ihm doch Fueßli, Giulianelli und Gori lehren kann, u. s. w. Ueberall aber ist die bitterste Galle ausgegossen, und überall herrscht eine Sprache, die, wir wissen selbst nicht, wie sie heißt: wir wollen sie die *Lessingische* unterdessen nennen. Am Ende zankt er noch mit einen Recensenten in den *Göttingischen Anzeigen*, der ihn auch einen Fehler gezeigt hatte. An wunderlichen Behauptungen und Fehlern ist überhaupt in dieser Schrift kein Mangel: bey der das schöne Papier, das auf eine Zankschrift verwendet worden, zu bedauren ist.

* Siehe pag. 218.

Nr. 22
Christian Adolf Klotz, Rezension der *Briefe, antiquarischen Inhalts*, Erster Teil, in: Deutsche Bibliothek der schönen Wissenschaften, herausgegeben von Herrn Klotz, Halle 1768, 7. Stück, S. 465-478 (auch bei Braun 1, S. 218-228; geringe Abweichungen):

Briefe antiquarischen Inhalts: von Gotthold Ephraim Leßing. Erster Theil. Berlin bey Friedrich Nikolai, 1768. 256 Seit. 8.

Diese Briefe sind gegen *mich*, den Herausgeber dieser Bibliotheck, gerichtet: ich würde sagen; wieder mein Buch *von dem Gebrauch und Nutzen der alten geschnittenen Steine*, wenn mir die persöhnlichen Beleidigungen, die Zudringlichkeiten, der Stil, der oft mehr, als bloß satyrisch ist, kurz der Ton, welcher uns, wieder unsern Willen, an den Verfasser *des Vademecum für Hr. Langen* zu denken zwingt, dieses zu sagen erlaubten.

Ich behalte es mir vor, in einer besondern Schrift Hrn. *Leßingen* zu antworten. Zwar wird es nicht in der Sprache geschehen, in welcher er mit mir zu reden für gut befunden hat. Allein ich rechne es mir nicht für eine Schande, ihm hierinne den Vorzug zu lassen. Die Leser werden, nach meinem Urtheile, wenigstens nichts darbey verliehren.

Dieser Bibliothek meine Verantwortung einzuverleiben scheint mir aus mehr als einer Ursache nicht thunlich zu seyn. Dieser Streit geht nicht die Künste an. Beyde gewinnen und verliehren dabey nichts. Bloß darauf kommt es an, ob *Leßing* oder *Klotz* geirret haben. Es sey dem Hrn. Buchhändler, *Friedrich Nikolai* in Berlin allein überlassen, seine critischen Schriften zu einer Sammlung seiner privat-Streitigkeiten zu machen. Für mich, der ich nicht als *Kaufmann* lebe, denke, schreibe und drucken lasse, wird es genug seyn, wenn ich hier meinen Leser nur einige Puncte vorlege, und das Urtheil ihnen selbst überlasse.

Ein Schriftsteller, welcher sich in einer critischen Schrift, die der Beurtheilung fremder Werke gewidmet ist, gegen einen persönlichen Angriff verantwortet, und der gleichwohl nicht, wie der gemeine Hauffe von Schriftstellern, denkt, befindet sich in einer mißlichen Stellung. Ist er allezeit seiner mächtig genug, um nicht Unhöflichkeit mit Unhöflichkeit zu vergelten? Kann er sich so aufmerksame Leser versprechen, welche, von dem Namen seines Wiedersachers unverblendet und von dem Geschrey seiner Bundsgenossen ungestöhrt, alles genau genug untersuchen, und Gedult haben, seine Verantwortung mit seiner Anklage zu vergleichen? Muß er nicht befürchten, daß ein Streit, bey dem der Leser keinen Vortheil hat, auch den Leser sehr bald ermüde, wenn er ja noch einen Leser findet?

Ich will meine Verantwortung so kurz als möglich fassen. Blos die Puncte, deren Untersuchung weder Nachschlagen noch Nachdenken erfordert, will ich hier berühren, und eine weitläuftigere Untersuchung, wie gesagt, nächstens in einer besondern Schrift anstellen. – In einem critischen Werke, das zu sieben Bånden angewachsen ist, wird man doch *Einmahl* dem Herausgeber erlauben, sich vertheidigen zu dürffen!

Hr. Leßing bezeigt überall Verwunderung und Unwillen, daß ich in meinem Buche es gewagt habe, ihm *vorzudociren*, unter seinen Namen *einen Strohmann aufzustellen*, an dem ich *Fechterstreiche* zeigen könne (S. 31), daß ich mit ihm streite, Fehler aufsuche, um sie ihm vorwerffen zu können, daß ich ihn lächerlich machen wollen u. s. w. Diese Vorwürffe würden mich nur denn treffen, wenn ich Hr. Leßingen in einem unanständigen Tone wiederlegt hätte. Allein wer mein Buch nachschlägt, (getrost verlange ich dieses von einem jeden,) wird finden, (S. 140. 170. 242.) daß es mit einer Aeusserung der Achtung und Höflichkeit geschehen, die ich ihm schuldig zu seyn glaubte. Zwar habe ich Hr. *Leßingen* nie für einen grossen Kenner der Künste gehalten: und ich halte ihn auch itzt noch nicht dafür: aber ich schätzte ihn als einen Dichter, als einen witzigen Kopf, als einen Mann von gutem Geschmacke hoch, und schätze ihn auch itzt noch hoch. Noch wunderbarer ist, wenn Hr. L. es mir für eine Sünde wieder die *Bescheidenheit* anrechnet, daß ich sein Buch beurtheilen wollen: wenn er mir sagt, ich håtte erst meine Kråfte průfen sollen. Ich muß nur die ganze Geschichte hier erzåhlen, wie ich auf die Průfung des Laokoons gekommen bin.

Hr. Leßing erzeigte mir die Ehre, mir in einem Briefe (Berlin, den 9. Jun. 1766.) zu schreiben: »Ich verspreche meinem Laokoon wenige Leser, und ich weiß es, daß er noch weniger gůltige Richter haben kann. Wenn ich Bedenken trug, den einen davon in Ihnen zu bestechen, so geschahe es gewiß weniger aus Stolz, als aus *Lehrbegierde*. Ich habe ihnen zuerst widersprochen, und Ich wůrde sagen, es sey bloß in der Absicht geschehen, mir *Ihre Widersprůche ohne allen Růckhalt* zu versichern, wenn ich glaubte, daß ein rechtschaffener Mann erst gereitzt werden můßte, wenn er nach Ueberzeugung sprechen sollte. Der håßliche Thersites soll unter uns eben so wenig Unheil stiften, als ihm vor Troja zu stiften gelang. Schreibt man denn nur darum, um immer Recht zu haben? Ich meine mich um die Wahrheit eben so verdient gemacht zu haben, wenn ich sie verfehle, mein Fehler aber die Ursache ist, daß sie ein anderer entdeckt, als wenn ich sie selbst entdecke. Mit diesen Gesinnungen *kann ich mich auf Ihr ausfůhrliches Urtheil in den Actis litter. nicht anders als freuen.*« Ich glaubte, Hr. Leßing rede hier so, wie er es meine, und ich trug daher kein Bedenken, alle Zweifel, die mir vorkamen, bekannt zu machen. Habe ich hierinne gefehlt so hat mich Hr. L. zudiesen Fehlern selbst verleitet, und er thut Unrecht, daß er mit mir itzt darüber zankt. – Doch dieser Brief ist im J. 1766. geschrieben. Damahls stand ich bey Hr. Nikolai und seinen Freunden noch in Gnade[1].

---

1 Ein artiger Beweiß davon steht in der Hallischen Gel. Zeit. von diesem Jahr. Nr. -- Hr. Nikolai schrieb am 18. Jul. 1767. an mich: »in der Recension meiner Schrift vom Studio des Alterthums sey etwas an der Schreibart mit allem Anstand getadelt.« Man schlage den Achten Band der Allg. Bibl. S. 118. nach. Hier ist alles getadelt: Hier ist keine Spuhr von Anstand.

Damahls sahe die *Allgemeine Bibliothek* in meinen Schriften *eine wahre Gelehrsamkeit, eine grosse Kenntniß des Alterthums, und mehr als gemeine Einsicht in die Wissenschaften*,[2] wovon sie jetzt auch nicht eine Spur mehr erblickt; damals war ich nach Hr. *Leßings* Urtheile, der mir kaum jetzt Menschenverstand läßt, ein *Gelehrter von sehr richtigem und feinem Geschmacke*[3]. Nehmlich ich hatte noch an keine *Deutsche Bibliothek* gedacht: ich konnte also noch gelobt werden. Aber sobald ich mich an die Spitze der über den critischen Despotismus Unzufriedenen stellte, so sahe man mich auch mit andern Augen an: dann schrieb der jüngere Hr. Candidat Leßing in Berlin wider mich Zeitungsartikel, wovon der eine so ehrenrührig war, daß er auf Befehl eines grossen Ministers unterdrückt wurde: Dann ergrieff Hr. Magister *Leßing* die Feder: Denn ward ich selbst in der *Allg. Bibliothek* gemißhandelt, – in der Allgemeinen Bibliothek, an welcher ich auf Hr. Nikolais Bitte eine Zeitlang gearbeitet hatte, und deren letztes Stück noch vor einem Jahre von mir verfertigte Artikel enthält. – Diese Nachricht wird allen Lesern unerwartet seyn: aber ich sehe keine Ursache, warum ich, dem man jetzt so begegnet, als ob man ihn nicht kennte, sie verschweigen sollte? Meine Leser werden sich aber freylich über die grosse Verwandelung verwundern, die in den Augen der Berlinischen Kunstrichter mit mir seit der vorigen Michaelismesse vorgegangen ist. Die Litteraturschule muste mich doch für nicht so gar schlecht halten, weil sie mich mit in ihren critischen Senat aufnahm, und mir ziemlich viel Urthel zu machen gab. Aber Ich unglücklicher Mann! Ehedem, im Jahre 1761. waren meine Schriften mit *attischen Salz gewürzet*; ich *unterhielt* meine Leser mit der *Urbanität eines Horaz*: man fand *Naivitäten* in meinen Satyren[4]: Meine Lehroden waren meistens *schön*, zeigten *viel Leichtigkeit im Kunstmäßigen, und viel Gewalt über die Spra-*

2 Allgem. Bibl. 1 Band. S. 205.
3 Laokoon S. 244.
4 Litteraturbriefe IX. Th. S. 81.

che[5]: Ach! das betrübte 1768te Jahr. Die Musen haben mich auf einmahl fallen lassen! Meine Schriften taugen nichts: ich kann so gar kein Latein: welches ich doch nie in der Berlinischen Litteraturschule und am wenigsten bey Hr. *Leßingen* zu lernen Lust gehabt habe und haben werde. Doch genug hiervon.

Hr. Leßing verspottet mich über Dinge wo er selbst offenbahr unrecht hat. Hier ist nur Eine Probe. Ich habe *Tuschern* unter die Steinschneider gesetzt: und hierüber schreibt Hr. Leßing S. 143. folgendes:

»Hr. Klotz will uns mit aller Gewalt belehren. Er schreibt also ohne Wahl und Prüfung aus, und lehrt auf gut Glück, es mag wahr oder falsch seyn. Philipp Christoph Beckern, sagt er, und Marcus Tuschern will ich das Lob des Fleisses nicht streitig machen. Marcus Tuschern das Lob des Fleisses! das will ihn Hr. Klotz nicht streitig machen! Hr. Klotz kennt alsowohl recht viel geschnittene Steine von Marcus Tuschern? O! das wird ihm Marcus Tuscher noch im Grabe danken. Denn Marcus Tuscher wollte gar zu gern ein Edelsteinschneider heissen, und *war ganz und gar keiner?* Ganz und gar keiner? und Hr. Klotz macht ihn zu einem der fleißigsten? – Der Ausschreiber müste sich hüten, zu dem was er findet, auch nicht eine Sylbe hinzuzusetzen! Hr. Klotz fand Tuschern beym Mariette als Steinschneider angeführt: ob wohl nicht als einen fleißigen: der Fleiß, ist sein Zusatz, und durch diesen Zusatz wird eine kleine Irrung des Mariette zu einer *groben Unwahrheit*. Lesen sie nur folgende Stelle« (Sie ist aus Natters Vorrede.)

Ich fühle mich durch alle diese bittern Ausdrücke nicht aufgebracht: denn ich weiß, daß ich die Wahrheit gesagt habe. Des Fueseli Künstlerlexicon, wo Tuscher ein *Edelsteinschneider* genannt wird[6], darf ich gegen Einen Mann, der so mit mir spricht, nicht anführen. Aber ich will eine Stelle

5 Ebendaselbst XIII. Th. S. 63.
6 Erstes Supplement S. 277.

aus dem Giulianelli herschreiben[7]: A questi aggiungero il Signor Marco Tuscher di Norimberga. Il Signor Gori nella Prefazione del Tom. II. delle sue Simbole componenti la Decade Romana, di lui ragiona a pag. 16. c. 17. Riportando quivi in istampa il prospetto del Vesuvio cavato dall Originale, che il Sig. Tuscher donò alla società Colombaria e disegnò in Napoli, non dubita il Sig. Gori di chiamarlo eccellente Pittore, Scultore, Architetto, Bulinista, ed Incisore di Gioje sul gusto degli Antichi. Dopo di aver dimorato lungo tempo in Firenze sotto gli auspicj del Signor Barone di Stosch e lavorato principalmente in pittura, passò egli al servizio del Ré di Danimarca. La scelta d'un tanto Ré, il giudizio della Fiorentina Colombaria Società, che tra gli illustri Socj ascrisse il Tuscher, come trai suoi lo accolse l'Accademia Etrusca di Cortona, le lodi dai piu celebri Antiquari tributategli, gl'Intagli, specialmente di due suoi Ritratti in Cornivola ed in acqua marina, ed il bel rame, fregi, finali, iniziali ec. di cui va adorno un Epitalamia Stampato sotto la data di Norimberga 1738. pareva al certo che meritassero da M. Mariette un più distinto elogio alla virtù ed al merito d'un uomo rispettabile per suo maraviglioso talento. – Hat Hr. Leßing noch Lust mich auszulachen?

Die Nachricht im Natter konnte mir, der ich das Buch wohl vierzigmahl angeführt habe, nicht unbekant seyn, und ich hatte meine guten Ursachen, warum ich anders dachte. Und das *Lob des Fleisses*! Heißt denn das, er hat viel gearbeitet? Wenn Hr. Leßing die Sprache der Künstler versteht, so wird er wissen, was sie sagen wollen, wenn sie sprechen: dieses Stück ist fleißig gemacht.

Ich will an einem andern Orte mehr Beyspiele anführen, wo ich verspottet werde, und gleichwohl der Spott auf Herr Leßingen zurück fällt.

Ich kann es nicht verschweigen, daß H. Leßing an vielen Orten eine Feindseligkeit blicken läßt, die seine Critik bey allen Unpartheyischen sehr verdächtig machen muß. Wozu

7 Memorie degli Intagliatori Moderni S. 150.

würde er mir sonst mit vielem Gespötte Druckfehler vorgeworffen haben, z. E. daß ich IV statt VI allegiret, (S. 111) daß ich *Berill* statt *Beryll* geschrieben habe (S. 196) O! wenn Hr. Friedrich Nikolai diese Mühe bezahlen will, so will ich ihm ein ziemliches Bändchen von *Briefen Druckfehler – verbessernden Inhalts* aus meinen Schriften liefern. Unterdessen mißfällt mir Hr. L. Mühe nicht, da sie bey einer zweyten Ausgabe meines Buchs mir nützlich seyn wird. Nur hätte er nicht überall ein solches Geschrey über Kleinigkeiten erheben müssen. Im Ernst, hätte Hr. L. dergleichen Kniffe nicht den gemeinen Kunstrichter überlassen sollen? Mir deucht, diese Arbeit schickt sich nicht für ihn. Doch hier ist noch eine andere Stelle, von der die Leser urtheilen mögen, was sie wollen.

»Was das sonderbarste ist; sagt H. Leßing, (S. 6) ich habe diese Beyspiele fast alle selbst angeführt, und an dem nehmlichen Orte meines Laokoons angeführt, den Hr. Klotz bestreitet. Er hätte sie aus meiner eigenen Anführung lernen können, wenn er sie nicht schon gewußt hätte. Und gleichwohl – Ich denke das heißt, mit dem Sprüchwort reden, einen mit seinem eigenen Fette beträufen wollen.«

Ist diese Beschuldigung gegründet, so bin ich ein Compilator, ein Ausschreiber; ist sie falsch, was ist denn Hr. Leßing? –

Der Leser schlage nach den Laokoon S. 219-231. und er schlage mein Buch nach S. 140. – Was findet er hier? – Ich habe geschnittene Steine angeführt, Hr. Leßing nicht: ich habe mich auf die Herkulanischen Gemählde beruffen, Herr Leßing *nicht*. Ich habe einige Beyspiele aus dem Philostratus entlehnt: Hr. Leßing *nicht*. Was bleibt also noch übrig? Ein einziges vom Pausanias erwähntes Gemählde das Hr. Leßing anführt: *sonst nichts*. Aber hätte ich auch diese Nachricht nicht aus der Quelle selbst geschöpft, und soll ich sie mit aller Gewalt erborgt haben, so zeigt doch die Art, wie ich das Gemählde anführe, daß ich sie niemanden, als dem Grafen *Caylus* schuldig seyn könne. Was die Litteratur und Kunst anbelangt, so kann Hr. Leßing sicher seyn, daß ich nie bey ihm borgen werde.

Es sey dem Publico anheimgestellt, über Hr. Leßings Beschuldigung den Ausspruch zu thun. Redlichkeit ist dieses gewiß nicht.

Doch es war Hr. Leßingen nur darum zu thun, mir alles Verdienst abzusprechen, mir auch da, wo ich nicht geirrt hatte, doch etwas zu versetzen. Hier ist ein neuer Beweiß davon. Ich halte ihn für sehr einleuchtend.

»Von den alten Meistern 1) hat Hr. Klotz, sagt Hr. Leßing (S. 145), so etwas hingeworffen, das weder halb noch ganz ist. Unter denen, die man in Schriften genennt findet,« 2) vergißt er den *Cronius* – und von denen, 3) deren Namen bloß auf Steinen vorkommen, bringt er keinen einzigen den er nicht aus dem bekannten Stoschischen Werke genommen hätte. – 4) Er hätte den Phrygillus noch anführen müssen u. s. w.

Hierauf gebe ich dem Herrn Magister folgendes zur Antwort. 1) ich habe gesagt; (S. 38) »wir wollen die Namen *einiger* Künstler anführen«; also habe ich nichts ganzes versprochen: 2) den *Cronius* kenne ich ganz wohl, und gewiß besser, als Hr. Leßing. Aber wegen Einer alten Paste, von der Hr. Leßing nicht einmal etwas weiß, auf welcher KPONIOC EΠ. steht[8], mochte ich ihn nicht unter Künstlern anführen, von denen wir mehrere Werke haben: 3) ist dieses unrecht? Stosch hat bloß Seine mit dem Namen der Künstler in Kupfer stechen lassen: es war also für die, welche die Künstler kennen lernen wollen, am zuträglichsten, mich auf diese schönen Kupfer zu beruffen: ich habe Stoschen allezeit angeführt: was habe ich also gesündiget: so wie Hr. Leßing 4) den Phrygillus hat aus dem Winkelmann anführen dürffen, so habe ich es doch wohl auch aus dem Stosch thun dürffen?

Aber wie gesagt, H. Leßings Absicht gieng lediglich dahin, um etwas zu finden, was er mir mit einigem Scheine der Wahrheit vorrücken konnte. Unverständigen Lesern etwas Staub in die Augen zu streuen, ist doch schon manchem

8 s. Gorii Inscript. Ant. p. XXXIX.

gelungen. Sollte ich nicht bald glauben mein Buch müsse doch nicht so gar schlecht seyn da die Einwendungen, die Hr. Leßing macht, so schlecht sind?

So gar diese Bibliothek hat Hr. Leßingen Stoff zum Tadel hergeben müssen. Warum nicht? Sie ist ja das Aergerniß der Berlinischen Litteraturschule. Aber diesesmahl hat er wohl nicht unsere schwächste Seite ausgesucht.

Hr. von Heineken hat in seinen *Nachrichten von Künstlern und Kunstsachen* ein Kupferstichverzeichniß von Michel Angelo geliefert. Mitten unter die Werke dieses Mannes setzt er (S. 427)

1. Der Petschaftring des Michel Angelo: ein mittelmäßiges Blatt nach Madm. Cheron Zeichnung von P. Piccart gestochen. Die Abdrücke ohne Buchstaben sind schön und rar.

In dem *fünften* Stück dieser Bibliothek (S. 132) fand man es für unschicklich in ein Verzeichniß der Kupferstiche von *eigenen* Werken des Künstlers einen Kupferstich von einem alten Werke zu setzen, welches ihn weiter nichts angeht, als daß er es besessen. Hr. Leßingen findet dieses aber gut, und vertheidigt jenen Verfasser (S. 94) Das heißt wohl: »haben wir denn gar nichts zu zanken?« Hatte ich das Kupfer von einem alten Ringe, den ein Künstler getragen, mit in das Verzeichniß seiner Werke gesetzt, was würde Hr. Leßing nicht gesagt haben? Wie hurtig würde er sein Symbolum ausgeruffen haben,« O Logik und die Musen!

Irre ich, oder ist meine Vermuthung gegründet, daß Hr. Leßing seinen Lieblingseinwurff: »Hr. Klotz hat mich nicht verstanden« denn braucht, wenn er sich am meisten in die Enge getrieben fühlt? Ich will hier ein Beyspiel anführen; und ich ersuche meine Leser das folgende mit Aufmerksamkeit zu lesen. Je aufmerksamer sie dabey sind, je mehr hoffe ich zu gewinnen.

Ich schreibe in meinen Buche (S. 141). »Die Einwürfe, welche H. Leßing von der Schwierigkeit hernimmt, die homerischen Fabeln zu mahlen, sind leicht zu heben. – Nur ein Beyspiel eines Kůnstlers anzufůhren, so *verwirft er* des Grafen Caylus Vorschlag, die Verwunderung der Trojanischen Greise ůber Helenens Schőnheit aus dem dritten Buche der Iliade zu mahlen. *Er nennt diese Episode einen ecklen Gegenstand.* – Ueberhaupt ist das, was Herr Leßing *von den jugendlichen Begierden* und Caylus von gierigen Blicken sagt, eine Idee, die sie dem Homer aufdringen.«

Hierauf antwortet Hr. Leßing, grade als wenn er bey seiner Magisterdisputation seine Opponenten vor sich håtte: (S. 25)

»*Es ist nicht wahr*, daß ich jenen Vorschlag des Grafen Caylus verworfen habe.«

»*Es ist nicht wahr*, daß ich diese Episode einen eckeln Gegenstand genannt habe.«

»*Es ist nicht wahr*, daß ich dem Homer die Idee von jugendlichen Begierden aufgedrungen habe.«

Wir wollen die Acten aufschlagen und H. Leßings Worte hersetzen: (S. 220)

»Man vergleiche hiermit *Wundershalber* das Gemåhlde, welches Caylus dem neuen Kůnstler aus jenen Zeilen des Homers vorzeichnet:« (nun folgen des Grafen Worte) »Man denke sich dieses Gemåhlde von dem grősten Meister unserer Zeit ausgefůhrt, und stelle es gegen das Werk des Zeuxis. Welches wird den wahren Triumph der Schőnheit zeigen? Dieses wo ich ihn selbst fůhle, oder jenes wo ich aus *Grimassen gerůhrter Graubårte* schliessen soll? Turpe senilis amor. Ein gieriger Blick macht das ehrwůrdigste Gesicht låcherlich: und ein Greis, der *jugendliche Begierden* verråth ist so gar ein *eckler Gegenstand*: den homerischen Greisen ist dieser Vorwurff nicht zu machen. Sie bekennen ihr Gefůhl, und fůgen sogleich hinzu – Ohne diesen Entschluß wåren es alte Gecke: *wåren sie das, was sie in dem Gemåhlde des Caylus erscheinen.*«

Ich brauche wohl nicht etwas hinzuzusetzen. Um zu entscheiden, wer von uns beyden hier recht hat, darzu werden nur gesunde Augen erfordert.

Sollten diese Proben nicht hinlänglich seyn, um meinen

Lesern einen Begriff von der Leßingischen Schrift beyzubringen? Die Untersuchung der Fehler, die er selbst begangen, will ich nicht in einer Schrift anstellen, die keine Streitschrift seyn soll. Es sind ihrer eben nicht wenig.

Für alle Unhöflichkeiten aber, für die höhnischen Ausdrücke, für die falschen Beschuldigungen, die Hr. Leßing in seinen Briefen ausgestreut, will ich ihm folgendes sagen. Ich schätze sein Genie hoch, und ich glaube, daß er unter unsere besten Schriftsteller gehöre. Allein in Ansehung der alten Litteratur und der Kenntniß der Kunst muß er mir erlauben, wenn ich ihn nicht für den grossen Mann halte, der er zu seyn glaubt. Durch dergleichen Zänkereyen, hämische Recensionen, Schimpfen und Höhnen wird er den Künsten noch weniger einen Dienst thun. Eine solche Aufführung schickt sich nicht für Einen *Leßing*, für Einen Mann, der seine Zeit besser zur Ehre unsers Vaterlandes und zur Ausbreitung des Geschmacks anwenden kann. Es thut mir, aufrichtig zu gestehn, Leid, (gewiß nicht meinetwegen: denn allenfalls wollte ich Hr. Leßingen nicht viel schuldig bleiben, wenn es seyn müßte, sondern um seines Namens willen) daß sich Hr. Leßing zu einer solchen Zänkerey hat herablassen können, die ihn nicht einmahl als einen Mitarbeiter an den Litteraturbriefen kleidet.

Kl.

Nr. 23
Christian Gottlob Heyne an Lessing, 17. 10. 1768 (Bd. XI/1 dieser Ausgabe, S. 549f.; vgl. Anm. 472,32):

Hochgeehrtester Herr,
Eben habe ich Ihre antiquarischen Briefe vor mir: ein Geschenk für unsre Deutschen, das ihnen aus mehr als Einem Grunde schätzbar und nützlich sein kann.

Im Fortlesen finde ich darin eine Beschwerde über den Recensenten der Monum. ined. des Hrn. *Winkelmann* in den hiesigen Anzeigen.

Ich bin in der Tat unzufrieden mit der Stelle, indem ich sie jetzt wieder durchlese; sie hat etwas Beleidigendes für Sie. Es tut mir leid, daß die Sache nicht anders ausgedrückt ist. Aber nun, was die Sache selbst anlangt, über diese will ich doch meine Gedanken erklären, unter der Bedingung, daß Sie mir alsdann die Ihrigen deutlicher erklären. Die Stellung des Borghesischen Fechters ist, wie Sie sie selbst mit *Winkelmanns* Worten angeben, eines Kriegers, dessen Kopf und Augen *aufwärts* gerichtet sind, und der sich mit seinem Schilde gegen etwas, das *von oben her* kommt, zu verwahren scheint, aber so, daß er selbst im Ausfall ist; hingegen des *Chabrias* Stellung ist, nach dem *Nepos*, gegen einen anrückenden Feind, den man *auf der Stelle* erwarten will; (»vetuit loco cedere – excipere«.) Ich kann mir hierbei nichts denken, was die Soldaten des Chabrias von oben her zu fürchten hatten, da ich mich nicht erinnere, daß die Spartaner sich zu damaliger Zeit der Pfeile bedienten. Doch auch dies kann sein; denn ich habe es noch keinen Augenblick untersucht. Dann sehe ich wohl, wie sie den Schild haben hoch halten können, aber nicht, wozu »hasta projecta« wäre, welches sich *auf einen Angriff in der Nähe, festen Fußes*, zu beziehen scheint. Wenn ich überhaupt die Worte frisch lese, ohne eine Meinung schon dazu zu bringen, so kann ich mir nicht helfen, ich kann sie nicht anders verstehen, als daß ich mir *Soldaten mit einem Knie gebogen, gegen das auf der Erde ruhende Schild gestemmt, mit vorgehaltenem Spieß*, denke; eben so wie ich mich erinnere, sonst, ich glaube vom macedonischen Phalanx, gelesen zu haben, daß man dadurch den eindringenden Feind aufhielt. Nehme ich aber auch Ihre Interpunction an, so bleibt mir doch das »projecta hasta« ganz widersinnig.

Da der Miles Veles hergegen eine Stellung hat, wie sie Chabrias nach meinem Verstande, im Nepos hat, so war die angegebene Mutmaßung bei mir entstanden, die ich freilich wenigstens durch ein *scheint* hätte beibringen sollen. Und doch erhellet mir es nunmehr auch aus Ihrem Laokoon zur Genüge, daß Sie an keinen andern als den Borghesischen

Fechter können gedacht haben; und diesen Irrtum sollen Sie ehestens in eben den Anzeigen widerrufen sehen. Übrigens erwarte ich die Fortsetzung Ihrer antiquarischen Briefe, in denen ich auch diese Sache mehr in's Licht gesetzet zu sehen hoffe, mit Ungeduld, und hoffe wenigstens keinen *unverzeihlichen* Fehler begangen zu haben, der mir Ihre Achtung und Freundschaft entziehen könnte. Ich bin unausgesetzt

Ihr gehorsamer Diener *Heyne*.

Nr. 24
Aus: Lessing an Johann Arnold Ebert, 18. 10. 1768 (Bd. XI/1 dieser Ausgabe, S. 550f.):

⟨. . .⟩
Sie sehen, daß ich mich itzt eben wohl nicht im Schriftsteller-Enthusiasmus befinden mag. Meine Antwort also auf Ihre freundschaftliche Exequierungen können Sie erraten. Zum Henker mit alle dem Bettel! Was ich in meinem Leben noch schreibe, soll genau nach den verdrehten Worten des Thucydides abgemessen sein, die Sie auf meinen antiquarischen Briefen lesen. Das Schreiben *ἐς ἀει* will ich Euch andern Schwärmern überlassen: so, dann und wann, ein kleines *ἀγωνισμα ἐς το παραχρημα ἀκουειν*, sieben Neunteile von meinen lieben schreibenden Landsleuten auf mich toll und rasend zu machen, das ist alles, was ich mir vornehme.

Meinen Sie nicht, daß diese antiquarischen Briefe ein ziemlicher Anfang sind? Ich freue mich schon im voraus auf alle die Ehrentitel, die ich dafür bekommen werde. Nur ärgert es mich, daß es so wenige wissen können, wie sehr ich mich darüber freue.
⟨. . .⟩

Ich falle schon wieder in einen Ton, den Sie nicht leiden können. Nun, was können Sie denn recht leiden? Soll ich Ihnen noch von meiner Reise etwas sagen? Es bleibt fest dabei: über acht Tage sollen Sie meinen Catalogus erhalten.

Aber wissen Sie, was mich ärgert? Daß alle, denen ich sage, »ich reise nach Rom« sogleich auf Winkelmannen verfallen. Was hat Winkelmann, und der Plan, den sich Winkelmann in Italien machte, mit meiner Reise zu tun? Niemand kann den Mann höher schätzen als ich: aber dennoch möchte ich eben so ungern Winkelmann sein, als ich oft Lessing bin! 〈...〉

Nr. 25
Aus: Friedrich Nicolai an Lessing, 18.10.1768 (Bd. XI/1 dieser Ausgabe, S. 552-554):

Liebster Freund,
Ich bitte Sie allerdings, mit dem Drucke des zweiten Teils unverzüglich anfangen zu lassen, denn vor Ihrer Abreise muß er doch fertig sein; und was noch mehr ist, ich bin äußerst begierig, die Fortsetzung zu lesen.

Sie reisen also nach Rom, mein liebster Freund! Der Himmel begleite Sie! Es tut mir wehe, Sie zu verlieren, und ich schimpfe insgeheim auf unser Vaterland, das – Doch genug davon!

Ich sehe die Gründe, warum Sie nach Rom reisen, vollkommen ein, und die schönen Künste werden davon großen Vorteil ziehen; aber unser armes Theater, das liegt nun verwaiset – Werden Sie denn nicht noch wenigstens etwas Ihrem Vaterlande als ein Lebewohl hinterlassen?
〈...〉

Die *antiquarischen Briefe* machen hier großes Aufsehen. Selbst Klotzens beste Freunde (z. B. Hofr. Bel) sagen, daß Klotz sich an einen für ihn zu starken Streiter gewagt habe. Klotz ist halb rasend darüber geworden; er hat einen unvernünftigen Brief an mich geschrieben, worin er mir seine Freundschaft aufsagt, (der ich längst entsagt hatte), weil ich Schmähschriften gegen ihn druckte, und was der Narrheiten mehr sind. Jedermann ist begierig zu sehen, wie er sich aus der Sache ziehen wird. Alles freuet sich über die antiquarischen Briefe, denn bisher hat sich noch niemand getraut, seine Meinung über Klotzens Unverschämtheit öffentlich zu sagen. Aber nun werden gewiß mehrere nachfolgen.

Daß er nach Dresden als Bibliothekar kommen soll, ist ein vermutlich von ihm selbst ausgesprengtes Gerücht; denn aus Dresden schreibt man hierher, daß man dort nichts davon wisse.

⟨. . .⟩

Die *kritischen Wälder*, glaubten hier emunctae naris homines, würden aus der Klotzischen Schule sein. Jetzt aber weiß ich zuverlässig, daß sie Breitkopf für Hartknoch in Riga druckt, und daß *Herder* der Verfasser ist. Ich habe unter der Hand die Correctur des ersten Bogens gesehen. Die Schreibart bestätigt, daß niemand als Herder der Verfasser sein kann. Er spricht von Ihnen mit der größten Achtung. Es scheint zwar, daß er in der Folge in vielen Stücken anderer Meinung als Sie sein werde; doch habe ich davon in den wenigen Blättern, die ich gelesen habe, nicht viel sehen können. Gleich auf der zweiten oder dritten Seite wird Klotz in die Augen geschlagen. Der Verfasser schildert Ihren und Winkelmanns Charakter und Schreibart. Beide Schriftsteller, sagt er, sind sehr von einander unterschieden; aber ich ärgere mich, wenn man den einen auf Unkosten des andern loben will. Dies tut Klotz in einer Note in seinen actis litt., wo er von Winkelmann ungefähr sagt, seine letzten Schriften wären viel schlechter als die ersten: »denn die Schmeicheleien der Freunde bliesen gemeiniglich die Schriftsteller auf, daß sie in die Welt hineinschrieben, was ihnen in den Kopf käme.« »Dies mag, sagt der Verfasser, der Hr. Geheimerat *aus eigner Erfahrung* wissen; aber von Winkelmann muß er es nicht behaupten.«

Ich will an Herdern schreiben. Vielleicht erlange ich von ihm, daß mir die Aushängebogen mitgeteilt werden.

Ihre Reise nach Rom ist hier allenthalben bekannt. Wissen Sie was Saal sagt? – Er sagt: Lessing geht nur von uns, den Protestanten dort zu spielen, so wie er in Sachsen den Preußen spielte.

⟨. . .⟩

Nr. 26
Aus: Christian Felix Weiße an Klotz, 20. 10. 1768 (zit. nach Dvoretzky 1, Nr. 98):

⟨. . .⟩ Ihre Fehde mit Lessingen thut mir weh. Schöne Geister sollte das Band der Eintracht und Liebe verbinden, und wenn hat jemals die Wahrheit bei dieser Art zu kämpfen gewonnen? beide Theile reiben sich auf, und am Ende geht es wie im letzten Kriege.
⟨. . .⟩

Nr. 27
Aus: Lessing an Friedrich Nicolai, 21. 10. 1768 (Bd. XI/1 dieser Ausgabe, S. 555-557):

⟨. . .⟩
Haben Sie schon gelesen, wie verächtlich Klotz von den antiquarischen Briefen in seiner Zeitung urteilt? Aus dieser Recension soll man schließen, daß ich ihm nichts, als Druckfehler vorgeworfen, oder Dinge gegen ihn behauptet hätte, die ganz und gar nicht wahr wären. Er besteht z. E. darauf, daß Marcus Tuscher ein Steinschneider gewesen, weil es Füeßly, Giulianelli und Gori sagen. Aber wenn es noch zwanzig solche Herren in i sagten: so ist es doch nicht wahr. Denn sie haben es alle dem Mariette nachgeschrieben, welcher es sich hat weis machen lassen. Nattern, der so lange mit Tuschern gelebt hat, in Rom und Dännemark, ist hierin allein zu glauben. Endlich, wenn Tuscher ein Steinschneider war, so mag er uns seine Werke nennen! – Hernach wollte ich, daß man in einer Recension anmerkte, daß ein Mann wie Klotz, der die Scribenten nicht verspottet, sondern brandmarkt, und die infamierendsten Personalitäten von ihnen in die Welt schreibt, alles Recht verloren hat, sich über die Anzüglichkeit des Styls, den man gegen ihn braucht, zu beschweren. Dieser Styl hat anzüglich *sein sollen*, und muß es sein, wenn man die Welt wegen eines solchen Windbeutels desabusieren will.

Hr. Klotz kann Staat darauf machen, daß ich mich so bald von seiner Spur nicht will abbringen lassen, er mag auch noch so viel Seitensprünge versuchen. Wenn er der gelehrte Mann wäre, für den man ihn hält, so verlohnte es sich ja wohl der Mühe, seine Fehler zu verbessern; denn es wären die Fehler eines gelehrten Mannes, in die ein minder gelehrter noch eher fallen kann. In der Tat hat er auch manche mit sonst gelehrten Leuten gemein; und diese sind es, bei welchen ich mich in dem zweiten Teile der Briefe vornehmlich aufhalten will: damit er nicht sagen kann, daß sie eine bloß persönliche Zankschrift wären.

Hr. Prof. Heyne in Göttingen hat, so bald er die Briefe erhalten, an mich geschrieben. Er ist es selbst, der die Anmerkung gegen meine Deutung des Borghesischen Fechters in den Göttingischen Anzeigen gemacht hat. Aber er bekennt nun selbst, daß er seine Meinung anders hätte ausdrücken sollen, und daß er auf keine Weise hätte sagen müssen, daß ich diese Statue mit einer zu Florenz verwechselte. Er verspricht mir sogar, dieses nächstens zu widerrufen. Seine Meinung ist bloß, daß meine Deutung des Borghesischen Fechters noch eher auf den Miles Veles zu Florenz passen würde, als auf jenen. Und das ist freilich etwas ganz anders, als er in den Anzeigen gesagt zu haben schien.

Ich werde an dem zweiten Teile der Briefe anfangen, sobald ich mit meinem Catalogus und der Dramaturgie fertig bin; welches in vier oder fünf Wochen sein dürfte. Ich denke auch gewiß vor meiner Abreise noch damit fertig zu werden, die auf den Februar festgesetzt bleibt. ⟨...⟩

Nr. 28
⟨Christian Gottlob Heyne,⟩ Rezension der *Briefe, antiquarischen Inhalts*, Erster Teil, in: Göttingische Anzeigen von Gelehrten Sachen, Bd. 2, 1768, 130. Stück, S. 1084-1087 (29. 10. 1768):

Berlin.

Bey Fr. Nicolai: *Briefe antiqvarischen Inhalts.* Erster Theil, klein 8. An der Streitigkeit, welche diesen Briefen Veranlassung und Stoff gegeben haben, nehmen wir auf keine Weise Antheil. Eines gleich zu erwähnenden Umstandes wegen, konnten wir sie nicht wohl ganz übergehen; denn sonst brauchte eine Schrift dieser Art nicht erst unsre Anzeige, um bemerket zu werden. Es leuchtet darinnen der Mann hervor, der nicht blos schreibt, sondern denkt, eine gründliche klassische Gelehrsamkeit mit reifer Beurtheilungskraft verbindet und nicht erst seit vorgestern zu dem antiqvarischen Studio herbeyflattert. Ueber die Perspektiv der Alten, über die Geschichte der Kunst und Künstler, selbst über das Mechanische der Kunst bey den Alten, findet man vortreffliche Anmerkungen; einige Erklärungen und Kritiken über Stellen in alten Schrifftstellern ungerechnet. – S. 97 f. ist Hr. Lessing mit dem Recensenten der Winkelmannischen Monumenti inediti in unsern *Anzeigen* 23 St. d. J. unzufrieden, daß er ihm Schuld giebt, als habe er den *borghesischen Fechter* mit dem so genannten *Miles Veles* im *Museo Florentino* verwechselt. Herr L. hat recht; der Recensent hätte allerdings dieses wenigstens durch ein, es scheint, ausdrücken sollen. Hr. L. lehnt auch wirklich einen solchen Verdacht auf eine nachdrückliche Weise von sich ab. Hiezu kömmt in der That noch dieses, daß der *Miles Veles* den Schild eben so wenig vor sich an das Knie gestämmt hält, und daß also das obnixo genu scuto eben so wenig Statt findet; ob gleich sonst die Stellung eines Kriegers, *der seinen Feind erwartet*, und insonderheit das gebogene Knie, auf die beschriebene Stellung des Chabrias eher zu passen schien; in so fern man annehmen kan, daß des Chabrias Soldaten den Schild auf der Erde angesetzt, ein Knie gebogen und daran gestämmet, und auf diese Weise ihre Krafft verdoppelt haben. Eben diese Vorstellung hatte dem Recensenten Anlaß zu jener Vermuthung gegeben, welche freylich Hr. L. mit Grunde von sich abweiset und abweisen kan. Jene Stellung läßt sich auch vielleicht eben so gut, und noch beßer, im Stehen denken, so daß der Soldat das Knie an den Schild anschließt, um dem andringenden Feind mit Nachdruck zu widerstehen. Nun bleiben aber doch gegen die andre von Hrn. Lessing vorgebrachte Meynung, daß der Borghesische Fechter den *Chabrias* vorstellen solle, folgende Schwierigkeiten übrig, welche der Recensent damals freylich nicht beybringen konnte. *Nepos* beschreibt die Stellung der Soldaten des *Chabrias* so, daß sie einen Angriff des eindringenden und anprallenden Feindes haben aufhalten wollen: reliquam phalangem loco vetuit cedere obnixoque genu scuto proiectaque hasta impetum excipere hostium docuit. Der natürliche Verstand der Worte scheint der zu seyn, daß die Soldaten das Knie an den Schild anstämmen und so den Spieß vorwärts halten mußten, daß der Feind nicht einbrechen konnte. Diese Erklärung wird durch die beyden Parallelstellen im Diodor und Polyän, und durch die Lage der Sache mit den übrigen Umständen selbst bestätiget; denn der Angriff der Lacedämonier geschah gegen die auf einer Anhöhe gestellten Thebaner. (Vergl. Xenoph. Rer. Gr. V, 4, 50.) Hiemit scheint der Borghesische Fechter nicht wohl übereinzukommen, dessen Stellung diese ist, daß er nicht so wohl den Angriff aufhält, als selbst im lebhaftesten Ausfall begriffen ist; daß er den Kopf und die Augen nicht vor- oder herabwärts, sondern aufwärts richtet u. sich mit dem aufwärts gehaltenen Schilde vor etwas, das von oben herkömmt, zu verwahren scheint; wie nicht nur das Kupfer zeigt, sondern auch Hr. Lessing im Laocoon selbst die Beschreibung mit Winkelmanns Worten anführt. Herr L. der diese Unähnlichkeiten gar wohl bemerkt hat, schlägt vor, die Stelle im Nepos durch eine andre Interpunktion der Stellung des Borghesischen Fechters näher zu bringen. Dem sey also; aber auch dann wissen wir weder die Stelle im Diodor und Polyän, noch die Stellung beyder Heere, noch das loco vetuit cedere, das projecta hasta, das impetum excipere hostium nicht damit zu vereinigen. Doch alles dieß muß Hr. L. nicht als Widerlegung, sondern als Schwierigkeiten ansehen, welche er in der Folge seiner

Briefe vielleicht aus dem Wege räumen wird. Denn sonst würden wir noch anführen, daß der ganze Körper des Borghesischen Fechters in unsern Augen den ganzen Wuchs und Bildung, die Haltung und Stellung eines Fechters, aber gar nicht das Ansehen eines atheniensischen Feldherrn hat. Aber nach Kupfern läßt sich so etwas nicht beurtheilen, und hiebey könnte die Vorstellungsart sehr verschieden seyn. Noch müssen wir gedenken, daß wir vor einiger Zeit in Hr. Prof. Sachsens zu Utrecht Abhandlung de Dea Angerona p. 7. den Stein im Mus. Flor. T. II. tab. 26 n. 2. gleichfalls mit dem *Chabrias* verglichen gesehen haben.

Nr. 29
Aus: Friedrich Nicolai an Lessing, 8. 11. 1768 (Bd. XI/1 dieser Ausgabe, S. 562-564):

⟨. . .⟩

Klotz soll über die antiquarischen Briefe ganz außer sich sein. Mir hat er in einem Briefe nach Leipzig alle Freundschaft aufgesagt, und zugleich einige Briefe von Abbten an ihn, die er mir einmal communiciert hatte, wieder gefordert. Da ich ihm nicht gleich antwortete, so erhielt ich vorigen Freitag einen Brief von ihm, worin er auf eine lächerliche Weise drohet, mich zu verklagen. Ich habe ihm am Sonntage die Abbtischen Briefe geschickt, und ihm einen Brief dazu geschrieben, den er nicht ans Fenster stecken wird, ungeachtet ich gar nicht heftig schrieb, sondern ihm bei kaltem Blute alle die Verachtung bezeigte, die er verdient. Er wird vermutlich Stellen aus den Abbtischen Briefen drucken lassen, worin teils Complimente für ihn, teils einige Schäkereien über die theologischen Artikel in der allgemeinen deutschen Bibliothek befindlich sind. Das mag er tun; nur mag er sich nicht verfälschen, (wie er sonst getan hat): denn ich habe Kopien zurück behalten.

⟨. . .⟩

Klotz hat eine Stelle aus einem Briefe an ihn von mir

drucken lassen. Darüber werde ich mich in der Vorrede zu der allg. d. Biblioth. VIIIten Bandes 2tes Stück, erklären, und ich hoffe, es kann mir bei vernünftigen Leuten kein Nachteil daraus erwachsen, daß ich mit diesem Manne correspondiert, und daß er einigen sehr geringen Anteil an der deutschen Bibliothek gehabt hat. Vielleicht lasse ich auch etwas aus seiner Correspondenz an mich abdrucken, das ihm eben nicht zur Ehre gereichen wird.

Ein gewisser Mann schreibt mir: »Mich wundert sehr, daß sich Lessing so viele Mühe giebt, Klotzens unrichtige Citationen zu berichtigen; das ganze Geheimnis ist, daß Klotz von einem meiner Freunde ein *Christen* nachgeschriebenes Collegium de Gemmis geliehen hat, *das er jetzt nicht wiedergeben will*. Aus diesem Collegio hat er viel Gelehrsamkeit geschöpft, und auch viel Citationen; daß diese aber in einem nachgeschriebenen Collegio nicht richtig waren, ist eben kein Wunder!« Was dünkt Ihnen zu dieser Anekdote? Wenigstens, wenn Sie könnten von jemand, der Christens Zuhörer gewesen, ein nachgeschriebenes Collegium bekommen, so würden Sie vielleicht sehen können, wo der Hr. Geheimerat noch einige fremde Federn herhabe. Und der elende Mensch verachtet doch Christen bei aller Gelegenheit!

Ich freue mich sehr, daß Hr. Heyne so redlich seinen Fehler zurück nimmt, und ich werde mich noch mehr freuen, wenn er, wie ich gewiß glaube, Wort hält, und ihn öffentlich widerruft: auch Klotzens wegen, der in seiner Recension der antiquarischen Briefe tat, als ob der in den Göttingischen Anzeigen gezeigte Fehler eine unumstößliche Wahrheit wäre.
〈...〉

Nr. 30
Aus: Karl Friedrich Flögel an Christian Adolf Klotz, 14.11.1768 (zit. nach Daunicht 1, Nr. 89):

⟨...⟩

Möchte sie doch zu den Feinden meiner Freunde fliegen, und sie so lange quälen, bis sie menschlicher und gesitteter denken lernten. Muß mir nicht hier Herr Leßing einfallen? Er hat durch seine Briefe seinen moralischen Charakter der Welt nicht empfohlen, wenn auch Herr Nikolai das Papier dazu aus Rom holen ließ. Ich finde ihn weder rosenroth noch purpurfarbig, sondern ganz gelbe von Galle. Wir hielten seine Hitze gegen Langen vor Hefen der aufbrausenden Jugend; aber nun wissen wir doch, daß sie ein Bestandtheil seines Charakters ist. ⟨...⟩

Nr. 31

⟨Anonymus,⟩ Anzeige des Raubdrucks *Briefe von Herrn Leßing und Herrn Klotz* (1768; vgl. oben S. 949), in: Neue Hallische Gelehrte Zeitungen, 1768 (14. 11. 1768; auch bei Braun 1, S. 217):

Berlin

Unter der Stechbahn bey Friedrich Nikolai sind zu bekommen: Briefe von Herrn Leßing und Herrn Klotz, betreffend des erstern Laokoon und des letztern Werk von alten geschnittenen Steinen. 4 Bog. 8. Es ist wohl durch einen Buchhändlerknief geschehen, daß diese Briefe hier nochmals gedruckt erscheinen. Denn sie sind schon in einer Hamburger Zeitung abgedruckt worden, und zum Theil stehn sie auch in der bey dem Verleger billig beliebten Sammlung *Antiquarischer Briefe*. Von Herrn Klotz ist nur eine einzige Antwort aus dem Hamburger Correspondenten eingerückt. Wie kommt es denn aber, daß man nicht auch die *zweyte* Antwort hat abdrucken lassen, die in eben denselben Zeitungen befindlich ist? Oefnete sie etwann dem Publico zu sehr die Augen? enthielt sie zu deutliche Beweise von der Partheylichkeit, und andern Antiquarischen Untugenden? Eine Ursache mußte doch wohl da seyn!

Nr. 32
Aus: Johann Gottfried Herder an Friedrich Nicolai, 21.11.1768 (*Herders Briefwechsel mit Nicolai*, hg. v. Otto Hoffmann, Berlin 1887, S. 24):

⟨...⟩
Leßings Br. Antiquarischen Inhalts sind noch nicht hier u. ich werde noch lange nach ihnen warten müßen. Mich dünkt, daß sein Gegner, wie ein zweiter Gottsched, wenn er sich in seinen noch muntern Jahren nicht beßern sollte, bald in seinem seichten Schlamme versinken werde. Und da sein Ton immer pöbelhafter zu werden anfängt, so werden wir dies bald erleben. ⟨...⟩

Nr. 33
Aus: Lessing an Christoph Gottlieb von Murr, 25.11.1768 (Bd. XI/1 dieser Ausgabe, S. 568 f.; vgl. auch oben S. 700 f., Nr. 32):

⟨...⟩ Ich merke, was Sie besorgt macht, daß ich sie ⟨die angekündigten »schriftlichen Anmerkungen« über den *Laokoon*⟩ vielleicht *nicht ohne Bitterkeit* aufnehmen möchte. Es ist mein Betragen gegen den Hn. Klotz und der Ton ohne Zweifel, den ich in meinen antiquarischen Briefen gegen diesen Mann zu nehmen gezwungen worden. Ich bin aber sehr überzeugt, daß sich Ew. Hochwohlgeboren das dictatorische Ansehn nicht werden gegeben haben, welches sich dieser Mann giebt; daß Sie nicht der Art sind, Einwürfe, die Sie einem Schriftsteller machen, selbst, oder durch ihre Freunde, in allen Zeitungen als *unverzeihliche Fehler* ausposaunen zu lassen, die Sie diesem Schriftsteller gewiesen hätten, wie das Hr. Klotz zu tun pflegt; ich bin sehr überzeugt, daß Sie mit mehr Einsicht, mit verdautern Kenntnissen, mit mehr Überlegung, Erinnerungen machen und Widerlegungen abfassen, als Herr Klotz; daß es Ihnen mit diesen Erinnerungen und Widerlegungen lediglich nur um die Aufklärung der Sache, nur um die Wahrheit zu tun ist, und nicht um die Eitelkeit, alles besser zu wissen, und auch da mit zu sprechen, wo man kein Recht hat mit zu sprechen: was besorgen Sie also von mir? 〈...〉

〈...〉 Ich bin der unleidliche, ungesittete, stolze, schmähsüchtige Mann nicht, für den mich Hr. Klotz nunmehr ausschreiet. Es hat mir Mühe und Zwang gekostet, ein wenig bitter gegen ihn zu sein. Aber ich frage Sie selbst, ob er es nicht verdient hat? Ich weiß, Sie sind sein Freund: Aber können Sie sich es denn darum selbst verbergen, daß dieser Ihr Freund ein sehr elendes Büchelchen von geschnittnen Steinen geschrieben hat, und daß er in diesem ganzen Fache nichts geschrieben hat, was ihn berechtigen könnte, nur mit dem tausenden Teile des Stolzes von sich zu sprechen, der ihn mir so lächerlich macht? –

Nr. 34
Aus: Lessing an Friedrich Nicolai, 29.11.1768 (Bd. XI/1 dieser Ausgabe, S. 570f.):

〈...〉 Ich sehe keine Möglichkeit, daß der zweite Teil zur Ostermesse hier fertig werden kann; denn auf das nemliche Papier müßte er doch gedruckt werden, und ich glaube nicht, daß in ganz Deutschland dergleichen zu haben ist. Schreiben Sie mir mit der ersten Post, was ich bei dieser Verlegenheit tun soll. Ich möchte selbst gern, daß ich bei meiner Abreise bei Hrn. Klotz nicht in Schulden bliebe. Stoff habe ich genug, und wohl noch zu einem dritten Teile; ich lasse mich auch nicht irren, ihn auszuarbeiten, und ich will Ihnen wenigstens alles sauber und deutlich abgeschrieben zurücklassen.

Sie haben gesehen, daß Heyne sein Versprechen in den Göttingischen Zeitungen gehalten. Ich bin mit seiner Erklärung sehr zufrieden; denn was er gegen meine Deutung des Chabrias selbst sagt, hat mit der vorgeworfenen Verwechselung der Statuen gar nichts zu tun. Ich habe vor, mich in den Briefen umständlicher darüber auszulassen: wie ich denn auch jede Gelegenheit ergreife, sonst nützliche Abschweifungen zu machen, um dem Buche, außer seiner Beziehung auf Klotzen, so viel Wert zu verschaffen, als mir möglich. Zwei Kupfer müßte ich aber auch zu dem zweiten Teile haben, die ich beide schon hier zeichnen lasse. Und noch ein drittes Kupfer; wenn ich meine *Abhandlungen von den Ahnenbildern der Alten* noch mit in die Briefe bringen wollte. Dies wäre ein kleines Stück aus Winkelmanns Monumenti, welches er äußerst falsch erklärt hat, und worüber ich bessere Dinge zu sagen denke, als ihm eingefallen sind. – Oder wie wäre es, wenn wir die Abhandlung über die Ahnenbilder besonders druckten? Doch nein; ich möchte lieber meine antiquarischen Schreibereien hübsch beisammen in einer Folge haben: ja, ich wäre nicht ungeneigt, auch von Italien aus eine fernere Fortsetzung der Briefe zu machen, wenn ich erst wüßte, daß unsere lieben Landsleute so etwas lesen wollten. –

Klotz hat sich früh dazu gehalten, die Briefe auch in seiner Bibliothek zu recensieren. Er schwatzt wieder eine Menge dummes Zeug, das ich aber schon werde müssen fallen lassen, weil ich sonst ewig nicht mit ihm fertig würde. Wegen des Manuscripts von *Christen*, das er soll gebraucht haben, möchte ich gern nähere Nachricht haben. Ein Umstand, wo Klotz etwas für seine eigne Bemerkung ausgiebt, von der ich jetzt aus Ernestis Archaeologia sehe, daß sie Christ längst gemacht hat, läßt mich vermuten, daß sein Plagium wahr ist.

Indes können Sie sich mit ihm versöhnen, wenn und wie Sie wollen. Nur bitte ich, daß Sie mich nie in Ihre Versöhnung mit einschließen. –

⟨...⟩

Nr. 35
Aus: Johann Gottfried Herder an Johann Georg Hamann, November 1768 (*Herders Briefe an Johann Georg Hamann*, hg.

v. Otto Hoffmann, Berlin 1889, S. 51; auch bei Dvoretzky 1, Nr. 300):

Mit unserm theuren Klotz scheint sich die Scene zu verändern, und Leßings Briefe scheinen Vorboten zu einem baldigen Glückwünschungsliede an ihn und seine *Herelios*, *Meuselios*, *Harlesios*, *Curtios*, *Hausenios*, etc. *Ceciderunt in profundum*. Sie haben Recht, daß ich in *ipso ornando*, wie er sich claßisch ausdrücken würde, zu sehr den Litteraturbriefen gefolgt bin.

Nr. 36
Aus: Johann Joachim Christoph Bode an Heinrich Wilhelm von Gerstenberg, 2. 12. 1768 (zit. nach Daunicht, Nr. 447):

⟨...⟩
Lessing geht leider aus Deutschland. – Man sagt mir, daß Klotz in der hällischen Zeitung einen hämischen Angrif auf Ihren Ugolino gethan hat; aber ich denke Lessing wird ihn darüber schon zur Reue bringen. Er wird sich Verdienst ums Publicum machen, daß er den Besofnen, dem viele Leute aus dem Wege gehn müssen, zur Ruhe bringen zu helfen. Er arbeitet schon am zweyten Theile der antiquarischen Briefe. Ich möchte nicht der HE. Geh. R. Klotz seyn!
⟨...⟩

Nr. 37
Aus: Friedrich Nicolai an Lessing, 6. 12. 1768 (Bd. XI/1 dieser Ausgabe, S. 571-573):

⟨...⟩
In alle Wege, fangen Sie mit dem Drucke des zweiten Teils bald an – damit er fertig ist, ehe Sie wegreisen. Wollen Sie die Briefe künftig fortsetzen, so ist es desto besser. Ein *Läufer* (wie es die Buchhändler nennen) können die *antiqua-*

rischen Briefe niemals werden; aber es giebt ein kleines ausgesuchtes Publicum, das immer gern lieset, was Sie schreiben, selbst wenn es von den antiquarischen Wissenschaften nichts versteht; und dies wird den Buchhändler doch schadlos halten. – Hr. Klotz wird wohl seine *Verteidigung* nicht eher herausgeben, als bis er Sie in Italien weiß; denn er wird denken: *weit davon*, ist *gut für den Schuß*. Er wird denn aber sich sehr wundern, wenn auch aus Italien noch seine Torheiten gezüchtiget werden. Merken Sie wohl, daß es nötig sein wird, mir eine Gelegenheit auszumachen, Ihnen kleine Pakete wohlfeil nach Italien zu bringen.

Daß ich mich mit Klotzen vereinige, dazu ist gar kein Anschein. Ich wüßte nicht worüber? Etwa daß seine Bücher in der allg. d. Bibl. nicht getadelt werden, wenn sie es verdienen? Das würde nicht unterblieben sein, als er noch Mitarbeiter an der Allgemeinen deutschen Bibliothek war; geschweige jetzt, da ich alle Tage näher einsehe, was für ein seichter Gelehrter und was für ein schlechter Mensch er ist. In der Vorrede zu des VIIIten Bandes 2tem Stück habe ich ihn etwas abgefertigt, und *Ratzeberger* soll auch kommen, sobald ich nur Zeit gewinne.

Hr. *Raspe* in Cassel hat *Klotzens Buch von geschnittenen Steinen* auch in einem Traktat von drei Bogen beurteilet. Er hatte, wie es scheint, damals Ihre *antiquarischen Briefe* noch nicht gesehen, aber sich doch oft mit Ihnen rencontriert. Übrigens ist er zu declamatorisch, und führt nicht Beispiele genug an, woraus die Leser Klotzens Plagia und Fehler deutlich einsehen könnten.

⟨...⟩

Nr. 38

Aus: Lessing an Friedrich Nicolai, 20. 12. 1768 (Bd. XI/1 dieser Ausgabe, S. 578):

Liebster Freund,

Sie werden nach meiner Antwort verlangen wegen der antiquarischen Briefe. Freilich ist es besser, daß die Fortsetzung nicht unterbrochen wird, und Sie sollen auf alle Weise den zweiten Teil zu Ostern haben. Das nemliche Papier können wir Ihnen freilich nicht schaffen, außer Druckpapier, worauf Sie die zweihundert bekommen haben. Doch auf dieses die ganze Auflage drucken zu lassen, das möchte ich nicht gern, weil es Klotzen zu einem Einfalle Gelegenheit geben könnte. Indes wird sich schon ein andres Schreibpapier finden, das dem römischen so nahe kömmt, als möglich.

⟨...⟩

Nr. 39

Aus: Lessing an Rudolf Erich Raspe, 30.12.1768 (Bd. XI/1 dieser Ausgabe, S. 580; zu Raspes *Anmerkungen* vgl. Anm. 528,2):

Hochedelgeborner Herr,
Hochzuehrender Herr Rat,
H. Andreä in Hannover hat mir Dero Anmerkungen wider Klotzen zugeschickt, und ich kann nicht umhin, Ihnen meinen verbindlichen Dank dafür abzustatten. Wenn es möglich ist, daß der Mann sich schämen, und in sich gehen kann: so dürfte es vielleicht nun geschehen, wenn er sieht, daß ich es nicht allein bin, der ihn in dem Fache der Kunst und des Altertums für einen unwissenden Prahler erkläret. Denn mich glaubt er von Nikolai bestochen und bildet sich ein, daß ich die allgemeine Bibliothek rächen wollen, in die ich noch zur Zeit keine Sylbe gearbeitet habe. Mit diesem Vorwande hat er alle Fehler, die ich ihm gewiesen, den Lesern seiner deutschen Bibliothek als elende Kleinigkeiten und boshafte Zudringlichkeiten angekündiget; und ich muß mir es schon vors erste gefallen lassen, von seinen Bewundrern für einen Sophisten, und ich weiß nicht noch

wofür, gehalten zu werden. Vors erste, sage ich: denn wenn nach und nach sich noch mehr solche Stimmen, als die Ihrige, mit meiner verbinden, so denke ich doch wohl, daß das leichtgläubige deutsche Publicum ein wenig mißtrauischer gegen ihn werden wird.
⟨...⟩

Nr. 40
Aus: Lessing an Christian Gottlob Heyne, 5.1.1769 (Bd. XI/1 dieser Ausgabe, S. 582; vgl. Anm. 472,32):

⟨...⟩
Daß niemand als der H. Professor Heyne die Recension von Winkelmanns Monumenti könne gemacht haben, sagte ich mir gleich selbst. Aber was mich darin angieng, hielt ich für die Interpolation eines Freundes, wie ich deren in Göttingen mehrere haben muß. Denn was in den dortigen Anzeigen seit einigen Jahren von mir recensieret worden, hat alles einen Ton – von dem ich es frei bekenne, daß er mich jederzeit sehr beleidiget hat. Ich berufe mich, unter andern, auf das Urteil von meiner letzten Komödie.

Verzeihen Sie mir es also immer, wenn ich, in dieser Voraussetzung, mich wärmer verantwortet habe, als es die ganze Sache verdienete. Jedoch sie ist falsch, diese Voraussetzung; und ich habe über Ihre eigentliche Meinung eine Erklärung erhalten, die mich völlig befriediget, und habe sie auf eine Art erhalten, daß ich Ursache hätte, über die Ungestümheit beschämt zu sein, mit welcher ich sie erpreßt zu haben scheine.

Ich will mich itzt nicht auf die Sache selbst einlassen. Diese Zeilen sollen Sie bloß meines ergebensten Dankes versichern, mit Bitte, mir zu erlauben, daß ich ihnen nächstens diejenigen Briefe im Manuscripte zuschicken darf, die in dem zweiten Teile davon handeln sollen. ⟨...⟩

Nr. 41
Aus: Lessing an Abraham Gotthelf Kästner, 7.1.1769 (Bd. XI/1 dieser Ausgabe, S. 585; zu Dingley und Hill vgl. S. 598,18-603,23):

⟨...⟩
– Wenn ich nun einen von meinen antiquarischen Briefen an Sie richten wollte! Doch sein Sie ohne Sorge. Ich schicke Ihnen hier bloß einen zur Correctur. Es betrifft gewissermaßen Sie, als Übersetzer einer Abhandlung von *Robert Dingley über die Edelsteine auf welche die Alten zu graben pflegten*. Ich habe etwas davon sagen müssen: aber ich wollte nicht gern eine Sylbe gesagt haben, die sie gar nicht, oder anders gesagt wünschen könnten. Vornehmlich aber möchte ich von Ihnen gern erfahren, ob nicht Hill, in seiner Musterung der Transactions, (oder wie das Werk heißt) über diese Abhandlung des Dingley etwas angemerkt habe. Hill hatte das Jahr vorher, als Dingley seine Anmerkungen der Societät mitteilte, den Theophrast herausgegeben; und ich sollte nicht meinen, daß er ein so gutes Spiel werde verpaßt haben. Aber ich kann Hills Werk hier nicht auftreiben, das Sie vielleicht selbst besitzen, oder doch gewiß auf Ihrer öffentlichen Bibliothek finden können. Ich erwarte also beiliegende Blätter mit Ihren Zusätzen und Verbesserungen gelegentlich zurück. Tragen Sie immer etwas dazu bei, daß meine antiquarischen Briefe keine bloße Lauge für Klotzen werden. Er soll nichts davon erfahren. Denn ich merke wohl, daß ihn mehrere Gelehrte in Göttingen als einen Besoffnen ansehen, dem man auf alle Weise aus dem Wege gehen muß. Sie haben nicht unrecht: aber da ich mich nun einmal mit ihm abgegeben habe, so muß ich ihn schon völlig zu Bette bringen.

Nr. 42
Aus: Johann Gottfried Herder an Friedrich Nicolai, 10.1.1769 (Quelle: wie Nr. 32, S. 51):

⟨. . .⟩
Niemals, niemals würde Leßing der Mann seyn, der er ist, wenn er in die enge Luft eines Städtgens oder gar einer Studierstube eingeschloßen, in einer Falte seines Geistes blos Würmer hecken u. Ungeziefer, kriechendes Ungeziefer von Gedanken ausbrüten sollte. Und mein Gott, welcher Stand schlägt eher Falten und Runzeln als der geistliche?
⟨. . .⟩ Die Antiquarischen Briefe haben meinen ganzen Beifall, obgleich hie u. da einzelne Unrichtigkeiten, u. Wagsätze mit unterlaufen möchten – in Sachen des Alterthums, die ich allein hiebei in Augenschein nehme. Ich beneide Hrn. L. in mehr als einer Absicht. Er ist ein Weltbürger, der sich aus Kunst in Kunst, u. aus Lage in Lage, und immer noch mit ganzer, junger, unveralteter Seele wirft, solch ein Mann kann Deutschland erleuchten!
⟨. . .⟩

Nr. 43
Aus: Johann Gottfried Herder an Lessing, erste Hälfte Januar 1769 (Bd. XI/1 dieser Ausgabe, S. 585 f.):

Herrn
Gotth. Ephr. Lessing *in Berlin.*

Entschuldigen Sie, hochgeschätzter Herr, die gegenwärtige Zuschrift eines Unbekannten, der auch gerne unerkannt bleiben will. Nächstens vielleicht wird ein Werk bekannt gemacht werden, das gegenwärtig unter der Presse ist *»Kritische Wälder«* oder *»einige Betrachtungen über die Wissenschaft und Kunst des Schönen«*, wo im ersten Teile der Verfasser sich die Freiheit genommen, einige Stücke in Ihrem Laokoon zu beleuchten, und ihn insonderheit von der Seite der alten griechischen Zeugnisse, und der darauf gebauten Philosophie durchzugehen. – Daß es gar nicht meine Absicht gewesen, wider den Laokoon zu schreiben, können Sie auch daher ersehen, daß mein Buch zuerst in der Gestalt eines Sendschreibens hätte erscheinen sollen, wenn ich die Ehre Ihrer Bekanntschaft gehabt, oder der Inhalt es immer gelitten hätte.

Es wäre mir also ungemein empfindlich, wenn mein untermischter Widerspruch Ihnen mißfällig werden, oder wenn Sie gar mich unter den Haufen derer setzen wollten, die, wie z. E. Ihr neuester Gegner so gern Andern Kriegsräte und Ritter werden wollen. – Nehmen Sie die offenste Versicherung meiner Hochachtung an, die auch aus meiner ganzen Schrift erhellen muß, und künftig noch mehr erhellen wird. Jedes Wort sei verbannt, was einen Lessing beleidigen wollte; allein jedes Wort werde auch um so schärfer geprüft, was ein Lessing sagt, denn wie viel hat der nicht Nachsager!

Der zweite und dritte Teil beschäftigt sich mit einigen Schriften von Herrn Klotz. Ich lese völlig mit kaltem Geblüt: allein seit Gottsched weiß ich keinen Schriftsteller, der sich mit der innern Seichtigkeit dieses Mannes so heraufgeschrieen hätte! – Ich schäme mich vor dem Urteil der Nachwelt über ein Zeitalter, das solch einen Mann vergöttert, und um dessen Schriftstellerbild ringsum so viel Lobeserhebungen umherflattern, als Liebesgötter um den süßen Redner des Lucian, oder Postreiterchen von Amoretten in einem bekannten neuern Briefwechsel. In das Innre der Streitigkeit zwischen Ihnen und demselben habe nicht greifen wollen, da ich einen zweiten Teil Laokoon's hoffe und wünsche.

⟨. . .⟩

Nr. 44

Aus: Friedrich Nicolai an Lessing, 17. 1. 1769 (Bd. XI/1 dieser Ausgabe, S. 587):

⟨. . .⟩

Die Anordnung des Papiers zu dem zweiten Teil der antiq. Briefe überlasse ich Ihnen zwar; doch dächte ich, er könnte auch recht gut auf das Druckpapier gedruckt werden, das dem Schreibpapier zum ersten Teile völlig gleicht: denn wenn es planiert wird, so ist es einerlei. Ich sehe nicht, was Klotz hierüber für einen Einfall haben könnte. Ist es ein recht witziger Einfall: Desto besser! Aber alsdann kommt er Klotzen gewiß nicht in den Sinn. Ein plumperer Mensch kann nicht gefunden werden. Haben Sie gelesen, was er in der Vorrede zu seinen Actis Vol. V. p. 1. wieder für häßliche Personalitäten gehäufet hat?

⟨. . .⟩

Heyne schreibt mir: er habe vor zwei Jahren die Archäologie und darin auch de Gemmis gelesen. Aus diesem Collegio habe Klotz ganze Stellen ausgeschrieben. Z. B. die Stelle, daß Hygins Fabeln meistens »argumenta fabularum tragicarum« wären; die ganze Geschichte von den Amorn auf Steinen (worüber sich Klotz so unverschämt hat loben lassen); die Stelle von den Vorstellungen der Unsterblichkeit der Seele; u. s. w. Die Stelle vor dem Gebrauche des Rädchens beim Gravieren der Steine, sagt Hr. Heyne ferner, finde sich wörtlich in einem Briefe von Lippert an Heyne, und vermutlich habe sie Lippert auf eben die Art an Klotz geschrieben. Ich habe Heynen aufgemuntert, hierzu nicht zu schweigen, sondern es öffentlich bekannt zu machen. Aber der Mann ist zu friedfertig.

⟨. . .⟩

Nr. 45
Aus: Salomon Geßner an Christoph Martin Wieland, 20. 1. 1769 (zit. nach Dvoretzky 1, Nr. 91):

⟨. . .⟩

Aber *Lessing* und *Klotz!* Sie werden die Antiquarischen Briefe gelesen haben; Herr Klotz hat sich zu ungestühm sein Reich errichten wollen, aber er hat mehr Muth als Kräfte sich zum Monarchen unter uns aufzuwerfen. Mit was für Kühnheit hat ers gewagt, über die Künste abzusprechen, zubauen, niederzureissen, als wenn kein Mensch auf Gottes Erdboden wäre, der es einzusehen vermöchte, das das gar nicht seine Sache sey. Lessing ist ihm hier sehr überlegen, und doch steht Lessing selbst hier auf dem Eise. 〈...〉

Nr. 46
〈Johann Jakob Dusch,〉 Rezension der *Briefe, antiquarischen Inhalts*, Erster Teil, in: Beytrag zum Reichs-Postreuter, 1769, 15. Stück (26. 2. 1769):

Gelehrte Sachen.

Berlin. Unschuldiger Weise haben wir vor einiger Zeit An-
laß zu einem Streite gegeben unter zwey Männern, welche
ohne Zweifel gegen einander eine gleiche Hochachtung ha-
ben, und vielleicht nach einiger Zeit es selbst nicht gern
sehen, daß sie durch einen oder den andern unbehutsamen
Ausdruck, oder wenn es auch etwas mehr gewesen wäre,
sich zu einem förmlichen Streit haben reitzen lassen. Viel-
leicht errathen unsere Leser, daß wir von Herrn Klotz und
Herrn Leßing reden. Der letzte hat im vorigen Jahre druk-
ken lassen: Briefe antiquarischen Inhalts: Erster Theil, bey
Friedrich Nicolai – Es dienet einem auswärtigen Freunde
zur Nachricht, daß wir auch ohne seine nachdrückliche
Empfehlung dieses Werk nicht würden unangezeigt gelas-
sen haben. Wir müssen ihm aber doch zugleich sagen, daß
wir nicht einsehen, warum das Publicum uns einer nie-
derträchtigen Schmeicheley beschuldigen könnte, wenn
wir es etwa nicht angezeigt hätten. Wir meynen, daß wir
uns, so bald sich Herr Leßing in der neuen Hamburgis.
Kaiserl. Zeitung, aus welcher der Hamburgische Corre-
spondent den Aufsatz, (wir begreifen nicht, aus welcher
Ursache?) abschrieb, gegen eine von uns eingerückte Re-
zension erklärte, durch Mittheilung seiner Widerlegungs-
gründe so unpartheyisch bewiesen hätten, als man in den
bekanntesten Journalen von Deutschland noch nicht gewe-
sen ist. Warum sollten wir aber die Schriften des Hrn. Le-

ßing nicht eben so wohl anzeigen, als die Schriften des Herrn Klotz? Wie könnte es uns einer von beyden übel nehmen, daß wir von einer Schrift reden, die entweder ganz, oder zum Theil, wider ihn gerichtet ist? – Doch dieser Eingang war kaum nöthig – In einem Vorberichte rechtfertiget Herr Leßing sich auch über den Ton, den er in diesen Briefen genommen. Die Bescheidenheit, sagt er, richtet sich genau nach dem Verdienste, das sie vor sich hat; sie giebt jedem, was jedem gebühret. Aber die schlaue Höflichkeit giebt allen alles, um von allen alles wieder zu erhalten. »Die Vermischung dieser beyden Eigenschaften in einem Kunstrichter, es ist gewiß, ist oft sehr übel: aber wann? uns dünkt, nur dann, wenn die Wahrheit der Sache darunter leiden würde. Lächerlich würde derjenige Kunstrichter handeln, der aus Höflichkeit sich nicht getraute, eine Unwahrheit zu widerlegen. Wenn aber bloß von Wendungen, und von solchen Ausdrücken die Rede ist, die der strengsten Untersuchung der Wahrheit völlig unbeschadet wegbleiben könnten, und die der Schrift den Ton geben, wäre da diese Höflichkeit wol zu verwerfen? War vollends die Veranlassung so, daß man wenigstens den Ton seines Gegners nicht hat übel nehmen können: so könnte der Ton des Antwortenden ohne Schaden jenem gleich seyn. Das ist unsere Meynung: wer eine andere hat, der urtheile nach der seinigen, und sammle übrigens die Stimmen des Publici über beyde: Dieses muß entscheiden. – Was den Inhalt der Briefe betrift, so zeigen sie den Kenner des Alterthums, die Belesenheit, den Scharfsinn und denjenigen Geist, der alles am rechten Orte und mit dem besten Vortheile zu brauchen weiß: Eigenschaften, welche sich in dem Laokoon in so hohem Lichte gezeigt haben. Außer dem, was Hr. Leßing dem Herrn Klotz entgegen stellet, wovon wir unten mehr reden, weiß er seinen Briefen durch kurze Ausschweifungen, auch verwandte Betrachtungen und Untersuchungen einzuschalten, die wir mit Vergnügen und Nutzen gelesen haben, die aber ohne Zweifel dem Kenner, wofür wir uns nicht ausgeben, noch mehr gefallen werden: Denn Herr

Leßing bemerkt selbst, daß gewisse kleine Anmerkungen nur fůr diesen sind. Auch gegen die Gőttingischen Anzeigen des vorigen Jahres erklåret sich Herr Leßing. Der Rezensent derselben meynte: Herr Leßing håtte den Borghesischen Fechter mit einer Statue in Florenz verwechselt, und Herr Winkelmann håtte dieses aus Großmuth seinem Landsmann nicht aufmutzen wollen. Die Antwort unsers Verf. darauf ist diese: Wenn er diesen Borghesischen Fechter verwechselt habe, so habe auch Herr Winkelmann ihn verwechselt. Er habe keine andre Statue gemeint, als jener: und wenn diese nicht der Borghesische Fechter, sondern der Miles Veles in dem Florentinischen Museo wåre; so habe Herr Winkelmann diese beyde Werke zuerst verwechselt: welches doch kein Mensch von dem Hrn. Winkelmann glauben wůrde. Herr Leßing hat ůberdem Kupfer vor sich gehabt im Perrier, Maffei und Sandrart; den Miles Veles aber nicht: nun frågt er, wie ist es måglich, daß ich beyde Figuren dem ohngeachtet verwechseln kőnnen?

Nr. 47
⟨Anonymus,⟩ Anzeige der *Briefe, antiquarischen Inhalts*, Erster Teil, in: Erlangische Gelehrte Anmerkungen und Nachrichten, 1769, 9. Stück (28. 2. 1769; zit. nach Braun 1, S. 233 f.):

Berlin.

Friedrich Nicolai hat verlegt: *Briefe antiquarischen Inhalts* von Gotthold Ephraim *Lessing*. Erster Theil, 256 Seiten. Diese Briefe, so größtentheils Stückweise in der neuen hamburgischen Zeitung vorhero erschienen waren, sind wider Herrn *Klotzens* Critiken und Anklagen gerichtet. Man kennt Herrn Lessing bereits als einen Mann von Geschmack, groser Lectür und Kenntniß der Künste, und diese Eigenschaften bemerkt man auch in diesem Buche sehr häufig. Nur schade, daß der zu beißende und oft höhnische Vortrag den Friedliebenden die Sache unangenehm macht, so interessant sonst dieser gelehrte Streit werden könnte. Wir nehmen an diesem Streit nicht den geringsten Antheil, und wollen dahero nur etwas weniges bemerken. Vom 9ten bis zum 13ten Brief erklärt sich Herr Lessing über den Gebrauch und Anwendung der Perspectivkunst bey den Alten, wo manche gute Betrachtungen vorkommen. S. 104. und folg. ist ein Urtheil über Herrn geheimen Rath Klotzens Buch vom Nutzen und Gebrauch der alten geschnittenen Steine und ihre Abdrücke. Herr Lessing spricht diesem brauchbaren Buche doch nicht alles Verdienst ab. S. 138. wird die Frage untersucht, ob die Römer auch in ihrer Sprache ein Wort gehabt, einen Steinschneider anzudeuten, so Herr Klotz geleugnet. In dem 27sten Brief wird der sel. *Christ* in Leipzig verthaidiget, und die Frage, ob die Alten mit Diamant allein geschnitten, ohne sich des Rades dabey zu bedienen, untersucht. Ob Herr Lessing, dem wir mehr Mässigung wünschen, diesen Streit fortsetzen werde, wissen wir nicht, da es heißt, daß der Cardinal Albani ihn nach Rom an Winckelmanns Stelle zu sich berufen habe. Herr Klotz hat sich theils schon verthaidiget, theils will er dieses in einer besondern Schrift noch umständlicher thun.

Nr. 48
Aus: Lessing an Friedrich Nicolai, 14. 3. 1769 (Bd. XI/1 dieser Ausgabe, S. 599f.):

⟨...⟩ Sie sehen indessen aus beigehenden fünf Aushängebogen, daß ich in voller Arbeit an den antiquarischen Briefen bin. Sie können sich darauf verlassen, daß ich nicht eher von hier gehen werde, als bis sie vollendet sind.

Die Materie häuft sich unter der Hand, und ich möchte Ihnen gern noch den dritten Teil zurücklassen. Aber das muß lediglich von Ihrer Convenienz abhängen. Wenn Sie Ihre Rechnung nicht dabei finden, so lassen Sie nur den Quark auffliegen. Klotz hat doch wohl genug.

Zwar macht es der Tölpel immer ärger. Haben Sie seine

scurrilischen Briefe gelesen? – Was Sie der Vorrede zum neuesten Teile Ihrer Bibliothek wider ihn angefügt haben, ist schon so recht. – Nächstens ein mehreres. Leben Sie jetzt wohle.

Ihr ergebenster Freund, *Lessing.*

Nr. 49

⟨Friedrich Justus Riedel,⟩ Rezension der *Briefe, antiquarischen Inhalts, Erster Teil*, in: Erfurtische gelehrte Zeitung, 1769, 22. Stück, S. 169-172 (17. 3. 1769):

Berlin.

Noch haben wir die *antiquarischen Briefe des Herrn Leßings* (erster Theil bey Friedrich Nicolai) nicht ausführlich angezeigt. Einige Anmerkungen des Hrn. Klotz wider Hrn. Leßing, und eine Recension im Reichspostreuter haben dem Herrn V. die Gelegenheit zu diesem Buche von 256 S. in kl. 8 gegeben. In der Vorrede erklärt er sich über den Ton, welchen er in diesen Briefen genommen, und bekennt sich für einen Nachahmer der Alten, die das Ding, was wir Höflichkeit nennen, nicht gekannt hätten. Herr Leßing wird sich auf gewisse Punkte besinnen, in welchen man die Alten keinesweges nachahmen soll, in welchen man vielmehr sich nach unsern Sitten, nach unserer Denkart und unserer Sprache zu richten hat. Die Alten nennten auch gewisse Glieder und gewisse Handlungen mit ihren eigenen Namen gerade heraus; uns andern mißfällt es schon, wenn dergleichen Sachen auch nur von fern her angedeutet werden. Im Buche selbst ist vieles, welches entweder würklich falsch ist, oder doch nur so halbwahr, daß man es mit Grunde bestreiten (und in eben dem Tone) könnte, wie Herr Leßing mit seinem Gegner spricht. Daß Theodor von Samos mit aller Gewalt kein Steinschneider gewesen seyn soll, ist Leßingischer Eigensinn. Pausanias sagt es ganz deutlich: *Θεοδωρου ἐργον ἠν και ἐπι του λιθου του σμαραγδου σφραγις*. In dieser Verbindung kan doch wohl *σφραγις* nichts anders heissen, als die Figur auf dem Steine; eine Bedeutung, die das Wort auch sonst gewöhnlichermassen hat, und die nicht bloß die engere ist. S. 112 sagt der Verfasser: »Man bedenke, wie abstehend ein einzler Finger von dem andern hätte müssen gearbeitet seyn, wenn man einen wirklichen Ring daran hätte stecken wollen.« – Nicht abstehender, als wenn man den Ring durch die Sculptur andeuten und nicht wider die mechanische Wahrheit sündigen wollte. In Wolken diejenigen Personen, welche man als unsichtbar vorstellen will, zu verhüllen, ist so unmahlerisch auch nicht, als Herr Leßing S. 18 glaubt. Er hat im Laokoon das Unmahlerische derselben nur durch Rafinemens erwiesen, die allenfalls dem kalten Angucker einfallen können, an die aber der warme Liebhaber in den Momenten der Täuschung nicht denkt. Auch die Zweifel wider die vermischten Gemählde, auf welchen Menschen und Götter erscheinen, sind leicht zu heben. Denn die Götter dürfen eben nicht Colossalisch seyn; sie dürfen nur eine über die menschliche Statur hervorragende Größe haben. Vermindert man ferner einigermassen die Grösse des Steins, mit dem Minerva den Mars zu Boden wirft; so wird das Ganze nicht ungereimter werden, als etwa ein Hercules Buphagus, oder ähnliche Vorstellungen. Auf das Progreßive (S. 20) soll immer die Mahlerey keinen Anspruch machen können; man kan aus den reichsten und vortreflichsten Gemählden Homers den besten und fruchtbaresten Augenblick wählen, um sie so gut, als ganz, zu mahlen. Ungeachtet Herr Leßing vier, oder fünf Ausnahmen bey seiner Behauptung von den Furien macht, so darf er doch noch immer den Satz allgemein ausdrücken: die Alten haben nie eine Furie gebildet. Das heißt mit den Worten spielen und seine Leser zum Besten haben. Wenn Herr L. den Junius dieserhalb nicht nachgeschlagen hat, so hätte er ihn sollen nachschlagen. Denn er kennt ihn zu gut, als daß er nicht wissen sollte, wie oft man sich bey ihm Raths erholen kan; und hat ihn öfters ganz fein in der Stille genutzt. S. 39, 40 f.f. ist ein artiger Cirkel im Denken. Die Alten arbeiteten nur ins Schöne, behauptet Herr Leßing;

und bringt man ihm gegenseitige Beyspiele, so schränkt er seinen Satz auf die blossen Kunstwerke ein. Was sind Kunstwerke? »Solche, bey welchen die Schönheit die erste und letzte Absicht des Künstlers war« – Also bedeutet nun die ganze Behauptung nicht mehr und nicht weniger als: Ein Ding ist ein Ding; und es ist ganz zuverläßig, daß die alten Künstler überall ins Schöne gearbeitet haben – wo sie ins Schöne arbeiteten. Vortreflich! doch auch dies hinweggerechnet, so durfte doch Hr. Leßing nicht alle geschnittene Steine von der Zahl der Kunstwerke ausnehmen; wenigstens die Cameen nicht, die zum Siegeln nicht gebraucht wurden; wenigstens die größern Gemmen nicht, da die Alten nur mit den kleinen siegelten. Dergleichen Anmerkungen wären in Menge zu machen; aber auch diese wenigen würden wir nicht gemacht haben, wenn Herr Leßing nicht gar zu entscheidend und schulmeisterisch spräche, als wenn er nie Unrecht, und andere nie Recht haben könnten. Man könnte ihm sonst in Ansehung des Tons noch viele Lectionen geben, von der Art, wie er sie andern zuweilen giebt. Das liebe Ich herrscht überall, z. E. S. 12. Was einem andern kaum wahrscheinlich gewesen wäre, das nennt Hr. L. schon (S. 50) unstreitig; denn alles, was er auch nur muthmasset, ist ihm unstreitig, weil er nicht leiden will, daß es jemand bestreite. Er droht S. 115 alles in die Pfanne zu hauen, und wenn ihm ja jemand, besonders in Ansehung der Avtopsie bey Kunstwerken eine kleine Erinnerung geben will, weniger voreilig zu seyn, so ruft er ganz trotzig (S. 101) aus: »Hab ich nicht Kupfer gesehn?« Ueberhaupt scheint es Zeit zu seyn, daß der antiquarischen Mikrologie einmal ein Ende gemacht werde. Was liegt daran, ob die Alten Furien gebildet oder nicht gebildet haben; in Diamanten geschnitten, oder nicht; das Rad gebraucht, oder nicht gebraucht? Mögen sie doch! Es ist gut, daß man von dergleichen Dingen unterrichtet ist, um den antiquarischen Pedanten zu zeigen, man verachte ihre Sächelgen nicht etwa aus Unwissenheit. Aber wenn Leßing über solche Dinge einen so heftigen Krieg anfängt, dann wird man würklich in die Zeiten der Scioppius und Scaliger sich hinzudenken genöthiget. – Der Styl des Hrn. Leßings ist äusserst nachläßig in diesem Buche, undeutsch oft, und oft pöbelhaft: Der altonaische Recensent, sagt Leßing, hat die Zähne gefletscht; Herr Klotz soll die Widerlegung dahin croquiren; Bey einem Gemählde von Rubens ruft Herr Leßing aus: *O über die alten Böcke!* Sich in Haaren liegen, Küppen, Fratzengesichter, Wirrwarr, Kritikaster; das sind Lieblingsausdrücke dieses Verfassers. Es wird vielleicht Leute geben, die dergleichen Ausdrücke für originell halten und sie nachahmen; diesen ist es nöthig zu sagen, daß in Gottscheds Register der Deutschen Kernworte und Sprüchwörter ähnliche in Menge vorkommen, wo sie nur nachsuchen dürfen, wenn sie den Leßingischen Styl in diesem Buche nachbilden wollen; in diesem Buche: denn es ist noch nicht lange, daß Herr Leßing so schreibt.

Nr. 50
Aus: Friedrich Nicolai an Lessing, 25.3.1769 (Bd. XI/1 dieser Ausgabe, S. 600; vgl. auch oben S. 721 f., Nr. 41):

Liebster Freund,
Ich hatte vor drei Wochen in den Erfurtischen gel. Zeitungen gelesen, daß der zweite Teil der antiquarischen Briefe unter der Presse sei. Damals wußte ich selbst noch nichts gewisses darüber. Inzwischen ist es mir angenehm, daß ich durch Ihr Schreiben vom 14. März von der Wahrheit dieser Anekdote überzeugt worden bin; denn man findet, daß Hr. Riedel und seine Genossen, bei aller ihrer geheimen Correspondenz, dennoch öfters falsche Nachrichten bekommen.

Vermutlich hat *** diese Nachricht so früh an Riedeln geschrieben. Sie tun wohl, wenn Sie in der Buchdruckerei die gemessensten Befehle stellen, daß keine Aushängebogen oder Correcturen aus den Händen gegeben werden; denn sonst möchte das Buch eher in Klotzens und Riedels

Händen sein, und recensiert werden, als es noch ins Publicum kommt; und das wäre doch nicht nötig.
〈...〉

Nr. 51
Aus: Lessing an Christian Gottlob Heyne, 1.4.1769 (Bd. XI/1 dieser Ausgabe, S. 601):

〈...〉
Ich bat mir die Erlaubnis aus, Ihnen diejenigen von meinen antiquarischen Briefen, welche unsern kleinen Zwist betreffen, im Manuscripte zuschicken zu dürfen. Aber die Kürze der Zeit, (da der zweite Teil, wo möglich, noch zur Messe fertig werden soll) hat mir es nicht erlauben wollen, und Sie empfangen Sie hierbei bereits gedruckt. Ich erwarte Ihr aufrichtiges Urteil darüber, und bitte sehr, mich Ihrer unverhohlnen Belehrung in allen den Stücken zu würdigen, worin Sie andrer Meinung sein dürften.

Sie werden finden, daß ich es sorgfältig vermieden habe, Sie zu nennen, um Sie auf keine Weise mit einem Menschen zu compromittieren, der seit einiger Zeit, wie ein rasender Hund, alles anfällt, wovon er weiß, daß es in einiger Verbindung mit mir steht. Indes muß ihm auch das schon nicht angestanden haben, was Sie von den Antiquarischen Briefen in den Anzeigen zu sagen beliebt. Die Infamie geht weit, die er sich in den *scurrilischen Briefen* darüber erlaubt. Ich weiß nicht, ob Sie diese Scharteke bereits gesehen haben?
〈...〉

Nr. 52
〈Anonymus,〉 Rezension der *Briefe, antiquarischen Inhalts*, Erster Teil, in: Neue Critische Nachrichten, Greifswald 1769, 1.4.1769 (zit. nach Braun 1, S. 237f.):

Herr *Leßing* vertheidigt sich in diesen Briefen gegen einige Einwürfe, welche ihm Hr. *Klotz* in seinen Schriften hin und wieder gemacht hat, und die eigentlich drey Materien betreffen. Die *erste:* ob eine Gallerie von Homerischen Gemählden, so wie der Graf Caylus sie haben wollte, ausgeführt werden könne? Hr. L. leugnet es, und wie uns dünkt, mit Recht; ob wir gleich auch gestehen, daß Künstler, die im Geist des Homer, und nach Ideen, die sie aus seinen Werken entlehnt, und durch eigenes Nachdenken verschönert hätten, arbeiteten, vortrefliche Werke liefern würden. Die *zweyte*: ob die alten Künstler Furien gebildet haben? Hr. K. hatte dies wider den Hrn. L. behauptet. Hr. L. zeigt jezt, die Alten konnten zwar Furien bilden, aber nicht als Werke der Kunst, sondern aus andern Ursachen, z. E. wegen der Religion; weil es von ihnen verlangt wurde, u. s. w. In diesem Streit beruhet vieles auf Misverständnissen. Die *dritte*: ob die Alten die Perspectiv gekannt haben? Daß sie die Regeln der Entfernung, der Verminderung der Tinten, u. a. beobachtet haben, deren Uebertretung auch ungelehrten Augen merklich gewesen seyn würde, das bestreitet Hr. L. nicht; aber daß sie von der eigentlichen Perspectiv nichts gewust haben, zeigt er, unsrer Meynung nach, aus sehr wichtigen Gründen – Nebenher vertheidigt er sich auch gegen den Göttingschen Recensenten, der ihn beschuldigte, daß er den Borghesischen Fechter mit dem Meles Veles verwechselt habe.

Und hiemit wäre die Hauptabsicht dieser Briefe wohl erreicht gewesen: Aber Hr. L. geht weiter, greift des Hrn. K. Schrift über die *geschnittenen Steine* an, geht sie Schritt vor Schritt durch, bleibt allenthalben stehn, wo er Fehler wahrzunehmen glaubt, und beurtheilt sie auf eine Art, von der wir fragen möchten, ob Affekt oder Wahrheitsliebe dabey die Feder geführet habe?

Die Verdienste des Hrn. L. um die antiquarischen Kenntnisse und seine Einsichten in die Kunst überhaupt waren schon durch den Laokoon festgesetzt, und auch diese Briefe entdecken Gelehrsamkeit, Scharfsinn, und überhaupt einen

Mann, der der Materie gewachsen ist, über die er schreibt. Dazu kommt noch der lebhafte, hinreissende Styl eines Schriftstellers, der das Genie seiner Sprache kennt und zu gebrauchen weiß, und auch von dieser Seite Beyfall zu erwarten hat. Aber auch von der Seite des Tons, in dem er spricht? Gewiß drückt er nicht die Urbanität aus, von welcher der Vorbericht redet. Bey dem Anfange dieser Streitigkeiten freueten wir uns wegen der Vortheile, die der Litteratur dadurch zuwachsen konnten; und nun freuen wir uns wegen des Ruhms beyder Gelehrten, daß diese Streitigkeiten an ihrem Ende zu seyn scheinen. –

Nr. 53
Aus: Christoph Daniel Ebeling an Johann Benjamin Michaelis, 3.4.1769 (zit. nach Daunicht, Nr. 462):
⟨...⟩
In Hamburg habe ich 3 Wochen vortreflich gelebt, unter lauter Freunden und Schmausereyen. Lessingen Alberti, Bode, Reimarus habe ich fast täglich gesprochen. Auch den rechtschafnen Schlosser ⟨...⟩

O mein guter Michälis wenn Sie Lessingen kennen sollten. Was für ganz ein anderer Mann als Klotz ist der, auch im Umgange. Er ist sehr großmüthig gegen Klotz, der ihn doch durch die scurrilischen Briefe so schändlich beleidigt hat. Alles was er mir sagte war, daß er glaubte jeder werde sehen daß die Art wie man gegen ihn stritte unanständig sey, und daß er nie Klotzen als Menschen angegriffen habe. Klotz heißt hier, in Hamburg und Altona allenthalben schon Gotsched der 2te.

Aber das bleibt unter uns. ⟨...⟩

Nr. 54
Christian Gottlob Heyne an Lessing, 7.4.1769 (Bd. XI/1 dieser Ausgabe, S. 602):

Ich sage Ihnen lebhaft Dank, daß Sie meine Erläuterung über unsern streitigen Fechter geneigt aufgenommen haben. Lieb war mir es um desto mehr, weil ich in Ansehung des Miles Veles allerdings eine Übereilung begangen, und die *zweite* Vergleichung damals, als ich es in den Anzeigen niederschrieb, nicht angestellt, sondern mich auf die erste flüchtige Bemerkung verlassen hatte. – Daß ich auf die Stellen des Diodors und Polyäns nicht mehr gedrungen habe, macht, daß ich voraussetzte und voraussetzen mußte, daß sie Ihnen so gut bekannt wären als mir, da sie selbst von den Auslegern angeführt werden. Nur die Stelle im Xenophon allein suchte ich für mich selbst auf, und so zeigte ich sie also auch allein nach Buch und Kapitel an; wie ich es auch in andern Fällen zu halten pflege. Sie haben die Stellen nunmehr reiflicher erwogen, alles mehr durchkauet, als ich getan habe. Sie haben meinen völligen Beifall und meine wahre Hochachtung, und ich hoffe die Ihrige Zeitlebens zu verdienen. *Heyne.*

Ich habe jetzt den Perrier vor mir, wo der Borghesische Fechter umgezeichnet in Kupfer vorgestellt ist: der rechte Schenkel voraus u. s. w. Je mehr ich ihn ansehe, desto weniger kann ich mir vorstellen, daß er einem nahen Feinde einen Hieb versetzen wolle. Sollte es nicht vielmehr ein Stoß von unten herauf sein? Doch vielleicht ist hier das Kupfer unrichtig, wie an der linken Hand. Und dann kann die ganze Bewegung des rechten Arms freilich nichts entscheiden, da er neu ist.

Der *stehende* Stand der Soldaten des Chabrias ist, däucht mir, schön dargetan.

Der Miles Veles muß gar nicht mehr ins Spiel gezogen werden; er paßt zu nichts.

Nr. 55
Aus: Lessing an Nicolai, 16. 4. 1769 (Bd. XI/1 dieser Ausgabe, S. 604 f.):

⟨...⟩ Es bleibt also dabei, daß ich Ihnen die ganze Auflage des 2ten Teils der Ant. Br. nach Berlin sende. Er wird funfzehn bis sechzehn Bogen; und der Unterschied des Papiers, er sei nun auf oder ab, kann so viel nicht betragen, daß der Preis mit dem 1ten Teile deswegen anders gesetzt werden müßte. Sie können ihn also nach dem nemlichen Preise immer verrechnen.

Aber was ist der Fechter für eine elende Figur geworden! Schieben Sie es ja nicht auf die Zeichnung. Wie schon gesagt, die Zeichnung war unbestimmt, und das mit Fleiß: aber nicht unrichtig. Der Kupferstecher, der alles bestimmen wollen, hat alles verdorben, und auch nicht einmal die Proportion beibehalten. So wie er ihn gemacht, ist er, aufrecht gestellt, einen Kopf länger als er sein müßte. Dieser Fehler und die verdorrten Arme etc. waren in der Zeichnung nicht. Was wird Klotz zu so einer Mißgestalt sagen! Ich hätte gar zu gern gesehen, wenn Sie von Meilen das Figürchen hätten stechen lassen.

Ich habe eine Assignation von 12 Louisdor auf Sie gestellt; haben Sie die Güte, sie zu honorieren; bei dem dritten Teile wollen wir zusammen rechnen.
⟨...⟩

Nr. 56
Lessing an Nicolai, 30.6.1769 (Bd. XI/1 dieser Ausgabe, S. 612f.):

Liebster Freund,
Hier erhalten Sie, mit Gelegenheit Herrn Raphaels, auf einmal einen ganzen Wust Aushängebogen. Künftige Woche folgen die letzten zwei von dem zweiten Teile, und zugleich die ersten von dem dritten. Sie sehen also, daß es mein Ernst ist, Ihnen auch diesen noch zu liefern. Meine Abreise verzieht sich ohnedies von einer Woche bis zur andern; besonders habe ich versprochen, noch gewisse Dinge aus Wien erst mit abzuwarten.

Aber wie steht es denn nun um die Kupfer? Treiben Sie doch Hrn. Meil an. Ich glaube, Klotz stirbt sonst vor Ungeduld. Was meinen Sie, daß er zu seinen eigenen Briefen sagen wird, die er hier gedruckt findet? Und was seine Collegen in Halle dazu sagen werden? Er warf Ihnen letztens vor, daß Sie alle Professoren auf den preussischen Universitäten verächtlich zu machen suchten. Aus seinen Briefen sieht man, wie verächtlich er selbst von der besten der preussischen Universitäten, von Halle, spricht.

Leben Sie wohl; nächstens ein mehreres.

Dero ergebenster, *Lessing.*

Nr. 57
Aus: Lessing an Friedrich Nicolai, 10. 8. 1769 (Bd. XI/1 dieser Ausgabe, S. 618 f.; die erwähnte »Zwischenarbeit«: *Wie die Alten den Tod gebildet*).

⟨...⟩
Der zweite Teil der antiquarischen Briefe ist fertig, und künftigen Mondtag, oder Dienstag, wird ihn H. Bode vorgeschriebner Maßen abschicken. Vergessen Sie nur nicht, uns mit erstem für die 100 hierbleibende Exemplare, auch hundert Abdrücke des Kupfers herzuschicken. Das Kupfer ist so recht gut: aber H. Meil muß mir den Gefallen tun, unter dem Chabrias Del. Ant. Tischbein Romae zu setzen, ob ich ihm schon einräume, daß er an der Zeichnung mehr Anteil hat, als dieser. Aber ich habe es in dem Briefe schon einmal selbst gesagt, und Meil kann von seiner Ehre schon einmal etwas abgeben. Auf die eine Hälfte des Kupfers muß oben kommen Tab. I p. 30. und auf die andre Tab. II. p. 57.

An dem dritten Teile wird künftige Woche angefangen zu drucken, und ich müßte binnen hier und drei Wochen ganz außerordentliche Hinderungen bekommen, wenn er nicht zu Michaelis fertig werden sollte. Wegen des Kupfers dazu schreibe ich Ihnen nächstens; ich kann über einen Umstand noch nicht mit mir einig werden.
⟨...⟩

Eine gewisse Zwischenarbeit, die mir auf einmal in den Kopf gekommen ist, ist Schuld, daß der dritte Teil der Briefe nicht beinahe schon fertig ist. Aber er muß fertig werden, ehe ich die hiesige Gegend verlasse.

Leben Sie wohl. Nächstens ein mehreres.

Nr. 58
Aus: Lessing an Friedrich Nicolai, 25.8.1769 (Bd. XI/1 dieser Ausgabe, S. 621 f.):

⟨. . .⟩
Da Sie die letzten Bogen des zweiten Teils noch nicht haben: so lege ich sie diesem Briefe bei. Nicht weil Sie eben sehr begierig darauf sein müssen, sondern weil ich sehr begierig bin, je eher je lieber von Ihnen zu hören, wie Sie meine Erklärung wegen der allgemeinen Bibliothek aufgenommen haben.
⟨. . .⟩

Aushängebogen von dem dritten Teile der Briefe sollen Sie nächstens erhalten; aber ich sorge sehr, daß mich der Buchdrucker im Stiche lassen wird, um ihn zur Michaelismesse völlig fertig zu schaffen. Doch vielleicht ist Ihnen so viel nicht daran gelegen; wenn Sie nur versichert sein können, daß er fertig wird, ehe ich Hamburg verlasse. Und das soll er sein.

Nr. 59
Aus: Karl Lessing an seinen Bruder Gotthold Ephraim, 29.8.1769 (Bd. XI/1 dieser Ausgabe, S. 623 f.; Karl hat in Berlin die Druckbogen gelesen):

⟨. . .⟩
Nur eben habe ich den Schluß vom zweiten Teile Deiner antiquarischen Briefe gelesen. Ich danke Dir für Deine Rechtfertigung in Ansehung des ehrenrührigen Artikels,

den Klotz mir Schuld giebt wider ihn in Vossens Zeitung eingerückt zu haben.

Nach meiner wenigen Einsicht scheint alles gegründet zu sein, was Du ihm sagst, so derb Du es ihm auch manchmal sagst. Es soll Klotzens Charakter genug beleuchten. Was wird er nun antworten? Persönlichkeiten und Anspielungen auf sein bürgerliches Leben kann kein Mensch aus Deinen Briefen heraus klauben. Das zu behaupten, nehme ich auf mich wider die ganze Welt. Klotz will zwar auch so gehandelt haben; aber er will nur: in der Tat hat er niederträchtig und heimtückisch gehandelt. Was hat er nicht für Skarteken drucken lassen, von denen man eben so gewiß weiß, daß sie von ihm kommen, als er weiß, daß Herder die kritischen Wälder geschrieben. Nun er sieht, daß alles dieses nach und nach offenbar wird, fängt er an den großmütigen Unterdrückten zu spielen. Im 11ten und 12ten Stück seiner Bibliothek hat er mich behandelt, wie Du's prophezeiet. Er hätte mich noch härter tadeln können, und ich hätte ihm Recht gegeben; aber da ich meinen Namen verschwieg, hatte er kein Recht ihn zu nennen.

Einer der mit Klotzen in Briefwechsel steht, und es von ihm selbst weiß, versicherte mich, daß ihn der Kaiser in den Freiherrnstand erhoben, und nach Wien, Gott weiß als was, berufen würde. Letzthin hat auch Quintus zu Richier gesagt, daß Kl. von Halle weg gehen wolle. So viel weiß ich zuverlässig, daß man es gern sieht. Der Universität bringt er keinen Nutzen; das sieht der Minister hier leider! zu spät ein. Doch das sind Wahrheiten sub rosa!
⟨...⟩

Nr. 60
Aus: Friedrich Nicolai an Lessing, 29. 8. 1769 (Bd. XI/1 dieser Ausgabe, S. 624):

⟨...⟩
Ich danke Ihnen für die Aushängebogen, die mir ungemei-

nes Vergnügen verursacht haben. Wenn sich Klotz nun nicht schämt, so weiß er gar nicht was Scham ist. Daß Sie gesagt haben, Sie hätten an der Allg. d. Bibl. keinen Anteil, ist mir nicht allein nicht zuwider, sondern ich danke Ihnen vielmehr dafür. Die elenden Buben mit ihren Vermutungen und albernen Anekdoten sind ganz unerträglich. Ich habe mich gleich über die Stelle in den Erfurtischen Zeitungen geärgert, und ich behalte mir vor, was Sie gesagt haben, bei erster Gelegenheit zu bekräftigen.

〈...〉

DOKUMENTE B: ZU REZEPTION UND WIRKUNG SEIT DEM ERSCHEINEN DES ZWEITEN TEILS

Nr. 1
Aus: Lessing an Friedrich Nicolai, 11.10.1769 (Bd. XI/1 dieser Ausgabe, S. 628):

〈...〉

Wenn Sie *meinen Tod* gesehen haben: so werden Sie nun wohl vermuten können, was mich abgehalten hat, Ihnen den dritten Teil der Briefe zur Messe zu liefern. Ich würde auch diese Materie für die Antiquarischen Briefe verspart haben, wenn ich hätte absehen können, wie ich vors erste darauf kommen wollte. Denn der Stoff zu diesen wächset mir unter der Hand an, so daß es mir saurer werden wird, einen Band weniger, als einen Band mehr zu schreiben. Die Materie von *den Ahnenbildern der alten Römer* wird daher wohl weg bleiben müssen: und ich frage Sie nur, ob Sie Lust haben, eine eigene Untersuchung davon, so wie die von dem Tode, drucken zu lassen? – Denn allem Ansehen nach, werde ich auch dazu in Deutschland noch Zeit haben. Lassen Sie sich es von H. Voßen sagen, was für einen Antrag mir der Erbprinz von Braunschweig machen lassen; und wenn ich in diesen entriere, so werde ich meine Reise nach Italien noch um so viel lieber auf ein Jahr verschieben, je nötiger es ist, mich in vielen Stücken noch mehr darauf vorzubereiten, wenn es eine bloße *Reise dahin* werden soll.

Wittenberg hat hier ausgestreuet, daß Klotz seine ganze Correspondenz mit Ihnen wolle drucken lassen; mit einer Menge Briefe auch von mir an verschiedene, die er im Originale zu bekommen Gelegenheit gehabt hätte. Auch hat ihm Klotz geschrieben, daß Lippert gegen mich schreiben wolle. Zu jenem lache ich; aber das letztere sollte mir darum nicht lieb sein, weil ich Lipperten nicht gern unangenehme Dinge sagen möchte, wozu mir eine Menge Absurditäten in seiner Daktyliothek doch reichen Stoff geben dürfte. Melden Sie mir doch, ob Sie von dem einen, oder dem andern etwas gehört haben.

〈...〉

Nr. 2
〈Anonymus,〉 Anzeige der *Briefe, antiquarischen Inhalts*, Zweiter Teil, in: Neue Hallische Gelehrte Zeitungen, 1769 (19. 10. 1769):

Berlin und Hamburg.

Der Berlinische Buchhändler Nikolai hat von den *Briefen Scurrilischen Inhalts* den *zweyten* Teil, aber mit einem etwas veränderten Titel, geliefert: *Gotthold Ephraim Leßings Briefe antiquarischen Inhalts.* Da sich unter unsern Mitarbeitern keiner hat finden wollen, der es der Mühe werth geachtet, sie durchzulesen: so können wir von ihrem Inhalte keine weitläuftige Anzeige mittheilen. Unterdessen haben wir ihr Daseyn den Liebhabern bekannt machen, und wenigstens, wegen des witzigen Drucks und gründlichen Papiers, hierdurch diesen Blättern ihr Leben auf einige Wochen erhalten wollen: weil sie sonst schon gleich in ihrer Geburt sterben möchten. Ein Schicksal, das von dem gütigen Genius, der über die Wissenschaften wacht, allen dergleichen Schriftgen bestimmt ist, in welchen sich scurrilischer Witz und Pedanterey mit Unwissenheit und lügenhafter Schmähsucht, wie man fast allgemein sagt, vereinigen soll!

Nr. 3
Aus: Friedrich Nicolai an Lessing, 24.10.1769 (Bd. XI/1 dieser Ausgabe, S. 630-632):

⟨...⟩ Daß er ⟨Klotz⟩ von Ihnen Briefe in Händen habe, die er drucken lassen wolle, glaube ich nicht. Es wird eben so unwahr sein, als das Vorgeben, daß Lippert wider Sie schreiben wolle. Dies letztere ist gewiß eine leere Erfindung von Klotzen, um Sie dahin zu bringen, daß Sie Lipperten zuvorkämen, und Lippert dadurch endlich aufgehetzet würde, mit Ihnen anzubinden. Das möchte Klotz gar zu gern haben.

Ich habe unsern Freund Weißen wegen Lipperts befragt. Der hat mir einen Originalbrief vom 31. Juli von Lipperten an ihn gegeben, worin folgende Worte stehen:

»Herr Klotz hat mir seit einem halben Jahre nicht geschrieben, ich aber auch an ihn nicht; denn er wollte, daß ich mich in seine läppischen Händel mit Lessingen mengen sollte, welches ich ihm aber abschlug, und dieses mag er übel genommen haben. Ich bin der Mann nicht, der sich in kritische Zänkereien einlassen kann; denn erstlich ist mir die Zeit in meinem Alter zu kostbar, zweitens bin ich nicht gelehrt genug, Fehler an andern tadeln zu können, und endlich ist es mir einerlei, ob man das, was ich geschrieben, für unvollkommen hält. Man sage mir nur etwas besseres; ich will's mit Dank annehmen. Ich würde niemals geschrieben haben, wenn ich nicht hätte verkaufen wollen« (nämlich seine Pasten) »das war mein einziger Zweck, denn ich brauche Brot; und da sich kein sicherer Nutzen je gedenken läßt, man werde denn zugleich andern nützlich: so habe ich freilich mich dieser Mühe und Kosten nicht entschlagen können. Gott sei Dank, es ist überstanden.«

Dies letztere zu verstehen, müssen Sie wissen, daß L. seine Daktyliothek auf seine Kosten hat drucken lassen, um dadurch seine Pasten bekannt zu machen, auf die er schon viel Kosten verwendet hatte, und aus denen er gern Vorteil ziehen wollte.

⟨...⟩

Herr Weiße läßt sich Ihnen empfehlen. Er ist mit den Klotzianern sehr unzufrieden, daß sie sein Lob beständig im Munde haben, und sich für seine Freunde ausgeben, da er doch mit ihnen gar nichts will zu tun haben, und nur gar zu gern von allem Streite nichts wissen und ruhig leben möchte. Gleiche Nachricht habe ich auch von Hagedorn. Die Leute verachten Klotzen herzlich; aber sie fürchten sich, von ihm mit Kote geworfen zu werden, und schweigen still.

⟨. . .⟩

Was Ihr Werk *von den Ahnenbildern* betrifft, so würde ich, wenn es Ihnen an einem Verleger fehlen könnte, sogleich den Verlag übernehmen; denn dies wäre die geringste Probe meiner Freundschaft. Da es Ihnen aber vermutlich an einem Verleger gar nicht fehlen kann, so wäre es mir lieber, wenn Sie es einem andern gäben. ⟨. . .⟩

⟨. . .⟩ Inzwischen versteht es sich, daß die Fortsetzung der *antiquarischen Briefe* ihren Weg geht, und daß, wofern Sie das Werk von den *Ahnenbildern* keinem andern Verleger geben wollen, Sie auf allen Fall immer auf mich rechnen können.

⟨. . .⟩

Nr. 4
Aus: Lessing an Friedrich Nicolai, 30. 10. 1769 (Bd. XI/1 dieser Ausgabe, S. 635-637):

Ich habe es wohl gedacht, daß der ganze Lärm, welchen Klotz hier mit Lipperten und mit Ihrer und meiner Correspondenz machen lassen, nichts als Notschüsse wären. Er muß sich wirklich auf das äußerste gebracht fühlen: denn er tut seit einiger Zeit nichts als schimpfen und drohen. Im Schimpfen steht ihm Riedel redlich bei; aber auch dieser soll in dem dritten Teile der antiquarischen Briefe sein Paket bekommen. Was der Mensch für Zeug in seiner philosophischen Bibliothek wider den Laokoon schreibt! Was für Unwissenheit er verrät! Auch *Lessingische Briefe* hat er in den Erfurtischen Zeitungen versprochen, und eine *Geschichtsklitterung der jetzigen Händel*. Von jenen hat er auch schon den ersten geliefert, und Sie werden wohl gelesen haben, wie er sich nun heraus zu winden sucht, wegen seiner Befremdung über unser verschiedenes Urteil von Heineken.

Ich bin mit allem, was Sie von diesen Stänkereien bei Gelegenheit des *Antikritikus* gesagt haben, sehr wohl zufrieden. Aber warum soll Raspe der *erste* gewesen sein, der sich wider Klotzens Buch von geschnittenen Steinen erklärt habe? Mein erster Teil der Briefe war längst heraus, als seine Anmerkungen erschienen. Und warum sind denn die antiquarischen Briefe jetzt nicht mit zugleich angezeigt worden?

⟨...⟩

Mit dem dritten Teile der Briefe wird nun nächstens angefangen; und auch das muß lediglich von Ihnen abhangen, ob dieser Teil der letzte sein soll. Nur melden Sie mir es, um die Materie doch ein wenig zu arrondieren.

A propos, – ob ich schon nicht glaube, daß ich für diesen dritten Teil noch eben viel von Ihnen zu erhalten haben dürfte; so müssen Sie mir doch nun schon noch den Gefallen tun, eine kleine Assignation, die Ihnen etwa künftige Woche präsentiert werden möchte, für mich zu honorieren. Sie können versichert sein, daß ich Ihnen diesen Dienst so bald nicht wieder zumuten will.

⟨...⟩

Nr. 5
Aus: Friedrich Nicolai an Lessing, 8. 11. 1769 (Bd. XI/1 dieser Ausgabe, S. 644-646):

⟨...⟩ Der Debit meines Verlags ist in keiner Proportion mehr zu meinem Debite im Sortimentshandel; und diesen zu vergrößern, ist kein Mittel da, als mich in Unternehmungen einzulassen, die zu weit aussehend wären, und meine

Arbeit, die ohnedies schon zu stark ist, noch stärker machten. Verlagsdebit verursacht auf den Messen viel schlimme Schulden. Das Drucken macht große Kosten. Ich bekomme also eine große Menge Bücher und ausstehende Schulden, und kann niemals zu Kräften kommen.

⟨. . .⟩

Übrigens soll, was ich hier schreibe, so bald es auf den Druck der antiquarischen Briefe ankommt, keinen Einfluß haben. Denn ich will zwar so wenig als möglich Neues anfangen, aber das Alte mit Ordnung fortsetzen. Ich werde Ihnen dann nie sagen, welcher Teil der antiquarischen Briefe der *letzte sein soll.* Dies ist bloß des Verfassers Sache, und es taugt nichts, wenn der Verleger sich hinein mischt. Ich tue dies niemals, am wenigsten bei meinem Freunde. Noch weniger kann es auf unsere Berechnung Einfluß haben. Ihre Assignation wird gleich bezahlt werden, unsere Berechnung mag stehen wie sie will. Auch künftig assignieren Sie, wenn Sie brauchen, und vergessen Sie nicht, daß die Freundschaft Sie dazu berechtigt. Ich sehe die Notwendigkeit ein, wenn ich die Unternehmungen meiner Handlung im Ganzen überlege, streng als Kaufmann zu denken; aber es wäre für meinen Verstand und mein Herz ein großes Unglück, wenn ich immer als Kaufmann denken wollte. Ich hoffe, Sie werden nie vergessen, daß ich Ihr Freund bin, und sein Sie versichert, daß ich bei allen Gelegenheiten daran denke.

Der Recensent in der Bibl. X. 2. S. 97. hat sich wegen *Raspens* undeutlich ausgedrückt. Ich glaube, er hat nur sagen wollen, Raspe sei der erste gewesen, der *in einem Journale* Klotzen habe die Wahrheit sagen wollen; denn sonst ist es offenbar, daß die *antiquarischen Briefe* eher heraus gekommen, als *Raspens Anmerkungen.* Aber warum die antiquarischen Briefe noch nicht recensieret sind? Liebster Freund, Sie glauben gar nicht, wie unglücklich es mir in manchen Fächern der Bibliothek geht! Das antiquarische ist eins davon. Wenige Leute können darin mit Kenntnis der Sachen urteilen. Hr. Heyne hatte mir vor einiger Zeit, zum Teil auch aus Verdruß über Klotzens Angriffe, seinen Beistand entzogen. Ich habe ein Paar neue Recensenten bekommen, die aber saumselig sind. Die Recension über *Klotz von geschnittenen Steinen* habe ich dem Recensenten abbetteln müssen; sie mußte aber vor der von den *antiquarischen Briefen* voraus gehen. Um diese habe ich schon einigemal gemahnet, aber sie noch nicht erhalten. Der Mann hat Amtsgeschäfte, und vertröstet mich immer. Was soll ich machen? Ich selbst mag nicht gern von Sachen urteilen, die ich nicht ganz verstehe; auch habe ich nicht Zeit. Ich muß also abwarten, bis ich die Recensionen erhalte.

Nr. 6
Aus: 〈Christian Gottlob Heyne,〉 Anzeige der *Briefe, antiquarischen Inhalts*, Zweiter Teil, in: Göttingische Anzeigen von Gelehrten Sachen, 1769, 16. 11. 1769:

〈Die Anzeige bringt zunächst eine Inhaltsangabe, dann:〉 – Den Rest der Briefe können wir nicht erwähnen, weil wir durchaus keinen Antheil an allen diesen Streitigkeiten nehmen wollen; nur so viel können wir, ohne dem Gegentheil zu nahe zu treten, beyfügen, daß Herr L. mit der Würde und dem Anstand eines Mannes, der sich selbst nicht verachten darf, und mit einer Energie spricht, welche man unserer Sprache der gewöhnlichen Behandlung nach, kaum zugetraut haben würde.

Nr. 7
Aus: Heinrich Wilhelm von Gerstenberg, Rezension der *Briefe, antiquarischen Inhalts*, Zweiter Teil, in: Kayserlich-privilegirte Hamburgische Neue Zeitung, 183., 184., 185., 186. Stück, 20.–24. 11. 1769 (nach: *H. W. v. Gerstenbergs Rezensionen in der Hamburgischen Neuen Zeitung 1767-1771*, hg. v. O. Fischer, Berlin 1904, S. 289-299):

⟨...⟩
Wir sind weit entfernt, die litterarische Fehde, die Hr. Leßing mit Hrn. Klotz führt, für eine bloße *Zänkerey* über einige mißverstandne Stellen im Laokoon anzusehen. Nicht der Mißverstand dieser Stellen kömmt hier vornämlich in Betrachtung, sondern der mißverstehende Herr Klotz, der den Verstand der meisten Dinge so sonderbar, wie mit Vorsatz, verfehlt, daß er gleich jenem Mac Flecknoe beym Dryden, ein Gelübde gethan zu haben scheint,

-- ne'er to have truce with Sense.

Wenn sich der Tadler nur durch seine geringe Einsicht, ohne Bosheit des Willens, hätte verleiten lassen, ein unrichtiges Urtheil zu fällen, wer würde die Menschenliebe und Großmuth nicht an dem Getadelten ehren, der die Schwäche seines Gegners mit edlem Glimpfe zurecht gewiesen hätte? Ist aber dieser schwache Tadler zugleich ein hämischer Mann, der, unläugbar, nur darum tadelt, um demjenigen, dessen Scharfsinn er fürchtet, *eine unangenehme Stunde zu machen*, ein Cabalenmacher, der sich neidisch gegen jedes Verdienst auflehnt, und, selbst wenn er seinen Groll verbirgt, desto schlimmere Absichten verräth, ein Unterdrükker und Verfälscher der Wahrheit, ein Verhetzer, ein Libellist –: wer wird da noch von Gelindigkeit, Höflichkeit, Großmuth sprechen? Es hat uns daher immer befremdet, wenn vernünftige und unpartheyische Männer diesen so einleuchtenden Unterschied nur hier verkannt haben. Sollten sie nicht wissen, oder nicht wissen wollen, was für Vergehungen es sind, deren Hr. Klotz sich schuldig gemacht? In beyden Fällen würden sie ihr Recht verliehren, über Hrn. Leßing zu urtheilen. Kann (um uns einer Anmerkung von ihm zu bedienen) kann ein gerechter Widerspruch wider einen solchen Mann ein Gezänke heissen? Soll es manierlicher seyn, wie Klotz zu hassen und zu verläumden, als wie Leßing das Verdienst und die Wahrheit zu rächen? ⟨...⟩

Nur einen Umstand bitten wir noch zu erwägen. Wie

sehr sich auch *Gottsched der Erste* mit seinem langen Anhange von halb Deutschland sträubte: doch gelang dem einzelnen Bodmer, ihn vom Throne zu stoßen. Der gelehrte Staat duldet keinen Despotismus. Hr. Klotz ist *Gottsched der Zweyte.* Welche Schande für unsre klügern Zeiten, wenn jenes lächerliche Geschlecht, wovon der Dichter weissagt:

Loud thunder to its bottom shook the bog,
And the hoarse nation croak'd, God save King log!

nun noch immer fortschreyen dürfte.

Wir sagten vorher, daß wir weit entfernt wären, den Leßingschen Zwist bloß als einen Streit über den Laokoon anzusehen. Aber man glaube nicht, daß wir *auch nur* in dieser Beziehung weniger damit zufrieden seyn würden. Jede gelehrte Streitigkeit giebt einen Ruck gegen die Wahrheit, obgleich zum Nachtheile dessen, der darunter erliegt. 〈...〉

Man wird sich auf einen gewissen Privatbrief von Hrn. Leßing an Hrn. Klotz besinnen, den dieser in seiner *deutschen Bibliothek* abdrucken lassen, um durch denselben das Publicum zu überreden, daß Leßing ihn um sein Urtheil über den Laokoon *gebeten* habe. Wir erstaunten über Hrn. Klotz, als wir nun lasen, wie ganz anders (um uns höflich auszudrücken) sich die Sache verhalte. Hr. Leßing hat sich für verbunden geachtet, den Klotzischen ersten Brief, als den Anlaß der Leßingischen Antwort, der Länge nach einzurücken; da findet sichs denn, daß Herr Leßing ihn so wenig um sein Urtheil gebeten, daß er Hrn. Leßing vielmehr dieses Urtheil auf die abgeschmackteste Art selbst aufgedrungen. Und so kömmt Hr. Klotz mit seiner saubern Correspondenz noch einmal sehr schlecht weg. Dieß ist nun schon sein zweyter Versuch, den Inhalt eines Privatbriefes zu verdrehen, um, nach des grossen Gottscheds Beyspiele, seine Kriegs-Manifeste desto besser zu beschönigen. Er sollte billig doch klüger werden.

〈...〉 Wir müssen aber unsre Leser einladen, die Section

bey Hrn. Leßing selber anzusehen: denn wir haben uns noch etwas bey den übrigen Materien der *antiquarischen Briefe* zu verweilen.

Gleich anfangs läßt sich Hr. Leßing mit den Göttingischen Anzeigen in eine Untersuchung über seine bekannte Erklärung des Borghesischen Fechters ein. Der Recensent, der ihm Schuld gab, daß er diesen Fechter mit dem Miles Veles im Museo Florentino verwechselt hätte, wiederrief seine Beschuldigung bald nachher; was Herr Klotz erinnert hatte, verdiente keine Antwort: was könnte ihn nun wol abhalten, den guten Chabrias in dem Besitz der Ehre zu lassen, worein er ihn einmal gesetzt hatte? Doch dazu war unser Leßing zu ehrlich. ⟨...⟩

⟨...⟩ Wir haben nicht leicht etwas interessanters gelesen, als diese gewissenhafte Prüfung, die ein Autor zum Schaden seiner eigenen Entdeckung, und zwar, wie er sie selbst öffentlich genannt hat, seiner Lieblings-Entdeckung, anstellt. Der Fall ist wohl äußerst selten, da es dem Gelehrten mehr Ehre macht, wenn er Unrecht, als wenn er Recht hat: ein solches ist der gegenwärtige. Wir reden hier nicht sowol von der Aufrichtigkeit des Geständnisses, sich geirrt zu haben, die einem Schriftsteller natürlicher Weise schwerer fallen muß, als einem Privat-Manne: als von der Schwierigkeit, einen so versteckten Irrthum ausfindig zu machen. Herr Leßing hatte die Winkelmannische Beschreibung des Fechters zum Grunde gelegt; alle Folgerungen, die er daraus herleitete, hatten ihre ungezweifelte Richtigkeit: wie konnte er sich geirrt haben? Und doch hatte er sich geirrt. Die Schuld lag, mit einem Worte, an Winkelmann, von dem Leßing unmöglich voraussetzen konnte, daß er in Beschreibung eines Kunstwerkes, welches er unzählichemal muß betrachtet und wieder betrachtet haben, sich versehen, geschweige auf so mannigfaltige Art versehen würde. Winkelmann verleitete ihn nicht nur, die angreifende Stellung des Borghesischen Fechters mit der vertheidigenden zu verwechseln, sondern auch die Worte beym Nepos, obnixo genu scuto, die allerdings einer bisher unbekannten Bedeutung fähig waren, anders zu lesen, als sie nun gelesen werden müssen. Diodor und Polyän waren es, die ihn wieder auf den rechten Pfad zurück führten.

Hr. Leßing nimmt also seine Muthmassung, die offenbar nur in Absicht auf seinen Gewährsmann unrichtig ist, gänzlich zurück.

Herr Leßing geht dann zu den Cameen über, deren Gebrauch und etymologische Bedeutung er sehr glücklich aus einander setzt. Die übrigen damit verwandten Untersuchungen sind einer kurzen Anzeige nicht wol fähig: man wird sie aber, wie das ganze Buch, mit dem wahren Vergnügen lesen, mit dem man alles liest, was von Leßing kömmt, welcher in der Ründung, Präcision, Klarheit, meisterhaften Verbindung, und feinen Lebhaftigkeit seiner Schreibart, (lauter Dinge, von denen sich bey Klotzen auch nicht einmal die Spur findet) selbst alle seine andern Eigenschaften eines großen Scribenten bey Seite gesetzt, ganz bewundernswürdig ist.

Nr. 8
Aus: Friedrich Nicolai an Lessing, 13. 1. 1770 (Bd. XI/1 dieser Ausgabe, S. 666):

⟨. . .⟩
Ihr Schreiben hat mir und Moses sehr viel Freude erweckt, durch die Bestätigung Ihrer Beförderung nach Wolfenbüttel. Es ist uns höchst angenehm, Sie einmal in Deutschland fixieret zu sehen; denn wir befürchteten immer, daß wenn Sie erst nach Italien kämen, Sie lateinisch schreiben, und sich vollends ganz in die Altertümer begraben würden. Gott sei gelobt, daß Sie dies Fach bald verlassen wollen. Sie haben es zwar zuweilen so bearbeitet, daß man etwas dabei denken kann; aber freilich der minutiösen Untersuchungen wird kein Ende. Ihre Abhandlung *vom Tode* hat mir außerordentlich gefallen; es ist äußerst unverschämt, daß *Riedel* sich zu sagen untersteht, Ihr Grundsatz von der Schönheit wür-

de dadurch umgestoßen. Ich wüßte gerade kein deutlicheres Beispiel, um ihn zu bestätigen, und die symbolische Abbildung des Todes, deren sich die Alten bedienten, wirft zugleich auf ihre Meinung von der Unsterblichkeit der Seele ein höchst vorteilhaftes Licht.

Sie wollen also im dritten Teile *Riedeln* vornehmen; wie werden Sie dies aber mit dem Titel: *antiquarische Briefe*, vereinigen? Denn ich vermute, daß Ihr Streit mehr philosophisch über den Grundsatz der Schönheit sein wird. Das, was Riedel über den Laokoon in seiner philosophischen Bibliothek sagt, ist höchst absurd. Der Mensch weiß wirklich nicht, was er will.

Nr. 9
Aus: Johann Arnold Ebert an Rudolf Erich Raspe, 10.4.1770 (zit. nach Dvoretzky 1, S. 26f.; die erwähnte »Nachricht«: die Berufung Lessings als Bibliothekar nach Wolfenbüttel, von Ebert vermittelt):

〈...〉 Wie, meynen Sie, muß sich Klotz geärgert haben, als er diese Nachricht hörte? Unser Vergnügen darüber kann nicht grösser seyn, als sein Verdruß. Ich glaube, daß ihm seine schreibfertige Hand mitten in einer Schmähschrift, die vielleicht wider L. selbst gerichtet war, erstarrte. Ich würde mich nicht wundern, wenn er vom Schlage gerührt worden wäre, oder die Epilepsie bekommen hätte; zumal, da er ungefähr zu eben der Zeit hier eine Beförderung vergebens gesucht hatte. Unterdessen glaube ich doch, daß Hr. L. es dabey noch nicht bewenden lassen werde. Er wird wohl wenigstens noch Einen Theil antiquarischer Briefe auf ihn abschiessen, und ihm vielleicht damit den Rest geben. Meinetwegen aber könnte er es auch bey dem letzten bewenden lassen; (denn für mich, und vermuthlich auch für viele andre Leute, ist K. auf immer zu Boden geschlagen, und schon begraben;) und dafür lieber wiederum solche Werke schreiben, die das *ganze* Publicum interessiren; obgleich auch jene manches enthalten, das auch die Nachwelt noch mit Nutzen und Vergnügen lesen wird. Desto schlimmer für Hrn. Kl. der darinn wider seinen Willen mit ewig wird. 〈...〉

Nr. 10

Aus: Friedrich Nicolai an Lessing, 23.6.1770 (Bd. XI/2 dieser Ausgabe, S. 24):

〈...〉

Ferner sollen Sie hiermit wissen, daß ich von dem ersten Teile Ihrer antiquarischen Briefe eine neue Auflage auf Michaelis werde machen müssen, weil ich sehr wenig Exemplare mehr habe. Mit dem zweiten Teile bin ich freilich nicht so glücklich. Sehr viele Buchhändler, denen ich ihn in der Michaelismesse gesendet habe, haben ihn zurück gesendet, so daß ich mit allem, was ich in der Ostermesse 1770 abgesetzt habe, dennoch in Leipzig über 100 Stück reicher bin, als ich in der Michaelismesse 1769 war. Ich weiß nicht, ob die Leute darin zu wenig oder zu viel auf Klotzen geschimpft finden, daß sie ihn nicht lesen und kaufen wollen. Der *dritte Teil* wird freilich hoffentlich die Sache wieder gut machen, und die Leute nötigen, den zweiten Teil nachzukaufen; gehet dies aber nicht, so müssen Sie mir im *vierten Teile* wahrhaftig etwas für die Dreieinigkeit oder sonst etwas dergleichen schreiben, damit ich nicht gar zu sehr zu Schaden komme.

Aber nun ist die Frage: wo soll die neue Auflage des ersten Teils und der *dritte Teil* gedruckt werden? In Wolfenbüttel werden Sie, glaube ich, schwerlich eine leidliche Druckerei haben, und die teure Hamburgische Druckerei werden wir, da Sie einmal von Hamburg abwesend sind, nicht beibehalten wollen. Schreiben Sie mir also bald, wie Sie es damit zu halten gedenken; denn wenn der erste Teil nicht soll geändert werden, so könnte er immer unter die Presse gegeben werden.

Nr. 11
Aus: Gd., Rezension der *Briefe, antiquarischen Inhalts*, Erster und Zweiter Teil, in: Allgemeine deutsche Bibliothek, Berlin und Stettin 1771, 1. Anhang, 1. Abtheilung, S. 364-370 und 373:

Es würde sehr überflüßig seyn, wenn man den *Inhalt* dieser *Briefe*, die mit so vieler Begierde in ganz Deutschland sind gelesen worden, itzt erst anzeigen wolte. Die Veranlassung derselben hat bekanntermassen Herr *Klotz* gegeben. Dieser hatte von einigen Kennern der Kunst gehört, daß das antiquarische Studium der Deutschen Verbesserung nöthig hätte. Er glaubte der Mann zu seyn, der in diesem Fache Ruhm einerndten könnte. Er wußte zwar herzlich wenig vom Alterthume, aber mit gutem Vertrauen auf *Register* und *Collectaneen*, auf seinen Briefwechsel mit einem *Lippert*, (dessen kleinste Gedanken so gar sich zuzueignen, er schon zuweilen in der Stille versucht hatte, und am meisten auf seine dreiste Stirne, vermöge der er schon so oft in lateinischer Sprache, von Sachen, davon er nur einen flüchtigen Begriff hatte, etwas hatte hinschreiben können, ergriff er die Feder und schrieb sein Werk *von geschnittenen Steinen*. Er vernachläßigte die Hülfe der freundschaftlichen Zeitungen nicht, um seinen Ruhm zu bevestigen. Kaum war das Werk aus der Presse, so erschienen, in sechs bis acht Zeitungen auf einmal, so viel lobpreisende Recensionen, als wenn das größte Meisterstück erschienen wäre. Wie so viele gelehrte Zeitungsschreiber auf einmal, gerade auf dies Buch gefallen, und welche Winke ihnen gegeben, und ob einige Recensionen ihnen eingeschickt worden, lohnet nicht der Mühe zu untersuchen, genug, Herr *Klotz* genoß zwey ganze Monate lang, den Ruhm eines Mannes, der große antiquarische Kenntniße besaß, und den guten Geschmack in dieses Studium einzuführen, beflissen wäre.

Er hätte sehr leicht noch lange Zeit, das Publikum in diesem günstigen Vorurtheile für sich, erhalten können. So oft auch das Studium der Antiquitäten und der Kunstwerke überhaupt, in manchen Journalen, ein Modestudium heißt, so wenig Leute (Vergleichungsweise) beschäftigen sich doch damit, und unter diesen wenigen, versteht nur der allergeringste Theil die Sachen die dazu gehören, aus dem Grunde, der größte Theil schwatzt nur auswendig gelernte Kunstwörter mit anscheinendem Wohlgefallen nach, und diese Leute, konnten denn Herrn *Klotz*, der ihnen den guten Geschmack beym Alterthum lehren wollte, leicht mit Ehrfurcht anstaunen. Sehr viele Leute fürchteten auch, die höchstungezogene Feder des Herrn *Klotz*, die auf jeden, auf den er einmal einen Haß gefaßt hatte, sogar mit giftigen Persönlichkeiten loßzuziehen gewohnt war, und schwiegen also lieber stille.

Inzwischen kam Herr Kl. unglücklicher Weise für ihn, auf den Einfall, sich auch dadurch ein Ansehn zu geben, daß er that, als ob er in der antiquarischen Wissenschaft, und in Belesenheit in den alten Schriftstellern, einen *Leßing* weit übersähe, und daß er sich die Mühe gab, einen *Leßing* nebenher über gewisse Dinge zu belehren, die derselbe nicht verstanden haben solte. Eigentlich freylich, hatte nur Herr *Klotz* Herrn *Leßing* nicht verstanden, und das einzige was Herr Leßing lernen konnte, war, daß Herr *Klotz* ein großer Stümper in der antiquarischen Wissenschaft, und in der Kenntniß der Kunstwerke sey. Da nun die Klotzische und freundlichverbrüderte Zeitungen, fleißig wiederholten, wie treflich Herr *Klotz* Herrn *Leßing* belehret habe, ja da es endlich hieß, daß er Hn. *Leßing unverzeyhlicher Fehler überwiesen habe*, so riß dem guten Leßing die Geduld. Er schrieb, ohne an die christliche Barmherzigkeit zu denken, diese *antiquarischen Briefe*, worin er den Hn. *Klotz* mit einemmale, von der großen Höhe, auf der dieser sich zu stehen eingebildet hatte, heruntersetzt. Er beweist, daß Herr Klotz sehr seichte antiquarische Kenntnisse besitze, daß er von Kunstwerken eben so wenig verstehe, daß er Gedankenloß combilire, und seine seyn sollende große Gelehrsamkeit noch dazu aus ganz gemeinen, und ziemlich unsichern Büchern schöpfe, ja was das schlimmste ist, er beweiset alles dies so einleuchtend, er zeigt in allen Stücken eine so überaus große Ueberlegenheit über Herrn *Klotz*, er zeigt eine so große Kenntniß des Alterthums, eine so bündige, nicht aus Collectaneen und Registern gesuchte, sondern aus den Quellen geschöpfte Belesenheit, er zeigt so viel wahren Geschmack, er zeigt auch bey den kleinsten Anlässen, so viele Scharfsinnigkeit, seine Schreibart ist ungemein kernhaft, nachdrücklich unterhaltend, so daß selbst die, welche der Streit und die abgehandelte Sachen, nicht so genau angehen, diese Briefe doch mit Vergnügen gelesen haben.

Da die Sache anfieng, eine für Hn. *Klotz* so nachtheilige Wendung zu nehmen, da Herr Leßing, Herrn *Klotz* den Krieg so zu sagen, in sein eigenes Land, das er zu besitzen glaubte, zu spielen wußte, so wäre wohl zu vermuthen gewesen, daß er, als ein Mann, der doch seiner Sache gewiß seyn wolte, seinen Posten Schritt für Schritt behaupten würde, aber Hr. Kl. verließ entweder aus *Ohnmacht*, oder wie er versichern will, aus *Friedfertigkeit* und *weisen politischen Absichten*, seinen Posten, und entwich in Latium, seine alte Freystäte.

Die Art, wie sich Herr *Klotz* bey den *antiquarischen Briefen* betragen hat, ist so sonderbar, daß wir unsere Leser ein wenig damit unterhalten müssen. Wir wollen unsere Nachrichten mit *Documenten* belegen, damit man nicht glaube, wir bürdeten dem guten Manne etwas auf.

Kaum war der erste Theil der *antiquarischen Briefe* wenige Tage in den Buchläden zu haben gewesen, als sie in den *Hallischen gelehrten Zeitungen* No. 82 v. 13. Octob. 1768. angezeigt wurden. Man versicherte: »dies sey eine bloße *persönliche Zänkerey*«, die Hr. Leßing mit Hn. Kl. anfienge – *Leßing* helfe sich mit Distinktionen, er greife Druckfehler an – es sey in diesem Buche die *bitterste Galle* ausgegossen, u. s. w.« Wenige Tage darauf erschien das 7te Stück der *Klotzischen Bibliothek*, wo S. 465 u. f. auch sogleich die *antiquarischen Briefe* recensiret wurden. Herr Kl. versicherte, (NB. in seinem eignen Namen) diese Briefe wären »voller persönlicher Beleidigungen, der Styl sey oft mehr als bloß satyrisch – dieser Streit gehe nicht die Künste an« – Er versprach zugleich: »*Herrn Leßing in einer besondern Schrift zu antworten.*«

Dies geschahe im November. Gegen Ende des December aber war der Zorn des Hn. Kl. schon so weit verrauchet, daß er zu dem Jahrgange 1768. seiner Zeitung eine höchst sanftmüthige Vorrede schrieb, worinn er beklagt, »daß zwischen ihm und einigen Gelehrten die er hochgeschätzt habe, und deren Verdienste er auch noch nicht verkenne, eine Zwistigkeit entstanden sey,« er versichert zugleich daß durch alle gegen ihn herauskommende Schriften seine Zufriedenheit im geringsten nicht gestöret werde.« Er versichert, »daß er von den antiquarischen Briefen die *Helfte noch nicht gelesen habe und auch nicht lesen werde*«. Er versichert: »*daß er künftig keine Schrift, die gegen ihn gerichtet sey*, jemals beantworten werde.«[1]

Wir unterwinden uns hiebey einige Fragen zu thun.

1) *Woher kommt bey Hrn. Kl. der Eigensinn, daß er die antiquarischen Briefe gar nicht lesen will?* Wir bitten ihn ganz ergebenst, daß er doch so gütig seyn möge, sie noch zu lesen. Wir, die wir diese Briefe gelesen haben, können ihn versichern, daß sie sehr lesenswürdig sind, daß Er *insbesondere* recht sehr viel daraus lernen kann. Er kann viel im Alterthume und in den Künsten daraus lernen. Er kann lernen, daß er sich inskünftige für Sachen hüte, mit denen er sich bisher in der Welt lächerlich und verächtlich gemacht hat. Z. E. daß er künftig nicht von Sachen spreche, die er nicht versteht, wie er doch so oft gethan hat, z. E. daß er sich nicht widerspreche, und einen Schriftsteller bald einen großen Mann, bald wider einen Ignoranten nenne, nachdem es ihn seine Leidenschaft heißt, z. E. daß es falsch sey, daß ihn Hr. *Leßing* um Beur-

---

1 Als der *zweyte Theil der antiquarischen Briefe* in den *Hallischen* Zeitungen angezeigt ward, so ward sogar versichert, daß unter allen Mitarbeitern, keiner zu finden gewesen, der diesen zweyten Theil hätte lesen wollen.

theilung des Laokoon gebeten habe,[2] z. E. daß er sich die hönische Gewohnheit abgewöhnen müsse, einen Autor, dessen Schrift er recensirt, persönlich anzugreifen, und etwa (wie Hr. *Leßing* Th. II. S. 258. anführet) von einem Juristen, dessen Schrift er in seinen Aktis recensirt, der Welt zu berichten: *derselbe habe seine Creditoren betrogen, und um sich des Hungers zu erwehren, entweichen müssen.* Alles Dinge auf die Hr. *Klotz* noch nicht gedacht zu haben scheint, und die er doch lernen könnte, wenn er nur die verzweifelten *Briefe antiquarischen Inhalts*, zu lesen sich entschliessen könnte.

2) Wie *kann man den Werth eines Buchs beurtheilen, davon man nur die eine Helfte gelesen hat, und die andere nie lesen will?*[3] Wie kann man insbesondere sagen, *es gehe die Künste nicht an, betreffe nur eine persönliche Zänkerey, beschäftige sich mit Druckfehlern.* Ist dem *Hrn. Kl.* niemals eingefallen, wie möglich

---

2 Herr Leßing hat dies Th. II. S. 217. und folglich aus zween Briefen die Hr. Kl. an ihn geschrieben, so einleuchtend bewiesen, daß man wohl siehet, Hr. Kl. ist sehr unglücklich, wenn er Briefe drucken läßt, die an ihn geschrieben worden. Der Gegentheil hat immer Briefe von Hrn. Kl. in Händen, die denn auch gedruckt werden, und das schlägt doch nicht recht vortheilhaft für Hrn. Kl. aus.

3 Sollte es wohl gar Hrn. Kl. gewöhnlich seyn, von solchen Sachen zu urtheilen, die er kaum halb lieset? Wenn dies etwa wäre, so ließe sich daraus erklären, warum er in seinen Zeitungen, seiner Bibliothek, in seinen Aktis und in allen *Vorreden*, zu mancherley Büchern, womit er die gelehrte Welt so reichlich beschenket, auf die *kritischen Wälder* und auf die *allgemeine deutsche Bibliothek*, so angelegentlich schimpft, da doch viele andere Leute, diese beyde Werke für so ganz leidlich halten. Der gute Mann mag sie wohl ebenso wenig lesen, als die *antiquarischen Briefe*, und blos deswegen urtheilt er so schief davon. Im Grunde müssen ihm dies die Verf. der *allgem. deutschen Bibliothek* und der *kritischen Wälder* nicht so gar übel nehmen, denn hat ers nicht mit den *Alterthümern* und den Kunstwerken eben so gemacht? Er urtheilte darüber frisch weg, ohne sie gesehen, oder recht erwogen zu haben.

es doch wäre, daß in der Hälfte der *antiquarischen Briefe*, die er nicht gelesen hat, wider Vermuthen sich etwas finden könnte, das die Künste intereßire, das keine persönliche Zänkerey sey, das wichtigere Sachen, als Druckfehler erörtere.

3) Wie kann Hr. Kl. *im November öffentlich versprechen, eine Schrift in einer besondern Schrift zu beantworten, von der er im December wieder öffentlich sagt, daß er die eine Hälfte davon nur gelesen habe, und die andere nie lesen wolle.* Man pflegt doch sonst sich nicht eher zu einer Widerlegung zu entschliessen, bis man ein Buch durchgelesen hat. Oder wenn der Vorsatz zu widerlegen eher entstand, als die erste Hälfte durchgelesen war, woher kam der Vorsatz die andre Hälfte nie durchzulesen? Wir wünschen, daß Hr. Kl. seinem künftigen Biographen zu Liebe, öffentlich erklären möge, wie dies zugegangen sey.

4) *Wie kann Hr. Kl. im November der Welt öffentlich versprechen, eine Schrift zu widerlegen und im December ebenfalls öffentlich sagen, er wolle keine Schrift, die gegen ihn gerichtet sey, jemals beantworten?* Dies ist ja ein öffentlicher Widerspruch mit sich selbst. Hatte Hr. Kl. seine Meynung geändert, warum sagt er nicht, was ihn zu einer so plötzlichen Veränderung bewogen habe? Was mag wohl die Ursach dieser Veränderung seyn? *Sollte etwan Hr. Klotz verschiedene Dinge in den antiquarischen Briefen gefunden haben, die er sich nicht zu beantworten getraute?* Dies wäre sehr wahrscheinlich. Aber er hat ja nur eine Hälfte der antiquarischen Briefe gelesen, und in denselben nichts als *Kriticken über Druckfehler*, und *persönliche Zänkereyen* gefunden, die wichtige Hälfte hat er gar noch nicht gelesen. Er giebt uns daher zu verstehen, daß er *aus Edelmuth, aus Friedfertigkeit* sich in keine Streitigkeiten einlassen wollte. Wie schön wäre dies, wenn es wahr wäre! Aber sollte der Mann, der so viele Leute mit den verhaßtesten Persönlichkeiten angegriffen hat, der so wie es seine Leidenschaft heischt, bald Stümper lobt, bald großen Gelehrten verächtlich begegnet, der über den geringsten Widerspruch aus der Haut fahren will, sollte der *blos aus Edelmuth*

aus Friedfertigkeit still schweigen? Dies ist nicht so recht wahrscheinlich, aber wohl könnte man vermuthen, daß er seine gänzliche Ohnmacht zu antworten mit dem Mantel der Friedfertigkeit bedecken will. Ey nun! einigermassen möchte er seinen Zweck erreichen, wenn er würklich sich ganz ruhig verhielte. Aber da der gute Mann nun seit 1768. keine *Vorrede* schreiben kann, (denn Bücher zu schreiben, hat er aufgegeben) ohne zwar *in jeder Vorrede* zu wiederholen, daß er bey allen Angriffen wider ihn ganz gleichmüthig wäre, aber doch auch *in jeder Vorrede*, diejenigen, die etwas wider seine Schriften einwenden, wacker auszuschendiren, so glauben manche Leute, er müßte heimlichen Groll, im Herzen hegen, und er habe seine Worte, sehr schlau abgewogen, da er der Welt, blos versprochen hat, *auf die Schriften, die wider ihn herauskommen, nicht zu antworten*, denn dadurch hat er sich, der Freyheit *darauf zu schimpfen* gar nicht begeben.

Doch genug hievon. Wir betrachten die *antiquarischen Briefe* nicht blos als eine *persönliche Zänkerey*, wofür sie *Hr. Klotz* ausgiebt. Wir betrachten sie als ein Werk, das zu mehrerer Erläuterung der Alterthümer, und zur Einführung eines wahren guten Geschmacks in dieses Studium, die wichtigsten Beyträge liefert. In dieser Absicht haben wir sie sehr aufmerksam gelesen.

⟨Es folgt eine Inhaltsangabe.⟩

Nr. 12

Aus: Lessing an Friedrich Nicolai, 22. 4. 1772 (Bd. XI/2 dieser Ausgabe, S. 408 f.):

⟨...⟩ Ehe ich die dramatische Arbeit ⟨*Emilia Galotti*⟩ nicht gänzlich wieder aus dem Kopfe habe, will keine andere hinein. Aber warum muß ich sie denn aus dem Kopfe haben?

Fragen Sie das? – Ich will nicht hoffen, daß Sie es im Ernst fragen. – Mir ist dieser Tage eingefallen: ob denn die Fortsetzung unsrer antiquarischen Briefe notwendig, und mit Klotzen abgestorben sein muß? Der Ton kann und muß freilich nicht mehr der nemliche sein: denn es ist eben so unanständig als unnützlich, sich mit einem Toten zu zanken, der sich selbst weder mehr bessern, noch andre mehr verführen kann. Aber die trocknen Anmerkungen gegen sein Buch, und zwanzig andre Bücher des nemlichen Inhalts, die sich nach der Zeit bei meiner umschweifenden Lectüre sehr vermehrt haben, wären doch wohl der Mühe wert, gesagt zu werden. Lassen Sie mich Ihre Gedanken einmal darüber hören: und leben Sie für jetzt recht wohl. 〈. . .〉

Nr. 13
Aus: Christian Gottlob Heyne an Lessing, 23.4.1772 (Bd. XI/2 dieser Ausgabe, S. 409):

〈. . .〉
Ich lege noch ein vorrätiges Exemplar von den deutschen Societätsschriften bei. Es ist eine Abhandlung darin, oder vielmehr ein Schnitt dazu, über den historischen Teil von *Winkelmanns* Geschichte der Kunst. Werden mit dem *wohlseligen* Klotz Ihre antiquarischen Briefe forthin ganz abgestorben sein? Machen Sie nicht, daß wir anfangen einzusehen, wie viel wir an *Klotz* verloren haben; wenn Sie auch von der andern Seite Ihre Galotti von allen Anfoderungen des Publici lossprechen kann.

Nr. 14
Aus: 〈Anonymus,〉 Rezension von Johann Wilhelm Bernhard von Hymmen, *Briefe kritischen Inhalts, mit untermischten Gedichten* (1773), in: Allgemeine deutsche Bibliothek, Bd. 6, Berlin und Stettin 1774, S. 171-176, hier: S. 171 f.:

Lessing schrieb Briefe *antiquarischen Inhalts*, und behandelte darin nicht eben die interessantesten Materien dieses Studiums, sondern meistens Dinge, an deren Auseinandersetzung nur sehr wenig Lesern etwas liegen konte. Allein er wuste sie mit einem so philosophischen Geiste, mit einem so übersehenden Urtheil, so mannichfacher Anwendung, und einem so vortreflichen Styl zu behandeln; – daß jeder Leser, er mogte so unantiquarisch seyn als er wolte, diese Briefe von einem Ende zum andern mit dem grösten Vergnügen las, und immer lesen wird, wenn die elende Zänkerei, aus der sie zuerst entstanden, schon längst vergessen ist. Das war Lessing. – Hr. *Hymmen*, (der den Titel seines Buchs offenbar von den antiquarischen Briefen nachgemacht hat; so ungern er sich auch das *Nachmachen* vorwerfen läst) schreibt *Briefe kritischen Inhalts*, handelt darin von nichts anderm, als von sich selbst, und wird daher natürlicher weise höchst langweilig. ⟨...⟩

Nr. 15
Aus: P., *Fragmente eines Gesprächs im Reich der Todten, zwischen Rabner und Klotz*, in: Revision der Teutschen Litteratur, 2. Stück, Mannheim 1776, S. 166-198, hier: S. 177f.:

⟨...⟩

Klotz.

Aber nutzte ich denn gar nichts? O Rabner! ich weiß gewiß, ich weiß gewiß, ich würde Vertheidiger haben, die mit warmer Brust für mich sprechen würden, wenn nur einige meiner Freunde hier wären, die ich aus der Dunkelheit hervorzog, wo ihr Genie unbenutzt verdorben wäre. Und trauen Sie meinem Herzen zu, daß ich mehr bei dem Gedanken fühlte, das Glück eines einigen solchen Mannes befördert zu haben, als bei allen Lobsprüchen unserer Gelehrten; so empfindlich ich auch für diese war; vielleicht empfindlicher als ich hätte seyn sollen.

Rabner.

Ihnen, lieber Klotz! verzeihe ich das gern; aber unsern Gelehrten verzeihe ich es nicht, daß sie ihre Lobsprüche so verschwendeten. War unter allen Ihren Freunden kein ehrlicher Mann, der Ihnen so etwas sagte? Aber freilich, so lange wir lebten, möchte ich Ihnen das auch nicht gesagt haben. Sie waren ein rüstiger, streitbarer Mann –

Klotz.

Schweigen Sie, Freund! wo mich mein eigenes Herz beschuldiget. Nichts hat mir mehr geschadet, als meine unselige Strittigkeiten: denn immer führte mich meine Hize zu weit, und zum Nachgeben war ich zu verwöhnt. Wäre Leßing mein Freund gewesen –

Rabner.

So würden Sie keine Journale geschrieben haben.

Klotz.

Aber konnte ich nicht dem Urtheil Leßings das Urtheil so vieler anderer entgegen sezen, deren Freundschaft mich aufmunterte?

Rabner.

Und welche Freunde waren das, armer Klotz! Waren es nicht meistens junge Schriftsteller, vielleicht Schriftsteller, die etwas versprachen, welche Ihre Zeitung brauchten, um bekannt zu werden. Und sahen Sie nicht ein, daß das Urtheil eines Leßings allen diesen weit vorzuziehen war? Und sahen Sie nicht ein, daß alle kluge Leute auf Leßings Seite waren, wenn Sie gleich zu friedlich waren, sich mit Ihnen in Krieg einzulassen. Aber, leider! unser Vaterland muß diese Friedlichkeit büssen! hätten sich alle unsre grose Schriftsteller vereinigt, hätten sich alle Ihnen mit verbundenen Kräften entgegen gesetzt, so würden Sie nicht so viel Schaden angerichtet haben. Alsdann hätten weder Ihre Spöttereien, noch das Kriegsgeschrey ihrer Anhänger, etwas geholfen: und Klotz wäre gewiß lieber auf unsre Seite getreten, als daß er sich zum Anführer unserer Dunse aufgeworfen hätte. 〈...〉

Nr. 16
Aus: Friedrich Nicolai an Lessing, 10. 10. 1777 (Bd. XII dieser Ausgabe):

⟨...⟩

Was Ihre *antiquarischen Briefe* betrifft, so ist der Fall nur, daß ich von denselben ungefähr 300 Exempl. des zweiten Teils übrig habe, indem es das Schicksal aller Bücher ist, daß die ersten Teile mehr gefordert werden, als die folgenden. Ich wollte also eigentlich den ersten Teil neu wieder drucken, so viel mal er nötig ist, um complette Exemplare zu haben. Hätten Sie aber in kurzem eine Fortsetzung wollen bekannt machen, so würde ich allenfalls etwas mehr vom ersten Teile gedruckt haben. Indes, da Sie doch so bald nicht daran kommen werden, so will ich nur vor der Hand meine Exemplare completieren.

Daß ich auf die folgenden Teile, worin Sie Ihre italiänischen Entdeckungen bekannt machen wollen, sehr begierig bin, darf ich Ihnen nicht erst sagen.
⟨...⟩

Nr. 17
Aus: ⟨Friedrich Nicolai,⟩ Anzeige eines Neudrucks der *Briefe, antiquarischen Inhalts*, Erster Teil (1778), in: Allgemeine deutsche Bibliothek, Berlin und Stettin 1779, Bd. 38, 2. Stück, S. 557f.:

Gotthold Ephraim Leßing, Briefe antiquarischen Inhalts, 1r Theil. Berlin, bey Nicolai, 1778. 260 Seiten in 8.

Es ist ein bloßer ungeänderter Abdruck, des 1sten Theils dieses sehr bekannten Werkes, das auch, nachdem die Streitigkeiten, wodurch es veranlaßt worden, vergessen sind, noch immer seinen großen Werth behält, sowohl wegen der Erörterung vieler wichtigen Materien aus den Antiquitäten, sondern auch wegen der vortrefflichen Schreibart, die in unserer Sprache von mehr als einer Seite, *klaßisch* ist.

Ek. ⟨Nicolai⟩

Nr. 18
Aus: Friedrich Nicolai an Tobias Philipp Freiherr von Gebler, 10. 10. 1779 (zit. nach Dvoretzky 1, S. 46):

⟨Voraus gehen Angaben über Lessings Arbeitspläne.⟩ Antiquarische Anmerkungen wird er vor der Hand wohl nicht herausgeben. Er hat dieses Studium nie im Ernste geliebt und es nur studiert, theils zum Zeitvertreib, theils sich fester zu überzeugen, daß der gröste Theil der antiquarischen Gelehrsamkeit Charlatanerie ist. ⟨. . .⟩

Nr. 19
Aus: ⟨Anonymus, in:⟩ Realzeitung, Wien 1780, 38. Stück, S. 601 f. (19. 9. 1780):

⟨. . .⟩
Unter den deutschen Gelehrten ist es ein löbliches Herkommen, daß sie mit einander zanken, so lange sie leben. Sobald aber der eine Streiter stirbt, so schenken die überlebenden Feinde seinen Gebeinen den lieben Frieden. Sie loben eher den todten Helden, sind froh, mit guter Manier sich von ihm befreyet zu sehen, rühmen sich wohl auch, wenn es des Ruhmes werth ist, einen solchen Gegner gehabt zu haben, und wünschen seiner Asche eine ewige angenehme Ruhe. Klotz hatte kaum die Augen zugethan, so schwiegen Lessing und Herder und Nikolai und Raspe und alle die würklich gelehrten Männer, mit denen er schwere papierverderbliche Kriege geführet hatte. Auch sogar die Wichmänner und Ziegrae hielten es für niederträchtig, den todten Löwen mit Füssen zu treten. De mortuis nil nisi bene!

Dies ist eine von den wenigen Moden, die uns eigen sind, und die wir nicht von den Franzosen entlehnt haben. Die französischen Autoren sind zum Theil so hitzig und, wenn sie einmal Feinde sind, Feinde so ganz im Ernste, daß sie einander selbst bis in die elysäischen Felder, oder bis durch die Pforten der Hölle verfolgen. ⟨. . .⟩

Nr. 20
Aus: Johann Gottfried Herder, *G. E. Leßing. Gebohren 1729, gestorben 1781*, in: Der Teutsche Merkur, Weimar 1781, Viertes Vierteljahr, S. 15 f.:

Voraus geht: das Erscheinen des *Laokoon*.〉 Er gerieth darüber in einen Streit mit der Klotzischen Schule; und es ist nicht Leßings Schuld, daß der Streit für Teutschland und die Nachwelt nicht nutzbarer ausfiel. Er betraf zu armselige Dinge, zu armselige Leute. Kein Posttag, kein Zeitungsblatt erschien, wo nicht die muthwilligen Knaben kamen und auch Leßing! Kahlkopf schalten; da schikte er endlich zwey Bären über sie, *die zwey Theile von Briefen antiquarischen Inhalts* die zerrissen den Hauptknaben und jagten die übrigen in ihre Löcher und Winkel. Teutschland schämt sich jezt dieser Scene, und des Werths den man damals manchen Kindereien beylegte. Damals indessen wars anders, und Leßing hatte alle Stärke und männliche Dreustigkeit teutscher Sprache nöthig, um zu zeigen, was an ihnen sey; welche Stärke man denn auch im zweyten Theil der vorgenannten Briefe gegen das Ende reichlich antrift. Jezt ist jedermann mit ihm einig; und das schöne Werkchen »*wie die alten den Tod gebildet*« so schön in seinem Inhalt als in seiner Entwiklung, ist fast das Einzige, was sich dabey gewinnen ließ. Dieß gehört aber auch Leßingen zu, und nicht dem öden Kunstgewäsch seiner Gegner.

Nr. 21
Aus: Christian Gottfried Schütz, *Ueber Gotthold Ephraim Lessing's Genie und Schriften. Drei Vorlesungen*, Halle 1782, S. 52-55:

〈...〉
Hätte Lessing Gelegenheit gehabt, wo er diejenige Art der Beredsamkeit, die Roms und Athens Verfassung mit sich brachte, hätte zeigen können, wir würden Reden von ihm

haben, die mit den feurigsten eines Cicero und Demosthenes sich messen könnten. Dies läßt sich aus dem Tone einiger seiner Streitschriften schliessen. Treffender, eindringender, männlicher hat gewiß nie Demosthenes gegen Aeschines, oder Cicero gegen Piso oder Antonius gesprochen, als Lessing gegen einige seiner Gegner schrieb, die ihn zum Unwillen gereizet hatten. 〈...〉

〈...〉 wer sich erinnert, mit was für einer edlen Offenherzigkeit er in den antiquarischen Briefen sich selbst gegen einen *Heyne* unrecht gab, und wie freimütig er bekannte, gegen einen solchen Widersacher mit Eren unrecht haben zu können; der wird sich nicht verleiten lassen zu glauben, Bitterkeit oder Rechthaberei sei eine unzertrennliche Eigenschaft seines Tadels oder seiner Widerlegung gewesen. In keiner seiner Kritiken und Streitigkeiten ist er aus der Tonleiter gewichen, die er selbst, im Fall er Kunstrichter hätte sein wollen, für die seinige angab, »schmeichelnd gegen den Anfänger; mit Bewunderung zweifelnd, mit Zweifel bewundernd gegen den Meister; abschrekend und positiv gegen den Stümper; hönisch gegen den Praler, und so bitter als möglich gegen den Cabalenmacher zu sein«. Danach muß man denn den Ton seiner antiquarischen Briefe und seines Anti-Goeze beurteilen. So beißend in den erstern sein Tadel, so lachend seine Ironie, so treffend und bitter sein Spott war, hielt er sich doch immer innerhalb der Gränzen der wahren Urbanität, one zu Cabalen, Verdrehungen, Consequenzen und änlichen Kunstgriffen erbitterter Streiter seine Zuflucht zu nemen. Nur in dem Anti-Göze sind ihm hie und da Tiraden entwischt, die seiner nicht würdig waren; vielleicht daß die Polemik seines Gegners ihn aus der Fassung brachte, oder die Art der Streitigkeit, die schon so manchem braven Mann unvermerkt seine Laune vergiftete, auch für Lessing ein wenig anstekend wurde. Hingegen versicherte er selbst, die antiquarischen Briefe mit kaltem Blute geschrieben zu haben. »Es ist nicht Hize, nicht Uebereilung, die mich auf den Ton gestimmt, in welchem man mich mit Herr Klotzen höret. 〈...〉

Nr. 22
Aus: Johann Georg Heinzmann, *Gotth. Ephr. Lessing. Analekten für die Litteratur*, hg. v. J. G. Heinzmann, Teil 1, Bern und Leipzig 1785, S. XIX-XXIII:

〈. . .〉 Bald schürzt er selbst einen Knoten, den der Leser sich nicht einfallen läßt zu lösen, und desto begieriger auf die Entwickelung wartet: bald trägt er die Einwürfe seiner Gegner selbst vor, und scheint ihres Scharfsinnes zu spotten, indem er ihren Einwendungen eine Stärke giebt, die uns für die Auflösung bange macht; bis plötzlich aus einer nicht bemerkten Ecke ein Lichtstral fällt, der allem Zweifel ein Ende macht, und alle Dunkelheit zerstreuet. Man erstaunt nicht nur über die Wahrheit und Evidenz seiner Antwort, sondern vorzüglich auch darüber, daß sie so ganz nahe lag, ohne gesehen zu werden. Von dieser Art ist neben andern die Entscheidung der Frage, *ob die alten Künstler Furien gebildet haben*, in den antiquarischen Briefen. Sie wissen, daß *Riedel*, ein ungleich scharfsinnigerer Kopf als *Klotz*, sich in diesen Streit gemischt, und gegen *Leßings* Behauptung einige Schwierigkeiten erhoben hat, welche stark genug schienen, jeden andern Gegner ein bisgen verlegen zu machen. Allein durch eine einzige Distinktion, an welcher der geübteste Dialektiker nichts auszusetzen, und der schlaueste Sophist nichts zu drehen findet, beantwortet *Leßing* diese Schwierigkeiten so, daß kein Zweifel mehr übrigbleibt.

Es ist mir daher unbegreiflich, wie einige Gegner *Leßings* entweder dreiste oder kurzsichtig genug seyn konnten, ihn als einen hartnäckigen und unüberzeugbaren Sophisten verschreyen zu wollen. Nun ja, wenn der ein Sophist heißt, der die Kunst versteht, die Begriffe genau zu sichten und zu scheiden; den Punkt jeder Frage so zu bestimmen, daß unbestimmte Antworten und kahle Ausflüchten nichts helfen; das gerade zu stellen, was der Gegner gern schief hat, weil es ihm so nur recht steht; jede Hinterthüre zu verschliessen, und jeden Schlupfwinkel zu versperren; so war *Leßing* der größte Sophist, den die Sonne jemals beschienen hat. Und wie wenig konnte sich überhaupt Sophisterey mit dem Manne vertragen, der überall kein anderes Interesse hatte als das, die Wahrheit heraufzuholen, sie mochte so tief liegen, als sie wollte; der nicht erst auf eine Widerlegung wartete, um einen eingesehenen Irrthum zu wiederrufen, wie z. B. seine Vermutung über den *Borghesischen Fechter*; der endlich seine Gedanken nie in eine Glanzwolke einhüllte, um sie darinn schwanken und schwimmen zu lassen, und der Einbildungskraft seiner Leser freyen Spielraum zu geben, sondern sie nackt und ohne Schminke, in völliger Rundung und mit bestimmtem Umrisse darlegte, weil er nie schrieb, als wenn er sich ganz verstund, und so oft er schrieb, auch ganz verstanden seyn wollte? In der That, wenn ich *Leßing* lese, so weiß ich, was ich gelesen habe, und in ihm fände ich, wenn ich es nöthig hätte, einen Erfahrungsbeweis, daß wahrer Scharfsinn immer auch Deutlichkeit liebt, und daß der räthselhafte Orakelton gewisser Schriftsteller, worinn manche Leser den Gott ahnden wollen, nur da ist, um den Priester zu decken.

〈. . .〉

Seine Untersuchung über den *Tod der Alten* und seine *antiquarische Briefe* sind, den allzubittern Ton abgerechnet, wahrhafte Muster von Streitschriften. Nie hat ein litterarischer Kämpfer seinen Gegner augenscheinlicher entwaffnet, nie entscheidendere Schläge geführt, und den Streit mit einmal so geendet, daß zu künftigen Angriffen nur keine Möglichkeit übrig war. Daneben ward auch reichlich für diejenigen Leser gesorgt, für welche eine litterarische Klopffechterey, ohne reelle Ausbeute, eben kein anziehendes Schauspiel ist.

Nr. 23

Aus: Joachim Heinrich Campe, »Beantwortung dieses Einwurfs« 〈*Ein Einwurf wider die Nützlichkeit periodischer Schriften, von Herrn Prof. Garve . . .*〉, Braunschweigisches Journal philosophischen, philologischen und pädagogischen Inhalts, Bd. 2, 1. Stück, Januar 1788, S. 35:

⟨. . .⟩ Einsamkeit macht muthlos; gesellschaftliche Verbindung kühn. Mancher ist an der Seite braver Kriegskameraden in einen zehnmal überlegenen Feind beherzt gedrungen und siegreich zurückgekehrt, der, wäre er allein gewesen, vielleicht beim Anblicke eines einzigen bewafneten Knaben schon die Flucht ergriffen hätte. Dieses Stützen und Vertrauen auf verbundene Kräfte, dieses Anschwellen der Herzhaftigkeit beim Anblicke mehrerer, welche eine und eben dieselbe Gefahr mit uns theilen, liegen tief in unserer Natur und zeigen sich bei jeder Gelegenheit. Nur wenigen Erzhelden ist es gegeben, wie *Lessings* Windmühle auf ihrem einsamen Hügel, immer allein und immer ruhig da zu stehn, und nie aus ihrer Fassung gebracht zu werden, es mögen Knaben ihren Muthwillen an ihnen üben wollen, oder verkappte Ritter von der traurigen Gestalt mit aufgepflanztem Speer oder entblößtem Schwerte gegen sie anrennen.
⟨. . .⟩

Nr. 24
Aus: Johann Wolfgang von Goethe, *Dichtung und Wahrheit*, 8. Buch (1812; zit. nach der Weimarer Ausgabe, Bd. 27, S. 164):

⟨. . .⟩ Es war damals in der Litteratur eine schöne Zeit, wo vorzüglichen Menschen noch mit Achtung begegnet wurde, obgleich die Klotzischen Händel und Lessings Controversen schon darauf hindeuteten, daß diese Epoche sich bald schließen werde. ⟨. . .⟩

STELLENKOMMENTAR

353,1f. *Briefe, 〈...〉 Inhalts]* So, mit Komma hinter »Briefe«, der verlegerisch und buchhändlerisch offizielle Titel. Von früh an fällt jedoch das Komma oft fort, sowohl bei Lessing selbst als auch in zeitgenössischen Zitaten. Die erste erhaltene Fixierung des Titels durch Lessing selbst, im Brief an Nicolai vom 5.7.1768 (Dokumente A, Nr. 7), hat das Komma nicht. Es etabliert sich daneben, sowohl bei Lessing als auch bei Freunden und Gegnern, die kürzere Form »Antiquarische Briefe« (vgl. etwa Dokumente A, Nr. 12, 15 und 19).

353,2 *antiquarischen]* Heute im wesentlichen: ›archäologischen‹. Abgeleitet von Antiquar (lat. antiquarius), im 18. Jh. sich durchsetzend im Sinne von ›Kenner des Altertums‹; löst Antiquarius ab (das als lat. Form etwa bei Winckelmann 1764 in der *Geschichte der Kunst* noch begegnet). Vgl. Schulz-Basler 1, S. 38, auch Anm. 79,20.

353,3f. *Αγωνισμα 〈...〉 ἐς ἀει –]* »Eine Wettkampfleistung mehr, für das augenblickliche Hören, als ein Besitz für immer«: witzig-sarkastische Umkehrung der vielzitierten Selbstdeutung des griech. Feldherrn und Geschichtsschreibers Thukydides (um 460-nach 400 v. Chr.), bezogen auf sein Hauptwerk *Über den Peloponnesischen Krieg*. Dessen Formulierung (I 22,3): »keine bloße Wettkampfleistung für das augenblickliche Hören, vielmehr ein Besitz für immer«. Von den »verdrehten Worten des Thucydides 〈...〉 auf meinen antiquarischen Briefen« spricht Lessing im Brief an Ebert vom 18.10.1768 (Dokumente A, Nr. 25). Ähnlich zu Mendelssohn am 5.11.1768 über das »Studium« der »Altertümer«: »ein Steckenpferd mehr, sich die Reise des Lebens zu verkürzen«.

355,2-10 *Diese Briefe 〈...〉 unterlaufen dürften.]* Zur Entstehungsgeschichte, von den ersten Zeitungsbeiträgen bis zur Buchveröffentlichung s. oben S. 957-960.

355,8f. *dem Publico]* Flektierte Form des lat. Begriffs (publicum), nach humanistischem Brauch; vgl. Bd. V/1, Anm. 157,6.

355,10 *schon mit unterlaufen]* In der aktuellen Buchproduktion.

355,11 *Ausschweifungen]* Zunächst nicht negativ, sondern im Sinne von ›Exkursen‹ (wie schon etwa im *Laokoon*), bei denen der Verfasser seine fachliche Beschlagenheit demonstriert.

355,14 *Fortsetzung 〈...〉 verspricht]* »Erster Teil« (wie beim *Laokoon*, dessen »Fortsetzung« im Stadium des Entwurfs blieb; vgl. S. 647-650).

355,18-20 *Wem 〈...〉 sie gehören.]* Vgl. die Vorrede zu *Wie die Alten den Tod gebildet*: »wer in dem allergeringsten Dinge für Wahrheit und Unwahrheit gleichgültig ist, wird mich nimmermehr überreden, daß er die Wahrheit bloß der Wahrheit wegen liebet.« (Bd. VI dieser Ausgabe, S. 718)

355,21 f. *Über den Ton erkläre]* Bereits Reaktion auf Bedenken sogar einzelner Freunde (vgl. S. 958).

355,22 f. *»Vide 〈...〉 hominum!«]* »Schau, was für ein altmodischer Mann ich bin!« (Cicero, *Ad Atticum* 〈Briefe an Atticus〉 IX 15,5).

355,27 *Der schleichende, süße Komplimentierton]* Bereits zugleich auf Klotz zielend, dem Lessing – auch aus eigener Erfahrung – diese Technik als ein Instrument seiner Erfolge vorwirft. »Komplimente«: ursprünglich höfische Schmeicheleien, bei denen die Unehrlichkeit schon zum Wesen gehört.

355,28 *Vorwurfe]* Gegenstande.

355,28 *Einkleidung]* Hier: die Gattung der »Briefe«.

355,30 *Höflichkeit]* Zu Lessings Zeit bereits im Übergang vom Verhalten am ›Hof‹ zu generellen, auch ›bürgerlichen‹ Verhaltensweisen.

356,1 f. *giebt 〈...〉 erhalten]* Scharfe Benennung dessen, was Lessing seinem Gegner Klotz vorwirft.

356,4 *Urbanität]* Von lat. urbanitas »städtische Feinheit, gewandtes Benehmen, feine Sprache«: Ideal der röm. Aristokratie (besonders von Cicero vertreten), hier betont der modernen »Höflichkeit« und dem »Komplimentieren« entgegengesetzt.

356,9 *gotische]* Vgl. Bd. V/1, Anm. 208,1.

356,13 *ERSTER BRIEF.]* Zuerst gedruckt: »Kayserlich-privilegirte Hamburgische Neue Zeitung, 97. Stück. Montag den 20. Junii. 1768.« Dann in: »Staats- und Gelehrte Zeitung des Hamburgischen unpartheyischen Correspondenten, Anno 1768. Num. 100. (Am Mittewochen, den 22. Junii)« Beide Male mit der Unterschrift: »Gotthold Ephr. Lessing.« Abweichungen überwiegend nur lautlich oder orthographisch.

356,14 *Mein Herr]* Der Herausgeber der Zeitung.

356,16 *gelehrten Sachen]* Eine Reihe von Tages- oder Wochenzeitungen besaßen eine ›gelehrte‹ Rubrik oder auch Beilage.

356,19 *eines unverzeihlichen Fehlers]* Wörtliches Zitat.

356,19f. *in seinem Buche von ›den alten geschnittenen Steinen‹]* Vgl. oben Dokumente A, Nr. 3a.

356,21 *ein Recensent]* Johann Jakob Dusch (1725-1787), Schriftsteller und Übersetzer, 1766 Direktor des Altonaer Gymnasiums. Wiederholt Gegenstand von Kritiken Lessings (u. a. wegen seiner ›malenden Poesie‹). Bereits der 41. ›Literaturbrief‹ (24.5.1759) zeigt ein gespanntes Verhältnis zu ihm und seiner Gefolgschaft. Im Streit zwischen Lessing und Klotz schlägt er sich – erwartungsgemäß – auf die Seite der ›Hallischen‹ Partei. Zu Duschs Eingreifen vgl. auch Dokumente A, Nr. 6.

356, A 1 *Beitrag 〈...〉 Reichspostreuter]* Vgl. oben S. 957.

357,3 *Herr Klotz]* Vgl. Dokumente A, Nr. 3a.

357,3f. *einem unsrer besten Kunstrichter]* Vgl. Lessings erste Erwähnung von Klotz im *Laokoon*, S. 172,20f.

357,12 *Polygnotus]* Klotz hat die Erwähnung im *Laokoon*, S. 142,9-14 (vgl. S. 143,15-18 u. ö.) übersehen oder ignoriert sie. Zu den Polygnotischen Gemälden und ihre Rekonstruktion s. PO Erl., S. 700.

357,14 *Philostratus]* Vgl. Bd. V/1, Anm. 415,32. Klotzens Quellen: PO Erl., S. 700.

357,15 *Plinius]* Plinius d. Ä., vgl. Bd. V/1, Anm. 247,9.

357,16 *Herculanischen Gemälden]* Vgl. Anm. 144,3.

357,17 *Ulysses 〈...〉 Penelope]* Odysseus, der nach zwanzig Jahren seine Gattin Penelope in der Heimat Ithaka wiedersieht (17. Gesang der *Odyssee*). Blümner (s. PO Erl., S. 701) hebt hervor, daß das von Klotz gemeinte Gemälde nicht Odysseus und Penelope darstellt.

358,6f. *in diesem Verstande]* In diesem Sinn.

358,8 *der Graf von Caylus]* Vgl. Anm. 72, A 3.

358,15 *beifallen]* Einfallen.

358,17 *an dem nemlichen Orte]* Vgl. Anm. 357,12.

358,18 *bestreitet]* Bekämpft, kritisiert.

358,25 *Fabricius]* Vgl. *Laokoon*, S. 159,21f. mit A 2.

358,26 *Allegata]* (Lat.) »Anführungen, Zitate«.

359,8 *Ordonnanz]* Vgl. Anm. 236,31. Druck 1768b hat hier: Ordnung

359,25 *Art]* Druck 1768b hat hier: Beschaffenheit

359,27 *viermal] Ueber den Nutzen und Gebrauch der alten geschnittenen Steine und ihrer Abdrücke* (vgl. Dokumente A, Nr. 3a): S. 140, 170, 203 Fußnote, 249. Klotzens Antwort auf den 1. Brief: Dokumente A, Nr. 16.

360,1 *ZWEITER BRIEF.]* Zuerst in: »Hamburgische Neue Zeitung, 115. Stück. Donnerstag, den 21. Julii. 1768«. Der Brief wird folgendermaßen eingeleitet: »Der Brief, welchen wir, in dem gelehrten Artickel des 97sten Stücks, unsern Lesern mittheilten, hat verschiedne andre veranlaßt, in welchem Herr Leßing so wohl den übrigen Bestreitungen des *Herrn Geheimderath Klotz* begegnet, als auch über das Werk selbst, in welchem sie vorkommen, ein umständliches Urtheil fällt. Wir haben die Erlaubnis, sie gleichfals bekannt zu machen, und wollen uns derselben bedienen, ohne im geringsten an der Streitigkeit selbst Theil zu nehmen.«

360,3 *ein Wort zu sagen]* Der öffentliche Brief vom 20.6.1768 klingt zunächst nicht wie die scharfe Eröffnung einer ausgedehnteren Fehde. Wann genau sich Lessing zu einem anderen Vorgehen gegen Klotz entschlossen hat, ist nicht mehr zu erschließen, vgl. oben S. 957. Dann aber spricht er am 5.7.1768 (Dokumente A, Nr. 7) bereits von »Kriegserklärung«, und daß er bereits am 25. ›Brief antiquarischen Inhalts‹ schreibe. Der 2. ›Brief‹ läßt gleich zu Beginn den Neuansatz deutlich erkennen.

360,9 *Lesche]* (Griech.) »Volksherberge, Halle, öffentliches, offenes Gebäude«. Hier: die der Knidier (Insel Knidos).

360,11 *Allegate]* Vgl. Anm. 358,26.

360,14 *außer dem Plane des Homer]* Sie ist nicht in der *Odyssee* (oder der *Ilias*), sondern in anderen Epen des gleichen Sagenzyklus behandelt.

360,18f. *Lescheus]* Gemeint: Lesches (7. Jh. v. Chr.), Epiker aus Lesbos, gilt als Verfasser der *Kleinen Ilias* (*Iliu persis*).

360,19 *Stesichorus]* Stesichoros (um 640-um 555 v. Chr.), griech. Chorlyriker, soll ebenfalls eine *Iliu persis* verfaßt haben.

360,22 *im Reiche der Schatten]* In der Unterwelt, wie im 11. Gesang der *Odyssee* (der *Nekyia*) dargestellt.

360,26 *›Minyas‹ und ›Nosti‹]* Titel zweier nachhomerischer Epen (bzw. bei *Nostoi* auch Epenkreise, vgl. Bd. V/1, Anm. 450,10). Laut Pausanias X 28,7 war in beiden Epen der Hades mit seinen »Schrecken« dargestellt.

360,32f. *bald an diesen, bald an jenen]* Dabei natürlich – als wichtigste ›Quelle‹ – auch an die *Odyssee*.

361,14f. *gesagt zu haben]* Im *Laokoon*.

361,29 *Selbstlob. –]* In der ›Hamburgischen Neuen Zeitung‹ folgt hierauf noch: »Nächstens ein mehreres.«

361, A 2 *Laokoon S. 227-231.]* Vgl. S. 161,12-164,18.

361, A 3 *Laokoon S. 219-223.]* Vgl. S. 157,2-159,16.

362,1 *DRITTER BRIEF.]* Zuerst in: »Hamburgische Neue Zeitung, Stück 116. Sonnabend, den 23. Julii. 1768.« Als Überschrift dazu: »*Fortsetzung der Leßingschen Briefe. Dritter Brief.*« (wurde dann in 1768b gedruckt).

362,3-7 *»auch die 〈...〉 würde.«]* Vgl. Dokumente A, Nr. 3a.

362,4 *Fabeln]* Sagen, Mythen, Erzählungen.

362, A 1 *Tableaux]* Vgl. Anm. 72, A 3.

362, A 2 *Laokoon XII]* Lessing wechselt in den *Laokoon*-Hinweisen zwischen den Angaben einzelner Seiten und ganzer Abschnitte.

363,35 *erwiesen habe] Laokoon* XII.

364,8 *croquieren]* Von franz. croquer »zerbeißen, verschleudern« u. a., auch »hinwerfen, skizzieren«; auch im 18. Jh. seltenes Fremdwort (Campe, Ergänzungsbd., S. 239: Croquis »roher Entwurf, Skizze«).

364,23 *brobdingnakisch]* Nach dem Land der Riesen Brobdingnak in Jonathan Swifts *Gullivers Reisen* (vgl. Anm. 253,21), einer schon im *Laokoon* mit Genuß herangezogenen ›Quelle‹.

364,27 *wendete ich ein] Laokoon* XVI.

364,29 *progressive]* Vgl. Anm. 285,21 (auch: »progressivisch«).

364,35 *Pandarus]* Vgl. Anm. 111,34.

365,6 *VIERTER BRIEF.]* Zuerst in: »Hamburgische Neue Zeitung, 118. Stück. Mittwoch, den 27. Juli. 1768.« Überschrift: »Weitere Fortsetzung der Leßingschen Briefe. Vierter Brief.« Druck dann in 1768b.

365,8f. *und kahlen]* Fehlt 1768ab.

365,20f. *willkürlicher Zeichen]* Vgl. *Laokoon* XVII u. ö.

365,30 *welche Caylus]* Vgl. *Laokoon* XIV.

366,3 *FÜNFTER BRIEF.]* Zuerst in: »Hamburgische Neue Zeitung, 118. Stück. Mittwoch, den 27. Julii. 1768.« (wurde dann in 1768b gedruckt).

366,9-27 *»Nur 〈...〉 gefunden haben.«]* Vgl. Dokumente A, Nr. 3a, S. 994f.

366,14 *Rubens]* Peter Paul Rubens aus Siegen (1577-1640), der berühmte Maler, der seit 1608 in Antwerpen ansässig war.

366,14 *Susanna]* Von Rubens viermal gemalt. Das in Sanssouci hängende Bild (S. 368,15f.) ist wohl die Kopie eines Schülers.

366,20f. *Balthasar Denner]* 1685-1749, aus Hamburg,

Bildnismaler. »Denner hat vielfach alte Männer in peinlich-realistischer Weise gemalt« (PO Erl., S. 701).

366,21 *Bartholomäus van der Helst]* 1612-1670, niederländ. Porträtmaler. Welches Bild Klotz meint, ist nicht zu ermitteln.

367,12 *oder]* 1768: und

367,18 *nur behauptet] Laokoon*, S. 157f.

367,37 *sagen. –]* Hier folgt 1768a: »(Das weitere nächstens.)«. Der Rest stand mit der Überschrift »*Beschluß des 5. Briefs vom Herrn Lessing.*« im »120. Stück. Sonnabend, den 30. Julii. 1768.«

367,38 *Doch weiter. –]* Fehlt 1768ab.

368,15f. *in der Gallerie zu Sans-Souci]* »Das dortige Bild gilt als Schulkopie des von Klotz 〈...〉 zitierten Exemplars ›Richelieu‹ (jetzt in der Münchner Alten Pinakothek, Nr. 745).« (PO Erl., S. 702).

368,20f. *Ingredienz]* Vgl. Anm. 165,11.

368, A 1 *Laokoon S. 221.]* Oben S. 158,6-10.

369,8 *der Blödsinnige]* ›Blöde‹ im 18. Jh. noch im weiteren Sinne: »Schwach, von den Augen und vom Verstande« (Campe 1, S. 570).

369,14 *in welchem Tone]* Ein Grundmotiv des Lessingschen Werks von den frühen kritischen Schriften bis zu *Emilia Galotti.*

369,23 *Welt.]* Hier folgt 1768b noch: Der 6te, 7te und 8te Brief sind nicht gedruckt erschienen, weil sie Vorwürfe von minderer Wichtigkeit betrafen.

369,28 *verbunden]* Verpflichtet.

369,30 *auch anderwärts]* Vermutung eines Bezugs auf Klotzens Rezension des *Laokoon* in den ›Acta litteraria‹ (vgl. S. 954) bei G 6, S. 929.

369,33 *Gefliessenheit]* Beflissenheit; vgl. Campe 2, S. 255.

370,4 *An einem Orte]* Vgl. Anm. 356,19f. (Dokumente A, Nr. 3a, S. 995).

370,15 *im Laokoon]* Oben S. 68,13-22.

370,19f. *Antoninus Pius]* Röm. Kaiser 138-161.

370,21 *die Erklärung 〈...〉 Addison]* Oben S. 69f., A 3.

370,21 *bestritten]* Vgl. Anm. 358,18.

370,24 *»Non liquet«]* »Es ist unklar, nicht zu klären.«

370,30 *schreibt er]* Klotz, S. 237 und 242 (vgl. Dokumente A, Nr. 3a, S. 996). »Der Stein ist nach der Abbildung nicht antik.« (PO Erl., S. 702).

370,31 *des Hrn. Casanova]* Giovanni Battista Casanova (1722-1795), ital. Maler, Lehrer Winckelmanns in Rom. Seine Sammlung enthielt eine Reihe von Fälschungen.

371,22 *die Stellen]* Vgl. Anm. 370,21 und S. 373, A 2 sowie 374, A 3.

371,33 *gebildete]* Bildlich dargestellt.

372,1 *Assertion]* Vgl. Bd. V/1, Anm. 440,22.

372,13 *Der Mythologist]* Der Kenner (auch Erforscher und Darsteller) der antiken Mythologie. Gemeint ist Antoine Banier (1673-1741), franz. Altertumsforscher; hier: *La mythologie et les fables expliquées* (Die Mythologie und die Sagen, erklärt), 1738-40.

372,22 *muß ⟨...⟩ können]* Charakteristische Zuspitzung Lessings, wie schon verschiedentlich im *Laokoon*: prinzipielle Freiheit der ›Wahl‹ für den Künstler, Lösung aus dem Zwang von (vor allem religiösen) Zweckbindungen bzw. Verboten.

372,29 *vor Alters]* Im Altertum.

372,33 *Antiquar]* Tendenziöse Eingrenzung im Hinblick auf Klotz, vgl. die programmatische Unterscheidung von »Altertumskrämer« und »Altertumskundigem« in *Wie die Alten den Tod gebildet* (Bd. VI dieser Ausgabe, S. 757,6-17).

372,37 *Antiken]* Vgl. Anm. 79,20.

373,3 *schrieb ich]* Oben S. 85,25-86,8.

373,24 *Classe]* Hier: Sorte.

373,32 *eine Art zu streiten]* Lessing geht das Thema ›Streiten‹ allmählich prinzipieller an.

373,35 *fügte ich ⟨...⟩ hinzu]* Oben S. 26, A 8.

374,11 f. *eigensinnige Symbola]* Vgl. Anm. 87, A 3.

374,24 *Herr Riedel]* Friedrich Justus Riedel (1742-1785), Kunsthistoriker, Prof. der Philosophie in Erfurt, Anhänger

Klotzens; hier: *Theorie der schönen Künste und Wissenschaften*, 1. Bd. 1767 (vgl. oben S. 715-720: seine Rezension des *Laokoon* in seiner ›Philosophischen Bibliothek‹, 1769).

374,26f. *einen jungen Mann*] Vgl. den »jungen« Klotz-Schüler Meusel oben S. 347-349.

374, A 3 *Laokoon S. 108.*] Oben S. 26, A 8.

374, A 1 *S. 242.*] Vgl. Anm. 356,19f.

375,3 *Assertion*] Vgl. Bd. V/1, Anm. 440,22.

375,20 *was er* 〈...〉 *sagt*] *Laokoon* XXIX.

375,21 *Junius*] Vgl. Anm. 24,15. Näheres bei PO Erl., S. 702.

375,23 *Eumenides*] (Griech.) »Die Wohlgesonnenen«: Bezeichnung (kultischer Titel) der Rachegöttinnen nach deren Versöhnung durch Athene, wie sie von Aischylos (vgl. Bd. V/1, Anm. 233,4f.) im gleichnamigen Drama, Teil der Tetralogie *Orestie* (458 v. Chr.), dargestellt wird.

375,24 *Scopas*] Vgl. Anm. 89,12.

375,24 *Calos*] Vgl. S. 377, A 6.

375,25 *Clemens Alexandrinus*] Vgl. Bd. V/1, Anm. 314,23. In seiner *Mahnrede*, wo er Skopas und Kalos nennt.

375, A 3 *S. Acta litter. Vol. III. p. 289.*] Klotzens Rezension des *Laokoon* in seinen ›Acta litteraria‹ (vgl. S. 954).

375, A 4 *S. 136.*] In Riedels *Theorie*, s. Anm. 374,24.

376,5 *Bannier*] Vgl. Anm. 372,13.

376,22 *gegen meine Ausnahme*] *Laokoon* IX, bes. S. 84,4-10.

376,30 *in einem eigenen Abschnitte*] Abschn. IX.

376,34 *Cerynea*] Oben S. 86, A 3.

376, A 5 *Nous* 〈...〉 *Deesses.*] »Wir haben gegenwärtig überhaupt keine antiken Abbildungen dieser Göttinnen.« Zu Herkunft und Wortlaut des Zitats PO Erl., S. 702.

377,10f. *das Bedeutende*] Vgl. Anm. 72, A 3.

377,16 *Pausanias*] Vgl. Bd. V/1, Anm. 260,30.

377,20 *Ich schreibe*] Oben S. 26,21-23 mit A 8.

377, A 6 *Zeuxis*] Vgl. Anm. 51, A 6. Bei der Kritik an dem ›Schüler‹ Riedel kann Lessing sich nicht verkneifen zu belegen, daß bereits der ›Lehrer‹ Klotz diese Art Fehler macht.

377, A 7 *Edit. Kuh.]* Die damals oft verwendete Abkürzung für Kuhnius (Kühn), vgl. Bd. V/1, Anm. 348,11.

378,8f. *willkürlichen]* Frei gestalteten (nach Lessings Vorstellung), nicht durch religiöse Zweckbindung bestimmten.

378,11 *Hetrurischen]* Etruskischen.

378,13f. *wie ich 〈...〉 gezeigt habe]* Oben S. 86, A 3.

378,14 *Gorius]* Vgl. Anm. 86, A 3.

378,17 *bergen]* Verbergen, verschweigen.

378,29 *dafür]* Davor.

378,30 *Deutschen Bibliothek]* ›Deutsche Bibliothek der schönen Wissenschaften‹, Halle seit 1768, »herausgegeben von Herrn Geheimderath Klotz«, Halle seit 1764 (vgl. auch S. 978), als muttersprachliches Periodicum Ergänzung zu den lat. ›Acta litteraria‹ Klotzens.

378,31 *küppen]* Kippen, umfallen.

379,1 *NEUNTER BRIEF.]* Zuerst in: »Hamburgische Neue Zeitung, 131. Stück. Donnerstag, den 18. August. 1768.« Voraus geht: »*Fortsetzung der mit dem 120ten Stück abgebrochnen Briefe.* Wir übergehen den 6ten 7ten und 8ten dieser Briefe, in welchen Hr. *Lessing* auf verschiedne Vorwürfe des Hrn. *Klotz* von minderm Belange antwortet, um unsern Lesern einige der folgenden mitzutheilen, die von der Perspectiv der alten Artisten handeln, zu deren Vertheidiger sich Hr. *Klotz* aufgeworfen.«

379,7 *die Perspektiv]* 1768b: die Perspektive (die häufigen Divergenzen in Schreibung und Lautung werden im folgenden nicht verzeichnet). »Perspektive« ist das neue Hauptthema der ›Briefe‹ 9 bis 12.

379,8 *Im Laokoon]* Abschn. XIX (zentrale These: S. 142,14f.).

379,9 *Perrault]* Vgl. Anm. 138,2.

379,10 *Verkleinerung der Alten]* Im Zusammenhang der ›Querelle des Anciens et des Modernes‹ (vgl. Anm. 14,9f.).

379,13f. *›Beitrage 〈...〉 Münzen‹] Beytrag zur Geschichte des Geschmacks und der Kunst aus Münzen vom Herrn Geheimdenrath Klotz*, Altenburg 1767.

379,15 *die es wahrhaftig nie nötig haben]* Wiederum im Horizont der »Querelle«. Beispiel: die wiederholte, bisweilen verehrungsvolle Berufung auf die »Schule der Alten« (so im Briefwechsel mit Mendelssohn und Nicolai über das Trauerspiel 1757/58).

379,18 *›von geschnittenen Steinen‹]* Vgl. Anm. 359,27.

379,23 f. *durch Einen ⟨...⟩ Caylus, und]* Fehlt 1768 ab.

379,24 *Abhandlung ⟨...⟩ Caylus]* Vgl. Anm. 72, A 3; hier: *De la perspective des anciens* (Von der Perspektive bei den Alten), 1756.

379,25 *Philostratus]* Vgl. Bd. V/1, Anm. 415,32.

379,32 *haben]* 1768 ab: heben (für sich durchaus auch sinnvoll)

380,11 *deutschen Pernety]* Antoine-Joseph Pernety (1716-1801), franz. Benediktiner, Bibliothekar Friedrichs II. (nach Ablehnung des Interessenten Lessing): *Dictionnaire portatif de peinture, sculpture et gravure* (Handwörterbuch der Malerei, Bildhauerei und Gravierkunst), 1758, dt. Übersetzung 1764.

380,12 *das abgeschmackte ›Oberfläche‹]* Eine Wendung, die Klotz offenbar aus der Pernety-Übersetzung übernommen hat (franz. surface als »Oberfläche« statt einfach »Fläche« übersetzt).

380,18 *vorhabenden]* Anstehenden.

380,20 *vorzustellen]* Darzustellen.

381,1 *niemanden]* Sächs. Dativ.

381,7 *Plane]* Ebenen.

381,11 *mathematische]* Hier: geometrische.

381,22 f. *Tinten]* Flüssigkeiten, Farben.

381,28 *im Laokoon]* Oben S. 143,9-12.

382,9 *Farben der]* Fehlt 1786.

382,25 *daß Herr Klotz]* Das Fehlen eines »davon« deutet PO Erl., S. 703 als »Konstruktion nach dem Lateinischen«.

382,32 *Herkulanischen Gemälde]* Vgl. Anm. 357,16 und 144,3.

383,15 *im Laokoon]* Abschn. XIX, besonders S. 142,11-15.

383,17 *Lesche]* Vgl. Anm. 360,9.

383,18 f. *Herr Klotzen]* Vgl. Anm. 359,27 (Dokumente A, Nr. 3a, S. 994).

383,20 *dem Werke] Histoire de l'Académie des Inscriptions* (Geschichte der Akademie der Inschriften), Bd. XXVII (1761).

383,23 *brauchen]* Verwenden, zu Rate ziehen.

383,23 *die ich selbst besitze]* Lessing hat 1767 bei der Übersiedlung von Berlin nach Hamburg – auch im Hinblick auf das ehrgeizige Druckerei- und Verlagsprojekt mit Bode – seine inzwischen wieder auf 6000 Bände angewachsene Bibliothek veräußern lassen müssen.

383,27 *Vorwurfs]* Gegenstandes, Stoffes. Hinter »Vorwurfs« folgt 1768 a: (*Den Beschluß nächstens.*) Dem Rest im »132. Stück. Sonnabend, den 20. August. 1768.« ist die Überschrift vorangestellt: »Beschluß des abgebrochnen Neunten Briefes.«

384,13 *ἀνωθεν, ἀνωτερω]* »Oben darüber, weiter oben«.

384,18 *da es doch]* Während es doch.

384,26 *wortreich]* Nicht unberechtigte Selbstkritik; man spürt wiederholt, wie Lessing eigene ›Muster‹ selbst erst schaffen und erproben muß.

384,28 f. *ersten Begriffen]* Grundbegriffen.

384,33 *gewöhnliche]* Klotz: gewöhnlichste

384,34 *Militarperspektiv]* Von lat. perspectiva militaris oder (im 18. Jh. verbreiteter) Cavalier-Perspectiv (so Zedler 5, Sp. 1632 mit Details): Perspektive des Überblicks von einem erhöhten Punkt, sei es vom Pferd oder auch von einem Hügel.

385,21 f. *die ewigen Anklagen der Alten]* Auch dies auf dem Hintergrund der »Querelle« zu verstehen, vgl. S. 379,10.

385,27 *gewiesen]* Gezeigt.

385,30 *Gotisch]* Vgl. Bd. V/1, Anm. 208,1.

385,32 *Kauderwelscher]* Komparativ des im 18. Jh. noch üblichen Adjektivs ›kauderwelsch‹ (oder -wälsch): »unverständlich, gemengt, unrein« (Campe 2, S. 901).

385,32 *Crispin]* Dienerfigur von Charles Palissot de

Montenoy (1730-1814), franz. Schriftsteller, Gegner Rousseaus und der franz. Aufklärungsphilosophen (vgl. Bd. V/1, S. 544); hier: *Les philosophes* (Die Philosophen), 1760, eine Komödie, in der Crispin sich als Philosophen ausgibt und in Gesellschaft, als Tier kriechend, Rousseaus ›niedrigen‹ Stil karikiert (II 9).

386,16f. *Also kann ⟨. . .⟩ hohen?]* Fehlt 1768b.

386,18 *lauten]* Mitteldt. Form für ›läuten‹. Die Redewendung gebraucht Lessing auch sonst gelegentlich.

386,22 *cursierenden]* Im Verkehr befindlichen.

386,23 *daraus schließt er]* Sacherörterung und teilweise Rechtfertigung Klotzens bei PO Erl., S. 704.

386,24 *O Logik, und alle Musen!]* Hiermit endet der im 18. Jh. verbreitete Raubdruck *Briefe von Herrn Leßing und Herrn Klotz* (1768; s. oben S. 949). Was sich dort (S. 57-64) als »Zehnter Brief von Herrn Leßing« anschließt, ist eine größere Partie aus dem 51. ›Antiquarischen Brief‹ (hier: S. 552,31-556,11).

386,25 *ZEHNTER BRIEF.]* Zum »Zehnten Brief von Herrn Leßing« im Raubdruck von 1768 vgl. vorige Anm.

387,1 *Phänomena]* (Griech.) »Erscheinungen«.

387,1 *des Gesichts]* Des Sehens, des Gesichtssinns.

387,12 *ungelehrtes]* Ungeschultes.

387,25 *so gut als keine]* Wichtige Bewertung, die das bloß Technische oder Geometrische überschreitet.

387,27f. *Abfalle von Farben]* Das wurde schon in der Antike an Polygnot kritisiert (Stellen bei PO Erl., S. 704).

387,34f. *colossalischen]* Vgl. Anm. 55, A 8.

388,2f. *Gemälde des Cebes]* Über den »Pinax des Kebes« (*Tabula Cebetis*) hat ein kaiserzeitlicher Kyniker (vgl. Bd. V/1, Anm. 410,14) geschrieben. Er schildert ein Gemälde mit Darstellung des Weges zum wahren Glück, doch nur als eigene Erfindung. Als Quelle für antike Malerei nicht brauchbar (vgl. PO Erl., S. 704).

388,5 *Alle bisherige Versuche]* Schon seit der Antike, unter der Voraussetzung, daß ein reales Gemälde dahinter stehe.

388,7 *dem jüngern Merian]* Matthäus Merian (1621-1687), Maler und Kupferstecher. Die Abbildung ist laut Eschenburg (1793) enthalten in der dt. Übersetzung des »Kebes« von G. J. Schultz (1638 und 1656). Möglicherweise gibt es eine Darstellung der *Tabula Cebetis* nur vom älteren Matthäus Merian (1593-1650), vgl. PO Erl., S. 704.

388,13-16 *wo man* ⟨. . .⟩ *aufgehangen hatte.]* Nach Pausanias X 27,3.

388,14f. *Parderfell]* Parder im 18. Jh. (auch ›Pardel‹): meist Panther, auch Tiger; hier: Pantherfell.

388,15 *Antenor]* Greiser, vornehmer Troer; rät zur Auslieferung Helenas an die Griechen. Galt später in der griech. Tradition zum Teil als Verräter. Die Griechen sicherten ihm Schonung seines Hauses und freien Abzug zu.

388,24 *Aldrovandinischen Hochzeit] Le Nozze Aldobrandini*, röm. Wandgemälde (Fresco) in der Bibliothek des Vatikans (1. Jh. n. Chr.): berühmte Darstellung der Vorbereitungen zu einer Hochzeit, Anfang des 17. Jhs. in Rom gefunden, benannt nach seinem ersten Besitzer, dem Kardinal Aldobrandini (Lessings Schreibung des Namens ist diejenige Winckelmanns).

388,30 *Verjüngung]* »Die Dienerinnen links zeigen solche ›Verjüngung‹ (perspektivische Verkleinerung)« (PO Erl., S. 705).

388,31 *Plinius] Naturalis historia* (vgl. Bd. V/1, Anm. 247,9) XXXV 126f. Er beschreibt ein Gemälde des griech. Malers Pausias (4. Jh. v. Chr.), das ein Stieropfer darstellt.

389,1 *Lucian]* Vgl. Bd. V/1, Anm. 410,1; hier: Abhandlung (Wanderrede) *Zeuxis oder Antiochos*. Lukian führt ein Gemälde des Zeuxis an (vgl. Anm. 51, A 6), auf dem eine Kentaurenfamilie dargestellt war. Er will damit demonstrieren, wie sich das Interesse an der ›Erfindung‹ vor die kunstvolle Ausführung schiebt. Die Stelle weist PO Erl., S. 705 nach.

389,6 *'Αποτειναι* ⟨. . .⟩ *ἐυθυτατον]* »Die Linien ganz gerade abgrenzen«.

389,7 *Contour]* (Franz.) »Umriß«, im 18. Jh. als Fremdwort (meist Maskulinum) als Wort der bildenden Künste übernommen.

389,7 *ἀκριβης κρασις]* »Treffende Mischung«.

389,8 *ἐυκαιρος ⟨. . .⟩ χρωματων]* »Die günstige Anwendung der Farben«.

389,10 *σκιασαι ἐς δεον]* »Die notwendige Verteilung des Schattens«.

389,11 f. *λογος του μεγεθους]* »Die Proportion der Größenverhältnisse«.

389,16 f. *ἰσοτης ⟨. . .⟩ το ὁλον]* »Die Gleichheit der Teile im Hinblick auf das Ganze«.

389,17 *ἁρμονια]* »das Ebenmaß«.

389, A 1 *των μετρων]* »Der Maße«. Die im Haupttext zitierte Lesart (»der Teile«) ist besser bezeugt und im Zusammenhang sinnvoller. Die ganze Fußnote ist Lessings erster textkritischer Exkurs in den *Antiquarischen Briefen.*

389, A 1 *Grävius]* Johann Georg Graeve (1632-1703), dt. Philologe und Altertumsforscher in Utrecht; hier: Lukian-Ausgabe (1687).

389, A 1 *Mensuren]* Von lat. mensura »Messung, Maß«. Vgl. auch *Laokoon*, S. 56,33.

389, A 1 *seinem Herodotus]* Die Rede *Herodot* (vgl. Bd. V/1, Anm. 259,25) geht in den Ausgaben dem *Zeuxis* voran.

389, A 1 *Sulla]* Lucius Cornelius Sulla (138-178 n. Chr.), röm. Feldherr und Politiker.

390,10-24 *Mich dünkt ⟨. . .⟩ scheinen sollen.]* Zur archäologischen Beurteilung des Beispiels vgl. PO Erl., S. 705.

390,13-15 *ἀνω ⟨. . .⟩ γελων]* »Oben auf dem Bild beugt sich, wie von einem Späherposten, ein Kentaur herab, lachend.«

390,30 *Stelle]* Von Klotz als eigene Entdeckung vorgebracht (vgl. oben S. 379,25). Nachweis bei PO Erl., S. 705.

390,34 *Euphranor]* Griech. Maler aus der Zeit Alexanders des Großen.

391,9 *des Apelles Alexander]* Berühmtes Bild Alexanders

am Artemistempel zu Ephesos. »Lessing hat recht: auch hier ist nur von Verkürzung, nicht von Perspektive die Rede« (PO Erl., S. 705).

391,10f. *»digiti ‹...› tabulam esse«]* »Die Finger schienen herauszuragen, und der Blitz ‹schien› außerhalb des Bildes zu sein.« (Plinius XXXV 92).

391,17 *Vordergrunde]* Klotz: Vorgrunde

391,27 *Verschießen]* Verschwimmen, Undeutlichwerden.

391,31 *schielend]* Vgl. Anm. 330,24 (auch S. 343,4).

392,12 *Junius]* Vgl. Anm. 24,15.

392,12 *Scheffer]* Johann Gerhard Scheffer (1621-1679), Philologe und Archäologe; hier: *De arte pingendi liber* (Buch über die Kunst des Malens), 1669.

392,16 *Du Soul]* Moses Du Soul (Solanus, Lebensdaten nicht ermittelt), franz. Philologe; hier: Lukian-Ausgabe mit Kommentar (s. nachfolgende Anm.).

392,16 *Reitzischen]* Zu Reitz vgl. Bd. V/1, Anm. 458,3; hier: Lukian-Ausgabe 1743-46 (dort u. a. Anmerkungen von Moses Solanus).

392, A 2 *At, si Perraltos ‹...› venerat.]* »Aber wenn du auf Perrault und seine Anhänger hören willst, so kam dies den antiken Malern sicherlich nicht in den Sinn.«

393,1 *Olearius]* Vgl. Bd. V/1, Anm. 365,35.

393,8 *weiset]* zeigt, beweist.

393,10 *Webb]* Daniel Webb (1719-1798), engl. Kunsthistoriker; hier: *Enquiry into the beauties of painting* (Untersuchung über das Schöne in der Malerei), 1760.

393,23 *in seinem Buche]* Vgl. Anm. 359,27.

393,26 *Summa Summarum]* (Lat.) »Alles in allem«.

393,28 *Hr. Lippert]* Philipp Daniel Lippert (1702-1785), Glas- und Porzellanspezialist, seit 1764 Professor an der Dresdner Akademie der Künste; hier: *Dactyliothecae Lippertianae universalis signorum exemplis nitidis redditae chilias* (Aus der gesamten Lippertschen Daktyliothek stammende tausend Stücke, mit feinen Abbildungen illustriert), 1755-62, eines der wichtigsten und meistbenutzten Quellenwerke zur antiken Kunst in Lessings Zeit. Der Vorbericht wird nach der 2. Aufl. 1767 zitiert.

393,28-31 *»daß er ⟨...⟩ worden«.]* Auf dem Stein ist ein Merkurtempel dargestellt, dessen Säulen als perspektivisch verkürzt erscheinen.

394,29 *noch Einen solchen Mann]* Christian Ludwig van Hagedorn, vgl. Anm. 60, A 1.

394,33 *unverhörter Sache]* Ungeprüft.

394, A 2 *Bibl. ⟨...⟩ fr. K.]* ›Bibliothek der schönen Wissenschaften und der freien Künste‹: Dort hatte Hagedorn in einer anonymen Rezension (1762) die »Perspektive der Alten« grundsätzlich bejaht. In den *Betrachtungen über die Malerei* (vgl. Anm. 60, A 1; Lessing zitiert: »Betrachtung«) setzte er bei »einigen« Verständnis für die Perspektive voraus, andere hätten dagegen »verstoßen«.

395,2f. *›Nachrichten ⟨...⟩ Kunstsachen‹]* Titel einer 1768 erschienenen Schrift von Karl Heinrich von Heinecken (1707-1791), Bibliothekar, seit 1746 Leiter der Dresdner Gemäldegalerie und des Kupferstichkabinetts.

395,3f. *proletarische]* Von lat. proletarius: »der untersten Klasse (des alten Rom) angehörig«, die nur mit der Zahl ihrer Nachkommenschaft (proles) dienen konnte. Im 18. Jh. noch seltenes Fremdwort. Nicht bei Campe u. a.

395,6 *›Deutsche Bibliothek‹]* Vgl. Anm. 378,30.

395,10f. *Welch ein unwissender Mann]* Heinecken zitiert eine lange Reihe von Zeugen der antiken Perspektive.

395,12-14 *Daniel Barbaro ⟨...⟩ Poeten]* Nachweise bei PO Erl., S. 706.

395,15 *Sallier]* Claude Sallier (1685-1751), Prof. des Hebräischen, Bibliothekar in Paris; hier: *Discours sur la perspective de l'ancienne peinture ou sculpture* (Abhandlung über die Perspektive in der antiken Malerei oder Bildhauerei), Jahr nicht ermittelt.

395,15 *Caylus]* Vgl. Anm. 379,24.

395,22f. *dem so genannten Petschaftringe]* Petschaft: »ein Werkzeug von Metall oder Stein, womit man siegelt« (Campe 3, S. 604). Petschaftring: »ein Ring, welcher anstatt des Steines mit einem Petschafte versehen ist« (ebd.), also etwa: Siegelring. Hier handelt es sich um einen Karneol mit Darstellung einer Weinlese, ein Werk der Renaissance (Weiteres bei PO Erl., S. 706).

395,27f. *»une Cornaline ⟨...⟩ de Michelange«]* »Ein alter (antiker) Karneol, genannt ›Siegel des Michelangelo‹«.

396,2f. *eines alten ⟨...⟩ Steines]* Da der Ring als antik galt, lag es nahe anzunehmen, daß Michelangelo in der Sixtinischen Kapelle bei der Darstellung der Judith und ihrer Magd das ›alte‹ Bild der beiden Frauen (die eine hebt der anderen einen Korb auf den Kopf) zum Vorbild genommen hatte. Das Verhältnis ist umgekehrt.

396,6 *Portefeuille]* (Franz.) »Brieftasche, Dienstmappe«, im 18. Jh. als Fremdwort übernommen.

396,12 *ein Kritikaster wie F.]* Die Rezension in der ›Deutschen Bibliothek‹ war mit »F.« gezeichnet.

396,17 *hofmeistern]* Belehren, von ›Hofmeister‹: zunächst Privatlehrer Adliger an Höfen, dann auch in nichtadligen vornehmen Familien (auch ›Informator‹ genannt).

396,24 *Condivi]* Ascanio Condivi (1525-1574), ital. Bildhauer und Maler, Schüler und Biograph Michelangelos (1553).

396,24 *Gori]* Vgl. Anm. 378,14.

396,24 *Vasari und Bottari]* Giorgio Vasari (1511-1574), ital. Architekt und Maler, auch Biograph: *Vite de' piu eccellenti pittori, scultori ed architetti italiani* (Biographien der ausgezeichnetsten italienischen Maler, Bildhauer und Baumeister), 1550; 1750ff. neu hg. v. Giovanni Gaetano Bottari (1689-1775), der auch eine Biographie Michelangelos verfaßte.

396,26 *Füeßlin]* Johann Rudolf Füßli (1709-1793), schweizer. Miniaturmaler und Kunsthistoriker; hier: *Allgemeines Künstler-Lexikon* (1763). Zu diesem Lexikon notierte Lessing in Wolfenbüttel Anmerkungen (LM 15, S. 494f.; auch in den *Collectanea* mehrfach konsultiert, ebenso wie Vasari u. a.).

396,30f. *›ohne Buchstaben‹]* Abdrücke ›vor der Schrift‹ des Stichs.

396,34 *Piccartschen Platte]* Bernard Picart (1673-1763), franz. Kupferstecher.

397,1 *eben dieser F.]* Es ist ein mit »Dtsch.« zeichnender Rezensent in der ›Deutschen Bibliothek‹ (1767), der Herders Fragmente *Über die neuere deutsche Litteratur* so kommentiert: »Herr Herder schreibt S. 73: – wenn er bei dem Apoll im Belvedere, oder Hercules im Torso – ins Reich unkörperlicher Ideen geräth. – Wie kann man von dem gepriesenen Rumpfe (Torso) des Hercules also reden? Scheint H. H nicht das Wort Torso für einen Ort angesehen zu haben?« (Nachweis von Alfred Schöne, zitiert bei PO Erl., S. 707).

397,10f. *eine Recension ⟨...⟩ Winckelmanns]* Winckelmanns *Trattato preliminare* (Einführende Abhandlung), eine ital. Fassung seiner *Geschichte der Kunst*, zugleich Einführung in die *Monumenti antichi ed inediti* (Antike und unveröffentlichte Denkmäler), 1767/68, war von einem anonymen Rezensenten besprochen worden. Dieser war der hochangesehene Göttinger Philologe und Altertumswissenschaftler Christian Gottlob Heyne (1729-1812), ein gleichaltriger sächs. Landsmann Lessings, auch Sekretär der Göttinger Gesellschaft der Wissenschaften.

397,12 *gedenkt]* »Ein übrigens scharfsinniger und gelehrter Schriftsteller in Teutschland könnte mir hier den Einwurf machen, daß die Statue des Laokoon« usw.; dt. Fassung (Nachweis bei PO Erl., S. 707).

397,21 *Steinschrift]* Vgl. hierzu PO Erl., S. 707.

397,21f. *des Athanodors, Agesanders Sohns]* Vgl. Anm. 48, A 1.

397,24f. *beiden Ringern ⟨...⟩ Niobe]* Die hier erwähnten Ringer, in den Uffizien zu Florenz, sind keine Niobiden (Kinder der Niobe, der Tochter des Tantalos; die Mutter rühmte sich ihrer großen Zahl gegenüber Leto, der Mutter von Apollon und Artemis; diese wiederum tötete alle Kinder der Niobe, sie selbst wurde versteinert). Das Alter der »Ringer« ist umstritten, frühestens kaiserzeitlich.

397,27f. *Borghesischen Fechter]* Vgl. *Laokoon* XXVIII.

397,32 *›Museum Florent.‹]* Gori (vgl. Anm. 86, A 3), *Museum Florentinum exhibens insigniora vetustatis monumenta quae*

Florentiae sunt (Florentinisches Museum, enthaltend die bedeutenderen Denkmäler des Altertums, die sich in Florenz befinden), 1731-43.

397,33 *›Miles Veles‹]* »Ein römischer Fußsoldat«, Angehöriger einer nur leicht bewaffneten, schnell beweglichen Truppe.

397,34 *obnixo genu scuto]* »Mit gegen den Schild gestemmtem Knie« – vgl. das Zitat S. 198,17-30.

398,5 *christliches Präservativ]* Christliches Mittel zur Abwehr von Übeln (›Präservativ‹ im 18. Jh. noch seltenes Fremdwort, von lat. praeservativum bzw. frz. préservatif).

398,11 *mutzt sie mir auf]* Aufmutzen: eigtl. jemandem die Mütze aufsetzen, »aufputzen«. Campe 1, S. 244: »Einem etwas aufmutzen. Einem jede Kleinigkeit 〈...〉 aufmutzen«.

398,21 *Herr von Stosch]* Vgl. Bd. V/1, Anm. 467,31. Im *Laokoon*, Abschn. XXVIII (S. 197,13-198,4) zitiert Lessing ausführlich Winckelmann, auch die Meinung Stoschs.

398,21 *Discobolus]* Vgl. Anm. 197,14.

398,32-38 *Denn ich, ich 〈...〉 haben wollte.]* Wichtige Stelle, an der Lessing seinen Mangel an Autopsie – im Vergleich mit Winckelmann – deutlich benennt und zugleich zur methodologischen Abgrenzung benutzt (die »Kunst« ist Winckelmanns Metier).

399,4 *Perrier]* Francois Perrier, gen. le Bourgignon (1590 – um 1656); hier: *Segmenta nobilium signorum et statuarum* (Stiche berühmter Bildwerke und Standbilder), 1638.

399,4 *Maffei]* Vgl. Anm. 60, A 1. Näheres in den *Collectanea* unter »*Maffei.* Paul Alex.«, LM 15, S. 295 f.

399,5 f. *Sandrart]* Joachim von Sandrart (1606-1688), Maler, Kupferstecher und Kunsthistoriker; hier: *Academia Tedesca della Architectura, Scultura e Pittura* oder *Teutsche Akademie der edlen Bau-, Bild- und Mahlereykünste* (1675-79).

399,18 f. *den Göttingischen Gelehrten]* Den Rezensenten in den ›Göttingischen Gelehrten Anzeigen‹, der aber in diesem Fall – Heyne – auch »Göttingischer Gelehrter« war. Als Heyne den Ersten Teil der *Antiquarischen Briefe* erhalten hatte, schrieb er am 17. 10. 1768 entschuldigend an Lessing

(Dokumente A, Nr. 23). Lessing antwortete am 5.1.1769 (Dokumente A, Nr. 40), zugleich mit dem Hinweis, in dem Rezensenten der Winckelmannschen *Monumenti* habe er gleich Heyne vermutet (freilich in der Lessing selbst betreffenden Partie einen Göttinger »Freund«).

399,27 *zurück zu nehmen.]* Vgl. das Selbstzitat dieser Partie am Schluß des 38. ›Antiquarischen Briefs‹, S. 483,33-484,4 und die anschließende förmliche Zurücknahme S. 484,5-7.

400,7 *Mariette]* Pierre-Jean Mariette (1694-1774), Kunsthändler und Kunstschriftsteller; hier: *Traité historique des pierres gravées* (historische Abhandlung über geschnittene Steine), 1750.

400,7 *Caylus]* Vgl. Anm. 72, A 3; hier: *Recueil d'antiquités* (Sammlung antiker Kunstwerke), 1752-68.

400,9 f. *die Krähe]* Die sich mit fremden Federn geschmückt hat, vgl. Lessings eigene Fabel *Die Pfauen und die Krähe* (Bd. IV dieser Ausgabe).

400,14 *Prise]* Im 18. Jh. entlehnt aus franz. prise: »Fang, Beute«, aber auch: »kleine Menge« (zur Vermischung mit german. Stammwörtern vgl. Grimms DWb 7, Sp. 2133 f.).

400,27 *Compilation]* Von lat. compilatio »Plünderung«, d. h. unselbständiges Ausschreiben fremder Quellen.

401,2 *Compilator]* »Plünderer, Ausschreiber«.

401,5 *verificieren]* Von lat. (nichtklass.) verificare »auf den Wahrheitsgehalt überprüfen«, auch: »nachweisen, belegen«.

401,10 f. *Das Frauenzimmer]* Im übertragenen Sinne: »das weibliche Geschlecht von gutem und vornehmem Stande« (Adelung 2, Sp. 274); aber auch: »das gesammte weibliche Geschlecht« (ebd.).

401,16 *Bartholinus]* Thomas Bartholinus (1619-1680), dän. Arzt und Altertumskundler; hier: *De armillis veterum schedion* (Über die Spangen der Alten, kurze Abhandlung), 1676.

401,22 *Claudian]* Claudius Claudianus (um 375-nach 404), lat. Panegyriker und Satiriker; hier: *De consulatu Stilichonis* (Über das Konsulat des Stilicho).

401,24 *Togen]* (Lat.) Toga, röm. Oberkleid und Nationalgewand der männlichen Bürger.

401,24 f. *Gehenken und Heften]* Bänder, Borten, Fransen, Spangen.

401,29 *Caligula]* Röm. Kaiser, 37-41 n. Chr. regierend.

401,31 *Svetonius]* Vgl. Bd. V/1, Anm. 435, A 4; hier: *De vita Caesarum libri septem* (Biographien der Kaiser, sieben Bücher), Caligula-Biographie.

402,2 f. *»gemmatas ‹...› paenulas«]* »Bekleidet mit edelsteinbesetzten Reisemänteln«.

402,5 f. *der Verschwendung ‹...› nachgeahmt]* Zu ›nachahmen‹ mit Dativ vgl. Bd. V/1, Anm. 188,18 (auch Anm. 67,4 f.).

402,9 *»vestitus non virilis«]* »Unmännliche, ›weibische‹ Kleidung«.

402,12 *Cyklas]* Kleidungsstück für Frauen, anscheinend mit ›kreisförmigem‹ Schnitt (wahrscheinlich das weiße Staatskleid der röm. Damen).

402,13 *Soccus]* Leichter röm. Schuh (Pantoffel) ohne Bänder, in Rom nur von Frauen oder Komödien-Schauspielern getragen.

402,21 *Prometheus]* Titanensohn, bringt den Menschen vom Himmel das Feuer. Zeus bestraft ihn, indem er ihn an einen Felsen schmieden läßt, wo ein Adler täglich die nachwachsende Leber frißt.

402,24 *Isidorus]* Isidorus von Sevilla (um 560-636 n. Chr.), lat. Kirchenschriftsteller; Hauptwerk: *Etymologiae* (Worterklärungen) oder *Origines* (Wortursprünge), enzyklopädisches Werk nach Stichworten.

402,27 *des ältern Plinius]* Vgl. Bd. V/1, Anm. 247,9.

403,5 *einfältige]* Hier: einfache, aufrichtige.

403,8 *Capitol]* Der Kapitolinische Hügel in Rom mit dem Tempel der drei Gottheiten Jupiter, Juno und Minerva.

403,9 *Numa]* Numa Pompilius, der sagenhafte zweite König und Gesetzgeber Roms, angeblich 715-672 v. Chr.

403,9 *Servius Tullius]* 578-534 v. Chr., röm. König.

403,13 *Scipio Africanus]* Publius Cornelius Scipio (gest. 183 v. Chr.), mit Beinamen Africanus, d. Ä.

403,18 *wirkliche Ringe]* Als Praxis gab es dies tatsächlich, man zog einzelnen Statuen »wirkliche Ringe« an.

403,21 *Symbolo]* Dativ von Symbolum (griech. symbolon) »Kennzeichen, Wahrzeichen, Sinnbild«.

403,28 *ihre Sache nicht war]* Bei Marmor in der Tat, jedoch durchaus nicht bei Bronze.

403, A 8 *Fehler]* Richtig: *Ad Atticum* (An Atticus) VI 1,17.

404,4 *auf die Capelle bringt]* Redensartlich für »streng prüft«, fehlerhaft abgeleitet von ital. copella »Schmelztiegel« (Metallprobe im Schmelztiegel).

404,8 f. *in eben der Ordnung]* Die Reihenfolge hält Lessing zwar ein, doch stellt er zum Teil erheblich verkürzte Zitate hintereinander.

404,14 *gemeine]* Allgemeine, geläufige.

404,14 *schwanke]* Vgl. Anm. 98,32.

404,17-22 *»Ich will ‹...› zeigen etc.«]* Zitatmontage!

405,3 f. *in die Pfanne gehauen]* Lessing scheut bei diesen ›Abrechnungen‹ mit Klotzens Methode auch vergleichsweise derbe Formulierungen nicht.

405,14 *Kirchmann de annulis]* Jan Kerckmann (1575-1643), dt. Philologe: *De an(n)ulis* (Über Ringe), 1623, 1652, 1672.

405,17 *albernen Einfall]* Vgl. Anm. 403,18.

405,22 *Daktyliotheken]* Nach dem griech. Kunstwort daktyliotheke: »Sammlung von Fingerringen«, dann generell Kunstsammlung. Zu Lessings Zeit (Lippert; vgl. Anm. 393,28) waren es im Sinne Klotzens tatsächlich in erster Linie Sammlungen von Siegelringen, also geschnittenen Steinen.

405,22 *aus dem Plinius]* Plinius XXXVII 11.

405, A 1 *Allegaten]* Vgl. Anm. 358,26.

405, A 1 *Macrob.]* Vgl. Anm. 49,3.

406,3-5 *»Tantum ‹...› ducentes.«]* »Sie legen ihrer Manigfaltigkeit, ihren Farben, ihrer Materie, ihrer Schönheit so hohen Wert bei, daß sie es sogar für Frevel halten, Edelsteine durch Schneiden zu verletzen.« Textkritisches bei PO Erl., S. 709 (mit Hinweis, daß die Stelle selbst nicht im Sinne Lessings ist).

406,6 *Scaurus]* Marcus Aemilius Scaurus, röm. Politiker, 58 v. Chr. curulischer Ädil, 56 Prätor.

406,9 *Sylla]* Lucius Cornelius Sulla (Sylla, 138-78 v. Chr.), röm. Feldherr und Politiker.

406,11 f. *»gemmas ‹...› Romae«]* »Er besaß als allererster in Rom eine größere Anzahl von Edelsteinen.« (Plinius XXXVII 11).

406,13 *bei den neuen Antiquaren]* Etwa bei dem einflußreichen Lippert (vgl. Anm. 393,28).

406,23 *Pompejus]* Pompeius Magnus (106-48 v. Chr.), röm. Politiker, mit Cäsar und Crassus zusammen im Triumvirat.

406,23 *Marcellus]* Schwiegersohn des Augustus, weihte dem Apollo auf dem Palatin eine Daktyliothek.

406,25 *Mäcen]* Ob der bei Plinius (XXXVII 11) genannte Maecenas der berühmte Freund des Augustus und Gönner des Horaz und des Vergil ist, bleibt unsicher.

406,30 *des Hrn. Burmanns]* Vgl. Bd. V/1, Anm. 284f., A 81. Pieter Burmann d. J. (1714-1778), niederländ. Philologe, Neffe des älteren Pieter Burmann (1668-1741), führte wegen seiner *Anthologia Epigrammatum Latinorum* (Anthologie lateinischer Epigramme), 1759-73 mit Klotz einen Streit. Deshalb wird möglicherweise mit »seines Freundes« von Lessing »etwas boshaft« darauf angespielt (Alfred Schöne bei PO Erl., S. 709).

407,1 f. *Lugent ‹...› Beryllus quoque.]* »Der Smaragd und auch der Beryll betrauern dich, oh mein Leben.« ›Beryll‹ wurde in der Antike auch als Bezeichnung für den Aquamarin gebraucht. Stelle bei Isidor: *Origines* XIX 32,6.

407,3 *Kakozelie]* Nach griech. kakozelia »schlechte oder verkehrte Nachahmung, schlechter Geschmack«.

407,5 *Lohensteine]* Daniel Casper von Lohenstein (1635-1683), schles. Dichter des Spätbarock, besonders von Gottsched als Inbegriff des »Schwulstes« kritisiert.

407,6 *Hallmanne]* Johann Christian Hallmann (um 1640-1704), schles. Barockdichter, ähnlicher Kritik wie Lohenstein ausgesetzt. Lessing gibt hier literaturkritische Zeitklischees wieder.

407,8 *Helfenbein]* Elfenbein, vgl. Anm. 147, A 2.

407,11 *Macrobius]* Vgl. Anm. 49,3; hier: *Saturnalia* II 4,12.

407,15 *bekennet]* Am Schluß von Buch I der *Naturalis historia*, wo Plinius eine Aufzählung seiner Quellen gibt, nennt er auch einen Maecenas.

407,21 *Vorstellungen]* Hier: Darstellungen.

407,24 *Wappen]* ›Geschlechtssiegel‹ auf röm. Münzen sprechen jedoch – zumindest teilweise – für die Existenz von Familienwappen.

407,29 *Galba]* Servius Sulpicius Galba, 68/69 röm. Kaiser.

407,29 *προγονικον σφραγισμα]* »Siegelring, der sich von den Vorfahren herleitet«.

407,29 *Dio]* Vgl. Bd. V/1, Anm. 436,14.

407,33 *Macrianer]* Gegenkaiser des röm. Kaisers Gallienus im Jahre 261 n. Chr.

407, A 6 *Edit. Reimari.]* Hermann Samuel Reimarus (1694-1768), klassischer Philologe, Hebraist und Philosoph, dessen *Schutzschrift* Lessing in Wolfenbüttel postum herausgab (vgl. Bd. IX dieser Ausgabe), setzte die von seinem Schwiegervater Johann Albert Fabricius (vgl. Bd. V/1, Anm. 239,17) begonnene Ausgabe des Dio Cassius fort (1750-52).

408,1 *Trebellius Pollio]* Einer der (angeblichen) Verfasser der um 400 n. Chr. entstandenen Kaisergeschichte (*Historia* Augusta); die Stelle: XIV 4.

408,3 *Compilator]* Vgl. Anm. 400,27.

408,11 *Hetruriern]* Etruskern.

408,17 *Buonarotti]* Filippo Buonarotti (1661-1733), ital. Archäologe, verfaßte einen 3. Band zu Thomas Dempster (um 1579-1625), schott. Jurist und Archäologe: *De Etruria regali* (Über das Etrurien der Königszeit), 1723. Dort leitete er die griech.-röm. Kultur von den Etruskern her.

408,23 *nach der Folge]* Diese Folge ist in Winckelmanns *Geschichte der Kunst*: Ägypter, Phönizier und Perser, Hetrurier, Griechen.

409,8 *hohlgegrabne]* Ausgehöhlte.

409,9 *der Graf Caylus]* Vgl. Anm. 72, A 3; hier: *Recueil*, vgl. Anm. 400,7.

409,15 *Cameo]* (Ital.) »Ein geschnittener Stein, auf dem die erhobene Figur eine andere Farbe, als der Grund, hat« (Campe, Ergänzungsbd., S. 165). Zur etymologischen Herleitung vgl. des näheren den 47. ›Antiquarischen Brief‹ sowie die einschlägige Notiz in den *Collectanea* (Bd. X dieser Ausgabe).

409,17 *Carneol]* Ein Anhänger in Gestalt eines Löwen, aus Karneol gefertigt; nicht eigentlich ein »Cameo«. »Altägyptische Kameen gibt es nicht« (PO Erl., S. 710). Karneol ist eine rote Abart des Chalcedons; vgl. auch Anm. 87, A 3.

409,23 *›pierres camées‹]* »Geschnittene Steine« (Kameen).

409,26 *ein Paar]* »Die beiden Steine sind nicht zu identifizieren. Wenn antik, gehören sie nicht vor die griechisch-römische Zeit« (PO Erl., S. 710).

409,27 *Natter]* Johann Lorenz Natter (1705-1763), dt. Steinschneider und Medailleur: *Traité de la méthode antique de graver en pierres fines* (Abhandlung über das antike Verfahren, in Edelsteine zu schneiden), 1754.

409,29 *Isis]* Vgl. Bd. V/1, S. 900f.

409,30 *Marchese Capponi]* Marchese Alessandro Gregorio Capponi (1683-1746), Bibliothekar von Clemens XII., Besitzer einer großen eigenen Bibliothek.

409,32 *Stoschischen]* Vgl. Bd. V/1, Anm. 467,31.

409, A 2 *Samml. von Altert.]* Dt. Übersetzung des *Recueil* (vgl. Anm. 400,7) durch W. Winterschmidt, 1766.

409, A 4 *Traité de la Methode antique]* Vgl. Anm. 409,27.

410,1 *itzt Königl. Preußischen Sammlung]* Friedrich II. erwarb die berühmte, von Winckelmann 1760 beschriebene Sammlung im Jahre 1764.

410,3 *Collegio des h. Ignatius]* Im Collegium Romanum, das 1551 von Ignatius von Loyola in Rom als päpstlichjesuitisches Zentralinstitut gegründet worden war: dort die von Athanasius Kircher (vgl. Bd. V/1, Anm. 490,5) begonnene Antikensammlung.

410,12-16 *Die nemliche* ⟨...⟩ *gegangen.*] Aus dem Katalog nicht zu entnehmen.

410,13 *Pasten*] Aus Glaspaste hergestellte Stücke.

410,15 *Cabinetern*] Im 18. Jh. noch häufiger begegnende Nebenform (auch als ›Cabinettern‹), hier an die franz. Form cabinet angeschlossen. Vgl. Schulz-Basler 2, S. 315.

410,32 *Camei*] Mehrzahl von Cameo (ital.).

410, A 5 *Descript. des Pier. gr.*] *Description des pierres gravées du feu Baron de Stosch* (Beschreibung der geschnittenen Steine des verstorbenen Barons von Stosch), 1760, von Winckelmann verfaßt; vgl. Bd. V/1, Anm. 467,31.

411,3 *Scarabäi*] Scarabäus, der ›Pillendreher‹, bei den Ägyptern Sinnbild für Fruchtbarkeit, Zeugungskraft. Sein Bild findet sich auf Amuletts wie auf gewöhnlichen Siegeln.

411,5 *convexen*] Vgl. Anm. 309,14.

411,8 *Aelianus*] Vgl. Bd. V/1, Anm. 415,2f. Zur Notiz vgl. PO Erl., S. 710.

411,19f. *des Buonarotti*] Vgl. Anm. 408,17.

411,20f. *Aegyptischen Ursprungs*] Zu Winckelmanns Vorstellung in der *Geschichte der Kunst des Alterthums* vgl. Bd. V/1, Anm. 492,28. Nach heutigem Wissen kam das meiste an Kenntnis der Steinschneidekunst vom Orient (besonders Ägypten) auf die Griechen, von diesen auf die Etrusker.

411,23 *die Pelasger*] Vorgriech., indogermanische Volksgruppe, die um die Wende vom 3. zum 2. Jahrtausend in das spätere griech. Siedlungsgebiet einwanderte. Antik auch als generelle Bezeichnung für die Ureinwohner Griechenlands verwendet.

411, A 7 *Εγγεγλυμμενον κανθαρον*] »Einen eingeschnittenen Käfer (Scarabäus)«.

412,14f. *fünf Helden vor Theben*] Fünf der mythischen »Sieben gegen Theben« (auch Titel einer Tragödie des Aischylos, vgl. Bd. V/1, Anm. 233,4f.), die für Polyneikes die Herrschaft über die Stadt erstreiten wollen. Ein Stein aus der Sammlung Stosch.

412,18 *Fabel]* Hier: Mythos, Sage.

413,4 *Natter]* Vgl. Anm. 409,27.

413,7-10 *»J'en conclus 〈...〉 évidemment.«]* »Daraus folgere ich natürlich – daß die Griechen und die übrigen Völker ihre Methode des Steinschneidens von den Ägyptern übernommen und sie weiterentwickelt hatten, wie es zahlreiche Gelehrte bereits einleuchtend bewiesen.« (Vorrede zum *Traité*).

413,12 *Mariette]* Vgl. Anm. 400,7.

413,16f. *»Anaglypho 〈...〉 mos erat, etc.«]* »Bei jenen Völkern (den Ägyptern) herrschte der Brauch, in Edelsteine Reliefs einzuschneiden, etc.« (Das Zitat findet sich nicht bei Plinius, ist möglicherweise gar nicht antik.)

413,23f. *»Hatten 〈...〉 Steinen?«]* Vgl. oben S. 409,10f.

413,29f. *an nichts zu erinnern braucht.]* Da er ja – schon wiederholter Vorwurf gegen Klotz – nur ›zusammengeschrieben‹ hat.

414,20 *ausfällt]* Einen ›Ausfall‹ macht (Lessing benutzt hier Fechter-Metaphorik); aber in bereits übertragenem Sinne auch: ›ausfällig wird‹.

414,24 *anzudeuten]* Hier: zu bezeichnen.

414,26 *mit eins]* zugleich.

414,30 *einen Baumeister]* Das Wort architectus ist griech. Ursprungs (architekton).

415,2f. *einen Dichter]* Bezogen auf lat. poeta (griech. poietes).

415,11 *»Sigilliarius«]* Der sigillarius (so die richtige Form) stellte kleine Figuren aus Wachs, Gips oder Ton her, die man sich zu den Saturnalien (vgl. Anm. 415,26) schenkte.

415,13 *»Flaturarius«]* »Metallgießer, Metallpräger«. Die von Klotz angeführte Inschrift ist falsch (PO Erl., S. 711).

415,15 *»Hr. Walch«]* Johann Ernst Immanuel Walch (1725-1778), Philologe und Naturforscher. Zitat bei PO Erl., S. 711.

415,16f. *signorum ⟨...⟩ fabricator]* »Verfertiger aus Metall gegossener Standbilder und Bildsäulen«.

415,18 *Fabers]* Besilius Faber (1520-1576), Gelehrter und Schulmann (in Erfurt): *Thesaurus eruditionis scholasticae* (Schatzkammer der Schulgelehrsamkeit), 1571. Benutzt ist die Ausgabe von 1726.

415,19 *χαλκευς ἀνδριαντοποιος]* »Erzschmied, der Standbilder herstellt«.

415,23 *»Statuarius«]* Bildhauer, Erzgießer.

415,26 *Saturnalien]* Nach dem altitalischen Gott Saturnus (Gott der Saaten und des Ackerbaues) benanntes ausgelassenes Fest jeweils vom 17. Dezember an, bei dem man tafelte, spielte und sich beschenkte (in Erinnerung an das glückliche Zeitalter unter Saturnus).

415,27 *Savot]* Louis Savot (1579-1640), franz. Mediziner, Mineraloge und Münzforscher: *Discours sur les médailles antiques* (Abhandlung über die antiken Medaillen), 1627.

415,27 *Rink]* Eucharius Gottlieb Rink (1670-1745), Jurist und Münzforscher: *De veteris numismatis potentia et qualitate* (Über Bedeutung und Beschaffenheit der alten Münzen), 1701.

415,28 *»Scalptor«]* Stein- oder Gemmenschneider, Graveur, auch Bildhauer.

415, A 3 *Scalptores ⟨...⟩ insculpi.]* »Steinschneider im eigentlichen Sinne sind diejenigen, die Edelsteine aushöhlen, das ist, diejenigen, die vertiefte Bilder in die Edelsteine schneiden, die als Petschaft geschnitten zu werden pflegen.«

416,1 *»scalptores ⟨...⟩ oculorum causa«]* »Steinschneider und Maler bedienen sich dieser Speise der Augen wegen.« (Plinius XX 134).

416,2f. *»adamantis ⟨...⟩ includuntur«]* »Diamantsplitter sind bei Steinschneidern begehrt und werden in Eisen gefaßt.« (Plinius XXXVII 60).

416,4 *»haec sint ⟨...⟩ scalptoribus«]* »Dies mag für Marmorschneider gelten.« (Plinius XXXVI 44).

416,5 *Glossen]* Vgl. Bd. V/1, Anm. 464,27.

416,6 *»cavator«]* Der Aushöhler, Graveur; auch: Steinmetz.

416,6 *»cavitarius«]* Der Graveur.

416,14 *Censur]* Von lat. censura »Zensur, Zensoramt«, später auch »Urteil«. In der Frühzeit der dt. Literaturkritik begegnet »Censur« auch als Bezeichnung für eine kurze Kritik, Rezension.

416,15 *Scharwenzel]* Auch Scherwenzel (Mask.). Ursprünglich aus dem Kartenspiel: eine Karte, die in allen Farben existiert. »Im gemeinen Leben nennt man auch einen geschäftigen willigen Menschen, der sich zu allem gebrauchen läßt, einen Scherwenzel.« (Campe 4, S. 115).

416,24f. *Philipp Christoph Beckern]* 1674-1743, Stempel- und Edelsteinschneider.

416,25 *Marcus Tuschern]* Karl Marcus Tuscher (1705-1751), Maler und Kupferstecher.

417,4 *Mariette]* Vgl. Anm. 400,7.

417,8-19 *»Mr. Mariette 〈...〉 pierres fines«]* »Herr Mariette 〈...〉 irrt sich auch im Hinblick auf Herrn Marcus Tuscher aus Nürnberg, der niemals Edelsteine geschnitten hat. Er war ein Maler, dessen wunder Punkt es war, auch als Steinschneider gelten zu wollen. Er modellierte sein eigenes Konterfei sehr klein in weichem Wachs, davon machte er einen Gipsabdruck, und schließlich noch Abdrücke in verschiedenfarbigen Pasten; unter anderem auch einen aquamarinfarbenen, an dem Herr Ghinghi, der damals Gemmenschneider des Großherzogs der Toscana war, die Haare retuschierte und das Gesicht polierte. In Wahrheit schnitt er das Haupt der Minerva in paragonischen Marmor. Aber bei diesem Stein kann man das mit einer einfachen Nadel und einem Federmesser machen, bei Edelsteinen dagegen nicht.«

417,14 *Ghinghi]* Francesco Ghinghi (1689-1756), ital. Edelsteinschleifer, Graveur des Großherzogs der Toscana.

417,22f. *Cronius 〈...〉 Pyrgoteles 〈...〉 Apollonides]* Griech. Steinschneider (Näheres bei PO Erl., S. 712).

417,26 *Stoschischen Werke]* Vgl. Bd. V/1, Anm. 467,31; hier: *Gemmae antiquae caelatae* (Antike Gemmen in Reliefarbeit), 1724, ins Franz. übersetzt (1724/25) durch Henri-Philippe de Limiers.

417,29f. *Daktyliothek]* Vgl. Anm. 405,22.

417,31 *Schweickart]* Johann Adam Schweickart (1722-1787), Kupferstecher aus Nürnberg.

417,32 *gewissen Exemplaren]* Geschenkexemplaren von Winckelmanns *Description des pierres gravées.* Sie enthielten Zeichnungen, die Stosch für einen zweiten Teil seiner Gemmenpublikation nach Gemmen von Karl Marcus Tuscher, Johann Justus Preßler und Johann Adam Schweickart hatte anfertigen lassen.

417,33 *Phrygillus]* Phrygillos (5. Jh. v. Chr.), griech. Steinschneider.

417,34 *Cupido]* Vgl. Anm. 279,17.

418,6 *des Solons]* Ein griech. Steinschneider, nicht der athen. Gesetzgeber.

418,6f. *nicht vergessen müssen]* Nicht vergessen dürfen.

418,13-23 *Über den Dioscorides 〈...〉 etwas anders vor]* Vgl. unten S. 592,24-596,3.

418,15 *Torrentius]* Laevinus Torrentius (1525-1595), niederländ. Bischof (von Antwerpen) und Philologe; hier: Sueton-Kommentar (1576).

418,22 *Diomedes mit dem Palladio]* Vgl. unten S. 592,18f.

418,27 *Materie]* Neues Thema, bis zum Ende des Ersten Teils (37. ›Brief‹) reichend.

418,30 *Mariette]* Vgl. Anm. 400,7.

419,2 *scheinet mir]* Ist einzuschränken: Nie geschnitten wurden Diamant und Rubin, selten der Saphir.

419,3 *seltensten]* So Klotz; bei Lessing wohl verschrieben oder verdruckt (und von den Ausgaben weitergegeben).

419,5f. *hohlgegrabnen]* In die Tiefe geschnittenen.

419,6 *Agath]* Aufgrund von griech. agathos »gut« häufigere Vermischung mit griech. achates, Achat: feinfaseriges Quarzmaterial, beliebt als Schmuckstein. Der Kenntnisstand in der 1. Hälfte des 18. Jhs.: Zedler 1, Sp. 315f.

419,7f. *Agathonyche]* Onyche: Plural von Onyx (»Nagel, Fingernagel, Kralle«, auch: aus unterschiedlich gefärbten Lagen bestehende Art des Chalzedons), Kombination mit Achatmaterial.

419,8 *Sardonyche]* Plural von Sardonyx: braunweiß gebänderte Art des Chalzedons (heute vielfach künstlich durch Einfärben von Achat hergestellt). Zum »Sardonycherstein« vgl. Zedler 34, Sp. 91.

419,17 *Declamation]* Vgl. Anm. 245, A 39.

419,26 *wie ich schon erinnert habe]* Vgl. oben S. 405,24-406,3.

419,31 *»ut alibi ⟨...⟩ in pretio«]* »So daß hier die Kunst, dort der Werkstoff den Wert darstellte.« (Plinius XXXIII 22).

419, A 3 *Alias ⟨...⟩ induit.]* »Andererseits hielt man es weiterhin für Frevel, Edelsteine aus Prunksucht zu verletzen, und damit keiner annehme, daß sie als Petschaft in die Ringe eingelassen wären, trug man sie ungeschnitten.« (Lessings Zitat ist etwas ›frei‹ gestaltet.)

420,2 *zeigt]* zeugt.

420,10 *Vorzug]* Wieder deutlich der Horizont der »Querelle des Anciens et des Modernes« (vgl. Anm. 14,9f.).

420,18 *keine Schönheit mehr]* In der Kaiserzeit begegnet freilich auch der Ehrgeiz mancher Plastiker, ein besonders hartes Material zu ›besiegen‹.

421,1 *Polykrates]* 6. Jh. v. Chr., erfolgreicher Tyrann von Samos, brachte sich um 533 v. Chr. an die Macht. Den Neid der Götter versuchte er durch das Opfer seines Ringes zu beschwichtigen (vgl. den nachfolgenden 22. ›Brief‹ und Schillers bekannte Ballade vom Ring des Polykrates).

421,8 *Eupolis]* Vgl. Bd. V/1, Anm. 246,8. In seiner Komödie *Marikas* (421 v. Chr. aufgeführt) machte er den luxusgewohnten Einwohnern der griech. Stadt Kyrene (an der nordafrikanischen Küste) den zitierten Vorwurf. Vgl. auch den Beginn des 23. ›Antiquarischen Briefs‹.

421,10 *Minen]* Griech. mna: eine – in verschiedenen Zeiten und Regionen unterschiedlich angesetzte – sehr hohe Geldsumme (auch Gewichtsmenge).

421,17f. *Cäpio ⟨...⟩ Drusus ⟨...⟩ Nonius]* Die Details bei PO Erl., S. 713.

421,18 *Opale]* Opal: Milchigweißes oder gefärbtes Mineral, in der Antike sowohl als Schmuckstein wie als Material etwa für kostbare Gläser verwendet.

421,20-22 *Plinius ⟨...⟩ Tzetzes]* Verzeichnung der Stellen bei PO Erl., S. 713.

421,23 *ein geschnittener Stein]* Wahrscheinlich war es ein geschnittener Smaragd (wohl ein Skarabäus).

421,27 *Sardonyx]* Vgl. Anm. 419,8.

421,28 *Concordia]* Göttin der Eintracht.

421, A 5 *Polycratis ⟨...⟩ intactaque est.]* »Der Edelstein des Polykrates, der gezeigt wird, ist völlig unbehauen und roh.«

422,4 *Theodorus von Samos]* Theodoros (um 550 v. Chr.), griech. Steinschneider aus Samos.

422,4 *Nun aber]* Lessings nachfolgende Argumentation entbehrt nach heutigem Wissen der Grundlage, da die Steinschneidekunst weit früher als Theodoros angesetzt wird.

422,11 f. *Herodotus]* Vgl. Bd. V/1, Anm. 259,25.

422,18 *Kuhnius]* Vgl. Bd. V/1, Anm. 348,11.

422, A 2 *»Sardonychem«]* 1768 cde (auch 1778): Sordonychen (die Überlieferung bei Plinius und die Lessingsche Schreibung im Kontext sprechen für die Korrektur).

422, A 2 *»Sardonychem ⟨...⟩ obtinentem.«]* »Es steht fest, daß dieser Edelstein ein Sardonyx war: und er wird – sofern wir dem Vertrauen schenken – in Rom im Tempel der Eintracht gezeigt, eingefügt in ein goldenes Horn, ein Geschenk des Kaisers ⟨bei Plinius: der Kaiserin⟩, wo er beinahe den letzten Platz unter zahlreichen ihm vorgezogenen ⟨Steinen⟩ einnimmt.« (der Text bei Plinius XXXVII 2 leicht abweichend).

422, A 2 *unser deutscher Übersetzer]* Johann Daniel Denso (1708-1795), Naturgeschichtler und Schulmann: Übersetzung der *Historia naturalis* des Plinius (1764/65).

422, A 2 *Ich glaube]* Lessings Erklärung ist richtig.

422, A 3 *Σφραγιδες ⟨...⟩ in gemmis.]* »›Sphragiden‹ unterscheiden sich von den ›Daktylien‹ darin, daß sie gewisse in die Edelsteine geschnittene Zeichen aufweisen.« Sphragiden: Siegelringe, von sphragis, »Siegel«, mit Metonymie: ein Edelstein, mit dem gesiegelt wird. Daktylien: von daktylos, »Finger«, metonymisch auch für bestimmte Edelsteine gebraucht. Hier: ›gewöhnliche Ringe‹ im Gegensatz zu Siegelringen.

423,3 *Pollux]* Vgl. Bd. V/1, Anm. 286,20.

423,3-5 *όυτω ⟨...⟩ ἐχοντας]* »So (sphragides) nannten sie die gezeichneten Ringe, ob sie nun Siegel oder Steine in sich tragen.«

423,5 *Theophrast]* Vgl. Bd. V/1, Anm. 483,30-484,19; hier: *Über Gesteine.*

423,6 *durchgängig]* An allen Stellen handelt es sich um (geschnittene) Siegel.

423,16 *σφρηγις ⟨...⟩ ἐουσα]* »Siegelring aus einem Smaragden« (Herodot III 41).

423,17 *Pausanias]* Vgl. Bd. V/1, Anm. 260,35.

423,17 *ἐπι του ⟨...⟩ σφραγις]* »Siegel auf dem Smaragden«.

423,26-28 *»Polycratis ⟨...⟩ solitos.«]* Von Lessing im Haupttext sinngemäß übersetzt; vgl. auch S. 421, A 5.

423,29 *Ismenias]* Griech. Flötenspieler und Gemmensammler (Zeit unbestimmt).

423,32-34 *der Smaragd ⟨...⟩ gefunden]* Vgl. dazu ausführlicher den 23. ›Antiquarischen Brief‹.

424,9 *Rhöcus]* Rhoikos, griech. Bildhauer auf Samos, in eine frühe Zeit datiert.

424,11 *Crösus]* Kroisos, letzter König von Lydien, regierte 555-541 v. Chr.

424,12f. *Die Scribenten]* Quelle: Dionysios von Halikarnaß (vgl. Bd. V/1, Anm. 288,35), *Römische Geschichte* II 54,2.

424,14 *von dem Siege]* Von der Siegesgöttin Victoria.

424,24-26 *»Plasticen ⟨...⟩ pulsos.«]* »⟨Manche⟩ überliefern, Rhoikos und Theodoros hätten die Kunst der Plastik lange vor der Vertreibung der Bacchiaden erfunden.« (Plinius XXXVII 8, mit leichter Abweichung) Die Bakchiaden waren die alte Herrscherfamilie von Korinth, die 657 v. Chr. von Kypselos gestürzt wurde.

424,27 *dreißigste Olympiade]* 660-657 v. Chr.

424,28 *»multo ante«]* »Lange vor«.

424,32 *Clemens Alexandrinus]* Vgl. Bd. V/1, Anm. 314,23.

424,33 *Junius]* Vgl. Anm. 24,15.

424, A 8 *Paedag. Lib.]* Vgl. Anm. 152,13. Der Kirchenvater empfiehlt den Christen die Leier als unanstößiges Siegel, sie begegnet auch unter den frühchristlichen Symbolen. Lessing hat das Zitat aus Junius.

425,13 *Aelian]* Vgl. Bd. V/1, Anm. 415,23 f. (die Stelle: XII 30).

425,14 *Minen]* Vgl. Anm. 421,10.

425,15 *ός τις 〈...〉 μνων]* »Der Ärmlichste von ihnen noch trug Siegelringe von zehn Minen Wert« (Übertreibung des Eupolis in der Komödie).

425,27 *Christ]* Johann Friedrich Christ (1700-1776), Archäologe, Philologe, Kunstsammler und Liebhaber-Kupferstecher, Prof. in Leipzig, Lessings besonders geschätzter Lehrer dort; vgl. auch S. 933. Hier: *Exercitatio de gemmis annulorum veterum* (Abhandlung von den Edelsteinen der antiken Ringe), veröffentlicht in den ›Commentarii Lipsienses litterarii‹ (Leipziger gelehrte Abhandlungen), hg. v. Friedrich Platner, Bd. 1 (o. J.).

425, A 1 *Comment. Lips. litt.]* Siehe vorige Anm.

425, A 1 *»Haec autem 〈...〉 Cyrenensium«]* »Dies aber sind seine Worte, die er in den Bemerkungen zu Eupolis über die Sitten der Kyrenäer vorbrachte.«

425, A 1 *ἐν τῳ Μαρικᾳ]* »In dem *Marikas*« (vgl. Anm. 421,8).

426,3 *evaluiert]* Bewertet, rechnet aus.

426,8 *Ismenias]* Vgl. Anm. 423,29.

426,9 *Amymone]* Eine der fünfzig Töchter des Danaos, des Königs von Argos. Als sich ihr auf einer Jagd ein Satyr nähert, wird sie durch Poseidon befreit. Er zeugt mit ihr den Nauplios.

426,9 f. *vier güldene Denare]* Umrechnungen bei PO Erl., S. 714.

426,20 *Harduin*] Vgl. Bd. V/1, Anm. 287,31. Die kommentierte Plinius-Ausgabe des von Lessing immer wieder mit Vorliebe kritisierten Hardouin erschien zuerst 1685.

426,22-29 *»Nec deinde ⟨...⟩ dignitati.«*] »Und seit dieser Zeit findet man bei den Schriftstellern keine Erwähnung berühmter Edelsteine, die besonders hervorzuheben wäre, mit Ausnahme der zahlreichen und blitzenden Steine, die der Flötenspieler Ismenias zu tragen pflegte, mit dessen Eitelkeit folgende Anekdote verbunden ist: Als auf Zypern ein Smaragd für sechs Golddenare zum Verkauf angeboten wurde, in den Amymone eingemeißelt war, habe er befohlen, ihn zu kaufen. Und als wegen eines Preisnachlasses zwei Denare zurückerstattet wurden, habe er gesagt, das sei, beim Herkules, ein schlechtes Geschäft, da der Stein dadurch in seinem Wert stark gemindert werde.«

426,26 *denariis*] Fehlt in der guten Überlieferung.

426,26 *sculpta*] Richtige Lesung: scalpta (graviert).

426,32 *läßt sich handeln*] Läßt mit sich handeln.

426, A 1 *Wie hat ⟨...⟩ machen können?*] Christ nahm an, daß Aelian aus Scholien zu Eupolis geschöpft habe. Lessings in Frageform gefaßte Kritik ist insofern nicht berechtigt.

427,5 *»et cum ⟨...⟩ essent«*] »Und als zwei ⟨Denare⟩ zurückerstattet wurden«.

427,6 *»denarios aureos«*] »Golddenare«.

427,9-11 *»Mercatorem ⟨...⟩ obtulit.«*] »Der Kaufmann schämte sich, einen einzigen ⟨Stein⟩ so hoch veranschlagt zu haben: Er bot dem Käufer für den bezahlten Kaufpreis zwei an.«

427,22 *Antisthenes*] Um 440-um 370 v.Chr., griech. Philosoph, Schüler des Gorgias und dann des Sokrates, schließlich Begründer der Schule der Kyniker (vgl. Bd. V/1, Anm. 410,14).

427, A 3 *Plutarch*] Vgl. Bd. V/1, Anm. 240,13; hier: *Perikles*-Vita 3 f.

427, A 3 *Ειποντος ⟨...⟩ ἀυλησον.*] Lessing übersetzt sinngemäß.

427, A 3 *eine sehr unflätige Grobheit]* Nicht nur wegen der Gegenforderung als solcher, sondern weil das Flötenspiel vielen als ›häßlich‹ galt (orientalisch, das Gesicht entstellend usw.).

428,1 *den Sokrates überlebte]* Sokrates starb 399 v.Chr.

428,5 *Quintilian]* Vgl. Bd. V/1, Anm. 268,2; hier: *Institutio oratoria* I 10,18.

428, A 3 *in der 105ten Olympias]* 360-357 v.Chr.

428, A 3 *Αποφϑ. Βασ. και Στρ.]* »Aussprüche von Königen und Feldherren, denkwürdige Reden oder Denksprüche«, unter Plutarchs Namen überliefert, 1572 von Henricus Stephanus herausgegeben (vgl. Bd. V/1, Anm. 306,12).

428, A 3 *Atheas]* 4. Jh. v.Chr., König der Skythen zur Zeit Philipps von Makedonien.

428, A 3 *Ισμηνιαν ⟨...⟩ χρεμετιζοντος]* Lessing übersetzt wieder im wesentlichen sinngemäß.

428, A 3 *in die 110 Olympiade]* 339 v.Chr.

429,1 *Marikas]* Vgl. Anm. 421,8.

429,1 *Hyperbolus]* Hyperbolos (gest. 411 v.Chr.), Volksredner in Athen.

429,4 *Synchronismus]* Zeitlicher Zusammenfall, Gleichzeitigkeit.

429,17 *Der sechsjährige Krieg]* 460-455 v.Chr.

429, A 3 *Οτι ⟨...⟩ Επικουρον]* »Daß man nach der Lehre Epikurs nicht angenehm leben kann«.

429, A 3 *περι ⟨...⟩ ἀρετης]* »Über Alexanders Glück oder Tüchtigkeit«.

429, A 3 *Ισμηνιας]* »Ismenias«.

429, A 3 *Αμεινιας]* »Ameinias«. Dieser Name taucht jedoch in der Plutarch-Überlieferung nicht auf.

429, A 3 *Paulus Leopardus]* Gest. 1567, niederländ. Gelehrter: *Emendationum libri XX* (Textverbesserungen, in zwanzig Büchern), 1568.

429, A 3 *Xylander]* Vgl. Bd. V/1, Anm. 262,16.

429, A 4 *Thucyd.]* Vgl. Anm. 353,3f.

430,17 *Strepsiades]* Figur in den *Wolken* des Aristophanes (vgl. Bd. V/1, Anm. 138,1), die 423 v.Chr. aufgeführt wurden.

430,24 *die Dacier]* Vgl. Bd. V/1, Anm. 294, A 99.

430,25 *»Effeminés«]* »Weibische«, verweichlichte Männer.

430,28 f. *»tibicinum 〈...〉 tumere«]* »Sich aus lauter Ruhmsucht aufblähen, wie sie Flötenspielern eigen ist«.

430,31 *anstechen]* Aufspießen, treffen, lächerlich machen.

430, A 6 *Hic 〈...〉 gloria tumere.]* »Dieser (Ismenias) scheint es eingeführt zu haben, daß alle Musiker besonders wegen dieser Prahlerei abschätzig beurteilt wurden. Aber durch einen bloßen Zufall stehen diese Beispiele gegen jene, die sich diese Prahlerei anmaßen, am Anfang des Buches, damit es offenbar sei, daß jene sich aus lauter Flötenspielern eigener Ruhmsucht aufblähen.« (Plinius an der zitierten Stelle) Statt »Sorte« ist »Forte« (vielleicht, zufällig) zu lesen.

431,5 *Thesmophoriazusen]* »Die an einem 〈nur für Frauen bestimmten〉 Mysterienfest Teilnehmenden«, Titel einer Komödie, die 412 v. Chr. aufgeführt wurde. Die Zitate: v. 424 f. und 427 f.

431,8 f. *ϑριπηδες᾽ 〈...〉 Εξαψαμενους]* »Petschaften 〈vgl. Anm. 395,22 f.〉 am Gürtel zu tragen, die vom Wurm benagt sind«.

431,14 f. *προτου 〈...〉 τριωβολου]* »Vorher war es leicht, die Tür zu öffnen, wenn sie sich für drei Obolen einen Ring machen ließen.«

431,16 f. *lakonischen]* Bei den Lakonern, Spartanern üblichen.

431,20 f. *nicht zu verstehen sein]* Es geht wohl in der Tat um wurmstichiges Holz mit seiner reizvollen Linienführung.

431,21-23 *Es müssen 〈...〉 waren]* Eine Möglichkeit, auf die Lessing wohl durch Winckelmanns *Geschichte der Kunst* hingewiesen worden war.

432,7 *Hr. Klotz]* Vgl. Anm. 356,19 f.

432,7 *Mariette]* Vgl. Anm. 400,7.

432,35 *gleich itziger Zeit]* Wie heutzutage.

433,6 f. *»tertia auctoritas 〈...〉 de causis«]* »Zahlreicher Ursachen wegen wird der dritte Rang von den Smaragden eingenommen.«

433,15 *»quorum 〈...〉 vulnerari«]* »Deren Härte so groß ist, daß sie nicht beschädigt werden können« (Plinius XXXVII 64).

433,17f. *Ανθραξ 〈...〉 »Carbunculus«]* Griech. und lat. eigentlich »Kohle«, hier jedoch Bezeichnungen für Granat und Rubin.

433,25f. *»quapropter 〈...〉 vetitis«]* »Daher werden sie aufgrund einer Übereinkunft der Menschen geschont: es ist verboten, sie zu schneiden.«

433,27 *Goguet]* Antoine Yves Goguet (1716-1758), franz. Jurist: *De l'origine des loix, des arts etc.* (Vom Ursprung der Gesetze, der Künste usw.), 1758.

433,32 *ins Meer warf]* Um den Neid der Götter abzuwehren, vgl. Anm. 421,1.

433, A 2 *l. c.]* Loco citato »am angegebenen Ort« (hier: an der in A 1 genannten Plinius-Stelle).

434,8 *positives]* Durch Gesetzgebung geregeltes, ›gesetztes‹ (Gegensatz ist nicht ›negatives‹, sondern ›natürliches‹).

434,10 *promulgiertes]* Von lat. promulgare »bekanntmachen, ankündigen«.

434,22 *Convolut]* Von lat. convolutum »das Zusammengewickelte«, hier eher im Sinne von »Paket, Umfang«.

434,33 *Solinus]* Gajus Julius Solinus (3. Jh. n. Chr.), hier: *Collectanea rerum memorabilium* (Sammlung wissenswerter Dinge).

434,34f. *»ne offensum 〈...〉 corrumperetur«]* »Damit nicht ihr Glanz, verletzt durch die Einschnitte in die Bildnisse, vernichtet werde«.

435,1 *»imaginum lacunas«]* »Das Schneiden der Bilder« (wörtlich: Vertiefungen der Bilder).

435,11 *Sardonyx]* Vgl. Anm. 419,8.

435,15 *anmerkt]* In der Schrift *Über Steine* § 24.

435,16f. *διο 〈...〉 βλεπειν]* »Deswegen auch trägt man in Ringen Smaragde, weil sie für die Augen gut sind.«

435,22f. *»scalpi 〈...〉 solitos«]* »Man schnitt auch die gewöhnlichen Smaragde.«

435, A 4 *Seite 〈...〉 Hill.]* Aaron Hill (um 1716-1775),

engl. journalistischer und wissenschaftlicher Schriftsteller; hier: *Theophrastus' History of Stones* (Theophrasts Abhandlung über Steine), 1746.

436,3 *Cabinetten]* Vgl. Anm. 410,15.

436,11 *etymologische]* Die Wortherkunft betreffende.

436,13 *πλασμα]* »Bildwerk«.

436,14 *Zanetti]* Antonio Maria Zanetti (1680-1757), ital. Kunstkenner und -sammler: *Dactyliotheca* (Daktyliothek; vgl. Anm. 405,22), hg. v. Gori (vgl. Anm. 378,14).

436,16 *Lippert]* Vgl. Anm. 393,28.

436,19 *gesprengten]* Gesprenkelten.

436,19 *Hornstein]* Adelung 2, Sp. 1292: »der Hornstein, lapis corneus, eine jede glasartige nur sehr wenig durchsichtige Steinart«; im engsten Sinne auch: »der gemeine Feuerstein«.

436,25 *ist alles eins]* Prasma und Prasen gelten heute als zwei verschiedene Edelsteinarten.

436,26 *Aber wie das?]* Im folgenden verbinden sich Handschriftenkunde, Textkritik und die gewohnt willkürliche Spekulation über Textüberlieferung. Nicht jedes einzelne Glied kann hier erläutert werden.

436, A 1 *Anmerk. zu der Gesch. d. K.]* Es muß heißen: *Anmerkungen über die Geschichte der Kunst des Alterthums* (1767).

437,12 *Gori]* Vgl. Anm. 378,14.

437,16f. *gemmis viridantibus]* »Grünlichen Gemmen«.

437,29f. *»iidem ‹...› colligant«]* »Dieselben sind meist auch konkav, um die Lichtstrahlen sammeln zu können.«

437,31f. *concaven oder convexen]* Vgl. Anm. 138,20 und 309,14.

437,33-438,1 *Salmasius]* Claude Saumaise (1588-1653), franz. Philologe und Altertumsforscher; hier: *Exercitationes Plinianae in Solini Polyhistoria* (Plinius-Studien zu Solinus' Handbuch des Wissens), 1629. Zu Solinus vgl. Anm. 434,33.

437, A 5 *Boetius de Boot]* Anselm Boëtius de Boodt (1. Hälfte 17. Jh.), niederländ. Mediziner und Kunstkenner:

Gemmarum et lapidum historia (Geschichte der Gemmen und der Steine), 1609.

438,7 *Sapphir]* Antike Bezeichnung für »Lapislazuli«.

438,10f. *»inutilem 〈...〉 centris«]* »Wegen der störenden Kristalle in ihrem Innern für die Gravur ungeeignet«.

438,14 *Amethysts]* Amethyst: violette Abart des Quarzes, mit Färbung durch Spuren von Eisen und Mangan; Fundorte meist in Übersee, jedoch auch im Ural und (früher) in Idar-Oberstein. Das Material antiker Schmucksteine dürfte eine Nachbar-Art sein.

438,14 *Berylls]* Beryll: durchsichtiger bis durchscheinender kristalliner Schmuckstein, farblos und in vielen Farben (Unterarten z. B. Smaragd und Aquamarin). Aus geschliffenen Formen entwickelte sich das Glas der ›Brille‹. Vgl. auch Anm. 407,1 f.

438,20 *erhobnen]* Erhaben gearbeiteten.

438,21 *Agatonyche und Sardonyche]* Vgl. Anm. 419,7f. und 419,8.

438,23 *Agat]* Vgl. Anm. 419,6. Zu Klotzens Behandlung (und Schreibung) s. ausführlich S. 463,1-21.

438,24 *der Fluß]* Heute: Drillo (Sizilien).

438,28 *Oscitanz]* Von lat. oscitare »gähnen, schläfrig sein«; hier: Nachlässigkeit.

439,8 *Carneol]* Vgl. Anm. 409,17.

439,9f. *Die Achate 〈...〉 Steine.]* Plinius XXXVII 139.

439,11 *Πολλα 〈...〉 ἰδεσϑαι.]* »Viele Farben kann man ohne weiteres bei den Achaten sehen.«

439,14f. *bald Cerachates 〈...〉 Leukachates]* Die drei Varianten: wachsgelber, blutroter und weißer (milchiger) Achat.

439,16 *»quae 〈...〉 sit«]* »Der einfarbig sein soll«.

439,19 *»unius 〈...〉 minii coloris«]* »Statt ›einfarbig‹ ›zinnoberrot‹«.

439,19 *nicht zwar]* Andere Interpretation bei PO Erl., S. 716.

439,27-440,9 *Nur die 〈...〉 verstehen darf.]* Vgl. oben S. 419,5-8, außerdem den 50. ›Antiquarischen Brief‹ (besonders S. 547f.) und die längere Notiz »Achatonyx« in den *Collectanea*, LM 15, S. 128-130.

439,30f. *Hornsteine]* Vgl. Anm. 436,19.

439, A 2 *Orpheus]* Zu dem hier gemeinten kaiserzeitlichen Gedicht *Über die Steine* vgl. Lessings *Collectanea* unter »Orpheus«, LM 15, S. 334f. Hinweise auf Ausgaben bei PO Erl., S. 716.

440,8 *Sarder]* Rotbraune Varietät des Chalzedons, als Schmuckstein beliebt.

440,18 *erhobnen Werken]* Erhaben gearbeiteten Werken.

440,21 *unerhört]* Noch nicht gehört, unbekannt (kein Moment der Empörung od. dgl.).

440,21f. *Marbodus 〈...〉 Baccius]* Zu dieser Kette von Namen aus der Mineralogie des Mittelalters und der Renaissance vgl. in den *Collectanea* die Notizen »Petrus Arlensis de Sculdalpis«, »Edelsteine«, »Camillus Leonardus«, »Marbodus«: LM 15, S. 145-148; S. 206-212 (sehr detailreich); S. 293; S. 305f. Außerdem aus den Paralipomena zu den *Antiquarischen Briefen*: unten S. 605,28-606,27.

440,21 *Marbodus]* Marbod von Angers (1035-1123), franz. Bischof und Gelehrter; hier: *Carmen de gemmis sive lapidibus pretiosis* (Gedicht über Gemmen oder kostbare Steine).

440,22 *Albertus Magnus]* 1193-1280, dt. Dominikaner, Universalgelehrter; hier: *De mineralibus* (Über Mineralien).

440,22 *Camillus Leonardus]* Camillo Leonardi (Anfang 16. Jh.), ital. Mediziner und Naturkundler; hier: *Speculum lapidum* (Spiegel der Steine), 1502 und 1510.

440,22 *Baccius]* Andreas Baccius (1524-1600), ital. Mediziner und Altertumskundler; hier: *De gemmis et lapidibus pretiosis* (Über Gemmen und kostbare Steine), 1603.

440,22f. *Conrad Gesner]* Konrad Gessner (1516-1565) aus Zürich, Polyhistor, Naturforscher, Sprachforscher u. v. a., »der deutsche Plinius«; hier: *De rerum fossilium, lapidum et gemmarum figuris* (Von den Formen der Versteinerungen, der Steine und der Edelsteine), 1565.

440,24 *Hecke]* Zucht, Aufzucht (vgl. ›aushecken‹).

440,31-34 *Ganz anders ⟨...⟩ auszuzeichnen.]* Vgl. unten S. 540,19-542,26.

441,6 *Goguet]* Vgl. Anm. 433,27.

441,8f. *Mylord Bedfort]* Engl. Sammler geschnittener Steine, Näheres nicht ermittelt.

442,12 *natürlichen Geschichte]* Übersetzung (Lehnübersetzung) von »historia naturalis«: Naturgeschichte.

442,15 *Abänderungen]* Varietäten; nach der heutigen Mineralogie Abarten des Spinell und nicht des Rubin (PO Erl., S. 717).

442,28 *Christ]* Vgl. Anm. 425,27. Zur Stelle bei Christ s. PO Erl., S. 717.

443,14 *daß man nicht]* Nach ›leugnen‹ im 18. Jh. gelegentlich noch ein ›nicht‹ folgend, das heute entfällt.

443, A 3 *Vorrede zur Daktyl.]* Vgl. Anm. 393,28.

443, A 4 *Ego vero ⟨...⟩ fuerint.]* »Ich bezweifle aber nicht, daß vor allem die griechischen Künstler dieses Gerät, dessen Beschaffenheit und Vorzüge sie gewiß zur Gänze erforscht und durchdrungen hatten, seltener zum Schneiden von Steinen für Siegelringe benutzten.« (Zum Titel der Christschen Publikation vgl. Anm. 425,27.)

443, A 5 *Sed ⟨...⟩ mucronem etc.]* »Aber ich glaube, daß sie, obwohl die Aufgabe dadurch schwieriger wurde und größeres Feingefühl erforderte, Diamantsplitter benutzten, die an einer äußerst scharfen, spitzen Klinge befestigt waren.« (*ibid.:* »an der gleichen Stelle«)

443, A 6 *Nam primum ⟨...⟩ ac rotarum.]* »Denn gerade bei den allerkleinsten Steinchen waren ausschließlich Diamantspitzen und äußerst scharfe Splitter am Platze, nur ausnahmsweise die kleine Scheibe des Bohrers und der Räder.«

443, A 7 *tanquam ⟨...⟩ probat.]* »Sozusagen als ob beim Schneiden eines jeden Siegelringes alle beide, der Bohrer und die Diamantspitzen, benutzt worden wären. Wir geben zu, daß die Alten in gewissen Fällen auf die Weise verfahren sind, wie jene nachdrücklich versichern; und der Anblick zahlreicher Beispiele in den Daktyliotheken, sozusagen an Ort und Stelle, bestätigt das in der Regel.«

443, A 8 *Deinde ⟨. . .⟩ vestigio]* »Ferner scheinen mir gerade manche antiken Gemmen, zumal ägyptische, nur mit Sand abgeschmirgelt zu sein; es gibt keine ⟨Bearbeitungs⟩spuren, die auf die Anwendung von Diamantspitzen hinweisen.«

444,3 *einen gelindern Namen]* Lessings Kritik ist angesichts des eigenen Polemikstils nicht gerade überzeugend.

444,5 *Gestalte]* Klotz: Gestalt (Druckfehler in Lessings Text nicht ausgeschlossen).

444,10 *könne?]* So Klotz; 1768 cde: können?

444,18-20 *Ich habe Christen ⟨. . .⟩ gehört.]* Die auffällige Betonung erklärt sich unter anderem daraus, daß Klotz angeblich aus Vorlesungen Christs – auch noch sinnentstellend – abgeschrieben hat, ohne die Quelle anzugeben. Hierzu oben S. 933. Lessing setzt das eigene ›Gehörthaben‹ dagegen. Plagiate Klotzens wollte er vor allem im Dritten Teil der *Antiquarischen Briefe* aufdecken.

444,36 *dem »mucrone adamantino«]* »Der Diamantenspitze«.

445,14 *Natter]* Vgl. Anm. 409,27.

445,25 *chimärischen]* Hier: vieldeutigen.

445,28 *vindicierten]* Von lat. vindicare »beanspruchen« u. a.; hier: zuschreiben.

446,11 *Othryaden]* Von Othryades, einem spartan. Feldherrn. Im Krieg zwischen Sparta und Argos um die Thyreatis (um 550 v. Chr.) blieben am Ende einer Schlacht nur zwei Argiver und Othryades übrig. Tödlich verletzt, errichtete er noch ein Siegesmal und schrieb mit seinem Blut auf seinen Schild: »gesiegt«. Die »beiden Othryaden« sind zwei Steine mit der Gestalt des Feldherrn (ein beliebter Gegenstand der antiken, besonders frühröm. Kunst).

446,17 *Faune]* Tanzender Satyr. Das Stück ist möglicherweise nicht echt.

446, A 9 *Ces sortes ⟨. . .⟩ Diamant.]* »Diese Arten von Gravuren sind üblicherweise tief geschnittene Flachreliefs. Der Umriß und die Muskeln sind zu sehr ausgegraben und scheinen mit der Diamantspitze gemacht worden zu sein.«

446, A 10 *Il paroit* 〈...〉 *Diamant.*] »Es scheint auch offensichtlich, daß der Schild mit dem Rädchen gemacht wurde, mit einem nur wenig wegschleifenden Werkzeug, da man es mit der Diamantspitze weder mit derselben Kühnheit noch mit derselben Lockerheit hätte ausführen können.«

446, A 11 *Car celui-ci* 〈...〉 *Diamant.*] »Denn dieser hier hat seinen Entwurf in seiner ihm eigentümlichen Schneidetechnik ausgeführt, nämlich größtenteils mit der Diamantspitze.«

446f., A 12 *Cette piece* 〈...〉 *Touret.*] »Dieses Stück ist zu schätzen wegen seiner Schönheit und wegen der Genauigkeit seiner Anlage auf so engem Raum, daß man Mühe hat, mit dem bloßen Auge irgend etwas darauf zu unterscheiden, wie gut es auch sei, und bei dem man gezwungen ist, seine Zuflucht zum Mikroskop zu nehmen, um es genau prüfen zu können. Das bringt mich zu der Vermutung, daß sich der Künstler zumeist der Diamantspitze bedient hat, insbesondere für das Gesicht und die Haare, denn dies glückt auf diese Weise mit geringerer Mühe als mit dem Rädchen.«

447,8-10 *»non modo* 〈...〉 *etiam«*] »Daß sie mit den Diamantmessern nicht nur letzte Hand an das Werk anlegten, sondern daß damit durchaus auch die ersten Arbeitsgänge an dem zu schneidenden Bild durchgeführt werden konnten«.

447,19f. *daß Natter* 〈...〉 *geheim war*] Hieran knüpft der 34. ›Antiquarische Brief‹ an, vgl. S. 463,23-25.

447,26 *einkommen*] Einfallen.

447,32 *»super Gemmis«*] »Über die geschnittenen Steine« (das »super« ist kein klassisches Latein).

448,16 *sich überzeugt halten*] Die Überzeugung hegen.

449,2 *ich leugne es*] Eine Formulierung, die dann Lessing ostentativ mehrfach im Fragmentenstreit verwenden wird (Bd. VIII und IX dieser Ausgabe).

449,3 *bilden Sie sich wohl ein*] Stellen Sie sich vor.

449,5 *Er gedenkt*] Er erwähnt.

449,12 *gewandtsweise]* Auch ›gewandsweise‹ und ›quantsweise‹: in Schlesien und im Niederdt. ›zum Schein‹ (Stellen bei Lessing und Herder: Campe 2, S. 359). Kommentierung als »nebenher« (ohne Belege) bei G 6, S. 940.

449,20-23 *»cum feliciter 〈...〉 cavantes.«]* »Sofern es glückt, ihn zu zerschlagen, zerspringt er in so kleine Splitter, daß sie kaum deutlich wahrgenommen werden können. Sie sind bei den Steinschneidern begehrt und werden in Eisen gefaßt; es gibt nichts Hartes, das sie nicht mit Leichtigkeit aushöhlen könnten.« Vgl. auch oben S. 416,2f.

449,32 *des Smirgels]* Niederdt. Form für ›Schmirgel‹, auch ›Schmergel‹. Über die verschiedenen Arten des zum Polieren verwendeten Pulvers im 18. Jh. vgl. Zedler 35, Sp. 462f. Lessing weist S. 454,13f. darauf hin, daß man in der Antike »Naxium« statt des neueren »Smirgels« benutzte.

449,35 *»includuntur«]* »Sie werden eingefaßt.«

450,4 *»feliciter 〈...〉 contigit«]* »Sofern es glückt, ihn zu zerschlagen.«

450,5 *»feliciter«]* »Glücklich«.

450,7 *seine eiserne Büchse]* Zur Herstellung des Diamantpulvers.

450,20 *ehrliche]* Hier durchaus auch im juristischen Sinne (›seriös‹, ›anerkannt‹), nicht nur als Charaktereigenschaft.

450,20 *retten]* Hier: verteidigen.

450,27f. *Solinus 〈...〉 Isidorus 〈...〉 Marbodus]* Stellennachweise bei PO Erl., S. 717.

450,33 *Verstande]* Sinn.

451,27-30 *»tanta differentia 〈...〉 fervor.«]* »Der Unterschied ist so bedeutend, daß die einen nicht mit Eisen, die anderen nur mit einem abgestumpften Eisen geschnitten werden können, alle aber mit dem Diamanten. Am meisten aber bewirkt hierbei das Drillen 〈wörtl.: das Brausen, das Wogen〉 der Bohrer.« (Im Plinius-Zitat muß es statt »verum omnes« heißen: »Omnes autem«; und statt »his«: »is«.)

451,32 *Harduin]* Vgl. Bd. V/1, Anm. 287,31. Lessing läßt keine Gelegenheit zu Seitenhieben gegen Hardouin aus.

451,32-452,1 *aufzumutzen]* Vgl. Anm. 398,11.

452,3 *»fervor«]* »Das Brausen, das Wogen«.

452,29 *»terebrarum fervor«]* »Das Drillen der Bohrer«.

452,34-36 *Doch ich will 〈...〉 bestättigen kann.]* Lessing hat sich an diese Selbstfestlegung gehalten.

453,1 *Tornevtik]* Von griech. torneutike techne »Kunst des Drechselns«.

453,3 ἀντιστροφον] »Gegenstück«.

453,5 *Salmasius]* Vgl. Anm. 437,33-438,1 (gleiche Schrift).

453,6 *Torevtik]* Von griech. toreutike techne »Kunst des Ziselierens, Gravierens«.

453,13f. *»arena 〈...〉 secante«]* »Dies geschieht mit Hilfe von Sand, auch wenn es mit Hilfe von Eisen bewirkt zu werden scheint, mittels einer Säge, die mit sehr schmaler Linie auf den Sand drückt und durch dessen Schleifen beim Hin- und Herziehen schneidet.«

453,23 *Bouterolle]* »Stichel« (runder Grabstichel).

453,25 *Schlegezeug]* Bei Adelung, Campe, Grimm, Zedler u. a. nicht belegt. Wohl als »Schläge-Zeug« zu verstehen. PO Erl., S. 718: »Diese Instrumente nennt man heute ›Zeiger‹« (ohne weitere Nachweise; entsprechend auch G 6, S. 940).

453,27-30 *Genug 〈...〉 herumgetrieben werden.]* Charakteristische Definition ›am Schreibtisch‹, lediglich aus Quellen.

454,2f. *»arena 〈...〉 fieri.«]* Vgl. S. 453,13.

454,9-12 *»Signis 〈...〉 vectae.«]* »Für die Politur der Marmorstatuen und auch zum Schneiden und Polieren der Edelsteine zog man lange Zeit das Naxium allen anderen 〈Schleifsteinen〉 vor: so nennt man die spitzen Felsenriffe, die auf der Insel Zypern vorkommen. Später wurde es durch aus Armenien importierten Stein verdrängt.« (Bei Plinius ist statt »vectae« zu lesen: »invectae«.)

454,13 *Naxium]* Auf der Insel Naxos gewonnener Schmirgel.

454,25 *»adamas«]* Das griech. Wort bedeutet »der Unbezwingbare«. Seit archaischer Zeit steht es für extrem hartes, widerstandsfähiges Material; eine genaue chemische Festlegung ist nicht möglich, wäre dem Vorstellungsinhalt auch unangemessen.

454,28-32 *»Haec 〈...〉 secernendi.«]* »Diese wichen deshalb so sehr voneinander ab, weil sie aus verschiedenen Autoren entnommen wurden. Also ermangelte der Verfasser entweder der Urteilskraft oder der Muße, um das untereinander Ähnliche, das er bei den verschiedenen Autoren gefunden hatte, zusammenzustellen und davon Abweichendes auszusondern.«

455,1f. *»de insula Cypro«]* »Über die Insel Zypern«.

455,2 *»de aere cyprio«]* »Über das Kupfer aus Zypern« (auch: »über das Kupfererz«).

455,13 *Baffa]* Die griech. Insel Paphos.

456,1 *Meursius]* Vgl. Bd. V/1, Anm. 238,15; hier: *Creta Rhodus Cyprus* (Kreta, Rhodos, Zypern), 1675.

456,4f. *habe 〈...〉 schreiben wollen]* Charakteristisch willkürlicher Ausgangspunkt für Textveränderungen.

456,9 *Harduin]* Vgl. Anm. 426,20.

457,3-6 *meine Verwunderung 〈...〉 andichten will]* Das Problem verfolgt Lessing gleich anschließend zu Beginn des 32. ›Briefs‹, S. 458,11-13 und weiter S. 459,28-30 (jeweils die Zentralstellen).

457,20-22 *Naxium 〈...〉 Smirgel]* Die antiken Vorstellungen sind oft diffus, vieles spricht für Identität der beiden Substanzen.

457,32 *neuerlich]* Das Jahr der Entdeckung: 1727.

458,15 *Goguet]* Vgl. Anm. 433,27.

458,24 *Mordant]* Nach franz. mordant »beißend, stechend«.

458, A 2 *Il est 〈...〉 connoître.]* »Es ist bekannt, daß die Alten mit der Fähigkeit des Diamantstaubes, in Edelsteine einzudringen, völlig vertraut waren. Sie machten davon ausgiebig Gebrauch, sowohl um sie zu schneiden als auch um sie zu schleifen. Plinius sagt dies ausdrücklich, und wenn er es nicht gesagt hätte, so würden es die Meisterwerke hinreichend verdeutlichen, die die Alten auf diesem Gebiet hervorbrachten und die wir noch vor Augen haben.«

459,4 *Die erste]* Plinius XXXVII 60.

459,6 *»parvis crustis«]* »Mit kleinen Splittern«.

459,13f. *»verum omnes 〈...〉 possunt«]* Vgl. S. 451,29.

459,19 *»includuntur«]* Vgl. S. 449,35.

459,28-30 *ich glaube 〈...〉 nicht gekannt.]* Die Anzeichen sprechen dafür.

460,1-4 *»Adamas 〈...〉 cavantes.«]* Vgl. S. 449,20-23.

460,5 f. *Man hat 〈...〉 gehöre]* Dies ist die richtige Verbindung.

460,6 *»contigit«]* Etwas »wurde erreicht«, es »glückte«.

460,9f. *»qu'on 〈...〉 le rompre«]* »Daß man es als glücklichen Zufall betrachtete, ihn zerschlagen zu können«.

460,16 *»hircino 〈...〉 macerata«]* »In frischem und warmem Bocksblut gewässert«. Der bei Plinius XXXVII 59 überwiegend überlieferte Text weicht im Wortlaut ab.

461,14 *wunderbare]* Verwunderliche, seltsame.

461,20 *nicht kannten]* Dies dürfte zutreffen. Lessing hat zu dem Problem auf einem Zettel Zusätze notiert, die durch Eschenburg auch in die Ausgaben der *Antiquarischen Briefe* gelangt sind (*Sämmtliche Schriften*, Teil XII, Berlin 1793, S. 274f.): »Auf einem kleinen Zettel hat sich *Lessing* noch folgende beyde Gründe angemerkt, die ihm zu beweisen schienen, daß die Alten die Kraft des Diamantstaubes nicht gekannt haben:

1. Weil *Plinius* nur von einer einzigen Art des Diamants, und nur von der, welche Diamant mehr heißt als ist, sagt, daß sie mit einem andern Diamante durchbohrt werden könne; die andern könnten nur durch Bocksblut überwältigt werden.*

* Nemlich von dem *Siderites*. L. XXXVII, c. 4.

2. Weil er nicht allein von diesen andern, sondern auch von noch mehr Edelsteinen sagt, daß sie sich durchaus nicht schneiden lassen; z. B. von den saittischen 〈vielleicht nur verdruckt statt: scythischen〉 und ägyptischen Smaragden, quorum duritia tanta est, ut nequeat vulnerari.**

** Man vergleiche Herrn Hofrat *Beckmann's* Beyträge zur Geschichte der Erfindungen, III. 4. S. 341.«

461,29 f. *»expetuntur scalptoribus«]* »Sie sind bei Steinschneidern begehrt.« Vgl. S. 416,2 f.

462,2 *Ostracitis]* Offenbar von griech. ostrakon »Scherbe« abzuleiten, doch ist bis heute die Beschaffenheit nicht geklärt.

462,2 f. *»duriori ⟨...⟩ fragmentis ejus.«]* »Er ist von so großer Härte, daß andere Edelsteine mit seinen Splittern geschnitten werden können.«

462,18 *Data]* Vgl. Anm. 140,21.

462,35 *in einem meiner Vorigen]* Im 26. ›Brief‹.

463,7 *Mariette]* Vgl. Anm. 400,7.

463,10 *ἀγαϑος]* »Gut«.

463,13 *Theophrast]* Vgl. Bd. V/1, Anm. 483,30-484,19; hier: *Über die Steine.*

463,16 *Andreas Baccius]* Vgl. Anm. 440,22. An der von Lessing zitierten Stelle folgt Baccius dem Vergilkommentator Servius (vgl. Anm. 73, A 3), der den Stein mit dem gleichnamigen Gefährten des Aeneas in Verbindung bringt (zu *Aeneis* I 174).

463,18 f. *»Lapis ⟨...⟩ gratiosissimus.«]* »Der Achat wurde so genannt, ⟨weil er⟩ gewissermaßen gesellig und äußerst gefällig ist.«

463,24 *wenn ich ⟨...⟩ gesagt]* Vgl. S. 447,18-20.

463,27 *Guay]* Jacques Guay (1711-1793), franz. Gemmenschneider, seit 1746 »Graveur du Roi«.

463,33 f. *topischer und chronischer Kleinigkeiten]* Kleinigkeiten über Orte und Zeitpunkte seiner Biographie.

465,3 f. *Αγωνισμα ⟨...⟩ ἐς ἀει]* Vgl. oben S. 353,3 f.

467,2 *wiederholen]* Vgl. S. 399,21-23 (Ende des 13. ›Briefs‹).

467,3 *Borghesischen Fechters]* Hierauf konzentrieren sich nun ›Antiquarische Briefe‹ 35-39. Vgl. im folgenden generell auch die Notiz *»Borghesische* Fechter« in den *Collectanea* (LM 15, S. 165-167).

467,6 *Ich schlug vor]* *Laokoon* XXVIII gegen Ende, S. 199,6-18.

467,7 *Nepos]* Vgl. Bd. V/1, Anm. 252,15; hier: *Chabrias* I 2.

467,7 *»obnixo genu scuto«]* Vgl. S. 199,1-18 (»mit gegen den Schild gestemmtem Knie«).

467,11 *sagt Herr Klotz]* Vgl. weiter unten S. 469, A 3.

467,12 *»obniti«]* »Sich entgegenstemmen«.

467,14 *Livius]* Vgl. Bd. V/1, Anm. 439,1.

467,17 *»obnixo 〈...〉 fronte«]* »Mit widerstrebender Brust, mit angestrengter Stirn«.

467,19 *»obnixo genu«]* »Mit entgegengestemmtem Knie«.

467,21 *»pro autoritate«]* »Als Autorität, aufgrund seiner Autorität«.

467,21 *»alia ratio est«]* »Das ist eine andere Angelegenheit.«

467,22 *»insolens 〈...〉 ratio«]* »Eine ungewöhnliche Ausdrucksweise«.

467,23 *Latinität]* Von lat. latinitas »Korrektheit des Lateinischen, lat. Stil«.

467,29 *Stewechius]* Gottschalk Stewechius (1551-1586) erarbeitete eine kommentierte Vegetius-Ausgabe (s. folgende Anm.), die 1592 erschien.

467,30 *Vegetius]* Flavius Renatus Vegetius (Ende 4. Jh. n. Chr.), röm. Sachschriftsteller; hier: *Epitome institutorum rei militaris* (Grundriß der Einrichtungen des Militärs).

467,30-468,4 *»Chabrias 〈...〉 excipere.«]* »Chabrias, der äußerst erfahrene Feldherr der Athener, befahl den Seinen, in Schlachtordnung auszuharren, um sich gegen den Ansturm der Phalanx behaupten zu können, und er lehrte sie, mit vorgestemmtem Knie, mit Schild und vorgestreckter Lanze die Phalanx zu erwarten und abzuwehren.«

468,6 f. *»quid vero 〈...〉 postulat.«]* »Was aber bedeutet, ›mit entgegengestemmtem Knie‹? Doch wohl dasselbe wie ›in vorgereckter Fechtstellung 〈wörtl.: mit vorgestemmtem Schritt〉‹? Diesen Sinn erfordert die Stelle ohne Zweifel.«

468,15 f. *»quid vero ⟨...⟩ genu?«]* »Was aber bedeutet ›in vorgereckter Fechtstellung‹? Doch wohl dasselbe wie ›mit vorgestemmtem Knie‹?«

468,18 f. *Erythräischen Registern]* Benannt nach dem venezianischen Juristen Nicolaus Erythraeus, der 1539 Vergil mit Scholien und einem sorgfältig gearbeiteten, vollständigen Index herausgab.

468,20 f. *»obnixo gradu«]* »In Fechtstellung« (wörtl.: »mit entgegengestemmtem Knie«).

468,21 *»gradus ⟨...⟩ certus«]* »Fester Schritt, sicherer Schritt«.

468,24 *»genu«]* »Knie«.

468,25 *»projecta hasta«]* »Mit vorgestreckter Lanze«.

468,33 *Criticus]* Hier noch in der älteren Bedeutung des Philologen, der Textkritik betreibt (critica philologica).

469,6 *Winkelmann sagt]* In der *Geschichte der Kunst des Alterthums*, S. 395 Fußnote.

469,8 *Achselbeines]* Achselbein: »das obere in das Schulterblatt gefügte Armbein; nach anderen Zergliederern, das Schulterblatt« (Campe 1, S. 76).

469,8 *Ponderation]* Vgl. Anm. 286,22.

469,13 *Bindiges]* Bündiges, Überzeugendes.

469,15 f. *ich habe ja ⟨...⟩ verwechselt?]* Vgl. S. 397,10 f. und 399,18-20.

469,15 f. *Miles Veles]* Vgl. S. 397,33.

469, A 3 *Acta Litt.]* Zu Klotzens Periodicum ›Acta litteraria‹ s. oben S. 954.

469, A 3 *Neque ⟨...⟩ potest.]* »Auch in dieser Angelegenheit kann ich dem hochberühmten Manne meine Zustimmung nicht geben. Fürs erste bestreite ich nicht, daß dieses ›obnixus‹ in diesem Sinne vorkommt, und der Verfasser hätte noch diese Belegstelle bei Livius anführen können (Livius VI 12,8): ›Ich wünsche, daß niemand aus der Schlachtreihe vorwärts stürme, sondern daß ihr dem Ansturm der Feinde mit festem Schritt unerschütterlich standhaltet.‹ ⟨...⟩ Aber die Ausdrucksweise ›mit entgegengestrecktem Knie‹? Doch wohl dasselbe wie ›in vorgereckter

Fechtstellung‹ ⟨wörtlich: mit vorgestemmtem Schritt⟩? Diesen Sinn erfordert die Stelle zweifellos ⟨vgl. S. 468,6f.⟩. Ferner widerspricht dem hochberühmten Manne das Studium der meisten Zeugnisse. Denn in diesen liest man ›er wies sie an, mit gegen den Schild gestemmtem Knie ⟨und⟩ vorgestreckter Lanze dem Ansturm der Feinde standzuhalten‹ ⟨vgl. Anm. 467,7⟩. Das Wort ›und‹ könnte nicht fehlen, wenn ›mit dem Schild‹ verknüpft werden müßte mit ›mit der Lanze‹. Überhaupt wurde die rechte Hand der Statue, die die vorgestreckte Lanze führt, von einem jüngeren Künstler ergänzt. Daher kann über diese Skulptur nichts Definitives ausgesagt werden.«

470,8 *da ich diese Freundschaft nicht erwidern will]* Sehr entschiedene persönliche Zurückweisung der Klotzschen Versuche, die mit dem Brief an Lessing vom 9. 5. 1766 beginnen; vgl. oben S. 953f.

470,12 *wenn er hört]* Vgl. den Beginn des 37. ›Antiquarischen Briefs‹.

470,12 *der Göttingsche Gelehrte]* Christian Gottlob Heyne (vgl. Anm. 397,10), s. das Folgende. Lessing zögert die inhaltliche Auseinandersetzung noch hinaus, deutet vorläufig nur an.

470,20f. *bin ich bei weiten nicht mehr so überzeugt]* Erster Ansatz zur allmählichen Rücknahme.

470,26f. *fand ich mich ⟨. . .⟩ irre gemacht]* Tatsächlich wurde Lessing irrtümlicherweise in seiner Hypothese bestärkt, die er noch vor dem Erscheinen von Winckelmanns *Geschichte der Kunst* formuliert hatte.

470, A 1 *Nummer 154 d. v. J.]* Des vorigen Jahres: 24. 9. 1768.

471,12 *muß der linke sein]* Da der Kämpfer in seiner Rechten die Waffe trägt.

471,20-26 *»Sciendum ⟨. . .⟩ possit inferre.«]* »Überdies muß man wissen, daß die Soldaten, wenn mit Wurfgeschossen gekämpft wird, den linken Fuß vorn haben müssen: So ist nämlich der Schwung beim Schleudern der Geschosse kräftiger. Aber wenn es zur Eröffnung des Nahkampfes kommt, wie man es nennt, und man mit Schwertern Mann gegen Mann kämpft, dann müssen die Soldaten den rechten Fuß vorn haben, damit einerseits ihre Brust, um keinen Verletzungen ausgesetzt zu sein, dem Feind abgewandt sei, andererseits, damit ihre Rechte, die den Streich ausführt, ihm zugewandt sei.«

472,29 *bald erfahren]* Fortsetzung des ›dramatisierenden‹, ›inszenierenden‹ Spiels.

472,32 *ein Gelehrter]* Heyne, in einem Brief an Lessing vom 17.10.1768 (Bd. XI/1 dieser Ausgabe, S. 549f.; vgl. oben Dokumente A, Nr. 23). Lessing antwortete am 5.1.1769 (Bd. XI/1 dieser Ausgabe, S. 582; vgl. oben Dokumente A, Nr. 40).

473,7 *in unsern Anzeigen]* Den Göttingischen.

473,9f. *Miles Veles im Museo Florentino]* Vgl. Anm. 397,32 u. 397,33.

473,21 *auf die Erde]* Heyne: auf der Erde.

473,31 *einem rechtschaffnen Manne]* Vielsagender Kontrast zum Bild Klotzens.

473,32 *bloß um die Aufklärung der Wahrheit]* Wichtige Benennung eines (›aufklärerischen‹) Forscherideals, wiederum kontrastiv.

474,11 *Quid pro quo]* (Lat.) »Was für was«: Verwechslung, Vertauschung.

474,13 *Ich will mich erklären]* Ansatz zu einer grundsätzlichen Erläuterung des Verhältnisses zum Lesepublikum (zunächst in ›antiquarischen‹ Dingen).

474,14 *eifersüchtig]* Hier: erpicht, danach ›eifernd‹.

474,17f. *bloß 〈...〉 weil es mein Urteil]* Prinzipielle Ablehnung des Autoritätsdenkens auch gegenüber sich selbst.

474,22 *Facta]* Vgl. Bd. V/1, Anm. 157,6.

474,28 *Tratten]* Von ital. tratta »gezogener Wechsel«, seit etwa 1600 in der dt. Kaufmannssprache; vgl. Grimms DWb 11, Sp. 1282f.

474,32 *da sehe jeder selbst zu]* Das Lessingsche Ideal des ›Selberdenkens‹, freilich von früh an mit faktischer Tendenz zur Leserlenkung.

475,5 *ein Geck]* Vgl. Bd. V/1, Anm. 16,2.

475,10 *Blunder]* Entweder mundartliche Wendung für ›Plunder‹ (vgl. etwa Bd. V/1, Anm. 28,27 und 37,34; auch Grimms DWb 2, Sp. 167f.) oder in Anlehnung an engl. blunder »grober Fehler, Mißgriff, Versehen«.

475,21 *Stand]* Stellung, Position.

475,22 *räumen]* Reimen (auffällig die Nähe zu »räumt er ein«, zwei Zeilen zuvor; Druckfehler nicht ausgeschlossen, aber ebenso ein leichtes Wortspiel möglich).

475,34-36 *›reliquam ⟨...⟩ docuit‹]* »Er hinderte die restliche Phalanx daran, von der Stelle zu weichen, und wies sie an, mit gegen den Schild gestemmtem Knie und vorgestreckter Lanze dem Ansturm der Feinde standzuhalten.« Vgl. S. 198,22-24.

476,4 *Diodor und Polyän]* Nachgewiesen S. 483,22f. mit A 1 und A 2.

476,7 *Xenoph. Rer. Gr.]* Vgl. Bd. V/1, Anm. 456,31; hier: *Hellenika* (Griechisches, Aus der griechischen Geschichte), lat. *Res Graecae*. »Rer. Gr.« kürzt den Genitiv ab. Das Geschichtswerk sollte die Darstellung des Thukydides fortsetzen.

476,15 *im Laokoon]* Abschn. XXVIII, S. 197,13-198,4.

476,21 f. *›loco ⟨...⟩ cedere‹]* »Er hinderte sie, von der Stelle zu weichen.«

476,22 *›projecta hasta‹]* »Mit vorgestreckter Lanze«.

476,22 *›impetum ⟨...⟩ hostium‹]* »Dem Ansturm der Feinde standhalten«.

476,23 *damit zu vereinigen]* Heyne: nicht damit zu vereinigen.

476,31 *Vorstellungsart]* So Heyne; 1769: Vorstellungskraft (mit »Vorstellungsart« ist ›Darstellungsart‹ gemeint)

476,33f. *Hrn. Prof. Sachsens ⟨...⟩ Dea Angerona]* Christoph Sachse, auch Saxe (1714-1806), Prof. der Altertümer und schönen Wissenschaften und der Geschichte in Utrecht; hier: *De dea Angerona* (Über die Göttin Angerona), 1766. Die schweigsame Göttin hütete die Geheimnisse des Genius der Stadt Rom.

476,34 *Mus. Flor.]* *Museum Florentinum*, hg. v. Gori (vgl. Anm. 378,14), s. auch S. 397,32.

476,35 *mit dem Chabrias verglichen]* Der Stein stellt Achilleus dar, der sich den Pfeil aus der Ferse zieht.

476,35 *gefunden]* Heyne: gesehen.

477,5 *schließend]* Schlüssig.

477,8 *eines Fechters]* Zu erinnern ist daran, daß »Fechter« hier überall den Schwertkämpfer (nicht den Degenfechter) bedeutet; vgl. auch Anm. 44,31.

477,10 *schon erinnert]* *Geschichte der Kunst des Alterthums*, S. 395; vgl. oben S. 198,1-4 (aus *Laokoon*, Abschn. XXVIII).

477,15 *ikonisch]* Vgl. Anm. 24,23.

477,18 f. *nach der Wahrheit der Natur]* Porträthaft ist die Statue keineswegs. Lessing kombiniert hier lediglich Zeugnisse und ›schließt‹ (»Folglich«).

477,22 *Winkelmann]* *Geschichte der Kunst des Alterthums*, S. 394.

477,28 *Bildung]* Hier: Formung, Gestaltung.

477,34 f. *abgerichteten feilen Fechter]* Käuflichen Gladiator, vgl. Anm. 44,31 und 45,5.

478,19 *Diodor]* Vgl. S. 483,22 mit A 1.

478,28-34 *Es ist mir 〈...〉 gefolgt bin.]* Eine der zentralen Stellen, an denen Lessing Winckelmanns unbezweifelbaren ›Vorsprung‹ der Autopsie am konkreten Beispiel relativiert.

478,35-479,24 *Nein 〈...〉 gezeichnet ist.]* Zur Beschreibung PO Erl., S. 721: »Der Schild hing nicht ganz senkrecht 〈...〉, sondern etwas schräg. Die höchsten Punkte von Scheitel und linker Hand liegen genau gleich hoch.«

479,4 *perpendikular]* Senkrecht; vgl. Anm. 297, A 56.

479,12 *Die eingreifende Hand]* Sie greift in den auf der Rückseite befestigten Riemen oder Griff.

479,14 *Abgüsse]* Vielleicht »die verkleinerten Nachbildungen aus Bronze, die sich schon im 18. Jahrh. in Dresden befanden« (PO Erl., S. 721 nach Hinweis von Bruno Schröder).

479,15 *Anton Tischbein]* Johann Anton Tischbein (1720-1784), Maler, gest. in Hamburg, wo er seit 1766 ansässig war; 1760 weilte er in Rom. Johann Anton T. ist ein Onkel von Johann Heinrich Wilhelm T., dem ›Goethe-Tischbein‹.

479,19 f. *lege sie Ihnen bei]* Siehe Taf. I auf der nachfolgenden S. 480. Lessing hat also eine Verbindung am Ort (Hamburg) genutzt, um immerhin eine der beiden einzigen Abbildungen seiner *Antiquarischen Briefe* (vgl. S. 492) nicht aus bekannten Tafelwerken entlehnen zu müssen.

479,20 *Maffei]* Vgl. Anm. 60, A 1; hier: *Raccolta di statue antiche e moderne*, die Lessing schon für den *Laokoon* benutzt (S. 60, A 1 und öfter).

481,1 *neuesten Werke]* Die *Monumenti antichi ed inediti* (Antike und unveröffentlichte Denkmäler) waren 1767/68 erschienen, d. h. der 2. Band noch im Todesjahr Winckelmanns.

481,23 *anprellenden]* Heyne: anprallenden.

481,28 *vorigen Briefe]* 36. ›Brief‹, genauer: S. 470,26 bis 472,19.

481, A 5 *Il preteso 〈. . .〉 città.]* »Der angebliche Gladiator scheint eine Statue zu sein, die zur Erinnerung an einen Krieger errichtet wurde, der sich bei der Belagerung irgendeiner Stadt hervorgetan hatte.«

482,4-8 *Der bildende Künstler 〈. . .〉 gewähret.]* Prinzipieller Einsatz, der Gedanken des *Laokoon* aufnimmt.

482,9 *Wenn]* Rein hypothetisch angelegt.

482,9 *Agasias]* Vgl. Anm. 197,3 f.

482,10-17 *der untätige Stand 〈. . .〉 geworden wäre?]* Blümner: »Dieser Einwand wäre schon deswegen unmöglich, weil nach Nepos Chabrias ›illo statu‹, also gerade in jener Defensivstellung abgebildet wurde.« (nach PO Erl., S. 722).

482,25 f. *Tydeus 〈. . .〉 Parthenopäus]* Zwei der ›Sieben‹, die gegen Theben anstürmen (vgl. Anm. 412,14 f.), der eine ungestüm, der andere von sanftem Charakter.

482,33 *annehmen zu dürfen meinte.]* *Laokoon* XXVIII, S. 199,1-18; vgl. 35. ›Antiquarischer Brief‹.

483,3 f. *Hermenevtische Mittel]* Von Hermeneutik »Dolmetscherkunst, Auslegungskunst«: Mittel der Auslegung, Interpretation.

483,22 *Nun findet sich wirklich]* Es ist unklar, ob Lessing die beiden anschließend genannten Stellen tatsächlich erst durch Heyne kennenlernte oder schon vorher kannte (aus zweiter Hand) und falsch einschätzte. Überlegungen dazu bei PO Erl., S. 722.

483,22 *Diodor]* Vgl. Bd. V/1, Anm. 273,13.

483,23 *Polyän]* Polyainos (2. Jh. n. Chr.), aus Makedonien, Rechtsanwalt und Rhetor in Rom: *Strategika* (Kriegsdinge), mit Überlieferung aus griech. Geschichtsschreibern.

483,31 *Velites]* Plural von »veles« (vgl. Anm. 397,33).

483,31 *Triarios]* Akkusativ von »triarii«: das dritte Glied des röm. Heeres, die Reserve, bestehend aus den besten, erfahrensten Soldaten. »Sinn: Der Gelehrte scheint sie unter seine weniger schwerwiegenden Gründe zu rechnen« (G 6, S. 944).

483,32 *als ich sagte]* 13. ›Brief‹, S. 399,23-27.

484,5 *Ich nehme sie gänzlich zurück]* Formeller Abschluß, der Rest ist Nachgefecht, Erweiterung.

484,8 *In der künftigen Ausgabe des Laokoon]* Zu Lessings Lebzeiten nicht mehr erfolgt.

484,8 f. *der ganze Abschnitt] Laokoon* XXVIII.

484,9 f. *mehrere antiquarische Auswüchse]* Wohl vor allem unter den langen Exkursen (im Haupttext wie in den Fußnoten), geballt in den letzten Abschnitten nach »Erscheinen« von Winckelmanns *Geschichte der Kunst*.

484,10 f. *mancher tief gelehrte Kunstrichter]* Vgl. die Auswahl von Rezeptionsdokumenten oben S. 678-721.

484,17 *spätere Schriftsteller]* Die Werke des Diodor und des Nepos (Zeitgenossen) erschienen um 30 v. Chr., das des Polyän 102 n. Chr. Alle drei gehen wohl auf die griech. ›Universalgeschichte‹ des Ephoros von Kyme zurück (4. Jh. v. Chr.). Von der Chronologie der Autoren her ist das Problem nicht zu lösen.

484,23 *Freilich! Indes]* Das Rückzugsgefecht wird deutlich.

484,26 *Studio]* Dativ von ›studium‹: in der Beschäftigung mit antiquarischen Dingen.

485,14 *Herr Prof. Sachse]* Vgl. Anm. 476,33 f.

485,28 *»loco vetuit cedere«]* »Er verbot ihnen, von der Stelle zu weichen.«

485,28 f. *τῃ ταξει ‹...› ἡσυχει]* »In der Schlachtordnung bleibend – nicht vorzulaufen, sondern ruhig auszuharren«.

485,30 *»projecta hasta«]* »Mit vorgestreckter Lanze«.

485,30 f. *ἐν ὀρθῳ ‹...› προτειναμενους]* »Mit gerader Lanze zu verharren – die Lanzen gerade ‹aufgerichtet› vor sich hin zu strecken«.

485,32 *»obnixo genu scuto«]* »Die Schilde gegen das Knie lehnend«.

485,33 f. *τας ἀσπιδας ‹...› προερεισαμενους.]* »Die Schilde gegen das Knie lehnend – die Schilde gegen das Knie stemmend«.

486,3 *ορθα δορατα]* »Die geraden ‹aufgerichteten› Lanzen«.

486,8 *Evolution]* Von lat. evolutio »Auswicklung, Entwicklung«. Der hier etwas auffällige Ausdruck entspringt wohl Lessings Interesse am »fruchtbaren Augenblick«, wie er im *Laokoon* als Forderung an den bildenden Künstler vertreten wird.

486,9 f. *δεχεσθαι ‹...› καταπεφρονηκοτως]* »Die Feinde mit tiefer Verachtung zu empfangen«.

486,12 *καταφρονησιν]* (Akkusativ) »Verachtung«.

486,16 *noch itzt]* Die Erinnerung an den Siebenjährigen Krieg liegt noch nicht weit zurück, das Interesse an militärischen Techniken der Antike zeigte sich während der Breslauer Zeit noch in den Notizen aus der Xenophon-Lektüre (oben Bd. V/1, S. 456 f.).

486,28 *die Triarii]* Vgl. Anm. 483,31. Vermutung, daß Lessing hier und im folgenden aus Lipsius, *De militia Romana* (vgl. Anm. 488, A 1) schöpfe, bei PO Erl., S. 722.

486,31-33 *»ne stantes ‹...› vulnerarentur«]* »Damit sie nicht als Stehende durch die entgegenkommenden Pfeile verletzt würden«.

486,35 f. *»consurgebant«]* »Sie erhoben sich gemeinsam.«

486,37 *»Subsessio intra scuta«]* »Ihr In-Deckung-Gehen hinter den Schilden«.

487,4f. *»acies ‹...› inhorrebat«]* Ihre aufgerichtete »Schlachtreihe« selbst, »die mit den Lanzen gleichsam als von Schanzpfählen umgürtet starrte«.

487,18 *daß vielmehr]* Obwohl Lessing seine These längst förmlich zurückgenommen hat, läßt er nicht locker und möchte wenigstens bei der Bewertung der fremden Deutungen noch ›mitmischen‹.

487,33 *der rechte Arm]* Er ist nicht antik.

487,34f. *ein Gewehr]* Eine Waffe.

488,3 *des Schildes]* Ist ebenfalls nicht antik.

488,7 *δερματινοι θυρεοι]* »Lederne Schilde in Türgestalt« (große rechteckige statt runder Form).

488,11 *Mein Gegner]* Klotz, nicht etwa Heyne.

488,25-27 *das »obnixum genu« des Nepos ‹...› zu können?]* Schon abgehandelt, vgl. S. 483,15-18.

488, A 1 *Lipsius de Milit. Rom.]* Lipsius (vgl. Bd. V/1, Anm. 407,22): *De militia Romana libri quinque* (Über das römische Heerwesen, fünf Bücher), 1594.

489, A 3 *Linguet]* Simon Nicolas Henri Linguet (1736-1794), franz. Jurist, Historiker, Publizist; hier: *Histoire des révolutions de l'Empire Romain* (Geschichte der Revolutionen des römischen Reichs), 1766.

489, A 4 *Svidas]* Vgl. Bd. V/1, Anm. 238,6.

489, A 4 *Scholiasten]* Vgl. Bd. V/1, Anm. 238,7.

489, A 4 *Πορπαξ ‹...› ὁ στρατιωτης.]* »Porpax ist nach einigen der Armriemen des Schildes. Andere wieder meinen, es sei der durchlaufende eiserne Mittelgriff des Schildes, an dem der Soldat den Schild festhält.«

489, A 4 *die Stelle des Herodotus]* Herodot (vgl. Bd. V/1, Anm. 259,25) I 171.

489, A 4 *Cariern]* Volk der Karer, das im Südwesten Kleinasiens siedelte.

490, A 4 *»ansa«]* »Griff, Henkel«. Die hier einschlägige lat. Bezeichnung ist jedoch »ampla«.

490, A 4 *Ammianus]* Vgl. Bd. V/1, Anm. 475,20-28 (Stelle: XXI 2,1).

490, A 4 *»Unam ‹...› grandiore.«]* »Er erwähnt einen

Griff, gleichwohl waren an einem größeren Schild meistens zwei.«

490, A 4 *auf alten Denkmälern]* Das hier Referierte stammt aus den Scholien zu Aristophanes, *Ritter* 849 (wovon wiederum Suidas/Suda abhängig ist).

490, A 5 *De M. R.]* Vgl. Anm. 488, A 1.

490, A 5 *Ne tamen 〈...〉 hastas.]* »Doch täusche dich nicht, diese Lanzen waren nicht sonderlich lang, nicht wie Sarissen (die langen Lanzen) der Makedonier. Wie hätten sie es auch sein können? Die Triarier trugen den Schild meistens mit der Linken, und sie scheinen diese Lanzen bequem mit nur einer Hand gehandhabt zu haben.«

491,3-5 *τας ἀσπιδας 〈...〉 μενειν]* Vgl. S. 483,15-18.

491,6 *die ungezwungenste Umschreibung]* »Lessing hat wohl recht. Die Soldaten des Chabrias knieten nicht, sondern standen, und folglich ist er auch in seiner Statue stehend zu denken« (PO Erl., S. 723).

491,12 *einen Stein beim Natter]* Vgl. Anm. 409,27. Der Stein ist heute verschollen, eine Nachprüfung nicht möglich (Näheres bei PO Erl., S. 723).

492 *Tab. II.]* Die hier wiedergegebenen Abbildungen sind gegenüber dem Druck von 1769 um die Hälfte vergrößert. Unter der zweiten Figur steht: »J. W. M. del. et. sc.« (»J. W. M. hat es gezeichnet und gestochen.«)

493,3 *aus dem Collegio]* Aus der Vorlesung.

493,7f. *der Art 〈...〉 verfahren]* Nach Überleitungs- und Einleitungsgesten: der thematische Neuansatz.

493,20 *»le Lapidaire«]* »Der Steinschneider, der Diamantschleifer«.

483,21 *»le Graveur 〈...〉 fines«]* »Der Gemmenschneider«.

493,22 *»Jouaillier«]* »Juwelier«.

493,22 *»le Metteur en œuvre«]* »Der Bearbeiter«.

493,24 *»Politores«]* »Polierer, Schleifer«.

493,25 *»Scalptores«]* Vgl. Anm. 415,28.

493,27 *»Politores gemmarum«]* Hinweis auf Firmicus Maternus bei PO Erl., S. 723.

493,29 *»laevigare«]* »Glätten«.

493,30f. *»Berylli ‹...› figura«]* »Jeder Beryll wird zu sechseckiger Form geschliffen.« (Plinius XXXVII 76) Zu »Beryll« vgl. Anm. 438,14 und Notiz »Beryll« in den *Collectanea* (LM 15, S. 156f.; Bd. X dieser Ausgabe).

494,1f. *ἐργασια ‹...› το λαμπρον]* »Bearbeitung auf das Klare und Glänzende hin«: Theophrast (vgl. Bd. V/1, Anm. 483,30-484,19), *Über Steine* 27.

494,18-20 *»Omnes ‹...› abhorrentes«]* »Alle geschnittenen Steine werden dadurch glänzend, daß sie in Honig gekocht werden, vorzüglich in korsischem, der wegen seiner Schärfe zu jeder anderen Verwendung untauglich ist.« (statt »acrimoniam« zu lesen »acrimonia«: »die vor Schärfe zurückschrecken«).

494,21 *»decoctus ‹...› Corsici«]* »In korsischem Honig gekocht«.

494, A 2 *»Je suis ‹...› communiquer.«]* »Ich bin davon überzeugt, daß manche antiken Steinschneider über das Geheimnis verfügten, Karneole und Onyxe zu veredeln oder zu läutern, wenn man die erstaunliche Anzahl vorzüglich und auch schlecht geschnittener Karneole betrachtet, die uns die Alten hinterlassen haben. Dagegen findet man unter ihnen heute kaum einen von tausend, der ein vergleichbares Feuer besäße. Es gibt noch weitere, stärkere und überzeugendere Argumente zugunsten dieser Vermutung; ich überlasse es aber den wißbegierigen Geistern, sie herauszufinden, während ich einstweilen einen neuen Anlaß suche, sie ihnen mitzuteilen.«

495,9 *Kluft]* Schlucht, Steinbruch (besonders breite Verwendung im Bergbau: Grimms DWb 5, Sp. 1261-1267).

495,11 *Die »Compositores gemmarum«]* Zum gleichen Stichwort vgl. *Collectanea* LM 15, S. 245f. (jedoch auch das vorausgehende und das nachfolgende Stichwort).

495,22-25 *»Opali ‹...› dederunt.«]* »Die Opale stehen im Wert den Smaragden nur um Weniges nach. Sie kommen ausschließlich in Indien vor, und deshalb verliehen ihnen die Verfertiger geschnittener Steine die Aura des Allerkostbarsten und der unbeschreiblichsten Rarheit.«

495,27 *Harduin]* Vgl. Bd. V/1, Anm. 287,31. Auch hier: mit der Erwähnung des Namens fast zwanghaft Polemik verbunden.

495,29-31 *»atque 〈...〉 dederunt.«]* »Und in der ersonnenen Aura als kostbarste aller Edelsteine verursachten sie das unsäglichste Problem der Welt.«

495,34-496,1 *»et cum 〈...〉 oporteret.«]* »Und verglichen mit den kostbarsten Edelsteinen verursachten sie das unsäglich große Problem, ob es sich nicht gebühre, daß man sie als wertvoller einschätze als andere Edelsteine, denen sie ähneln.«

496,8 *alten Lesart]* Überlieferung nicht ganz klar, möglicherweise hat Hardouin recht; Einzelheiten bei PO Erl., S. 723.

496,15 *»mangones«]* »Betrügerische Händler«.

496,15 *»adulteratores gemmarum«]* »Fälscher von Edelsteinen«.

496,18 *»pretiosissima gloria«]* »Die Aura des Allerkostbarsten« (wörtl.: »kostbarster Ruhm«).

496,20 *»inenarrabilem difficultatem«]* »Eine unsägliche Schwierigkeit«, ein »unaussprechliches Problem«.

496,29 *Paschalius]* Carlo Pasquali (1547-1628), ital. Diplomat und Gelehrter: *Coronae* (Kränze), 1610.

496,31 *Glycera]* Die Kranzbinderin Glykera war Modell und Geliebte des griech. Malers Pausias (4. Jh. v. Chr.). Eine Kopie eines Sitzbildes kaufte Lucullus für teures Geld. Vgl. Goethes idyllischen Dialog (Elegie) *Der neue Pausias und sein Blumenmädchen.*

497,3 *hoch und schildförmig]* Im wesentlichen das, was Lessing schon bisher und auch im folgenden als »convex« bezeichnet (vgl. Anm. 309,14). Das Thema des Schleifens, des Konvexen und Konkaven verbindet die ›Briefe‹ 41 bis 44.

497,12 *Beispiele]* Klotz zitiert hierzu Beispiele aus Lippert (vgl. Anm. 393,28) und aus Natter (vgl. Anm. 409,27).

497,16 *Worte ohne Sinn]* Lessing verschweigt hier noch, daß es sich um einen Gedankengang Lipperts handelt, der später – als der wahre Urheber genannt wird – doch »Sinn« ergibt.

497,21 *ist über meinen Begriff]* Überschreitet meine Fähigkeit zu begreifen.

497,24 *Area]* (Lat.) »Flacher Platz, Grundfläche«.

497,25 *Der Künstler kann also]* Klotz zitiert unter anderem wieder mehrere Beispiele aus Lippert.

497,29 f. *sphärische]* Kugelförmige.

497,30 f. *eines Hemisphärii]* (Griech., mit lat. Flexion) »einer Halbkugel«.

497,33 *Diameter]* (Griech.) »Durchmesser«.

498,1 *applanieren]* »Einebnen, ausgleichen«.

498,23 *krüpplig]* Verkrüppelt.

498,32 *Erhabnem]* Klotz: Erhobenen

499,1 *Wahrheit]* Mit diesem hohen Ziel geht Lessing in seiner ›Inszenierung‹ hier recht frei um.

499,3 *heraus zu fitzen]* »Fadenweise ausziehen, oder was verworren ist aus einander bringen« (Campe 2, S. 90).

499,24 *Hr. Lippert]* Vgl. Anm. 497,12.

499,26 *ausgeschrieben]* Seine Quelle aber auch genannt.

500,7 f. *erhabner* ⟨...⟩ *herausgeholet]* Lippert: mehr erhaben ⟨...⟩ geschnitten

500,8 *gearbeitet]* Fehlt bei Lippert.

500,17 *richtig und fein]* Ostentativ schwenkt die Bewertung um.

500,20 *Gründe]* Es geht um die allmähliche Staffelung vom Vordergrund zum Hintergrund.

500,29 *ungelehrten]* Ungeschulten.

501,6 *genauer]* Lippert: genauerer

501,9 *Werks]* Lessing korrigiert hier stillschweigend einen Druckfehler (»Werths«) bei Lippert.

501,19 f. *nach den Grundsätzen seiner Kunst]* Hier knüpft Lessing an eine Haupttendenz des *Laokoon* an.

501,34 *possierlichen]* Vgl. Anm. 172,11.

502,1 *substituiert]* Vgl. Anm. 310,22 f.

502,7 f. *Jupiter Ammon]* Zeus bzw. Jupiter, bildlich identifiziert mit dem ägypt. Gott Ammon, der als Mensch mit dem Kopf eines Widders (oder einer Gans) oder bloß mit zwei hohen Federn auf dem Kopf dargestellt wurde. Hier: ein hellenist. Ammon mit Widderkopf.

503,4 *eines aus dem Natter]* Eine Amazone; dazu PO Erl., S. 724.

503,9 *Spieße]* Hier: Speer.

503,24 *verwendet]* Hier: verdreht.

503,28f. *der völlige Arm]* Der ganze Arm.

503,29 *ihm]* LM: wohl verdruckt statt »ihr«.

503,30f. *die schülerhafteste Idee]* Sie wird hier Klotz lediglich unterstellt.

504,17f. *den spitzen Ohren des Sirius]* Seirios, der Hundsstern, als Hundskopf dargestellt (Granat).

504,18f. *Schwanze des Löwen]* Möglicherweise nicht antik.

504, A 3 *Cette convexité ⟨. . .⟩ des yeux.]* »Diese Emporwölbung dient hier noch dazu, die Spitzen der Ohren noch mehr aufzustellen, und dazu, sie noch mehr zu spitzen, dergestalt, daß sie bis zur Höhe der Augen emporzuwachsen scheinen.«

504, A 4 *La queuë ⟨. . .⟩ plate.]* »Der Schwanz des Löwen ist nicht so tief eingeschnitten, aber es scheint, daß sein Ende nahezu senkrecht zum Kopf emporragt: etwas, das auf einem flachen Stein unmöglich darzustellen wäre.«

505,11 *Erinnerung]* Hier: Einwand.

505,14 *von Hrn. Lipperten geschehen]* Auch diese Autorität, betont gegen Klotz ausgespielt, wird also etwas in die Schranken gewiesen.

505, A 1 *Ce Mercure-ci ⟨. . .⟩ de l'artiste.]* »Dieser Merkur hier hätte sich nicht dazu geeignet, in einen stark gewölbten Stein eingegraben zu werden, da der Körper und der Arm allzu weit hätten eingeschnitten werden müssen, bevor man den Kopf auf derselben Linie hätte anbringen können, und man würde sich genötigt gesehen haben, den Faltenwurf stärker oder anders zu machen, und infolgedessen wäre das Ganze zu grob und schwerfällig geworden. Es hat daher den Anschein, daß man sich bei der Wahl zwischen einer flachen und einer gewölbten Oberfläche nach der Figur richten muß, die man zu schneiden beabsichtigt, und das hängt von der Begabung des Künstlers ab.«

506,7 *dieses einzige Wort]* Lessing treibt die Differenz bewußt auf die Spitze, dabei freilich den Gegensatz zwischen dem attackierten Klotz und dem gelobten Sachkenner Lippert überziehend.

506,15 f. *Nummer 139 des ersten Tausend]* Ein Apollonkopf, wohl antik.

507,7 f. *nach den Grundsätzen seiner Kunst]* Vgl. Anm. 501,19 f. Lessing distanziert sich hier nicht sehr überzeugend vom Mann der bloßen »Feder«, der er ja selbst auch bleibt.

507,12 *Proprietät]* Nach lat. proprietas »Eigentümlichkeit, besondere Beschaffenheit«.

507,15 *Conformation]* Nach lat. conformatio »Bildung, Gestaltung, Formung«.

508,6 *zweifelhaft]* Zweifelnd.

508,6 f. *Ausschmieren]* Ausschreiben, Abschreiben.

508,8 *So sage es Herr Lippert selbst]* Eschenburg (1793) merkt zu dieser Stelle an, Lippert habe sich nie hierüber erklärt. Als Lessing im Jahre 1775 Lippert besucht, liegt die Periode solcher antiquarischer Auseinandersetzungen weit zurück.

508,11 f. *ob ich ihn ⟨...⟩ gesucht.]* Dies ist der Vorwurf gerade gegenüber Klotzens generellem Verfahren.

508,14 *ist ihm die Kunst]* Ein sichtlich stilisiertes Gegenbild.

508,20 *Er sei so gut]* Vgl. Anm. 508,8.

509,11 *›Sotto Squadro‹]* (Ital.) »Unterhöhlung, Aushöhlung«, eine unterschnittene Stelle, von der der Abdruck sich nicht glatt lösen kann; an dieser Stelle wird also die Form (Oberfläche) unklar.

509, A 1 *Ceci ⟨...⟩ plate.]* »Dies hier stellt einen Stein mit erhabener Oberfläche dar, zusammen mit einem Werkzeug, das dabei verwendet wird, und es soll dazu dienen, den Nutzen zu demonstrieren, den man aus der Bearbeitung dieser Art von Steinen zieht. Da der Abstand zwischen dem Stein und dem Werkzeug bei einem gewölbten Stein erheblich größer ist als bei einem flachen Stein, kommt es dazu, daß das Werkzeug weiter vordringen und im gewölbten Stein eine tiefer eingeschnittene Gravur vornehmen kann als in dem anderen. Vgl. damit Abbildung Nr. 10, auf der dasselbe Werkzeug noch erheblich näher an die Ränder des flachen Steines rührt.«

510,13 *Umbo]* (Lat.) »Schildbuckel«.

510,24 *Salmasius]* Vgl. Anm. 437,33-438,1.

510,25 *Plinius]* Stelle: XXXVII 64.

510,29f. *»quapropter ⟨...⟩ vetitis«]* Vgl. S. 433,25f.

510,31 *»iidem ⟨...⟩ colligant«]* »Sie sind meist auch konkav, so daß sie die Lichtstrahlen sammeln.«

510, A 3 *Solinus]* Vgl. Anm. 434,33.

510f., A 3 *Nec aliam ⟨...⟩ corrumperetur.]* »Und nur deshalb beschloß man, daß ⟨Smaragde⟩ nicht geschnitten werden durften, damit nicht ihr Glanz, verletzt durch die Eintiefungen der Bildnisse, vernichtet werde.« Vgl. S. 434,34f.

511,3 *Plinius]* Stelle: XXXVII 8.

511,3f. *gezeigt habe]* Oben S. 435,19-33.

511, A 3 *De concavis ⟨...⟩ discedunt.]* »Plinius sagt hier so viel über die konkaven ⟨Smaragde⟩: ›Sie sind meist auch gewölbt, so daß sie die Lichtstrahlen sammeln; daher werden sie aufgrund einer Übereinkunft der Menschen geschont: Es ist verboten, sie zu schneiden.‹ Diejenigen, die konkav sind, dürfen, da sie die Lichtstrahlen sammeln und durch diese Sammlung die Sehkraft wieder herstellen und fördern, dieser Eigenschaft wegen nicht geschnitten werden. Unser Autor hingegen läßt daher gemeinhin Smaragde überhaupt nicht schneiden, damit nicht ihr Glanz, verletzt durch die Eintiefungen der Bildnisse, vernichtet werde. Gleichsam als ob die Smaragde einst deshalb so sehr begehrt gewesen wären, um Bilder zu vermitteln, was Spiegel doch besser zu tun vermögen. Überdies vermögen nicht diejenigen Steine, die konkav sind, die Bilder korrekt wiederzugeben, sondern diejenigen, deren Fläche ausgedehnt und konvex ist, wie Plinius ebenfalls veranschaulicht. Dies entfernt sich also gleichermaßen von der Wahrheit wie von der Ansicht des Plinius.«

511, A 3 *»ne offensum ‹...› corrumperetur«]* Vgl. S. 434, 34f.

511, A 3 *»cum concavi ‹...› aemulantur«]* »Wenn sie konkav sind, bilden sie die Gesichter der Betrachter ab.«

512,14 *Vettori]* Francesco Vettori (1708-1778), ital. Archäologe: *Dissertatio glyptographica* (Abhandlung über geschnittene Steine), 1739. Ausführlicher dazu unter dem Stichwort »Vettori« in den *Collectanea*, LM, S. 391-395. Am 5. 1. 1769 bittet Lessing Johann Andreas Dieze (Bibliothekar in Göttingen) brieflich, ihm Vettoris *Dissertatio* – sofern vorhanden – für eine Woche auszuleihen.

512,15 *habe ich selbst vor mir]* Unklar, auf welche Steine sich dies bezieht.

512,25 f. *des Vergrößrungsglases]* Neues Thema nach den ›Briefen‹ 41 bis 44.

512f., A 1 *Exstant ‹...› judicaveris.]* »In der Sammlung Vettori sind noch einige so winzig kleine geschnittene Steine vorhanden, daß eine einzelne Linse doppelt so groß wäre als jene; und dennoch sieht man auf ihnen sowohl im Halbrelief als auch entsprechend tief eingeschnittene Figuren: ein auf so kleiner Fläche ungemein bewundernswertes Werk, von dem du annehmen wirst, daß es kaum mit bloßem Auge eingeschnitten worden sei.«

513,1 *Manni]* Domenico Maria Manni (1690-1788), ital. Drucker, Sprachforscher und Archäologe: *Degli occhiali da naso* (Von der Nasenbrille), 1738, in dt. Übersetzung veröffentlicht im ›Allgemeinen Magazin der Natur, Kunst und Wissenschaften‹, Teil 8 (1756). Zum Titel der Schrift vgl. unten S. 520,32f.

513,2 f. *den Alten ‹...› nicht ganz absprechen]* Ähnlich wie bei der Frage nach der Perspektive klingt die »Querelle des Anciens et des Modernes« an (vgl. Anm. 14,9f.).

513,5 *Seneca]* Vgl. Anm. 26, A 8.

513,6 *Plinius]* Vgl. Anm. 511,3 und Anm. 511, A 3.

513,8-14 *»Igitur ‹...› arguere.«]* »Wenn also die Smaragde bei den Alten in den meisten Fällen konkav waren, um die Lichtstrahlen bequem bündeln zu können, so konnten sie jene (Aus-)Höhlung gewiß nicht ohne die Kunst der Optik vornehmen. Aus diesem Grunde ist anzunehmen, daß sie diese Kunst bereits vorher bis zur Vollkommenheit beherrschten. Man darf daher folgern, daß auch der Smaragd des Nero, durch den er die Gladiatorenspiele zu verfolgen pflegte, *konkav* war.«

513,23 *»visum colligere«]* »Die Lichtstrahlen sammeln«.

513,26 *der Presbyte]* Von griech. presbys »alt«: der alte Mensch (hier: der Alters-Weitsichtige).

513,31 *Der Myops]* Von griech. myops »der die Augen Schließende, Zusammenziehende«: der Kurzsichtige.

514,8 *Katoptrik]* Von griech. katoptron »Spiegel«: Spiegellehre, Lehre von der Zurückwerfung der Strahlen.

514,9 *Dioptrik]* Von griech. dioptron (ebenfalls) »Spiegel« (jedoch mit dem Element ›durch‹ bzw. ›quer‹): Lehre von der Brechung der Strahlen.

514,11 *divergieren]* Von lat. divergere »sich auseinanderneigen, auseinandergehen«.

514,11f. *convergieren]* Von lat. convergere »sich zuneigen, zusammengehen«.

514,23 *Conservativglases]* Auch Conservationsglas (im 18. Jh. geläufig): Schutzbrille.

514,27-32 *»Iidem 〈...〉 smaragdo.«]* »Sie sind meist auch konkav, so daß sie die Lichtstrahlen sammeln. Daher werden sie durch eine Übereinkunft der Menschen geschont; es ist verboten, sie zu schneiden. Indessen ist ihre Härte bei den Skythen und den Ägyptern so groß, daß man sie überhaupt nicht beschädigen kann. Diejenigen aber, deren Körper flach ist, geben, wenn sie nach hinten geneigt sind, ebenso wie Spiegel die Bilder wieder. Kaiser Nero verfolgte die Gladiatorenkämpfe durch einen Smaragd.« (Plinius XXXVII 16,64) Zu einzelnen Lesarten s. PO Erl., S. 725.

514,35 *»quorum 〈...〉 extensum est«]* »Deren Körper flach ist«.

515,15 *Sveton]* Vgl. Bd. V/1, Anm. 435, A 4; hier: *Nero*.

515,15f. *»oculis 〈...〉 hebetioribus«]* »Mit graublauen und schwachen Augen« (besagt jedoch nichts über Kurz- oder Weitsichtigkeit).

515,16f. *»Neroni ⟨...⟩ hebetes.«]* »Nero, der auf kurze Distanz schwache (Augen) hatte, wenn er sie nicht zusammenkniff« (aussagekräftiger).

515,18f. *puren puten]* Von lat. purus putus »ganz und gar rein«, »völlig unvermischt«.

516,4 *Euclides]* Eukleides (um 300 v. Chr.), griech. Mathematiker in Alexandreia: Hauptwerk *Stoicheia* (Elemente); Lessing begann es während seiner Meißner Zeit zu übersetzen.

516,5 *Mathesis]* (Griech.) »Das Lernen«, dann spezieller: die Mathematik.

516,6 *Abazen]* Alhazen (11. Jh.), arab. Astronom. Seine Abhandlung über die Optik wurde 1542 von Gerardo de Cremona veröffentlicht.

516,6 *Vitellio]* 2. Hälfte des 13. Jhs., poln. Astronom. Quelle über beide Astronomen: *Opticae Thesaurus Alhazeni item Vitelonis* (Schatzkammer der Optik des Alhazen und des Vitellio), 1542.

516,10 *»Anaclastica«]* (Griech.-lat.) »Die Lehre von der Zurückbiegung, Rückstrahlung«; also: Dioptrik (vgl. Anm. 514,9).

516,25 *Microscopia]* (Griech.) »Betrachtung des Kleinen«.

516,27 *Beryll]* Vgl. Anm. 407,1 f. und 438,14.

516, A 5 *Baccius]* Vgl. Anm. 440,22.

517,1 *1. Aus dem Plinius]* Der vorausgehende Gedankengang ist reichlich umständlich und gewunden ausgefallen. Deshalb versucht Lessing offenkundig von hier an, den sich zur Abhandlung auswachsenden 45. ›Brief‹ durch Gliederung in sechs Punkte systematischer zu gestalten.

517,23-27 *»Smaragdus ⟨...⟩ utimur.«]* »Als Smaragd bezeichnet man auch den Edelstein des Nero, von dem gesagt wird, daß er die Gladiatorenkämpfe durch einen Smaragd, gleichsam als durch einen Spiegel, betrachtet haben soll: und zwar meines Erachtens deshalb, um auf diese Weise die Schärfe des Sehvermögens seiner Augen wieder herzustellen, aus welchem Grunde auch wir blaugrünliches Kristall und Glas erfolgreich nutzen.«

517,31 *streiten mit dem]* Widersprechen dem.

518,14 *Wenn ich nicht irre]* Dioptrik hat sich als Bezeichnung jedenfalls durchgesetzt.

518,16 *Proclus]* Proklos (411-485 n. Chr.), griech. Philosoph des Neuplatonismus. Sein Kommentar zu Euklid ist eine der wichtigsten Quellen zur Rekonstruktion des euklidischen Systems.

518, A 6 *Kästners Lehrbegriff der Optik]* Abraham Gotthelf Kästner (1719-1800), Prof. der Mathematik in Leipzig, Schriftsteller, Epigrammatiker, einer der Leipziger Professoren, den Lessing – neben Christ – besonders verehrte; hier: *Lehrbegriff der Optik* (1755), dt. Bearbeitung eines Lehrbuchs von Robert Smith (vgl. Anm. 519,24). Kästner dürfte auch schon im vorigen mehrfach Lessings Quelle sein. Mit ihm korrespondiert er am 7. 1. 1769 über Edelsteine.

519,17 *sphärischen]* Vgl. Anm. 497,29f.

519,24 *Smiths Optik]* Robert Smith (1689-1768), engl. Physiker; hier: *A compleat system of opticks* (Ein vollständiges System der Optik), 1728, wurde 1755 von Kästner ins Dt. übersetzt (vgl. Anm. 518, A 6). Lessing zitiert hiernach.

519,29 *Herr de la Hire]* Gabriel-Philippe de La Hire (1677-1719), franz. Mathematiker: *Mémoire sur l'organ de la vue* (Abhandlung über das Sehorgan), 1708.

519,34 *von ihr]* Von ihr entfernt.

520,4 *die]* Kästner: wie

520,12 *die die]* 1769: den die

520,18 *Diameters]* Vgl. Anm. 497,33.

520,21 *allerdings]* Hier: durchaus, sehr wohl.

520,24 *Seneca]* Vgl. Anm. 45,20f.; hier: *Naturales quaestiones* (Naturwissenschaftliche Probleme); vgl. A 8.

520,24-26 *»Litterae 〈...〉 cernuntur«]* »Buchstaben erscheinen, auch wenn sie noch so winzig und unleserlich sind, durch eine mit Wasser gefüllte gläserne Kugel größer und deutlicher.«

520,28 *Petrarch]* Francesco Petrarca (1307-1374), ital. Dichter und Gelehrter der Frührenaissance. Lessing stützt sich auf ein Zitat von Manni (vgl. Anm. 513,1), das wiederum zwei verschiedene Schriften Petrarcas erwähnt: *De origine et vita sua* (Über seine Herkunft und sein Leben) und *De remediis utriusque fortunae* (Vom Trost in Glück und Unglück).

521,8 *Zirkelbögen]* Kreisrunden Bögen.

521,9 *darauf fallen]* Hier: darauf kommen.

521,10 *so fort]* Hier: sofort, zunächst.

521,23 f. *»Omnia 〈...〉 majòra.«]* »Denen, die durch Wasser schauen, erscheint alles weitaus größer.«

521,33 *»qualitas occulta«]* »Eine verborgene Eigenschaft«. PO Erl., S. 726: »Der Begriff der 〈...〉 absolut verborgenen Eigenschaft der Dinge, knüpft an antike Lehren (Aristoteles, Stoiker) an, stammt als solcher aber erst aus der mittelalterlichen Scholastik« (PO Erl., S. 726).

521,37-522,8 *Sie taten 〈...〉 im Abend.]* Hier führt Lessing offensichtlich einen Gedanken von Goguet aus (vgl. Anm. 433,27). Die Stelle bei PO Erl., S. 726.

522,2 *Vorsicht]* Hier: Vorsehung.

522,7 *ganzen]* LM: »[vielleicht doch nur verdruckt statt] ganz«.

522,13 f. *Du Cange]* Vgl. Bd. V/1, Anm. 469,16.

522,14 *Menage]* Vgl. Bd. V/1, Anm. 253,29; hier: *Glossarium ad scriptores mediae et infimae Latinitatis* (Wörterbuch zu den Autoren des mittelalterlichen und neueren Lateins), 1678.

522,15 *Procoprodomus]* Gemeint ist ein Gedicht des Theodoros (Ptocho-) Prodromos, eines byzantin. Dichters aus dem 12. Jh. Der Beiname bedeutet »Bettel-Vorposten«. Lessing hat den Namen (samt Druckfehler) aus der dt. Übersetzung; s. PO Erl., S. 726.

522,16 f. *Emanuel Comnenus]* 1143-1180, Kaiser von Byzanz.

522,18 f. *'Ερχονται 〈...〉 του ὑελιου –]* Lessings anschließende Übersetzung ist wörtlich.

522,27 *Molineux]* William Molyneux (1656-1698), engl. Jurist, Politiker und Gelehrter; hier: *Dioptrica nova*

(Neue Dioptrik), 1692 und 1709. Ebenfalls nach Kästner zitiert.

522,31 *Verstand]* Hier: Sinn.

522,33 *›lente‹]* (Ital.) »Linse«.

522, A 9 *Nach der ⟨...⟩ Magazins.]* Vgl. Anm. 513,1.

523,6 *Excremente]* Von lat. excrementa »Ausscheidungen«.

523,8 *ekel]* Hier: empfindlich (gegenüber Ekligem).

523,11 *μετα του ὑελιου]* »Mit dem Glas«.

523,19-21 *»Invenio ⟨...⟩ radiis.«]* »Ich stelle fest, daß die Ärzte glauben, daß dann, wenn am Körper gebrannt werden muß, nichts besser wirken könne, als daß eine Kristallkugel gegen die Strahlen der Sonne gehalten wird.«

523, A 11 *Addita ⟨...⟩ exurant.]* »Der Sonne ausgesetzte Glaskugeln, die mit Wasser gefüllt sind, werden so glühend heiß, daß sie Gewänder völlig versengen können.«

524,7 *ist später]* Senecas Schrift erschien 63 n. Chr., die des Plinius 79 n. Chr. (das Argument der verschiedenen »Zeiten« ist nicht sehr stark).

524,14 *Salmasius]* Vgl. Anm. 437,33-438,1.

524,15 f. *»Vitrum ⟨...⟩ κρυσταλλου.«]* »Plinius nimmt das Glas für Kristall, das Kristallartige für den Kristall.«

524,22 *»in candido translucentes«]* »Die schimmernd ⟨und⟩ durchsichtig ⟨sind⟩«.

524,24 *»crystalla«]* »Kristallen, aus Kristall«.

525,5-8 *»Est autem ⟨...⟩ exurant.«]* »(Glas) ist aber außerstande, Hitze zu ertragen, wenn nicht zuvor kalte Flüssigkeit hineingegossen wurde: Der Sonne ausgesetzte Glaskugeln, die mit Wasser gefüllt sind, werden so glühend heiß, daß sie Gewänder völlig versengen können.« (Plinius XXXVI 199)

525, A 13 *Crystallum ⟨...⟩ addicitur.]* »Es ist unbestreitbar, daß Kristall ein Eis ist – daher ist es außerstande, Hitze zu ertragen ⟨und⟩ wird ausschließlich für kalte Getränke verwendet.« (Textabweichungen bei Plinius verzeichnet PO Erl., S. 726)

526,6 *unbewaffentes]* Im 18. Jh. gelegentlich noch begegnende Form.

526,16f. *mikrotechnischer Werke]* Von griech. mikros »klein« und techne »Kunst, Handwerk«: Klein-Kunstwerke (Gemmen usw.).

526,24 *Sinn des Gesichts]* Gesichtssinn.

526,30 *Vergleichung der Alten und Neuern]* Zentrale Formulierung der »Querelle« (vgl. Anm. 14,9f.), ostentativ an den Schluß gesetzt.

527,3f. *etwas lange verweilet]* Es ist in der Tat eine sehr lange, umständliche Erörterung geworden.

527,5 *Sie lautet so:]* Weiterhin: *Über den Nutzen und Gebrauch der alten geschnittenen Steine und ihre Abdrücke* (1768).

527,16 *schielendes]* Vgl. Anm. 330,24.

527,26 *hyperbolisieren]* Übertreiben.

528,2 *Hr. Raspe]* Rudolf Erich Raspe (1736-1794), Bibliothekar (in Hannover und Kassel) und Archäologe, auch Kritiker; hier: *Anmerkungen über die Schrift des Herrn Klotz vom Nutzen und Gebrauch der geschnittenen Steine* (1768). Lessing bedankt sich für die Übersendung der *Anmerkungen* in einem Brief an Raspe vom 30. 12. 1768 (vgl. auch Dokumente A, Nr. 39).

528,3 *Akrosticha]* Plural von akrostichon: Die Anfangsbuchstaben (akron, akra) der Gedichtzeilen (stichos, stichoi) ergeben, hintereinander gelesen, ein bestimmtes Wort oder einen Satz. Schon antike Kunstform.

528,3 *Chronodisticha]* Plural von chronodistichon: In einem lat. Gedicht (Distichon: Zweizeiler) ergeben die Buchstaben – die zugleich Zahlen bedeuten – ein bestimmtes Datum (chronos: Zeit). Beide Formen gelten als Beispiele hoher Kunstfertigkeit bzw. Künstlichkeit.

528,11f. *Afterwerken]* Pseudowerken, vgl. Bd. V/1, Anm. 431,24.

528,19 *unmerklich 〈...〉 zu setzen]* Technik des sogenannten ›Dublierens‹.

528,20-23 *»Sardonyches 〈...〉 probatissimis.«]* »Sardonyche werden aus je drei Edelsteinen zusammengeleimt, derart, daß man das Künstliche daran nicht merkt: hier 〈nimmt man〉 einen schwarzen, da einen weißen, dort einen zinnoberroten ⟨Stein⟩, jeweils die kostbarsten und besten ihrer Art.« (leichte Textabweichungen bei Plinius) Zu »Sardonyches« vgl. Anm. 419,8.

528,30 *Cameen]* Vgl. Anm. 409,15 und *Collectanea*, Stichwort »Cameo« LM 15, S. 173-176.

529,4 *Camee]* Franz. Schreibung im Gegensatz zu ital. cameo.

529,6 *genuin]* Von lat. genuinus »angeboren, ursprünglich«; hier: »eigentlich« (vgl. den Schluß des 47. ›Briefs‹, S. 540,5).

529,12 *Boot]* Vgl. Anm. 437, A 5.

529,12-530,2 *»Dum crusta ⟨...⟩ Sardonyx sit.«]* »Sofern nur eine einfarbige Schicht geschnitten wird und eine andersfarbige als Boden belassen wird, dann sprechen die Steinschneider von ›Camehuja‹ oder ›Kamee‹, handle es sich dabei nun um einen Onyx oder um einen Sardonyx.«

529, A 1 *Tollius]* Adrian Tollius (17. Jh.), niederländ. Arzt: Herausgeber des Boot (1609).

529, A 1 *Laet]* Jean Laet (1593-1649) aus Antwerpen, Geograph und Philologe: *De gemmis et lapidibus libri duo* (Über Gemmen und Steine, zwei Bücher), 1647.

529, A 1 *Cäsalpinus]* Andrea Cesalpini (1519-1603), ital. Arzt und Naturkundler: *De metallicis* (Vom Hüttenwesen), 1596.

529, A 1 *»scalpunt ⟨...⟩ Cameos vocant.«]* »Die Steinschneider gravieren diese (Onyche) auf unterschiedliche Art und Weise. Wenn nämlich eine weiße Schicht einer zweiten, schwarzen übergelagert ist, oder bei anderen Farbabfolgen, wie rot, weiß oder schwarz, oder in umgekehrter Reihenfolge, dann schneiden sie das Bild in die obere, so daß die untere gleichsam den Boden darstellt – diese nennt man gemeinhin Kameen.«

529, A 1 *Caylus]* Vgl. Anm. 72, A 3; hier: *Abhandlungen zur Geschichte und zur Kunst*, übersetzt von Meusel, Vorrede von Klotz (1768), vgl. S. 328,13 f.

529, A 1 *Obsidianischen Steine]* Obsidian: dunkelroter, glasartiger Stein, bis ins Schwarze gehend. Vgl. Stichwort »Obsidianisches Glas«, *Collectanea*, LM 15, S. 325 f.

530,23 *Wortgrüblern]* Zentraler Begriff des Lessingschen Verständnisses von Sprache und des Umgangs mit ihr, bis in seine Theaterstücke hinein. Im ›Grübeln‹ über einzelne Worte, ihren Sinn und ihre Verwendung (auch beim dramatischen Gegenüber) verbindet sich bei Lessing das eingewurzelt Philologische mit dem aufklärerischen Willen zur Durchleuchtung des Gegebenen.

530,23 f. *das etymologische Studium]* Die Untersuchung der Etymologie (nach griech. etymos »echt, wahr«): des ›wahren‹ Ursprungs eines Worts.

531,4f. *für eine gemächliche Neugierde keine wollüstigere Arbeit]* Wichtige psychologisch-ästhetische Betonung des Eigenwerts von »Neugierde« (curiositas, die in christl. Tradition lange als sündhaft galt).

531,15 *»Camayeu«]* Heute camaïeu: »einfarbiges Gemälde, Reliefgemälde«.

531,16 *Menage]* Vgl. Bd. V/1, Anm. 253,29.

531,17 *Gaffarel]* Jacques Gaffarel (1601-1681), franz. Orientalist: *Curiosités inouies sur la sculpture talismanique des Persans etc.* (Unerhörte Merkwürdigkeiten über Talisman-Figuren der Perser usw.), 1629.

531,18 *Huet]* Pierre Daniel Huet (1630-1721), franz. hoher Geistlicher und Philologe: *Etymologies* (Etymologien); Erscheinungsjahr nicht ermittelt.

531,32 *figurierten]* Mit Figuren versehenen.

531, A 2 *Dict. 〈...〉 Fr.]* *Dictionnaire etymologique de la langue française* (Etymologisches Wörterbuch der französischen Sprache), 1694; erweiterte Ausgabe 1750, diese von Lessing benutzt.

531, A 3 *A cause 〈...〉 de l'eau.]* Der Wortlaut: in Lessings *Collectanea*, LM 15, S. 174.

532,11 *»Kamia«]* Vgl. *Collectanea*, LM 15, S. 174, wo Lessing seinen Hamburger Freund Moses Wessely als Gewährsmann nennt.

532,22 *Cerutus]* Benedictus Cerutus (gest. 1620), ital. Arzt, erster Herausgeber des *Museum Francisci Calceolarii* (Museum des Franciscus Calceolarius), 1622, der Veröffentlichung eines Naturalienkabinetts.

532,22f. *Camillus Leonardus]* Vgl. Anm. 440,22.

532,24 *sulphurischen]* Schwefelreichen.

532, A 4 *Parcequ'on ⟨...⟩ figures.]* »Da man diesen Steinen, die von Natur aus mit dem Abdruck irgendwelcher Gestalten ausgestattet sind, große Wirksamkeit zuschrieb«.

532, A 5 *A cause ⟨...⟩ taillées.]* »Wegen der Vertiefung ⟨an der Stelle⟩, wo diese Steine geschnitten sind«.

532, A 6 *Camae ⟨...⟩ inveniri.]* »Von einigen werden sie ›Kamee‹ genannt, mit einer Bezeichnung, die von dem griechischen Wort καυμα abgeleitet ist, das so viel wie ›Brand, Glut, Feuer‹ bedeutet: man sagt nämlich, daß sie an schwefelreichen und heißen Orten gefunden werden.«

533,4f. *des sechszehnten und siebzehnten Jahrhunderts]* Eschenburg (1793) weist darauf hin, daß du Cange die Formen »camahutus«, »camahotus« bereits im 13./14. Jahrhundert belegt.

533, A 7 *Cronstedt]* Axel Friedrich Cronstedt (1722–1765), schwed. Mineraloge; dt. Übersetzung: *Versuch einer Mineralogie* (1758).

533, A 8 *Erasmus Stella]* Erasmus Stelle, eigtl. Stüler (gest. 1521), Arzt und Historiker; hier: *Interpretamentum gemmarum* (Erläuterung von Gemmen), 1517, von Lessing in der Ausgabe 1736 benutzt.

533, A 8 *»Gemmas ⟨...⟩ parere.«]* »Die Gelehrten bezeichnen diejenigen als Edelsteine für erhabene Arbeiten, die dafür geeignet sind, daß man Bilder in sie schneidet. Obwohl es deren eine große Anzahl gibt, erweisen sich doch *die Peantiden* als am vorzüglichsten geeignet, die auch als *Gemahuides* bezeichnet werden, mit einem Namen, der Schwangeren beigelegt wird – diese Verwendung der Bezeichnung ist die alltäglichere; man sagt, daß sie Gebärenden helfen und sogar selbst gebären.«

533, A 8 *Conrad Gesner]* Vgl. Anm. 440,22f.

533, A 8 *»Gemmarii ⟨...⟩ Gammenhü.«]* »Die Stein- oder Gemmenschneider aber wählten hierzu weniger harte Steine aus, die die Deutschen in der Volkssprache, ich glaube ihrer geschmeidigen Weichheit wegen, als Speckstein und Gammenhü bezeichnen.«

533, A 8 *Joh. Kentmann]* Johann Kentmann (1518-1574), Arzt und Naturforscher: *Nomenclatura rerum fossilium* (Bezeichnungen für Versteinerungen), 1565.

533, A 8 *Agricola]* Georg Agricola, eigtl. Bauer (1494-1555), ursprünglich Arzt; Begründer der neueren Mineralogie und Bergbaukunde: *De natura fossilium* (Über die Natur der Versteinerungen), 1546.

534, A 8 *»Lapidis 〈...〉 scalpturas.«]* »Bei dem Stein, den die Deutschen, da seine Farbe glänzendweiß ist und er fettig zu sein scheint, nach dem Speck benannt haben (etliche bezeichnen ihn als ›gemma huja‹), hebt sich eine weiße Ader bald von einer schwarzen, bald von einer aschgrauen ab. Man verwendet heutzutage für erhaben geschnittene Arbeiten hauptsächlich dessen breite, glänzendweiße Schicht und den Sarder.«

534,1 *Nota]* (Lat.) »Bemerkung, Anmerkung«.

534,5 *Hybrida]* (Griech.-lat.) »Mischling, von zweierlei Abkunft«, hier sprachlich verstanden.

534, A 9 *Hos omnes 〈...〉 Cameos.]* »All diese 〈Steine〉 werden heutzutage ›Niccoli‹ genannt, sofern sie nur geschliffen sind. Sind sie jedoch geschnitten, so daß der Grund eine andere Farbe hat, werden sie ›Kameen‹ genannt.«

535,5-7 *Es ist 〈...〉 kennet.]* Hier scheint zugleich Lessings humanistisch-philologisches Fundament durch.

535,9 *Camillus Leonardus]* Vgl. Anm. 440,22.

535,17 *mit meiner Etymologie]* Mit meinem Verfahren der Etymologie.

535,21 *Päantis]* Vgl. S. 536,6 und 12.

535,21 *kurz vorher]* S. 534,1-4.

535, A 11 *Kamam 〈...〉 accipit.]* »*Der Kamam* oder Kakamam ist weiß mit verschiedenfarbigen Einsprengseln, und er leitet seine Bezeichnung von Kauma ab, was so viel wie ›Brand‹ heißt. Man findet ihn an schwefelreichen und heißen Orten; und er ist meist von Onyx〈adern〉 durchzogen. Er hat keinerlei genau definierbare Eigenschaften, sondern er erhält sie in den plastischen Arbeiten und Bildnissen, die in ihn eingeschnitten sind.«

536,1-3 *»Peantides ⟨...⟩ significantur«]* »Peantiden, die auch als Gemohuidas bezeichnet werden, mit einem Namen, der Schwangeren beigelegt wird«.

536,6 *Plinius]* Plinius XXXVII 180.

536,6-8 *»Paeantides ⟨...⟩ parturientibus.«]* »Paeantiden, die etliche auch als Gemoniden bezeichnet, werden – so sagt man – ⟨mit anderen Steinen⟩ schwanger und kommen nieder, und sie kommen den Gebärenden zu Hilfe.« (Statt »Gemonidas« wird jetzt, mit der Überlieferung, »gaeanidas« gelesen: »die mit Gaia, der Erde, Verbundenen«.)

536,15 *Harduin]* Vgl. Bd. V/1, Anm. 287,31 (auch hier wieder nicht ohne Polemik).

536,25 *tonichten]* Tonartigen.

536, A 12 *γενναω ⟨...⟩ γυνη ⟨...⟩ γυναικιζοντας]* »Ich erzeuge ⟨...⟩ Frau ⟨...⟩ sich wie Frauen gebende«.

536, A 12 *Marbodus]* Vgl. Anm. 440,21.

536, A 12 *Feminei ⟨...⟩ labores.]* »Indem er die Wehen des weiblichen Geschlechts nachahmend widerspiegelt«.

536, A 13 *Lapidis ⟨...⟩ facit.]* »Bei dem Stein, den die Deutschen, da seine Farbe glänzendweiß ist und er fettig zu sein scheint, nach dem Speck benannt haben (etliche bezeichnen ihn als ›gemma huja‹), hebt sich eine weiße Ader bald von einer schwarzen, bald von einer aschgrauen ab. – Erasmus Stelle nennt sie Gemohuidas und identifiziert sie fälschlicherweise mit den Paeantiden der Alten.«

537,4 *den Hrn. D. Vogel]* Rudolf Augustin Vogel (1724 bis 1774), Prof. der Medizin in Göttingen: *Praktisches Mineralsystem* (1762). Auf Vogel (unter anderem) stützt sich Lessing bereits S. 439,27-440,9.

537, A 15 *»Exponenda ⟨...⟩ Carmaniae.«]* »Wegen der Namensgemeinschaft muß auch das Wesen des Onyx selbst dargestellt werden: dieser ⟨Name⟩ ging von einem Stein in Karmanien auf den Edelstein über.« (Der Satz »hoc ⟨...⟩ Carmaniae« hat in der heute maßgeblichen Überlieferung den Wortlaut: »hoc aliubi lapidis, hic gemmae vocabulum est« – »dieser ⟨Name⟩ gehört zu irgendeinem anderen Stein, dieser ist eine Bezeichnung für die Gemme.«)

537, A 15 *Salmasius]* Vgl. Anm. 437,33-438,1.

537, A 15 *»Cave 〈...〉 visum.«]* »Man nehme sich ferner vor der Annahme in acht, daß Plinius an dieser Stelle den Onyx als denjenigen Edelstein begreife, den unsere Landsleute ›Cassidoine‹ nennen, wie es die Phantasie den meisten vorgaukelt.«

537, A 15 *Richelet]* César-Pierre Richelet (1631-1698), franz. Philologe: *Dictionnaire de la langue francaise* (Lexikon der französischen Sprache), 1680, auch 1732.

537, A 15 *Murrha]* Laut Zedler 22, Sp. 968 ein in verschiedenen Farben auftretender, wohlriechender Edelstein, der in Parthien, besonders in der Provinz Caramania gefunden wurde.

538,5 *Brast]* Meist für »schweren Kummer und Sorge« (Grimms DWb 2, Sp. 308), doch auch wohl im Sinne von »Plunder« (so G 6, S. 950: zu »bersten«) oder auch von »Stopfmasse«.

538, A 15 *»Maniére 〈...〉 couleurs.«]* »Eine Edelsteinart, verschönert durch verschiedenfarbige Adern«.

538, A 15 *»Calcedoine«]* »Chalzedon«.

538, A 15 *»Quae hodie 〈...〉 Cassedonia«]* »Der heute als Chalzedon gilt, verderbt als ›Cassedonia‹«.

538, A 15 *Laet]* Vgl. Anm. 529, A 1.

538, A 15 *den wir itzt Chalcedon nennen]* Nach der griech. Stadt Chalkedon benannter Edelstein bzw. eine Edelsteingruppe (heute ›Chalzedon‹): ein faseriges Material, meist trüb durchscheinend, in sehr unterschiedlichen Farben, mit zahlreichen charakteristischen Varietäten. Vgl. auch Lessings Aufzeichnungen in den *Collectanea*, LM 15, S. 180f.

538, A 15 *Smaragd des Plinius]* Plinius XXXVII 118.

538, A 15 *für des Plinius]* Plinius XXXVII 115.

538, A 15 *»turbida 〈...〉 mittebat«]* »Trüber Jaspis, den der Chalzedon hervorbrachte«.

539,2 *Pernety]* Vgl. Anm. 380,11.

539,3 *χαμαι]* »Auf der Erde, auf dem Boden«.

539,13 *Area]* Vgl. Anm. 497,24.

539,16-19 *»Les Jouaillers 〈...〉 en creux.«]* »Die Juweliere und die Steinschneider bezeichnen die Onyxe, Sardonyxe und andere erhaben oder tief geschnittene Steine als ›Camayeux‹.«

539,17 *Felibien]* André Félibien (1619-1695), franz. Architekt und Kunsthistoriker: *Des principes de l'architecture, de la sculpture etc., avec un dictionnaire des termes* (Über die Grundsätze der Architektur, der Bildhauerei usw., mit einem Lexikon der Fachausdrücke), 1676.

539,19f. *»et autres ⟨...⟩ taillées«]* »Und andere geschnittene Steine«.

539, A 16 *Ce mot ⟨...⟩ à terre.]* »Dieses Wort dürfte höchstens für Basreliefs gebraucht werden, da es seinen Namen von dem griechischen Wort *χαμαι* ableitet, das so viel wie ›niedrig‹, ›am Boden‹ bedeutet.«

540,5 *genuinen]* Vgl. Anm. 529,6.

540,15 *Währmänner]* Gewährsleute.

540,19 *seine Worte]* In seiner Schrift *Über den Nutzen und Gebrauch der alten geschnittenen Steine*, S. 53; er bezieht sich auf Winckelmanns *Versuch einer Allegorie, besonders für Künstler* (1766).

540,21 *Aurora]* Röm. Göttin der Morgenröte.

540,25 *Sardonyche sagen darf]* Weil man sich hiermit an den griech. Plural anlehnt.

540,29 *Schnitzer]* Fehler, Verstoß.

540,29 *erlaubt]* Die Form findet sich im übrigen schon in der Lutherbibel (Offb. XXI 20). Klotz hat sie einfach aus Lippert übernommen.

541,1 *drei Lagen]* Es handelt sich um Fälschungen, in denen man eine seltene Varietät des Sardonyx nachahmen wollte.

541,2 *Sarder]* Vgl. Anm. 440,8.

541,2 *Carneol]* Vgl. Anm. 439,8.

541, A 1 *Sardonyches ⟨...⟩ probatissimis.]* Vgl. S. 528,20-23.

541, A 1 *»e ternis«]* »Aus je drei«.

541, A 1 *»e cerauniis«]* »Aus Donnerkeilen«: einem rötlichen Edelstein, ceraunia gemma, auch »Katzenauge« genannt.

541, A 1 *der deutsche Übersetzer]* Johann Daniel Denso, vgl. Anm. 422, A 2.

541, A 1 *Donnerkeilen]* Falsch zitiert, es muß »Donnerpfeilen« heißen (der Fehler unterläuft Lessing trotz besonderer Aufmerksamkeit für den Wortlaut).

541, A 1 *Isidorus] Etymologiae* XVI 15,27 (vgl. Anm. 402,24).

541, A 1 *Tres capit 〈...〉 albo.]* »Drei Farben gewinnt dieser eine Stein aus zweien; er ist weiß und dort schwarz, und Rot übertönt das Weiß.«

541, A 2 *Stelle des Plinius] Naturalis historia* XXXVII 87.

541, A 2 *einbilden]* Vorstellen.

541, A 2 *Sarkonyx]* Zusammengesetzt aus griech. sarx, sarkos »Fleisch« und onyx »Kralle, Nagel«. Plinius erklärt dies (kurz nach der genannten Stelle) als »Fleisch unter dem Nagel«.

541, A 2 *»Sardonyches 〈...〉 in Sarda.«]* »Einst wurden die Sardonyxe, wie es sich aus dem Namen selbst erweist, mit Hilfe des glänzenden Weiß im Sarder klassifiziert.«

542,1 *wechselsweise parallel]* Der hier gemeinte Stein (in Neapel) scheint nicht ›dubliert‹ zu sein.

542,24 f. *Variation]* Heute: Varietät, Abart.

542,25 *ein besonderer Name]* In der späteren Antike nannte man (laut Furtwängler bei PO Erl., S. 729) auch die Steine mit abwechselnd weißer und brauner Schicht Sardonyx. Plinius hält sich zu eng an den Vergleich mit dem Fleisch unter dem Nagel. Der Sardonyx mit roter Schicht (»Carneolonyx«) war eine seltene Varietät.

542,28 *Zanetti]* Vgl. Anm. 436,14; Näheres in den *Collectanea*, LM 15, S. 312. Klotz zitiert eine Abbildung eines liegenden Tigers (»Cammeo«).

542,34 *Gori]* Vgl. Anm. 378,14.

542,35 f. *»exsculptum 〈...〉 Moco«]* »Aus einem orientalischen Edelstein geschnitten, den man im allgemeinen ›Moco‹ nennt«. (bei Gori: »exscalptum« – häufige, inhaltlich nur wenig differenzierende Variante).

543,1 *Mokhastein]* Vgl. nachfolgende Anm.

543,8f. *Mokhastein ‹...› Dendrachat]* Von griech. dendron »Baum«: Baumachat, Baumstein, auch Moosachat (von der Oberflächenmusterung).

543,10 *Mokha]* Im 18. Jh. auch Mocha, Mokka u. a. (Zedler 21, Sp. 686f.): Hafenort am Roten Meer, arab. Fürstentum und dessen Hauptstadt.

543,14f. *Gori ‹...› in seiner Daktyliothek des Zanetti]* Vgl. Anm. 436,14.

543,19 *was ich]* Oben S. 436f.

543,22 *Tiberius]* Tiberius Claudius Nero, 14-37 n. Chr. röm. Kaiser.

543,24 *»Quem ‹...› adpellant«]* »Den man Jade nennt«.

543,25-544,1 *»Igiada ‹...› avvicina.«]* »Sehr schöne Jade, die dem Smaragdgrün nahekommt«. Vgl. die Notiz »*Igias* oder *Igiade*« in den *Collectanea*, LM 15, S. 274.

543, A 3 *Hill]* John Hill (um 1716-1775), engl. Schriftsteller; hier: *Theophrastus' History of Stones* (Theophrasts Geschichte der Steine), 1746.

543, A 3 *Agates ‹...› Merchants.]* »Achate, die gewisse Ähnlichkeiten mit Bäumen und Sträuchern aufwiesen, nannte man aus diesem Grund ›Dendrachate‹. Sie sind mit dem gemeint, was unsere Juweliere derzeit Mochasteine nennen – fälschlicherweise allerdings; sie sind nämlich keine Hervorbringung jenes Königreichs, sondern sie pflegen lediglich aus anderen Ländern importiert und dort zur Nutzung durch unsere Kaufleute eingeschifft zu werden.«

544,1 *Naturalisten]* Naturkundler.

544,5 *»Piedra de hijada«]* (Span.) »Stein der Hüfte« (heute geschrieben »ijada«).

544,5 *»lapidem nephriticum«]* »Nierenstein«; vgl. franz. jade néphritique.

544,6 *amerikanischen]* Lateinamerikanischen.

544,8 *Prasius oder Präsem]* Vgl. oben S. 436f.

544,12 *unmöglich alt]* »Der Nephrit findet sich auch in Europa und ist in vorgeschichtlicher Zeit schon verwendet worden« (PO Erl., S. 729).

544,25 *Stella]* Vgl. S. 533, A 8.

544,27-34 *»Se non parum ⟨...⟩ celebrarentur.«]* »Er wundere sich nicht wenig, daß sich ansonsten gelehrte Männer in diesen Dingen, die doch die Natur mit so großer Pracht ausgestattet habe, einer barbarischen und plebejischen Ausdrucksweise bedienten. So bezeichneten sie nämlich Karfunkel als Rubine, Lychniten als Mandine, Sandaresi als Granaten, Chrysolithe als Zitrine und legten auch den meisten anderen ⟨Steinen⟩, die doch bei griechischen und lateinischen Schriftstellern gleichermaßen mit den ausgesuchtesten Namen gepriesen wurden, die albernsten Bezeichnungen bei.«

544, A 2 *Laet]* Vgl. Anm. 529, A 1.

545,5 *Amandins]* Siehe das Folgende.

545,7 *Lychnis]* (Griech.) »Lampenstein«, eine bestimmte Art des parischen Marmors (von der Insel Paros).

545,7 *Alabandicus]* »Zu Alabanda gehörig, aus Alabanda«: Stadt in Karien (westliches Kleinasien). Der Marmor ist rosenfarben.

545,8 *Plinius] Naturalis historia* XXXVII 103 und 92.

545,11 *»genere ardentium«]* Aus der »funkelnden Gattung«.

545,12 *»nigriores«]* »Dunklere, düsterere«.

545,12 *»remissiores carbunculi«]* »Sanftere Karfunkel«.

545,13 *Orthosia]* Stadt in Karien.

545,13 *»caute«]* »Vorsichtig, behutsam«.

545,14 *»circa Orthosiam«]* »In der Gegend von Orthosia«.

545,19 *Troezenius]* »Zu Troizen gehörig, aus Troizen« (Stadt auf der Peloponnes in der Argolis).

546,1 *chimärischen]* Vgl. Anm. 445,25.

546,6 *Wayse]* Durchgängige Schreibung Lessings (und weithin auch seiner Zeit) für ›Waise‹, auch traditioneller Name für den großen Edelstein im hinteren Feld der dt. Kaiserkrone, einen milchweißen Opal (Grimms DWb 13, Sp. 1052). Lessings Spekulation trifft den Sachverhalt offenbar nicht.

546,8 *Paederos]* (Griech.) »Knabenliebe«. Die Plinius-Stelle: XXXVII 84.

546,11-16 *»Olim 〈...〉 convenit.«]* »Einst wurde dieser Edelstein ›Paederos‹ genannt, von ›Knabe‹ und ›Liebe‹, da er, einem sehr schönen und unschuldigen Knaben gleich, jeder Liebe wert ist. Von diesem Namen ist möglicherweise jene deutsche Bezeichnung abgeleitet, die ›Wehse‹ heißt, das bedeutet ›Waisenknabe‹, eine Bezeichnung, die nur zu Knaben paßt.«

546,26 *sinnreich]* Hier: scharfsinnig.

546,27 *»Orphanus«]* »Waise«.

546,31 *Albertus Magnus]* Vgl. Anm. 440,22. Längeres Zitat bei PO Erl., S. 730.

546f., A 7 *Quaenam 〈...〉 fore.]* »Was nun dieser Edelstein sei, den Nonius derart und bis zur Tollheit liebgewonnen habe: Als ich diesen Opal nannte, da riefen die übrigen Gäste, ich müsse ihn »Waise« nennen. – Es kam dazu durch einen Fehler der Kopisten, die anstelle von ›Opal‹ die Bezeichnung ›Waise‹ einsetzten. Daher ist dieses Wort bei Albertus zu streichen und durch einen eingefügten Obeliscus zu versehen und an derselben Stelle ›Opal‹ einzutragen.« (Obeliscus: textkritisches Zeichen)

547,7 *Frischen]* Johann Leonhard Frisch (1666-1743), Naturforscher und Lexikograph; hier: *Teutsch-lateinisches Wörterbuch* (1741).

547,9 *Peucer]* Kaspar Peuker (1525-1602), Prof. der Mathematik und Medizin in Wittenberg, verfaßte mit Paul Eber: *Vocabularia rei nummariae etc.* (Wörterbuch des Münzwesens usw.), 2. Ausg. 1564.

547,9 *Asterios]* Zu griech. aster »Stern« (?); die Stelle bei Plinius: XXXVII 131.

547,9 *Eristalis]* Unklar; bei Plinius XXXVII 160 »cristalis« (möglicherweise »erythallis«, mit griech. erythros »rot« zusammenhängend).

547,18f. *Achatonyx, Achatsardonyx]* Vgl. Anm. 419,7f. und 419,8 sowie insbesondere Stichwort »Achatonyx« in den *Collectanea*, LM 15, S. 128-130.

547,23 *Jenaischen Recensenten]* Anonymer Rezensent in den ›Jenaischen gelehrten Zeitungen‹, Jahrgang 1768, 96. Stück. Autor nicht ermittelt.

547,25 *Geschlechtsnamen]* Hier: Gattungsnamen.

547,26 *Hornsteine]* Vgl. Anm. 436,19.

547,29 *Brückmann]* Urban Friedrich Benedikt Brückmann (1728-1812), Mediziner und Mineraloge, Edelsteinsammler: *Abhandlung von Edelsteinen* (1757, erweitert 1773).

547,29-548,3 *»Der Achat 〈...〉 beschrieben haben.«]* Vgl. S. 419,6-8 und S. 549,17-28.

548,3 *welche 〈...〉 haben.]* Brückmann: »welche in diesen 〈!〉 Abschnitte sind beschrieben worden.«

548,17 *Vogeln]* Vgl. Anm. 537,4.

548,20 *Monstrum]* (Lat.; hier:) »Mißbildung«.

548,20 *wie Lessing glaubt]* Oben S. 440,17-19 (eine der wenigen Stellen, an denen Lessing bereits auf Auseinandersetzungen mit einem der früheren ›Antiquarischen Briefe‹ reagieren kann bzw. tatsächlich reagiert).

548,26 *componieren]* Von lat. componere »zusammensetzen«.

548,29 *Composita]* (Lat.) »Zusammensetzungen«.

549,18 *tulich]* Vgl. Bd. V/1, Anm. 168,32.

549,20f. *Glockenspeise]* Fachbegriff: die Bronzemasse, aus der die Glocken gegossen werden.

549,21 *Ingredienzen]* Vgl. Anm. 165,11.

550,6 *in petto]* (Ital.) »in der Brust« (lat. in pectore). »In petto behalten, heißt, verschweigen oder bei sich behalten« (Campe, Ergänzungsbd., S. 475).

550,11 *Bandsteinen]* Der Bandstein: »jede Steinart, die eine farbige, bandförmige Zeichnung hat« (Campe 1, S. 374).

550,14 *auch keine Achate]* »Heute 〈...〉 nimmt man Bandachat als Hauptnamen, als Unternamen Onyx, Chalcedonyx, Karneolonyx, Sardonyx (nicht Achatonyx), davon geschieden 〈...〉 ist Bandjaspis« (PO Erl., S. 730).

550,17 *Theophrast]* In seiner Schrift *Über die Steine*, Lessing überwiegend aus Hill bekannt (vgl. Anm. 543, A 3).

550, A 6 *»The Zones 〈...〉 Spots.«]* »Die Streifen sind vollkommen symmetrisch angeordnet und schließen ihn nach dem Urteil der penibelsten Fachleute der Gegenwart nicht aus der Familie der Onyxe aus, welche Farbe sie auch haben mögen, mit Ausnahme von Rot: In diesem Fall nimmt er die Bezeichnung ›Sardonyx‹ an. Daher sind die Farbe der unteren Schicht und die Symmetrie der Streifen die spezifischen Merkmale dieses Steines, und er unterscheidet sich insbesondere im zuletzt 〈genannten Merkmal〉 vom Achat, der häufig dieselben Farben aufweist, die jedoch in ungleichmäßigen Schattierungen, Maserungen und Flecken verteilt sind.«

551,6 *Naturalist]* Vgl. Anm. 544,1.

551,12 *mit Hr. Klotzen]* Vgl. oben S. 440,17-19.

551,18 *Compositis]* Dativ Plural von »Composita«, vgl. Anm. 548,29.

551,33 *Herr Klotz selbst]* Hier deutet sich bereits an, daß jetzt die persönliche Auseinandersetzung mit Klotz in den Vordergrund, das Antiquarische als solches zurücktritt.

551,34 *davon]* Damit.

552,5 *Original]* Ist von Lessing wohl als Adjektiv gedacht (prädikativ), jedoch durch Großschreibung hervorgehoben (es ist kein »im« oder »als« ausgefallen).

552,9 *nur noch]* Gerade erst.

552,10f. *feierlichen Kälte einer Standesperson]* Anspielung auf Klotzens – von Lessing wiederholt mit Ironie oder Sarkasmus bedachten – Status eines »Geheimrats« (verschiedene Schreibung).

552,13 *so empfindlich]* Aufnahme der Klotzschen Formulierung zu Beginn der Antwort, die er auf Lessings ersten Brief gegeben hatte (vgl. Dokumente A, Nr. 16, oben S. 1002, dazu S. 694).

552,16 *unser Zwist]* Vgl. das Zitat weiter unten (S. 552,31f.).

552,20 *verewigten Freunde]* Caylus war 1765 gestorben.

552,26 *ehedem]* Im *Laokoon*, S. 172,20f.

552,31f. *»unser Zwist 〈...〉 wenig.«]* Vgl. hier und im folgenden Klotzens Brief, Dokumente A, Nr. 16, oben S. 693 bis 695).

552, A 1 *im 133sten 〈...〉 Jahres]* ›Staats- und Gelehrte Zeitung Des Hamburgischen unpartheyischen Correspondenten‹, Jg. 1768, 133. Stück (19.8.1768).

552, A 1 *dem 135sten ⟨...⟩ Zeitung]* ›Kayserlich-privilegirte Hamburgische Neue Zeitung‹, Jg. 1768, 135. Stück (25.8.1768). Im Raubdruck *Briefe von Herrn Leßing und Herrn Klotz* (1768; vgl. oben S. 949) ist dieses, von Lessing als das »Wesentlichste« Bezeichnete als »Zehnter Brief von Herrn Leßing« abgedruckt (S. 57-64). In unserem Text: S. 552,31-556,11.

552,32 *das Publicum als Richter]* Eine von Lessing schon früh konzipierte und bis in den Fragmentenstreit hinein (Bd. VIII und IX dieser Ausgabe) immer wieder aufgenommene Grundvorstellung.

552,32-553,1 *Wenn ich ⟨...⟩ denke?]* 1768 ab: Wenn ich mir das Publicum als Richter denke, so darf dies keine Ursache sein, das Publicum damit zu verschonen.

553,1 f. *über alle erkennen]* Über alle ein Urteil fällen.

553,2 *geringschätzigsten]* Geringfügigsten.

553,2-14 *sie mögen ⟨...⟩ zu nennen?]* 1768 ab: Erlauben Sie mir also immer, mein Herr, diesen unsern Zwist noch um ein Wort zu verlängern.

553,8 *Wische]* Wisch: »Ein beschriebenes Papier, z. B. ein Brief, wie auch, eine kleine Schrift, um sie als sehr schlecht und verächtlich zu bezeichnen« (Campe 5, S. 714).

553,10 *Pedant]* Im 17./18. Jh. vielzitierte und vielkritisierte exemplarische Figur des engstirnigen und weltfremden Gelehrten (aus europ., besonders franz. Perspektive gerne speziell mit den Deutschen verbunden).

553,13 f. *Impertinenz]* Unverschämtheit, Aufdringlichkeit.

553,20 f. *die Critik]* Von Lessing abstrakt bereits als ›Institution‹ angesprochen, mit der Erkenntnis, daß diese in Deutschland noch relativ junge Disziplin einer entschiedenen Förderung bedürfe.

553,22 *Herr]* Fehlt 1768 ab.

553,22 f. *weder eine Kunst noch eine Wissenschaft]* Ihr fehlt bei ihm nach Lessings Auffassung das ›Professionelle‹, im einen wie im anderen Sinn.

554,2 *rund]* Bedeutet auch: »Einfach, bestimmt ⟨...⟩,

ungekünstelt, ohne Umstände, geradezu« (Campe 3, S. 899).

554,2 *tergiversieret]* Von lat. tergiversari »den Rücken zukehren, Ausflüchte suchen«.

554,4 *vorwendet]* Vorschiebt.

554,15-22 *Beleidigen!* ⟨. . .⟩ *sagt er]* Fehlt 1768 ab.

554,24 *der Herr Geheimderat]* So tritt Klotz etwa auf dem Titelblatt seines Buchs *Beytrag zur Geschichte des Geschmacks und der Kunst aus Münzen* (1767) auf: »vom Herrn Geheimdenrath Klotz«. Lessing knüpft an eine polemische Technik aus dem Anfang der öffentlichen Fehde wieder an, vgl. S. 347,5 (aber auch S. 328,2 und 341,2).

554, A 2 *Allgem. Bibliothek]* Nicolais einflußreiche und gefürchtete ›Allgemeine deutsche Bibliothek‹ (seit 1765), in der Klotz zunächst auch veröffentlicht hat. Dort ist an der genannten Stelle ein Brief Klotzens an Nicolai vom 22. 7. 1767 abgedruckt, in dem Klotz behauptet, er mache sich aus Rezensionen nicht viel, möchte jedoch auch nicht schweigen, sondern »dem andern eine unangenehme Stunde« bereiten. Lessings Fußnote fehlt 1768 ab (wo auch die Anspielung im Haupttext nicht steht).

555,6 *er behauptet]* Vgl. Dokumente A, Nr. 16, oben S. 694 f.

555,7 *in meinem Laokoon] Laokoon* XXIV, S. 172,18 f.

555,28 *Eustathius]* Im Kommentar zu Homer, *Ilias* II 212. Vgl. Lessings Eustathios-Notizen in den Paralipomena zum *Laokoon*, S. 253,3-22.

555,32 *mehr]* 1768 b: mehrere

555,36 *versprach]* Am Schluß von *Laokoon* XXIV.

556,5 *Kunstrichter]* Der Begriff ist vor allem seit Gottsched mit hohen Ansprüchen der prinzipiellen (›philosophischen‹) Einsicht und Urteilsfähigkeit verbunden.

556,8 *deutsche Bibliothek]* ›Deutsche Bibliothek der schönen Wissenschaften‹, seit 1764, Klotzens muttersprachliches Schul- und Hausorgan; s. oben S. 955.

556,9 *sehr gelobt worden]* Eine sehr positive Besprechung der Lessingschen Lustspiele.

556,11 *zu werden. –]* Hier folgt 1768 ab nur noch die Unterschrift: »Leßing«.

556,12 *den Verfolg]* Die Fortsetzung, vgl. Bd. V/1, Anm. 141,34 und 205,20f.

556,14 *nemlichen Correspondenten]* Wie Anm. 552, A 1: Jg. 1768, 154. und 155. Stück (24. und 27.9.1768).

556,22f. *in einem Briefe vom 9ten Junii 1766]* Vgl. Dokumente A, Nr. 2, oben S. 954.

556,23 *meine Widersprüche]* Meine Einwände.

556,35 *Göttingschen Anzeigen]* Vgl. S. 397, A 1.

557,13 *vorgehabt]* Vor uns gehabt, uns vorgenommen.

557,14 *der Göttingsche Gelehrte]* Christian Gottlob Heyne, vgl. Anm. 397,10f.

557,20 *plagiarische]* Von lat. plagiarius »Menschenräuber, Seelenverkäufer«: einer, der geistigen Diebstahl begeht.

557, A 4 *Brf. 36.]* Der 36. ›Antiquarische Brief‹, S. 469,14-472,27.

558,2-5 *in dem siebenden ‹...› Seite 465 bis 78]* Rezension des Ersten Teils der *Antiquarischen Briefe* in der ›Deutschen Bibliothek der schönen Wissenschaften‹, Bd. 2, Halle 1768, Stück 7, S. 465-478 und Bd. 5, 1770, Stück 18, S. 377-380. Vgl. die Auszüge: Dokumente A, Nr. 22, oben S. 1007-1017.

558,9 *den Krieg]* Die Kampfmetaphorik steigert sich.

558,12 *Voraussetzungen]* Hier: Unterstellungen.

558,25f. *seine Zuschrift vom 9. Mai]* Brief von Klotz an Lessing, 9.5.1766 (Bd. X/1 dieser Ausgabe, Nr. 352).

558,28 *Actis litter.]* ›Acta litteraria‹, seit 1764, Klotzens lat. Periodicum (vgl. oben S. 955); die Rezension erschien dann in den ›Acta litteraria‹ 1766, S. 283-320.

558,32 *seinem Beispiele]* Vgl. Schluß des 51. ›Briefs‹.

559,1-560,11 *»Ich erinnere mich ‹...› Klotz.«]* Vgl. Bd. XI/1 dieser Ausgabe, S. 443,14-444,25 (mit Kommentar S. 871).

559,19 *aufgeheutert]* Aufgeheitert (regionale Variante wie schleudern/schleidern oder auch zeigen/zeugen).

559,30 *Anmerkungen]* Beobachtungen, Bemerkungen.

559,31-33 *Joh. Matthaei ⟨...⟩ (Lutetiae) 1577.)]* Giovanni Matteo Toscano (2. Hälfte 16. Jh.), Philologe; hier: *Carmina poetarum illustrium Italorum* (Lieder berühmter italischer Dichter), 1577. Lessing gibt im *Laokoon*, S. 63, A 2 andere Quellen an.

559,37 *Anthologie des Strato]* Epigramme des spätgriech. Dichters Straton (2. Jh. n. Chr.) sind in der *Anthologia Graeca/Palatina* (vgl. Bd. V/1, Anm. 244,14) überliefert (Kapitel XII). Klotz gab sie zusammen mit anderen griech. Epigrammen 1764 heraus: *Stratonis aliorumque veterum poetarum Graecorum epigrammata* (Stratons und anderer alter griechischer Dichter Epigramme). Lessing ging auf Straton ausührlicher in seinen *Anmerkungen über das Epigramm* ein (1771; Bd. VII dieser Ausgabe).

560,2 *Tyrtäus]* Tyrtaios (Mitte 7. Jh. v. Chr.), griech. Lyriker. Klotzens kommentierte Ausgabe, mit dt. Übersetzung von Christian Felix Weiße, erschien 1767.

560,17 *in seinem zartesten Alter]* Als er drei Jahre alt war.

560,22 *war auch Schriftsteller]* Bemerkenswert, daß Lessing hiermit eine ›gemeinsame Ebene‹ der Auseinandersetzung voraussetzt.

561,11 *Meine eigene Worte]* Vgl. oben S. 987.

561,13 *gültige]* Sachverständige, fähige.

561,31 *Aber was daraus]* Zu ergänzen: erkenne ich.

562,10 *Geck]* Vgl. Bd. V/1, Anm. 16,2.

562,33f. *Gleichnisse]* Das »Gleichnis«, das durch seine Endstellung im Brief herausgehoben wird, hält die gewählte metaphorische Ebene nicht durch. Mit dem »Beutel« bricht es um. Die logische Struktur kritisierte schon Jean Paul in seiner *Vorschule der Ästhetik* (1804), Teil II, § 51.

563,19 *das Stück von den Actis litt.]* Vgl. Anm. 558,28. Lobende Formulierungen aus dem Anfang zitiert Lessing S. 565,7-16.

563,24 *verhalten]* Vorenthalten.

563,26-564,38 *»Nachdem ⟨...⟩ Klotz.«]* Vgl. Bd. XI/1 dieser Ausgabe, S. 451,27-452,38 (mit Kommentar S. 872f.

563,26f. *auf Ihre Ankunft ⟨...⟩ gewartet]* Aufgrund des Lessingschen Briefs vom 9. 6. 1766, den Lessing S. 558,19f. erwähnt.

563,30 *Hr. Hausen]* Karl Renatus Hausen (1740-1805), Prof. der Geschichte in Halle und Frankfurt a. d. Oder; er veröffentlichte nach dem Tod seines Freundes eine von vielen als verleumderisch empfundene Schrift *Leben und Charakter Herrn Chrn. Adolph Klotzens* (1772).

563, A 1 *Voluminis III. Pars III.]* Ergänzende Angaben Anm. 558,28.

564,3 *Warschauer Antrage]* Klotz hatte einen sehr attraktiven Ruf an die Universität Warschau erhalten. Die Bleibeverhandlungen für Halle verschafften ihm nicht nur einen ungewöhnlichen Zuwachs des Salärs, sondern gaben auch den Ausschlag für die Verleihung des Titels »Geheimrat« (vgl. etwa Anm. 554,24). Klotz hatte sich vorgenommen, auf der Reise nach Warschau einige Zeit in Berlin zu bleiben.

564,17f. *einige Berlinische Gelehrte]* Hausen identifiziert sie in seiner Schrift (vgl. Anm. 563,30) mit Lessing (Hausen, S. 22).

564,18f. *meinen Auszug ⟨...⟩ Welthistorie]* Vgl. Bd. V/1, S. 779.

564,28f. *ein Buch von der alten Steinschneiderkunst]* Es erschien 1768, vgl. S. 987-996.

564,30f. *die allhier herrschende Barbarei]* Vermutlich der Mangel an einschlägigen Sammlungen in Halle (im Vergleich zu Dresden), aber wohl auch das noch verbreitete Desinteresse am Gegenstand.

565,5 *eine Recension]* Die sehr ausführliche, lat. geschriebene Rezension des *Laokoon* (vgl. Anm. 558,28).

565,7 *»elegantissimi ⟨...⟩ vir«]* »Ein Mann von überaus fein gebildetem Geiste«.

565,8 *»verus ⟨...⟩ alumnus«]* »Ein wahrer Zögling der Grazien«.

565,8f. *»dudum ⟨...⟩ locum«]* »Schon längst den ersten Platz unter den Zierden Deutschlands«.

565,10-13 *»cognitis 〈...〉 lectione«]* »Mit Kenntnis der besten Bücher fast aller Völker, mit deutlicher Einsicht ins Wesen der Künste und mit einer Kombination der Kenntnis der Altertumswissenschaft mit der Belesenheit in den neuesten Schriftstellern«.

565,14 *»aureolus libellus«]* »Ein goldenes Büchlein«.

565,16 *des Plato]* Den Ausspruch Platons gegenüber seinem Schüler Xenokrates überliefert Diogenes Laertios (vgl. Bd. V/1, Anm. 239,4) IX 2,6.

565,28 *Mulus mulum]* (Lat.) »Ein Esel 〈kratzt〉 den anderen« (zu ergänzen: »fricat«): weil beide voller Läuse sind.

566,6 *mit Bestande]* Mit Bestehenlassen, unter Wahrung.

566,15 *empfindlicher]* Hier: lästiger.

566,23 *nüchtern]* Hier: trocken, ernüchternd (vgl. ›frostig‹ im Sinne von ›frösteln machend‹, u. dgl.).

566,27 *Wernicken]* Christian Wernicke (1661-1725), Epigrammatiker und Satiriker, von Lessing besonders geschätzt; bekanntestes Werk: *Überschriffte oder Epigrammata* (1697). Lessing bezieht sich auf das Epigramm *An den deutschen Maevius* aus Wernickes *Poetischen Versuchen in Überschriften* (neue Aufl. Zürich 1763; laut PO Erl., S. 731 nachgewiesen von Blümner).

567,8-10 *»Cui 〈...〉 tribuerunt!«]* »Dem die Musen schon längst den ersten Platz unter den Zierden Deutschlands zugestanden!« (aus der Rezension in den ›Acta litteraria‹ 1766).

567,21 *zuverlässig]* Hier: ganz gewiß.

567,35 *Ich habe dergleichen nicht]* Natürlich hatte Lessing dergleichen: etwa die Anmerkungen über antike Schriftsteller (Bd. V/1, S. 450-469) oder auch noch manches Unausgewertete, das sich in den Paralipomena zum *Laokoon* findet (S. 209-321), oder in den Paralipomena zu den *Antiquarischen Briefen* selbst (S. 583-618). Die von Lessing selbst so betitelten *Collectanea* (LM 15, S. 125-423), mit vielen einschlägig ›antiquarischen‹ Notizen, sind erst seit dem Sommer 1768 zustande gekommen. Dabei ist *ein* Ziel gerade, einen Fundus auch für künftige Auseinandersetzungen zur Verfügung zu haben.

568,2 *Mein halbes Leben ist vergangen]* Wichtiger Hinweis auf die Zäsur, die am Ende des Zweiten Teils die Erfahrungen mit der Klotz-Fehde offenbar für Lessing bedeuten.

568,27 *Kupferbüchern]* Hier sind vor allem die Abbildungswerke zur antiken Kunst gemeint, die seit der ersten Hälfte des 18. Jhs. in immer größerer Zahl erscheinen (vgl. oben S. 975 f.).

568,29 *Erinnerungen]* Hier: Einwände.

568,37 *das Mittel]* Die Mitte, den Mittelweg.

569,6 *›Allgemeinen Bibliothek‹]* Nicolais ›Allgemeine deutsche Bibliothek‹; vgl. Anm. 554, A 2. Klotzens eigene ›Deutsche Bibliothek‹ (vgl. Anm. 378,30), seit 1767, wurde zu einer Art Gegen-Institution und zur auch finanziellen Konkurrenz.

569,8-12 *So sagt 〈...〉 verkaufte]* ›Hallische Neue Gelehrte Zeitungen‹, Halle 1768, S. 644: »1767 hatte Hr. K. noch nicht die deutsche Bibliothek herausgegeben ... Nun änderte sich die Szene: nun verkaufte Nicolai auf der Messe weniger Exemplare von seiner Bibliothek.« (zitiert nach PO Erl., S. 732)

569,14 *critischen Despotismus]* Zielt auf Nicolai und zugleich auf Lessing und dessen (vor allem Berliner) Freunde. Auch die ›Briefe die Neueste Litteratur betreffend‹ (1759-1765), mit zum Teil denselben Beiträgern (Lessing, Mendelssohn usw.), waren bei Nicolai erschienen. Zum Vorwurf selbst s. S. 984.

569,15 f. *der jüngere Herr Candidat Lessing]* Karl (Gotthelf) Lessing, geb. 1740, damals noch ohne Universitätsabschluß.

569,18 *eines großen Ministers]* Vgl. unten S. 570,3-6.

569,19 *Hr. Magister Lessing]* Am 29.4.1752 hatte Lessing in Wittenberg den Magistertitel erworben (mit Vorarbeiten zur Biographie und Kritik des Spaniers Juan Huarte; vgl. Bd. II dieser Ausgabe).

569,29 *hämtückische]* Schreibungsvariante von ›heimtükkisch‹, wobei das Element ›Häme‹ noch erkennbar wird. Zur »Tautologie« beider Elemente (›Tücke‹ und ›Heimlichkeit‹) vgl. Adelung 2, Sp. 1083.

570,7f. *empfindlichen]* Hier (wie auch sonst häufiger noch bei Lessing und seinen Zeitgenossen): Empfindung erregend, spürbar (wie noch heute etwa bei ›empfindliche Strafe‹).

570,26 *nichts zu schaffen]* Lessing hatte sich in der Tat seit Jahren (seit 1761) nicht mehr als Literaturkritiker für Nicolais Periodica betätigt. Zum 332. ›Literaturbrief‹ vgl. Anm. 148, A 2.

570,33f. *gewisse ›Psalmen und Threnodieen‹] Psalmen und Threnodien ⟨Klagegesänge⟩*, 2. Buch, hg. v. M. J. N. ⟨Magister Johann Nikolaus⟩ Seip (1766, verfaßt von Friedrich Joseph Wilhelm Schröder; Angaben, mit weiteren Details, bei PO Erl., S. 732).

570,36 *ein langes Sendschreiben an mich] Schreiben an Herrn Magister Lessing, die allgemeine teutsche Bibliothek betreffend* (1768), verfaßt nicht von Schröder selbst, sondern von zwei Freunden (Bange und Lampe).

571,5 *weltkundig]* Hier: der Welt kundgetan.

571,23 *betrog ich mich]* Täuschte ich mich.

571,25f. *des Hrn. Riedels]* Vgl. Anm. 374,24.

571,29 *Reliquien] Reliquien*, 1766 anonym erschienen und hauptsächlich »der Staatskunst und Sittenlehre Angehöriges« behandelnd. Der Verfasser: Friedrich Karl Freiherr von Moser (1723-1798), Jurist und Schriftsteller. Der Rezensent war Johann August Eberhard (Angaben nach G 6, S. 954).

571,29f. *Nachricht von Künstlern und Kunstsachen]* Vgl. Anm. 395,2f. Der Rezensent war Hansen oder von Knobloch (G 6, S. 954).

571,30f. *des Herrn von Heinecke]* Vgl. Anm. 395,2f.

571,32 *neulich]* Meint vermutlich die Stelle S. 395,2f. (12. ›Antiquarischer Brief‹).

571,35-572,1 *das simpelste und natürlichste nicht denken will!]* In der Schärfe der Polemik nun auch gegen Riedel spiegelt sich sofort, daß Lessing ihn zur Klotzischen ›Partei‹ zählt.

572,4 *colludiere]* Von lat. colludere »zusammenspielen, zusammenwirken«.

572,11 f. *eine Berlinische Literaturschule]* Vgl. Anm. 569,6 (eine Vorstellung, die sich über Jahrzehnte hin gehalten hat).

572,15 *Despotismus]* Das Schlagwort taucht mehrfach auch in den Rezeptionszeugnissen zu den *Antiquarischen Briefen* auf, vgl. oben S. 967 und Anm. 569,14.

572,19-38 *Viel Glück ⟨...⟩ als er fällt. –]* Die Standortbestimmung versteht sich in ihrer Bildentfaltung auf dem Hintergrund von Don Quijotes Kampf gegen die Windmühlen, wobei »Rittertaten« (Z. 20) sogleich den Anknüpfungspunkt benennt.

573,2 *einen kleinen Octavbogen]* Besprechung von Johann Nikolaus Meinhards (vgl. Anm. 148, A 2) *Versuche über den Charakter und die Werke der besten italienischen Dichter* (1763/64) im 332. ›Literaturbrief‹ (27.6. und 4.7.1765; Bd. IV dieser Ausgabe).

573,22 *gehöre]* Hier: gebühre.

573,27f. *Ein lateinisches Büchelchen über das andere]* Eine eindrucksvolle Liste in Karl Renatus Hausen's Klotz-Biographie, vgl. Anm. 563,30.

573,29 *Satyren]* Satiren (die Schreibung »Satyren« beruht noch im 18. Jh. vielfach auf der Annahme eines antiken Zusammenhangs mit den griech. Satyrn; vgl. Bd. V/1, Anm. 299,12).

573,30 *Pasquillen]* Nach ital. pasquillo »Schmähschrift« (die komplizierte Herleitung von einem röm. Spötter Pasquino s. bei Schulz-Basler 2, S. 390-392) im 16. Jh. allmählich als Terminus in Deutschland eingeführt, im 17. Jh. auch ›Pasquillant‹ (Verleumder, Ehrabschneider). Die Diskussion über eine Abgrenzung zwischen ›Satire‹ und ›Pasquill‹ wird seit dem 16. Jh. geführt. Die echte Satire bleibt in ihren ›Spitzen‹ allgemein und unindividuell, sie ist durch literarische Konventionen in ihrer ›Freiheit‹ (licentia) geschützt. Das Pasquill zielt auf eine Person und unterliegt, wenn es verletzt, der juristischen Verfolgung.

573,32 *Schulblümchen]* Geht auf die schon in der Schule geübten Techniken der ›Florilegien‹ (Sammlung von Stellen und Wendungen zur ›Ausblümung‹ der eigenen Texte) zurück.

573,33 *Journalisten]* Nach franz. journaliste erst um 1700 – zugleich mit der Entwicklung des Zeitungswesens – in Deutschland eingeführt, auch für Monatsschriften und gelehrte Zeitschriften. Vgl. Schulz-Basler 1, S. 312. Es ist bemerkenswert, daß Lessing – der seit früh in diesem Metier tätig ist – Klotz mit dieser Bezeichnung einzuordnen sucht.

574,6 *Persönlichkeiten]* Persönliche Anspielungen, Bezugnahmen.

574,10 *Wisch]* Vgl. Anm. 553,8.

574,19 *D. Conradi]* Johann Ludwig Conradi (1730-1785), Prof. der Rechte in Leipzig, dann in Marburg; betätigte sich auch belletristisch.

574,25 *Frelons]* Frélon, Figur aus Voltaires Komödie *L'Ecossaise* (Die Schottin – oder: Das Kaffeehaus), 1760, von Lessing im 12. Stück der *Hamburgischen Dramaturgie* behandelt: »ein elender Scribent« (Bd. VI dieser Ausgabe, S. 243,8).

574,29-31 *»ut Conradi ⟨...⟩ noverunt«]* »Um die Gelehrsamkeit Conradis vor dem zufälligen Urteil derjenigen in Schutz zu nehmen, die ihn nur aus seinen letzten Schriften kennenlernten«.

574, A 2 *»Fripon«]* »Schelm, Spitzbube«, aber auch: »Schurke«.

574, A 2 *»mauvais auteur«]* Einen »schlechten Schriftsteller«.

574, A 2 *»Arretés ⟨...⟩ jamais.«]* »Halten Sie bitte ein! Man mag meine Sitten angreifen, aber im Hinblick auf meinen Ruf als Schriftsteller werde ich das niemals hinnehmen.«

575,2 *Creditores]* (Lat.) »Gläubiger«.

575,15 f. *»Acta ⟨...⟩ Klotzius«]* »Die Gelehrten Zeitungen verfaßte Klotz« (so auf dem Titelblatt).

575, A 3 *»Est haud ⟨...⟩ Marburgum, etc.«]* »Nicht selten widerfährt es den gelehrtesten Geistern, daß sie, indem sie ihrer Neigung allzu sehr nachgeben, leicht durch Dinge, die mit der Wissenschaft völlig unvereinbar sind, 〈dieser〉 entfremdet werden. Solches lernte auch der im bürgerlichen Recht hervorragend beschlagene Conradi kennen, der sich, als er in Leipzig Rechtswissenschaft lehrte und anfänglich durch die Herausgabe ausgezeichneter Bücher den Ruf eines gelehrten Zivilrechtlers erwarb. Später hingegen, als er sich der Trunksucht und dem Weinhandel zuwandte, was er nicht ohne den Neid der anderen und zum erheblichen Vorteil seiner Gläubiger ausübte, vernachlässigte er seinen bereits erworbenen Ruf so sehr, daß er überhaupt nichts mehr schrieb und sich, wenn er einmal irgend etwas unter seinem Namen herausgeben mußte, zu dieser Tätigkeit entweder irgendeines Freundes bediente, der sich mit dieser Wissenschaft nicht im mindesten beschäftigt hatte, oder selbst aufs Papier warf, was immer ihm in den Sinn kam. Wir schreiben dies sicherlich nicht aus mißgünstiger Gesinnung, noch als böswillige Kritik, sondern um die Gelehrsamkeit Conradis vor dem zufälligen Urteil derer in Schutz zu nehmen, die ihn nur aus seinen letzten Schriften kennenlernten. Schließlich entwich er aus Leipzig in seine Heimatstadt Magdeburg, um dem Hunger und dem Gerede abzuhelfen usw.«

576,4f. *Scribler]* Nach engl. scribbler »schlechter Schriftsteller, Sudler, Schreiberling« im 18. Jh. auch in Deutschland als (selteneres) Wort eingeführt; s. Schulz-Basler 4, S. 228.

576,12 *Reich der Deutschen]* Nach einer langen Reihe von lat. Schriften ist offenbar die programmatische Broschüre *Ueber das Studium des Alterthums* (1766) die erste deutschsprachige Publikation. Es folgen: *Beytrag zur Geschichte des Geschmacks und der Kunst aus Münzen* (1767) und – von Lessing in den *Antiquarischen Briefen* massiv kritisiert – *Ueber den Nutzen und Gebrauch der alten geschnittenen Steine und ihrer Abdrücke* (vgl. S. 987-996). Zu den beiden Zeitschriften Klotzens vgl. S. 955.

576,16f. *»in utroque Caesar«]* »In beiden 〈Reichen〉 Herrscher«.

576,23 *»precario«]* »Bittweise, auf Bitten« (d. h. auf Widerruf).

576,24 *»dolose«]* »Betrügerisch, arglistig«. Beide lat. Ausdrücke sind Begriffe des röm. Rechts.

576,26 *Irrwisch]* Zu ›Irrlicht‹ und ›Wisch‹. Adelung 2, Sp. 1399: »Figürlich, eine flüchtige unstäte Person«.

576,30 *verbunden]* Verpflichtet.

576,34-36 *ward Herr Klotz ⟨...⟩ deutschen schönen Wissenschaften]* Vor allem mit seinem Organ ›Deutsche Bibliothek der schönen Wissenschaften‹ (seit 1767).

577,1 *Werken des Genies]* Belletristischen Werken.

577,2f. *langte er ⟨...⟩ ein]* Legte er ⟨...⟩ Berufung ein. Lessing entfaltet hier Rechtssprache, ausgehend vom Begriff des »Kunstrichters« (»Urteil«, »Tribunal« usw.).

577,7 *Moses]* Moses Mendelssohn (die Nennung lediglich mit dem Vornamen ist durchaus zeitüblich, da die Familiennamen noch nicht offiziell fixiert waren).

577,7 *Rammler]* Verbreitete Namensform neben »Ramler« (vgl. S. 325); Lessings Anzeige der *Oden* des Freundes Ramler: S. 325-327.

577,8 *Gerstenberg]* Heinrich Wilhelm von Gerstenberg, Dichter, Übersetzer und Kritiker (vgl. Anm. 180,3). Mit Gerstenberg korrespondiert Lessing vor allem im Jahre 1768 verschiedentlich. Die zeitliche Nähe von Gerstenbergs Tragödie *Ugolino* (1768) und Lessings Beschäftigung mit dem gleichen Stoff im *Laokoon* (Abschn. XXV) ist nicht zufällig.

577,8f. *der Geheimderat]* Vgl. Anm. 328,2 sowie 347,5 u. ö.

577,15 *das Publicum]* Gegen Schluß hin schiebt Lessing diese Instanz immer stärker in den Vordergrund.

577,34 *gegen andere Sprachen stolz]* Das Motiv der sprachlich-literarischen Nationalkonkurrenz wird seit der Mitte der 1750er Jahre stärker (auch durch den Siebenjährigen Krieg). Es gehört zu den Grundlagen der *Hamburgischen Dramaturgie*.

578,1 *die Freunde des Hrn. Klotz]* Die Zahl der »Freunde« ist innerhalb kurzer Frist erstaunlich groß. Die angesehensten unter ihnen erscheinen in den beiden eindrucksvollen postumen Bänden: *Briefe Deutscher Gelehrten an den Herrn Geheimen Rath Klotz*, hg. v. J. J. A. von Hagen, 2 Teile, Halle 1773 (darin S. 178-180 auch ein Brief von Lessing: derjenige vom 9.6.1766).

578,23 *dissoluter]* Von lat. dissolutus »ungebunden, nachlässig, liederlich«.

578,26 *das Wasser zu besehen]* Bezieht sich auf die ärztliche ›Anschauung‹ des Urins als eine wichtige diagnostische Methode der älteren Medizin.

578,33f. *die wenigen Verfasser]* Vor allem die oben S. 577,7f. Genannten.

579,1-3 *Klopstock 〈...〉 Rammler]* Wohl Anspielung auf Kritiken zu Klopstock (*Rothschilds Gräber*) und Ramler in der ›Deutschen Bibliothek‹ (Stellen bei PO Erl., S. 733).

579,17 *Klotzianismus]* Vgl. die Notizen über »Klotzianer« und »Klötzer« unter dem Stichwort »Einfälle« in den *Collectanea*, LM 15, S. 419.

579,20 *gut machen]* Hier: erhärten, fundieren.

580,1 *Persönlichkeiten]* Vgl. Anm. 574,6.

580,7 *satyrisch]* Zur Argumentationsgrundlage vgl. Anm. 573,29.

580,9 *Vademecum für Herr Langen]* Die scharfe Abrechnung Lessings mit der Horaz-Verdeutschung von Samuel Gotthold Lange: *Vade mecum für Hrn. Sam. Gotth. Lange* (1754; Bd. II dieser Ausgabe). Sie gehörte zu Lessings erster öffentlich ausgetragener ›gelehrter‹ Fehde.

580,12 *»Quis 〈...〉 Gracchos etc.«]* »Wer könnte es wohl ertragen, wenn sich die Gracchen 〈über einen Aufstand beklagen?〉« (Juvenal, *Satiren* II 24). Die Gracchen galten als Inbegriff der Revolutionäre.

580,25 *die im Laokoon]* Abschn. XXIV, oben S. 172,20f.

581,2 *kindische Schnitzer]* Bei Lange elementare Fehler in der lat. Schulgrammatik, dann in der Behandlung der poetischen Sprache des Horaz.

581,20 *den Cabalenmacher]* Den Intriganten, Ränkeschmied.

581,32f. *schlechtweg Lessing]* Allenfalls »Herrn« oder

»Hrn.« Lessing, aber nicht »Magister« (außer in der Rezension).

582,18 f. *Der Magister macht es]* Lessing argumentiert auf der Grundlage der ›Gelehrtenrepublik‹, in der allenfalls die akademischen Ränge zählen.

STELLENKOMMENTAR ZU DEN PARALIPOMENA

Soweit sich die Nachlaßfragmente auf von Lessing Publiziertes beziehen, wird grundsätzlich auf die jeweils angegebenen ›Antiquarischen Briefe‹ (und den Kommentar zu ihnen) verwiesen. Die zum Teil komplizierten, in einzelnen Fällen auch reizvollen Entstehungsvarianten werden bei diesen Entwürfen nicht verzeichnet; vgl. hierzu LM 15, S. 87-118.

585,3-586,37 *Warum soll 〈. . .〉 tappte.]* Der Entwurf hat zur Voraussetzung, daß Klotz mit Brief vom 11. 10. 1766 (vgl. Bd. XI/1 dieser Ausgabe, Nr. 359; vgl. Dokumente A, Nr. 3) Lessing die lat. *Laokoon*-Rezension übersandte, die er soeben in der eigenen Zeitschrift ›Acta litteraria‹ (Vol. III, Pars III, S. 283-320) veröffentlicht hatte. Von dieser Rezension hatte Klotz in seinem Brief vom 9. 5. 1766 (mit dem er den Kontakt zu Lessing wieder anzuknüpfen suchte) bereits gesprochen, und auch davon, daß er darin einigen »Zweifeln« nachgehen wolle (vgl. Bd. XI/1 dieser Ausgabe, Nr. 352 sowie Dokumente A, Nr. 1). Lessing wiederum hatte in seiner Antwort vom 9. 6. 1766 (Bd. XI/1 dieser Ausgabe, Nr. 356) zu verstehen gegeben, daß er sich auch bei Einwänden – zunächst in der Frage des Thersites – auf die Besprechung »nicht anders als freuen« könne. Die schmeichelhaften Lobsprüche zitiert Lessing ironisch dann im 54. ›Brief‹.

Der erste Teil des Entwurfs (bis S. 586,21) gehört offenkundig zum 35. ›Brief‹ (S. 467-469,13), der etwa im November 1768 verfaßt sein dürfte. Der Rest stellt sich inhaltlich in der Hauptsache zu *Laokoon* III.

585,3 *»obnixa frons«]* »Eine vorgereckte Stirn«.

585,4 *»obnixum genu«]* »Ein entgegengestemmtes Knie«.

585,4 *»frons 〈...〉 obnititur«]* »Eine Stirn, die sich vorreckt«.

585,5 *»genu 〈...〉 obnititur«]* »Ein Knie, das sich entgegenstemmt«.

585,7 *»Genu obnititur«]* »Das Knie stemmt sich entgegen.«

585,12 *»obnixo genu«]* »Mit entgegengestemmtem Knie«.

585,12f. *»Genu flexum«]* »Ein gebeugtes Knie«.

585,14 *»genu positum«]* Vgl. S. 585,12-14.

585,17-19 *»cum missilibus 〈...〉 debere«]* Vgl. S. 471,20f.: »wenn mit Wurfgeschossen gekämpft wird, müssen die Soldaten den linken Fuß vorn haben.«

585,21f. *»Obnixo 〈...〉 scuto«]* Vgl. S. 467,7.

585,25f. *»genibus 〈...〉 subsidere«]* »Sich mit gebeugten Knien inmitten der Schilde niederkauern«.

585,26 *Veget.]* Vgl. Anm. 467,30.

585,27 *Übersetzer]* Le Gros in seiner Vegetius-Übersetzung (1729, auch 1746).

585,28-31 *»mais Chabrias 〈...〉 l'ennemi.«]* »Aber Chabrias hielt den Rest der Phalanx zurück, ließ sie ihre Spieße werfen, und indem er ihnen befahl, ein Knie gegen die Erde zu stemmen und sich mit ihren Schilden zu decken, brachte er ihnen zum ersten Mal bei, dem Sturmangriff des Feindes standzuhalten.«

586,9 *»Obnixo genu«]* Vgl. S. 585,12.

586,9 *»obnixo gradu«]* Vgl. S. 468,20f.

586,13 *codices]* Plural von lat. codex »Buch, Heft« (als neuerer Begriff meist für größere Handschriften verwendet, im Gegensatz zum gedruckten Buch).

586,14 *»projecta hasta«]* Vgl. S. 468,25.

586,16 *Bökler]* Johann Heinrich Boeckler, auch Boecler (1611-1672), Prof. der Geschichte in Straßburg; hier: Kommentierte Nepos-Ausgabe (1640).

586,21 *einig gewesen.]* Dahinter ist in der Hs. ein langer Querstrich gesetzt.

586,22 *der griechische Epigrammatist]* *Anthologia Graeca* (vgl. Bd. V/1, Anm. 244,14) IV 180,295; hierauf hatte Klotz in seiner *Laokoon*-Rezension in den ›Acta litteraria‹ (1766) hingewiesen.

586,22-24 *Ajax ⟨...⟩ meldet]* Zu den Einzelheiten (auch Namen) vgl. *Laokoon* III, besonders S. 33,17-34,27 (mit Anm.).

586,23 *widerspricht]* Das Epigramm spricht vom »rasenden« Ajax (Aias), während Philostrat berichtet, der Held sei im Zustand nach der »Raserei« dargestellt.

586,26 *Bildersprache]* Vgl. *Laokoon* II (besonders S. 26, A 8) und IX (besonders S. 87, A 3).

586,30 *Hetrurische]* Etruskische.

586,32f. *ein Hülfsmittel der Religion]* Ein Lessingscher Zentralgedanke im *Laokoon*, besonders Abschn. IX.

586,34 *Küste]* Kiste, Schrein.

586,35 *des Cypselus]* Die wohlhabende Familie des Kypselos von Korinth stiftete als Weihgeschenk für den Hera-Tempel von Olympia eine wertvolle Truhe mit reichem (z. T. eingelegtem) Schmuck. Das Werk aus der Zeit um 600 v. Chr. wird von Pausanias beschrieben. Lessing behandelt es ausführlich in *Wie die Alten den Tod gebildet* (1769), vgl. Bd. VI dieser Ausgabe, S. 723,17-22 (mit Anm.) und öfter.

587,2-592,22 *Preface ⟨...⟩ von Preußen.]* Diese Notizen betreffen einzelne Stellen aus Philipp von Stosch (vgl. Bd. V/1, Anm. 467,31), *Gemmae antiquae caelatae* (Antike geschnittene Steine), 1724; das Werk war 1724 von Henri Philippe de Limiers (gest. 1725), einem franz. Historiker und Übersetzer, ins Franz. übersetzt worden. Lessing erwähnt das Werk als »bekannt« schon im 20. ›Antiquarischen Brief‹, S. 417,25 f. Er benutzt beide Versionen nebeneinander und vergleicht mehrfach. Inhaltliche Beziehungen ergeben sich zum 17. und 20. ›Brief‹, aber auch zu den nicht mehr ausgeführten 59. und 89. ›Briefen‹. Überschneidungen existieren schließlich zu den unter dem Stichwort »Gemmen« zusammengefaßten Aufzeichnungen in den *Collectanea*, LM 15,

S. 233-243. Da es sich bei den Notizen zum Teil um bloße, unverarbeitete Zitate handelt, werden im folgenden nur wenige ausgewählte Hinweise gegeben. Weiterführendes (Quellen, Sammlungen, Datierungen u. a.) enthält PO Erl., S. 734f.

587,2 *Preface]* »Vorrede, Einleitung«.

587,3 *Sienites ⟨...⟩ appellant.]* »Die Italer bezeichnen eine orientalische Granitart als ›Sienit‹.«

587,4 *Scarabaei]* Vgl. Anm. 411,3.

587,13-15 *C. Postumius ⟨...⟩ Architectus]* »Gaius Postumius, Sohn des Gaius, ⟨ließ es bauen⟩, Pollio war der Baumeister.« Sowohl Postumius als auch Pollio sind röm. Gentilnamen – es muß sich also um zwei Personen handeln.

587,16 *»C. Postumius ⟨...⟩ de C.«]* »Gaius Postumius, Sohn des Gaius«.

587,17 *»curavit fieri«]* »Hat veranlaßt, daß es geschaffen wurde«.

587,20 *Aesculap]* Röm. Gott der Heilkunst (griech. Asklepios).

587,23 *»Assalectus ⟨...⟩ fait.«]* »Assalectus, Sohn des M., hat es hergestellt.«

587,24 *»me ⟨...⟩ fecit«]* »Hat mich herstellen lassen«.

587,25 *Dedicator]* (Lat.) »Stifter, Weihender«.

587,29f. *Protome ⟨...⟩ vocant.]* »Protome, Bildnis eines Menschen bis zur Brust, ›Büste‹ nennen es die Italer.«

588,2 *»Pendenti ⟨...⟩ inscripsisse«]* »Eine unbestimmte Inschrift angebracht zu haben«, vgl. S. 193,3.

588,2 *Stelle des Plinius] Naturalis historia* I 24, 26. Vgl. *Laokoon* XXVII, besonders S. 192,22-193,25.

568,3f. *»sur ⟨...⟩ suspendue«]* »Auf einer angehängten Tafel«.

588,5 *tempus inperfectum]* Ausführlich behandelt in *Laokoon* XXVII.

588,9 *Zenobius]* Vgl. Anm. 195, A 5; hier: V 82.

588,11 *Sarda ⟨...⟩ vocant.]* »Ein roter Sarder, den sie Karneol nennen«.

588,12f. *»vitro obsidiano«]* »Obsidianglas«; vgl. Anm. 529, A 1.

588,16 *Königl. Cabinet zu Paris]* Der (moderne) Pariser Stein abgebildet bei Mariette (vgl. Anm. 400,7).

588,17 *Franciscus Ficoroni]* Francesco de' Ficoroni (1664 bis 1747), ital. Altertumsforscher; hier: *Gemmae antiquae litteratae aliaeque rariores* (Seltenere antike Gemmen, beschriftete und andere), 1757. Die erwähnte Schrift: *Dissertatio de larvis scaenicis* (Abhandlung über Theatermasken), 1750.

588,21 *Catalogus der Künstler]* Lessing hat derlei – meist alphabetisch geordnete – Kataloge wiederholt angelegt, besonders in den *Collectanea*; vgl. wiederum unter dem Stichwort »Gemmen« die Aufzählung LM 15, S. 236-238 (z. T. die gleichen Namen wie hier). Für die Namen wird generell auf PO Erl., S. 734f. verwiesen.

588,22 *Hercules bibax]* »Trunksüchtiger Hercules«.

588,30 *Stosch]* Vgl. Bd. V/1, Anm. 467,31.

589,10 *Polyclet]* Vgl. Anm. 184,18.

589,18 *Ub. Alt.]* Unbekannten Alters.

589,18 *Postument]* Von lat. (nichtklass.) postumentum »Stütze«.

589,26 *Hercules Buphagus]* (Griech.-lat.) »Ochsenfressender Hercules«.

589,27 *verkehrten]* Hier: umgedrehten.

589,29 *Beisatz ΛΙΘΟ Lythographus]* Zusatz »Stein« (griech. Wort unvollständig) »Steinschreiber«.

589,30 *Minerva Salutifera]* »Heilbringende Minerva«.

589,31f. *Helm* ⟨...⟩ *Pferde]* Berühmtes Vorbild: das Haupt der Athene auf dem berühmten, von Pheidias gestalteten Standbild im Parthenon-Tempel auf der athen. Akropolis.

590,2 *Diana montana]* »Diana ⟨Artemis⟩ in den Bergen ⟨jagend⟩«.

590,3 *Pilaster]* Wandpfeiler.

590,4 *umgekehrte Fackel]* Fackel: häufiges Attribut der nächtlich jagenden Artemis. Die »umgekehrte Fackel« könnte Lessing auch im Zusammenhang seiner Beschäftigung mit antiken Todesdarstellungen (der Jüngling, der die Fackel senkt) interessiert haben; vgl. die zeitlich benachbarte Schrift *Wie die Alten den Tod gebildet* (Bd. VI dieser Ausgabe).

590,16 *Medusenkopf]* Vgl. Anm. 226, A 14.

590,19 *Faber]* Johann Faber (um 1570-um 1640), Prof. der Medizin in Rom; hier: *In imagines illustrium ex F. Ursini bibliotheca a Th. Gallaeo expressas commentarius* (Kommentar zu den Bildnissen berühmter Männer, die von Th. Gallaeus nach der Bibliothek des F.⟨ulvius⟩ Ursinus gearbeitet worden sind), 1606.

590,20 *Cupido]* Vgl. Anm. 279,17.

590,22 *geglaubt]* Faber hat sich geirrt.

590,24 *Quadrige]* Von lat. quadriga »Viergespann«.

590,27f. *»Calamidis ⟨...⟩ imposuit«]* »Dem Viergespann des Kalamis nämlich hat (Praxiteles) seinen Wagenlenker aufgesetzt.«

590,28f. *»il a⟨...⟩ Praxitele.«]* »Er (Kalamis) hat seinen Wagenlenker nach dem Vorbild desjenigen von Praxiteles gemacht.«

590,31 *räumt]* Reimt, vgl. etwa S. 475,22.

590,32 *»benignitate Praxitelis«]* »Aufgrund der Güte des Praxiteles«.

590,35f. *παιδοτροφος]* »Kindersäugend«.

591,4f. *Ptolemäus Philopator]* Ptolemaios Philopator, König von Ägypten 221-204 v. Chr.

591,6 *Vaillant]* Jean Foy-Vaillant (1632-1706), franz. Münzforscher.

591,11 *Faunus]* Vgl. Anm. 446,17.

591,14 *Thyrsus]* Vgl. Anm. 307,26.

591,15f. *»ad orgia ⟨...⟩ celebrabantur.«]* »Um die Orgien zu kennzeichnen, die nachts gefeiert wurden«.

591,17 *»Gladiator rudiarius«]* »Ausgedienter Gladiator«.

591,23 *Bacchus und Ariadne]* Vgl. Anm. 279,33.

591,29 *Saphyr]* Saphir.

591,30 *KOIMOY]* Richtig: KOINOY »des Koinos« (von Koinos).

591,31 *Adonis]* Vgl. Anm. 153,11.

592,1 *Windspiel]* Kleiner Schoßhund.

592,3 *Dioscorides]* Stein und Inschrift gefälscht. Vgl. weiterhin Paralipomenon 3.

592,5 *Amethyst]* Vgl. Anm. 438,14.

592,5 *Marquis Massimi]* Marchese Massimi in Rom (17. Jh.), Verwandter des Kardinals Camillo Massimo (1620-1677), Kunstsammler; Näheres nicht ermittelt.

592,10f. *»Consul ⟨...⟩ designatus«]* »Zum zweiten Mal Konsul und zum dritten Mal ›gewählter Konsul‹«.

592,13 *Hadrian]* Er nahm die Sitte des Philosophenbarts wieder auf.

592,15 *Gass.]* Pierre Gassendi (1592-1655), franz. Physiker, Mathematiker und Philosoph; hier: *De vita Peirescii* (Über das Leben des Peirescius), 1641. Nicolas Claude Fabri de Peiresc (1580-1637), franz. Gelehrter. Zu der von Lessing benutzten Ausgabe s. PO Erl., S. 736.

592,18 *Diomedes mit dem Palladio]* Diomedes, herausragender griech. Kämpfer vor Troia, und Odysseus rauben das Palladion (Kultbild der Pallas Athene) aus dem Athene-Tempel. Durch den Verlust dieses ›Schutzes‹ soll die Stadt einnehmbar werden.

592,18f. *Winkelmann von der Nachahmung]* Bemerkenswerte, fast versteckte Bezugnahme auf die Winckelmannsche Erstlingsschrift, die zu Beginn des *Laokoon* zitiert wird: *Gedancken über die Nachahmung der Griechischen Wercke in der Mahlerey und Bildhauer-Kunst* (1755; Lessing benutzt durchgängig die 2. Ausgabe 1756). An beiden von Lessing zitierten Stellen (S. 57f. und 104) erwähnt Winckelmann ausdrücklich »Discorides«; Lessing möchte das Problem offenbar hier ausklammern.

592,20 *Perseus]* Vgl. Anm. 226, A 14.

592,21 *Cerberus]* Kerberos, der dreiköpfige Hund, der den Eingang zur Unterwelt bewacht, wird von Herakles gefesselt, an die Oberwelt geholt, dem Eurystheus (seinem Fronherrn) vorgezeigt und wieder in den Hades zurückgebracht.

592,24-596,4 *Dioscorides ⟨...⟩ Arbeit]* Eschenburg (1792) hat dieses Stück unter »Kleinere antiquarische Fragmente« abgedruckt, Muncker (1900) ordnete es unter die Paralipomena zu den *Antiquarischen Briefen* ein. Inhaltlich gehört es zum Schlußteil des 20. ›Briefs‹, vgl. S. 418,13-23.

592,24 *Dioscorides]* Zum Namen vgl. S. 418,14f. mit Anm.

592,30 *Tiberius]* Seine Regierungszeit als röm. Kaiser: 14-37 n. Chr.

593,6 *Lävinus Torrentius]* Vgl. Anm. 418,15.

593,7 *Svetonius]* Vgl. Bd. V/1, Anm. 435, A 4.

593,16 *Peirescius]* Vgl. Anm. 592,15.

593,16 *Bagarre]* Pierre Antoine Rascas de Bagarris (Anfang 17. Jh.), Direktor des Pariser Münzkabinetts des Königs Henri IV.

593,19-29 *»Cum ‹...› insculpserunt.«]* »Mit einigen Löchern in der Inschrift, die nach Auffassung des Peiresc, wie sie Gassendi in dessen Biographie berichtet, aus irgendeinem Metall bestehende Buchstaben mit Hilfe von Nägeln festhielten. Doch zur Beruhigung des Peiresc, eines so bedeutenden Mannes, möchte ich sagen, daß auch auf anderen gravierten Steinen, vor allem eben des Dioskorides, des Euodios und des Eutyches wie auch anderer, jene Löcher zu bemerken sind, wenn sie ganz genau und mit Beobachtungsinstrumenten betrachtet werden; daher möchte ich glauben, daß die Graveure sie verwendet haben, um die einzelnen Buchstaben der Reihe nach zu verteilen und sie in genau ausgerichteter Reihe mit gleichem Abstand einzuordnen; daß jedoch diejenigen, die solche Instrumente nicht verwendeten, die Buchstaben unregelmäßig und unordentlich anbrachten, wie man auf mehreren anderen Steinen beobachten kann.«

593,34-594,18 *»Quia ‹...› obtinuisset.«]* »Denn unter anderem zeigt ihm Bagarre einen hochfeinen Amethyst, in den das Bildnis des Solon eingeschnitten war. Daher ergriff er die Gelegenheit, sich selbst genau darüber zu unterrichten, wozu denn nun die kleinen Löcher in der Inschrift eigentlich dienten, die in erhabener Arbeit die hier folgende Reihe zeigte: ‹...›

Er trug ausführlich vor, daß es sich um kleine Vertiefungen handle, in die Nägel eingelassen waren, welche griechische Buchstaben aus Metall hielten, die den Namen des betreffenden Bildschneiders, nämlich des Dioskurides, wiedergaben: in umgekehrter Reihenfolge allerdings, wie es für Reliefarbeiten und Siegel charakteristisch ist. Er bewies dies aber, indem er die Löcher da, wo er sie auf dem weißen Papier gezeichnet hatte, ganz rasch durch Linien verband, die diese Buchstaben in der folgenden Weise wiedergaben,
⟨. . .⟩
In dieser Art, so sagte er, habe er gewisse Löcher verstanden, die er in einem ihm sonst weiter nicht bekannten alten Tempel in Assisi gesehen habe. Da ihm nämlich niemand habe sagen können, was jene wohl bezeichneten, da habe er selbst die Eingebung gehabt, daß es sich um eine Inschrift handle, und zwar um eine Zueignung für den ›besten und größten Jupiter‹. Und er legte dies dar anhand von Linien, die die Löcher folgendermaßen verbanden:
⟨. . .⟩
Auf diese Weise hoffte er auch eine Reihe von Löchern in der Basilika von Nimes, die man ›viereckiges Haus‹ nennt, erklären zu können, sobald er einen Abdruck bekommen habe.«

594,12 *Assisii ⟨. . .⟩ templo]* Minerva-Tempel, von Goethe in der *Italienischen Reise* (Foligno, 25. 10. 1787) bewundert; heute: ›S. Maria sopra Minerva.‹ Die Inschrift bei PO Erl., S. 736.

594,17 *Nemausensis ⟨. . .⟩ appellant]* Die sog. ›Maison Carrée‹ in Nîmes, ein hervorragend erhaltener antiker Tempel.

595,14 *»Caelatorem«]* »Einen Bildstecher, Reliefkünstler, Ziseleur«.

595,15 *»Scalptorem«]* »Einen Steinschneider, Graveur«.

595,16 *Quintilian]* Vgl. Bd. V/1, Anm. 268,2; die Stelle: II 21,8.

595,18 *Al. Manutius]* Aldo Manucci (gest. 1597), Buchdrucker und Humanist in Venedig, Enkel des Aldo M. des

Älteren (um 1448-1515); hier: *De quaesitis per epistolam libri duo* (Erörterung von Problemen in Briefform, zwei Bücher) o. J.

595,25 *Varronischen]* Marcus Terentius Varro (116-27 v. Chr.), röm. Gelehrter auf vielen Gebieten; hier: *De lingua Latina* (Über die lateinische Sprache), wovon nur einige Bücher (V-IX) erhalten sind, von Henricus Stephanus herausgegeben.

595,26 *»caelum«]* »Der Meißel oder Stichel des Ziseleurs«.

595,26 *»cavum«]* »Loch, Vertiefung, Höhlung«.

595,28 f. *denn die Bedeutung ⟨...⟩ bestimmt werden.]* Recht ›moderne‹ Auffassung Lessings, mit der er auch seine eigene Hochwertung der Etymologie – wie sie besonders im 47. ›Brief‹ erkennbar wird – faktisch einschränkt.

595,30 *Apulejus]* Lucius Apuleius (geb. um 124 n. Chr.), lat. Schriftsteller aus Nordafrika (Madaura); hier: *Floridorum libri quattuor* (Blütenlese, vier Bücher), eine Auswahl seiner Wanderreden.

595,31 *Pyrgoteles]* Griech. Steinschneider aus der 2. Hälfte des 4. Jhs. v. Chr., zur Zeit Alexanders des Großen.

595,32 *»caelamen«]* »Relief«.

595,32 *»caelamine excudere«]* »Als Relief ausmeißeln«.

595,35 *»torevmata«]* »Getriebene Arbeiten oder Kunstwerke«.

596,4 *Arbeit]* Bei PO 17, S. 272 schließt sich hier als Nr. 4 noch folgender Text an, der von Eschenburg (1792) ursprünglich als eigene Anmerkung an den Schluß des 32. ›Briefs‹ (vgl. oben S. 461,20) gestellt wurde und dann zum Teil auch in die Ausgaben eingegangen ist (es kann nicht ausgeschlossen werden, daß Eschenburg heute nicht mehr erhaltenes Lessingsches Material benutzt hat):

[Auf einem kleinen Zettel hat sich Lessing noch folgende beide Gründe angemerkt, die ihm zu beweisen schienen, daß die Alten die Kraft des Diamantstaubes nicht gekannt haben:]

1. Weil Plinius nur von einer einzigen Art des Diamants,

und nur von der, welche Diamant mehr heißt als ist, sagt, daß sie mit einem andern Diamante durchbohrt werden könne; die andern könnten nur durch Bocksblut überwältigt werden[1]

2. Weil er nicht allein von diesen andern, sondern auch von noch mehr Edelsteinen sagt, daß sie sich durchaus nicht schneiden lassen; z. B. von den scythischen und ägyptischen Smaragden, quorum duritia tanta est, ut nequeat vulnerari[2].

---

1 Nämlich von dem *Siderites*. LXXXVII, c. 4.
2 Man vergleiche Herrn Hofrat Beckmanns ›Beiträge zur Geschichte der Erfindungen‹, III.4. S. 341.

Zum Inhaltlichen vgl. S. 460,1-461,20 und den Kommentar. Bei PO verschiebt sich die Numerierung der Nachlaßfragmente im folgenden um jeweils eine Ziffer.

596,6-597,18 *Das Studium* 〈...〉 *geeifert.]* Von Eschenburg erstmals veröffentlicht unter der Überschrift »Ueber die Mängel des antiquarischen Studiums« zusammen mit dem vorausgehenden (Nr. 3) und zwei früheren Entwürfen, unter dem bereits erwähnten gemeinsamen Titel »Kleinere antiquarische Fragmente«. Die Nähe zum 39. ›Brief‹ könnte für eine Entstehungszeit Winter 1768/69 sprechen.

596,6 *Das Studium]* Hier: die Bemühung, die Arbeit.

596,6 *des Antiquars]* Vgl. Anm. 573,20.

596,16 *P. Clodius]* Publius Clodius Pulcher (gest. 52 v. Chr.), berüchtigter Volkstribun der 50er Jahre des 1. Jhs. v. Chr.

596,19 *Orat.* 〈...〉 *sua]* Cicero, *Oratio pro domo sua* (Rede für sein eigenes Haus); richtig: »de domo sua« (Über sein eigenes Haus).

596,20-597,5 *»Eumne* 〈...〉 *collocatum?«]* »Mußte die Göttin der Freiheit denn gerade den aus seinem Haus verjagen, ohne den der ganze Staat in die Gewalt von Sklaven geraten wäre? Aber wo wurde diese Göttin der Freiheit aufgetrieben? Ich habe nämlich eingehende Nachforschungen angestellt. Man sagt, in Tanagra habe eine gewisse Dirne gelebt. Nicht weit von Tanagra entfernt war ihr aus Marmor gefertigtes Bildnis auf ihrem Grabmal aufgestellt. Dieses hat ein gewisser, allseits bekannter Mann, der jenem gottesfürchtigen Priester der Freiheit nicht fernsteht, verschleppt, um seine Ädilenwürde mit Glanz auszustatten. Er beabsichtigt nämlich, alle seine Vorgänger durch den Prunk der von ihm gegebenen Spiele zu überbieten. Daher schaffte er alle Bildsäulen, Gemälde ⟨und⟩ was in ganz Griechenland und auf allen Inseln in Heiligtümern und auf öffentlichen Plätzen noch an Kostbarkeiten vorhanden war, zu Ehren des römischen Volkes völlig selbstlos in sein Haus. Als eben dieser Mann später jedoch innewurde, daß er unter Umgehung des Ädilenamts durch den Konsul Lucius Piso als Prätor ausgerufen werden könne, unter der einzigen Voraussetzung, daß er irgendeinen Mitbewerber mit demselben Anfangsbuchstaben hätte, da legte er sein Ädilenamt an zwei Orten nieder, teils in seiner Kasse, teils in seinen Gärten. Das vom Grabmal der Dirne gestohlene Standbild schenkte er jenem da ⟨Clodius⟩, damit es eher ein Wahrzeichen jener ⟨Gesellen⟩ als der öffentlichen Freiheit sei. Diese Göttin sollte sich irgend jemand erdreisten anzutasten, das Abbild der Dirne, den Schmuck eines Grabes, entwendet von einem Diebe, aufgestellt von einem Religionsfrevler?«

597,7 *Figrelius]* Edmund Figrelius (gest. 1676), schwed. Gelehrter und Politiker, hier: *De statuis illustrium Romanorum* (Über Statuen berühmter Römer), 1656.

597,9 *»signum«]* »Standbild, Bildsäule«.

597,9 *»simulacrum«]* »Abbild, Ebenbild, Bildnis«.

597,9 *»imago«]* »Bild, Bildnis«, vor allem Brustbild mit Portraitcharakter, auch Wachsmasken, Ahnenbilder.

597,14 *die Tanagräische Buhlerin]* Eine Geliebte aus Tanagra in Boiotien (Griechenland).

597,14 *Das Ikonische]* Vgl. Anm. 518,21.

597,18 *Dio Chrysostomus]* Vgl. Bd. V/1, Anm. 416,10.

597,18 *geeifert]* Eschenburg schließt hier eine längere Anmerkung an, die offensichtlich nicht von Lessing stammt. Die *Rhodische Rede* (*Orationes* XXXI) wird nach der Ausgabe von Reiske zitiert, die erst 1784 erschienen ist. Vgl. im einzelnen LM 15, S. 99f., A. 2 sowie PO Erl., S. 736f.

598,3-603,23 *Funfzigster* ‹. . .› *geben könnte.]* Die Hs. ist nicht erhalten, im Gegensatz zum vorausgehenden Paralipomenon (in Wolfenbüttel). Der Text basiert ganz auf Eschenburg (Bd. 12, 1793, S. 187-199), der ihn dem geplanten 80. ›Brief‹ zuordnete (S. 610,9f. mit dem Stichwort »Dingley«). Da die Kennzeichnung »Funfzigster Brief« nicht in Zweifel zu ziehen ist, andererseits kein sinnvoller Anschluß an den 49. ›Brief‹ erkennbar wird, dürfte es sich um eine provisorische Zählung handeln, die Lessing später nicht mehr korrigiert hat. Einer sehr ansprechenden Vermutung Alfred Schönes nach (vgl. PO Erl., S. 737; auch LM 15, S. 100, A. 1) ist dies der Text, der Lessings Brief an Abraham Gotthelf Kästner vom 7. 1. 1769 beilag (Bd. XI/1 dieser Ausgabe, Nr. 468; vgl. Dokumente A, Nr. 41): Kästner hatte Dingleys »Edelstein«-Schrift übersetzt. Dann würde der Entwurf nach der späteren Zählung zum 82. ›Brief‹ gehören (S. 610,14f.).

598,5 *Maffei]* Vgl. Anm. 554, A 1. Es geht um eine Stelle aus Maffeis *Verona illustrata*, die von Winckelmann bemängelt worden war und deren Text Lessing in den *Collectanea* notiert hat (LM 15, S. 241f.; dort auch zu Winckelmanns Kritik).

598,19 *Dingley]* Robert Dingley (Lebensdaten nicht ermittelt): *On gems and precious stones* (Über Gemmen und kostbare Steine), 1747, von Lessings Lehrer Abraham Gotthelf Kästner (vgl. Anm. 518, A 6) übersetzt.

598,21 *der Englischen Societät]* Der Royal Society. Dingleys Abhandlung erschien 1747 in den ›Philosophical Transactions of the Royal Society of London‹ (Philosophische Berichte der Königlichen Gesellschaft zu London).

598,22 *Der Gelehrte]* Kästner.

598,22f. *dem Hamburgischen Magazin]* ›Hamburgisches Magazin‹, Band III, 1752.

598,23 *Noten]* Anmerkungen.

598,25 *seinem Scharfsinne überhaupt]* Lessings persönliche Kenntnis und Schätzung drückt sich hier besonders aus.

599,2 *der Beryll]* Vgl. Anm. 407,1 f. und 438,14 und die ausführliche Notiz in den *Collectanea*, LM 15, S. 156 f. Zu den nachfolgend genannten Edelsteinen sei insbesondere auf den 25. und 26. ›Antiquarischen Brief‹ (S. 436-441) und den zugehörigen Kommentar verwiesen.

599,7 *Am meisten den Beryll!]* Vgl. wieder vor allem die Notiz in den *Collectanea*.

599,14 f. *Leonardus 〈...〉 Laet]* Zu diesen Autoren vgl. den 47. ›Antiquarischen Brief‹ (mit Kommentar).

599,15 *Nicols]* Thomas Nicol (um 1550), engl. Gelehrter: *Arcula gemmea (A lapidary)* (Edelsteinkästchen, eine Steinsammlung), 1652, wurde 1734 unter dem Titel *Edelgestein*-Büchlein als Übersetzung herausgebracht.

599,16 *Naturalisten]* Vgl. Anm. 544,1.

599,30 *Calcedon]* Vgl. Anm. 538, A 15.

599, A 2 *»The Beryll 〈...〉 Carnelion.«]* »Der Beryll unserer Steinschneider ist nichts als eine farblich abgestufte Art von Karneol, von einem satten, leuchtenden Rot, bisweilen mit einem Anflug von Gelb und durchsichtiger als der gemeine Karneol.«

600,6 *Sarder]* Vgl. Anm. 440,8.

600,8 *Daktyliotheken]* Vgl. Anm. 405,22.

600,12 f. *Hill 〈...〉 Theophrast]* Vgl. Anm. 543, A 3.

600,16 f. *des Cardinals de Cusa]* Nicolaus de Cusa (Cusanus), eigtl. Chrypffs (1401-1464), aus Kues an der Mosel, Philosoph, Gelehrter, Kirchenpolitiker, Kardinal; hier: *De beryllo* (Über den Beryll).

600,17 *in der Note]* In der Anmerkung des Übersetzers.

600,18 *von der Brille]* In der Tat.

600,20 *barbarischen]* Nichtklassischen (hier: scholastischen).

600, A 4 *»The Jewellers 〈...〉 aqua marina.«]* »Die Juweliere unserer Zeit subsumieren darunter vier Erscheinungsformen dieses Steines, den gemeinen oder toten, den weißen, den gelben und den Beryll-Karneol. – Der letztgenannte, oder Beryll-Karneol, ist die männliche, orientalische Art im eigentlichen Sinne: Er hat eine sattere Farbe als irgendeiner der anderen, wie er auch sehr viel härter und durchsichtiger ist. Einige unter unseren Juwelieren, die gar keinen anderen Beryll kennen als diesen, nennen ihn schlechthin ›Beryll‹: er sollte aber nie ohne Hinzufügung seines eigentlichen Namens, nämlich Karneol, so genannt werden, während der Beryll der Alten ein Stein von ganz anderer Art war, durchsichtig und von einem bläulichen Grün, und offensichtlich genau der Edelstein, den wir heute *Aquamarin* nennen.«

601,2 *Boot]* Vgl. Anm. 437, A 5.

601,2-4 *»qui multiplici 〈...〉 videntur«]* »Die durch die vielfältigen Spiegelungen ihrer Winkel manche Farben in sich zu haben scheinen«.

601,10 *folgt der Plasm]* Hierzu der 25. ›Antiquarische Brief‹ sowie Stichwort »Plasma di Smeraldo« in den *Collectanea*, LM 15, S. 348f.

601,21-23 *Plasma 〈...〉 Smaragd]* Behandelt im 25. (teilweise auch im 26.) ›Antiquarischen Brief‹.

601,26f. *Malachites oder Molochites]* Zedler 19, Sp. 690f.: »ein grüner Stein, der nicht durchsichtig ist, und wird unter die Arten des Jaspis oder Prasium gerechnet«.

601,28 *»reddendis 〈...〉 signis«]* »Gepriesen für die 〈darauf〉 dargestellten Bilder«.

601, A 6 *Psellus]* Michael Psellos (11. Jh., wohl 1018-1097), byzantin. Gelehrter und Politiker; hier: *Über die Kräfte der Steine* (*De lapidum virtutibus* hat sich als lat. Titel eingebürgert), 1745 von Jean Atienne Bernard herausgegeben.

601, A 6 *»Βηρυλλος 〈...〉 auriginem.«]* Die lat. Übersetzung ist korrekt: »Beryllos – dieser Stein heilt Spannungen, Krämpfe, Augenschmerzen und Gelbsucht.«

601, A 8 *l. c. Sect. 36]* »An der zitierten Stelle«: Plinius XXXVII 114.

602,1 *dem Hyacinth]* Ein zumeist rötlicher Edelstein, benannt nach Hyakinthos, dem Sohn eines lakedaimonischen Königs, von Apollon geliebt. Der Gott tötete ihn durch einen unglücklichen Wurf mit dem Diskos. Aus seinem Blut entstand die »Hyazinthe«.

602,9 *Amethyste]* Vgl. Anm. 438,14.

602,14 *Garnet]* Granat.

602,19f. *»Garnato« anstatt »Granato«]* Durchaus übliche Umstellung der Buchstaben bzw. Laute (besonders bei r, l, m, n).

602,20f. *die Vermutung]* Das Folgende ist unnötig; der »carbunculus garamanticus« ist bei Plinius XXXVII 114 erwähnt (ein wohl nach einem afrik. Stamm benannter Stein).

602, A 9 *Recentiorum ⟨...⟩ remissius]* »Die Hyazinthe der Neuzeit sind von gelber Farbe, mitunter unvermischt (und zwar entweder ein sattes oder ein verwaschenes Gelb) oder mehr oder weniger stark mit einer gewissen Rottönung vermischt.« (De Laet: vgl. Anm. 529, A 1)

603,2f. *Vermillionstein]* Herleitung: franz. vermeille = bräunlichrote Granate; vermeille orientale = orientalischer Hyazinth (so PO Erl., S. 737).

603,6 *Zinnober]* Vgl. Anm. 147, A 2.

603,7f. *Onyx ⟨...⟩ Sardonyx ⟨...⟩ Achatonyx]* Vgl. die ausführlichen Erörterungen im 21. und 22. ›Antiquarischen Brief‹ (auch in den *Collectanea* unter diesen Stichworten).

603,11-23 *Doch ⟨...⟩ geben könnte.]* Wiederanknüpfung an die Maffei-Stelle vom Beginn des Fragments.

603,20 *Drusen]* Die Druse: »ein Stück Gestein, welches auf der Oberfläche in Gestalt kleiner Kristalle oder Blätter angeschossen ist« (Campe 1, S. 759).

603,23 *eine egale Area]* Eine gleichmäßige Grundfläche.

604,2-613,18 *Antiquarische ⟨...⟩ Litteratur.]* Diese Entwürfe, in römischen Ziffern unmittelbar an die Zählung des Zweiten Teils der *Antiquarischen Briefe* anschließend, haben sich in einem Konvolut von neun Einzel- bzw. Doppelblättern in der Herzog August Bibliothek Wolfenbüttel erhalten (Beschreibung bei Milde, *Gesamtverzeichnis*, Bd. 1, S. 88). Sie wurden erstmals von Eschenburg in den *Sämmt-*

lichen Schriften, Teil 12 (1793), S. 167-208 veröffentlicht, freilich mehrfach durch andere antiquarische Texte Lessings unterbrochen. Die von Eschenburg wiederum recht frei behandelten Texte verglich dann Wendelin von Maltzahn noch einmal für seine Überarbeitung der (Lachmannschen) *Sämmtlichen Schriften*, Bd. 11 (1857), blieb jedoch vom Erstdruck stark abhängig. Erst Muncker (LM 15, S. 105-113) brachte dann einen auf gründlichem Studium der Wolfenbütteler Hss. beruhenden, kritischen Abdruck. Die mehrfachen Bezüge auf zeitgenössische Publikationen, besonders Rezensionen (hierzu im einzelnen der nachfolgende Kommentar), lassen Muncker an eine Datierung »vom Frühling bis zum Herbst oder Winter 1769« denken (LM 15, S. 105, A. 1). Die noch heute erkennbare Verschiedenheit der Tinten wie auch des handschriftlichen Duktus legt zusätzlich nahe, unterschiedliche Entstehungszeiten anzunehmen (dazu auch Muncker). In der Weise der Durchzählung und der knappen inhaltlichen Andeutung ist dieses Nachlaßkonvolut dem Paralipomenon 19 zum *Laokoon* vergleichbar.

604,5 *im Tone der letztern]* Bezieht sich offenkundig auf den 51. bis 57. der *Antiquarischen Briefe* (mit verschärfter persönlicher Polemik) und setzt somit zumindest die thematische Festlegung dieser Schlußpartie des Zweiten Teils, wahrscheinlich auch deren Ausformulierung voraus. Beides spräche für eine Entstehungszeit seit Frühherbst 1769.

604,10f. *des zeitverwandten Publici]* Des zeitgenössischen Publikums. Lessing flektiert hier, wie zumeist, das noch als lat. empfundene Fremdwort »Publicum«. Die Hs. bietet »der« statt »des«. LM und die davon abhängigen Ausgaben (PO, G u. a.) lassen dies unkorrigiert stehen. Die Ansetzung einer falschen Pluralform ist hier ganz unwahrscheinlich. Es spricht alles für eine Korrektur.

604,15 *L.]* Ganz seltene Form der hypothetischen späteren Rede von sich selbst.

604,20 *bestritten]* Hier (und öfters): bekämpft.

604,22f. *in der Recension des H. Klotz]* Rezension des Ersten Teils der *Briefe antiquarischen Inhalts* in der ›Deutschen

Bibliothek der schönen Wissenschaften‹, Halle 1768, 7. Stück (s. Dokumente A, Nr. 22, oben S. 1007-1017).

604,23 f. *die unter uns streitige Sache selbst]* Klotzens Behandlung des Malers und Kupferstechers Marcus Tuscher aus Nürnberg (in *Über den Nutzen und Gebrauch der alten geschnittenen Steine und ihrer Abdrücke*), Lessings Kritik daran im 20. ›Antiquarischen Brief‹ (oben S. 416-418, mit Stellenkommentar) und Klotzens Verteidigung (in der genannten Rezension): er habe sich auf Füßlis *Allgemeines Künstler-Lexicon* (vgl. Anm. 396,26) gestützt sowie auf Andrea Pietro Giulianelli, *Memorie degli intagliatori moderni* (Abhandlungen über die neueren Steinschneider), 1733. Aus Giulianelli zitiert Klotz ausführlich, s. Dokumente A, Nr. 22. Lessing wiederum spottet darüber im Brief an Nicolai vom 21. 10. 1768 (Dokumente A, Nr. 27), es stamme alles aus Mariette (vgl. Anm. 400,7); der Beweis, daß Tuscher ein Steinschneider gewesen sei, müsse erst geführt werden.

604,26 *Die muß ich erwarten.]* Eine entsprechende Schrift ist nicht erschienen.

605,4 f. *Natters Zeugnis 〈...〉 gearbeitet.]* Gleiche Argumentation bereits im erwähnten Brief an Nicolai.

605,6 *Vettori]* Vgl. Anm. 512,14.

605,7 *Collectanea p. 156]* LM 15, S. 248 (unter dem Stichwort »Giotto«; ausführliche kritische, auch korrigierende Notizen zu »Vettori« LM 15, S. 391-395).

605,16 f. *Hat er 〈...〉 gesehen?]* Wichtiger Gesichtspunkt der Autopsie, den Lessing sonst gerne an den Rand drängt.

605,19 *Seine Verantwortung]* Klotzens Selbstrechtfertigung in der Anm. 604,22 f. genannten Rezension.

605,21 f. *Den Cronius]* Vgl. *Collectanea*, Stichwort »Gemmen«, dort: »Von den alten Steinschneidern«, LM 15, S. 237.

605,24 f. *Zugleich 〈...〉 Anteros.]* Abbildung des Steins mit »EP« oben S. 492, Beschreibung in den *Collectanea*, LM 15, S. 142 f. (mit Abbildung) sowie *Laokoon*, Paralipomenon 14, oben S. 278,30-279,12.

605,29 f. *Beryll 〈...〉 Amethyst]* Zitate aus Klotz im 26. ›Antiquarischen Brief‹, oben S. 438.

605,30 *Moco]* Vgl. oben S. 542,29-37.

605,31 *Baccius]* Vgl. Anm. 440,22.

606,3 f. *P. de Scudalupis]* Ausführliche Notizen zu »Petrus Arlensis de Scudalupis« (15. Jh.) in den *Collectanea*, LM 15, S. 145-148. Lessing kritisiert dort, daß Klotz ihn für einen Franzosen statt für einen Spanier gehalten habe.

606,4 *Leonardo]* Der ital. Mediziner Camillo Leonardi (Anfang des 16. Jhs.) wird in der gleichen Partie als Quelle des zuvor Genannten erwähnt.

606,5 *Nachricht]* Bezieht sich auf das genannte Stichwort in den *Collectanea*.

606,5 *Morhof]* Daniel Georg Morhof (1639-1691), Prof. der Poesie in Rostock, dann Kiel; hier: *Polyhistor* (Vielwisser), zuerst 1688, ein vielbenutztes Nachschlagewerk.

606,5 f. *Collect. p. 22.]* LM 15, S. 146.

606,6 *Plagio]* (Lat.) »Dem (geistigen) Diebstahl«.

606,6 *Dolce]* Vgl. Bd. V/1, S. 480,34 f.

606,8-18 *Auch den Marbodus 〈...〉 Evax.]* Hierzu ausführlich die *Collectanea*, Stichworte »Evax« und »Marbodus«, LM 15, S. 214-216 und 305 f. sowie den Abschnitt zu »Evax« innerhalb des Stichworts »Edelsteine«, LM 15, S. 208.

606,8 *Marbodus]* Vgl. Anm. 440,21.

606,9 *Gorläus]* Abraham Gorlaeus (1549-1609), niederländ. Münzkundler; hier: *Dactyliotheca* (vgl. Anm. 405,22), 1601. In dieser Sammlung zitiert Gorlaeus das Gedicht des Marbodus. Vgl. auch *Collectanea*, Stichwort »Abr. *Gorläus*«, LM 15, S. 251 f.

606,11 *Ranzoschen]* Vgl. das Stichwort »Marbodus« wie Anm. 606,8-18.

606,16 *Evax]* Ein arab. König (die Schreibung ist gräzisierend), an den sich vielfältige Spekulationen knüpfen. Vgl. Lessings *Collectanea*, wie in Anm. 606,8-18 genannt.

606,20-23 *Unter 〈...〉 zustellen können.]* Lessing nennt unter dem Stichwort »Marbodus« beispielsweise ein Epigramm Martials (IX 99), das lediglich um eine zeitgeschichtliche Anspielung verkürzt worden sei.

606,24 *Hildebertus]* Hildebertus Venerabilis (1057-1136), franz. Benediktiner, Erzbischof von Tours.

606,25 *meine Coll. Hildebertus]* LM 15, S. 267-271 (mit einer Reihe von Gedichtzitaten). Spätestens bei »Hildebertus« wird deutlich erkennbar, wie weit sich Lessing von den eigentlich ›antiquarischen‹ Inhalten entfernt hat.

606,27 *klassischen Dichter]* Antiken Dichter.

606,29 *der jüngere Burmann]* Vgl. Anm. 406,30.

607,5 *ich ruhig erwarte]* Vgl. Anm. 604,26.

607,7 *kaum zur Hälfte gelesen]* So hatte es Klotz selbst behauptet, vgl. Dokumente A, Nr. 22.

607,10f. *wie der Alte auf dem Berge]* Bezieht sich auf Scheich al Gebel, den sogenannten »Alten vom Berge«, der seit 1105 das Oberhaupt des islam. Geheimbundes der Assassinen war.

607,11f. *seine Banditen]* Einzelne Gruppen der Assassinen terrorisierten vor allem die Kreuzfahrer.

607,16 *Riedel]* Vgl. Anm. 374,24 sowie den 8. und den 55. ›Antiquarischen Brief‹.

607,16f. *dessen ⟨...⟩ Erf. Zeitungen]* Die auffällig spät, schon nach den ersten Höhepunkten der Auseinandersetzung veröffentlichte Rezension des Ersten Teils in der ›Erfurtischen gelehrten Zeitung‹ vom 17.3.1769 (22. Stück), vgl. oben Dokumente A, Nr. 49. Lessings ausführlicher Entwurf zum 66. ›Antiquarischen Brief‹ folgt als Paralipomenon 7 unten S. 613,21-615,17.

607,19 *Von Riedels ⟨...⟩ Laokoon.] Über den Laokoon des Herrn Lessing's*, in: Philosophische Bibliothek, hg. v. Riedel, Halle 1769, 2. und 3. Stück. Lessing hat das 2. Stück bereits am 13.4.1769 gelesen, wie ein Brief vom gleichen Tage an Nicolai beweist (Bd. XI/1 dieser Ausgabe, Nr. 484). Auf Riedels *Laokoon*-Rezension beziehen sich Lessings Entwürfe zum 67. bis 72. ›Antiquarischen Brief‹.

607,20 *Carricatur]* Vgl. *Laokoon* II, besonders S. 24.

607,20f. *Die Stelle ⟨...⟩ Malerei.]* Cicero, *De oratore* (Über den Redner) II 66, 266. Lessing bringt das Zitat (zum Lachen über Häßlichkeit und Mißwuchs auf Bildern) in den *Collectanea* unter dem Stichwort »Malerei«, LM 15, S. 302.

607,23 *Coll. p. 264]* LM 15, S. 301.

607,25 *Gesetze der Hellenodiken] Laokoon* II, S. 24,20-27.

607,26 *ikonische]* Vgl. Anm. 24,23.

608,2 *Timanthes] Laokoon* II, vgl. besonders Anm. 28,2.

608,2f. *Verbeßrung 〈...〉 Plinius] Laokoon* II, S. 30f., A 15. Die Stelle bei Plinius: XXXV 59.

608,3 *Gronov]* Vgl. Bd. V/1, Anm. 238, A 1.

608,4 *Ich kenne 〈...〉 nicht.]* Dazu *Collectanea*, Stichwort »Philoktet«, LM 15, S. 343.

608,6 *Vesta] Laokoon* IX, S. 88f. mit A 5 und A 6.

608,7 *Ovid]* Siehe vorige Anm.

608,10 *Geschrei des Philoktets] Laokoon* IV.

608,10 *verdrückt]* Unterdrückt.

608,12 *Hippolytus]* Euripides, *Hippolytos* 1239.

608,16 *von seiner Philosophie]* Riedel war Prof. der Philosophie in Erfurt, die *Anmerkungen* über den *Laokoon* erschienen in seiner ›Philosophischen Bibliothek‹.

608,17f. *H. Prof. Huth]* Caspar Jakob Huth (gest. 1760), Prof. der Theologie in Erlangen, gab Leibnizens kleinere Schriften heraus.

608,21 *den Geist meines Werkes]* Bei Lessing seltenere Weise des Redens über eigene Schriften; zugleich Hinweis darauf, daß er bei aller Selbstkritik an der äußeren Form auf die innere Einheit schon des Ersten Teils Wert legt.

608,24 *Riedels Lessingsche Briefe]* Seine *Lessingischen Briefe* erschienen in der ›Erfurtischen gelehrten Zeitung‹, 78. und 86. Stück (29.9. und 28.10.1769). Von dem ersten der beiden ›Briefe‹ spricht Lessing im Brief an Nicolai vom 30.10.1769, vgl. Dokumente B, Nr. 4 (Bd. XI/2 dieser Ausgabe, Nr. 831). Noch am 16.2.1771 nimmt Lessing gegenüber Nicolai auf Riedels ›Briefe‹ Bezug: er warte immer noch auf die angekündigte Fortsetzung (Bd. XI/2 dieser Ausgabe, Nr. 657).

608,24f. *meiner Ableitung des Worts Cameo]* Vor allem im 47. ›Antiquarischen Brief‹; vgl. auch das Stichwort »Cameo« in den *Collectanea*, LM 15, S. 173-176.

608,27f. *der Verfasser der Litterarischen Briefe]* Gottlob Benedikt von Schirach (1743-1804), Prof. der Moral und der Politik an der Universität Helmstedt, Anhänger Klotzens: *Litterarische Briefe an das Publicum* (1769-1774; also noch Jahre über Klotzens Tod hinaus). Lessing bezieht sich hier auf die ersten erschienenen ›Briefe‹.

608,30f. *drei Punkte]* »1. Homerische Nachahmung; 2. Furien; 3. Perspektive« (PO Erl., S. 739). Immerhin handelt es sich um drei zentrale Punkte Lessings.

608,31 *Daktyliotheken]* Vgl. Anm. 405,22.

608,32 *Stelle des Cicero] Reden gegen Verres* (vgl. Bd. V/1, Anm. 484,31) IV 27,62.

609,1 *Stelle Tibulls]* Tibull (vgl. Anm. 75,1) I 9,32 oder II 2,15.

609,5 *Briefsteller]* Briefschreiber (seit dem ausgehenden 17. Jh. nach und nach durch die Bedeutung ›Anweisungsbuch zum Briefschreiben‹ verdrängt).

609,5f. *Abhandlung des Caylus]* Vgl. Anm. 379,24.

609,7 *Collect. 340] Collectanea*, Stichwort »Perspectiv«, LM 15, S. 340. Vgl. auch die Schlußabsätze des Briefs an Nicolai vom 28. 9. 1768 (Bd. XI/1 dieser Ausgabe, Nr. 437).

609,9 *gegen ihn]* Gegen Schirach.

609,14 *großen Anzahl]* Vgl. *Collectanea*, Stichwort »Gemmen«, LM 15, S. 233f.

609,17 *Gorläus]* Vgl. Anm. 606,9.

609,17 *h. Genofeva]* Sammlung im Kloster der heiligen Genoveva (St. Geneviève) in Paris; vgl. auch *Collectanea*, Stichwort »Genovefa«, LM 15, S. 232.

609,17 *Mariette]* Vgl. Anm. 400,7.

609,18 *Coll. p. 148 u. p. 167]* LM 15, S. 232 und 251f.

609,19 *Maffei]* Vgl. Anm. 60, A 1.

609,19 *dieses Studii]* Dieser Beschäftigung, dieses Metiers; s. auch S. 596,6 (mit Anm.).

609,19f. *Collect. p. 149]* LM 15, S. 233f.

609,23 *Die Stelle des Lipperts]* Zu Lippert vgl. Anm. 393,28. Stelle auch von PO Erl., S. 739 nicht verifiziert.

609,25 f. *Vorstellung]* Hier: Darstellung.

610,1 *Vettori]* Vgl. Anm. 512,14.

610,2 *Coll. p. 464] Collectanea*, Stichwort »Vettori«, LM 15, S. 391-395 (statt »464« muß es »461« heißen).

610,6 f. *die Stelle beim Plinius]* Plinius XXXVII 196.

610,7 *S. 150 in m. Coll.]* LM 15, S. 235.

610,9 *Dingley]* Vgl. Anm. 598,19.

610,9 *dahin einschlägt]* Dafür einschlägig ist.

610,12 *Hills]* Vgl. Anm. 543, A 3.

610,14 *Kästners Übersetzung]* Vgl. Anm. 598,22.

610,14 f. *beigefügten Noten]* Kästners Anmerkungen.

610,17 *Vorstellung]* Vgl. Anm. 609,25 f.

610,20 *Ordonnanz]* Vgl. Anm. 236,31.

610,21 f. *Collect. p. 153]* LM 15, S. 241 f.

610,24 *Geringschätzung]* Vgl. »Vernachläßigung« in den *Collectanea*, LM 15, S. 234 f.

610,24 f. *in den mittlern Zeiten]* Vgl. »in den Zeiten der Barbarey«, LM 15, S. 234.

610,26 f. *aufgegraben]* Hier: ausgegraben, wiederentdeckt.

610,29 *pia fraus]* (Lat.) »Frommer Betrug«.

611,1 *Jupiter Serapis]* Verknüpfung des Zeus/Jupiter mit dem ägypt. Gott Serapis bzw. Sarapis, vgl. etwa Jupiter Ammon S. 502,7 f. In den *Collectanea* (LM 15, S. 235) zitiert Lessing Klotzens Behauptung, »daß das Getreydemaaß auf dem Kopfe des Jupiter Serapis einige Gelehrte verführt habe, dem Erztvater Joseph diesen Kopf beyzulegen«. Lessing ist der Ansicht, kein Gelehrter – auch Lippert nicht – dies je behauptet habe.

611,7 *sind]* Hier: stammen.

611,8 f. *wie wir am Leonardi und Scudalupis gesehen]* Vgl. S. 606,3 f.

611,11 *das Register derselben beim Leonardi]* Ausführlich exzerpiert in den *Collectanea*, LM 15, S. 207.

611,13 *Physiologus]* Titel einer Sammlung christlicher Natursymbolik (Tiere, Pflanzen, Steine), deren Ursprünge in das 4. oder 2. Jh. zurückgehen und die während des Mittelalters in zahlreichen Bearbeitungen (der Abbildungen wie der Texte) verbreitet war. Notizen dazu in den *Collectanea*, LM 15, S. 209 und S. 267.

611,16 *Beaugendre]* Antoine Beaugendre (1628-1708), franz. Benediktiner, Herausgeber des Hildebertus und des Marbodus (1708).

611,16 *Freytags]* Friedrich Gotthilf Freytag (1723-1776), Jurist und Gelehrter auf vielfältigen Gebieten; hier: *Analecta litteraria de libris rarioribus* (Gelehrtes Sammelwerk über seltenere Bücher), 1750.

611,18 *im Leonardi]* »Muß wohl Vettori heißen« (PO Erl., S. 739). Vgl. *Collectanea*, LM 15, S. 236f.

611,22 *Bock]* Hier: grober Fehler (schon zu Lessings Zeit ein eher redensartlicher Ausdruck, vgl. Grimms DWb 2, Sp. 203).

611,22 *vitro obsidiano]* (Lat.) »Obsidianglas«; vgl. Anm. 529, A 1 und *Collectanea*, Stichwort »Obsidianisches Glas«, LM 15, S. 325f.

611,23 *Gori]* Vgl. Anm. 378,14.

611,24 *Zanetti]* Vgl. Anm. 436,14 und *Collectanea*, Stichwort »Anton Maria Zanetti«, LM 15, S. 410-412.

611,25 *Coll. p. 99] Collectanea*, Stichwort »Edelsteine«, Abschn. II, LM 15, S. 210-212.

611,26 *ebend. p. 155] Collectanea*, Stichwort »Gadarer«, LM 15, S. 230.

612,5 *Ausgabe des Maffei von des Agostini Gemmae]* Leonardo Agostini (17. Jh.), ital. Altertumskundler; hier: *Gemme antiche figurate* (Antike geschnittene Steine mit figürlichen Darstellungen), 1669. Das Werk wurde von Domenico de Rossi (Kupferstecher um 1700) und von Paolo Alessandro Maffei (vgl. Anm. 60, A 1) bearbeitet und neu herausgegeben (1707-09).

612,6 *Gallestruzzi]* Giovanni Battista Galestruzzi (1615 oder 1618-1669), ital. Maler; hat die Tafeln für Agostino gestochen.

612,10f. *von Seiten der Kunst]* Lessing arbeitet mit dieser Kategorik (Abtrennung von den antiquarisch-philologischen Fragen) verschiedentlich, schon im *Laokoon*, unter deutlichem Einfluß Winckelmanns.

612,14 *Beweise davon]* Vgl. Paralipomenon 8 (Eschenburg schloß die Notizen hier bereits an, Muncker brachte sie gesondert).

612,19 *Schönheit]* Von diesem neubewerteten Zentralbegriff her wird die beliebte Orientierung an der antiken Kleinkunst auffällig eingeschränkt.

612,19 *bei weiten]* Kein Druckfehler.

612,24 *zu meistern]* Hier: zu schulmeistern.

612,24 *seines Satzes]* In der Vorrede zu Winckelmanns *Monumenti antichi ed inediti* (Antike und unveröffentlichte Denkmäler), 1767/68. Vgl. hierzu *Collectanea*, Stichwort »Winkelmann«, LM 15, S. 402 f. (bereits mit kritischem Bezug auf Klotz).

612,26 *Winkelmanns Verteidigung]* Ansätze hierzu in den vorgenannten Notizen der *Collectanea*.

612,29 *Enthusiasmus]* Winckelmanns charakteristische und dann epochemachende Begeisterung besonders für die griech. Plastik und vor allem in seinen Beschreibungen der Kunstwerke.

612,30 *Venus Kallipygia]* »Die Venus mit dem schönen Po« (richtige Form: »Venus Kallipygos«). Die Statue befindet sich jetzt in Neapel, vgl. PO Erl., S. 740.

612,30 *Christens]* Vgl. Anm. 425,27. Zum Vorwurf, Klotz habe Nachschriften von Christschen Kollegs ausgeschlachtet, ohne ihn zu zitieren, vgl. Dokumente A, Nr. 29.

612,31 f. *Dessen Verteidigung]* Zum Exemplarischen kommt hier der persönliche Aspekt: Verteidigung des verehrten eigenen Lehrers (noch dazu eines, der die von Lessing dann weiterentwickelte Form der ›Rettung‹ besonders gepflegt hat).

613,2 *weitere Verteidigung]* Anknüpfend an den 27. ›Antiquarischen Brief‹, speziell S. 442,26-445,27.

613,3-5 *Es ist 〈. . .〉 beschreibt.]* Näheres in den *Collectanea*, LM 15, S. 395.

613,4 f. *als ob er sie gesehen ausüben]* Als ob er gesehen habe, wie sie ausgeübt wurde.

613,5 *umständlich]* Ausführlich, eingehend (nicht unbedingt mit negativem Akzent).

613,9 *Rivaz]* Pierre Joseph de Rivaz (1711-1772), schweiz. Mechaniker und Steinschneider.

613,9 *Vasse]* Louis Claude Vassé (1716-1772), franz. Bildhauer.

613,10 *Collect. p. 151]* *Collectanea*, Stichwort »Gemmen«, Abschn. IV, LM 15, S. 235 f.

613,11 *Valerio Vincenti]* Valerio Belli, gen. Valerio Vincentino (um 1468-1546), ital. Kristall- und Edelsteinschneider, auch Medailleur.

613,13 *Fueßli]* Vgl. Anm. 396,26. Artikel *über* »Vincentino«.

613,15 *Plagiarius]* (Lat.) »Geistiger Dieb«; vgl. auch Anm. 606,6. *Collectanea*, Stichwort »Christ«, LM 15, S. 182.

613,16 *von den Ahnenbildern]* Die Studie von den *Ahnenbildern der Alten*, aus dem Sommer 1768, in zwei Fassungen als Fragment erhalten; oben S. 328-346. Lessing erwog zeitweise, das Thema im Rahmen der *Antiquarischen Briefe* zu behandeln (vgl. oben S. 932), nahm dann jedoch davon Abstand, s. Dokumente A, Nr. 2, 4, 7, 13, 15, 34 u. ö.

613,16 f. *geführt habe]* Lessings Formulierung deutet an, daß er jedenfalls seine Darlegung in bezug auf Christ inhaltlich als abgeschlossen betrachtet.

613,17 *aus seinen Vorlesungen]* Vgl. die Hinweise, die Nicolai im Brief an Lessing vom 8. 11. 1768 gibt (Dokumente A, Nr. 29).

613,21-615,17 *»Noch« 〈...〉 basta!«]* Der Entwurf, dessen Hs. verschollen und dessen Text nur durch Eschenburgs Nachlaßpublikation (1793) erhalten ist, war ursprünglich für den 66. ›Antiquarischen Brief‹ vorgesehen. Er beginnt mit der Antwort auf Riedels Rezension des Ersten Teils der *Antiquarischen Briefe* in der ›Erfurtischen gelehrten Zeitung‹ vom 17. 3. 1769; vgl. des näheren Anm. 607,16 f. Er ist offenbar später als Paralipomenon 6 entstanden und war ihm laut Eschenburgs Angaben beigelegt. Die Entstehungszeit liegt im Frühjahr 1769 (s. Riedels

Rezension) oder noch später. Vgl. auch Muncker: LM 15, S. 113 A. 2.

613,21 *fängt er an]* Riedel.

613,22 f. *nicht ausführlich angezeigt]* Die Hervorhebung erklärt sich wohl aus dem auffällig späten Erscheinungstermin der Rezension, vgl. Anm. 607,16 f.

613,24 *gewandsweise]* Vgl. Anm. 449,12.

613,29 *Einige Anmerkungen]* Vgl. S. 356,19-21.

613,30 *eine Recension]* Vgl. S. 356,21 f. (der Anonymus ist Dusch).

613,31 *Gelegenheiten]* Riedel: Gelegenheit

614,2 *ließ er]* Dusch wird lediglich als Instrument Klotzens dargestellt.

614,2 *eines ›unverzeihlichen‹ Fehlers]* Vgl. S. 356,19 (und anschließende Analyse von »unverzeihlich«).

614,7 *schlaue süße Höflichkeit]* Hier wie im folgenden: manche Überschneidungen mit dem »Vorbericht« zum Ersten Teil, mit dem 1. ›Brief‹ wie auch mit den ›Briefen‹ 51 bis 57.

614,15 *Die Bescheidenheit]* Vgl. S. 355,30-32.

614,19 f. *der wahre Gelehrte]* Vgl. den von Lessing ausführlich bemühten Kontrast zwischen Klotz und Heyne in den *Antiquarischen Briefen*. Gegenüber Heyne nimmt Lessing seine These zum Borghesischen Fechter ja schließlich auch zurück.

614,22 *den Alten]* Riedel; die Alten (zu ›nachahmen‹ mit Dativ und mit Akkusativ vgl. Bd. V/1, Anm. 188,18).

614,35 *ihre Pirons]* Alexis Piron (1689-1773), franz. Poet (Gedichte, Satiren, Dramen) von gefürchtetem Witz. Lessing betrachtet ihn als Beispiel anzüglicher Dichtung.

614,36 *unsere Katulle]* Vgl. Bd. V/1, Anm. 180,25-31. Die vorangehende Anm. gilt analog.

615,3 *kein Arges dabei]* Keinen Argwohn demgegenüber.

615,10 *Herr Geheimerrat]* Vgl. Anm. 328,2.

615,17 *sind basta!]* Zu Lessings Vertrautheit mit der Spieler-Phraseologie vgl. die beiden ersten Szenen des *Hausvaters*, Bd. V/1, 25-27.

615,19-617,25 *Hier ⟨...⟩ fehlt.«]* Schließt sich inhaltlich an die Notizen zum 92. ›Antiquarischen Brief‹ in Paralipomenon 6 an (S. 612,10-15; vgl. Anm. 612,14). Auch hier ist die Hs. verschollen, der Text beruht auf Eschenburgs Abdruck (1793). Bei der Datierung gilt ungefähr das zu Paralipomenon 7 Gesagte. Lessing vergleicht einzelne Partien aus Klotzens *Über den Nutzen und Gebrauch der alten geschnittenen Steine und ihre Abdrücke* (1768) mit verschiedenen Werken Winckelmanns. Quellen-Nachweise bei PO Erl., S. 740.

615,22 *kastalischen Brunnen]* Die Kastalische Quelle in Delphi, am Fuß des Parnaß-Massivs, galt als Ursprung und Sinnbild dichterischer Inspiration und Begeisterung.

615,24 *von der Nachahmung]* Winckelmanns Erstlingsschrift *Gedancken über die Nachahmung der Griechischen Wercke in der Mahlerey und Bildhauer-Kunst* (1755), von Lessing durchweg nach der 2. Ausgabe 1756 zitiert; vgl. S. 17, A 1.

615,32 *des Deutschen]* Winckelmann: der Deutschen

615,33 *Juvenel de Carlencas]* Félix de Juvenel de Carlencas (1679-1760), franz. Historiker; hier: *Essais sur l'histoire des belles lettres, des sciences et des arts* (Versuche über die Geschichte der Literatur, der Wissenschaften und der Künste), 1740; dt. Übersetzung 1749-52.

615,34 *Erinnerungen] Erinnerung über die Betrachtung der Werke der Kunst*, in: Bibliothek der schönen Wissenschaften und der freyen Künste, Bd. V (1759).

612,2 *Porphyr]* Sammelname für vulkanische und subvulkanische Gesteine; in der Antike wegen seiner Purpurfarbe als ›königlicher‹ Stein geschätzt.

616,7 *Nachricht] Nachrichten von dem berühmten Stoßischen Museo in Florenz*, in: Bibliothek (wie Anm. 615,34), Bd. V (1759).

616,14 *Barre]* Joseph Barre (1692-1764), franz. Historiker; hier: *Histoire générale d'Allemagne* (Allgemeine Geschichte Deutschlands), 1748; dt. Übersetzung 1749-52.

616,14f. *Geschichte ⟨...⟩ Besorgnis]* Winckelmann: Geschichte ist, machen mir diese Besorgung

616,20 *der Übersetzung]* Klotz: den Übersetzungen

616,24 *von der Fähigkeit]* *Abhandlung von der Fähigkeit der Empfindung des Schönen in der Kunst, und dem Unterrichte in derselben* (1763).

616,29 *Unterschied]* Hier mehr im Sinne von ›Abstand‹.

617,1 *ungezweifelten]* Klotz: unzweifelhaften

617,3 *Xenophon]* Vgl. Bd. V/1, Anm. 456,31. Siehe auch Lessings Bemerkungen zu Xenophon: Bd. V/1, S. 466,31-457,35.

617,4 *des Sophisten]* Klotz: der Sophisten

617,12 *nach dem Maße]* Winckelmann: nach der Maaße (d. h. ›nach Art und Weise‹, vgl. Grimms DWb 6, Sp. 1732).

617,21 *Geschichte der Kunst]* *Geschichte der Kunst des Alterthums* (1764).

617,28-618,7 *Scharfsinnige ⟨...⟩ abgiebt.]* Das Fragment hat sich erhalten (Herzog August Bibliothek Wolfenbüttel; vgl. Milde, *Gesamtverzeichnis*, Bd. 1, S. 102) und wurde zuerst von Eschenburg (1793) unmittelbar anschließend an den Entwurf des 58. ›Antiquarischen Briefs‹ gedruckt (oben S. 604,4-605,17). Es handelt sich jedoch offensichtlich um den Entwurf (oder, wenn man den hier in der Fußnote gegebenen Text entsprechend deutet, um zwei Entwürfe) für den Anfang des 58. ›Briefs‹. Der Zweite Teil der *Antiquarischen Briefe* und Äußerungen darüber werden bereits vorausgesetzt. Das Fragment kann also kaum vor dem Herbst 1769 notiert sein (so auch Muncker: LM 15, S. 117 A. 2).

617,28f. *die letzten sieben meiner Briefe]* ›Briefe‹ 51 bis 57, die sich überwiegend mit den persönlichen Aspekten der Klotz-Fehde beschäftigen.

618,1 *Stich]* In der Bildebene des Fechterkampfs, die in den Streitschriften zwischen Lessing und Klotz verschiedentlich begegnet (ähnlich wie früher gegenüber dem Horaz-Übersetzer Lange und dann gegenüber dem Hauptpastor Goeze).

618,4 *das Studium der Altertümer selbst]* Vgl. Anm. 596,6.

618,6f. *mit diesem Studio]* Vgl. Anm. 609,19.

618, A 1 *angiebt]* Die Behauptung setzt voraus, daß Lessings »Ton« nicht freiwillig angeschlagen war.

INHALT

Laokoon: oder über die Grenzen der Malerei
und Poesie. Erster Teil 9
Paralipomena zum Laokoon 207
Entwürfe im Umkreis des Laokoon 323
Über Karl Wilhelm Ramlers Oden 325
Über die Ahnenbilder der alten Römer 328
Von den Ahnenbildern der alten Römer 341
⟨Über Meusels Apollodor⟩ 347
Briefe, antiquarischen Inhalts 351
Erster Teil ⟨1. bis 34. Brief⟩ 353
Zweiter Teil ⟨35. bis 57. Brief⟩ 465
Paralipomena zu den Briefen, antiquarischen Inhalts. 583

Kommentar
»Laokoon« und »Antiquarische Briefe« 621
Laokoon (mit Paralipomena)
Textgrundlage und Textüberlieferung. 627
Entstehung und Quellen 631
Rezeption und Wirkung 650
Struktur und Gehalt. 661
Dokumente zu Rezeption und Wirkung 674
Stellenkommentar 734
Über Karl Wilhelm Ramlers Oden
Textgrundlage und Textüberlieferung. 917
Entstehung und Quellen 917
Struktur und Gehalt. 918
Stellenkommentar 918
Über die Ahnenbilder der alten Römer
Von den Ahnenbildern der alten Römer
Textgrundlage und Textüberlieferung. 921
Entstehung und Quellen 921
Struktur und Gehalt. 935

Stellenkommentar 936
Über Meusels Apollodor
Textgrundlage und Textüberlieferung 944
Entstehung und Quellen 944
Zu Struktur und Gehalt 946
Stellenkommentar 946
Briefe, antiquarischen Inhalts (mit Paralipomena)
Textgrundlage und Textüberlieferung 948
Entstehung und erste Rezeption bis zum Erscheinen des Zweiten Teils 952
Rezeption und Wirkung seit dem Erscheinen des Zweiten Teils 965
Struktur und Gehalt 973
Dokumente A: Zu Entstehung und Rezeption bis zum Erscheinen des Zweiten Teils 987
Dokumente B: Zu Rezeption und Wirkung seit dem Erscheinen des Zweiten Teils 1056
Stellenkommentar 1086

Abbildungen .... vor 921

GOTTHOLD EPHRAIM LESSING
WERKE UND BRIEFE

Band 1
Gedichte / Frühe Lustspiele / Übersetzungen
Beiträge zur Historie und Aufnahme des Theaters
Werke 1743-1750

Band 2
Gedichte / Rezensionen
Kritische Briefe / Übersetzungen
Werke 1751-1753

Band 3
Vademecum / Rettungen
Gedichte / Rezensionen
Miß Sara Sampson
Briefwechsel über das Trauerspiel
Übersetzungen
Werke 1754-1757

Band 4
Philotas / Fabeln und Fabelabhandlungen
Literaturbriefe
Werke 1758-1759

Band 5/1
Diderot / Sophokles
Breslauer philosophisch-theologische und
dramatische Entwürfe
Werke 1760-1766

Band 5/2
Laokoon
Briefe, antiquarischen Inhalts
Werke 1766-1769

Band 6
Minna von Barnhelm
Hamburgische Dramaturgie
Wie die Alten den Tod gebildet
Werke 1767-1769

Band 7
Emilia Galotti / Über das Epigramm
Zur Geschichte und Literatur I/II
Werke 1770-1773

Band 8
Reimarusfragmente / Fragmentenstreit I
Zur Geschichte und Literatur III/IV
Werke 1774-1778

Band 9
Fragmentenstreit II
Nathan der Weise
Werke 1778-1781

Band 10
Ernst und Falk
Erziehung des Menschengeschlechts
Zur Geschichte und Literatur V/VI
Collactaneen
Werke 1778-1781

Band 11/1
Briefe von und an Lessing 1743-1770

Band 11/2
Briefe von und an Lessing 1770-1776

Band 12
Briefe von und an Lessing 1776-1781
Gesamtregister zu den Briefen

»Der Deutsche Klassiker Verlag:
ein gigantisches Vorhaben, ein Jahrhundertwerk«
Marcel Reich-Ranicki

DEUTSCHER KLASSIKER VERLAG
IM TASCHENBUCH

In dieser Reihe erschienen:

TB 1
Johann Wolfgang Goethe, Faust. Zwei Teilbände
Herausgegeben von Albrecht Schöne
2048 Seiten
Band 1: Texte · Band 2: Kommentare

»Goethes ›Faust‹ in Albrecht Schönes sensationeller Edition. Es ist fast unglaublich, was allein die Textsicherung erbrachte.« *(Frankfurter Allgemeine Zeitung)*

»Die ›Faust‹-Edition des Deutschen Klassiker Verlages: eine Überraschung, eine stille Sensation.« *(Die Zeit)*

»›Faust‹ für das 21. Jahrhundert.« *(Arbitrium)*

»So viele Einsichten, Lektürehinweise und Denkanstöße wie auf den 1000 Seiten dieses Kommentars kriegt man kaum je in der Literatur.« *(Süddeutsche Zeitung)*

»Wenn man von einer Edition sagen kann, sie sei ein Lebenswerk – so von dieser: gewiß.« *(Neue Zürcher Zeitung)*

TB 2
Hans Jacob Christoffel von Grimmelshausen
Simplicissimus Teutsch
Herausgegeben von Dieter Breuer
1136 Seiten

»Diese Ausgabe bietet nun die Gelegenheit, Grimmelshausen zu lesen, wie er geschrieben hat. Der Kommentar umfaßt an die 400 Seiten: eine kleine Enzyklopädie der Barockzeit.« *(Radio Bremen)*

TB 3
Friedrich Schiller
Wallenstein
Herausgegeben von Frithjof Stock
1280 Seiten

»Schillers Opus magnum in einer opulenten Ausgabe, ausgiebig kommentiert, mit allen Varianten, Paralipomena, wesentlichen Zeugnissen … Materialreich, in Zukunft wohl unentbehrlich.« *(Frankfurter Allgemeine Zeitung)*

TB 4
Friedrich Hölderlin
Sämtliche Gedichte
Herausgegeben von Jochen Schmidt
1152 Seiten

»Höchst bemerkenswert, wie Schmidt Hölderlin in seiner Zeit verortet, ohne ihm dadurch irgend etwas von seiner Einzigartigkeit zu nehmen.« *(The German Quarterly)*

TB 5
Heinrich von Kleist
Sämtliche Erzählungen, Anekdoten,
Gedichte und Schriften
Herausgegeben von Klaus Müller-Salget
1328 Seiten

»Was hier entfaltet wird, ist gegenwärtig nur wenigen Spezialisten bekannt. Das mit Abstand Beste, was man im Rahmen der existierenden Kleist-Ausgaben finden kann.« *(Süddeutsche Zeitung)*

TB 6
Deutsche Lyrik des frühen und hohen Mittelalters
Edition und Kommentare von Ingrid Kasten
Übersetzung von Margherita Kuhn
1136 Seiten

»Mit ihrer genauen synoptischen Übersetzung eine außerordentlich gut benutzbare Edition, die sich auch nicht fürchtet, eigene Wege zu gehen. Eine ausgewogene Einführung in die Probleme der Überlieferung, der Sprache und der Interpretation für jedes Lied.« *(Journal of English and Germanic Philology)*

TB 7
Wolfram von Eschenbach
Parzival
Zwei Teilbände
Herausgegeben von Eberhard Nellmann
Übertragen von Dieter Kühn
1840 Seiten

»Besonders hervorzuheben sind Kühns souveräner Umgang mit dem Wolframschen Französisch und seine Rücksicht auf den Verstakt. Nellmanns Kommentar bewährt sich im germanistischen Alltagsgeschäft als außerordentlich kundiger und stets zuverlässiger Führer durch die Erzählwelten des *Parzival*.« *(Germanistik)*

TB 8
Karl Philipp Moritz
Dichtungen und Schriften zur Erfahrungsseelenkunde
Herausgegeben von Heide Hollmer
und Albert Meier
1365 Seiten

»Die Texte sind sorgfältig ediert, und alles Erklärungsbedürftige ist kenntnisreich kommentiert. Die Ausgabe dürfte bei allen in ihr enthaltenen Texten, was die Genauigkeit der Textdarbietungen und die erschließende Leistung der Anmerkungen betrifft, kaum zu übertreffen sein.« *(Frankfurter Allgemeine Zeitung)*

TB 9
Bettine von Arnim
Clemens Brentano's Frühlingskranz /
Die Günderode
Herausgegeben von Walter Schmitz
1205 Seiten

»Dieser erste Band ist mit großer Sachkenntnis und Sorgfalt ediert worden. Gleiche Sachkenntnis und Sorgfalt haben auch dem Kommentar gegolten, der mehr als ein Drittel des 1.200 Seiten dicken ersten Bandes ausmacht, und der Leser wird jede nur denkbare und wünschenswerte Auskunft darin finden.« *(Frankfurter Allgemeine Zeitung)*

TB 10
Gottfried Keller
Die Leute von Seldwyla
Herausgegeben von Thomas Böning
870 Seiten

»Die zuverlässigste, dem Originaltext am nächsten stehende Ausgabe der Seldwyler-Erzählungen.« *(Germanistik)*

TB 11
Johann Wolfgang Goethe
Die Leiden des jungen Werthers / Die Wahlverwandtschaften
Herausgegeben von Waltraud Wiethölter unter Mitarbeit von Christoph Brecht
1245 Seiten

»Dieser Kommentar ist dicht, bestechend und rücksichtslos formuliert.« *(Süddeutsche Zeitung)*

TB 12
Joseph von Eichendorff
Sämtliche Gedichte
Herausgegeben von Hartwig Schultz
1292 Seiten

»So intensiv wurde Eichendorffs Lyrik im einzelnen wie in ihrer Gesamtheit bisher in keiner Ausgabe kommentiert. Eine herausragende Leistung der Eichendorff-Forschung.« *(Deutsche Literaturzeitung)*

TB 13
Georg Büchner
Sämtliche Werke, Briefe und Dokumente
Zwei Bände
Herausgegeben von Henri Poschmann unter Mitarbeit von Rosemarie Poschmann
2301 Seiten

»Poschmanns Edition wird sicher für absehbare Zeit alle früheren Büchner-Ausgaben ersetzen.« *(Frankfurter Allgemeine Zeitung)*

TB 14
E. T. A. Hoffmann
Fantasiestücke in Callot's Manier
Herausgegeben von Hartmut Steinecke
unter Mitarbeit von Gerhard Allroggen und Wulf Segebrecht
939 Seiten

»Mit dieser Edition liegt diejenige Werkausgabe vor, die alle älteren Ausgaben weit überholt und obsolet erscheinen läßt.« *(E. T. A. Hoffmann-Jahrbuch)*

TB 15
Johann Wolfgang Goethe
Dichtung und Wahrheit
Herausgegeben von Klaus-Detlef Müller
1403 Seiten

»Ein äußerster Maßstab an Verantwortung und Zuverlässigkeit dem Text gegenüber.« *(Rias Berlin)*

TB 16
Grimms Märchen
Herausgegeben von Heinz Rölleke
1302 Seiten

»Diese Ausgabe ist ein Korpus der Grimmschen Märchenausgaben, wie eza*s das bisher nicht gegeben hat und wie man es für eine eingehende, aufhellende Beschäftigung mit diesen Volkserzählungen nur wünschen kann.« *(Wirkendes Wort)*

TB 17
E. T. A. Hoffmann
Die Elixiere des Teufels / Werke 1814-1816
Herausgegeben von Hartmut Steinecke und Gerhard Allroggen
757 Seiten

»Der beste heute verfügbare Text. Der Anhang mit einer vielseitigen Einführung, einem intelligenten, präzisen Kommentar, ist nicht zuletzt darum so überzeugend, weil er vollkommen sachlich, ganz funktional ist, ein Muster für die Bibliothek deutscher Klassiker.« *(Germanistik)*

TB 18
Joseph von Eichendorff
Ahnung und Gegenwart
Sämtliche Erzählungen I
Herausgegeben von Wolfgang Frühwald und Brigitte Schillbach
840 Seiten

»Deutlich wird in dieser Werkausgabe: Eichendorff ist nicht der schlichte, auf einsamen Bergen naturlauschende Poet. Hier vor Augen steht ein vielfältig verflochtener Mensch, den neu auszuloten sich verlohnt.« *(Südkurier)*

TB 19
Joseph von Eichendorff
Dichter und ihre Gesellen
Sämtliche Erzählungen II
Herausgegeben von Hartwig Schultz
904 Seiten

»Eine ausgezeichnete Edition, die dem interessierten Leser ebenso dient wie der wissenschaftlichen Beschäftigung mit Eichendorff.« *(Germanistik)*

TB 20
Hartmann von Aue
Erec
Herausgegeben von Manfred Günter Scholz
Übersetzt von Susanne Held
1069 Seiten

»Diese Ausgabe ragt hervor als ein wahrhafter Meilenstein in der *Erec*-Forschung; sie wird ein unverzichtbares Instrument sein für das künftige Studium von Hartmanns Werk.« *(Medium Aevum)*

TB 21

Hans Jacob Christoffel von Grimmelshausen

Courasche / Springinsfeld / Wunderbarliches Vogelnest I-II / Rathstübel Plutonis

Herausgegeben von Dieter Breuer

1094 Seiten

»Mit seinem schon durch seinen Umfang beeindruckenden Kommentar stellt dieser Band alle bisherigen Ausgaben in den Schatten. Dem, der offenen Auges durch die Welt geht, zeigt sich unser rastloses, von Kriegen, Gewaltherrschaften und Untergangsvisionen bestimmtes Jahrhundert als heillos verkehrt und der chaotisch erfahrenen Welt der Grimmelshausenschen Figuren in manchem verwandt.« *(Frankfurter Allgemeine Zeitung)*

TB 22

Gotthold Ephraim Lessing

Laokoon / Briefe, antiquarischen Inhalts

Herausgegeben von Wilfried Barner

1216 Seiten

»Nur mit einem solchen Kommentar ist die Möglichkeit gegeben, das faszinierend Charakteristische des Werkes zu erfassen, auch seine frappierende Modernität und seine herausragende Bedeutung auf dem Wege zur klassischen Autonomie-Ästhetik.« *(Neue Zürcher Zeitung)*

TB 23

Gottfried Keller

Der grüne Heinrich. Erste Fassung

Herausgegeben von Thomas Böning und Gerhard Kaiser

1395 Seiten

»Die zur Zeit mit Abstand beste Ausgabe des Textes.« *(Süddeutsche Zeitung)*

Die Reihe wird fortgesetzt.